中国百年工业文学大系

丛书主编　贾玉民　樊洛平

长篇小说卷 I

孙拥军　主编

中国工人出版社

本卷主编简介

- 孙拥军，四川大学文学博士，河南理工大学教授。主持教育部人文社科项目《台湾新文学作家对鲁迅国民性批判思想承续研究》，另主持或参与省部级以上课题 12 项。出版《新文学的叩问与反思》等学术专著 6 部，发表核心期刊论文 16 篇。近年来，关注于中国长篇工业小说文献的梳理与甄别研究。

顾　问

（按姓氏笔画排序）

何向阳　张　炯　谈　歌

梁晓声　董学文　蒋子龙

出版说明

一、缘起

为庆祝中华全国总工会成立100周年，中国工人出版社特组织编纂《中国百年工业文学大系》丛书。文学作品是社会现实的形象反映。本丛书的编纂，全面整理百年来工业文学作品及相关资料，精选优秀作品，按体裁分类，编成20卷的丛书，生动、形象地呈现百年来中国工业化的历程，呈现中国工人阶级的命运和奋斗历史，呈现中华全国总工会在中国共产党领导下，与工人运动一同发展壮大的图景，有助于讲好中国工人阶级故事、中国工业故事和中国工会故事，为更好继承弘扬革命传统，创造未来提供历史借鉴。

二、编纂团队

本丛书编纂团队由《20世纪中国工业文学史》和《中国工人文学史》的作者为基础，邀请郑州大学、河北师范大学、河北大学、河南师范大学、河南理工大学、中原工学院等院校为合作单位，以研究中国工业文学的专家、学者共同组成编辑团队，分工合作，在中国工人出版社的指导下共同完成编纂工作。

三、选录作品范围

重点选录反映工业生活、描写工业人物、揭示工业领域社会问题的优秀作品，根据中国具体情况，适度收录有关传统手工业、商业、人力车夫、纤夫等生活的作品。兼顾各历史阶段、各阶级、各阶层、各个地域、各种产业、各种体裁作品；兼顾专业作家、工人作家、业余作者。

四、编纂原则

真：选录的作品，基本以初发或初版为准，个别作品使用与初版接近“最佳”版本，使其成为中国工业文学发展史的可靠文献。其中繁体字须改为规范简化字；标点符号改为规范格式；错别字给予纠正，加注说明。原作署名为非通用笔名的，注明其真名或通用笔名。

专：各卷按文学体裁编列，分别为史论卷、报告文学卷、短篇小说卷、中篇小说卷、长篇小说卷、诗歌卷、散文卷、剧本卷、电影文学卷、电视文学卷、资料卷。各卷均有独立性，组合又具统一性、逻辑性。

精：各卷首的“导读”，长篇作品的“提要”、节选作品的“简介”，各篇所加注释，务求内容准确、文字简明。

鸦片战争后，中国近代工业开始萌芽，至今已近200年；从中国工人阶级队伍略具规模，至今也已百年以上。这期间出现的各类工业题材文学创作，虽然赶不上“乡土文学”等传统题材作品数量之多，但也可称数量巨大。我们的编纂工作肯定存在不少缺陷，切望有关作家、专家、学者，广大读者批评。

2025年4月

《中国百年工业文学大系》在编纂过程中，有幸收录了众多作家描绘工业岁月的珍贵作品，这些文字是中国工业发展的重要记忆载体。由于时间跨度长、信息更迭等客观因素，书稿付梓之时仍有部分作者未能取得联系，对此我们深感歉意与遗憾。恳请尚未联系上的作者或家属看到成书后，及时与我们取得联系，以完善作品收录的后续事宜。

总序

深刻反映时代巨变，描绘时代精神图谱
——新时代呼唤工业文学的繁荣

“文化是民族的精神命脉，文艺是时代的号角。”习近平总书记的这一重要论断，深刻揭示了文艺与时代的紧密联系。文艺作为社会生活的镜像与人类精神的诗性表达，始终与时代同频共振、血脉相连。它不仅是时代变迁的见证者，更是时代精神的塑造者和引领者，在为我们展现历史巨变的同时，也将中华民族伟大复兴的壮阔征程熔铸成一幅可触可感的精神图谱。

100 多年前，我国近代工业刚刚产生，就陷入帝国主义列强的围堵和封建专制的压迫之下，在其筚路蓝缕的艰辛跋涉中，20 世纪上半叶就有茅盾、夏衍等作家描写民族资产阶级“工业救国”梦的破产，描写工人阶级的悲惨处境和觉醒斗争，创作了《子夜》《包身工》等优秀作品。新中国成立后，在大规模经济建设中，更多作家长期深入工矿生活，创作了许多新作，如草明的《乘风破浪》、雷加的《潜力》三部曲、艾芜的《百炼成钢》、艾明之的《火种》等长篇小说以及李季赞颂玉门石油基地的诗歌等，出现了工业文学的初次繁荣。而工人

作家胡万春、万国儒等的崛起，则开了工人写工人的先河。到了改革开放大潮中，反映工业战线生活的作品更如雨后春笋，蒋子龙的《乔厂长上任记》等系列，张洁荣获茅盾文学奖的《沉重的翅膀》、程树臻的报告文学《励精图治》，以及众多作家反映工人生活的中短篇小说、诗歌和剧本等，势如乘风破浪，冲上改革文学的前沿。伴随着改革深化和经济转型，在“新写实”和“现实主义回归”文学潮中，又涌现出一批沉甸甸的作品，如张宏森、肖克凡、谈歌等作家真实反映国企工人经历的转型期阵痛的佳作。而“打工文学”在珠江三角洲等沿海经济特区异军突起，更成为新时期工人写工业文学的一道新风景。

从党的十八大开始，中国特色社会主义进入新时代，进一步强化了工人阶级是国家的领导阶级和主人翁地位。在《关于繁荣发展社会主义文艺的意见》指引下，文艺界克服价值扭曲、娱乐至上、唯市场化等倾向，用现实主义精神和浪漫主义情怀观照生活，歌颂光明、抒发理想，鞭挞丑恶、抵制低俗，给人民以信心和力量，在工业文学方面产生了一批讴歌大国重器、“中国制造”的响当当的作品。同时以“知青文学”而闻名的梁晓声，创作了长篇小说《人世间》，描写知青回城前后几个工人家庭两代人的生活变迁，以其动人肺腑的笔力而荣获茅盾文学奖。一向书写矿山工人生活的刘庆邦，以现实主义笔触展示了不同类型的煤矿工人的人生。不少剧作家也创作或改编了描写工业和工人生活的剧本，搬上屏幕，受到广大观众的欢迎。

百余年来，中国工业文学由小到大，由弱到强，形象地记录了中国工人阶级的发展历程。从百年前郁达夫笔下的女工陈二妹，到蒋光慈小说中的工人形象，从《百炼成钢》的秦德贵到报告文学中真实的英雄孟泰、王崇伦、王进喜、赵梦桃等等，构成了中国工业领域的英雄人物画廊，构成了工人阶级光辉的斗争史和成长史。感谢中国工人出版社和主编本丛书的贾玉民、樊洛平诸位教授学者，经过多年努力，辛勤劳作，为广大读者编成此套规模宏大、内容丰富的选本，自是一项盛举！

如今，中国工业文学作家面前仍然任重而道远。

首先，和我国工业迅速崛起的势头相比，工业文学的反映还远远不够。工业文化，尤其是21世纪以来，极速变化，迅速飞腾，节奏之快，前所未有。这就要求我们身在工业战线、对这种伟大变化有深切感受的工业作家，肩负起历史使命，拿出更多新的好作品来。

其次，和经典作品相比，相当一部分工业文学作品对现实的剖析和人物心理世界的开掘还不够深刻，还少有触及这方面深层次的观念冲突、心理变化和复杂的矛盾斗争的新作。随着城市化的加速，新工人、新市民成亿增加，对工业文学的期待必将日益强烈。

中国实现工业化、现代化，是多少代人的理想和立国之本。新时代呼唤工业文学的繁荣。这既是挑战，更是机遇。工业文学作家和工业战线的文学业余作者，自应把握这个历史机遇，全身心地投入这场新的工业革命，投入由农业文明向工业文明的深刻变革之中，在实践中观察，体验，对工业基础以及高端装备等建设成果努力深切了解，对这场变革中的各种人物表现有更生动把握，从而掌握扎实的生活素材，奠定工业文学更生动更深厚的基础。我们深信，广大读者都会殷切期待作家、艺术家的进一步努力，充分认识所承担的历史重任，开出灿烂的文艺之花。希望广大工业战线的文艺工作者不辜负时代召唤、不辜负人民期待，描绘出中华文明古国在21世纪工业腾飞的足迹，绘出民族的精神图谱，奏出时代的最强音。

张　炯

2025年春于苏州

导言

五四新文化运动后，小说成为文学的正宗，也成为中国现代新文学作家创作的主流文体。

1918 年，鲁迅发表白话小说《狂人日记》，标志着中国现代小说的伟大开端。1922 年，张资平发表小说《冲击期化石》，开启了我国现代长篇小说创作的先河。

现代小说以其表现领域的宽广，思想内涵深邃，为众多的现代作家所采用，并迅速推动中国现代文学的发生与发展，成为五四以来中国文学不可或缺的一条创作流脉。由于中国延续了数千年的农耕文明，又加之近代以来中国工业化程度非常低，致使工业小说起步晚，与乡土小说、革命斗争题材小说、都市小说相比，明显滞后，一直处于弱势地位。然而，在百余年中国新文学史上，也不乏工业小说的优秀作品，尤其是长篇工业小说有着其独特的表现领域、叙事视角、宏大主题与丰富的思想内涵，为认知近代以来中国工业化波澜壮阔的发展历程，提供了具有独特价值的文学样式和文献参照。特别是进入新时期以来，随着我国工业化、现代化的高速发展，工人队伍迅猛扩大，工业问题往往成为社会关注的中心，工业题材的长篇小说纷纷问世，作品的内容厚重，触及社会问题尖锐，艺术成熟，已经走上当代文学的前沿。工业题材长篇小说的繁荣已经来临。

一

鸦片战争之后，西方列强以武力打开晚清闭关自守的大门，资本主义经济进入中国，对数千年来中国传统的自给自足的自然经济产生巨大冲击，并逐步走向解体。受到西方工业经济的影响，晚清地主阶级开明知识分子也意识到现代工业对于国家盛衰的重要意义。1860 年，晚清洋务运动兴起，掀起了中国自主创办近代工业的热潮。同时，西方列强也在中国相继开办工矿业，强化对中国的经济掠夺与殖民侵略。在西方列强以及洋务派创办的工厂里，出现了中国最早的产业工人。

中国早期工人阶级的发展虽然还处在萌芽状态，然而却是新生的社会力量，自诞生之日起就深受帝国主义、封建主义、官僚资本主义“三座大山”的压迫，在长期与中外反动势力的斗争中成长为一个最坚决、最彻底的先进阶级。

晚清时期，虽然已经有作家开始关注这些早期产业工人的生存状况，然而，真正成为中国工业文学先声的却是反映华工遭遇的文学作品。1880 年代，美国爆发了经济危机，影响到它在世界各地的工矿产业，为转嫁危机，资本家加大对产业工人的压榨，同时开始疯狂地排斥、迫害华工、华侨，因而引发了我国沿海各地掀起了一场轰轰烈烈的抗议美国迫害华工华侨的爱国运动，史称反美华工禁约运动。晚清一些作家开始用文学的形式记录这场运动，反映华侨华工的生存状况和抗争，以及受这场运动影响，决心实行工业救国的爱国企业家的活动。如我佛山人（吴趼人）的《劫余灰》、姬文的《市声》、中国凉血人的《拒约奇谈》等。

19 世纪末 20 世纪初，中国现代民族工商业在沿海城市产生，然而，在中国社会由传统封建农业经济向现代经济过渡中，帝国主义列强的工矿企业打压中国民族工商业的发展，致使中国民族工业的发展极度艰难，在夹缝中求得生存。这在一定意义上，也影响了作家的创作取材，对工商业领域表现的长篇小说创作较少。

第一次世界大战期间，中国民族工业获得较快发展。伴随着中国民族工业的发展，工人阶级队伍也逐渐壮大起来，尤其是五四运动中，工人阶级以自己特有的组织性和斗争的坚定性，在运动中逐渐成为主力军，开始以独立的姿态登上政治舞台。同时，马克思主义理论的传播，对于中国工人运动的发展起到极大的推动作用。1921 年中国共产党成立后，积极领导中国的工人运动，工人的斗争状态由自发转向自觉。中国工人阶级队伍的壮大以及工人运动的纵深发展，工人阶级的斗争与生存状况也获得了现代作家的广泛关注，但作家因其和工人接触尚少，对工人生活的反映还以短篇小说为主，长篇小说的发展较为迟缓。

1930 年代，随着中国现代工业的发展、产业工人数量的增加以及中国共产党领导的工人运动的广泛开展，为左翼作家所广泛关注。同年 3 月，中国左翼作家联盟在上海成立，在《中国无产阶级革命文学的新任务——一九三一年十一月中国左翼作家联盟执行委员会的决议》中，强调作家必须“注意中国现实社会生活中广大的题材”，“描写民族资产阶级的形成和没落，描写工人对于资本家的斗争，描写广大的失业，描写广大的贫民生活”。1932 年上海“一·二八”事变后，为了推动工人文艺的创作，中国左翼作家联盟又成立“工人文艺工作委员会”，号召作家们到工人中去做文艺工作，体验工人的生活，写作反映工人生活的作品。左翼作家最早对工人阶级进行关注的是中国无产阶级革命文学的先驱蒋光慈，虽然他创作的工业小说大部分为中短篇，如《短裤党》，但拉开了中国左翼作家创作工业小说的序幕。1928 年，蒋光慈创作出表现青年工人自发反抗的长篇小说《最后的微笑》。华汉、欧阳山、草明、丁玲、蒋牧良、万迪鹤、邵子南等左翼作家笔下，也创作出了优秀工人文学作品。最有代表性的左翼工业文学作品是茅盾的长篇小说《子夜》，运用马克思主义阶级分析学说，运用社会主义现实主义的创作方法，从经济视角对 1930 年代中国社会的状况进行深度剖析，关注于经济变动之后中国社会整体变迁，揭示出社会内部的种种矛盾，并对这些矛盾形成的渊源原因进行深度探讨，反映出 1930 年代中国民族资本主义工商业的生存状况与半殖民地半封建社会的现实。

1940 年代，中国作为一个传统的农业大国，在向现代转型的历程中，现代作家依然较多关注于乡土中国的变化、农耕文明的现代变迁以及中国农村的“土地革命”，而中国工业虽然从晚清洋务运动就开始了，但经过近百年的发展历程，进展依然至为缓慢，工业文学也没有太大的发展，但在长篇小说的创作上，却出现了重要作品：1945 年 8 月宋霖出版了《滩》，反映在抗战时期的大后方，民族资本家的艰难挣扎和破产；1949 年 2 月，作家康濯创作出我国第一部描写煤矿工人生活的长篇章回体小说《黑石坡煤窑演义》，在《人民日报》连载，小说通过描写煤窑工人从奴隶生活走向翻身解放的艰难历程，展示了一部煤窑工人的苦难史和斗争史。作家雷加在抗战胜利后随解放军回到家乡辽宁丹东，在安东造纸厂工作五年，和工人一起经历了复工、撤退、再复工三个阶段。在 1950 年代，雷加以此为素材，创作了长篇小说《潜力》三部曲，迎来了自己工人小说创作的高峰。

二

1949 年 3 月，中共七届二中全会在河北省平山县西柏坡召开，毛泽东在《在中国共产党第七届中央委员会第二次全体会议上的报告》

中明确提出，在夺取全国胜利后，党的工作重心要从农村转向城市，使中国稳步地由农业国转变为工业国，把中国建设成一个伟大的社会主义国家。

文学是时代的传声筒，作家也必然会紧扣时代的脉搏进行创作。新中国成立后，作家的创作重点也会随着国家发展重心的变化而转移到工业文学的创作。然而，近代以来，由于西方资本主义经济的侵蚀，中国近代民族资本主义工商业虽然获得一定发展，但发展至为缓慢，没有形成强大的工业生产背景；又由于解放区作家长期生活在农村，文学创作对工业题材一直关注不够，以至于新中国成立后，描绘农村社会主义革命和战争革命斗争题材的作品依然是文学创作的主流。新中国成立之初，工矿企业百废待兴，社会主义工业化开始起步，然而，由于工业生产的独特性，技术性强、程序繁杂，同其他领域的日常生产与生活有很大不同，作家对工业领域的熟悉需要一定时间，因此，新中国成立初期工业题材小说的创作相比农业题材、城市题材、军事题材小说来说，仍然薄弱。

工业题材小说的创作，对作家提出严格要求，必须真正长期深入到工厂，了解工业生产的流程、工序，熟悉工人的生活、习惯及其内心的期盼、感受，更要发现工业生产进程中的新旧矛盾、新旧思想等等，然后精心去整理、去思索，才能创作出思想内涵深刻的工业小说。1956 年底，“三大改造”完成后，中国进入社会主义建设时期，社会生活发生了天翻地覆的变化，以工业化为标志的经济建设成为生活的重要内容。工业题材的文学创作逐渐兴盛，草明、艾芜、周立波、李季、萧军、雷加、罗丹、韶华、阮章竞等，响应党和国家号召，纷纷深入到工厂、矿区，熟悉工业生产，体验工人生活，并拿起笔来，刻画中国社会主义初期工业的发展与工人的生活。

诚然，在新中国鼓励工业题材创作的文艺方针指引下，许多原来进行农村题材、军事题材创作的作家，主动深入工业生产第一线，走到工人群众中去，亲身参与工业建设，获得真实的生活体验和第一手创作资料，在 50 年代中期，陆续推出了一批长篇工业小说作品。中国当代工业小说的开拓者为作家草明，按照党组织的安排，1947 年 5 月，她到东北牡丹江镜泊湖水力发电厂亲自参与到抗日战争胜利后已经濒临废弃的东北工业的恢复与生产工作中。草明根据这段生活经历和体验，于 1948 年创作了中篇小说《原动力》。沈阳解放后，她又到皇姑屯机车车辆厂工作，根据工人修复机车支援前线的事迹，于 1950 年创作了长篇小说《火车头》，开启了当代工业小说创作的帷幕。1954 年 8 月，草明又到鞍山钢铁厂落户，与工人同生产、同吃住，体验生活，并于 1959 年 9 月创作出以描写鞍山钢铁厂生活为背景的长篇小说《乘风破浪》，向国庆十周年献礼，这既是中国工业文学的扛鼎之作，也是草明小说创作高峰的标志。其他深入到工业战线的作家，也创作出了大量优秀的长篇工业文学作品，如萧军的《五月的矿山》（1954）、雷加的《春天来到了鸭绿江》（1954）、周立波的《铁水奔流》（1955）、碧野的《钢铁动脉》（1955）、艾芜的《百炼成钢》（1957）、周而复的《上海的早晨》（1958）、罗丹的《风雨的黎明》（1959）、舒群《这一代人》（1962）、李云德的《沸腾的群山》（1965）、程树榛的《钢铁巨人》（1966）等，集中体现了新中国由农业大国追求工业现代化征程上的积极自我探索与艰难跋涉。这一时期的工业长篇小说比较真实地再现了工业生产一线的工厂、车间、矿山、工地的生产建设场景，以及工业建设面临的困难、不同思想路线间的矛盾与冲突。

三

党的十一届三中全会后，中国进入改革开放的历史新征程，全国开启了自上而下的经济体制改革，要将我国建设成为一个社会主义现代化国家，工业发展再次成为国家发展的重中之重。随着改革开放的推进和现代工业的快速发展，工业文学也再度繁荣。当代作家蒋子龙的《乔厂长上任记》首开“改革文学”先河，拉开了新时期工业小说的创作帷幕，“改革”也成为工业小说的核心主题。在长篇工业小说创作上，张洁的《沉重的翅膀》（1981）、张锲的《改革者》（1983）、焦祖尧的《跋涉者》（1984）、刘庆邦的《断层》（1986）等作品，揭示国有大中型企业在改革进程中面临的种种困境，塑造了一大批改革先锋者形象，他们勇于革新、富有开拓精神，凸显了工业体制改革的历史必然性与必要性，构成了1980年代改革小说的基本创作路径与创作理念。

随着改革的纵深推进，作家们反映改革的视野更加阔大，眼光也日益深邃，在反映经济、政治、社会体制变革的同时，更注重剖析改革对人的传统价值观念的影响，揭示商品经济冲击下旧有生活方式的逐渐瓦解，以及新的生活理念在人们的心灵上产生的强烈震动，将对于改革的书写推向更为深广的领域。张洁的《沉重的翅膀》，作为新中国反映社会主义现代化建设、工业改革的第一部长篇小说，对工业改革使命性与艰巨性给予了深刻的讲述，展现改革进程中各种复杂的矛盾纠结，全方位地呈现了改革大潮下当代社会的人情世态。

进入1990年代，改革进入攻坚期，出现了诸如国有企业改制，破产重组，职工下岗、失业等迫切的经济问题和社会民生问题，一些作家直面现实，用小说创作反映当时经济改革、政治体制改革中存在的问题以及引发的种种冲突，形成文学创作的“现实主义冲击波”。

诚然，社会主义市场经济体制的确立，在改革大潮中，人们的关注点有所改变，由国家意识、民族命运转向个人生命价值的关怀，由1980年代对于改革先行者的歌颂转向社会底层工人生存困境的书写，表现国家在社会转型期所经历的阵痛以及所面临的重大社会问题，反映了社会转型期国有大中型企业严峻的经济形势和窘迫的生存状况，提出了亟待解决的诸多问题，发出现代人文知识分子对于改革走出困境的真切呼唤。如谈歌的《城市守望》(1997)、刘醒龙的《寂寞歌唱》(1997)、张宏森的《车间主任》(1997)、胡小胡的《太阳雪》(1997)等，它们主要描绘了社会转型期工人的艰难生活和理想追寻，以不同的叙事方式、叙事视角、叙事架构，真实反映了当代工业改革的成功与挫折、困惑与突破，以及工业人的期盼与忧患、命运的顺境与逆境等等。还有张平的《抉择》，集中呈现了在新的历史条件下，工业领域反腐败工作的复杂性和迫切性，全视角揭示了种种腐败现象，深层思索腐败滋生的渊源，凸显对于社会转型期国企及工人命运的人文关怀。

四

进入新世纪以来，中国工业的发展突飞猛进，高智能、高科技产业成为中坚，工业生产环境变得更为复杂，机器操作流程更为烦琐，给工业文学创作带来巨大挑战。由此，工业文学作家在持续关注于工业经济发展的同时，他们的创作聚焦点有所改变，更关注于新时代工业大环境下传统的产业工人的生存、生活与生命历程。同样，新时代产业工人在关心工业产品质量的同时，也关注自我的生存状态与生活质量。虽然工业、工厂依然作为工业写作的大背景，但小说的取材空间由原来的工厂、厂矿、生产车间，扩展至工人生活的社区、俱乐部、商超、集市等场所，将工人们的日常生活融入工业题材小说的创作，极大地拓展了工业小说的叙事空间、思想内涵以及创作理念，改变了小说情节的过度模式化、小说人物塑造脸谱化，让情节更加真实化，在现实的生活中立体、多元地表现人物生活的时代、社会以及人性的复杂性与深刻性，在对工人的日常生活描写中建构小说情节脉络，展现出新世纪工业题材小说源于日常生活的原生原貌。

由此，对于工业生产的描述与工人生活的书写构成新世纪工业小说创作的两条流脉，极大丰富了长篇小说的创作取材与创作内涵。然而，新世纪工业题材小说并不是仅仅停留在对于当代工人日常生活的简单记录，而是深入到工人的内心世界，深度挖掘普通人的精神追求与理想向往以及在新时代快节奏的社会发展中的生存困惑，对生命意义与生存价值的自我追问与思索。如向本贵的《遍地黄金》(2001)、王立纯的《月亮上的篝火》(2005)、肖克凡的《机器》(2006)、刘庆邦的《红煤》(2006)、焦祖尧的《飞狐》(2007)、曹征路的《问苍茫》(2008)、徐坤的《八月畅想曲》(2008)、李铁的《长门芳草》(2009)、李宏林的《非常城市》(2009)、王十月的《无碑》(2009)、高满堂的《大工匠》(2011)、肖克凡的《生铁开花》(2011)、于泽俊的《工人》(2011)等作品。

新世纪以来，工业作家在对工业厂矿书写的同时，还注重新中国工业发展史的呈现，用文学见证中国工业的发展历程，具有史诗性的价值与意义。如煤矿作家刘庆邦多年坚守自己的创作立场与创作领域，创作出被称为“煤矿三部曲”的作品:《断层》(1986)、《红煤》(2006)、《黑白男女》(2015)三部长篇小说，记述了新时代煤矿工业发展的沧桑历程。还有刘华的《车头爹 车厢娘》(2010)、罗基础的《玛依塔柯之恋》(2012)等作品，以小见大，呈现出中国工业发展的艰辛铿锵历程，展现中国工人阶级前仆后继的革命精神与普通产业工人的高尚情操，再现了中国工人阶级勇担重任、开拓进取、公而忘私的心路历程。

新世纪长篇工业小说，最大的突破就是对女性矿工生存状态的关注。2020 年，刘庆邦创作长篇小说《女工绘》，是至今唯一一部书写煤矿女工故事的长篇小说。2024 年，张秀珍创作长篇小说《孔秀》，讲述普通女工孔秀在繁重的工作之余从事文学创作，并最终成为作家的故事。

2012 年，进入新时代以来，随着中华民族伟大复兴进程的加快，尤其是提出到本世纪中叶，要把我国建设成为社会主义现代化强国。毫无疑问，工业是我国的强国之本，国家加大对现代工业的重视力度，产业科技创新能力大幅提升，产业结构持续优化升级，企业实力和竞争力显著增强。随着工业化进程的不断推进，工业产业的发展日新月异，新能源、新材料、生物制造、商业航天、低空经济、量子信息、载人航天、探月工程、深海深地工程、国防军工等重点领域科技创新连续取得新的重大突破。在后工业时代，工业文学有了新的、更为广阔的表现领域，工业文学作家的认识度和创作观念有了新的突破，工业小说不一定是写工矿，真正意义上的工业小说创作，应展现当代大工业在国家和社会进程中所起到的关键性作用，既有宏观视野，又有个性思考，创作出具有大气象、大魂魄的文学作品来。如网络文学作家、都市硬派工业类作品第一人齐橙，从 2011 年开始，他在起点中文网先后发表了《工业霸主》《材料帝国》《大国重工》等一系列工业题材的小说，引起巨大反响，也带动了网文界写作工业小说的风潮；从小生活在军工大院的作家阿莹，对军工生活至为熟稔，创作出小说《长安》，记述了我国军工人满腔的爱国激情、高度的历史使命感与责任感以及自强自立、攻坚克难、勇于奉献的奋进精神。此外，还有亚东的《风起毛乌素》（2012）、商国华的《我们走在大路上》（2014）、赵晏彪的《中国创造》（2015）、杨梅莹的《仰望长空》（2018）、罗日新的《钢的城》（2019）、温恕的《世间人》（2019）、孟广顺的《高铁作证》（2019）、管新生的《工人新村》（2019）、黄建东，杨忠华的《长辛店》（2019）、周梅森的《人民的财产》（2021）、李铁的《锦绣》（2021）、邹小林的《风过太阳城》（2021）、秦北的《归心》（2021）、第广龙的《高高的太阳坡》（2021）、黄秀萍的

《中国智造》(2021)、晨飒的《重卡雄风》(2022)、紫芒果(李杰)的《强国重器》(2022)、水运宪的《戴花》(2022)、王延才的《中国名片》(2023)、苏虹的《海上晨钟》(2023)、邹元辉的《远航》(2023)、吴丹的《鲸落果园》(2024)等长篇工业小说。

工业题材是文学写作的富矿，这已经是文学界的共识。工业文学经过百年发展，在中国从工业大国迈向工业强国的征程中，工业长篇小说的创作上虽然有长足的发展，但相对于波澜壮阔的中国当代工业的发展，依然不足，过于单薄，相当时期甚至处于失语状态，因而需要更多的优秀作品，反映中华民族伟大复兴的历史征程，展现新时代工业战线上的辉煌成就。由此，我们需要更多的专业作家，正视工业题材文学的现实与困境，以繁荣工业文学创作的使命意识深入到工矿企业，沉心静气，积淀素材，将工业文学的书写融入中国的工业化、现代化的历史进程之中，从广阔的生活、典型的人物、历史的变迁和时代的精神等各个方面，创作出彪炳史册的工业小说，记载下中国社会主义新时代工业发展的伟大成就。

同时，为更好推动工业文学的创作，扩大工业文学作品的影响力，工业和信息化部工业文化发展中心、中国作家协会创作联络部、中国企业联合会企业文化建设委员会等单位联合举办“光耀杯”中国工业文学作品大赛，目前已经举办三届，评选出众多优秀工业文学作品，极大地推动了工业文学创作的新发展。中国工人出版社特设立出版资助项目专项资金200万元，资助15部左右工业题材作品以及工人作家的工业文学作品出版。另外，还有“中华铁人文学奖”“全国青年产业工人文学大奖”“全国煤矿文学乌金奖”“草明文学奖”等，定期举办评选优秀工业文学作品，激励工业文学专业作家和工人业余作者进行创作。这些举措都旨在推动中国工业文学(小说)的快速发展，激励当代工业文学作家不辜负时代召唤、不辜负人民期待，记述中华民族伟大历史复兴的工业铿锵历程，讲述中国工业故事，展现中国创造的磅礴力量和改革创新的中国精神，创作出反映中国特色社会主义新时代工业发展的优秀长篇小说，谱写中国工业发展的新篇章。

孙拥军

目录

滩

宋　霖

一

清晨的雾，笼罩着天地间的一切，使一切的物象——丑的和美的，都像披上了一片白纱，蒙蒙地看不出它的真面目：山和水，房屋和树木，像淡墨画似的，都挂在上不顶天下不着地的半空中；人，生存在这样的浓雾中，就好像处在虚无缥缈的蓬莱仙岛。

这是十月上旬一个浓雾的清晨，一条四儎——四万斤载重量——的柏木船，静悄悄地顺着长江下重庆。这是一艘运米赶重庆早市的船，每天往返一次。因此，住在镇上的人，如其要去重庆，总是乘这米船的。它的班期比轮船还准，它的速率与上水的轮船一样快——离开重庆三十华里，只要两个钟头，就可以到达。而且它不怕浓雾，每日按时开舵，不像轮船碰到浓雾，不是停船，就是延时。因此，近几年来，因抗战而被开拓为工业区域的这个小镇，人口突然增加。这艘运米的柏木船，也改变了它的营业项目，由运米而运人了。

这一艘满满的人，有六十以上吧，里面包含着：上自司令长官，下至士兵小卒；富至地主老板，穷至贩夫小工；自然也还有坐茶馆的商人，夹文书皮包的公务员，也有时代化的摩登姑娘，营养不足的各级学生。它包含着社会各阶层的人，各人怀着不同的心情，夹着不同的目的，但它把他们带到同一的目的地——重庆。

长江的流，从不知多么遥远的地方，悄悄地来。十月的寒风，穿过了雾层，从天空中静静地吹向江面。这艘四儎重的柏木船，因为向下流航，所以也不需要划桨，只顺着流，无声地淌着，整个的天地，在浓雾中寂静着，静得一点声音都没有。这一船的人，就像处在盘古初辟天地时的大荒中，蒙蒙的大雾，遮盖了人间一切的色彩，无限的寂静，吞灭了天地间所有的声音，静压着每一个人的心头，大家都被这静噤着声。

大家的眼睛，都望着前面被雾遮着的远方。虽然，在这前面的远山近景，都是被大家看熟了的，但披了轻纱似的雾中的山景，却重新给人以另一种情绪，大家好像在朦胧中游梦境似的，似相识，似不相识；因此大家就不约而同地眺望着这相熟但看不清楚的前方。只有一个人，一个相当魁梧英俊，四十以外的男子，他坐在掌舵的旁边，面却向着船后，眼睛注意在水面上跟着船尾的两条愈远愈分离得开的水纹。

他在这一船人中，似乎并没有半个相识；可是这一船人中也许至少有一半知道他是鼎鼎大名的建成炼钢公司的总经理。这公司除了炼钢，还经营着若干与炼钢有关系的事业，炼焦、炼沥青、铁矿、锰矿机器以及五金制造；这些在供给自身以外还有余力供给别的厂家。所以建成两字在重庆工业界的响亮正和它那总经理的名字萧鹤声在重庆闻人中的炙手可热一样。

此时他注视着船尾那两条水纹，除了脸上有一团冷气，神态却极其悠闲。可是他的内心并不平静。几年来身受的种种甜酸苦辣似乎都拣在这个时候兜上他心头来了。往事如潮，却不肯跟着船尾那两条水纹一同逝去，反倒追逐着东流的江水步步迫拢来了，他觉得自己的事业和理想就跟这船尾的两条水纹一样，开始时原是合一的，可是愈拉长了，就愈加分离开了，到头来竟变成彼此完全不相干——不，甚至相反了。

他注视着那两条水纹，石像似的沉入惘然的冥想。

二

萧鹤声原来并不是办厂出身，建成也不是由沿海沿江迁来重庆的老厂。他是在抗战第三年才开始筹备建厂的，所以建成虽然红极一时，但在讲究历史的中国，建成好像冬天由温室里培养出来的牡丹，尽管花开得大，却没有绿叶，也没有深根，骤然一看，会使人觉得怪模怪样的不顺眼，除了觉得匠工的苦心外，不使人兴起艳丽堂皇的感觉。

抗战之前，萧鹤声在海关里占着相当重要的一个职位——在海关二十年，由极低的外勤，直升到华籍职员中的第一把交椅，在职业上，不能不说是登峰造极，至于在社会上，不仅因为他的职位而出人头地，更因为热心国事，对内政外交常有独到的见解，偶尔也发表几篇文章，在所谓上海的闻人中，他是占着超过他职位所给予的地位的。“八一三”上海战事爆发，接着是国军西撤，敌人干涉海关。他受不住压迫，就辞职走香港，做寓公。不到一个月，大本营在汉口重振军威，更新内部，抗战进入再接再厉的阶段。行政方面，也罗致社会闻人，民间专家，担任各部分的职位。萧鹤声就在这时，奉到电召，他把家眷暂留香港，只身坐飞机去汉口。当时他被派在东南各省担任经济检查之职，从他给妻子的信中，可以看出他对这事的抱负之高：

“……来汉已一周，今日始作家书。盖政府授我东南四省经济检查之职，事属创举，职属规章，无例可援！一切均待草拟擘画，机构新立，人员罗致不易，终日奔走邀请，现已稍有头绪。此事职位虽微，然意义重大。盖现代战争基于经济力量之能否战胜敌人，此机构一方面为防止敌人以战养战之毒计，一方面为检视敌我交接处物资出入之是否于我有利。故在权限方面，现在力争有就地处置之权，此点中央亦可同意，盖非如此，不足以奏事功也……一周奔忙，今日稍暇，忽觉吾爱远在千里之外，怅然良久，待事稍定后，当来港迎接也……”不久，武汉、广州相继沦陷。他也从汉口到了江西，就在江西、安徽、江苏、浙江四省的敌我交界处，设卡检查进出口货运。他一时罗致了许多自愿报效国家的热血青年，担任各卡检查之职，同时也聘请了许多老于官场的老官僚，二者相间并用；在他以为这样刚柔相克——一方面利用了青年热血纯洁之长，可免营私舞弊之积习；另一方面也利用了老于世故、圆滑周到的官场旧习，可应付四周环境。但结果，机构方面渐渐起了新旧之争，同时因为对职务的严厉执行，当地的士绅和驻军，无利可图，怨声渐起，他却不以为意，只秉他的意志行事。可是在职不到半年，就被召回，一到重庆就被免职了。

他所做的事，虽然相当有成效，也着实得了一些公正人士的好评，但他以为距离他的理想还远得很。他正在不顾一切的利害，一步步实现他理想的时候，却被一闷棍打下台来，在政治上，他不能不说是遭遇了失败，所以当时他非常激愤，见到朋友总要发些牢骚：

“我总以为在这样艰苦抗战的时候，这批只图私利无恶不作的旧势力，总能少体时艰，发点天良。谁知他们愈来愈猖狂，竟靠战时发横财，捞血腥钱了。更使我奇怪的，这些人到现在手段还能通天。是非不明，利害不分，热血之士是必然要被撵出来的了。”

当时有朋友问他以后作何打算，他总摇头叹息。

“以后官总不做了。爱国也不一定要做官。以后的事，休息一阵子再说。”

他表面尽管平静，心里却非常气愤——理想的幻灭，生活的空虚，一天天在无聊中度过。然而他是做了二十多年事的人，决不习惯于寓公式的生活，而且抱负不凡的他，也决不愿意但谋温饱，虚度此生。回重庆后，许多在上海的老朋友都见了面。有的在银行里任要职，有的在产业界经营企业。于是，他就静下心来，用全副精力注意大后方的经济动态。他看见在上海地位比他低，能力比他差的人，现在在大后方不是身任要职，就是腰缠百万。他并不景仰人的位高，也不羡慕人的钱多。他所要的是实现他的理想，施展他的抱负的一个根据。但是根据在哪里呢？这时他还没有找着。他回重庆后的一两个月中，曾经尽量参观各种工厂，不断地和银行家、企业家宴聚闲谈，他想在这些地方找出他寄托理想的根据。终于他得出了这样的理论：

当时的大后方的工业，正在突飞猛进。他觉得只有创办工业，才能寄托他的理想。因为办工业是私人的企业，行动可以自由，可以大刀阔斧地去干，成败得失，完全掌握在自己手里，不会像在政治舞台上似的，事功尚未见效，先就给人赶跑了。同时，工业在中国，还是处女地，开荒虽然辛苦，但成效却容易显著，最重要的是中国必须要发展工业，才能生存，才能抗战。这非常符合他的爱国热诚。他觉得又要爱国，又要自己有发展，只有办工业。他这样斩钉截铁地替自己决定了命运，就毫不迟疑地着手进行。自然，两袖清风的他，要办工厂，决不是一件容易的事，但他没有把困难放在心上，也像他那时初任检查处处长之职一样，以闪击战的速度，向他的目标迈进。

那是二十八年夏末秋初的一个夜晚，重庆的热季已经过去，虽然中午还有点燠热，但在月光如水的秋夜，却凉爽得异样惬意。孩子们已经睡觉了，他和妻坐在洒满月光的窗前，把电灯熄了，仰着头看月亮，他伸长着腿，把头靠在藤睡榻上，雪茄烟在他的嘴边，常常亮起一点红光，默默地向月亮看着，神情是非常悠闲的。妻坐在他身边，目不转睛地看着他被月光照耀着的脸——这脸是妻看熟了的，是一张略带微黑的方脸，永远射着威光的眼睛上面，却配着这条和善的眉毛替他掩盖了不少的杀气，嘴总是闭着的，在没有笑影的时候，从鼻子两旁刻画着的两条深纹，刚刚弯到嘴角边，成了鼻与嘴的连锁线，加重了他的威严。他虽然悠闲地躺着在窗前看月亮，然而最明白他表情的妻，是知道他眼睛看的，决不是美如处子的月光，心里想的，也决不是诗样幽静的夜晚。一向用镇静与沉默来掩蔽内心的焦灼的他，使妻感到一种同情和怜惜，妻自然地握住他放在藤榻靠手上的手。

“鹤声，公理自在人心，是非也终有明白的一天，你不要让那些事老咬着你的心，这样会损害你的健康的。”

“不！我不想那些事，无能为力的事，我不会去想它的——你放心，我不会使自己发神经！”他挣脱了被妻握着的手，去握着妻的手，收回了看着月亮的眼光去看妻的脸。妻是背着月光坐的，只看见脸的轮廓，但那一双明澈的眼睛，含着无限的深情，停留在他的面上，使他觉得刚才的话，说得太硬了一点；他仰起头来，在妻的头发上吻了一下，握着的手，也捏得更紧一点。

“懿芳，你放心，你是最知道我的，我不是想不开的人，那些过去了的事情，决不会再费我半点神。我想的不是那些事——我看你倒比我更气愤些。你身体不结实，不要把你气出病来。你也要像我一样，把它忘了才好。”

妻对他的关切，使他感到温暖，他也体贴地安慰着妻。

“我倒觉得你回来更好。那处长再做下去，像你这样铁面无私的作风，他们会把你弄死也说不定……可是我知道你不能过饱食终日，无所事事的生活。这样会把你闷慌的，而且像你这样的人，即使不替国家做事，也应该替自己做点事。”

“我想的就是这事，不，我还是要替国家做事，不过，不像从前那样直接了；我是要又替国家做事，同时也替自己做事！”他的声音虽然仍是平静的，但眼睛里的光已经很活跃，好像又能为国家，也能为自己的那件事，已经呈现在他的眼前了。

“那是什么事呢？能这样两全的，你告诉我。”妻感到欣慰，她知道丈夫决不会让自己等闲度过。

“是的，能为国家，也能为自己，能两全的——那就是办工业。我已静静地观察了两个月，后方的工业很可以办，不会像上海那样给外商吃住，利子也厚，而且中国必须工业化，不然这次仗是白打的。我们要在抗战中建国，这建国两个字，就是建立工业基础的意思；我们要在外货不能进口的时候，就赶紧把工业的基础建立！这样抗战胜利后，不致再做别人商品的尾闾！不致再是次殖民地！”他是愈说愈起劲了。

“那倒用不着担心，现在办工厂比做买卖还赚钱，后方有的是游资，要招点股并不困难；我觉得困难的倒不是钱，是不知道办什么工业好，我总不能像那些投机家一样，只拣能赚钱的做，却不管对国家有利没利；我要做的是不仅战时能对国家有贡献，对自己能赚钱，战后也要能发展——就是说，是一件百年大计，决不是投机取巧！”两个月观察各工厂的结果，他看出后方办工业多少有点“办工厂是名，营商业是实”的那种投机性。这使他感到不满意，所以他要出来一扫这些投机的作风。

“那只有办重工业了，但是办重工业的资金更要大，招股困难一点。”妻的心里，还是放不下招股困难的问题。

“钱不怕没有，我已经说过，管理工厂，经营业务，我自信还有点把握，决不致失败——我怕的是技术。技术不在我手里，我无法把握它；只要能握在我手里的，我想都不会有问题。可是技术我不懂，只得去听从别人，那才是我的烦恼！但是也不要紧，工业的成功与否，管理占着七成！”他像铁样坚决的心，给自己下着定论。

月光已行到中天，觉得分外的皎洁。窗外的桐叶上，像洒上了一层水银，微风吹过，闪着幽光。秋虫有韵地鸣奏着。妻温柔地看着丈夫，得意地微笑，觉得世界是光明的，就同这明月一样，只要丈夫的铁掌能转动的时候，一切都会成功。她信赖地点着头，然后把自己的脸，偎在丈夫的手掌上，丈夫手心里火样的热流，立刻传到她的两颊，扫荡了她心中先前的忧闷。

在沉默中，弄堂里传来了橐橐的皮鞋声。这皮鞋声走到他们的门口就停止了，接着就是几声敲门的声音。

他仰起身来妻也立起来去拉亮电灯，客人已经由佣人开门，跨上扶梯，却是高声大笑。

“睡觉了吗？这样好的月色，也不到外面去走走，关在家里做什么？”话还未完，人已在门口了。

“哦！大有兄，好兴致，月下访友！我们没有睡，不过在房子里看月亮。”萧鹤声泰然地走到门口和来客握手。

妻看到来的是红律师高大有——是丈夫在上海时的玩伴，跑狗场，跳舞厅，海军青年会，银行俱乐部，是他们常玩常到的地方，是不拘形式的稔友，也就欣然招呼。

“懿芳夫人！不骂我吧！这样晚，还来打扰，哈哈！”

妻虽感到不好意思，却本能地笑着：“说哪话，我们欢迎之不暇呢！”

“大有，哪里吃了酒来，满嘴的醉话！”

“你猜得正着，今天是大成银行请客——替他们派在美国的代办凌君实回国接风，直闹到现在才散。”高大有仍然是大声大笑，一间屋子里装满了他的声音。

懿芳已走出去，装了一大盆泸州新鲜桂圆来，放在桌上，高大有不用人请，就先抓来一个吃了，边吃边说：

“鹤声，我知道你是闷不住的，怎么这次竟会两三个月躲在家里陪太太，是不是和太太分别得久了，得补偿补偿。我想你现在也该补偿得差不多了，应该活动活动才好。像你老兄这一身的才能，满天下的声誉，不出来干件把轰轰烈烈的事，谁出来？老实告诉你，现在后方人才缺乏，毛头小子，都充起大亨来了，我真看不惯，仗着头尖手长，趁战时捞着了点钱，就像煞有介事……”

高大有的话匣子一开就没有断头，桂圆已去了一大半，高大有的兴致还是很高。在幽静的夜里，他的声音简直响彻了云霄。

“高先生，你怎么又拉上我呢？说正经话，你问他，他有计划呢！”

“好极！说来听听。”又是一个桂圆送进口去。

“详细的计划也没有，简单可以告诉你，就是想办点工业。”

萧鹤声一直没有坐下来，只在房中踱方步。他看着高大有的好兴头有点不顺眼，就这样淡然地说了一句。

“你要办工业？天下真有这样巧的事！”高大有手舞足蹈了，“大成银行请客，在席间谈起他们资金的出路问题，就想办几个工厂，正找不着适当的人来主持。你知道他们有一个建业贸易公司，这几年来，着实赚了点钱。现在大成用不着帮建业的忙了，所以头寸有得多，看着别人办工厂赚大钱眼红，也想办几个工厂，战后银行是不像从前那样靠公债标金外汇地产了，是靠运销囤积办工厂了，这比公债外汇利息大十倍，抗战硬是肥了银行！假使你老兄要办工业，他们一定投资，我明天一定替你们拉拢！”他越说越有劲，他的声音，简直要把房子都胀破了。

“大成这银行还有点风格，同他们合作，也未始不可。不过银行家的脾气我讨厌。你去求他们的时候，他们就放刁。所以我宁可缓慢一点，却不愿去俯就银行。”

“我知道，自然是银行来俯就你；不过我觉得大成有实力，你有能力，你们要是合作起来，可以独霸工业界，到那时，我高大有也可以占一份拉拢的光，做个顾问律师，哈哈。”

高大有原也知道萧鹤声的倔强性格和自傲的气焰，要拉拢他们是相当困难的，但一想到这件事促成后，也许大成也像建业公司一样，送他点干股，心里就打定主意，不管它成不成，且试试看再说。

懿芳心里很同意高大有的主张，因为资金的困难不致发生，丈夫的理想很快就可以实现了，但是深知丈夫性格的她，也不敢向高大有说得太露骨，怕失了萧鹤声的面子，她轻描淡写的接口说道：

“大成银行的品格是高的，要是能和鹤声合作，倒好——你知道，鹤声的脾气，历史浅一点、做品滥一点的银行，他还看不起呢，大有先生要是能拉拢他们，倒是一件对国家有贡献的事。”

“懿芳夫人，你放心！我知道鹤声的脾气和你知道的一样明白，我决不会使鹤声失身份，我一定要促成他们合作，我自会有办法——今天夜已深了，就此告辞，过一两天我再来吧。”

高大有拿起帽子，也不让萧鹤声再说什么，踉踉跄跄就走下扶梯去了。从走的声音里，知道高大有还没有完全醉醒。

房间里到处响着的谈笑声，也跟着高大有走了。剩下的是异样的清静。萧鹤声走到窗前。月亮正行到中天，天宇青得像纤尘不染的一面镜子，一切房屋树林的轮廓，清楚地描画在月光里，但只是黑黝黝地看不见详细的结构。远处的城墙上，雄踞着一所德国领事馆，庞大魁梧，睨视着一切，像不可一世似的。但在它的后面，却矗立着自来水公司的蓄水高塔，像一个猎人，正瞄准着它的猎物——领事馆，显出镇定自信的样子。萧鹤声远眺着这景象，冷笑了一声，心里想着：“现在你们这批专吸中国人血的经济侵略者，不能再施展你们的魔手了，我要第一个建立起中国的经济堡垒，把你们这些魔鬼们关闭在我的堡垒之外！”

正在收拾桂圆壳的懿芳，被他的冷笑惊醒，抬起眼睛，看见丈夫魁梧的背影，她知道丈夫想得非常多，也非常远，但她总怕他这样绞尽脑汁的深思，会损害他的康健。她走过去，柔和地抚着丈夫的肩头，低声地说道：

“鹤声，夜深了，睡吧，保养你的精神，作为你明日再奋斗的资本。现在，我们且一切都放下，去寻我们的好梦。”懿芳侧着头，看着丈夫远眺的眼睛，忽然丈夫低下头来，接了一个意义深长的吻，作为他的回答。

两天后的晚上，在大成银行富丽堂皇的会客室里，坐着萧鹤声，大成银行总经理徐渭臣，建业贸易公司总经理林志远，还有律师高大有。每个人的面孔，在白热的灯光下，放着红光。显然的，宴会已经过了，大家都带了一点酒意。从飞机里带来的美国水果，三五牌香烟，随处都摆着。酒后，大家都减去了拘束，在畅快地谈笑戏谑。

从上海带出来的侍役，穿得非常整洁，十分懂得规矩，而又手脚伶俐地将装在福建漆盘里的樱桃白兰地和细脚高玻璃杯，放在每人座旁的条几上，注满了血红色的甜酒，然后将裹着白巾的酒瓶，放在中间圆台上，就踮着脚尖无声地退出去，把门轻轻地带上。

大成银行总行自迁来重庆后，多少事业，都在这间会客室里谈成的。这间会客室是大成战后庞大盈余的发源地。因此，银行里的人，都称这间会客室为“吉厅”。今天又要在这间“吉厅”里开始一件伟大的事业了。

侍役退出后，徐渭臣连打了几个饱嗝，心里盘算着如何继续刚才席间已经引出了头的谈判。

这位大成银行的总经理是位高大肥胖五十岁左右的老银行家。他在大成银行刚创立时，就由某钱庄里出来，到大成银行任一名小职员，到现在已经有将近三十年的历史。去年创业总经理去世，他就被董事们选举为继任总经理。其实前任总经理因兼任政府之职，常在国外，徐渭臣老早就掌握了总经理的实权了，现在不过更真实而已。银行里科班出身的他，虽然没有像前任总经理那样远大而强烈的事业心，但在银行界既有三十年的历史，对于赚钱的法门自然非常熟透，当他还是副经理的时候，从来没有违反总经理各种试验性冒险性的业务计划——那些一般银行所从来不肯经营的农贷业务和农产品加工贷放业务；但他也从来没有放弃过一般银行的赚钱业务——公债，外汇，标金，花纱，地产等信托业务。银行在赚钱的立场上，他是功臣，因此股东们相当信任他。等到他正式做了总经理以后，赚钱便成了大成唯一的目的；过去大成卓越的事业性，跟着前任总经理的死去而渐渐淡下去了，可是在银行的资产方面，跟着他的上台，就异常飞速地增加了起来了。一向以笑面老虎出名的他，就更笑得多了，也更加辣得很了。他从不穿西装，总是穿质地非常精美的中国长衫。近年来身体跟着优裕的环境胖了，胖得非常快。

今天因为天气热，徐渭臣脱了长衫，露出一身白印度绸短衫裤，从纽扣到表袋，横挂着一条精致而粗的金链，中间挂着四五件翡翠和红宝石。从胃到肚，那一段身体，向外凸出，呈一条弧线，加上一个圆而常笑的面孔，活像一尊弥勒佛，坐在单人沙发里，装得满满的。大概是吃得太饱了，他把头靠在沙发背上，肚皮更加凸出，一双脚伸得很直，不断地从口里喷出三五牌的烟气。

他看定了萧鹤声的脸，装起了满面的笑容说：

“鹤声兄，我是一个痛快人，遇事喜欢干得干脆；所以招股一层，我看我们干脆不招外股，全部由银行出资，好在数目也不大，不过两百万元——自然，鹤声兄和其他重要负责人的股是要留着的，也只要先付两成垫头，其余的由银行抵付。所以资本方面，我们今天可以不谈，我觉得要谈的倒是做什么工业；刚才鹤声兄提出来的炼钢，我倒也赞成，我们就来谈这个问题吧——志远！你看怎样？”他说完用询问的眼光，望着建业贸易公司的总经理林志远。

林志远也是大成银行副经理之一，地位和历史，仅次于徐渭臣，但他比徐渭臣要洋派一点，他懂得洋文。在上海时，他主管外汇，一切与外商银行交往的事，都由他负责；大成总行迁到重庆后，他主管的业务，大部分停顿，大成的信托业务，就转到国内贸易。为经营的方便和资金的尾闾能扩大一点起见，正式成立了一个贸易公司，全部由银行出资，公司组织，只是个名而已——这就是将银行同事的名字，随便提出十几个，每人名下写上多少股本，凑足额定的资本数，林志远任总经理之职。这公司只经营了两年，在上海、香港、海防、仰光、桂林、金华、昆明、西安等地都先后设立了分公司，在美国也有代办；经营的项目非常多，五金钢铁，也是主要业务之一——反正什么最有利，他们就经营什么。一两年间，一百万股本，已赚了一两千万了。徐渭臣继任大成总经理，林志远心里难免有点不舒服，但董事们选举他，林志远也无可奈何。不过银行中许多事，林志远多少总要带点反徐的色彩。现在建业贸易公司飞黄腾达，林志远的气焰更高了。徐渭臣本来是调虎离山之计，才把林志远派去办建业的，哪里知道虎离山肥，反而养利了老虎的爪牙。因此大成银行暗中就渐渐分成了两派，这两派动辄斗法，不过等到要对付外来势力时，却还是一致不分彼此。

在外表上林志远与徐渭臣完全相反，年纪比徐渭臣轻上五六年，因为善于修饰，看上去像比徐渭臣年轻十岁。他穿得一身极讲究的洋装，面部十分匀净光泽，十足外国绅士的派头，讲话总要夹点英语，称人很少称先生或翁老之类，总是称 Mr.。又因为他跟前总经理去过美国，所以谈起话来，总喜欢说“我在美国怎样怎样”。前总经理在中国的银行界中是革命分子，他要把中国的银行业务，从买办的圈子里打出来，走上正轨的路。他很想把自己的事业精神和意志，托付给银行里的同事。起初他看中了林志远，因为他觉得钱庄出身的徐渭臣，只能管管银行的内务，根本不能寄托他的精神，所以他把林志远带去美国，要他去看看美国的金融事业发展的情形。但是与买办们混久了的林志远，除了懂得发财，他再不能懂得其他的了，事业在他的解释就是发财，所以他学会了外商银行对付中国银行的一套毒辣手段和天一样高的架子，有些时候他就运用这一套手段去对付比他弱的同业和债务人，收到他理想的成效。前任总经理在美国与他共同生活了些时，彻底明白了他的本质的时候，也绝望了；但是年老力衰的前任总经理，已没有勇气与精力再来培养一个可承继他的事业精神的人。他临死的时候大概是不能闭眼的。

当下林志远听得徐渭臣在征询他的意见，便笑了一笑，他心里雪亮：徐渭臣为什么要做工业投资呢？还不是打算对他的贸易经营么？但羽毛已经丰满了的林志远是不怕徐渭臣这一下的，何况对于眼前这件事，他已胸有成竹。

“我完全同意Mr.萧办炼钢厂的意见。”他很漂亮地回答，“我们不做则已，要做就得做重工业，这不单像Mr.萧所说的为了对国家有贡献，到将来有发展；就是以目前来说，五金钢料，都是宝贝，利子比做什么都厚。至于资本，不招外股，我也完全同意，但我想全部由银行投资，觉得还有考虑的必要：资本说小也不算小，整整两百万元，银行长期投资投得太多，要防止发生周转不灵，而且银行也应该预备一点力量，作将来短期周转的用场。总之，银行的投资，不宜长期，这在美国是一个很重要的原则。所以我想股本，最好是银行和建业各出一半，似乎对银行要好一点，你们两位觉得怎样？”谈到资本问题时，萧鹤声是提起了全副精神在听的。他见林志远说也要投资一半，徐渭臣的脸上就闪过一种特别的似笑非笑的表情，心里就很明白，他料到他俩中间一定有矛盾，然而他们要抢着投资，这一点又使他感到满足——别人抢着要投资到他主持的事业，对他的自尊心上，感到非常舒服，而且要是投资人中间有这么一个反对派，他将来在股东会方面，也可运用矛盾，不致被一方面压住。一丝笑影掠过了他的嘴角，但忽然他又记起林志远同意办炼钢厂，主要的是为了“目前五金钢料，都是宝贝，利子最厚”这一点上，稍稍刺了他一下，他心里想着“这又是投机”，不知不觉的就皱起眉来。他觉得他办炼钢厂的目的与他们是不同的，他是为了战时军需工业需要炼钢铁，战后中国应该第一步先发展重工业，重工业才是工业化的先声，才是发展民族经济的最底层的基石，并不是因为目前利子厚，销路好！但转念一想，投资人需要赚钱是天经地义，尤其是银行投资，赚钱的欲望更大；他们对赚钱看得重，这是难免的，自己虽然办炼钢厂，有大前提，是为国家，为自己的百年大计，但赚钱也应该注重的，假使事业不能赚钱，事业就办不下去，为了事业的前途，赚钱也是主要的目的；他这样想着的时候，皱着的眉头松开了，微笑又露在他的嘴角。

貌似大意而心实机警的徐渭臣，他时时在注意萧鹤声的表情，萧鹤声的一喜一忧，他看得非常清楚；他吃惊地想道："志远和我不对，莫非他也知道了么？"他觉得自己与林志远的矛盾，不能让外边人清楚，不然人家就会利用他们从中取利，他暗暗地佩服萧鹤声的机警聪明，但也从此害怕了他，步步防他取得渔翁的地位。当下他就决定用最温和的、一点不露痕迹的态度，向林志远让步；他必须来挽救林志远所闯下的祸。

"到底是你年纪轻几年，头脑清楚一点。"徐渭臣转脸朝着林志远说，但眼光并不离开萧鹤声的面孔，"我是一心要立刻把事业做起来，就忘了银行的周转问题了；志远！就照你的做吧，建业也来一半，这样，事业不会因招股拖延时间，银行也负担轻一点——五金钢料，的确是目前大家的宝贝；这一点我虽在银行里，也知道得很清楚。"

"你们两位主人，尽管自己一问一答的，都忘记了主客。这事是为了鹤声兄，你们应该先征求鹤声兄的意见——鹤声兄，你说对不对？他们简直要不得！"说完又无端大笑。其实他是怕他们冷淡了萧鹤声，使萧鹤声不高兴。萧鹤声经他这一说，反觉得不好意思。

"说哪里话，老板们拿钱出来投资，当然应该考虑得周密一点，何况老成持重的渭老，是替银行投资，更应该三思而后行，这样我完全同意，一切都预先想到了，免得发生意外的事；渭老，你说对不对？"

"哈哈，鹤声兄到底是内行话，亲兄弟，明算账，一切都应该说在头里；不过我们的顾问律师，也到底是我们的顾问，想得周到，骂得不错，我们这件事主要的是为完成鹤声兄的大志，自然应该先征求鹤声兄的意见；现在我们就听命大律师的吩咐，征求鹤声兄的意见——鹤声兄，对股本方面有什么高见没有？”

“我倒并没有什么更好的意见——不过能让出几成额子给几个至亲好友一个机会也好——我是穷光蛋，没有钱的，本来入不入股，无所谓，不过为了将来自己要主持这个事业，总应该有点股额才好，好在渭老已经说过，除了两成垫头，其余的由银行垫付。但有些朋友很想在我亲自主持的事业里投一点资，也难得他们信任我，不好意思拒绝，不知渭老和志远兄的意见如何？”

萧鹤声所讲的朋友们要投资是实话，但数目并不大，而且他也并不顶欢迎，他是愿意银行独资的，因为银行独资，将来做起事来痛快一点；但他知道银行家的脾气，你要求他独资，他偏不肯独资，所以他就借此机会“欲擒故纵”。其实他心里比徐渭臣、林志远还急，他的眼前已经竖立起中国第一根雄伟的烟囱，他自己就像古代的英雄似的，独手在转动这一架救国救民的巨轮——但他相信事情决不能直线地走，一定会发生一些周折，不过他不能让周折自己发生，周折要由他亲自布置，使他可以左右它，甚至他认为必要时，不惜使用一点权诈。

萧鹤声的最后一句话刚刚落地，徐渭臣就急口说道：

“鹤声兄，这一点我要警告你——自然我是什么都不及你的，可是服侍老板这一点上，我比你经验多。你一向在公家机关做事，是没有老板的；我是一年三百六十五日，天天要想到老板，老板多了，做伙计的，就难讨大家的好，好像做媳妇的，公婆小叔多了难做人一样。老板越少越好，最好只有一个，这样一条心做起来痛快得多——这一点，假如银行愿意找外股，我也要代你反对的；因为我们以后要合作，利害关系，一定要先说明，我是一个痛快人，对朋友最热心，自己吃过的亏，不肯让朋友再去吃，高律师，你说我这话对不对？”

徐渭臣不等林志远先开口，就坚决拒绝让股给外人，免得将来银行指挥不灵；他故意征求与银行无关的第三者高大有，他知道高大有一定会帮他一手的。

“对呀！渭老这话是经验之谈。人家说徐渭臣做大成总经理，多神气，哪里知道他整天的低声下气应付银行董事们，比做承重媳妇还苦——事情越简单越好，鹤声！你大概没受过老板的恶气，你不知道，最好至亲的朋友，一做到老板总有他的老板架子；你是个傲气人，哪里受得住这些，不比银行单独投资，它不是人的集团，是钱的集团，人事要简单得多，只要钱赚了，什么就不会有，志远兄，你说对不对？”

高大有果如徐渭臣所望，顺水推舟，好在与他没有利害关系，要他说什么，他就可以说什么。林志远也在一旁点头，表示同意。萧鹤声微笑着靠在沙发上吸香烟，他一直在看戏，他觉得自己刚才那只棋放得很对，不然让自己提出银行独资，徐渭臣他们绝不会像现在这样自甘情愿的爽快了。他赶紧接下去说，他想这戏应该演完了：

“我说过我没有什么更好的意见，那不过是想到几个朋友热心，不好意思拒绝；既然是大家的意见，而且承渭老指教，我自然是服从多数。”

“到底是 Mr. 萧痛快，没有拖泥带水的尾巴——现在我们把资本问题搁起，来谈一谈怎样着手进行；我是喜欢说干就干的，Mr. 萧，你回去起草章程，暂时要用人，先由银行拨两个过去，或者我公司里也可以拨点人出来。办公室先借银行里也好，不然就到我公司里去。Mr. 徐，你有一件要紧事要做，就是工程师。刚才说去挖中国炼钢厂的谭伯先，他和你更熟一点，我们出高价请他，你说话圆到，他听得进去，大有也要在旁帮忙才好，这个人挖不到，我们一切都是空谈。”

“这个容易，我知道他近来很不满意中国炼钢厂的经理，因为待遇差了一点，只要我们肯出高价，他没有不来的理！”高大有很有把握似的回答。

萧鹤声手里也有几个工程师，本来也想趁此机会提出，但一转念，觉得自己相熟的几个工程师，并没有什么大名气，都还年轻，对他们的技术，也不敢说有什么把握，谭伯先虽不相识，这个名字是常听人说起的，在炼钢界里有点地位，他觉得搜罗人才也要紧，而且技术人员也应当让银行提出个把人，免得将来在技术万一有什么发生要他一人负责——至于对人，他自信有能力对付，谭伯先虽是银行方面的熟人，但他相信谭伯先一定能做他的干部，他自信有能力可以控制人事，所以他也表示同意了。

“你倒像点将的司令，什么人你都支配得着——那么你自己呢，莫非你真的是司令官，坐在幕后不动，让我们大家忙？”

徐渭臣对林志远的抢投资，还记在心里——不，他会永远记在心里的，一等有机会终要讥刺一阵，但林志远却没有感到他的话里有刺，真的替自己想出了工作。

“对极！有一件事我应该去做的——那就是到美国去订货。趁君实回国在这里，我们商量一下。这里的市面，我是知道的，美国方面君实自然清楚。不过要请 Mr. 萧向财政部去请外汇。现在我们可用工厂的名义请外汇了。Mr. 萧与财政部的关系又好，核准是不成问题的。所以我说越快越好，最好限一星期内把公司成立，先去备案——这几年里建业如果也是生产机构，我们单在外汇上，就可以发大财了。”

做外汇出身的林志远始终没有忘记他的老行业。他本来最反对办工厂，他总说办工厂是傻瓜做的事。这次对炼钢厂这样热心，而且让建业也投资一百万，目的就在能利用工厂名义向政府请官价外汇，这样，一宗买卖，两次赚钱，所以公司还未成立，业务计划还未做出，根本还没有知道要向外国买些什么，却先要订货了；这里完全暴露他热心办厂的真意。

萧鹤声听到林志远的话，心里很不自在，他觉得这简直不是办工厂，而是做买卖了，与他的意志差得太远了；他感到后方足以障碍工业发展的暗影，弥漫在整个的山城，这暗影也开始在跟随着他，包围着他了，他似乎有点窒息，他想振一振精神，来冲破这暗影的包围，就向林志远进攻：

“志远兄的说干就干，未免干得太快了一点。我们一切还未开始，连生产计划还没有做出，怎么就要到美国去订货？财政部问你请外汇做什么用的，我们怎么答复——到美国去订货，我不反对，国内没有的工具，我们要到美国去买，国内所没有的必需原料，我们也要到美国去买，但有一个原则，就是一切到美国去买来的东西，都是为自己厂里生产用的，不是做买卖的，那我一定到财政部里去设法请外汇，而且外汇也一定可以请得到，不然——又何必多此一举呢！”萧鹤声说完，就从沙发上站了起来，走到壁炉架前，看摆设在那里的景泰瓷玩器。一条非常朴素的绣着回纹图案的细夏布长条，铺在炉架上，衬着那些金碧辉煌的景泰瓷，倒也别有风味。炉架上面，壁头挂着一幅前任总经理的油画半身像，沉着坚毅的神气，栩栩如生，萧鹤声一边看，一边心里想道：“大成的事业精神，跟着你的死去也死去了！”他仰头看着画像，忽然感到一阵寒栗。

当萧鹤声背着大家看画像的时候，林志远脸上有点生气的样子，正想开口回敬他刚才的一顿“教训”，却被徐渭臣用眼睛制止了。高大有坐在上首壁角吸香烟，座旁的竖灯，照出他酒后的红面，他也会意地向徐渭臣点头，同时斜过眼去看一下萧鹤声的背影，摇一摇头。

“鹤声兄，你知道志远是有名的性急鬼，他是恨不能一步就登青天的，这也是他的好处，他办起事来，确比别人要快一点。但不知他脾气的人，一听他的话，以为他发精神病呢，大有晓得他的脾气。大有兄，你说志远是不是这样的。”

徐渭臣装得一脸的不在意，这样来缓和萧鹤声与林志远中间细微的矛盾。高大有却仰脸大笑。

“性急鬼，还不足以形容志远兄的性子急，他是脑子里只那么一转，好像一切事已经成功了摆在面前似的，只有童话里的魔鬼才有那样的本能。但志远的脑筋就是那样，所以他的建业，就像魔棒点点似的快，一个个遍布国内外了，志远兄不要装傻，你自己说是不是这样的？哈哈！”

高大有是甘草，经他一参加，总带点甜味。林志远本来已有点僵化的神气了，但经高大有这么一说，他自己也不禁大笑了起来。

背着看油画的萧鹤声也带着微笑转过身来，对大家说：

“我并不反对快，我自己也和志远兄一样是性子急的人。但一件事总得有个程序先后，所以我说，为了快一点可以办事，顶好早一点把谭伯先约来谈妥后，请他写业务计划书，然后依然照计划去请他开出单子来，我们再到美国去买不迟。”

“这话对，到底是鹤声兄办事有经验；我明天就去约他谈，结果如何立刻就奉告如何？”徐渭臣顺水推舟把这问题作了结束。

萧鹤声感到很满意，也就接口说道：“这样很好，请渭老先和他谈，然后我也要详细地和他谈一谈。”

“话谈得差不多了，该走了，你们如其还要再谈，我可不奉陪了。”高大有立起来把剩在杯子里的红酒一饮而尽。

“我也要走了，事情就这样定吧，我去起草章程，渭老约谭伯先谈话，做事的人暂时用不着，等正式筹备时再说。”萧鹤声说着也站了起来。先前林志远说要拨人给他使用，很使他踌躇，他是不能让银行随便塞人给他的，所以他先把它推了，他想一时要做事，家里还有懿芳可以帮忙呢。

“好！我们就这样决定——现在我们大家干一杯来庆祝我们的事业前途无量。”

徐渭臣摆动着他的胖体，拿起酒瓶，注满了四杯，大家举杯相祝，一饮而尽。

这二三个钟头的大成巨头会议，就此结束。送走客人以后，徐渭臣搬动他的胖体，微微喘气地回到吉厅里，微笑挂在他的嘴角，他的眼前是银行又多了一个赚钱的机会。他有才能把大成变成钱的王国，他自己就是这王国里的国王；“钱是万能的，钱可以找钱，这样大的一件事业，一说就可以成了，那就是钱的功劳！”他得意地边走边想着，红光泛上他的眉梢。

林志远心里却也踌躇满志。他想的和徐渭臣不同。他心里想的永远是外汇，美国的五金钢料。过去他在法令上所受的限制，现在可以用新组织来打破了，他的理想可以从新组织里实现了，自然他是得意的。他觉得他投资一半到新组织里非常正确，他要用种种方法找钱，他要和徐渭臣分庭抗礼，只有钱找得多。走进吉厅，林志远拿起他的公事皮包、帽子和手杖，转身便走。

“再坐坐嘛，走这样急做什么？”徐渭臣看他要走就留他。

“不！我晚上还有别的事要办，不坐了，萧鹤声不是随便可以摆布的人，你要多用一点精神。”刚才碰了萧鹤声的橡皮钉子，现在他还耿耿于怀，而且引起了他的忧虑。

“我知道！这人是刚强的，但办事却忠实，不是滑头，只要对付得当，也还可以共事。”徐渭臣很有自信地回答。

林志远看了他一眼，似乎还有话说，但终于不再作声，突然掉头走了。

萧鹤声坐在汽车里，和他们想的完全不同。他身边的高大有，已开始打盹。汽车飞驶在已经冷落的闹街上，明月被不知从哪里飞来的一片黑云遮住，有点朦胧。萧鹤声炯炯的目光，透过汽车的玻璃板，看着朦胧的前方。他的思想比汽车的速度还要快。他想着战后工业之所以飞黄腾达，完全是因海口封锁，外货不能进来之故，中国民族工业，没有了外货竞销，自然即刻就兴隆起来——这是发展中国民族工业的千载难逢的机会。他想这次的民族解放战争的意义，绝不仅仅解放中国的民族，它必然也是建立中国民生的基础，这真是伟大的战争，它扭转了中国的命运，连完全是买办性的商业银行，居然会那样大胆的投资到工业上去，这和过去在上海完全投机的银行完全不同了。他真欣幸自己生在这样一个伟大的时代里，使他的抱负得以随意发挥，他更欣幸自己幸而脱离了宦海，不然，他不会发现这样一条康庄大道。他想着不久的将来，他理想中的中国第一根雄伟的烟囱，会从他的脑子中移植到土地上，他的铁腕，将通过这烟囱，擎起中国工业堡垒的支柱，他要眼看着过去曾经压迫过中国的外国工业，在后起之秀的中国面前低头。

汽车戛然停住，把他从梦想中惊醒。他跳下汽车，和高大有道别。高大有已睡得七颠八倒了，只模模糊糊地不知说些什么。他大踏步走进弄堂，到门口，懿芳已开着门灯，在等他了。他一把拉住懿芳的手走上楼去，劈头第一句就是：

“懿芳！你把你的职业辞了，来帮我的忙——一则你身体弱，这样天天办公，家里事又多，你会病倒的；二则，我需要你帮忙，而且我不愿意你这样出去找钱，家里决不会少你的生活的，你为什么一定要在外面做事呢？”

他牵着妻的双手，坐到椅子里，妻就站在他的面前，他用兴奋的眼光，看着妻的面，妻的秀逸的面上，现着非常纯洁的微笑，两只清澈的眼睛，看着丈夫的眼睛，好像要在丈夫的眼睛里找出为什么要讲这样的话似的。

“我的谋职业，没有什么了不得的意义，只不过不想加重你的负担而已。我知道一个人经济负担太重，会做不得已的事的——现在你既然要我帮忙，我当然可以辞职。鹤声，我活着就是为你，只要你愿意的，也就是我愿意的；我在你面前，已没有了自己，一切只为你——鹤声，你吃了酒，你们今天谈的结果怎样？”

“结果很好，马上就要着手进行，所以我要你辞职，在最近期内，你就有许多事情做，明天就递辞呈好不好？我替你今晚起草。”他还是看着妻的眼睛，那是一双叫人排除邪念的眼睛，也是使人振作向上的一双眼睛。

“那又何必这样急呢！我也得先和上司说一说，免得别人不谅解，等一切都讲妥了，再递辞呈不迟。你到底没有告诉我你们谈得怎样，结果很好？好到怎样的程度呢——鹤声，鹤声！”懿芳看见丈夫的眼睛不再看她，而是看得远远的，她知道他不再在听她讲话了；丈夫是只要他命令她服从就够了，他不愿意使妻知道他做的事太清楚，一切只有命令，没有说明和解释，一切只有听命和服从，不允许反抗。这一点，常常引起自尊心极强的懿芳的不快。懿芳心里明白，今天谈的结果怎样，大概是不会听到详细的叙述的。可是他要她辞职，要她帮他的忙，她也知道所谓帮忙，也不过要她做这样做那样而已，他对她总是用“民可使由之，不可使知之”的政策。懿芳心里感到一阵屈辱，但死心塌地爱丈夫的懿芳，只能叹一口气，暂时地掩藏住自己的自尊心，无条件地服从丈夫的指挥。

正在遐想里的萧鹤声，听到懿芳的叹息，心里有一点歉意。最知道妻的个性的他，明白自己常常使妻屈辱，妻的自尊心和倔强，常常被自己的专横所挫折。但他更明白妻对他的热爱，“这就是女人的弱点，”他心里想着，他就尽量地利用了懿芳这一个弱点。“结果很好，这以后你自然会明白——可是你总得辞职，懿芳，像我们这样人家的太太，还要去抢别人的饭碗，是不应该的，而且你知道我的脾气，不喜欢长吁短叹。我的决定不会错的，你假使怀疑，那你一定会后悔。”

他放下妻的手，立起来顾自踱方步。懿芳好像突然掉在大海里，心直往下沉，她说不出一句话，看到丈夫僵硬的脸就反身飞跑了出去。

三

离开“吉厅”谈话一个月以后的一天下午，在一间陈设简单的客室里，一张长方的会议桌上，铺了白布，按座放了茶杯，房间里空无一人，显然的，这里正预备开会。

萧鹤声带着庄严的神色，走了进来，后面跟着一个恭顺的庶务。

“听了萧主任的吩咐，没有预备点心，只买了两包香烟——另外还有什么再要添的？可以立刻去办。”庶务看了一眼这样简单的会议准备，总觉得不够似的，就再补充地说一遍，免得事后责怪他准备不周到。

“够了！没有什么再要预备的了！在战时办事，不能有铺张，越省钱、越简单就越好，只求迅速，不尚铺张！大家要记住这一点！”

萧鹤声只顾自己说，没有去看一眼这位恭顺的庶务，他好像在讲演，庶务却跟在他后面不断地答应“是”。

“请陈先生预备记录的事，他准备了没有？”他反过身来又问跟着后面的庶务。

庶务想不到他会反身得这样快，幸而脚刹住得快，而且赶紧退了两步，不然，几乎碰了个满怀。

“陈先生都预备好了，现在正在整理油印的业务计划，和上次的决议录。”

“谭工程师来了没有？”

“没有。”

“打电话去催！”

庶务应声退出去打电话去了。萧鹤声又看一次手表。两点还差五分就要开会了，人还没有来。银行老爷们迟到是向例，但身为工程师的谭伯先，竟也迟到，这使他很有点不快。他想谭伯先将来要在工厂里指挥工人的，自己不守纪律，如何去指挥别人？但他又想，也许有别的什么事绊住了脚也说不定。

当他一想到谭伯先，不禁有点得意。他与谭伯先并不相识，但经过了两次恳谈，谭伯先居然非常地相信他，非但那边已辞了职，连这边的业务计划书也做了出来。这也使他满意。对炼钢是门外汉的他，看了那计划，也合他胃口，虽然，那计划大了一点，一时难以都实行，但计划是应该大的，做的时候从小处着手就是。而且按他的理想，不做则已，要做就得大刀阔斧地干，所以虽说从小处着手，在最近期内，他也要尽力把那计划实现。

因为这计划很合了他的气概，所以他对谭伯先很投契。他觉得用人不疑，疑人不用，所以他对谭伯先不仅在待遇上答应给他满足，在权力方面，他也答应给他总工程师兼厂经理之职。他觉得第一步是胜利了，最主要的技术问题已解决，他已收服了钢铁界有地位的谭伯先；他感到自己铁腕的有力——“一切的事情，只要握在我的铁腕里，没有不成功的。”

他在客室里走了两圈，再看看手表，两点已过了一刻，人还没有一个。他顿时觉得烦躁起来，就踱到外面办公室里去。

办公室里有六七张办公桌，职员们正在紧张地工作。他看到这些紧张的面孔，心头渐渐又舒服起来——他不允许在他的机构里有悠闲的人，他也不允许他主持的事情有官僚的气氛，他是绝对讲究时效的，他觉得在他的铁腕之下，应该是一分钟两千转的速率。

他走到正捧着一大叠油印业务计划书的陈恭敏那里，想问什么事，但一时竟想不起来。站了一忽儿，陈恭敏看他没有话说，就提了一个问题问他：

“这次去美国买机器和原料，要十万美金，照现在的法价，也得七八十万法币，剩下一百二十万左右，怎么够办这个计划呢？”

陈恭敏是一个三十五六岁富有朝气的壮年，也像萧鹤声一样，对中国的民族工业，有着极坚强的信心和极高度的热诚。他与萧鹤声并不相识，听到萧鹤声要办工业，是慕名慕事，来信自荐，情愿辞去现有的一个小小官职，在萧鹤声的领导之下，不计待遇，也不论地位，而且还长篇大论地写出了自己对中国工业前途的看法。萧鹤声很受感动，就约了他来，果然，不分高下，他什么事都做，而且赶得上萧鹤声理想中的速率。这一件事，也着实使萧鹤声骄傲，他觉得他的铁腕，好像是磁石做的，能吸引与他自己一样意志的人。

现在他听得陈恭敏提出这样一个问题，也就坦诚相见地答道：

“不要担心，恭敏！银行既然全部投了资，他不能看着已经下了血本的厂开不成，他们自然会拿出钱来的；只要第一步把银行套进圈子，以后的事就好办了。”

他得意地说着又踱了开去。

陈恭敏听的这么说，稍稍呆了一下，但本能地点点头。

可是有一种解不开的郁闷，忽然袭上他心头；他觉得萧鹤声与银行的合作，中间还隔着一条鸿沟，“这不是合作，这是互相利用。”他想着，他对萧鹤声的这种近乎是权诈的说法，微微感到不满。但他又想，为了一件事情的成功，不得已的诈术，也许是需要的。

从大门口飞进来一大群人的笑语，接着便是徐渭臣，林志远，谭伯先，高大有，还有一位大成的襄理张觉人，联袂地走了进来。因为大家都是初来，所以都用视察的眼光，巡视着这办公室。

“鹤声兄，你真是闪击战术，这样快，居然找到了这样大的一所房子——虽然是中国式的，但建筑很讲究，听说价钱很便宜，是不是？”

徐滑臣先开口，他里里外外地瞧这房子。他们从大门进来，已走过了一个院子，办公室是设在轿厅隔壁的厢房里的。筹备时期，人少屋多，还空着很多房间。

“这是懿芳夫人帮忙的吧？我知道这房子从前就是嫂夫人办什么

抗属工厂的。听说嫂夫人辞了职，这工厂怕轰炸，搬到乡下去了，嫂夫人就替你挖了下来，对不对？”

高大有最会打听人家的私事，他知道得很多。而萧鹤声却又是很不愿意人家知道他受太太臂助的一个人，但既是事实，也不便否认，只得含糊地说。

“我本来就认识他们——倒是租费确实便宜，才五十块钱一个月，有一二十间房子……请到客室里坐，时间已过了半点钟，我们就开会吧！”

“我知道你是外国脾气，和我一样，喜欢守时刻。我们倒是准时来的；但是三十五年的汽车不争气，半路上抛了锚，只得等他修好才能走！”林志远解释着他们迟到的原因。

“那不好换洋车坐，一定要等它半个钟头修好才走？银行离这里又不远。”

“老兄，我们不是从银行里来的，今天是星期天，我们上南岸汪山俱乐部玩去了，汽车坏在公路上，有什么办法？”又是高大有的解释。

“鹤声兄，你没有去过我们的俱乐部吧？那地方不错。”徐渭臣也接口说，“这本来是前经理的行宫，现在，我们就把它改作俱乐部，也略有点设备——自然及不上上海那样好，不过四周风景还不错。我们公司开创立会，一定到那边去开，那边的厨子不错，是前谭院长的故人。”

讲究吃的徐渭臣，就只记得厨子好；但林志远却记得了别的：

“不但厨子好，还有人儿好！那边隔壁住了一位风流寡妇林夫人，常常开茶话会跳舞会。我们白天开创立会，晚上就开跳舞会，庆祝公司成立，也好把林夫人介绍给你，Mr. 萧，这个人你不可不认得，这是重庆的怪物，也是重庆的尤物。她的风骚，能叫我们的徐渭老也动心，她的手段，能叫你死心塌地做她的奴隶。我就喜欢她的外国作风，热烈！痛快！”

林志远眉飞色舞，还想滔滔不绝地说下去，却被高大有打断了：

“得了吧！你夫人吃醋吃得几乎跳长江，你还说呢——那样的多夫主义，我不赞成！为什么不规规矩矩的去嫁个人，偏要东破坏人家的家庭，西去拆散人家的夫妻。”

萧鹤声虽也听得出神了，但开会到底是件大事，他就来结束他们的谈话。

“开会吧！赞成不赞成，明天再讨论。徐渭老你说对不对？”他带笑带说，自己走在前头，领大家进了会议室。

徐渭臣一进去，目光便又向整个屋子巡视。简单明了，既没有陈设，连桌椅都是极普通的质料，他就觉得场面太寒碜了点，配不起大公司的局面。

“鹤声兄，你太省钱了。虽说战时谈节约，也要坐着有点舒服、帮助办事的精神；一套沙发总得有。北京地毯买不到，四川的土地毯也得铺一铺。这房子老了，地板有点破，”徐渭臣低头看地板，地板的确有几处破了，但已补好露着白木，没有上漆。

“觉人！行里好像还有一套沙发多了没放处，明天叫他们搬来；下次我们来开会，也好舒服一点！”徐渭臣走到主席的位子上坐了下去，一面对沉默地看着各人面色、才升襄理的张觉人说；他想起行里“吉厅”的富丽，这里简直像个贫民窟，他坐在那里实在不舒服。

大家入座以后，会议就开始。萧鹤声先把最近进行的事报告了个大概，最主要的是他已向财政部接洽好了请十万元美汇，只等公司成立，就可以正式呈请。

“哦，十万美汇，照法价买进，假使照黑市卖出，转手之间就可以赚个八九十万元，好厉害！可惜法令限制，不能出卖！”林志远十分惋惜似的说。

“把机器和原料买来，再造成制成品出卖，比美汇直接卖出去还要赚钱——从前中国炼钢厂要请美汇，财政部还不肯呢，这次不能不归功萧鹤老，鹤老的面子实在大！”

谭伯先不离本行似的和林志远的话来了个针锋相对，但也不无逢迎萧鹤声的意味。谭伯先在中国炼钢厂很不得志。他是一个十足美国派的人，喜欢享受，爱舒服。工程方面，自然也有他的长处。他是一个博士，在战前也得过一些名誉；但彼一时此一时，彼时一切方便，做个工程师不费力，要什么有什么，机器从外国运来，装置都由洋行负责，不费工程师一点心，现在大后方要什么，没有什么，要费心找代替品，机器不但没有人给装置，连外国货都买不到，要自己打图样现做！这太辛苦了，他不能这样费力，他常常说："什么都能做得出，只要具备条件。"但是条件不具备，就不能怪他做不出东西，做不到标准。巧媳妇怎能作无米之炊？这次大成请他，出了高价，先就使他满意。萧鹤声又给他权力和地位，而且建业的林志远要他开单列表到美国去买机器原料，这更合他的脾胃；今天实在是他自抗战以来最得意的日子，所以他总是满嘴的赚钱，迎合着大成那些人的脾胃，不断地说"一定成功"，又暗合了萧鹤声的心理。

大家都在不同的立场上，满意着同一件的事，大家的欢愉，都泛在脸上。

会议按着程序进行。计划是大家都讨论过两三次的了，所以用不着再有详细的讨论。章程有范本可抄，也没有多大争执。接着要讨论的，第一是开创立会的日子。大家同意在下星期天。买地建厂，萧鹤声已有接洽，待有头绪后再报告。只有人事问题，需要详细讨论。

股东的名单，也不成问题，已由徐渭臣和林志远两人将大成和建业的职员随便提出了几个，另外加上萧鹤声、高大有和谭伯先。董监事的名单也早已由徐、林二人拟定，中间自然有萧鹤声。但谈到公司重要人员任用问题时，却起了争执。徐渭臣主张董事长负责制，公司里主要人员都要由董事会决定聘请。萧鹤声却主张经理负责制，除了经理需要由董事会决定聘请外，其他职员，一概由经理任用。

"鹤声兄，打开天窗说亮话，银行既然全部投了资，用人方面，总要有点权，倒并不是不相信你。"徐渭臣话虽说得很圆滑，意志却非常坚决。

“用人不疑，疑人不用，既然蒙大家相信我，就应该相信到底；不然我处处受掣肘，还能办什么事，那还是干脆请别人当经理，我向来不当傀儡的！”萧鹤声毫不客气地争执，这是他的作风，说话向来不转弯，到利害关头绝不放松。

“那不是这样说！Mr. 萧，你不要误会。”林志远今番却用了十分委婉的口气来做徐、萧二人的缓冲，但其实还是在作徐渭臣的后盾，“并不是 Mr. 徐不相信你，故意牵制你——这实在是他的苦衷。你知道银行的董事看见这样清一色的投资，已经吓倒了，如果在人事方面，银行在表面上不再有点权，那他们会把什么都推翻的。建业也是这样，那我还是银行里的人呢，他们也照样要抓在手里。所以这不是疑心你，故意牵制你。”

萧鹤声只微微一笑，却不开口，情形看有点僵了：于是高大有看了一下徐渭臣，又看了一下萧鹤声，说道：

“我看这样中庸办法吧！公司里的主要负责人，先征求鹤声兄的同意，然后再提请董事会通过聘请。这样既可以应付银行董事们，也不至于牵制鹤声兄办事。”

萧鹤声还是不开口，徐渭臣却接口道：“这样也好！只要使我能够应付银行董事就行。高律师说得不错。鹤声兄，千万别误解我的意思！”

这在徐渭臣已经算是让了步，他看到萧鹤声的坚决，知道坚持无益，不如趁早转圜。

萧鹤声听了徐、林两位的口气，也怕再坚持下去会决裂，但又不能太示弱，实在也有点踌躇，现在看见徐渭臣表示了让步，他也就趁势拍合，但到底还要争一争最后一招，因此他冷静地然而又坚决地说：

“除了会计主任必须由银行派人外，另外的主要的负责人，我也要有权提出——当然也先征求大家的同意。提出董事会聘任，不然我还是没有勇气干！”

徐渭臣沉吟不语了，双手托着下颏；半晌以后，这才看定了萧鹤声的脸，点一点头，决然说：

“可以！鹤声兄，决定这样！不要为了怕我应付困难，使你不痛快，”他的目光在会议席上扫了一下，接着就又堆起满脸的笑容，问道，“没有别的什么要讨论么？有没有临时动议？没有就散会。”说着就立起身来，又说道，“下星期天开创立会，会场布置，一概由大成负责。鹤声兄，你只管进行建厂的地皮和外汇，希望在开创立会时有个结果。创立会简单得很！一切都布置好的，只是一次形式而已。”

因为坐久了，双足弯得太厉害，血淤了，徐渭臣走起来有点一拐一拐的；他心里想，即使给萧鹤声有提出用人之权，但全是银行职员的董事会，可以用否决的办法来抵制他，不怕他萧鹤声是钢做的人，也硬不过多数人的反对。

一星期的时间转眼便过去了。那一天天气非常好，上午十点多钟雾散后，一轮太阳就出来了，深秋的气候，竟使人连夹衫都穿不住。晴空万里，只有几朵白云，在自由地飘游。下午一点多钟，大成银行的大办公室里，聚集了二十多位行员，嘻嘻哈哈的在谈天说地，一会儿，大客车来了，刚刚开到银行门口，大家就一窝蜂拥了出来，中间还夹着几位花枝招展的太太、小姐。他们都是要到汪山俱乐部参加建成炼钢公司的创立会的，行员们都兴高采烈，知道不仅晚上的酒席讲究，而且还有大家所喜欢的跳舞，有人就带了太太同去，有人则竟约了外面的女朋友。这批生活在银行温室里的人们，像春天的鸟那样快乐活泼，战争的血腥气是吹不到他们身上的。

“吉厅”里，巨头们还未起身。徐渭臣虽然胖了一点，今天也比往常活泼了许多。林志远不用说，西装穿得更挺。萧鹤声也是穿上一身新西装，胡子刮得光光的，秃了的头发梳得更平，两只带点威光的眼睛，今天也着实和善，微笑也不离开嘴角。高大有对跳舞兴致特别好，今天特地穿了上海带进来的漆皮薄底尖头跳舞鞋，一身常礼服，带了太太，俨然是赴宴的排场。谭伯先呢，自然更是美国派了，虽不穿礼服，却打扮得非常潇洒，是一身野宴的服装，也带了太太——一位又胖又娇的艳装女人，时时要对谭伯先闹点小别扭，别人只看见谭伯先对太太赔不是，却听不清楚他们到底闹的什么事。

只有陈恭敏——到大会去记录的，既没有穿漂亮衣服，也没有兴高采烈的样子，严肃地坐在最不惹人注意的地方，冷眼观察着每一个人的言谈举止。被跳舞兴奋着的人们，在他的眼里，却变得异常可厌。今天是建成炼钢公司开创立会，多么郑重的一回事，但这些握着建成炼钢厂生死关键的巨头们，好像把这当作点缀，正事倒是跳舞会；这使他非常难受。不明白萧鹤声私生活的他，看见萧鹤声对跳舞也是这样热心，更使他感到非常的迷惘："也许这是不得不然，只是应付应付这批脑满肠肥的银行家吧？"他在苦闷中替自己找解释。这样他又自己巩固了对于萧鹤声的信仰和钦佩。他是用不断的臆想和解释，来巩固他对偶像的信仰的。

"一七六九和一三五八两辆汽车已经等在门口了，大客车也开出了一刻了。"侍者推进门来报告。

"请吧！是时候了！"徐渭臣摆动着胖身体，让客人先走。

"Ladies first！"林志远非常有礼貌地对两位太太鞠躬。太太们也就大方地挽着丈夫的手臂，飘然走在前头。

"志远兄，你真行，我还不知道你有这一手。"萧鹤声半是玩笑半是赞许地说，一面也就跨出了"吉厅"的门。

"鹤声，你莫非不知道他是大成的交际明星？"高大有耳朵最尖，他是在最前面，也已经听到了萧鹤声的打趣。"而且在美国还得过交际博士！"徐渭臣平日最持重，但碰到能打趣林志远，他总不放过机会；他与林志远的斗争，是随时随地都会发生前哨战的，但决不会正式开火。林志远丝毫没有感到不快，他愉快地走下楼去，一边走，一边回头说道：

"有礼貌总是一件好事，不信，你们问两位 Madam。假使交际能得博士，也着实荣耀呢！”

这中间只有陈恭敏和张觉人两个没有开口。他们俩，一样的沉默，却是两样的心肠——陈恭敏是厌恶这些浮夸，张觉人是静观他们的动静，作为他将来去新组织里做副经理的准备——他是徐渭臣的心腹；徐渭臣已经与他说过，他要到建成当副经理，去监视萧鹤声。因此，先给他在银行里升了襄理，他是随时都带着一副“特务”的面孔的。

两辆车子，尾接着驰去。过江后，渐渐上坡，山景在两面飞逝，汪山已在望了。道旁种着法国香水树，完全是江南风光。虽然在深秋时候，但被太阳照着的长松，显得苍翠郁绿，使人起兴隆之感；汽车在汪山尾段渐渐慢下来，终于在高坎前戛然而止。

大家带着解放似的舒展，跳下车来。自然是林志远抢先拉开车门，恭候太太们下车。走上十来级石级，便是一片长廊的葡萄架，横在大草坪前面。走过月洞门，就看见三开间二层楼的一所洋房，赫然站在大草坪的正中。房子是品字形，居中的一间，伸出在草坪上，是一座半圆形的大阳台。先坐大客车来的人们这时大都在草坪上、阳台上散步闲谈，楼上阳台的栏杆旁，倚着几位浓妆的太太小姐，正在远眺对面的山景。房子周围种着美国槐树，现在正是叶肥绿浓的时候；房子的两侧，在槐树荫下，却种着芭蕉。使整宅的房子，包围在万绿丛中。

徐渭臣他们一行七八个人，刚走进月洞门，早有银行里的职员来招呼，有的就飞快地去拉开大客厅的车边玻璃长门。里面三大间正房，右面两间是打通的，中间用大幅紫红丝绒的垂帷隔开，中间一间是客厅，右面一间是餐厅，现在垂帷从两面钩起，可以看见餐厅里正中放着一张可以伸缩的大餐桌，旁边排着柚木高背紫红丝绒垫的餐椅。上首靠墙，放着一架高塔式的酒架，摆满了各国名酒。右首与下首全是玻璃窗，外层的法国柠檬色蕾丝纱的窗帘低垂着，内层却挂着紫红丝绒窗帘分开在窗的两边，那是要到晚上才挂合的。沿窗放着柚木靠手紫红丝绒垫的书案椅，近下面墙的三角上，放着一只高大堂皇连留声机的收音机，另外两个墙角里，放着两只高脚花盆案架，上面架着两盆极茂盛的吊兰，吊兰的长节茎，一直倒垂到地上。

中间大客厅里，上首与右首分别摆着五件式的蒙着镂花紫红丝绒的大型沙发，彩色缀花的大垫子，胖胖的立在沙发上，看上去还没有人去坐过。靠餐厅两幅垂帷的旁边，摆着两盆有六尺高的掌形棕竹，沙发前面放着红木框子镶阴木的短脚坑儿，上面覆着一幅彩色镂空花的台毯，旁着棕竹有两只高背福将椅，房子正中是一张柚木圆台，上面盖着一张紫红烫花的丝绒台毯。地板上铺着红地杏黄花的北京地毯。上首墙上，挂着一大幅达摩过海图，右首墙上是八轴王右军的兰亭序，左面连餐厅的两面墙上，挂着两条立轴，一色是中国型的壁饰，与餐厅里的大幅镜框油画，却成了个中西对照。

大客厅的右面下首，是一扇拉手嵌镶精致的小门，进去是一间书房，也是一律柚木的家具。靠右面下首三角处，斜放着一张大柚木写字台，前面是一只旋转椅，右面窗下是三件式柚木露边的沙发，蒙的是彩色锦缎面子。前面是一张小琴台，代替茶几，右面靠墙是两口高大书橱，里面是满满的精装洋文书，上面墙上挂着一幅素描观音，靠墙就是一张琴台，上面摆设着一套景德瓷香炉，墙角里放着一瓶钻六聚五开得正盛的白兰花。绿色北京地毯，绿色纱窗帘，矮凳，圆垫，随处放着，窗外的芭蕉，伸进窗子，满房间绿影沉沉，一进去，就使人感到窗明几净，可以读书的样子。

徐渭臣拉开小门，让客人走进书房。大家在汽车里局促多时，忽然走进这样一间舒适的房间，都感到一种安慰，把身子陷进沙发里休息。

徐渭臣自己坐在写字台前的旋转椅上，把椅子旋向了大家。说道："这是前经理的行宫。这房子是前后间的，中间隔了一条长廊，现在我们把后面三间辟为图书室。楼上是八间，四间做卧室，还有四间是牌室、弹子房、休息室之类。重庆没有好玩的地方，礼拜天我们总到这儿来过周末，所以现在我们就叫它‘周末别墅’。”

穿了白制服的侍者，托着茶盘进来。徐渭臣命令他去请庶务吴时清。一忽儿庶务就进来了。

“预备好了没有？我们就要开会，晚上的菜怎样？”徐渭臣问他。

“开会只要把餐桌拉开也差不多够坐了。晚上的菜与上次请客差不多，只买不到乳猪，所以缺了烤乳猪。”庶务恭恭敬敬回答了，略等一下，看见徐渭臣再没有问的，就转脸对林志远说道：“林太太刚才来问过，今晚有多少人，跳舞是在她家呢还是在这里？”

“跳舞在这里。她家太小。”林志远不耐烦地说，却又追问道，“茶点咖啡，都预备好了没有？”

“都预备了，晚上还预备了热点。”

“好极！今天可以大乐一下了——有什么酒？”

“有白兰地，威士忌，可是没有沙达水。甜酒有葡萄酒，樱桃酒，还有姜酒。”庶务一连串地背下去。

“姜酒最讨厌！”林志远摇一摇头。

“我倒喜欢它，它能治伤风。”萧鹤声立在书橱前看里面的书名，听见有姜酒，正投合他的嗜好，就转过身来对林志远这么说。

其他的人都不作声，疲劳后得到休息，大家都有几分倦意。白兰花时时散出浓郁的香气，使大家的呼吸感到窒息。

忽然陈恭敏推门进来，向萧鹤声报告：

“时间已过了半点钟，一切都已准备就绪，是不是现在就开会？”

“当然！”萧鹤声用眼睛扫视了全房的人，作为邀请，自己就先走了出去。

“我先陪太太们上楼找同伴去，或者去打几圈牌也好，免得我们开会无聊。两位太太的意见怎样？”林志远用询问的微笑，看着两位太太。

谭太太首先同意打牌，高太太看了一眼丈夫，也点了点头。其余的人，都走到餐厅里去开会。

的确像徐渭臣所说的一样，一切都已布置好了的，开会非常简单，只是形式而已。只有萧鹤声报告筹备经过时，有一段却是新鲜的，那就是建厂的厂址问题。

“现在经济部工矿调整处觉得民营工厂建厂买地，常常要受地主的刁难敲诈，他们为协助民营工业，解除这些困难起见，由工矿调整处收买地皮，永租给民营工厂；同时，在一个区域内将各种有联系性的工业，放在一起。使业务上呼应灵便，而且水和电的供给，也由工矿调整处统筹办理。现在他们已在长江上游三十里地的一个小镇旁边，买了五百亩民田，打算永租给民营工厂。我已接洽过两次，去看过地点，是沿江的，交通相当便利，工矿调整处很欢迎我们去，不知大家的意见怎样？”

“租费大不大？”永远打算盘的徐渭臣，首先就注意这一点。

“租费不大，每年只有几十块钱一亩的地租，而且这钱是政府用在区内筑马路用的。”萧鹤声回答，“将来区内各工厂的公用事业，像装设起重机，建筑码头，发电，自来水设备等，由各工厂联合出资一半，政府出资一半，共同经营。政府要经营得这个区域变成模范的工业区，所以也许将来区内各工厂与政府将有一个联合组织，来管理区内各种公用事业。”

“要经营这许多事业，经费一定需要得不少。工厂投资一半，如果我们去那里设厂，我们也要投资了？我们的能力够不够？”

徐渭臣听说要和政府联营事业，就有点不大愿意，怕将来无法管理这些事业。

“经费要多少，现在还不可能知道确数。但有一点是可以确定的：联合经营这些工厂所必需的公用事业，比单独装设要便宜得多。”萧鹤声已经看到徐渭臣又打小算盘，心里感到一阵不快。

“那很不错，工厂又引出工厂来，电厂，自来水厂，要办起来，我们建业还可以做点买卖。”林志远说，他三句不离本行，而且也真心想促成这笔买卖，“我们有不少这种材料在手里，而且现在市面上单是白铁管一种，就缺货得很。可是我前年无聊，运了一大批来，到现在还没动过，他们要用起来的话，我倒可以独霸一方了。”

“那么，鹤声兄！你就去约定吧！”徐渭臣不再向其他各位作形式的咨商，就用独断的口气说，“自己买地也实在麻烦，而且听说电供给不够，工厂常常分不到电。由政府参加，这个问题总容易解决一点——不知道大家的意见怎样？”

当然没有人提出反对的意见。

会议照着安排好的程序进行；章程是修改通过了，所谓修改，不过是改换了一两个字面而已。接着就选举董监事。每人发一张选举票，附一张内定的董监事名单，大家照抄就行。只一刻钟选举就完毕。开票结果：董事十五人，监事三人；徐渭臣、萧鹤声、张觉人都是董事；林志远、谭伯先是监事。创立会告成。接着大家就到外边的大阳台上去拍照。拍过照就开第一届第一次的董、监事联席会议，选举董事长。这董事长自然是徐渭臣了。又选举萧鹤声为总经理，张觉人为副理，谭伯先聘为总工程师。徐渭臣又提出一个大成银行新由南京回来的韦永林为主任会计，萧鹤声也提出陈恭敏为总务主任，大家没有什么反对，一律通过。第一届董、监事联席会议就此功德圆满。

这时还不过五点钟，大家带着欢愉的情绪站起来，各自去疏散。徐渭臣、谭伯先和高大有都到楼上去看太太们打牌。林志远到隔壁找林夫人去了。萧鹤声吩咐陈恭敏到书房里去整理会议记录，把已经抄好的备案呈文填上董监事名字，趁今天人都齐，要大家盖了章，明天就可以呈请立案。陈恭敏毫不厌倦地接受了吩咐，自到书房里去工作。

萧鹤声带着凯旋似的兴奋，独自跑到花园里去散步。太阳已走过了右面的山峰，天上只余下一片晚霞，倦鸟正嘈杂地归林，傍晚的微风，吹拂在萧鹤声兴奋得发红的面上，感到无限的舒适。他仰视着天上变幻的云彩，好像建成炼钢厂的第一根雄伟的烟囱，就矗立在这云端上，他自己将这第一根雄伟的烟囱，作为指挥棒，高在半天，指挥着中国的民族企业，在这无限大的中国，向前迈进——走不尽的原野，数不完的城市，都被他的钢铁的巨轮拖动着，走向工业化的道路，褴褛的中国的老百姓，都被他的巨轮的皮带拖到了天堂，无限无尽的地下的宝藏，都被他的起重机开发到地上来，中国变了工业的王国，而他就坐在这王国的宝座上，掌着无限的威权。

晚霞在他的幻想面前偷偷地消逝了，暮色慢慢地以天上罩下来。他的第一根雄伟的烟囱，也跟着晚霞消逝而幻灭。一阵颇有些寒意的夜风，穿过松林，吹到他身上，使他感到一阵寒颤。他极目看一看这苍茫昏瞑的宇宙，原来在这暮色沉沉下，他只个人立在地上。于是他又忽然想到晚上的跳舞会，“很久没有跳舞了，今天可以跳一个痛快！”他想到跳舞是兴奋的，这是他所欢喜的玩儿。但是他转念便又想到没有带舞伴来，“不要紧，有这许多太太，总不至于向隅的，而且还有林夫人。”他想到林夫人，心里有一种说不出的滋味，“不知是怎样的一个人呢？大概很美吧？不然，林志远就不会这样着迷！”他遥看着东方，那是一个大飞机场的所在地，天上有一两块乌云，停在月亮上升的地方，在这乌云的边缘，好像有一个曳长裾的穿古装的女人向他微笑，又向他招手。他正在出神，可是一阵清脆的女音，把他从幻梦中惊醒，原来是林志远搅着一位苗条女人的细腰，从石级走上草坪来了。

他一眼看去就猜这女人一定是林夫人，同时林志远也已经在那里做戏似的手舞足蹈地说：

“你一个人在外面——正好，我给你介绍，这是林夫人，这是Mr.萧，是我们建成炼钢厂的新任总经理。Mr.萧，我给你邀来了贵客。”

萧鹤声微微地鞠着躬，又伸出手去，轻轻地握了握林夫人的纤手。林夫人一双会说话的眼睛，凝视在他的脸上，萧鹤声的心，被这双会说话的眼睛吸住了，停了一息，才笑着说：

“久仰了，今天承蒙光临，十分荣幸！”

“很早就听见你的大名，今天能认识你，真高兴！”这是用英文说的银铃般的声音。萧鹤声这时才算把对方端详得仔仔细细：娇媚活泼，在暮色中看去，好像只有十八岁。

“林夫人，Mr. 萧也是交际名手呢！哈哈！……Mr. 萧，我到楼上去招呼一下，你陪着林夫人进去吧！”林志远一心还牵挂着楼上几位别的太太小姐，看看林夫人还想站在花园里，就把林夫人交给萧鹤声，自己大踏步走进屋子了。

这里，萧鹤声就温顺地低声地问着林夫人：

“暮色很美——你是就到里面去呢，还是在这儿走走？”

“我就喜欢在这暮色苍苍的傍晚，到花园里漫步，这最惬人意。不过，你是不是已经疲劳了？今天你是辛苦了！”林夫人撒娇地瞧着萧鹤声，用最温柔的声音说。

“不！只要你喜欢，我是永远不会疲劳的。”萧鹤声的声音，是坚决中带着温情。林夫人向他笑一笑，就靠近些，萧鹤声立刻大胆地也像林志远一样，揽着她的纤腰，在厚软的草地上漫步起来。林夫人转过头，又看一眼萧鹤声，一阵甜香，从林夫人的脸上，吹进萧鹤声的鼻子，他感到一点晕醉，也用微笑凝视着林夫人那张俏脸。这样对看着有一分钟，林夫人脸一红，低下头去看自己的脚尖，好像非常娇羞，曼声向萧鹤声道：

“尊夫人没有来？”

“是的，我不太喜欢太太们老跟丈夫跑。”

“为什么？”又是转过头来一个微笑，跟着又是一阵甜香吹进了萧鹤声的鼻子。

“各人有各人的天地，各人有各人的自由；夫妻只应该在家里见面——这是我的主张。”

“这话倒不错，大家都应该有自由——不过你的太太同意你的主张吗？”

“没有什么可以不同意的——我的主张是不容许修改的。”

“你真是一个怪人！”林夫人笑了。忽然楼上阳台的门打开了，飘出牌声和笑声。林志远走出阳台，向下面一望，看见萧鹤声和林夫人还在外面，就笑着打趣道：

“怎么？你们还在外面？不怕风吹？看你们真是一见如故，也许还相见恨晚吧？”这话里是掺着点醋意的。

林夫人即刻就飞去一个媚眼，可惜夜色已浓，立在阳台上的林志远没有看得清，不然也可以平一平他的酸气；可是银铃般的声音却娇嗔了他：

“你还说呢！是你把人请了来，却又把人丢在外面！”又是一个媚眼。

“好！好！算是我不好！立刻下来扶你进去，以赎前愆！好不好？”

一忽儿林志远就推开客室的门，跳到林夫人前面，鞠一个躬，伸手挽住林夫人进去。林夫人迟疑了一下，向萧鹤声会意地点一点头，萧鹤声立刻跨上一步，在林夫人的另一边牵住了，三个人并着走进客厅。

客厅和餐厅所有的灯都开亮了，强烈的灯光，照耀着所有的空间，林夫人立在房子的中央，环顾了一下。

“为什么要开得这样亮？怪刺眼的。”林夫人说着向萧鹤声飞了一眼，萧鹤声迅速地去关了五只大百乐天，只剩了两面橙色的壁灯。

“谢谢你！”又是英语。

“就是为了要看你这美人儿，才开得这样亮的！”林志远故意从上到下地打量着林夫人。

林夫人穿一身粉绿色意大利绉花旗袍，披一件深绿色丝绒披肩，长仅及手，绿色的皮鞋，翡翠的耳环，纤腰俏脸，眼睛永远在说话；在幽静的灯光下，掩盖了眼梢额角微细的皱纹，看上去的确年轻飘逸。

“看你这样子，看你这打扮，谁会知道你的儿子已进了大学！青春怎么和你格外有情？永远驻在你的身上！”林志远一面是赞美，一面也是故意在萧鹤声的面前夸耀他对林夫人的熟稔。

“真了不得……实在看不出！”萧鹤声简直像在听神话，这样年轻，竟会有儿子，而且已经进大学了，这怎么可能呢？但林夫人却对林志远瞟了一眼，一面走到沙发边坐下，一面微愠地对林志远说：

“你都该叫我一声外婆了，怎么还会年轻！”她的确有点不高兴；她不高兴在萧鹤声的面前暴露她已有了年纪。

萧鹤声看见林夫人一坐，背后那锦缎的垫子挤成一团，就立刻跑过去给铺平了，而且趁势也就坐在林夫人旁边。

楼梯上响着一大群人的脚步声，大门开处，进来了许多人，中间自然有太太小姐。林夫人立刻起来与徐渭臣握手，连连道贺，转过身来，侧着头看高大有的太太。

“高太太，你今天更年轻了，怪不得高律师不离脚的跟在后面。”回过头来又看见一位小姐。

“张小姐，今天这样美，几时给我们吃喜酒呢？”

林夫人像绿蝴蝶似的，在人群里飞舞，大家也就跟着戏谑。

“我的太太没有第二个人会跟她的，除了我，所以用不着再年轻了。倒是你，这样年轻，喜酒还有两次好吃呢！”高大有带点讽刺性的打趣她。

“要做祖母了！还吃喜酒吗？假使你要吃我的喜酒，那还得请你做媒人。”

“喔唷唷！只要你说一声‘我要嫁人’，求婚的人会跪满一屋子呢！还要我做什么媒人。”高大有一边说，一边去溜一眼林志远。

林夫人还没有回答，庶务进来报告席已摆好，请大家入座。

大家就乱成一团。结果听徐渭臣安排，谁去楼上，谁在楼下；萧鹤声，林志远，高大有，谭伯先，林夫人，还有两位太太和徐渭臣，都在楼上。

菜是出之名厨，酒是来自重洋，又有女人如花，点缀在这舒适的座上，酒一杯杯灌下去，大家便渐渐地脱去了君子之风，尽情调笑；女人是笑得更软了，男子说得更浪了，在大家醉意正浓的时候，从楼下飘上来狐步舞的乐曲，林志远推开座椅，倏地站起来，擎起酒杯：

“先生们，狂欢吧！——莫辜负青春，莫虚度良辰！”他用英文说完，歪歪斜斜地下楼去了。高大有和谭伯先也挽着太太下楼去。

“徐总经理，我今天一定要和你跳一次舞，祝你们建成公司鹏程万里！”林夫人虽和徐渭臣说话，却和萧鹤声眨眼睛，她的眼睛好像告诉萧鹤声说，“和这个胖子开玩笑，多有意思！”

“不敢，不敢。向来不跳舞，不要把我摔得中风。不然，我这具胖火车头，你也拉不动；我还是打我的牌去，哈哈！”胖子摇摇摆摆边说边立起来，拱一拱手。林夫人笑弯了腰。

“鹤声兄，你陪林夫人去跳跳吧，我要少陪了。”徐渭臣说着，跄跄踉踉地走了出去。林夫人看了看萧鹤声，萧鹤声会意地伸出手，挽着她下楼去。

楼下已把两间大房间的地毯卷起，台子移开，椅子全摆在墙边，中间已有几对在舞着了。他俩一走到门口，萧鹤声跟着音乐，就一把搂紧林夫人的纤腰，几个圈子，就旋进客厅里了。林夫人软依在他的肩上，那样的轻飘，那样的无力，像一团棉花堆在他身上，只觉得软绵绵的；她的脸靠紧着他的脸，任萧鹤声疯狂似的打转。他迅速地吻了她一下，她惺懒地睁开眼睛嗔他一眼，他更贪婪地瞧着她那似醉似晕的脸，他忘记了一切，连第一根雄伟的烟囱也早已从他的脑子里拔去了，只有这个绵绵的女人，任他摆布的女人，占有了他整个的身心。音乐早已停了，他还舞着，引得众人哄堂大笑，他才惊醒。但笑声刚止，萧鹤声还没有把林夫人送到椅子上，音乐又起了，林志远冲出了人群，走到萧鹤声的面前，一把接过了林夫人，旋风似的舞开去了。林夫人微睁一睁眼，看到是林志远，点一点头，就依在他的肩头上。萧鹤声像突然失落了一块宝石，感到惋惜，但他的眼睛没有离开过飞舞着的绿蝴蝶，他焦急地等待这一次的音乐过去，可是竟这样久，这绿蝴蝶又时时旋到他的前面，在别人的肩头上，抛给他一个甜蜜的笑，使萧鹤声的心荡得什么似的。他恨林志远，他也要用林志远一样的手段对付他；音乐刚停止，林志远把林夫人送到窗下去，萧鹤声就飞去一脚，把林夫人扶住了。

“志远！你醉了，别摔跤！”萧鹤声一边说一边乘势就挽着林夫人走了开去，他擦过茶几，端起一杯放在茶几上的咖啡，送到林夫人嘴边，林夫人懒懒地喝一口，就摇一摇头，深情地看他一眼，说一声“谢谢”，音乐又起了，这次萧鹤声没有舞起来。

“你太累了，这次不跳吧？我们到外面去吸点新鲜空气。”

林夫人点了点头，萧鹤声就扶着林夫人悄悄推门出去。步下石阶，黑暗立刻包围着他们，萧鹤声在黑暗中一把抱紧了林夫人，突然吻着了林夫人的嘴。音乐从门缝里偶尔飘出来，长的狂吻，醉了这一对男女。林夫人搂紧了萧鹤声的头颈，只叫得一声“Darling”，就晕倒在他的怀里。

四

以一分钟两千转的速率，建成炼钢厂离创立会还只有五个月的时间，已在本来只是一片麦田的长江边崖，竖立了中国第一根雄伟的烟囱——这新建的工业区里，其他的工厂还只在动土方，最快的也只有盖屋顶，但建成的烟囱里，却已冒着浓烟，直冲上青天。

这是一个阴沉的仲春下午，萧鹤声在他捆绑的简陋大办公厅里，低着头沉默地兜圈子，脚步是稳实而沉重；办公室里伏在案上的职员们，也沉默着，每一个人的面上，都现着兴奋紧张。这样大的一间办公厅和二十多个办公的人，除了萧鹤声踏实的脚步声和会计部分偶尔发出一两下嘀嗒的算盘子声，此外没有一点其他的声响；整个的办公厅，被兴奋但是严肃的空气所包围。

沉默中，突然震来了沉重而郁闷的震耳响声。好像刺了大家的神经似的，每人都惊慌地交换一下喜慰的目光；萧鹤声也突然停止兜圈子，直着视线，侧耳倾听。一阵喜悦掠过他的面部，“动了，这是心脏的血液，输送到各部分去的声音，这是建成开始第一口的呼吸！”他心里有一种说不出的兴奋，他不知如何是好，想跑到工厂里去看一看，但不知怎的，又有点迟疑，好像第一次做父亲的人听到产妇痛苦的呻吟那样恐惧惊喜，手足无措。幸而陈恭敏跑了进来，满脸的惊喜：

“总经理，熔炉已经鼓风了，谭工程师请你去。”

萧鹤声没有回答，却沉默着走在前面，陈恭敏赶紧跟了出去。

当萧鹤声渐渐走近工厂的时候，马达的声音越来越大，一跨进这六十方丈的炼钢场时，讲话简直听不见了。谭伯先全副工装站在化铁炉与皮塞炉 (Bessomer) 中间，他的头顶上，吊车正在等待着工作，工人们沉默地围在化铁炉旁边，像守着产妇的医生似的满脸是沉静而又庄严的表情。萧鹤声跨进门，谭伯先首先看见了，向他招手，他就跑近熔炉。

鼓风机的声音，震动了整个工厂，也震动了所有人的心脏。使每一个人的神经都紧张起来。谭伯先看着手表，他迅速地把手一挥，那挂在吊车上的紧张地等待命令的工人，立刻把吊车架到三尺远的包子 (浇钢桶) 旁边。地上的工人们，也迅速地将两面装着长柄直径约有一寸粗的钢圈，套进包子，又把吊车上垂下来的两只带钩的钢索，钩上包子沿的两只耳朵，四个工人扶住了钢圈的长柄，吊车就把这能装一吨钢液的包子吊起，架到熔炉前面。地上的工人，把包子对准了三尺长的铁流的槽子口。吊车立刻放松了钢索，包子就四平八稳地摆在槽子前。

这时另一工人，手拿着顶端糊着泥沙头的长铁杆，对准熔炉口，只那么一戳，铁流就跟着奔流出来。守在旁边的人，大家退后几步。

从炉口里奔流出来的火红色的铁流，经过槽子，流入包子。在铁流奔流的过程中，飞散出白热的火星，像法国人在七月十四民主纪念日放的烟火那样，在五六尺周围内，满是这发白热光的铁星。大家屏住呼吸，看着包子里滚动的铁流。包子里的铁液渐渐满起来，满到离口还有两寸的时候，拿着铁杆等待着的工人，很快地将铁杆上糊的泥头，封住炉门，另外的工人，用钢钯把槽子里失去压力停滞不流的铁液，扒下包子去。吊车就将上层已经凝结，里面还在上下滚动的装着钢液的包子吊起，驾到离熔炉只有五尺远与熔炉在同一平行线上的皮塞炉口。谭伯先在电门柱上，开一个电门，这口子向上的皮塞炉，就发出巨大的声音，慢慢地向外转动，刚刚转到口子在包子上面时，谭伯先就把电门关了。吊车吊起包子，工人们将钢柄一推，包子里的铁流就倾注入皮塞炉里去了。倒完后，谭伯先又开电门，使皮塞炉地位还原。谭伯先只看了一眼工人，早有工人跑到连着工厂的一间鼓风房去，只听得一声鼓风机巨大的声响，自鼓风间出来，接着就看见皮塞炉口上，强烈地冲出略带淡青色的铁的火光，铁星也就跟着从冲天的火光里冒出来，这声，这色，这火，这铁的星光，照耀着，震撼着整个的工厂，震动着所有的人心。

谭伯先和其他两个工人，戴上辨色的眼镜，注视着皮塞炉口直冒的光。大约有十七八分钟，这火头已低了些，光也变白了，谭伯先命令关住鼓风机，这时吊车又把包子放在皮塞炉前。谭伯先把皮塞炉又转过来，于是钢液又从皮塞炉流到包子里去，钢的火星照样四射，照得大家的脸发白。钢流一千五百度的焦热，冲着每一个人，但大家全副精神都贯注在工作里，忘记了灼热，先把矽铁放进包子。包子里的钢流，不断地在翻腾，滚起的钢浪有三四寸高，矽铁放进后，滚得低了一点，接着把锰铁也投下去。一忽儿，包子里装满了钢液，皮塞炉已经空了，吊车把包子吊上沙堆，四五个工人，把浮在包子上的钢泡沫，用钢钯把它拨到外面去，剩下纯粹红色的钢液。有一个工人用一把长柄钢瓢，瓢出几瓢钢液，注入样模里。然后吊车又把包子吊起直移到三丈多远的钢锭模旁边，工人们扶住包子的钢柄，钢液倒入钢锭模里；建成炼钢厂第一炉钢，宣告出世。

萧鹤声一直跟着工人们注视着所有的过程和动作，他比正式工作的工人们还紧张。待第一炉钢铸成钢锭后，谭伯先宣告停止工作，他要验一验钢的质地。工厂里停止了一切机器的喧闹声，忽然听见了人的声音，原来刚才工人本能地骂人和杭育的喊声都被机器的闹声吞灭了。现在机器一停止活动，人的声音就显了出来。

谭伯先要工人把样模里的样钢，拿去试验钢质，自己就摆一摆手，请萧鹤声一同走出工厂；谭伯先走进工务室，向自己的椅子里一坐，萧鹤声也跟了进去。他看着谭伯先那种疲劳的样子，心里感到踌躇，然而闷在他心里的一个问题，终于耐不住，冲出了口：

“今天炼的钢怎样？”

“现在还不知道，要等捶了来才晓得。”

萧鹤声开始在工务室里踱方步，等待最后的结果。他心里有一点疑惑：为什么谭伯先会不知道呢？一个熟练的工程师，应该从经验里可以预知一切的。他的心里有一点烦闷，但仔细一想，又信赖了谭伯先：“一个学工程的人，是应该有百分之百的把握，才能说是或否，估计的话是不应该讲的。”于是他压住内心的焦急，忍耐地等待试验的结果。

一个工人手里拿着被一千五百磅的锤子捶成两半的样钢走了进来。

“谭工程师，今天的钢‘打不拢’，你看，还差得远呢！”

谭伯先皱一皱眉，接过了两半的钢样，半天没有开口；仔细地看着捶成两半的样钢，半天才说了一句：

“杂质太多，去不尽！”他开始立起来在房中背着手走动，工人还在工务室。

“谭工程师，今天重炼不重炼？”工人吞吞吐吐问。

“今天不重炼了，你叫张阿兴、何天灵来！”谭伯先不耐烦地命令工人。

萧鹤声虽不懂这些工人的俗语，但从口气里，他完全明白今天炼的钢是失败了。

“怎么？炼得不成？”他的声音里有点怒气。

“试炉总有这些情形。”谭伯先不耐烦地声辩着。

张阿兴和何天灵走了进来。

“鼓风间里的水银柱最高到几时？”谭伯先看着张阿兴问。

“最高十二时。”

“今天放的矽铁和锰铁每样几磅？”谭伯先又问何天灵。

“每种都是十二磅。”

“出去！”他厌恶地命令他们出去。两个工人有点冷笑的样子，直着身体走出工务室的门，还回转头来再轻蔑地看一眼谭伯先。

谭伯先一个人沉默地在房中漫步；他知道今天钢的“打不拢”是鼓风的压力太小，钢液滚得还不够高，水银柱应该升到十五时以上才够压力。同时矽铁也放少了，大概焦炭里硫黄和磷太多，这样一点矽铁，不够力量稳定钢液，使杂质翻腾在钢液里，浮不上来，——这是他计算的疏忽。

萧鹤声听他这样简单地问了两个工人，想来是一定已经知道今天失败的原因，他就想仔细知道为什么失败。

“到底为什么炼得不行？”

谭伯先想告诉他真实的原因，但好胜心迫着他说谎：

“焦炭里硫黄太多，没法去得尽！”

“有办法改进吗？”

“只有自己炼焦。我早已说过，在四川的条件，是无法炼得好钢的。只有一个办法，自己炼焦。”

谭伯先自建厂设置机器以来，对各种设备，经常表示不满，时时要泄气灰心。萧鹤声要他找代替品或因陋就简的时候，他总是冷笑着请他另请高明。为了焦炭已经闹过许多次。好几个矿里的焦炭送来给他看，都说不能用，最后是他自己找来了一家矿里的焦炭，才说可以用。但厂里总务方面的人，说他得了这家矿的贿赂，所以说好用了，其实这家矿的焦炭还不及以前几家送来的好。

但他不责备自己贪贿，买进劣货，也不责备自己在工程上配合不准确，却怪四川所有的焦炭都不行，要自己开矿炼焦。萧鹤声虽也听说谭伯先受贿，但他自己不能正式证实之前，他不肯随便相信谣言，而且他也听说过四川的焦炭，质地的确太差，炼钢是有问题的，所以谭伯先提出自己开矿炼焦，他也同情。可是两百万元股本，到现在开工止，已经用得差不多了，剩下来的还不到两个月的周转金，如果又要开矿炼焦，资金立刻就会不够，但是熔炉已经开始烧热，决不能因资金已罄，就罢手不解决问题。“找大成去！”他心里想，大成总不能让一切设备都已就绪的工厂不开工。他这样决定后，就反转身用坚决的目光看着谭伯先道：

“好！我同意自己炼焦！但问题解决后，你能够负责炼出好钢吗？”

萧鹤声的变了威棱的目光，盯视着谭伯先。谭伯先被这目光所慑住，带着嗫嚅的口气说：

“除了焦炭，还有矽铁和锰铁，假使电炉一开，配合的成分更复杂，我怎么能担保呢？这样条件不具备的中国，谁都没法担保，不像在美国……”

“那么，你没有把握？你不能负责？你是儿戏！”萧鹤声的声音已变得粗暴，眼睛里已射出的凶光霍霍地在谭伯先的脸上打圈子。谭伯先自然受不住这样箭一般锋利的目光，但自尊心激励了他，他也恶毒地看着萧鹤声，接着就回答了他：

“那一个工厂，在试炉的时候，总是不行的。成功一定要摸熟了炉子的性能，才有可能。你完全是外行的见地来看人看事。而且原料的确有问题，只要原料能完全准确，问题就可以减少。我可以负责地对你说，我一定炼得出后方各厂所能炼出来的一样的钢。但我不愿说，这是十足够标准的钢，这是一个学工程的人应有的态度。”

萧鹤声总觉得谭伯先的话滑脚，不确切；他觉得一个学工程的人，总更应该确实，不犹疑。但是不等萧鹤声再开口，谭伯先又接下去说：

“总经理不必这样着急。第一次试炉，没有一家厂是第一次就成功的，如其能自己炼焦炭，自然更好，不过要相当大的资金，是不是现在公司里有这笔钱开矿？我们如真有多的资金，还是再到美国去买点合金原料还上算一点。”

谭伯先已放平了口气，他想用移花接木的方法，把萧鹤声的怒气平下去，同时他也确实想多买一点外国货，即使自己不用，出卖也赚钱。

萧鹤声没有改变他的面色，也没有移转他的思想。他一心要把建成厂炼的钢能最标准，能做各种的材料，不然建成就不是中国第一根雄伟的烟囱，就不能指挥中国的工业向前迈进。因此炼钢的第一个困难，必须解决。他根本没有考虑谭伯先提出的意见，就照自己的意志向谭伯先说：

“资金上一切我负全责，即使要举办各种炼钢的原料厂，我也完全同意；我们必需要防备有一天什么海口都被封锁，外国货根本来不了的时候，我们也还要炼钢，但在技术上，你得负全责！”萧鹤声虽感资金力量不够，要举办各种原料厂矿，决非建成能力所能负担，但为了建成的前途，他非这样办不可！不然原料要仰息国外，还成什么国防工业？而且已套进圈子的大成，他有把握能使他们继续不断地供给资金，只要技术上谭伯先能负全责，资金的问题他是自信有把握的。

“能这样更好。不过，总经理，现在香港仰光都能来货，为什么我们不多买一点美国货？这是一举数得的，到万不得已时，我们再自己来办厂。”谭伯先根本反对自己办什么原料厂矿，他是不能花费精神和体力的，不过知道萧鹤声的坚决，他也不敢过分地反对。

萧鹤声听到谭伯先犹疑的语气，很觉不快。他开始感觉到在技术方面谭伯先也不能主动，光景也只有自己来负起指挥权了，于是他就直截了当地命令了谭伯先：

“一切设备，添设新厂，也由我负责好了！你只听我的话去做。你听我的话，决不会错。因为技术也与整个的战局经济政治有关，还是让我来决定好！我决定自己炼焦！你只在技术上指导就是！”他毫不客气地指挥了谭伯先，也不再听他的意见，就跨出了工务室的门，心里却想着：

“只有一切抓在我的铁掌里，才不至于失败！”

晚饭的钟已打过了，大办公厅里没了人。萧鹤声看了看这空虚的大屋子，就退出来走向自己的房间去。晚饭已摆在桌上，冰冷的四菜一汤，在桌上等着他去动箸。

对饭菜并不计较的他，今天非常例外，他没有坐下去，只厌恶地向桌上看了一眼，他忽然想起了懿芳，——懿芳是特别在他的日常生活上宠着他的一个人，一切事都亲自处理，尤其对于菜肴，总是亲自下厨。对饮食并不注重的他，在懿芳的宠待下，也会嫌好嫌坏，可是一离了懿芳，他就什么都吃。但今天不同！今天他需要懿芳，——需要懿芳对他的体贴，对他的周到，可是懿芳却没有跟他来厂里住。他感到寂寞，他开始恨懿芳，“为什么这次懿芳不肯跟我来厂里住呢？莫非她忘记了自己的责任了吗？”他恨恨地想着，低着头在房中漫步。阴沉的仲春傍晚，例外地在天上飞出几朵晚霞，明耀了他住宅外面的院子。他无意识地看一眼窗外，又想他的懿芳。

“近来懿芳变了，没有从前那样热情，也没有从前那样体贴了。终日闷沉沉的，看她提不起兴头——在她的身上，有一股冷气。”他想着懿芳近一个月来的变态，有点烦闷。

“莫非袁来重庆的消息她已知道了吗？”他一想到懿芳的冷，就想到两个月前从江西赶来重庆的袁的热——袁是他江西任上的伪组织成员之一，已和他生了一个女孩。

“可是袁却太热了，热得叫人受不住。而且简直是无耻。”

他想到袁来重庆后，步步挟制他，因为她替他生了孩子。

“那是个无耻的女人，像四马路上野鸡一样的女人，居然也要出头做夫人，亏她想得出——不过也有她的特长。”于是他就想到袁的“特长”，那“特长”是上等女人那里找不到的，尤其在懿芳的身上找不到。

“懿芳假使为袁来重庆而对我冷淡，那她要自食其果，我不能让人来干涉我的私生活。我会叫懿芳明白这一点，不是她屈服，就是她来尝尝我的滋味。”他毒辣地想着怎样对付懿芳的恶计。

“自然现在还早，懿芳对我还有用——到有一天，我一定要她认识我，对我吃醋是什么滋味，我萧鹤声生平不受人的钳制。谁要逆着我，谁就该遭殃！”他越想越生气，也越想越毒辣了，他完全不想他对懿芳不忠的罪恶，他只想到懿芳对他的冷淡。

一阵烦闷，使他觉得浑身燥热，打成两半的钢样，又呈现在他的眼前。

“都是无能，都是无耻！”谭伯先的滑里滑头的对话，又记了起来，觉得自己的肩上，又将加重分量，在技术方面，他也将亲自参与了。

他走过书架前，一瓶茅台，映入了他的眼帘。取来倒了一杯，一喝就干了，一股热气，直冲到他胃里，又回上来，火热了他的口腔。接着又是一杯，他开始觉得浑淘淘了，不知哪里来的喜悦，只想笑，可是房间里一个人都没有，他很想找一个人谈谈，于是走到门口去。晚霞已消逝，只剩下一片灰暗，但是陈恭敏，手里夹着一叠文案，从院子里迎面走了进来。看见萧鹤声出来了，陈恭敏便想退出去，但萧鹤声却留住了他：

“我本来是要找你去，进来吧。”

他们俩就一同走进屋子里。陈恭敏看到台子上没有动过的菜肴，知道萧鹤声还没有吃饭，便朝自己手里大叠的信件和电报望了一眼，有点迟疑起来：

“总经理还没有吃饭？我叫他们另做一点热的——我等总经理吃了饭再来。”

“不！现在我不想吃，等一会儿再说——你先别去，我有话同你讲。”刚才两杯酒引起来的高兴与和善还没消退，萧鹤声好声好气地招呼了陈恭敏。

陈恭敏坐在萧鹤声写字台的对面，萧鹤声也坐了下去。

“有什么事？恭敏？”萧鹤声一面装板烟，一面问。

“昆明大成分行来的电报，说从仰光运到的一批货，被扣在站里了，大概要用一点钱才拿得出，不然，怕要耽搁时间。”

陈恭敏将电报摊在写字台上，萧鹤声含着烟斗看电报。陈恭敏只见笑影从萧鹤声的脸上消失，怒气却渐渐地从他的眼角升起，等看完电报，他把电报向台上一拍，就倏地站起来。

“这是什么话！一切手续，都照法令办理清楚，还要扣留！这简直成了强盗世界了——我不能花钱，不能用我的手去送贿赂的钱！”他又倏地坐下去，提起笔来批了“依手续交涉，切勿行贿”九个字，掷下笔立起来气呼呼地在房中兜圈子。

陈恭敏没有去拿批了办法的电报，看了看萧鹤声生气的脸，知道这时同他辩论，一定会被他抢白一顿；但又想到这电报一出去，这批货就会石沉大海，等各方面行文的圈子兜转来，即便可以不花钱领出来，时间起码要在一年之后了，而这是一批等着要用的机器和原料，不能耽搁时间。

而且他手里的文件，还有同样的几件案子，那是被扣在海棠溪的十几吨洋园，已交涉了一个多月了，还没有下落，也曾找过负责人，那人的一副尴尬面孔，还鲜明地摆在他的记忆里，对方很坦白地说，只要肯花点小钱，什么问题也不会有的。那时对方的话，现在陈恭敏还记得清楚：

“你与其说公事公办，那我们总可以找出理由来和你麻烦的——哪一个人愿意自己承认错误，乖乖地把东西给你，起码也要请你等上一年半载。你说去找我们的上峰，你是聪明人，哪一个做上司的，肯承认自己用了混账的下属，官腔打得更高。所以我劝你还是省点事，随便你请点小东道，把东西弄出来最为上策，因为我们是同乡，我才肯告诉你老实话，不然，哼，你倒试试看！……”

可是萧鹤声坚决反对用小钱，结果，一层层行文上去，现在连公事转到哪里去了都不晓得，真像掉在大海里的针，不知从哪里打捞起，越弄越没有头绪了。想到这里，陈恭敏就觉得这次昆明的货就花点小钱，弄了出来，免得耽搁时间，妨碍工厂的进行，也还上算。于是他鼓起勇气，看了眼萧鹤声，坚决地说道：

“总经理这种精神和作风，我完全同意；但总经理一个人的力量，总斗不过这满天下的贪污！这样徒然使工厂吃亏。我看还是请大成花几个冤枉钱算了。这批东西都是等着要用的，而且车子也已接洽好了，只等货一出来，立刻就可以运重庆，不然，失了这次车子的机会，下次再弄车子又是一件麻烦。”

“要我行贿，我情愿关厂。这是我决定了的，决不能修改——怎么你也会随便被环境屈服，好像你同他们一鼻孔出气似的。”萧鹤声严厉地看定了陈恭敏，近乎是斥责了。

陈恭敏感到一阵耻辱，觉得自己对工厂的一片赤忠，反而被他骂为一鼻孔出气，非常愤慨！但转念一想，他也同情萧鹤声，觉得在中国办工业，实在困难，时间、精力和金钱，花在这些地方的就要占一大半，有什么余力再来管理工厂呢？想到这里，气愤就消了一半。他又想，这批货不快点来，谭工程师就要掼纱帽了；工厂至上的他，就决定不管一切，再向萧鹤声婉转地恳求一次：

“总经理的话，我懂得，不过要铲除贪污，一个人的力量是不够的，这要联合一切受累的厂家，共同起来申诉，才会有效。像现在总经理这样一个人与他们硬碰，只有被他们捉弄，结果是工厂吃亏，所以要请总经理再考虑考虑这件事——至于我，决不会同这些贪污们一鼻孔出气，我要同他们一鼻孔出气，就决不会辞了那边的职到这里来了。因为在那边太多这些发财的机会。这一点总经理总该早已明白了。”陈恭敏看着走来走去的萧鹤声，慢慢地解释。

萧鹤声看了一眼忠实勇敢的陈恭敏，觉得刚才的话，说得过火了一点，有点抱歉，但自尊心极强的他，是不肯收回他说出的话的，他使自己平一平气，坐到写字台面前，放温和了声音，对陈恭敏解释：

“恭敏，我知道你对工厂的忠实，但你要知道，我们自己口口声声说要铲除贪污，碰到自己手里，就去行贿，这是不应该的。铲除贪污要从我们手里开始。这一点决心，决不能因为自身的利害就放弃——我何尝不爱自己的工厂？但为了工厂，要违背我自己的意志，那我情愿不办工厂！我可以毁家纾难，我也可以杀身成仁，但我不能行贿！”

陈恭敏看着这一张用钢铸成的脸，虽然话是说得温和了，但意志非常坚决；他很受感动，但种种违背萧鹤声意志的事实，又一件件兜上他心头了。他想到谭伯先如何受了煤商的贿，心里说：“受贿的事，竟出在他自己的厂里，假使他知道了不知将怎样伤他的心呢！”可是并没说出口来，他仍旧回到原题，用了更委婉的口气再请求道：

“是的，我一定听总经理的吩咐，秉承总经理的意志去办事；但工厂也要能不吃亏才好。总经理，你看我们有什么办法来打破这些难关？”

“我知道。昆明那批货，我自己到他们的上级机关去办交涉。所以我想自己生产原料，免得他们半路里来截住要买路钱。而且什么原料都要用美国货，我本来就反对。刚才谭工程师说自己开煤矿炼焦炭，我非常同意。我们把谭工程师请来，大家商量商量。明天我要进城去找大成，要他们再借一点钱，立刻就办起来，也免得谭伯先老为焦炭噜苏。”萧鹤声说完，立刻按铃叫侍役。

“自己开矿，不太费事吗？市上有的是焦炭。其实有好焦炭，只要谭工程师少挑剔挑剔，就不必这样费事的。”陈恭敏知道钢没有炼得好，并非完全是焦炭之故，而且即使焦炭不行，也是谭伯先贪贿买进劣货之故，然而萧鹤声竟会被谭伯先的一派胡说所欺瞒，当真要自己炼焦，实在使他非常惊奇，可他又不便明说，只好这样婉转地提出了暗示。

然而萧鹤声并不理会，只顾他自己说："一切求自给，这个原则我完全同意。在中国办厂，零件配料，必须自己设厂生产，不然总要吃亏。所以先从炼焦开始，以后矽铁、锰铁甚至电冶炉里用的炭精柱，都要自己制造。什么都自己生产，就什么问题都不会发生了。"萧鹤声脑子里的第一根雄伟的烟囱，又显现在眼前了；他要用一分钟两千转的速率，创设起凡炼钢所必需的原料和零件的工厂。他不仅要能供给自己厂里用，他还要供给别的炼钢厂用，他要使这第一根雄伟的烟囱，真正发挥雄伟的作用。

陈恭敏还想进言，可是谭伯先含着烟斗推门进来了，萧鹤声立起来拖了一把椅子放在写字台横头，请他坐下。他们三个人围着写字台，坐了个品字形，就开始商谈炼焦的问题。

"伯先兄，刚才我们谈的自己炼焦，我想明天就着手进行。我明天一早要进城去和大成商量。你最好明天下午能把计划送来，这样我和大成谈的时候，可以具体一点。如其能今晚赶出来更好，我明天就好带走，免得专差送。"

萧鹤声一分钟两千转的快干精神，即使像陈恭敏那样工作不停的人，也感到有点赶不上，何况每天必须散步休息，晚上还要有家庭茶会的谭伯先，连意识都赶不上，更谈不到行动了。多少次萧鹤声和他的不愉快，都是这快与慢的冲突。现在谭伯先一听到今晚上还要他赶写计划，就是满肚子的不痛快。他真懊悔自己提出那么一句话，他想取消那一句话；但已经知道萧鹤声脾气的他，知道自己讲的话是不能随便取消的，不然，萧鹤声会追问得你山穷水尽，无辞以对，还不肯罢手。何况一件事萧鹤声自己已经同意了，就非办不可。可是他实在不愿意晚上还要工作，他就推了一句：

“这件事资本要相当大，大成是不是会答应？顶好我们请了张副理来一同商量，他是银行里派来的，总明白一点银行的意思。你看怎样？”

“张觉人？他知道什么！他除了搬弄是非，给董事会做特务，什么也不知道！你不要管大成肯不肯拿出钱来。他们不肯，我会想别的办法。你只要把计划写出来就是！”萧鹤声一听到谭伯先讲话，又要滑脚，就斩钉截铁地命令他。

谭伯先无计可施，就勉强敷衍道：

“今天晚上不成。各种材料手边都没有，怎么写得出——我赶紧写就是。”说完立起身来想走。他记挂着家里的晚会，太太和孩子在家里等他回去喝茶；晚上最好的节目是小儿子从幼稚园里学来的游唱表演，他去迟了，不仅孩子们要睡觉，自己要失去享受这好节目的机会，太太更要大发脾气，使他一晚不得睡好觉。但萧鹤声却不让他走。

“几时再试炉？第二次有把握炼得成吗？”

“明天就再试。第二次有没有把握，这话难说。假使像上海的焦炭，就不成问题，可是在四川；而且一套炉子要把性能摸熟，也不是一次两次就够的。”谭伯先掩住自己的弱点，故意冷淡地说。其实他记恨于萧鹤声了，他觉得萧鹤声简直在侮辱他，要不是这里待遇很好，他老早要走了——这是一块肥肉，但却夹着萧鹤声的辣子，吃进去难免要辣口，这块肥肉要没有萧鹤声这辣子，那该多么好。想到这里，他恨恨地看一眼萧鹤声；萧鹤声却没有注意他，含着烟斗正在出神。谭伯先忽然想到张觉人，“是的，张觉人也恨他，他恨萧鹤声看不起他。名为副理的他，什么事萧鹤声从来不去征求他的意见。这是好机会，和张觉人联合好了，用董事会的力量来对付，就有办法了。”他像忽然福至心灵似的，决然立起，不管萧鹤声再留他，他再也不坐下去了。

“计划我一定做，现在还有事要回去一次”他一边走出去，一边说，“找张觉人去！”他又一边想。

萧鹤声看谭伯先走后，心里感到一阵烦恼。他开始感到这个工厂里只有他一个人是起劲的，谭伯先的总工程师，对自己工程上都这样不负责不积极，这怎么能办工厂呢？

“不！不能因为谭伯先不积极，我就灰心。他不积极，我可找积极的能跟着我走的人来。”他的烦恼又没有了，满腔的兴奋和坚决，吩咐陈恭敏道：

“恭敏！事情就这样决定，你明天催催谭伯先——明天我一早进城，叫他们给我预备轿子到码头。”说完，不耐烦地立起来在房里走圈子。

始终插不进嘴去的陈恭敏，很想等谭伯先走后再和萧鹤声商量炼焦的事是不是能缓一步办；因为他看出谭伯先口是心非的情形，他也知道谭伯先平日不负责任的举动，和对萧鹤声不满意的心理，所以觉得炼焦的事，大有重新考虑的必要。但他又深知萧鹤声一经决定了主意无论如何不肯取消，他只得叹一口气，立起身来，准备好要讲的话，也只得咽下肚里去了。

五

在城里已经三天了，萧鹤声第三次去大成看徐渭臣。徐渭臣的神气没有从前那样亲热和尊敬。“吉厅”的门是关着的，徐渭臣只让他坐在自己的办公室里，俨然是董事长对待经理的派头，甚至于还有点像债权人对债务人的神气，自尊心极强的萧鹤声，自然很不痛快。为了炼焦的事，已经谈过两次了，但萧鹤声的坚决与专横，敌不住徐渭臣的软拖死延，两次谈话，一点结果都没有。

徐渭臣方面早已得了张觉人许多的报告，尤其这次炼焦的事，得的情报更多；好在钱在他手里，他不给，萧鹤声也奈何他不得，可是他也感到请萧鹤声做建成的经理，是自己的大失策。他想不到萧鹤声是颗炸弹，一碰就要炸伤自己。“老子花钱，你放炮！”徐渭臣这样想的时候，就看了一眼坐在沙发上抽烟沉思的萧鹤声，“老子钱不花，你就放不成炮！”徐渭臣又恨恨想，“要想对付萧鹤声，只有钱不放。”

徐渭臣这样打定了主意，不管萧鹤声哀求也好，怒吼也好，总不能打动他的心，也不能威胁他。因为他得的情报是谭伯先说焦炭市上有，不必自己费事炼，要炼焦炭，都是萧鹤声想从中取利。

萧鹤声也感到碰着劲敌了。他的威棱的目光，坚决的意志，都失去了效用。于是他只有走“权诈”这条路了。“这些人，像上海人说的——是蜡烛，不点不亮……他们只会向外国人磕头，对付自己人总是搭架子，尤其是求他们的时候。”他恶毒地想着，“我也会学外国人这一套的，我在外国人下面长大，莫非会不知道这一套吗？”

原来萧鹤声在二次恳谈没有结果之后，就预备斗法；今天他是想好了出奇制胜的诈术来的，所以徐渭臣对他的冷淡，他始终忍耐着。“不要因小失大，”他自己戒着自己，“必须斗一个青红皂白。”

徐渭臣只顾自己盖图章看传票，因为林志远还没有来，谈话要等他来才开始。

但林志远来时，却叫徐渭臣吃了一惊，这位漂亮人物气急败丧直奔进来，一切绅士派头都没有了。

“我们建业的货在昆明被扣了，要花钱。我已经打电报给他们，只要东西弄得出来，钱不必计较。建成的也一同被扣，自然一同去进口。将来这笔费用，我们平均负担就是了，虽然建成的货比我们多一点。”

林志远将帽子和手杖掷给跟他进来的侍役，无力地坐到沙发上，也没有跟萧鹤声握手，劈头就这样说。

萧鹤声冷然看了看对面坐着的林志远，立刻就回答了他：

“我也打电报去了，要他们据理力争，不能花钱。我们辛辛苦苦为国家生产，办齐了一切运输的手续，堂堂皇皇，又不犯法，为什么要行贿？我生平不做这样的事，你尽管自己去送钱，我用不着，这费用我也不出！”萧鹤声的态度非常冷静而坚决。

这次却是林志远着急了，他一唬就跳起来，直冲到萧鹤声的面前。

“你这个书生！这叫作鸡蛋碰石头，怎么碰得过他们？赶早别转这念头，不然，这些货一辈子也领不出来，这亏怎么吃得起？建成我也投了一半资，不能让你这样迂！”林志远简直是叫嚣了，“我还嫌昆明行里这批死人迟钝呢，这种事该在货没有到之前就布置好的；等东西被人扣留了再交涉，既费时，又多花钱，将来领出来的货齐不齐，还是问题，为了贪小却失大，这真是不会办事！”林志远越想越气，只管自己叫嚣。

“照你老兄这种行径，在中国是行不通的，建成迟早会给你弄得关门大吉。”他转脸看着萧鹤声又加添一句。

“宁为玉碎，不为瓦全！假使要行贿，我就去告发。我平生最恨行贿，中国就糟在你们这批行贿的人手里！”萧鹤声毫不让步地和林志远对抗起来。

徐渭臣在旁边冷眼看到这里，觉得事情要闹出乱子来了，便像说笑话似的，搁开了他们两个人的恶斗：

“到底你们年轻人火气大，为这点子小事，也会争得个面红耳赤，给外面小同事们听见，还以为你们要动武呢！谁知不过为了这点子小事情。志远也太沉不住气了，这样的事一天也不知要出他多少件，都像你这样子急法，不是把天都要翻了吗？这事，你们两家先前既已交给大成办，就让大成去料理。你们都不必管，我自会有办法——那边处长，曾经帮过他忙，我写封信去，他不好意思不放的。”徐渭臣放下了他文件，走出座位来，一面对他们两个人说，一面却去按铃。侍役立刻进来。

“烧点咖啡，弄点点心来吃。”

“我根本反对自己炼焦，办一个炼钢厂，焦炭都要自己炼，这不是笑话吗?”林志远虽被徐渭臣撂开了争端,可是气还没平,便又从炼焦问题上开火了。

可是萧鹤声冷冷地看了他一眼,却慢条斯理说道:

“我老早已经知道你们的意思了——决不自己炼焦!但工厂需要自己炼焦,我不能坐视厂里不能出货,或者出的货不够标准,今天我来,不是想问大成要钱。我已经和中国银行接洽好了,用美国运到的那批货做抵押,借五十万——长期借款,利息比大成的还低。四联总处那面,也由他们负责去疏通!钱可以先用!”

萧鹤声这一炮的确放得准。一向假痴假聋一再拖延的徐渭臣,这次不能再不听见了。他想这样一来,中国银行不是要踏进来了吗?那不行。不能做中国银行的债务人,宁可大成再放下五十万去,而且办个煤矿也好,岚炭涨价涨得这样快,不炼焦炭,可以炼岚炭,赚钱总是有把握的。

主意既定,徐渭臣就笑着说道:“那又何必去仰仗中国银行呢?人家还以为大成头寸这样紧,不得不去求救国家银行了!既然拿新到的货去做抵押,就拿整个的厂押给大成吧!大成的利息也可以让步,只是期限还得再商量。”

徐渭臣想:工厂押给大成五十万也还值得,而且以后萧鹤声再不能拿工厂去抵押给别家来威胁他了。

“那不成,全厂财产,照目前估价,最少也值五百万了,五十万借款,要五百万财产做押头,走遍全世界也找不出这样苛刻的条件,我还是去找中国银行!”萧鹤声看准了徐渭臣已将就范,这一炮是放中了,他就坚持着自己的优势地位。

徐渭臣摆动着胖体,在房中踱方步。林志远还在想他昆明的那批货,很想快点结束炼焦的谈话,等萧鹤声一走,好和徐渭臣商量这件事。

侍役送进来咖啡点心。徐渭臣就借此缓和空气,招呼萧、林两位到桌子边用点心。他一面吃点心一面想这件事怎么解决。忽然他想起昨天北碚有个煤矿要向他借钱，他不肯，后来说把矿卖给他，他也不要；现在倒是好机会，就让建成买了这个矿，既讨好了萧鹤声，自己还可以拿一成回扣。于是徐渭臣又笑了笑，说：

“押头可以商量，大成就是建成，建成也就是大成，自己人莫非还不相信？倒是开煤矿不简单，要勘地，探源，费时很久，像你这样的性急人，怎么等得及？”

“那倒不难，我们可以登报征求现成的。”萧鹤声听见徐渭臣已完全让了步，他的情绪也缓和了下来，声音也和气得多了。

“不是昨天有一家矿要让给大成吗！这不是现成的？”林志远心急，先说了出来。

“假使鹤声兄要找现成的话，这家自然可以谈谈，大成是因为怕管理，所以没有接受它的。等明天我去约了他们来，请鹤声兄自己和他谈罢。我是外行，这事还要请鹤声兄多费点力，矿生在地底下，没有人知道他的内里，这事倒要小心才好！”

徐渭臣故意平平淡淡地说，这种欲擒故纵的方法，他是用惯了的。他明知萧鹤声性急，你不肯负责，萧鹤声便会自己来负责，将来倘有差池，他姓徐的便完全不相干。

这一场以暴风雨开始，而以风和日丽结束的谈话，就此功德圆满。萧鹤声很得意自己的手段，觉得自己是常胜将军；他把徐渭臣他们看作无用之徒，可以放在自己的手心上任意摆布的；但他却不知道徐渭臣的让步，是为了自己可以得利，这连林志远都不清楚。林志远很奇怪徐渭臣为什么忽然向萧鹤声让步；因为事先曾经约好，徐渭臣要林志远坚决拒绝萧鹤声的要求的，不过他现在一心只在着急他昆明被扣的货，徐渭臣让不让步，那是大成的事，他又何必多管。

萧鹤声带着凯旋似的兴奋，走出大成银行，跳上黄包车，直向家里去了。

家里静悄悄的，没有一点声音。怀着胜利的喜悦的萧鹤声，走进这幽静的家，便感到有点失望。他觉得妻应该张着两只手臂，在门口欢迎他的胜利归来。

从老奶妈的口里，知道懿芳在卧室里。他的响亮的脚步声，停在关着的卧室门口，妻还没有开门相迎。这真有点使他生气了。他用力推开房门，看见懿芳面对着窗子，坐在梳妆台的前面，手里拿了一件他早晨换下来的衬衫在出神。他的猛然的进来，惊醒了出神遐想的妻，妻无力地立起来，放在膝盖上的衬衣和一张字条，就跟着落到地上。妻吃惊地立刻捡起衬衣连字条一卷就塞在椅子角里，然后才装了一个勉强的微笑，走到萧鹤声的面前。

“你今天这样早回来？……”妻茫然地问了一句，却再也说不下去了。

萧鹤声用疑问的眼光，扫射着妻的面，妻的幽怨的眼光，也正在看他。妻的茫然，妻的幽怨，妻的冷漠，把他从大成银行里带回来的胜利的喜悦给冲淡了；他本来预备回来在妻的面前，好好地形容一场他的胜利的经过的，但看了失神的妻，使他没有兴头说那些话了。他牵着妻的手，走到窗前的椅子上坐下，妻也无声地跟着他走过去。他很想对妻抱怨几句，但他缩住了，袁的影子忽然闪在他的前面，他想：“这里得不到的，可以到那里去取得。”他想到这里，就把妻的手放下，叫妻也坐了，用同样冷漠的声音命令着妻：

“懿芳，你去和程天颐说一声，我们运到昆明的货，被扣留了。护照，是他发给我的，为什么这样不负责任？政府的威信到哪里去了？限他一个星期之内放行，不然，我要揭露这黑幕！”

“程天颐？为什么又要我去找他？你可以自己去和他讲的。”懿芳像被刺了一针似的感到一阵痛楚，她就这样吃惊地看着他。

“我忙得很，没有时间，你这样代劳一下都不肯吗？”萧鹤声愤然地说，他明知道这是使妻痛苦的一件事，但比他还倔强公正的程天颐，是不受随便的指挥的，只有妻能使程天颐做随便什么事。无论如何，为了他夸出的口，为了他的威信，他非逼着妻做不愿做的事。

“他不能负这责任。护照只是他给你去请领了来，而并不是他主管这事，而且，中国的事情，天高皇帝远的地方，即使是直属的上级机关，路程远了，权力也会够不着！”懿芳觉得丈夫的任性，实在有点使她忍不住气恼。

萧鹤声知道妻虽然可以为他去赴汤蹈火，但碰到与她的意志相违背的事情，谁也不能勉强她的。她是一个临危可以受命的人，意志的坚强是不下于他自己，他不得不用一点柔术，用一点热情，去打动妻对他的忠诚的热情。

“懿芳，我为了建成，不知吃了多少苦；但为了国家，我自然不会怨恨，这是你同意的，也是你鼓励我的；可是等到我发生困难的时候，连你都袖手旁观，不肯拉我一把，我还有什么脸去找别人帮忙呢！懿芳，程天颐是一个好人，他是中国难得找着的好官，你不应该以私人的成见去对待他。而且，我知道你是对我最忠实的人，你为着爱我，你要排除成见，好好对待程天颐。我是非常爱程天颐的，你也要像我一样地去爱他，去爱一个中国难得有的好官吏！”

萧鹤声走到妻的面前，两只手放在妻的肩上。妻低着头，眼睛里装满了泪水，但从不在人前落泪的妻，迅速地擦了一下眼睛，抬起头来，哀怨地看着丈夫。萧鹤声低下头去，在妻的两只幽怨的眼睛上吻了一下，放开了妻的手，去拿帽子和手杖，一边又和妻说：

“我晚上大概不会回家，因为明天为了要买一个现成的煤矿，今天也许要赶回厂里去和谭工程师商量这件事。程天颐的事，不要忘了，和他说一声，我知道他是有办法的。”

他话还未说完，人已走在扶梯口了。他去摸了一下口袋，找袁给他的条子，但摸了一会却没有摸得着，他待了一会，就飞也似的下楼去了。谭工程师，他只打了个电话给公司，要他们立刻派人去把他请出来。

被丈夫温柔地抚慰了的懿芳，像五味拌在心头，有一种说不出的滋味。她很想对丈夫诉说一下她对他的忠诚热爱，但丈夫却这样快地走了，头也不回地走了，等她赶到楼梯口的时候，丈夫的影子都看不见了。

一阵空虚包围着她，她颓然回进房来，塞在椅子角里的那件衬衣，又闯入了她的视圈，她像针刺了下似的一震，迅速地走过去，将裹在衬衣里的字条又摊平了，从头看一遍。这是一张像小学程度的女人写的，要萧鹤声到她那里去，因为孩子病了，假使他不去，她就要跑到公司里去坐等。

懿芳看着这张字条，一阵辛酸袭上她的心头。虽然早就听说丈夫在江西任上另有所恋，而且不止一个，而且这些女人们都已生了孩子，可是对丈夫非常爱着的懿芳，却不愿意相信这些谣言。丈夫回重庆后，她毫不介意地爱着丈夫，比以前更爱他了，她用爱的壁垒，挡住了这些足以妨碍她爱丈夫的事实，她用自己的理想，虚拟出丈夫对她的忠实。可是上帝竟有这样残酷，这些她一直当作谣言的事实，偏偏残酷地揭露在她的眼前，使她辛苦地筑起来的爱的壁垒，打得粉碎，使她不肯相信的谣言，变成赤裸裸的事实，逼得她正视它！她想丈夫近来常常不回家，并不是她所想象的是为公司事忙，实在是为了这个女人。他即使回家，也是急匆匆要吩咐她替他做事，吩咐完了就走了，像今天这样，甚至于要她做她所不愿做的事。

想到今天的事，她忽然想到了程天颐。

“程天颐是个好人。”丈夫的声音，还留在她耳朵里。程天颐是好人她知道，她知道得比丈夫更清楚。那是二十年以前的事，程天颐刚由大学毕业，是一个清贫的学生，学地质学的，发疯地爱着她了。但是一则是自己年纪还轻，不深切了解什么叫恋爱，她虽也爱这个年轻英俊的穷大学生，但封建的庭训，使她不敢表现她的爱情，总是躲避和冷漠；二则，因家庭的顽固，使门第不及她家的程天颐去求婚，遭遇她家长的拒绝。这之后，程天颐变得沉毅，坚决，不久考取官费出国了。以后，整整的二十年，没有见过面，也没有通过信，她只偶尔在报端上看见他发表的文章，或者对地质上的新发现，这些断鸿零爪，未曾激动过她，在她只那么点一点头而已，因为她已出嫁，而且是这样热烈地爱着丈夫。

然而不幸得很，在二十年后，在战火漫天的今日，大家因避难都来到四川的重庆，竟见了二十年不见面的故知，在她还是很淡漠，并没有刺激她的神经，可是程天颐就完全不同。原来他二十年来虽没有看见她，但他的神经没有离开过她。二十年中她的生活，即使是极细小的事故，他都清楚，他无时无刻不在注意她，他始终保持着能知道她生活的线索——其实在二十年中他也常常看见她，只没有给她知道就是了。

更不幸的，是程天颐恰恰做了主管丈夫事业的长官，于是见面了，她才知道程天颐比以前更爱她了，她知道程天颐无条件地过分地帮助丈夫的事业只是为了她。可是对丈夫忠实的她，这一切实在使她痛苦，程天颐虽没有对她表示过爱，但她神经上，已经觉得出程天颐爱她到了顶点，甚至爱得有点顽固了，这使她不安，使她痛苦。“这不是我的罪恶吗？我要对不起两个人！”她总这样痛苦地想，于是她就避免看见他。这一切，她也坦白地对丈夫诉说过，可是丈夫却没有重视她的忠实和爱情，也不愿去了解她的内心的痛苦，只命令她去做她所痛苦的事。想到这里，热泪像断线珠一样地滚下来。

“为了鹤声，我不知做了多少次违背自己意志的事！今天他又要我自己去违背自己的意志，这是多残酷呵！”

她失声地哭了出来，她投到床上，把脸贴在枕头上，让热泪去润湿那装木棉的枕头，“可是他却爱了别的女人！他不仅是抛弃我，他还残酷地蹂躏我的痴情！”一种彻骨的凄凉，包围着她，寂寞，空虚，使她失去了生存下去的勇气。

“我爱的人，他不爱我！他蹂躏我！我不爱的人，却这样永恒地忠诚地爱我！上帝呵！你为什么这样残酷？”她贴在枕头上辗转地想着，她的心被揉着，绞着。

“太太，有客。”老奶妈推进门来，手里拿了张名片，看见主人这副样子，她僵住了。

懿芳稍稍停了一息，才抬起身子，无力地招手，叫老奶妈走近来，当她看见名片上的名字是“程天颐”三个字的时候，使她惊呆了，她知道程天颐不是她允许，是不会随便跑来看她的，但她想也许是来看丈夫的。

“你说先生出去了，隔天到公司里去看他。”

“这位先生说是来看太太的。”老奶妈却顽固地站着不走。

“那么你就说，太太今天不舒服，不见客！”她横一横心，就坚决地拒绝了。

老奶妈出去了，她又倒在床上，眼泪像决了口的堤，一齐涌了出来，但老奶妈又走回来了。

“太太，他说是先生打电话要他来看太太的，他明天就要出门，一个星期才能回来，今天不见，就得隔几天了。”

“哦！”懿芳惊愕地皱了眉头，但随即领悟到其中的原因，“是的，为了昆明的事！”她自语着，她记起丈夫的命令。

“为了鹤声的成功，为了爱鹤声，我就再见他一次吧。”她咬着嘴唇心里这样想，走下床来。

“请程先生在客室里坐一坐，我就来。”她勉强支撑起身子走到梳妆台前面，拢一拢头发，又把泪痕擦了，可是眼睛有点红肿；这没法遮掩的悲伤的痕迹，使她十分为难，她实在不想出去见程天颐，但丈夫再三的叮嘱，给了她勇气，她硬着头皮走出卧室。

进客室后，懿芳故意坐在背光处，免得程天颐看出她哭过的痕迹，她勉强地招呼了程天颐，却说不出话来，她怕一开口，眼泪又会流下来。

“懿芳，你病了？怎么鹤声打电话给我，说你有事找我呢，现在好了一点没有？”高大忠诚，眉宇间露着英气的程天颐，惊愕地看着懿芳勉强装着微笑的脸；懿芳慌乱地转过头去，避开了这一双发光的眼睛。

“没有什么，刚才灰尘吹进眼睛，把眼睛揉红了，不好意思见客，其实什么病也没有。噢，有一点小事情麻烦你。上次你发的那护照没有用，鹤声装进来的机器，被扣在昆明。那些机器他急于要用，想麻烦你那里，打个电报去，请他们放行好不好？”她缓缓地说出来，难免转过头去看看程天颐的面色，看他是不是能答应。

但程天颐也在那里吃惊地目不转睛地看她，她感到局促不安，她知道程天颐一定已经从她的面上，看出了她的秘密，和她的愁苦的心，她非常不安地低下头去。

程天颐忽然看到了懿芳的变态——永远沉静而坚决的懿芳，今天忽然变得慌张了。显然的，懿芳在骗他，决不是尘埃吹进眼睛，而是她刚刚哭过。轻易不露情感的懿芳，今天一定是受了太大的委屈，才会这样的。于是他就猜想许多使懿芳受委屈的原因：他很知道鹤声私德的堕落，他为这事，不知难过了多少次，他曾经坦白地恳求萧鹤声：“懿芳太爱你了，请你不要使懿芳伤心。”他甚至也表示自己非常爱懿芳，为了爱懿芳，所以希望懿芳所爱的人也能爱懿芳，使懿芳能幸福，不要辜负懿芳宝贵的爱情。但虽然很知道萧鹤声私生活堕落到怎样程度，程天颐却从来不曾在懿芳面前露一点口声，他怕伤了懿芳的心。然而今天懿芳神情失常了，这一定是鹤声的堕落的私生活，给懿芳知道了，不会是别的事。程天颐心中得了这样的结论。

从来不肯对懿芳表示什么的程天颐，看到懿芳的愁苦，哀怨，好像咬了他的心；他再也忍耐不住了，他倏地站起，走到懿芳的面前，扶起了懿芳的脸，看定了懿芳略带红肿的眼睛。

“懿芳！你骗我，决不是灰尘伤了你的眼睛，是你哭过了，你一定受了什么委屈，是不是为了鹤声的……我知道这一天总要来到的，谁知道这一天竟来得这样快！”

太大的痛苦使他不能说完要说的话，他背转身走了开去，他不愿自己被痛苦所抽搐的脸给懿芳看见。他走到墙边，背着懿芳，算是在那里看墙上挂的一张油画，其实，不知从哪里来的一阵悲伤，使他想哭，他的心翻腾着，二十年的郁积，今天忽然像决堤似的，只觉得有一股力量要朝外面冲，压制不住。他是克制力最强的人，喜怒哀乐，不轻易表露出来的，但是今天他失去了控制自己的力量，喉头好像有一块什么东西从胃里涌上来，他不能再说话，他知道一开口就会失声哭出来的。他不能让懿芳知道他为她痛苦，他也不愿让懿芳知道自己是那么地爱她。深切了解懿芳的他，很明白自己这样的行径，会使懿芳痛苦，所以他站在那里故意摆摆脚，装成看画的样子。他用全生命的力量，来压制住自己痛苦的冲动。

可是沉默而敏感的懿芳却已看得很清楚：程天颐是在为她痛苦，在勉强装作镇定。她的心被程天颐的真情笃爱所绞着，绞得她忍不住，只觉得一阵一阵的疼痛，眼泪不受指挥，又冲出眼眶，她赶紧擦去，心里想："不能让他知道我的遭遇，这会加重他的痛苦。我必须打起精神，装出欢笑让他知道我是很幸福，很快乐。"她勉强压住自己的悲痛，勉强试笑一笑，看自然不自然。她心里祈祷着"上帝呵！给力量吧！我的痛苦只让我一个人受吧！让痛苦沉到心的底里去，让我的脸上有欢笑。"她试试咽一口口水，看喉头有没有东西塞住。

"没有委屈！谁敢给我受委屈？鹤声一向待我好！……我告诉过你，是灰尘吹进了眼睛揉红的，你真太神经了。……"懿芳看着程天颐的背影，声音装得顽皮地说，但说到后面一句，有点发抖了，她赶紧收住。

正在极力压制自己痛苦的程天颐，忽然听到了懿芳的强辩，刚刚镇定下去的情绪，忽然又扰乱了。这回不是痛苦，却是愤怒了。他觉得懿芳受了萧鹤声这许多的委屈，还说一向待她好，况且自己也曾经为了懿芳受过萧鹤声的委屈。一种无名的愤怒激动着他，他失去了克制力，失去了一向爱护懿芳的细心深意，他猛然转过身来，对准了懿芳惶惑的脸，毫不顾忌的直冲出了他的怒气：

"他一向待你好？我发神经？没有！我从来不会发神经！鹤声在外面弄了一大堆女人，只瞒着你一个人，让你给他做牛马，他却在外面快乐，他从来没有重视过你的高贵的爱情，连你的同学，上次你介绍给我的叫什么兰的，都与他有关系。南温泉我的办事处，成了萧鹤声的行宫。我本想开除那个女的，但怕你知道实情，怕你痛苦，所以我勉强忍耐着，而你却说我是发神经！鹤声是一向待你好！……像他这样破烂的人，居然还这样自命不凡，不为了你，我决不会理睬这样堕落的人！”他真像决了口的堤，把他的郁积一齐痛快地泻了出来，他愈说愈气，一种原始的野性支配着他，他突然截住，走到窗口，把他愤怒得发白的脸朝向窗口。

同样的，懿芳也被激怒了，她也失去了一向娴静的习惯。

“谁也不能干涉谁的私德，那是他私人的事，我原谅他！现在哪一个大人物不闹一点恋爱的小故事。我敢担保，鹤声决不至为了女人妨害他的公事。这些算不了什么大了不得的罪恶，只要我能原谅他，他就没有罪恶！你看不起他，你不理会他就是了，鹤声不稀罕你的看重！”

程天颐对萧鹤声的轻视，引起了懿芳极大的反感，好像就侮辱她自己一样，就连萧鹤声对她同学的关系，都不能刺激她了——虽说这是一个新的消息。

程天颐站在窗口，听见懿芳怒得发抖的声音，知道自己的话伤害她了；一种咬心的痛苦，又袭上心头，他觉得懿芳太可怜了，萧鹤声这样无行，她还替他辩护！替他力争！他懊悔自己说话鲁莽，伤了她的心。他平了平气，又反转身来，向懿芳走去。

“懿芳，你太痴了！你也太苦了！鹤声也太不配做你的丈夫了。私德不会影响公事？这是鹤声自欺欺人之语，我也听他这么替自己辩护过。你竟相信他？世界上决没有私德不影响公事的人！他在江西为什么会被政府免职的？就是因为他玩女人玩得太多了，竟玩到反对他的人身上去，结果对方用别的罪名把他告了。自然，对方也是一个无耻的人，但到底鹤声太不检点私德，终于没法完成他的理想。他是个好强的人，决不承认自己的错误，他回来依旧如故；为了你，我曾用全力来挽救他的这个缺点。自然，他是不会接受我的劝告的，所以我只能在事业上帮他成功，来遮掩他私德的不够。可是，懿芳，事业上他越成功得多，越把你去得远，这我哪里想得到？谁知道你受的苦竟是我纵容他出来的！你知道我是多么痛苦，我不知自己该怎样做才好。”程天颐刚才的愤怒没有了，只有痛苦占据了他的心，他把要冲出门去的懿芳拉住，按在椅上，让她坐了，自己坐在她对面。一种矛盾的，无法忍受的痛苦，摆在他面上，他不能再说下去了，只低下头去，他的痛苦的眼泪，也偷偷地涌上了他的眼睛，但他把它忍住了。

盛怒之下，预备绝裾而去的懿芳，被程天颐拉回来，无力地坐在椅上，面变得火红，听程天颐幽幽的自白，听程天颐理性的解释，听程天颐意在言外的深情，火红的脸渐渐转成苍白。萧鹤声对不起她的事，一件件浮上心头，尤其是自己的同学，自己这样热情帮助的同学，也出卖了她，鹤声竟然也勾上了自己的妻的好友，好像针刺着她的心，她没有愤怒，只有悲戚了。她很想痛快地哭一场，但对面却坐着一位永远关心她的、以她的苦乐为苦乐的程天颐，她可不愿意哭，她的心被扰乱了，被绞紧了，难忍的悲哀，终于使她哭出声来。

“懿芳！你怎么了？是我伤了你？”程天颐惊惶失措的，不知如何是好。

“不！你没有伤我，……你……你不要把鹤声看成太不行的人，我知道他有缺点，但他还是有正气的，中国难得有的一个好人，你要继续帮助他——不要为了我，才帮助他，这样，你会灰心的；你要为国家，为社会去帮助他。他的成功，就是国家多一份有用的力量，社会多一个能贡献的人。我？……我是不值得大家重视的，只要他成功，我遭受什么都可以。对这个世界，我已经有点厌倦了，能够叫我兴奋地生活下去的，就是鹤声的成功。”一种无法衡量的深情，一种至高无上的正气，呈现在懿芳无邪的脸上。

程天颐的心头，有一种说不清楚的滋味，是辛？是酸？还是甜？他不知道，他半天不能说话。他用劲看着懿芳忧郁的眼睛。半天，他才回答了懿芳：

“懿芳，人真是一种说不清楚的动物！好像你对鹤声一样，我呢，我不知怎样来解释自己才好，我常常做杀我自己也杀你的事，但你却鼓励我这样做，要求我这样做，我没有勇气拒绝你。我知道我会不断做杀你又杀自己的事，为了你，就让我跳下火坑去吧！昆明的事，我立刻去办！”程天颐说完，立起来就走，头也不回地走了，懿芳追出去，他却逃也似的下楼去了。

懿芳像突然掉在冷窖里，又像掉在火坑里，她扰不清了，她飞也似的跑进卧室，锁上门，把身子掷在床上，闷住脸，让眼泪痛快地流！流！

六

带着忧郁性的重庆的冬季，今年更少有开朗的日子，人们都在阴沉灰色中生活着。在阳历十二月二十三日的下午，天空中像挂着一大块铅，快要压到屋顶了，暗沉沉的，没有一点光辉的希望。在这快近决算的前夜，萧鹤声从厂里回到办事处。他为建成年期决算，非常踌躇。他在经理室中低着头，把手反握在背后，慢慢地踱方步。天阴沉得使室内非常幽暗，他走去捏电灯开关，但今天又停电，开不亮电灯。“没有电，厂里又要停工了。”厂里停电时散漫的景象，又呈现在他的眼前。于是一年零三个月来，建成所发生的各种事，都兜上他心头。现在年期快到，要做决算了，建成的成功与失败，就要在决算表上表现给股东们看——不单是表现给股东们看，也是自己心里应该作一次清算了。“建成到底是成功呢还是失败？”奔忙了一年零三个月的他，到现在确使他有点扰不清了。一向喜欢明确有把握的他，经营建成经营得愈来愈模糊，这使他非常的烦躁。

他一再盘算着建成的资产与负债；自然负债的数字相当大，已经超过了资本总额的五倍多了，可是资产的价值有负债的二倍，假使以目前市价来估值，那还不止此数。无疑的，建成在这一年零三个月来，赚了不少钱；但从开工以来，在制造上，却算不出赚钱——一批成品加上利润出卖后，决买不进原来生产量的原料，因为成品的涨价，赶不上原料的涨价，结果是每制造一批成品，就得增加三四成的周转金，才能维持原有的生产量；这样周转金的数字，愈滚愈大，而制造量只有这一点。在负债上，他已经感到疲劳了，但在生产上，却没有满足他的希望；想到这里，好像钻在牛角尖里，实在觉得窒息和烦躁。过去他想象中的用这中国第一根雄伟的烟囱，去指挥中国的工业前进的理想，到这时，已经使他感到“那是一个幻想”的悲哀；实际上，他在自己的几个机构里，也已经觉得有点尾大不掉头了。

“一个工厂，不能用自己的经济来发展自己的生产力，而且还要不断地举债，才能维持原有的生产量，这还成什么话？这岂是我办工业的初衷？”他一边走，一边苦闷地严厉地自问着；可是他检讨一年零三个月来，自己经营的得失，觉得他是对得起建成的，他没有使建成吃过亏，他也决没有疏忽过一件细小的事，他更不使建成花一个冤枉钱。他用压低自己的待遇与享受，使厂里的职工一同跟着他吃苦，来把握开支的预算，可是粮食涨价，什么都跟着涨价的结果，虽然克紧了薪给支出，但另外更大的支出，却无法压住；预算还是把握不住，连十天后的预算，也无法把握；喜欢明确掌握的他，却叫他生活在一股糊涂账里。这不仅苦恼了他，而且激怒了他。他想他支付了无限度的精神与体力，要尽了各种手段，所得的结果是东拉西扯，永远被困在没有形的网里，这网好像天空中蜘蛛布的网一样，谁投到这网里，谁就挣扎不出来，一直被困死为止。窗外天色更阴沉了，房间里已黑得像傍晚，他一个人沉思在解不开的结里。

“还有过分利得税，照建成的盈余额来计算，应该要缴纳最高级数——百分之五十，但建成是真的有利得吗？没有！建成的设备没有增加，建成的生产量也没有增加，只是建成在账面上赚了钱，实际上是法币跌了价。假使要缴利得税，不是要卖设备，就是要举债，像这样的税率，这样的计算利得，一个工厂，缴了两年利得税，就得关门了！”他愤怒地想着。

于是他记起前三天在迁川工厂联合会，各工厂讨论利得税的税率问题时，那种愤怒，激烈，哀痛的词句和表情，还明显地在他眼前。所有的工厂，都被这利得税的问题所困扰，但大家都说不出理由，因为按照国际惯例，政府是应该向人民抽利得税的，可是在中国今日的工业，假使一实行税则，工业立刻就会受到严重的打击。大家都被这无法说明的苦闷所困恼，最后他就立起来，说出了大家所要说的话：

“这叫作虚盈实税。因为我们的盈余都是假的，盈余只表现在一落千丈的法币数目上，而不是表现在我们的设备和生产上；我们工厂的法币数目虽不断增加，但我们的设备和生产量还依然如故，甚至不借债，还无法维持原有的生产量。可是纳税却是实的，因为法币虽然落价，它还代表了我们的财产。所以这是计算税率的方法不合理，税则是合理的，假使我们的设备以现在的市价来计算，那我们的资本额就要大上好几倍，以这样巨大的资本额来计算现有的营业额，那盈余就有限了，甚至会没有盈余。所以我想，我们并不反对这税率，但我们应该向政府要求我们的财产应该照每年物价指数的倍数来增值！”

他这一个简单清楚的理由提出来后，就引起了满场人的欣慰和钦佩，也引出了多少人对这理由的例证，热烈兴奋，充满着斗争的情绪，满场的厂家们都纷纷地讨论具体办法。最后大家决议，呈请财经两部，要求资产增值；但觉得还不够，因为幼稚的中国工业，正是培养时期，即使有点利得，为了巩固工业的基础和奖励经营工业，利得税率应该定得特别低，最好能免除利得税。又知道一星期后，立法院就要开会通过这一税则，于是大家就提议派代表去列席立法会议，提出大家的理由和要求，希望立法诸公，能接受工业界合理的申请，对法则的通过能有更远大和详细的考虑。推选代表时，萧鹤声第一个被提出，而且还要他起草呈文。他自然是义不容辞的。

想到这里，心里感到一种欣慰，他觉得中国的工业界到底进步了。从前不管是哪一业，碰到问题，从不合理的提出要求，只各人奔走各人的门路，或用巧妙的办法，来逃避现实；现在居然能联合一致，提出办法，这是光明正大的应走的路，是表示工业界的进步。尤其因为大家推重自己，他更感到满意，因为他自信，他比哪一个人都正确，他也比哪一个人都热心有办法，所以他对这次会议的结果非常满意，对出席立法会议感到非常地兴奋，“中国的民主，要从工业界开始！”他这样确信着，觉得前途正充满了光明。

想到光明，忽然发现天已沉得漆黑了，虽然时间还只有三点钟，可是好像夜晚提早降临了。他正推门出去，打算叫工役替他点蜡烛，陈恭敏却跟着他拉开的门慌慌张张走了进来。

萧鹤声一见陈恭敏，就立刻感觉到有什么事情发生了，不然，陈恭敏非但轻易不离开工厂，而且也不会有慌张之色。这使兴奋在幻想中的萧鹤声，感到现实给他的威胁。不等陈恭敏坐定，就站在门口喊，“点灯！”回转身来，就向刚刚坐下去的陈恭敏厉声问道：

“什么事，要你自己进城来！”

陈恭敏听见这声音，下意识地知道总经理今天情绪恶劣，同他讲什么话，都会碰钉子的，但为了厂里事情的紧急，无论如何非和他说明不可。

“为了粮食。四乡都去搜索尽了，只能维持到明天早餐，明天要断粮。不然，工人们恐怕会闹事，无论如何，今天非在城里设法弄到米不可！我来是想请总经理给我写封介绍信，到粮食管理委员会去交涉，向他们先借一点，来渡过这个难关，等我们买到米，再还给他们。不知成不成？”陈恭敏搓着两只冻红的手，气急地一口气说下去，疑惑地看着萧鹤声有什么反应。

“重庆米店里没有米？”

“重庆米店里已空了一个多月了，现在城里只有粮食管理委员会有米。”

“奇怪！现在又不是青黄不接的时候，为什么会没有米？现在是秋收之后，正该米落价的时候，怎么连四乡都会没有米？”萧鹤声感到一种烦闷，觉得有钱竟会买不到米，更妄论米的价格，想到米的价格，又使他感到这一个负担，实在也有点挑不动了。米成了一切成本加高的总因素。

“米都给绅士们搜藏起来了，他们要把价钱抬高后，才肯放出来！”

“简直是混账！不是我们自己请了购买证到上游买去了，怎么还没有买来？你派谁去的？这人靠不靠得住？”萧鹤声忽然记起自己曾经批准到上游去买米的一回事，就严厉地质问陈恭敏。

“今天回来了，非但米没有同来，人都几乎给谋杀了。这话说来复杂，现在让我先去交涉了明天要吃的米，待晚上再来详细报告给总经理。”陈恭敏看一看表，已三点多钟了，再耽误一息，过了办公时间，就无法交涉了。

蜡烛的光，恍恍惚惚地跳着，这一粒幽暗如豆的光，将房间里的家具和人映出巨大的影子，在满屋子里跳动。空气像是被冻住了，只觉得寒气从四面八方逼来。萧鹤声愤怒地坐到写字台前面，提起笔来写介绍信，一面不耐烦地又问：

“这又是怎么回事？米给谁扣了？为什么要谋杀人？你简单地先说一说。”

“自从粮食管制后，各县都成立粮食管理委员会，于是购粮运粮，都要得到他们的允许，他们就操到了无限大的权力了。这些委员，又都是本地的绅士，不仅自己手里米多，他们还用权力压低了不能自由出卖的中小农户的米价，压低了他们就收进，于是米市场完全操纵在他们手里，谁要买米，不仅要得到他们的批准，还要依照他们指定的米行去买，不然你非但买不到米，即使买到了，他们会说你犯法，不发运照，米还要被没收。米既集中在他们委员与粮商的手里，他们更进一步，囤而不卖，抬高市价。从中取利；即使把米卖给你了，还要泼上水，可以多赚两成涨头的好处。可是米却因泼水发霉了，但是米市既被操纵，市场没了竞争，霉米也只好买，因为根本就没有了好米。我们这次就是吃了霉米的亏。因为我们派去的人，看见发下来的是泼水的米，就和他们争执了一番，他们记恨在心里，给他开了一个玩笑，串通了山上的匪，当米船快要出县境的地方，有人从岸上放了两枪，船户晓得出乱子了，是无法逃走的，只好傍岸，结果连米带人被扣留。当时人地生疏，也不知犯了什么法，幸而转弯得快，知道那帮人是来路不明，就好说歹说的才把人先放了，米却还扣在那里，这批地主土劣，不仅工业要被他们扼死，中国也要亡在这批人手里！”

陈恭敏一口气说完，脸都涨红了。他一想到自从粮食管制后，不仅粮价飞涨，影响工业的生存，而且还时时断粮，使得他的全副精力，都花在搜买粮食上，为了买米，常常弄得走投无路，更没有时间与精力，再顾到更重要的管理问题。他想到这些，对地主土劣真有切齿之恨！更使他迷惑的，是政府为什么把这样重要而重大的粮食管制权，竟会交给这批丧心病狂的土劣手里去。这批只管自己肥，不管天下瘦的地主土劣，一旦有了这样生死予夺的大权，全国人总有一天要饿死在他们手里。

陈恭敏愈想愈气，愤火烧得满脸通红。萧鹤声咬紧牙龈，停住笔杆，听完了陈恭敏的叙述。他没有骂人，可是沉默得可怕。他略想一想，奋起笔杆，就嗖嗖的飞快写下去。在信里，他竟写上了这些管制不得法，致使工业受痛苦的话。他一口气写完，把笔一掷，将信交给陈恭敏，立在门口，吩咐他道：

“晚上八点，我在公司里等你，商量被扣的米，怎么去弄出来！”

“那恐怕得找龙头大哥，不然没有办法的。”陈恭敏话还没说完，人已走出去了。

萧鹤声看着陈恭敏的背影，呆了一忽——这时他的感想真复杂极了。他咬着牙转回来，把门关上，立在写字台边，看着窗外的天空；天空是阴暗而低沉，可是也不像要下雨，但是更不会有太阳的希望。

“办什么工业！银行、商人、官僚一齐向工业进攻，现在又加上地主和土劣；工业成了五牛分尸的犯人！命都活不了，还谈什么发展！”他捏紧拳头，在写字台上，用力地敲一下，几乎喊出声来。

天黑得更沉了，他想着还要到大成去，就立刻拿起帽子，走出门去。

* * *

大成银行徐渭臣的办公室里，点上了十支以上的僧帽牌洋烛，壁炉燃烧着煤块，火光熔熔地只往上升，烛光从四面八方射来，暖气散射在整个办公室，使人感到是光明和温暖。

徐渭臣坐在他的大办公台前，香烟夹在他肥胖的两指中间，一缕白烟直冲上空中而又绕成圈子，一个个再往上冲。台子上名贵的文具，亮晶晶地发着光，反射到徐渭臣面上。徐渭臣微笑地沉思着，像一尊戏台上的财神。银行已经结过利息，盈亏知道了个大数。徐渭臣正在计算他今年的纯益是去年的几倍，又是前年的几倍。他可以在股东大会上很科学地报告他经营的成功。他做总经理后，与前任比较，他显得更成功了；年终同事分红，除了已经有的规定外，今年还可以额外用什么其他名义再多分一点，来收买收买同事的心，自己当然比小同事会得的更多。他想家里小孩子过年的压岁钱有着落了。他想得正得意时，萧鹤声的影子，浮上他的脑膜，这使他有一点头痛。

“萧鹤声这个炸弹真不好对付！一年来大成在建成里，竟压进了五百多万，连一半股款，就是六百多万，这笔钱看起来今年是无论如何不能清偿的了。”虽然放款在他是非做不可的业务，而建成的放款，也决不会落空，但他总觉得数目太大了，怕一时头寸紧，就会转不过身，所以他对建成的债权，多少总有点顾虑……

“除非萧鹤声到别的银行去借款来清偿，不然，就只有把厂卖了才能还债；但是债权让给别的银行，建成成了别的银行的债务人，受别的银行的钳制，这太吃亏，无论如何不能让萧鹤声这样做；那么只有卖厂一条路。这样不仅五百多万债权可以清偿，一百万元股款，也可以大大地分一笔红了；可是物价涨得这样快，再过些时，建成的价值会青云直上，等涨到了饱和点再说吧，那些借款且让他拖过年去。”

徐渭臣这样想时，心里什么疙瘩都没有了，因为一切对他总是有利的，而且还可以给萧鹤声卖个面子。萧鹤声的强硬，虽使他头痛，但萧鹤声对建成的忠诚与努力，使建成的财产增加得这么快，也使他高兴。

“让你再努力一些时候，到差不多的时候，不管你有三头六臂，硬到像建成炼的钢，也得把建成收过来！”他打定主意，他想萧鹤声是逃不出他的手掌的；红光从他的脸上焕发，虽然外面的天色是低沉而黑暗，但在徐渭臣的心里，却是温暖而光明。

徐渭臣正在想得出神的时候，萧鹤声带着满脸的阴沉进来了。大概是外面天气太阴寒的缘故，萧鹤声的脸更显得黑了。徐渭臣从座位上立起来，满面春风的握手欢迎，他移一张椅子到壁炉旁，请萧鹤声坐下。萧鹤声刚把大衣挂上钩，室内的热气一刺激，连着打了两个喷嚏。他用手捏着冻红了的但被热气冲得发痒的鼻子，左右摇动几下，才坐到壁炉边，环顾着房间中的一切。这一切是舒适温暖而且光亮；尤其徐渭臣的不离笑容的胖脸，发着红光，从红光中透出得意之色。这一切，激怒了萧鹤声。他觉得抗战与这批人没有关系，一切的艰苦困难，也碰不到他们身上，因为他们有钱，钱成了一切的权威者。他自己就被这权威者支配着，被这权威者捉弄着。他的一切努力，辛苦，受难，都不是为了国家，也不是为了自己最初的理想，却是为了这批脑满肠肥的市侩们。他愈想，脸色愈黑得厉害了，抬起头来狠毒地看了一眼徐渭臣。徐渭臣却在忙着收拾摊在桌上的案卷报表，一面十分和气地和萧鹤声打招呼：

“鹤声兄，请稍等一等，我收拾完了再来。”

“唔……”萧鹤声抑制住满肚子的怒气，勉强答应着。他注视着壁炉里旺盛的火焰，记起了林夫人曾劝他享点福，设法赚点外水，不然辛苦一生，总是为人作嫁衣裳。他记得当时自己还严词厉色地向林夫人讲了一大篇贪污的罪恶，批评她这种思想要不得。但林夫人只抿住嘴笑，什么也没听，只说："总有一天你明白我说的话是最对的！"现在他想起来，觉得自己真是为人作嫁衣裳。这不仅使他愤怒，而且使他悲凉。

"鹤声兄，建成今年大概可以赚得多少？我们该可以吃杯高兴酒了吧？是不是？大成今年也还不错，今年过旧历年我们三家合起来一同过，大大地热闹一下。"徐渭臣将档卷叫侍役拿出去，走出办公座位来，兴高采烈地说。

"我就为这事来找你的。建成在账面上自然是赚钱的，可是账面上尽管赚钱，头寸总是不够，假使工厂要开下去，生产不给它停止，那么就得不断举债，不然就会慢慢减少生产量，一直到不能生产为止；因为成品卖出去周转回来的资金，总赶不上原料开支的涨价，决买不回来原有量的生产原料，只有再举债，加上资金，才能维持原有的生产量。照这样下去，工厂在账面上尽管赚钱，可是却不能维持自己生产。"萧鹤声十分疲倦似的说。

"只要能赚钱，借点债也无妨。"徐渭臣轻描淡写地回答。他的铁算盘永远是把握得牢牢的，他心里想："只要能养肥，放点本也不怕！"

"但是问题来了，账面赚钱，实际上没有钱，年终决算，在账面上很好看，可是别说股东们的红利付不出，就是今年政府新定的利得税也无力缴付。照我们的盈利额的比例，应该在最高的一级，百分之五十，可是拿什么去缴税呢，除了借债缴税，就只有卖设备、卖原料才能缴——这真是虚盈实税。照这样抽几年税，会把工厂的设备都抽光的！这哪里是赚钱，这是法币落价，工厂依旧是这一点设备，这一点生产量！"萧鹤声气愤地说。

徐渭臣泰然地看着激怒的萧鹤声，他一点没有被萧鹤声的愤怒所动摇，他觉得萧鹤声这些愤怒是多余的，只要赚得钱，其他的还管它做什么。

"这倒不要紧，股东们不一定就要分红，把红利存在厂里周转，只要一样出利息，分不分不成问题；倒是税的问题要想个办法才好。我看打个电话给志远，这问题他有研究，我们大家来想个办法，今天在这里吃晚饭。”徐渭臣立起来按铃，侍役立刻进来了。

“招呼厨房，说有客吃晚饭。再打电话请林经理来！”

侍役听完吩咐，恭敬地退了出去。徐渭臣凸着个肚皮，笑嘻嘻地在房中摆动着，他且不说话，把手托着下颏沉思着；利得税的问题，的确也相当给了他一点烦恼。

“有什么办法？你能把工厂挟在腋下逃走吗？这是法令！这是断送中国工业的法令！”萧鹤声愤然地反问，恨恨地看仰着头摆方步的徐渭臣。

“办法总是有的。中国人做事，来头大，去势小。这些法令，也不过是这么回事，莫非这许多工厂就都这样乖乖地被宰割？大家总还是要想法活下去的。既是法令不顾到实际的困难，也不能怪老百姓作弊弄私！”徐渭臣笑嘻嘻地说，原来他早已经决定了要逃税，只差个具体的办法。可是从来不愿意取巧违法的萧鹤声，听了这话，实在觉得刺耳，而且也使他愤恨。

“这话是什么意思？莫非你想逃税？这不仅手续麻烦，全部账都得做过。而且我一生不干这样的事。这决做不到！”萧鹤声决然地说。他打开文书皮包，翻出一份试算表来，他计算一下建成到底该缴多少利得税。

林志远突然开门进来了，一脸的兴奋。

“我正忙得很！你们有什么事要商量？找我来？”他一面与萧鹤声握手，一面问徐渭臣。

“为建成盈余缴纳利得税的问题，想问问你今年打算怎么办？”徐渭臣被萧鹤声冲撞得正没好气，就撇开萧鹤声，只问林志远，希望把这次的争执转移到林志远身上。

“这有什么难的？把进货价提高了，开支也给他增大，成本自然高，赚钱就少了。既没有什么赚钱，当然就谈不到利得税了。我老早就准备这一步的，所以账簿早就分了两套，莫非你们为这点小事烦恼？”林志远看看他俩沉郁的脸，觉得他们真不聪明。这一点小事，竟会弄得垂头丧气，于是他又得意自己到底是超人一等。

“是呀！可是鹤声兄不愿意这样做，又怎么办？”徐渭臣无可奈何地说。

“是的！我不能做一件欺瞒人的事，更不愿做违法的事！我决不做假账！”萧鹤声挺起胸膛，浩气凛然地说。

这使林志远非常吃惊了，他觉得萧鹤声简直是愚不可及。这些论调只能在报纸上写写文章，哪里可以在处理实际事情上运用呢；这是有关自己的生死利害关系，并不是一件玩笑的事情。可是他再想一想，萧鹤声决不是笨伯，一定明白自己的利害，也许怕事情不密受处分，于是他热心地再解释一遍道：

“这倒不怕的。我们先请会计师查账证明，再呈政府。现在哪一家工商行号不是两套账簿？公正会计师事务所也同情这一点，所以他们毫没有问题会给我们证明的，我托的就是他们。而且税务局方面，只要人情足，也不成问题。听说将来还有一定的成规，那就更好办了。我说 Mr. 萧，你放心，决不会出岔子！”

“这一切我都懂，这样做非但不会受处分，而且还有人会庇护。是我良心上不愿违法！”萧鹤声非常愤怒了，觉得这批都是无耻之徒。

“这不关良心，是办法不合理，照这样的税率，工厂都要停工，行号都要关门。你知道这不是我们不肯纳税，是事实迫得我们无法纳税，与其将来工厂给税纳光，还不如现在就把工厂卖了，还可以捞一点钱回来！”林志远也理直气壮地回答。

“我知道这税则定的不合理——中国的工业，根本没有利得，实在是法币落价；但我们要明的说理，要求政府重新考虑，却不能做假账，暗里逃税。”萧鹤声一个字一个字非常用力地说，眼睛里射出来的是正气的光辉。

“你这些论调，是大学教授们在报纸上闹的玩意儿，于实际毫无用处，今天除了逃税，只有关门，决没有中间的路。”

林志远自然是坚持他的主张，因为这是关系他的利害。徐渭臣却沉默地踱方步，他有意不插进嘴去。他是完全同意林志远的意见的。林志远这样强硬地对付萧鹤声，他也非常满意，他可以伺机出来转弯，做白脸，使萧鹤声就范。

“这些不合理的税则，都是你们这批阳奉阴违的人给纵容出来的，假使每一个人尊重法令，遵守法律，如其法令不合理，不能负担，就站出来力争。政府为使法令有效，自然会接受我们的要求。现在像你们这样阳奉阴违，政府定了高税率，收不到税款，却肥了税局和会计师，这才是最不合理！”

萧鹤声毫不顾忌地责斥林志远，林志远忍受不住，就跳了起来：

“为了你尊重这不合理的税则，却来牺牲建成？那做不到！血本放下去，弄得一场空，世界上没有人会跟你做傻事！”

“我决不会牺牲建成，但我要做合理的事。老实告诉你，后天立法院在北碚开会，通过这新税则在立法上的程序。我们工业界已推派代表出席这立法会议，我们要向他们说明，向他们力争。我们工业界不会跟你们这批只事囤积的聪明人学聪明，我们情愿做傻事！”萧鹤声宣布了他对这不合理的税则的处置办法，他十分不屑地看着林志远。

“出席请愿？都是废话，这些是学生们干的把戏，结果还不是一场空！”林志远只是冷笑。

萧鹤声气得脸红耳赤，他真想动手打这批无耻之徒。徐渭臣看这副样子，觉得自己该出来调解了，赶紧立起来，站在他们两个人的面前笑着说：

“你们简直谈到题外去了。我相信鹤声兄决不会使建成吃亏，更谈不到牺牲建成。这是志远的气愤之语，不足介意。我同意鹤声兄的光明正大的做法，到立法院去力争。但万一争不到，我想我们总可以想出两全的办法——既不使建成吃亏，也不使建成违法。”

徐渭臣面面圆到地说，他的目的只有一个，就是建成决不能让政府抽税抽完，与其让萧鹤声送给政府把厂给抽税抽完，那他情愿把厂卖了！免得吃亏。于是卖厂已在他心中成了定论。

“那是做梦！世界上没有这样便宜的事——好！你们去想这样的好办法吧，我要走了。”林志远气愤地去穿大衣。徐渭臣赶紧留住林志远，他觉得林志远这样与萧鹤声红了脸就走不好，下次见面会更闹别扭的。

“我已经叫厨房预备菜了，你忙什么？”

“今天我不能在这里吃晚饭，我已经另外有约了。哦，Mr. 徐，行里在年内能不能调一点头寸给我？我挤到了一批合金材料，这货现在不单是中国香港缺，美国也限制出口，后方更少了，也是一家工厂因为年终要还债，无法才卖出来的。数目相当大，一时找不着买主，只好落价。我正在挤他，要他再压一点价，所以我缺头寸，请你调一点给我用一用。开了年我有办法，立刻就可以还你。”

“这货非买不可么？行里头寸也有限，我劝你过了年再说吧。”

“那不行，过了年，他的难关过了。他要卖也不肯落价了。而且这货一到我手里，我知道重庆市面现在正缺这种材料，钢铁五金厂，非用它不可，到那时这货整个的市场就在我手里，可以完全受我的支配了，那我非赚它十倍不脱手呢！行里终要把头寸放出去的，我出五分利。”林志远为了完成他的操纵市面的计划，不惜出高利；他想即使出五分利，也还大大的值得，而且他也知道要徐渭臣年终放账，不出高利是不会答应的。

徐渭臣沉默地想了想，然后笑了笑，就爽快地答应了林志远的要求。

“那一言为定！我要走了，今晚就为这事，请人吃饭，所以不能陪你吃饭了。到了明年，这些厂家就非看我的脸色不可了！”林志远简直得意到忘了形，他忘记了炼钢厂的经理萧鹤声也在旁边，而且忘记了他自己刚才和萧鹤声吵过嘴。他兴奋地走过来和萧鹤声握手道别，就匆匆地走了。

萧鹤声听他们一问一答的谈生意经，心里非常吃惊。他知道林志远说的那种材料，重庆非常缺货，也是他厂里非用不可的；自然自己手里也还有点货，可是终有一天要用完，看林志远的口气，他非做到操纵市面不可了，将来一定会吃他的亏，受他的敲诈。他在愤怒中感到忧虑，他觉得自己的颈项，什么人都可以把它扼住，他却没有气力反攻。一阵疲劳，使他感到有点支持不住，于是他又想起了陈恭敏去借米，不知成功不成功？被扣的米船，有没有办法放行？厂里的工人会不会闹事？谭工程师在技术上可不可能有所改进？还有后天北碚的请愿，有没有希望？一切阻碍他发展的，甚至于致他死地的事，一齐都涌上他的心头，他再也坐不下去了。好像坐在针毡上，他烦躁的不得了，他也立起告辞。徐渭臣无论如何要留他在大成吃饭，他连一刻钟都无法安静下去，他坚决地拒绝了。最后徐渭臣只得说：

“好吧！税的问题，等你北碚回来再说。政府如真能接受我们的要求更好！不然，鹤声兄，你比我聪明，我们总得想个办法，让建成不吃这亏。你办法比我多，你要多想一想。”

萧鹤声唯唯诺诺的没有多少听进去。他的心被这许多杂乱无章的，扼住他咽喉的事牵去了。他像逃走一样地离开了大成，但一跨出大成的门，他却觉得茫茫然的，不知向哪里走才好。

七

夏末秋初，正是重庆多雨的季节，今年——卅年——自八月底开始，一直下长脚雨，到九月初还没有停过，偶尔也歇一歇点，但终没有太阳，地上到处是泥浆。人们的心，也像天气似的，没有爽朗过，大家都被这没有希望停止的长雨所郁闷。

夜雨淅沥地打在瓦背上，永远是那样没有变化，没有终止。萧鹤声在他工厂的经理住宅里，坐在灯下出神。雪茄烟的白烟，袅袅地从他靠在桌上的手指中间上升着。他的思想，也像上升着的烟那样，迷糊而捉摸不住。三年来办厂的结果，除了头上已添了几许白发，脸上多了几条深纹之外，他变得更沉默，两只眼睛里，时时射出愤怒的光芒，嘴是闭得更紧了，鼻端旁的两条纹路，刻得深深地弯进到嘴角，显得更有力而沉毅，在他嘴闭着的时候，没有人敢向他笑一笑。他的嘴是那样不轻易开，所以他是很少有机会看到别人的笑容了，因此周围环绕着他的也是灰色与沉默。他没有机会接触轻松与活泼，因此他也更低沉了。今天他也一样的闭住嘴在沉思。房子里只有他一个人，不坚牢的战时建筑，只有二年半年纪的经理住宅，已显得苍老。他在不足磅的电灯光下，危坐着没有动过，两只眼睛看得远远的，时而现凶光，时而又显得迷糊；从他的眼睛里，可以知道他的思想正在奔腾，但是有一点也可以从他的眼睛里看出的是三年前的那种奋发激动，已经从他的眼光里消失，三年前那种对工业的理想，已躲藏到他的心深处，不再给他甜蜜的梦了，现在他的思想被几条现实的粗索，牵向不同的方向。他是一个一元论者，但他却处在多元的环境里，这几根拉向不同方向去的粗索，老使他顾此失彼。他刚对这一面的牵制，解决得有点头绪时，另一条粗索又把他拉到别的方向去了。他永远穷于应付。他是喜欢有计划有条理的人，但纷乱的事实，使他连整个考虑一下的机会都没有。这三年办工业给他的折磨，他已失去了镇定乐观，所以本来不太能容忍的他，现在变得更急躁，但是现在他变了方式，他不再与人争辩讨论，他是直截了当的，一切只在自己心里一决定，立刻就做，不再与人商量，一切只取决于自己一个人。他对所有的人，已失去了尊重。他用睨视来看周围的人。他用冷笑来答复一切对他进言的人。他用独断独行来拒绝一切不同的意见。他的意志由铁变成钢了。

现在他正在想着一件重大的事情。原来他三年来用种种手段使大成在建成里押进了两千万元的借款，现在大成非但不再肯放款给他，而且立刻要收回八百万元，其他一千二百万，也要他在今年决算前清偿。他自然可以拒绝，不理睬，但是债务是全工厂做抵押的，他不清偿债务，债权人可以处分抵押品，或者直接来管理全部工厂。他三年来的辛苦，将变成债权人的奴隶。大成的债务，像一条打了活结的绳子，他的颈项正套在这活结里，只要徐渭臣和林志远将绳子的两端一拉，他就会被勒死在这条绳子上。他一个人出神地想到这里，心里像烧了火，眼睛里直冒烟。在从前大成对他的要求不肯答应的时候，他可用变换债权人或者出卖工厂去威胁他们，使他们就范，但这次他什么话都讲完了，软的硬的，甚至他从来不肯随便表示的哀求，他都表示过了，但徐渭臣像糊了面粉的铁人儿，外软内硬，管他怎么讲，终不能改变他的决定。过去一触就跳脚的林志远，这次也异样地冷静。他们两个只有一个意见，就是请他无论如何救救大成的急，大成实在已到了山穷水尽的地步，大成被建成拖得快要倒了，无论如何要请他设法先还一部分债款，应一应目前的急，其余的等到年终再还。

可是他知道大成并不缺头寸，这些都是借辞，但是债权人是有武器的，整个的工厂就是他们的武器，自己要是不设法清偿债务，他们就可以来清算工厂，或者来管理工厂，如果他们真的执行法律上的债权人的职权时，那是他无论如何不能容忍的。

“用我的手建立起来的工厂，无论如何不能让大成这批投机取巧的人来管理，来清算！”他心里这样坚决地想着。但用什么去还债呢？目前厂里还需要加进周转金，不然就要半停工，生产量就要减少，“那么借债还债呢，还是卖厂？”他自问着，盘算着。借债还债自然可以，但一则是数目太大，除了向银行借款，没有别的路可以走，中国的银行都差不多，拖进一家银行，就多一条勒他颈项的粗索。那么卖厂吧！可是这太刺他的心了，他是不能表示失败的，卖厂就是他经营的失败；卖厂不仅失了他建立理想的根据，而且自己推翻了自己立下来的抗战中工业必成的理论，这种自己打自己耳光的事，他是决不允许自己做的。他想到这里，心里纷乱了起来。外面的雨声淅沥，永无终止，正像他的烦闷永无终止一样。他急躁地站起来，对这淅沥的雨声感到非常的不耐烦。他用很重的脚步，在房中走着，想遮没这雨声，可是寂静的夜里，这淅淅沥沥的雨声，偏清晰地打着他的耳膜，打着他的心，使他的心更沉，更沉！

正在他苦闷的时候，陈恭敏和张觉人像幽灵似的轻轻地推进房门来。他俩看见他的沉重而愤怒的脸色，很想退出去，可是已经给他看见了，他招呼了他们。这时他真盼望有人来谈谈，但人来了，又看见他俩尴尬的脸色，他又感到烦厌。

“有什么事？”萧鹤声走了两圈，没有听见他们开口讲话，他就不耐烦地问。

陈恭敏近一年来，只要一看到萧鹤声无言而愤怒的面孔，就会引起他的遐想，引起他的烦恼。因为在平时，没有时间和机会给他深思，他自清早到深夜上床，一天十多个钟头，都被工厂里各式各样的杂务缠绕着，在他的面前，堆着做不完的事，而且这事会突然的发生，也会无声的走来，永远不会让他预先知道，使他厘清了一件，又来一件，竟使他手足忙乱。他虽然没有像萧鹤声那样头发斑白，可是比三年前清瘦多了，两只眼睛常常失神，低陷进去；幸而坚韧的永恒的意志，支持着他，不然康健远不如萧鹤声的他，会病倒在床上；但是被纷乱的事务，磨折得麻木的他，一看见萧鹤声愈来愈沉默和愈来愈愤怒的脸，就像刺了他一下似的忽然惊醒过来，于是他又浮现出初进厂时萧鹤声乐观和坚强的风度，自己对工业的希望和喜悦的情绪；现在呢，萧鹤声像落在陷阱里的猛兽，只有愤怒和仇恨，自己却像失事的船里的旅客，冲击在急流里载沉载浮，只有窒息和疲倦，一切希望和乐观全没有了，剩下的只是挣扎和喘息。陈恭敏想到这些，只觉得浑身寒冷，他整个的思想被这些想不清的现实所困住，他竟没有听见萧鹤声的问话。

萧鹤声仍旧在兜圈子，他兜了几圈，还没有听见回答，引起他非常的不愉快。他立定在他俩的前面，怒视着陈恭敏和张觉人。他看陈恭敏出神的眼睛。张觉人呢，却坐立不安地看陈恭敏。显然的，他希望陈恭敏先开口。这是他的向例，他决不肯自己先向萧鹤声讲话，他必须让别人先试探了萧鹤声的情绪，才决定自己是否要和他讲话，他是决不让自己去受萧鹤声的冲撞的。可是今天陈恭敏却想得出神，忘记了说话，萧鹤声已等得十分不耐烦了，竟立定在他俩的前面，这使张觉人非常焦急，他不得不硬着头皮先开口。

“昨天开出去的支票，大成已退票。厂里所有的户头都空了，可是立刻要付的钱就有六七十万。总经理你看怎么办？”张觉人用试探的口气问萧鹤声，其实他早已胸有成竹，不过他的计划是要别人自己走进他的圈套去。

“我们那批成品，不是已经被分配了吗？有三百多万，应该可以拿到货款了，怎么六七十万数目就付不出了？大成真可恶！这样不顾面子，居然给退票，我事先已经和他们打过招呼，说明货款这几天就可以解进去的，当场他们都答应过，事后来拆台！”

萧鹤声愤怒地踱开去，又倏地回过来对着陈恭敏。

陈恭敏已被他的震怒所惊醒，但前文没有听清楚，只听到货款应该拿回来了几个字，便立刻答道：

“这货去催提几次了，起初说没有钱，后来才露出口气说货款去放比期了，最早也要等这个比期后，才能来提货，如我们真等钱用，要他们早提货也可以，他们挪别的货款来先付，但要送上十万块钱去，作为他们这笔钱的比期息。”

陈恭敏每一次向机关去办理这一类交涉，总脱离不了周折。这在他已经是家常便饭，不再刺激他的神经了。他只要求能少出钱，能手续便利，对工厂能减少损失就心满意足了。但永远不屈服的萧鹤声，每听一次这样的报告，总要发一次脾气。陈恭敏这样自然的，毫无表情地报告这些无耻的事实，更使他生气；他竟怪陈恭敏会这样容易习惯，会这样无动于衷。

“岂有此理！青天白日之下，居然营私，居然毫无顾忌地提出条件——一面既不让我们自由出卖，一面被分配的货要我们送钱去，他们才来提货，他们才肯付货款，这决不可能！我说过，在我萧鹤声手里不能拿到一个贿赂的钱。我一定要找着他们的证据，我要使这批不顾国法、不讲天理的贼，明正典刑——在中国人的面前上断头台！”他一面骂，一面看张觉人和陈恭敏，好像他俩就是应该上断头台的贪官污吏。

“其实每一次要他们提货，都是这样的，不过从前银行里有头寸，即使没有头寸，银行也肯通融，钱松，等他们放了两个比期再来提也不急，所以看起来好像我们没有送过钱，其实他们每次都赚了我们的比期息，算起来，数目也差不多。”陈恭敏很冷静地说。他觉得萧鹤声每次这样的恼怒，除了表示个人的意志外，于事实毫无补益；因为你不送贿赂，他们就赚你的比期息，反正他们终拿到钱就是。他以为要消灭贪污，只有将这批人连根拔起，不然，明的暗的贿赂，永远存在，今天既没有能力把他们连根拔起，那么应该以厂的利害为前提，来处理这些问题。

“听你的口气，好像应该送去十万块钱似的。我真不解，像你这样的人，只和他们接触的机会多一点，就会觉得行贿是理所当然，无怪乎贪污那么多，因为有你们这批人愿意行贿！但是我告诉你，在我的机构里，就绝对不许有这样的事！”萧鹤声气呼呼地走到写字台旁，拿起雪茄，点上，仰着头，喷出了第一口烟雾，在他的心里，觉得世界这么大，行道者只有他一个人，他感到一阵孤掌难鸣的悲哀。

忠实而有信心的陈恭敏，受到这样的委屈，已经有好多次了。他想这些事情，萧鹤声只发命令，从来没有自己处理过一件，实际的困难与麻烦，他一点都不清楚，只命令他去做做不通的事，自己是受尽了磨难，还落一顿辱骂，每一次都给他极大的刺激。他是不善于表达的人，气愤与悲哀，在他只有一种表现，就是沉默。可是他的心却奔腾得非常厉害。他听到萧鹤声对他近乎侮辱的斥责，反应在他脑子里的第一念头，就是掉转身头也不回地走了，但是这念头只有闪电那么快就过去了。接着他就听见萧鹤声的仰头长叹，这叹声包括着孤独、悲哀和愤慨，这又使他的心一沉，仰头看萧鹤声，只见萧鹤声的眼睛，又是那么出神地无目的地看着看不见的远方。这眼光里，已没有了威光，只现出迷惘与寂寞；伤感传染了他，刚才对萧鹤声的愤怒已经淡下去。对萧鹤声他是了解的，近年来萧鹤声的渐渐变态，变得更沉默，更武断，更不可亲近，他也知道为什么会这样的原因，不管萧鹤声对他怎样恶待，怎样曲解，他还是觉得萧鹤声是这个社会里难得有的血性人物。他的坚强不屈的精神，他的始终贯彻自己意志的精神，实在使他不得不惊倒，也不得不在萧鹤声的面前低头。他深深觉得自己的确像萧鹤声所说的，太容易习惯于丑恶。他自己反而感到一种内疚。

但他又想到办工业道路上的崎岖，不仅外面的环境如此恶劣，内部也糟不堪言。想到内部的糟，他很自然地去望一眼张觉人，张觉人却有幸灾乐祸之意，跷着二郎腿仰着头在微笑。陈恭敏厌恶地瞥一眼，“就糟在这批人手里！”他想，于是又想到厂里忠诚的、能干的，都受不了萧鹤声的专横和暴躁，走了，留下的是无用的、贪污的、糟不堪言的人。结果是，萧鹤声在厂里做独角戏。他在萧鹤声旁边做独角跑龙套。萧鹤声固然做了大面又扮须生的忙不过来，他自己何尝不是放下大刀便擎起马鞭的应接不暇呢！想到这里，他对萧鹤声非但没有了愤怒，反而同情他了。他觉得萧鹤声和他自己，实在是最可怜的人。

可是萧鹤声却没有像陈恭敏那样想得复杂，他还在想他的十万块钱的贿赂，不应该送。他看见陈恭敏沉默地不出声，不反驳，以为他自己承认错误了，就冷笑一声，又是得意，又是悲惨的样子。陈恭敏听见这一声冷笑，重新起了反感，自尊心驱使他，他挺了挺胸，回答了萧鹤声的冷笑：

“我觉得总经理只在厂里跳脚骂人，他们又听不见，于事毫无补益，却使工厂吃亏。总经理应该大刀阔斧地到外面去联合各厂家共同起来向这批无耻之徒进攻才对！”

“你说说倒容易，你以为别的厂家也和我一样，对这些事会有恶感吗？他们的经手人，还希望常常发生这种事，可以浑水里摸鱼呢。坐井观天，我劝你少开口的好！”萧鹤声耸一耸肩，现出无可奈何的样子。

“总经理这话不错，他们放比期，是他们的事，我们管不着，可是不能从我们手里送钱出去。但是工厂要用钱，户头都空了，等他们比期放回来，还得几天。建成的信用要紧，要付的钱，总得付给人家。我看还是把前天那订货合同就签了字，不必同他们争执了，他们可以付一半定钱。有两百万块，也可以够应付过比期了。”

张觉人弓着身子，赔上笑面，乘机就提出了他想了几天的计划。他知道萧鹤声只要一逼紧他，他就很容易意气用事，会做挖肉补疮的事，要是这张合同一签字，他和谭工程师，就可以平分那说好的五万块了。

萧鹤声没有作声，含着烟斗在房中兜圈子，心里却活上活下的打算盘。大成银行压迫他，连他的面子都不给顾一顾。他知道目前要付的钱，是为买原料和米，说好等过了规定的期不付钱，非但要涨价，而且连保留都不肯保留。可是他知道这张订货合同，太使工厂吃亏，他不能签下字来，一签下字，工厂就要损失五十万。已经分配的货，不肯来提，货款压死了！厂里穷到连发工资都成问题。“还是送十万块钱的贿赂呢？还是便宜买主五十万呢？哦，这中间要差四十万！”他心中翻腾的想着，他是十分计较利害的人，可是又要坚决履行意志的人，这使他矛盾透了顶，也使他痛苦透了顶。

陈恭敏知道张觉人为什么要萧鹤声签这张合同的原因，他实在恨透了这批不顾公家，专图私利的人。他们为了自己五万块钱的好处，却不惜牺牲工厂五十万，所以他不管三七二十一，出来阻止这件事。

“这太吃亏了，算起来总要吃亏四五十万，与其接受这张合同，还不如送十万块钱。让他们付了货款，就可以救目前的急了。”

完全被迫在末路中，被包围在绝境中的萧鹤声，听了陈恭敏的话，好像给了他一个启示，启示给他一条路，但这是条险路。

“那不成！我情愿让这一笔的买主便宜四五十万，也不愿送一个钱的手续费！明天决定签字！就只要一个条件，一签字，当天就要付一半定洋。觉人，这事交给你去办！”他说得非常快，好像一说得慢，自己就会滑脚似的；可是他的心里，犹如杀了儿子救饥荒，是既悲且痛。

瓦背上的雨声，依旧永恒的，不息的淅沥着，没有终止，没有间断，它使萧鹤声的心更紧也更沉。

只有张觉人是得意的，他胜利地对陈恭敏笑一笑，赶紧更卑躬地回答萧鹤声：

“总经理放心，明天一定要他们先缴二百万元定洋，这事交给我去办就是。”他说完立起身就想走，怕陈恭敏再坚决地提出反对；可是陈恭敏并没有开口，他也像萧鹤声一样，眼睛看着遥远的看不见的地方。他觉得是非在这个社会里真难找，像萧鹤声这样口口声声讲是非的人，在他自己手里，也照样没有是非。

“慢慢，一同走，我还有一件事要和总经理谈一谈。”陈恭敏留住了已经立起身的张觉人，张觉人无可奈何地又坐下去。

萧鹤声一听到陈恭敏还有事和他谈，心又一沉，他想又是什么困难问题要他解决了。他现在实在怕见厂里的职员，因为到他那里去的职员，除了提出困难要他解决外，决没有其他的事情。

“总经理，厂里职工的待遇，应该调整了。现在其他工厂的待遇都比我们高，再这样下去，要拉不住人了；尤其技工，动摇得厉害；现在留下的，质都比从前差，再一流动恐怕要影响出品，甚至会开不成工！”陈恭敏一面说，一面就把已经拟好的预备加工资的名单和增加的数目，放在萧鹤声面前请他批。

“调整后，要增加多少开支？”萧鹤声的脸上，一点表情都没有，这样淡然地问。

“大概增加四成左右，但米价涨得太快了，什么东西就都跟着涨，所以每个月开支总要比上个月至少增加二三成，我算一算，从开工到现在，开支涨了十五倍了。”

“开支涨了十五倍，生产利润涨了几倍呢？”萧鹤声冷笑着，但还是非常平静而冷淡地问陈恭敏。其实他心里一切都明白，他这样问陈恭敏，是因为生气，而且对陈恭敏提出的调整待遇感到不满。

“生产利润涨了十倍，但照目前钢铁五金满价的情形看，恐怕要回到八倍去。”陈恭敏依旧忠厚地回答，他没有觉察出萧鹤声冷笑的意味。

“生产利润只涨了八倍，开支倒涨了十五倍，还要调整待遇，这打的是什么算盘？我问你！”萧鹤声这才把他要说的说了出来。陈恭敏也才恍然大悟。萧鹤声不断地磨折他，不仅使他生气，而且也使他灰心。他也就很冷淡地回答了萧鹤声：

“这本来是永远无法打得通的算盘；可是待遇不调整，有能力的人都要走了，现在厂里的出品，已经不够标准，这几个好一点的再一走，恐怕连活都要做不出来，除非把厂关了。不然，亏本也得提高待遇！自然，这是我的算盘，我不过提出来给总经理参考，至于总经理采纳不采纳，那自然听总经理的打算。”

萧鹤声何尝不知道这是实情，但他痛恨只管个人享受，不管工厂前途的人，他也痛恨同业出高价拉人，他觉得这一切的人，都是工业界的蠹贼，因此，一肚子的无名火，就出在陈恭敏身上。等到陈恭敏对他反攻了，他又觉得待遇是非调整不可的，不然，工厂里会无法出货。

“把这名单留下，让我考虑后再说。”抑下了无名火不耐烦地说。

张觉人和陈恭敏对看了一眼，立起告辞。走到门口，陈恭敏又走回来，交了一封信给他。

“这封信是晚班信差送来的。”

他俩走后，房间里立刻静下来。户外的雨声比前更大了，但依旧是有节奏的无终止的下得人心烦。萧鹤声一看见信封，知道是懿芳写的，于是他记起了自己有两个月没有回家去看看，“也许是懿芳要我回家去。”他心里这样想，得意中有点歉意；但等他看完信，才知道二宝患伤寒，相当严重，希望他能回家去一趟，商量办法。

“一切都是绞我心的事！”又像是悲哀，又像是愤怒，萧鹤声于是又开始在房中走他的圈子，也像外面的雨一样，没有变化，也没有终止，萧鹤声又沉浸在那些绞他心的事情中了。

* * *

雨无终止的下着，淅淅沥沥，一记记敲打着懿芳的心，敲打得她的心直往下沉。

在卧室里，电灯光显得幽暗，床上睡着十岁左右的男孩——二宝，闭着眼睛，鼻子一扇一扇，额上发着青色，两颊却红得厉害，看上去像已失去了知觉。懿芳坐在床前的椅子上，视线没有离开过病人，但她的眼光里没有表情，只是痴痴地望着像一座石像；她这样不食不眠已经好几天了，她自己也像二宝一样，像失去了知觉，朋友来了，医生来了，她都像不认识他们似的，只朝他们看看；只有二宝的动静，才能恢复她的意识。昨天二宝忽然叫了一声爸爸，她就立刻写信去叫两个月没有回家的萧鹤声。但二宝只叫了一声爸爸，又昏睡过去了，于是她也跟着昏沉下去，一切人来客往，延医吃药，都由二宝的老奶妈一个人处理。

房间里除了二宝急促的呼吸声，就只有淅淅沥沥的雨声了，房门轻轻地推开，探进来老奶妈的脸，接着是程天颐带着惊慌的脸色，蹑着足进来，懿芳完全没有知道。

“就是这样子，已经几天了。”奶妈回过头轻轻对程天颐说。

“她不单为了二宝病重着急；我们家先生也已经两个月没回过家。程先生你劝劝她。”奶妈意义深长地摇摇头，表示无可奈何，她轻轻地把门带上，又出去了。

程天颐将高大的身体抵住门，就僵在门边了；因为懿芳仍旧没有知道他进来，他真不知如何是好；同时看到坚强的懿芳会痛苦得这副痴样子，也使他沉到痛苦的深渊里，他的心突然痛起来，他责怪自己这两星期来，为忙着去西康，连懿芳的消息都没有打听。

懿芳憔悴了，但依旧是清丽秀逸。忽然懿芳看着病人的眼睛微微露了一点笑意，身体移动了一下，程天颐知道懿芳的心在奔腾着，他大着胆子叫了一声。

“懿芳！”跟着就轻轻地走到懿芳面前。

懿芳像受了惊，突然一震，就仰着头朝这高大的人形看看；在她的眼光里，最初好像不认识程天颐似的，有点木然，但渐渐转过目光来，现出认识的样子，接着就射出痛苦的光。程天颐知道她已恢复了意识，就拖一把椅子，坐在懿芳的身边，轻轻地问道：

“二宝病得怎样了？”

懿芳又把视线移到病人身上，摇一摇头，半天才说了一句话：

“不知道！医生说死活不知呢！”

“懿芳，你不要太急，医生总是说得严重点的，伤寒的样子是这样可怕的，其实并不怎么严重。”程天颐俯着头，看定了懿芳的眼睛。他看见懿芳的眼睛看得那么远，好像没有看见近在咫尺的程天颐，又是半天，她才摇一摇头，跟着是一声长叹。

“你不知道……”她说不下去了，两粒眼泪流下来，停在颊上，也不去擦掉，任它挂着；蒙着泪水的眼睛，显得更凄艳，仍旧是望着远处，又是一声长叹。

这幽怨，这长叹，碎了程天颐的心。今天他本来是带着决绝的心，来向懿芳告别的，他决定放下二十年来的希望，离开人群，辞了职务，到西康的原始大森林里去，探他的矿藏。他是准备老死在那没有人迹的大森林里了，可是懿芳的惨境，赤裸裸地呈现在他的眼前，懿芳痛苦的心，也坦坦白白地翻开在他的眼前，他又觉得他这个离开懿芳的决定是错误的了。

“不管懿芳的心，是永远不会有一天向着我，我也不能离开碎了心的孤独无告的懿芳。不管懿芳永远不会接受我的同情和援助，我也应该时时刻刻将我的一切力量放在懿芳身边，这样至少可以减少一点懿芳孤独凄凉之感。

“我要离开懿芳，就是表示我的自私——因为懿芳不爱我，我在懿芳那里永远得不到我所要的，所以我要离开，这就是自私；这与萧鹤声一样的自私和残忍。爱应该是无代价的，像懿芳爱萧鹤声一样。”他这样残忍地残酷地严责着自己，于是他又想到了萧鹤声，“这是一个薄情和残酷的人，他对付懿芳，他处理家庭，好像他对付敌人，处理工厂一样，无情而煞辣，谁知痴情的懿芳，却永远无怨的爱他。”

“可怜的懿芳，你为什么这样痴情呢？那是一个多么不值得你爱的人。”他心里翻腾地想着。窗外的雨声，依旧点点滴滴的下着，室内静得能听见心房的跳动，程天颐痴痴地看着懿芳，懿芳像一座蜡像，永远没有表情，好像几千年来就坐在这里的一座蜡像。他不知对她说什么好，有许多话，在心里藏了二十年了，从来没有想说出来过，但是今天，他想稍稍地说一说，可是从哪里说起呢？说什么呢？为什么要说呢？半天，他才嗫嚅地开口：

“懿芳，我想和你谈谈，你能让我痛快地谈吗？你不生气吗？”

懿芳突然一惊，把望着远方的目光，收回来看程天颐，程天颐的脸上是焦急而又惶恐。

“什么话？你要说，就说吧。”

“鹤声太对不起你了，对你也太残忍了。你为什么还要为他痛苦呢？为了你的康健，你能不能把他放下来，不再去想他，把他从你的心上移去？”他还想再说，但声音有点抖，他实在怕懿芳更伤心，也怕懿芳生气。

“是的，他太薄情，也太刻薄。”懿芳想到萧鹤声在外面一打以上的女人，三四个不同母亲的孩子，近一年来难得回家，现在连经济也断绝了，她不得不当卖度日；一向掩护萧鹤声的懿芳，实在使她再说不出掩护的话；也就点一点头承认。

“那么你能不能把他放下来，再不去想他，或者就与他离婚？”程天颐从来没有这样大胆的，今天他是以破釜沉舟的决心来冒险的。

“是他再不睬我了，我对他依旧没有变。他不提出离婚，我是不愿离婚的。不过今后的生活非变不可了，我得负起自己和孩子的生活来……”懿芳说不下去了，但意识的不让眼泪流下来，可是眼睛里已包着两眶泪水。

“他断了你的生活了吗？你为什么不早说？懿芳！你不要以为世界上所有的人，都和鹤声一样的刻薄和毒辣！……至少还有一个人，愿意为你去赴汤蹈火，只等待你的命令。”

“是的，他已断了我们的生活，但我为什么要早对你说呢？你知道我是不会接受任何人的帮助的。我已经找到了职业，为了二宝病，才没有去报到。”懿芳的声音坚定了起来，眼睛里也射出强硬的光，她的骄傲而坚决的本心，又回到了她的心腔里。

“是……的……我知道。”程天颐曼声地应着，看见懿芳坚决而不动摇的姿态，心里感到一阵寒冷，话又说不下去了。

“懿芳不会再属于任何人的了，但懿芳也许会属于她的两个孩子。”程天颐这样翻腾地想着，不禁转过头去看睡在床上奄奄一息的二宝。二宝没有一点动静，闭着眼睛，只有一扇一扇的鼻吸，进去的少，出来的多，知道热度一定很高，病得实在很重。

“假使二宝死了，懿芳一定会发疯。”程天颐又把眼光从二宝身上移到懿芳身上，懿芳挺坐着，像一座大理石像，冰冷而美丽，眼睛看得那么遥远而坚定。

房间里静得没有一点声音，只有淅淅沥沥的雨声，无终止地永恒地打在瓦背上，使程天颐的心感到繁重而纷乱，一缕凄凉之感，渗入他复杂而烦乱的思潮里。

“等待了二十年了，但二十年后，我程天颐在人生的途上依旧只有一个人；以后，过不完的以后，永远只有一个人！”他凄凄凉凉地想着。

“是的，我也和别人一样有个妻，但是这个妻不是我的而且我从来没有要过妻。”他想到三个月前唯一的一个女儿死了，于是他与妻之间的一缕维系也扯断了。

“妻应该有妻的前途，我一定让妻去走她自己愿意走的路；我呢？我也要走到天涯海角去，永远一个人！”他的决心又恢复了。

“我真该走了，在这个世界上已没有了我的期待，我要走到荒寞的远处，在那里去找我的矿藏去。”他一年前去考察过西康，在那里，他发现了中国现在还没有发现过的某一种金属矿苗。

“把我的心与热情，送给整个的人类，送给中华民族，我不再要幸福，不再要等待！我的活着，只是为了孤独！”他又把眼光射到懿芳身上。

懿芳和他一样，在想着遥远的将来；她想着她将永远是一个人：“鹤声，鹤声是离得我这么远了，他永不回来了，只有我和孩子在这风凄雨厉的人生途上幽慢地走完我的生命的路，我不再要求了，在这个世界上已失去了生活的重心。

“我活着，只是上帝还没有要我死。”她冰冷地想。

“鹤声再不要我的爱了。这漫长的以后，这过不完的以后，我要像圣母一样，将我这份爱鹤声的热情，去爱人类，去温暖人们被冰冻了的心。”她凄惨地笑了，但是坐得这样端庄，她的眼睛里射出慈祥的光辉。正好程天颐的眼睛停留在她的脸上，他看到这样静的笑，这样美的脸，这样正气而慈祥的眼睛，这使下了第二次决心，去走天涯海角的天颐又动摇起来。

“那么美的一个人，从内心一直到外表都是美的，她是美的化身，我怎么能离开她呢？——哦，不！我不走了，我并不要占有她，我只要能看见她就够了。”程天颐又推翻了他的决定，痛苦重新回来咬着他的心，他再鼓起勇气，作一次最后的试探。

“懿芳，世界上可能有奇迹吗？就是一个等待了二十年的没有被接受的爱，忽然被接受了，你说，可能有这样的奇迹吗？”

程天颐紧张得几乎说不完全，他不知如何是好，他抓住了懿芳的手，急迫地看着懿芳受惊的眼睛，像待决的囚犯那样恐怖不安。

懿芳吃惊地看着他。这突击扰乱了她，她沉默着，可是心里却纷乱得理不清。

“是的，他等待了二十年了，他只等待着我的接受，这是人间稀有的爱，我应该接受他。”她想着自己的孤零，面上觉得有点发烧。

“可是，可是鹤声永远在我的心里，虽然他是去得那么远了，但他还在我的心里。而且我这颗被鹤声撕得片片的心，天颐能够给我补缀得完整吗？不！只有鹤声才能来重新拾掇我这颗破碎了的心，但鹤声是走得那么远了，永远不会回来了，我这颗破碎了的心，也永远无法补偿了。”她的眼睛里射出来纷乱而凄凉的光，她强制地镇定着看一看程天颐，程天颐正牢牢地盯着她，在他的眼睛里看出了他在焦急地但是恐怖地等待她的宣告。她痛苦极了，这痛苦的遭遇，使她真不想再活下去。

“上帝呵！为什么我爱的人偏不爱我，我不爱的人偏那样深的痴的爱我，迫得我做一个罪人，迫得我使别人为我痛苦。”她无告地在心里哀鸣着。她不敢再看程天颐，别转头去看二宝。二宝的脚拘了拘，头也转了一转。她急速地挣脱了被程天颐握着的手，俯下身去仔细地看二宝。二宝又不动了，和先前一样只是昏睡着。

“我没有爱天颐，我爱的是鹤声，我对天颐只是抱歉，不是爱，鹤声不爱我，我爱他生的孩子。我不能再叫天颐等待了，他越等待得久，越使我抱歉得多。他的等待，成了我负不动的负担。我要他不再等待。哦，这可怕的等待！”这样想着，她直起身，坚决地，勇敢地握住了程天颐的手：

“天颐，世界上不可能有奇迹，二十年不被接受的爱，再过二十年也不会被接受。我知道这是多么宝贵、多么崇高的爱。我希望这爱，有一天会得到着落，着落在一个也是高贵的纯洁的人的身上！你知道，一个受爱的创伤的人，是没有资格，也不可能去接受另外一个人的爱的。”

懿芳是那么坚决，那么镇定，一个字一个字地说下去，程天颐发红的脸，也跟着她一个字一个字地淡下去，终于变成了苍白，他想哭但是哭不出。懿芳和他说话时是立着的，他也站起来听，等她说完了，他依旧盯着看她，但站不住了，他颓然坐进椅子里。

程天颐的思想停止了，他像跌进无底的深渊里，觉得直往下沉，沉，永远不得超升地沉！

懿芳惊慌的痛苦的看着近乎昏迷的程天颐，她的心被绞紧得发痛，她觉得她的活着，只是为了程天颐痛苦，她诅咒上帝，为什么让她的生命延得这么久。程天颐的脸有点痉挛，她怕极了，也痛极了，她惊叫了一声：

“天颐！”

程天颐忽然恢复了意识，他吃惊地看到懿芳恐惧而痛苦的脸色，他知道自己吓了她，他勉强镇定住自己，仔细地想一想：“是的，我的存在，只是使懿芳痛苦，我是应该走，走得那么远，走得连一点消息，一些影踪都没有，我不能再使懿芳的内心有负担，我该走了，为了爱我的懿芳，我该走了。”

他想完立起来，握住了懿芳发抖的手：

“懿芳，你启示了我，人间是没有奇迹的，一个受了爱的创伤的人，是不能接受另外一个人的爱的。我不再期待，我也不要期待了。我要走了，走到听不见看不见的地方去。后会，后会是无期的，因为人世间没有了奇迹。愿你平安保重！”

他是那样坚决，那样平静，放下懿芳的手，拿起雨衣走出去，把门关上的时候，他又停在门口一分钟，从门缝里看僵立着的懿芳——向这大理石的美人道永别，最后把门碰上，迎着凄风走出门外。

窗外淅沥的雨声里，开始夹着凄厉的风声，一阵紧一阵缓的，敲打着懿芳卧房的窗子。天地倒转了，人类绝灭了，懿芳的心完全空了，她的意识界里不再存在着什么了，——这一座大理石的美人，没有知觉，没有表情，端坐在她的椅子里。

八

萧鹤声从厂里回到城内办事处。

因为几夜的失眠，使他感到非常疲劳。这疲劳引起了他对自己信心的动摇，尤其是失眠。他向来不失眠，天大的事包围着他，他也能安眠。“康健是人生最大的资本。”他常常这样说，也常常这样警惕自己，“只有康健的人；才能有清醒的头脑，才能办大事。”所以他始终保持着康健。他忙的时候，能一连几天忙到深夜，但一上床总是愉快地就睡去。他能控制住自己的头脑，不让白天的杂事来打扰他的睡眠；对饮食也是如此，他在吃饭的时候，决不想别的事，只晓得菜的滋味；他在朋友中总是以自己的康健自傲；他觉得一个对自己的康健没有办法的人，对事业也会没有办法的；但是建成竟进攻了他事业的最后堡垒，所以他对自己的疲劳，十分困恼，倒不是怕自己会死，是怕自己失去了控制康健的力量。

“不能，不能让它这样拖下去，一件事应该有一个明确的决定——建成维持不维持的问题，应该决定了。”他心里这样盘算着。

“今天到大成去，非得把这个问题决定不可，不是大成无条件地支持建成，就是将建成出卖，或者结束。

“我不能让大成来管理建成，与其让他们来管理，不如将建成出卖。但是谁出得起这样大的价钱呢？”他心里苦闷着。

“找别的银行吗？银行都是一样的，决不会买一个别人不要的厂，即使肯买，条件一定苛刻得叫你不能忍受。再举债还清大成的欠款吧，这样巨大的数目，哪一家银行会乖乖的贷放这许多钱，不要什么条件。与其接受许多苛刻条件举债还债，不如将工厂卖掉，但是卖给谁呢？

“哦，卖厂！卖厂！这不是把我自己的理论全打倒了吗？这不是证明我没有能力办工业吗？我有能力，我也没有错，建成不能出卖，建成一出卖，就是宣告我失败！但是用什么来还债呢？用什么来维持生产呢？”他这样反复地矛盾着，无数痛苦的事实，无法解决的痛苦的事实，一齐兜上心头；尤其是今天签字的那合同——那等于是订城下之盟，他们等他急于用钱，看他走投无路的时候，摊了这张合同要他签字，这叫作饮鸩止渴。但是有什么办法呢？大成非但不支持，反而一步紧一步的迫讨债务；做成的货，不肯来提，资金压进了三百多万，又不许自由出卖；工人们要增高待遇，不增高待遇就拔起脚来跑了，使你开不得工！还有职员无能又无耻，一天只想捞外水，从来不想想工厂的利害；地主们把粮食囤了不出卖，工厂常常在断粮的恐慌中，卡子上把货扣了要钱，机关里不肯来提货，也是要钱，政府定得这样高的利得税，更是要钱！但是钱在哪里呢？这一切，简直使他想都不敢想。

“中国不能办工业，中国还没有具备办工业的条件；这不是我的失败，这是中国的失败！中国没有把买办，地主，官僚，投机家消灭，工业就不能生存。我决定把厂卖了，来经营商业，等我有了资金的基础，再来办工业，到那时没有人可以扼住我的颈项了！像现在扼住我颈项的大成一样的人了。”他这样决定了后，就匆匆到大成去。

这天，大成的吉厅里，因为外面下雨，有点阴暗，所以把电灯开了，室内显得灯火辉煌，徐渭臣、林志远，还有银行里其他高级职员，连外客高大有，一共有七八个人，在高声谈笑；外面淅沥不绝的雨声，被他们的谈笑声盖住了，一点听不见。阴湿不快的气候，在吉厅里找不到，在吉厅里，永远是愉快而光明的。

“买美金储蓄券最上算，现在物价涨了一百多倍，金子也涨了七八十倍，美金却只涨了六倍；用现在的法币去调美金是最上算的。”这是林志远的声音，以他做外汇的经验，觉得以二十元法币买一美元的美金储蓄券，是发财的千载难逢的好机会。

“这道理我当然明白，所以我想行里多买进一点；不过美金储蓄券规定不准做抵押，万一头寸紧了，不能向中央去抵借，所以数目上我有点疑惑不定。”徐渭臣反剪着两手慢慢地在房中走动，他心中不定时，常常这样走动的。

“渭老，这倒不必担心，中国人常常法虽定得严，做起来还是宽的，当真大成紧得不能维持的时候，中央银行莫非袖手旁观看你挤兑吗？到那时，它会收你的美金储蓄券做抵押贴放给你，因为那总比没有担保品来贴放要稳当得多。”最富于“立法毁法”经验的高大有律师，很有把握的来估定这事的前途。

“这有什么担心的，中央银行不肯抵押，就找同业拆放。中国人惯做火堆里取毛栗的事，只要你利息出得高，自然有人来救急。近日美金储蓄券一定要涨价，涨上十倍不稀奇，只要政府准备抛的货一完，立刻涨价，因此我已以两千万法币买了两百万美金储蓄券。现在去买，还有百分之一的奖励金，所以两百万美金，有两万美金的奖励金奉送，这不上算吗？又响应了政府的政策，还发了财！”林志远非常得意自己的决策。

“不过匡计行里的头寸，实在也买不了你那么多，如今建成的款子不解决，行里能动用的头寸实在太少。”徐渭臣的胖脸上，没有了笑容，建成成了他的瘤，这瘤常常使他行动不便。

“直截了当，把建成卖了，不单单两千万欠款可以活动，那一百万股款，也可以分得一二十倍红利，凑起来三四千万，够大成买美金了。我们建业那一百万股款也可分千万两千万的红利，我还要再买美金。”这是林志远的一手如意算盘。

“这话说得对，建成实在也该卖了，钢铁五金这样落价，再搁着不卖，将来还要吃亏。”高大有也非常同意卖建成，一则因为五金钢铁落价，他的干股的价值，也要跟着跌，二则他还有别的企图。

“我真幸气，在五金价钱最好的时候，把手里的货都抛了，不然，到现在不知要吃多少亏，Mr.徐，你为什么老听那个萧疯子的话，把建成搁到今天还不卖？”

“哪里是我听萧疯子的话，是没有人买得起这样大的厂，试问谁拿得出四五千万块钱来买厂？”徐渭臣说的倒是真话，谁要肯买这个厂，他会向谁磕头，因为他的瘤割去了，行动可以自由。

“你们还是真的要卖厂？还是假的要卖厂？如其真的要卖，我倒有一个买主，那是××部前几天托我的，要我找像建成那么一个厂。我想哪里去找这样合适的工厂，所以我只随便应着，现在你们真的要出卖，倒是门当户对，让我来做个媒人。”高大有说，心里想这一笔手续费照规定可以分到二三百万块钱，这真是一笔不大不小的进益。

“真有这样凑巧的事吗？那真好极了。我求你快点促成吧，我实在也受不住萧疯子的气了。我真昏了头，请了这样一位疯子进来，谁也拗他不过。我真担心，厂有机会卖了，他还坚持不肯，那又怎么办呢？”徐渭臣敲敲自己的头说。他实在为萧鹤声的专横，也弄得头昏脑胀了。

“喔喔！有了，我要坚决执行债权，由大成去管理建成，把管理权拿在大成手里就好了。——不过这又做得太辣，总要他自动肯卖才好。”徐渭臣总不失为笑面老虎，他的刀是藏在暗处的。

“管他呢？顾忌这些做什么，直截了当地去清理，就可以卖给××部了。”林志远是说干就干，从不转弯。

“要照渭老的意思，也容易得很。”高大有微笑着说，“我最知道萧鹤声的脾气。他又好强又负气，只要你们迫债迫得紧，一步不放松，他气起来会自己提出卖厂的。那时我就告诉他这机会，他会破釜沉舟的干的。顶好到紧张的关头，你们借一个由头退一退，我好和他说。”

“好！就照大有兄的办法！”徐渭臣刚说完，萧鹤声满身泥浆地跑进来了。大家立刻煞住嘴不说话。萧鹤声有点奇怪。徐渭臣赶紧去和他握手，自己给他接过雨衣，一面使眼色令其他高级同事出去。

林志远觉得好笑，就大笑了起来。高大有也跟着大笑。

“他们两个，不管别人心里有事，就大谈跳舞经，讲得这么有劲！”徐渭臣看到萧鹤声有点疑惑，赶紧随机应变一下，一面请他坐下，接着又说下去：

“鹤声兄，你大概很忙吧？我请了你几次，你才来，可是把我等得像热锅上的蚂蚁。大成不能过门，前次同你商量的事，你想出了办法没有？”徐渭臣装得一脸的苦相，低声问。

高大有走过来和萧鹤声握手，林志远也伸出手来，他们两个还是那么高兴。

“Mr. 萧，听说林夫人和你打得火一样热了，滋味如何？你得谢谢我，没有我的介绍，你哪里能尝得到这滋味。不久她就要过生日了，大概要热闹一番，你打算送什么礼？”林志远半是打趣，半是醋意地说。

“谢你什么？鹤声兄是此中老手，他有的是异味，林夫人不过是其中之一，在他算不了一回事！鹤声兄，对不对？”高大有哈哈大笑的也来打趣。

“求你们两个正经点，我们有事谈，不要来打扰。”徐渭臣又是一阵急相。

萧鹤声听见谈林夫人，很有兴趣，很想答上几句，但看见徐渭臣这副急样子，且不答他们两个，就回过头来坚决地同时收住笑容和徐渭臣说：

“你上次谈的事，我仔细想过，目前八百万，也许勉强可以向别的银行借来还你，但是以后一千二百万怎么办呢？大成要头寸，别的银行也一样的紧，谁肯来济这样大的急？而且目前厂里立刻就要二百万的周转金，厂才能动，但这二百万至多也只能维持到年底，出了年底又怎么办？所以我觉得这不是八百万的问题，是整个建成的资金周转问题，我今天来想和你商量一个通盘的解决！”

“整个的解决，不是一时能办到的，而且是你做总经理的事，现在我在这几天之内就要八百万，这数目在目前大成的情况，自然还差得很远，不过其余的我已与几家同业商量好，可以拆放几天，这八百万，你非救我的急不可。不然，这个比期，我不能过。”徐渭臣的胖脸上一点没有笑影，真像热锅上的一只胖蚂蚁。

“这怎么办得到。这样急，数目这样大，即使别的银行立刻答应，四联总处批准也得个把月时间，你比期就要用，只有十天左右，我是点金的神仙，八百万，也要有点时间才点得出。你是建成的董事长，你也有责任。”萧鹤声毫不动情，他今天是打定了主意的。

“鹤声兄，今天你不能打这样的官腔。从前你要大成拿出几百万就几百万，今天大成急了，从友谊来讲，也应该帮个忙。你明知道大成就是我，我就是大成，我有办法，大成也有办法，也就用不着建成还债了！今天在我绝路的时候，你要我负责，我们做了几年朋友，却落得你这样的看待，未免有点不够道义。”

徐渭臣说完就怒冲冲立起来，又反剪着两手在房中走踱步。

“今天不是我肯不肯帮忙的问题，而是我有没有能力帮忙的问题。

你们银行都没有办法，我工厂怎么会有办法？我要是有办法，也不来这样苦苦哀求了！”萧鹤声也立起来在房中兜圈子，他比徐渭臣兜得快，常常会同徐渭臣碰在一起。

这时林志远开口了：“这还不容易，把你厂里那些外国原料卖出一部分，就够 Mr. 徐周转了。”林志远是一直眼红建成的那些原料，很想趁火打劫，挤他一点出来。

“那不成，那材料是建成的原动力，建成要办下去，这些东西一件不能少，除非连建成一同卖！”萧鹤声很坚决，他看林志远这套城下之盟的事多了，决不上他的当。

“鹤声兄！你不能看我上吊！你急的时候，我怎样支持你来，何况我并不是凭空要你帮忙，我不过要抽还三分之一的债权，在我是合情理的，你要活，我莫非就不要活的？人总得想想别人才好，不能专为自己打算。”徐渭臣一步步的迫紧。

“那很容易，债权人可以要求法律保障，不是债务人诬赖就可以逃避责任的。”林志远迫紧到顶点。

“你们把我当作一个普通的债务人看待，那就错了，我今天就赖债不还，我也没有罪，现在工厂赖债是家常便饭，一个国防工厂，不能随便给人清算管理，它也有法律上的保障！”萧鹤声是无论怎样，决不能让大成来清算或者管理的，万一大成要执行债权人的职权时，他决定用战时法令抵抗。

“我是忠厚人，不愿讲最后的话的，所以我尽管有债权人的权力，我总不愿用这权力，为的是朋友，总可以大家商量，不要红了脸，以后见面难为情，所以我总是苦苦哀求鹤声兄超度，不提什么债权不债权的话。但鹤声兄看人下水，连手都不伸一只，未免不够朋友一点，你简直不替我想一想，也难怪志远要发急。”徐渭臣停在萧鹤声和林志远中间，说后稍停一停，又说下去：

“自然忍耐也有限度，我总不能让建成拖倒大成，我怎么向大成的股东交账？如其大家不讲情，那我就讲理，就讲法，我徐渭臣也是个吃软不吃硬的人，不过我总是先礼后兵，做到礼至义尽为止。”

徐渭臣的话也说到了最高峰。

“鹤老没钱还债，渭老要钱过关，大家都是实情，总得想一个两全的办法才好。你们光是这样争论，是没有用的，其实两面都有理，争下去反而两面都缺理了，办法倒是有一个，事情也很巧，不过要看你们双方愿意不愿意。”高大有看形势已经到了他说话的时候，但还没有人来请他们两个出去，他觉得应该暗示徐渭臣他们出去了，果然徐渭臣向门边看了看，立刻进来了一个职员，说有要紧事请他出去一下，而且说建业有电话来，要请林经理马上就回去。

“真讨厌，不知什么事！我回去一趟，立刻就回来，倒要听听高大有律师的两全办法。”林志远匆匆先走。然后徐渭臣拱一拱手：“请两位稍等我一下，我去看一看就来。”说完也匆匆出去了。

“什么两全办法？是不是卖厂？”

萧鹤声受了林志远和徐渭臣两个的威胁，本想大大的发作一下，他是不能受任何人的委屈的，但偏偏两个都匆匆出去了，他想像高大有这种人，有什么好办法，总不过是空口说白话，所以他很轻视地坐下来问他，其实他心里还在打算怎样答复刚才他们对他的压迫。

“老兄，猜得对头！就是卖厂，像你老兄这样的人，竟受这样的委屈，实在犯不上！你辛苦一辈子，为的是替他们赚钱，结果还被他们迫得走投无路！他们呢，也难怪，债权人总不能开着眼让自己吃亏，有最后的路走，总是要走的；到那时，你老兄怎么下得了台？”高大有反激他一下，希望他能自动要求。

“卖厂？——谈何容易，这样大规模的厂，谁拿得出这样大的资本？我早想到了，与其让他们来清算，来管理，还不如卖给别人去，可是找不着户头，这不是一件容易的事！”萧鹤声走进圈套，还以为高大有是外行，只讲讲做不到的空话。

“我要是没有路头，就不会贡献办法。这事情也巧，前天 ×× 部要买一个现成的钢铁机器厂，托我找找看，我想哪有这样巧的事，就随口答应答应，根本不想为他们瞎操心；哪里知道你们又这样紧，早知道，我就早提出来了。不过你老兄办炼钢厂有大目的，我不敢劝你出卖！”高大有欲擒故纵。

萧鹤声又沉默下来，心中变了战场，“卖呢，不卖呢？”只在心中打仗，最后决定出卖。因为他无论如何也找不出再办下去的出路，也不愿让这批人来管理或者清算自己一手建立起来的工厂，“我宁可给政府便宜，也不能受他们的威胁。”他心里这样决定。

“我决定出卖，我决不受人的威迫，现在且把这个厂卖了。作为我将来专建理想的基础。这事就拜托你，立刻代表建成去接洽，定日子谈判，越快越好！”

萧鹤声的矛盾解决了，倒安心了下来，就想立刻成功，他一定要出这一口被威胁的气。

“识时务者是英雄，老兄到底是聪明人。而且我也喜欢说句老实话，炼钢业实在已经没有什么做头——各样东西都涨价，只有钢铁五金落价，再做下去，会越发没有收成，还是趁早卖了，赚点钱在手里，什么事不好做，偏要做这吃力不讨好的事，你说对不对？”高大有怕萧鹤声反悔，又加进一条理由去，同时又激他一下！所以接下去再说：

“我看渭老没有你想得明白，怕不肯出卖，那怎么办？”

“那我不管！既要我还债，又不许我卖厂，也没有这个理，我会使他们非答应不可，无论做什么事，我总喜欢主动！”萧鹤声的意志很坚决，但他一点没有知道自己已经走到圈套的最中心。

“哈哈，不愧为萧鹤声！既然是老兄坚决，小弟不得不赔上一点精神了，明天就给你去接洽如何？”高大有放下了心，觉得自己又做导演，又做主角，对大成功绩不小，所以心中十分得意。

“这个不会请你白跑的，将来请你做证人，公费不能多送，可是也不会少于定例。你应当把它当自己的一件生意，不能当作是替朋友跑腿，不然，你不会热心！”

萧鹤声一面说，一面去按铃，侍者立刻进来听指挥。

“徐总经理事完了，请他立刻就来！”他把手挥一挥，令侍者出去叫徐渭臣，他要立刻解决这件事。

“到底是怎样的两全办法？快点说，免得我和鹤声兄都急得没路走。”徐渭臣匆匆进来，故意追问高大有。

“他已经知道了，你问他就是。”高大有仰靠在沙发上吸烟，眼睛里表示出胜利的暗号。

“到底是怎么回事？我等不得你们的闷葫芦！”徐渭臣的脸上又有笑容了，他从高大有的脸上找着了成功的记号。

“没有什么大出奇，就是把建成卖了还债，高律师有户头能买。我是除了卖厂，就不能还债。你们要我还债，我就只有卖厂。你们如果不让我卖厂，那我就不还债，而且还要请你们再放下周转金去。”萧鹤声的语气很平淡，但很坚决。

“这怎么成？不要说鹤声兄一番苦心白花了，而且有违禁例。不是经济部规定国防工业不得随便停业或出卖吗？”徐渭臣故作惊恐。

“我的白花精神，是注定了的。至于禁例，卖给政府是可以例外的。”萧鹤声执行他的主动政策。

“大有兄，是政府要买吗？”徐渭臣装得一点不知道。

“唔，是 ×× 部。”高大有仍旧在吸烟，看着演戏。

“照理呢，办个工厂不容易，说卖就卖，总觉得有点辣不下手，而且我是一个成业的人，在我手里，只有成业，没有败业的；可是，也真可怜，迫得我们拆台！鹤声兄，这事你决定吧，我是不想出主意了，要卖也由你去接洽，我这个人太什么……”徐渭臣又长吁，又短叹，好像他才是被迫答应似的。

“大丈夫当机立断，该辣就辣，该放手时就放手，机会有的是，将来总可以再建立起来，何必作此婆婆妈妈相！既是渭老答应，我就全权去办，结果如何再来报告你。不过最好还是由董事会给我封信，让我好有凭据。”

萧鹤声听见徐渭臣答应，想立刻结束，免得多谈了又起波折，而且为牢靠起见，还想得董事会的一个决议。

“那倒可以不必，董事会除了银行，就是你们两位，银行怎么会反对呢！是它没有钱，正等得急；至于你们两位总不会反对吧？不然，再开董事会作决议，又写信，起码三四天，机会错过了，不容易再找得着。等一切谈妥了后，再开会补个形式不迟。”徐渭臣说的倒是实话，自然他也是要避免书面上的负责。

萧鹤声听得有理，也不多争执，就立起告辞，一面就约定下次见面的时间。

萧鹤声心里感到一阵痛快，觉得一切向他威胁，向他进攻，迫他行贿，迫他无路可走的人们，就会立刻失去了凭依，他亲手消灭这一切罪恶发生的渊源地；尤其对于厂中这批又无用又骄傲的职工，他们动辄要加薪，动辄要调整待遇，要求不遂，就用辞职来威胁他，现在他已经消灭了他们对他威胁的武器，现在非但他们不能威胁他，他反而可以威胁他们了。

“看你们这批饭桶到哪里去吃饭！”他感到一阵报复的痛快。

“事前决不让他们知道，给他们一个晴天霹雳！”他恶狠狠地只想重重的报复一下。

九

十月清晨的风是刺骨的，它掠过江面，吹向萧鹤声的面上；但他却挺坐在船尾，愤激的火，烧在他的两颊上，三年来创办工厂的往事，一件件兜上他的心头。这江面的静，与他心头的乱，成了一个对比。

自从他决心卖厂以来，一个月中都忙于与买主谈判条件。他开始研究法律，他把法律的条文，逐条地研究，他往返不断地与买主争执，全副的精神和整个的时间，都被卖厂这一件事占去了，没有闲暇，也没有机会，使他能思想其他的事。今天在这蒙着雾的江面上，在这一群不相识的人之间，给了他悠闲；于是三年来像乱麻一样的往事，一齐兜上心头，一月的奔波，使他疲劳，他实在不想去思虑那些往事，他很想乘这一刻儿幽静来休息一下胀得发痛的脑筋，但是不可能，往事像走马灯似的，一件一件迅速地在他脑膜上转，可是又捉不住一件有系统的事情，足以给他整理一下在理论上的根据，于是他把眼睛向各处眺望，想借观看山景来代替杂乱的思想——山景依然蒙在雾里，若隐若现，在浓雾中的山景和他心头的往事一样，是迷糊的，是不清的，是无法捉摸的。喜欢明确实际的他，这模糊不清的山景，使他感到烦闷，他愤怒地把视线从看不透的雾里收回来，注视这木船中的乘客。一船的乘客像是睡着了，没有生气，掌舵的含着长烟筒，用一只手扶着舵柄，毫不起劲的，也把眼睛看着模糊不清的雾的远方。只有一个穿红衣服背向他坐着的女客，烫得一头蓬松的头发，披在肩上，映入了他的眼帘，使他感到一点兴奋。他的视线停留在这个女人身上有一会儿，他觉得这个女人很像袁，尤其是这一头头发，但袁却要比她胖得多，他希望这个女人转过脸来。“不知她的脸像不像袁那样胖圆，”他心里好奇地想着。他又观察这个女人旁边的乘客，这一看使他非常吃惊，原来在女人的左边坐着一个穿工装的粗大的男人，脸却向着他，与这个女人正相反的并坐着，男人时时仰后身去看女人，这一对男女的干系引起他非常的恼怒：“这不是昨夜闹事领头的工人吗？”他这样自问着，但雾太浓了，即使近在咫尺的同舟中，也看不清只隔他一丈远的人。他用力睁大了眼睛看这男人，到底给他看出来了，这是另外一个人，不是昨夜向他威胁的工人；但是昨夜的风暴，却出现在他脑际，那么显明，那么刺激，他很想抹去它，却无论如何也抹不去，那是成千的工人带着愤怒的火，向他包围。这好像燎原的火向他烧来，也好像决堤的水向他冲来，这声势，夺去了他的魂魄，这些他平日看不起的人们，竟汇成了一条巨流，一片燎原，也使他惊奇。

昨夜的风波，可说是萧鹤声办厂以来第一次也是最后一次的意外，比起他一向所遭遇到的各种困难来，这实在算不了什么；然而这意外的风波，好像是临别纪念，也不能不在萧鹤声的创痛的心上刻了一条惨痛的纹路。

当出卖工厂的交涉已经告竣，只待签字的昨天午后，他带着疲劳的似乎又是胜利的心境，从城里回到工厂，他到的时候，已经傍晚了。

在重庆，久雨后的十月小阳春，好像江南的桂花黄梅天，虽然太阳没有整个的露出脸，可是到处都是黄澄澄的使人感到郁闷的光线，燠热，使人们忘了季节，脱去了厚衣服，可是还不能发散人们心头的闷热，到傍晚时，变得更沉闷了，好像太平洋的热流，忽然撒散在这山城的每一个角落里。

放工后，在这小小的工业区里，成群的工人和职员，被屋里的闷热赶出到外面来，好像寻找什么东西似的，一群一群在无目的地乱走着，面上都带一点无可奈何的无名火。到夜幕快要罩灭大地的时候，在远远的东方天上，轻轻划亮了几条闪电，从闪电的一亮里，显露了好像在发怒的天际，萧鹤声就在这第一次闪电时，跨进了他的工厂。

他挟着报复的，又是复杂的思想，走进总经理住宅，因为总经理有个把月光景没有回工厂，所以住宅里的窗户都关闭着，他的突然的来临，吓慌了服侍总经理的侍役，侍役慌乱地走在总经理前面去开门开窗，萧鹤声看到这副慌张而错乱的神情，无名火烧起在他的心头。

“这样懒散！等人到了才开门开窗，你还要在这里吃饭不要？”他完全忘记了自己已经一个月没有回来，而且今天的回厂，是突然的，是谁也不知道的。

侍役恐慌地退出去，连看他一眼的胆量都没有。

“打水来！”萧鹤声震怒着，将恐慌地退出去的侍役又喊回来。侍役完全吓昏了，竟没有听清他讲的什么，又不敢问，只站着发抖，像一只自己爬回来送给猫儿吃的耗子。

“你呆在这里做什么？打水！”萧鹤声咆哮了，“都是这样的无用虫！”他坐下案头去，第二次闪电，从窗外照亮，侍役像在行刑场上的囚犯忽然得了大赦似的醒了转来，迅速地到里房去，将洗脸盆端了就走。

洗过脸后，萧鹤声似乎觉得清凉了一点。闪电依旧不时的在窗外的天空中划亮。他把上衣脱去，点上烟斗，开始在房中踱方步。

“今天怎样的来宣布卖厂的消息呢？”他一面走，一面想。

“这一宣布，一定会使谭伯先之流失措。这些平日无用又贪婪的谭伯先之流，今天要他们在我的面前现原形，要他们发抖！”他快意地想着。

“我受得他们够了，今天要给他们看看，他们自己掘的坟墓有多深，而且立刻就要他们跳下去，把自己埋在里面！”他狠毒地冷笑出了声。

“还有那批贪污们，我也受得他们够了，现在他们再也不能用我的工厂作武器来向我敲诈了！中国的工厂都要被这些贪污者勒索到统统倒闭，和我一样，”他想到这里，心里一阵寒冷，可是立刻又觉得燠热；窗外，天黑得像墨一样，没有一点凉意。

“还有银行，他们出钱办工厂，好像出钱买进了公债一样，钱赚饱了，公债要回跌了，赶紧卖出去；我做了他们库里的公债很久了，现在他们要把公债抛到市场上去，他们把从公债上赚来的钱作资本去买外汇；可是我到底不是公债，我是个人，从工厂里赚来的钱，我不能随便让他们动用，我要将这盈余来经营贸易，来打战后重建工业的基础！”他这样打着自己的算盘。

他看一看手表，已经八点钟了，他的住宅，虽然不在工厂旁边，但工厂里的动静，在他房间里，也可以感觉得到；平日这时，会是静悄悄的一点没有声音，但今天奇怪，工厂里好像是人声杂沓，有什么事情的样子。

“也许他们在筹备什么同乐会。”他这样自解着，坐到写字台前，提起笔来，写了一张字条给陈恭敏，要陈恭敏邀集谭伯先，张觉人，机器工程师齐天灵，会计主任韦永林，到他住宅里来商谈要事。掷下笔，在台上按铃，侍役畏缩地进来。

“送给陈主任，要他快一点来。”他擎着字条，命令侍役，侍役慢慢地移近来，接了条子，又慢慢地退出去，这缓慢的举动，使他捺不下火去。

“快点！”像一个霹雳，侍役一震，飞也似的去了。

“一切都不顺眼！”他恨恨地想着，像一团麻似的思潮，乱七八糟地在他脑中滚，他竟不知道自己在想些什么。

等到陈恭敏他们五个人一连串走进房间的时候，他才从紊乱的思想中醒过来，随便指着椅子请他们坐。他脸上有一丝笑容，但这笑容是这样勉强，这样寒冷，好像是在什么地方随便拾来装在他脸上似的，使人看了不舒服。五个人都不敢正面地看他，也不敢大家对看，大家的心，有点像今天的天气，突然改了样，又沉重，又燠热，在不动中充满了不安，一种莫名其妙的预感，闪过大家的心头。这预感，像天上的闪电，还没有等你看清这一亮，这一亮已经过去了，闪电后的天空是更黑更沉！

萧鹤声的心也是沉重的，但他却不像他们那样的莫名其妙。他是什么都抓在手里，什么都明白的。他今天将要向整个的工厂掷下一个炸弹，他要在这炸弹片中看一看血肉横飞的惨境！他自己并不明白这样的一个心理，他也忘记了掷炸弹的人，也要血肉横飞。他只要看一看这血肉横飞的惨境。

他像喝了酒，提着刀，去执刑的刽子手，心中是模糊而狠毒，脸上黑得像死色，眼睛里闪着凶光，他看定了他们五个，准备把炸弹掷过去。

“工厂已经卖了，明天就要签字，我请你们来，是想谈谈遣散办法。”他声音很平静，但脸色很紧张，他仔细地看着五个人的脸色，像一个导演看演员的表情似的，这里面含着一种要求和欣赏的意味。

张觉人很赞赏似的点点头，一点没有惊奇，他骄傲地看看其他的同事，表示他是老早已经知道了。韦永林也一点没有表情，他是大成派来的，和张觉人一样，工厂卖了，就回银行去，天塌下来，也压不着他的头。

只有谭伯先，的确吃惊了，他虽也听说工厂要卖，以为这样大的厂，没有人会买得起，谁知工厂真的卖了，而且卖得这样快。妻子，儿女一大堆，以后的出路，以后的生活，一点都没有准备，他有点茫然。他想早知道工厂这样快就卖，应该多运点原料出去也好，现在即使马上动手，也运不了多少，而陈恭敏的管理相当严，要多运也困难，只有将好的，精细的工具多拿一点来放在自己家里，等将来走的时候，和家里的器具一同运出去了。他的脸上是惊恐，紊乱的表情。

“明天就要签字，那不久就要结束，可是我什么也没有准备。他想到建成的待遇，实在胜过他从前做过的工厂，他为了舒服和享乐，设计好许多计划，本预备一件件向厂里要求，他想要求不成，可以用辞职来要挟，现在一切计划都被打破了；他张着嘴，睁着眼，说不出一句话，他也不知道说什么。

萧鹤声就等待着这样的表情。他看到谭伯先无所措手足的样子，感到满足，他仰着头笑出了声。这笑声是这样的凄厉不吉的，给大家一阵寒颤；沉浸在深思中的陈恭敏，给这冷笑惊醒，他奇怪地看看萧鹤声，他想说什么，但不知说什么好。可是他再也不愿听萧鹤声的轻蔑的怪笑，就勉强找出一句话来。

“已经决定了？没有再考虑的余地了吗？”他茫然地说。这个宣布，同样的给陈恭敏一个霹雳，但不是像谭伯先的只是为了个人的私利，而是像一个雕塑家，正在专心雕塑一件艺术品时，突然有人把他的艺术品打破了的那种惊恐和空虚；失去了理想，也失去了现实，他没有了思想，像掉在海里挣扎的人，突然失去了抓在手里的一块木片，那种又疲倦，又空虚，又绝望的感觉。

“考虑？考虑什么？大成肯再放下一千万来，勉强还可以考虑。”萧鹤声好像不是回答陈恭敏，而是在和自己说。

“可是大成非但不肯再放下一千万，他们还要抽回去八百万——这样还考虑什么呢！”他避去了陈恭敏对他的视线，背着他们，仰头冷笑。

只有齐天灵一个人非常冷静，他很少说话，可是什么事他都清楚。厂里一切腐化贪污的情形，他都知道，萧鹤声和陈恭敏忙于应付，忽略管理，他也晓得；环境恶劣，维持困难，他也明白；他觉得这样的工厂是无法办下去的，总有一天要崩溃。他也曾经想对萧鹤声进忠言，但萧鹤声的气焰太高了，使他没有勇气亲近他，所以他在厂里几年，从不曾开过口，或参加什么会议，他只在他管理的一部分尽到厥职，其他什么都不问了。今天萧鹤声的炸弹，并没有使他震惊，这是他老早就准备着的，所以只有他一个人挺着，没有表情。

在低气压的沉默中，忽然听见大群的人声，从远处逼近到总经理的住宅来，五六个厂警惊惊慌慌地冲进门来报告：

“不得了，成千的工人要来打总经理，我们拦不住，已经来了……”

没有等话说完，人群已拥到了住宅门口，厂警赶快跑到门口，把门堵住，可是门外的吼声，像来自汪洋的怒潮，冲击着海岸似的，一阵又一阵，一阵高似一阵。这是一支激怒了的人流，冲向他的敌人。这怒吼里，表现出最原始的野性，是一支不可抵挡的巨流，是一片不能扑灭的燎原，谁碰着它，谁就会遭殃！

这怒吼激荡到总经理住宅里面的一刹那，的确使所有的人都震惊了。来的这样突然，来的这样凶猛，一个完全出乎意外的袭击，慌乱了他们；但只一刹那，萧鹤声第一个先恢复了镇定，只感到一阵不可抑制的愤怒，他倏地站起，立在他们五个人的前面：

“这是怎么一回事？想威胁我吗？”他先看谭伯先，又看陈恭敏，好像这事是他们指使似的。

“他们怎么能这样呢？这是不可能的！”陈恭敏完全像在梦里。原来他在最近一二日来，听到卖厂的消息，他的心完全被这消息所扰乱了，他失去了平日的镇定和迅速处理事务的能力，他完全沉浸在理想破灭的苦闷中了，所以这人流冲到面前的时候，他并没有惊慌，却感到一种幻灭的悲哀，他疑心这是梦，这不是事实。

“姓萧的出来！”

“有种的把门开开！”

“缩了乌龟头，能躲得过吗？”

人群的哄声里，夹杂着清楚的叫骂，接着是拳打脚踢在门上的声音。

萧鹤声环顾着坐在房间里的五个人——陈恭敏失去了常性，像一个梦游病者，没有了意识似的；谭伯先完全被这汹涌的人群所慑住，吓得面无人色地僵坐在那里发抖；张觉人听到骂萧鹤声，多少带点得意，但一阵高过一阵，一阵怒似一阵的叫嚣，使他畏缩惊惧；韦永林吓得只想生出翅膀来从窗口飞出去，可是总经理住宅没有后门，他又不能飞，他只能换一把椅子坐在稍稍靠近屋角的地方，使人不容易看到他；只有齐天灵变得更没有表情，沉默得像一尊石像，什么风暴打在他头上，他都没有感觉似的。

萧鹤声愤怒地扫视着全房，从这些人的表情里，他知道不能在他们身上得到帮助，甚至也不能从他们身上得到对这事变的理解。不幸他们碰巧一同被围在他的住宅里，不然，他们恐怕还会隔岸看火烧，拍手叫好呢！一阵从心底里发出来的恶怒，想冲出口来，变成咆哮，喷到这批无能又可恶的人们的身上去；但没有等他开口，门外的叫嚣又尖锐了起来：

“有种的出来呀！”

“拿铁杠来打门，把姓萧的抓出来！”

这叫喊，这怒潮，压低了萧鹤声的怒火，他知道只有他自己才能把这一支人流堵住。所以他突然地冷静了下来，撇下了他们五个，他挺一挺胸，把眼睛里的怒火收一收，稍稍作了一个准备，自己觉得非常镇定了，冷静了，才决然的，像一个主将出阵去应战似的那么凛然不可犯的样子，大踏步走到门口去。

“出来呀！姓萧的！”

“开门！”萧鹤声命令着厂警。厂警畏缩地不敢开，怕这火会烧死他们。

“开门！”他咆哮了，眼睛里射出杀人的光。厂警才将身子躲在门后，将门闩拔起。门突然开了，萧鹤声带着坚决不屈的神气，像座钢铸的人像，站定在人群的面前。

萧鹤声的突然的出现，而且这样无畏，这样镇定，使这些本来带点浮滑性的叫骂的工人们吃惊。站在门前的一堆人忽然静止下来，后面的群众，还没有知道前面所发生的事，依然在叫喊，可是像通了无线电，一会儿也静下去了。萧鹤声的眼睛燃烧起威光，不动也不响地注视着这人流有二分钟；待这人流的骚动安静下去后，他才开口说话：

“假使你们有什么问题要和我交涉，你们应该回去，推选代表来。这样非但不能解决问题，连谈话都不可能，而且这叫作扰乱治安，是犯法的！”

忽然人群又骚动起来。

“不要听他的鬼话！”

“他说什么呀！”这是后面听不清楚的群众的叫问。

“不用拿官厅来吓我们。”

“我们不怕犯法！”

“不要听他！”

“你卖了我们，还说我们犯法。”

七嘴八舌的叫声像雨点一样打在他的耳朵里。

“镇定！”他像掷过去一个霹雳，群众没有听清他讲什么，忽然停止叫嚣，大家互相问着，“他说什么？”“他说什么？”但他没有等人群再骚动又提高声音说下去：

“你们回去派代表来。不然我拒绝谈话。”

“不要上他的当，我们不退去。”

“我们没有代表，要谈当着大家谈。”

“不成！”萧鹤声震怒了，声音比雷还响，群众又突然静止。天上划亮几条闪电，忽然照亮了这一批紊乱而略带惶惑的群众的脸，但只一闪又过去了，群众依旧埋在黑暗里，只有靠门口，被门灯照亮的群众的脸，可以看得清楚，那些脸上，已失去了无名火，剩下来的是自己都不清楚的僵持。

“我们要你当面答应我们；你卖厂的利益，要平均分配给我们！”有一个工人，到这时才说出他们的要求。

“对呀！平均分配！”

“我们的血汗，不能让你姓萧的一个人得！”

“你不答应，我们不退去。”

萧鹤声一听到他们提出的要求，觉得好笑又好气；这是幼稚的行动，这是没有计划的乌合之众。他更镇定了，但忽然在他的耳朵旁有一个人轻声地对他说，要他进去，怕工人会打他，他回头一看，是张觉人。

“不能，暴力不能威胁我！”萧鹤声愤怒地斥责了张觉人。

“那么去报告特务团。”

“用不着！我自己的事情，自己会解决！”萧鹤声坚决地说。

张觉人惊恐的脸上带着悻悻之色，退回屋里去，但工人忽然高声叫了起来。

“打死张剥皮！他吃倒了工厂，把我们出卖！”

“打死他！”像轰雷，群众忽然转移目标，显出无计划，无组织。

萧鹤声走前了一步，胸挺得更直一点，用手压了压，叫大家镇定。

“你们要解决问题，只有派代表来。你们假使懂得工人运动，就应该有步骤，有计划。这样只表示你们的无理，你们的脆弱！”萧鹤声带点轻视的口吻说。群众又一阵乱七八糟地询问，萧鹤声仍用手压一压，叫群众静下去。

“而且我萧鹤声不怕威力，一切不合理的举动，对我没有用！我站在这里，你们可以随便处置我，但是不能叫我屈服。一句话，只有派代表来，才有谈判的余地。”萧鹤声清清楚楚的一个字一个字说出来，每一个字好像都是铁铸成一样的硬。

群众里骚动又起来了，莫名其妙的询问，毫无意义的谩骂，响成一片，更显得紊乱而没有主张。萧鹤声的坚强不屈，始终挺立在他们的面前不动，使他们没有了主意。“再僵持下去能得些什么呢？”他们自己也不知道。群众的情绪已经开始松弛起来，于是就有一个工人叫喊：

“回去派代表！”

“派代表就派代表！”大家响应着，充分表现出这是一个临时的集合，是一时的冲动，大家的精神已经涣散了。

群众开始向后退去。萧鹤声像督阵的指挥官，检视着军队撤退一样，威严地，得意地站着，看这一支人流自动地向更黑的地方退去，一直等到看不见人群了，他才带着凯旋的微笑回到屋子里去。

屋子里，张觉人正在和谭伯先纠缠；因为他刚才出去，群众忽然转向他进攻，他怕极了，他要求谭伯先出去和萧鹤声讲，要厂警翻墙出去叫特务团来，把工人赶散，不然，连这一屋子的人都要被害。可是谭伯先不肯。谭伯先听到工人要打张觉人，他怎么能出去呢？他自己心里明白，他平日待工人怎样，工人对他又怎样？正在他们俩纠缠不清的时候，萧鹤声进来了，一脸的得意；他们从他的脸上知道工人已经走了。原来他俩在专心争执，竟没有听见工人退去。这一来，真救了他们。

“总经理的威力真不小，这样来势汹汹的一大批人，竟被总经理一两句话就喝退了。”张觉人一半是谄媚，一半也是真心话。

“真不小！威力真不小！”谭伯先倒是衷心里感到佩服，他不会再讲什么其他的话，只是不断地“真不小！”“真不小！”

萧鹤声轻视地耸一耸肩，没有回答他们。

“就是这样无用而又无耻！”萧鹤声仰着头踱方步，一丝冷笑挂在嘴边；他厌恶张觉人辈的谄媚，连看都不想看他们一眼。一阵寂寞之感，突然袭击着他，觉得这样大的一个工厂，原来只有他一个人在那里唱独角戏，什么事只有他一个人去承当，天塌下来，也只他一个人去顶。但是天顶住了，工人已经退去了，胜利的是他，不是别人，刚才的寂寞之感没有了。“只有我的铁掌，才能扑灭这燎原之火！”他又开始骄傲得意。

他本想与座中几位谈谈工厂的遣散问题，但转过身来，看着他们那副迷惑的神气，就从心底里感到轻蔑。

“这种人是既不能令，也不受命，同他们商量些什么！”不出声的冷笑，又挂在他的嘴角。

陈恭敏在绝望的苦闷中，茫然出神半天，一切发生在他眼前的事件，在他好像是演戏。卖厂的刺激使他失去常态，好像一个做梦的人，忽然被人叫醒，于是现实与梦，他分不清了，所以刚才工人包围住宅的时候，他只觉得这是不可能的，这不是事实，这到底是怎么回事呢？过度的刺激，无可补救的绝望，把陈恭敏丢到深渊里去了。

但是他的耳朵里，已没有了陌生的群众的怒吼，而是听熟了的张觉人的谄媚和萧鹤声的轻蔑的冷笑。他像忽然清醒了似的，感到一阵不安，因为他记起，好像刚才工人退去时，是去推选代表的，那么等一会儿代表还要来。现实使他本能地提出意见：

“他们都是临时集合的，没有组织——因为他们前两天听见工厂卖了，很着急，今天总经理忽然回厂，而且听说明天一早就要走，大概他们急了，就毫无计划地来了；他们既没有组织，又没有计划，也没有了不起的领袖人物，要解决，并不太难，不过一会儿代表来了，应该准备点与他们谈才好；而且要解决，就要在今天晚上，因为一耽搁，他们的组织就会坚强，而且会引起别厂的工人来支持他们，事情一扩大，解决就难了。”

陈恭敏完全清醒了，他且把无可补救的痛苦，暂时地放在心底里，将眼前急迫要解决的事情先把它解决。

陈恭敏的意识渐渐清楚，他的记忆也渐渐恢复了，于是对于这许多工人包围总经理住宅的事，深深引咎自责。他觉得这是他的失职，他应该事先防止，不能让它爆发的，可是前两天自己也被卖厂的消息所扰乱，失去了察探工人的心情。不过他知道这些没有组织的群众，不会有太了不得的力量，刚才工人的退去，决不是被总经理的威力所镇服，而是工人事先没有计划，待到要和他们正式谈判了，反而感到手足无措，所以不得不退去商量办法，如其工人有组织有计划，即使是机关枪对着他们摇，他们也不会退去的；因此他讨厌张觉人的献媚，把工人退去当是工人怕总经理的威力，他也可怜总经理竟也作如此想，而总经理的无理性的刚愎，就是这批无能者的献媚所养成的；不过他又明白，工人一经过斗争，组织就会坚强，如其总经理今天不解决问题，明天就会更困难了。他希望总经理在危急的时候，不要再像过去一样，故意和他相左，希望他能坦白地和他商量对付代表们的办法。

但是总经理的心里，虽也觉陈恭敏的话有理，同意他提出的意见，可是习惯使他专门和说中他心事的人斗嘴，好像耍拳的碰着了摆擂台的总要打过明白才肯罢手。

“噢！原来你事先完全知道他们的举动！你为什么事前不阻止？你为什么事先不告诉我？你简直是玩忽职守！罢工闹事的罪行，你是头一名！”萧鹤声被工人叫骂的怒气，到这时才像熔炉里的铁流，拔去了泥塞，一齐奔向陈恭敏，像两道剑一样的目光，直射入陈恭敏的眼睛，这目光会摄去人的魂魄。

韦永林不知什么时候已经溜走了；张觉人带着幸灾乐祸的微笑，很想看完这一场戏，所以坐在那里非常自然。他准备将这场恶斗报告给董事们，作他们茶余饭后的笑料。谭伯先一向怕萧鹤声发脾气，尤其是今天，他厂里的工人领头，生怕这铁流会流到他的头上，而且他也实在记挂太太和孩子，想立起来走；齐天灵哑剧扮得有点不耐烦，疲倦使他想去睡觉，所以他俩立起来告辞。但萧鹤声却要他们坐下。

今天萧鹤声是决心要他们看戏看到底，要他们看他的最后胜利。

“他们还要来呢——请你们看看，是我屈服呢，还是他们投降！”他说完，故意去看陈恭敏，好像陈恭敏就是工人代表，这一视线里包含着又骄傲又锋利。陈恭敏挺起了胸膛，他正面迎接了这视线；没有一点意气，他回答了总经理：

“假使事前我知道，也许不至于来包围总经理了，但我也被总经理突然卖厂的事实所扰乱，我失去了察探工人们举动的心神，不守职务是事实，但决不是玩忽职守，因为这个职务，现在与我的志愿完全相左了。工人们固然不应该有暴举，但他们的苦处我是知道的，因为我们的待遇，远不如别厂！”

“那么你又是同情他们的了？是不是你还想支持他们来和我捣蛋？老实告诉你，我卖厂，就是为了你们这批又无用又自私的蠕虫！没有你们的无用，没有你们的自私，我的工厂不至于出卖；现在我把厂卖掉，看你们这批人，到哪里去寄生。”萧鹤声带着报复性的毒视，向房中的人扫视，他的敌视已扩大到了全体。他恨谭伯先的总工程师，非但在技术上不能对他负责，还不断的营私舞弊。张觉人除了做董事会的谍报工作之外，还在厂里兴风作浪，联此倒彼的弄纠纷，他挟董事会以自重。

“那是个冷血动物！”当他看见齐天灵时，心里这样想。这时齐天灵已走到窗口去，面向着窗外。窗外是漆黑一片，又是一次闪电划亮，天尽管闷热，却没有一点微风。齐天灵突然回转身来，先同情地看一眼陈恭敏，然后带着微笑，向总经理说话：

“事情本来应该分工负责，才能成功，单靠一两个人的拼命是不够的。总经理以后再要办事业，人的因素非注意不可。不过人的结合，需要平等和诚恳，主人和奴隶是一辈子不能合作的！”齐天灵例外地开口说话，说完后向张觉人和谭伯先两个笑了笑。

他是压根儿看不起这批人，同样的，他也看不惯总经理的专横独断，他轻易不去碰总经理，免得自己受伤，像陈恭敏一样；想到这里，他看一眼陈恭敏，陈恭敏又在茫然出神，他对陈恭敏的忠于总经理从不灰心，感到尊敬。

“可惜，总经理太不会用人，这样的人使他受伤，太不应该了。”他想着。

萧鹤声正想回答齐天灵，想给他一些辣味，但陈恭敏像忽然想通了一个难题似的，齐天灵的话，他一句没有听见，就回答了萧鹤声刚才和他说的话：

“应不应同情他们这次的举动，到此刻我还没有决定，不，不是没有决定，而是没有弄清楚。不过有一点我可以告诉你的，就是我不同意你卖厂。我们的厂，决不至非卖不可，资金的困难与人事的困难决不是不能解决的，而是你不肯去解决。中国的工业，也决不是像你所说的，已到了末路。这不过是碰到了厄运。但只要有坚韧不拔的精神，厄运也可以度过，可惜现在的企业家，还没有脱去买办的意识，办工厂只是为赚钱，不是为建立事业，更不是为民族为抗战！倒不是我们失去了寄生所，而是你毁灭了自己的理论！”

平日温和的但是坚决的陈恭敏，今天忽然变得执拗带着愤怒和讥刺，向萧鹤声进攻了。

张觉人最初听见萧鹤声连他也骂在内，正在难受，又听见齐天灵的讥刺，很有点气愤，但不敢发作，现在听到陈恭敏竟然大胆地讥讽萧鹤声是买办，这使他很高兴，好像陈恭敏代他报复了似的；但他又想使萧鹤声的怒火，重新烧向陈恭敏，立刻不放松这机会，就向陈恭敏说话：

“陈主任，想不到你跟总经理三年，总经理的为人，你都不认识，你竟把总经理当买办，你莫非不知道总经理平日最恨买办？”

但是张觉人没有达到目的。例外地萧鹤声没有对陈恭敏生气，反而对他的挑拨感到厌恶，他不屑地看他一眼作为答复。

陈恭敏对他的分庭抗礼，虽然伤害了他的威信；齐天灵的话虽然有理，却不够诚恳好像教训他似的，但他心里却感到温暖。因为过去这批头脑清楚，办事能干的职员，决不受他的谩骂严责，他们总是用沉默来抵抗他的威严，没有等他的脾气爆发，他们就沉默了，因为自尊心警惕着他们。不使他们自己去违拗他，所以他寂寞得连找一个对抗的人都不容易，结果是他的愤怒，只有藏在心里，他的愤怒越积越多，到头来，什么事，只有他一个人去决定，再得不到什么反应，他永远在愤怒中独断独行，偏激使他发生不断的错误。但这些看得明明白白的职员，宁可看见他失败，也不敢去碰钉子，他们不同意的事，只用冷淡和怠工来反抗。另外呢，可以让他谩骂侮辱的职员，都不能为他做事，所以他是寂寞的，愤怒的。这样就越来越专横，于是全厂的职员也越离他越远了，甚至他要发脾气，也找不到对象。寂寞，空虚，疲倦袭击着他，整个的身体与精神，都感到非常的劳瘁；他在工厂里，好像电力在工厂里一样，只要电一断整个工厂就停止活动了。他拖着疲劳的身体，一个人推动着偌大一个厂，他过惯了这样只有他自己的咆哮，没有反应的生活。今天陈恭敏和齐天灵对他的反抗，实在引起了他的兴趣；他不仅忘记了下属反抗他，会失掉他的尊严，甚至连一会儿工人代表要来的事都忘记了。他像棋逢敌手那样的喜悦，以满不在乎挑战的态度，先鄙夷地看了一眼正在打盹的谭伯先和垂头丧气的张觉人，“这是脓包！”他想，然后停止了在房子里兜圈子的脚，站在陈恭敏和齐天灵的面前，用坚强的，但并不是发怒的声音和他们说：

“你以为资金有办法吗？银行的投机是一样的，这个银行退出的，那个银行未必肯来，即使他肯来，也是为着投机，不是为着工业，他们办工厂无非为囤积方便，哪里是为生产？另外去找游资吗？游资自然有，但他们有的是百货、五金可囤，盈利动辄几倍，哪会投资到这吃力不讨好的工业？”他一个字一个字咬紧着牙说，略顿一顿，赶紧又接下去，“你说人事有办法吗？第一是后方的技术人员，工程师和技工，都成了天之骄子，既骄傲，又懒惰，成天只怨待遇不够好，从来不肯在技术上用功夫，出的货，非但够不上标准，连看都看不过去。这些人，等海禁一开，都是要淘汰的。其余的管理人员一天除了在捞外水上用心思外，几时为工厂前途打过算盘，只有为自己，从来不为工厂——资本与人事的办法在哪里？你说！”

萧鹤声越说越起劲，青筋都暴出来了。在打盹的谭伯先，忽然听到骂技术人员既骄傲又懒惰，很想发作一下，但睁眼一看萧鹤声的一副凶相，给吓回去了，依旧假装睡。齐天灵只是微笑，并没有生气，却可怜他不识人。只有陈恭敏听了他的话，想了想，却起来反驳道：

“资金集中在一家头上，自然容易受钳制。再要去找一家老板，数目这样大，自然也困难，这应该分开去找，股东也应该多几个。这样权力不致被抓在一家老板手里，反而可以在工厂里了。债权人多几家，为了大家的利害，反倒容易维持现状，不会像一家债权人，随便可以指挥你。至于人事，少数人，不能代表全体，只要我们有礼贤下士的气度，热血之士，有能之人，自然会来。人事是可以更动的，更容易办了，就是不合格的，请他出去！”陈恭敏也怒气冲冲地说，还向张觉人和谭伯先厌恶地看了一眼，“一切都是你们这些人害的。”他的眼睛里好像这样说。

“即使资金与人事像你所说的这样容易可以解决，但是你以为中国有发展工业的环境吗？我想你总该比我更明白，因为一切交涉，都是你亲自去办的。在工业品的成本上，无端的要加上庞大的贿赂费；粮食作了工厂开支的最大部分，可是粮价操在地主手里，他几时要抬高粮价，办工厂的就得慌忙地重作预算。但是成品的价格，却是有限制的，原料粮食涨价，又是无法预计的……你以为我要卖工厂吗？是投机的银行家，是这些贪污的官僚，是操生死之权的地主，是囤积操纵的商人，是他们，是他们逼着我卖厂，是他们推翻了我的理论。像你这样的不知事实的书呆子，空想家，还是少开口的好！这些滥调我已经听厌了！现在摆在我面前的，是银行不管我的死活，要我还债，我还不出，就逼我卖厂！我还必须替股东挣红利，我只有卖厂一条路，我是以卖儿鬻妻一样的惨痛来卖我的厂，为了去满足债权人和股东的要求！你以为是我要卖厂吗？”萧鹤声几乎是声泪俱下，几年来的郁积很想一泻千里的吐一吐，但他却煞住了，他看见谭伯先心不在焉的样子，和张觉人唯恐骂到他头上去的那种坐立不安的神气，使他没有勇气说下去。“这批人没有资格听我的牢骚，我为什么要在他们面前发牢骚呢？”他有点后悔。但看见从没有表情的齐天灵的脸上，显得痛苦和同情，这稍稍使他感到一点安慰。

“这个人是深刻的，平日竟忽略了他。”他心里这样想着。

陈恭敏听了萧鹤声声泪俱下的诉述，心里有种说不出的滋味。他真想哭，因为这一切都是事实，最明白这一切加在工厂身上的痛苦，也就是加在他身上的痛苦，他每天被这些痛苦的事实折磨着，已经三年了。但他却认为这些虽然使工厂困难，但并不能致工厂的死命，这些好像是长江上的木船划在滩上，固然危险，只要小心，终可以渡过，不然长江就不能行舟了。他认为像中国这样的一个国家，要使她工业化，必然会碰到大小不同的“滩”，但不能因为碰到滩就停止不办了。他想到这里，看看萧鹤声，萧鹤声也在看他，不知什么时候，他已点上烟斗，好像在对他说，“现在你还说什么呢？”

张觉人和谭伯先实在烦厌极了，他们已坐到房子的角落里，两个人在密谈些什么，没有听得出，齐天灵又恢复了他的石像姿态，永恒地，不倦地，挺得直直地坐在那里。

“可是你碰到滩就停止了，这好像长江里的木船，划到了滩里，停止不航一样，是永远出不了三峡，到不了海口的。中国工业也一样，没有坚决的意志与忍耐的勇气，也就渡不了工业路上大小的滩，就永远打不了工业的基础，更谈不到工业的发展。”陈恭敏虽在心里轻视着萧鹤声的脆弱，但看见萧鹤声坐在写字台前出神地看着远方的样子，又十分感到同情了。他觉得萧鹤声是疲倦了，因为他拒绝了别人与他同挡困难的热情，他把什么事都一个人自己挑在肩上。结果是自己困死自己，甚至整个地摧毁了自己的理论。这样好强的一个人，却不得不屈服在银行家手里，他很想安慰他，同时也想鼓励他，把他发展中国工业的理论，重新建立起来。但工人代表来了，阻止了他的开口。

工人代表是四个，两个炼钢厂的，一个机器厂的，还有一个是小工。房间并不大，四个工人代表进来后，觉得有点局促，萧鹤声立刻指着四个座位请他们坐了。张觉人和谭伯先吁了一口气，心里想工人代表来了，可以终止萧鹤声与陈恭敏的无聊的辩论，可是他们又忧虑另一种辩论又将开始，而他们好像是陪审的囚犯，虽然皮鞭没有抽在自己身上，但与受刑的人一样地感到一种恐惧，一种无可逃避的恐惧。

萧鹤声却非常平静，坐在写字台前准备纸笔。齐天灵自工人代表进来后，就非常提神，他仔细注视着四个代表，好像要在他们身上找出什么东西似的。陈恭敏却厌恶地看一眼四个代表，又仰着头想他的心事。陈恭敏的心里，很鄙夷这些人，觉得这些不顾大局，不清楚中国工业环境的工人，只知道自私，只会借用一套教条和口头禅，机械地用来掩饰自己的弱点，甚至利用来为达到自己私利的武器，“这些也是工业路上的滩。”陈恭敏恨恨地想着。

四个工人代表，局促地坐在总经理住宅里，被沉默的空气所窒息，他们想好了的话，竟一时说不出来。“是他们先开口呢，还是我们先开口？”他们感到非常踌躇，自己互相看看，轻轻地点点头，希望四人中有一个人能先开口，可是还没有等他们决定，萧鹤声已经把纸笔准备好，平整地铺在写字台上，转过身来，对四个代表说话。

“你们为什么要来包围我！你们有委屈吗？我对不起你们吗？你

们想用暴力来威胁我吗？你们知道，我是不怕威胁的；一切的要求，在我这里，只能用合理的手段才取得到，我决不允许我自己屈服在暴力的面前！”萧鹤声压制住自己的暴躁，一个字一个字很平静，但很有斤两地说出来，同时用探索的目光，扫视着这四个代表。

萧鹤声锋利的目光，第一个使小工代表受窘；他不懂得萧鹤声讲的意思，但觉得萧鹤声像审判官似的威严地向他们审问，好像自己倒成了犯人。“也许会把我们抓起来吧？”他心里恐惧着。他开始怨恨自己为什么这样糊涂，刚才在工厂里大家讨论的时候，废话说得这样多，所以他们就选上了自己做代表，现在可完了。他像一个待决的囚犯，坐在那里不安，要不是厂警守在大门口，他老早就拔起脚逃走了。

其他三个代表，也被萧鹤声坚决不屈的话语和威严愤怒的目光所慑住，一时竟不知怎样才好。他们平日很少和总经理接触，不知道他的脾气，更不知道他的个性，以为他是和张觉人一样，只要他们伸出拳头来就会屈服的；谁知道总经理竟比他们更硬，他们想不出怎样回答他的话。可是刚才工厂里的一幕，又映在他们眼前，那是成千的同伴，希望他们得胜回去。机器厂的工人代表看了一看其他三个代表，他看到小工代表那副脓包样子，感到一种耻辱，“这样不行！”他心里忽然一阵急躁，忘记了总经理的威严，“立刻回答他！”他正面地看着萧鹤声，挺起了胸脯，向着这个钢一般的总经理开口：

“总经理，我们听说你把厂卖了，你知道，我们都是被你从别的厂里拉来的，你事前不通知我们卖厂，临时我们到哪里找活做？生活这样天天高，我们有妻子儿女，我们是做一天吃一天的，你把厂卖了，我们怎样生活？我们要总经理给我们一个书面的担保，就是，总经理维持我们的生活，直到我们找到工作为止。”他说完后，向齐天灵看看，齐天灵却皱起眉头也在看他，好像很不以为然的样子，他又看了看三个同伴，那个脓包已经不那么脓包相了，其余两个都很赞许地在向他点头，好像在对他说，“你讲得好，就是这个意思。”所以他很高兴，到底他有胆量，刚才齐天灵对他皱眉的不痛快也没有了。

张觉人一听见工人的话，简直气得不得了，假使萧鹤声不在这里，也许他们会动手打人，可是一时也想不出话来回答他们，就提出意见给萧鹤声：

“总经理，同这些人有什么理可讲的？抓起来送特务团，办他们一个纠众闹事，要挟敲诈之罪就是。”

脓包又要想逃，刚才说话的工人，一面制止想逃的工人，一面立刻红了脸想说话，另外两个工人也想开口骂人，但还没有来得及骂出来，萧鹤声却抢先回答了张觉人：

“我不允许自己屈服在暴力的面前，我也不愿借权力去压制人。我们厂里的事，我会负责解决，用不着借重特务团。”他斩钉截铁地挡回去张觉人的提议，立刻转向工人代表，带点近乎是可怜他们的口吻，回答了他们：

“一个人的要求，要恰到好处才好，太过分了，就会失去同情。你们刚才提出的要求，就是已经到了失去同情的程度了。你们的生活问题，我自然很关心，但我还没有宣布遣散办法，你们根本不知道我到底有怎样的办法，你们就来闹事，这非但不合法度，而且也不合情理！”

萧鹤声丝毫没有把代表放在心上，轻蔑地随便教训他们一顿，拿起烟斗来，非常专心地挖烟灰，细心地装上烟丝，划亮火柴，慢慢吸上一口，含着轻视的微笑，看着四个代表。

陈恭敏听见工人代表讲的话，觉得太不合理了，本想斥责他们一顿的，谁知张觉人竟抢先提出了要把代表抓起来，又觉得太过分了。他是始终不赞成劳资对立的。他厌恶地看看张觉人和工人代表，他觉得中国的工业就是被这两种人闹得乌烟瘴气的：工人唱高调，资方用压力，结果是牺牲了中国的工业。他很想对双方严厉地批评一番，但他还未想清楚理由，萧鹤声却先开口了，说得那样轻蔑，那样不在乎，这也使陈恭敏心里微微地感到不舒服，以为不够诚恳。他还想提出他的意见，可是工人代表又开口了，那是炼钢厂里的工人，他脸上也带着不诚意的冷笑：

“我们现在就要知道总经理的遣散办法，不然我们没有心思做活。总经理，你自己总知道，兵工署的订货，签字还不到一个月，原料前几天才配齐，我们的炉里，工作机上，还满是要做的生活……”他带着讪笑看萧鹤声，他心里就想着，“你若不答应我们的要求，我们就不给你如期交订货，看你尝尝罚款的滋味。”

其他三个代表，非常赞许这个代表的话，他们觉得这个同伴真能干，怎么竟给他想出了这样一件武器，非常兴奋，也带着得意之色看萧鹤声，心里想着：“现在你还有什么花枪？”

陈恭敏自然是非常愤怒了，张觉人和谭伯先固然是吃惊，但却感到痛快，觉得让萧鹤声吃亏也很好，只有齐天灵很沉默，一点表情都没有。萧鹤声一听完这话，脸就变得铁青，突然把烟斗放在桌上，倏地站起来，对准了四个工人代表，压住了怒气，立刻就反击他们：

“什么？你们想用不做订货当武器来威胁我吗？笑话！我告诉过你们，我萧鹤声不允许自己屈服在随便哪一种威力之下的，你们不做订货，使我不能如期缴货，这是你们怠工之罪，政府新定的法令，假使因怠工罢工，以致贻误军用品的制造者，一律受军法处分，你们都得开到土桥去！本来我已经决定了遣散办法，比社会部定的标准还高，现在既是你们要用威胁手段，那么就请你们威胁吧！——我决不宣布办法。”

工人代表听萧鹤声说得这样强硬，心里有点疑惑，万一政府真的有这样一条法令，不是这一炮放错了吗？炼钢厂还有一个未说过话的代表心急起来，抢先开口就骂：

“你定的标准比社会部还高？鬼话！你就用这些鬼话来欺骗我们，

故意延宕时间，来骗我们替你赶做订货，结果还不是你们吞没我们用血汗换来的利润！”

陈恭敏也气得立起来，想重重地教训他们一顿，但萧鹤声制止他说话，却自己立刻回答：

“你说我吞没你们用血汗换来的利润吗？我不得不告诉你，卖厂所得的利润，在今天的中国，决不是你们的血汗，这是物资涨价，法币落价；在营业上非但没有盈余，实际上还要亏本。这套口头禅，今天是用不上的，假使不管实际的情形，尽管把一套口头禅，几条教条来威胁我，这非但不能使我屈服，我还要把你们威胁的经过，登在报上，请大家来批评，谁是谁非！”

齐天灵看这情形，觉得非但不能解决问题，反而越扯越远。工人代表自己已经模糊了自己的目标，被萧鹤声永远不屈服的精神所拨弄，有点不安起来。齐天灵立刻抓住这机会，提出了他的意见：

“你们这些说话，这些举动，都是没有理由的，你们还没有知道实际情形，怎么就先闹事？这不是笑话吗？今天倒是应该谈一谈赶造订货的事，趁总经理在厂里，可以解决。总经理，我想这批订货应该开夜工提早交货才好，工友也可以多得一点工资。开夜工的工资和奖金，我想提高两成，总经理你看使得吗？”

齐天灵把讨论移转目标，免得在没有定出办法的遣散问题上兜圈子，越兜越远，这样加点工资，可以使工人代表回去有个交代，免得他们下不得台。

萧鹤声同意了齐天灵的办法，因为他计算一下，与其拿出罚金，不如提高待遇：

“我说过，我总是顾念工人的生活的，只要他们合理，我总会满足他们的要求。”

“你们可以回去了，这一点已经可以向他们交代了，不然恐怕连这一点都会失掉的，你们自己仔细想想，我这话对不对？”陈恭敏赶紧想结束这事，免得再延下去又生枝节，催他们快点回去，最后又补充了一句：

“假使他们不答应，你们同齐工程师或者和我说好了，我们会帮你们向他们解释。”

“可以走了，工厂里又不做工，深夜还是灯烛辉煌，给特务哨看见了，要来干涉的。弄得不好，给他们抓去，有什么意思？”齐天灵也催他们回去。

四个工人代表对看了一眼，自己轻轻地谈了几句，都同意就此下台回去。因为他们自己也觉得这样无凭无据的闹下去，不会得到什么结果。

“我们只能把这意思转告他们，他们同意不同意，我们不晓得。如果大家不同意，我们还要再来。”

“他们不同意，来告诉我和齐工程师，你们现在就走吧！”陈恭敏立起来伸手请他们走，工人代表也就顺水推舟地走了出去。

“天灵兄，我们出去看看，免得他们再麻烦。”陈恭敏等代表跨出了门，就邀齐天灵一同出去，因为他知道工人最服齐天灵，他要齐天灵帮他去巡视工人的行动。

他们一跨出大门，谭伯先第一个先开口骂人：

“混账东西，竟这样岂有此理，总经理答应他们增加工资，太厚道了；这种人，只配送特务团！”

萧鹤声看见工人代表临走时外强中干的说话，又听见一直不敢开口的谭伯先放马后炮，鄙夷中感到得意，他没有回答他，只轻蔑地点了点头，他伸一个懒腰，带着微笑，好像是对自己说，又好像是对谭伯先说：“这些都是可怜虫，禁不起一击的！”

然后他回过头来，摆一摆手送客：

“夜很深了，尊夫人一定要发脾气了，请回府吧，我明天也还要起早。”他没等他们跨出大门，已顾自走到卧室里去了。

十

木船依旧无声地在无际的雾层中向下流淌。十月的晓风，吹拂着面向船艄的萧鹤声，他把大衣的领子往后推一推，让这含着雾点的寒风，吹进他的领子去，好像这微寒的风，会把他心头的烦躁吹去似的。昨夜的暴风雨，老沾在他脑膜上，抹不去，不，是三年来办厂的经过，老乱七八糟地一件件无系统地浮现在他的心头，不肯隐去。他直一直腰，想眺望眼前的景物，忘记这些咬他心的记忆；于是他用力透过雾层，好像远远的江边，矗立着他那第一根雄伟的烟囱，这烟囱在他的眼睛中，现在已经变成一条多年风化的石柱，只能作为人们欣赏的艺术品，不是转着巨轮，拖着钢索，每日生产几十吨工业原料的权威者了。

从不悲观，从不幻灭的他，忽然觉得一阵空虚；在这四顾茫茫的大雾中，他固然看不清前途，连他的来处，也被这弥天大雾所模糊了。他环顾一下这船中的乘客。乘客对他是这样陌生，没有一个人在注意他，各人都沉默着在想自己的事，只有那红衣服，仍旧耀眼，旁边穿工装的男子，已经背向着他，和红衣服并坐着了，身体挨着身体，靠得很紧。“只有我是孤独的！”又是一阵寂寞之感袭上他的心头，“事业就是我的伴侣”，他这样自解着，但他立刻就想到厂要卖了，而且就是今天签字，“那么事业又在哪里呢？”

“为什么要卖厂呢？是我没有能力吗？是我经营不善吗？不！决不！”他心里苦苦地搜索着三年来他对工厂的政策和经营，他找不出一点错处，但是他的百年大计，不得不中途夭折，这到底为什么？是谁的错？他不能回答。记得在开始筹备建厂的时候，曾经写过很多文章，极力指出战时是建立工业基础的最好机会，不仅外来的经济压力自然地被封锁，而且因为军需品的大量需要，也自然会使工业繁荣；这些话，在现在已经逼到卖厂的他，还是不能承认是错误的。“那么为什么我要卖厂呢？”于是许多逼他卖厂的事实，又一件件记了起来，“这些都是使我卖厂的理由，中国还没有具备发展工业的环境！”他自己解答着。

木船转了弯，眼前在弥漾的大雾中展出一条一泻千里的长江，可是与雾的迷蒙连接了起来，只是像浮在雾中的一条带子，单纯而壮观；“真美！”他心里赞叹着，平日两旁不整齐的乱石和破屋，完全被雾遮住了，“可是这壮观是假的，因为雾遮住了丑恶！”他这样想着，又看一看这衣带似的长江。

“战时的中国工业，也和雾中的长江一样，战争的雾，遮住了工业途上的险恶，使人只看见它的坦境，没有看见它的崎岖。我也被这战争的雾所蒙蔽了。”他想到一切事实的发展，完全出了理论的轨道，这事实与理论的矛盾，极度地苦闷了他。自然，永不承认错误的他，虽然找出了许多掩饰自己失败的理由，可是一切认为自己有办法的他，这失败终于苦恼了他，使他从内心里感到一种动摇，一种对自己信心的动摇。“我为什么竟被这雾骗了呢？”他羞恨地看看这四周的浓雾，他对自己观察的正确性，也失去了信心，一种损害他康健的焦虑，使他变成更急躁，更毒辣！

“我要把卖厂所得的盈余来经商。”他想用新的计划来隐蔽旧的失败。忽然坐在离他不远的中舱中，有一个挑米到重庆去卖的穿短装，苦力模样的人，立起来爱惜地将当座位的米袋扶一扶正，脸上现出一种恬静自足的样子，引起了他的妒忌，“是的，我也要经商。”他重复地想着。但是他记起大成曾经几次要他来囤点原料做买卖，以补偿制造上的损失，是他自己坚决地拒绝的；他是绝对反对经营商业是实，办工厂是名的那些经营；但卖厂后，仍旧要走到自己所痛绝的贸易上去，心里又矛盾了起来。“也许大成是对的”，他忽然觉得不必费那么大的劲，卖了厂再营商，但是徐渭臣和林志远的那两副老板面孔，又出现在他的面前。“不成！不卖厂就经营贸易，我依然是银行的奴隶。我要把银行加在我颈上的链子去掉，再经营商业。我相信贸易放在我手里，赚钱不会少于发国难财的人。”他又觉得自己有把握起来。可是发国难财四个字，好像刺了他一针似的一惊，他记得不久之前，自己还写过文章骂发国难财的人，他骂这些人就是杀死工业的刽子手之一，现在他自己也要去做刽子手，心里觉得很不舒服；但现实抓住了他的心，他不能因为言行的矛盾，就放弃眼前的一条路，他想，他要发国难财，为的是重建战后工业的基础，是和其他的投机者不同，钱放在他手里，总是会变得有价值的，发国难财在我只不过是个手段，不是目的；于是他的智慧又替他找得了道德的据点——一切不道德的事，只要他去做，就会变成道德的。可是战争的雾，同样的也遮住了商业的前途，商业与工业一样，已经向下坡走了。

忽然远远地，隐隐地，听出轰轰的声音，这声音虽然远，虽然微，但却有力，像万马奔腾，像怒潮澎湃，它震惊着每一个人。他暂时忘记了新的计划，注意着这声音。

“滩快近了。”船中不知是谁，说了这样一句，划破了整个的静默。跟着就是七八个打桨的船夫，脱去衣服，跳到前艄去打桨。

这声音越来越响，船夫们用了全生命的力，嘴里哼着简单的音律，打着桨；桨打在水里的声音，与他们哼的音律，跟着滩的吼声，成为一首漫无止境的斗争的节奏，雄壮地，奔放地，响在茫茫大雾中，振奋了船中被噤着声的人们，于是大家就夹七夹八地谈了起来。船依旧在雾中前进，滩的边，已呈现在船的前面。掌舵的站在萧鹤声旁边，放下了一直含在嘴里的烟管，十分提神地看着前面，那种凛然不可犯的神情，又镇住了大家的谈话。船已摇进滩里，整个的船身颠簸着，喷上来的白浪，打进舱里。在雾中仍旧可以看出包围着整个船身的白浪，起伏奔腾，发着吼声。打桨的船夫们，本来均匀地哼声，变成了沉重的号子声，船里的人紧张地抓住了放在身边的任何一件东西，保持着身子的重心，不致被颠簸的船簸到滩里去。

“罩子里(即雾)过滩最险。”一个穿着棉袍马褂，却赤脚穿草鞋的老者，坐在一袋米上，嘴里含着用长烟管装的叶子烟，眼看着白茫茫的雾，悠然地说着。他没有紧张，泰然自得地，好像他没有在过滩；看上去他是这船里的老主顾，是一个米行中人。

“骏伯的话不错，罩子里过滩最险，前不靠岸，后不着地……”刚才扶正米袋的苦力模样的人，看上去老者当凳坐的米袋也是他的，与这位骏伯一定有买卖上的关系，他用捧场的口吻接应着老者的话；但还没有等他捧出个所以然来，老者又说下去了，他就咽住了那未完的捧场白。

“不过呀，只要掌舵的路熟，坐船的心稳，滩也容易过的。”老者一面看了一眼后艄掌舵的船夫，一面点了几点头，好像他很称赞这位掌舵似的。

真的前不靠岸，后不着地，白茫茫汪洋一片，滩却在船底下滚，使整个的船身，东摆西摇地失去了重心。滩里的浪滚上来有一二尺高，泛着白沫，后浪推前浪，激成了轰轰轰轰的吼声，七八个摇船的齐声喊着苦闷的鼻音，他们前脚着板，后脚跷起，一仰一俯，满头淌着大汗，看上去是用尽平生之力似的。忽然，船身来了一个非常坡度的倾侧，使大家的心，突然提了起来，女人们竟失声叫了起来，大家被这惊心动魄的震荡所慑住，暂时冻结在紧张的沉默中。萧鹤声坐在船尾，镇定地稳住自己身体的重心，不致落到滩里去。

“罩子里过滩最险”的一句话，老萦绕在他的脑子里。“长江里有滩，人生途上也一样的有滩”，他想着，“过滩本来只要看得准，把得稳，小心谨慎，也不致有什么危险；但罩子里过滩，罩子罩住了整个天地，非但看不见滩上的逆顺流，连整个的水流都被遮住了，好像瞎子走路一样，只能一高一低的摸索，一脚踩在深渊里就永不能翻身！”他不禁有点毛骨悚然，“现在战争的罩子，罩住了整个的世界，而我正在过滩，‘只要掌舵的路熟，坐船的心稳’。可是没有走过滩的人掌舵，只凭聪明，没有经验，偏又在浓雾中，何况同舟中的人，非但不能共济，连心都不稳，这船的能否渡过滩，实在难以预料！”他想着，只觉得自己的负担，超过他的能力，一切好胜好强的心，也抵不住这震荡颠簸的滩，可又无别路可循，即使你疲劳，颓丧，想停下来不走，都不可能，除非你死，或者跳滩自杀，否则，你还得提着心，耐着气，走完这一段险滩。自然，他不能自杀，也不肯自杀，可是几时才能走完这一段不熟悉而又峻险的滩呢？他不能知道。因为给罩子罩住了前途，看不清楚，他不能不做瞎子走路一样，摸索前进，可是迈步惯了的他，没有摸索的耐心，而且随处的深渊，又警惕着一失足将成千古恨！

轰轰轰轰的吼声，已移往船后，船底发出沙沙的清脆的声音。

“这里有沙金，只听船底里的沙声就知道。”不知是谁说了这么一句；大家已放松了心，显然的，滩已走到了尾段。

“沙金生在险滩边，不然，天下人都发了财。”掌舵的忽然开了口。不知几时，打浆的船夫，已停了下来，坐在船沿上吸烟息力。掌舵的这句话是含着讥讽的意味的。

“可是有的是要金不要命的人哪！”刚才那个又像是不服气，又像是也凑上来讥讽一阵。“有的是要金不要命的人哪！”是那么响亮地振着萧鹤声的耳膜。他想，他也许是为了淘金，才走在险滩中，但是金未淘着，滩却要把他吞没了。

萧鹤声忽然对自己这些联想愤怒了起来，觉得太没出息，“我何尝为淘金，我是为救中国！”他心里申辩着，滩虽险，雾虽浓，总有一天会走完的。

“拢关了。”一个打浆的拿起篙子，伸向水里去，将船靠近关船。这是大家知道的，进了重庆的第一关，就可以到重庆了。船靠稳后，大家伸一伸腰，嘘一口气，刚才过滩的险状都已从脑中隐去，于是大家又重新忆起各人去重庆的目的。

萧鹤声把放在膝盖上鼓得饱饱的文书皮包提起，在船尾上立起来，直一直身。这有点斤两的文书皮包，提醒了他今天下午卖厂签字的契约，就装在这文书皮包里，除了契约之外，还有几百页的财产目录，所以把皮包装得那么饱饱的。他想起，在签字之前，必须再去找高律师，修改几条他认为有问题的契约上的条文；于是现实又把他的遐想抓回来，他对这木船的速率生了气，觉得太慢了，他恨不得一脚就跨到高律师的事务所里去。

十一

但是到高律师事务所去之前，一定还得到公司里去转一转。等他到公司里的时候，正是八点半，天气突然转冷，职员们睡懒觉，都还没有起来。这使得这样大的一所中国式旧房子更显得寂寞，阴沉；大办公室里，桌椅凌乱，好像好久没有人住过的古屋一样，一走进去，就觉得阴气逼人，花格子窗上糊的桃花纸已被耗子钻破了许多小洞，偶尔有阵风吹过，挂在耗子洞上的碎纸片就飒飒作响，更增加了凄凉情况。萧鹤声走进大办公室，看见这番景象，不禁浑身觉得寒冷。“这是败相”，他心里虽难免有点迷信。他看一看手表，正八点半，到了办公时间，办公室里还没有一个人，这使他非常生气。他一转身正要叫人，忽然瞧见在屋角里有一个工人在那里扫地，可是拿着扫帚出神。说是扫地，真冤枉了他，其实他在那里算他的赌账，所以萧鹤声进来，他在屋角里竟没有觉得。萧鹤声看见了这副神情，早猜着了一半，一气使他忘记了屋中的凄凉，就大吼一声。

“你在做什么？叫钱主任来！”他带着很大的气，推开总经理室的门，把帽子挂上衣钩，手杖竖在门边，走向写字台去。台子堆了一堆信件，就拣要紧的拆了几封，还有一部分认为不急的，放在一旁，预备签字回来再拆。

一个畏缩而打躬的钱主任走进来，两只鼠眼，在萧鹤声的面上偷偷地看一眼，立刻低头看地板，嗫嚅地说话：

“总经理这样早就来了，是坐木船吧？这样大的罩子，轮船不会开……想来没有吃早餐，买点什么点心？”

“还早？九点钟了。你也得管管事，到这时大家还睡着，公司里连纪律都没有了。你告诉他们，这样对公司怠工，以为厂要卖了，什么都不在乎了，但奖金还在我手里，我还有对付的武器，除非他们什么都不要，现在就走了。你自己也得管一管！”

“是，是，总经理。昨夜，昨夜……”他说不出来，又偷偷地对总经理看一眼，总经理站在写字台边看信，没有注意他的神色。“昨夜什么？”萧鹤声以为昨夜工人闹事，他们已经知道了，吃了一惊，但仔细想一想，没有这样快，自己笑了笑。

这一笑，长了钱主任的胆。

“昨夜袁小姐抱了那个小小姐来公司里，她，她……”

“她什么？”萧鹤声还在看信。

“她说总经理好几天没上她那里去，她要住在公司里，看看总经理到底忙的是公事还是私事。”

“混账！她管得着？”他抬眼望一望钱主任，钱主任立刻又把头低下去。

“她还说什么？”萧鹤声又回头看信。

“她不肯回去，一定要住在总经理的房间里，她还和……”钱主任说到这里，又停止不说了，偷看了一下萧鹤声。萧鹤声听他停止不说，也抬头看他，四只眼睛碰了个对着。萧鹤声看到这副吞吞吐吐的贼相，无名火冒上来；就提高嗓子问他：

“她还说什么？说呀！又没有人缝了你的嘴？”

“她还和杜襄理说了好些好些关于总经理的话，后来总算回去了，说今天还要来。”

“你打电话告诉她，叫她不要来。我自己会到她那里去的。今天一天我都不在公司里。”萧鹤声知道这个女人和杜襄理讲了许多话，心里很不高兴，因为杜襄理是徐渭臣派在城里的“第五纵队”，他想袁和杜襄理，一定讲了许多没轻没重的话。

“还有太太也有电话来，说二少爷的伤寒翻了症，很危险，也请你回家去一趟。”

“知道了。叫书记来，和我一同出去！”

钱主任心里一急，他知道书记昨夜出去，没有回公司，现在还没有回来；他本想告诉他，但一转念“管他呢，来晚了，反正是他自己受罪，我现在就告诉他，我也得陪一顿骂。”他就一声不响地鞠着躬出去了。

萧鹤声一个人在冷落的办公室中踱来踱去，几个女人的影子，晃在他的面前。他突然走到办公桌前，在未拆过的信堆中拣出一封浅红色的信，抽出一张与信封一样颜色的信笺，是一封不大通顺的英文请柬。他记起今天是林夫人的生日，礼已送了，寿却不能去拜了。但他知道不去拜寿，是会受到惩罚的。他一想起那双会说话的眼睛，那两片樱红的嘴唇，从那里响出银铃般的声音，他曾在那上面印过多少次的长吻，还有那耸起的臀部，那异样地弯进去的腰肢，这些都经过他抚摸拥抱过的，这些实在使他销魂，今天是应该去拜寿的，但签订卖厂合同是一件大事，是一件不能失约的大事，不然他会什么都不管，跑到汪山她的别墅里去狂欢一整天。“晚上去吧！晚上比白天更好一点，客人散后，可以与她……”他舒畅地笑一笑，可是袁的影子，突然钻了出来，他难免皱一皱眉。

“她今天还要来呢！真是一个刹不住火的女人，让我算一算……哦，也不过一个星期不到她那里。”他频频点头，一面走到台子边，开了叶子烟的盒子，将烟叶细心地一把一把装进皮烟袋里，然后再装一筒到烟斗里，吸起烟来，仍旧在房中踱来踱去，心里却想着袁的事。

“这个女人真讨厌，没羞耻，不去她那里就自己找上门来，见不着人，就乱骂人，还胡说八道的。”他想到袁常常会把床笫间的丑事都哭出来，实在使他不能容忍，可是有什么办法呢？她又泼辣，又没有羞耻心，她会在地上打滚，她手里还有一个自己生的女儿，作了她的武器，他有能力把银行给他套在头上的链子扯断，但他却没有本领将这条袁的链子去掉。

“不过她也有她的好处，”他这样自慰着，当然他也的确喜欢她那好处。

“那种好处，上等女人那里没有的。”他觉得非常得意。

“每一种女人，有每一种女人的好处，只看你能不能发现她的好处，你如真能发现每一种女人的好处，那么什么女人都是好的。像袁这样的女人，大体说来，实在太差了，但她却具有一种特长，只要有一种特长，其他的你不必去管他了，你只享受那一种特长就是。”他想得非常入味。他觉得自己对女人的哲学，是研究得最透彻，他决不像一般人的机械，他觉得自己是非常辩证法的。

“就是兰吧！要是别的男人，一定不会欣赏这样的女人——这样一个阴沉不愉快的女人，相貌也平常，一点看不出有引人爱的地方，可是她却有一种忧郁性的美，好像生在石头缝里的小黄花，不艳也不香，自然比不上玫瑰，更比不上幽兰，可是她却有本分的妩媚，只要有这一点妩媚就够了，就值得我常常跑南温泉了。”他想到这里，十分得意，觉得只有他有欣赏别人所不会欣赏的能力。

“可是兰是懿芳的同学，是懿芳的好朋友，为这件事，懿芳好像很不痛快似的。兰的事是懿芳给她找的，懿芳为我们的关系，好像从此就对我冷淡了。女人真没办法，只晓得吃醋，其实，她又不能够嫁给我的，也不过在我这里稍稍分一点爱去，一个月也不过去……”他想到懿芳近来无言的幽怨，实在使他不痛快。

“谁逆我谁就该遭殃，我同懿芳讲过不知多少次，她偏不听，现在请她受受她自己找来的……”他恨恨地想着，他想二宝上次生病，他也没去，已经三个月没有回过家。

“用不着怪别人，只怪她自己，谁叫她不听我的话。”他带着报复性的恶意，心里感到痛快。

“总经理要我一同出去吗？”书记畏缩地进来了，是准备他一顿大骂的。

“这样慢，才来！”例外地他没有恶骂，只说了一句就拿起帽子，提着手杖，走在前面，书记莫名其妙地跟在后面。

高律师刚刚到办公室，还没有坐定，他就进去了。

“哦唷！老兄！这样早，签字还未到时间呢？”

“我知道，可是契约上还有几条不妥当，需要同你商量商量，再修改一下。你吃过早餐没有？我们一同到大三元吃点心去。”

“不是双方都同意了吗？已经要签字了，怎么又发现不妥当了？哪几条？”

“吃点心去，慢慢同你说。”他就不管三七二十一，把高律师的帽子取下来，做了一个“走吧”的姿势，一同下楼去。

高大有很有点不高兴他过分的争执——因为生怕买方不乐意，把整个案子推翻。他想好容易谈妥当了，可以签字了，他的特别费已经快到手了，萧鹤声又要修改条文，难免有点担心。但高大有知道萧鹤声的脾气，谁要逆着他，他就会不高兴，就会怀疑，甚至会把什么都推翻的，所以他就高声大笑，跟着他下楼去，一面走一面说：

“老兄！你要做起律师来，我们都要没饭吃了，你不仅条文比我们行家还熟，考虑得也周密远大！”高大有在楼梯上又笑着说。

萧鹤声并没看破高大有的用心，却真实地看不起鼎鼎大名的红律师高大有；他觉得这样的红律师，也不过尔尔，高律师对他的谀言，他觉得倒是真的。高律师看透了他这种心理，为了两百万块钱的手续费，总是给他戴高帽子，故意说得自己无用，心里却在骂他狂妄。

十二

下午五点钟，他签完字，又到大成去和徐渭臣商量召开临时董事会，然后，他拖着疲倦透顶的身体回到公司里。外面天黑得像已到夜晚，早上的浓雾，终于没有散，中午的时候，变了蒙蒙雨，到这时已变成淅淅沥沥的时雨了。萧鹤声带着疲倦而沉重的心，走进公司的大办公室。这时已下班了，办公室里只有一个职员伏在案上写信。电灯光一点没有劲，黑魆魆的像幽灵住的地方。他提着发酸的脚，推开总经理室的门，扭亮电灯倒在沙发里，不能动了。疲倦使他失去雄心，暂时的一闭眼，想休息下，但心里却异样地清醒起来，不能成眠。从来没有过的空虚，包围着他。过去使他没法应付的债务，明天就可以清偿了，徐渭臣和林志远不能再威胁他了，贪污的人们，也不能再强要他行贿了，工厂里无用而又无耻的职员，也不需要他再生气了，他的无限重的担子卸下来了，他是轻松了。但他忽然感到失去生活的重心，像离了群的孤雁，在这宽到没有边缘的天际，不知飞向何处。过去使他绞尽脑汁的事情，到这时一件也想不起来了，将来的计划，在这时也是空无所有，在他的意识界里，只是白蒙蒙的一片，像掉在浓雾里，上不顶天下不着地，飘飘荡荡失去控制，只是包围着他身心的寂寞，在无限制的扩大，扩大！

“不成，不成，我要找一个人，无论什么人。”他心里这样叫着，倏地站起来，拿了帽子要走出去。

“但是到哪里去呢？找谁呢？谁都与我没有关系了。”他又颓然坐进沙发里。过去时间不够分配的他，过去要找的人太多的他，到这时忽然感到了他已与世界脱离了关系，无论在哪里，好像都只有他一个人似的，而且无论在哪里，他都是多余的一个似的。一种彻骨的悲凉，渗透了他的心，他睁开眼来看看本来不太大的总经理办公室，好像突然变大了，空落落的觉得可怕。他的视线巡视着整个的房间，这视线移到办公台上的时候，早晨随便放在台子中央的那个红请柬，忽然映入他的眼帘；他像在沙漠里找到了水源似的那样喜悦，跳起来，从信封抽出那张红色英文请柬。

“哦，拜寿去，我的天哪，怎么会忘了的呢？”他急急地戴上帽子，手弯里挂着手杖，刚刚把手捏上门的拉手。

“总经理还没有回来？”

“这是袁”，他一听见这尖锐的女声，心里像闪过电一样一震，立刻抽回手，迅速地把帽子挂上，手杖放下，拉开门，向走进来的女人招手，一进门，就把门关上了，用一个长吻，封住刚要骂人的口，袁嫣然一笑。斜一斜眼，代替了骂声。

电烫的蓬松得和肩膀一样宽大的头发中露出一张大粉脸，两颊的胭脂，像两面太阳旗，涂红得像出了血似的大口，连连印在他的脸上，一只像啤酒桶一样臃肿的胖腿，跷起来架在他的膝盖上，捧住了他的脸，娇声娇气嗔着他。

“这几天到哪一位妹妹家里去了？把人家丢下不管。我要住在公司里管管你。”

“什么妹妹姊姊的，人家有要紧事在忙，公司里怎么可以住女人？”

“谁叫你几天不见个影子，什么要紧事，我不相信，你的什么鬼事，我一查就会晓得，你一辈子瞒不住我。”

“工厂卖了，今天签字的，这几天就为这事忙。”

“工厂卖了？那就赚了钱了，好！一直说你没有钱，现在总该有了吧？你说，你打算分给我和宝宝多少？”

“什么钱？钱都是替人家赚的！”

他一想到刚才到大成去和徐渭臣商量开临时董事会时，提出工厂卖后，只还债务，不分配盈余，留着运用，但是徐渭臣却摇一摇头，似笑非笑地说：“这大概董事会通不过吧！”看样子，他把卖厂前答应他的条件要吃没了，所以说到赚钱，就引起他的气愤和悲凉。

“那你一向辛苦，连一个子儿都不给？我不信，要是他们真的不给，我给你要去，看他们有本领不给你！”

“不要胡说了，今天我……我很畅快，要喝几杯酒，你陪我！”他把她从怀里放下，按铃叫人预备酒菜。

“我要看电影，你偏要喝酒。”她把缩上去的衣服拉一拉，那是一件大红丝绒滚黑边的旗袍，裹在她又高又肥的身子上，活像一具会走路的红毡铺盖。

“电影明天看，今天且喝酒。”他回转来又一把把她抱起来，按在长沙发上。他现在要的是刺激，只要刺激，别的什么也不要，即使一下刺激死了，也是值得的，因为那总比寂寞空虚地活着要强得多。

酒一杯杯地喝下去，听着女人妖声妖气麻了肉的软语，世界上成败得失，英勇伟绩，都赶出了他的思想界。他要女人的刺激，他的醉眼里，只看见一团红的肉在面前转，女人也醉了。

他拉着那团红肉向楼上寝室里跑，女人荡出轻薄的笑声，糊里糊涂地不知说些什么。睡梦中听见轻轻的敲门声。

“谁？”

“林夫人来了。”门外轻声说。

“请她在客室里坐一坐。我就下来。”

他把枕在蓬松的头下面的手臂，轻轻地抽出来，急急地穿上衣服，尖着脚走下楼去，袁却在床上发出粗大的鼾声。

一跨进客室的门就闻见一阵幽静的香味，银铃般的声音，用英语责怪他为什么她的生日都不去。

他抢前一步，握住了这双又白又软的手，十分有情地盯住那一双似怨似恨的俏眼。

“今天要不是在一个重要的契约上签字，我哪有不来的理？白天抽不出身，打算晚上来；谁知今天从厂里出来，坐的木船，雾又大，受了凉，在五点钟完了事后，就喝了一点白兰地，想睡一个钟头散散风，再过江，哪知你竟先来了。”

“真的吗？我不信，你们做大经理的，哪会把人放在心上。”她眼睛里亮晶晶地射着那么诱人的光。

“啊！亲爱的，你冤枉人了，在你的面前，谁还有架子呢？”他也用英文说，低下头去，紧紧吻着那样诱人的嘴。

“今天晚上，在城里的家，还有夜宴，我有汽车在门口等着。我是特地来接你的，不知你肯不肯赏光？”她依在他怀里，仰着头，撒娇地看着他，抚着他的领结和他说。

“我的女皇，你的命令就是法律——那么我们现在就走吧！”

但是，忽然门外两声轻轻的叩门声，惊散了他们。

门慢慢地开了，门外站着失眠的苍白的懿芳，她什么都看见了，想立刻就退出去，但来不及了，因为在房间里的一对人已看见了她，她不能这样不大方，掉转身就走，她怕扫了萧鹤声的面子。于是她装一个笑脸，将提在手里滴水的雨伞放在门外，擦清了满是泥浆的脚走进来。

“鹤声，我想不到你有客，不会打扰吧？假使你愿意，请你介绍介绍。”懿芳压住心头的狂跳，装上一个凄惨的微笑，温文尔雅地看看丈夫，然后又回过头来看一看林夫人。

萧鹤声的酒完全醒了。懿芳突然的到来，打散了他和林夫人的偎依，使他早已恼羞成怒，因为他生怕林夫人失面子，一气而去，他真想大大地责骂懿芳一顿，但懿芳的大方委婉，使他发不出脾气，只能非常冷漠地看着她。待她要求介绍林夫人的时候，他转身看林夫人，林夫人非常自然地在那里看墙上挂着的公司成立时的照片。

“林夫人，这是内子，这是林——夫人。”萧鹤声的声音没有一点感情，面是拉长的，满身现出讨厌而冷淡的神气。

“哦！是林夫人，请坐，我和鹤声稍谈几句就要走的。”

懿芳强制着发抖的声音，招呼了林夫人。

“哦！原来是萧太太，一向少见。我没有什么事，只来和萧先生谈一点生意——萧先生，你坐坐，我要走了，谈的那事，明天再说吧。”

林夫人说得那么圆滑，声音依旧是银铃般，立起来要走的样子。

“不，事情还没有谈妥呢，怎么就走了——她没有什么事，一会就要回去的。”萧鹤声生怕她走，把身体站在门前预备拦住她，一面深深佩服林夫人的应付事变的熟练。林夫人先看一眼懿芳，然后会意地一笑，退回去坐在沙发上。

"不要走，林夫人，我真的一会儿就要走的。"一切懿芳都看得非常明白，她不再发抖了，她的声音非常坚硬，她转过身，看定了萧鹤声，顿了一顿，对他说：

"鹤声，二宝的伤寒翻了症，两天没有知觉了，忽然昨天直着嗓子喊爸爸，到今天没有停过。我打过几次电话，都说你不在，我听得实在惨，想跑来等你，想不到却碰到你……"懿芳向林夫人看一眼，林夫人却坐在沙发里，打开皮包，仔细地在扑粉。

"二宝的伤寒不是好了吗？怎么又翻了症？"声音里还是不耐烦。

"本来好了。但我因为说好的工作，太久没有去报到怕事情丢了。所以一等二宝热退，就去工作了，谁知老奶妈一个人照顾不到，二宝偷吃了一碗饭，伤寒就翻了症。哦！我悔死了，即使穷到没有饭吃，我也不该这么早去报到的。"懿芳无可补救的悔恨，使她抑不住悲伤，不管林夫人在房子里，她也忍不住声音里带哭声了。

"翻了症，还是吃药看医生，找我有什么用，你现在好像越来越不负责了！"萧鹤声反起手来在房中踱方步。二宝的重病，毫不动他的情，比他听见工人病了还冷淡。

正在低头拭泪的懿芳，听见萧鹤声如此没心肝的话，她忽然失去了悲戚，抬起头来看见萧鹤声满脸不耐烦的神气，她又去看一看林夫人，林夫人却对她得意地微笑着；愤怒几乎使她发狂，但她镇一镇心，对萧鹤声冷冷地说下去：

"是的，生病是看医生吃药，这些，一向你也没有负过责。但人还有感情，也需要温暖，天真的孩子们，怎么能了解爸爸的生活呢？我也不愿将爸爸的生活去告诉他们，免得在残缺的家庭里生长的孩子们多一层创伤！"

"你这是什么话？你简直混账！……"萧鹤声怒吼了，他也忘记了林夫人还在房里，不然他是决不会把自己的粗暴给林夫人看见的。

“这是人性的话。我听说你要卖厂，鹤声，你好像长江里的木船，正航在滩上，从石头上滚起来的浪，说不定会把你的船翻了。我希望你航得稳一点。不然非但会毁灭你的前途，也会湮灭你的光荣的历史。”她的声音还是坚硬的，她不等萧鹤声再次的咆哮，看一眼坐在沙发里仰着头微笑的林夫人，带着决绝的心走出去了。

“这也是滩里的石头，鹤声的船，会被从这些石头上滚起来的浪打沉的。”她看到林夫人的不是好意的微笑，心里这样想着跨出大门。

门外雨大了，懿芳撑起雨伞走到马路上，泥浆从脚下溅起来，一点一点，打在她的衣服上，二宝惨厉的叫声，像箭一样地射在她心上，使她的心只觉得一阵一阵地痛。马路上没有行人，路灯在风雨中摇荡，马路上更显得昏暗了，在阴风凄凄中的街景，更使人感到悲凉。

懿芳在溜滑的马路上心急地走回家去，萧鹤声无心肝的语句，还在她的耳朵里响，“离得这么远了，这逝去了的灵魂是再不会回来了。”她想着想着，忽然身后一声漫长的汽车喇叭声，叫她让路。路太滑了，她让不快，汽车在她身后煞住，待她稍稍离开一点路的时候，汽车又开动马达，擦过她身边飞也似的去了。她看见汽车里偎依着一对男女，正是自己的丈夫和林夫人，心里感到一阵刺骨的疼痛。二宝要爸爸，爸爸却跟着别的女人走了。

“逝去的灵魂，几时才回来呢？”她模糊地想着，看一眼被汽车溅得一身的泥浆。

“永不回来了，留下的就是这一身的泥浆！”

于是她又听见二宝惨厉的叫声，母性的爱，给了她生命的力，她迈开脚步迎着斜风细雨，挺起胸脯走去。

“老不死的叫花婆！”当汽车不得不煞住的时候，汽车夫恨恨地骂一句，刚刚让开一点路，他就放松刹车，揿下排挡，马达响起来，擦过女人身边飞也似的驰去。萧鹤声偎着林夫人正在谈话，被汽车煞住一震，看一看窗外，是一个女人挡住了路，模糊中他认出好像是懿芳，但要再看一看时，汽车已经开过去了。他有点怅然，林夫人眼尖，第一眼看清楚了，她看到萧鹤声怅然若失的神情，就挨紧一点，娇声地问他。

“你好像不愿意去。”

“不！”萧鹤声吃惊地醒过来，在黑暗的车厢里，搂抱一下紧挨着他的林夫人“只要你在的地方，就是乐园，亲爱的，一个人为什么不喜欢到乐园里去呢！”

萧鹤声虽然这样说着，但空虚开始又包围着他了，而且在无边际的扩大。他仰着头靠在车枕上，沉思着。

汽车驰在南区马路上，静得没有一个人，只有被风吹斜了的雨点，敲着车窗，但隐隐地有轰轰轰轰的声音，很快就变得很响了。

“滩！”萧鹤声的神经一震喊了出来。

“这是飞蛾碛，你怕吗？”林夫人被他一喊也吓了一跳。

“飞蛾？扑火的飞蛾？不，这是滩，是毁没一切的滩。”

早晨过滩时的情境又现在萧鹤声的眼前了，那是白浪滔天的怒吼着的要把船冲翻的滩。

“飞蛾碛是这里滩的名字，现在已经过滩了，你听，不是没有声音了吗？”林夫人想萧鹤声一定疲倦了，有点精神失常，所以像对小孩子似的安慰他。

“过去了？不，它永远在那里，亲爱的，它是永远在那里的，而且它专门等着毁没一切走过它那里的船只。”

“你病了，你今天不该出来的，我送你回去吧。”林夫人听他说的这样离奇，更加相信他的精神失常了。

“我没有病！这是事实，几千年了，它专等在那里毁灭一切走过它那里的船只。哦，亲爱的，我错了，我应该先造一只铲冰船一样的铲滩船，把滩底里的石头都铲下，滩就没有了，船就可以畅快地航行了。不过，现在还来得及，我要邀集所有的力量，来制造这一只铲滩船，一定的，来制造一只铲滩船，不然我们永远过不了三峡，到不了海口。”

“他发精神病了。”林夫人恨恨地说，再不理睬他，立刻命令汽车夫：

“车子倒回去！”

于是汽车打过倒车，回向建成公司的路上驰去……

宋霖（胡子婴）《滩》，

民国三十四年八月（1945 年 8 月）开明书店初版

百炼成钢

艾　芜

第一章

一

梁景春一坐上汽车，就向女司机和蔼地说："司机同志，请你开慢一点！"

女司机郝英回头望下厂长赵立明，她晓得厂长一到工厂去办公，就要汽车开得快，这不好违反他的习惯。而这位吩咐她开慢车的，却是第一次坐她开的车，也是第一次到辽南钢铁公司的炼钢厂去的，显然是去参观的客人。客人有吩咐，自然还得请示一下主人。她不知道这位客人，就是新到炼钢厂去的党委书记。

赵立明迅速看下手表，低声说："可以开慢一点！"汽车开动之后，他便向梁景春问："你身体不大好吗？"他疑心他有心脏病。

"我身体挺好！"梁景春微笑地说，"这个都市怪可爱的，昨晚到来，什么也看不见。"

今天上午在市委开会，会后在食堂吃了饭，便已下午一点半了，现在他们正坐汽车，赶到炼钢厂去。两旁高大的青杨树，枝叶茂密，遮住了天空。一条绿荫笼罩的柏油马路，映着一片树影，伸展在汽车前面。林园似的学校、图书馆，一闪到车后，一座座围着花草的精致住宅，一条条排着柳树杨树的柏油马路，便整齐地摆在两边。像开展览会似的，红的花，白的花，黄的花，在阳光里耀人的眼睛。

赵立明看见梁景春那种欣赏的脸色，想起刚才特意叫司机开慢汽车，便禁不住暗自好笑起来，要是一个熟识的同志，他会打趣他："我看你去管理颐和园，一定很惬意。"可是，这是一位第一次见面的新同志，不好随便开玩笑。

汽车转入更为宽大的柏油马路，晴朗的阳光，没遮拦地射了下来。两旁的唐槭树，因为受过人工的剪伐修整，全是一样大小，细枝丛生，叶子怒发，庞大的绿伞似的，立在人行道上。唐槭树后面耸立起楼房，挂着各种招牌：啤酒店、汽水店、剧场、电影院、百货公司、粮食公司，标明这是重要的街市。但马路上、人行道上，很少有人走。对面只有喷着水花的洒水汽车，在缓缓地驰来。

汽车随着马路，突然转个方向，无数庞大的建筑物和许多的烟囱就在远远近近的地方，一下子出现。不断升起的黑黄色云烟，好像遮蔽了半个天空。木牌子做的大标语，扑面迎来：

"努力建设社会主义社会"，接着又是"为祖国社会主义工业化而奋斗"。载运各种物资的汽车、载运砖头沙子的马车，接连不断地来往。赵立明和梁景春坐的汽车，就得常常按喇叭，小心前进。在一处转拐地方耸起一道堤埂，许多汽车停止下来，正等候一列火车通过。堤上正飞奔着电车，喧嚣地叫着。堤埂边一排木牌做的大标语："全体职工们，团结起来，在毛泽东思想旗帜下奋力前进！"很引人注意地送了过来。

火车轰轰隆隆地奔跑过去了，拦马路的木杆支起，汽车重新开动，顺着堤埂边的马路驰入工厂区域。梁景春却不留意马路上的热闹景象了，只是望着冲天的高炉、庞大的瓦斯库、高耸的水塔、架在空中的煤气管、无数林立的烟囱，以及许多未曾见过的东西，感到无限的惊奇，仿佛进入一个童话的国度。他平常无论对什么，都充满了兴趣，总带着想要发笑的神情，这时就更加显著了。

当汽车停下，又让前面火车通过的时候，赵立明用略带诙谐的口吻问：

"你觉得这里的风景怎么样？"

“好极了！”梁景春非常愉快地回答。

赵立明也为这个人的热忱感动了，到炼钢厂门口，下了汽车，还不立即进去，他把整个工厂的外貌指点给梁景春看，一面高兴地说：

“我们才来的时候，日本人哪里瞧得起！他们说，你们要开工吗？二十年都恢复不了，还不如种上高粱！现在你瞧，一切都在活动。不到三年，我们的生产，就超过了伪满最高的年代！”

梁景春首先看见的，是露天的原料车间。正有一列火车，把好多两人高的大铁罐子运走，同时又有一列火车，把许多菜碗大的黑色矿石运来。架在铁路上空的巨型桥式吊车，轰轰隆隆地吼着走着，吊起四个装矿石的铁槽子，运送到一座庞大房子的平台上去。这座大房子，全是钢铁修成的，梁景春从来没有见过房子会有这么大。楼上许多地方，没有墙壁遮拦，平炉炉门上冒出的火光，可以很清楚地看见。楼下一座座窑也似的蓄热室、沉渣室，以及各种弯曲的巨大煤气管子，显得一片乌黑。金红色的液体，从楼上流了下来。空气中散播着轻微的瓦斯气味。在原料场的外边，从平地上耸立一排高大的烟囱，吐着轻微的颜色不同的烟：有的淡红色，有的淡青色，有的淡黄色，有的淡灰色……

出去的火车一走过，进来的火车一停下，这座庞大的钢铁房子里面，传出来洪大的喧嚣声音，便能清楚地听见，就像里面有条大河，水波汹涌，成天成夜在吼一样。同时又听见一种更为巨大的声音，仿佛狂风刮过山里，吹了过去，又吹了过来。

梁景春忍不住欢喜地想：

“真伟大，咱们这条生产战线！”

二

厂长的办公室，是在大房子旁边的楼上，一张长方形的桌子，两边放着许多椅子，就在室内占了大部分地方。长桌近窗那一面，还安着一张写字台，上面放着四架电话机。赵立明一进屋子，就坐在皮圈椅上打电话。梁景春拉开一张椅子，坐在长桌侧边，他从赵立明背后的玻璃窗望出去，看见远远近近无数的烟囱，耸立在蓝色的天空里。近处高炉露出一角，吐出轻微的烟子。赵立明刚说完“你是调度室吗？”窗外一下火车奔来的叫声，把屋里所有的声音都压下了。屋侧的窗子，有一扇是打开的，雪花似的铁粉子，一片一片地飞了进来。梁景春好奇地走到窗边，张开手掌接了一片，亮亮的发光。

火车的吼声，响过去了。赵立明便对着电话筒有点焦急地说：“你赶快给我查查，今天有没有快速炼钢，……哪个炉出的，多少时间。”他在等候对方回答的时候，一眼看见梁景春在注视飞进来的铁粉子，就解释地说：“这是铁沫子，铁水里面蒸发出来的。这里挨近混铁炉，那是……”还没说完，立即叫了起来：“又是九号炉吗？……秦德贵炼的？是他吗？我还以为是袁廷发哩。你再说一遍，是七点五分吗？……好……”他放下听筒，忍不住欢喜地向梁景春说：

“七点十分是厂里炼钢的最高纪录，今天突破了！这是一个新手。还有个叫袁廷发的，常常搞出快速炼钢来。了不得，都出在九号炉上。”他随即站了起来，立即走近门口的壁上，拉开一张红布，指着那些用小木块组成的许多行活动数字说：“这是每天的日产量。”随即又指着最下一行说：“这二千三百五十六吨，是昨天一天一夜的日产量，照这样下去，不发生事故，这一月的任务，可以超额完成。只是全国各地基本建设发展太快，钢的需要量大增，公司新近的指示，非增加生产不可。我们一定要提高日产量，鼓励快速炼钢，一切的工作，一切的努力，都要朝着这个目标！”在他发黑、略微瘦削的脸上，现出非常愉快的神色，显然任务的增加，在他生活中是件快乐的事情。听见电话铃响了，他赶忙放下红布，一面朝写字台走去，一面很高兴地说：“你来得正好，这下子就可以各方面配合，把竞赛发动起来。”他敏捷地拿起耳机，立即问：“你哪里？……什么事？”脸色一下变了，急切地说：“那赶快拿担架抬到医疗室去。”声音有点含怒地说："你叫值班主任跟我谈谈。……没有在？给我找一找。"随即忍着怒气，向梁景春小声地说："平炉车间有一个工人晕倒了。"

"晕倒了！"梁景春惊异起来，一面又解释似的说："这几天也实在太热了！"还无意识地望一下窗外晴朗炎热的天空。

"这不单是天热，"赵立明还要解说下去，忽然眉头一皱，大声地向电话里说，"在七号炉上，不要去叫，我直接打电话给他。"把电话机一按，立即摇了两三转说："接七号平炉……我是厂长，你叫值班主任接电话。"一面向梁景春说："我再三地叮咛，在这样的暑天，要注意工人的环境卫生，他们硬是不注意。……喂，你是吴克相吗？我问你，工人的工作环境，为什么这样不注意，……呵，出钢口打不开？好久了？该死的，有一个多钟头。"一面生气地放下耳机，一面站了起来，向梁景春紧张地说："你坐一下，我要去看一看。"

"我同你一道去。"梁景春站了起来，把椅子推到桌子下面，才跟着走了出去。经过一节很短的过道，再登上铁做的扶梯，便进入刚才见过的那座大房子。门口立着一人多高的大木牌子，上面画着一个工人，用手指着每一个进门的人，旁边写一句话，表示他在问询："你完成日产量了吗？"一进门去，喧嚣的声音，更大了。楼上全是铺的厚铁板。靠左边，屋子那么大的长方形的平炉，排了一大排，简直望不到头。每个炉子有五个炉门，炉门都是关着的，但门缝里还有火焰在冒出。右边是一些安有机械仪器的小屋子，还露出一节一节的敞口平台，原料场上的吊车，正把矿石废钢一槽槽地吊来放上。中间全是一些装料机在活动，伸出大炮筒子一样的铁杆，把装材料的铁槽子，不断地送进炉子去。人走过的时候，不仅要躲过装料机活动的路线，还要绕过矿石堆、石灰堆、镁石堆、白云石堆、黏土块堆。要不是赵立明走在前面带路，梁景春简直不晓得怎样走了。赵立明怕他遇着危险，总是小心地带路，时不时要说，"你等一等"，或者拉下梁景春的手，"走这里"。

梁景春来不及细看了，只在停下足的时候，看一下在面前转动的装料机，或者望一下个个满身大汗正把石灰铲进炉门的工友。车间里热，尤其炉门打开，火焰射出，就是站在两三丈远，也感到烫人。但工友却要走近炉门口去工作。这使梁景春吃惊地想："这才真正是火线！"

赵立明、梁景春走到七号炉，晕倒的人已抬到医疗室去了。他们赶忙到炉后去看。四五个工人正在挖出钢口，个个流汗，急得像生了病一样，他们把指头粗、中间空的长铁管子，套上橡皮管接在大的氧气瓶上，通上氧气，又将铁管子点燃，插进平炉的出钢口去烧。烧的时候，出钢口冒出紫红的烟雾，烧残的铁管子一取出来，便又黑了。他们急忙再拿根铁管子接上。

赵立明看见还是烧不开，双眉紧皱，厉声地问："这是谁堵的出钢口？"

马上就有两三个工人，掉过发红流汗的脸子，抢着回答：

"这是他们乙班堵的！"接着还骂一句："不晓得他们干些什么鬼事！"

赵立明立即转到炉前，去找值班班长、技术员商量，怎样用最好的方法，把炼好的钢水，迅速放出来。

梁景春原是站在炉后的侧边，没有直接受到炉体的烘烤，但汗还是不断地流。伸手摸下铁栏杆，简直热的烫人。因为上边挨近平炉，下边又是铸锭车间，百吨吊车吊的钢水罐子，正把钢水注入钢锭模子，火花不断地四面射出。有的模子，已注完了，钢水还在沸腾，火花冒出口来。另外脱了模的钢锭，一身通红，摆在地坑里。再过去一点，是初轧厂的均热炉车间，吊车把炉盖揭开，将烧红的钢锭取出，火焰就熊熊地上升。同时，烧红的钢锭，放在一个长槽子里，便自动地奔跑起来，还会自动地转拐，走到轧钢机下，去接受压轧，一条红猪似的钻了进去，立即变成一条红龙似的出来。梁景春心想："在这个大房子里，真是到处都是火呵！"同时又觉得这里景色奇异而又美丽，是任何地方看不到的。他还试着朝出钢口走去，虽然那里特别安置有吹风管子，冷风不断吹出，但还是抵不住炉体钢板发出的热力，脸简直烫得发烧。挨近出钢口的地方太窄，站在那里，会妨碍他们的工作，他急忙退了过来。

这时候，一个高个子青年人匆匆忙忙朝出钢口跑去。他头上戴着鸭舌帽子，鸭舌前面吊着一副蓝色眼镜，满脸通红，流着汗水。身上穿着脏污的帆布短衣和帆布裤子，足穿着帆布袜子和橡胶拖鞋，手上戴着帆布手套。他一跑到出钢口，就叫工友让开，由他亲自拿铁管子来烧。他嫌一根不够，又叫再拿一根铁管子，套上橡皮管子，接在另一个氧气瓶上。这下两根管子一齐烧，出钢口的火就燃大了，紫红的烟雾，一大股一大股地冒出。

得到休息的工人，站在旁边，都欢喜地叫：“你这家伙，真有一手！”

梁景春看见那个高个子年轻人，烧出钢口，很是卖气力，不像刚才别的工人，烧的时候，铁管子还有一长节，就取出来丢了，他是把铁管更送进去一些，一直要烧到手了，才另外再换一根。同时，两根一齐烧，取出一根来换的时候，里面还有一根在继续烧，这就使被烧的地方，一直熔化开去，不会再行凝结。梁景春看见这样的工作，心里忍不住暗暗地叫好。

“呵哟，烧着手了。”几个工人忍不住叫了起来。

梁景春立刻看见那个高个子年轻人，戴在右手的手套燃了起来，但他并没有取下，只是拿着两根铁管子，猛力在送，立刻出钢口喷出蓬勃的红云，接着射出金黄的强光，并溅出耀眼的火花点子。那个高个子年轻人一下子站立起来，丢开铁管子，举起那只手套燃烧的右手迅速往下一按，随即甩脱着火的手套。就在他举手一按的时候，坐在平炉旁边倾动机上的运转手，立即按动电钮，把平炉向后倾斜起来。带着金黄强光的钢水，以及四射的火花，随着出钢口上的铁槽子，就冲入百吨吊车挂在下边的大铁罐里，同时一大蓬金黄紫红的光雾，一下子升上很高的屋顶，而且还在不断地升上去。钢水发出强烈的白光，简直使梁景春不敢直视，他举起手来遮在眉毛上面，也不能使他对着钢水，多睁一会儿眼睛。恰好有人碰他的手一下，一个镶有蓝色玻璃镜的小木板子，递在梁景春面前，同时还听见很和蔼的声音："党委书记，你拿这个镜子瞧瞧才行。"梁景春举眼一看，站在他身边的，是个身材不高的年轻人，露出一脸的微笑，上身穿着白色帆布工作服，帽子也和工人的一样，只是没有挂着蓝色镜子。他自己向梁景春介绍，说他名叫何子学，是平炉车间的支部书记。他是刚从厂长那里知道梁景春的。

梁景春接过镜子，没有马上拿来看，却指着那个打开出钢口的工人问：

"他叫什么名字？"

"他叫秦德贵，九号炉的丙班炉长，"何子学很高兴地回答之后，还特别着重地说："他很会炼钢，今天七点五分一炉钢，就是他炼的。"

梁景春很注意地望下秦德贵，然后问道："他是党员吗？"

"是党员。"

秦德贵并没有退下来休息，他还高举着手，把指头轻轻往下动着，他要上边管百吨吊车的人，把吊的大罐放低一点，因为钢水一出多的时候，炉体就需要逐渐向下倾斜，以免出钢槽子压在大罐上面。看见钢水出得很顺畅了，他这才让七号炉的工友指挥，退了过来。何子学连忙拉着他的手来看："呵哟，都烧红了嘛。"随又责备地说："你这家伙，不晓得痛么？怎么不早甩开手闷子？"

"工作的时候，哪还晓得痛！"秦德贵这么说的时候，眉头有点皱起来了，显然到这时他才有点感到痛。但他并没看他的手，却向技术员陈良行担心地问：

"又加锰铁没有？"

"加了，不加怎么成？那就准出号外钢！"技术员陈良行笑着回答，显然出钢口一打开，大家心情都很愉快了。

梁景春拉着他汗湿的手腕说：

“你赶快到医疗室去擦点药，钢水不是已经出得很好了吗？”何子学忙向秦德贵介绍，说同他说话的人，就是党委书记。“好，党委书记，我就去。”秦德贵感谢地说，但他没有立刻走开，他还向技术员陈良行问：

“钢种改了吗？”

“改了。钢水在炉里泡了一点多钟，炭素降得太低了，只好改成管坯。你快到医疗室去吧。”

“总算还没有出非计划！”秦德贵烤得黑红的脸上，浮出了满意的微笑。他随即迅速地走了。

技术员陈良行就向梁景春、何子学说：

“要是老秦不来帮忙，再半点钟，还出不去，那就没有把握了，钢水在炉里千变万化。”

“出了号外钢，那就要损失几亿。”何子学笑着摇摇头，表示这不是一件小事。随又望一下炉后堆的空氧气瓶子，叹气地说：

“可是也损失不少呢，氧气和铁管子一算起来，就有好几十万。”

“算起来可多了。”技术员陈良行严肃地说：“耽误的生产时间不说，首先炉底泡坏了，增加炼炉的次数，一炼起来，就有十七八个钟头不能炼钢！”说到末尾，脸色变了，仿佛还有惊惧似的。

这时已出完第一罐了，炉体刚刚扶正，陈技术员就跑到炉前去看。何子学就向梁景春说：

“党委书记，我们走吧！”

梁景春走到炉前，又没走了，他去找陈技术员说话，首先笑着问：

“没有问题了吧？”

“没有了！”陈技术员也笑着回答。

“来，我们到这里来谈谈吧。”梁景春把他拉到堆黏土块的地方，和蔼地说：“这不妨碍你的工作吗？”

“不，我们就要下班了！”陈技术员感到高兴，觉得新来的党委书记容易令人亲近。

梁景春环顾一下整个车间，欣喜地说：“我真喜欢你们的生活，又热烈，又紧张。老实说，也是一个战场。你们都是挺好的战斗员。”

陈良行愉快地说：“我不行得很，只是现在添了新的指挥员，我们一定会把工作做得更好！”

梁景春笑着说：

“我才来，厂里的事情什么都不懂，以后还要多向你们学习！”陈技术员看出梁景春说话的脸色很诚恳，并不是出于客套，倒是显得胸怀坦白，便高兴地说：

“我们也懂得不多呵！”

“我现在要请教一点，”梁景春用手轻轻触一下陈技术员的手腕，“出钢口打不开的原因到底在哪里？依你看来究竟是什么毛病？”

陈技术员胖胖的，容易流汗，一面取下颈上缠的毛巾来揩脸，一面沉思地说：

“过去出钢口打不开的毛病，通常有两个。一个是堵出钢口的时候，堵得马虎，镁砂里面浸进了铁水，铁水一凝结就难打开。再一个就是炼炉后，出钢口烧结了，出第一炉钢总不容易打开！”

“那么，这次出钢口打不开的原因在哪里？”

“这一次？”陈技术员连忙走到控制各种机械设备的屋子里，看一下壁上黑板的记录，然后出来笑着说：“太热了，把头都给人搞昏了！看刚才黑板上的记录，的的确确是炼炉后出第一炉钢！可是这里还有问题，以往顶多耽搁半个钟头，今天可奇怪了，这还要研究。”他不禁脸红了，觉得第一次就没有答出党委书记提出的问题，有点害羞。

正讲到这里，在屋子里管变更煤气机械的工友，走来告诉陈技术员，说厂长来了电话。陈技术员进屋子里去接了之后，满脸通红地走了出来，现出很难过的样子。何子学连忙问他，厂长找他有什么事情。

“咳，好像我一手造成的一样！”陈技术员把两手朝外一摆，随即向梁景春诉苦：“党委书记，你看看嘛，这次当然我要负很大的责任，但是怎么能怪我一个人！现在我马上就去开会。”

“好，你们大家在会上谈谈吧！平心静气地谈，找出原因来！”梁景春看他那样容易动感情，便这么劝慰他。

陈技术员没说什么，只苦笑一下，便朝厂长办公室那里走去了。

梁景春看下手上的表，便对何子学说：“你领我到工会去一下，我要到那里去开会，等下你就去出席厂长召集的会，要紧的都记录下来。”

三

秦德贵在车间，关心这样，关心那样，不觉得手怎样疼，一出了车间，倒没什么要挂念的了，自己的炉上，有一助手负责装料、二助手负责堵出钢口，完全放心得下，因而烧伤的手，就格外作怪起来。非常的疼，简直疼到心里的一样。“他妈的，你就支持不住了！”他恨恨地对手骂了一句，仿佛这手不属于他，而像是另一个人的似的。但他到了医疗室，并不催促医生立刻给他擦药，他能忍受住，一直平静地坐在那里等候，竭力不使眉头皱起来。

医生林洛夫是个年轻人，喜欢同熟人开玩笑，一见秦德贵走来，就赶快先给他擦药，一面笑着说：“炼钢工人是有优先权的。”接着又责备地说：“你怎么搞的，又受伤了！你想想，你今年受过多少次伤？你这样不注意安全，我提议取消你在平炉上的工作，最好去做杂工，抬大筐。”

秦德贵感到药一擦到手上，就不大疼了，听着他的责备，不回答一句，只是愉快地笑了起来。

“我看你这个人，就是不晓得注意身体。”医生林洛夫擦完了药，就去洗手，一面又继续责备下去，“你应该赶快讨个老婆，她就会天天告诉你，叫你注意安全工作，不要冒险。”

秦德贵忍不住笑着骂道：

“这样扯后腿的老婆，哪个会要！”

“呵，扯后腿的老婆！”医生林洛夫给别人擦药，一面假装出奇怪的面孔，嘲弄地说：“那你是要个没心肝的老婆，不管你死活么？希望你跌断腿子，好另外嫁人的老婆么？”

“胡扯！”秦德贵笑着骂了一句，便站起来，打算走了，他不高兴听这样的笑话。

医生林洛夫赶着说道：“小伙子，你不要莽莽撞撞地工作。我告诉你，在生产战线上受伤，并不比在朝鲜受伤那样光荣！人家会把你看成冒失鬼的。我并不是讥笑你，这是我的好意。”

“我不领情。”

“我看你连心都炼成钢了，又冷又硬。”医生林洛夫笑着摇头，他喜欢他的刚强。

秦德贵小时候穷得很，祖父、父亲都帮人种地，靠卖气力过日子。他到八岁那一年，家里实在不能养活他了，母亲就含着眼泪把他送去给地主放猪。他一个人在山边的田野里，常常拿着一根比他高的棍子，一刻儿都不丢开，他觉得这能壮大他的胆子。起初，他也回家，倒在妈的怀里哭过，说他害怕。妈难过了半天，才忍着心说：“儿呵，我们穷人害怕，就不能活呵，你要胆大！”依然把他送到地主那里。临走，妈又再三教他：“你时时都要留意，不要让狼跑到你身边，只要看见了，远远举起棍子一吓，它就跑了的。”妈教的法子，当真生过几次效，单独来的狼，都没有跑到他的身边。但也由此产生了另外的痛苦，就因为注意狼的时候多些，忘记猪会趁你不提防的当儿，就去拱地里的土豆吃，因而便遭受了地主的毒打。

十六岁那年，日本鬼子投降了，共产党的武装工作队出现在村子里面，秦德贵便欢喜地参加进去。

女队长柳克玉高兴地问：“小鬼，我们要去同国民党地主坏蛋打仗，你不怕吗？”

他勇敢地回答："队长同志，我就想打地主坏蛋，小时候，我一个人同狼都打过仗，现在同你们这么多人一道还怕吗？"

女队长柳克玉欢喜地说："看你这个样子，就是个胆大的小鬼。可是，我告诉你，我们打仗，不单凭胆大，还得用脑筋，你要跟着我们好好地学习。"

于是他作了女队长的通信员。

有一次，他们的队伍，同国民党匪军打了一夜，转移到山上的镇市，准备休息一夜之后，再绕到敌人的后方去。秦德贵到山下去巡逻，半夜里什么也看不见，完全摸黑。他想这得用耳朵。不久他听见有大车响动的声音，一会儿就停了下来，既不上山来，也不下去。他想："怪了，老百姓半夜会驾车出来么？"于是他摸去看，一驾马拉的大车停在树下，一个老百姓正坐在车上。查问的结果，才晓得国民党匪军拉他来拉大炮的，走到这里，就把炮移下车来，抬到山上去了。秦德贵赶忙回去叫醒人，大伙立刻悄悄转移开去，等国民党匪军在山上开炮轰击的时候，游击队员已经走了很远了。

女队长柳克玉拍着秦德贵的肩膀说："你是一个好战士！"那时他已十八岁了。

一九四八年，东北完全解放了，女队长柳克玉脱下了军装，投身于新中国工业建设的大潮中，主持这个工业城市的总工会的工作。秦德贵便向女队长柳克玉说："队长同志，我也要参加新中国的工业建设。"

女队长柳克玉说："在工会工作，不是一样帮助建设工业吗？我告诉你，建设工业是需要各方面的配合呵。"

"队长同志，我活动惯了，要出出汗才好过，我想到工厂去！"女队长柳克玉听见秦德贵这么讲，忍不住笑着说："你真是劳动人民的儿子。"接着又问："你想到哪个厂呢？我好写信介绍。"

"队长同志，请你给我选择一下！你在作战上领导我，现在搞工业建设，也要请你领导。"

“哎呀，这里有四五十个厂，我不晓得哪个厂的工作才适合你。”女队长柳克玉为难地笑了起来。

“队长同志，随便哪个厂的工作，我都能够学会。只是我要问的，到底哪个厂是工业建设的前线，你晓得，我打仗就喜欢打冲锋，我就想到前线去。”

“哈，你真是江山易改，本性难移！好吧，你就到炼钢厂去，那就是工业上的前线。”

于是他成为炼钢工人。

在平炉旁，凡是最热最费力的工作，他总是争先去做，毫不吝惜自己的气力。工程师、技术员和一些炉长都喜欢这个勤劳勇敢的年轻人，而且由于他当过八路军，打过游击，对他还有着一种尊敬的心情，凡是秦德贵问到炼钢的技术，他们总愿意详细地回答。大家工余休息的时候，秦德贵便在一人多高的炉门前面，从茶杯那么大的圆眼里，学着看炉顶矽砖的熔滴现象，学着看钢水沸腾的情形，学着看温度变化的颜色。大约半年光景，他就学会了炼钢。当炉长生病的时候，他就能代理炉长的工作。

有一次炼钢，他还胜过了初来的技术员。那是钢水完成精炼阶段，快要出钢的时候，技术员白光辉说要加锰铁一吨二。秦德贵说，不成，一吨二太少。而且他自作主张，就加锰铁一吨六。在炉上负主要责任的技术员白光辉，大为生气，还吵到厂长那里去，说他这炉钢成为废品，他绝对不能负责。因为钢水内加入锰铁，需要有丰富的经验和准确的计算，过多或过少，都会造成号外钢，变成废品的。厂长赵立明也发了脾气，认为秦德贵不服从技术员的指导，简直近于违法乱纪，而一成废品，损失就是几亿。正要叫来作检讨的时候，化验室送来了报告：秦德贵加锰铁这炉钢，化验的结果，刚好合乎规格。如果照技术员白光辉的主张，起码有一罐钢水变成了号外钢了。这一胜利，震动了整个车间。不久，提升他作正式的炉长。解放后，新入厂工作、升到炉长的地位的，就算他是第一个人。但他并不因此骄傲，人家一称赞他的时候，他就谦虚地说："同人家苏联炼钢工人来比，算得啥呀！我技术不成，文化又低。"他常常想："我得好好努力，赶上苏联炼钢工人的新纪录，还要同他们竞赛，超过他们，这一辈子，我要做到的。"

四

秦德贵包好手，立刻转回九号炉上。这时快要下午四点了，甲班炉长袁廷发已带领他的一班工人来接班。袁廷发刚好看完他应接手的工作，一见秦德贵便板着面孔，声音沉重地说：

"你这样不行哪，你只顾自己不顾别人！"

秦德贵受到这样的抱怨，还很少有过，不禁脸通红起来，很难受地说：

"袁师傅，你这是怎么说起的？"

袁廷发便牵着他的手，走到炉前西二门，要他从炉门眼里去看炉顶。秦德贵连忙把帽檐上挂的蓝色眼镜拉了下来，躬着腰杆去看。袁廷发指着挨近出钢口上面的炉顶，厉声地说："你瞧！"

秦德贵一下看出出钢口上头的炉顶，约有见方一公尺大小地方，挂着许多奶头似的东西，这就表示炉顶的矽砖在开始熔化了。如果已经炼了百把次钢，炉顶熔化了，那是难免的，它表明又到了该重新修造的时候，但现在是刚刚新修过不久呵。秦德贵气得发昏，一时说不出话来。

而且厂里新近还有这样的规定：凡是新修的炉顶，能够保持到炼三十次钢，都不熔化，便有奖金奖励。如果不到三十次，就化了炉顶，不但奖金吹了，化炉顶的炉长还要受到惩罚，扣去一些工资。现在新修过炉顶的九号炉才炼了二十五次钢，便化了炉顶。这当然使袁廷发非常生气，因为好容易地才保护到二十五次，这下全给秦德贵搞掉，真是难过极了。如果今天秦德贵不创造炼钢新纪录，不是受到厂里炼钢快报、门口大字报、车间黑板报的表扬，还觉得情有可原，现在他就认为秦德贵只顾自己搞快速炼钢，搞新纪录，不惜开大煤气和空气，使炉顶熔化，因此更加气恼。秦德贵自己，不仅气，还感到冤屈，他觉得快要倾侧平炉、准备出钢的时候，他还从五个炉门上的眼子下细看过炉顶，确是一点也没有熔化的痕迹。现在炉顶化了，还受到这样的责备，心里非常难过。他便立即走去问一助手孟修第："老孟，炉顶怎么熔化了？"

他竭力忍着怒气，但声音却有些颤抖。孟修第惊慌地说：

"几时熔化的，我也不知道呵！"立即又向秦德贵分辩：你到七号炉去帮他们挖出钢口，我不是在指挥上料吗？现在料还没有上完，炉顶怎么会化呢？"

在装冷料的阶段上，从来是不化炉顶的。秦德贵觉得这的确不能责备一助手，但这又是什么时候化的呢？真是使他苦恼极了。袁廷发站在旁边冷冷地说：

"这明明白白是精炼阶段熔化的，还推脱个啥？汉子做事汉子当！"

秦德贵一脸冤屈地说："我是炉长，我得负这个责任！只是我想找出原因。刚才出钢的时候，我的的确确看过的，没有看见化炉顶。"

袁廷发没有说话，只是鄙夷地一笑，仿佛在说谁信你说的？秦德贵忍着愤怒说："我从来就没有说过谎话！"随即转身走到安有仪器机械的屋子去，就在记录簿上，记上他化炉顶的情形，化在什么地方，多宽多长，都如实地写上。他在写的时候，眼泪几乎要滴了出来。他想在炼钢方面，创造新纪录，已经很久以来就起有这个心了。现在创造出来，却有了化炉顶的耻辱，等于美好的东西上面蒙上一层污秽，无法洗干净一样。

秦德贵做好记录，业已四点十五分了，交班的工作，算已交代完毕。他便走出车间，到厂长办公室去汇报工作。他这时的心情，又变成惴惴不安的了，仿佛一个做了错事的小学生，要到老师面前去承认错误，而且知道老师定会严厉地责骂一番，不会轻易饶恕他的。他走进厂长办公室的时候，里面已坐满人了，各个炉子的炉长都已到齐，他算是最后到的一个。他找着一个位子坐下，不安地望下厂长。厂长赵立明刚才开完了讨论七号炉打不开出钢口一事的会议，正有不愉快的表情现在脸上。他倾听着一个炉长汇报炉上的工作情形，一面又插嘴提出一些问题或者批评几句："你为什么补炉超过十分钟？""为什么熔炼时间那样长？""你做炉长的就没有好好地抓紧时间。""你们炉上的劳动纪律，要整顿下子。无论问也好，批评也好，语气上都含着很不高兴的成分。秦德贵越发感到不安，觉得今天他受的责备，一定不轻。

可是一轮到秦德贵汇报的时候，赵立明的脸色，却一下温和起来，很有兴味地问他装料和熔炼的经过。随后露出笑容说："秦德贵，你创造了新纪录，这是挺好的。就是要保持下来。不要今天来个最高的纪录，明天又来个最低的纪录。我看过去的纪录，你就有这样的情形。"

秦德贵还没说出化炉顶的事情就先红脸了，他小声地说："厂长，你说得对，我定要设法保持。厂长，我今天还做错一件事情。"

赵立明惊异地望他一眼："什么事情？"

"炉顶化了。"秦德贵说完这句话后，低下头来。他想说明炉顶化了，不是他的责任，但又觉得没有人能够证明他说的是真话，就又不说了。

"炉顶化了？"赵立明吃惊地叫了起来，立即皱着眉头问："化了多少？"声音并不严厉，显然创造新纪录的事情，始终使他感到愉快。如果在往天，一个炉长没有快速炼钢，而又化了炉顶，那他定要大声申斥的。

"见方一公尺光景，"秦德贵抬起头来，没有再低下去。接着就提起勇气，说明出钢以前，炉顶并没有化，只是去七号炉又去医疗室以后，才回来看见了的。

"你一定眼睛花，看大意了。哪有出了钢，还会化炉顶？"赵立明严厉地说，接着又皱起眉头，眼光锋利地望着秦德贵，问：“你们炼了多少炉钢了？”

“炼了二十五炉了。”秦德贵涨红了脸现出羞愧的神情。

“只差五炉哪？”赵立明脸上露出讥讽的神色，这是他心情变好突又遇着不如意的事情，就有这样的表现。“这都支持不住吗？”停了一下，随又严肃地说下去：“七点五分一炉钢，这是挺好的。我看还可以再缩短时间。”接着又讥讽地说：“就是要好好地看护炉顶。创造新纪录化了炉顶，这不算本事！”

秦德贵听见厂长末后说的讥讽话，使他感到很不好受，又何况自己在炉上的时候，并没有让炉顶化过，可以肯定炉顶是他离开炉子时候化的，可是这只能自己知道，无法向人证明，他感到十分委屈苦恼。他宁愿厂长骂他一顿，也不愿意受他这一句讽刺话。

五

汇报完，秦德贵跨上自行车，直朝宿舍奔去，烧伤的手，还隐隐约约有点发疼。落到西边地平线的太阳，反照着一路房屋的玻璃窗，发出强烈的光辉，炫人的眼睛。天空没有云彩，显得格外深蓝，渐渐转成苍黑。马路两旁的青杨树的浓绿叶子，轻轻地摆动。一处宿舍旁边空地上，起落着打篮球的声音，着红汗衣绿汗衣的身子，不断地晃着，时而响着尖锐的哨声。在往天，他会停下车来，把头挤在人家肩膀上，看一会儿。今天只偏起头，瞅了一下，便用力蹬下车子，加快地跑了起来。想起自己化了新炉顶和厂长那句讽刺话，使他很不快乐。炼钢厂集体宿舍的进门处，经常挂在那里的大黑板，上面已经用粉笔写上厂里当天的重要事件：炼钢能手秦德贵创造了炼钢的最高纪录。这是大字写的题名，另外还有几行小字。秦德贵看见了，深深皱起了眉头，觉得今天有了化炉顶的冤屈，同时想着又不能把这个纪录经常有把握地保持下去，心里越发感到痛苦。他放好自行车，就到食堂去。他买了一碗大米饭和两个馒头，又买了一盘炒土豆丝子、一碗菠菜豆腐汤，找着一个空位子，坐下大口地吃。食堂里热，一片讲话声，又大声播送着评戏《小女婿》，这是他平常最喜欢听的，可是在这时候，他有些厌烦，觉得太吵人，想赶快吃完饭走开。有人拍他一下肩膀，递给他一封信，还打趣地说：

“你这家伙，今天该你乐了，又搞出新纪录，又接到家里信。”这人是张福全，九号炉上乙班炉长，矮小的身材，胖胖的脸，有着愉快的小眼睛，喜欢同人打闹，别人接着女朋友一类的信总爱打听，“你念来听一听嘛。”有时候，还会从人家手里抢来看哩。

秦德贵接到家信，看见信封上的字，越来越写得端正，就高兴地感到，妹妹秦德秀学文化，是在进步了。可是这回接着，并不马上拆开看，只是塞在衣袋里，埋着头一个劲地吃饭。

张福全打趣地说：“老婆来的信吗？怎么不马上看看。”

“你少说些鬼话。”秦德贵又笑又恼地说：“我妹妹来的信，你怎么说是老婆。”

“呵，你有个妹妹，多大岁数了？”张福全假装惊讶地说，随又故意露出赞叹的神气，“字写得那样好，人一定生得漂亮。”

另一张桌上吃饭的李吉明，七号炉乙班一助手，也是爱打闹的年轻人，立即接口嘲弄道：“看你那个样子，猫儿见了鱼，真想求婚哪。”

“我哪里配得上。”张福全笑嘻嘻地说，“人家有这样了不起的哥哥，创造了最高纪录，还看得起我吗？”

“只要你肯给哥哥叩个头，事情就好办了。”李吉明嘲弄地说，还眨一下眼睛。

“他妈的，你去叩头吧！”张福全笑着回答一句，看见秦德贵一直不高兴的样子，不好再开玩笑下去，打算走开。

“你当然用不着叩头了，头早向电修厂叩过，还叩什么呢？”李吉明阴笑地说。张福全立即向他扬一下拳头，笑着骂道：“你少讲些鬼话，才有一点风，你那里就下雨了。”随即很快走出食堂。

李吉明笑着向秦德贵说："老秦，你还不知道吗？张福全这小子正在搞恋爱哩。"

"同谁？"秦德贵并不感兴趣，只是随便地问。

"听说是电修厂的女工，名叫孙玉芬，袁廷发的老婆介绍的。"原来张福全向他讲过在袁廷发家里见过孙玉芬，他就笑着向张福全打趣，要他找袁廷发的女人做媒。从此他又把这回开玩笑的谈话，当成事实，到处去吹，弄得张福全飘飘然的，又是欢喜，又是生气，甚至工作的时候，都有点想到恋爱上去，不能十分专心了。

李吉明吃完饭要走的时候，秦德贵举起筷子向李吉明点了一点，"不要走，我同你谈一谈。"他声音低沉地说，仿佛在下命令一样。

"怎么？有什么话要讲吗？"李吉明笑嘻嘻地说，现出不以为意的神情，但心里却不免有些吃惊，看秦德贵的脸色，不像往天那样有开玩笑的表现，大概会有正经话要讲。他在原来的空位子上坐下，一直观察着秦德贵的脸色。他见秦德贵只是吃饭，不但不讲话，连看也不看他一眼，就不满地说："你才怪呢，喊着我，又不讲下去。"

接着李吉明又忍不住笑了起来，闪亮着小眼睛，露出雪白的牙齿，望着秦德贵，打量地说："老秦，你到底在搞些什么鬼把戏？"接着他站了起来，又想走了。

"等一下。"秦德贵低声地说，急忙地要把碗里剩下的半碗饭吃完，还把剩下的菜汤，一下倒进饭碗里去喝。

秦德贵吃完饭，就向李吉明说声："我们走吧，这里怪吵人的。"这时食堂里面，吃饭的人越发多了，秦德贵一站起来，跟着就有人端起菜饭，挤着坐下。

李吉明跟着秦德贵走上二楼，又走上三楼的屋顶上去。西面的夕阳，快要落下地平线了，阳光返照了过来。屋顶上的水泥地面，还有热气。李吉明不满地说："跑来这里干吗？这样热。"

"有我们平炉车间热吗？"秦德贵讥笑地反问，他的脸色已没有刚才那样严厉了，却有着嘲弄人的样子。

“在平炉车间，那是为了工作。”李吉明恼怒地说：“我问你，到这里，是为了什么？”随即转身要走，一面恨恨地说：“我不同你瞎扯了。”好像他一下子明白他是受了骗一样。

“瞎扯，这也是为了工作哪！”秦德贵一把拉着他，不让他走掉。“什么鬼工作？”李吉明很是恼怒，随又忍不住笑起来，讥笑地说：“这里也有平炉吗？”

“当然没有平炉。”秦德贵放开他的手，笑着说：“可是一个炼钢工人，总要随时随地都把平炉放在心上。”

“所以你就想跑上来热一热，好使你仍像在车间一样，是不是？”李吉明斜起小眼睛，讥笑起来，随即恼怒地说：“神经病，我不奉陪了。”他挥一下手，要朝楼下跑去。

秦德贵又拉着他严厉地问：“我问你，你们炉子的出钢口，到底是怎么堵起的？”

李吉明怔了一下，立即站住，带着不满的神气，生气地反问：“这你管得着吗？牛圈里不要插进马嘴来。”他觉得在平时闲谈，问人彼此炉上的情况，倒没什么关系，现在秦德贵把这件事情，弄得这么严重来谈，不由得生气了。

秦德贵也本来要在平心静气的时候，才同他谈起出钢口这件事情的，却因为他在吃饭那一阵，心情不痛快，看见李吉明又那样嬉皮笑脸地打趣，越发使自己心里冒火，便忍不住谈论起来。现在看见李吉明这样蛮横的态度，便举起捆有绷带的手指，恼怒地说：

“看看我这烧伤的手哪，我还不该管吗？”

李吉明望下秦德贵右手两个手指上缠的绷带，禁不住露出幸灾乐祸的脸色，嘲弄地说：“怎么样？受伤了！难道还是我们七号炉给你烧的？”

“就是你们的七号炉。”秦德贵忍住愤怒，竭力平静自己的激动，“老李，我问你，你们那个出钢口，到底是怎样堵起的，两个钟头都打不开？”

“打不开，这是他们丙班的事情，你不能向我们乙班出气！”李吉明不回答秦德贵的质问，却反而加以责备，“他们丙班打不开，关你什么事，真奇怪，烧着手了，倒来找我们乙班出气！”

“就是要找你们乙班，就是要来找你！”

“我？！”

“因为出钢口，就是你这个一助手堵的！”

“我堵的怎么样？难道还要我赔偿你的损失？”李吉明的脸激动得发红，一面气势汹汹地发问。

秦德贵冷冷地说：“我倒不是为了我的手受伤，才来同你谈，我没有想到这一点。我只是想着你堵出钢口的方法，是应该自己检查一下。”

“你是什么时候升上去的，我问你，车间主任？”李吉明一下变得温和起来，却用恶毒的话去嘲弄秦德贵。

“哼，这些事情，只是车间主任一个人管的吗？”秦德贵气恼地叫了起来，随又压低声音，尽量温和地说：“老李，你晓得我们今天打不开出钢口，给国家造成了多大的损失，单是氧气就用了三十多瓶。算算看。还有，泡坏炉底，耽误出钢时间。”

“那只能怪他们丙班打出钢口的技术太低了！”李吉明青着脸子，还把两手向外一摆，“这同我没有关系！”

“好吧，就说同你没有关系，”秦德贵感叹似的说，接着提高声音问：“我问你，你听见国家损失了这么多，你难不难过？”

李吉明没有回答，只是向西面天空无目的地望去。云朵镶上了金红的边子，天色显得格外的深蓝。无数的烟囱、瓦斯库、高炉、庞大的厂房、搭着足手架的大建筑，就像涂上一层水墨似的，掩映在夕阳光中，景色显得无比的雄伟壮丽。金黄的雾霭中，飘浮起果色、黄色、白色，各样的烟云，标帜出生产的蓬勃气象。

秦德贵见李吉明没有回答，就随着李吉明的眼睛，望了一会儿，心里忍不住激动地说：“老李，你瞧，咱们的工厂，先前不是这个样子，刚解放的时候，到处破破烂烂，这里那里都生起野草。晚上我到厂里去送信，野兔子还从我面前跑过。……今天搞成这个样子，真不容易……咱们大家都流过汗的。咱们今天不能让它受到一点损失。老李，你说，对吗？大家工作，谁也不干涉谁。可是损失，我们不能闭着眼睛。我对你再说一句，我不是干涉你的工作。”

这样说得很和蔼又很诚恳，不能不使李吉明也温和起来，但他还是责备地说：“你开始的态度不对的，叫人不能不想起你是一个车间主任。”接着又笑着补说一句：“一个糊里糊涂的车间主任。”

“糊里糊涂？”秦德贵不以为意地笑着。

“当然糊里糊涂。一个聪明的车间主任，他不能莫名其妙地就怪人来。”李吉明面上现出愉快的神情，一下子又恢复了他的嘲弄人的口气。

“老李，请你不要见怪，”秦德贵很小声地说，生怕旁人听见什么似的。“你的出钢口到底是怎样堵的？”

李吉明沉默了一下，才突然笑着回答道：“还不是同你们堵出钢口一样，难道还有什么特别的方法？”

秦德贵静静地向李吉明望了一会儿，觉得从他那微笑的脸上，看出这个人一下子是不肯说真话的，于是他直率地说道：“你堵的那个出钢口，我今天亲自去打的，我觉得不对，那不是平常的堵法。”

李吉明又笑了一下，思索地说：“恐怕那是跑铁了。”秦德贵摇下头说：“不对，要是铁凝结了，那还是好烧的。”

李吉明现出没有法子似的神情，把两手朝外一摆，苦笑地说：“这就不晓得是怎样的了。”随即向秦德贵说：“我要去睡觉去了，半夜就要到工厂去接班。”

秦德贵晓得上夜班的人，睡觉要紧，便不好再拉着他谈了。他暂时不回到寝室里去，就从衣袋里摸出妹妹的信来读。信里面讲的话，全用爹娘的口气来写的，显然是爹娘说一句，她就照着写一句。信上说：你已经二十三岁了，应该赶快成亲才好，做爹娘的，替你挺担忧，现在幸好给你找着了，就是丁家屯的一个姑娘，她家喜欢有个工人做女婿，一说就会成功的。只因现在婚姻要自由，做爹娘的不能包办，你回来当面看看她。务必抽空回来，这是你自己的终身大事，切莫错过。最后又是妹妹的口气：“哥哥，你赶快回来看看哪，那个姑娘我同她挺熟，人长得漂亮，脾气挺好，手巧得很，啥都会做，你看见，一定满意，我敢保证。”在“保证”旁边，还打上两个肥大的圈圈，好像她的保证，是再可靠没有了。同时妹妹那种调皮的神情，含笑的眼睛，两条常常抖动的辫子，也活灵活现映在他的面前，他忍不住笑着骂了一句：“这小鬼头！”妹妹所说的话，对他发生了很大的兴趣。“这是谁家的姑娘？我见过没有？为什么不把姓名告诉我？”他对他妹妹不禁感到有些不满。但这也只是想一下就算了，反正回去就会看见的。他把信折好，放进口袋里，一面想到底什么时候回去呢？是不是就在这一次轮休的时候？一面向南面无目的地望去，蓝色的山影，出现在远处，山那边的广大原野，就是自己家乡的地方，有半年多没有回去了，就不说回去相亲，好久不见面的爹娘，也应该回去看看。正想到这里的时候，听见铃声，上化学课的时间到了，他便连忙走下楼去。

第二章

一

平炉车间南边的平台临着原料场，全没遮拦，远处原野上吹来的风，会把柳絮、蒲公英送了进来，沾在炼钢工人汗湿的脸上。到了夜晚，外边一片灯光，点缀在烟囱、高炉、水塔、瓦斯库下边，如同开了无数灿烂的花朵。载着矿石的火车，轰轰隆隆地走着，已经减小在原野上奔驰的速度了，但过岔道的吼叫声音，却更加频繁起来。车头吐出巨大的光芒，照亮了藏在暗影中的青杨树，还把青杨树的影子，映照进车间来。袁廷发在这个时候，如果碰着钢水又正在熔化阶段，他就常常会走到平台边上，站个两三分钟，敞开工作服，让他肥厚的胸脯，接受夜间的凉气，然后再回到平炉前面，继续观看炉顶的颜色和炉里沸腾的钢水。他是个高大的汉子，身体异常结实，紫红的脸子，一向有着严肃的表情，而在这一夜简直就像在发怒似的。他也不大走到平台边去享受凉爽，他知道新砌的矽砖炉顶，一开始有了熔化，就很难侍候，炉内的温度只要稍微大一点，就会使矽砖发软，凝出奶头，甚至吊起面条。这一来，矽砖就变薄了，炉顶寿命便会缩短，修理时间必然加多，影响钢的生产。袁廷发便只有一刻也不离开炉子，不断地通过蓝色眼镜，注视着炉顶，看见矽砖烧得发白了，就赶快举起手来，叫管变更机械的工人，迅速转动机械，把从平炉东头进去的煤气，变更成转由西头进去，就在这一变更的瞬间，使温度暂时减低一下，炉顶的矽砖也就因而由白变红，不致发软凝成奶头。等到炉顶的矽砖，又达到白热的程度了，又叫管变更机械的工人，再把从西头进去的煤气，变更成东头进。这样不断地变更，差不多三四分钟就要进行一次，全凭袁廷发一个人的观察来作指挥。炉内的温度，到了一千四百度以上，炉外虽说有砖和钢板隔了一层，没有那样强烈，但挨近炉门去瞧炉里的炉顶，还是很热的。袁廷发每瞧一次炉顶，总是要用水龙布袖头和手上的厚布手套，遮着脸和鼻子，袖头和手套就常常烤出焦臭的气味。他汗不断地出，心里火热，但不敢离开炉子一会儿。他观察炉顶，只要看见秦德贵熔化的那些矽砖奶头，就禁不住心里发出憎恨。有时还要叽里咕噜地骂一两句："该死的东西，就只顾自己出风头！"如果技术员这些人走来的时候，他还要发点牢骚："这样只管搞新纪录，炉子非搞垮不可。人家煮面，晓得爱护锅子，我们就怪得很，一边煮面，一边就打锅子。"他感到秦德贵这样的小伙子，不顾国家财产的损失，去搞新纪录，实在非常可鄙，而且更令人生气的，就是车间的领导，那样大事宣传，未免偏差太大。他一向觉得何子学他们看重青年工人，心里早就有点不快，这次秦德贵搞了一个可鄙的新纪录，实在吹得太过火。至于炉顶奖金的损失，他倒不大生气，觉得三人分下来各人所得不多，他乐意要得的奖金，倒是在快速炼钢方面。

往天何子学走来的时候，同他谈话，他还能搭白几句，甚至开开玩笑。这天晚上何子学准备下班回家，照例要在车间走过一通，当他来到九号炉前，袁廷发便避开他了，赶忙去观察炉顶，故意做出很忙的样子。何子学，三十多岁，中等身材，瘦瘦的脸子，小小的眼睛，显得相当精明，他以前在平炉炼钢，只做到一助手，由于他一解放就加入共产党，后来又到党校去学习，回来就作车间支部书记兼车间工会主席，同一批青年工人搞得好，但年纪大的工人，却有点看不起他。何子学一到九号炉上，就把衣袋里经常揣着的木框蓝色镜片，摸出来对准炉门眼子，踮起足望望正在沸腾的钢水。随即尾在袁廷发背后，小声问道："熔化完了吗？"

袁廷发没有理睬他，只是匆匆忙忙去吩咐旁边的吊车加矿石，一面又叫工友开动卷扬机，打开炉门。管吊车的立刻把大炮筒子似的铁杠杆，伸向平台去，将平台上装满铁矿石的钢铁槽子支起，然后转过笨重的车身送进大打大开的炉门去。铁矿石一倒进钢水，立即引起氧化，燃起巨大的火焰，从每个炉门缝隙中冒出，有六七尺高，使原来电灯照着的车间，仿佛一下着火似的，更加通明大亮起来。袁廷发看加矿石的工作，业已完毕，就又忙着去看炉顶，不让何子学有讲话的机会。何子学所以在袁廷发炉上站这么久，就希望这个炼钢能手，再炼出一炉快速炼钢，那就会创造厂里日产量上的新纪录。他便想在下班的时候了解一下，到底会不会做到。他跟在袁廷发后面，热情地说：

"老袁，今晚搞得出快速炼钢吗？"

袁廷发头也不回，抵塞他："你们简直在逼公鸡生蛋啰。"

袁廷发看见何子学竟然还在笑，就更加气了，愤愤地指着炉子说："你们简直一点也不看情况，我问你，新炉顶已开始化了，你还好开大煤气空气吗？那不是要再化下去？"

何子学也知道新炉顶开始化了，是容易继续再化下去，但他认为袁廷发有本事控制炉顶，也有本事在困难条件下搞出快速炼钢，才对袁廷发抱有很大的希望，所以还是笑着说："我想你这个老手，这点困难是可以克服的。""克服？拿话去克服！"袁廷发恼怒地说，接着走拢一步，冲着何子学的脸说："你们只顾瞎吹快速炼钢，全不管炉子会坏到怎样！"

何子学看见袁廷发从来没有生过这样大的气，就勉强微笑地说："怎么样，又有什么事情使你生气了？"

袁廷发举起手叫管变更的转动一下机械，趁着煤气变更的时候，火焰降低，便挨近炉门弯下腰杆，仔细地向炉顶瞧去。瞧完之后，现出不满意的神情，向何子学讥讽地说："还有啥说的，总是事事都做得对哪。"

何子学严肃地说："老袁，你这个人，怎样搞的，说起话来，老是东一弯西一扭的，我事做错了，你就直接讲吧。"

"讲什么，讲也是白讲。"

"白讲？只要你讲得对，我们就会照你的意见做去。"

袁廷发望了一下炉内沸腾的钢水，然后才转过身来，冷冷地说：

"黑板上那一套胡吹瞎捧的话，你能够马上把它擦去吗？"

何子学吃惊地望一下袁廷发，随即问道："我不知道你这是什么意思？"

"你当然不知道，你怎么会知道？"袁廷发射着恶毒的眼光，冷笑地说："我们老家伙的话，你是听不进去的。"

何子学笑着骂道："你这些糊涂话，我就根本听不懂。你才三十二岁，你怎么就称自己是个老家伙。"

袁廷发事实上也并不以为自己老，只因领导一向的看法，是把他排在老工人那一类的，一些年轻小伙子也的确叫他老师傅，再加车间领导上那样注意年轻小伙子，因而同领导讲话，故意称自己是老家伙。现在何子学骂他不老，他是高兴的。

何子学见他脸色好些了，便向他分辩地说："我觉得表扬秦德贵，并没有什么过分的地方。"

"你们简直在闭眼瞎来！"袁廷发重新生气起来，"你们这样干，只是在鼓励人去化炉顶。"

"呵呀！说一半天，原来是这么一回事。"何子学眉头皱了起来，"我已经打电话，通知他做个检讨，明天就写在黑板报上。"

袁廷发感到这样做是对的，但还是讥笑地说："好吧，我们也这样来，只搞新纪录，别管他什么炉顶，化了就写个检讨好了。"说到末尾，又忍不住愤怒地嚷道："结果，倒霉的是平炉，吃亏的是国家。"

何子学苦笑地说："你要知道，到底是谁的责任，还没有弄清楚，秦德贵他今天还到七号炉去帮助挖出钢口，有好一阵没有在炉上。我们不能一下子就抹杀了他的新纪录。"

"自然啰，他们小伙子化炉顶，怎么会是有意的？再加有了新纪录，那还了得！大伙儿都乐傻了，还看得见什么炉顶？"袁廷发嘲弄地说。何子学感到秦德贵得赶快写出检讨书来，而且只有这样做，没有更好的方法。他不想再同他讲下去，便走出车间去。

二

袁廷发出完自己炼的这一炉钢，已快到下班的时候了，一算共花去九个多钟头，是近来他炼钢最长的一次，而且力量花得最多。他不禁暗自倒抽了一口气，心里很不快乐，觉得这完全是秦德贵害了他。要不是秦德贵把新砌的炉顶，化开了个头，他今晚准可以搞出快速炼钢。因为他上班的时候，上一班才加料个把钟头，并没有什么不合适的地方，他可以有大量的时间，施展他的技术。就是该死的新炉顶化了，限制了他，使他在调整煤气空气方面，简直束手束脚，不敢随便动一下指头。他见到这么长时间才炼出一炉钢，真使他生气异常。

张福全一来上班，袁廷发就立即把秦德贵化炉顶的事情，告诉他听，还难过地说：“咱们保护新砌的炉顶，真像保护自己的眼珠一样，他家伙只顾搞新纪录，就一下子给你搞完蛋了。”

张福全一听见袁廷发的话，就把嘴巴一瘪，大声地说：“好嘛，咱们也乱来吧！”接着又骂道：

“共产党员，说起话来，满口大道理，做起事来，这样损人利己。”他生气地拉下帽檐上的蓝色镜子走去看了一会儿炉顶，又走到袁廷发面前，气势汹汹地说：“袁师傅你太胆小了。我今晚就要化给他看看。怕什么，以烂为烂，碰着坛坛碰罐罐。”

袁廷发原是只向张福全发泄他对于秦德贵的愤怒，不料这小子竟要向炉顶来出气，便很不安起来。他自从炼钢以来，就一直爱护炉上所有的东西，不忍随便糟蹋。而且由于长期工作，对于九号炉，有着说不出的感情，每样东西他都非常熟悉，就像相好的朋友一样。每一次补修炉体，虽是全由瓦工班去作，但他还是像对待一个生病的亲人似的，上上下下地观察，不让别人有一点马虎的地方，生怕有哪一点处理不妥，会使大病新愈的炉体，再留下一点暗疾。他赶忙拉着张福全叮咛地说：“老张，化炉顶你倒不要干哪。你要晓得，一个人不能拿刀子去杀他的熟人老朋友呵！”

“他秦德贵都干得，为什么我干不得？”张福全非常不服气地叫了起来，他感到只要再维持到炼五炉钢不化炉顶，就达到了厂里的规定三十炉的标准，可以拿到不化炉顶的奖金。现在却把一笔快要到手的奖金，葬送在秦德贵一个人手里，多么叫人痛心。他简直想不论什么怪话，都要骂出口来，甚至要搞烂一样东西才能出出心里的恶气。他不久以前在袁廷发家里认识一个年轻的姑娘孙玉芬，使他非常欢喜，引起他不少的幻想，他打算得了这笔奖金，买点东西送她，这下这个打算可就吹了，怎能不气。他每月所得的工资，除了自己吃穿而外，是要按月寄回家的，不能随便拿来乱用。平时他很少得到奖金，因此就把这笔炉顶奖金，看得异常重要。自从他看见了厂里新的规定，又看见了新炉顶刚好砌成，就真个下了决心，要使炉顶达到三十炉都不熔化，上班下班时候，都跟交班接班的两个炉长交代，要大家保证把炉顶看得好好的。他从来没有这样热心工作过，吃饭的时候，都不离开炉前，总是一面啃馒头，一面瞧炉顶。他先前瞧炉顶也是勤的，只是没有这一次这么有心。以往单是看看就是了，要是炉顶偶然不提防，真的一下化了，那也没有办法。现在却是拿出决心来，不许它化。要是没有下这个决心，抱了一些美好的幻想，听到炉顶化了，他也只是咒骂几句算了，现在就真憋一肚皮气，得找一个地方出出才行。好容易袁廷发才劝住他，最后还握着他的手再三叮咛："请你看在我面上，千万不要动它一根指头。"袁廷发露出可怜的眼光，像看一个三岁孩子似的望着平炉。张福全忍着一肚皮气，勉强点头答允了。袁廷发这才放心地走出车间。

三

半夜后的路灯，显得格外明亮，树叶投下黑影，在马路上轻轻地摇动。一股清新的凉风，掠过发热的脸子。袁廷发在往天夜里，一走在马路上，就感到凉爽、愉快、舒适，这一夜却有些闷闷不乐。回家敲两三下门，没有人来开，就想发脾气。他的女人丁春秀，比他小七八岁，裸着上身，跑来开门，他忍不住埋怨起来："你怎么睡得这样死哪！"

丁春秀露出睡后那种娇憨的神情，两颊红红的，笑着说："真不晓得一下睡得那样熟。"她跑回炕上披起一件单衣，就朝厨房走去，一面小声殷勤地说："你躺一下，我马上就给你热饭菜来。"

"不要热了，我不想吃。"袁廷发这样制止她，一面坐到炕上去。

"不想吃，是不是病了？"丁春秀非常担心地说，"稍微吃点好不好？"

袁廷发坐着，并不躺下，只是摸出香烟来吸。丁春秀打量他的脸色，不安地想："看神情，倒没有什么病，该不是干活碰到了什么困难？”她站了一会儿，才问：“你今晚炼钢快吗？”丁春秀自从丈夫隔一两个月得到快速炼钢的奖金，就对快速炼钢，大感兴趣，每天不但要问钢炼得快不快，还要把快速炼钢的炉数用粉笔记在房门的背后，以便计算月终能不能得到奖金，并为下月的家用，作出一些美好的打算。假如知道丈夫搞出一炉快速炼钢，她第二天定规要做一样好菜，来作为庆贺。

袁廷发起初对于门背后画圈，不以为意，还嘲笑丁春秀：“画那玩意儿干啥？”但一久了，也觉得记上有它的方便，偶尔无事的时候，忽然想起自己一个月的成绩，看到底是怎么样的，还可以吗，或是应该赶紧使一把劲。抬头往门后一看，漆着淡绿色的木板上，一串白色的圆圈，倒还能给人一个明白的指示。有时丁春秀出外去了，回来忙着别的事情，袁廷发还会提醒她说：“你快去画上个圈吧，我今天又有一炉快速炼钢了。”在这个月已经记上五个圆圈了，还欠十五个。丁春秀就天天盼望赶快完成达到得奖的数字，好准备给自己的娘，买一件绒线衣。

袁廷发听见问他今晚钢炼得快不快，便忍不住生气地回答：“别提了，提起来，满肚皮气。我今年炼钢，还没这么慢过，你想，九点二十分，丢不丢人？”他原来并没有打算要把这些告诉丁春秀的，他早就烦她太爱管厂里的事情，觉得一个女人做好家务事带好孩子就够了，用不着问这问那。他顶感头痛的，就是一回来，便是一句：“你炼得快吗？”可是在这一夜，不知怎的，总想谈谈，一点也不想睡觉。丁春秀觉得炼钢慢了，用不着生什么气，反正又不是做了坏事，就打了一个哈欠，劝慰地说：“不早了，快睡了吧。”一面说着就躺上炕去。

袁廷发却一直觉得像被人欺负了似的，心里有着不少的冤屈，总想吐出为快，看见丁春秀无心听下去，便忍不住叹了一口气。丁春秀责备地说：“不要为那点事情难受吧，我听见说，别个炉长连十二个钟头都有过，你这点算个什么嘛。今晚炼得慢，明天来快点好了，反正你自己又并不是没有本事。”这本来是很好的安慰话，倒反而一下子触到了他的痛处。袁廷发痛苦地说：“我现在就像手足给人捆绑了似的，还有啥本事拿得出来。”这倒很使丁春秀奇怪起来，忍不住爬起来坐着，一面抓把扇子来扇，一面很不安地问：你越说越怪了，为什么会有人捆了你的手足？”

袁廷发接着就把秦德贵化新炉顶的情形，一一告诉她听，还格外着重说到新炉顶一开始化了，就不敢再开大煤气空气，因而也就无法加大火力，缩短炼钢时间。丁春秀原是听得不住打哈欠的，等到一听见是秦德贵干的，便禁不住拿手拍下膝头，大声惊异地说：“呵呀，真是怪了，他干了这样的坏事，为啥黑板报还给他那样吹哪！”

“你哪里看见的？”袁廷发皱起眉发问。“就是我们家属委员会嘛，还有哪里呢？”丁春秀说了之后，就用指头点点炕上的席子，现出深思的神情，颇有独见似的说：“我当时看见了就觉得奇怪，秦德贵他好年轻嘛，怎么会赶过你。我想这里面怕有些讲究。”

袁廷发听见丁春秀这么一说，心里倒的确高兴了，不禁冷笑地说：“明天你再去看嘛，黑板报上就会讲出他到底错在哪里。”

丁春秀大为不满地说：“我看他们领导上也太糊涂了，明明他干错了，你还表扬什么呢？不说你生气，连我都要火了起来。”袁廷发看见丁春秀那样激动，便连忙说道：“赶快睡了吧，这些事情，你还是不管的好。”丁春秀觉得丈夫今天晚上本可以搞出一炉快速炼钢来的，就因为跑出一个秦德贵来阻拦了他。领导上反而表扬了秦德贵，她就忍不住骂了起来。“我看他们都没有长眼睛。”她顶担心的就怕这个月快速炼钢达不到二十炉，得不到奖金，打破了她的计划。她原是要赶着娘的生日，把礼物送到乡下去的。

袁廷发最不满意的，是车间的领导，但对厂长赵立明，却是充满了敬爱。主要是由于赵立明很看重他，袁廷发常常都感觉得到，无论在哪里遇见厂长，或是厂长有事来找他，赵立明的脸色，总是无比的和蔼，讲起话来，声音也特别显得亲切。厂里开什么会，只要袁廷发一出席，赵立明总要问："老袁，你有什么意见？"或者说："老袁，你说说你的意见吧。"奖励快速炼钢的大会上，厂长总是亲手把大红花给他戴在胸前，那种欢喜和鼓励的眼色，真叫他感动异常，觉得自己一个做工的，现在才真是一个人了。在日本帝国主义以及国民党统治的时期，做工人那是多么的痛苦，牛马一样，做梦都没想到会有今天这样的社会。他制止丁春秀说："你这样乱骂领导是不对的。"

四

袁廷发在伪满时代，就进了炼钢厂，但他在平炉车间只做一名杂工，扫扫地，收拾工具，招呼茶水。炼钢的事情，全由日本工人去做，中国工人是不能插手的。袁廷发他就偷着学习。比如日本工人取出一勺钢水来倒在小的模型内，用水冷却，捶成两半节，就从断口地方，判断钢内炭素多少，看完之后，记上册子，就丢掉了。袁廷发便捡来看，还偷看他们记的数目字。久而久之，他也学会了。有一次，一个日本管工的，发现袁廷发捡起丢在地上的钢样来看，就轻蔑地问："你看！懂吗？"

袁廷发本是想推说不懂的，但看见那个日本管工的那样轻视的神情，仿佛在说：你支那人，蠢猪，这你是不会懂的。于是袁廷发就冷冷地说："懂一点！"

"懂！"日本管工的吃了一惊，但还是轻蔑地问："多少？你，炭素。"他不相信袁廷发会看得懂。

"四十二。"袁廷发毫不迟延地就说出炭素的数目字。

日本管工的看一下钢样，脸色都变了，立即向那些围拢来看的日本工人叫起来："呵呀，他大大的懂！"

日本管工的随即转过头来，好像突然发现一个敌人似的，对袁廷发深深看了一眼，点一点头，鼻子里哼了一声，便即走开了。

袁廷发第二天上班的时候，一进厂门，就得到通知，他的工作调到食堂去了，他气得话都说不出来，但厂里的天下，是日本人的，有什么法子呢？他只有洗碗拭桌子扫地上饭粒的时候，故意失手打他妈的几个碗。一直到一九四五年，日本帝国主义垮台了，他才有机会走上平炉车间，可是使他大吃一惊，整个厂房静得像深山古庙一样，平炉里没有火，耐火砖散落在地上，吊车破烂了，满地都是铁条矿石。国民党跑来，恢复了两个平炉，他作了炉长，满以为可以为祖国效力了，谁知还是当不成人。常常遭到轻视和辱骂，而且得到的钞票，不值钱，放在家里一两天，就会少买许多东西，粮食经常买不到手，要靠老婆采野菜磨橡子面，来过可怜的日子。

共产党解放了这个城市，他才施展出他炼钢的才能。从此过着从来没有过的愉快的日子。他自己也感到他的生活是和炼钢联系在一起，不可能再分开了。平炉车间正和家一样，都不能离开的，两个所不同的，就是一个是休息的地方，一个是工作的地方。轮休的时候，别人到电影院去，到公园去，他可要骑着自行车，跑到厂里，看看炼钢的情形。如果下雨，或者有事不能出来，他就要吸着香烟向炼钢厂的一长排烟囱瞭望。从烟囱里冒出的烟子，他就能看出当天生产的好坏。他看出冒的是淡淡有颜色的烟子，晓得一切顺利。如果有一个烟囱，冒出黑色的浓烟，他就要叹气，感到不安："糟糕，炉子要修了。"

五

第二天上午十点钟的时候，袁廷发才爬了起来，丁春秀赶忙把热好的饭菜，端来给他吃，一面急不可耐地说："黑板报我都去看过两次了，还是跟昨天一样，没有写出什么来。"

袁廷发不禁笑了起来，有点嘲弄地说："我都忘记了，你白操这些心做什么？"

"你不晓得我这个人吗？我就是这样的，心里搁不得什么事情，一搁上就放不下。"丁春秀皱一皱眉头，有点生气地说："要是他们不把秦德贵化炉顶的事情，写在黑板上，我就觉得不公平。"

袁廷发笑了一笑，没有说什么，只是吃饭。他晓得车间领导的作风，对于表扬的事情，搞得很快，对于批评的事情，总是慢些，也就不以为意了。下午两点多钟，睡好了午觉，他便朝厂里走去。厂门口贴着一张红纸大字报，就是表扬秦德贵创造新纪录的，红得耀人的眼睛。惹得别个工厂的工人，经过这里的时候，也要停下足来看看。实在内容也很引人注意，红纸上不仅写着“惊人消息”四个大字，还在文字中间画有插图：一个穿工作服的炼钢工人，正驾着一架喷气式的飞机英勇地前进。袁廷发昨天下午第一次看见的时候，震惊了他，使他感到自己落后了，现在看见，却觉得吹得可笑，不禁摇一摇头。他再从旁边看，只有一些临时贴上的通告，却没有秦德贵的什么检讨，他只冷冷地笑了一下。

袁廷发走到调度室，看见门口大黑板上表扬秦德贵的新纪录，还是占了很大块地方，只在不显著的边上，用小体字写下秦德贵化炉顶的检讨。而且检讨得不深刻，只是笼笼统统地说是化了炉顶，并没有说出化炉顶的真正原因。他知道这是何子学他们安排的，还是表现出了车间领导仍然偏重在新纪录方面，不禁皱起了眉头。他觉得不能再同何子学谈论什么了，而且也不想再同何子学会面，便又走出了车间。他到俱乐部去，随便翻开当天本地的工人报来看，就有一条秦德贵创造炼钢新纪录的消息，说这是炼钢厂自恢复以来，从来没有过的快速炼钢，还说质量合乎规格，达到了百分之百的好。这使袁廷发气得满脸通红，恼怒地想：“为什么不提一下化炉顶的事呢？这样一来，咱们的炉体，以后，可难保了。”他感到报纸的宣传，比什么大字报黑板报都来得重要，因而也就更加误事。他忍不住骂了起来：“这样领导下去，平炉车间，那就只好垮台！”

天黑了下去，厂长赵立明和党委书记准备下班回去，最后还到平炉车间巡视一通。走到九号炉上，停了一会儿。赵立明特别介绍袁廷发和党委书记相见，还高兴地说：“老袁才是我们厂里第一个炼钢能手。”

袁廷发看见厂长这样高兴地夸奖他，忍不住欢喜起来，谦虚地说："我不行。"随又想起领导上还让新闻记者在报上吹嘘，又有点不快，就冷冷地说："秦德贵他就超过我了。"

赵立明笑着说："秦德贵还不行得很，他化了炉顶，新纪录算不得一回事。"接着又郑重地向梁景春说："老袁炼的快速炼钢，算他第一多。"

接着梁景春问到化炉顶的事情，袁廷发小声地说："其实只消当心下子，炉顶就不会化的。"

梁景春是什么都有兴趣，都想学习，都想看一下，便说："让我看看，炉顶化在哪里的？"

袁廷发连忙取下头上的帽子，还把帽檐上的蓝色镜子掀下，然后递给梁景春，一面说："你戴着看看。"

梁景春取下自己的帽子，戴上工作帽，走到炉门前，从砖砌的炉门上茶杯那么大的眼孔看进去，只见炉内鲜红的钢水像一锅清稀饭一样，不断地沸腾。

"党委书记，你朝上面看那，朝我手指的地方。"袁廷发弓着身子大声地说。

梁景春觉得脸和鼻子都烤疼了，暂时离开炉眼孔一下，看见袁廷发看的时候，是用工作服的袖子，遮着脸和鼻子，他再看的时候，就也举起袖子，袖子本是干的，就在这种强烈的火焰旁边，冒出细微的水蒸气，他周身冒出汗来。

"你看见那些奶头没有？"袁廷发在旁边平静地说，好像火焰对他并没什么威胁似的。

梁景春热得不能耐了，但还是坚持看见为止。等他看见的时候，他闻见有股布烧着的气味。袁廷发连忙拉开他，把他袖子上着火的地方弄熄，惋惜地说："这要穿我们这种水龙布工作服才行。"

梁景春没有注意他的袖子，只是向袁廷发问："为什么炉顶的砖会化？"

“因为火力太大，超过了矽砖的熔点。”

“这我晓得的。我是问做炉长的，为什么有的人会化炉顶，有的人又不化？”

“这有三种情况：一种是炉长不小心；一种是炉长懒，不肯勤看；一种是只顾追求快速炼钢，宁愿炉顶化下去。”

梁景春指着炉子说：“刚才看的那一块，是怎样情形化的？你看得出来吗？”

赵立明立即笑着说：“这看不出来的。”

梁景春继续问：“袁廷发同志，你同秦德贵一个炉子工作，你该知道他是怎样情形化的？”

“这个，”袁廷发搔一搔自己的头，笑着说：“这个，很难说，只是秦德贵这个小伙子，好胜心挺强，常常想跑到前面去，这就难免对炉顶……”袁廷发觉得没有看见，不好说得太实在，但依他的推测，无疑秦德贵是有意化了炉顶去搞新纪录，所以他又说：“我同他谈，他总推在一助手身上，那是不对的，一般装料阶段，都不会化炉顶，一助手不能负这个责任。我看秦德贵要是疏忽大意，他一定会承认的。他就是一口咬着不承认。这里面是有些问题。”

梁景春想了一下，没说什么。赵立明催他走，他才向袁廷发握下手说：“和你见面，真是高兴。”一面回头向赵立明笑着说：“真是奇怪，我一到炼钢厂，首先给我个强烈的欲望，就是想学炼钢。”接着又拉一下袁廷发的工作服，半开玩笑半认真地说：“我明天就穿起这一套，来做你的徒弟，要吗？”

袁廷发连忙说“不敢当”，有些不好意思。梁景春拍拍他的肩膀笑着说：“你已经做我的师傅了，刚才我就跟你学得不少。”袁廷发感到党委书记对人亲切，心里很是愉快。再加以厂长那样郑重地把新来的党委书记介绍跟他见面，还说出了最高领导对于新纪录的看法，和他自己的意见，正是一致的，这使他再高兴没有了。只觉得何子学他们的作风，太有偏差，做来很使人不满。他想要提一个建议，以后报纸上以及厂里的大字报黑板报，凡是要表扬厂里一件事情，都须厂长或者党委书记看过才行，不然掌握在何子学他们手里，是一定要出大毛病的。

六

半夜十二点钟交班的时候，乙班炉长张福全来了。他先前作过袁廷发的一助手，很听袁廷发的话，把袁廷发看成最好的师傅，假如有人说袁廷发有什么短处，他会顶不高兴地瞅他一眼，认为他是一个不好的人。他作乙班的炉长，就是袁廷发出力推荐他的。他一接班，翻翻记录簿，看见秦德贵垮了下来，炼钢时间很长，不禁笑了笑。又看袁廷发炼钢时间也不短，就皱下眉头对袁廷发说：

“袁师傅，你怎么不超过他呢？你应该超过他哪，你应该搞出更高的新纪录。不论从哪一方面看，他都不应该走在你前面。”接着还忍不住生气地说：“他走在你前面，真把我气坏了。”

“你看他那个新纪录，是怎样造成的？”袁廷发鄙视地说：“我不能跟他那样干。”

袁廷发回到家里，丁春秀忍不住叹口气说：“我今天下午差不多同家属委员会的杨主任吵起来了。我说，你为什么黑板报上不登秦德贵化炉顶的事情，她说厂里不来通知，她怎能自作主张。我说，为什么不打电话问问？她说，事情已经够多了，厂里没有通知的事情，就不要去惹麻烦。我说，这怎么是麻烦？应该问问，恐怕是厂里忘记了。她索性不耐烦地说没得闲，我就气了，我说你这个人，服务精神真差。要不是有旁人拉开，真不晓得我们会吵到什么田地！”

袁廷发听着，暗暗地摇头，觉得自己的女人，未免太多事了，何必为这些事情烦恼。丁春秀望了一下袁廷发又说：“她们有几个人劝我，说：袁大嫂，你白怄这些气做什么。你叫你袁大哥，搞出个新纪录出来，就什么事都没有了。我想她们说得挺对。后来，我又听见她们说，人家报纸上都登出来了。……依我看来，你还是搞个更新更新的新纪录吧。你又不是没有本事。”

“哼，连你也想出风头了？”袁廷发嘲弄地说，现出一脸恶毒的神色。

“这同我没什么关系，”丁春秀立即责备地说：“我也没有想到，要人家说我，是创造新纪录工人的老婆。你搞了那么多的快速炼钢，我就从来没有听见人家对我说：‘我多羡慕你呀，你是快速炼钢手的老婆。’也没有听见人家在背后说：‘瞧，那就是快速炼钢手的老婆。’”接着她放低了声音，变成亲切的口气：“我只是听她们说一个会做工的人，工作做得出色，他应该登在报上，有让大家知道的光荣。我觉得你应该有这个光荣。”

“我看，你简直可以作委员了，家属委员会改选的时候，我一定投你一票。”袁廷发嘲弄地说，“有你这样一个委员住在家里鼓动，那我姓袁的准可以搞出新纪录来。”

“呵哟！你以为委员那顶大帽子，就吓唬着人了，”丁春秀假装不高兴地说，“我就是这样的人，肚里有话是装不住的。我有了什么，就要说什么。”她自己当真的想做家属委员会的工作，觉得对于丈夫的监督，对于谈论厂里的事情，那就名正言顺了。

饭菜摆到炕桌上来吃的时候，丁春秀忽然笑着说：“我还忘记告诉你啰，张福全今天送了好些番茄、青椒来，说是家里种的，你猜猜看，他怎么一下子变得这么好？他不是从来不送我们东西吗？”

袁廷发拿筷子捻着碗里的番茄炒蛋，略微诧异地说：“这就是他送的吗？”

丁春秀笑着责备自己说：“这就怪我那天不该多一句嘴。”

“这嘴多得好呀，连番茄、青椒都吃到了。”袁廷发笑着说。

“好，你晓得这样的话吗？吃人的饭，要与人挑担呀。”丁春秀露出一脸严肃的神色。

“你没见到吗？自从张福全那次碰见孙玉芬，他就爱来我们家里了，一来就要问到孙玉芬。

我只是打趣他下子，我说，“你喜欢孙玉芬，我给你做媒好吗？当时我说过就算了，哪想他就当真听进去了。”

“那你有事做了！”袁廷发讥笑地说，跟着又露出责备的神情，“这样的事情也好讲的吗？

我看你一天不多讲点话，就过不出日子来的。自从婚姻法颁布下来，做媒根本就是件落后的事情。”

丁春秀把嘴一瘪，略带生气的神情，大声地说：“我倒不管你们那些落后不落后，我只是感到孙玉芬都二十岁了，她娘老子没在这里，我做表姐的，应该帮她一下忙。她不喜欢张福全那就算了，难道我还会强迫她吗？”

袁廷发放下筷子碗，嘲笑地说：“咱们还是睡觉吧，算你道理多得很，我服输了好不好？”

丁春秀一面收拾碗筷，一面不高兴地说：“当然比你道理多。”收拾好后，丁春秀倒不久就睡熟了，袁廷发可一直没睡好。他觉得老婆的胃口，越来越大，快速炼钢已经不够味了，还想要新纪录哩。他觉得这都是黑板报，尤其是报纸搞出的问题，厂里的最高领导，要及时制止才好。另外，又自己感到，确实单搞快速炼钢是不行的，得创造更高的新纪录才对。不管人家只高你一分，但新纪录总是他的，不是你的。何况这个一下子走在前面的年轻人，是一个后辈，技术还并不怎样行！

第三章

一

各个车间的支部书记，汇报了工作之后，梁景春就要何子学单独留下。他取出烟来，给何子学一支，然后自行点燃一支衔在嘴上，迅速吸完一口之后，才向何子学说：“我要问你一下，七号炉出钢口的问题，研究得怎样？他们开会你都参加了吗？”

何子学听见梁景春要他单独留下，心里感到不安，不晓得会有什么问题发生，小心地点燃烟吸着，等到梁景春提出这样的问题来，便放心地笑了，说：“这个出钢口的问题，全部解决了，行政一连开三次会，我都参加了的，丙班和乙班的一助手，都记了过，一个是打出钢口，没有及时采取适当的措施，一个是堵出钢口，工作马虎。”他很满意他这次说话的干净和有条理，同时也是梁景春那样和蔼的脸色鼓励了他，使他能够从容讲话。他感到这个新来的党委书记，就是容易亲近，谈起话来可以无拘无束，但还摸不到党委书记还有别的什么脾气，所以一开始，总不免有点紧张，但谈着谈着也就舒畅起来。他说之后，见梁景春没有说话，只是默默地吸着烟，便又补说一句：“这已经没有问题了。”

梁景春深深吸一口烟，然后由左手两个手指，夹着烟支，放到烟碟上抖了一抖，轻声说：“何子学同志，在行政上说来，这个问题是解决了，但在我们做党群工作的人来说，这个问题才刚刚开始。”

说完后又把烟拿到嘴上去吸。

何子学惊异地望了一下梁景春，不安地想：“这是怎么说的呢？”他把烟支拿在手里也忘记吸了。

屋子外边有火车喘着气走过，煤烟溜进屋来，梁景春赶紧跑去关上玻璃窗子。随又把过道门打开，让煤烟出去，并使屋子凉快一点。平炉车间像海潮似的声音，又响了进来。他感到说话会受影响，便又把门关着。

梁景春站了起来，走到何子学面前，带着深思的表情，低声地说：“两个记过的一助手，你都熟悉他们吗？”

何子学立刻回答：“熟悉他们的，两个人工作都不错。”

梁景春微笑着说：“工作都不错，为什么都犯错误了呢？”

何子学勉强笑着回答：“一般都是，在工作中难免不发生错误的。”

梁景春立即说道："何子学同志，你要知道，我们在工业中做党群工作，主要就是保证国家计划的完成，首先就要设法不使错误发生。错误发生了，还要使它不再重复发生。"

"有好些人只要记了大过，他们就很少再犯的。"何子学插嘴表示他的意见，他有点感到新来的党委书记，好像有点不大懂工人的情形。

梁景春向何子学望了一下，便微笑着说："何子学同志，你这样想过没有？当厂内有人犯错误的时候，他是无心犯的，还是有意犯的？我们要弄清他的思想，到底是什么原因。"

"党委书记，我想过的。"

"那么，这次的事情呢？"

何子学没有回答，脸却红了，额上冒出了汗。

梁景春走去把电扇打开，还推开两扇玻璃窗子，转身过来，笑着说："何子学同志，这点我是了解你的。我帮你回答这个问题吧，你一定因为他们两个什么……"

何子学立即说："两个一助手。"

梁景春嘲笑自己说："我的记性真差。"随即郑重地说："你一定因为他们两个一助手，一向工作不错，才没有想他们到底有心犯错误，还是无心犯错误。是不是这样的？"

何子学连忙点头回答："是的，正是这样的。"他这样才感到轻松了，还愉快地说："厂长也问过我，到底两个一助手，一向工作怎么样？我说很不错，算是车间最好的一助手。"

梁景春走上桌前抖下烟灰，即在皮圈椅上坐下，重新吸起烟来。何子学打量一下梁景春，迟疑地说："党委书记，还有话吗？"他打算走了。

梁景春点一点头笑着说："我还有话要同你谈哩。"

何子学重新坐了下去，他觉得谈谈也好，党委书记才来，是有许多情形，应该告诉他的。

梁景春轻声说道："何子学同志，这两个一助手，他们来工厂有多久？从来都没有犯过错误吗？"

何子学立即申明地说："党委书记，我才做支部书记一年多点，他们两人以往的情形，我还不大清楚。"

"那么，你只知道他们一年多以内的情形？"

"对了，党委书记，正是这样的。"

"这不行哪，我们做党群工作的，还得知道他们的过去。"梁景春手指轻轻敲一下桌子，"为什么要了解这些，就是要使我们能够查出他们的错误，是有意，还是无意。就是要了解当时做错了事，是怎样的思想情况。"他歇了一会儿，露出了不安的神情，"我查了一下出钢口打不开的损失，使我非常的不安。那天炼的一炉五〇锰钢，是要送去做炮弹，支援我们中国人民志愿军的，何子学同志，你想想看，这个政治任务重不重大？……我们却没有完成。就是第二炉完成了，那也是拖延了时间。我们不能允许这样做的。"他用力吸烟，像要使他的心情平静下来。

何子学忍不住激动地说："党委书记，听了你这番话后，是的，我应该查查他们以往的情形，过去做得太不够。"

"何子学同志，我问你一声，"梁景春业已恢复了平静，声音很和蔼地说："你记不记得，在你做支部书记一年多以前，他们两个……"

何子学连忙补充地说："他们两个一助手，"跟着又立刻说："党委书记，你是不是问他们有没有犯过别的错误？我记得不曾有过。"

"我想问这一点，他们两个一助手，有没有打出钢口很慢的情形？慢个十多二十分，以至半把点钟，有没有过？"

"慢个十多分钟，一般的炉子，都有这样的情形。"

"他们两人慢的情形，从现在起，我们要调查一下。"梁景春声音低沉，却很有力，"何子学同志，可以查出吗？"

何子学连忙说道："可以查出，每次打出钢口花费多少时间都写在工作记录簿上的。只是查起来慢一点。"他心里感到为难，觉得要查几年来的工作记录簿，是不容易的。但他立刻提起勇气说："这个工作，我可以立刻干起来。"他感到在这个党委书记面前，自己发现确有很多的缺点，再不提起勇气，是不行的。

梁景春静静地说："要是有记录簿，这叫小余同志统计一下就行，你还有另外的工作。"

"我分得出时间来的。"何子学感到有做这个工作的必要了，他是不愿意放给别人的，他有一股干劲，"只消一天工夫，就可以搞出来。"

"他们一助手，堵出钢口打出钢口，都有人帮助吗？"

"总有一两个人帮助的。"

"那么，你就去同这些人谈谈吧！"梁景春声音又低沉了，"他们一定了解出钢口是怎样堵怎样打的。"

"我都同他们开过会了，大家都发表过意见。何子学脸色显得苦恼地说，"就是找不出原因。"他感到党委书记还不明白一个支部书记所做的工作，便又赶快地说："这个我都在讲别的工作的时候。顺便汇报过的。只是我没有详细讲。"

梁景春沉思了一会儿，然后说："他们两个班上的人，有没有互相抱怨过？"

"吵都吵过了！"何子学大声地说："周开林就怪李吉明他们没有堵好。李吉明就怪周开林他们不会打。平心说起来，两边都有不是。"

梁景春立刻摸出衣袋里的手册，再问一下两个一助手的名字，便记了上去。随又问何子学："依你平日的看法，这两个一助手哪一个好点？"

"两个人工作都不错，"何子学重复一句他说过的话，然后思索地说："就是周开林差一点，开会不大讲话，背后还有点发牢骚，政治认识差，还有一点，碰到困难就急得没有办法。同群众关系搞得不大好。李吉明就不同了，他是工会小组长，什么事情交给他办，总是很快就办好了，思想认识都不错。缺点也有，就是喜欢同人打闹，开玩笑。”

梁景春笑着插嘴说：“这倒不算什么缺点。”

何子学接着说下去：“依我看来周开林倒应该调查一下。我记起来了，去年周开林兑铁水，就倒了一两吨在地上，事前就是他没有把小车弄好，工作上粗心大意。”

“好吧，你慢慢想一想，是会记起一些事情来的。”梁景春站起来说：“最好连他们两人入厂以前的事情都知道一点，我还要找厂长谈一谈别的事情。”接着又说道：“不要老是开会，应找人作个别谈话，要好好地谈，像朋友一样地谈话，不要做出审问人的态度，也不要做出教训人的态度，那些态度都会使人远离我们的。”

二

何子学走了出来，业已六点钟了，正是大批的工人，下班洗好澡，开了工会小组会，准备出厂的时候。厂门口的一块空地上，放了许多自行车，换好衣服的工人，都去取车子。何子学往天这个时候，就跟大家说说笑笑，一路走出厂去，感到一天工作做完后的轻松，现在却觉得不安，甚至有点烦躁，仿佛背上压有一个东西似的。假如这件事情，开会可以解决的，他就马上召集人开会，党委书记如果要他查工作记录簿，他现在就可以留在厂里，一夜不回去。现在接在手上的任务，却是不能马上动手，而又不知如何下手。他走到办公室的外面了，还没有决定马上回家，还是到车间去看下子。恰好九号炉乙班炉长张福全走来同他打招呼，他心里一下亮了：老张不是一解放就来厂里了吗，正好找着一个请教的人了。便向他打招呼：

“老张，我们一道回去吧，我想同你谈一件事情。”

“好吧。”张福全高兴地说。仿佛在说你要找我么，恰好我也要找你哪。

他们一道走着的时候，何子学正要同张福全讲话，问他关于周开林、李吉明以前工作的情形，张福全可先讲话了：“老何，我正想同你谈谈，听说不是要布置竞赛了吗？这挺好。可是要我们九号炉带头挑战，可就有困难哪。”他一边说，一边扶着车子在走。

何子学一向是喜欢张福全的，觉得张福全能够主动地向他反映一些问题，而且讲起话来总爱开点玩笑，使人感到愉快。他现在听了张福全的话，高兴地看他一眼，连忙问：“有什么困难？”

张福全微笑了一下，小声说：“难道你一点都不知道吗？”在他以为何子学是应该知道的，便开玩笑地说：“老何，你这一下官僚主义可躲不脱了呵！”

何子学假装做出恼怒的神情说：“吓，你不要乱扣帽子哪。”随即又忍不住笑了起来。接着小声申诉地说：“你晓得这几天简直把人忙得晕头转向的，就是给别的炉子订增产计划。”立即又嘲弄地说：“九号炉有你们三位大将顶住，我就可以躲懒一下。”

张福全笑着骂了起来：“哼，三位大将！啥三位大将呵，简直是三个和尚啰！”

“怎么，你们在做和尚了。”何子学觉得很好笑。

“怎么不是？”张福全仍旧带着又笑又骂的口气，“你不是听过这句俗话吗？一个和尚挑水吃，两个和尚抬水吃，三个和尚没水吃。现在九号炉就是没水吃。你还不知道，可真该打。”

何子学立刻扬一下眉毛，现出恍然大悟似的神情，停下足来，大声地说：“你们是不是对秦德贵还有意见？”

张福全走着没有说话。后面骑自行车的人，不断地绕他们身边跑过，还一面按响铃子。

走了一会儿，张福全又说道：“老何，我老实告诉你，我真怕同秦德贵交班，只要你哪点做得不到家，他就会脸红脖子粗，跟你吵起来。自从他创造了新纪录，眼睛就搬家了，这几天还厉害些，一直从额上搬到脑顶。”随又用力挥一下手，“他同任何人都搞不好的，袁师傅提起他也有一肚皮话。老实说这不像共产党，也不像工人阶级。”

何子学感到情形的确有些严重，立即说道：“这我一定要找他谈谈。这个搞不好，我们怎么能搞竞赛呢？”

他们刚一出工厂区的大门，张福全就在马路边上停了下来，他对何子学说：“老何，你走吧，我还有点事情，要等一个人。”

何子学看他那样热心等人的神情，一面用手拭顺他的头发，扣好他的衣纽，便知道有一点名堂，便忍住笑问：“你要等谁？”

“用不到你管，你快走你的吧！”张福全假装着很正经的神情，眼睛立即向大门望去，生怕涌出的人群，会有一个人放过了，没有看见。

何子学立在旁边很有兴趣地说：“你这家伙，你怎么叫我走开，我还有话同你说啦。”他看见张福全的神情，不禁觉得很好笑。

张福全见何子学不走，好像有意要看他在等什么人，很想生气，却又不好生得，刚才何子学不是明明有事情要找他吗？就焦躁地说：“那你就快点说吧！”

“这倒不是三言两语，一下子说得明白的。”何子学踌躇地说，同时也感到为难，觉得在这人众的地方，不好谈得。

张福全挥下手说：“那让我吃了晚饭来找你好不好？”

“晚饭后？”何子学沉吟地说：“恐怕还有别的事情。”接着又开玩笑地说：“你对我得老实一点。只要照实说，你等的是女朋友，我就晚上等你。”

“妈的，”张福全忍不住诡秘地笑了起来，“碰着你这家伙，真没办法。”接着挥一下手，“走你的吧，我就承认我是等女朋友好了。”

何子学大笑起来，随又凑拢张福全的耳朵，小声地说：“结婚那一天，可要请我吃酒呵。”

“滚你的蛋啰！你一下就扯得那么远。张福全虽是这么骂，心里可是怪乐的。

三

张福全的确是在等一个女朋友，那是电修厂的女工孙玉芬，曾在袁廷发家里会过面，首先给他最好的印象，便是她一知道他是炼钢工人，就脸上流露出极大的喜悦，很热情地同他谈起炼钢的事情。就因为那一次谈话，他才第一次感到他的职业，会是这样地被人看重，从她红润发光的脸上，觉得他选的炼钢工作，有着无比的光荣。第二次在公园会见，他有点踌躇，还不敢马上同她打招呼，她却跑来同他握手，在湖边柳树底下，谈着笑着，走了好一阵，要不是她还有另外的女朋友在叫她，而他又不是同李吉明在一道，他会约她去湖上划船的。他感到这两次会面，是他生活中的节日，愉快，难以忘怀。再加以李吉明自从那次公园里看见孙玉芬之后，就早晚半开玩笑半认真地说："你真是个傻瓜，人家对你那样热，你都看不出来。"而且有时还故意使他听见似的向人宣传："老张么，可变哪，恋爱正搞得火热。"这使他表面上生气，心里可乐疯了。以后又在马路上遇见过两次，再加丁春秀同他谈起孙玉芬，还笑着问过："你喜欢我的表妹吗？让我给你做媒好了。"更引起他一片痴想。

他今天由夜班转为日班，下午六点钟出厂，首先就想着："我今天能够会得见她就好。"本想大胆地就到电修厂门前去等，可恼就有何子学缠在一道，没法子只有向工厂区的大门走去，扯个由头，把他弄开。何子学走后，他就双手扶着自行车，眼睛一直没有离开大门，正如炼钢时候关心炉顶和钢水一样地认真。

孙玉芬和好些女工夹杂在更多的男工中间，走了出来。她上身穿着白色的西装衬衣，下边穿着系有背带的黑布裤子，足穿黄色皮鞋。头发剪短，披在颈上，脸上发红，正兴奋地同人讲话。张福全一眼就看见她了，便走到人群中，悄悄走到她的后面，听见她向别的女工讲："刚才我还忘记讲这个秦德贵，还打过游击哩。"张福全走上前一步，向她打招呼："孙玉芬同志，你刚下班吗？"

"呵，张福全同志，你今天是白班吗？"孙玉芬立即回头来，同他谈话，露出高兴的笑容，"我们正在谈你们厂里的事情，你们成绩真不错哪，连省城的报上都在表扬你们创造了新纪录。"

"孙玉芬同志，这回新纪录没什么了不起，同以前的纪录比起来，只不过缩短了五分钟。”张福全不想多谈这方面的事情，立即扯到另一方面去，“你最近到袁廷发家去没有？”

孙玉芬没有回答他的问话，还很有主见地说：“张福全同志，我不同意你的意见。”随又向她身边走着的同伴说：“咱们今天订计划不是为几分几秒都在争论吗？”马上又回转头来向张福全说：“我觉得缩短五分钟不是一件小事情。”

张福全笑着说：“孙玉芬同志，不瞒你说，这回新纪录，还有内幕新闻哩，你要是到袁廷发家去，他就会告诉你的。”

孙玉芬却是相信报纸的，认为事情既然在报上表扬了出来，一定是正确的，另一方面她又知道大凡在厂里发生新的事情，总有人赞美，也会有人嘁嘁喳喳，表示不满。她便坚决地说：“我倒不管你们厂里那些什么内幕新闻，我只问你们提前五分钟，是不是真正地提前了五分钟。”

“当然是真正提前了。”张福全笑着说，“只是……”

孙玉芬立即打断他的话，抢着说：“只要是真正提前五分钟，这就对了。”接着又向她的女伴说：“咱们为了争取几分几秒，可费力哪。”

张福全让她说完之后，才又很有兴味地继续说道：“当然，缩短了五分钟，是件重要的事情。可是就不该化了炉顶，破坏了炉体。”他心里很高兴，觉得一遇见她，总有不少的话，逼着要谈下去。他就怕遇见了没话可说，尤其是她和许多女工在一道的时候。

“是不是炉子烂了，不能炼钢了？”孙玉芬惊异地叫了起来，好像她自己是平炉车间的管理人，一个责任骤然落在她肩上似的。

张福全笑着连忙说：“那倒没有烂到那么凶，炼钢还不成什么问题。”

孙玉芬这下又觉得相信报纸是对的，还笑着说：“我想报纸它绝不会乱报道的。”

张福全想到报纸的报道，不禁皱起了眉头，他没说什么，只是掉过话头问："我听你表姐讲，最近你要回家去吗？她正打算买东西，托你带回去，要你走的时候，到她家去一下。"

"家里总要我回去，就是一回去，就要耽误一两天，车间正要搞竞赛，哪里抽得出身？"孙玉芬不快地说。

快要分路的时候，张福全看见好些女工在同孙玉芬一道走，不好意思再跟下去。如果单是她一个人，那现在就是最好的机会，一直送她到女工宿舍，起码会表示出自己对她并不是冷淡的。他认为自己的确有点近于傻瓜，没有对她流露一点热情。今天好容易遇见了她，才找出机会来同她谈话，真有点不忍分手。他见孙玉芬快要走上另一条路了，就叫了一声："孙玉芬同志，请你等一下。"

孙玉芬随即转过身来，停下问道："有什么事？"这个时候，连别的女工也停下足来，望着他们两人。张福全尽量和颜悦色地说："孙玉芬同志，你今天晚上得闲吗？"孙玉芬望着张福全的脸子，略微惊异地问："有什么事？"张福全鼓起勇气笑着说："今晚苏联片子《乡村女教师》，听说挺好，我想请你去看，你愿意去看吗？"孙玉芬更加注意地望了一下张福全的眼睛，然后微微一笑说："谢谢你，我今晚不得闲。"随即转身走了。

张福全走到另一条路上，没有骑上自行车，还是慢慢地走着，他感到脸上烧乎乎的，心里想道："糟糕，第一次的请求，她就拒绝我了。"随又觉得她那么一笑，显然见得请她看电影，她是高兴的，并不使他完全失望。他还为她设想："也许人家当真有事情哩。"他禁不住朝她们走的一个小小的土坡望去，那个坡上全盖着密密的洋槐树林，什么也看不见。但觉得那一片苍翠蓊郁的绿色林子，显现在有着桃红色晚霞的天空里，格外出落得美丽动人，好像以前从没见过似的。马路两旁，掩映在青杨树叶中的，都是一些住宅。住宅与住宅之间，有种着花草向日葵的小小园地。到了一处十字路口，耸立着一座百货商店的楼房，在这职工下班的时候，更是热闹。张福全走到门口，向着玻璃橱内的漂亮衣料，情不自禁地望了一下，心里想："不知道她喜欢哪一种料子。”接着又心里骂了一声：“该死的秦德贵！”由于他化了炉顶，就有好衣料，也没有钱来买了。他正转身要骑上车子走的时候，恰好遇见丁春秀牵着孩子来买东西，他就高兴地打招呼，还殷勤地问孩子要吃什么，好像他和她家一下子就有了亲戚关系似的。他存了车子，去给孩子买了一包糖果，还打算再买点饼干，丁春秀竭力制止了他，还叫要称饼干的店员把饼干放回玻璃缸去。他帮丁春秀牵孩子，在商店走了一转，让丁春秀买了东西，一道走了出来，他才告诉她，他刚才看见了孙玉芬，并把他和孙玉芬谈的话，全告诉给丁春秀，只是没有讲他请看电影的事情。丁春秀一听就笑起来了，随即笑着说道：“她不回去也好，我要买东西的钱，还没到手哩。”接着又很关心地问：“张大哥，你看，这个月老袁还搞得到二十炉快速炼钢吗？”张福全立刻作出担保的样子，热烈地说：“那一定做得到的，”随又皱下眉头，“就是有点够呛，你晓得，新炉顶给秦德贵搞化了，要快不容易。”丁春秀叹一口气说：“咳，这回秦德贵可害了人了！”张福全愤愤地表示同情：“秦德贵这混账东西，真叫人生气，我们这次本该得到新炉顶不化的奖金，也给他搞掉了。”

“还有炉顶奖金吗？是这个月才兴的？”

“是这个月才兴的，我和袁师傅辛辛苦苦看了十来天，不晓得流了多少汗。”

“这该死的秦德贵，真叫人气！”

张福全一面帮丁春秀拿着东西，一路讲话，送到她家门口，便骑上车子，折回独身宿舍去了。

四

“起来，起来，厂里打电话来，叫你赶快去。”丁春秀一面叫，一面还伸手来摇袁廷发。袁廷发翻爬起来，不高兴地说：“什么事，来叫我。”

“晓得什么事，我都弄不清楚。”丁春秀也有点茫然，“刚才电话打给家属委员会，只说是厂长叫你去。”随又埋怨，“真是啰！全不管人家晚上在上夜班。”

袁廷发是今天早上八点钟下班，才回来睡觉的，实在还没有睡够，起码还得再睡三四个钟头，但一听见是厂长赵立明叫他，便赶快披起衣裳，匆忙吃点东西，便骑着自行车，跑到厂里。这时已是十点多钟，他猜不出有什么事情叫他，但只觉得既是厂长来叫，总不是一些平常小事。

袁廷发走上楼去，到了厂长室，看见厂长赵立明和党委书记梁景春正在翻阅文件，亲切地谈着话。袁廷发没有立即进去，只在门口站着。赵立明一看见了，就高兴地说：“老袁，我叫你来没有别的事情，就是刚才接到通知，今天有外宾来厂参观，还要找几个优秀的工人谈谈，等下就来了，你就来参加。”

“要同外宾谈谈？”袁廷发惊异地问，还用手为难地搔搔头发。

“没有关系，外宾都是新民主主义兄弟国家的，讲错了，他们也不会见怪。”赵立明平静地说，“我推想，他们多半问你工作上有什么成绩？你做了什么，你照实说好了。”赵立明看了一下手表，“大概还有半点钟，你去俱乐部休息一下，等下就来叫你。”

袁廷发走出厂长室，感到有些紧张，像是接受了一件很重大的任务。因为同外宾会面谈话还是第一次，厂长虽是那么轻松地交代，但自己总觉得在外宾面前说话说错了，总是一件丢脸的事情，不能不小心慎重。同时也生起了一种感激的心情：厂长是真正看重我的，他才要我去把我的成绩告诉外宾。

袁廷发并没有到俱乐部去，却不自觉地走上平炉车间。他不论什么事情来厂，总要到平炉车间看看。

不久有人来叫他，说是外宾已来到了厂长室里，还告诉他外宾是罗马尼亚人。他一进厂长室，厂长就介绍他同外宾见面，外宾两个人，一个胖胖的，一个稍微有点瘦，都是黑头发，穿着漂亮的西装，一齐走来同他握手，还讲了一长串外国话，他听不懂，可是从他们愉快的脸上，高兴的眼里，以及热情的声音，了解他们对中国工人是有着热烈的敬爱的。等到一个中国的翻译，翻成中国话，听来确实同他所感到的是差不多，他觉得这两个罗马尼亚人，真是从兄弟国家来的，不禁心上生出了一种好感。铸锭车间、原料车间、修理车间、运转车间，以及铁合金车间最优秀的工人，都先来了，他就挨他们一道坐着。两个罗马尼亚人继续听厂长关于工厂的报告，一面用笔记。随后由他们提出问题来了，却都注意炼钢方面。胖胖的罗马尼亚人问：

“你们厂里使用的炉底系数是多少？”

赵立明回答是九点三，他们用笔记上。接着又问：

“最快的炼钢时间是多少。”

“七点五分。”赵立明平静地回答。

“炉子有多大？”

“二百五十吨。”

两个罗马尼亚人自行谈论起来，显得有些激动。中国翻译听懂他们的话，就告诉厂长说：“他们都说这是炼得很快的。”

黑头发有点瘦削的罗马尼亚人，立即向着袁廷发发问。中国翻译立即微笑地说：“他问你，创造七点五分一炉钢的就是你吗？”

“不是我。”袁廷发连忙回答，禁不住自己有点脸红。

赵立明说：“这是另一个工人。”接着又把袁廷发的快速炼钢与炼得多的情形讲了出来。

但那个胖胖的罗马尼亚人听完之后，还是向赵立明问：“我们可以会见那个创造新纪录的工人吗？”

“他没有来，要下午四点才来上班。”赵立明回答之后，就又亲切地望着客人，看他们还有什么问题。

稍微瘦削的客人问：“这个工人叫什么名字？”

“叫秦德贵。”

两个客人听了赵立明的回答，就都把秦德贵的名字记在手册上，为了要把秦德贵三个字音念得正确，还速向中国翻译问了两次。

最后客人到平炉车间去参观，袁廷发便同另几个工人走出厂长室，一面问他们："这两个罗马尼亚人是干什么的？"听见他们告诉他："听说是新闻记者。"他便禁不住轻轻叹一口气，心里不快地想："看来这个可笑的新纪录，还会搞到外国的报上去哩。"这时快要到十二点钟，须得回去吃午饭，袁廷发骑着自行车回去，很快就到家了。一进门去，丁春秀就问："什么要紧事情要你去？"袁廷发停了一下才回答："什么要紧事，就是会会两个外国人。"丁春秀禁不住欢喜地叫起来："呀，这下你真了不起，连外国人都要特来会会。"

"没有意思，白耽误我的瞌睡。"袁廷发爬上炕去倒头便睡。丁春秀晓得瞌睡没有睡够，就把孩子叫到外边去玩，不让吵着他。她继续在厨房做饭。可是袁廷发却一直睡不着，总之像有个东西搁在心上放不下去，只好坐起来吸烟。一面厌烦地想："我老想这些干吗？"可是一眼看见关着的门上，又现出五个白色的圆圈了，不禁呆呆地看着。袁廷发想起这个月秦德贵只炼了两炉快速炼钢，没有自己多，可是因为其中一炉创造了新纪录，他却成为很瞩目的人了。中国报纸登，外国的报纸似乎也要登。而且更加使他难受的，就连厂长那样看不起那个新纪录的，也在外宾面前，当成厂里很大成绩，来郑重地介绍。他越想越觉得不舒服。本来起心要同厂长谈论不该登报的事情，也不想谈了。

吃午饭的时候，丁春秀特别做出一样好菜，就是他平日最喜欢吃的红烧肉，端来放在他的面前，还喜滋滋地说："我一听说，外国来的客人都要看你，我真是高兴得很，从前哪有过这样的事情。"

袁廷发看见红烧肉的确烧的好，但他却无心吃，吃下也并不感到怎样有味，老是闷闷不乐的。丁春秀本来打算趁他高兴的时候，同他商量一件事情，就是要买件绒线衣送给娘家的妈，可是望望他的脸色，又怕他发脾气，一时吃着饭没有讲话。随又想想，他今天一早起来，又去接待外宾，准是耽误了瞌睡，精神上不大自在，心理上一定没有什么了不起的事情。就鼓起勇气，说是碰见过表妹孙玉芬，晓得她要回家去看看老人，想托她给娘屋里的妈，带件绒线衣回去。

袁廷发不高兴地说："绒线衣！这样热的天气，还穿什么绒线衣。"丁春秀笑着说："我是趁着有人带回去，免得以后托人困难。"

袁廷发讥笑地说："你自己回去，空起手回去么？"

丁春秀叹气地说："你说得好容易呵，我自己回去，我自己这样忙，孩子又拖着，我看就是再等半年都回去不成。"她见袁廷发不高兴，也就不再说下去了。吃完饭，收拾碗筷，一面又好心地安慰袁廷发："你觉没有睡够，你再睡睡吧。"

袁廷发午觉还是没大睡好，晚上十点多钟就动身到工厂去，看见秦德贵炼的一炉钢，的确垮了下去，费时十个钟头，心下感到了宽慰："这小子，还差得远哩。"可是这种宽慰，一下子就过去了，因为他想着："这小子，你说不行吗，最高纪录却还是他的，外国人也要特别去看他！"就使他很不愉快。

袁廷发还是想在新炉顶容易化的条件下，尽量地把炼钢加快一点，一方面是为了多给国家生产，一方面也想取得一些新的经验，就慢慢加大炼焦和炼铁的煤气，又把空气也开大些。他聚精会神地注视着炉顶，一看情形不对，就叫管变更机械的人赶快变更煤气。这花的精力，比任何时候都多。由于炉顶看得勤，又注视的时间长，用来遮鼻子和脸的袖头，简直有两次着火燃了起来。但因为昨天晚上没有睡够，正午午觉又没有睡好，再加心情很坏，一直有个不愉快的事情苦恼着他，身体精神都很受影响，使他深夜站在炉前禁不住打了一个盹儿。他身子颤了一下，赶忙振作自己，重新打起精神。就在这一刻的不注意，不幸的事情发生了，炉顶上面，挨东二门的地方，见方两公尺光景，现出奶头来了。他一发现，便不禁暗自叫苦起来。心想化了炉顶，要是炼钢的时间还长，这就真是丢脸透了。怎么办呢？唯一补救的办法，就是使这一炉钢，变成快速炼钢。他觉得整个厂里都偏在快速炼钢这一方面，只要你能创造出新纪录，什么错处都能得到原谅。厂长赵立明算是很能掌握原则了，但在关系全厂荣誉的重要关头上，还是不能不借重秦德贵的新纪录。由于有了这种想法，他就鼓起勇气去加大煤气和空气。同时又想起他在国民党时候炼钢的情形，由于国民党压迫，工人就不肯卖力干，炉顶自然也不想好好保护，让它化成奶头，又变为面条，长长地吊起，但也由此发现一个经验，就是愈挂得长，在加矿石降低钢水炭素的时候，就越容易烧掉。他记起这个经验，便更为大胆了。果然，不久现出许多奶头的地方，就慢慢地长了起来，竟像面条一样地吊着，而那原是平整的地方，又出现了奶头。这没有使袁廷发着急，他心里只想着一不做二不休，让煤气空气越发开得大些。到了该加矿石的时候，就叫吊车把矿石送进，立即燃起大火。上升的火焰完了以后，他再从炉门的眼上去看炉顶，那些吊得长的，业已烧掉了，这才使他长长舒了一口气。同时也出现新的纪录，七点一炉的快速炼钢。

张福全来接班的时候，听见袁廷发出了新纪录，欢喜地叫了起来："袁师傅你这下替我出口恶气了，不然的话，秦德贵那个臭小子，不知要得意到什么时候！"接着把炉顶随便望了一下，同时心里一向认为袁廷发炉顶看得好，用不着仔细看。便也认为袁廷发炉顶看的好，还向他乙班的工友赞叹地说："像袁师傅这样，才算是真正的新纪录！"

交班混过了，袁廷发走在灯光明亮的马路上，青杨树上吹下来的凉风，使他的头脑清醒了许多，又觉得很有些惭愧。先前无意中化了一点炉顶，而且炉顶用久了，是难免不化的，总要无意中化一点，认为化得不多，希望瞒过接班的眼睛，并不是不曾有过，现在却有些不同，因为化炉顶是从无意变成有意的，而且又还化得很厉害。这是自从解放以来，第一次干这样有意损害国家的事情，虽然蒙混过去了，总是于心不安，觉得自己是犯了罪。

回到家里，丁春秀开开门看见他脸上毫没一点高兴的样子，便好心地问："你有点不舒服吗？"

"没有！"袁廷发不愿讲话似的，就爬到炕上去睡觉。

“我就给你下点面条，你不吃吗？”

“我不饿。”

丁春秀往天一见他进来就要问：“你今天又搞出快速炼钢吗？”这一天却一直忍着，最后才推测地说：“是不是今天没有出快速炼钢，你就觉得不自在？”

“你怎么晓得我没有出快速炼钢？”袁廷发越发不高兴地回答。

“呵，你当真出了快速炼钢吗？”丁春秀顺手拿着窗台上的粉笔，打算要在门上画上一个记号，但还是停下手，高兴地问。但是袁廷发不高兴地说：

“不要吵了，让我安安静静地睡吧！”

“只说一句，让我好记哪。”

“是，是，”袁廷发厌烦地回答。

丁春秀记了之后，觉得有些奇怪，往回袁廷发一问到他是不是搞出了快速炼钢，总是高高兴兴的，现在为什么不快乐呢？她想起昨天他吃午饭时的烦恼样子，便又断定是接待外宾瞌睡没有睡够，便轻手轻脚走了出去。但她放心不下，她担心表妹回家去的时候，她要送给娘的绒线衣还没有买到手，希望他今天好好睡觉，心情转好起来。

下午的时候，丁春秀路过家属委员会的门口，看见了黑板报上袁廷发创造新纪录的消息，她高兴极了，三步作两步走回家去，不等袁廷发醒来，就摇他的臂膀说：“你怎么搞了新纪录都不告诉我哪？”接着又怀疑地问：“你不高兴，是不是像秦德贵一样？”她看见他现出吓人的脸色，便不敢再说下去，随即出去给他买一样好菜。吃晚饭的时候，她才提起买绒线衣的事情，袁廷发这才答允了。

第四章

一

秦德贵走到车站，天已黑了，到处亮着灯光，火车头拖着长串的货车，有的开来，有的开走，洋溢着喧嚣的声音。火车站对于秦德贵来说太熟识了，有什么东西他没有看过？可是这一天却使他感到很有兴趣，灯光都仿佛是含着微笑，火车驰走的声音，也好像杂有歌唱似的。他自己也是兴奋得很，竭力庄重起来，也不能赶掉脸上的微笑。看到车站里每一个候车的客人，他都感到亲切，忍不住想同他们打招呼。昨天这个时候，夜校已经开始上课了，他坐在教室里，用舌尖湿下铅笔，微微偏着头在纸上写着氧化铁、二氧化碳这类化学名词哩。一想着今晚缺一课，心里自然感到有点不愉快，随即想着只消一努力就能赶得上，便又不放在心上了，微笑又立刻回到黑红色的脸上。他摸下右边衣袋里的信，想拿出来再看一下，觉得在这个人众的地方不好意思，又把手伸出来了。信是他妹妹写来的，说是爹娘要他回去相亲。他又记起妹妹在信末还注上了一笔："哥哥……我同她挺熟，……啥都会做，你看见，一定满意，我敢保证。"秦德贵一接着信就想过，"她是谁呢？"现在仍然这么想。还有点责备妹妹："为什么不把她的姓名告诉我？"这一星期，他是阴阳班做工，明天该他轮休，选取这样的日子回家，当然是愉快的。他有半年没有回家了，星期天多半是同工友到公园的小湖里划船，到体育场去比赛篮球，或者到电影院看电影。回家比较麻烦一点，要坐半夜的火车，下了火车，还要步行十里，才能回到乡下的家。去来都很不方便，索性就不大回家去。这回不能不回去了，信上讲得那么热，叫人心都烧起来了。他不能在候车室内安坐一会儿，老是走到卖票的窗口，看开始卖票没有。不久，回过头来，一眼看见梁景春坐在候车室里，秦德贵便很高兴地跑去打招呼。

梁景春年纪三十八岁，身体很结实，脸稍微有点胖，配上明朗愉快的眼睛，显得很有朝气。使人看见，就想同他亲近，随便谈什么话，都感到像是熟识了很久似的。

他到工厂工作，十多天后，才接到丘碧芸的信，说是一切工作都交代好了，立即带着三个孩子到来。他一看信上说的动身日期，不就是这天晚上到吗？恰好正是下班的时候，立即坐汽车到火车站去接。到了火车站问，来的火车还要等三十分钟才到。梁景春赶忙找着椅子坐着，马上把衣袋里的杂志《学习译丛》取出来看。他的衣袋里，经常放着新买的书籍和杂志，一碰到有点空闲时间，就随时随地加以利用。有人曾经奇怪地问他："你那两个衣袋里为什么老装着书？"他笑着说："咱们这样忙的人，不能到图书馆去，只有翻转过来，叫图书馆跟着咱们走。"但他把《学习译丛》还没看到一行的时候，就遇见秦德贵来招呼，心里非常高兴，便让点位子出来，要秦德贵坐着一道同他谈话，一面则把《学习译丛》放进他的"图书馆"。

这个紫黑脸子的年轻人，宽阔的肩膀，厚实的胸膛，巨大的手掌和一脸快活的笑容，常常使梁景春一看就愉快起来。梁景春一下车间，就喜欢到九号炉去看他工作。没有一次，不是看见他，精神饱满，高高兴兴的。指挥装料机装料，叫管卷扬机的开炉门，那种用手比画的姿势，显得非常的英武。一命令工友朝炉内投黏土或萤石，他总是首先带头跑去，抓着铁锹，正如同一个勇敢的旗手在冲锋一般。而最难得的，脸上老是显得愉快。工友们都给他带动了，一个个干得很上劲，脸上露出兴奋的红光。同他说话的时候，他总是愉快地回答。"熔炼好吗？""挺好。""工作累吗？""不累。"在他语句中很少听见"够呛""困难""不容易"这类字眼。梁景春老是感觉到，只要看见秦德贵，自己身上就无形中增加了许多力气，充满了兴奋。他笑着问秦德贵："你要搭火车，还是来接人？"

"上星期接到家里来信，要我回去，恰好该我轮休。"秦德贵说的时候，紫红的脸上，现出不好意思的喜悦。

"你结婚了吗？"

"没有。

"那你该赶快找个爱人，为什么这方面不努力？"

"没有人肯要呵。"

两个人都忍不住笑了起来。秦德贵觉得党委书记一点架子都没有，非常和蔼可亲，心里什么话都可以同他谈，很想告诉他，这次家里来信，是叫他去看一个邻村姑娘，两下满意，就可以结婚，并想问问，那个姑娘，既非党员，亦不是团员，是不是可以作为爱人。但他不好意思说出口来，打仗做工，都有太多的勇气，就这个关于娘儿们的事情没有勇气开口。

梁景春笑了之后，就严肃地说："我正想找机会同你谈谈，就是看见你忙得很。"

梁景春站了起来："你坐一下，我去买盒烟来。"买好烟回来的时候，看见座位已给两个抱小孩的女人占去了。秦德贵站在不远处，不好意思地说："我看她们抱着孩子没有地方坐就让给她们了。"

"我们站着谈好了。"梁景春吸燃了烟，然后说："你快速炼钢，炼得多吗？"梁景春对于炼钢，好像有很大的兴味，想要学习似的。

"不多呀，党委书记，平常总要九点钟炼一炉，"秦德贵谈到这件事情，就苦恼起来，接着又补充一句，"有时连十点钟炼一炉也有。"

梁景春吸着烟，把一口烟子朝头上吹出之后，沉吟地说："像那天七点五分一炉的纪录，你能巩固下去吗？"

秦德贵连忙摇头说："党委书记，这挺难做到。前回我炼过七点五分一炉钢，唉，到第二天，就炼到十点一炉。"他深深皱起了眉头。

"你研究过这个原因没有？"梁景春眼光尖利地望着秦德贵，他也为这不能巩固的成绩，感到了不安。

“没有，”秦德贵有点不好意思地回答，随又解释地说，“一天到晚就是忙，不是工作，就是开会，还要学习，不只学技术，还要学文化，党委书记，你不知道，我的文化太差了。”

梁景春吸了一会儿烟，低声亲切地说：“要研究呵！新中国的工人，一定要动用头脑。”

秦德贵脸红起来，连忙补充说：“有时候，我也想过，我只觉得怕是我技术差，才这样把握不定。我想没有别的法子，只有拼命学习。”

“拼命学习是对的，你可也要从别的方面想想。”梁景春点点头，“我看炼钢不是一件简单的事情。刚才听你说，十点十一点炼一炉是怎么的？你们上班不是八小时吗？”

秦德贵觉得梁景春这样问，就全是外行话，但想到他初来接事，对情况当然不够熟悉，就诚恳地解释：“我们这里是三班倒，一个炉子就有三个炉长工作，白天黑夜不断炼钢，息人不熄炉子，我说我一次炼十个钟头，里面就起码有两个钟头是别人炼的。”

梁景春随又竖一竖眉毛，低声地问：“你那天七点五分钟一炉钢，全是你炼的吗，还是别个炉长，炼过一段时间？”

“全是我炼的，秦德贵连忙回答，“从加料一直到出钢，都在我的班上。”

梁景春用手撞一撞秦德贵的身子，警告似的说：“秦德贵同志，这里可有问题呵。你想想看，别个炉长炼了之后，你又去接手，你感到满意吗？”秦德贵拿手搔一搔头，不安地说：“有时我也挺不满意。”

梁景春用手碰下秦德贵的身子说：“这你就该好好地研究下去！”

秦德贵脸红到了颈项，惭愧自己并没有好好研究下去。

梁景春深深吸了一口烟，然后加重语气地说：“这里面是有问题的呵！”他看了秦德贵一眼，见他现出苦恼和不安的脸色，便又改过语气温和地问道：

“你们三班不是订好计划就要挑战了吗？”他把九号炉子的三班

工友作为一个典型的小组来研究。他已经看了不少关于这个炉子的记录，想要从这一方面来深切地了解，竞赛起来可能会有什么困难。到底还有什么问题没有解决。

“是的，我们就要挑战了。”

“你们保证能完成你们的计划吗？”

“保证能够完成。”

梁景春喜欢他单纯，答得干脆直爽，不禁笑了起来，接着拿手碰一下他的肩膀，然后说道：“你要知道，九号炉不只是你们一班的哪，还有其他两班呢？你能担保吗？”

“他们两班都开会通过的，还没有保证么？”秦德贵天真地反问。

“以前你们竞赛的计划，不是三班都开会通过么？为什么我看你们的生产记录，就有两三次没有完成？”梁景春露出精明的脸色，眼光灼灼地望着他。

“这就是我们有时不大团结。”秦德贵忧郁地说，“工作没有做好。”

“我看袁廷发、张福全不是挺和气吗？”梁景春忽然看见坐着的人都站起来了，直朝检票口涌去，就连忙改口说：“你买票没有？我们只顾谈话了。”

“袁廷发有时脾气不大好，他班上工友，有两个闹情绪的，不久前还想转到我这班。”秦德贵向卖票口走去：“党委书记，你到哪里去？我帮你一道买票。”

“我不到哪里去，我来接我的小孩子。”梁景春跟在后面。

卖票口还有四个人在买票，秦德贵就站在他们的后面，正要回答党委书记的问话，忽然一个年轻的姑娘，一脸高兴地走来招呼他，他便忍不住欢喜地叫了起来：“呵，你回家吗？来，我给你买票！”随又赶快回头向梁景春说：“他就是要人家对他好，一有疏忽他就不高兴。”接着又掉头问那年轻的姑娘：“你好久没有回家吗？我也很久没有回去了。”

“厂里任务紧急，哪有工夫回去，这回捎信来说我妈病了。”年轻的姑娘敛着高兴的神情，有点抑郁地回答。

梁景春看见姑娘的胸襟上，戴一个布牌子，有着电修厂孙玉芬的字样。年纪二十左右，但清秀活泼的脸上，显出精明懂事的神情，使人感到这不是一个才出中学的学生，而是在社会上生活过，也锻炼过的。她脸色红润，显得非常健康，再配上细小的眼睛，直直的鼻子，薄薄的嘴唇，有着吸引人的美丽，左右站着的人都忍不住要回过脸来看她。梁景春看见他们两人谈得那么高兴，便问下甲班两个工友的姓名就走开了。

二

孙玉芬是在一个哥哥三个姐姐的家里生长起来的。当她一落地的时候，父亲孙大发一听见是个女孩，便切齿骂声“给我淹死！”就拿着锄头气冲冲地走到地里去了。

母亲含着眼泪，对隔壁跑来接生的女人说：“秦大嫂，你跟我问问，看哪家要女孩子，就给我送出去。可怜的，让她有条生命。”

但在日本帝国主义统治下的东北农民，有的破产，有的饿肚子，哪个肯要女孩，白白增加负担。母亲只好勉强领着她，由她饱一顿饿一顿地活下去。父亲则一直没有理睬她，看她跌在地下哭了，只是皱着眉头走开，从不顺手拉她一把。

小时候，一会看大人脸色了，孙玉芬就不想留在家里，总要一个人走到地里去东看西看，就是鸟子飞过天空，牛羊爬上山地，都能使她感到兴趣。她顶不高兴父亲那副常常生气的脸色。有时也同田地里的野孩子打仗，大家都抓起泥巴块子当子弹，即使脸上手上，都打得青一块红一块了，也还要把泥巴块子，雨点似的打了过去，让对方逃走了，才肯罢休。只有秦德贵不肯退让，但孙玉芬冲过去的时候，他却不还手了，反而把手里的泥巴块子丢在足下。孙玉芬气狠狠地骂：“鬼东西，为啥不打，你怕哪？”

秦德贵比她大四岁，到底懂事些，就说："你疯了，咱们打玩的，你就这么凶！"

秦德贵给地主放猪的时候，她也跟着去过远处的山边。她就觉得秦德贵好，不欺负她。秦德贵的妈妈，就是给她接生的，也对她好，有时遇见的时候，想起过去的事情总要赞叹一句："小鬼你总算活出来了！"或者一句话也不说，却也要伸手去摸一摸她的头。有时孙玉芬不到田野去，就到秦德贵家里玩。

女游击队长柳克玉离开村子的时候，孙玉芬也想跟着走。但因为那时才十二岁，怕她跑不得路，坚决不能带她。她哭着爬上山顶，看见游击队的队伍，消失在远山的林里，再也望不见了，才又哭着回来。她恨自己为什么不早生几年。

东北解放后，听见工厂招收女工，她便考入电修厂计器车间工作。这是需要学习技术的，但老师傅张大春却不大愿意教，认为教女学徒，"只是白白地教她一场，一结了婚，一切都完蛋了。她回家去，带孩子洗尿片子，还用得着技术吗？"因此，只让她和别的女学徒做些不重要的工作。孙玉芬很感苦恼，就把学习的情形报告领导上，一面也在开会的时候，说出自己的决心，她指着墙上的毛主席像说：

"我是毛主席共产党解放出来的，现在就是要跟着毛主席共产党走，做一辈子的工人，永远不会离开工厂的。有人说，女人一回家就完蛋了，我不，我提起家就伤心！"说着说着，就哭了起来。

张师傅经过领导上的批评和教育，对女学徒并不歧视了，但心里很不高兴孙玉芬她们："这些毛丫头，可了不得啰，居然敢向领导上反映我。好嘛，看哪个斗得赢？"他教是教的，却不管你懂不懂，你多发问，他就拿脸色给你看。

年轻人火气大，尤其孙玉芬气不过，总在背后骂："死脑筋""死顽固"。张师傅听见了，自然越发不高兴。有时看见孙玉芬她们，工具放失落了，一时找不着，就要说风凉话："吓，还是团员嘞。"

经团的教育后，孙玉芬她们才改变了态度，尽量争取张师傅开会的时候，找他参加。他要走开，便把门关起，夺下他手里的饭盒。开初，张师傅坐得远远的，不乐意听。但听见孙玉芬带头检讨起来，大家又尽量说出自己的缺点，错处都归在自己身上，张师傅便把板凳移拢去了。最后，他感动了，也讲出自己的缺点。

检讨会后，孙玉芬她们又常去给张师傅买饭菜，从老远的食堂，送到车间，又把吃完的饭盒，拿回食堂去洗。张师傅高兴了。从此，教得很热心，很起劲，重要的工作也让她们试着做了。

孙玉芬同秦德贵虽是在一个工业城市工作，但因各在一个工厂，遇见的机会，反而少了。孙玉芬在电修厂工作，天天上白班，星期天可以休息。秦德贵在炼钢厂工作，每天分白班(早上八点到下午四点)，阴阳班(下午四点到晚上十二点)，夜班(晚上十二点到第二天早上八点)，有时这一礼拜在夜班，下一礼拜又倒在白班了。休息采取轮休制，每礼拜可以休息一天，但很少恰恰碰在星期天。秦德贵轮在白班工作，下了班，也在马路上碰见过好些次，但因孙玉芬都是同许多女工在一道，只是彼此打下招呼，并没有多谈什么话。现在忽然碰在一道，又是一同回到乡里去，便都有着说不出的高兴。火车上，旅客很多，只找着了一个座位，就让孙玉芬坐着，秦德贵便站在旁边。火车到一站，有客人下去，车厢里有座位空出来了，他也不赶去占着，只顾同孙玉芬谈话，空位子就由刚上车的人去坐。好容易到了第四站，孙玉芬旁边的座位空出来了，秦德贵刚欢喜地坐下，却看见一个才上车来的老太婆，有气无力地站在旁边，唉声叹气，他只好摸一下头，笑笑地站了起来，把老太婆牵去坐着。老太婆欢喜地连声道谢。秦德贵就说："这有啥谢的，咱们年轻人，站站没关系。"

孙玉芬站起来，要他去坐一会儿，秦德贵不肯，一面把孙玉芬拖去坐下，一面笑着说："你不晓得，我就高兴站哪。咱们在炉子上炼钢，就从来不坐的。"

孙玉芬劝他坐一会儿："等会儿下火车，还要走十里呵，又不比白天。"

“十里算什么？咱们打游击的时候，一晚上一百里都跑过哩。孙玉芬看看他结实的身体，饱满的精神，禁不住笑了。觉得在这个人面前，仿佛世界上再没有什么困难似的。

三

一走出车站，满天明月，深黑的天空，点缀起稀稀疏疏的星子。高大的白杨树，把浓黑的阴影，投在灰白的大路上。没有风，天气可十分凉爽。

约莫在三年以前，是在白天的时候，秦德贵从火车上下来，碰见孙玉芬和另外一个女孩子，就同路走回家去。那时候孙玉芬还没进工厂，可对工厂充满了热烈的憧憬。她一碰见了秦德贵，就非常欢喜，关于工厂，立刻问这问那的。她每听一两句，就忍不住要睁大眼睛或者叫起来：“呵哟，那样的么？”

秦德贵见她对工厂那样有兴趣，也禁不住把有些事情夸大起来：“你晓得，咱们炼钢工人吃饭，都是用石头煮的呵。”

“呵呀，石头煮饭！”孙玉芬惊奇地叫了起来，走了几步，又忽然扁下嘴说：“不稀奇，不稀奇，你说的石头，那就是煤块子哪。”

“哼，要是烧煤，那有啥说的。”秦德贵指着路边上的石头，“咱们就是烧这些石头呵。”

事实上，只有少数的炼钢工人，不到食堂去吃饭，是把家里带来的米，装在锑铁饭盒内，再泡上水，然后用铁锹把炉门口烧红的白云石，铲两锹来当炭火，这样就能煮熟一盒饭了。这显然并不是随便使用哪种石头。但秦德贵为了说得好玩起见，便故意说成炼钢工人不管什么石头，抓来就能用来烧饭。

“鬼话！我才不相信哩！"孙玉芬停下足来，指下路边的石头，“你擦根洋火给我烧烧看。”

“哎呀，你怎么这样外行。我告诉你，这是要用瓦斯烧的哪。你不信，你去看嘛。咱们炼钢就是要把石头烧成水一样地流呵。我一点也没吹牛。”这倒的确没有吹牛。马丁炉内的温度，总给煤气烧到一千四百度以上，无论什么石头丢进去，就会化成水的。

“我总有一天，要去看的，你以为哄得着我么。”孙玉芬始终不相信，石头烧成水一样地流，是一件多么不可想象的事情。

现在走在这条路上，孙玉芬记起先前的事了，就笑着告诉秦德贵：“你们炼钢厂我都去过了。”

“我怎么没有看见？”

“我们跟张师傅一道去修理电气，我到处望望，就没看见你。”

“那我一定在做夜班。”秦德贵断定地说，随又笑了起来，他也记起先前在这条路上的谈话了，“你该看见了吧？是不是石头烧成水？”

孙玉芬不回答他的问话，只是神往地说：“你们那个平炉车间，才进去，真有点怕人。”

“那有什么怕的，在久了，就觉得挺好玩。”

“那是好玩的吗？”

“我觉得比要把戏还好玩，一个要把戏的，他就不能把石头变成水。”秦德贵又在高兴地说起笑话来了。

“我不同意。”孙玉芬却像开会似的发言，“为什么要把工作，说成要把戏的呢？工作不是开玩笑的呵。”她在电修厂内赶制继电器，做好之后，就要插根电线在试验台上试验，看是否成功。但试验台很少，而继电器却有许多，如果一个一个地试验，月终任务就完不成，她和她的组员温玉兰便想出插双线的办法，那是同时试验两个继电器，但是双线是从来没有插过的，万一爆炸了呢？她们试插双线是成功了，但那时是多么的担心，多么的害怕呵！

“你不晓得，一个人闲不惯的。有气力，总想劳动。有时候一做顺手了，真比玩要还快乐。”

孙玉芬见他一下子说得那么认真，便又打趣地问道：“你现在背起包袱走路，快乐吗？还是打空手快乐？”

秦德贵原是一件东西都没有带，现在背的包袱，是他下车的时候，从孙玉芬手上夺过来的，听见孙玉芬在这样问，便欣喜地说："快乐！挺快乐！不说背十里，就是背它一百里都愿意。"

要是在三年多以前，孙玉芬就会笑着这样说："以后我回家，你就给我背包袱好了。"现在她觉得不好意思说出来，只是微微一笑，赞美地说："你好，你真是爱劳动的！"走了一阵，随又问道："你怕不喜欢看电影吧？"

"哪个说我不喜欢？"

"为啥在电影院，总没看见过你？"

"那么多的人，你怎么看得见？"

"没有开演的时候，我就常常东张西望，希望看见一个熟人，一个家乡的人。"

"奇怪了，我也没看见你。我一换新片子，总要去看的。轮休的时候，我就到公园去划船，到游泳池去游泳，冬天就滑冰，玩起来总要痛痛快快地玩。"

"我们厂里有些老师傅，可奇怪得很，戏不看，连电影也不想看，生活的范围太窄狭了。"

"这是日本鬼子害了他们，就把他们变成了工作的机器。我们厂里也有这样的老师傅。这比起来，咱们真幸福，咱们生在毛主席这个时代！"

"以前他们不要我去打游击，我哭过，我恨我迟生几年。"孙玉芬感慨起来，接着又快乐地说："现在觉得刚好，我赶上了新中国的建设，我能够做新中国的工人，这真使我感到幸福！"

大路早就伸入高粱地了。月亮照着的高粱叶上，凝结着晶莹的露珠。看不见的小虫，放出银铃似的声音叫着。月亮有时给乌云遮着了，分明的山影，朦胧起来，村子也仿佛躲藏不见了。他们感到眼前的大路一黑，便禁不住要抬起头看看天空。孙玉芬担心地说："该不会要下雨吧？"

"不管它的。"秦德贵停下足，把放在右肩上的包袱，移到左肩上去，然后又走了起来。

“你让我拿拿吧。”孙玉芬不安地看着他。

秦德贵没有理睬，只是一面走，一面问：“你里面装些啥东西？这样沉甸甸的。”

孙玉芬笑了：“就是些衣料子哪，袜子哪，毛巾哪，肥皂哪。你一回家总得这个人送点，那个人送点。还有我的表姐丁春秀，也叫我带点东西送给她的娘家。你不知道丁春秀吗？她的爱人也在你们炼钢厂工作。”

“叫什么名字？”秦德贵很有兴味地问。

“他叫袁廷发，你不知道吗？”

“呵，袁师傅，熟得很，我们一个炉子上工作。他的爱人我也认得，就是不知道她的名字。”

“我也听过他们讲你哩。你为什么很少到他家里去？”

“讲过我什么？该没有骂过我吧？”秦德贵笑了起来，没有回答他很少到袁家去的原因。

“你这个人才怪，人家咋会骂你哩。”

“我们近来可常常顶嘴呵！”

“我表姐夫脾气躁一点，人可挺好呵。”

秦德贵不想继续再谈袁廷发，就转过话题问：“你表姐的娘家是在哪个村子？”

“就在丁家屯，离我们村有三四里路。”

秦德贵移动一下肩上的包袱，笑着说：

“你们真想得周到。我可不管这些，总是空起手回去。我把钱交给他们，他们要什么，由他们自己去买。”

“你现在挣多少工薪分一个月？”

“基本工资三百五十一分，加起计件工资，再加奖金，有时可以到四百多分。”

“呵，你们怎么得这么多？”孙玉芬惊异地说，随又笑了起来，打趣地说："你们炼钢工人那样快乐，这怕也是一个原因。"

"工钱，可就没有放在心上。"秦德贵大声地说，"我一个人用得着多少嘛。吃饭又有保健菜，不花一文钱，天天鱼呀肉的，吃不完。一礼拜，就看两回电影，至多也不过五千元。衣服顶多缝两三套。简直没地方花。"经过一道桥，水流得哗啦哗啦地响，一直走过了，才又说下去："我们快乐的，就因我们是毛泽东时代的炼钢工人。你想想看，志愿军打美帝国主义的炮弹，是咱们的钢做的，全国基本建设使用的钢，也要靠咱们来炼，多么使人感到骄傲。"

"不仅骄傲，我看还有点自大哩。"孙玉芬嘻嘻地笑了起来。

"吓，你才说得奇怪喃！我怎么会自大？"秦德贵禁不住火辣辣地说，还停下脚步，掉过身子来："当真骄傲自大，我还会给你背这个包袱吗？"

孙玉芬一面笑，一面走着，没有说话。

秦德贵不高兴地追上前去，一面咕噜地说："我真不懂，你怎么想起的？到底哪些地方，有这样的表现？"

"我不是说你今天晚上，有什么骄傲自大。"

"那又是什么时候呢？"

"有好些次，我们不是马路上碰见吗？"

"是的，总有十一二次。"

"不止十一二次。有好几次，你没有看见我。就是看见我的时候，也只是打个招呼就跑了。我觉得那就是骄傲自大。"

"哎呀，我的同志。"秦德贵大笑起来，"叫我怎么说嘛。这只能说我胆子小。看见你们一大群女的，都一下子望着我，我就话都说不来了，只好赶快跑开。"

孙玉芬也忍不住大笑，笑了之后，带着回忆的神情，微笑着说："你不说，我倒以为你们炼钢工人，全都胆子大哩，我碰见的炼钢工人，都是爱讲话的，一看见就要跑过马路来打招呼。你同他多讲两回话，他就要请你看电影。"

秦德贵忍不住屏着气问："你认识我们厂里哪些人？"

"说起来你都怕挺熟识的，李吉明、张福全，你一定熟识。"孙玉芬一面走，一面打量了他一下。

秦德贵冷冷地说："倒不怎么熟识。"

"你们在一个车间，又在一个宿舍，天天见面怎会不熟识？"孙玉芬略微有点诧异。

"见面倒是天天见面，他们可没有请我看过一次电影。"秦德贵不禁微笑起来。

走了一阵，孙玉芬就又问秦德贵："他们工作怎么样？"

秦德贵冷淡地说："你是说李吉明、张福全吗？"

"是的，我当然是问他们。"

"你同他们那样熟识，你还不知道吗？"秦德贵勉强笑着反问。

孙玉芬不高兴地说："我就是不知道，才问你哪！马路上打个招呼，算什么熟识？"

"不是电影都看过么？"秦德贵冷冷地有点嘲弄。

"谁看过他们的电影！"孙玉芬大声生气地说，"我就不喜欢那样的态度，还不大熟，就要请看电影。"

秦德贵笑了起来，打趣地说："刚才你不是又不喜欢我胆子小么？"

孙玉芬没有回答，只是忍不住笑了起来。

两个人就这样说说笑笑，走了好些路。路上行人稀少，大都是下火车回乡里，或者是赶搭火车的。天空中的云朵，业已散得无影无踪。四面高粱原野和长着苹果树的浅山，都笼罩在月光下面，浮着一层薄薄的银色的雾。近边村庄上的房屋树木，路边小溪的柳树，现出水墨色的黑影。

路过一所小学校，白天洋溢着歌声和读书声的，这个时候也是静悄悄的了。从小学校到他们的村子，已没有好远。

孙玉芬记得小时候，有一次跟着秦德贵放猪回去，天已经黑了，正走在小学校这一截路，忽然秦德贵学狗叫起来，不禁吓了一跳，回头就骂："死鬼，好的不学，学狗叫！"走到这里，孙玉芬记起了小时的事，便笑着说："今晚简直听不见狗叫嘛，如今狗都养得少了。"

"穷人早就翻身了，都过着太平的日子，还用得着养什么狗？"

孙玉芬忍不住笑着说："你小时候，学狗叫，真学得像。"接着又打趣地说："这个技术，现在怕忘记了吧？"

"没有忘记，我还在继续钻研哩。"秦德贵竭力忍着，不使笑声漏了出来，"咱们打扑克，哪个输了，就是罚他学狗叫，叫不好，大家还不答应哩，非努力钻研不可。"

孙玉芬大笑起来："我的天，你们过得真快乐。"

有乡下人驾起牛车，把土产品运到火车站，正迎面走来，听见这两个年轻人一路讲得那样快乐，便禁不住羡慕地说："这小两口儿，可乐呢。"

孙玉芬不笑了，只啐了一口。

两人都没有再讲话了，一直走进村子，到了孙玉芬家的门前，孙玉芬来拿她的包袱。秦德贵说："我给你拿进去吧！"

"不，我自己拿进去。"

"明天晚上你回厂去吗？"

"回去的。"

"有什么东西要带走，还是让我来背好了。"

"有，那可重哪。"

"不管怎样重，我都愿意背。"

"谢谢你。"孙玉芬笑着伸出手来。

"这有什么谢的。"秦德贵紧紧握着她的手，舍不得放开。

"快回去休息吧。"孙玉芬脸红了，甩脱了他的手，就双手提着包袱，赶快跑去打门。

四

秦德贵回家去敲门，父亲秦奉云点燃灯，披起衣裳来开。他走进去的时候，母亲也从炕上爬起来了，看见儿子一脸高兴的神情，毫无倦意，便说："你还没走累么？半夜三更的。"一面心里想："他这么高兴，这回婚事，一定成功。"

秦德贵笑着说："哪里会累？咱们在厂里，这阵还在上班哩。"

"我给你煮点东西吃，你一定饿了。"

"不饿，一点也不饿。"秦德贵坐上炕去，一面把带回的钱，交给秦奉云。秦奉云高兴地说："上个月又得了奖金吗？"

"得了。"秦德贵望下身边正睡得很熟的妹子，就压低声音向妈问："家里人都好吗？哥哥呢？"

"都好。"妈扣着衣裳说，一面又望下秦奉云手上数着的一厚叠钱，高兴地说："如今你进工厂的，真吃香了。连你哥哥也眼红起来，他也吵着要进工厂。我就气起来了，我就说，你们男子汉，都进工厂好了，媳妇可不准带走，让她留在家里，好帮老人种地。"随又叹口气说："你们个个人都进工厂，不种庄稼，看你们吃什么？"

"嫂嫂愿不愿意留下哩？"秦德贵笑着问。

"看她那个样子，是不想留下的。那可不能由她呢。"母亲断然地说，随即摸到厨房去了。

秦德贵笑了一下："看来要给我讨个女人，弄来种地的啰。"

秦德贵给她妹妹吵醒的时候，天已亮了好久了。他闭着眼睛抱怨："怎么这样吵人，咱们夜班可要睡哪。"

妹妹笑起来了："哥哥，这是在家里哪。"

妈是希望他起来的，但还是说："你不要吵他，让他多睡一会儿。"

妹妹反对妈的意见，"你看太阳多高了！还要走那么些路。"秦德贵原想起来的，一听明白她们话里的意思，便又翻过身去，睡了起来。

"他太疲倦了。"妈望下儿子，随又安慰女儿，"等下你们驾着车子去好了。"

“那我就去驾车子吧。”妹子性急地朝外就走。

“你那样慌做什么？”妈责备地说，“等二哥起来再驾。”

嫂嫂在厨房里，听见妹妹跑出去，就笑着说：“就像她要讨新娘子的一样。”

妹子十六岁了。二哥要讨的那个姑娘，她在舅父那个村子看见过，还一道玩耍过，两人都玩得很高兴。妈要她带二哥去看人，她欢喜得不得了，天天盼望二哥回来。她高兴那个姑娘做她的二嫂。她把马喂饱了，车也弄好了，但看见二哥还是在睡，心里很急。忽然想起了，立即问妈：“你没告诉他么？是不是他忘记了？”

“信上写得明明白白的，怎么会忘记呢？”妈望着儿子，也有点怀疑起来。

“我看准是忘记了。哪会醒了，又还要睡？”妹子断定地说，她就去拉开被盖，掀着秦德贵的身子，“二哥，起来，起来，你忘记了么？”

秦德贵揉着眼睛：“忘记什么？”

“唉呀，他硬是忘记了！”妹子向妈说了一句，随又告诉二哥：“爹写信给你，不是叫你回来……”她不好意思地笑了。

秦德贵又闭着眼睛，现出不理睬的样子。

妹子忍不住了：“妈，你告诉二哥嘛，爹在信上讲什么话。”

妈只好说：“德贵，你忘记了么？你快起来，跟你妹妹去，那个姑娘，就住在你舅舅那个村子上。”

妹子又在掀他，秦德贵只好睁开眼睛，但没有回答妈的话。

妹子怂恿地说：“二哥，就去看看吧，看了包你满意！”

妈接着说：“舅父舅母都喜欢她，在家里勤快得很，又会下地，又会缝衣。”

“还读了四五年书，比我字都认得多。”妹子急忙插嘴。

妈讲下去：“咱们家里，就需要这样的媳妇。你爹和我，都一年年老了，你哥哥嫂嫂，又忙不过来，正该添个帮手。”

“论相貌，那要人比呢，村子里就数她好看。”妹子抢着说。

妈接着说下去："人很节俭，不好穿，不好吃。"

"她家还舍不得嫁她哩。"

"自然哪，这样的好女儿，哪个舍得嫁嘛。就听说，我家的儿子，在工厂做工，就愿意了。如今就有这个风气，都想把女儿嫁给工人。我可不这样想，都看重工人，还有哪个种田呢？将来我们德秀，还是给她找个庄稼小伙子，早晚一道下田多好……"

"妈，你干吗说那些话！"妹子满脸通红，带着撒娇的样子，埋怨妈，接着又催促二哥，"快起来，我车都驾好了。"

秦德贵给她们吵得不好再睡了，便坐了起来。母亲端来洗脸水，要他洗脸。妹子就在炕上安个矮脚小条桌，把高粱米饭和小菜摆在桌上。秦德贵洗了脸，就开始吃饭。

妹子跑出去看一下她驾的大车，又跑回来催促，她看见二哥吃得很慢，心里有些着急。

秦德贵忍不住地说："我告诉你，我今天不去啦。"

妈以为儿子在同妹子说笑话，就说："德贵，你不要开玩笑，你妹妹等你好久啰，她天天盼你回来。她听见那个姑娘，要做她的二嫂，她就喜欢得发疯。"

妹子认为二哥是喜欢讨亲的，就向妈说："二哥他是不好意思。"

"有啥不好意思？"妈笑着说，"你不好意思，你不跟她讲话好了，只消看一下也使得。本来那样的姑娘，谁个见了不喜欢？我跟爹就想给你订了算了，又怕背个名声，包办婚姻。只消你点个头，交给娘老子办，不去看也可以的。"

"妈，还是让二哥去看一下好。你大家再称赞，他没看见，总不放心。"妹子坚持她的意见，她已起心要去了，就静不下来。

秦德贵一面吃饭，谁也不看地说："我现在还不想讨亲的。"

妈叫了起来："德贵，你在说些啥呀？你不想讨亲！你明白么？你已经二十四哪，工厂为啥就那样好，连亲都不想讨了？"

妹子一直兴奋得发红的脸，这时气得变成青白色，一句话也不讲，坐在炕上。

妈望一望儿子，又再说道："你是不是说着玩的？"

秦德贵就望着妈说："妈，我不是说着玩的，我是说真话。"

妈气得掉开头："你家里给他忙得发昏，他还不要！"气了一会儿，忽然掉回头来，"我问你，你一辈子都不讨亲么？"

秦德贵不自然地笑了："讨当然要讨的。"

"那你要讨什么人？"妹子跳起来问，"为什么这样的好姑娘，你都不要？"

"你说说，你到底要讨怎样的人？"妈尽量忍着气，好声好气地问。

秦德贵对这个问题，一向并没有怎样思考过，禁不住红了脸，想了一会儿，才说："总要先认得，大家都喜欢了，就可以。"

妹子高兴地拍起手来："二哥，你看了，一定包你喜欢的，连我都喜欢她。"

"是的呀，你去看看嘛。你不去看看，你怎么会喜欢？"妈也高兴起来了。

秦德贵没有回答，只是低下头吃饭。妈就向女儿说："你给马多添点料，让它吃饱一点。"

秦德贵急忙说道："妈，我说不去，就不去哪。"

妈又气起来了："你当真天天炼钢炼铁，把心也炼成钢铁了么？这样说不动你。"

秦德贵苦笑着说："妈，我就怕这一点。"

"你怕什么？"

"我就怕看了，不喜欢，那怎么办？"

妹子立即凑合地说："我保证你会喜欢的。"

秦德贵说："那不一定。"

妈责备地说："我不信你的眼睛，就生在头上去了。那样的姑娘，你还要到哪里去挑选？"

“你就周围团转的村子，你都挑选不出来。”妹子竖起她的指头，指点着说，她就在旁边尽量地打气。

“谁也保不定的。”秦德贵为难地说，“有时真不喜欢。我就怕人家生气，说我自高自大，看了又不要。”

“我看你，就是有点自高自大，大家都喜欢的人，你就偏不喜欢。”妈的脸色，很不好看。

“二哥，我问你，你是不是喜欢城里的女孩子？”妹子忽然想起了，就大声地问，仿佛一下子发现了什么，兴奋得脸都发红了。

“不管城里的、乡里的，我都不要！”秦德贵笑了一笑，放下了碗筷，低下头坚决地说：“等一两年再说吧。”

“那你今天回来做什么？”妈又生气，又很难过。

“该我轮休，我回来看看你们。”

“你不回来，我倒少怄一口气。”

秦德贵走下炕来到门角落里摸根锄头，便向门外走去。他怕妈和妹子纠缠不清，宁愿晒着太阳，到地里，帮爹和哥哥锄草松土。

爹对儿子的婚事，并不那么热心，儿子不愿去看就算了。他觉得由儿子去自已做主比较好些。“打游击”，“进工厂”，结果都很好，不是证明儿子做得很对么，只是担心地说：“哎呀，你帽子都没戴，太阳晒得热哪。”

秦德贵不以为意地说：“这不要紧，咱们在炉子旁边炼钢比这还要热哩。”

五

孙玉芬回到家里，看到母亲并没什么重病，倒也放下心了，可是心里却又不免气恼起来，“为什么要说生了重病呢？害我请假，耽误一天工作。”她没有说出来。

母亲就连忙申明：“你半年多都没有回来，你想想看，娘多么想你！就怕你又推工作忙。”母亲瘦瘦的，说的时候，现出怪可怜的样子。

孙玉芬气消了："反正回都回来了，就愉愉快快地陪娘一天吧。"而且，说也奇怪，在工厂里也同别的男子握过手的，并没什么感觉，现在却老是高兴地记起，"那只大手，怎么那样有力呀。"接着又暗自好笑起来："今天下午带点什么重东西吧，让那傻小子去驮。"

父亲孙大发一早起来，就把一只黄色的母鸡，捉来杀了。母亲迟去一步，就埋怨地说："哎呀，你怎么这么急，不问我一声，这只黄母鸡正生着蛋呢！"

"我看就是这只肥，要杀就要杀肥的。"父亲孙大发欢喜地说并不惋惜，"想想看，好容易才给她吃一回。"

家里人小声小气地讲话，轻轻地走路，生怕惊醒了她。其实孙玉芬早就醒了，这是天天一早上班养成了习惯。她睡在被子里，禁不住快乐地想："简直把我当成贵客哪。"

不久，听见嫂嫂挑水回来了，在厨房笑着对妈说："秦家的老二，也回来了，今天要去看亲，他妹子正在套马驾车子。我看，咱们喜酒吃得成了。两家早已讲好，就等老二去看。那么好看的姑娘，一看就会合心合意的。"

孙玉芬原觉得既在家里，不上班了，就索性多睡一会儿，反正没有什么事情，但一听见嫂嫂的话，便一点瞌睡也没有了，只是尖起耳朵听。

母亲感叹地说："总算世道变好了！要是以前么，老二就是做梦都讨不到的。真是俗话说的，他家有好女，无钱莫想她。"

接着母亲又快乐地说："就像你爹，先前哪肯给儿女吃一个蛋，只想拿去卖钱。"

小时候到底吃过蛋没有，孙玉芬一点也记不得了，但看见村里有钱人家的孩子，拿着煮熟的蛋吃，回来就哭着向妈要，这却还像昨天一样的事情，记得非常的分明。可是世道改变了，今天有鸡吃了，不知怎的，却并不想吃。吃饭的时候，在爹的殷勤的眼色下面，妈又连声敦促，她才勉强夹了些鸡肉。但爹终于忍不住了，亲自拿筷子给她夹来放在饭碗里，她只好推托地说："我们在厂里，伙食太好了，常常吃到鸡的。"

妈欢喜地叹气说："咱们女人这辈子，总算出头了！以前，过了多少苦日子呵！女人连猪都不如，猪养了猪儿，一家人还喜欢添了财了……"

"老太婆，还想以前做啥呵！再照以前那样子，谁也别想活下去。你看看今天吧！"爹给妈夹了一块鸡肉，"多肥的鸡肉！"

孙玉芬推开碗筷，拿帕子擦嘴的时候，不禁想道："我今天却是很不快乐呵！"随又骂自己："这是闲得无聊了。"

午饭后，爹驾起马车要把洋山芋送到火车站去，她便决定回厂里，同爹一道走，妈再三留她，要她下午走，她也不肯。

妈望着她坐在车上的背影，对媳妇叹气地说："她小时候，就是任性。大了还是这个脾气。我常常都想给她选个人家，回头一想，你不好给她做主的。"

嫂嫂羡慕地说："她自己都打出一条路了，她自己会选着人的。"

六

半下午的时候，秦德贵去约孙玉芬一道搭火车，走到她家门口，正碰见孙玉芬的妈，便笑着打招呼："大娘，好久没有看见你了，你跟大伯都好吗？"

孙玉芬的妈感到高兴，觉得这个年轻人特别来看她，是难得的事情，一面露出赞美的神情说："现在你们搞好了，真逢到了好时候。进来坐一坐，吃一杯茶。"一面注意地看他穿的新衣服。

秦德贵愉快地走了进去，满心想着孙玉芬会笑着出来迎接，谁知坐到炕上，还不见她的影子，一时不好问得，只是向屋打量下子：四壁粉刷得光光的，再不像先前那样破破烂烂，壁上贴着毛主席的全身像以及工厂的一些画片，显然这都是孙玉芬带回来的。孙玉芬的娘摸着秦德贵的白衬衣看了一会儿，一面笑盈盈地说："我真眼红你们的爹娘，有你这样一个好儿子。"随又责备自己地说："呵呀，我简直忘记了，我该找点烟给你吃。"一面就站起来去开抽斗。

秦德贵立刻阻止她，说他不会吸烟，还一面朝对面那间屋子望去，以为孙玉芬还在那边。

"你真习得好呀，烟都不吃。"孙大娘把烟重新放进去，一面又问："你怕酒会喝两杯吧？"

"不，我不喜欢喝酒。"秦德贵站了起来，简直想走到对面屋子去看到底孙玉芬在干什么。

"坐一坐，你这次回家该会多住几天吧？"

"不，等下我就要回厂去了。"

"哎呀，你们真是，一到外面就不想家了。"孙大娘一脸不快活地说，"我玉芬才气人嘞，你成半年地想念她，想她回家，她一天都待不住。"

秦德贵生怕孙大娘会把孙玉芬留下一夜，让他今天一个人回去，便赶忙笑着说："大娘，你不晓得厂里多忙了，一天不回去工作，就会耽误国家的生产。还有我们都干活惯了，谁也不想歇下手闲着。"

孙大娘现着苦恼的脸色，抱怨地说："我玉芬半点在家的心思都没有。想起来，真叫人难受。"

秦德贵表示同情地说："以后可以多叫她回来几次。"

孙大娘扁一扁嘴说："我再不想念她回来了。回来一下就走，倒不如不回来的好。回来只叫你憋一肚皮的气。"

秦德贵作着缓和的口气说："今天还可以挨晚边一点走，叫她多陪你老人家一会儿。"他故意说大声一点，使对面屋里的人，也能听见。

"她要是像你这样多好。"孙大娘生气地说，眼里冒出了眼泪，"没良心的东西。"

"你老人家不能这样怪她，我晓得他们厂里挺忙的。"秦德贵听见她这样骂起来，感到怪难为情，便竭力替孙玉芬辩护。

“不是我这样骂她，她太不管我哪！”孙大娘用袖头揩下眼睛诉苦地说，“午饭筷子碗一放，她一刻都留不住，就跑去搭火车去了。”

“她都走了吗？”秦德贵大惊失色起来，忍不住责备地说：“这就太不对了。”他站起来正要走的时候，孙玉芬的嫂子走进来了，她高兴地说：“幸好你还没有走，刚才丁家打发人，送一双鞋子来，要孙玉芬带给丁春秀。”接着她把一双小孩的鞋子，递给秦德贵，还问：“你认识丁春秀吗？听说她丈夫就在你们厂里干活。要是你不认识她，你就交给玉芬好了。”

秦德贵接着鞋，抑郁不乐地走了出来。在空旷的田野中，照着掉西的太阳，大踏步地走着。心里不禁想着：“明明约好了的，为啥一个人又先走了呢？”一个人走在路上，感到田野太寂静了，这是他以前从来没有过的感觉。时时都记起月光下那个黑发披在颈上的身影，竭力要把它丢掉，也丢不开去。微笑着的一双细小的眼睛，一抬起头，就仿佛出现在路旁那些闪着阳光的绿叶上。这使他感到甜蜜，但也觉得十分苦恼。他解开了衣纽，让掠过高粱梢头的凉风，冷冷他那发热的胸膛。

他搭上了火车，总从这个车厢，走到那个车厢，他在车上静不下来。当他在车站上等车的时候，就已完全明白了，在这一班的火车上，绝不会再遇见她，但在车厢里，一看见年轻的姑娘，只要穿着白色西装衬衣，浓浓的黑头发披在颈上，他就忍不住要走过去看看。

第五章

一

秦德贵自从乡下回来以后，还是在阴阳班工作，每天下午三点钟就到工厂去接四点的班，半夜十二点钟下班回宿舍睡觉，总得第二天早上八点多钟才能起来，简直没有机会去看孙玉芬。他晓得孙玉芬是老白班，早上七点多钟进厂，下午六点多钟出来，早晚都不能会着。他本想写信告诉她，说他帮她带来了鞋子，但又想想还是借这个机会见一见面的好。他很想问问她，原本是约好一路搭车回工厂的，为什么一下又变了卦，单独一个人走了。如果换成另外一个人，倒没什么关系，是孙玉芬，可就使他烦恼，觉得不问个明白，心里就没一刻宁静。上班干活的时候，他倒什么都忘记了，只是下了班，一个人闲着的时候，或者在从工厂走回宿舍的路上，那个人的身影和她愉快笑着的面容，便一下子现了出来。等到他的工作一转到夜班，该在半夜十二点钟上班了，他就趁一般老白班下班的时候，跑来工厂区的大门口等她，谁知等了两天下午，都没等着，这就使他很感不快。而且他还到女工宿舍问过，听说她晚上回来的时间不一定，有时会在工厂里吃了饭，就直接到夜校去读书。他只好再到工厂区的门口去等。今天下午算是第三次来等，心里还生气地想，要是再等不着，决不再来了。第一次第二次还带着鞋子，这一次恐怕会不着，竟连鞋子也没带在身上。这一天下午心情格外的烦躁，一面在等，一面又想走开，他就是怕会见熟人。

不久，孙玉芬同七八个女工走出来了，她们正在热烈地讲着话，一边还在大声地笑着，秦德贵原是希望碰见她一个人，现在看见她们那样声势浩大，不免有些胆怯，不好跑去迎面打招呼，只是带着迟疑不决的样子望着孙玉芬，心里忍不住有些激动。孙玉芬一下望见了他，连忙打招呼："秦德贵，刚下班吗？你在等谁？"

孙玉芬这么一打招呼的时候，好多眼睛都向秦德贵望了过来，他没有勇气承认就在等她，只是说："我在等一个人。"

孙玉芬立即又同女伴们走了，秦德贵这才提起勇气喊道："你等一下，我有事同你谈一谈。"

孙玉芬转过身来，庄重地说："有什么事呀？"同时好多眼睛又一齐射了过来。

秦德贵红着脸说："你家托我带一双鞋子交你。"

“我家里带鞋子给我？”

“是一双小孩的鞋子，要叫你转给丁春秀。”

“呵呀，丁春秀那里你不是挺熟的吗？你交她就是嘛。”

“我也得告诉你一声。”

“鞋子带来了吗？”

“没有，我是先告诉你一声。”

“呵，我记起了，昨天我们宿舍的传达同志告诉我，说有人来会，还是我的同乡。那就是你吗？”

“对，那就是我。”秦德贵还想说：“我在这门口已经等过两次哩。”但看见那么多眼睛望着他，他有点不好意思说出。

“我们这几天厂内忙得很，正在准备搞竞赛。鞋子就托你交给丁春秀好了，你去他们那里还近点。”孙玉芬这么说了之后，就立刻同女伴们谈了起来，继续走路。

秦德贵还有好些话要同孙玉芬谈的，却又在那么多眼光之下，谈不出来，正在这个时候，李吉明和何子学走来了，李吉明今天轮休是到厂里开会，现出一脸奇怪的笑容：“呵哈，你们什么时候认识的？”

秦德贵看见李吉明那样微笑的神情，心里不大高兴，就纠正地说：“她是我们村上的人，从小就认识了的。”

李吉明见他不愿意谈下去，就敛住了微笑，向何子学故作正经地说：“我们不谈了吧。”

“好嘛，你先走吧！”何子学点一点头，他随即向秦德贵说：“我正有事找你，我们走着说吧！”

秦德贵扶着自行车，慢慢走了起来，心里感到抑郁，觉得在工厂区门口，等了三天下午，还跑过一次女工宿舍，都全是白费了气力。看见李吉明走到孙玉芬她们那里，就一面走，一面有说有笑地谈了起来，他心里更加感到不快，觉得自己太笨，在孙玉芬面前没有更多的话好说，再又偏偏不巧，碰上了李吉明和何子学这两个家伙。

何子学刚才远远看见秦德贵同一群女工讲话，就怕走过来打岔了他们，便拉李吉明一把，要他等待一会儿，一直看见孙玉芬她们走了，他才走了过来，现在看见秦德贵那一脸不快活的神情，就立刻同秦德贵说："老秦，不要因为我打岔你，就不谈了，你们有事尽管赶上去谈吧。吃了晚饭，我还可以到宿舍来找你。咱们这么熟，还有什么不好商量的。"

"没有什么谈的，就是她家托我带点东西交她，我就是向她交代一下。"秦德贵尽量做出不以为意的样子。

何子学却已看出事情并不这么简单，但见秦德贵不愿谈，也就不便追问下去，取出一支烟，点燃吸着再走。倒是秦德贵忍不住了，向何子学问："你刚才说，有要紧事要同我谈，现在你谈吧。"

何子学了解秦德贵心情有些不好，便不直接说出他要说的话，只是微笑地说："我首先要了解一下，你现在在工作中感到有什么困难没有？"

"倒没什么。"秦德贵淡淡地说，好像这个问题，对他很没兴趣似的。

"也许你还没有觉察出来。"何子学温和地说，"我看见你这几天，炼钢的时间，是长了一点……比平时长了一点。"

这下倒一下子提醒了秦德贵，他禁不住大声说："是的，这个事情真使我苦恼。"炼钢时间太长，的确使他苦恼过，但这只是在他工作的时候。但一下了工，出了工厂，他的心思却又萦绕到电修厂、女工宿舍和工厂区大门口去了。现在经何子学一提，同时又记起党委书记那天晚上在车站上谈的话，便有点气恼地说："我真疑心有人在整我。"

"这样疑心是不好的，疑来疑去，就会闹得三班不团结。"何子学觉得话已挨到问题了，便再问道："你现在感到三班有不团结的情形没有？"

秦德贵忍不住愤慨地说："他们看见我创造出了新纪录，就像挖了他们的祖坟一样，这个说冷话过去，那个说冷话过来。我反正不怕，偏要再创造些新纪录，来气一气他们。"

“新纪录是要创造，谁也不能阻挡的。”何子学对他表示同情，随又转下语气，提醒似的说：“不过我们也要考虑下子，是不是我们自己的态度……”

话还没有说完，秦德贵就忍不住接嘴说：“我问你，一只蜂子蜇你一下，你还能对它微笑吗？”他的脸和脖子都气红了。

何子学走了一会儿，才又小声说道：“你试说一说，你们交接班的时候，有哪些事情使你生气？”

“那可多了！”秦德贵非常生气地说，“张福全交班的时候，就给你留下不少的麻烦，小车该他班上修理，他们不管，等到兑铁水，才忙得你上气不接下气。小车修理好，铁水就兑迟了。

何子学插嘴说：“你可以提出批评嘛。”

“你提出批评！"秦德贵立刻把头一摇，“哼，他一句话就封住你的嘴。他说你顾过大家的利益没有？又怪我只顾创造新纪录，就把大家快要到手的炉顶奖金送掉。这真是天大的冤枉，我哪里是不顾炉顶去搞新纪录？这你晓得的，我那天就是去给七号炉打出钢口，离开炉子点多钟。”

“这不行的，我要找张福全谈谈。”何子学也有点生气起来，随又问他：“袁廷发接班怎么样？”

“以前，那挑剔得很，说这样没做好，那样做得不行。全做好了呢，他还是有话说。他会故意问工友，你们多少钟点炼出的。听说没有搞出什么快速炼钢，他就会说：那好，那今天炉顶就保险了。这不是话里有话么？我又不是傻子，哪还有听不出来的？现在自从他创造了新纪录，倒要好一点了。”

走到快要分路的地方，一边是去独身宿舍，一边是去家属宿舍，何子学便叮咛秦德贵说：“你忍耐一点，不要同张福全冲突。这个问题，我一定会想法解决的。”

秦德贵一个人骑着车子，走回独身宿舍去，心里很不快乐，觉得一切事情都不如意。尤其孙玉芬那副冷淡的脸色，使他简直像受了什么委屈似的，深深感到自己不应该对她有什么热忱，可是心就不能平静下去，他一路上都在嘲骂自己："蠢小子，你怎么给娘儿们打垮了。"诸如此类的责备、嘲弄，在别的事情很生效，唯独拿来对付恋爱，可就缺少力量。爱情这种东西，是同脸皮厚连在一起的，不怕别人骂，也不怕自己骂。

二

秦德贵刚回宿舍，就听见有人要他接电话，他赶忙去接，说明自己是秦德贵，还问对方是谁，对方回答之后，他吃了一惊，还怕自己听错了，又再问道："你是孙玉芬吗？"对方说，"是哪，"发出了笑声，还接着说，"秦德贵，你把鞋子带给我好了，还是由我送去吧。"秦德贵忍不住喜悦地说："那我就送给你好了。"他听见了她的笑声，就觉得她还是对他好，心里又升起了热情。对方说："你得闲再带来好了。"秦德贵立即热烈地说："我就马上送给你。"他放下电话之后，一转过身来，就看见李吉明正对着他露出一脸的微笑，仿佛在说你的秘密可给我抓着了。秦德贵不高兴地掉开头，跑上楼去，在寝室里拿着鞋子就跑了下来，直朝门口走去。李吉明嘲弄地说："吓，怎么连饭都不吃了么？"

秦德贵骑着自行车直朝女工宿舍跑去。他却不觉得疲倦，只觉得身上有一股强大的力量，推动着他风也似的奔跑。如果孙玉芬的宿舍相距有一百里远，他好像也能轻易跑去，没有什么为难。往天一回到宿舍，就定规要吃饭的，吃迟一点，便感到饥饿，现在一点也不觉得。他在排着柳树的马路上，骑着自行车，飞也似的跑着，快要落下去的太阳，映在他发汗的脸上，发出幸福的红光。他越过了好些骑自行车的人，引起许多眼睛惊异地望着他。经过一处转角地方，几乎同对面来的一辆自行车碰个满怀，幸亏那个骑车的人，一下躲开，迅速跳下车去。秦德贵登时慌了，连忙拐开，身子大大偏了一下，几乎跌在地上。对面那个骑自行车的人忍不住骂："你在发疯了。"秦德贵红着脸子跳上车子，一声不响地就跑了。到了女工宿舍门口，他跳下车来，让自己喘一口气，拿手拭一拭额上和脸上的汗。门前有见方丈多宽的花坛，正开着红的黄的各色花朵，飘散着轻微的香味。立着的几棵银杏树，叶子浓绿得怪可爱的。就连那个挂着女工宿舍牌子的砖砌大门，也格外感到亲切。

秦德贵放好自行车，走到传达室去，看见三个年轻女工坐在里面说话，却不见那个做传达的中年妇人，便小声地问："同志，请问一下，传达不在吗？"

三个女工都望着他，现出好奇的脸色，一个说："你等一下，她就来了。"另一个问："你找谁？"她们的眼光一直射着他，没有离开他的脸子。显然，一个年轻小伙子，来会她们宿舍中的某一个人可能被会的人，就是她们最熟的朋友，这里面说不定就会藏有很有趣味的秘密。

秦德贵有点不愿意似的说："我，我要会孙玉芬。"

三个女工都有兴味地微笑起来，她们断定会孙玉芬的人，都是有着某种目的来的。因为孙玉芬的美丽，已成为她们宿舍里的人所羡慕的对象，而且同孙玉芬一道在路上走，青年男子投来的眼光，总是首先落在她的脸上。因此她们便自然而然认为凡是来会孙玉芬的小伙子，绝不单纯为了事务而来。

秦德贵禁不住脸红了，他也感到她们的微笑，是看穿了他的心意的。幸好女传达走来，算是搭救了他，他不理睬那三个女工，忙向女传达说他要会什么人。女传达是个矮胖的女人，现出好脾气的脸色，打量秦德贵一下，非常和气地说："你来得不凑巧，她出去一阵了。请问你贵姓？"

秦德贵感到很失望，但还是提起勇气说："我叫秦德贵，刚才她打电话叫我来。"

三个女工立即脸上露出很大的兴趣，彼此点一下头，眨一下眼睛。女传达微笑地说："对了，她招呼过的，她说等会有个姓秦的送东西来，叫交给我就是了。"

“她出去有什么事吗？”秦德贵禁不住一脸疑惑地问。

“她上夜校去了。”女传达回答之后，还说：“你留下吧，她回来，我交给她，不会错的。”

秦德贵听见是上夜校，也就心里好过些了，觉得孙玉芬并不是有意冷淡他，故意走开。他只好把鞋子交出来，这不能再留在身上，作为相见的凭借了。他从右边衣袋里摸出一只小孩的鞋子，看见三个女工和女传达都露出奇异的脸色，仿佛在说孙玉芬还没有结婚，怎么有青年男子送小孩鞋子给她。秦德贵就解释地说：“这是别人托来送给她表姐的。”接着又从左边衣袋里去摸，糟糕，可没有鞋子了。秦德贵着急地说：“我是带两只来的嘛。”女传达笑着指点地说：“怕是掉在路上了吧？你赶快转去找找。”秦德贵只好把剩下的一只鞋子揣在衣袋里，慌忙走出门去，刚一出门听见三个年轻女工纵声笑了起来。

秦德贵满脸通红骑上车子就跑，心里感到又急又羞愧，又是难过。他本能地跑了一会儿，晚风一吹，头脑清醒了，才觉得这样跑着，怎么找得着鞋子呢？他立即跳下车来，一面走，一面看路上，希望能够找着。路上不断有自行车来往，很快地跑过他的身边，他却只能扶着自行车，一步一步地走着。这时才感觉口干，喉咙简直在发痒。肚子饿极了，连柳树叶子都想捋一把来嚼嚼。这些他都能忍受，以前打游击什么没受过，一两天没吃饭，可以说平常得很，但是现在要紧的事情，就是要在天黑之前，找到鞋子。他忽然想起，是不是在转弯地方，几乎和人相碰的时候，自己歪下车子来，跌出了东西？于是他骑上车子赶到转弯地方，到处仔细地看，哪里还有鞋子呢。他想不出鞋子到底掉在什么地方，又疑心是接了电话后，慌忙之中，少拿了一只鞋子，或者是在门前上自行车的时候，揣掉了鞋子。便又赶回宿舍去，门前楼上都看了，还是一只也没有。这才使他真正感到了绝望，想不出那一只鞋子到底是怎样失掉了的。他打算从自己的宿舍一直步行到女工宿舍去，看沿路能不能找到，可是天已不早了，快要黑了下来，走不了多少路就会看不见的。他决定不再找了，打算明天下班到百货商店另买一双算了，好在还有一只在衣袋里，可以比着长短买，不至于送给孩子穿，大小不合适。打定主意之后，这才到食堂去吃饭，心里充满了不快，买一双鞋子来赔，损失了钱，倒是小事，只是孙玉芬她会怎样想呢？她不会认为秦德贵这个小伙子，太冒失，太心粗气浮吗？甚至还把我看成一个不中用的人吗？他想起那三个女工的纵声大笑，再又红起脸来。他觉得这正可以代表人家对这件事情的嘲笑。他想起自己打游击以至炼钢，都是很细心的，很少出过差错，偏偏一同姑娘们来往，就出了乱子，真是使他越想越生气。他感到这回如果就打仗来说，一定打输了，如果就炼钢来说，一定炼出废品来了。

第六章

一

秦德贵回到宿舍，吃了饭，业已九点半了，感到非常的疲倦，在床上躺了个多钟头，便到厂里去上班，第二天早上回来，一直睡到正午，吃了午饭又再睡下，到六点多钟，听见有电话叫他，他才翻爬起来，接着电话，知道对方是孙玉芬，问他鞋子捡着没有，他红着脸说："真对不起你，鞋子我另外去买一双，买好就给你送去。"

"不用买哪，这怎好又花你的钱呢？"孙玉芬在那面说话，"你再找找好了，我想一定找得着的，一只鞋子也没有人捡着拿去穿。就是找不着，也没关系，叫他家再做一双好了。"

"我一定去买一双，花不了多少钱的。"秦德贵立即回答，他决心这样做了，是不能更改的。

秦德贵骑着自行车到百货公司，童鞋部里却没有小孩穿的布鞋，只有皮鞋，皮鞋可就贵了，原来打算用个五千元去买一双布鞋的，现在可得多花些了，便向一个年轻的女售货员问，小孩皮鞋的价钱，回答是五万元一双。他禁不住吃惊地想："怎么会这么贵哪？"一面难受起来："掉一双鞋子简直要赔十双呵。"他有点踌躇，觉得花钱买是太贵了，如果多给爹娘五万元，他们一定是很高兴的。在乡下的时候，听见家里卖的土豆，是五百元一斤，这五万元鞋钱，不是等于卖了一百斤土豆。要算爹娘和妹妹听见赔鞋子的事情，一定非常心疼。可是不买，这又怎么对得起孙玉芬？何况自己要买鞋子业已说出了口呢？就算孙玉芬说不用买，但她自己又怎么好意思去同丁春秀讲呢？这不是又使孙玉芬为难吗？他觉得现在一切都是为了孙玉芬，鞋子不买是不成的。他便拿出五万元买了一双皮鞋。这回便仔细揣进衣袋里，不让再有丢掉的风险。跑到女工宿舍去，交给女传达，知道孙玉芬到夜校去了，便转回自己的宿舍。快要走到十字路转弯的地方，忽然有一两滴雨水落在他的额上，他忍不住抬头望天空，看看会不会有大雨马上落下，就在这么一望的时候，恰好望见近边最低的一株柳树枝上，挂了一个东西，那不就是一只小孩的鞋子吗？他马上跳下车子，走近柳树，伸手取下来看，正是昨天掉的那一只。他不禁很奇怪，为什么会掉到树上去，随即想一定是哪个人捡起来挂在树上的。接着又深怪自己为什么昨天下午只看地下，不望树上呢？一方面怪自己考虑不周，一方面又觉得好笑，但这笑没有好久，就又消失了。买了皮鞋，才行捡着，还有什么好处呢？反而不如不捡着的好。最后只有把鞋子揣在衣袋里带回宿舍去。他把放在寝室的布鞋和捡回去的布鞋，重新配合一下，刚好是一对。就在这么一配合的时候，恰好给同寝室的孟修第看见了，好奇地问他："老秦，你怎么搞的，出去一半天，搞那样一只鞋子干什么？"

秦德贵把帮人带鞋子，以及如何丢失又如何捡到和买皮鞋的事情，都告诉了孟修第，只是没有把孙玉芬的姓名讲出来。但这已够孟修第笑个不住，用不着问清到底是给谁带的了。他还打趣地说："老秦，像这样子，我以后也要托你带鞋子了。"

秦德贵无可奈何地向孟修第挥一挥手。

孟修第三四天以来，都注意到秦德贵的行为，忽然同以前不同了，以前做夜班，白天总是在宿舍里好好地睡觉，不大出去的，自从这次回家以后，一到下午，就骑着车出去了，很晚才回来吃晚饭，而且更惊异的，是以前不大有女人来电话叫他，现在居然一连来了两次。孟修第因为同秦德贵住一个寝室，便一切都看在心里，发生了注意的兴趣，只是一时没有说出口来。当秦德贵同他讲话的时候，他一面听一面就在想：打电话来的女人是谁呢？忍不住笑着问道："这两天是谁打电话给你？"不待秦德贵回答，又进一步追问："听他们说好像是你的女朋友，是吗？"

秦德贵说出孙玉芬的名字，但不承认是女朋友，只说是一个同乡；虽是这么说，但孟修第从他的眼色和面容，却已认出秦德贵是在同那个人有点不平常的关系了，便忍不住笑嘻嘻地说："是同乡那就更好了。"

秦德贵红了脸，有点不好意思，又有点生气地说："这有什么更好呢？"

"以后你自然会知道的，"孟修第忍不住笑了起来，"好处会没有吗？好处就是用不着媒婆。"一面躲了开去，他怕秦德贵的拳头落在他的背上。

"好家伙，越说越不正经了。"秦德贵骂了他一句，挥了一下拳头，但并没有像往天一样，赶着去追他。

二

晚上十一点钟，秦德贵看见时间到了，便独自骑着自行车跑进厂去。他看见张福全这一夜脸色特别不好，阴暗，有着怒气。秦德贵问了他几句炉子的情况，他只是冷冷地回答，有点待理不理似的，而且问多了，他还有点冒火。秦德贵记起何子学的话，忍耐一点，便不再多问了。好在炼钢工作和平炉的炉顶，随时都需要注意，秦德贵一用心工作，便把一切不愉快的事情丢在脑后。

约莫接班后，四个多钟头出了钢水。晚上护炉技师不在，秦德贵便仔细视察炉底，发现上一班没有好好补过，只是马马虎虎补了下子，于是他决心补好炉底，便叫工友补炉，同时自己拿起铁锹，铲起白云石，走在前面，带动工友，一齐把白云石投进炉底。一直费了一个钟头，才把炉底补好，累得每个人汗一身身地出，疲倦得不得了。依计件工资的规定，补炉时间是十五分钟，得计件工资五分，现在工作了一小时，工分还是五分，因此工友便有怨言，并骂上一班工作态度坏，竟把自己应做的工作，全丢给他们这一班，害得他们白做了四十五分钟。秦德贵也很生气，认为张福全这个人越来越不行，竟让该补的炉底不好好地补，让它越发烂了下来，同时又感觉张福全有些地方像是故意要来作对似的。他自从那次出了炼钢新纪录，张福全对他态度很坏，他便尽量忍着气，才没有吵起架来。经过何子学的劝告后，他主动地尽量团结他，提前上班，帮助他工作，竭力使彼此和好起来，主要是使工作不要受到损失。这一晚，张福全莫名其妙地生气，而且丢下该补的炉体不补，确是一件不平常的事情，工友们埋怨实在也是应当的。但秦德贵没有说出来，只是劝大家看在社会主义的建设工作上面，多花一些气力，没有什么关系，只要炉体没有受到损害，国家的财产没有受到损失。

快要到早上八点钟的时候，袁廷发来接班了，他这一天的态度，却是很温和，还走到秦德贵的面前，微笑着说，略带一点责备的口气：“小孩子的鞋子，掉了就算了嘛，怎么又买一双，还买那样好的皮鞋，这太破费你了。”袁廷发自从化炉顶创七点一炉钢的新纪录，心里感到惭愧，也就再没有勇气来责备秦德贵了，甚至连心里也不好再存着太大的憎恶，因此对秦德贵虽然还抱着不满，但也能承认秦德贵还有一些好的地方，不再是完全加以抹杀。

秦德贵觉得为了鞋子，怄了不少的气，现在听到袁廷发这一番话，也格外感到高兴，便笑着说："这没什么，一双小孩皮鞋小事情。"

秦德贵向袁廷发交代炉上的情形，袁廷发这次没说什么，只是轻轻地点点头。

袁廷发随即略带神秘似的一笑，望着秦德贵问："你同孙玉芬什么时候认识的？"

"我们是小同乡，小时候就认识的。"

"现在常常见面吗？"

"是的，常常见面。"

袁廷发随即低声地说："我要告诉你一件事情，你要注意，我听说，张福全他也同孙玉芬挺要好。"

"你这是什么意思呢？"秦德贵略微惊异地问，并仔细地看袁廷发的脸色，想从他的脸上看出话语的意思。

袁廷发严肃地说："我就怕你们会失掉和气，影响平炉的工作。我就是为了平炉的工作，才说这些话。"他昨夜和丁春秀谈到小孩皮鞋的事情，就有过秦德贵在向孙玉芬讨好的推测。

丁春秀说："他不是向孙玉芬讨好，他会买皮鞋来赔吗？这哪能瞒得住我。"

袁廷发笑着说："秦德贵一向对我还不错，你能说他对我们不好吗？"

"对我们好？那他为什么不一直送来？他连门都不上一次，你还说他好！"

"管他的，"袁廷发责备地说："皮鞋总是咱们孩子穿，为什么要说他不好。"

"老实说，我不喜欢他。请你告诉他一声，孙玉芬都由我做媒了，叫他不要妄想。"

"管这些闲事干吗？"袁廷发摇一摇头。

“你不管吗？有一天他们就会打架给你看的。”袁廷发听了丁春秀这一番话，觉得有点放不下心了，他第一怕两人由此伤了和气，搞坏炉上的工作，所以一有机会，就不能不向秦德贵提一提，而且觉得趁他们感情不大深的时候，赶快讲一讲好些。

“我看自从我那次化了新炉顶，他就一直不满意我。”秦德贵皱着眉头，感到为难地说。

“对哪，”袁廷发点点头，“我就是怕你们再火上加油。”

秦德贵下了班后，洗了澡，走在早晨晴朗的阳光中，给掠过青杨树叶的晨风一吹，头脑十分清醒，不断地为袁廷发的话苦恼着，又想起夜来张福全交班的态度，觉得是有一些隐秘的问题存在：“难道我同孙玉芬来往，他张福全知道了吗？唉，这是怎样的来往呵。只能算是一个普通的朋友。”一面走，又一面觉得，自己对孙玉芬的心情，的确是有某种意思，想到这里他不禁脸子发烧起来。就因为这样，又不免生气：“难道你张福全就不许别人同她来往吗？你有什么权利？看光景你也不过同我一样，只是同她认识，有过会见交谈的机会。”他认为自己并没有做错什么事情，而且孙玉芬将来要同谁好，那是由她决定，谁也没法子争，谁也不能禁止别人。他想：要是张福全真是为了一个女朋友，来同他生气，那他是打错主意了。我自己是不是同孙玉芬好下去，都得由孙玉芬来决定，她不愿意同我好，我走开就是了，没有什么了不起的地方。他想到这里，心里不禁难过了一下。他自己的确是不愿意和孙玉芬分开的。要是孙玉芬偏要同我好呢，你张福全生你的气好了，那不过是白生气。他但愿事情这样发展下去。

秦德贵走出工厂区不远的时候，孟修第赶上来了。

大家走了一会儿，孟修第忍不住地说：“老秦，我还听见他们说这样的话。”

“什么话？”秦德贵很注意地，几乎停下足来。

“现在好些人说，”孟修第把他们改成了好些人，用着低沉有力的声音，“说你近来……”

“说我？”秦德贵截断他的话，惊异地问，他还以为所谓那些人说，是在说袁廷发哩。

“他们说你，近几天来，搞恋爱搞得发疯了。”孟修第忍着笑说，“还说你为了送鞋子给女朋友，天天下午上百货公司，有的人还说你买的是高跟鞋哩。”

“滚他妈的蛋，混造这样的谣言！”秦德贵隐忍不住地叫了起来。他渐渐明白了：张福全一定是装了满肚皮的鬼话。随即也忍不住好笑起来：“这小子真是莫名其妙地生气。”回到宿舍吃了饭，倒在床上睡下，忽然想起：“那双布鞋怎么办呢？再打电话，再送到女工宿舍去，都不免有点惹是生非。不送去吧，又不行，留这样的鞋子干啥？”后来感到很疲倦，索性不想了，呼呼地睡了起来。

三

到了下午五六点钟的时候，秦德贵不想再睡了，爬起来后，他又想起小孩子的布鞋子了，他觉得还是送去，一下了结了的好。他感到同袁廷发的关系比较搞得好了一些，但跟张福全却弄得厉害起来。如果真正同孙玉芬感情很好，到了相爱的田地，那引起了工作的损失，自己的确要负责任。可是现在还一切都说不上，孙玉芬那种冷淡态度，也实在叫他寒心，觉得没有好下去的希望，那自己又何必去多惹麻烦，使得自己同张福全闹不团结，引起工作上的损失，同时自己也是一无所得，只是留下了烦恼。他下定决心，鞋子送去就不再到孙玉芬那里去了。

秦德贵走到女工宿舍的时候，恰好遇见孙玉芬走了出来，她很高兴地招呼秦德贵，接着就说：“昨天晚上我把皮鞋给我表姐送去，他们一家人都高兴得很，说是他们的孩子还没穿过皮鞋。”

秦德贵看见她一脸泛着欢笑，不禁也非常高兴起来，一面摸出布鞋来，一面笑着说：“布鞋我也找着了。”

“怎么找着的？”孙玉芬惊喜地说：“是皮鞋送来后找着的？”秦

德贵没有说话，只是愉快地点头。

孙玉芬大笑起来：“这真像有人在同你开玩笑一样。”

“这个玩笑真开得不小，一下子掉了，真急死了，找不着又气死人，现在想起来真笑死人。”秦德贵笑嘻嘻地说，他觉得自己又像那夜两人一道回家一样的活泼自由，话不用往心里搜索，就自自然然流到口里。

“同我走一走，我到夜校去上学。”孙玉芬露出特别亲切的面容，天真，愉快，还透露着一点调皮的神情。

秦德贵扶着自行车，走在她的侧边，没有说话，但心里感到安静，甜蜜。

孙玉芬一面走，一面忽然偏着头，严肃地问：“你什么时候回家去？”

秦德贵随即回答：“回家？怕今年半年内都不回去了，你呢？”

孙玉芬深深地注视一下秦德贵的脸子，只见他那健康的红黑色脸全没激动的影子，只是显得冷淡平静，仿佛整个家对他毫没一点吸引力似的。她心里感到一点奇异，忍不住露出调皮的神情，打趣似的问：“为什么半年都不回去？”

“一来厂里工作忙，不想走开。”秦德贵平静地说，“二来呢，家里只要有钱寄回去，人不回去，他们也没什么说的。”

孙玉芬又再朝他脸上仔细地望了一眼，然后嘲弄似的说：“听说你前次回去看亲，难道还没有看上么？”

“我根本就没有去看，”秦德贵立即大声地回答，这正是他要向孙玉芬说的话，藏在心里，已经很久了。老是使他不安的，就是因为没有找着机会向她说出这句话来，现在忽然来了这个机会，而且还是由她问起的，真是使他高兴极了，接着还诉苦似的说：“就是因为没有去看，娘跟妹妹还同我吵了一顿呢，那一次回去，真是怄了一肚皮气。更气人的，下午到你家去找你连你也不告诉一声，就悄悄跑了。”他顺口一鼓作气，说出心里的话来，感到很是痛快。接着还大胆地说："到现在我还在奇怪，我们约得好好的，一道回工厂，为什么你一个人悄悄跑了？"

孙玉芬禁不住爽朗地笑了起来，她觉得她心里的一个结子，现在突然一下散了，感到非常的愉快。接着笑着说："你不晓得吗，家里来信，告诉我娘在生病，回去一看才知道是骗我的，这就使我有点气了，想着咱们厂里正在准备竞赛的条件，你们却骗我回来，耽误我的事情。恰好我爹驾起大车，运土豆到车站去，我就坐上大车走了。"

"你走了，你也该找人带个话给我呀！"秦德贵现出温婉的脸色，埋怨地说："只要知道你早走，我也会跟着你走的。"

孙玉芬没有说话，只是脸掉向一边，笑了起来。接着才又赔不是地说："走在路上才想起，已经来不及了。真对不起，之后惹了一连串的麻烦，害得你为了带鞋子，费了多少的心。说完之后，息了一下，才又严肃而又亲切地说："德贵二哥，我有个想法，看你赞不赞成？"

"有什么不赞成？"秦德贵感到她是那样的亲近，可爱，自己说话更加没有拘束了，"就怕像那次回家一样，约好，你又悄悄溜走了。"

孙玉芬高兴地笑了起来："我哪会再干那样的笨事情。"跟着严肃地说："我是忽然想起的，不晓得对不对？我想我们的小组同你们九号平炉来一个竞赛。如果你同意，你再回去征求他们的意见，不管行不行，明天下午我们再碰一下头，明天礼拜六，我不上学了。我就在宿舍等你。"

秦德贵愉快地答应："行嘛，咱们就来个竞赛好了。"

秦德贵一直把她送到夜中学门口，便骑着车子跑了回来，浑身充满兴奋和愉快，觉得挨晚边的天空，特别的明朗，落日也显得格外的光辉。

四

半夜上班的时候，秦德贵抱着这样一种态度，无论他张福全怎样不满、生气，他都要忍受下去，不同他争执。同时接班的时候，可以尽量放松一些，不去吹毛求疵。如果又丢下工作没有做呢，那自己多出一把力，做就是了。自己的工友，是会生气的，他决定用心说服他们。只是为难的，又怎样向张福全说孙玉芬提议的竞赛呢?

秦德贵接张福全的班，没讲什么话，昨天丢下的补炉工作，他也没有提。倒是他这一班的工友，很是不满。孟修第还忍不住向秦德贵说："你为什么不向他讲呢？应该讲一讲哪。"

秦德贵向孟修第和另外几个工友，安慰地说："不用讲，他也知道的，昨晚我们补炉的时间，不是全记上了吗？"

孟修第愤愤地说："不讲不成的，起码也得要他保证不再犯这样的错误。"

"老孟，这还不能那样讲，"秦德贵连忙向他解释，"有时炉底会有这样的情形，忽然一下烂得挺厉害。我们现在还不能断定，错误全由张福全负责。"

孟修第就去翻看记录簿，上一班张福全的补炉时间，不多不少，正是十五分钟。再翻一下前一天晚上的记录，也是十五分钟，他生气地放下记录簿说："鬼才知道他们是怎样补的！"接着又向秦德贵生气地说："这不是明明白白的吗？上一班不及时补炉，到下一班炉底就会越来越坏。"

到了出完钢水的时候，孟修第就首先叫管倾动机的工人，把炉子向前倾斜一点，又叫工友去开卷扬机，提起五个用砖砌的炉门，然后把贴在遮阳上的蓝色眼镜放下，用袖头遮着脸，依次对着每个门，仔细向炉底瞧去，炉内仍然燃着强烈的火焰，因为炉内是空的，火焰还没有奔窜出来，但热却是很厉害。他看见有些不大平整，有些地方洼得不浅，便气愤地去找秦德贵。秦德贵已经对另一个炉门在看了，他把护炉技师的水龙布长围裙拴在腰上，显然已作为护炉技师来保护炉底了，并不是像一个炉长一样，看一看就算了事。秦德贵心下也明白张福全一定留有麻烦的，准备多费一番气力。孟修第立即对秦德贵说："你看嘛，这回又得补一个钟头。"接着又骂了起来："妈的，这显然又是不负责任，只消他们肯多补二十分钟，我们也就少费气力了。"

秦德贵一声不响，只是对着这个炉门看了，又对着另一个炉门去看。他不仅看炉底，还看了炉的前墙和后墙，以及炉子的两头。看完之后，他又叫工友补炉，同时自己带头来干。结果又多补三十多分钟。这一次，工友们没有向秦德贵讲话了，却是很不高兴地埋着头做事情，显然气是憋在肚皮里面了。秦德贵也没有向他们说什么，只是心里想着："这非同张福全谈一下不可了。"

袁廷发来上班的时候，秦德贵向他把工作交代好了，才对他说出孙玉芬的提议。他没有说出他去找孙玉芬，只说偶然在路上碰见，首先由孙玉芬主动提出来的。他怕袁廷发责备他："怎么你又去找她去哪。"袁廷发嘲笑地说："她们又没有炼钢，怎么能同我们竞赛呢？这些毛丫头实在可笑得很。"

秦德贵便说不同性质的工种，也可以竞赛，厂里别的车间不是也同平炉车间竞赛过吗？只消各订出奋斗的目标，便能竞赛；达到目标，就算赢了，达不到目标，就算输了。

袁廷发嘲弄地说："要是输给她们毛丫头，怎么办呢？"

"那有什么关系，"秦德贵微笑地说："我们再同她们竞赛好了。"

袁廷发的一助手王永明，是个小个子，身体很结实，脸上随时都露出笑容，仿佛一切对他都有兴趣似的，他平常也同秦德贵开过玩笑。趁着袁廷发去看炉顶和钢水的时候，他就插嘴说："老秦，我有个提议，竞赛是可以的，就是要赌个东道。"他敛着笑容说得很正经。

"什么东道？"秦德贵见他赞成，又说得那么庄重，便也庄重地问他。

"我提议，要是她们赌输了，就陪我们跳舞一次。"王永明严肃地说，仿佛这个提议，就作为正式的挑战条件一样。

"要是我们赌输呢？"秦德贵觉得他提的条件可笑，便笑着这样问他。

“输了吗？”王永明竭力忍着笑说：“那好办嘛，我们陪她们跳舞好了。”

秦德贵立即打他一拳头，笑着骂道：“人家才不要你这个鬼陪着跳舞哩。”

王永明同别的几个工友，都忍不住大笑起来。袁廷发看了炉顶和钢水，就走过来问：“什么事情这么好笑？”听清是怎么一回事，便板起面孔说：“胡扯。”还不高兴地向王永明他们瞪了一眼。随即又走到炉前去了，不想再同秦德贵谈下去。

袁廷发顶不喜欢秦德贵的一点，就是秦德贵爱同工友嘻嘻哈哈，打打玩玩。他认为这很不庄重，觉得一个炉长对于他的助手和他领导的工友，就相当于师傅和徒弟一样的关系，绝不能不分个上下。师傅和徒弟不能嘻嘻哈哈，更不可以随便打打玩玩。他高兴他的助手和工友，叫他袁师傅。假如在背后听见有人“老袁老袁”地讲到他，他是挺不高兴的，而且以后就会对这个人感到不满，认为他对师傅一点也不尊敬。还暗地里想：“他看不起我，我还教他做什么呢？”像王永明就是在背后同别人谈起袁廷发的时候，口口声声称作“老袁”。袁廷发就对他特别不高兴，但在表面上却不表现出来，只在一些技术上就不全盘告诉他。

袁廷发在以前是挺喜欢秦德贵的，就是因为秦德贵对他非常尊敬，不只是在他面前或在他背后称他袁师傅，说他炼钢技术好，而且常常帮助他做一些事情，尤其当秦德贵做袁廷发的一助手的时候，常常帮袁廷发看炉顶，看钢水，尽量做许多事情。而且秦德贵做了第一班的炉长时，便为袁廷发做好下一班的准备条件，使袁廷发一接班工作，就感到一切齐全，做起来非常顺手。像要搅动钢水，一看搅钢水的长铁棍，已准备有新的了。很少有东西要到临时需用，才现派人到仓库去领。每次交接班，秦德贵都像一个未满师的徒弟一样，要袁师傅给他提意见，如果有哪些地方确实还没有做得很好，到了下一次交接班，准定是改进了的。

袁廷发对秦德贵感到不满，就是在秦德贵创造炼钢新纪录的时候，他认为秦德贵有意化了炉顶来搞新纪录，而又不肯承认错误。后来在领导的责备下，才勉强做出一点也不深刻的检讨。更使他生气的，是车间一级的领导，还在尽力袒护他，表扬他。等到后来，他自己也创造了更新的纪录——七点钟，才把气平息了好些。秦德贵给他的孩子赔了一双皮鞋，他认为秦德贵对他还是挺尊敬的，并没有因为在接班时候过分责备，就从此怀恨在心，不再理睬。由于这一点，他对秦德贵的态度，好了许多。但见他同工友打打玩玩，始终还是不满意的。

秦德贵跟在袁廷发的后边，又再说道："袁师傅，请你说一句，到底我们能不能应战？要是她们的挑战书送来了，我们不理睬她们行吗？"

袁廷发回转身来，皱着眉头说："她们当真要挑战吗？"

"是的，我看她们不是说着玩的。"秦德贵严肃地说。

"那么，你赶快去告诉她们，说我们目前还不能应战。"

"为什么？"

"怎么你这点都不明白？你看看我们是怎样的炉子？我告诉你，新炉顶这么早就开始化过，一定保不了多久。我们自己厂里都搞不起竞赛，这怎么能够应战？"

提起化炉顶的事情，秦德贵脸红了，但还是勉强平静地说："我的意思也并不是马上应战。现在就是看你答不答允。"

袁廷发迟疑一下，才慢声应道："好嘛。"

袁廷发看了一下钢水，看见钢水很稀，就叫人开动卷扬机，提起耐火砖砌的炉门，又叫工友拿铁锹铲起石灰投到炉里去。他没有亲手做，却指挥工友工作。秦德贵忍不住也拿铁锹去投石灰。袁廷发向他说："秦德贵你快下班哪，你一夜还没睡觉。"

秦德贵投完石灰，扯下缠在颈项上的毛巾拭汗，笑着向袁廷发说："袁师傅，我还有一件事情同你谈一谈。"

袁廷发没有说话，只是怀疑地望着他，轻轻地皱起了眉头。“张福全接你班的时候，袁师傅，你可不可以同他谈一谈应战的事情？”

“你接他的班，你为什么不当面同他谈？”袁廷发有些不满地说，眉头皱得更深了。

秦德贵不禁神色黯然地说：“不晓得怎么搞起的？现在我们挺难讲话，一见面他就生气。”

袁廷发微微地笑了，显出一种意味深长的神情，停了一会儿，才严肃地说：“你看，我们怎么能应战呢？在人事方面，你们两班又不团结。”

秦德贵现出难受的脸色，不快地问：“袁师傅，请你问问他，到底是什么事情，他对我那样生气？”

袁廷发笑了一笑，接着又露出坚毅的神色，挥一下手说：“我看，索性这个竞赛算了吧，你只消本本分分炼你的钢，自然就会搞好起来。”

秦德贵没说什么，只是慢慢地走出车间去。

第七章

一

秦德贵下午六点多钟去女工宿舍，想把炉子的实际情形告诉孙玉芬，要她们挑战慢一点，但到宿舍的时候，女传达告诉他说孙玉芬才打来电话，说她在厂内开会，要夜深回来，有人来会她请不必等。秦德贵便回到宿舍提前睡觉，因为明天星期天是大连班，得准备半夜后四点钟去上班，第二天下午四点才能回来，今晚趁机会好好睡一觉。没有会见孙玉芬，心里倒也不觉得怎样，他决定明天下午四点下班后再去找她。

秦德贵睡够了觉，半夜三点钟起来，到了厂里正好接着班，他便向张福全提出补炉这个问题，张福全现出不耐烦的神情说："我今晚干了大连班，没有精神同你谈。"

"那么再约个时候谈谈好不好？"

"随你的便！"张福全头也不回地说，只顾走他的。

"那今天下午在宿舍谈谈好不好？"秦德贵赶在他的后面，急忙地说。

"好嘛！"

到了下午四点钟，袁廷发来接班了，交接手续办完之后，秦德贵便骑着自行车跑回宿舍，休息一会儿，便去找张福全，哪里还有人，早已跑出去玩去了。他心里很不愉快，想着张福全这样有意同他作对，以后炉上的工作实在不容易做好。这好些天除了接班就自己装料，出过三炉比较时间短的钢，其余都是很慢的了。他更加感到张福全在装料方面一定搞了些鬼，不然凡是他一接班继续进行熔炼，为什么炉子就变成了老牛呢？他想照袁廷发的话来看，当真是那样情形，那就只好少去找孙玉芬了。想到这里，心里十分感到为难，要是没有最近一次的亲切谈话，他是的确能够下这个决心的。他已尝到一个人只要忙着，就会忘记一切。但是有了最近一次亲密接触，要从此不去找她，就很难做到。他还想，孙玉芬昨天晚上有事开会，误了约会，今天下午会来电话再行约会的。他走去问门口的传达，有没有人来过电话。传达是个年轻人，平常也喜欢同秦德贵谈谈笑笑，他就回答："对了，我正忘记告诉你，好像是有个人来电话。问你在不在。"

"是什么人？"秦德贵急不可耐地问，脸上禁不住红了起来。"不晓得什么人，他没有告诉我他的名字。""是男的，还是女的？"秦德贵非常不安地问。

"好像是男的，又好像是女的。"传达竭力忍着笑。

"我看你的耳朵一定在扇蚊子去了。"秦德贵嘲弄地骂他。

传达大笑起来，一面说道："就照你心里想的，说成女的算了。"

“你妈的，我真要揍你一顿了。”秦德贵把拳头朝桌上顿了几顿。

传达做了一个鬼脸，“你等等吧，一定还有电话来的。”

秦德贵等了一会儿，朝女工宿舍跑去，女传达说：“孙玉芬一上午就出去了，没有回来。”

“到哪里去了呢？”

“年轻人嘛，不是百货公司，就是电影院哪、公园哪。”

秦德贵听见这么说，就骑着车子走了，走到十字路口，恰好碰见李吉明，他是骑着车子从市中区回来的。他劝秦德贵到公园去玩，秦德贵看见天气还早，便骑着车子同李吉明一道朝公园跑去。两个人在宽大的马路上，骑着自行车，不前不后地走着。李吉明忽然露出告诉秘密的神情，向秦德贵说：“你知道吗？张福全在整你，使你接他的班，干起活来，会感到为难。”

“谁对你说的？”秦德贵惊异地说，“是张福全自己吗？”

“他自己怎么会讲这些话？他又不是傻瓜！”李吉明觉得秦德贵问的非常好笑，不禁笑起来了。

“那你怎么知道的？”秦德贵自从在车站上党委书记梁景春提醒过他，就开始注意这个问题，起了一些疑心。现在听见李吉明这么说，便想知道究竟的情形。他知道李吉明和张福全都是彼此很接近的。

“我从何子学那里知道的。因为他在向我打听。”李吉明微笑地说。

秦德贵失望地摆一摆头，他知道何子学还在调查，一定是党委书记叫他做的。

他们把车子存在门口，走进公园。秦德贵想起何子学的话，应该找机会再同李吉明谈谈，了解他堵出钢口的情形。秦德贵已打听到一点情形，就是七号平炉在炼炉以后，李吉明和其他两个工友，没有依照操作规程，将同炉底一道烧结过的炉眼，打通之后，再行用镁砂堵塞，以便炼钢的时候，炉眼容易打开。因此造成了炉眼难以打开，钢水不能及时流出的事故。这一情形只是传说，尚未加以证实。秦德贵听见了这个消息，认为可能是不真实的。他觉得李吉明这个人很聪明，工作一向认真，不会干这样的事情。所以现在碰在一道玩，便向李吉明提了出来："老李，我听说你们前次炉底烧结过后，就没有打通炉眼，再行堵上。"

"你听谁说的？"李吉明惊异地说，随即骂起来："他妈的，乱造这些谣言！"接着又抓着秦德贵的手腕，大声地问："老秦，谁造这些谣言，请你告诉我，我要马上去问他。"

秦德贵觉得不好说出来，只是笑着说："老实说，谁也没有告诉我，只是我那天帮他们打出钢口，我就觉得那只有烧结过的，才是那样难打。"

李吉明马上照秦德贵的肩膀上，打了一拳，一面笑着骂道："原来造谣言的，就是你这个鬼哪！"

就在这个时候，他们刚好转过弯，木槿花的篱栅没有了，一片草地现了出来。在草地那边的空地上，有人打秋千，有人玩卧虎。另外还有人在学骑自行车。李吉明立即向秦德贵指点地说："你瞧，那不是张福全吗？"

"哪里？"秦德贵随便地问，在他看来，张福全在不在公园里，是对他没有关系的。

李吉明指着说："你瞧，那不是他吗？他正在教一个女的骑自行车。"

秦德贵这下注意了，他看见张福全穿着红条纹花的白底汗衣，正用手掌握着自行车的后部，让一个女的坐着踏动自行车。女的穿着雪白的西装衬衣，浓黑的头发，披在颈上，秦德贵一看，便忍不住心里很激动，原来那个女的就是孙玉芬。

孙玉芬跳下自行车去，又让另一位姑娘上去骑。秦德贵这下看见还有好几个姑娘坐在草地边上，孙玉芬正走到她们身旁去坐着休息。显然她们都是对自行车有兴趣，希望能够学会。

李吉明笑着骂道："张福全这家伙，真厉害，一下就跟她们玩熟了。”随又拉下秦德贵的衣衫，兴奋地说：“走，我们去看看。”

秦德贵不快地说：“我不去。”接着就朝另一个方向走去。

李吉明赶在后面微笑地说：“孙玉芬在那里，你怎么不去呢？”秦德贵没有回去，只是走他的。李吉明却跑去了。

偏在西边的阳光，正抹在公园尽头的山上。绿森森的洋槐林子，一直从山上铺了下来，到达淡绿色的湖边。湖里有几只白色的小船，载着一对对男女青年，在水上轻轻地漂浮着，显然已经划累了，只在随便地无拘无束地谈笑。湖边的杨柳，在晚风中徐徐地摆动。秦德贵在柳树下站了一会儿，便即走开。红色的洋芍药，紫色的郁金香，黄色的西番莲，白色的玉簪花，忽然现在眼前，小路已经弯进花圃了，浓烈的香气，正把他包围着。秦德贵无心玩赏，迅速走了过去。钻过青色藤萝架了，一阵雾雨，落在他的脸上，吃了一惊，抬头观看，原来喷泉就在面前，许多水线向四面八方射了出来，在空中散成水珠和细小的水点。秦德贵连忙退开，走上白杨树荫的大道，直向公园门口大踏步奔去。找着自行车跑回宿舍，胡乱吃了一顿晚饭，便上床睡了。

二

第二天早上醒来的时候，来在秦德贵头脑里的第一个思想，便是我应该好好地搞我的工作。他记起了何子学说的话：你这向炼钢的时间太长了。记起了梁景春说的话：你应该找出问题来多考虑考虑。又记起了昨天李吉明同他谈过张福全的话，跟着来在头脑里的第二个思想：张福全这家伙，硬是有意在搞我。先前是有这个想法，但不及现在来得这么清楚明确。

秦德贵这一礼拜转到白班了，早上八点钟去接张福全的班，除了办理交接手续，应谈的话而外，他不再多讲什么了，连关于补炉的问题，也没有谈。倒是孟修第忍不住了，立即向张福全提了出来，脸上现出了怒气。

张福全分辩地说："老孟你不能这样乱怪人哪，我全是依着操作规程办理的，规定十五分补完炉，并没有少了一分钟。"

"难道炉底不平，你也只补十五分钟么？"另一个工友忍不住大声地叫了起来。接着又有一个工友嚷道："你干的什么鬼活，你全在糊弄。"

张福全马上唾沫四溅地骂道："你们成心要同我打架么？"他把袖头两卷，"我不怕你们，我还有一班人哩。"但一看他那班工友和助手，都已溜走，下班去了，于是他就乖觉地走到秦德贵面前，大声愤怒地说："秦德贵，你是好汉，你就当面谈，不要在背后使鬼拍门。"

秦德贵忍着怒气地说："你应该首先自己检查一下，看你自己的工作做得对不对。"

"我有什么不对？我又没有化炉顶去搞新纪录，请问你，我犯了什么法？"张福全气势汹汹地质问。

"你就是马马虎虎补下炉底，这还不是错误么？"孟修第立即插嘴责备他。

"牛圈里不要插进马嘴来，"张福全叱责地说，"我同你炉长谈话，我没有同你讲。"

"你不补好炉底，你害了我们大家，为什么不同你讲？"孟修第脸都气青了。

"你有什么资格同我讲？"张福全愤怒地向孟修第和其他的人扫视一眼，立即挥一下手，转身就走了。

"站住，不许走。"孟修第和另两个工友都向他叫了起来。

张福全走了几步，转过身来，气得浑身颤抖，好容易才嚷了出来："你们有本事，就来扣留。"他望一望秦德贵，只见秦德贵正在依次巡视每个炉门，仔细在观察炉顶和钢水，仿佛全不知道他们是在吵架似的。他便气冲冲地走到秦德贵跟前，拉下秦德贵的衣裳："你今天是不是要同我打架？要打，就我们两个人对打，不要支使别人来胡闹。"

“你发疯了，谁同你打架？”秦德贵甩开了他的手，走到另一个炉门，对着炉门上的小眼子，瞧了进去。

张福全又跟了上去，拉着秦德贵的袖子，气呼呼地问：“你不打架，你为什么叫他们扣留我？你这是搞的什么鬼？走，我们去见厂长。”不容分说，用力拖着他就走。

孟修第和别的工友都助威似的说：“老秦，你不要怕他，你就去同厂长谈谈好了。”

技术员陈良行连忙从别个炉子那里跑来，劝解地说：“有话，好好地讲，犯不着吵到厂长那里去。”一面扯下颈上缠的毛巾，忙揩额上脸上的汗。

“不行，非去见厂长不可！”张福全拉着秦德贵的袖子不放，“陈技术员，你看我干了一夜的活，他刚才不准我下班，要叫人扣留我。”

“谁扣留你，我们只是叫你站着讲道理，你就一下栽诬人起来。”孟修第赶在旁边，气得满脸通红，口沫四溅。

“老张，你不要拖，到底什么事嘛。”陈良行忙把张福全拖着。

“就是为了补炉的事情！”秦德贵生气地说：“好吧，我们就到厂长面前去谈一谈。”他甩脱了袖子，当先走了起来。

“老秦，咱们大家一道来谈好不好？”陈良行也早知道补炉的问题，应该有个解决，不要扩大，闹到厂长那里去，再说厂长正在气头上，说不定两个人都会挨骂的。秦德贵、张福全原都不想闹到厂长办公室，经这一劝，也就算了。

秦德贵满肚皮气走回炉上，一声不响地就去看炉顶和炉内的钢水。孟修第忍不住说：“这样下去不行。”

秦德贵只得安慰他们说：“大家不要性急，我总要想出办法来解决。我们现在就约一下，张福全那个家伙，以后不要同他吵了。”

“那他以后又要我们多补炉，我们怎么办？就闷声不响么？”孟修第和其他的工人，都这样叫起来。

“以后一切由我来负责。”秦德贵仿佛吞了一口苦药似的，现出痛苦的脸色。

孟修第本来想抵塞一句："以后补炉也由你一个人来干吗？"但是见他脸色不好，也就止住没有讲了。

秦德贵还担心这一天出钢后，会又有很长的时间补炉，谁知结果炉底还好，十五分钟不到就补完了。他再去看张福全班上的补炉时间，记录时间是三十二分钟，显然他们这一次是出力补过炉了。他不禁奇异地想："什么使张福全改变了呢？"他明白这绝不是他上次要约他谈补炉问题才改变了的，他不会改变得这么快，可能何子学一定当面同他谈过话了，对他作过批评。同时眼前又不知不觉出现一下草地那边的空地上张福全扶着自行车的影子。这只是一下就过去了。平炉上需要集中注意力和紧张的工作，使他不能再继续沉思幻想下去。但是他的心情，仿佛天空抹上乌云一样，阴沉了。

以后，接连几次的接班，都觉得上一班的装料，加铁水，以及熔炼，都没有什么不正常的地方，接手干起来都很顺利，而且还出了快速炼钢，虽然离新纪录远，但总算超过了八点钟的快速炼钢标准。他现在把心完全放在工作方面。而工作本身也的确给他安慰。但一得闲的时候，心里却感到很不舒服。

第八章

一

张福全和孙玉芬她们几个年轻女工，星期天在公园里玩了一下午，并教她们学习骑自行车，他就感觉她们愿意同他接近，并不只是因为他是一个工人，而是由于他是出名的九号平炉的炼钢工人。因为孙玉芬把他介绍给别的女工，也是先介绍他是九号平炉的。他见她们一听到说是在九号平炉上工作，便都在眉宇间，闪动着一种赞美的神色。再加以孙玉芬她们又向他提出，要同他们九号炉竞赛，他已满口答允了，就更加觉得不能像平日一样，只要不出号外钢，不化炉顶就算了，自己得在她们面前，尤其在孙玉芬面前，搞出快速炼钢，搞出新纪录才行。不然的话，她们，尤其是孙玉芬，会更喜欢秦德贵的。这一可怕的想头，确实威胁了他。可是快速炼钢以至新纪录，都不是一下子能够搞出的，必得下苦功钻研技术，要有相当长的时间才能做到。他想能够找点窍门就好，在很短时间搞出快速炼钢。他记起秦德贵前次创造新纪录七点零五分的事情，而且断定那是开大煤气空气，让炉顶熔化造成的。因此认为不怕熔化炉顶，就是一个窍门。

张福全从公园回来，一路骑着自行车走，就想着这个问题，直到吃完晚饭，他一个人又到篮球场旁边的路上散步，便思索到了他所谓的窍门。天完全黑了，现出密密麻麻的星光，山那面田野里吹来的风，甚是凉爽。他感到很愉快。他想要是领导上要我检讨呢，检讨好了，反正报纸登载新纪录，不会把化炉顶的检讨，一道登载出来。另外一件事情，也鼓励了他。就是他想炉顶并不是万年不化的，再保护得好，也只能炼两百多炉钢，就会化得不能用了。所以领导一再强调保护炉顶，目的只是使它多用些次数才化，或者是慢慢地化，或者是小范围地化，并不是下了命令定为法律，绝对不许化。厂里对保护新炉顶的规定，使用了三十次，即是出了三十炉钢都不化，即可得奖金，意思就是新炉顶使用三十次都不化，以后炉顶就耐久些，不容易大化了。现在新炉顶不到三十次就给秦德贵化开头了。再保护下去，它的寿命也不会长的。而且他也有这样的经验，炉顶化成面条，越长就越容易烧掉。先前开始做炉长的时候，不会看炉顶，曾化过好些次，奶头面条，什么都出现过。他亲眼看见，在加矿石的时候，长的面条，总容易一下烧掉，想起这些经验，他就更加胆大了。认为化炉顶，甚至化得厉害些，还可以有办法掩饰，因此觉得他的快速炼钢，很有把握，似乎创造新纪录，也并不怎样困难。他几乎高兴得叫起来："竞赛吧，我还怕你们吗？"这里所说的你们，就是指孙玉芬和她的一群女友。这样一来，他把秦德贵也不放在眼里了，心想你有本事化炉顶创造新纪录，难道我老张就干不来吗？

晚上十二点他接了班，看见袁廷发又出了快速炼钢七点五十分，心里非常羡慕，再去检查炉顶，并没有奶头面条，不禁感到佩服："到底是个老手。"还现出尊敬的面容，向袁廷发说："袁师傅，你怎么炼得这样快？你一定有好多窍门。"

"啥窍门呵！"袁廷发微笑着说，他很高兴人家对他工作的赞美，但又感到一下子不容易说出窍门，再加秦德贵有过新纪录的表现，使他存了一点戒心，觉得自己应该留一手的好，因此也就有点不愿完全讲出。他瞧见张福全的眼光，透露了渴望知道一点秘密的意思，他便又多少说一声："这主要是火力大。"恐怕单是这样讲，会出毛病，就又补充一句："还要会控制炉温。"

张福全听了头一句，觉得很合他的心意，就是他所想的恰好和袁廷发所说的相合。但听了第二句话，可就有些摸不着头脑了，到底炉温怎样控制，怎样才算会控制？一时没有多大把握，使他感到有些茫然。因为他问袁廷发的目的，是想抓着这样的窍门：炼钢挺快，可又不会化了炉顶。他想，只有用自己的窍门：加大火力，提高炉温，化了炉顶，就让它化得更厉害一些，变成面条，然后再趁加矿石的时候，把它烧掉。他从炉门的眼里，看见炉里正在熔化阶段，就回到安装机械仪表的屋子，把炼焦煤气和炼铁煤气，都尽力加大，还把空气也特别加大，而且也叫管变更机械的工人变更慢一点，不使炉内提高的温度容易变低。不到半个钟头，奶头出来了，面条也开始挂起来了。后来加矿石的时候，也的确烧掉了许多，可是熔炼和精炼的时间，还是没有缩短。到了早上七点半出钢，算是在他的班上，炼了七个半钟头，再加上袁廷发班上炼的两个钟头，就是九点半，算来仍然不是快速炼钢。炉顶呢，面条倒烧掉了，可是还出现一些新的奶头，这使他非常颓丧，快速炼钢没有搞到手，反而要在记录簿上记一笔账：化炉顶两公尺长，一公尺宽。

但他并不死心，仍然要从这个窍门里面得到收获，理由就是：秦德贵他不是从这里搞出新纪录吗？第一夜这样干，第二夜也这样干，第三夜也绝不放弃。这样一来，炼钢的时间，确实缩短些了，平素炼钢的时间，大都在九点左右，现在达到了八点半钟。再少个三十分钟，就可以搞出快速炼钢了，这给他很大的希望。但是炉顶熔化的痕迹，还是烧不干净，刚刚这里烧去面条，那里又出了奶头。到了下班的时候，必得要在工作记录簿上记录一下炉顶化的情形和面积。

张福全感到为难的，就是向赵立明汇报的时候，顶怕赵立明的批评。第一次赵立明见他化了炉顶，时间反而不比平时短，便皱起眉头，严厉地说他几句。但赵立明第二次看见他缩短了时间，认为他炼钢有了进步，也就相当高兴，他望着张福全说："张福全，看你炼钢是在进步了，这很好，你得再努一把力，出它几炉快速炼钢。"随即忍不住讥讽地微微一笑："只是化了炉顶这可不大好，随即脸色严肃地说："这一方面，你得注意。"在这里他得到了一些鼓励，只要缩短了时间，厂长的批评，就很容易躲过了。他现在认为化炉顶和缩短时间这个问题，不能像袁廷发那样的好好解决，是由于自己学习技术的时间不及袁廷发长，而要跟袁廷发一样是做不到的。几次都想向袁廷发请教，想要他多讲一点开大火力，又不化炉顶的窍门，只是不好说出口。有一次终于鼓起勇气问了："袁师傅，我一开大火力，就化炉顶，你看原因到底在什么地方？我真奇怪，为什么你开大了，就一点不化？"

"这没有别的，"袁廷发轻轻挥一下手，"我就是勤看炉顶，舍得跑破足板皮。"

"我也算是比往天看得勤哪。"张福全搔下头感到迷惑似的说。"再勤看一点。"袁廷发教训地说。

张福全看见袁廷发要下班走了，又连忙追着问："袁师傅，请你告诉我，你开的煤气和空气，有多少度数？"

袁廷发站着，用手指点一点张福全的胸口面前，并不接触到他的胸部，沉静地说："这没有一定标准，你晓得的，咱们开煤气空气，全看钢水的实际情形，有时得开得很大，有时又得开得小点。"

这的确也是事实，但这样一来，等于白问。他有点怀疑袁廷发不肯把窍门告诉他，觉得袁廷发对他关了门，从此不打算再向他发问。他下班的时候，秦德贵来上班了。张福全汇报完，受了赵立明厂长一些鼓励和批评，感到高兴，也感到不好意思。一个人走在路上，不断地想："秦德贵他不是同我一齐进炼钢厂吗？他为什么炼得快，也不容易化炉顶呢？这家伙一定有窍门。"他以为秦德贵的窍门跟袁廷发不同。袁廷发的窍门，真能不化炉顶，又能搞出快速炼钢。秦德贵的窍门，一定有讲究。他推测秦德贵准像自己似的取了巧，只是取得早，有一套经验，快速炼钢没有出娄子，搞新纪录才露出了马脚。因此他更有信心，去搞他的窍门，便把一切心思都放在怎样想方设法去掉化炉顶的痕迹。他在工作中研究加矿石的办法，找出要怎样加才能烧掉，才能烧得厉害，把化炉的痕迹去得干净的方法。搞久一点，他确实搞出一些经验，能使大化的痕迹变成小化的痕迹，使小化的痕迹变成一点也没有化一样。尤其他转成阴阳班的时候，在上半夜里干得很厉害。

但炼钢的时间却格外加长了，长到十个钟头都有过，明明该在自己班上出的钢，逼得来只好让秦德贵去出了。原因是炼钢加矿石，目的在于降低钢水内所含的炭素，如果为了多加矿石，引起大火，那炭素就会降得太多，弄到不应该降也降了，炼出的钢不合规格。不合规格是不行的。于是只好再追加一点高炉送来的铁水，把炭素提高，这当然就延长了炼钢时间。另外炉顶的矽砖化多了，滴在钢水内便又使钢水增加了杂质，须得多加矿石，去氧化，使矽变成氧化矽，倒了出去。这也是要多花费炼钢时间的。这个时候，他又觉得走这样的道路，自己反而得不到好处，还是应该从炼钢方面去设法才对。他看见袁廷发不断在出快速炼钢，秦德贵也在出快速炼钢，心里很是羡慕。他想向袁廷发学，但觉得袁廷发有点不愿意说，即使说了，也说得不够味，学不到什么东西。至于秦德贵呢，他感到他进步快，是搞到了一套，却又不愿意向他问，也不屑于向他学。一向有人问到他："你们炉上谁最行？"他总是回答："那袁廷发要数一手哩。""秦德贵呢？""秦德贵，那差得太远了。""秦德贵不是也创造过新纪录么？""那算不了什么！化炉顶搞新纪录，谁搞不出来？"现在他化炉顶也搞不出新纪录，甚至连快速炼钢，也搞不出来，他觉得他不及秦德贵了。可是就因为明知不如秦德贵，便更加不愿意向秦德贵学。

何子学因见他化炉顶的次数太多了，便在他下班的时候，拉他到俱乐部里，同他谈话，首先笑着问他："老张，你现在有什么困难没有？"

张福全就不高兴何子学那种笑容，从那一脸隐秘的微笑里面似乎可以看出是在说："我晓得你处在困难的境地里了。"所以冲口就说："没有什么困难。"其实他心里倒希望有人来给他解决一些问题。他取出香烟来，悠悠然吸着，使他的神情更加显得平静。

"没有困难？"何子学敛着笑容，眯细了眼睛，直对张福全的眼睛望着，低声地说："现在大家都在说你炼钢挺有进步，的确也缩短了时间，这是挺好的。只是人一要求进步，总不免要遇到困难的。"接着摇一摇头说，"我不信你会没有困难，比如化炉顶你不感到为难么？"

张福全板起面孔说："我就要找出办法来，使它不化。"

何子学又微微笑起来了："你难道不想搞快速炼钢吗？我看，你是挺想搞的。搞快速炼钢，一定会遇着困难，我说得对吗？"

张福全一时没有回答，何子学的话确实说在他的心上了。他停一会儿才搔一搔头，不以为意似的笑着说："不知道怎么搞起的，学化学什么的，我也同他们一样地学哪，就是这点气人，炼钢时间老是不能缩得更短。"他这里所指的他们，不如说就是在指秦德贵，但他不愿提到他。

何子学却明白是指秦德贵，因为上业余技术班，不止秦德贵和张福全两人，还有其他的炉长和工友，只是进步得最快的，算是秦德贵。何子学就举秦德贵为例，他说："人家秦德贵可会学习啰，你没有看见他同陈良行团结得多好，有什么问题就一道商量。还有苏联专家一到他班上，他就向专家请教。"

张福全一听见秦德贵的姓名，就现出一种轻视的脸色，心里却注意起来，留神地听。等何子学说完了，才又开玩笑地说："他还有什么了不起的地方呢？"

何子学看见他的神情，严肃地说："秦德贵，你不要看不起他喃！他这几次的快速炼钢，一次也没有化炉顶。"

张福全冷冷地笑了起来，没有说话，意思显然是在说："他秦德贵捣了什么鬼，你怕还在做梦哩。"他认为秦德贵是有办法去掉化炉顶的痕迹的，何子学所说的赞美话，只是看到秦德贵好的一面。

"我看开开这样的会好不好，三班彼此有什么意见，都可以在会上谈一谈。"何子学原是明白他们三班都很有意见，只因补炉的事件，最近已经消灭了，可以不用开会的形式来解决，只同他们各人谈了一次话。现在何子学看见张福全的态度，还是对秦德贵不满，就趁机会提出开三班联席会议来谈一谈。在先前原是可以用车间工会主席的名义，召集三班联席会议谈谈的。现在自从新党委书记到来，要他少开会议，多作个别谈话，这样就不妨害工作。如果实在要开会，也得先征求大家的意见。

张福全却摇头反对，声音低沉地说："我看还没有什么大不了的事情，用不着劳师动众。"

"我看，交流一下经验，好不好？"何子学估计这个提议，一定要中张福全的心意，接着还补充一句，"我们可以请袁廷发在会上谈谈他的经验，顺便再谈谈三班存在的一些问题。"

这的确合了张福全的心意了，但他还是摇一摇头说："就怕他不肯谈呵。"

"只要我们好好地同他谈，他一定会讲的。"何子学很有自信地说，他觉得这样的事情是好办的。

“那么，你去试一试吧！"张福全说的时候，现出半信半疑的神色，信呢，是何子学以一个支部书记兼车间工会主席的领导者身份去说，总不至于没有结果；疑呢，就是自己对袁廷发，可以说一向是要好的，从来彼此没有红过脸，而且近来还常常送他家东西，可是要求他谈谈经验，也还不肯说出来，再要他在会上谈谈，会更不容易。又从他自身设想，有谁要他谈出加矿石烧去炉顶熔化痕迹的经验，他是打死都不会讲出来的，他认为做人就有他各自的秘密。

何子学觉得只要张福全有这个要求，会就准可以开成了，秦德贵不消说一通知就会来的，因为他最喜欢听别人的经验。问题就只有袁廷发一个人了。袁廷发是有一些脾气，对车间领导有过不满，但何子学认为自从他创造了七点一炉的新纪录后，厂里替他大事宣传，省里的报纸，也登载了消息，就再没有听见袁廷发有什么不满的言语了。他觉得他有把握找袁廷发谈出快速炼钢的经验。

二

袁廷发自从创造了七点一炉钢的新纪录，胜过了秦德贵，他的心里就很不安，觉得有意化炉顶来搞新纪录，损坏了国家的财产是犯了罪了。每次回家去，丁春秀问他是不是搞出了快速炼钢，接着又问有没有化炉顶，他就不免有些生气：“快速炼钢，就是快速炼钢，老问这些鬼话做什么？”虽然连大城市的报纸，都登载了他创造了七点一炉钢的新纪录，厂长再三地鼓励他，把他的成绩引为厂里的光荣，可是他并不感到快乐。甚至他不愿意听到人家讲到他的新纪录。他想唯一的办法，就是能够一点也不化炉顶，就搞出一个最高的新纪录，比不久以前自己创造的新纪录还要高，只有这样才能使人家忘记七点钟一炉的纪录，不再挂在嘴上。他常常一听见人家讲到新纪录七点钟，他就很不愉快，觉得一种可耻的阴影突然罩在他的身上。但是快速炼钢倒是不断地出，唯独就没有一回创造新纪录，总是在七点半或者挨边八点。这使他很苦恼，连吃饭都感到没有味道。

最近他看见秦德贵又在出快速炼钢了，虽没有他的多，但有几炉纪录是在七点半左右，不禁深深注意起来。他接班的时候，仔细检查秦德贵班上看的炉顶，没有新化的痕迹。依他的老经验来看，就是化成面条而又用加矿石的办法烧掉，也能在变更的时候观察得出来，但秦德贵班上看的炉顶的确没有什么可以引起指责的地方。有，也只是老的痕迹。他这回才的确感到秦德贵是在进步，有一种力量，不可忽视。而且觉得这是一种压力，自己一不努力，就会落在年轻人后面。他想自己才三十二岁，一点也不老，怎么可以落在毛头小子后面呢？他先前一直走在前面，没有人在炼钢方面胜过他，他觉得他的技术，已经差不多了，还看不起那些从大学毕业出来的技术员，认为他们实际做起来是不行的，起初来的时候更可笑，连什么是钢水和钢渣都分不清。他们那套理论，并没有什么了不起，学也可以，不学也可以。当时秦德贵他们进业余学习班学数学，学物理，学化学，学冶金，他还暗里嘲笑过："总是想做工程师嘛。"他目中的工程师，就是讲起来天花乱坠，做起来一样不行。厂里也组织过工程技术人员和老工人互教互学，使劳技结合起来，他却很不热心。他感到工程技术人员是看不起工人的；认为工程技术人员就仗势他们受过高等教育，有了理论，现在如把实际的东西，也教了他们，那他们还了得，眼睛更加长到头顶上去了。至于理论那一套呢，袁廷发似笑非笑地说："我用不着，没有它，我也搞到快速炼钢，搞到新纪录。"他的思想一直就在这样的池塘里，沉淀下去了，过着没有波澜的日子。现在出现了一个毛头小子秦德贵，一炉一炉的快速炼钢，质量又好，就像一块一块的大石头一样，统统打进了平静的池塘，溅起了很大的水花。袁廷发沉淀了的思想，沸腾起来了。秦德贵为什么进步得这么快？原因在什么地方？他不能不发出疑问，他感到他老是这样停滞着，是不行的，一定要被毛头小子赶过，远远落在后面。自己正在壮年时候，绝不心甘情愿落后。他明白取巧是不可以的，像化炉顶来赶上别个，万万不能再干了。

袁廷发的炼钢技术，是从日本工人那里偷偷学来的。在国民党统治期间，他开始在炉上工作，把偷偷学得的东西应用出来，自己又再行用力钻研，才摸索出一些经验，但并不算多。解放后，由于厂领导方面，放手依靠工人，让工人大胆地发挥创造性，袁廷发就更加练习出了丰富的经验。袁廷发记得起初技术不够纯熟，浪费过不少的材料，也出过很差的次品，但领导都并不大责备，只要一有进步，就得到很大的鼓励。从这一点上，他真实地感到有了共产党来领导，他们工人才算真正做了国家的主人。因此，他觉得要为国家多炼钢，多炼出质量好的钢，是做国家主人的分内的事情。而且觉得把炼钢的时间，缩得更短，不断地创造新纪录更是应该努力做到的事情。但这一思想，并不是常常浮在心上的，尤其是自己老走在别人前面，更容易沉淀下去。

不止是秦德贵这个毛头小子，搅动了他沉淀的思想，更其厉害的，是在汇报工作的时候，赵立明听见他又出了快速炼钢，显得很高兴地笑着说："袁廷发，你还是再朝前跑几步吧，老是这样七点半左右的快速炼钢，秦德贵他也会赶上你呵。我看他这几天的快速炼钢，也跟你差不多呢。"继又露出讽刺的笑容，开玩笑地说，"老师傅可不要给徒弟赶过呵。"就是尾后这一句话，最使袁廷发难过了，像一根针似的，打进了他的心里。

袁廷发走出了厂长室，又去洗了澡，正是上午九点半钟的时候，厂门外马路上两排青杨树梢，正照着升得很高的太阳，反映出点点的光辉。没有一点风，使人感到天气在热了起来。烟囱顶上吐出各色的烟子，在徐徐地上升。天空蓝得怪可爱的。发电厂的水塔，像落雨似的淋着水点，给人一种特别清凉的感觉。夜间做了工作，出来走在这样晴美的天气里面，是会感到又疲倦又舒服的，但袁廷发不很快活，只是觉得疲倦。他慢慢走到停车场去，正取着他的自行车出来，何子学赶来了，"老袁，你等一下，我找你谈两句话。"

“什么事情？”袁廷发没精打采地问，就站在停车场门口的青杨树下，他顶不喜欢做了夜班之后，还有人找他谈话，或者找他开会，他最需要的是赶快回去，吃点东西，倒头睡觉。再加心里老大一个不痛快，更讨厌耽误他的瞌睡了。

何子学知道袁廷发有这点意见。因为袁廷发在会上公开提过，希望夜班下来，不要再开会谈话，那会影响工人的健康，而且也影响夜间的工作。何子学对于这个意见，也是记得的。因此，何子学就安慰似的说：“老袁，我不耽误你的瞌睡，我只说一两句话，他们两班炉长，都有这个要求，希望你在一个会上谈谈你的经验。他们都佩服你的快速炼钢，你谈谈好不好？”

袁廷发笑了一笑：“这算得什么经验。再说，我是个大老粗，文化浅，理论又没有，只是做得出来，说就不成了。”这也的确是个事实，倒不是存心推诿。

何子学见他笑了起来，便高兴地说：“这又不是叫你到学校里去讲课，要你长篇大论。他们也都是大老粗，用不着像上课一样地讲。只消你随便指点几句，他们就会懂的。”

“随便指点几句，你去指点嘛。”袁廷发嘲笑地说。

“我看，你就专讲这点好不好？”何子学觉得讲快速炼钢的范围，也许太大一点，就给他缩小一些，“你就专讲你七点钟的新纪录，怎样装料，怎样加铁水，怎样熔炼精炼，炼焦煤气开多大，炼铁煤气开多大，空气开多大，闸板开关多少，你一样一样地给他们讲，他们一定喜欢听的。”

何子学一下注意到袁廷发的脸色变了，忍不住问：“你哪里不好过吗？”他不知道袁廷发最怕人家提他的七点新纪录，反而认为对袁廷发谈他的新纪录，一定会是高兴的，因此就以为袁廷发必是身体有点不舒服了。

袁廷发自然不好直接说出来：“请你别提什么新纪录了。”只有现出不高兴的脸色，冷冷地说：“没有什么不好过，就是瞌睡不够。”

“那么一句话，就完了。你就讲你那七点钟一炉的新纪录吧！”

“这没什么可讲的。”袁廷发有点生气地说。

“为什么？这不是有好多可讲的吗？”何子学惊异地看着他。

“早叫我讲，我还马马虎虎记得，现在我全忘记了。”袁廷发说完话，骑上自行车就跑。

“你还是讲一点吧，能记多少，就讲多少。”何子学赶在后面，大声恳求地说，还跑了几步。见袁廷发没有回答就跑远了，心里忍不住骂了一句：“妈的，这老顽固！”

三

袁廷发晓得何子学会骂他两句的，便飞快地骑着车跑了。

袁廷发不愿意谈他的经验，是有几种心病存在。第一，七点一炉的新纪录，使他感到可耻。第二，自从秦德贵创造了新纪录，尽管他怎样看不起，但秦德贵在进步，在向他赶，却是很明白的，他觉得自己得留一手，不要像先前一样，随便告诉人。第三，他看见车间领导那样看重年轻人，替年轻人拼命地吹，像在有意要压一下他们老工人，那么老工人就得好好地保留一点东西。第四，他觉得他的技术，好不容易从日本工人那里偷着学来的，经过不少的自学苦心，哪能轻易一下交出来……

回到家里，丁春秀望望他的脸色，看见很不好，便觉得少同他谈话为妙，就立即把热着的饭菜端来，放在炕桌上，叫他吃饭。丁春秀见他吃了好一会儿饭，才拿起筷子，试探地问：“昨晚炼钢怎么样？”

袁廷发默默地吃着，仿佛没有听见似的。但他对炕前面站着的孩子，夹一夹菜给他吃。丁春秀以为没有希望了，就放下了粉笔，只说一句：“碗筷就让它放着，我带孩子出去买菜。小兰走吧。”

“你记上吧！”袁廷发冷冷地说，又夹一筷子菜给孩子。

“呵呀，又搞出快速炼钢了吗？”丁春秀高兴地叫起来，为了使屋子里的空气缓和，还做出快活极了的神情。事实上近来快速炼钢多，快速炼钢本身已经有点平淡了。她在门背后画了一个圈后接着又大胆地问："出了快速炼钢，你为什么不高兴？"

"怎么不高兴？我会不高兴吗？"袁廷发因为老婆那样快活的神情，心里的确也有点高兴起来，就嘲弄地回答她。

"你骗我，你一进门，谁都看得出来，你是一脸不高兴，叫人不敢同你讲话。"丁春秀见他心情好了起来，便任意地指责他。

袁廷发把馒头咬了一口，笑着命令道："去，去，快去买你的菜吧！"

丁春秀倒不想马上出去了，只是站着问道："还有什么事情不高兴呢？……是不是……"

袁廷发露出恶毒的眼色，讥笑地说："你是问，是不是化了炉顶？"

"我没有这么蠢，我还问这个做什么！"丁春秀噘起嘴，不高兴地说，"我就怕你同别人吵了架。"

"怎么想着我会同别人吵架？"袁廷发鼓大了眼睛。

"你想想你那脾气嘛！"丁春秀撇一撇嘴，随即牵着孩子走了出去，她担心再说下去，又会吵了起来。

第九章

一

秦德贵提前一个钟头，就去上班，走上平炉，一听别炉的工人说："九号炉顶掉了砖了，"这使他大吃一惊，仿佛有人从头上给他淋了一桶冷水似的。赶紧跑去看，有两尺多高的火焰，直朝炉顶落砖的地方冒出。他立即朝炉侧的铁梯上爬了上去。他没有穿工作服，感到格外的热，他用衣袖子遮着脸，仔细视察炉顶，看见冒火的地方，是在钢梁下边炉顶挨近出钢口那面。火热猛烈，看来会越来越大。他的经验告诉他，像这样掉了砖，再行补好，也没法拖得很久，这个月本已决定不用修炉的，可以多炼许多钢，现在这一来可就完了，非停下生产，来新修炉顶不可。结果这个月就一定完不成任务。秦德贵爬下炉来，禁不住向张福全气冲冲地说：

“你是搞些什么鬼哪，炉顶都给你搞掉了？”张福全也一脸怒气地说：

“我会自己把它搞掉吗？我又没有发疯……你才怪得没有名堂呢。”

一个瓦工，从炉上爬了下来，正在用砖涂上玻璃水，准备再爬上去补炉，就立即向秦德贵说道；

“你怎么单独怪他？你没看见炉顶化得好薄哪，它不掉下朝哪里跑去？”他说完之后，就同另外一个瓦工爬上炉顶去，一面爬一面责备地说：“你们三个炉长都有责任的，谁也不能单独怪谁！”

“他妈的，就是我一个人活该倒霉！”张福全恨恨地骂了一句又立刻凑到炉门眼上，去观看炉内熔炼的情形。他认为炉顶化薄，他有责任，秦德贵也有责任，就是不该在自己班上掉砖，现在掉了，就看成自己运气不好。

秦德贵跑到炉前去看，他连忙从五个炉门的眼上，把整个炉顶下细看了一通，发现炉墙和炉顶相接的地方，确实炉顶的砖是显得薄了，心里忍不住奇怪地想：“这就怪了，就是张福全化了几次炉顶，怎么会薄得这么快呢？”他这下便温和地向张福全说：“老张，你看炉顶的砖，当真薄了哪，这是怎么搞的？你化了几次炉顶也并不厉害嘛。”

张福全很不高兴地说：“这总又是怪我嘛，还有什么说的！”话语之间，就是在说，你要明白，你能单独怪我吗？不要装得那么像自己没一点事。

秦德贵连忙赔笑地说：“刚才是我不对，说话火气大。我只是看见炉顶烂了，心里就难过得不得了。”自从何子学跟秦德贵谈话以后，秦德贵就觉得自己是个党员，应该主动地去团结群众，再加张福全班上，也没有再丢下什么工作来麻烦下一班，因此他对张福全也就尽量去团结。虽然想起孙玉芬同张福全的关系，也很不快，但为了工作，也得忍着。

“光你一个人着急，”张福全恶毒地讽刺，“我看着就高兴得很吗？”一面很生气地走开。

秦德贵走去张福全身边，又赔不是地说：“我态度不好，我要开会检讨的。只是目前我们要好好研究一下，为啥炉子会化薄了呢？”

“我没有什么研究的，我准备挨批评好了。”张福全又去看炉眼，不愿停下来同他讲话，一面又自言自语地说气话，“反正奖是你们得，批评我来挨。他妈的！”显然越来越生气了。

秦德贵知道他在气头上，是一下子说服不了的。等会让他气散了，再来同他讲讲。他便去帮瓦工补炉，正好瓦工嫌拿上去的两个砖配合不好，要另外选一个合适的来配合，他就代他们去选，还亲手涂上玻璃水。随后又爬上炉，站在炉顶的钢梁上，帮他们安放。因为火在冒出，不能用手，须得使用粗铁丝钩着砖试着去补。这颇为费事，一下不易做好。瓦工冷砌是很行的，这样热补可不成了，首先他们怕热，倒是秦德贵能够忍受；最后他反而变成补炉的主要的工作者，两个瓦工只能在旁辅助。弄得秦德贵大汗一身一身地出，脸烤得通红。大约搞了半点钟，才把炉顶补好，秦德贵爬下炉来，高高兴兴地向张福全说：“费了好多气力，总算塞着眼子了。”

张福全气已消了，一方面看见炉子补好了，的确也很高兴，他感到补好炉顶不致问题扩大、惹出一些乱子来，那是很好的，便带着嘲笑的口气回答：“你可以改行做瓦工了！”

秦德贵连忙笑着说：“没有他们两个告诉我，我还是补不来的。”

瓦工却拿出内行人的神气，向两个炉长警告地说：“你们以为这就补好了么？不要太高兴早了，等两天就会掉的。”

秦德贵笑着骂道："妈的，你起的是啥子心哪？"还朝瓦工肩上重重拍了一下，"你是觉得炉子垮了更好。"

"我还会起什么心呢？"瓦工严厉地说，"砖不是要慢慢烘烤吗？像这样子高温一烧，砖就碎了。连这个道理都不懂，还配做炉长？

张福全讥讽地说："好，好，你同秦德贵调调吧，你来做炉长，反正他也很想做瓦工。"他随即去看一下炉眼，把手一举，叫人去开卷扬机，把炉门提了起来，一面又叫人拿铁锹，向炉内加石灰。秦德贵看见了，便也连忙拿起铁锹去凿石灰，赶到炉门用力抛了进去。他比别的工友还干得起劲，就像刚刚上班，精力充沛极了。

两个瓦工不即刻走开，还笑着打趣秦德贵说："你这家伙，铁打的么，简直不晓得累。"

张福全也打趣地说："他就是一头牛啊，晓得什么累！"他认为秦德贵这么卖气力补炉顶，正是表明他心虚，怕过错暴露出来，这更证明他过去的推测是对的，他一定暗中化过炉顶。

秦德贵看见张福全心情好起来了，趁他又去炉前观看炉内情况，便跟着他温和地问："老张，你经验多，你看炉顶到底怎样搞薄了的？我真想不出来哪。"

张福全把两手往外一分，嘲弄地说："我要是晓得，它就不会薄了。"他认为秦德贵心里是明白的，故意推不知道。但有一点，又是使他暗里高兴，就是秦德贵还没有知道他张福全能够弄去化炉顶的痕迹。

秦德贵觉得同张福全研究不出什么来，就大大叹口气："像这样炉体保护不好，再多些快速炼钢，也是白费气力，你才一炉钢缩短了一点钟两点钟，他炉顶垮了，就要叫你停止生产三四天，这是多么可怕的浪费呵！"他感到非常的痛心，眼睁睁望着国家财富的损失，没法子挽救。另一方面，看见张福全对这样重大的事情，只是怕自己倒霉而外，总是显得漠不关心的样子，连原因也不想研究，心下忍不住又对他生气起来。可是他不想再同他谈了，他晓得一谈又会吵架。他只有忍着气恼到安有机械和仪器的屋子里去看黑板上的记录，弄明白张福全这炉生产的详细情形，以便等下好接他的班。

二

秦德贵做到第二天早上八点钟，袁廷发来接班了，他一下班就要他去厂长室开会，他便赶快去了。一进厂长室，看见厂长赵立明党委书记梁景春和车间支部书记何子学，都坐在那里。张福全也来了，显然瞌睡还没够，疲乏地靠着桌子坐着。袁廷发叫一助手代他工作，他也来了，静静地吸着烟。护炉技师张吉林正在讲话，谈九号炉顶掉砖的事情。秦德贵一坐下，心里感到很高兴，觉得领导都在讨论这个问题，是再好没有了。他听见张吉林在说，大家只注意快速炼钢，没有留心炉体，因此造成了很大的损失，今后非格外注意保护炉体不可，秦德贵便皱了一下眉头，他觉得原因不在快速炼钢，张吉林讲话，还是十分空洞。

赵立明一等张吉林讲完了话，就露出讥讽的神情不快地说："照你这样说，那袁廷发班上就化得最厉害了！"赵立明一直看重袁廷发，认为他是厂内第一个快速炼钢的能手。同时也不相信在袁廷发班上炉顶会化得最厉害。张吉林的结论，简直像是反对快速炼钢，他很不满意这种说法。

袁廷发把烟蒂放在烟碟里弄熄，然后向张福全笑着说："老张，你是常常接我的班的，每回交班，你都检查炉顶，你看我化过炉顶没有？"

张福全连忙很正经地说："你老手，你怎么会化炉顶？"正因为他有这样的观念，他接袁廷发班时，是马马虎虎看下炉顶就算了。

秦德贵连忙插嘴说道：

"袁师傅，你是接我的班的，请你说说，我看的炉顶。"

"就是那回搞新纪录化过，以后就没有化过了。"袁廷发立即应声回答。

秦德贵不让张福全说话，就赶先说道："张福全班上的炉顶，是化过好些次，都并不厉害。"但他不知道，他一向接张福全的班，只一味注意炉里的钢水，怕他在里面搞鬼，因而对于炉顶的注意，反而马虎了。甚至他在出钢口上面的炉顶，化的那一小片奶头，烧来只留下一些痕迹，他也没有注意，只觉得和以往一样，钢炼久了，自然会要烧掉。如果他细心的话，在变更的时候，有些地方，即使面条烧掉了，但化过的痕迹，还是可以看出来的。他全然记不起他当时接班的心情。

何子学笑了一下，然后说道："个个班上炉顶都没有大化过，炉顶怎么又化薄了呢？"

张吉林忍不住生气地说："要是炉子能讲话就好了，它就是哑子吃黄连。"

赵立明皱一下眉头，严厉地说："炉子顶上掉了砖，这就是它开了口了，说出它吃了大亏。吃了谁的亏呢？明明白白的，吃了你们三个炉长的亏。炉顶交给你们炉长管，炉顶坏了，你们炉长是有责任的。"说到这里禁不住微笑起来，嘲弄地说，"听刚才你们讲的话，我就想起中国一句老话，'官官相护'。"随又脸子严厉起来，"你们一定都有隐瞒，炉顶掉砖，它就是开口说出了你们的隐瞒。"接着又讥笑地说，"你们那一套，我还不晓得，只要把炉顶化成面条，你们就有办法把它烧掉。"

袁廷发听了，吃了一惊，他感到厂长真厉害，懂得了很多东西，一面又望望秦德贵和张福全，心想这两个人当然更懂得这一套了，但一下还看不出来，到底是谁干的，又到底谁干得最多。

张福全心里有点慌，但还能镇静，一点儿也不露出来。他认为把炉顶化薄，他只有小部分责任，最大部分责任应该是在秦德贵身上，所以听见赵立明那么说了之后，就赶忙看秦德贵的脸色，看他惊慌没有。

秦德贵起初有点惊异，接着恼怒起来，认为厂长的话说得对，只有这样才能解释炉顶为什么会变薄了，想着炉长中竟有这样的人，不顾国家的损失，只求个人的利益，因而很是愤怒，他疑心是袁廷发，只有他才有特殊的窍门，会把化了的炉顶痕迹去掉，但又不敢确定，他也知道他不是这样只顾私人利益的。

张吉林插嘴说道："还要掉哩，别的地方也挺薄了。"

赵立明立即责备张吉林："你这个护炉技师也有责任的，不能光注意炉底。炉顶化薄了，炉长隐瞒着，你为什么事先没有注意到。"

张吉林立即脸子通红起来，分辩地说："厂长，你晓得的，我只在白天上班，晚上我就没法子注意。"

"对了，这一定是你们晚上有问题，" 赵立明接口说过来，眼光扫下三个炉长，脸色越发显得严厉了，"你们一定要好好地检讨，不要彼此官官相护。官官相护骗不倒人的，炉顶张开口，就说出了你们的欺骗。"

秦德贵听见厂长说他们做炉长的，全都做了骗人的事情，觉得非常冤屈，心里难受极了，忍不住气愤地说："厂长，你说我们欺骗你派人来查好了。"

"你说得好容易呵，谁能白天晚上守在炉上，检查炉顶？照你这样说法，那炼钢厂又额外用多少人去了。"赵立明非难地说，接着又声色俱厉地教训，"你得先在思想上检查你自己，就说你没有存心欺骗，我问你，到底你有没有疏忽大意的地方，比如在晚上。你不能说你绝对没有疏忽的地方，一个人他不能这样说的。"

秦德贵露出委屈的神情，分辩地说："从前我是有疏忽大意的地方，也化过炉顶，我都老老实实写在记录簿上，也向接班的袁师傅交代明白，并没一点隐瞒。这回炉顶自从新修那天起，我就注意看，由我化过一次，就没有再化过。刚才袁师傅他也讲过，接班的时候，并没有看见炉顶哪点化了。"

"这样的话，他们也会说的！"赵立明冷冷地说，随又大声问道："那炉顶为什么化薄，又掉砖了呢？我问你，现在炉顶掉了砖了，你是炉长，你有没有责任？”赵立明很怀疑秦德贵，认为是他暗中化薄炉顶。至于袁廷发那是不会干的，他根据长久的观察，晓得他很会看炉顶，自有一套经验。张福全呢，他的确化了炉顶，说明他技术差，同时也表明他还没有玩欺骗的本领。他没有快速炼钢，就是一个证明。秦德贵呢，当然大有可疑，他看炉顶，不及袁廷发，但是赛过张福全，很可能是他在玩把戏，不然他的快速炼钢就不会多起来。

秦德贵竭力忍着自己的不快，低声地说：“当然有责任！”

“那你就该老老实实地检讨！”赵立明望下秦德贵，又扫视一下另外两个炉长，“你们也要检讨。”随又直视着秦德贵，“你是党员，你得带头检讨，老老实实的。”

秦德贵听了很难受，觉得厂长就说他一个人不老实，感到有口都难分辩。

赵立明看见秦德贵脸气红了，额上露出青筋，便又改变语气温和地说：“不管怎样，你是党员，你得研究出这个原因。”

会开到末尾的时候，厂长赵立明又重新讲保护炉体的重要性，不该修理炉子，突然要来修理，这停止生产的损失是很大的。他要求三个炉长，一定要认识没有保护炉体的错误，且要加以检讨。最后还很温和地向梁景春说：“老梁，你有什么意见没有？”

梁景春笑着说：“你已经说得很好了，我提不出什么意见。”但散会的时候，梁景春却叫秦德贵单独到他办公室去，他对秦德贵和蔼地说：“秦德贵同志，我相信你刚才说的话，你没有隐瞒化炉顶的事情。那天我看见你帮别人打出钢口，那样奋不顾身，我就看出你是真心地爱护国家的财富。当然你就不会不爱护炉子。”

秦德贵非常感动地说：“党委书记，刚才看见炉顶烂了，我差点就同张福全吵起架来。”

梁景春很亲切地说：“你不要同他吵，应该好好地同他谈，刚才厂长说得对，你是党员，你应该负起这个责任，找出掉砖的原因。”

“是的，作为一个党员，我要坚决地负起这个责任。”秦德贵很勇敢地承担起来，刚才赵立明讲的时候，他还只是沉默着，现经梁景春这么一说，才真正感到不一口承担下来，就有愧于做一个共产党员似的。

梁景春就问他：“你预备怎样去做呢？”

“我还没有想得很好，”秦德贵不安地说，“我只是想提前上班，看上一班的炉长，是在怎样看护炉子。”

“这是不够的，”梁景春小声用力地说：“你应该走群众路线。你同他们两班的工友熟不熟？”

“熟哪，他们好多人都同我住在一个宿舍。”梁景春不继续说下去，却先提出一个问题：

“这里我还有点不明白炉上的情形，到底看炉顶是炉长一个人的事情，还是大家工友都要看？”

“这是炉长一个人的事情。”

“我想，工友同炉长一道工作，一定还知道一些情形，你可以从他们那里打听一些。”

秦德贵点下头说：“对了，我一定同他们谈谈。”

秦德贵走后，梁景春又找何子学谈话，要何子学发动九号炉三班工人中的党员、团员，注意保护炉体，并找出炉顶掉砖的原因，并对何子学说：

“秦德贵他已经很忙了，责任不能全推给他，支部要完全负起这个责任，深入群众里面去。我们主要要弄清楚到底炉顶化薄把砖掉下，是有人有意搞的，还是无意搞的。只有这点弄清楚了，以后才能消灭这样的事故。”

第十章

一

孙玉芬出了电修厂，希望在马路上碰见秦德贵，或是张福全，不论哪一个都好，她想知道九号炉对于她们的挑战，是怎样回答的。孙玉芬同秦德贵谈过，又在礼拜天同张福全谈过，一礼拜过去了，没有人回信，在马路上也没有看见他们两人的影子。她有点忍不住了，一回到宿舍便打电话到炼钢厂的独身宿舍去，问秦德贵，出去了；问张福全，上班去了。她觉得张福全在上班，那是怪不到他，秦德贵没有上班，为什么不来找，也不来电话？她感到有点诧异，同时也感到不满。她这次发起竞赛，费了不少气力，首先就有两个女工反对，一个是刘先菊，她来自农村，但在农村业余文工团做过演员，现在在厂里仍然是个文娱活动分子，会唱民歌，会扮演少数民族的姑娘，她认为竞赛起来太紧张，某些文娱活动，就不能不暂时停止。这在本厂本车间竞赛，她就感觉到了，哪能同外厂的人竞赛？她自己目前除了同孙玉芬上夜校，还在业余的时候，组织一批女工，成立歌舞队，常常练习歌舞。她对于孙玉芬所提议的竞赛，没有坚决反对，只是说："咱们太忙了，要竞赛，就同本厂的工人竞赛吧。"她身体很结实，脸有点胖，一笑的时候，就有两个小酒窝现了出来。随时都喜欢小声哼一点歌曲，尤其在工作的时候，总能听见她在秀声秀气地唱。另一个是庄桂兰，她身材细长，说话走路，都是文文雅雅的。先前在医院做助产的护士，常常看见妇女在呻吟挣扎，嫌助产工作不好，同时又为国家大规模的社会主义建设所震动，便热心投到工业战线上来。她在车间工作，一有休息，就要摸出小镜子、小梳子来，照一照，梳一梳头，工作服经常是干干净净的。她不主张同男工们竞赛，自然外厂的男工，更使她不愿意，她觉得男子都看不起妇女。竞赛输了，就更使男工看不起。她愿意找女工竞赛。

孙玉芬好容易说服了她们两人，她们两人都是同孙玉芬很要好的，所以只得勉勉强强参加，事实上并非心里赞成。因此在竞赛的条件上，又有不少的争论。孙玉芬提出一月完成继电器八十台。刘先菊就叫起来："呵呀，这怎么行？我们平常才完成六十台哪。又在电镀方面，孙玉芬提出要镀得很亮，不要像以前似的，非但不亮，还有点发黑。庄桂兰就皱一皱眉头，不安地说："手一拿它，就不亮哪，我真拿它没有办法。你怎么提出这个来竞赛！"另外她还怕镀的时候，气味呛人。

孙玉芬就跟她们算细账。指出什么地方还有潜在力量，可以发挥出来，并又指出哪几个人，业已镀得相当亮，可以学习她们的经验。刘先菊停了一会儿才说："我那组织起来的歌舞队怎么办呢？"

"抽得出时间的，咱们礼拜六晚上都来文娱活动好不好？"孙玉芬安慰她说，接着又笑着补充一句，"你那歌舞队，我也要来学学。"

刘先菊立即跳了起来，拉着孙玉芬转了一圈子，一面高兴地说："有了你来参加，咱们这个歌舞队，就要赛过他们别个厂了。"她一向就在动员孙玉芬，觉得孙玉芬能够在舞台上出现，那她们的文娱活动就太好了。孙玉芬的身材相貌都是挺出色的。可是孙玉芬就是把头钻在工作、学习和会议里面，刘先菊有时就拉着孙玉芬的手，笑着说："我真恨死了你。"孙玉芬也笑着问她："为什么你这样生我的气？"刘先菊就噘着嘴，做出生气的神情说："我就是恨你不参加我们的文娱活动。"孙玉芬很喜欢这个调皮的姑娘，便笑着说："我就是会太多了。淘气起来，可比你淘气呵！"这也是实话，她晓得孙玉芬的集体跳舞，跳得非常的好，并且能唱不少的歌。就是你去找她的时候，她就会说："对不起，我忙得很，还有两个会在等着我哪。"

孙玉芬把自己小组的竞赛条件搞好了，组员都希望她快点同炼钢厂的九号炉接上头，有的看见几天来都没有接好，就主张写信，把竞赛条件送去。孙玉芬认为竞赛不能随便挑战，得把头接好，才能送去挑战书。她就在下了夜校之后，赶快跑到袁廷发家去，问问情况，顺便还把秦德贵交给她的小孩布鞋带去。

二

袁廷发和丁春秀都在家歇凉，看见孙玉芬到来，都很高兴地接待，因为她也不是常常去的。孙玉芬把布鞋交给丁春秀，一面向她说明秦德贵是怎样找着的。丁春秀忍不住大笑起来，还笑着骂："这简直是个荒唐鬼哪，你找就该多找下子嘛。"

袁廷发嘲弄地笑着说："你不要笑他，就是你掉了，你也像他一样，找不到的。"

"我倒不会的，"丁春秀瘪下嘴，冷笑地说："只有男子，才会这样荒唐。"说完之后，又忽然想起什么说："那皮鞋怎么办呢？可惜小兰都穿过了哪。"

"秦德贵他不会再要的。"孙玉芬连忙说，"他说皮鞋就算送你们孩子穿。"

丁春秀又笑起来了，笑着说："平时他不会送的，他没张福全那样大方，可这一回算是荒唐整着他了。"

"你不能这样说的，"袁廷发带着嘲笑的口气，责备地说："他撒赖一下，掉了就算了，看你怎么办？"

"怎么办？"丁春秀扬一下手里的两只布鞋，笑着说："他不是又把布鞋还给我了么？"

"要是布鞋捡不着呢？"袁廷发嘲弄地说。

"我就要秦德贵告诉我，在哪里掉的，我有本事去找到。"丁春秀生气勃勃的，觉得一切事情都难不倒她。

孙玉芬一直忍不住笑，她感到表姐他们夫妇俩的生活真过得挺有生气，挺有兴趣。

袁廷发吸着香烟，对孙玉芬闲谈似的说："我觉得秦德贵这个人，心眼好，做起事来倒挺负责的。"

"我就不喜欢他，"丁春秀冲口就说，"他太拿大，你看我们这里，他就很少来。"最后一句话，她就是向孙玉芬说的。

"人家送你皮鞋，你还不喜欢么？"袁廷发仍然现出嘲弄的神情。

"我还是不喜欢。"丁春秀心直口快，有啥说啥，"你看皮鞋他就不亲自送来。我只领玉芬的情，我就不领他的情。张福全倒没有送什么了不起的东西，他不拿大，常常来看看，路上见了总是跑来帮你拿东西，带孩子。"她一直望着孙玉芬，几乎要向她问，"你告诉我，你喜欢张福全么？张福全这样的人，你应该同他做朋友哪。"但她怕孙玉芬难为情，便暂时忍着，没有说出口来。

孙玉芬坐在旁边笑着，一直没有插嘴的机会，她体味着丁春秀说的话，确也有些合乎事实，张福全的确和气得很，很逗人喜欢。秦德贵倒不怎样拿大，只是当人多的时候，他就什么话也不说，态度有点生硬。她很同意袁廷发说的，秦德贵心眼好，做事情很负责。她想，他参加游击队，连生命都舍得牺牲，还能说他心眼不好，做事不负责吗？她看丁春秀没有讲话，才向袁廷发提出竞赛的事情，还问袁廷发有没有从秦德贵、张福全那里听见过。

袁廷发笑起来了，他低声地说："听是听见了，他们两个人也挺热心，咳，就是……"他感叹起来，没有说下去。

"我看，就是你不热心！"丁春秀故意气他说，同时也觉得他是有点不愿同姑娘们竞赛，输了会伤到他的自尊心。

"胡说，"袁廷发笑着骂了起来，接着就向孙玉芬说，"说起来挺气人，就是炉顶掉砖了，补好了也用不了好久，你看，出了这样的飞灾横祸，怎么能够竞赛？"

孙玉芬惊异地说："才不几天，我不是听说你们炉体挺好么？怎么就掉了砖？"

“你听谁说的炉体好？”袁廷发问的时候露出研究的神情。“礼拜那天我听见张福全说的。”孙玉芬静静地回答。

丁春秀望着孙玉芬含有深意地微笑起来，还点了一点头，意思是在说：“想不到你们已经好起来了，可要谢谢我，我跟你们两边都费过心哪。”她很高兴孙玉芬和张福全是在一道玩。

“张福全还有点不了解炉体的情况。”袁廷发轻轻点一点下巴说，随即吹出一口烟子，露出沉思的神情，“这回我看，秦德贵得负一点责任。”

孙玉芬急不可耐地问：“是他把砖弄掉的吗？”

“倒不是他弄掉的。”袁廷发取下烟来，抖一抖灰，“只是他这个人好强一点，说得不好听一点，就是好出风头。那回他就是化了新炉顶来搞新纪录，风头倒出了，炉顶可就受了损坏。你不懂得我们炼钢炉子的脾气，新修好的时候前几十炉就化不得炉顶，一化下去就没有收拾。”他还想把秦德贵暗中化炉顶的事情讲出，但觉得这还是推测，没有完全证实，还是不讲的好，他知道孙玉芬和秦德贵是有来往的，一旦讲到秦德贵耳朵里，也容易引起纠纷。

丁春秀晓得炉体坏了，得停工修理，会影响这个月炼钢的任务。任务完不成，就得不到生产超额奖金，她便恨恨地说：“我就晓得这种自高自大的人，他定规会搞鬼的，他不想别的，就想一心一意往上爬。”

袁廷发没有讲话了，只是默默地吸烟，显然丁春秀谈的话是合他的见解的。

孙玉芬对袁廷发的话，非常相信，她知道他是劳动模范、炼钢的能手，不久以前又创造了最高的炼钢新纪录，看事情与评论什么，一向都是不轻易随便说话的，每句话都有它的斤两。现在听了袁廷发的话，使她心里很惊异，为什么秦德贵打过游击，还干出这样损坏国家财产的事呢？她觉得这样干，并不算光荣，也没有得到光荣，只可以骗那些不知真相的人。她想怪不得这几天都不见秦德贵回话，原来他自己把炉子搞坏了，不好意思见人。她忍不住心里起了这样的意思："见面的时候，我要问他两句，我就只问两句：'你过去舍了性命去打游击，是为了什么？现在损坏国家的财产，去搞新纪录，又是为了什么？'"

孙玉芬看见袁廷发没有说话，只是露出一脸不快活的样子在吸烟。丁春秀抱着孩子，在拍他睡觉，一时没有作声。孙玉芬想起小组派给她的任务，都望她带着好消息回去，便又向袁廷发问："袁大哥，你们炉子修理好后，可以同我们竞赛吗？"

袁廷发阴笑地说："当然可以。就是要看还有没有人又把炉顶化了，只顾去搞他的新纪录。"

孙玉芬立即严肃地说："你们应该重重批评秦德贵才对。"

"怎么没有批评？他还检讨过呢！"袁廷发冷冷地说，随即笑了起来，"可是批评是一回事，检讨是一回事，新纪录是一回事。"接着严肃地说，"这也怪不得秦德贵，老实说，是规矩没有立好，你什么报都只登新纪录，他怎么不干呢？"

孙玉芬想了一会儿，大声地说："那我们竞赛的时候，就给你们订个条件，要不化炉顶才行。"

袁廷发笑起来了："那这样一来，就不敢同你们竞赛了。"

孙玉芬站起来，兴奋地说："首先我要问你，袁大哥，你能保证新炉顶不化吗？"

袁廷发吸着烟，笑笑地说："我倒没有什么，你得先同他们两人谈谈。"

"袁大哥，你也可以同他们两个人谈谈呀，"孙玉芬希望袁廷发把竞赛的事情，完全担负起来，竭力怂恿他，"你们天天见面，谈话机会多。我想他们一定都听你的吩咐。"

袁廷发现出一脸嘲弄的脸色，开玩笑地说："他们听我的吩咐，那他们更不敢同你们竞赛了。"

"为什么？"孙玉芬诧异起来。

丁春秀立即戳穿地说：“他自己就是怕同你们竞赛哪。”

“我们这批毛丫头有什么可怕呢？”孙玉芬深深地望袁廷发一眼，现出很不满意的神色。

袁廷发微笑地说：“说老实话，我的确有些怕。你们一组人，个个团结，干起事来，马到成功。我们三班，却是差点要打起架来，你想这怎么能同你们竞赛？”

“我们这一组人，也费我不少的唇舌呵！”孙玉芬感叹地说，还摇一摇头。

“我看，还是你会说一点，你就来劝劝张福全和秦德贵吧。”丁春秀插嘴对孙玉芬说出她的主张，还嘲弄袁廷发地说，“他的嘴巴子，不会同人讲道理，就只会开口骂人。”

袁廷发有点恼怒地说：“胡说，你看我在骂哪个嘛。”他立刻觉得在孙玉芬面前不好发脾气，只好改成嘲弄的口气，“我天天都在骂你吗？”

“哼，”丁春秀似笑非笑地说：“要是换成一个嘴软的女人，试试看，你一天不骂她一顿。”

袁廷发笑着讥讽地说：“孙玉芬，你听听，她那张嘴还有哪个赶得上。”

“那怎么赶得上你嘛！”丁春秀揶揄地说，纵声笑了起来。

三

孙玉芬看时间不早，便告辞了出来。屋外满天月光，树影浓黑地映在地上。丁春秀还单独送她走了一截路，一面走，丁春秀就一面带试探的口气问：“玉芬，你觉得张福全这个人怎么样？”她实在有些忍不住了，觉得应该把心里的话说出来。她喜欢孙玉芬，也喜欢张福全，认为两个年轻人，恰是很好的一对，能够很快使他们成为夫妇，那就再好不过了。同时她又觉得一个年轻的姑娘，远离了她的父母，做表姐的怎能闭起眼睛不管？她应该关心她的婚姻大事。

孙玉芬一听她的问话，就明白她的用意了，就推诿地说：“张福全这个人，就只见过几次面，我还同他不大熟识。”

“玉芬，我先说在这里，丁春秀意味深长地说：“张福全这个年轻人，实在挺好。他不像你袁大哥那样脾气躁，动不动就冒火。也不像秦德贵那样拿大，他见着人总是和和气气的。你不妨多同他来往。你同他熟识了，你就晓得，我不会看错人。”

孙玉芬同张福全实际已经相当熟了。她觉得丁春秀说的话，并没有过火，恰好和她所得的印象，是很符合的。她感到张福全这个年轻人的确和蔼可亲，彼此相见，总是感到愉快，就连她自己一组的七个女友，都喜欢他，见过一两面，便把他当成她们的熟朋友一样，走在马路上，如果遇见张福全了，她们就会高兴地先去招呼他。尤其那天在公园里，教她们好几个人骑自行车，非常富有耐心，累得满头大汗，还是笑嘻嘻的，一点不辞劳苦，大家都在背地里说张福全好。张福全还把电影票预先买好，邀请她们大伙儿一道去看电影，看完电影，又招待喝汽水，吃冰淇淋。孙玉芬本人倒不容易一下同张福全相熟的，只因女友们都那样容易接受邀请，自己便不得不随和一点儿，跟大家取得一致。起初她还感觉到张福全那种过分的亲热，自己很有点不习惯，接着看见张福全都同她的女伴们搞熟了，她本人倒不好格外表示生疏。但经好几次的接触、谈话，便也觉得张福全这个人，并不讨厌，倒是相当可亲。今晚再听丁春秀那一番颇有用意的话语，更可以体味到张福全和丁春秀是曾经讲过什么话的。要是只同张福全见过两三次，听见丁春秀今晚讲的话，她会不高兴听的，现在心里却是暗自感到欢喜。因此她忍不住向丁春秀问：“张福全常常到你家里来吗？”

“常常来的。一来就问到你。”丁春秀一面回答，一面笑了起来。

孙玉芬禁不住脸红了，明白张福全对她过分亲热的用意了，这是使她高兴的，但这一用意由她表姐口里转来，却是有些不好意思。好在晚上，红脸不红脸，谁也看不见。只是连忙用别的话岔开：“秦德贵他简直不来你们家里么？”

“来也来过，来了就是同你袁大哥谈几句话，你这里，他正眼都不瞧的。要是袁大哥不在，一下都不留，就溜走了，就像你屋里有鬼要抓他一样。”丁春秀说得生气起来，“他不来我家里，我倒要谢天谢地。”

孙玉芬想起秦德贵一见她们好些人一道，便急急忙忙跑开，便不禁好笑起来，她倒不觉得他是骄傲，只是感到他有点怕同姑娘们在一道。她觉得秦德贵单独同她一块儿谈话，是很可亲近的，彼此没有一点生疏的感觉。当她同丁春秀告别的时候，一个人走在月光照着的路上，行人稀少，两旁人家的灯光，也熄了好些，一种夜深人静的感觉，侵袭在她的心里，使她情不自禁地记起晚上回家那一夜了。正是和这样的月夜一般，只是没有那个修长健壮的身影，亲切地随在自己的身边。那是她一生中最可记忆的一夜；一个童年时代的伴侣，打游击的英雄，炼钢的能手，工业建设的先锋，能和自己亲密地走在一道，实是她在梦中所向往的意境，她怎能忘记得了？自从那一夜以后，她一遇见秦德贵，看见他的眼色，不再像以前那样冷静了，而是充满了热情和喜悦。她高兴他这一改变，喜欢他那样的神情。但这一夜，听了袁廷发关于秦德贵的谈话，深深感到了难受，至于丁春秀那一番对于秦德贵的责骂，她倒不以为意。她认为丁春秀并不了解秦德贵，对于秦德贵的指责，并不切实，只是使丁春秀不如意罢了。袁廷发呢，可不同了，他是炼钢能手，最高纪录的经常保持者，有名的劳动模范，又是从来不随便批评人的，他说的每一句话，都是颇有斤两。秦德贵不顾新炉顶的熔化，去创造新纪录，她也从张福全、李吉明他们那里听到一点儿，但她不甚相信，认为秦德贵这样的人，绝不会干出这样的事情，现在一经袁廷发证实，她不能再抱怀疑的态度了。她觉得很是痛心，一座庄严的神殿，自己给予了诚心的敬仰，谁知里面还藏有不光明的东西。刚才听见袁廷发讲的时候，还愤怒地想，要去质问秦德贵，到底干这样损害国家财产的事情，是何居心，现在却连问也不想问了，她只是感到非常的失望，有着一种受骗的冤屈的心情。她就是这样一种纯洁热情的年轻人，要把整个的生命，献给社会主义事业，对于损害祖国的任何事情，即使很小，也一点儿不能容忍。而对人的要求，也是严格得很，须是全身贴金，发出光辉，不能有一点污秽的痕迹。有一点儿污秽的痕迹，心里就会非常的痛苦。

第十一章

一

秦德贵在宿舍的食堂里吃晚饭，要了一盘青椒土豆炒肉丝，一碗小白菜豆腐汤，一碗高粱米饭，慢慢地吃着，一面听广播《山伯访友》。这是越剧，好些句子，由于是方言，不大听得清楚，但整个剧情，他是熟悉的，他在评剧里面听见过，也在京剧里面听见过。他听着听着就有点皱起眉头。在先前是没有这样的现象的，他先前虽是听不懂，但对唱的南方声调，他是很喜欢的，而且一听，他就对梁山伯、祝英台，充满了同情。现在他却无心欣赏音调，而是忽然对祝英台不满起来，他觉得她一点也不爽快，扭扭捏捏的，应该早就向梁山伯表明自己是怎样的人。他甚至在心里恶毒地骂了一句："娘儿们真难缠。"

正在这个时候，管理宿舍的青年周进方走进食堂来了，大声地喊："张福全，有电话。"

"他上班去了，你喊他做什么？"李吉明责备地说，随即忽然站起来，"让我来帮他接。"他在秦德贵的邻桌吃饭，一面还在同别人讲着笑话。今天该他轮休，现在就没有去上班。他接了电话转来，一脸笑嘻嘻的，坐下之后，拿起碗筷，一面笑着骂道："张福全这小子，真走桃花运了，又是娘儿们来的电话。”

“谁？”同他一桌吃饭的人，都很有兴趣地问了起来，连同秦德贵一桌吃饭的，也望了过去，好奇地等待他的回答。秦德贵禁不住心里有些紧张起来，他生怕听到那个熟识的名字。

“你们想，还有谁呢？”李吉明诡秘地笑了起来，还迅速望了一下秦德贵。

“妈的，你搗些什么鬼啰。”别人忍耐不住，骂了起来。

李吉明和着笑声说了出来：“就是老张天天追的那个孙玉芬。他们真是感情好得很，昨天来电话，今天又来电话。”这下他没有望秦德贵了，只是赶忙吃起饭来。

“她来电话，讲什么？”有人很有兴趣地问。

李吉明把筷子一举，庄重地说：“这是秘密，我不能奉告。”

“什么鬼秘密，人家听见你不是张福全，还会讲什么知心话。”别人笑着骂了起来。

“我装成张福全的声音，她当真讲了几句，怪甜蜜的。”李吉明笑得眼睛没有缝了。

“张福全知道了，不把你揍成烂泥！”另一个人正经地骂了起来。

李吉明越发议论风生起来：“现在的姑娘们，真是容易上手，只要你请她看电影，进馆子，逛公园，跳舞……”其实，这并不是孙玉芬来的电话，李吉明故意捏造，而且说得活灵活现的，无非要使秦德贵烦恼罢了。

秦德贵心里很痛苦，李吉明的每一句话，都像石头一样打在他的心上，他实在忍受不住了，胡乱大口地吞完饭，就放下碗筷跑了出去。照平常的情形，他还要再吃一碗高粱米饭的，现在他吃不下了。他明知道李吉明所说的话，有些是开玩笑，要打个折扣，可是孙玉芬来了电话，怕是事实，昨天下午他就从周进方口里听到孙玉芬打电话给张福全。他的心上原是笼上乌云的，这下更加阴沉了。他走到宿舍后面的田野，又走上密密长着树林的山坡。一片蝉声，正叫得很是热烈。夕阳快要西下了，晚风徐徐地吹送过来，一望无边的苞谷、高粱、小米的绿叶，像海水似的起着小小的波浪。他靠着一棵槐树坐着，随便向西望去。明净蔚蓝的天空，现出无数的烟囱，吐出一卷卷的烟云。绑满足手架的庞大建筑上，有些地方在闪着绿色的亮光。几条带着长串车厢的火车，现了出来，又为房屋隐了进去，尖厉的叫声不断地响了过来。他很快就看见那一排整齐的烟囱了，吐着各种颜色的烟子，轻微得一下不容易看出来。他喘口气似的说："我现在在炉子边上就好了！"他要到夜里十二点才能上班，现在他简直忍受不了这个地方的寂寞和孤独。他坐了一会儿，又走下坡去。田野里不少熟人在散步，他没有同他们打招呼，只是匆匆地走着，仿佛有人在宿舍里等候似的。经过篮球场边，有人叫他打篮球，还来拉他加入，他说他要上夜班，准备去睡一阵，便推托掉了。但他在床上，一点也睡不着，同时屋里还有要上夜班的人在睡，不断打出鼾声，更加使他不想睡了，又走出宿舍去。这时天已全黑了下来，月亮还没有升起，但东西坡上的树林，已镀上一层微弱的亮光。篮球场上没有人打球了，有一点两点萤火虫的微光，在场边的草上飘荡着。路伸入了田野，苞谷散发出一种轻微的香气。夜静静地来临了，没有一点风的声音。秦德贵没有目的地走着，任由小路把他引到什么地方去。不久他又走到灯火辉煌的住宅旁边了，走着走着，一座校门现在面前，通过浓黑的树影，隐约可以望见教室明亮的窗户，他晓得这是孙玉芬她们的夜校，现在她一定正在里面上课，并不会下课出来。但他迅速地走开了，他不愿意同她会面。前不久，这座有着几株绿树的校门和点缀有花坛的女工宿舍的大门，以及立着花花绿绿光荣榜的电修厂大门，都仿佛对他现出欢迎的笑脸，使他禁不住感到异样的兴趣，现在却变成了没有兴味的地方，甚至还感到有些可怕。他竭力不要想到她，但她的影子偏偏浮现在心上，他觉得自己很傻，很愚蠢，竟像一只小鸟似的，碰进了一张网子，现在要飞出去，得费很大的劲儿。他想起孙玉芬先前小的时候不是这样的。她喜欢正直的诚实的伙伴，那一些鬼精灵的孩子，就引不起她的兴趣，她也不同他们玩耍。为什么现在竟然这样滥交朋友？难道当真俗话说的，女大十八变么？“张福全这个人到底有哪些优点？”他几乎要出声叫了起来。他不知怎的，一想到张福全这个人，他就感到可厌可鄙。先前他并没有过这样的感情，只觉得张福全这个小伙子，在工作上的进取心不大，常常是不求有功，但求无过，一个普普通通的工人，没有什么引起人不满的地方。同时对于他的会讲话，见人就是一副笑脸，也还感到可以接近。现在却一下子觉得他是虚伪的人，狡猾的人了。这一改变，他并不觉得突然，只是认为先前一直认识不清，现在才看穿了。“她同这样的人好起来，竟喜欢这样的人，”他摇了一摇头，“我用不着再怀念这样的女人。”这样想想之后，他心里轻松多了，仿佛一下脱出了网子，能够舒舒服服透一口气。可是走了不一会儿，还是觉得她那微微一笑的眼睛和那富有生气的美好的面容，时时晃在他的面前。宽大的马路上，灯光在浓黑的树影边上照得亮亮的，看见一对男女青年走在前面，会使他自然注意起来，很容易觉得那个女的身材和孙玉芬有点相像，有时甚至还有点惶恐不安，觉得恐怕就是她。看清楚到底不是她，这才一下爽适了。以前很少留心路上走的一对男女青年，而且也很少这样缓缓地散步过，总是骑着自行车飞快地走着。现在他又觉得他没有完全钻出那张网子。他渴望时间快点过去，立刻投身在紧张的工作热潮中。他明白只有工作才能把他拉出网来。但现在还不到九点钟，进厂去也不能接班工作，加在别人班上帮助他们工作也可以，但那是张福全的班上呵！他怎么愿意去呢？他只好走回宿舍去，不管睡得着睡不着，还是在床上躺躺的好。

二

秦德贵刚走到宿舍门前，就碰见何子学正从里面出来。何子学一看见他，就笑着骂道：“你这家伙跑到哪里去了，叫我好等。”

“你又没有预先约过，我怎么等你呢？”秦德贵冷冷地说，但心里很不安，领导上要他做的调查工作，他还没有弄出一点头绪，今晚上反而完全丢在脑后去了，这真该受一顿严重的批评。

其实何子学不只来找他一人的，他还来同别的工人谈话，但没有找着秦德贵的时候，他是感到不满的，他觉得只有从秦德贵那里，才能得到更真实的东西。再加今晚听到一些关于秦德贵的事情，更急于想同秦德贵谈一谈。他拉拉秦德贵的手腕说："屋子里热，我们就在外面走走吧。"没走几步，他就小声地问："老秦，炉顶化薄的情况，你调查出一点影子没有？"

秦德贵走了几步，才说："还没有。"

"这是困难，连我也没有摸出头绪。老实说，这要看各个炉长的觉悟程度，靠他们自己坦白。群众是不容易知道的，他们就没有看炉顶。"何子学感叹似的说，并没有一点责备的意思。这使秦德贵感到了一点轻松，把自己的紧张情绪，解除好些了。走到篮球场边上的时候，何子学便要秦德贵一同坐下来，还取出香烟来吸。何子学吸了一会儿，才微微笑着说道："老秦，我要问你一件事情，你炼钢的时候，到底有没有这样的情形？譬如说，炉顶有些地方化成面条了，加矿石进去把它烧得一干二净。谁也看不出炉顶化过。"

秦德贵立刻叫起来："你也这样不相信我吗？"他感到何子学都这样怀疑他，他很是恼怒。

"我倒不是不相信你。"何子学笑着解释，随即敛了笑容，小声地说："只是我听见了有人说你。"

秦德贵马上叫道："说我干了欺骗的事吗？化了炉顶又烧去痕迹？他妈的，这简直是在造谣。"

"老秦，你不要这样性急，"何子学用手掀一掀秦德贵的腰部，"不管他是不是谣言，我们总要弄个明白。"

"是谁造的谣言？请你告诉我。"秦德贵忍不住大声地问。"作为朋友，我当然要告诉你。"何子学严肃地说，作为支部书记，还得保留一个时候。我今晚只是问你这一点，有没有像谣言讲的那样？”

秦德贵忍了一会儿，才声音气得发颤地说：“我敢发誓，作为一个党员，我绝不会做出欺骗的事情，损害党、损害国家的利益。”

“老秦，我相信你。”何子学握一下秦德贵的手，“不要这样激动。”

秦德贵想他这一班的工友，绝不会怀疑他的，一定是另外两班的人，谁呢？他一下就想到了张福全，就只有他，才会这样卑鄙。秦德贵忍不住问：“是不是张福全造我的谣言？”

“你不要这样乱猜！”何子学严厉地说，“老实告诉你，绝不是张福全。”随又声音温和地说：“你首先应该检查你自己，到底有没有这样的错误，连自己都忘记了，或是没有注意到。”

秦德贵觉得何子学对他的信任，还是不够的。他自己有了错误，怎会不注意到？说是忘记了，岂不更是笑话，因此他就恳求地说：“请你对我这一班的工友，仔细地查一查吧！他们不会造谣说谎的。”说的时候，心里还含着一点气愤，为什么何子学这样不相信他呢？他这时更加明白了，连何子学都不大相信他，那么别人更容易相信谣言了。他心里禁不住感到了难受。

“老秦，不要难过！”何子学安慰地说，“一个人还要受得住怀疑。只要自己没有错误，别人怀疑是没关系的。”

“别人怀疑，没有关系。”秦德贵较为平静地说：“只是你怀疑我，我就觉得党在怀疑我了，我怎么不难受？”

“这不能说，我就代表党了，”何子学赶忙摇下手说，“依我自己的体会，党是注重实事求是的调查。你要明白，现在还在调查呢。老实说，你们三个炉长都会遭到怀疑的。我要是向人说：秦德贵没有问题，人家就会说我主观主义。”说到这里自己忍不住笑了起来，接着又鼓励地说：“你是一个好党员，就该努力做这调查工作，不要放弃一分一秒的时间。”

秦德贵感到脸上烧呼呼的，仿佛挨近了平炉的炉门一样。他心里非常惭愧，今天晚上全为那莫名其妙的烦恼占据了，他很想把刚才睡不着野外乱走的情形讲出来，让支部书记痛快地批评一顿，可是这关娘儿们的事情，他说不出口来。他带着悔悟的心情，急于要补过似的，鼓起勇气地说："我一定加把劲儿，做好这个工作。"

三

何子学走了以后，秦德贵还在篮球场上，坐了一会儿，心里深深地责备自己："再不要干这件蠢事吧！烦恼了自己，还耽误了多大的工作！"他紧紧地捏下拳头，挥舞了一下，下决心做到。

恰在这个时候，有脚步声音在篮球场边响了过来，秦德贵一看人影，很像孟修第，就叫住了他，问他哪里去来。

"刚才去看电影，"孟修第回答之后，一面坐在秦德贵旁边，还高兴地说，"苏联片子《攻克柏林》，很好看。"他还要详细介绍内容，怂恿秦德贵去看。

秦德贵不让他讲完，就制止地说："你怎么不好好睡觉，又去看电影。领导上不让我们上夜班的学习，就怕晚上太疲倦，精神不好。你怎么又去看电影？"语气带着埋怨，但他忘记了这几点钟他也没有好好利用来休息。

孟修第却是高高兴兴地说："我今天白天睡得挺好，一点也不疲倦，晚饭后睡不着，我就去看电影了。"

秦德贵看见这个年轻人愉快的神情，使他也不禁爽快起来，立刻恢复了平日那种打趣开玩笑的心情，嘲弄地说："我托你的事情，怕是全丢在脑背后去了吧？"

"我正要找你汇报。"孟修第大为兴奋地说："我去看电影，就是同王永明一路去看的，一路我们讲了好多话。"

"怎么？他讲出什么来吗？"秦德贵急不可耐地问，他喜欢他的一助手，能够在各种活动中，进行他所接受的任务，现在挨近着坐格外感到亲切。

"王永明就是不满意袁廷发，说跟他一道学不到什么东西。"孟修第用力地把手一挥，“袁廷发呢，也太不对了，就是想留一手重要的技术，他就不告诉。这样的老工人，连我也不佩服的。我觉得领导上太把他吹得过火了，这样的人还得教育教育才行。”

“老孟，你这样信口乱讲，可不成哪，一传到袁师傅耳里，可就伤了咱两班的和气。”秦德贵竖起一根中指，装出恫吓的神情，但一面又笑了起来，他欢喜这个小伙子，心直口快。

“我这又不是造谣言，句句话都是有根据的，”孟修第理直气壮地说，“我觉得倒是讲讲的好，让领导知道了，好重重地批评他一顿，好叫他改过，不然的话，王永明他们苦了几年，什么也没学到。”

“这一点，领导会知道的，用不着你到处去传锣，惹是生非。”秦德贵严肃地说了他两句，随又打趣地说，“我看你们两个家伙，一路谈袁廷发谈上劲了，一定记不起炉顶掉砖的事情了。”

“我们当然也谈这个问题。”孟修第说了这一句，忽然叫道：“你看流星。”

一颗又大又亮的星子，在黑蓝色的夜空中，很快地落下，又很快地消失了。秦德贵望了一下，便又催促地说：“是不是找出一些原因了？”

“我同王永明研究一阵儿，他说只有一回加矿石可疑，特别在东二门一连加过两次。”孟修第说了之后，又补充一句，表示他的怀疑：“说不定那里就有鬼。”

秦德贵对这个回答，很失望，觉得要考察的问题，还没有搭到一点儿，只是还想再抓一点东西，便冷冷地问：“在哪一次，他还记得日子吗？”

“就是袁廷发创造七点新纪录那一次。我还同王永明两个人琢磨过，那一次一定化过炉顶，你想七点一炉快速炼钢，火力好大去了。”孟修第说完之后，还挥一下手，表示他的肯定。

秦德贵勉强笑着说：“照你们那样说法，创造新纪录，就一定要化炉顶了。”他不喜欢他们这一论断。

“那不是这样说法，那不是这样说法。”孟修第笑了起来，他记起秦德贵那次创造新纪录化炉顶的事了，便竭力分辩。“我们只是根据他的可疑地方才想起来的。”

“那也说明不了什么问题。”秦德贵摇下头说，“一次再化得凶，也不会把炉顶化得那样薄的。”他完全感到了失望，落砖的问题，还是原封不动，没有解决。但不能埋怨孟修第一句，他觉得他今天晚上莫名其妙的烦恼，耽误了应做的事情，实在在孟修第面前是有着惭愧的。

“我还要找机会跟老金谈一谈，等他们转到夜班的时候。”孟修第满有生气地说，他脸上充满了自信，“我想总可以找出原因来的。”

“我们还是去躺一躺吧，十一点钟咱们就一道上班去。”秦德贵一面说，一面站了起来。孟修第便跟着他走进宿舍去。

四

秦德贵半夜十二点钟接张福全的班，首先翻翻记录簿，看看上一班多少时候补完炉，装完材料，又看什么时候兑的铁水，然后在楼上楼下，炉前炉后实地检查一番，没有问题，就默默工作下去。他竭力避免同张福全谈话，觉得能使张福全迅速走开，那就再好没有了。他看见他，就使他想起另一个人，心里有着说不出的难受。

平炉内的钢水，正在熔化的阶段，却沸腾不起来，只是钢水的表面上，不断地冒出无数的泡子。秦德贵看见这种光景，不禁暗暗叫苦，这在炼钢工人的术语说来，就是说“冻了”。他猜想这一定是张福全早兑了铁水，才发生了这样的情况，往天他会以为这是张福全工作马虎，现在却不然了，认定这是张福全故意整他的。他心里忍不住非常的生气。开大煤气空气来烧，也费了七个钟头才出钢，加上张福全班上的三个钟头，便算是十点多钟出一炉。而且更气人的，因为加大了煤气空气，火力很猛，还熔化了炉顶，连补好的砖也落了。这是他近一年来少有过的情形。以前时间也长过，却没有化炉顶。

早上下班的时候，秦德贵怕进厂长室去汇报，他晓得厂长一定要责备他的，幸好这一天赵立明到公司开会去了，只有工程师鲁进程在听汇报。只把他所说的关于冻了的情形记了下来，并没有说什么。秦德贵便去找何子学，把他对张福全的怀疑，全说了出来，还愤愤地说："老何，你同领导商量一下好不好？把我调开，我愿意到别个炉上去工作。"

"老秦，你这样想是不好的。"何子学拍一下秦德贵的肩膀，安慰地说，"老张这个人，就是有时工作马虎一点，他一定要存心整你，我想这是不会的。你们不要吵，让我同他谈一谈。"

"我没有吵，我连一句话都不会向他说的。"秦德贵很不高兴地说，他觉得何子学这个人看事情不够深刻，解决问题也很慢，不想多讲下去，就走开了。心里非常的沉重，感到一切都不如意，回到宿舍的时候，连饭也没有吃，就去睡了。

第十二章

一

张福全的确是有意把铁水兑早点，他看见秦德贵又在出快速炼钢，他本人一炉也没有，这给孙玉芬她们知道了，对自己是没有光彩的，也是很不利的。这是他的一点想头。另外，就是他知道秦德贵是在发动人暗里调查他了，他要使秦德贵遭受一些困难，不会那么如意地去调查别人，所以他要整他一整。同时还想多搞些问题出来，使何子学他们忙得晕头转向，把什么炉顶的调查，搁置下来。

张福全起来吃早饭的时候，知道孙玉芬昨天挨晚边打电话来找他，心里很高兴，恨不得就去找她谈谈，迅速把婚订了下来，免得自己提心吊胆的。但现在她在上班，找不出机会，同时又觉得自己一下子不好说出口来，说成了，倒是很好，就是怕一说出去，她当面不答允，岂不弄成僵局。他还摸不定，究竟她对他是怎样想的。约她看电影，逛公园，总要拉着女朋友一道，而且是那些女朋友更为热心一些，也比她更为容易接近。因此张福全同她以及她的女朋友玩了之后，心里总不免有点苦闷，觉得她对他的友好，太平淡，不够亲切。现在知道两天内，一连来了两次电话，便不禁心里热了起来。他也准知是谈竞赛问题的，但问了周进方，晓得孙玉芬并没有找秦德贵，就不能不格外感到高兴。他甚至想："她一定了解我的心意，明白我对她和对她的女朋友为什么这样好。"他吃了早饭，不想再睡了，便到家属宿舍去会丁春秀，想把自己的心意全向丁春秀讲出来，以前他只是暗示，或者丁春秀讲的时候，他只是笑笑。现在不能这样了，他得大胆些，勇敢些。他经过宿舍区的百货商店，先给丁春秀的孩子，买点糖果和饼干，往常至多只是一样，买了糖果就不买饼干，买了饼干就不买糖果，现在一下买了两样。

由男工独身宿舍到家属宿舍的路上，正在从事大规模的建筑，好多地方全是耸立着庞大复杂的足手架，有无数的人站在架上工作，马路上不断有载重汽车、马拉大车，把钢筋条子、沙石砖瓦运到工地上去。这种热闹情景，正和工厂区域那边在建立新的工厂一模一样。张福全早已知道了，哪些地方修的是学校，哪些地方修的是宿舍。而且也晓得哪一座大楼，修成之后，是分配给炼钢厂工人的。他曾打听过，里面的屋子，全要安上暖气管，冬天用不着烧煤炉。厨房里有煤气，烧饭时，只消扭开管子，点上火就成，这种设备，算是最新式的，就是现在住着人的家属宿舍，也还是冬天烧火墙取暖，烧煤球煮饭哩。他每次听见人家讲到行将修成的新宿舍，或是走过这庞大复杂的足手架侧边，都不禁生起欢喜的感觉："好极了！"他走过这里一定要望望，到底修得怎么样了？今天更加看得仔细。砖墙业已砌好了，并已盖上了瓦，就是窗子还是空空的，还没有安上玻璃。他吃惊地想："真是快哪，几天不见，又变了样子。"他又对那一座要分给炼钢工人的大建筑，仔细望了好一会儿。那是一座四层大楼，红色的砖砌的。他知道一个做炉长的，只消向工会登记一下，说自己快要结婚了，就能分到新修的房子。他快乐地想，住在最下一层，出入倒方便，就是邻家的孩子，容易在屋前吵闹，白天不好睡觉。四层楼上，行，就是自行车要搬上搬下挺麻烦。看来最好是住在二层楼上。一定要二层楼，向工会就这么登记吧。同时又觉得将来结婚了，孙玉芬准会表示同意的。

张福全看得满意之后，就又离开建筑地方，向旧的宿舍走去。但他一面走，一面还陷在沉思里面，他觉得屋子太好，结婚之后，不消说住得挺舒服，挺惬意，就是有一点缺陷：她在电修厂工作，是老白班，夜夜睡在新房子里，我呢，在炼钢厂工作，是三班倒，有一个星期，做阴阳班，半夜十二点，才能下班回来，又有一个星期做夜班，半夜十二点就得上班，热热和和地爬下床，真太不好了。要消灭这个缺陷，就只有升上去做生产科长、技术保安科长、到办公室去办公，或者是调到工会去工作，他明白这不能像要房子一样，登记一下就成。得努力工作，拿出成绩来，领导上才会提拔的。他想起他近来所干的事情，要是领导上知道了，升上去是没有希望的。他红了一会儿脸，随又低声自言自语地说："以后我得好好地干呵！"

二

袁廷发在上日班，到工厂里去了，只丁春秀和两个小孩在家，她看见张福全送来两包东西，便吃惊起来，责备地说："呵哟，张大哥，你怎么买这么多东西？你来就是嘛，怎么一来就买东西，你答允我，下次不要再买了。"一面回头又向大的孩子高兴地叫道："小兰，快来喊张叔叔。你看给你买这么多东西，你哑了，你怎么不喊？"

小兰接着东西，又惊异，又高兴，简直说不出话来，张福全跑去把她抱着，替她打开纸包，拿一块饼干给她，又拿一块饼干送给睡在炕上的小方。

丁春秀送了烟茶之后，就问："张大哥，你今天轮休吗？"

"不，我今天上阴阳班，下午三点多钟，才到工厂去。"

"呵呀，你怎么不睡睡呢？昨晚半夜才下班的哪。"丁春秀惊异地看着他，心想："觉都不睡，这么早买东西来做什么？"

"我觉睡够了。就想来看看小兰，我真喜欢她。"张福全推托地说，一面又打开另一纸包，拿出糖果来，笑着逗小兰说："小兰，你叫声叔叔，我就给你。"小兰低低叫了一声，张福全真正感到了高兴，连忙把糖果递给她。接着他又向炕上躺着的婴儿，喊了一声"小方"，小方只是望望他，又望望妈妈。

丁春秀笑着说："我们的小方，要到明年才会讲话哩，现在还只是一个小哑子。"接着就又问："这几天，你看见孙玉芬了吗？"她知道张福全是喜欢谈到那个人的。

张福全禁不住眉开眼笑地说："这几天，我就没有看见她。她下班的时候，我正上班了，两下碰不着。"随即抑制着自己的高兴，尽量做得冷静地说："昨天前天，她都打电话来找我，我在上班，不晓得她有什么事？你知不知道？她有没有告诉你？"他说完之后，又忍不住快乐地笑了。他觉得在丁春秀面前表示出孙玉芬和他的密切关系，是再快乐不过的了。他晓得丁春秀是很关切他和孙玉芬的。

丁春秀仿佛听见一个好消息似的，心里非常地高兴，她是一心要说成这个婚事的，听到有了这样的进展，自然感到愉快。但又略带一点失望地说："就是不晓得她有什么事，前两天晚上还来过，就没有听见她谈起。"她有点不满意，认为孙玉芬在她面前，故意隐瞒。想起那天晚上同孙玉芬谈起张福全，她神情那么冷静，不禁心里暗自骂了起来："这小鬼头，真在我面前装得像哪。"

"前两天晚上，孙玉芬来你家玩吗？还是有什么事？"张福全很关心地问，一面摘下烟来，抖一抖烟灰。

丁春秀告诉他孙玉芬来送小孩的鞋子，还带着很有兴趣的神情，笑着把秦德贵带掉鞋子的事情，原原本本讲了出来，最后还笑着骂了一句："这真是一个冒失鬼！"

张福全笑了之后，又不安地问："听说他还给孙玉芬买了一双皮鞋，你看见没有？"

"我没有看见。"丁春秀惊诧起来，随又点一下头说："我想他会买的。"她觉得孙玉芬什么都在瞒着她，收到秦德贵的皮鞋一定不会拿来看的。

张福全感到秦德贵送皮鞋给孙玉芬，真是浑蛋的行为，可是却没有方法去制止，因为还没有同孙玉芬订婚，怎么能够制止别人去向她讨好，心里便禁不住苦恼起来。

丁春秀看见张福全脸色不好，便安慰地说："孙玉芬一来我家，我就是跟她讲，不要去同秦德贵接近，她听我劝的。"接着又咒骂地说："秦德贵那个冒失鬼，真是黄鼠狼想吃天鹅蛋了！"

张福全觉得丁春秀是出力帮助他，心里很是感动，同时觉得事情已到了紧要关头，得请丁春秀更进一步帮助，就提起勇气向丁春秀说："袁师母，你这样帮助我，我真一辈子都感谢你。"

"你用不着感谢我，丁春秀高兴地说，我这个人就是这样的，喜欢哪一个，我就要帮忙到底。"

"袁师母，我觉得事情拖太久了，"张福全显得苦恼地说，"你能不能……帮我问一声？"

丁春秀一下还没有弄清楚他的意思，只是睁大眼睛望着他。张福全重新说道："请你问孙玉芬，帮我问一声。"一面说，一面脸通红起来。

丁春秀立刻有点明白了，微笑着说："你是要我同她谈谈你们的婚事吗？"她对于他说的话，还不够明白，不如说她是从他的脸上体会了的。

张福全搔一下头，显得为难，又有些不好意思地说："是的，我就是担心拖得太久了……这不大好。"

丁春秀点一点头，同情地说："我告诉你，我比你还着急哩，前两天晚上，我送她出去，就想问她。你晓得她的脾气的，一句话不对头，她就会生你的气。”

张福全听见这么说，脸上禁不住神情黯淡起来，他觉得连丁春秀同她那么熟识，都怕开口，自己就更不好说话了。

“张大哥，你晓得的，现在的姑娘，都是婚姻自主，做爹娘的都不好说话。不过有一点，我还懂得。”丁春秀看见这个小伙子陷进了失望的境地，便向他开导几句，“就是首先要使姑娘喜欢你。俗话说得好：男爱女，隔千里；女爱男，隔个板。你还要晓得这一点，现在的姑娘，同以前大不同了，以前图男人有田有地又有钱，现在呢，就喜欢你工作做得好，能做劳动模范。像你们炼钢工人，她就喜欢你炼钢炼得又好又快，隔不好久，就创造出什么新纪录。你们厂里的事情，我不清楚，你们九号炉，我可晓得一些。秦德贵在这方面，怕要占便宜一点，他就是创造过新纪录。”

张福全忍不住愤怒地说：“秦德贵他是不要脸干出来的，我就不稀罕他那个新纪录。”

丁春秀看了他一眼，严肃地小声问道：“你近来快速炼钢多不多？”

张福全一下脸红到颈项，半晌才说：“我现在正在搞快速炼钢哩。”

“有几炉了？”

“还没有搞出来。”张福全更加脸红了，声音答得很低。

“一炉都没有吗？”丁春秀颇为惊讶，眼睛直直地望着他。

张福全没有回答了，心里很不高兴，觉得丁春秀问起话来，太问得逼人，不禁在通红的脸上，又现出一点恼怒。

丁春秀忍不住叹了一口气，脸上现出怜悯的神情，像母亲对一个孩子似的说：“张大哥，不是我要说你，你在这上面吃了亏了。”她明白孙玉芬的态度了，那天晚上一同她说张福全，怪不得她是冷淡的，还推说并不熟识。接着又轻轻责备地说：“你为什么早不搞点快速炼钢呢？我晓得搞快速炼钢挺难，袁师傅搞多年了，不能拿他来比。秦德贵这个冒失鬼，算什么呢？他差不多同你一道进厂的，你应该赶过他才对哪。”

张福全觉得句句话，像石头一样打在他的心头，感到难过，也感到恼怒，忍不住气狠狠地说：“你不晓得秦德贵那个东西，会弄鬼呀！”

丁春秀又禁不住怜悯地叹一口气：“唉，张大哥，不是我要说你，你这个人就是太老实了！”

张福全忍不住非常气愤地说：“现在真是，人越老实，就越吃亏哪！”

“秦德贵那样会弄鬼，你倒学不得哪，孙玉芬晓得了，一定不会喜欢的，那天晚上，你袁师傅已经讲一点了，以后孙玉芬来，我还要好好给她讲一顿。这点你可以放心，孙玉芬，他秦德贵是抢不去的。”丁春秀竭力安慰他，她觉得张福全这样的好小伙子，应该好好帮助一下，接着又开导地说：“你该跟你袁师傅好好地学，不要跟着秦德贵去走邪路。你没事的时候，问你袁师傅，到底快速炼钢怎样搞出来的？你一句一句地问他，不要拿大，多赔点小心。你应该晓得，你袁师傅的脾气，就是不好顶得。你讨他喜欢了，他什么都会讲。”

张福全心里很痛苦，因为袁廷发就是不肯把快速炼钢的窍门告诉他，使他越听越感到绝望。他没有说话，只是静静地吸烟。

丁春秀望了他一会儿，然后热心劝他：“张大哥，你当真要好好地学哪，要是你那里不搞出一些快速炼钢来，显显你的本事，我再说烂了嘴巴，也是空事。”

张福全勉强露出苦笑的面容，用手摸一下头发，声音低沉地说：“好吧，我一定要好好学习，搞他几炉出来。”他对快速炼钢已经感到没有把握了，但在丁春秀面前不能说出泄气话来，他知道她那样热心，一说出就会受到她的责备。他走出袁家，心里禁不住毒毒地想：“秦德贵这小子，非收拾他不可！”他知道秦德贵送孙玉芬皮鞋，业已证实，并不是谣传，就更为生气。先前还以为同孙玉芬一天天地接近，感到自己颇有几分把握，对秦德贵渐渐不大放在眼里，只觉得秦德贵在他和孙玉芬关系中是有些麻烦，能够早日解决，更为好些。现在看来，简直使他感到无望，他明白炼钢要快要好，不是几天就能做到，得下一年半载的功夫。如果一年半载才能搞出快速炼钢，那就太便宜秦德贵了。他决心要把秦德贵的短处以至捣鬼的地方，完全揭发出来，让孙玉芬以及她的女朋友们看见，秦德贵并不是一个什么了不得的家伙。

三

张福全回到宿舍的时候，正碰见何子学在门口等他，他知道车间工会主席作风改变了，常常到宿舍来找人谈话，现在一来，总是有一番麻烦的，便做出高兴的神情打招呼，还赶快取出烟来招待。何子学极为关切地说：“老张，怎么不睡睡？出去跑跑不疲倦么？”

“有什么疲倦？就是两夜不睡觉也没什么要紧，我还睡了大半夜哩。”张福全笑着不以为意，接着就问：“你有事找我吗？”

“没有什么事。我只是到这边来看看食堂，看他们饭菜办得好不好。”何子学装作不是专来找他谈话的神情，随即带着开玩笑的脸色，笑嘻嘻地说：“听说你近来女朋友交了一大群，该找着对象了吧？”

“啥对象呵。”张福全忍不住微笑起来。

“你这家伙真该打。我告诉你，你瞒不了我的。”何子学笑着揶揄他。

“我一点也没有瞒你。”张福全敛着微笑，冷静地说，他觉得他和孙玉芬之间，确实没有什么了不起的关系值得隐瞒，因而心里也就有些不快乐。

何子学见他没有兴味谈这样的事情，就转过话头问他：“近来工作怎么样？同秦德贵还搞得好吗？”

“我们交班接班，连一句气话都没有说过。”张福全脸色变得阴暗起来。

“怎么他昨晚上一接班，钢水就冻了呢？”何子学轻轻地说，竭力使语气缓和，叫人感到不像在责备人，只是在闲谈似的。

张福全鼻子嗤了一声，冷笑地说："难道这也要我负责吗？"

"秦德贵他也没有说过要你负责，"何子学勉强笑着说，只是想了解一下你是怎样兑铁水的。"

"还不是跟往天一样，难道我还搞出另一套来？"张福全有点生气地说。

"依我看来，你像兑早一点。"何子学笑着说，仿佛在同他开玩笑一样，但眼光却锐利地射他一下，仿佛要从他的眼里和脸上，找出一些隐秘的东西似的。

"我敢赌咒，我没有兑早一刻。"张福全脸色表现得非常坚决。"我是工人阶级，我会做出损人利己的事情吗？"

何子学感到再逼不出什么来了，就转到另一个问题，用着商量的口气说："老张，那么依你看来，那钢水又是怎么会冻的？"

"当真冻了吗？老何你看见过没有？你怎么那样相信秦德贵的话？"张福全生气地反问之后，又迅速挥一下手说："我不相信他那些鬼话。"

"我不相信秦德贵会说谎话，他从来也没有说过谎话。"何子学说得很严肃，一点笑容也没有了。

"呵哟，从来不说谎话！"张福全冷笑起来，接着嘲弄地说："这样下去，官僚主义会双手欢迎你的。"

"那么，我倒要问问，秦德贵到底有哪些地方不老实？"何子学直问之后，又笑着骂他，"你说不出来，我可要揍你呵。"

"那么，我问你，秦德贵在外面拼命追女人，他告诉你真话没有？"

"这个我倒没有问过。这是他私人的事情，用不着我来过问。"

"你不过问，你就要变成官僚主义！"

"你哪里买来这么多的帽子，一顶一顶地扣过来？"

"我不是同你开玩笑，工会主席。"张福全做出认真的神气说，

“你不过问，会出事情的。”

何子学立即领悟到这句话里面的意思，敏锐地看张福全一眼，仍旧带着开玩笑的口气说：“我不相信，他追女人就会闹出事？要劳动劳动我这个工会主席。”接着还故意说一句：“我觉得秦德贵倒是规规矩矩的。”

张福全鼻子重重“哼”了一声，“规矩？”接着冲着何子学的脸，尖声问道：“我请问你，别人爱着的女人，都快要订婚了，他还拼命地去追，送人家皮鞋，这人是规矩人干的么？”

“这里秦德贵的确不对。”何子学皱一皱眉头。

“你应该同他谈一谈，”张福全有点高兴地说，随又打趣起来，“拿出车间工会主席的资格去教训他。”

“当然要拿车间工会主席的资格去教训他，”何子学故意板起面孔，随又笑着讥讽地说：“我也要请你转告那个人一声，不要把私人的恋爱纠纷，拿到公家的工作上去报复。不然的话，那就真该请你扣上官僚主义的帽子。”

张福全立刻说：“我不认识那个人，我不能转告他。”

何子学微笑地说：“我想，只要你讲讲，一定会传到他耳里的。”

“我讲讲有什么用？”张福全有点不高兴起来。

“有用处的，有很大的用处。”何子学仍旧微笑地说：“我想那个人一时气愤，想迂了。他是工人阶级，一定会一下子醒过来，觉得损害国家的财产，最是愚蠢不过。”

“你最好当面同他讲讲。”张福全冷冷地说，竭力装作没事人似的。

“我不只要当面同他讲，还要逢着人都讲。”何子学现出严肃认真的脸色，也是冷冷地说：“就因为有些人，处在工人阶级这个光荣的地位，可就偏偏忘记了，常常做出工人阶级不应做的事来，恰恰就给‘光荣’二字上面，涂上马粪牛屎。”

四

何子学走了以后，张福全倒在床上躺着。田野的风，从窗缝吹了进来，清新凉爽，正是很好睡的时候，屋子里有三个人就正睡得很熟，开门的声音，足踏地板的声音，都不能惊醒他们。但张福全却睡不着，他索性把被盖卷放在枕头上，用背靠着坐了起来，摸出烟来吸，眼睛则望着窗外晴光朗朗的原野，高粱小米和苞谷，绿海似的延伸到远处山脚底下，这是夏天迷人的景色，可是张福全望着望着，就渐渐看不见了。他却一下子看见了公园林荫道旁边的广场，姑娘们嘻嘻哈哈地在学骑自行车，有人惊叫着连人带车倒下去。一下子又看见了坐满人的电影院，姑娘们都在凝神静气地看电影，忽然吧嗒一声有人把扇子落在地上。一下子又看见了挂着五色珠帘的汽水店，姑娘们围了一桌，汽水瓶盖揭开，白泡沫溅在一个人的头发上面，大家都哗的一声笑了。在那一群姑娘里面，不论在什么地方，都有一个人，又美丽，又活泼，又端庄，常常使他情不自禁地望着，喜欢她，却又有点怕她。“是的，丁春秀说得对，得有一点本事！”张福全在这时的回忆中，更加有着分明的认识了。他想没有秦德贵，他可以用一年半载的工夫，下决心练好技术，为什么偏偏有个秦德贵出来作对。原来离开丁春秀的时候，他还打算暗中整整秦德贵，经过何子学这一番谈话，他又觉得有些踟蹰，自己的确处在工人阶级的光荣地位，不能损害国家的财产，必须想一个办法，整倒秦德贵一个人才好。他现在业已不干那一套，化炉顶来搞快速炼钢，但那只是炉顶掉砖以后，被迫停止了的，思想上认识这是不应该做的，却是从现在才开始。这自然是何子学的话打动了他，同时丁春秀说的你不要走秦德贵的邪路，也使他受了影响。这时他觉得很失悔，刚才应该向何子学讲出秦德贵搞快速炼钢，里面是有鬼的，应该专门组织人调查。即使以前的事情，调查不出来，也可以威胁秦德贵不敢再捣鬼来搞快速炼钢了。搞不出快速炼钢，自然也就搞不出新纪录了，那么，皮鞋是买不到她的心的。张福全刚才同何子学谈话，并不是没有想到这一点，就怕说出之后，何子学那个家伙就会笑着说："呵哟！原来你也懂这一套哪。"引起何子学的疑心，是不好的。他感到何子学这个家伙太厉害了，比如今天一阵聊天，就听出何子学的话里有话，"他真像苍蝇一样，一下就闻到你有毛病的地方，"张福全想到这里的时候，又有点害怕起来，觉得这个话还是不讲的好。但是这不给秦德贵暴露出来，怎么成呢?就是这许多麻麻杂杂的想法，在他的心里钻进钻出，使他非常为难。最后他想，只有放弃了，不再同她们娘儿们来往，就可以免去这些麻烦。但是不愿意输在秦德贵面前，他认为他自己没有哪一点不如秦德贵，就是除了走邪路、干捣鬼的事情不及他。他决定斗争下去。

五

张福全原是在乡下做过多种职业的，种地，赶车，以及在小镇上做杂货店的伙计。他父亲有点田地，可是并不怎样多，得再租一些地才够耕种。土改后分得了土地，可因家里弟兄多，劳动力还是有余。等到招募工人的消息传到乡下，张福全自己计算一下，做工人确比农民赚得多些，同时也觉得工人已成为国家的领导阶级，这个光荣的工作，也很吸引人，便挟把雨伞，背个包袱，跑到工业城市来了。起初在工厂里他是感到不惯的，首先是平炉车间的酷热，他就受不了。吊车运转的声音，使他惊吓。钢水倒出去，火花四面八方飞，简直睁不开眼睛。尤其转到夜班工作，站着都会打盹。进厂的半年中间，他是非常想家的。午饭后躺在树荫底下，惬意地睡一觉，看白云在蓝空里浮动，蝉声把人催入梦中，月亮爬上树林梢头，青色的叶上凝上露珠，才赶着空车回去，一路唱着曲子。不是赶集的日子，店老板又到城里去了，便站到房檐边上，同对面店里的伙计，挤眉弄眼，打趣讲笑话。这一连串的有味的生活，都甜蜜地来在他的心里，使他感到轻微的抑郁和惆怅。可是一当他轮休回到家乡去的时候，低矮的房屋，晚上半亮不亮的油灯，使他感到闷气。村里人都用尊敬和羡慕的眼光望着他，使他得到鼓舞，他明白并不是因为他穿的服装，深蓝而又崭新，倒是由于进入了工人阶级的队伍，有着一种光荣。何况乡下没有评剧，没有电影，没有收音机，而这些都市的娱乐，却已成为他生活中不可少的东西了，他很快回到了城市。在工作中，也很认真，但只求不犯错误，希望工作久了，升为一个技术员或是一个值班主任，能够离开炉子远一点，少做一点流汗的工作。由于有这种升上去的念头，就尽量对各方面露出笑脸，不给人家一个不好的印象。他做九号炉的乙班炉长，是袁廷发和何子学两人尽力推荐的。他们都喜欢他做人和气，做工又稳妥，不冒进，不出事故。他自己也从来没有想到要和秦德贵对立，两下变成仇人，现在他们几乎处到势不两立的境地，连他自己想起来，也忽然感到吃惊。可是想到过错不在自己身上，原是秦德贵有意来欺负他，他就恼怒起来，心里还暗暗地骂："妈的，我张福全是好欺负的吗？"

第十三章

一

梁景春住的一所日本式的洋房，是重新粉刷过的。一进门去，刚刚可以放下一架自行车的地方，就有第二道门挡着。从第二门起，约高一尺光景，便有一条铺着地板的过道。过道的南边，排着三间大的屋子，都从地板两尺以上，就安着许多双层的大玻璃窗。窗外垂着稀疏的柳树，树下满铺着花草。过道的北面，便是厨房、浴室、卫生间、储藏室以及女工住的小型房间。丘碧芸在整个房子内，巡视一遍，就满意地笑起来："这简直像没有搬家一样嘛。"

梁景春就嘲笑地说："这下怕又舍不得这个地方了。"

丘碧芸立即敛着笑容故意冷冷地说："那也不一定，还要看看工作顺不顺利。”

“工作你总不能一开始就要求顺利。”梁景春长长吐出一口烟子，从容不迫地说，“工作总是这样的，克服了一个困难，又再克服一个困难。”

丘碧芸直问道：“难道我们对工作就不要求一点愉快吗？”

“克服了困难，就是工作的快乐。”梁景春听见两个孩子喊肚皮饿了，便牵他们到厨房去，一面笑着说：“咱们还是不争论了吧，工作一做上手了，你又会丢不开的。”

梁景春原是在很远的矿山，做党的工作。那是一个安静的地方，工人挖铁矿石，都在地下进行，不乘升降机，下到坑道里去，就连爆炸矿石的洪大声音，也听不见。每天打破山谷沉寂的声音，便是上班下班的汽笛和按时来运矿石的火车。办公和住家的区域，都是点缀着松树白杨和杏子。美人蕉、红玫瑰、黄刺花，很打眼地现在窗外。春天的时候，山峰上铺着一片的小桃红和野樱桃花，格外显出山谷的美丽。外面到矿山来参观的人，往往吃了一惊：“这哪里是矿山，这是风景区嘛！”

梁景春的爱人丘碧芸，在矿山的工会工作，看见上级调走梁景春和她的通知，心里很不高兴，就埋怨起来：“你走吧，我是要请求留在这里的！”

梁景春便安慰她说：“咱们祖国，好地方多得很！应该多去些地方。”

丘碧芸摇一下头说：“哎呀，咱们打游击的时候，地方还跑少了吗？”

梁景春却兴趣大得很：“现任到处都变了，哪还是以前那个样子？要是上级调我去做地质钻探队的工作，我更是高兴！我真想跑遍祖国的山川原野！”

丘碧芸立即指着梁景春的前额责备地说：“我看你呀，你这里还存在着很浓厚的游击思想，只想东跑西跑！”

“你这个看法，我不同意！”梁景春大大摇下头，“你不知道，我是多么喜欢我们这个新中国，我觉得它天天在开花，天天在发叶，你哪能忍住不看它吗？……老实说，我早就觉得你思想上有毛病！”

“怪了，我思想有毛病！”丘碧芸叫了起来，“你不要平白无故地给我栽上哪，你是党委书记，讲话不好随便讲的呵，你要拿出证据。”

“你记记看，不但有证据，我还给你提过意见嘞！”梁景春笑嘻嘻地说。

丘碧芸把嘴一瘪：“我记不起！”接着还把脸子掉在一边。

梁景春笑着打趣：“起码你要记起你是工会的组织委员，向党委书记讲话，可不能这样耍脾气呵。”

丘碧芸立即嚷他：“上级都调你走了，你还是我的什么党委书记！放下你的臭架子吧，你管不着了！”她顶气人家说她思想有毛病。

梁景春一味地笑着说：“刚接到通知，我还没有办移交，无论如何今天还是你的党委书记。”他看她越生气，他就越发打趣她。

“那么，拿证据来，不要躲躲闪闪地讲，堂堂的党委书记躲闪不了的！”

“我不说别的，单讲一点小事情，你看电影，不喜欢看纪录片，加演新闻片多了，你就讨厌，这……”

丘碧芸不让他说完，就打断他的话：“看电影，那是文娱，得凭各人的兴趣！”

“你这个兴趣，就值得研究。”梁景春看见她那样气恼，便换过语句，不说成“你这个兴趣就有毛病！”

“研究嘛，我还怕研究吗？”

“当然要研究！一个做党委书记的，碰着这样的思想问题，绝不放松。”梁景春竭力忍着不笑。

“说嘛，宣判嘛！”

“你想想看！”梁景春笑着说，“纪录片记的什么？新闻片报道的什么？那全是咱们祖国的新面貌哪！看见成渝铁路通车，看见修好淮河，哪个不欢喜？”

“谁说我不喜欢？我只嫌有些新闻片子，摄得不好，上台讲活又没声音，只见嘴巴动，简直叫人感到滑稽。”丘碧芸脸红起来了。

“我就没有这样感觉！”梁景春敛着微笑，轻轻摇下头。“我只觉得咱们的同志，又为新的建设事业奋斗过来，真使人感到又羡慕又高兴。还用他讲什么呢，我一看就感动了。当然有的摄得不好，编排得不恰当，也的确是个问题。这一点我并不责备你，只是你看报纸的热情不高，常常是看也可以，不看也可以，工作忙的时候，就简直不看了，这是不好的。”

丘碧芸虽然好强，性子躁，爱发脾气，但给人真正说出缺点的时候，她就能够诚恳地表示接受，这时她红着脸微笑地说：“说到这点，我承认，我不及你，……看电影的时候，我就想过，你看他，小孩子一样，一段新闻片，都看得那样欢喜，我就疑心，我是在老起来了。”

他们的家庭生活，很有生气，就因为常常都有争论，起初好像风波很大，船要被吹翻似的，但往往一篙竿就撑到岸了，一下又脱离了风浪之险。一切都在喜悦中行进，梁景春这时就很高兴地说：“看年纪，看面貌，你都比我年轻得多！可是你的精神，你的思想，确是有点老了！”

丘碧芸脸仍旧发红，但却没有笑了，皱着眉头说：“你看这个毛病在哪里呢？”

“也可以这样说，你的毛病，是从你那些优点上面生长出来的，正像一座美丽的森林一样，树上开了不少的鲜花，树下却长了一些有毒的菌子，我非常爱这些鲜花，但是挺不喜欢这些菌子，我要拔去它。”

丘碧芸脸更加红了，仿佛感到害羞似的，但却很高兴地说：“那就请你拔去吧！”

梁景春用着称赞的口气说：“你的优点，也是最大的长处，就是你做到哪样工作，就把整副精神，都放进去了。不论碰到什么困难，都要做下去，绝不退缩，就是性命都舍得牺牲，工作可不能不做好，这是挺难得的。”

丘碧芸快乐地催促道：“你还是说说我的缺点吧！”

“你的缺点吗？”梁景春笑了起来，“你的缺点，正是从你优点上发生的。你做那样工作，就只注意它，对别的就不注意了。不说不注意，竟连看一下的兴趣都没有。这就等于你把自己关在屋子里，拼命地工作，连抬头向窗外望都不望一下。你只爱那间屋子里的工作。尽管窗子外面雪化了，花开了，起了很大的变化，你没有兴趣。”

丘碧芸笑了起来：“你自然说得对，但我始终不高兴那样的人，这样也做，那样也做，样样都做不好。”

“我并不是反对专业化，也不是样样都叫你做，你不要误会我的意思。”梁景春赶忙指正地说：“我是说一个人除了应做好他的工作而外，他还要有个伟大的心胸，关怀祖国的一切，热爱它的发展，欢喜它的进步，就是说他应该有爱祖国的深厚热情。”

丘碧芸敛住了笑容，忍不住恼怒地说：“照你这样说来，难道我就是个不爱祖国的人吗？我反对你的判断，坚决反对！”

“我并没有下这样的判断。我一点也没有怀疑过你不爱祖国。”梁景春急忙摆手，“我只是说，一个人，他对祖国的发展毫不关心，对祖国的进步，毫没兴趣，那他就会成为空洞的爱国主义者。”

“你没有了解我！”丘碧芸气冲冲地说，“我敢说，我做工作，并不是一味蛮干。我是有个明确的认识，就是在建设社会主义的工作中，只要她热忱地做好每一样的具体工作，就算是在热爱她的祖国！你说我是空洞的爱国主义者，我绝不接受，打死也不能接受！”

“你是说得对，我们也常常拿这样的话，去教育工人，爱祖国，就是首先要具体地做好自己的工作。”梁景春很高兴地接着说，“但这只是一面。你刚才还没有听完我的话，我还要说，一个人不关心祖国各方面的发展和进步，他又会成为狭隘的爱国主义者，甚至还会成为工作上的本位主义者。”

“这表现在什么地方呢？”丘碧芸问的时候，带着很大的敌意。

“表现在什么地方？”梁景春严肃地说，但把语气放得尽量地温和，“就是你调开他的工作，或是调开他下面的人，他就闹情绪，很不高兴！这就是他只顾自己的本位工作，他不管祖国在工业建设上的迫切需要。”

丘碧芸这下脸红得很厉害，连耳朵都红了，她低下头，带着生气的口气说：“这次上级调动我的工作，我只不过说说就是了，去终归是要去的，你看我哪一次没有服从领导上的决定。”

“当然，这也是你的优点。不然，我们怎么会相处下去，我爱你，真诚地爱你，就因为我认识你，有许多的优点。但优点并不是天生成的，而是在党的教育下，慢慢培养出来的。我自己并不是优秀的党员，但我敢说，我是能够热忱地接受党的教育，能够天天提高我自己。我希望你应该还有更多更好的优点。”梁景春热情地说，对爱人说“我爱你”的话，有几年没有说过了。

丘碧芸没有怒气了，只是有点激动地说：“我看我还是暂时不工作，到党校去学习一个时期。”

“这我很同意。”梁景春非常高兴起来，“不过这还得由上级决定。只是就目前的情况来看，咱们祖国在各方面蓬勃发展，到处都在工业建设，接着不久就要来个五年计划。干部不够得很，你工作是挺好的，上级恐怕不让你脱产学习。”

丘碧芸欣喜地说出她的顾虑：“我就担心，到个新的环境，担负新的工作，一时什么也做不好。”

“那就需要我们在工作中学习。”梁景春鼓励地说，还兴奋地挥一下手，“你要晓得，我们新中国为什么发展这么快，叫帝国主义都在恐慌？就因为我们有成千上万的同志，热爱祖国，天天关怀祖国的发展，一听见党的号召，就欢天喜地走到祖国最需要的工作岗位去。不懂不会，就在工作中忘我地学习，热忱地学习。咱们未到矿山以前，懂什么工业？懂什么工会工作？现在不是也学会学懂了吗？现在就是要扩大你爱祖国的热情，关怀祖国的一切发展。”梁景春讲得额上冒汗了，摸出手巾来擦。

丘碧芸倒杯开水递给他，并拉他去坐着，一面微笑地说：“同志，口讲干了，你息一息吧！”

梁景春接着杯子坐了下去，一面也微笑地说：“讲话，我就从来没有感到累过！”

二

他们吃完晚饭，赵立明右手抱一个孩子，左手又牵一个孩子走来了，后面跟着他的爱人周越文和一个大的女孩。他们趁梁景春的爱人来的时候，一起来拜访他们的新家。赵立明最喜欢他的三个孩子，一回家来不是带他们去看电影，就是给他们讲故事。孩子们也离不开爸爸，无论哪里都想跟着去。丘碧芸欢迎客人，还给三个孩子吃糖果，要他们同自己的孩子玩耍，他们可不愿意，只是吃着糖，靠在爸爸的身边。赵立明禁不住笑着嘲弄自己：“我一回家就变成奶妈了。”

丘碧芸笑着说：“我们家里不同了，爸爸回来不找孩子，孩子也就不找爸爸，他一回来，就钻到书里去了。”

周越文倒很喜欢赵立明这样爱孩子，觉得减少了很多麻烦，比如孩子穿不上袜子，他们去找爸爸穿，做妈妈的岂不省事。但在这个时候还是带点不满的口气说：“太爱了，也不好，无论你走到哪里，他都要跟在一道。”

他们问问丘碧芸一路的情形，又问问到来后生活上有没有什么困难。丘碧芸回答之后，谈了一会别的，最后就扯到工厂。

赵立明就用欣慰的脸色，高兴地说：“这一向靠苏联专家的建议，把炉顶修高一点，每个炉子一天多生产二三十吨钢，算是渡过了难关，把各方面伸来的手，塞着了。”接着又向梁景春愉快地说，“老梁，你看见没有？袁廷发差不多天天在出快速炼钢，我想一面总结他的经验，推广到别个下炉，一面就在这个推广经验的基础上，进行竞赛，把钢的产量再行提高，你觉得怎么样？”

“行！”梁景春摘下香烟，立刻同意，随即把拿香烟的手点了一点，“总结经验太需要了，他们三个炉长也该好好地交流经验，现在三个人，就是不一致。为什么一样的炉子，会有这样的情形？”

赵立明闪闪他敏锐的眼光说：“这里有技术问题，有的人技术纯熟，像袁廷发那算达到了炉火纯青，秦德贵就差一点，张福全更差。”

梁景春沉吟地说：“我看恐怕这里面还有思想问题，明明别人有好经验，他就不肯学，不愿意学，不屑于学。”

周越文笑着站起来，说：“哎呀，你们又在开会了，该休息的时候，还是要好好地休息。”接着又向丘碧芸说：“让我看看你带来的东西还够用吗？”随即同丘碧芸走到另一间屋子去。

赵立明还要再谈下去，孩子们却挤他的身子，要他走了，他们不耐烦大人这类枯燥的话语。赵立明只好站起来，向孩子说：“好，你们是安不得一下的。”接着又向梁景春说：“思想问题，倒容易解决，多开几次三班联席会议，大家好好检讨，挖出思想的根源，再行对症下药，唯有……等一下再走。”他连忙俯下身子安慰最小的女孩，她已经拉着爸爸的手，在朝外奔去。然后抬起身子说：“唯有总结技术困难，他们文化低，自己有经验，总结不来，别人不懂技术，又不晓得怎样下手。”一面说，一面就被孩子拉了出去。他向里屋喊道：“越女，走了哪！”又向梁景春苦笑地说：“带孩子一道真麻烦。”但脸上却现出光耀幸福的样子。

三

在南边靠西的屋子里，把三个孩子安顿睡了，带来的东西，又大体放得稍微有点秩序，丘碧芸便走到靠东的屋子，看见电灯闭了，只有绿色罩子的台灯，射出一小团明亮的灯光，落在一本翻开的书上。月光从南面窗子照了进来，柳条的影子，映在玻璃窗上。梁景春坐在光线朦胧的沙发上，静静地吸着烟。她先走到桌子边去看翻开的书，正是联共党史的第十章，大字标题很显著地现着：

布尔什维克党为实现社会主义的国家工业化而斗争。

她常常注意梁景春所看的书，只要一得闲，她就要摸来看，往往梁景春回家来要继续再看的时候，总在她的枕头边上，才能找着。她看清了他在看什么书，便退到沙发上来，坐在他的旁边，轻声地问：

“工作怎么样？”

“挺好。”

丘碧芸了解他，他所说的工作挺好，并不是一切都做得一帆风顺，毫无困难，而是能在工作中不断地发现问题，看见新的困难，或者在困难尚未产生的时候，就能预见。如果听见说：“正在摸索。”那就可以料定，他心里有点苦闷，即是他还没有找着问题。丘碧芸知道他这夜的心情是愉快的，又见时间业已十一点过了，不愿他太费脑力，就想同他闲扯：

“你觉得厂长怎么样？还好一道工作吗？”

“我喜欢他。”梁景春愉快地说。

“听说不是有点个性强吗？”

“你晓得，我工作的方式，是首先发现同志的优点，只要他对党对人民忠心耿耿，我就喜欢，老实说一句，我们做工作，就是要善于发现别人的优点，因为看见别人的优点，我们才会虚心，才会向人家学习。”

“他到底有哪些缺点？你该看出来了吧？”她在矿山的时候，就听见有人讲过厂长一些情形，所以这时候忍不住要这样问。

梁景春只是静静地吸烟，没有回答。

丘碧芸微微地笑了：“你就是不喜欢谈别人的缺点。”

“谈是要谈的，只是在帮助他的时候，大家在检讨会上。我最不喜欢，就是把同志的缺点，当成闲谈的资料。”

“在这里讲讲，哪个还会讲出去么？”丘碧芸有点不满起来。

“就怕一讲就讲惯嘴了。就喜欢谈别人的缺点，这对同志没有好处，而且对自己也不好，因为爱谈别人的缺点，自己就容易不虚心，发生优越感。”

“我觉得有时候，听听别人的缺点，也有好处，他可以作我们的镜子。”丘碧芸感到这不是闲扯，而是在争论了，但她顾不得了，她有道理，她是不能忍住不说的。

“但那是在作报告的时候，他的材料确实可以教育人，听了当然有好处。”梁景春把她的手拉来握着，像在安慰她似的。

“你觉得屋子怎么样？”梁景春赶快变换了话题。

“这太好了。”丘碧芸很感兴趣地说：“比我们在矿山的房子还要好。”

“你明天早上再起来看看这都市。”梁景春喜悦地说：“那才叫你喜欢哩，礼拜天再去参观咱们的工厂，你才晓得咱们国家的伟大。”

“我一定要去。”丘碧芸神往起来，便又提醒地说：“就是要把孩子安顿好呵。”

梁景春在未到炼钢厂以前，就听说赵立明个性强，但和赵立明相处十多天以后，他觉得厂长倒是一个可爱的人，在大会上，就爱听厂长的讲话，清晰有条理，充满了风趣，使人时不时发出微笑。他又看见他常常深入车间，有时爬上高热的炉顶，一面用戴手套的手，遮在脸上，掩着上升的酷热，一面频促着脸，检查炉顶的矽砖。有时站在火光熊熊的炉前，一面用袖头遮着嘴巴和鼻子，以免被火烤痛，一面拿着木头镶的蓝色镜子，轮番对着炉眼在瞧钢水。赵立明就是坐在办公室的时候，脸上都还留着炉火所烤的微红，煤烟所熏的微黑。任务一紧急了，就日夜留在厂里，疲倦了，把办公室的椅子搭成床，盖上绿色军用毡子，就算睡了一觉。梁景春一早到厂里去看见，便忍不住问：

“这怕睡不好吧？”

赵立明愉快地笑了起来：

“这好多了，咱们打游击的时候，还经常睡在雪地里呢。”

“这不比战争那些日子。”

“但这里的生产，也是战线呵。”

赵立明确实没有忘记战争的生活，先前经常带的手枪和子弹，都已放在箱子里了，但那条装过子弹的空带子，却到现在，也还围在腰上。

赵立明日夜注意的事，就是怎样增加钢的生产，梁景春已能从他的脸色上体会出来。每天钢的日产量增加没有，用不着打电话问生产科，麻烦他们查记录，也用不着拉开厂长室壁上那张红布，看表上的数目字，只消望下赵立明的脸色，就可以了。他的脸就是生产上升或下降的寒暑表。生产情况好，日产量增加了，他的脸色，开朗愉快，谈话富于诙谐，时时露着微笑。反之，脸色阴暗了，充满怒气，讲起话来，尖锐刻薄，针一样地刺人。有些干部，有事去找厂长，总要先打听一下头天的日产量增加没有，如果没有增加，或者甚至没有完成，只好去找工程师或科长之类，走过厂长的门口，也不敢进去。但梁景春却很喜欢他，觉得这是一个好同志，尤其看见赵立明脸色不好的时候，他要去同他谈话，想办法帮助他，解决不能增加日产量的问题。无论赵立明高兴也好，不高兴也好，他对他总有一个愉快的感觉：“这是一个不晓得疲倦的人。”望着他脸上充满精力的样子，一副坚决果断的神色，自己不知不觉也精神抖擞起来。暗自点下头想：“生产战线上，是需要这样的战士。”

四

梁景春骑着自行车向炼钢厂的独身宿舍走去。这在前不久的白天也曾来过一次，那是检查寝室、图书室、俱乐部等的设备，看能不能满足工人的需要，所以还留个印象，晚上也能摸到。工厂和工人宿舍，各自成为一个区域，相当有个距离，上班的时候需要走四五十分钟的路。每个工厂都有独身宿舍和家属宿舍，以便有家眷和没有家眷的人住宿。独身宿舍大部是两三层的楼房，里面设有图书室、俱乐部、食堂、浴室、暖气管、自来水的厕所，和最好的大学寄宿舍不相上下。

梁景春把自行车放在宿舍的门边，一走进去就看见进门处的黑板报在电灯光的照耀下，很打眼地把九号炉三班订好先进增产计划的消息显示出来。他走上楼去，看见图书室里坐满了人，大家都在静悄悄地看报纸画报和连环图画。没有人注意到他，只是管理员庞明看见了就赶快来招呼。这是从工人里面提出来的，个子不高，人很和气，办事认真，黑板报就是他写的。梁景春怕扰乱别人，就小声说明他是来找九号炉甲班的工友，并没说出一定要会哪一个人。他打算同甲班每一个工友谈话，想从他们那里打听出袁廷发是怎样领导工人的。自从同秦德贵在车站上谈了话后，他就放不下心了。只是一时抽不出身来。

管理员庞明便引梁景春到二楼去找，好些屋里都是静悄悄的。只有一两间屋子有低低的口琴声音，流了出来。庞明走在前面，带着抱歉似的神情说："好多人都参加学习去了，这时候不容易找着人。"仿佛党委书记找不着人，他要负几分责任似的。幸好在一个屋子里找着一个九号炉的甲班工友了，他欢喜地介绍与党委书记。李成林正躺在挨着窗子的木炕上，看着一本书。玻璃窗子打开了的，掩着铁的纱窗，扫过山脚旷野的南风，凉爽地吹了进来。他一听见庞明说是党委书记，就赶忙爬起把书丢在一边，跑去倒茶。庞明走了后，梁景春就同他亲切地攀谈起来，问他什么地方人，结婚没有，到工厂有了多少时候，竭力要把他的拘束除掉，还摸出烟来，一道吸着闲谈。梁景春听见他说才来工厂半年，便问他：

"你觉得在工厂工作怎么样？"

"挺好！"

"学会炼钢了吗？"梁景春微笑着，关切地问。

"哪里就学会了，还早得很。"

"小伙子，你该快点学习。"

“不容易呀。”

“不容易，你应该问呀。话是开山斧，只要肯问，啥都弄得通的。”梁景春看见他没讲话就又问他：“难道有什么困难吗？”见他犹豫的样子，一直不开口，就怂恿地说：“今天领导上就是要给大伙儿解决困难的，你讲嘛。”

“就是……不好多问得。”李成林还是迟疑地说。

“对，有困难就要讲呀。”梁景春鼓励他，尽量使他讲话，不要顾虑，“为什么不好多问得，你自己首先就不要拘束。”

“才到工厂，我很愉快。一开始，总是爱问。尽都没有见过，样样都有味。”李成林摇下短发的头，脸色接着活泼起来，“就是碰了几回钉子，谁好多嘴。看着人家怎样做，就照样做算了。”仿佛肚里装了很久的话，这下子吐出来了。

梁景春听见甲班工友中还存在这种情形，心里很难过。同时更明白为什么会有人要转到秦德贵那个班上去。另一方面却又感到高兴，到底他肯说出心里的话。梁景春一向认为做党群工作的难关，就是对方讲话的时候，还有很大的顾虑，不肯把心里的真意挖出来。他听完李成林的话立即关切地说：“这怎么对呢？这完全是旧作风，我们一定要洗刷这种作风。”随又问道：

“炉长对你怎样？”

李成林低下头，没再说下去。

“你讲吧，不要怕！他不对，我们就批评他，叫他改过，他不改，还可以撤销他的炉长。今天是共产党在领导，决不容人压迫人的。”梁景春说得很小声，但都坚决而有力量，每个字就像钉子结结实实钉进木头。

“炉长，他就是脾气大，爱骂人。”李成林脸色有点不自然，还有点愤怒。“你工作做不好，他就骂你，白吃饱……另叫别人来做。”

梁景春就安慰他：“很好，你提出这个问题，我们一定要好好地解决。”随又问道：“你没有把这个事情告诉何子学吗？他是你们车间工会的主席。他不到车间来吗？”

“来的，常常来，只是来了，我们又在忙，就是闲了，也不好去讲，他跟别的干部都是一样，一来就同炉长、一助手、二助手谈，咱们工友，插不上嘴。”

梁景春吸了一会烟，随便谈了一会，又再问道：

“你们这次开会订增产计划，你参加了吗？”

“参加了的。”

“大家都讨论得很热烈吗？”

李成林好像听不懂似的，只是望着。

梁景春就又问道：“大伙儿都发言了吗？”

“那个计划，就是他炉长一个人说了算，用不着哪一个发言。”

“呵！”梁景春吃了一惊。

“炉长，他就是早写好一张计划，叫一助手王永明一条条念完了，他就问：‘你们同不同意？’大伙儿就说：‘同意。’”

“大伙儿就是这样同意的么？”

“说说‘同意’还不算，还得大伙儿一齐喊‘同意’。你喊小声了，他就瞅你两眼，‘怎么没吃饭么！’”

梁景春禁不住惊异地想：“会是这样的么？”一面又注意地望着李成林，想从他的脸上看出，到底这是不是讲得太过火。李成林看见党委书记这样看他，连忙补充说：“党委书记，你可以再问问别的工友。”

梁景春低着头吸了一会烟，然后又再问别方面的事情：“你们九号炉不是在准备发动竞赛吗？你们对竞赛怎样看法？”

“咱们新工友说不上。”

“你听见大伙儿有什么意见？他们私下说什么话来？”

“他们说，赢了，炉长的光荣，黑板报、大字报，都登上他的名字，还有新闻记者来访他。输了么，输了那就得小心炉长的脸色。”

“大伙儿不想赢么？”

“也想赢的，赢了，可以少挨骂。”李成林笑了起来。

梁景春只好苦笑一下。顺便把李成林丢的那本书抓来看，封面上写着绿牡丹，便问：“这有趣味吗？”

李成林不好意思地说：“不好，没有意思。”

“你为什么不参加学习呢？他们好多人，不是都在上夜校吗？”梁景春十分关切地问。

“一天就感到累，回来就想睡。”李成林抑郁地说。

梁景春明白这个青年在工作中感到苦闷，没有学习的心情，只是闷得慌的时候，才随便找些旧小说来消遣。这能怪他落后么？不能的。一个人工作没有快乐，是他最大的不幸。梁景春便安慰他一番，说领导上一定要把这种不民主的作风彻底扫除，并要他参加学习，不要苦闷，最后要走的时候，还拍着他的肩膀说：

“你以后不要怕炉长，有意见就讲出来，领导上一定支持你的。”

梁景春走出宿舍，暂时不骑上车子，只是扶着走，一面思索：“一班八个人，就有三个人不满意，一个情绪坏，两个要转勤，这不是一个小问题。明天得一早来再多找几个来谈……而且还得了解别的炉子……”

第十四章

一

秦德贵这天轮休，早上爬起来的时候，情不自禁地穿上最好的裤子和衣衫，还对镜子梳一梳头。这是半年前没有过的，而是前次回家以后，便有了这样的习惯。先前一到轮休日子，就有一连串的打算：看一场电影，进一次游泳池，骑着自行车往公园里兜一个圈子。这些都使他兴致勃勃，感到一天休假的可爱。可是现在又有点不同了，打动他的是那一个美丽的影子。只想在休假这一天，和她见面。今天虽然照往常一样，身体打扮一下，心里却还有些踟蹰：到底见不见她一面呢？原来因为看见她同张福全那么熟识，心里很感不快，甚至责备她起来，还把她看成为一个不大纯洁的姑娘，下决心不同她来往。在今天可就觉得自己有些坚持不下了。她认识张福全是老早以前的事情，而且在回家的路上，也讲过张福全的，现在怎么能够一下子又怪她呢？她交过什么男朋友，不要管她。你晓得她在电修厂，还有多少男朋友去了，难道还要去怪她吗？他立即觉得自己前一两天的想法，真是可笑得很。应该问的，到底她对我好不好？管她同别人的关系干什么。喜欢她，就该不断地去接近她。至于影响三班团结，会搞坏九号炉工作，那也容易解决，我调到别的炉上去，不就解决了吗？而且感到在轮休这一天，不设法去见她一面，一切就玩得无味似的。他立即决定，应该继续去同她会见，并尽力寻找见面的机会，创造见面的机会。另外还感到孙玉芬她们提出竞赛，自己不是一直没有回答她吗？这是一个见面的最好的机会。如果这一天是星期天，他就可以饭都不吃，立刻骑着车子，跑到女工宿舍去。可惜不是星期天，只能在下午四点钟以后，到工厂区的大门口去等她，和她走一截路，把她送回女工宿舍。“不，”想到这里，他否定了这个计划，“我应该请她到小馆子去吃顿饭。吃了饭，再送她到夜校去。她不会拒绝的。那一夜回家，走那十多里路，那是多么有意思呵。但愿知道她又回家去，我请假都可以，一定要跟她再走一趟。”他想到这些，心里明朗起来，像出了太阳一样，前两天笼罩着的乌云，全散开了。虽是要到下午才会得见她，可是这个希望却是使他鼓舞的，觉得心上涌起了无限的生趣和欢乐。他走到食堂去，不知不觉地多吃了一个馒头。

秦德贵走出食堂，正有电话叫他去接。他拿着听筒一听，是何子学的声音，要他就到厂里去，说是党委书记有事找他。他马上骑着车子跑去，他心里很是不安，觉得自己还没有把炉顶化薄的原因找出，而且有时还全然忘在脑后了，想到党委书记要是问到这些事情，又怎样回答呢？不禁身上出了汗。另一方面，又感到有点高兴，他可以趁正午孙玉芬休息的时候，到电修厂去会会她，谈谈竞赛的事情。平常日班炼钢，八点钟内是没有一点休息时间，不可能去会她。白天在厂外休息呢，没有特殊事情，又不能随便进入工厂区的大门，要到电修厂是不容易的。今天确是一个很好的机会。当他跑进工厂区域，走过电修厂的时候，他却忍不住留心地看，希望看见孙玉芬的影子，哪怕就是出现一下也好。一直走过了电修厂的厂房，只望见一些男工，推着运东西的车子，这很使他失望。可是一想着正午就来会她，心里也就一下转为愉快了。但一望见炼钢厂的时候，却又非常不安了。

二

秦德贵走进了厂，先去找何子学，想了解一下，党委书记为了什么事情找他。何子学搔了搔头，笑一下说："连我也不知道。只是晓得党委书记，这几天尽在下面跑，找人了解情况。"

"了解什么情况？"秦德贵大为注意起来，党委书记到群众里面了解，倒还是一件新鲜事情。

"我也不大弄得清楚，"何子学笑了一笑地说，"好像是了解干部同群众的关系。你去同他谈谈就晓得了。"

秦德贵看见何子学的笑容，觉得他是知道的，只是不肯说出，便笑着说："老何，你可不要捣我的鬼呵，咱们有事情应该直说，不要弄到党委书记那里去。"

"我捣你的鬼干什么？"何子学低着头，笑起来了，"党委书记只是向你了解情况，他问你什么，你说什么好了。"

秦德贵见了党委书记感到极度的不安，忙着申明他最近把党交给他的任务没有做好，到现在还没有查出炉顶化薄的原因。接着又红着脸，现出很难过的神情，诉苦地说："党委书记，我要向你说清楚一件事情，有人造谣，说我暗中化过炉顶，又偷偷把它消灭了。党委书记，这是冤枉，我一个共产党员怎么会做这些事呢？”

梁景春仰起头吐了一口烟子，然后静静地说：“秦德贵同志，组织上会相信你没有欺骗党的。”他还想说一句：“我已经从群众那里知道你帮助过别个炉子，解决过许多次的困难，这证明你没有自私的打算。”他忍住了，没有说出。

“党委书记，我早就想找你讲的，就是看见你忙。”

“我这里你随时都可以来的，不得闲可以约定时间。”梁景春舒适地吸了一口烟之后，才说：“你忙，我也忙，简直没有时间谈一下。我想了解一下，你们住在单身宿舍的，业余时间是怎样支配的？”随又微笑着说：“干脆点说，你们怎样玩的？”

秦德贵坐在梁景春身边，原是很紧张的，一听党委书记是谈这样的问题，心里立刻轻松了，连忙笑着说：“没有工夫玩。像我们上日班，下午四点下班，就在工厂里开会，不是行政的会，就是工会的会，再不然又是党的会。六点钟赶回宿舍，我骑自行车还快点。他们没自行车，就得用足走，起码得走四五十分钟。吃完饭，就得上八点钟的文化课。不学文化，就得上技术课，学化学。九点半睡觉。转到夜班，就停止学习，白天全用来睡觉。只有上阴阳班的时候好一点，上午睡半天。下午起来学两个钟头。赶四点，又得上班。”

“你们有时间看报没有？”梁景春吸着烟，静静地问。

“有时也看的，只不是每天都看。”

“同志，这样不行呵！”梁景春叫了起来，还用手掀一掀秦德贵的腿子，“你记得一句古话吗？人无志气铁无钢。现在新时代，要改成这样，人不关心国家大事，不学习政治理论，就等于铁没有钢一样。一个炼钢工人，天天在工业前线，建设祖国，他不看报，他不关心国家大事，中央今天开什么会，他不知道，明天政府宣布什么政策，又不知道。我们的志愿军打得怎样，我们的铁路修到哪里，淮河的工程完成多少，什么厂矿的工作做得最好，一概不晓得，这还像国家的领导阶级吗？”一眼看见秦德贵满脸通红，现出怪难为情的样子，便转成温和的口气，“我知道你是关心国家的，你那天那样热忱地帮七号炉工作，就是怕国家财产受到损失，这就说明你不是块生铁，可是你不看报，你就不晓得我们的国家，天天进步，面貌一天比一天新呵。比如你先前打游击，只记得那个城市，打得一片倒墙破壁，你可不知道，它现在楼房到处盖起，工厂林立。你不看报，你当然不知道。只有天天看报，才能扫去你头脑里那些残砖断瓦。你看见我们的国家，天天都在进展，天天都有新成就，天天都有新建设，你就会更爱它，更喜欢它，更宝贵它，更肯为它拼命。俗话说得好‘百炼成钢’，我们就是要不断地学习，不断地磨炼！”

秦德贵激动得站了起来，涨红着脸说：“党委书记，我一定保证做到，每天都挤出时间来看报，学习时事，学习政治。”

梁景春走来拍他的肩膀，欢喜地说：“好，同志，我知道，你一定做得到的。但我主要是希望你，因为你是宣传员，你应该带动你那一班工友，经常谈论时事，只要一谈论时事，他们就注意看报或者找人读报。我晓得，他们也看报，也关心时事，只是不经常，这是不好的。”

秦德贵踌躇一下，然后扬一下拳头，毅然地说：“党委书记，我一定想法做到。”

梁景春拉着他那只放下来的手，热情地说：“我还有个提议，你们那一班是叫什么班？”

“丙班。”

“你同丙班工作在一起，你同他们熟识，我希望你把整个平炉车间的丙班工友，都鼓动起来学习政治，注意时事，经常看报。”“好吧！”秦德贵搔一搔头，答得很勉强。他一眼看见党委书记那股热情希望的脸色，便又说道：“这可以试一试。……不过老何得来加把劲，他是车间的工会主席，又是支部书记。”

“当然要他来干的。我还要厂工会经常编时事快板，拉时事洋片，画政治图画。还要把那个大会议室利用来做俱乐部，用各种文娱活动来引起大家注意时事，提高政治热情。还要找宣传员同你配合一道工作。”梁景春愉快地说，“明天你们下午开会的时候，我还要来作半点钟的动员，以后还要经常作政治报告。”

秦德贵突然感到很大的喜悦地说：“那好极了，好极了！”

梁景春静静地吸着烟。秦德贵以为党委书记话讲完了，便说：“党委书记没什么事情了吗？”

梁景春用手按一下秦德贵的手腕：“你再坐一会儿。”轻轻地吐了一下烟圈，才微笑着说：“你们九号炉，看来丙班和乙班挺不团结，你看原因是在什么地方？”

“党委书记，这连我也弄不清楚，”秦德贵立刻皱起了眉头，“我只是觉得自从我那次创造了新纪录，他们就对我挺不好。”

梁景春静了一阵，没说话，只是不断地抽烟。平炉车间那种水吼也似的声音，虽然隔在门外，也隐约可闻。由铸锭车间出来的火车，通过窗下的时候，则是把屋子都震动了。等火车走远一点的时候，梁景春才微笑着说：“好像我听见有人这样说，也许是造的谣言，不管有没有，我们不妨闲谈一下。他们说，你同张福全最近挺不和气，是为了一个女朋友。是不是有一个女同志，你们都认识？”

秦德贵的脸红了，低着头说：“是有这样一个人，党委书记，那天晚上在车站上，你也看见的，她是我们村上的人，从小就认识。”

梁景春立即记起孙玉芬的面貌来了，觉得那是个美丽可爱的姑娘，作为秦德贵的爱人，倒是挺合适的，而且了解到秦德贵一定很爱她的，便微笑地问道：“你们感情挺好吗？”

“说不上挺好，”秦德贵老老实实地说，“只算是普通的朋友。”

“秦德贵同志，我绝不来干涉你们的友谊，恋爱是自由的。”梁景春说了之后，停了一会儿，又再严肃地说：“只是要考虑一下，是不是这件事情，影响了你们的团结？”

党委书记说得很温和，可是正击中要害地方。秦德贵早已感到，同时也从袁廷发嘴里听到，张福全对他的生气以及不断地制造纠纷，的确是由于孙玉芬的缘故，只是他还怕这样的承认。一时秦德贵没有回答，可是身上出了汗。

梁景春继续向秦德贵严肃地说："秦德贵同志，你要知道，竞赛运动，为什么没有发动起来？其中原因之一，就是由于你们九号平炉没有团结好。"

"党委书记，你说得对，是有这个原因。"秦德贵非常苦恼，随又小声地说："把我调开九号炉好不好？"

梁景春摇摇头说："这还是解决不了问题。因为你到了别个平炉，你同张福全不团结，还是存在的。以后随时还会发生冲突。而且九号炉过去是一面旗帜，现在正在扶它，不能让它倒下，得尽力竖起来，你怎么能走开？"

秦德贵低下头，没有说话。

梁景春望一会儿秦德贵，然后静静地说："秦德贵同志，你要考虑下子，个人的利益和集体的利益发生冲突的时候，该怎样办？"

"党委书记，我知道的，我在部队上就知道的，"秦德贵激动地说，"个人的利益是要服从集体的利益。"

梁景春立即拿着秦德贵的手，高兴地说："好，你了解得挺好。"接着放开手，站起来说："现在没有事了，你回去吧。"他送秦德贵出来，还在过道上走一截路，安慰地说："秦德贵同志，我要告诉你一句话，最好的爱情，不是追来的，而是她自己走来的。"

三

秦德贵一声不响地走了出去。骑着自行车，便朝厂外跑去。他本来计划，谈了话，就到俱乐部去坐坐，翻翻新来的画报，约莫到了正午，就到电修厂去会人。现在全不管了，只在马路上跑着，经过电修厂的时候，也没有再望一眼。

出了工厂区域，秦德贵没有回宿舍，骑着自行车，直朝公园跑去。进了公园，他不到凉亭上去坐，不到花圃去看花，不到熊苑去逗狗熊，也不到湖里去划船，只是扶着车子，顺着槐树林子中间的小路，直走上山去，把车子放在树下，就在坡上坐着。感到周围太静了，静得可怕。他要想走下山去，又觉得没有地方可走。他便在坡上躺着，上面有树叶遮着太阳，还洒下了蝉声，下面野草野花，发出一股香气。这可以说是个最好的休息地方。但他感到烦躁，只顺手扯着野草，扯了又抛去，抛去了又扯，使草里觅食的蚂蚁，都吓得远远地跑开。他在这里躺了半天，身边的野草野花，几乎全被他扯完了。他一面朝西面随便望望：远处的城市建筑和更远一点偏在北面的工厂区域，都蒙上一层斜阳的光霭，而在工厂区域那边，则有黑烟和淡蓝的烟，不断地卷上蓝色的天空。他忽然记起先前打游击的时候，曾在一座较远的山上，偷偷地望过这个城市和它邻近的工厂区域，那时是国民党统治着的，城市的建筑，也笼在斜阳的光霭中，只是工厂区域，却没有烟云卷了起来。他当时望见这个城市的时候，心里曾引起过极其强烈的热望："我们得拿下这个地方，赶走那些混蛋！"现在不只是拿下了这个地方，而且做了全中国的主人。梦想全变成了事实。先前日夜奔走，除了一支枪几个手榴弹，什么也没有。广大的原野是别人的，山林中的住宿，都只是一夜而已，明天又不属于自己的了。现在却是多么的富有！全中国，除了台湾那一海岛而外，还有哪一个角落，敢有一个国民党徒挺身站出来，说："这是我们的。"建设新中国的伟大事业，正出现在自己的面前，比较起来，属于个人的一些私事，真是太渺小了。自己亲身参加建设新中国的伟大事业，可以因为自己一点私事，来糟蹋吗？何况她还是那样的人，正如俗话说的水性杨花，见一个爱一个，有什么值得自己献出心来？……不然的话，那么，以前为了什么要革命呢？为了什么要把这个城市以至全中国拿到手里呢？为了什么要把国民党匪徒赶走呢？难道还不是希望有今天这样的日子？秦德贵摇一摇头，仿佛要摇掉什么东西似的，接着捏紧了拳头又挺一挺胸口，望着山下的原野、城市、乡村，热冲冲地想："我是你忠实的儿子，我是最爱你的，为你流过血，现在还是要为你牺牲一切！”这个“你”，在他的心里是很明确的，就是指夺到手里的祖国。然后，骑上自行车，沿着蜿蜒的山路，飞也似的骑了下去，好像在冲锋陷阵似的。

第十五章

一

厂长赵立明到北京去了，他去开重工业部召集的会议，一切事情就由梁景春代为执行。赵立明嘱咐梁景春要做两件事情：一是四号炉大修之后，要执行苏联专家的建议，把原来的冷打炉底改为烧结炉底。因为烧结炉底薄，经久耐用，又可以多装原材料，能够多炼出钢，增加生产。现在厂里已经有三分之一的炉子改过了，还有三分之二的平炉，要趁各个炉子大修的时候，才逐渐实行炉底烧结。但这一工作是很困难的，新修的炉子，至少要烧六天六夜，才能把投入炉底的细碎镁石，一层层地烧结起来，变成一躺平的坚固炉底。而且火力要大，温度低了就烧结不成。同时又因火力太大，往往容易烧化炉顶的矽砖。矽砖带有酸性，镁石炉底含有碱性，彼此完全不能相容，矽砖一熔滴在镁石炉底上，立即遭到了破坏，必须把烧结的一层镁石铲了起来，作为废物抛开，另投纯洁的镁石进去。这就引起很大的损失：第一，镁石是很贵的，作为废物抛掉，算是浪费了国家的财产。第二，把作废的镁石，铲出来抛掉，再投镁石进去，那都是极热的炉前工作，工人支持不了。第三，拖延了烧结时间，也就是减少了生产时间，使钢的生产受到影响。这时候，全国基本建设都急于需要钢的时候，哪能可以有一刻的减少生产？这个烧结炉底的工作是非常重要的。先前从二号炉大修的时候开始做，没有成，经领导几次动员，选择了会看炉顶的老手，才在九号炉试验成功了，袁廷发就在那个时候起，变成了劳动模范，以后大修别的炉子，也叫他前去做看炉顶的工作。赵立明走的时候，留下一个方案，四号炉烧结炉底调袁廷发去。再加四号炉有一个炉长看炉顶还可以，便有两个人作为基本力量，只消再选一个人就可以了。当时梁景春看这个方案的时候，就商量地说："是不是可以叫秦德贵去？"

赵立明立即摇一下头："不行！"皱着眉头说："化薄炉顶落下砖的事情，还没查清楚，他也不大用力查，我有点不相信他。还是再同工程师他们仔细研究下子。"

赵立明嘱咐的第二件事情，便是尽快地举行竞赛，只要九号炉的旧炉顶不能支持了，重新修过炉顶之后，就立即举行。梁景春便把何子学的一些汇报，告诉他听，最后做结论似的说："这不仅炉顶要全部改换过，还要把他们不团结的现状，完全改变过来。"

赵立明听见九号炉还在闹不团结，便不免有点生气地说："我看你还是把秦德贵重重地批评一顿吧，他是党员，就该负起团结的责任。现在他不团结人，还要制造不团结，简直是可恶。你不要姑息他，我们对群众可以松一点，对党员绝不能姑息，要拿出党纪来批评。"

"不错，对党员，我们不能姑息，要严厉批评。"梁景春同意地说："可是我们得调查有确实的材料。"

"首先就要叫他坦白。"赵立明决然地说，还把手迅速举起来，迅速挥下去，好像在砍什么东西似的。

"我看，袁廷发这个人，倒要好好帮助一下。"梁景春小声缓缓地说。

"呵，袁廷发！"赵立明惊异起来，他认为袁廷发这个人是一点问题都没有的，怎么会一下子提起他呢？

"根据我在各方面的了解，袁廷发这个人，技术好，工作很不错，"梁景春原想不用指出袁廷发的好处来讲的，却因看见赵立明那副惊奇神情，表现出对袁廷发那样的偏袒，就不能不这样来开始他的言语，“可是在他身上还存在不少个人主义的东西，不愿意交流经验，不愿意教技术给别人，对他那班的工友，还有点不民主。”说完之后，又再补充一句，“这都是确实有证据的。”

“不过这点事情，你可要注意，”赵立明把右手举了起来，“现在大家都在注意他的时候，少不了有人嫉妒他，要说他的坏话。我们首先要看到他的工作，现在好多事情要依靠他，就不能对他随便批评。”

“我觉得这个工人挺好，依靠他的地方挺多，我们就得好好地帮助他。不能姑息！”

“你要知道他还是一个群众呵！”

“我觉得像他这样的工人，早就应该培养他成为一个党员。”

“当然，我并不反对培养他，”赵立明点一下头，随又扬一下眉毛，“只是不要随便批评，他这个人就是服软不服硬。”

赵立明搭上火车走后，梁景春便为四号平炉的烧结炉底工作准备条件，同工程师、护炉技师开会商量，又找何子学布置工作。何子学就对梁景春说：“现在就是调动袁廷发有些困难，每回都要厂长亲自找他，他才答允，如今厂长走了，怕难说话。”

“我就料到会有这一招，所以要你先同他谈谈。摸清他的思想，我们好去帮助他，使他明白，一个优秀的工人，是服从组织，不是服从哪一个人的。去吧！同他讲清这个道理。”梁景春说完之后，何子学便要走出去，刚走到门口，梁景春又叫住了他：“现在秦德贵在哪里？”

“现在在宿舍里，他半夜十二点才来接班，党委书记你有事情叫他吗？”

“让我跟他打电话谈吧！”

不久接通了电话，梁景春就说：“我问你，烧结炉底这个工作，你能做吗？”

“党委书记，能够做，只要组织分配我去做，我就马上去。”秦德贵高兴地回答。

“你能保证不坏炉底吗？”

“只消不化炉顶，就能不坏炉底。”

“炉顶不会化吗？”

“只要看得勤，就不会化的。”

“你看还有谁，能做烧结炉底的工作？”

“最好就是袁师傅，”秦德贵顺口说了出来，怕梁景春不明白，“就是袁廷发。”

“除了他，还有别人没有？”

“当然有，”秦德贵说了之后，又举了两三个人的名字。

梁景春对秦德贵低声说：“没有别的，我就是要了解这点情况。”

二

何子学从党委书记室出来，就想着同袁廷发讲话的困难，每回讲话，不是碰钉子，就是话里有刺。但现在有了谈话的任务，不能不去，刺也好，钉子也好，总得忍受。假使袁廷发是个好讲的人，他会把谈话的程序，作一个安排，什么事作定之后，再去同他讲。现在感到是个难题，心里就放不下了，老是想着它。他有点忍不住了，便决定这一天的工作，先同袁廷发谈了再说。同时他就想出一些大道理来，“你是一个优秀的工人，是工人阶级中的积极分子，又是咱们厂里的劳动模范。”得拿这些漂亮的帽子给他扣上，他晓得袁廷发这个人喜欢别人的赞美。“我们工人阶级为什么能做领导阶级，就因为我们不自私，服从集体的利益。”对的，就把这些话的意思，翻来覆去，说给他听。他走到九号平炉的时候，袁廷发正到楼下去看蓄热室去了，便赶到炉后，缘着铁做的扶梯，走了下去。不远处的地坑里，正在铸锭，百吨吊车吊着的大罐，把钢水像一股细流似的倾注在一个钢锭模内。旁边好些灌满钢水的钢锭模子，在不断地冒着火花。热气袭了过来，连这边的铁扶梯都发热了。何子学连忙走到蓄热室那边去，原料场的凉风，一股股吹来，使他感到头脑一下子很清爽。

袁廷发正拿开墙上小洞的砖，通过帽檐上挂的蓝色眼镜，朝蓄热室望了进去，格子砖个个发红。心里想："难怪温度不高，这里热还不够哩。"他顺手又把砖塞进小洞，回头过来看见何子学，略带讽刺的口气，笑着打趣说："怎么样，该检查出来了吧？"这是指何子学他们正在检查炉顶化薄那一件事情，他心里想，原来你就是暗暗跟在我背后么，颇有些不高兴，因此一讲话，就带点讽刺口气。

"不开玩笑，我想同你谈点正经事情。"何子学郑重地说，还补充一句，"就在这里谈吧。"他觉得这里凉快，喧嚣声音又不大，便于讲话。原料场的吊车，和铸锭车间的钢块机百吨吊车，都在西头响着。这里一架百吨吊车又吊大罐，静静地铸锭，没有一点声音。平炉里虽有燃烧的声音，因在楼上，影响不大。

"这里谈？"袁廷发见怪地说，"上面出了事故，哪个负责？"他一转身，便跑到扶梯那里，溜上楼去了。

何子学只骂一声"这家伙"，便跟着走了上去，心里一面不快地想："越来越难领导了。"但走到平炉前面，看见袁廷发正从每个炉门的小眼子，不断向上向下地望，脸热得通红，接着又跑到机械室，去开大煤气的开关，放下烟道的闸门，额上的汗大点大点地冒了出来，连揩也没有揩，又跑到炉前去观察去了。汗湿的领口以及帽子，受了烈火的熏烤，便冒出了轻微的蒸汽。何子学觉得他的确忙，现在找他谈话实在不是时候，不高兴他的念头，也一下丢掉了。他甚至还想："他这样忙，等会来找他好了。"可是一当他走开的时候，袁廷发回头来叫住了他："喂，不要走，我正想找你谈谈。"

"好嘛。"何子学高兴起来了，便走到炉前去。

"我早就要找你问一声，到底炉顶化薄的事情，检查出来没有？"袁廷发郑重地说了之后，又嘲笑地补了一句："这并不是开玩笑。"

"你这就是开玩笑。"何子学打趣他，接着责备地说，"你怎么只问我？我倒要问问你，你为什么不检查？只是坐着等待。"

"你怎么晓得我没有检查？"袁廷发指责地说，"你这个官僚主义，我不问你，你就从来不过问我一下。”

“你检查出来什么？不要只是空口说一句。”何子学讽刺地回敬他两句。

袁廷发没有回答，只是又赶快去看炉眼去了，还赶快返身过来，竖起一只手，叫人转动机械，变更煤气。

等到他看完炉眼，何子学又再去问他，他才笑笑地说：“我又没有在他们班上，我怎么查得出来？我只是问你，对我检查出了什么没有？你再不检查出来，倒使我饭都吃不好。”

“你慌什么呢？俗话说得好，只要自己心里正，和尚尼姑可以共板凳。”何子学讽刺地说，还似笑非笑地看他一眼。

袁廷发有点恼怒地说：“照你那样说来，那成问题就是我袁廷发。”

“没有证据，我怎么能说你成问题呢？＂何子学立即否认。

“正因为没有证据，所以谁也不相信谁。”袁廷发严肃地说，脸上现出了不快乐的神情。

何子学安慰他说：“我觉得领导还是相信你的。”

“相信我？”袁廷发愤愤地说，“那天厂长还叫我检讨，你不是也在场吗？”

“厂长的话，是挺明白的，只笼笼统统说你们三个人，并没有单指你，”何子学竭力申明，还补充一句，“他倒是在说秦德贵。”

袁廷发没有话说了，就去炉眼看了一下，叫人打开炉门，又叫大伙儿把黏土块用铲子投了进去。

何子学看他站下来拭汗水的时候，就又走过去同他谈话，他自己也禁不住拭起汗来。他对他诚恳地说：“老袁，领导上的确是相信你的，譬如这一次四号炉烧结炉底，还是要叫你去，就是表示对你相信。”

“我倒宁愿不相信的好。”袁廷发摇了一下头，接着又“哼”了一声，接着说：“有了困难的工作，你们就相信了。没有呢，你们又怀疑了。我告诉你，我不是三岁的小孩。”随即气冲冲地跑下楼去。

何子学倒抽了一口气，觉得再同他讲下去，说不定会吵了起来，他自己也失掉耐心了，最好还是走开的好。

第十六章

一

九号平炉甲班炉长袁廷发回到家里，女人丁春秀见他一脸喜色，便高兴地问：

“你今天又出一炉快速炼钢吗？”

“是的。”袁廷发习惯地朝炕上一倒，但又立即坐了起来，急忙吩咐女人：“把屋子打扫一下。”

丁春秀走下炕来，没注意他的吩咐，却拿起粉笔朝门背后走去，在门上画上个圈，欣喜地说：“还差三炉了。”

袁廷发吸着烟说：“赶快打扫下屋子，你听见没有？”声音里带着恼怒。

丁春秀这回听清楚他的吩咐了，不禁奇异地望下他，因为他向来没有吩咐过这样话，屋子干不干净，他是蛮不在乎的。丁春秀随即朝厨房走去，一面敷衍地说：“等吃了饭再打扫吧。”

厨房的饭菜都已做好了，正热在那里，只消端来就是。

“我告诉你，等会有人来，打扫了再吃不迟，最好把地板拖一拖。”

“呵，有这样的客！好吧，我就拖一拖地板，你告诉我，谁要来？”

“等会来了，你就晓得了。”袁廷发舒舒服服地躺在炕上。

“你不告诉我，我就不爱打扫的。”丁春秀有点撒娇似的说。

袁廷发笑着骂了起来：“你怎么这样爱管闲事？人家又不是来看你的。”

“好吧，用不着我管，那也就用不着我来拖地板。”丁春秀转身就朝厨房走去。

“真麻烦。我告诉你吧。就是我们新来的党委书记。”

“呵呀，党委书记都要来看我们吗？”丁春秀很兴奋，挽着袖子说，“那当然要拖，我还要把门跟窗子，都要拭过哩。”立刻动手打扫屋子，脸上露出紧张快活的神色，仿佛要准备过节一样。一面又忍不住问：“党委书记什么时候约你的？”

“就在厂里，我快要下班的时候。”

“他为什么不在厂里谈谈，定要来我们家里？”

“党委书记这个人太好了。我说有事就在厂里谈谈，迟点回去没有关系。他就是要我回来休息，说是累了一天，应该躺一躺，不要错过吃饭时间，他就是处处替人着想。”

丁春秀不停手地擦地板，圆圆结实的脸上，发出丰润的红光。一面生气勃勃地问：“他要同你谈什么事？还特别这样约过？”

袁廷发搔搔头说：“那说不上……也许厂里有什么重要工作，要我做吧。”他感到党委书记亲自约定时间，要来他的家里，这显然是看重他的表示，使他心里很高兴。同时也猜定了七八分，党委书记现在又兼厂长，准是为了烧结炉底来的。前次曾经拒绝过何子学，那些理由，不好向党委书记讲了，他只觉得只要党委书记亲自讲了，就可以答允，何况他还来在家里。因此心里充满了高兴。

丁春秀把门擦了，收拾一下屋里的东西，还去拭窗上的玻璃。

袁廷发就催促她：“不要拭了，快拿饭来吃吧，肚子都要饿瘪了。”

“再等一等，我还要把孩子的衣衫换一换哩。”

“哎呀，搞那么麻烦做什么嘛！”袁廷发抱怨起来了。

“不行，我非收拾不可。”丁春秀坚持下去，“我就怕党委书记会说，老袁那个人挺不错，快速炼钢的能手，就是那个女人，差老了，屋子埋汰，孩子也穿得不干净。”

袁廷发笑了：“你放心，党委书记他不会讲这些的。”

丁春秀心里起个热切的希望，希望党委书记会有这样一个印象："男人能干，女人也能干，那真是一对儿。"她有了什么希望就很固执，决不放弃，正如她希望丈夫得到奖金，好买毛线，就天天拿粉笔把快速炼钢的炉数，记在门背后。她又爱过问别人的事情，她不是家属委员会的委员，但她每天一收拾好家务，就要抱着孩子跑到家属委员会去。吃了晚饭坐了一阵，丁春秀还不见党委书记到来，就首先不安地说："怎么还不来呢？莫不是忘记了？"

袁廷发在灯下看报，起初不吱声，后来听见女人连说了两次，才抬起头说："忘是不会忘记的，那样肯替人设想，怎么会忘记？就怕在厂里开会耽搁了。我走的时候，他还在厂长室里。现在任务紧急得很，厂长又到北京开会去了。"

开始袁廷发还为党委书记辩护，心里却怀着希望，继后总不见来，真的有点失望了，便宽慰自己地想："反正这个工作离不得我的，早晚他总要来。"

党委书记梁景春终于来了，一屋子的沉闷空气，仿佛全被客人带来的风吹开了。梁景春坐在炕上，四下望望，愉快地说："你们家里挺不错嘛，这样干净，真该有个舒适的家庭。"

这可把丁春秀乐坏了。赶快拿烟倒茶，一时不晓得说什么好。

梁景春看看炕上坐着的两个孩子，关切地问："房子够住了吧？"

丁春秀抢着回答："够住了，党委书记，这已经很好！"

梁景春笑着说："你们孩子还会多起来的。只要生产搞得好，房子不愁的，会修得更多更好。"

"对呀，党委书记，这里还正在修房子，我就对老袁说过，你多搞些快速炼钢哪，不会亏你的。"丁春秀把门迅速关上，"你瞧，党委书记，我还给他记上哩。他这个月，已经有了十七炉快速炼钢了，要是天天有一炉多好。每出一炉快速炼钢，我定规要给他做一样好菜。"

梁景春立即赞美地说："你这样做真好，一定要表扬你。你不仅家务管得好，还能够鼓励丈夫生产。"

丁春秀想不到竟这样得了党委书记的鼓励，心里快活非常。她还想讲什么话，但见丈夫不高兴地看她一眼，她就不再讲下去。同时看见最小的孩子，也在不安地哭了起来，便去抱他。

梁景春看见孩子怕生客，就对袁廷发说："我们出去走一走，好不好？你怕累了吧？"

"不累，不累。"袁廷发立刻同意，他正嫌他女人爱讲话，不高兴她来打岔。

丁春秀却怕党委书记走了，即使没有话说，她也很想在旁边听听。她觉得她的生活，仿佛关在一个箱子里面，忽然党委书记走来，一下子揭开了盖子，使她看见了光明一样。她恳求地说："党委书记，你坐坐，孩子哭，我抱他到外面去。"一面又向丈夫说："你留党委书记嘛，坐在屋里好吃茶。"

他们没有留下，终于出去了。丁春秀叫大孩子坐在炕上玩，她抱着小的孩子，悄悄走了出去。孩子吃着奶，也不哭了。屋子外面很凉快。乌蓝的天空，点缀着无数的星子。她远远跟在他们后面，他们讲什么话，一点也听不清楚，走了一阵，周身出汗了，孩子又呼呼地睡着了，她只好转了回来。

二

梁景春和袁廷发走在住宅区域的马路上，两旁青杨树投下黑色的影子，月光明明亮亮地照着。轻微有点风，但还不大凉爽。好些女人推着婴孩的车子，缓缓地走，旁边走着她的丈夫。人家的收音机，不断地从窗上播出歌曲。住宅区特别显得安静、和平、幸福。梁景春首先赞美地说："你们这个地方真好。"

"就是那边又在修房子，吵闹一点。"袁廷发竭力微笑着说，他听见党委书记的赞美，也的确感到愉快，只是看见东面那一望的足手架上，还亮着无数的灯光，人们正在连夜工作，他皱一下眉头，因为那里水泥搅拌机和载重汽车的声音，曾经打扰过他白天的睡眠。

“你白天下班回来，吃了晚饭，还到哪里去玩玩吗？”梁景春显得很有兴味地问。

“不到哪里去玩。”袁廷发始终微笑地回答，心里有点奇异：为什么老问这些话。他觉得党委书记来访，总是有着什么重要的事情。

“你喜欢喝点酒吗？”梁景春问的时候笑了。

“喜欢喝一点，喝得不多。”袁廷发禁不住笑了，他听见梁景春的笑声，心里感到了轻松。

梁景春接着还问他喜不喜欢看电影、评戏，袁廷发越发感到轻松，觉得是在自自由由地谈话了。最后梁景春谈到炼钢的事情，同时也夸奖他炼得又快又好，袁廷发禁不住感动地说：“我就是恨我不再快一点。常常都想多给国家炼点钢。你看我们的宿舍，越修越好，从前做梦都没有想到会有这样的日子。一想到这些，就想多干些活。”

“你想多炼钢，这个想法实在太好了，我们国家的工业建设，就是要大量的钢。我告诉你一件事情，不是明年就是后年，我们就要开始五年计划，那时钢更用得多。世界上的国家，强不强盛，就是看它钢炼得多不多。”梁景春愉快地说，“我们这样大的国家，还要建立许多的钢铁基地才行。你知道我们要在包头、武汉建立钢铁基地吗？”

“知道的，我听说过。”袁廷发兴奋地回答。

“就在包头、武汉建立钢铁基地还不够，”梁景春静静地说，“我们还要在西北、西南建立许多钢铁基地。”

“那太好了！”袁廷发忍不住欢笑地说：“咱们国家就会更强大起来。”

“要建钢铁基地，困难也就挺多，首先就是还缺少一些重要的条件。”梁景春近于叹气地说，还皱一皱眉头。

“是的，困难挺多，有些地方，山多又远，机器不容易运去。”袁廷发亦带感叹的口气说，同时心里又很高兴，党委书记会同他谈这些重大事情。

“这倒不算困难，地方远，山多，我们可以修铁路。”梁景春轻轻摆一下手，“困难就是一下找不到那么多的炼钢工人。”

“这倒的确是个困难。”袁廷发恍然大悟似的点下头。

“我们要克服这个困难，不能在困难面前低头。要是低一下头，我们的社会主义建设就会受到极大的影响，停顿、不进步。停顿、不进步，就是我们最大的敌人。”梁景春低声用力地讲，“我们一定要克服这个困难。”

“是的，这个困难要克服才好。”袁廷发十分同意地说，还大大点一下头。

梁景春不再向前走了，站了下来，望着袁廷发说：“我们现在厂里的工作，就更加来得重要，不只是要为国家炼钢，还要为国家炼人，就是要为别个钢铁基地培养炼钢人才。”接着就用手指触一触袁廷发的肩膀，严肃地说：“袁廷发同志，你的肩上就担负有两重任务，钢要炼得多，人才也要培养得多。”

袁廷发沉默了，只是望着梁景春没有讲话。

梁景春微笑地说：“你那班的工友，我知道的，他们都希望学得炼钢技术。袁廷发同志，你要好好培养他们，党和国家都这样盼望你的。”

“我就是文化低，不会教。”袁廷发闷声地说。

“不会教，没有关系，只要你多讲几次，他们就会懂得的。”梁景春继续笑着说，使声音变得非常的温和，“我就是听他们说，你不大告诉他们什么，他们也不敢向你发问。他们有的在炉上工作了一两年，感到学到手的不多，心里挺苦恼。你想，社会主义建设在蓬蓬勃勃地发展，他们没有学到什么，怎么不感到苦恼呢？这是挺不好的！一定要尊重他们，把他们看成亲兄弟。教他们技术，不要发他们的脾气。”

袁廷发听了这番话，禁不住面红耳赤。

梁景春尽量温和地说：“袁廷发同志，你想想看，要是全中国只你们十多个人会炼钢，社会主义建设会成功吗？不会的，一定要有几千几万人会炼才行。由于这样，我们就可以说，目前一个炼钢工人，炼钢炼得好，只算把国家的任务完成了一半，必须培养炼钢人才。我今晚找你，就为了这件事情。苏联专家，我们感谢他们，就因为他们忠实地执行了斯大林同志的指示，不只是帮助我们工作，还把他们所有的技术交了出来。这一点我们也要向苏联专家学习。还有，我们应该同工友事事商量，多多听取他们的意见，俗话说得好，'三个臭皮匠，胜过诸葛亮'。你有时不让他们发表意见，是不对的。"

"党委书记，你说得对，"袁廷发红着脸说，"我没有好好培养人，对他们态度不好，我一定要检讨。"

梁景春连忙握着他的手说："袁廷发同志，你这样做，那太好了。"

梁景春走后，他觉得党委书记的话说得挺对，如果单单叫他培养炼钢人才，他可以接受下来，只是说出班上工人的不满，他就心里挺难受起来，因为领导上向来对他还没有说过这么重的话，使他一下子成为一个挺有缺点的人，同时又非常生气，感到他所领导的一班工友，竟敢暗地里告起状来，叫他陷到难堪的地步。

三

袁廷发回来的时候，一脸不快活的样子，仿佛同人吵过架似的。

丁春秀躺在炕上，望了他一会儿，才小声地问："党委书记走了吗？"

袁廷发不理睬，只是歪在炕上，眼睛睁得大大的。

丁春秀翻身坐了起来，不安地问："什么事情使你不高兴？……党委书记同你讲什么话来？"

袁廷发好一阵没有回答，突然忍不住地叫起来："他妈的，可恶至极。"

丁春秀惊慌地说："呵呀，你怎么的，你连党委书记都骂起来了！"

袁廷发厌恶地瞅他女人一眼，怪她不会听话，责备地说："你简直没有耳朵一样，我怎么会骂党委书记？我是骂那些混蛋东西！他妈的竟告起状来了！”

“呵呀，什么事情惹着他们？怎么会告状？”丁春秀更加惊异了，以为告到法院去了，“那不是要打官司？”

“你怎会那样蠢，我是打的比喻哪。”袁廷发忍不住笑着骂了起来，“告到法院，咱还没有犯他妈的法。”

“那就用不着那样生气。”丁春秀大为不满地说，“世间又哪个不背后说人两句？”

“背后说两句，我倒不爱理睬的，由他油嘴滑舌去讲。”袁廷发轻蔑地说，但说着说着，又火了起来，“可恶就在这里呀，他们东钻西拱，告到党委书记那里去了。”

“我看党委书记倒是挺和气的嘛……”

“和气！”袁廷发懊恼地说，“每句话打进你心里就像手枪的子弹一样。”

“你同党委书记吵了吗？”丁春秀非常担心，她知道她的丈夫火暴脾气，很容易一下子爆炸起来。

“谁同他吵。”袁廷发责备地说，口气冷冷的。

丁春秀放下心了，但微微地笑了起来，仿佛在说：“你就只能同我们这些人吵。”

袁廷发看见她的笑容，生气地说：“我倒不是怕他，就是他说起话来，叫你生不起气。……可恶就在这里。”

丁春秀停了一会儿又问：“党委书记，他今晚对你说些什么？”

袁廷发大发脾气地说：“尽问这些事做什么？娘儿们少管些闲事！”

丁春秀躺下去了等会儿又爬了起来，小声地说：“你脱衣睡了吧，把电灯扭熄好不好？”

“等一会儿。”袁廷发坐了起来，摸出烟来吸，但拿在手上，并不摸洋火，只是呆呆地坐着。正在这时候，支部书记兼车间工会主席何子学，掀开门进来了，他就住在这个区域内，距离袁廷发的房子不远。他一进来，丁春秀就赶忙起来，让他炕上坐。何子学微微地笑着，摸出烟来吸，点燃自己的烟，又用洋火替袁廷发点。

丁春秀担心地问：“有什么事情吗？”

“没有事！”何子学支吾地说，一面看下屋子，笑了起来，“你们屋里收拾得这样好，简直像在过年。”

丁春秀高兴地说：“咱们现在哪一天，又不像过年呢？工钱多，又常常有奖金，用不完。”她想把屋里的沉闷打破，就格外多讲几句。何子学的到来，她是真心地欢迎。

何子学笑着说：“我也要请求上炉了。一个月没有计件工资，又没有奖金，一到开饷，女人就不高兴，现在干部真不好做。”他自己对工资倒是不在乎，女人埋怨他也不大理睬，目前只是说着好玩罢了。

袁廷发取下嘴上的烟，突然说：“这好得很，炉长我不想当了，你来干。”

“你在开玩笑啰。”何子学笑着责备。

“不是开玩笑，炉长这个事情，我干不了。”袁廷发这下又火了起来。

“那你准备做什么呢？”何子学开玩笑地问。

“我去抬大筐好了，做杂工不是人干的？”袁廷发气势汹汹的，好像刚才一肚皮的气，要这阵完全发泄一样。

“那才是个大笑话哩，快速炼钢手，都变成杂工了。”何子学就打趣他。

“怕哪个笑话？咱要抬大筐就抬大筐。”袁廷发谁也不看地说，脸都气青了。

丁春秀就问何子学：“抬大筐，一个月多少工薪分？”

“少得很，百多分。”

丁春秀立即责备起来：“你在讲什么鬼话啰，摆着五六百分不拿，你要拿百多分！”

“人家在逼你，你不抬大筐，去饿死。”袁廷发鼓起眼睛骂他的女人。

何子学脸红起来了，他觉得袁廷发在怪他，以为做车间工会主席的会把工友的意见，反映给党委书记，于是吸了一口烟，才严肃地说："这回的事情，没有哪个工友反映过。完全是党委书记，他一个人追出来的，连我也不知道。"说到这里，微笑起来，"连我这次也受了批评，说我脱离群众，不了解工友思想情况，也得不到工友的真实反映。……说一句良心话，党委书记的批评是对的，句句都实在，没有一个字是虚的。"接着又掉头向丁春秀笑着说："遇着这个党委书记，事情不好办。刚才我要睡了，呀，一下有人敲门，他可来了。老秦、老袁他们来，来就是了。哈，他是党委书记呀！……一家人可都睡不着了。我的女人过后还同我吵：党委书记来，为什么不先告诉她一声，屋子乱得像狗窝一样。我说，我怎么晓得呢？"

丁春秀愉快地笑了起来，但她并不说出她是预先得了通知的。何子学看见袁廷发脸色好了许多，就郑重地说："党委书记看事情可深刻得多哩。他刚才说，你要检讨挺对。只是他认为你的思想上还有顾虑。"

"他说我有什么思想顾虑？"袁廷发突然反问一句，在不高兴的神色里又显得有点惶惑不安。

何子学笑着说："他说，一个全厂闻名的快速炼钢手，又是市里的劳动模范，这下子又忽然要检讨了，让人提意见了，你说有没有这个顾虑？"

"没有！"袁廷发这么地说，但脸却红了起来。

"那么，以后的检讨会怎么样？开嘛不开？"

"当然要开！话说出来，还不算数吗？我怕什么检讨，我不是先前也检讨过吗？"

"那挺好。"何子学高兴地点下头。

"只是我有点怀疑。先前的检讨，在工作上并没生多大的效。你检讨过了，他们第二天还是那样工作，并不起劲。倒不如跟他一顿训，还来得有效些。”袁廷发说得心平气和的了，但却又完全是在反驳。

“我刚才还同党委书记研究过这个问题。他说，群众没有发动起来。他们没有痛快地提过意见，没有把心里的话挖出来。”

“现在呢？”袁廷发冷冷地问。

“现在他们看见领导在给群众撑腰，他们敢讲话了。”

“为什么以前又不撑腰？”袁廷发讥讽地说，脸上现出不高兴的神色。

“那就是我们这些官僚主义该死哪！”何子学红着脸笑了起来，接着严肃地说：“我也准备检讨。你只是那一班，不到十个人。我可要让三四百人向我开火哪。”

丁春秀插嘴问道：“这不感到为难吗？”

何子学立即说道：“一个共产党员，还怕什么困难吗？共产党员就是不怕当众承认错误。就怕不知道错误，这才是挺危险。……明天你那班上，我就要首先让他们提意见，老袁你准备给我提点意见。好好帮助我一下。”接着又笑了起来，“把这件又脏又臭的官僚主义大衣，全部撕掉。”于是又笑着向丁春秀说：“还是你们做群众的好，随时受到表扬，明天家属委员会就要把你的事迹写在黑板报上。”

“哎呀，当真要那样做么？”丁春秀高兴地叫了起来，“我以为党委书记说的笑话哩。”

“党委书记怎么会说笑话？那是说一句算一句的。”何子学一面走下炕去，看门背后画的一些圈圈，笑嘻嘻地说：“你这个可值钱哪。”

“那是老袁的功劳，我算得什么？"丁春秀看下袁廷发笑了起来。

何子学回头来开玩笑地说：“你们看，这里又看出我的官僚主义来了，住得这么近，我可不知道。真该死，还得让党委书记来发现。”

丁春秀看见丈夫还是不大快活，尽坐着抽烟，就只好把自己的快乐，抑制下去，她一面给孩子盖被盖，一面严肃地说：“老实说起来，我就没有你们那个什么主义么？我也有的。”

“你在开玩笑啰，你怎会有官僚主义？”何子学感到怪有趣地笑。

丁春秀指着她的孩子，认真地说："我有时候，冒火了，他们，还给他屁股两巴掌。过后我想想是不该骂，不该打的。孩子就不会说话，会说话一定要提我的意见。"

"这你真检讨得好。明天的表扬一定要再加一条。"何子学一点也没有开玩笑的神情，接着还皱着眉头说："这里好多女人打孩子，我真看不惯。"

丁春秀又笑着说："说起来只能算半个——"

"半个官僚主义？"

"当然只能算半个，我打他们，骂他们，可是非常爱他们，事事关切他们，处处疼他们，好的先给他们吃，先给他们穿……"

"呵，你说得对。你和党委书记说的一样，我们官僚主义，就是不关心群众，不爱群众。"何子学高兴地叫了起来，立即又向袁廷发提醒地说："以前检讨了，为什么不生效，就是检讨了，还是不爱别人，不关心别人。正如党委书记说的，你不把群众放在眼里，你的老毛病还会发的。"随又回头向丁春秀很有兴味地问："你怎么说得这样好？"

丁春秀喜欢得嘴都合不拢起来："这就是今天晚上党委书记来了，好像打开了窗子一样，把我的思想也打通了。"

何子学看袁廷发一眼，意思要问："你打通了吧？"但并没有问出口，只是笑了一笑。走到门口，又回头向丁春秀说："不打孩子这个事情，你最好起个模范作用。我听见哪个打孩子，心里怪难过的。……我们新社会，不容许这个事情。"

何子学走后，丁春秀感动地说："他们共产党真好，不光使你有工作，过好日子，他还把人都给你变好了。"丁春秀望丈夫一会儿，才小声关切地问："我问你啰。"

袁廷发不高兴地看她一眼，仿佛在说："你那样臭得意做什么？"

丁春秀献媚似的试着问："我问你……你为什么不做共产党员？……你看老何……"

袁廷发抵触地说："我是落后分子。……你们都进步了，就是我一个人落后。"

丁春秀看见他余怒未息，就不同他讲了。等一会儿，又再说道："最好你把党委书记的话好好想一下吧。他总是为我们好的。"

袁廷发躺了下去，仍然抵塞地说："我脑筋笨得很，很不会想。"

丁春秀叹了一口气，把灯扭熄，也躺了下去。

袁廷发好久都没有睡着，只是心里想："四号炉烧结炉底，我绝不去干的。"同时又很诧异："今晚上，烧结炉底的事情，他为什么提都不提呢？……不管他，总之，我不干。"

四

第二天袁廷发走回家去，丁春秀在煮着饭的，她丢下了手里的菜刀，像报告好消息似的，非常欢喜地说："你说笑不笑人嘛？他们当真把我登上黑板报了。"接着又严肃地说："你们那个党委书记真是说一句算一句。"

袁廷发没有回答，只是闷声不响地躺在炕上，脸朝着壁头。丁春秀知道他的脾气，一定又有什么事情不遂心了。不理为好，一多问他，他就会发脾气的。

煮好饭，丁春秀在炕上摆起矮脚小桌子，要他起来吃饭，才一面问他："你哪里不好过吗？"

"怎么不好过？"他爬起来吃饭，装作诧异的样子，随又讥讽地说："我今天得意得很。"

这使丁春秀不好讲话了，吃到一半的时候，丁春秀忍不住沉寂了，就又问道："今天又出了快速炼钢吗？"

"没有。"袁廷发冷冷地说，吃完饭后，他还把筷子一掼，生气地说："明天不上班了。"

丁春秀知道他在厂里有什么事情不高兴，回来总要发脾气的，但从没有见过，生气生得竟连班都不想上了，忍不住很是惊异地说："为什么你生这样大的气？”

好一会儿，袁廷发才愤愤地说：“妈的，都把我当成老鼠过街哪。”

“会有这样的事吗？”

袁廷发望着窗上的夕阳，只顾愤愤地骂下去：“什么东西嘛，才进厂几天，饭碗都没端稳，就要叽叽喳喳的……提他妈的意见。”

“提你的意见？……为什么他们这样胆大？……我不是看见，他们在街上碰见你，脸都会红么？”

袁廷发不吱声，只是一脸怒气地坐着。

丁春秀放下手里的碗筷，惊惶不安地问：“他们到底提了些什么意见？”

袁廷发恼怒地搡她两句：“牛圈里不要伸进马嘴来。厂里的事情，你少管些吧。”

丁春秀不服气地说：“你才讲得怪呢。人家黑板报上，还在鼓励我们家属关心工厂……”

袁廷发怒火上冒地说：“好，明天你进工厂好了！让他们天天表扬你们家属。”

在这个时候，丁春秀原知道不同他争吵下去，把碗筷搬进厨房，就可以结束了，但她忍不住眉毛一竖，抵塞地说：“要是哪个肯给我带孩子，你看我进不进工厂去？我就要进给你看。”

袁廷发跳下炕来，气势汹汹地把女人朝门外推去，一面嚷道：“你去，你妈的，就给我去。”

两个孩子看见这个情形，都哭起来了，女人一面回过头来，望着炕上的两个孩子，慌张地说：“你发疯了，你要吓着孩子的。”

袁廷发一直把老婆推出门外，一面骂：“进你妈的工厂去。”一面就把门“砰”的一声关了。

丁春秀掀不开门，听见孩子在屋里面哭，心里很是着急，一面喊：“开门，你疯了！”

在门外站了好一阵，听见孩子没有哭了，丁春秀便走到外边去。经过家属委员会的门口，本想进去坐坐，看见里面正有好多人在看黑板报，就又不愿意进去了。她觉得惭愧得很，这还算是一个模范家属么？她走了开去，只是想："这时候，要能够找到党委书记多好。"但是党委书记住在什么地方呢？她不知道。于是她去找支部书记，但支部书记何子学还没回来。丁春秀只好回家了，走到门口，把门一掀，门就开了，看见小的孩子还没睡着，丈夫正抱着摇来摇去，这才心里感到轻松了。袁廷发一见她进来，就厌烦地说："抱去，抱去，真是麻烦透了！"

"这就麻烦了么？才一会儿工夫。"丁春秀接过孩子嘲弄地说："咱一天到晚领孩子哩。"坐在炕上把奶头塞进孩子嘴里，"这下子该可以看出，带孩子并不比进工厂轻松。"

"妈的，落得你来说便宜话，有了奶还不好带吗？"袁廷发骂了起来，但已没有什么怒气了，孩子早已把他的怒气赶走，"你去工厂看看，咱们工作的地方，火烧到千多度呵。"

"难怪你们火气那样大。"丁春秀抵塞他，随又温和地说："以前厂长，不是给你提过意见，昨天晚上党委书记好像……"她试着地说，还怕袁廷发又发脾气。

袁廷发不高兴地看了一眼，然后才说："你怎么这样没脑筋。人家老干部，又是领导，怎么乱拉来比。"说着又生气起来，"这些东西，算什么嘛。人不像人，鬼不像鬼，还要胡说八道。"

"那你理他们做什么嘛，"丁春秀不满地说，"那不是白生气一场。"

袁廷发摆一下手，现出暧昧的脸色，仿佛这很使他为难，无法说出他的苦恼一样。

丁春秀看了他一下，随即同情地说："我不晓得你们厂里怎么搞起的？就让下面的人，胡说八道，这样下去，哪个还敢当炉长？"接着又偏起头，沉思一会儿，"他们这样叽叽喳喳的，你不好告诉党委书记？我看他什么事情都在留心，这样的事情，还没看见？"

袁廷发勾着头，没有讲话。

丁春秀一直望着丈夫的脸子，安慰地说："他很忙，你应该去找他。别这样暗里生气，就连工作都不干了。"

袁廷发抬起头来，像是忍无可忍了，用拳头打下炕，大声地说："我现在什么人都不找。"说完便朝炕上一躺。

丁春秀望着他，猜不出到底他有什么心事，暂时不再吱声。

五

到第三天早上，丁春秀一早起来，弄好饭，叫丈夫起来吃，他不起来，只是睡，就去掀他，一面说："快起来，吃了去上班哪。"

袁廷发并不起来，只是厌烦地说："走开，不要吵我。"说完又翻身去睡。

丁春秀着急起来："怎么，你安心不上班么？"见他没有回答，只是睡他的，就难过地说："是不是你只顾赌气，就想工都不做了？"于是坐到丈夫身边去，摸着他的手，安慰地说："你要心里放开一点。人家提你的意见，你也可以提他的意见，难道有人封着你的嘴巴？……快起来。"

袁廷发不理睬，只是睡。丁春秀就又掀他，把他拉起来。他就推开她的手。

丁春秀等了一会儿，又忽然问道："你是不是哪里不好过？让我找三轮车来，送你到医院去。"

袁廷发摇下头说："我没有病，我就是瞌睡没睡够。"

"你只顾睡觉，你连班都不上了么？"丁春秀忍不住生气起来，"你从来都是一早就去了，不管睡没睡够。我看你明明是在生气。……我问你，要是党委书记来看你，你怎么说？你好说，你瞌睡没睡够么？"

"你不能让我安静一下子么？"袁廷发生气了。

"不要生气，请你回答我的话！党委书记来问你，你怎样回答？你生气没用的。"丁春秀坚持她的问题。

“他来了，就把我问哑了！”袁廷发赌气地说：“我要缺勤一天，难道他把我拉去枪毙不成？”

“缺勤一天！”丁春秀喊了起来，“你安心同我为难么？我到底哪点对不起你，人家昨天才在黑板报上表扬我，说我是个模范家属，你今天就来这一手，叫我怎样有脸去见人？”

袁廷发没有说话，只是闷闷地坐着，丁春秀大声地责备：“我问你，我同你订的爱国公约，我有哪一条没有做到，请你指出来。”

这时孩子醒了，丁春秀赶忙去收拾孩子。好一阵，都不见他回答。丁春秀赌气地说：“你不回答这个问题，等一会儿，我们开家属委员会来解决。”

“好吧！你叫那些娘儿们来攻击我好了。”袁廷发叫了起来，“我现在什么都不怕了，反正人家都说我是个落后分子！”

“谁说你落后？我从来就没听见说过。这全是你自己想出来的。”丁春秀尽量温和起来，“人家哪一个不称赞你，说你是个快速炼钢的能手？又是劳动模范。你要自己爱惜名誉呀。你要是身体不好，你要去，我都要留你的。你今天一点病都没有，你不去，就不对了。我平日还说你好强，不怕事，谁晓得，你才几句话都经不起。那些乱七八糟说话的人，看见你不去，就会气着么？他们倒落得说你落后，在背后耻笑你。你要想一想，不要再拿错处，给他们捏着。”

袁廷发听完最后一句话，爬下炕来，披起衣裳，大声地说：“咱还会给他们捏着错处吗？哼！”

丁春秀赶忙舀水给他洗脸，一面在炕上放上矮脚小桌子，说：“你吃了饭，赶快去上班。”

袁廷发连脸也不洗，扶着自行车，就走下楼去。丁春秀赶在后面，恳求地说：“还早，你吃了再去。”

袁廷发头也不回地，就骑着车子走了。但他心上还是很不愉快，一路忍不住骂：“他妈的，无论如何我也不再作检讨了，看他把我怎样办？”

尤其使他生气的，就是四号炉大修后，烧结炉底的工作，已交秦德贵领头去做了，这是艰苦的工作，但也是光荣的工作，向来是由袁廷发领导做的，这使他很是难受。觉得领导不看重他了，只在有意打击他，他想："要是出了毛病，我可不爱管的，请我也不成。"

第十七章

赵立明从北京开会回来了，晚上八点钟才到家，梁景春马上就去看他。这是一座小楼房，周围有着高大的银杏、松树、青杨，浓黑的阴影正遮掩在门前，但挨窗边的一些叶子，却被窗上透出来的灯光映照得格外青绿。屋子里爆发出孩子们的笑声和叫声，一种欢乐的气氛，迎面扑了出来，梁景春静静的脸上，也禁不住露出了微笑。

赵立明正把带回来的玩具分给孩子们，还教他们怎样玩。他拿着一只青色的蛤蟆，在它的肚子底下，扭转着发条，然后放在地板上，让青蛙叽叽哇哇地叫着跳着，乐得孩子们大笑起来。周越文又高兴又埋怨地说："快来吃饭哪，你让他们自己玩好了。"

就在这个时候，梁景春笑嘻嘻地进来了。周越文首先看见了，一面通知赵立明，一面又赶快招呼烟茶。赵立明立即高兴地问："四号平炉炉底烧结成功了吗？"

"成功了。"梁景春也愉快地回答。

"没有出什么问题吗？"

"没有问题，一切顺利。"

"一共烧结了多少天？"

"不多不少，六天六夜。"

"这一点我们还同鞍钢差不多。"赵立明满心欢喜地笑了起来，"这一次我同鞍山炼钢厂的厂长，一道在火车上。"

"给我，不许你拿！"顶小的孩子，叫了起来。赵立明马上掉过头去看，原来一个较大的孩子，抓着青蛙，正向他跑来，大声地说：“爸爸，你再扭一下。”顶小的孩子，看见赶不上了，就一下坐在地板上，哭了起来：“我交给爸爸。”赵立明笑着走去，把青蛙交给他，一面说：“不要哭，小虎，这下你再交给我好了。”顶小的孩子，这才没有哭了，拿着玩具，爬了起来，重新交给爸爸，爸爸又给他扭好，再交给他，还向那个较大的孩子说：“小珠，你不许再抢他的。”

“你不饿么？饭都摆冷哪。”周越文不满起来，又向梁景春说：“他还没有吃饭哩。”

梁景春向周越文笑着说：“这几天没看见爸爸了，当然要抓着爸爸的。”随即又向赵立明说：“你快去吃饭吧。”他也帮着催了一声。

赵立明却一直沉醉在孩子们的欢乐中了，接着他又取一架金色的飞机出来，放在地板上去奔跑，孩子们欢笑，他也欢笑起来。还是周越文拖他去吃饭，他才去了。周越文笑着向梁景春说：“他一回来，带起孩子们，把屋子都闹翻了。”

赵立明一面吃饭，一面高兴地说：“他们鞍山的炼钢厂是搞得不错，生产真是多，我们在这方面，还得大大努力。我们就是快速炼钢方面强一点。不过还得再快一些，鞍钢很快就要赶上我们。这一点说起来，我们确实要感到惭愧。”

“你吃了再讲好不好？”周越文埋怨地说。

赵立明赶快吃几口，忍不住又讲了起来：“以后这方面……”

“我要爸爸扭。”小虎一下跑到爸爸身边，还回头去嚷：“我不要你扭。”他的姐姐小英正跟在他的身边。

“小虎，你不要麻烦爸爸，你让姐姐给你扭哪。”周越文连忙喊住他。“爸爸要吃饭……你不要那样顺他哪。”他对赵立明责备起来，还向梁景春笑着说：“孩子这么娇，全是他爸爸惯肆了的。”

赵立明给孩子扭好后，又继续吃饭，还一面对梁景春说：“我们就是培养人才这一方面差多了。他们鞍钢就做得好，他们支援全国的工业建设，不仅送出大量钢材，还要送出许多技术工人。”

梁景春静静地吸着烟，仿佛只是在听，但心里却充满了高兴，觉得厂长这次在北京开会，是有了重大的收获。赵立明吃了一会儿，又再说道："老梁，我们今天晚上就来研究一下这个问题。"

"哎呀，你休息下子好不好？明天研究不迟。"周越文有点恼怒起来，还向梁景春说："党委书记，你说是不是？"

"对的，明天开会再来讨论。"梁景春同意地说，随又笑起来，"今天晚上可以闲谈下子。"接着又向赵立明说："其实有些工人，可以放手让他们干些事情，像这次四号炉烧结炉底，秦德贵领头来干，就干得挺好。"

"秦德贵来干？"赵立明惊异地叫了起来，"怎么你没找袁廷发？"

"我想秦德贵，组织上应该加以培养和支持。"梁景春静静地说，"这次工作证明，秦德贵算得上是一个人才。"

"不过事先，也得同袁廷发谈谈。同他谈过吗？"赵立明担心地问，他要夹菜，又把筷子缩回去了。

"原来叫何子学找过他的，他不干。"梁景春仍是静静地。

"你找何子学去，他是说不通的，你应该亲自同他谈。"

"我后来同他谈了，还亲自到他家去谈的。"

"他还是没有答允吗？"赵立明睁大了眼睛，现出不安的神色，他觉得袁廷发如果连党委书记都拒绝了，那就太不对了。

"快吃嘛，饭菜都要冷了。"周越文埋怨他，"吃了再说嘛！"

赵立明禁不住微笑起来，笑着说："袁廷发这个人，你首先要摸着他的脾气，你得顺着他的毛毛拭。"他认为梁景春没有说动袁廷发，乃是由于他不懂得老工人的心理。

"我没有叫他去做烧结炉底的工作。"梁景春抖抖手上的烟灰，"我觉得他缺少组织观点，缺少群众观点，对工程技术人员，也不尊重。再不帮助他，他会骄傲到专横的地步。我批评了他。"

"批评了他？"赵立明耸动一下眉毛，接着不讲话了，便一个劲吃着饭。

梁景春立即解释地说："我批评他，就是要使他了解组织，服从组织。还有呢，就是要他团结群众，把技术教给群众，要他培养更多的人。"

赵立明一面吃饭，一面觉得梁景春的话，是说得对的，只是做得太急躁一点，袁廷发这样优秀的工人，不能主观地去批评他，应该同他很熟识了，什么脾气都摸透彻了，才根据实际情况来讲话，而且讲的话是要使他喜欢听的，不要一下子叫他起着反感。他认为梁景春一定没有完全了解袁廷发，现在骤然一下就去批评，那会惹出什么后果来呢？袁廷发一定没有接受，即使表面不讲话，也一定是一肚皮气。因此，他听了梁景春的话，深深感到不安。目前无论哪一方面，都需要袁廷发，怎么可以打击他的情绪！他这次在北京出席重工业部召开的会议，主要是讨论如何增加产量，如何培养人才，再加以在鞍山钢铁公司的各厂参观一下，越发感到自己的炼钢厂应该走怎样的道路，同时也像照镜子似的照出了自己的缺点。他认为袁廷发是他一手培养出来的，这是一点引以为慰的成绩，应该加以格外的爱护。要不是还培养出袁廷发这样一个工人，那就算是在培养人才这一方面，完全没有注意。并且他认为他培养袁廷发的方法，是正确的，时时鼓励，不断发扬他的积极性。谁知一回来，就听见在批评袁廷发，这件事情的确使他不快。他并没有感到袁廷发不服从组织，他自己同袁廷发讲什么话，叫他做什么事，从来没有反对，总是一迭连声地答允着，而且还现着高兴的样子。至于何子学他们说话，他不肯听，这是何子学他们不会做工作。

赵立明吃完饭，刚刚放下碗筷，小虎可跑来了，用一双小手摇着爸爸的腿子，连连说他饿了。赵立明高兴的时候，会立刻舀半碗饭来喂孩子，可是现在一肚皮不快，就向周越文打官腔似的说："怎么样？你来喂他一点饭吗？"

"不行，他已经吃过晚饭了，不能再吃了。"周越文严厉地说。

赵立明向小虎把两手往两边一摆，现出冷冷的神情说："你瞧，妈妈不允许，我有什么办法。”

小虎睁着两个滴溜溜的眼睛，回头向妈妈望了过来。周越文就对他举一下手板，威吓地望着他。他掉回头去，就不高兴地把脸藏在爸爸的腿上，睡了起来。

赵立明就趁势把他抱在膝上，一面说：“你该睡了。”

周越文也向小英、小珠招呼：“你们不要玩了，快去睡吧。”

梁景春便把吸完的烟蒂，弄在烟碟里熄掉，站起来说：“你们休息吧。”便告辞出去。

赵立明推说孩子睡在身上，要周越文送一送。周越文关好门回来，小声微笑地说：“我真怕你们一谈就谈到夜深。”

赵立明皱一皱眉头，不快地说：“这个人初来的时候，我们还谈得起来，觉得他肯学习，现在谈来谈去，就不大投机了。”

“为什么？”周越文明明听出一些原因，却还是忍不住要问。

“你不是亲自听见的吗？”赵立明反问一句，然后带着轻蔑的口气说：“一句话，就是急于要表现自己。……哼，我走前布置的工作，全推翻了。”

周越文觉得梁景春说的并没有什么不对，只感到一个党委书记把行政上布置的工作都推翻了，另来一套，是不大妥当，就沉吟地说：“我看你们应把工作的界限，分清楚才好，免得纠缠起来。不晓得你们工厂怎么样，我们学校里，校长和我的工作，就分得挺清楚。”她就是在工人技术学校做党的工作的。

“我肯定他分内的工作，就一定没有做。”赵立明很不愉快地说，“催他布置竞赛，都拖下来了。这回一定又没有做。”

“我看，有话你们还是提到会议上去谈吧！”周越文还想说一句，“背后这样发牢骚是没有用的。”但她忍住了，她知道赵立明在生气的时候，多对他说些抵塞的话，会越发使他发脾气的。于是她转过话头，笑着问：“我要问你啰，你们这次在北京开会，看见中央领导同志没有？”事实上也是她急于要问的，一看见他进门，就有这样的问话，只因为孩子们，一伙儿欢叫起来，差不多把房子闹翻了，接着梁景春到来谈话，又一下岔开了去。

听到这么一个问话，赵立明禁不住一下高兴起来，很有兴味地说：“看见了几个领导同志。在一个晚会上，我离他们只有十排椅子远。”接着他还把那一夜晚会的内容，仔细地讲给周越文听。哪一个名角，演什么戏，都讲了一通。直到钟敲十点的时候，周越文打个哈欠说：“今天你疲倦了，早点休息吧！”她对他所讲的戏剧，原是不大感兴趣，只因他说得那样高兴，只好勉强打起精神听，听见钟声才叫他停止。

赵立明要站起来，可皱着眉头叫了：“哎呀，这小鬼，把腿子都给我压木了。”

周越文忙去接了过来，一面嘲笑地说：“你越惯肆他，他就越要折磨你。”

赵立明用两手撑着椅子，才慢慢站了起来，可是左腿还是木木的，他不以为意地望下小虎笑着说：“这小鬼他倒睡得很熟哩。”

“你不晓得，他一早睁开眼睛，就问爸爸回来没有？就是他念爸爸。”周越文抱着小虎，不走进寝室去，“有时他还会哄小英、小珠，从外面跑回来说：爸爸回来了！真把小英、小珠哄出去了。你看他人小吗？真是调皮得很。”随即朝寝室走去。

赵立明一脸欢笑地跟在后面。

第十八章

一

秦德贵决心在下班后，把脑筋用在工作方面，多想出一些合理化建议，免得心思一下子又溜到女工宿舍和电修厂去了。同时厂里的领导又正号召工人提合理化建议，还用黑板报在各个车间标示各个车间存在的问题，须要动脑筋解决，不久他就提出炸三号炉沉渣室钢渣的建议。梁景春便大力支持他，还同工程师鲁进程等人来讨论，并请厂长赵立明也来参加。

赵立明讽刺地笑着说："这个合理化建议，好是好，能节省挺多的时间，就是不合理。"接着严肃地说："这完全是空想的，不合实际。要是在野外，我举起双手赞成。可惜是在车间里面，左右前后，都有人生产，怎么炸得？"随又微笑起来，讥刺地说："隔个两丈远，就有大罐铸锭，炸坏大罐怎么办？一两百吨钢水漏在地上，还拿得起来吗？"最后露出轻蔑的脸色，轻轻挥一下手，"这是用不着讨论的。"他认为秦德贵的建议，只是在胡闹。同时又很不高兴梁景春，觉得他不懂实际，提出来讨论，还想支持实行，简直是想表现自己，出出风头。

梁景春便望在座的人一眼，希望他们发表意见。工程师鲁进程只是不断地吸烟，对厂长说的话，不表示反对，也不表示同意，脸上现出沉思的样子。护炉技师张吉林，却显得焦躁不安，仿佛着急自己为什么发表不出意见。技术员陈良行则在做笔记，把厂长的话全部记了下来，正如他在听政治报告一样。这时一下子很静，平炉车间那面潮水似的喧嚣声音，忽然大了似的。火车放汽笛的声音，自远而近地响了过来。梁景春便催促道："你们说说吧，看这个建议能不能行？"

陈良行抬起头来，向鲁进程说："鲁工程师还是你讲讲吧！"

鲁进程取下香烟来，朝烟碟抖去烟灰，现出深思的神情，然后慢慢说道："这样是没有把握，……以前没有做过。"

"是的，以前没有做过，"张吉林同意地说，点一点头。

陈良行又把鲁进程的话，记了下来，他没有发表意见。

梁景春微笑地说："我先前在矿山的时候，看见他们炸铁矿石，就在掌子里面，小小的地方，就同沉渣室差不多，并没有发生过乱爆炸的事情。"

“那是矿山哪，沉渣室的墙，才尺把厚，怎么经得住炸？砖不飞起来打死人？”赵立明说了之后，忍不住笑了起来，他觉得梁景春只是经验主义，乱搬一套。

梁景春见他们都不同意，就站起来说：“我想找苏联专家谈谈，看他对这个建议，有什么意见？”

赵立明本想说：“算了吧，你别去找苏联专家，人家会笑你没常识，”但他觉得不好说出来，便只得说：“也好，你去谈谈吧。”他心里很不快：为什么这样不相信我呢？

二

梁景春便去找苏联专家薛兹巴也夫，薛兹巴也夫在设计改善铸锭用的钢锭模子，正在叫翻译把他设计的图，注上中文。薛兹巴也夫约有四十岁光景，个子不高，身体却很结实，一头黄黑的头发，又浓又密，下巴剃得光光的，现出浅浅的蓝色。一看见梁景春进去，便愉快地站起来握手，还说一句中国话：“你好！”

梁景春说明来意，还把秦德贵的书面建议，叫翻译讲给专家听。薛兹巴也夫兴奋地听着，不时闪一闪他那安静的眼睛，翻译李子康，一个俄专毕业出来的学生，瘦瘦的脸子，略现出一点疲乏的神情，但口音却挺清楚明白。他翻译完后，薛兹巴也夫没有讲话，只是动一动眉头。

梁景春忍不住向李子康说：“你问专家这个建议做得到吗？”

李子康翻译过去，薛兹巴也夫立即回答了几句。

梁景春注意他的说话的神情，立刻觉得他像是不同意也不反对的样子，正如鲁进程他们一样。李子康翻译过来，便是：“专家说，他现在还不能发表意见，要亲自去看沉渣室，才能决定。”

梁景春连忙问：“专家什么时候得闲去看？”

李子康一翻译出，薛兹巴也夫一面回答，一面就站了起来。李子康立即高兴地说：“专家说他立刻就去。”

这使梁景春欢喜极了，跟在薛兹巴也夫的后面，看见他那宽厚的背，笼在雪白的汗衣下面，就觉得给人一种身体结实和做事踏实的混合印象，并且引起一种信任：专家是能解决问题的。

三号炉炼钢工人和修炉的瓦工都在忙着，拆去平炉的前后墙和上升道，好些砖还是红的，没有冷却，他们每个人的脸子，都热得发红，显得比炼钢的时候还要热些。薛兹巴也夫、李子康、梁景春就从这些忙碌的人丛中穿过，由平炉后面的铁扶梯，走了下去。强烈的炎热，扑面迎来，隔不两丈远的地坑，正在铸锭，钢锭模子上面的火花，不断地溅射着。一般平炉的沉渣室，都在楼下，挨近铸锭车间的。薛兹巴也夫先看左边的沉渣室，门早已打开了，但热气还很厉害。他钻了进去，向里面四下打量，梁景春也跟着钻了进去，首先就感到热得受不住，脸上登时冒出了汗，再伸手摸一摸地下，那些堆积的钢渣，简直热得烫人。他感到用炸药来炸这个建议，是有些不大适合了，炸药一放在钢渣上面用不着火点，就会一下轰燃起来。人怎么能够进来放炸药呢？这和矿山的掌子，实在相差太远了。李子康只站在门口，没有进来，却不断地拿帕子拭脸上的汗。梁景春受不住了，连忙走了出来。最后苏联专家出来了，满头大汗，没有休息一下，又走进右边沉渣室去看。梁景春看见他背上那片衬衣，完全湿透了，他忍不住向李子康说："你叫专家休息一下。"李子康笑着说："他不会休息的，他一向就是这样工作。"

梁景春又走到右边沉渣室去看，这回没有进去了，只站在门口，看见苏联专家那件背心，刚才原是湿了的，现在又烤干了。在他觉得这是显然做不到的事了，何必再这样仔细观察呢？

薛兹巴也夫出来的时候，脸红得就像一个印度人的脸似的，他这下才摸出手巾来，往额上脸上拭汗，整个汗衣重又湿透了。

梁景春忙向李子康说："你向专家说，赶快上去休息吧。"他看见专家热成那样，而且出来站的地方，又还一点也不凉爽。再加钢块机正把地坑里早已铸好钢锭的模子挟开，让凝结起的红色钢锭，赤裸裸地现了出来，这使周围的空气，更加热了，因此梁景春只想让专家快点上去休息，观察结果怎样，等一下再谈。同时在他心里也无意中感觉到专家的回答，多半是说不易做到，因而也就把回答看得不那么要紧，他只觉得这件事情，太使专家为难了，心里感到十分不安。

苏联专家向李子康大声地讲了两句，脸上现出兴奋的神色。李子康忙翻过来："专家说，这个建议行，可以做到。"

这使梁景春又惊又喜起来，忍不住大声地说："那好极了。"随又怀疑地说："里面那么热，怎么好炸呢？"

"请苏联专家上去休息，再来慢慢回答好不好？"李子康没有把问题翻译过去，先向梁景春提出这样的意见。

"对，你赶快招呼他上去吧。"梁景春立即赞成。

薛兹巴也夫爬上铁扶梯了，李子康跟在后面，一边还回头来向梁景春说："专家他就是这样的脾气，你提出了问题，他一定要回答了才走开。"

"那就到他办公室去谈吧，这里平炉车间也不好休息。"梁景春连忙向翻译叮咛。他生怕专家又在平炉上待了下来，因为车间里也是很热的，不能让专家再热下去。

薛兹巴也夫一走进办公室，立刻抓着铅笔，画起图来，他要李子康翻译给梁景春听：应该打多深的眼，装多少炸药，都用图表明出来，而且说得很详细。

梁景春一直担心里面那样热，怎样去放炸药？便要李子康翻译给专家。专家立即说："只消把打好的眼子，灌点凉水进去，使它冷却一下，看见水一干，就放炸药进去，人就来得及跑出来。"

梁景春听见李子康的翻译，心上放着的石头一下落地了，感到无比的愉快。他拿着专家画的纸单，去找赵立明，把专家的同意和指示，详详细细告诉他听。

赵立明一面看纸单上的图，一面听着梁景春的话，脸上显得冷冷的。

梁景春竭力压制着心里的高兴，不让有一点得意的颜色出现在脸上，还把自己钻进沉渣室的心情，怎样感到建议不适合，怎样感到没希望，都完全讲了出来。这使赵立明笑了，还带着轻微讽刺的口气说："当然专家比我们行，不然还请专家来做什么呢？"随即又严肃地说："做这个工作，挺容易出岔子，得找个又勇敢又伶俐的小伙子，才行。"

"你看找什么人最好？"梁景春觉得人选困难，便同赵立明商量。

赵立明想了一下，就笑着说："我看就找秦德贵吧，他打过仗，又是他提的建议。"随又皱下眉头："我就怕他有点莽撞，担心会出事。"

梁景春觉得秦德贵能做好工作，他没有把握，怎能提这个建议呢？只是感到这个小伙子太好了，刚刚完成一个艰难的任务，烧结炉底，现在又把一个艰难任务给他，不知怎的，心里总有些不忍。他自从第一次到厂，看见他在七号炉上打出钢口，火烧着手了也不管的神情，一直深刻地印在脑里，常常记了起来，觉得这样的工人，领导上一定要好好地加以爱护。因此，听见赵立明提出秦德贵来，便有些迟疑，好在赵立明说出了最后一句话，近于取消了他自己的提议，梁景春便接着说："我看先找找瓦工，找找三号炉上的工友，让他们开开会解决这个问题。"

"可以，就找何子学来布置吧。"赵立明同意地点一下下巴。接着又着重地说："最好叫阴阳班的工人立刻就开会，找出人来，今晚上开始工作。炸药立刻到公司去领。你把专家画那个图给我，我叫三号炉上的白班工人马上照着图来打眼。"一面接着单子，一面就打电话。

梁景春说一声："我去找何子学。"便迅速走了出来，赵立明做起事来，那种敏捷和迅速，使他感到很满意，很愉快。

三

三号炉的阴阳班，和瓦工阴阳班，由于何子学的紧急通知，大多数都在午后两点钟就来了，只有少数住得远的，来不及通知，还没有来。开会的时候，何子学便根据梁景春的意见，向大家说明炸沉渣室这件合理化建议，能缩短修炉两天，对国家的贡献是很大的，又解释照苏联专家的指示去做，并没有什么危险，最后又特别申明，做这爆炸工作，完全要大家出于自愿，并没有一点强迫的性质，而且要估量自己是不是真正能做，切不要只凭一时的热情，一下子就随便答允下来。

大家听见这个建议，能缩短那么多的时间，就一下子都鼓舞起来。只是谈到实行，大家就皱起了眉头，认为没有爆炸的经验，做起来挺不容易。有人还说："要是我放过枪，打过仗，这我就敢了。"何子学根据自愿原则，也就不强迫哪一个，便说让大家再考虑好了，就散了会。他立刻就把这一情形，向梁景春汇报，心里却有点担心，怕党委书记批评他，说他动员工作没有做好。因为梁景春向他交代过："这要依照自愿原则，可是就因为是自愿原则，一定要做好动员工作。"他自己心里想："我向大家已经讲得挺明白，到底有什么地方交代得不清楚呢？没有。"虽说自己尽了力量，但领导要说几句，你有什么办法呢？只能承认自己不会做动员工作。结果汇报完，梁景春并没有责备他一句，只是同情似的说："沉渣室那里，我也进去过，的确困难。你看还找得出人吗？要他有爆炸的经验，又挺细心。"

"我看就只有秦德贵，他打过仗。"何子学心里爽快了，高兴地说。

梁景春摇一摇头，然后说："他才干了六天烧结炉底的工作，太辛苦了，得让他休息休息才好。"

何子学感到为难地说："另外还有两个复员军人，在修理车间工作，不好好学技术，闲话倒不少，有事找他们，就拿架子。"

梁景春立刻问两个复员军人的名字，记了下来，然后向何子学说："他们既然在咱们厂里工作，咱们就得有责任教育他们。不要只认为他们有缺点。要知道他们的缺点，正表明咱们工作上有缺点。……别人的落后，就是我们工作的落后。”

“是不是找修理车间的老廖，同他们谈一谈？”老廖是修理车间的支部书记，因而何子学提了出来。

梁景春看一下手表说：“来不及了，现在三点钟，离上班只有一个钟头，还是找秦德贵吧。只是你要去看看他，看他身体怎么样？”

“让我到宿舍去找他吧，”何子学高兴地说，觉得刚才他的提议，终于被接纳了，心里很喜悦，“他该半夜上班，现在叫他提前来，他的工作，安排别人代。”说完就走出党委书记室，向工会借了一架自行车，急急忙忙向单身宿舍跑去。

四

秦德贵在四号炉上做了六天烧结炉底的工作，鼻子烤得发红了，眼睛看东西有点昏蒙蒙的，但心里却很愉快。第一，接班的时候，再也看不见张福全的嘴脸了，落得心里清静；第二，工作越艰难越紧张，就能医治心里的创伤。因为他觉得他和孙玉芬现在的关系，一想起来就感到痛苦，他尽力要将它忘记。他想到今晚十二点钟，又要回到九号炉上接张福全的班，就感到不快，同时几个女青年的身影，也跟着在公园的广场上出现了，在张福全手扶之下学骑自行车，发出高兴的笑声和叫声。跟着，李吉明在食堂里那种笑嘻嘻的神情，也可厌地出现在面前。他凶猛地挥一挥手，痛苦地骂了一声：“混蛋，你想这些干吗呢！”

就在这个时候，何子学来了，连忙把任务交给他，秦德贵忍不住高兴地说：”好，我马上就去！”

何子学认为秦德贵接受任务是不成问题的，只是他会故意开开玩笑，打闹几句：“怎么你把我抓得这样紧，连气都不让我喘一口么？”想不到他竟这样欢喜地接受任务，何子学也禁不住欢喜起来。不知怎的，何子学倒反而问他：“爆炸这件工作挺危险，你一点都不怕么？”

秦德贵笑着说：“我仗都打过，还怕这个么？”

两个人便骑着自行车直朝工厂走去，一面何子学便把苏联专家的指示，说给他听。

四点钟接班的时候，三号炉上甲班在沉渣室的眼子，并没有打好，现在乙班去接班还得继续打下去。沉渣室的钢渣，是半年以来，一点一滴慢慢凝结紧的，比石头还要硬，几乎同钢差不多，要在上面打出装炸药的眼子，很不容易。再加上沉渣室同蓄热室紧接在一道，里面温度很高，一进去就热得头脑发昏，不能工作太久，工作个十多分钟，就要出来换换气，喝点凉水，凉爽下子身体。秦德贵他的工作，只在装上炸药，点上引线，但他等不及了，就也进去，帮着拿榔头打眼子。

厂长赵立明晓得这个工作困难，到了下班，不立即回去，还亲自到三号平炉楼下看看打眼的工作。他看见工人隔不好久就跑出沉渣室来饮水，便叫人送汽水和冰棍来，使他们得到凉爽的饮料。

天完全黑下的时候，赵立明回去了，梁景春仍留了下来，跑到三号平炉楼下，守着他们工作。他到底放心不下，生怕会出岔子，尤其夜间工作，大家疲倦，容易疏忽。他看见秦德贵满头大汗出来喝瓶汽水，或是衔着冰棍，又迅速进去打榔头，便向秦德贵说："你应该出来歇歇，不要把自己搞得太疲倦。你要明白，放炸药不是一件容易事情。"

别的工人也了解这个工作的危险，便也劝秦德贵休息。秦德贵只拭一下脸上的汗水，微笑着说："我就是闲不惯哪。"

梁景春就严肃地说："做这个工作，你得好好歇一下。"

秦德贵看见梁景春那样的脸色，就只好歇了下来，但这时候眼子已快打好了，没有休息多久，就开始爆炸工作。在三号平炉楼上楼下以及附近工作的人，都暂时停下，走远一点。沉渣室临时挂的电灯，也连灯带线取出来了，以免炸坏。梁景春不禁紧张起来，就竭力平静地向秦德贵说："你要仔细一点，不要慌。"

秦德贵没说什么，就提着水桶，带着纸包的炸药筒子、引线，钻进沉渣室去。门口有个人拿着手电筒照着，他先前打游击的时候，曾经在晚上到桥梁下边去埋过地雷，桥梁两头有敌人的碉堡，时时都有人防守的，只要一个不小心，就会被敌人发现，开枪打来，那是非常危险的。由于有这样的经验，沉渣室里的爆炸，就不算怎么一回事，何况还有苏联专家指示的帮助，便更为大胆了。这是他刚拿着水桶炸药的心情，可是一钻进去，里面黑黝黝的，只凭一股手电筒光照着，同时热气强烈，使人不仅周身发热，而且头脑也发胀起来，这又是另一番情形，是以前做爆炸工作没有经历过的。他朝眼子里灌了凉水，水不是一下就干了的，得等好一阵。就在这个等的时候，头脑越来越昏，眼睛热得有点发花。他竭力镇静自己，忍耐着四周侵来的火热。他把水桶提了出来，又拿手电筒去照照，看眼子干了，就立即放进炸药，点燃引线，迅速走了出来。秦德贵刚出沉渣室不远，轰然一声巨响。他马上伏在地上，防备横飞的砖头，打在身上。但砖头一点也没有飞起来，连沉渣室也没有炸烂。秦德贵等不及硝烟散完，就拿着手电筒，钻进沉渣室去瞧。炸得很好，地上凝结的钢渣，已分裂成块子，有的还翻了起来。这不消几个钟头工夫，就可以搬出。秦德贵看见自己的建议，又由自己亲手搞成功了，心里有着说不出的快乐。他走了出来，兴奋地说："我们再炸那边的沉渣室。"接着就向第二个沉渣室走去。

好些工人都挤到沉渣室去看，梁景春也赶着去瞧，他还没有瞧见，就听见好些人在赞叹地说："这下子干得好，省去了多少麻烦。""这下子做了好事，在这里面敲两三榔头，真是受不了。"梁景春感到很愉快，心想缩短两三天时间，起码可以多炼一千多吨钢，那真是再好没有了。他亲自把汽水拿去慰劳秦德贵和打眼的工人。

梁景春没有回去，他一方面担心秦德贵，怕他在第一次成功之后，第二次会产生疏忽，另一方面又想把这一工作，完全看到成功，才能心满意足。秦德贵仍然又去打榔头钻眼子，梁景春制止了他，要他好好休息，好在装炸药的时候，有着充沛的精神。当秦德贵再去装炸药，他又叮咛他，要他谨慎小心。直到第二个沉渣室爆炸好了，他才放心离开三号平炉，叫汽车来送他回家。这时已快要到夜间十二点了。

第十九章

一

三号平炉爆炸沉渣室，早已贴出通知，使全厂的工人，知道夜里将会发生怎样的事情，但在平炉车间楼下突然响起两次爆炸的声音，也仍然惊动了许多上夜班的工人。平炉上好多工人还走下楼来看，他们知道爆炸成功了，以后再不会在热气窒息的地方，敲打两三天榔头，都忍不住发出赞叹和欢喜。

张福全也来看了，觉得这个办法很不错，可是一听见是秦德贵干的，便沉着脸走了回来。走回九号平炉，听见工友们还在赞叹，他就瘪一瘪嘴，轻蔑地说："这有什么了不起，只不过放放炸药。"

第二天下午三点钟，张福全来上班的时候，看见厂门的大字报，表扬秦德贵两件功劳：一是表扬他和另外两个炉长，把大修的四号平炉炉底烧结成功；二是表扬他提出爆炸沉渣室钢渣的合理化建议，使大修的三号平炉，可以缩短修理时间两天。走进厂去，看见俱乐部内坐了好些人，在听秦德贵讲话，不断地做笔记。还有人拿着照相机，对准着秦德贵在照。张福全就向别的人打听："这些是什么人？"旁人就说："这是些记者，听说有报馆的，有广播电台的，有通讯社的。"说完之后，还笑着补一句："秦德贵这小子这回又出够风头了！"

张福全向秦德贵那里憎恶地看了一眼，便离开俱乐部，一面恨恨地骂："他妈的，这个空子给他钻饱了！"同时心里又沉痛地想："这多么容易的事情，为什么不想一想呢？"他去接袁廷发的班，手续弄清楚了，首先就说："袁师傅，这个合理化建议该你提的，你为什么不提哪，现在让那个臭小子去得意。报馆记者一大群围着他，明天就要报上见了，还要登他的相片。"

袁廷发笑了一笑讽刺地说："头脑都给人家批评打昏了，还想得出什么合理化建议！"

"他妈的，他就是会捧领导的卵泡嘛！"张福全愤愤地骂，一面竖起右手的二指拇，"昨天晚上这个一直支持他，还亲手递冰棍汽水给他。"他把大指拇代厂长，二指拇代党委书记，这是一些同他接近的工人，都知道的。

袁廷发阴笑一下："还是咱们这些人笨。"便下班走了。

张福全一面工作，一面愤怒地想："秦德贵，现在你不要太得意了，你总有一天会碰在我手里的。"他了解到秦德贵每一件事搞成功，受到表扬，就使他感到很大的威胁，觉得无形中孙玉芬会离开他更远一些，更冷淡一些。

张福全决定给秦德贵班上一些麻烦，在装料的时候，不叫工友用镁火泥贴补平炉的前墙，到了钢水精炼的阶段，也不叫工友用白云石补平炉的后墙，只想留给秦德贵班上去做。假如秦德贵接班的时候，要提意见，那就很好，趁机会就吵架好了，好使心里的气愤，痛痛快快，发散下子。

不料到时候，秦德贵并没有来接班，原来领导上看他同记者讲了半天话，要他休息去了，来的还是昨天那个作替班的炉长钟庆南。张福全一见就气馁了，心里不快地想："老钟，我怎么能够同他吵架呢？"钟庆南接班很认真，看了一通炉体之后，就严厉地向张福全问："你们干的是什么工作？就这样磨洋工吗？"

张福全忙推说："对不起，今天太忙了，来不及做。"

钟庆南"哼"了一声，便走开了。这把张福全弄得满脸通红，怪不好意思。他走出厂去，还在气恼地想："今天倒他八辈子的霉去了！"

二

第二天星期天该张福全轮休，他吃了早饭，就骑着自行车直朝女工宿舍跑去。这一天天气很好，天空蓝莹莹的，没有什么云。太阳光强烈，一早就感到热。人走在马路上，都靠着树荫底下走。树上的蝉不断地叫着。张福全跑到女工宿舍，出了满头大汗，他是尽快地跑，生怕孙玉芬业已出外去了。这一天难得的休息日子，万不能错过。他放好自行车，一面拭汗，便一面走了进去。一眼就看见刘先菊、庄桂兰和六七个女工正站在门里面，争着看当天刚刚送来的报纸，他就立刻同刘先菊打招呼。

刘先菊就兴奋地叫张福全："你来看，你们九号炉的秦德贵，相片都登报上了。"

看报的女工，都抬起头来，看张福全一眼，随又注意地瞧着报纸，显然一个工人的事迹和他的相片，出现在报上，是很惹人注意的。若在平日，一个年轻小伙子来会，谁也要好奇地瞧，心里还会想头发梳得这样光，衣服穿得这样漂亮，是谁的对象呢？现在都在注意看报了，不大注意张福全，有人还很有兴趣地问："你看他的相片，有多大岁数？"刘先菊笑着说："你们猜猜看。"接着又对张福全竖起一根二指，说："你不要讲哪。"

张福全看见女工们越对秦德贵发生兴趣，心里就越发不高兴，但在刘先菊面前不好表现出来，只能勉强笑着问："孙玉芬在没在？"

刘先菊没有回答他，正在向一个女工揶揄地说："你眼力差得很，怎么猜他二十四岁？"那个女工讥讽地说："那他是好大呢？你一定连他的生辰八字都晓得。"刘先菊笑着骂："看我不撕你的嘴啰。"一面就向她赶了过去。

有一个女工向张福全问："你一定知道他有多大岁数？"张福全摇一摇头说："我不知道。"就在这个时候，孙玉芬走出来了。张福全还来不及同她打招呼，庄桂兰就大声地说："好了，好了，不要吵了，她就知道，你们问她吧。”

孙玉芬同张福全点一点头，随即笑着问：“你们在讲谁哪？”一个女工立刻把报纸塞到孙玉芬面前，还指点着秦德贵相片说：“就是讲他。”

张福全看见孙玉芬看着报，脸上露出了欣喜的表情，使他心上难受了一下，但脸上却尽量显得平静。

“秦德贵是二十三岁吗？”庄桂兰忍不住地问，还用手掀一掀孙玉芬的手膀子。孙玉芬只是点一点头，一面注意地看报。

张福全禁不住脸红了一下，心里难过地想：“她同他是多么的熟呀！”

孙玉芬看完报，又看一下秦德贵那张庄严的照片，还有点紧张的样子，和他平常的相貌，有点不同，不禁笑了一下。随即对张福全敛着笑容说：“为什么竞赛的事情，你们一直没有答复？不是听说，你们炉顶都换过了吗？”她为了竞赛，费了不少唇舌，结果对手却是一直没有理睬，这不能不使她有点生气。

“我正是来同你讲这件事情。”张福全尽量露出笑容，“就是抽不出时间。你晓得到处都伸手来要钢，任务紧急得很。我们的炼钢工作，一点也松不得劲儿，一松劲儿，全国的基本建设，就得停下工来。”他不仅说这些话给孙玉芬听，也要让周围的女工注意他是什么样的工人，他知道女工是特别看重炼钢工人的。他原来并不是为谈竞赛而来的，只是在这个地方，又经孙玉芬提起，就感到谈这件事情，是再适合没有了，而且也自自然然觉得，自己正为这件事情来的。再加以女工们都在很有兴味地听，便很有兴味地讲了起来。

“为什么不回个信呢？就那样忙吗？”孙玉芬严肃地说，尽量忍着她心里的不快，“你们太不重视竞赛了。我看你们那边宣传工作做得太差，不明白竞赛就是增产的好办法。你们的党委书记是谁？”

“我们的党委书记梁景春，新来的。你批评得真对，宣传工作太差。”张福全竭力讨好地说，“这也怪不得党委书记，他新来，还摸不到门。”

“我问你啰，你对竞赛，是怎样的看法？”孙玉芬掠一下头发，仿佛要从纷乱的问题中找出头绪似的。

“我是非常的赞成。”张福全诚恳地点一下头，“我炉上的工友，一听见要同你们电修厂的同志竞赛，个个都高兴地跳了起来。”

“为什么拖到现在，还没有接受我们的挑战？”孙玉芬目光敏锐地盯着张福全的脸，忍不住有些生气。

“哎呀，我那天就想来告诉你了，就因为我上阴阳班，碰不见你。”张福全诉苦似的说，接着叹气地摇头：“你不晓得我们九号炉有许多的特殊情形，搞不起竞赛。”接着望一眼孙玉芬冷笑地说：“别人只想个人去出风头，好把相片登在报上。对于竞赛这一套不感兴趣。”

他们在进门口站着谈话，不断有人进出。孙玉芬就要张福全到会客室去，一面说：“到这里来谈谈吧。”显然九号炉上的问题，引起她研究的兴趣了。孙玉芬坐下之后，就问：“我要问一句，秦德贵到四号炉、三号炉工作，是他自己去的？还是领导上叫他去的？”

张福全取出香烟来，正要擦火柴，复又停下手来回答：“这自然是领导上叫他去的。”他点燃香烟之后，吸了一下，才摇摇头说：“老实说，这都是我们党委书记搞的，厂长到北京开会去了，他就把秦德贵调开九号炉，做这样，做那样，这有什么好处呢？好些人都说这只是助长了个人英雄主义。”他迅速抽一口烟，才再说道：“你瞧，我们九号炉怎么能够竞赛嘛？秦德贵那一班，今天来一个炉长代，明天又来一个炉长代，他们只管一天的工作，怎会理起你竞赛？”跟着又大大叹一口气：“我们厂里有一股歪风，对集体的事情没有兴趣，都想个人出风头。我早就看出来了，就是意见提不上去。”

“你应该拿出勇气，向厂长，向党委书记提出来。”孙玉芬责备地说，“我们工人要拿出当家做主的勇气。我不赞成你这个态度！”

“你不知道，我一提出，人家又说我嫉妒了。”张福全颓丧地说，“我只说顾全三班的利益，尽为下一班创造有利条件，使整个炉子工作做好，可是就没有人看见。这真使我灰心，做无名英雄实在困难。哼，未必我还做不来个人英雄吗？有时候，我真想什么也不管，就来干他一下，这种想法当然是挺错误的，我自己是工人阶级，怎能干这样的事情？”

“对哪，你是工人阶级，怎能干这样的事情！”孙玉芬连忙表示同情地说，还用力挥一下手，“你要知道，在工厂中工作，顾全集体利益，是比什么也重要，比什么也宝贵。这是咱们工人阶级最好的品质。有时报上的吹捧，也有挺不恰当的地方。这个时候，就全靠自己沉得住气。”

张福全看见孙玉芬这样同情他，支持他，心里有着说不出的喜悦。他原来早就想向她讲这些话的，只恨没有机会，现在说出了，得到很好的反应，觉得自己在这危险的关头，算是打了个胜仗，更是高兴异常。随即亲切地问：“今天你没有事吗？”

“今天星期天，没有什么事。”孙玉芬微笑地说。

“到公园去玩吗？”

“常常到公园去，都有点玩腻了。”

“你不想去学骑自行车吗？”

“好，让我去问问她们，看她们去不去？”孙玉芬站起来，走了出去。

张福全望着她的背影，有点惶惑，心里想：“为什么不单独同我一道去呢？”再看一下窗外透进来的阳光，心里一阵发热：“这么好的天气，两个人一道，穿过树林，走上山去，那多么好呀。我要在那个坡上的凉亭里，同她讲……”他感到藏在心里的话，再也忍不住了，得找机会把它讲出来。就像炼好的钢水一样，再不倾倒出去，就会泡坏炉底。

孙玉芬笑着走了进来，向张福全说：“她们要去看电影，听说是《白毛女》，挺不错。”

“你去看吗？”张福全急忙问。

“就是星期天太挤了，怕找不着座位。”孙玉芬望望窗外的天空，“又这样的热。”

“我早给电影院提过建议了，应该对票入座，不要随时进去。”张福全说到尾后，有点愤慨起来，“他们官僚主义，硬不接受意见。”

孙玉芬看见张福全竟为这样的事情，生气起来，不禁有些好笑，笑着解释说：“有好些人也喜欢这样，想看电影，随时都可以进去。”

“我就不喜欢去挤。”其实张福全倒不在乎挤的，只是他顺着孙玉芬讲，想得到她的欢心，接着就露出恳求似的脸色，笑着说：“我看还是到公园去玩玩吧。我们可以爬上山去，那里阴凉，空气又好。”接着又改变主意，劝诱地说：“今天去骑车子挺好，人少，要学多久，就学多久。”他觉得今天太好了，没有别的女工在一道，只是两个人，不论哪个时候，都找不到这样的好机会，他要尽量地劝她，说服她。

“好吧。”孙玉芬随即爽快地答允了，便同张福全一道走出宿舍去。

三

张福全感到极大的喜悦，觉得孙玉芬答允了，就是他最大的胜利。他小心地扶着自行车，走在孙玉芬旁边，脸上笑容掩不住露了出来。他讨好地说：“太阳这么大，你不怕晒吗？”

孙玉芬笑起来了：“我乡里长大的孩子，怕什么太阳。”

张福全尽量严肃起来，关切地说：“你这样走，累哪，你坐在后面，我骑着车走，这样跑得快，你又不累。”

“不，我去搭公共汽车。”孙玉芬摇下头，脸色显得庄重起来。

“我怕公共汽车上挤一点，今天星期天。”张福全担心地说。

孙玉芬感叹似的说：“星期天还是躲在宿舍里看书的好。”

“那不行，”张福全爱护似的说，“星期天都不好好玩一下，身体会吃亏的。我今天这样劝你出来走走，就是我们做工的，首先得要身体健康。”他生怕孙玉芬改变主意，不想去公园玩，就赶快又举一个例："我们厂里就有一个人，下班便拿书看，轮休的日子，也不出去，就是躺在宿舍里看书。前几次，医生检验结果，就说他肺部不好。你要是星期天都要看书，我坚决地反对。"

说到这里，他们已走到马路旁边的汽车站，恰好有公共汽车驰来，孙玉芬赶忙走去，排在别人的后面，好容易才挤上车。张福全看见公共汽车开了，才踏着自行车跟在后面。他竭力朝车里望去，想看出孙玉芬挤在什么地方，可是一点也看不出。同时心里充满了快乐，觉得总算两个人能够单独在一道了。汽车后面扬起一大股灰尘，把马路一旁新栽的白杨树都像蒙在雾里一样。往天张福全一定会离汽车远一点，避开灰雾，今天可不在乎，尽让灰雾拂在脸上，仿佛车里有个仙子，一离开保护人，就会被妖精抓走似的。他就是这样尽力踏快点，尾在公共汽车后面。骑到公园的时候，他跳下车来，来不及拍掉衣上的灰尘，就赶快跑到孙玉芬身边去，赶紧把自己带的黑纸扇子，递给孙玉芬。

孙玉芬没有接他的扇子，只是摸出手巾来，向自己的胸部挥动。一面望着张福全，看见他脸上又是灰又是汗，平日黄色的脸子，变成灰黑，忍不住地笑了起来："你怎么一身都是灰哪。"

张福全笑了一下，连忙拍去身上的灰尘，还扯出手巾来拭一拭脸。他觉得只要能惹得孙玉芬高兴，身上灰尘再多一点，也没关系。接着又向孙玉芬殷勤地说："你口干了吧，我们去喝点汽水。"他就想在公园门口汽水摊上去买汽水。

孙玉芬就说："里面还有卖汽水的，进去找个凉快地方，慢慢地喝吧。"

张福全说声"那挺好了"，就扶着自行车，挨着孙玉芬走进公园。两旁高大的白杨树，遮住了火热的太阳，只有许多细碎的阳光点子洒在柏油路上。他们感到了阴凉，还闻着一股轻微的花的香气。路边的铁椅上，不少人坐着休息，看见他们两人走过，都要注意地望一下，张福全觉得自己再幸福没有了，仿佛那些望他的青年男子，都在羡慕他似的。一个很大的圆形花圃，挡在当中，把路分成好几路，好像从圆形的花圃辐射出去似的。在一片白色、黄色的花里，美人蕉打眼地现了出来，红艳艳的，又嫩又鲜丽。孙玉芬不禁叫了起来："开得多么好呀！"她快乐得脸上发红，闪出青春艳丽的色彩。原来站在那里看花的人，都对她望了过来，感到花在她的面前，都退色了。久久望着她，不能移开眼睛，觉得这个年轻的姑娘，身体健康，充满了青春和生命力，正像花刚在开放的时候一样。

张福全却在打量什么地方阴凉人少，想单独两个人坐下休息。他发现不远处一株巨大的柳树，站在路边上，树脚围着一圈木做的凳子，以前曾在那里坐过，和人打过扑克，现在没有人，他赶忙叫孙玉芬去坐。不料他们去坐的时候，同时就有两三个男子走到那里了。他觉得不好同孙玉芬谈话，坐了一下，便又向孙玉芬说："我们到那边草地上去坐吧。我觉得草地上舒服一点儿。"

孙玉芬点头同意，便同他走到草地上，在一株杏子树下坐着。张福全把自行车架在旁边，就说："你休息一下，我去买汽水来。"走了两步，又回头笑着问："你喜欢吃西瓜吗？我去买西瓜。"不待孙玉芬答允，就兴冲冲地走了。卖汽水和西瓜的摊子，相当远，他一路走一路想："再不能错过这个机会了，我要对她讲出来，你愿意同我结婚吗？"他买了四瓶汽水和一个西瓜，正抱着走到圆形花圃的时候他遇见了刘先菊、庄桂兰她们几个人，她们都高兴地同他打招呼，还问孙玉芬在哪里。他诧异地问："你们不是去看电影吗？"

"哎呀，人太多了，不是大力士，谁挤得进去？"刘先菊皱着眉头埋怨起来，"不晓得哪来这么多的人？"

"你们星期天就不该去买票，谁不晓得基本建设一下子增加了许多人。"张福全笑着责备她们，他心里很不高兴她们参加进来，但面上却尽量做出欢喜的样子，他晓得一对她们不好，她们就会在孙玉芬身边说他的坏话的。他便竭力欢欣地说："你们来得正好，我正愁这个西瓜吃不完哩。来，我交你们一个任务，每人拿一瓶汽水。"

她们听见他说“任务”，不免笑了起来。

张福全领她们到草地的杏子树那里去，却发现孙玉芬不见了。他诧异地说：“哪里去了？”回头一看，架着的自行车也不见了，就笑着说：“她骑车去了。”大家带着西瓜和汽水走到运动场那边去。看见孙玉芬正骑着自行车，很快地跑一截路，就倾侧地打个偏偏，迅速地站了下去。

刘先菊大声地叫她。孙玉芬回头来一看见她们，就也欢喜地叫了起来。等她们走拢后，她笑着说：“你们来得真好，我一个人学，怪不好意思的。”

刘先菊首先接着自行车去骑，她怕骑上去会倒，就叫张福全给她扶着车子。她学了一会儿，庄桂兰和另外三个女工也去学，都由张福全一一把车子扶着。他累得满身大汗，却也并不感到疲倦，他只觉得能同姑娘们在一道，不论怎样吃苦，总是快乐的。而且为了讨好她们，他是尽量地做着指导的工作。但他认为最快乐的，还是帮孙玉芬扶着车子，他希望接近她，有机会扶着她的腰杆。可是孙玉芬骑的时候，就不要他扶。他勉强要去扶的时候，她都拒绝了。她说：“这样不行，一辈子学不会的。”她骑着跌了几跤，也还是要自己一个人骑。

她们吃一阵西瓜汽水，又学一阵自行车，就这样玩到了正午。张福全竭力邀请她们到街上去进小馆子，吃完再来公园玩，她们推辞了，说是天气太热，大家都出一身大汗，得回去洗衣服。他望下孙玉芬，希望她答允他的请求，他说：“你不回去好吗？”

“我今天跌够了，”孙玉芬笑着说，“再跌下去，明天怕班都上不了。”

四

张福全见孙玉芬不愿去吃饭，便也不勉强邀请她们了。他只得一个人骑着车子，跑回宿舍去。他一路想着：“今天真是倒霉，又给她们岔开了，一句话也说不出来。”可是感到孙玉芬并不轻视他，而且乐意和他亲近，愿意和他单独一道游公园，这一点又使他得到很大的快乐。他希望下一次再有和她谈话的机会，而且觉得这是可以做到的，心里就更加充满了愉快。到了宿舍，他跳下自行车来，情不自禁，吹起口哨。

第二天上班的时候，看见平炉车间的门口，那幅画和标语已经换过了。先前一个人指着每一个进门的人，问一句：“你完成了日产量了吗？”他当时第一次看见，就发生了疑问：“我怎么知道呢？我炼一炉钢，不到出钢时间，我就下班了，完全让下一班去出哪，是好是歹，我不知道。”他对那幅画，轻视地挥一下手，便走开了。以后就再也不注意了。今天画换过了，色彩鲜明，非常引人注意：一个炼钢工人，现出一副诚恳的面孔，张口在请求。旁边一行大字：“同志，请你为我们下一班创造好的工作条件。”这一下倒使他有点触目惊心了，而且不禁有点脸红起来。接着昨天孙玉芬那副严肃的脸子，现了出来，自己向孙玉芬说的那一番话，也回到了心头。他再望一下那幅画，便迅速走进车间去。

在出完钢的时候，补了一会儿炉，一助手李吉明走到他身边，悄悄地说：“我看就这么补一下算了吧！”他是不久前应张福全的请求，调到九号炉来的。因他不满意他的一助手，竟然有时候要从炉门眼上看看炉内的炉顶，无疑是有侦察的表现，就决定把他换了。

“不行，得补好一点。”张福全要工友们把细碎的白云石抛进炉底去。

李吉明又走到他的身边，这下更加挨近他的耳朵了，尖声地说：“我都打听清楚了，今天的确是秦德贵来接班哪。”

“不管谁来接班，该我们做好的工作，就得做好。”张福全大声地说，脸上现出了坚决的脸色。

“呵，呵，我晓得，你是受那幅画的宣传了。”李吉明嘲弄地笑了起来。

“我根本不理睬那一套。”张福全冷冷地说，继又教训地说：“老弟，你才来炉上，你得晓得咱们九号炉的风气，嘴是吵的，可是每个人都要尽量做好自己班上的工作。”

李吉明没有说话，见他车过背后，就拉了一下两边嘴角，心里骂道：“我晓得你这家伙，专会说漂亮话的！”

五

李吉明自调到张福全班上，格外出力地工作，有些不该他做的，他也勉强去做。尤其帮助张福全做了许多事情：看炉顶，看蓄热室，看炉底，看钢水，指挥加料，他都尽量地出力。何子学在黑板报上表扬过他三次。

张福全原来同他感情很好，总爱一道吃喝玩耍，现在就更加依靠他了，觉得有他这样一个助手，工作就减轻了许多。两个人下班总是一路回来，一前一后地骑着车子走在路上。自从张福全决心不为下班制造困难以后，同李吉明争执了几句，张福全感到有点不过意，一下班就向李吉明说：“老李，今天不回宿舍去吃饭，咱们到小馆子去喝杯酒。”

“好极了，我就怕吃食堂里的饭菜。”李吉明高兴地骑上车子，尾着张福全跑了起来，直向市中心区热闹的街道驰去。

在热闹的大街后边，纵横着几条小而整洁的街道，电影院、剧院以及饭馆、小酒店就点缀在这些地方。垂着五彩珠帘的油漆店门，陈设着烧肉酒菜的玻璃橱窗，助长了繁华的景色。炒菜下锅的香味，飘荡在向晚的空气里，有时轻微，有时浓烈。走在街上的人，不是现出寻找什么的兴奋脸色，就是神情满足，嘴角衔着一根牙签。张福全和李吉明跑到的时候，正是电影院散场了，满街都是人。他们把车子寄在门口，进了一家常到的小饭馆，在一间小房间坐下。先要一个有着熏鱼卤肉香肠的冷碟子、半斤酒，两个人便面对面地吃了起来。

李吉明首先满脸堆笑地问：“怎么样？什么时候吃到你的喜酒？”

“远得很，还谈不到那上面去。”张福全欢笑地说，话虽说是很远，可是看他脸上现出的笑容，却像是并不远了。在他自己认为有把握的一点，便是孙玉芬肯同他单独两个人游公园。因为现在一般的婚姻方式，便是有人介绍，彼此会面一次，觉得满意，就进行订婚，同游同玩。他现在感到业已接近订婚的界限，甚至还有越过的地方，就只差订婚那一种仪式。然而又觉得遥远的原因，就是要求订婚这一句话，始终没有机会说出口来，没有说出口来，那就还没有一定的把握，也可能弄不到手。

“你进行得太慢了。”李吉明摇一下头，“这样不行的，连我都在替你着急起来。你应该大大使一把劲儿！”

“这不能像炼钢一样，不能用快速的方法。”张福全说了之后，欣然饮了一杯酒。

李吉明喝了一口酒，一面夹个熏鱼，一面意味深长地说：“我们总要记着一句话，人家说，月饼应该快点吃，放久了就会走油。”

“你要知道，她就不是月饼啰。”张福全抵塞地说，赶忙喝酒夹菜。

“当然不是，孙玉芬她那政治认识好高去了！”李吉明叫了起来，“说句良心话，你和我怕都赶不上她。”随又小声笑着说，“你不要把我讲月饼的话告诉她，她会把我骂死了。”

张福全不想再讲下去了，就转过话头说：“老李，我想同你谈谈这个问题。你来九号炉不久，有些事情你还不大清楚。你要晓得九号炉比别个炉子强，就是有点好风气，不管三个炉长再有意见，总要为下一班留下好的工作条件。”

李吉明原是停下筷子，很恭敬地听着，听到这里忍不住微笑起来。他来九号炉虽不好久，可就看出过张福全就有意给下一班留一些困难。

张福全越发严肃起来，仿佛要制止对方的微笑似的，用筷子有力地点一点说：“我们有时也的确给下一班一些困难，那不是有意，只是一下子疏忽了。”

李吉明敛住了笑容，并不同意他所说的话，但还是竭力点头赞美："你说得不错，我看得出来的。"一面提起酒壶，给张福全杯里斟得满满的。

"你没有看出来，"张福全直率地驳他，"今天我要告诉你，就是不要故意去搞秦德贵，尽管我和他有意见，吵过嘴，闹过架，可是干起工作来，就要有九号炉的风气，起码不为下一班制造困难。我们干工作就是要老老实实。"在过去，他的确具有这样的作风，只因同秦德贵有着剧烈冲突之后，这才丢掉了，现在又算重新回到他的身上。而他说的时候，口气和态度，都仿佛从来没有丢掉过似的。

"我倒并不是想违犯你们九号炉的风气，"李吉明把身子移近张福全一点低声地说，"我只是太讨厌秦德贵了。"

"你觉得他哪些地方讨厌？"张福全微笑起来。

"我们不说别的，"李吉明把端着的酒杯，很快放在桌上，举一下手，"就拿这点事情来讲吧，别个的女朋友，他可要插手进去，打算揩一点油。你说，这不叫人讨厌么？"

张福全连忙低下头，端起杯子喝一大口酒，一面夹着刚刚端来的炒菜，自言自语地说："人家好的女朋友，他还是揩不到油的。"

李吉明拿起筷子，刚要伸向炒的菜了，又缩了回去，瞧着张福全的脸子，尖利地说："不管他揩不揩到油，可像苍蝇一样飞起来，这就使人烦恼哪。"

张福全感到这话说得很对，只是现在听来不以为意，因为这个阶段已经过了，近来秦德贵和孙玉芬没有来往，他是晓得的。因此，他嘲笑地问道："他近来是在追你的女朋友么？"

"没有，我也没有女朋友。"李吉明一面嚼着鸡丁，一面笑着回答。随又做出生气的神气说："真是那样的话，依我李吉明的脾气，早就打破他的头了。"

"那你用不着生他的气。"张福全说了之后，就对菜表示不满起来："这盘鸡丁，好像味道差一点，不够咸。"

李吉明立即走到小房间门口，向伙计招一下手：“同志，拿点酱油来。”他坐下之后，很诚恳地说：“我这个人，还有这点脾气，就是谁同我好，我就忍不住要把他的事情，当成自己的事情一样。这点脾气，挺不容易改过来，我简直拿它没办法。”收尾现出苦恼的样子。

饭店服务员送来了酱油，李吉明接着朝鸡丁里淋了一点，张福全赶忙拿筷子去拌动盘里的菜，把它拌搅匀净，一面高兴地说：“老李，你倒不要改它，我交朋友就要交你这样的朋友。”随即抓起酒壶，给他斟满一杯，又给自己斟了一杯，放下壶，端起杯子说：“老李，炉上辛苦你了，我敬你一杯。”

李吉明一口喝完了酒，忙说：“算不得什么，应该多替你做点事情，那才够得上朋友。”接着又小声地说：“现在不兴拜把子了，老实说，那是挺好的。”

“拜把子，那太封建了。”张福全摇一下头。

“当然，那是挺落后的。”李吉明附和地说，“我是说，一个人交朋友，得有那种精神。”

吃完饭后，李吉明又像往天一样，争着去付钱。张福全一把拉着他，翻着含有醉意的眼睛，带怒地说：“不行，你给了，那不行的，我请你，你怎么给钱？那不行的。”向服务员说：“你不能收他的钱，你收了我不答允你的。”

李吉明看他有些醉了，这才不争着付账了。

第二十章

一

厂长赵立明在辽南钢铁公司开会回来，快要到下班的时候了，他一走下汽车，便到党委书记室，走去推开门，看见党委书记不在。就去问何子学：

“党委书记哪里去了？”

“他今天一直没有来。”

“他今天在做什么？”

“这我不知道。”

“你不知道。党委书记没来，你都不打电话问问。”

何子学赶快拿起耳机，拨动电话。

“喂，党委书记在家吗？唔……唔……唔……”何子学放下耳机说：“整天不在家，一早出去的。”接着又推测地说：“恐怕在市委开会吧？等我打电话给市委。”

“不用打，市委开什么会！刚才市委书记他们，还在公司里。”赵立明恼怒地说：“这叫我怎么不发脾气嘛，就像工厂是我一个人的。”

“今天支部开会了没有？”

“没有。”

“为什么不开？九号炉的新炉顶都修好几天了，竞赛就要开始了，党员都还不发动吗？”

“我们要等党委书记，等了他一天，他没来！”

“今晚你就到宿舍去召集党员开会。”

“厂长，晚上他们都在上夜校学习，支部原来做了保证的，不耽误他们！”

赵立明眼光炯炯地望着何子学，生气地说：“你们怎么这样不看重生产哪！”

何子学在厂长面前，常常感到一种不可抵抗的威力，但他能够推在党委书记身上去，自己则从那种威力下面躲开，可是现在不能说“我去问问党委书记”了，只好红着脸说：“好，就去开。”

赵立明看见何子学为难的脸色，立即挥一下手：“算了，明天开吧。不然，以后又提意见，说是行政领导一切。”走出门去，像想起什么了，又转身回来，带着抱歉的神情，“我承认我的脾气急躁，脾气不好。可是我看见有人不关心国家的事业，我怎么不火啦。现在全国基本建设单位都打电报来，催我们的钢，任务紧急得要命。我们不能照往常一样，完成任务就算了，还得超额完成任务。”接着又压低声音，感到痛苦地说：“还有支援志愿军的炮弹，更是一天比一天紧急，还能耽误吗？……党委书记一来，就生搬了一套，每天要干部抽出一点钟来学习政治理论，学习政策，学习时事，好，我赞成，可是，他在生产方面就不起劲了……这学习还有什么用处？不是脱离实际？”

赵立明走进厂长室，还没坐在他的皮圈椅上，就抓着电话的听筒：“接调度室……喂，九号平炉几点钟出的钢？……”现出不耐烦的神情，“说简单一点，一共花了几个钟头……七点五十八分……”脸上立即露出笑纹，“张福全搞出快速炼钢，这还是第一次，通知工会表扬一下。”放下听筒，摇了一下，“接生产科……喂，今天计划增加的两百吨有没有问题？完不成？怎么完不成？”脸上的笑纹完全消失了，换成一种很愤怒的神气，仿佛完不成的责任，要全由生产科来负似的，“一号在炼炉？……谁叫炼炉的？……”一下把听筒放在电话机上，发出很大的声音，又摇了一下，然后厉声地说：“接一号平炉……我是厂长，你叫护炉技师立刻到厂长室来。”

炼炉是把用久了的炉底，重新炼过。炼的时候，先把炉里空了，然后在炉底上面铺上三四层小块的镁石，用煤气烧得凝结起来。每烧一层镁石，起码得烧六个钟头。因此，炼一回炉，少则有十六七个钟头，不能炼钢，多的时候，有三十个钟头，白白地烧空炉子。但炼炉是每个平炉都必须炼的，如果炉底用久了不炼，就会在炼钢的时候，烧穿炉底，把钢水漏下，引起火灾，甚至煤气管子也可能爆炸，毁去整个厂房。厂里便根据每个炉子的炉底使用情况，规定出每月炼炉的次数和时间，使炼钢的生产，能达到一定的定额，但目前为了提高产量，供应全国和朝鲜前线的紧急需要，厂长就决定尽量减少炼炉时间，比如十二天该炼一次，就把它拖到十三天甚至十四天才炼。而现在一号炉忽然炼炉了，这就破坏了提高生产的计划，使日产量的增产，不能完成，因此，赵立明就不能不生气了。

护炉技师张吉林走来的时候，身上穿着烧煳了的作业服，帽檐显着焦黑的破洞，脸和鼻子烤得通红，现出像是做了错事那样神情。赵立明见他一进来，就把手里的铅笔一丢，也不喊坐，只是气恼极了地问：

“谁叫你炼炉？”

张吉林诉苦似的说：“今下午三点多钟的时候，一号炉一出完钢，我查看炉底不行，依图表的指示：今天正该炼炉，我就来找厂长，厂长你又不在，生产科的人不敢决定。”

“这样，你就决定了吗？”赵立明恼怒地看了他一眼。

“厂长，炉底的情况不好，我拿铁钩子一量，已经到了一米二，再不炼就怕炉子漏哪。”张吉林一面说，一面拉下颈上的毛巾，擦他脸上的汗水。

“说来说去，你就是不关心增加生产。炉底的情况，我还不知道，起码还可以拖两炉。这一来，我们要提高日产量的计划全完蛋了！”赵立明在屋子里走来走去，沉痛地说，“我再三再四告诉过你，炼炉要得我的同意。”

张吉林知道少讲得好，一辩护下去，反会受到更多的责备。赵立明最后教训他说：“你必须建立一个思想，时时刻刻不要忘记，我们要设法提高产量，现在你们护炉技师的思想，就只想完成任务就算了，这个思想必须取消。”

张吉林一走后，梁景春进来了。梁景春把椅子挨近厂长的办公桌子坐下。赵立明没有理睬，只是翻看一些统计表册。这种沉默不理睬的态度，算是党委书记到厂以来，第一次遭受到的。梁景春却不管他的态度，只是静静地说：

“今天又出了快速炼钢……只是……”

“群众倒很积极。”赵立明立即截断他的话，没有抬起头来。

梁景春觉得口气不对，话里有话，就不再说出他要来说的话，只是就着赵立明的话说下去。

“我看群众的积极性，挺丰富，就是还没有好好发挥出来。他们的潜在力，还多得很。”

“我看这样，永远也发挥不出来的。”赵立明抬起浅发的头，苍黑见方的脸上，射出炯炯的含有怒气的眼光。

“为什么？”梁景春略微丰满的脸上，有点吃惊，但用冷静的眼光，直望着厂长的脸。

“就因为我们领导上不积极，看不见这个建设热潮中的紧急任务。”赵立明不望党委书记了，只是低下眼光，迅速地摇下头。

“这指谁呢？”梁景春这么想，一直冷静地望着厂长，随即静静地说：“我倒希望你给我提点意见！”

“你应该明白，是谁把竞赛计划停顿下来？”赵立明站起来了，“同志，我告诉你，我们在生产战线上，一秒钟都是宝贵的呵！”随手又把桌上的文件，一下掀到党委书记面前，“你瞧这些，要货的订单哪，全国的基本建设，都在伸起手，要我们的钢哪，他们都提前完成任务，打破了我们生产计划，我们必须提高计划，增加生产。不然他们的建设，就得停工待料，大受影响。还有朝鲜前线的志愿军，我们能够让他们空着大炮，等着我们的炮弹么？”

梁景春并不看文件，只是静静地说：“这我早看到了的，但我觉得你以为我今天没来厂里坐办公室，就是不积极的表现。我不会整天坐办公室，今天不会，以后也不会的。”

“你没有弄清楚我的意思。”赵立明立刻接着说，“我并不怪你没坐办公室，我是说，你没有抓紧时间，召开党员的会，要他们在增产竞赛上起带头作用。”

“我今天到工人宿舍、工人家庭去了解一些重要的问题。”梁景春不满意他的急躁，便更加从容不迫地说，使每一句都清楚而有力量，“我要挖出根子来，为什么他们的积极性和创造性不够强？为什么没充分发挥出来？这是一个重要的问题。”

“同志，我同意你的看法，这些问题确是重要。但这可以随时去了解，明天可以，后天也可以。可是请你不要忘记，我们今天最重要的问题，是增加生产。如何去提高日产量，如何去发动竞赛，必须首先放在心上。”赵立明也尽量平心静气地说，但到尾后，又有点沉不住气了，“同志，我告诉你，谁要是不关心增加生产问题，谁就是要犯最大的错误。”

“我就正是为了增加生产问题、竞赛问题，才到工人群众那里去呵。”梁景春稍微有点激动，立即镇静下来，“我看出有些工友，对他们的炉长有意见，因此积极性和创造性，就不能充分发挥出来，这对于竞赛是不利的。”

“可是，我们前几次的竞赛，也搞得挺不错！”

“但也有几次并不怎样成功。”

“我且问你，到底这次的竞赛搞不搞？”

“怎么不搞？我是要举起双手赞成的。但主要的问题是充分发动群众，要他们动脑筋找窍门，不是要他们蛮干。”

“但是发动群众的方法，可就有问题，像你这样去搞，一个人东跑西跑的，简直是手工业式的搞法。”赵立明讥讽地说，“依我们一向的搞法，先发动党员，要他们带动群众，然后再找模范炉子挑战，竞赛就可以搞起来的。过去有成功的经验，我们要利用。”

“发动群众的方法是多种多样的，绝不能只像你说的那一种。我要请你注意，你所说的这个模范炉子就有问题，”梁景春拿手敲一下桌子，“我担心他们自己就会失败，达不到他们增产的计划。而且，他们以前就有过这样的事实。失败的经验，我们也要汲取。”

“这回绝不会的。”赵立明原是在屋子里走来走去，这下便站到梁景春面前，用非常肯定的口气说，“他们增产的计划，都是精打细算出来的，我算过，生产科也算过，没有问题。”接着讽刺地笑了起来，“你不能单看少数人的意见，少数人在背后闲言闲语，就认为有问题，那就全看错了。厂里总有落后分子的，我们不能做落后分子的尾巴。而且你还应该看看，好些人都在进步，像张福全他今天就炼出了快速炼钢。在九号炉说来，这是一件不小的事情。”

“可是，你知道，就是张福全这炉快速炼钢，出了大桶底吗？而且另外还有一个废锭。”梁景春冷静地说。

赵立明马上抓起电话耳机：“接铸锭车间。”

“你不用查，我来了好一阵，就是在铸锭车间、平炉车间了解乙班的工作！”

赵立明还是拿着耳机问下去：“喂，给我查一下，九号炉乙班出的那炉钢，有没有废锭？有没有桶底？……”听了一会儿，他把耳机生气地一放，脸色变得可怕起来，没有讲一句话。

梁景春非常平静地说：“还有甲班工友对炉长的检讨，还不满意，因此对竞赛缺乏信心。这样来挑战，是没有把握的。”

赵立明惊异地站着，随即带着不相信的口气说：“我亲口问过炉长，也亲口问过支部书记，他们都说：工友对竞赛，对增产计划都很热烈。”

“也许他们只看见丙班的工友。”

“我主要是问甲班。”

“甲班工友也可以说是热烈，但是热烈地通过，却没有热烈地讨论！”

“这话我就不懂！”

“我告诉你，我问过好几个工友，他们热烈的情形，就是炉长订好了增产计划，念给工友听，最后就叫大家同意，叫小声了还要挨骂。这是十足的命令主义。”梁景春用手敲下桌子，现出很沉痛的神情。

赵立明忽然脸红了，恼怒地说：“难道干部要了欺骗手段？”

“没有，一点也没有。”梁景春冷静地说，“问题是在工友他们不肯向干部说真话。”

“他们不是也把工友的怪话反映上来吗？”

“那是极少数的，沉不住气。就是沉不住气，也没有直接向干部讲，而是在背后阴着讲，干部从旁人那里听来的。”

“那照你说来，工友对上级领导有意见？”赵立明竭力忍着气地说。

“这倒不一定。”梁景春摆一下手，“今天工友之所以能够完成任务，正是由于他们信任上级的领导，但好些炉长平素只按命令行事，作风不民主，弄得工友工作起来，缺少主动，因此，他们的积极性和创造性就不能充分发挥出来。没有充分发挥积极性和创造性，今天就不能增加生产。这是严重的问题，也是最根本的问题，我现在就在解决这个问题。”

赵立明坐到皮圈椅上去，低下头去断然地说道：“那就叫他们好好检讨吧！”等一下又忽然抬起头问：

“照你这样说来，竞赛就得拖些时候。”赵立明说的时候，现出为难的脸色。

梁景春正要说的时候，火车从窗下经过，声音充满了整个屋子，说出的话，连自己也听不见，就只好不讲，偏起头望下窗外，炼铁厂高炉的一角，正巍峨地立在远处，发电厂的烟囱，吐出浓黑的烟子，袅袅地升上蓝色的天空。

赵立明则皱着眉头，朝椅后一靠，仿佛对火车的声音也突然起了很大的憎恨一样。

火车声音响到那边去了，梁景春才掉回头来，望下厂长，然后说道：“我的意思，竞赛不妨稍拖后几天。情形正在好转，袁廷发已在准备作第三次检讨。”

“拖后几天。”赵立明大大摆下头，同时把身子倾向前面叫了起来：“同志，你看见没有，全国基本建设都在停工待料，伸手等我们的钢，你看见没有？”

梁景春静静地说：“我看见的，我心里比你还急！我是先要解决群众的思想呵。你并不是一个普通厂长，你要明白这点。”梁景春露出了恳求的样子。

赵立明叹了一口气，随即说道：“你是党委书记，关心思想问题，那谁也不反对。但我是厂长，不能不抓紧目前的关键问题增——加生产。”电话响了，赵立明站了起来，拿着耳机，听了一会儿便放下耳机，向梁景春说：“好吧，就再拖一拖吧。”说完便走了出去。

二

夜深了，赵立明还坐在办公室内，拨对外的自动电话，连拨了几下，都没有人接，生气了就把电话听筒放下，跟着又接对内的电话：“接调度室……喂，我是厂长，马上叫个人到炼铁厂去，问问他们铁水内的成分，到底是怎样的？含硫多少，矽多少，磷多少，都打听一声。并告诉他们，这边钢水，都在起泡沫渣。”讲完之后，又用听筒按着电话机，摇了一下：“接原料班……喂，找班长讲话，你说厂长找他。”

值班技师吴克相，穿着作业服走进来了。赵立明只是看他一眼，仍然打他的电话。好一阵，电话内都没有声音，就生气地骂声“混蛋东西”，就把听筒放上去了。

吴克相瘦瘦的，有着精明的脸色。他只要一接触到厂长，就注意厂长的一举一动。听见厂长在骂人，心里便想：“一碰到任务完不成，就要骂人！”他觉得应该小心为妙。他见厂长不再打电话了才轻声喊：“厂长。”

“什么事？”赵立明翻动桌上的纸张，没有抬起头来。

吴克相小心地说：刚才五号炉出了钢，炉底情况不好，打算炼一下。”

“炼一下！”赵立明吃惊地叫了起来：“那今天的日产量又提不高了！”立即走到墙壁旁边，用手一指：“你瞧，依图表指示，起码还可以拖炼一炉。”随即把指着图表的手一挥，断然地说：“不能炼炉。”

值班技师吴克相脸通红起来："炉底情况不好，护炉技师晚上又不在，技术员、炉长和我都觉得应该小炼一下。"

"让我去看看。"赵立明立即站了起来。

吴克相默默地跟在后面，走上平炉车间，但心里却禁不住想："先前作了决定，不能更改。现在好了，他要根据实际情形看看。"

赵立明到工厂已有三年多，平日热心钻研炼钢技术，一切炼钢的书，他都再三看过，凡厂里开技术方面的会，他总要亲自掌握。谈起技术方面的问题，工程技术人员，都很注意地听，觉得厂长并不是外行。赵立明则认为各个人员都有保守思想，只想完成任务就算了，不想每天每月提高任务，超额完成。凡是决定工作，技术员说是六个钟头才做好，他就要他们缩短时间最好五个钟头或者五个半钟头。他又认为技术员只管本身工作没有错误，是否影响生产就不问了。他最不满护炉技师，隔不好久就要炼炉，今晚若是护炉技师来说炼炉，他看下图表还隔三四个钟头，就会干脆拒绝，也用不着到车间去看，护炉技师那一套工作心理，他是再明白不过的了。但现在来的是炼钢技师，平素是不管炼炉的，他也要叫炼炉起来，情形显然有些不同了，赵立明便决定亲自去检查一下。

走上平炉车间，原料班长陶一兴迎面走来慌张地说："厂长，刚才在那边检查原料，听说你叫我。晚上来原料不能不检查一下。"他竭力申辩他没有马上接电话的原因，生怕厂长会责备他。

赵立明眼光锋利地望着他："你叫大家好好检查一下，现在平炉在起泡沫渣，冷料槽子，不要带进杂质。"

陶一兴取下颈项上的毛巾，擦他脸上的汗，赶忙说："我们就正在注意装冷料，生怕……"

赵立明打断他的话："你要他们仔细点，不要马马虎虎。"说完就朝前走去。

有的炉子出完了钢水，装人机正把成吨的碎铁，送入红火冒出的炉门。有的炉子在补后墙，工友正用铁锹把白云石抛进炉去。炉里冒出的火光，白天还不觉得怎样，夜晚可就显出它的威力了，真可用一句老话来形容，“热火朝天”。一个想睡的人，一看见这种热烈的景况，也就不想睡了，只是感到无比的兴奋。装人机在走道上，转来转去，不断地响着警铃。赵立明和吴克相得等装人机走过，或者绕着装人机走。

赵立明走到五号平炉，便向炉长说：“把炉门打开。”

炉长还没有吩咐，一个工友就跑去开卷扬机去了。炉长只是把手竖起，中间的炉门便提了起来，火焰光芒四射地冲出，炉前两三丈远的地方，也感到酷热。吴克相告诉一个工友，要把炉体朝前倾斜一点，好检查炉底。一个工友马上向炉后侧边管倾动机呵地叫了一声，随即伸出手，朝下指点着。炉体便朝前倾斜起来，到了可以看见整个炉底的时候，炉长便叫了一声，同时把手朝头上举了一下。那个远远站在炉侧的工友，一直用手势指点着的，也立刻把手朝上举了一下。炉子便停止倾侧，不再动了。

赵立明拿出蓝色镜子遮在眼睛上面，走到中门去看，一面用右手的袖头遮着脸。因为火太强烈了，不遮一下，脸和鼻子都会烫得受不住。他的袖头和衣裳本是干燥的，但站在炉门面前，也把最少的一点潮湿蒸发出来了，轻微的白色水蒸气，袅袅地冒出。倒是吴克相看不过意了把他拉开，一面急切地说：“厂长，你衣服都要烤燃了。”

赵立明没有立即走开，很不满意地抵塞一句：“这可以马马虎虎看下就了事吗？”他是已经受不住了，太阳穴热得发疼，但为了要看清炉底，为了责备别人只顾自己，便得再忍受一会儿毒热。

吴克相听见他说的话，倒抽了一口气，觉得自己原是为他好，出于爱护他的诚意，倒反而得到气怄。他不再说话了，只站得远远的。

赵立明一离开炉门口，炉长赶忙举起手，朝下一落。管卷扬机的工友，便把中门放下，猛烈的怒火，就关在炉内了，只在炉门中部的小眼，以及炉门边的缝里，钻出火舌。赵立明回过头来，没有说什么，只是紧闭着嘴巴，向吴克相以及技术员和炉长，不高兴地看了一眼，仿佛在骂："你们看的啥炉底！"

炉长脱下一件工作服给赵立明。赵立明一面穿，一面就走到东二门去，工友立即用卷扬机拉起炉门。他看了东二门，又看西二门，越看越气："又没有现出坑嘛，为啥要小炼？"看完之后，一句话也不讲，只向炉长举下手："装料！"一面脱下工作服，一面就走到靠外面的平台边上，透一透凉。

炉长现出为难的神情，望一下吴克相，又望一下技术员，他最担心的是炉底已超过了一米二的规定，漏了钢水怎么办。吴克相觉得厂长很难讲话，一开腔说不定又要挨骂。再则觉得自己责任也尽了，假使万一出了事故，那得由厂长本人去担负。

但在工友方面，倒是愿意装料的，因为生产的工作总比烧空炉子，来得起劲。炼炉在他们看来，乃是不得已的工作。所以一听见装料，都高兴起来。炉长立刻带起工友，拿起大铁锹，把白云石投到炉底上去，铺上一层之后，就叫装人机来装料。

赵立明随即走下平台的铁梯子，在露天的原料场上，缓缓地走着。夜风吹来，很是凉爽，只是还轻微夹杂有瓦斯气味。电灯照得通亮，桥式吊车在上空哗啦哗啦地响着，不断地把装满冷料的铁槽子吊上平台。工人们则把火车运来的碎铁和矿石，装入地上的铁槽子。赵立明知道，他到这里，对于工友并无帮助，但可以使他们提起精神，兴奋起来。工人的确也是这样的，看见厂长还没回家，到处走来走去，便自然而然十分上劲。

三

赵立明在原料场走了好一阵，走到西头的时候，看见平日开会的大会场，电灯开得通明透亮，心里很奇异，难道忘记关灯了吗？走近去看，里面坐了许多人。"这时还在开会吗？"看一下手上的夜光表，正指着十一点三十分，很不满意起来："这简直是疲劳轰炸，等下十二点上班还有精神工作吗？"他挨近窗子看，找出谁在主持这个会。

只见工人随便乱坐着，东一团西一堆的，有的坐在椅背上，有的又蹲在椅子上，有的坐在椅子上，又把足高高翘起，放在另一张椅子上，有的手里拿着报纸，有的手里又拿着小人书，有的在念报纸，好些人坐在旁边听。全不像在开会，都在吱吱呱呱地乱说，高声地笑。秦德贵忽然站了起来，面上露出笑容，大声地说：

“同志们，时间快到了，咱们该接班了，我现在讲几句话，今天晚上时事快板，唱得很好，大家谈得很高兴。只是有人还不知道杜勒斯是干什么的，这就看出了有人平日不看报。这就等于瞎子摸团鱼，摸是摸了，可是摸不着，我们不要做瞎子。”

这惹起好多人笑了起来。在笑声中，有人笑着在骂：“妈的，你才是瞎子。”

秦德贵脸上现着欢笑，一面用他那嘹亮的声音，要把笑声骂声压服似的叫道：

“咱们是新中国的炼钢工人，可不是那些开小铺子的打铁匠，只是一天出身臭汗，晚上倒在炕上抱着老婆困觉就算了。”

停止了的笑声，又复哄笑起来，同时也有人笑着在骂：“妈的，你的老婆在哪里？”

“咱们天天炼出钢来修铁路，修水闸，修工厂。”秦德贵高声愉快地说，“一句话，就是咱们天天在建设咱们的国家。同志们，咱们亲手在建设这个国家，咱们怎么不关心她，不爱她呢？”随即把手上那卷报纸打开，两手各拿一只角，挂在胸前，“同志们，这就是一扇窗子，打开这扇窗子，就天天看见咱们的国家了。看见她在进步，看见她在发展，看见她一天比一天变得美好，咱们怎么不喜欢她？同志们，咱们看报，咱们就是打开这扇窗子。”

大家听见他这个比喻，都不禁心领神会地笑了。这是秦德贵从党委书记那里听来的。

秦德贵折好报纸，就用报纸挥了一下，断然地说：

“咱们是新中国的炼钢工人，一定要天天打开这扇窗子，看一看咱们的国家。同志们，你们同意吗？”

“同意。”大家都欢笑地叫了起来。

“那么大家就要抽出时间看，不论你在什么时候，只要有点闲就应该看看，不认识字的请人念念，我们认识字的，一定要念给别人听。”秦德贵说了之后随即跳下台来。

大家兴奋地走出会场，秦德贵留着关灯。赵立明便走了进去，向秦德贵问道：“这是哪个召开的？”

“厂长，我们不是开会，我们只是在这里玩玩，自从梁党委书记一来，这里就变成俱乐部了，再不像以前，只是一座空荡荡的会场。”秦德贵看见厂长脸色不好，他知道会抓住什么东西来开始他的责备，便竭力镇静地说话，把自己应战的阵势摆好。他常常感到一同厂长讲话，就像是在作战一样。

“变成俱乐部？那谁来管理？”赵立明认为这样添置人员，忽然增加一笔开销，便很不满意。

“用不着管理，这叫作无人管理俱乐部，”秦德贵笑着说，“反正东西也不多，只是画报、报纸、小人书。”

但赵立明不但没有平下怒气，反而更加不快地说：“我看你刚才那一番讲话，不像是在开会吗？”看见秦德贵要讲话，立即用指头抵下秦德贵的肩膀，“你不要分辩，你那种形式，就等于是在开会。……我告诉你，夜班上班之前，还要开什么会，发什么议论，我是不准许的。”

“厂长，那不是开会，也不是发议论，我只是趁大家文娱的时候，抓着机会讲几句。”秦德贵立即分辩，并竭力忍着自己的怒气。

“我晓得，你就是爱出风头，不论什么地方，你都要讲几句。”赵立明眼光灼灼地直射着秦德贵的眼睛，仿佛要用眼光的威力，将他制服下去。

秦德贵毫不畏惧，只是声音有点不寻常起来，急促地说：“厂长，这能说是出风头吗！我是个宣传员，我得随时找机会跟群众讲话……”

赵立明立即用手指戳下他的肩膀，截断他的话：“你得首先明白，你是个炼钢工人，并没有叫你脱产。”

“我并没有耽误工作呀！”秦德贵忍不住叫了起来，“厂长，你查一查，你看我耽误了什么工作？”他同厂长讲话，从来没有这样大声过，以前无论怎么气愤，在厂长面前，他总能忍受，现在不知怎的，却一下子就爆发出来了。

“你没有耽误工作，你这样发展下去，你试试看，你就会变成一个专爱出风头的人，而且还要骄傲自大，”赵立明讥讽地说，“你明白吗？一个人风头出惯了，不出风头，他就过不了日子。我告诉你，你要专心一意地好好炼钢，踏踏实实地工作，不要分辩，去吧快去接班。”

秦德贵竭力忍着怒气，一面关电灯，一面表示委屈地说：“这原是党委书记给我这个任务，哪里是爱出风头。”

秦德贵走上平炉接班去了。赵立明慢慢回到楼上办公室，心里一路恼怒起来：“该死的，这家伙竞赛不搞，一天到晚，就是政治、政治、政治。他一来厂里就东硬搬一套，西硬搬一套。现在他倒安安静静地躺在家里。”

赵立明还没走进办公室，看见党委书记室内，电灯开得亮亮的，门没关着，一大片光亮落在门外水泥地上。他立即走去，看见党委书记梁景春正同秦德贵两个人，在站着讲话，就不高兴地说：“秦德贵，你该接班了，你还要先检查炉子。”他主要是不高兴党委书记，又把快要接班的人，抓住讲话，他觉得他处处都表现出不关心生产。

梁景春立即向秦德贵说：“你快去检查炉子，我等会就到炉上来。”随即向赵立明关切地说：“这夜深了，你还没有回去？”

“这怎么能回去，晚上的问题又这样多。”赵立明不愿同梁景春谈下去，说完就转身走了。

四

秦德贵正在带着工友，拿着铁锹把黏土铲进炉门，投在沸腾的钢水内。梁景春第一眼看见秦德贵，就禁不住想：秦德贵怎么搞起的？那种工作时的愉快精神哪里去了？脸上笼着抑郁的阴影，行动的样子，很是猛烈，使人会联想起一头发怒的雄狮，难道晚上工作，就要用这样的态度么？他是第一次看见秦德贵在夜间做炼钢工作。黏土块投完之后，秦德贵把铁锹朝铁板铺的地上用力地一丢，发出很大的响声，使得一些工友都朝他望了一望。他没有拉下颈上缠的毛巾，来揩额上脸上的汗水，就立即朝关着的炉门洞眼上去瞧，看了这个门，又看那个门，一会儿弓着腰偏起头，望望炉顶，一会儿踮起足，瞅瞅钢水。他不像往常一样，看了炉顶和钢水之后，还要离开炉前，同别人笑嘻嘻地打招呼，或者说两句笑话，他老是在炉前走动，不肯离开炉子。梁景春越看越觉得秦德贵是有些改变了，心想该不是受了赵立明的指责吧？他不好立即找他谈话，只得多站一会儿，平台外面吹来的南风，略带一点点瓦斯气味，但却非常的凉爽。

技术员陈良行从别个炉子走来了，先在炉门眼上瞧了一会儿钢水，然后走来同党委书记打招呼：

"党委书记，这夜深了，你还没有回去吗？"接着又笑着说："现在是该紧张起来呵，兰新铁路、天成铁路都在伸手要咱们的钢。"他认为党委书记也在厂里熬夜，是要督促大家在晚上不要松懈下去。

梁景春并没想到他要起这样的作用，他认为只要各个人提高了政治觉悟，是用不着谁来盯在旁边督促的，他听见陈良行说的话，是在关心国家的建设，便高兴地问：

"你们对学习政治理论，有兴趣吗？"

"很有兴趣。"陈良行笑着回答。竭力在党委书记面前表示他在政治上并不落后，其实他还感到学习的困难，虽说技术员并不是天天在学习，但总觉得在八点钟紧张工作之后，再来一个钟头读那些大块文章，的确有点吃力，他怕党委书记同他谈到那些难记的内容，便连忙提到厂里近来各处张贴的图画："那实在好，一下子就能看见我们祖国的建设，还能看出我们炼钢的伟大意义。"兰新铁路、天成铁路的修路工人，热烈地架设铁桥铺设铁轨，他就是从贴在食堂壁上的五彩画上看来的。这给他印象很深，的确使他感动。于是他提议地说："我们俱乐部的壁上，修淮河水闸，荆江分洪，康藏山里修路架铁桥，都有了，我觉得还应该画一幅关于志愿军的。"

"你提的对，我们正在画这样的画，不止画一幅，要画许多幅。"梁景春很愉快地望着他。

陈良行高兴党委书记的赞美，便热忱地说："党委书记，我看画志愿军，还得画出他们的炮弹，怎样打垮敌人的碉堡。我想工友一定高兴看的。大家晓得，我们炼的五〇锰钢，就是拿去做炮弹，支援志愿军的。"

"你提的很对，我一定告诉他们，把这个画出来。"

梁景春摸出笔和手册，立刻记了上去，他很重视这个提议，生怕会忘记了。写好之后，又很有兴味地问："你再提议点，你提得很对。"

陈良行笑着说："没什么了，我就只想到这点。"

"你可以提点别的，凡厂里的事情，你都可以提议，"梁景春觉得机会不可失掉，想趁此从他那里得到一些东西，就再鼓励他，"你们在厂里工作得久，一定提得对。"

陈良行只是笑，没有讲话。

梁景春觉得说到厂里，范围是太广泛一点，应该给他提出问题，便笑着问道："你觉得领导上怎么样？"

但陈良行却赞美地说："在领导上说来，我觉得赵厂长很不错，他挺能学习技术，凡是厂里开什么技术座谈会，总是喜欢来主持。"

梁景春望了一下陈良行，然后说道："他在办事方面，你觉得怎样？"

"那办事就能干了。"陈良行现出佩服的脸色，"果断，又有魄力。"

梁景春一向觉得在技术员里面，和气而又最容易谈起来的，就是陈良行，那副胖胖的和气爱笑的面孔，使人有着不坏的印象，但这回想深谈一番，却又谈不下去，他感到有些为难，他认为陈良行对领导上一定有很多的意见，只是他不肯说了出来。可是梁景春不愿就此作罢，他要追问下去：“你觉得同厂长工作，你有没有感到为难的地方？”一面说，一面笑起来了，仿佛在说：我知道你是有意见的。

陈良行也禁不住笑起来了，只好说道：“有是有的，并不多。倒是他们值班技师和护炉技师，容易感到为难，像刚才吴克相还在抱怨。”他一下把自己撇开，让谈锋转到别人身上。在他看来，厂长和党委书记是站在一道的，说了厂长的不是，岂不是等于当面批评了厂长？他还不敢这样做，再则，他又一向主张：“我们应该规规矩矩地钻研技术才对，没有这个还站得住足吗？别的由他吧，少惹些麻烦！”

梁景春连忙问道：“吴克相抱怨什么？”

“就是为了五号炉底的事情。”陈良行说的时候，还向梁景春走近一点，“已经到了一米二了，超过了规定，吴克相和炉上的技术员、炉长，都主张炼炉，厂长他却不准许，就是小炼一下，他也不答允，这让炉底漏了，怎么办呢？总不能全推在厂长一个人身上。”

“那料已经装了吗？”

“当然装了，哪个敢不装？”

“还有补救的办法没有？”

陈良行笑了一笑，才说：“那只有碰巧了，碰巧上回炼得好，也可以拖过这一炉的。”说了之后，便赶快跑到炉眼前，去看钢水炼到怎样的程度了，看了之后，又跑到别个炉子去，他一个人管三个炉子：九号、八号、七号。

“怎么这样决定事情。”梁景春对赵立明的不满，原是丢掉了的，现又回复转来了，但这时所含的成分，却又不同了，刚才不满，是认为厂长脾气不好，现在却觉得他简直是拿国家财产和工人的生命去冒险。他知道钢水一漏，会引起煤气爆炸，毁坏整个工厂。因此，不满就更加来得严重。梁景春本想再同陈良行研究一下补救的办法，但见他忙着去视察别的炉子，就赶忙去找秦德贵，他走到炉前去，第一句就问：

“我问你，要是炉子漏钢水了，可有办法救么？”

秦德贵吃了一惊，为什么党委书记会提出这个问题，再看党委书记的脸色，很不愉快，先前常常现出的和颜悦色，一点也没有了，便很担心地问：“哪个炉子要漏钢水了？党委书记，你快告诉我。”

“没有，没有，”梁景春见他那样担心，赶忙解释，“我是问，假使有漏钢水的事情，怎么办？”

“哎呀，吓我一跳！”秦德贵笑着叫起来，一面拿下缠在颈上的毛巾，揩他脸上的汗，等梁景春把刚才说的话，再说一遍之后，他才摇下头回答：“要漏了，那就危险得很，什么也来不及，一炉钢水，不到二十分钟就漏完了。”

连秦德贵都说没有救，那就严重到极点了，梁景春不安地说：“我是要问这一点，比如说，一个炉子不行了，已到一米二，可能会漏钢水，那有办法防备么？总不能眼睁睁看它漏吧。”他的额上出汗了，一方面由于担心，一方面也由于炉前太热。

“这有办法的。”秦德贵连忙回答，脸上露出坚决而有信心的神色，“只消常常下楼去检查，就能够防备。炉底要有漏的地方，首先会发红，一看见发红，吊大罐来，把钢水倒出去就是。听说伪满时候，漏钢水多半在晚上，就是晚上怕麻烦，没有下去检查。”

“你们晚上下去检查吗？”梁景春担心地问。

“我值夜班就定规要派人下去检查的，不检查，就不放心，这等于打游击战一样，时时刻刻都要警惕着，放出侦察员。”秦德贵说完之后，便大声向工友问：“下去检查过没有？”“刚才检查过。”有人这么回答。秦德贵又向梁景春说：“我们这班每天晚上，都轮流负责，下去检查，有时隔个点把钟，我也亲自下去。”

梁景春紧跟着问道：“别的炉子，也是这样的吗？”

秦德贵笑了一笑，然后说道：“少数人怕麻烦，很少下去，大多数人认为炉底情况好，用不着下去！”

“这怎么成呢！”梁景春叫了起来，现出一脸惊诧的神色，于是立刻作着决定说：“你赶快设法通知各个炉子，要时时刻刻派人下楼去，尤其五号炉，要他们当心。”

秦德贵立即叫一个工友，去调度室，要他们通知各个炉子，派人下楼检查炉底，并说这是党委书记吩咐的。工友刚要转身走了，秦德贵又叫住他，连忙问梁景春：“党委书记，我看要规定一个时间才好，你说三十分钟下楼一次行不行？我的炉子，就经常半点钟下去看一次。”

“我看二十分钟一次的好。”梁景春说了之后，就立刻直接吩咐工友：“你告诉他们，要他们通知各炉，二十分钟下楼检查炉底一次！你还要告诉一声，说五号炉要十分钟下去检查一次。”

梁景春就在九号炉上，打电话给赵立明，说明该炼炉不炼，是很危险。并把下楼检查炉底的临时决定，告诉他听。赵立明一听就说：“你不要光听他们技术人员的意见，出钢的时候，你亲自看看炉底好了。”接着就挂了电话。梁景春皱一皱眉头。

五号炉的危险性，一直卡在他的心上，梁景春本是同秦德贵说完了话，就要回家的，现在决定留在厂里过夜，他怕工友对他的吩咐，不好好执行，他想亲身检查下子，他走回党委办公室，拨动对外的电话，告诉他的爱人丘碧芸说他晚上不回家了。打了好一阵，丘碧芸才爬起来接电话，她在电话里不安地问：“厂里出了什么事故了么？”

“没有。只是有些要紧的事情，得亲自在场。”

“什么事情？”丘碧芸在电话里面问。她听见梁景春没有回答，就只好这么说道：“你要注意你的身体呵，不要搞得太累了。”

梁景春挂了电话，的确感到有些疲倦，但他想着五号炉的危险性，便又振作起来，他重新走上平炉车间，经过厂长室的门口，门是关着的，但里面热烈讨论的声音，却是听得出的，显然还在研究泡沫渣的问题。

梁景春不回办公室了，时而走到这个炉子，时而走到那个炉子，人们劳动的热情，感染了他，使他瞌睡劲一点也没有了。有的炉子在取钢样了，钢水倒在钢样模型里，不住地沸腾，射出金黄的火花，高达二尺以上，连续不断地射出，极像一束金黄的麦穗，非常好看。炉长，一、二助手以及技术员，能够从火花射出的形象，火花在空气中爆开的样子，判断出所含碳素有多少度，而且只消一眼，就能说出确切的数目字。梁景春跟他们一道，看了好几次钢样子，感到很有兴味，他想：一个人在平炉车间蹲久了，真想自己也变成个炼钢工人。

第二十一章

一

吃了晚饭，孙玉芬便同几个女朋友，到住宅区的百货商店，去买点牙膏、肥皂。太阳刚落下去，现出一望晚晴的天空，辽阔、深蓝，没有云彩，只在西边，抹上几片红霞。路两旁的柳树，静静地垂着枝条。蝉子还在叫着，好像一点也不疲倦似的。附近篮球场上，时时爆发着观众的欢呼。远处工厂区域，火车放哨的声音，一声声传了过来，显得住宅区域格外安静，悠闲，愉快。除了有一两个骑自行车的人，跑得快点而外，出现在马路上的人，全都缓缓地走着，一面扇着扇子，一面笑谈。充满了星期六的假日气氛。

走到百货商店门口，孙玉芬碰见丁春秀，她正买了东西出来。两个人好些天不见，一下子又有好些话说，尤其丁春秀不向孙玉芬讲一番，心里就感到闷得慌。她首先告诉孙玉芬的，就是孩子的爸爸，这一向心情不好，动不动爱发脾气。有时回来坐在炕上，闷着头，一句话也不讲，只是有支烟、没支烟地抽。弄点好菜给他吃，也不起劲，好像吃不吃饭，都不在意似的。

孙玉芬不待她讲完，就惊异地问："为什么这样？是不是工作不顺手？"

丁春秀挨近孙玉芬一点，好像在讲什么秘密的消息一样，低声地说："我告诉你，自从那一天晚上，厂里的党委书记到我们家里来。"讲到这里，她忍不住微笑起来，因为这一件事情，使她受到了表扬，始终感动了她，一提起就情不自禁地乐了，接着她又敛着笑容说："党委书记约小兰她爸爸出去谈话，回来，他就不高兴了。"随又补充一句："听说批评了他。"

"为什么批评他呢？他不是工作得挺好么？"孙玉芬惊异地说。

"谁知道是什么事，"丁春秀皱起了眉头，"只晓得工友们向领导上告状，到底为了什么，还不明白，你一问，他就要发脾气。"接着就又动一动眉毛说："我还想过，你倒同他谈得起来，就怕你忙，没有来找你。你得闲么？你去我家里坐坐，好久没去了。"

孙玉芬回头看看，她的女朋友们全都走进商店去了，就笑着说："我还要陪她们买点东西，等几天，我再来看你们。"

丁春秀见她不肯去，就又讲了下去，她现出不满的神情说："不晓得他们怎么搞的，秦德贵那个冒失鬼，倒得到了表扬，你看见没有？前几天报上还登过他的像哩，贴在那边墙上，多少人看。"

"我看过了，"孙玉芬平静地说，"报上说他的确有功。"

"好吧，就说他有功，为什么他袁廷发就该受到批评，不论拿哪一点比，都不比他秦德贵差哪。"丁春秀说着说着，就忍不住气了。

孙玉芬就劝她说："我想总有根据的，领导上不会无故批评一个人，也不会无故表扬一个人。"但她心里始终奇怪，为什么那样好的一个劳动模范都要受到批评，没有说出口来，只是忍着。

"我总有点不服气，"丁春秀两边的嘴角拉一下，"人家还是一个劳动模范哪，你就一点都不照顾么？他不对，他又怎么做劳动模范呢？"她原先觉得丈夫不把女人看在眼里，应该批评一下，不管党委书记批评什么，总认为批评一下的好。但一久点，看丈夫心情老是不开展，脾气一直在坏下去，就又觉得党委书记那次的批评，是有些不适当，起码也是有点过火。

孙玉芬静静地站着，没有讲话，可是心里却有些激动。

“我总疑惑他们有些偏心。”丁春秀摇了一下头，“听说秦德贵化炉顶搞新纪录也受到表扬，好多人都说这是不对的。这回表扬他，你晓得，他又搞出什么毛病没有？”

“不要急，事情慢慢就会弄清楚的。”孙玉芬平静地说，竭力忍着自己的激动。

二

丁春秀走后，孙玉芬还在门口站了一会儿，望着丁春秀走着的背影，心里不禁激动地想：袁廷发这样的劳动模范都会有错误吗？自从一九四九年工厂开工以来，就历年评为厂的劳动模范或者市的劳动模范，在她心目中，袁廷发一向是个挺难得的工人，好像工人阶级的优点，都聚集在他一身似的。他说的每一句话，她都认为是正确的，没有偏袒过谁，也没有损害过谁。现在却给党委书记批评了，看来批评得挺厉害，才使他心里挺不好过。而且党委书记亲自到他家里谈话，显然这是很郑重的，绝不是为了一点细小的事情，这不能不使孙玉芬的心里发生激动。丁春秀的背影已望不见了，她才走进门去。她买了一块橄榄香皂，又买了一管牙膏，然后去找她的女朋友们。楼上楼下，都给下班的男女工人挤满了，感到很热，不住地出汗，再加心里不安静，不想在热闹地方挤，她便赶忙走了出来。天已经黑了，一片星光闪在天上。外面虽比里面好点，但究竟还不凉快。孙玉芬她总感到袁廷发这个人都有错误，而且似乎不轻，就不免心里沉重起来。同时也感到，她过去多么幼稚，对于人的认识，真是肤浅得很。

孙玉芬只顾想心思，没有注意路上来往的人，刚在一个转弯的地方，几乎给一架自行车碰着。幸得骑自行车的赶紧弯倒车子，跳了下去，才没有碰着她。骑车的人带着温和的声音，略微责备地说："我一直在按铃子，你没听见么？"

孙玉芬一听声音是熟人，就惊喜地说："德贵二哥，是你吗？你到哪里去？"

秦德贵听见声音，才从朦胧的光线看出孙玉芬来。因为路灯远了一点，又有树影遮着，不听声音，就认不出人。

"我回宿舍去。幸得转得快，差点就碰着你了。"秦德贵高兴地说，这种意想不到的遇见，是使他愉快的，同时又听见孙玉芬亲切的问询，觉得一见了她，就把心里的疑虑和不满全抛弃了。

"你是才从厂里回来么？怎么这么迟才回来？"孙玉芬这么问的时候，秦德贵背后那面的天空，正被炼焦厂出焦，映得通红，烟囱、水塔、瓦斯库，都一时现了出来，只是被流动的烟云抹去一些轮廓和形象。

"哎呀，这几天真不得了，就是一下班有人来问这个那个，连你的娘老子，做啥干啥，他都要问到！一直搞到现在，才脱出身子。"秦德贵诉苦地说，"我还没有吃晚饭哩！只说快点跑回去，又差点要碰倒人。"

"听说，你不是挺高兴这一套吗？怎么又叫苦起来？"孙玉芬讽刺地说，一面情不自禁地微笑起来。

"谁说，我高兴这一套？要不是领导上再三指示我，我一下班就会偷偷溜走了。"秦德贵有点愤慨地说。

"这也怪不得别人，你不搞那些出风头的事，谁又会拉着你问这个问那个？"孙玉芬仍然讥讽地说，脸上却敛住了笑容。

"这是说我爱出风头么？"秦德贵脸都差不多气青了，"我问你，领导上派你做一件工作，你能说声不去么？领导上号召提合理化建议，你连脑筋都不动一下么？我并没有想过，为了登报，才去接受分派的工作，才去提合理化建议。我还再三地说过，我工作忙，不要让我去见记者。领导上说，这不行的，你得去同他们讲话。老实说，我挺不喜欢这样饿肚子，连饭都吃不上。”接着还叹一口气，“我真不懂，你为什么说我在搞出风头的事情？”

“你们厂里的事情，我当然不全晓得。”孙玉芬笑着说，“只是有人在这么讲你。”

秦德贵一猜就知道是谁在讲，他只有忍着气，向孙玉芬说：“我只消告诉你这一点，你就晓得了。那天报上登的烧结炉底，就比炼钢辛苦得多，一个不对，就会出岔子。第二件事情，爆炸沉渣室，更是危险，那得拿性命去拼。要拿这些事情来出风头，那只有傻瓜才肯干，真正出风头的人，他不会这样干的。”

“那么，我要问一句，你为什么对竞赛又没有兴趣呢？我们计器车间的小组，一切都准备好了，为什么一直不答复？这不看出你对于个人的工作更感兴趣吗？”孙玉芬一直不放松地责问他，她觉得在他面前，感到亲切，用不着隐蔽自己的思想，要说就说个痛快。

“你晓得我们炉顶坏了吗？”

“晓得，而且还晓得已经修复好了。”

“你还晓得我们三班不和吗？”

“我同你们三个炉长都认识，可是并不太熟识，只能感觉到一点点。”

秦德贵听了之后，心想你不还同张福全挺熟识吗？但他并没有说出口来，只是带着愤激的口气说：“你想想看，袁廷发他就不想竞赛，张福全一见面谈不得话，一谈就要吵架，怎么能够同你们竞赛呢？”

“为什么张福全要同你吵架？你们过去不是还相处得挺好么？”孙玉芬一直望着他的脸，仿佛要从他的脸上研究出原因一样。

“连我也不晓得，他总生我的气。”秦德贵低下了头，感到有种苦味，生长在他的心头，使他特别难受。

“你可以同他好好地解释下子，我想，咱们都是工人阶级，还有什么事情不好解释的。”孙玉芬恳切地说，她很希望这两个人和好起来。

秦德贵叹了一口气：“要是他肯听你解释，那早没事了。”

正讲到这里的时候，一群姑娘叽叽嘎嘎地讲着笑着，走来了。首先刘先菊看见孙玉芬，就笑着喊道："孙玉芬，你真好呀，到处都把你找遍了，原来躲在这里来讲话。"

秦德贵看见一群姑娘里面，还有一个男人是张福全，便掀动车子，骑上去就走。孙玉芬赶在后面叫："等一下，我还有话同你讲。"

秦德贵跑了一截路，又转了回来。孙玉芬跑过去，小声对他说："我打算约个时间，请你和张福全一道来我们宿舍，大家当面谈一谈，好不好？"

秦德贵听见这么说，心里紧了一下，连忙问道："他会同意吗？"

"他会同意的，他挺听我的话。"孙玉芬充满了自信地说。

秦德贵低下头小声地说："好吧，你随时通知我好了，我来就是。"他感到张福全和孙玉芬的熟识，的确已经胜过了他，心里涌起了悲哀，除了这么回答之外，觉得没有别的什么可说。他一时呆了，站在那里不动。

孙玉芬在朦胧的灯光中，看不清他的脸色，就笑着说道："你快回去吧，你不觉得饿么？"

秦德贵这才骑上车子，跑了。

三

孙玉芬转回来的时候，一个女工徐采兰刚同刘先菊她们碰在一道回宿舍的，就向孙玉芬半开玩笑半带责备地说："孙玉芬，你真自私呀，你同秦德贵那么熟识，为什么不给我们介绍一下，就悄悄把他放走了？"

孙玉芬笑着骂道："你才说得怪哪，人家又不是一条鱼，我会捉了又放走他。"

刘先菊打趣地笑着说道："怪不得一下就不见了，原来跑到这里来捉鱼。"

孙玉芬又笑又恼地骂起来："你要我说出好话来了！"

庄桂兰庄重地说："大家不要胡扯了。"又向张福全说："张福全同志，你留的冰砖呢？"接着又向孙玉芬说："刚才张福全同志请我们吃冰淇淋，看你不在，还买一个冰砖送你。"

张福全一句话也没有讲，只现出冷冷的神气，把纸盒子装的冰砖递给孙玉芬，孙玉芬推让地说："我不想吃太冷的东西。"张福全便把冰砖送给庄桂兰，然后转过身来，向大家说道："不早了，我要回宿舍去了。"刘先菊连忙说："你不是说，要去同我们打乒乓吗？怎么又不去了？"

张福全冷冷地说："我不去了。"一面大踏步地走去。

孙玉芬连忙向他喊道："张福全同志，请你等一等，我有话同你谈。"

张福全站了下来，敌视地望着孙玉芬。他觉得孙玉芬和秦德贵晚上站在路上讲话，好像事先约过似的，而且孙玉芬脸上流露出一股热情，显出两人的关系很不平凡，再加以看见秦德贵一下跑了的神情，更像秘密被人识破，很不好意思一样。更使张福全生气的，是孙玉芬当着众人在场的时候，还要赶着去谈那些没有说完的话，他认为这就是有意使他难堪。他无形中业已确定孙玉芬是他的未婚妻了。因此，他今晚看见孙玉芬同秦德贵在一道的情形，他是很生气的。

孙玉芬望了他一下，第一次看见他这种不高兴的脸色，她想不出他不高兴的原因，便也不管他的，对他说："我刚才同秦德贵谈话，才晓得你们两人，的确有些不和气。我想约一个日子，你们两位都到我的宿舍来，好好谈一下。我想大家都是工人阶级，没有什么谈不好的。"接着又诚恳地说一句："为了做好竞赛的准备工作，我觉得应该约你们谈一谈。"她就是这样一个人，起心要做的事情，总要做到底的。

张福全听着一直不吱声，只把眼睛望在一边。

孙玉芬就又说道："秦德贵他都答允了，只征求你的同意，我好约定一个日子。"

张福全听完之后，转身就走，一面生气似的说："我不同意。"

"为什么？"孙玉芬赶在后面问他。

张福全一面走，一面头也不回地说："我就是不愿意同他见面。"而且他还想说一句："我也不愿意到你的宿舍去。"他忍着没有说下去。

孙玉芬走在他的旁边，边走边问："为什么你同秦德贵会有这样大的仇恨？到底为了什么事情？"

"这个请你不用管！"张福全冷冷地说，一枝拂在头上的柳条，碰着了他的脸，他就生气地顺手把它拉断。

"张福全同志，我觉得你今晚上好像在生我的气。"孙玉芬不高兴地说。她一向认为张福全这个人脾气好，和蔼可亲，起码可以作为一个很好的朋友，现在却完全推翻了先前的认识。

"我怎么敢生你的气呢？"张福全放缓了足步，但口气仍旧冷冷的。

孙玉芬直率地说："张福全同志，我们认识并不太久，可是我一直觉得你是一个直爽的人，你该有话直说的好。我今晚同你谈话，没有别的目的，就是想使你们团结起来，和我们女工一道竞赛，共同搞好社会主义建设。我真想不出你和秦德贵，会有什么深仇大恨。就说秦德贵有个人英雄主义，可以当面提出批评。刚才我同他谈，就了解到这回报上登的两件事情，并不算得什么个人英雄主义。"

张福全鼻子"哼"了一声，还冷笑地说："当然在你看来秦德贵总是好的。"

孙玉芬恼怒地说道："如果事实证明，秦德贵是对的，我当然要说他好。我告诉你，我是一个工人，我就得说直话。"

"好吧，就要请你多多地看事实，不要只听信他一个人的吹牛。"张福全也有点恼怒起来，随又用温和的口气，略带讽刺地说："孙玉芬同志，最好你去听听袁廷发他们的意见吧！"

"当然也要听听他们的意见。"孙玉芬冷冷地说，其实心里却在愤怒地想："我还用得着问他们吗！"随即停下足步，说声"再见"，便转身回来赶她的女朋友们。

马路上的街灯，稀稀疏疏的，再加两旁长着高大的柳树，枝叶茂密，就有些地方显得明亮，有些地方显得朦胧，原野上吹来了晚风，柳条轻轻地飘动。夜在开始凉了，但孙玉芬心里却感到了烦躁郁闷。走到一处灯光明亮的地方，看见一枝柳条，横落在马路边上，那种生鲜浓绿的样子，使她感到难受，她知道到明天就全枯萎了。这是刚才张福全拉掉的。她摇摇头，心里想："我讨厌这种粗暴的举动。"

庄桂兰还一个人靠着柳树在等她。看见孙玉芬走来，打量着孙玉芬的脸色，小声地问："他走了吗？刚才他还高高兴兴地说，要到我们宿舍去打乒乓球。"

孙玉芬没有说话，只是朝前走着。

庄桂兰走在旁边，感慨似的说："如今同男朋友来往是有些麻烦，我有个表姐，她在机械厂工作，同两个男工熟识，搞久了，三个人就不能碰在一道，这使我表姐左右为难，深感痛苦。……我感到男人们心胸太狭窄了。"

"这不只心胸狭窄，这简直是在干涉别人的自由。"孙玉芬愤愤地说。

第二十二章

一

袁廷发在天接班的时候，总要费神督促工友，要把上班交来的工具，点数清楚，甚至还要说两三句气话："交班交不了，我可不管哪。"但在第三次批评后的次日早上，他就不管他们怎样接收工具了，他只拿铁锹拨开炉门一点，瞧瞧炉顶有没有化，再问一问上一班的炉长，炉内加了多少矿石废钢，兑铁水有没有耽误时候。他心想：“你们的事，咱可不管，错了，就得让我来提意见，当真就只有你们才有嘴巴。”

袁廷发不同工友们讲话，只是在炉前走动，从炉眼里观看炉顶，观看钢水熔炼的情形。往天要变更炉内的煤气和空气，他得转过身来，举一下手，还要呵地叫一声，有时还要鼓下眼睛，责备管变更机械的工友，为什么不注意。这一天，却不同了，只消一举手，管变更机械的工友，立即拉响铃子，打开电气开关，转动变更机械。

袁廷发看见炉门钢渣很稠，刚一说要加黏土块，工友们立刻拿起铁锹行动起来，一个个奋勇争先，把黏土投进猛火冲出的炉门，全没往天那种缓慢的动作了，袁廷发心想：“这些小子，今天哪来这么大的劲。”接着暗笑起来：“对了，怕咱提意见。”于是又暗暗骂道：“狡猾的东西，等等再看吧。”

往天他注意快速炼钢，也注意炉体的保护，常常规定时间要工友用镁火泥贴补前墙，用压缩空气吹扫炉顶。在这一天，规定的时间还没到，他就要他们做这两样工作。心里想：“好家伙，你以为咱是好惹的么？”但工友们并不感到为难，只是努力地干。他们觉得在第三次批评炉长的会上，闷在心里的话全都讲了，炉长也答允改过，还有什么事不高兴呢？

同时袁廷发还发现工友们平日不大关心的事情，现在也关心起来了。像出钢之前，专门管高温计的人，要拿一个照相机似的仪器，对着炉门，查看炉内温度，看是否到了规定的热度。工友们向来是不管这些的，一千四百度出钢也好，一千四百五十度出钢也好，这都是炉长一个人的事情，同自己没有关系，在这一天，可不同了，高温计一照，就跑来问：“一千几？”

这天下班的时候，乙班的炉长张福全来接班，楼上楼下，炉前炉后，逐一检查，没有话说，还向袁廷发笑着说：“今天干得挺不错。”

袁廷发又去查一下技术员和公司的检查员写的两份工作程序记

录，都一致说明了，好些工序都缩短了时间。打出钢口缩短了六分钟，补炉缩短了五分钟，堵出钢口缩短了五分钟，创造了六点五十四分钟的新纪录。袁廷发了解到这次快速炼钢特别快的原因，不由得心里乐极了。这个新纪录是他向往了许久的，因为有了这个新纪录，就谁也不会再提他那可耻的七点一炉的纪录了。

这时他才完全领略到，为什么秦德贵通常那么高兴，老是笑着，同工友一道打球，一道打扑克，一道玩耍，嘻嘻哈哈的，开起会来彼此毫不客气地提意见，正是秦德贵善于领导的表现，同时也正是秦德贵能出快速炼钢的原因。他知道出快速炼钢，主要是决定于炉长的技术，但炉上的工友齐心努力，是更能缩短时间的。而在一个炼钢工人看来，能够缩短几分几秒，都是应该争取的。以前何子学批评他，说他应该看看秦德贵他们那一班，他很不服气。现在却暗自心服起来，觉得对于工友是要好好地领导，不能再用伪满时候师傅对徒弟那一套老办法。

"我能够跟他们一道嘻嘻哈哈地玩吗？不行，我已经不年轻了。三十二三的人不能像小孩子一样。"袁廷发有时这样想的时候，对于秦德贵的年轻，简直感到嫉妒。

梁景春到炉上来祝贺他创造新纪录的时候，问他工作上还有什么困难。他第一句回答："很好，没有什么困难。"停一下才又说道："我就是不晓得怎样团结工友。"

"你这问题提得很好。"梁景春非常高兴，还用手拍一下他的肩膀，"平炉车间也有人会团结工友，你没看见吗？"

"看见的，党委书记。"袁廷发抑郁地说："秦德贵就能同工友嘻嘻哈哈地玩耍，我就恨我年纪太大了。"

"你大什么，我看还年轻得很。"梁景春笑着责备他，继又郑重地说，"其实团结工友不一定要嘻嘻哈哈地玩耍，自然那是好的。像你这样有技术的人，你可以主动地把一些技术告诉他们，他们就会尊敬你，爱你。试问问看，哪一个工友不想学你的快速炼钢？"

经过这样谈话之后，袁廷发发现工友多么爱听他的技术指导，一个个脸上，都放射出感激和欢喜的眼光。有天上班之前，工友响应上级的号召，开会提合理化建议，纷纷提出不少改进工作的意见。最后袁廷发说：“让我来提一个。我提议大家，从一助手起到工友为止，每天抽出一个人轮流做炉长，从装料到出钢，都由他指挥。”

“那怎么行呵。”工友都笑着嚷叫起来。

“行，我说行，一定行的。”袁廷发严肃地说，“你们轮流做炉长，我并不是闲着呵，我一直要在旁边，从头看到尾，哪点做错了，我会马上纠正。只是你们得先用脑筋，该装什么料？投黏土块还是投石灰？要自己核计核计。觉得不对，就问我。对，你就自己做去。”

工友们听得很有味，听完了，还高兴地笑着，你看我一眼，我看你一眼，仿佛一股新鲜的血液，来在他们的身体里了。

看见工友们的脸色，袁廷发也欢喜起来了：“就这样做去，你们一定能够很快掌握技术的。这我敢写包票。”

首先是一、二助手热烈地赞成，继后工友也兴奋地说：“袁师傅，你可要多多告诉我们呵。”

“那何消说得。”袁廷发充满信心地说，“我一定要使你们满意才对。”

工友们轮流做炉长的时候，一个个累得满头大汗，不想休息，也不想吃饭，只是聚精会神地工作。袁廷发看见他们饭都不吃，便不忍地说：“快去吃饭吧，让我代你工作一会儿。”

“不，袁师傅，我吃不下。”差不多各个人第一次做炉长，都是这样的。

工友做过一次炉长之后，都感动地说：“这做一天比做三四个月，还学习得多。”

而袁廷发呢，就被工友们看成为最好的师傅了，一提到袁廷发的名字，大家就情不自禁地感到欢喜。

党委书记梁景春一发现这一成绩，等不及袁廷发上班，就坐汽车跑到他的家去祝贺。拉着袁廷发的手，一直不放地说：

“同志，你这创造的价值，实在大极了。我祝贺你的创造，还要好好地总结。”

袁廷发正从炕上爬起来，只是莫名其妙地笑着，一面习惯地说：“没有什么。”

丁春秀却喜欢极了，情不自禁地拉着党委书记的手腕，非常兴奋地问：“党委书记，是不是他夜班创造了快速炼钢的新纪录？”一面又拿手掀一下袁廷发：“你怎么瞒着不告诉我呀！”

“不，不是快速炼钢，他是创造炼钢技术快速教学法，这比快速炼钢的价值还要大。”梁景春对丁春秀说了之后，又赶快向袁廷发说，声音显得亲热得很，“老袁，你知道，你这快速教学法，有很大的政治意义呵！我们新中国在进行大规模的建设，需要多少的炼钢人才，成天成夜地培养都来不及呵，好同志，”梁景春原已放开袁廷发的手，这下又热烈地拉着，“你这一创造，解决了国家多大的困难。现在就要总结你这个快速教学法，拿来推广。”

袁廷发已转到夜班了，白天需要睡觉的，经党委书记这么一来，完全睡不着了，梁景春一走出去，就发狂似的欢喜起来：“我真想不到，一点点教学法，还有这样大的政治意义。”

丁春秀又高兴又埋怨起来：“怎么这个什么法，你都不告诉我？”接着又天真地问：“这会得奖吗？”

“妈的，你总是想得奖。”袁廷发忍不住笑着骂了一句，接着又用手猛力地挠下他的后脑：“哎呀，我哪里晓得有这么重要。我只以为这不过是教教徒弟。”随又感动地说：“这个党委书记真好，他就像故事里的神人一样，到处点石成金。一个霉黑的东西，都会给他放出光来。”

丁春秀瘪一瘪嘴说：“我倒不稀罕什么奖！”随又露出精明的脸色，指点地说：“我觉得你现在应该请求入党了，你应该有这个光荣。”

袁廷发原是赤裸着身子，这时便赶快抓件衣服披起，朝门外就走。

丁春秀连忙问道："你到哪里去？"

"我去找老何。"

"他不是在厂里吗？"

"我就到厂里去找他！"

"你应该睡一睡再去。"丁春秀赶在后面劝他。袁廷发头也不回地说："你看我怎么睡得着。"

袁廷发骑上车子，一直朝厂里跑去，一面又在想："我一定向支部书记讲出我那次犯的错误，不该去化炉顶去搞七点一炉的新纪录。"他早就知道，一个做党员的重要条件，首先就要对党忠诚老实。

第二十三章

一

袁廷发下班的时候，再三向张福全交代："这次出了钢水，一定要炼炉。依往天的情形，在我的班上就该炼了，就是厂长不答允，要再拖一炉。今下午我真是捏着一把汗在干活。"

张福全吃了一惊，连忙问："炉底有坑了吗？"

"坑倒没有，只是太薄了，"袁廷发拭拭额上的汗，"我量过，已到了一米二了。"

"好吧。"张福全勉强答允了一声，他心里觉得这是袁廷发太小心谨慎了。厂长赵立明不是在汇报的时候，早吩咐过吗？就是到了一米二，也得斟酌炉底的情形，拖一拖，再多炼一炉钢。因此，对于袁廷发的叮咛，不以为意。

张福全近来的心情，很不好，自己失悔不该那一夜同孙玉芬顶嘴，可又找不到机会去同她解释一番。有一天晚上，好容易打通了电话，约孙玉芬谈一谈，可是对方回答厂里在竞赛，工作挺忙，抽不出时间，这使他非常扫兴。觉得两人的关系原来就像船靠了岸，挨在一道，现在却又一下撑开了，溜得远远的。他觉睡得不大好，工作起来不大起劲，常常在炉前看炉顶，一不注意，心又跑到公园、女工宿舍、夜间的马路上去了。幸得李吉明大力帮助他，把主要的工作都担在自己的肩上。

李吉明推测张福全可能恋爱上出了一点岔子，不然就不会那样脸色不好，对一切事情都没有兴趣。他不好问得，只有偷偷望下张福全的脸色。有一次，快要到下班的时候，李吉明便对张福全说："我们兑了铁水再下班吧。"

张福全望一下钟，便说："我们用不着争这点分，让他们下一班兑吧。"

李吉明挨近张福全一点，低声地说："多这点计件工资分，我倒没有看在眼里。只是秦德贵那小子，这几天太臭得意了。"

"不，请你不要忘记我们九号炉的作风。"张福全斩钉截铁地说，他觉得再整秦德贵没有什么好处，再加领导上近来查得严，坏行为是不容易掩藏了。同时感到孙玉芬同他好，和他亲近，正是由于孙玉芬知道他能够牺牲自己的利益，为下一班制造好的工作条件。这点是建立感情的基础，不能丢掉，自己不是还想方设法同孙玉芬重修旧好吗?

李吉明忍不住冷笑地说："你真是个好人。那么秦德贵那小子，要你给他创造好的恋爱条件，看来你也肯干了。"

"我揍你娘这个狗头，你嘴里简直在吐屎了!"张福全气红了眼睛，捏紧拳头，几乎要跳起来打李吉明。

李吉明满脸惶恐地说："我是完全为你好，有一点坏心思，天雷打我。"

"你少吱点声好不好?"张福全恨恨地说，随又和缓了语气，"你什么都好，就是讲起话来，气味不好闻。"

"你就是太大量了，大量来没有边。"李吉明感叹地说，"真叫我看了生气，为什么要让整你的人，白白占你的便宜。”

“谁敢占我的便宜？便宜那么好占的吗？”张福全冷笑地说，继又变成了教训的口气，“咱们是工人阶级，总得要大量一些。你没看见那些私营工厂的工人，不是明明说过要让资本家占点便宜吗？”

李吉明叹一口气说：“老张，你这样的人，全不管你自己，我们做朋友的，真得多替你担心才成。”

“我只希望你少说点话。”张福全低声地说，脸上完全现出了和解的神情。

经过这一次的小小斗嘴，李吉明就越发出力地工作，张福全也就更加依赖他了。

这一天，袁廷发叮咛他过后，下班去了，约隔一点钟便出了钢。李吉明便向张福全说：“老张，你歇一下，让我来看炉底。”他首先叫管倾动机的，把空炉子朝前倾侧一点，又叫管卷扬机的，依次拉起五个炉门，便围起围裙，去观察炉底。

张福全出钢的前一刻钟，注意加锰铁，出的时候，又注意地加铝进去，一直在紧张地工作，浑身热得没有气力。平常在白天出钢后，总有护炉技师来视察炉底，落得自己可以休息一下。现在护炉技师都下班了，视察炉底的责任，当然就落在炉长身上，做炉长的得重新提起勇气，去面对酷热的炉火。张福全看见李吉明奋勇去看，便落得暂时休息一下。他坐在白云石堆上吸烟，但还是很关切地问：“有坑没有？”

李吉明用袖头掩着鼻子和脸，通过帽檐上挂的蓝色眼镜，直是朝炉底瞧。一面头也不回地说：“没有坑。”

“再瞧一遍，瞧仔细一点！”张福全大声命令地说，一面又回头向放机械和仪表的屋子，举起手来，旋一个圈圈，意思是叫管变更机械的把机器转动一下，变换一次煤气，好使燃烧着的火焰，停止一会儿，就能使李吉明看得更清楚一点。

张福全让李吉明看完之后，又大声地问：“一点坑也没有吗？”

“没有！”李吉明大声回答之后，向管卷扬机的，举起手来，往下一按。接着炉门便挂下来了，把门洞掩着。李吉明把挂下来的蓝色眼镜，推上帽檐，就走到张福全面前，请示地说：“你看，怎么办？炼炉吗，还是补一下炉就装料？”随又补说一句：“我看，炉底倒是挺好的。”

张福全记起袁廷发下班时候的叮咛了，站起来说：“我看还是炼炉吧。”

“你还是考虑一下吧，”李吉明低声地说，“厂长批评起来，那是不好受的。”

“等我打电话请示一下。”张福全跳起来，就跑进放机械和仪表的室内去打电话。打了好一阵，没有打通，张福全颓丧地说：“厂长又不在，怎么办呢？”

恰好值班主任鲁进程来了，张福全赶忙去找他，把炉底情况告诉他听。鲁进程就说：“没有坑？那我打电话给厂长，看他怎么说，没有他的同意你不能炼炉的。”临着去打电话，他还回头问：“你的确检查两次吗？”

张福全立即点头地回答：“我的确检查了两次，平平的没有坑。”

不久鲁进程就从办公室打来电话，说刚才打电话到厂长家里，他说没有坑，就再炼一炉钢，只是补炉的时候，白云石要铺厚一点。

李吉明站在旁边，问清鲁进程是怎样说的，就立即高兴地说：“这好了，让他们下一班去炼炉吧。”他又向张福全说：“让我来补炉吧。”立即拴上围裙，像一个护炉技师似的，站在打开的炉门侧边指挥大家补炉。

指挥补炉的工作，比拿起铁锹铲白云石投进炉去，还要辛苦得多，因为投了白云石，就可以离开炉门一会儿，站在炉门边，指挥补炉，却是要从熊熊的火焰中，去观察炉底，看哪里白云石投多了，哪里投少了，指挥下一步应该投在什么地方，一直不能离开，穿的工作服和围裙，以及戴的帽子常常会烤焦了，冒出烟来。张福全落得有人代他做这辛苦的工作，便下楼去看蓄热室，转上楼的时候，又去观察炼铁煤气、炼焦煤气和空气的流量表，还去招呼原料吊车，要他们准备装料。在这些时候，他就情不自禁地想到，下一个轮休的日子，能碰在星期天就好。如果碰不着，就设法同谁换一下，务必要找个机会去同她谈谈。

补完炉后，李吉明累得满头大汗，一脸通红，鼻子都像要烤焦似的。他向张福全说："我不帮你装料了，我要去看看他们堵出钢口。"

"让他们去堵一堵吧，你歇一歇。"张福全望下李吉明，现出感动的脸色。

"不，还是我去堵。"李吉明勇气勃勃地说，立即走到炉后去了。

二

约在十一点多钟的时候，九号炉的钢水，正在精炼。工友下楼去检查，发现炉底的钢板，红了一小块，慌忙上来报告。炉长张福全立即派人叫吊车送大罐来，一面赶紧打出钢口，不管质量合不合规格，都要赶快倒了出去，不然，就是一场滔天大祸。

大家都集中在炉后，尽量迅速打开出钢口，打开得快，钢就出得快，打开得慢，那就保不定会把炉底烧穿。这时候秦德贵从俱乐部跑来了，他分开众人，当先拿着电讯管去烧，一面喊着：

"这不行呀！赶快多背几瓶氧气来，接他三四根电讯管来烧。"张福全背着氧气瓶子，氧气瓶子很重，一个人背起来很吃力，但为了救急，也拼命地背着跑。张福全心里很着急，这样重大的事故，他还没有遭受过，不幸跑的时候，跌了一跤，氧气瓶子打伤了他的足趾，登时走不动路。

好在有秦德贵帮忙，出钢口终于打开了，钢水立即倾倒出去，大家都大大舒了一口气，以为没有事了，但在出第二罐的时候，炉底到底穿了一个洞。因为炉底一共有三罐钢水，只出了一罐，还有两罐，压力是很大的，只要一烧穿，洞就会扩大。第二罐钢水，还没有倒进好多，钢水漏了，楼下火焰冲了上来。大家怕烧燃百吨吊车，不敢再接，只有迅速把大罐吊开走。几十吨的钢水一漏下，楼下一片火光，半截厂房都照红了，紫黄色的烟子，上升起来，在平炉前后的人，都受不住了。

值班技师鲁进程着急地叫起来：

“快下去一个人关水封，煤气管子炸了不得了！”

张福全是受伤了，不能下去。工人们呢，从来没有经过这样的事情，都显得惊惊惶惶的，怕危险，不敢下去。李吉明闯下去一下，又跑了上来，惊恐地说：“不得了，简直闷死了人。”

秦德贵听见要人关水封就叫了起来：

“该死的，怎么水封还没有关呀！让我去关。”

从平炉前面通到楼下关闭煤气管子的地方，有一条捷路，就是拉开过道上的铁盖子，顺着铁扶梯爬了下去，秦德贵跑去拉铁盖子，简直把手烫得发疼，因为烧出钢口的时候，手套烧坏，他已经把它丢了。但一忍痛拉开，紫黄色的烟子，冲了上来，呛得自己气都喘不出来了。他只好丢下铁盖子，绕到平台外面的铁梯子，跑了下去。

鲁进程大声地吩咐：“多去两个人帮他！”

李吉明和两个工友也跟着走下去了。

楼下火光强烈，漏下的钢水，一落在地上，又四面溅射起来，而且钢水一接触到潮湿的地面，就发出爆炸的声音，流入水道声音更加大了，就像在放鞭炮一样。楼下的电线，也在着火燃烧起来，热得秦德贵简直受不住，紫黄色的烟和白色的水蒸气，到处都是。仿佛忽然一个奇怪的雾幕，把楼下的一切完全遮盖起来。秦德贵眼睛都睁不开。跟着下去的李吉明和工友，朝水封地方冲了进去，又马上退了出来，热得太厉害了，使人招架不住。

秦德贵眯着眼睛，用手摸着，满头大汗，爬上第一个铁台子，不管是炼铁煤气管子还是炼焦煤气管子，抓着开关的机械，就用力关了起来。这是很费力的，平时要两个人来关。同时站在铁台子上，烟子直是冲击他的鼻子，呼吸都很困难，也觉得自己头昏，有点支持不住了。但想着煤气管子爆炸起来，说不定全厂都会遭到破坏，那国家的损失可就大了，自己就拼了性命也得把煤气管子关好。

煤气管子有两种，一种管子是装炼铁厂来的炼铁煤气，一种管子是装炼焦厂来的炼焦煤气。秦德贵关好一个管子还得关另一个管子。他跑出来透一口气，又眯着眼睛爬上第二个铁台子去关。

但这样关了之后，仍然不能保险，因为用机械来关闭煤气还会漏过，于是又摸了下来，摸到煤气管子弯向地面那一截，把水管打开，让它充满着水，这才保险煤气不会通过了。李吉明冲进来了，闷声地喊："水管在什么地方？"他闭着眼睛只是摸煤气管子。秦德贵喘着气叫："你快出去，我已经关好一个了。"李吉明只好跑了出去。把两个煤气管子的水封关了之后，秦德贵业已热得快要昏倒了，他踉踉跄跄跑了出来，带着一团火和烟子。

"哎呀，你衣裳着火了！"站在原料场上的工友连忙扶着他，赶快给他脱下工作服，贴肉的汗衣，当胸的一面完全湿透，背上的一面却烤焦了。

秦德贵让人扶着，满脸流汗，心里热得发慌，眯了一下眼睛，又再慢慢睁开。

鲁进程也下到原料场边上了，连忙拉着他的手，着急地问：

"你哪里不好过？"随又吩咐扶他的工友："再扶远一点，让他坐着歇一下。"

秦德贵摇一下头低声地说："不要紧，"随又向旁边的工友吃力地说："给我喝点水。"

鲁进程又慌忙地问："关好了吗？"

"关好了。"秦德贵微微一笑，这使他自己感到愉快，同时凉风一吹，身上一下子又像增加了一些活力。

"这很好。"鲁进程同他握手，忽然一下又想起什么了，立即又问道："你这边进水的管子开了，那边放水的管子，开了没有？"

“哎呀，该死的！”秦德贵叫了起来，“简直把我搞昏了。”他又要朝烟雾里跑去。

“你不能再去了。”鲁进程立即拉住他。一个工友忙问鲁进程：“放水管没有开，该不要紧吧？”

“呵，那不行！那水就流进烟道去了。”鲁进程着急地叫了起来，连忙拉下旁边的工友，“你们赶快去，把水封上的放水管子打开。”

李吉明直朝黄色烟雾里，冲了进去，接着又踉跄地冲了出来，脸子烤红了，眼睛睁不开，一面咳嗽，一面嚷叫：“哎呀，简直摸不到。”

秦德贵等不及喝水，立刻冲了进去，他跌倒了一下，又马上爬了起来。李吉明也勉强跟在后面。秦德贵感到一下又被火热的烟雾，包围着了，头发胀，心里发慌，鼻子呛得难受，眼睛简直睁不开。但他一摸到放水管子，便拿出最后的力量来开它。这时突然感到背上给什么东西打了一下，疼痛异常。他忍着疼痛，又摸去开另一个水封的放水管子，他支持不住了，登时失去了知觉，倒了下去。

第二十四章

开完讨论九号平炉漏钢事故的会后，梁景春向何子学说：“到办公室来，我同你谈谈。”何子学尾在后面，高兴地说：“今天这个会，开得真好。”他觉得党委书记主持这个会，这么说不仅符合自己的推测，而且也使党委书记心里高兴。梁景春没有说话，走进党委书记办公室后，他才对何子学说：“这件事故太大了，还不能开这么一次就能完结，我们要切实地加以调查。我今天只是鼓励大家多讲话，多讲心里的话。我看首先要弄清楚的，就是要在什么情况下，才能漏钢。”

何子学立即插嘴说：“一般是到了一米二以下，就要漏钢。”

“你不是听见厂长讲吗？五号炉到了一米二以下，也没有漏？”梁景春迅速地反驳他，随又放缓声音，“我们要研究具体的情况，到底九号炉是怎样漏钢的。”

“可能炉底薄了，又出现坑，以往漏钢，也就是这样的。”何子学提供他过去了解到的情形。

“刚才厂长也在说，是有了坑。”梁景春注意地说：“我们就要研究，假设有坑，是不是补炉的时候，没有发现？”

“一般都要发现的，只要炉长、护炉技师仔细检查。”何子学觉得这方面的事情，他无论如何要比党委书记熟悉许多。

“那么，有没有这样的情况，炉长、护炉技师有没有粗心大意的地方，有坑没有发现出来？”

“护炉技师总是认真检查炉底的。”何子学说，“因为他的主要工作，就是保护炉底。”

“那么炉长呢？”梁景春说了一句之后，又补说一句，“昨晚九号炉就只有炉长在场。”

何子学想了一下，才说：“这恐怕会有的。”

“那么你觉得张福全这个人，工作态度怎么样呢？”

“前一向他是为下一班留些困难，可是经过多次谈话，最近他已改过了。”何子学小心地回答，望望梁景春的眼色。

“这个人，我们要好好调查一下，究竟他那天工作，是马虎大意，还是有意为下一班制造困难？”

“这一点挺难查出，因为困难就发生他那一班上，我想他不会为自己制造困难。”何子学摇一下头，随即还皱起眉头。

“不能说挺难查出，我们不能这样说的。”梁景春微笑地说，脸上充满了信心，“我晓得，补炉不像看炉顶那样，只是炉长一个人的工作，补起炉来，炉长或是护炉技师，总是站在炉门侧边指挥，实际去补的是工友，有没有坑，工友一定看得见的，他们总是照着指定的地方，投进白云石，绝不是随便乱投。这得去找工友调查。我们常常说要工人动动脑筋，我们做思想工作的，更要动动脑筋。”还用手轻轻地敲下额头。

何子学脸红了起来，赶忙说："我一定同他们工友好好地谈一谈！"

梁景春问道："张福全班上，有党员、团员吗？"

"没有。"何子学不安起来，觉得梁景春一定要指责几句，会说过去对于发展党员、团员的工作没有做好。

梁景春轻微叹息一下："在群众中没有好好发展党员、团员，工作起来当然是挺困难的。"随即用指头点点面前的桌子，"我们对这方面的工作，得好好努力一下。"接着又再问道："有积极分子吗？"

"积极分子倒有的，"何子学迅速点一下头。

"叫什么名字？"梁景春不放松地追问下去，他怕何子学随便说来塞塞责。

"一助手李吉明挺积极了，刚才在会上挺能发言的，就是他，最近在黑板报上还被表扬过三次。"何子学说了之后，又举了一个人，"还有吴俊成也不错，工作挺负责。只是还没有像李吉明那样，能够主动地争取工作。"

梁景春低下头，拿手摸一摸前额，沉吟地说："李吉明这个名字，好像听得挺熟的。前次七号炉打不开出钢口的事情，那个人是不是叫李吉明？"

"就是他，前一个月，才调到九号炉的。"何子学连忙回答。

"怎么调到九号炉来了？"梁景春诧异地问，接着皱起了眉头，"关于他的一些问题，不是没有解决吗？"

"这是由于张福全的请求，厂长答允了的。"何子学分辩地说。

"你对于这个人怎样了解的呢？"梁景春眼光敏锐地望着何子学。

"他一向是积极的，自从调到九号炉来，就更加积极了。九号炉的乙班，同其他两班比较，是比较弱些。有了李吉明，就大大加强了。厂长当时同意调他，也就是想加强乙班。"

梁景春拉开桌子的抽屉，看了一下，随又关上了。用手指点着桌子说："你注意没有？这次出钢口也打开得很不快哪。"

"我问过了，那是二助手吴俊成堵的。"何子学感到，幸喜他是问过了的。

梁景春点燃香烟，沉思了一会，才又说道：“你还是去找一般工友们谈谈。从现在起一切工作都放下，专作这件事情。不要开会，去同他们作个别谈话，谈话不要扣帽子，不要伤负人，发现他有顾虑，就立刻设法打消他的顾虑。这回事故太大了，一定要出力调查。发现什么问题，就立刻向我汇报。我还要同他们作个别谈话。”

梁景春抽完烟，就向平炉车间走去，看见厂长赵立明、苏联专家薛兹巴也夫和公司派来的工程师以及厂里的工程技术人员，各拿着一块长方形的蓝色镜子，正向九号炉门里面瞧。平炉内还燃着煤气，并没有熄下火来准备修理。他遇着袁廷发，便问他炉里的情况，什么时候熄下火来修理。

袁廷发的脸烤得通红，因为他一上班，炉门就一直打开，这个观察过来，那个观察过去，没有关过炉门，平炉前面的热度，比平时高了许多。他一见党委书记就高兴地说：“专家正在研究办法，可以热补，不熄下火来，这样就能缩短修理时间。”

梁景春原是心情很沉重，觉得九号十多天不能生产，影响任务的完成实在太大了。现在听见能缩短时间，真是高兴得很。

“党委书记，秦德贵怎么样？该没什么危险？”袁廷发很关心地问，他一知道秦德贵不顾性命去关煤气和水封，防止煤气管子爆炸，救了整个工厂，才深切感到这个年轻人，真是一个优秀的共产党员，从心里生长起了极大的敬爱。

梁景春原是高兴了的脸色，又一下阴沉下去了，他难过地说：“医生说，挺危险，刚才打电话去问，还在昏迷状态中。”

“这要重重惩治张福全！”袁廷发愤怒地说，“祸事全是他搞出来的。我交班的时候，再三告诉过他：‘你告诉厂长，一定要炼炉。’他就当成耳边风。”

“这个事故，我们正在研究，一定要弄个水落石出。”梁景春说了之后，怕耽误他的工作，就又走开。

第二十五章

一

孙玉芬正午在食堂吃饭，才知道炼钢厂的九号平炉漏了钢水，有没有伤人，却还不晓得。到了下午下班，她便等在厂门口，看有炼钢厂的熟人走过，想找着再打听一些消息。不久看见袁廷发骑着车子走过，她赶忙叫住了他："袁大哥，请你告诉我，你们九号平炉漏钢，伤人没有？"

"怎么没伤人！"袁廷发回答的时候，现出从来没有过的难过的脸色。

"谁受伤了？"孙玉芬担心地问，看见袁廷发的脸色，她感到事故的严重。

"秦德贵，昨晚就送到医院去了。"

孙玉芬忍不住惊慌地叫了起来："严重吗？"

"当然严重！"袁廷发叹了一口气。

孙玉芬一时说不出话来，心里万分的难受，忍了一会儿，才问："你看过他没有？"

"我是今天早上上班才晓得。现在才下班，抽不出身，我回去吃了晚饭，就去看他。"袁廷发回答之后，就又说："我们走着谈吧。"

走了一会儿，孙玉芬才又带着埋怨的口气，问："秦德贵，他为什么这样粗心大意，把钢水都搞漏了？"

"这不能怪秦德贵。就是张福全那个混账东西，真该死，他把炉子搞漏了的。"袁廷发提起张福全就大为生气起来。

孙玉芬赶忙插嘴问："那么秦德贵怎么受伤的呢？"接着又补问一

句：“是他去帮忙，受伤的吗？”

“对了，就是听见出了事故，秦德贵才去帮忙的。”袁廷发回答之后，又激动地说：“昨晚要不是秦德贵提前上班，跑下楼去关水封，今天早上我也用不着上班了，整个炼钢厂，都早会炸得一躺平，怕连你们电修厂，也开不了工。煤气管一爆炸，会连带炸好些厂的。你看哪个厂没有煤气管？”

“天呀，想不到事故这么大！”孙玉芬叫了起来，现出痛苦的脸色，立即又问：“他是送在职工医院的吗？”

袁廷发回答之后，接着又气愤愤地说：“张福全这个混账东西，我昨天下班的时候，再三叮咛过他，出了钢水，你要炼炉哪。他就是夜晚图省事，不负责任，还是装上了料。这样的人，依我，就该马上抓到法院去。”

孙玉芬也忍不住生气地问：“他这个人是不是一向嘴头说漂亮话？”

“对了，现在我才看清楚了。”袁廷发点下头，“就是这样一个人。”

这时他们已走出工厂区的大门了。孙玉芬要袁廷发骑车子回去，不要扶着车子走着麻烦，袁廷发也说：“好，我赶着回去吃饭，好快点去看秦德贵。”他骑上车子，还说：“这个年轻人，太好了，真叫人放不下心。”

孙玉芬看袁廷发走了，她便加快脚步，恨不得一下子就跑到职工医院去，她忘记了饥饿，也忘记了应上的夜校，只是匆匆忙忙地跑着。心里很痛苦，感到自己一向被张福全骗了，竟至错怪秦德贵起来。现在一下弄清楚了，可是秦德贵却受伤了，处在生死莫测的境地。

她跑进医院大门的时候，在传达室门前，一时讲不出话来，胸部不断地起伏，脸色灰白。好容易说出话，传达明白她的意思，便告诉她说：“下班了，不会人。”孙玉芬再三请求，传达才引她去见一个看护，看护一口就拒绝了：“医生招呼过，不许人看，怕打扰病人。”

“同志，你让我看一下好吗？我保证不同他讲一句话。”孙玉芬哀求地说，伸出手来，要抓护士的手腕，随又缩回去了。

“不行，我们不能破坏这个规矩。”护士坚定地说。

“我不要进屋子去，只在门口望一下好不好？”孙玉芬凄然地说，请求地望着护士。

护士摇了一摇头：“不行。”

孙玉芬感到绝望了，脸上现出难过的颜色，一时呆呆地站着，说不出话来。

护士望一望孙玉芬说：“你回去吧，等一两天，你再来好了。”

护士要走开了，孙玉芬又一把拉着她：“同志，请你告诉我这点好不好？现在……病人好点没有？”

护士轻轻摇一下头。

“他现在怎样的情况，请你告诉我。”孙玉芬颤声地问。

护士现出为难的神色，用手挠一挠鬓角。

“请你直说吧！”孙玉芬鼓起勇气问。

护士脸色黯然地说：“你怕是知道的，送来医院的时候，病人就已不省人事，现在也还是跟送来时候一样。”

“这样？”孙玉芬几乎要哭出来，又竭力忍着，停一下又才提起勇气问：“医生怎么说？有救……没有？”

护士怜悯地看她一眼，才说：“医生没有说。”

孙玉芬望下护士，忍不住痛苦地说：“我晓得了……”忽然又大声地请求：“同志，你让我看他一眼好不好？”

“不，同志，你还是明天来吧！”护士说完，就走进去了。

孙玉芬用手捂着自己的嘴，走出医院。一出医院，便哭了起来。这时天已黑了，从医院到住宅区，其间还有一片田野和空地，路上少有行人。她一路走一路小声地哭。有时又站着休息，拭一会儿眼泪。她觉得她再不能看见秦德贵了，仿佛有什么东西在撕裂她的心，使她难过，痛苦，悲伤。走近女工宿舍的时候，看见每个窗子都透出灿烂的灯光，歌声、笛声、箫声、讲话声和笑声直送马路上来，孙玉芬觉得宿舍里面太快乐了，容不下她这个悲伤的人。她不想走进宿舍，就又朝灯光暗淡的马路上走去。她不晓得饥饿，也不晓得疲倦，只是慢慢地走着。不知不觉又走到医院所在的方向来了。远远看见这座庞大的建筑物，蹲在黑暗里面，亮着许多窗眼，发出惨白的光。以前晚上走路，也曾望见过的，引不起怎样的感触，这一晚上，却不同了，觉得那是一个可怕的地方，病和死亡都躲在那里面的，随时都会给人悲哀和痛苦。她不敢多望下去，就又转身回来。这回是岔到另一条路上，走到一处转弯地方，正是那一夜碰见秦德贵的地方。她站下了，没有立即走开。秦德贵最后同她会面的神情，又仿佛重新现在她的面前：一副善良而诚实的眼睛，微微地闪动一下，仿佛受过一点委屈，也像有一些悲哀。这时才更清楚地感到，自己这一向来，对他是太冷淡了。张福全的影子，也掠到眼面前来了，她憎恶地几乎要骂了出来："我不该相信这个坏东西！"她就在树下站了好一阵，想着自己不该那样冷淡秦德贵，便又忍不住流了一会儿眼泪。

孙玉芬走回宿舍的时候，好些窗上的灯光，已经灭了。静悄悄的没有一点声音。她慢慢地走在过道上，然后走上楼去，轻轻推开房门。刘先菊和庄桂兰已经躺在床上，但还讲着话，正爆发出笑声。刘先菊一见孙玉芬进来，更加忍不住地大笑起来。庄桂兰向孙玉芬笑着骂刘先菊："她这个嚼舌头的，正在讲你的笑话。"

孙玉芬就低着头拉开床上的被盖，准备一下就爬上去睡。听见她们还忍不住地在笑，便抬起头来，沉痛地说："别人都快要死了，你们还在这样高兴！"接着眼泪流了出来。

大家一时哑静下来。刘先菊首先不安地问："谁快要死了？"孙玉芬只是低着头，脱她的鞋子。

刘先菊和庄桂兰她们在厂里就知道九号平炉发生事故，也知道孙玉芬为这个事故着急，怕有人受伤。她们两个人都禁不住一齐问道："是不是张福全受伤了？"

孙玉芬脱掉鞋子，爬上床，又把衣服脱掉，然后钻进被窝，一声不响地睡了下去。

刘先菊向庄桂兰和赵玉洁，摇一下手，意思是要让孙玉芬安静地睡下，接着自己躺了下去。庄桂兰轻手轻脚地下床，去关了电灯，才又回到床上。

二

第二天早上，天还不大亮，孙玉芬便爬了起来，轻轻地穿着衣裳，轻轻地穿上皮鞋，生怕惊醒了同屋的人。但她还没有开开门，庄桂兰便抬起头叫她："你到哪里去？起得这么早。"

孙玉芬低声抑郁地说："我到医院去。"

"我同你一道去。"庄桂兰立即披起衣服，跳下床，登上鞋子。孙玉芬没有答允，也没有拒绝，只是一声不响地站在门口，显然她的心，一直为痛苦悲伤侵袭着了，说不出话来。

两个人走出宿舍，一股凉爽的空气，立即迎接着她们。东方的天边，现出鱼肚似的白色。天空的星子稀稀疏疏的，不大亮了。近边的房屋，在夜色中现了出来，抹有轻微的雾。有马拉的大车在大路上走过，看不见人，只不时听见呼喝的声音。她们顺着马路旁边走，带露的柳梢，有时冰凉地拂在脸上。孙玉芬一声不响地走着，脚步走得很快。庄桂兰稍微走慢一点便要落在后面，她只得加快脚步地走着。

走到医院的时候，天已大亮，稀疏的星子，一个个地不见了。东边天上现出一片红霞。田野上的树木，不再是一团黑影，全都枝丫分明地现了出来。医院整个的大建筑，矗立在大地上，只有少数的窗子，还有朦胧的灯光。前面的花草树木，带着夜来的露水，静静地等候早上的阳光。小鸟却忍不住了，惊喜早晨的到来，不住地飞着叫着。她们走进医院的大门，没有人阻拦，只有路边的鸟儿偏着头看她们一下，便飞开了，歇在另外的枝上。她们一直走到挂号和候诊室的地方，碰见一个护士，正从里面走了出来。里面还点着电灯，有一股西药的气味。护士望一下孙玉芬说：“你们来挂急诊的吗？”因为孙玉芬那张惨白的脸色和一副悲痛的面容，全和一个害病的人差不多。

“同志，我们来看病人的。”庄桂兰连忙回答，还赶快问她：“请问一声，昨天炼钢厂送来的病人，我们可以看看他吗？”

“不可以，现在不是看病人的时候。”护士冷冷地说。

“不是看的时候？”庄桂兰沉吟地说，随又现出好脸色问：“那么，同志，请你告诉我们，病人好点没有？”

“他叫什么名字？”护士不是昨晚上同孙玉芬谈话那个人了，她微微皱下眉头。

“他叫张福全。”庄桂兰连忙回答。

“不是，他叫秦德贵。”孙玉芬立刻纠正庄桂兰，接着颤声地问：“请你告诉我，他怎么样了？”

庄桂兰惊异地看孙玉芬一眼，心里非常奇怪：“怎么是秦德贵？”她不了解孙玉芬会为秦德贵竟有这样的焦急，痛苦，她一直认为孙玉芬是同张福全很要好的，因为她就只看见一向他们两人来往很多，又很亲密。

“是昨天炼钢厂送来的？”护士思索地说，接着点下头：“对了，有这样一个病人，刚才医生还去打过针。”

“打过针？”孙玉芬大大喘口气叫了出来，脸上浮出了高兴的神色。显然一夜的担心，全放下了。她就怕今天早上走来听到不幸的消息。既是“打过针”，那人无疑还是留在世界上的。

“好了吗？”庄桂兰连忙插嘴问。

护士摇一摇头，小声地说：“人还一直昏迷着的。”

“有救吗？”这句话已经涌上心里了，孙玉芬还是忍在嘴边，没有说出来。她怕听到绝望的话，像落水的人似的，还想抓着一把水草。

护士望一下孙玉芬的脸色，不禁温和地说：“你们下午再来打听吧。”随即走了进去。

庄桂兰对孙玉芬小声地说："坐着休息一下吧！"

"我们就回去吧！"孙玉芬说了，就向外面走去。

庄桂兰跟在她的后面，奇怪地想："为什么这样难过？……要是张福全受伤，那又怎样了呢？"走了一会儿，她忍不住说："幸好这次张福全倒好好的。"

"请你再不要提起这个人！"孙玉芬说的时候，声音里混着痛苦和愤怒。

"呀！"庄桂兰惊奇地叫了一声，接着又忍不住问："他做了啥事哪？"

孙玉芬走了一会儿，才愤怒地叫了出来："就是他这个鬼害死了别人！"

庄桂兰看见她那样愤怒，不好再细问下去，只是小声感叹地说："真是知人知面不知心呵！"

太阳出来了，高大建筑物的玻璃窗子，首先像发亮的眼睛似的，欢笑地接受着美丽的阳光。接着人家屋子前面的树木花草，都露出从来没有过的新鲜颜色，在金色的光霭中，愉快地微笑。世界太美好了，太富有生气了，可是却有人在病着，躺在死亡的边沿上面，这是多么的不调和、不相配合呵。这就是前边走着的姑娘，为什么眼中老含着泪。

走到十字路口了，一条是黑绿色的青杨树，镶在马路两旁，完全浸在金色的阳光里，直通到工厂区域去；一条是两行青青的垂柳，抹着轻微的烟雾，弯到女工宿舍。庄桂兰就劝孙玉芬说："你回去休息吧，我到工厂去上班，顺便给你请个假。"

孙玉芬朝阳光照着青杨的马路走去，一面揩下眼里含着的泪低声有力地说："我要去工作！"

第二十六章

一

秦德贵从昏迷状况完全醒来，已经躺在医院里面有四天了。他左边背上敷了药，两只手腕也涂了药，只能向右边侧起身子睡着。屋里清洁异常，地板擦得透亮。小桌上放了两盆花，一盆白的，开得洁白素净，一盆红的，开得鲜红艳丽。透亮的大玻璃窗外，现出晴朗的蓝色天空。一个着白衣的护士，轻轻地走来，用她那明亮美丽的眼睛，带着微笑，亲切地望他一会儿，又轻轻地走了。屋里静得没有一点声音，只感到自己的心在跳。左背和两只手腕非常的痛，有时觉得痛得头在发昏，耳朵也在轰鸣，口渴得很。

挨晚边的时候，梁景春与何子学来看他。他们见他恢复过来，都有说不出的高兴，觉得他是得救了。梁景春走到床面前轻轻拉下他的手问：

“秦德贵同志，你烫伤的地方，还疼吗？”

“不要紧。”秦德贵尽量微笑地说，看见了梁景春和何子学，心里感到安慰，好像看见了至亲的人，但一稍微转侧下子，就感到伤处疼得很厉害，他忍着没有呻吟一声，只是一下记起什么了，有点焦急地问：“煤气管子有没有爆炸？”

“没有，幸亏你关了水封。”梁景春停了一下，才又有点激动地说：“那真危险，我应该代表国家和人民来感谢你。”

“党委书记，这没什么，这只是一个共产党员应做的工作。”秦德贵回答之后，随即皱起了眉头。

梁景春连忙问道：“你哪里还在痛吗？”

“不要紧，”秦德贵回答之后，随又说：“我挺奇怪，煤气管子没有爆炸，那又是什么东西呢？一下碰在我的背上。”

“碰得挺凶吗？”何子学惊异地插嘴问。

“挺凶！我那一下就昏倒了。什么时候躺在这里，”秦德贵停了一下，忍着剧烈的痛，才又说完，“我一点都不知道。”

“我看这里有……”何子学看见梁景春向他递下眼色，要他不再说下去，便停止了。

“秦德贵同志，不要想这些，你安安静静地休养吧。”梁景春安慰地说，接着又现出很高兴的脸色：“我告诉你，苏联专家的建议，不停火热补，一礼拜就可以补好。”

“呵，那太好了！”秦德贵欢喜地说。

“你要不要你家里人来看你？”梁景春望着他的脸，小声地问，“我们可以打发人去，叫你家里人来。”

“不要，他们住得太远了，又在农忙时候。”秦德贵说了之后，又再动下头，“我很快就会好的。”

“你这里有女朋友吗？”梁景春微笑起来。

“没有。”秦德贵不禁脸色有点黯然。

梁景春记起前次同他谈话，暗示他不要在恋爱上引起纠纷，知道他就少同女朋友来往了，觉得不该这样来问他，正想另外说几句安慰话，恰好护士走来了，小声制止地说：“同志，大夫吩咐过的，不能让病人多讲话，请你们让病人休息一下子。”

梁景春只好说声“好好休养”，便同何子学走了出来。坐上汽车，何子学才忍不住地说了一句：“我推测怕又是他干的！”

梁景春用手指一下前边的司机，叫他不要声张。但走了不久，梁景春又忍不住沉吟地说：“那天晚上出事故的时候，他下楼去帮助没有？”

“这个？就还要调查。”何子学皱紧了眉头，“可惜那一晚我不在场。”

要走到十字路口的时候，何子学便向梁景春说：“今晚还开不开会？”

“不开了，你刚才汇报的那些材料，我还要同厂长研究一下。”梁景春安慰地说，“你回去好好休息一下，这几天你跑辛苦了。”

“辛苦什么，这是应该的。”何子学感动地说，觉得党委书记的话，真是一种最大的安慰。同时自己也感到跑出了一些线索，心里也的确有些舒畅，随即向司机吩咐：“同志，你到十字路口，停一下，让我下去。”

“这里离你们家属宿舍还远吗？”

“不远，走半个多钟头就到了。”

“送你回去好了。”梁景春说了之后，又立即吩咐开到家属宿舍那个区域去。

何子学一下去之后，司机就问：“现在回家去吗？”

“你知道鲁进程工程师住的地方吗？”梁景春突然这么地问。

“知道，我去过的。”司机轻微地点下头。

“一直开到他那里去。”梁景春说的时候，举一下手。

二

梁景春、何子学坐上汽车离开医院的时候，孙玉芬正赶到医院门口，走得气喘喘的。这是第七次到来，怀着痛苦的心情，她希望今天再不要受到拒绝，同时也很害怕，怕听到最不好的消息。她越走近医院，心就越发跳了起来，仿佛囚犯走上法庭，要受到最后的审判一样。

护士段瑜，从下午六点起，就开始值夜班的，已和孙玉芬见过三次了。她每一次看见孙玉芬那副像是生病的脸子，觉得怪可怜的。现在一见孙玉芬到来，就赶紧告诉她：“病人已经醒转过来了。”

这一消息，使孙玉芬高兴极了，一时说不出话来，只是眼角里冒出了眼泪。

段瑜连忙告诉她："只是大夫说，现在还没脱离危险期。"

孙玉芬停了一会儿，心情重又不安起来，才行问道："今天我可以看看他吗？"

"大夫吩咐过，他醒过来不久，不要有人去打扰。"段瑜为难地说，"刚才他厂里负责人来看过，现在不好再让人去打扰他，你明天再来看他好不好？"

孙玉芬又难过起来，恳求地说："同志，你看我连来了七次，都没有看见一次。我下班来，连晚饭都没有吃，就是想赶着来看他。我晚上还要上夜校的，为了来医院，连课都缺了……你让我看他一下，我保证不同他多讲话。"

"等我去同医生讲一讲。"护士段瑜说了之后，就立即走到另一个屋子去了。

孙玉芬看见那样不让她去看，又感到可疑，是不是护士看她可怜，故意说病人情形好转来安慰她的。她决定无论如何也要请求见他一眼，假如护士说大夫不允许看，她就要直接同大夫交涉。她觉得她不看一眼，她就安不下心来。她已经有四个晚上没有好好睡过了。晚上的学习停了，不消说，而且白天厂里的工作，也受到影响，往往有些东西做错了，需要返工。

护士段瑜带着高兴的脸色，走出来了，微笑地说："主任答允了，就是千万少说话。"接着就引她走进另一间小屋子，要她换上医院里的树胶拖鞋。

孙玉芬换了鞋子，跟在段瑜后面，心里感到既欢喜，又很紧张。还没走进屋子，首先闻到一股轻微的药的气味，同时过道上的气氛又那样的静寂，使得孙玉芬更加紧张起来。

秦德贵原是侧着身子躺着，背上和手腕的疼痛，正火热似的煎熬着他，有时忍不住了，就呻吟两声。他一看见孙玉芬进来，一下子忘记了痛苦，脸上现出又惊又喜的神色。

孙玉芬一眼看见他整个身上裸露着，几乎全敷上了黑色的药，使她心里十分难受，可是看见他脸上洋溢出高兴的神情，再加脸上那种病态的红色，立刻觉得他总算得救了，心里无形中又感到一点喜悦。这只是一刹那的感觉，接着就是怜悯、难受、痛苦的复杂心情。她声音有点颤抖地问：“德贵二哥，你好点了吗？”

秦德贵高兴地说：“好点了！”

“你感到痛得厉害吗？”孙玉芬望着他搽药的身子，深深皱起了眉头，现出一脸难受的神色。

“不大厉害。”秦德贵说的时候，正又感到了疼痛，但他竭力忍受着。

孙玉芬看见他脸上有着忍受痛苦的神色，只是嘴里不肯说出来，便忍不住眼角边上冒出了泪水。她回过头向护士段瑜说：“你们应该打止痛的针。”一面顺手揩去了眼泪，不使秦德贵看见。但是秦德贵却完全看见了，不禁非常的感动，觉得她是真诚地关切他的，一种亲密之感，像股清凉的泉水，流在他干燥发热而又荒漠的心地上面。同时也感到背上和手腕上的疼痛，一下子减少了好些似的。他安慰地说：“不要紧，就会好了的。”

护士段瑜轻轻拉了下孙玉芬的衣裳，小声地说：“让他休息下子。”

秦德贵却舍不得孙玉芬走开，连忙问：“你怎么晓得的？”

孙玉芬就把遇见袁廷发的话，告诉他听，还说：“你进医院那天下午，我就来过了，就是他们不允许我进来。”

段瑜插嘴说：“她一连四天早上来下午来，都因为你昏迷不醒，没有让她进来看你。”

“呵！”秦德贵感动得说不出话来。

孙玉芬低下头，小声地说：“还好，总算看见了。”

护士段瑜又在拉她的衣裳，孙玉芬只是讲下去：“你想吃什么？我明天给你买点来？”

秦德贵感激地说：“不要买什么……你来看我就挺好。”

“让他休息下子。”护士段瑜催促地说。

孙玉芬这才说道：“我要走了，你好好休息哪。”她一走出病室，就连忙向护士段瑜说：“请大夫就给他看看，可不可以给他一点儿止痛的药？……那真叫人难受！”

“大夫会去看他的。”护士段瑜抚一下她的肩头说：“不要难受。”

要换鞋子的时候，孙玉芬临走又停下来问：“他可以吃水果吗？”

“我看，水果可以吃的。”

孙玉芬换好鞋子，要走了，又握着护士段瑜的手，热烈地说：“谢谢你，请你好好照顾他！”

第二十七章

赵立明从平炉上回到自己的办公室，已是半夜后一点了，他拿手支着前额，刚要打盹儿一下，面前那架对外联系的电话，突然大声地响着，他赶忙取下耳机一听，是女人周越文的声音，从家里打来的。他有好几天都没有回家了，在厂里也有好几夜没有好好睡一下。

周越文在电话里责备地说：“你不是晓得小虎病了吗？为什么还不回来看一下？”

赵立明首先亲切地问：“小虎好点儿没有？”随又辩解地说：“你要晓得，现在厂里怎么离得了人哪！”

周越文埋怨地说：“孩子这样病重，你简直不关心。”接着气愤起来：“我问你，孩子是不是你的？”

“你才问得怪呢！”赵立明有点生气了。

周越文说：“我问你，你对孩子有没有点爱？”

赵立明恼怒地说：“怎么不爱？打电话来，说他在生病，我就一直心里挺难过。”

周越文说：“为什么几天几夜，都不回来瞧一眼？”

赵立明皱起眉头不耐烦地说："因为我的时间，不是属于我的。"

"属于谁？"周越文在电话里大声地问。

"属于党。"赵立明低声用力地回答。

"我问你，孩子都要断气了，你到底回不回来看一下？"周越文颤声地问，声音里含着气愤和悲痛，仿佛就要哭了似的。

"那你应该立刻送到医院去。"赵立明着急地说，随又接着问："我问你，是不是真的要断气了？"

周越文没有回答，只是一下子就挂断了电话。赵立明皱起眉头，难过地摇一摇头，就放上了耳机。他不打算打盹儿了，就又走上平炉车间。他顶不放心的，就是这时候，尽管护炉技师晚上也不回去，但怕他们由于九号炉漏了钢，就想提前炼炉，做厂长的就得掌握这点，必须根据实际情形，该炼炉才炼炉，不该炼炉尽量争取炼钢的时间。他知道护炉技师只注重护炉。多炼一炉钢，和少炼一炉钢，认为关系不大，而在赵立明看来就太重要了，能不能完成任务，能不能增产，能不能迅速满足全国基本建设的需要，都在能不能争取时间，多炼一炉钢。他感到前几天漏钢可能是炉长工作马虎大意，没有弄清炉底实际情况，如果那一夜自己亲自看过炉底，一定能够避免这个重大事故。因此，他坚持夜间也不回家，必须在每出一炉钢的时候，亲自去视察一次炉底。另外还有一件更重大的事情，也使他一时一刻都放不下心。就是九号炉底烂了一个洞，经过苏联专家薛兹巴也夫的建议，可以不停火修理，只消用热补的方法，便能缩短时间补好。这使赵立明大大松一口气，觉得这一补救的办法，真是太好了，同时也就因而时时刻刻都在注意，是不是快要补好，而且补的时候，需要什么材料，需要什么工具，是不是供应得及时。另外，他还要主持一些会，从各方面想法来增加生产，好弥补这次事故的损失。

赵立明刚在视察一个出了钢的平炉，梁景春就走来找他了。他听见梁景春说是有事情要同他谈，他还有点不高兴，觉得这是打扰了他的工作，就说："等我看完了炉底再谈吧。"他每天看见梁景春漏钢以后仍是一到夜深就回家去，并没有通夜在厂里留过，心里总觉得有些不满，虽然并没有必要的事情一定要梁景春通夜留在厂里。再加孩子生病，使他心里充满了苦恼烦躁。

“事情挺要紧哪。”梁景春有点焦急地说，“我连晚饭都没有吃，就赶到厂里来找你。”

“什么事情？”赵立明看见梁景春的脸色，也有点诧异地说，“你就在这里讲吧。”

“到你办公室去谈吧。”梁景春望一下左右，“这里不方便。”

“好吧。”赵立明冷冷地说，便朝车间的门走去，心里还是不满，觉得哪还有什么要紧的事呢？甚至认为梁景春在这回事故中，什么也插不上手，相形之下，有些惭愧，因而故作紧张。走出平炉车间，还没有进办公室，赵立明自言自语地说气话：“今晚上，怕又要出点事故。”

“怎么？又要出事故？”梁景春诧异地问。

“你看，炉底又没人照顾嘛！”赵立明冷冷地说，显然是在讽刺地指明：你不该来打扰我。

梁景春无心推敲他那话里的话，他已摸清楚赵立明的脾气，在事情不顺手的时候，或是厂里出了事故的时候，赵立明总是不高兴的，总要找些话来出气，因而也就不大理会，只是说：“我的话不多，只几分钟就完了。”

赵立明一坐在皮圈椅上，就用不耐烦的眼色望着梁景春。

梁景春坐在侧边的木椅上，心情禁不住紧张地说：“我已查出来了，这次事故中，有反革命分子在捣蛋。”

“谁？”赵立明大吃一惊地叫了起来。

“就是张福全的一助手李吉明。”

“李吉明？”赵立明更为惊异了，还挠一下头说：“怎么搞起的？何子学一向不是向我讲他是个积极分子么？”

“正因为做得积极，他才能欺骗领导哪。”梁景春忍不住有点生气地说，还用手打一下桌子边边。

“那你怎样查出的？”赵立明平静下来，闪闪炯炯的眼光，锋利地望着梁景春。

“因为一查出那炉料是李吉明装的，我就注意起他来。”

“是李吉明装的料？”赵立明疑虑地说，“张福全那天会上并没有这样说呀，不是一口承认他自己装的吗？”

“现在群众一证明，他也改口了。”

“这该死的东西，自己不装料，还要欺骗领导。”赵立明眼睛都气红了。

“李吉明装料就捣了鬼，明明炉底有了坑，他就趁势装了料。”

“张福全他没有亲自检查炉底么？”

“没有，检查炉底也是李吉明一个人搞的。”

“该死的张福全，我非撤他的职不可！”赵立明脸上现出吓人的样子，接着又恍然大悟似的摇一下头，气狠狠地说：“这不对，鲁进程他一定查过的，那天晚上，在电话中，我还口口声声要他查了炉底再行装料，他还回答我，炉底蛮好的。”

“我刚才去问过鲁进程了，”梁景春赶忙反驳似的说，“他去查的时候，李吉明已在装料了，是张福全向他报告，说炉底蛮好的。”

“这该死的官僚主义，让反革命分子钻了空子。”赵立明大骂起来，接着又用拳头打一下桌子，“这样看来，张福全一定有问题。一定和李吉明是一伙的。”

“这倒不能确定。”梁景春冷静地说，“据各方面的调查，张福全近来就是工作不负责任，什么都让李吉明去干，是否有反动事迹还须再查。”

赵立明用手板抚摸一会额头，忽然清醒了似的说：“这里又有问题了。怎么知道李吉明有坑又不炼炉呢？”他眼光锐利地望着梁景春，手指头点一下面前的桌子。

梁景春低声有力地说：“我同何子学一连跑了三四天，去同工友们个别谈话，才追问出来的。他们当时也看见炉底有坑，只以为补补就可以，这也怪不得他们，他们不懂技术，不认识起坑的危害性。再则他们做事，向来只听炉长、一助手的吩咐，叫他们怎样干就怎样干。”

赵立明忍不住骂道：“这些东西，开会时候就该说出哪，简直像没嘴巴的葫芦一样。”

“你不知道，他们有挺大的顾虑！”梁景春接着说下去，“首先怕得罪炉长和一助手。炉长和一助手不说话，他们就不说什么。另外还怕上级知道了，连他们也一道惩罚。我还找几个人，亲自同他们谈过话，解除他们的顾虑。”

赵立明沉思一下，又扬起眉毛说：“李吉明一向是挺积极的，工作上也可能有粗心大意的地方，晚上工作不比白天。”

梁景春连忙说道：“这一点我也考虑到的。就在今天二助手吴俊成也对何子学说出了他的怀疑，他那天堵出钢口，最后挺累了，就是让李吉明去干完的。他打出钢口的时候，就发现有铁水同镁砂凝结在一道，一定有人搞过鬼。要不是铁水凝在那里，出钢口只几分钟就打开了，钢水很快倒进大罐去，绝不致造成漏钢事件。你不记起前次七号炉打不开出钢口，也是李吉明堵的吗？”

赵立明黑瘦的脸子立即气红了，用拳头捶下桌子，大声愤愤地骂：“这真是个坏东西！”

“还有一个有力的证明。”梁景春尖声地说，“就是刚才去看秦德贵，他已从昏迷中醒过来了。”

“醒过来了？”赵立明脸上现出了高兴的神色，大大舒一口气。

“秦德贵他告诉我，他感到他是被什么东西打昏了的。他以为煤气管子爆炸，我和何子学都推测一定有坏分子在打他。”

赵立明不等梁景春说明，就立即叫道：“那天李吉明也钻在下面吗？”

梁景春继续说下去：“我刚才到鲁进程家里，已经问清楚了，那天晚上，他在楼下指挥，亲眼看见秦德贵最后钻进去那一次，李吉明也钻进去了。那时候，就他们两个人在烟雾里，别的人都没进去。”

赵立明马上抓起电话，摇了一下：“接保卫科。”等了一会儿，“周科长在没在？……没有，你找一个人来一下，我是赵厂长。”他放下电话耳机之后，立即拿出纸条，写了几句话，装在信封内，抬起头看见梁景春默默地坐着，脸比来时瘦多了，现出抑郁的痛苦的神色。在这个时候，依梁景春平素的习惯是要取出烟来吸吸，提提神的，此刻也似乎忘记了，好像连吸烟的兴趣也没有一样。赵立明不禁同情地说：“这个事情，幸好你还抓得快！”作为对他的慰安。

梁景春并没有高兴起来，却是一脸痛苦地说：“不要这样说，应该怪我抓得太迟了！抓得早，这个事故就不会发生了。我现在挺难过。前次七号炉发生出钢口打不开的事故，秦德贵又向我汇报过一些情形，我就怀疑过李吉明，也叫何子学追查过，就是追得不紧，没有加紧追下去，一直拖到昨天，才查出来，他连家乡籍贯都是谎报的。早查出这些线索，就不会让他到九号炉来钻空子。这是我一生中最大的一个错误。”

赵立明看见梁景春没有一点认为他有功劳，反而深刻地责备他自己，不禁大为感动起来，忍不住激动地说：“这回的事故，完全要我负责。我是个高高在上的官僚主义者，下面什么都瞧不见。”接着愤怒地挥一下手，“更可恶的是，我这个人主观得很，就在一刻钟前，我还在怪你，不满意你。这是极卑鄙的主观主义……”

保卫科一个同志进来了，赵立明才没有再讲下去。他静了一下，才把刚写的信交给来人：“你赶快把这封信送到公安局去！”

那个人一出去，接着电话响了，赵立明听了之后便向梁景春说：“四号炉出了钢了，我要去检查炉底。你该回去休息了。以后的事情，我们在党委会上谈吧。”

梁景春一个人坐了好一会儿，他觉得赵立明无论在哪一个时候，说出这样的话来，都会使他高兴的，但在这个时候，却一点儿也高兴不起来。他只感到他没有对李吉明的怀疑加紧追查下去，而且还有忘记的情形，因而使国家受到极大的损失，深深地使他心里难受。最后他才低着头，走下楼去，坐上汽车，向干部住宅区驰去。

第二十八章

赵立明约在厂里住了二十多天，他向群众作了好几次自我检讨，群众也向他提了几百条不相同的意见。看见九号炉底补好了，整个平炉车间的生产量，天天都能逐渐提高了，便在礼拜六的下午，第一次回家去。他瘦了，脸子黑了，胡子长了，孩子们一下认不出来，惊异地望着他，以为来个陌生的客人。

周越文也不站起来迎接，只是装作不认识的样子冷冰冰地问："同志，你找哪一个？"

赵立明原是满腔欢喜，一路催女司机郝英开快一点儿，而郝英也觉得惊异，厂长要开快车回家，还是第一次哩。赵立明看见家里人这样接待他，便勉强笑着说：

"不认识了吗？我回家来哪。"

"同志，你怕弄错了吧？这不是你的家。"周越文更加显得冷了。其实，她对赵立明已经没有什么气了，自从孩子的病一好，她就心情愉快起来，只是担心赵立明在厂里，日夜工作，会累出病来。现在见他虽然瘦了，但那种喜悦的神色，却又使她不高兴了。而且她还看出赵立明有着一种自满的神情，仿佛事情搞成功了，胜利归来似的。在孩子生病期间，她就抱怨过："他嘛，就只想到他自己的事业，全不想想，我为了孩子，向学校请假，耽误了多少工作。"这种抱怨的心情，又立刻来在心里，她又不能不真的生气了。

赵立明明白她还在生他的气，大大叹息一声，便把皮包放在一向常放的地方。坐在椅上，望着三个孩子，心里忍不住地激动。孩子们不认识他了，这最使他难过。

八岁的大女孩子小珠，终于认出来了，喊了一声“爸爸”。赵立明说不出话来，只向孩子们招一下手。

大女孩子小珠跑去了，五岁的女孩子小英也跑去了，赵立明伸手围抱着她们，紧紧地围抱着她们，一句话也不说，只是眼角里流出了泪。

好一阵，赵立明才向依在妈妈身边的三岁男孩小虎，喃喃地说：

“小虎，你，你还不认识爸爸吗？”

他放松了双手，站立起来，走到周越文身边，把最小的男孩抱在手里，亲昵地审视着说：

“你完全好了吗？我的小乖乖！……瘦了。”

“现在好了，你就要他了。”周越文气愤愤地说，“要死的时候，看都不看他一眼。”她又想起孩子生病期间，一些酝酿在心里的怒气：“你有汽车，一下就回来了，顶多耽误你吃饭那点工夫。我回来还要转三次车哪！”

“你怎么兴这样说。”赵立明非常难过地望着周越文。

“你不知道，你的心多狠哪。”周越文愤怒地嚷叫起来，“人家梁党委书记，还打电话回家，叫他的爱人来看孩子，帮我招呼。你呀！你——”简直气得说不出来了，走去远远地坐着，显然连赵立明的申辩都不愿意再听。她想着学校里还有许多工作没有做，再去补做，是否会做得好，就更加恼怒了。

两个大点的孩子小珠和小英，不安地望着妈妈，又望下爸爸。最小的孩子小虎，也认得爸爸了，原是用手摸着爸爸的胡子，惊奇爸爸脸上为什么会有这样毛茸茸的东西，但听见妈妈的嚷叫，也停下了手。

赵立明看见她那样气，一时分辩不了，只有向孩子诉苦似的说：

“孩子们，你们知道爸爸为什么这么久没回家来？……爸爸是在外面打仗呵！……真真是在打仗呵！”最后一句说的很沉痛，显然是要说给周越文听的。

小珠立即眼睛发出光辉，高兴地问：

“爸爸，你是在朝鲜打美国鬼子吗？”

“是的，这等于是在打美国鬼子。”赵立明点一点头。

小珠忽又现出恐怖的神情，大声地问：

“爸爸，你受过伤没有？”

“没有。”赵立明禁不住微笑起来，但随即敛住笑容，向周越文望了一眼，然后感慨地说道：“孩子，差一点爸爸也看不到你们了！……美国鬼子丢下一颗炸弹。”

“炸在什么地方？”女孩子惊异地问。

“差一点炸中爸爸住的地方。就是志愿军叔叔好，他们一下子把炸弹搬开。”爸爸微笑着说。继又叹口气：“这回炉子漏钢，也等于中了一颗炸弹。”

小珠向小英欢喜地说：“就是志愿军叔叔好，老师常常讲他们。”

周越文对于炉子漏钢的事故，她是知道的，只是赵立明好久没有回家，而回来又没有说一句安慰话。“这回孩子生病，累了你了，我自己忙得要命。你学校里的工作，怕耽误不少吧？”只消这么说说，就会平下气来，可是赵立明没有想到这一点，单是注意孩子，又把心全放在孩子身上。因此，周越文越来越气。等到听见赵立明说：“孩子，差一点儿，爸爸也看不到你们了。”便想起了厂里的漏钢事件，心一下子又软了。一种为他担心的爱护心情，又重新回到心里。而且也感到难过，心想：“真的，煤气管要爆炸了，他还回得到家吗？”

周越文没有同他讲话，只是保姆来摆饭的时候，就叫拿出葡萄酒来，因为这是赵立明最爱喝的。坐着吃的时候，周越文还把一盘最好的菜，炒龙虾，移放在他的面前。吃完饭的时候，她削苹果，叫小虎拿着，小声吩咐：

“你送给爸爸。”

赵立明和孩子们高兴地吃着苹果，小虎坐在他的膝上。忽然电话铃响了，赵立明想站起来接，周越文向他比下手势，叫他坐着。她跑去拿起耳机来听。

“唔……唔……梁党委书记吗？厂长在哪。”

赵立明立即放下孩子，接着听筒来听，随即欢喜地叫了起来："才七点三十分吗？"

周越文看见他那样欢喜，便忍不住问："什么七点三十分？"

"三号炉都出了快速炼钢了，缩短了一个钟头。"赵立明欢喜地回答一句，又立即专心听下去，接着又说："这挺好。质量呢？……挺好！那好极了。……唔唔……唔唔……我赞成！我热烈地赞成。"

赵立明放下听筒之后，脸上现出从来没有过的兴奋和欢喜，忍不住似的向周越文说：

"现在好了，现在好了，我们能够赶上全国建设的需要了，明天我们要展开五十天生产大竞赛，迎接咱们的国庆节。党委书记、工会主席他们，刚刚开完会，征求我的同意。"

周越文看着赵立明静静地说道：

"我没有同你们的党委书记谈过多少，但我同他爱人几次谈话中，我觉得他挺好、挺能干，政治理论修养很高。"

赵立明点下头说：

"是的，"随又望下书架子扬一下眉毛，"明天你到新华书店再去买本干部必读和毛主席的选集，家里这几本我要带到厂里去。"

周越文看他一眼问道："你厂里不是忙得很吗？"

赵立明自嘲似的笑着说："再忙也得抽出时间翻翻……咱还能再赤手空拳去打仗吗？"

第二十九章

一

秦德贵出了医院，领导上为了注意他的健康，便要他住到职工业余休养所去，即是白天到工厂工作，晚上还能得到医生和护士的照顾。再则上班和下班，都有通勤汽车接送，用不着自己走路或骑自行车了。这对于刚从医院出来的人，是很适合的。但秦德贵却觉得自己一点儿病也没有了，还要被人当成小孩那样的招呼，是可笑的。可是为了服从领导只得住了进去。

星期六下午秦德贵搬进休养所，首先打电话到独身宿舍去，告诉他那班的工友，说他业已好了，立刻听到他们的欢呼。他挂了耳机，心里还感到快乐。他喜欢同他们一道工作，一道学习，一道打球，一道唱歌。他喜欢他们那种专心诚意的脸色和激动的叫声，当他看报念到志愿军在艰难的环境中，战胜了美国鬼子，或者打下美国飞机，就有几只拳头捶在桌上，一面“好呀好呀”地嚷叫起来。他在医院里，躺在床上的时候，一个人看报，就忍不住要大声念出来，但看见旁边一个人也没有，这才小声念下去。他同他们离开二十多天，就觉得像隔了很久似的。晚上他很想回宿舍去，于是又同工友们通了一次电话，问他们学习的化学，学到了什么地方，他担心他会赶不上。并又问问炉上生产的情形，一助手代他工作的时候，顺不顺遂？几个钟头出一炉钢？最后问到了他最关心的事情，“袁师傅出了多少快速炼钢？时间有多少？”

同工友们通了电话，他知道孙玉芬早已下班了，就想打电话到女工宿舍去找她，但他脸红起来不好意思。随又想到，她都来看我，关心我，为什么出院又不告诉她呢？于是大胆地拨了电话，拨的时候，手指头兴奋得发抖。女工宿舍没人接电话，他觉得打不通就算了。但是脚不让他走开，渴望知道她现在在什么地方？是在厂里开会，还是看电影去了？不知怎样，他开始非常地关心她。又拨了两次电话，才有一个女人的声音，气喘喘地说：“你找谁？”显然很不高兴，她一定在什么有趣的地方跑来，使她受了损失似的，听见秦德贵要找孙玉芬，就回答说：“她在跳舞。”

“呵，你找她一下，我有事同她谈一谈。”秦德贵呼吸沉重起来，心里不大愉快。他一向最不喜欢那种跳舞，一个男的和一个女的彼此抱着一前一后地走路。可是她就正同一个男的在跳舞。

他听见“谁呀，找我什么事？”在听筒里响了起来，这是孙玉芬的声音，显然带点诧异。但这声音，就是在电话里听来，也是具有音乐那种力量。他心情开朗了，立即把出院住到休养所的事情告诉她。

“好得这么快，真好。”

秦德贵听见对方在笑，同时也仿佛看见她那洁白的脸上泛出红潮，发出愉快的光辉。他不知道再说什么话好，但心里总想多同她谈一会儿，他喜欢听她讲话的声音。于是他只好这么问道：“你忙吗？”这是他同朋友通电话的时候，习惯上总要这么问的。但说出之后，又觉得不对。他感到自己很笨拙，倒不如那夜回家路上谈得那么自然。因为那时候他的心上没有给她留下位子，现在却是整个心里，都充满了她。

“忙什么？我们在开晚会呀。”孙玉芬在电话里，尽情地笑了起来。

秦德贵听见她的笑声，有点不好意思，但感到自己幸好是一个人，站在休养所的一间屋子里，外边也没有人。只有路灯把树叶的影子映在玻璃窗上。

孙玉芬笑了一下，又说：“我们这里开晚会，有跳舞，外面不少人来，你来吗？”

“我不会跳舞！”秦德贵严肃地说。

“你来看看嘛。”

秦德贵倒很想去，但踌躇了一下，终于说道：“不。”

“那么，你好好休养吧。”

“我看，你——”秦德贵脸红了，说不下去。

“还有什么事吗？”

“我看明天星期天，你得闲吗？”

“得闲，当然得闲。”

“我好久没有去公园了，你明天去吗？”

“去嘛，什么时候？”

“明天上午八点钟。”

“好嘛。”

秦德贵挂好电话脸还是很红，他欣喜地想：“幸好在电话里面，当面真不好意思约她。”另外觉得高兴的是，这屋里又没有别人。但他回转身打算走出屋子去，立刻把他吓了一下，一个穿白衣的少女，圆脸，尖下巴，清秀的小眼睛，正笑盈盈地站在他的面前。她是这里的卫生员，黄昏时候，就是她，把他领进休养室，为他拉开窗上的绸帘子，打开玻璃窗，让园里拂动柳条的凉风，吹进屋来，为他端去两盆有点憔悴的黄花，换来两盆素净洁白的小花，放在油漆发亮的桌上。现在手里拿着一本红色布面的手册和一支笔，笑着请求：

“同志，请你给我写几个字。我晓得你是生产战线上的英雄，工人阶级的模范。”

“呵呀，谁告诉你的？”秦德贵非常惊异，同时又感到高兴。

“刚才你还没来的时候，就有人在电话里告诉了。”女卫生员高兴地笑着说，“凡是来我们这里休养的，我们都晓得他做过什么事。同志，你坐着写吧。”

秦德贵接着小册子和笔，坐在沙发上，兴奋地说：“这叫我写什么呢？”他翻看第一页上，题有这样的字：“我没有进过中学，但我要努力学习，为争取高度文化而斗争。”下面署名林娟。秦德贵便笑着问：“这是你自己写的吗？”

“是的。”林娟笑着回答。

秦德贵有点激动地说：“你写得这么好，我真不敢写了。”

“好什么？随便写点儿什么吧！”林娟连忙微笑地说，听见秦德贵的赞美，心里感到高兴。

“随便写点？不行呵。”秦德贵严肃地摇一下头，“你这样认真学习！”接着又笑道：“我们炼钢工人也是不能随便的。一随便惯了，就会出号外钢、非计划。”

“那么你就写点炼钢的事情吧。”

“炼钢的事，有什么好写呢？”秦德贵有点窘，摸出帕子来，擦他脸上的汗，“我想，总要对你有什么帮助，不能说废话。像你这样认真学习。”

林娟是个聪明的女孩子，她看他好一阵，都没有下笔写，就把桌上的收音机扭开，让电台播送的音乐，小声地播送出来，使屋里紧张的空气得到一些缓和。电台正接连播送两个歌曲，开始在唱：“这力量是铁，这力量是钢……”接着又唱“雄赳赳，气昂昂，跨过鸭绿江……”

秦德贵听完之后笑了，便提笔写了起来。“我们要站在各种岗位上，努力学习，百炼成钢，好保卫祖国，好打退美国野心狼。”

他一向会写快板，现在写的就是快板形式，写好之后，还红着脸说：“我真不会写。”

林娟拿来就念，欢喜地说：“真好，真好，我就喜欢这几句话……我常常想，我要把身体炼得很强健，能到朝鲜去扛枪就好了。又喜欢去招呼受伤的志愿军……”

秦德贵望了她一下，心想：“这小家伙，倒有这么大的勇气。”随即赞美地说：“你想的很好。”接着又问：“你不喜欢在这里吗？”

“这里我也很喜欢的……我就喜欢招呼你们劳动英雄、劳动模范……有时候，我也很想到工厂工作，我挺想开吊车，那多么好，只消把电气开关一开，百吨重的钢水罐子，就轻轻吊走了。”在电灯光下面，林娟丰润的小脸上，越发露出明媚的光辉。

“你到我们厂里看过吗？”

“没有，鞍山的炼钢厂，我倒去过，那也是个很大的厂。”

这时电台正在报告新闻，讲越南人民军打下法帝国主义的一个据点，消灭法军百余人。林娟便走去把它关了。

秦德贵忙叫她扭开，听完之后，林娟问他：“你为什么高兴听越南的消息？他们隔那么远，我平常就没大注意。我顶喜欢听朝鲜的消息。”

“同志，你要知道，我们是新中国的工人呵。”秦德贵的脸上，还留着越南胜利的兴奋神色，亲切地向林娟说，“新中国的工人，就得关心全世界的大事情。越南跟朝鲜一样，是我们的好兄弟。”

林娟高兴地红着脸说："你说得对，你再给我写一句。"一面又把笔和小本子递给秦德贵说："就写我们应该关心世界大事。"

秦德贵接过小本子和笔，觉得单写一句是不够的，他感到这个女孩子学习的热忱，像一团火似的烧人，不好辜负得。想了好一阵，想到党委书记那天做政治报告时所说的话，"我们要保卫世界和平，我们就得关心世界大事。"于是他就把这两句话写在林娟的手册里面。

二

第二天早上，秦德贵吃了早饭，不到八点钟，就骑着自行车朝公园跑去。

秦德贵骑着自行车，在洒着阳光树影的林荫道上，绕了很大的圈子，才绕到湖边的凉亭上，选个位子，凭栏坐着。谁到了公园，都会经过湖边路上，望望湖水的，而在这个凉亭上，恰恰可以看见经过的人。湖心有人划船，湖边有人垂钓，星期日公园里是很热闹的。

天空蓝得像海水一样，一只只喷气式的飞机，飞得很高，看不见飞的影子，也听不见飞的声音，只现出一条条白色的线，不断地延长，或者打了转折，很久都不散去。

从南面树林里吹来的风，凉爽极了，但秦德贵却渐渐烦躁起来，因为到了九点钟，还没看见孙玉芬的影子。有事吗，还是忘记了？使他疑惑不定。每一个在湖边路上经过的年轻姑娘，他都远远地用精明的眼光迎接过来，再用失望的眼光把她们抛开。

等到九点半钟的时候，忽然有人从背后重重拍他肩膀一下，秦德贵回头一看，原来是技术员陈良行。秦德贵高兴地跳起来跟他握手，一面笑着骂道："你这家伙，简直吓我一跳。"

"我看见你呆坐在这里，失魂落魄地，不敲你一下，怕回不来神。"陈良行嘲弄地说，"你怕在等女朋友吧？"

"等鬼啰！"秦德贵红着脸，骂了一句，随即发牢骚似的说："咱们工人交得到啥女朋友。"

“今天工人可吃得开了。你问问看，这周围附近的乡下姑娘，哪个不想嫁工人？老秦，你星期天应该下乡去，一个人蹲在凉亭上做什么？这是脱离群众。”

他们两人共同工作了两年。陈良行一到厂里，听见秦德贵炼钢技术很好，便虚心向秦德贵学习实际经验。秦德贵呢，也逐渐感到炼钢理论的重要，也向陈良行热心地学习。彼此感情弄得很好，平日见面总是有说有笑的。但今天秦德贵却不高兴他的玩笑，希望他说一会儿，就走开去。

陈良行看见他脸色逐渐不大快活起来，就用手碰碰秦德贵的手腕：“老秦，我们谈一谈正经事吧。我告诉你，你那回创造新纪录化炉顶的原因，我已经找出来了。”

“找出来了！”秦德贵大为兴奋地叫起来，“你快说，是什么原因？”

“你不是说，要倾动炉体出钢的时候，你都看见炉顶没有化吗？”

“是的，一点也没有化！”秦德贵斩钉截铁地说。一面又很不快活起来：“难道你还怀疑我吗？”

“我没有怀疑，”陈良行诚恳地说，“我只是常常钻研这个问题。昨天我才弄明白了。”

“弄明白了？”秦德贵连呼吸都紧张得有点困难了。

“化炉顶就是在出钢那一刻，炉子倾侧着的时候。”

“呵！”秦德贵叫了起来，睁大了眼睛。

“我原先就这样推测过，”陈良行受到秦德贵的感染，也不禁兴奋起来，但他还能平静地说下去，“但还不敢断定，等到昨天二号炉倾侧炉体出钢的时候化了炉顶，这才弄明白了，他们化的炉顶，也正是当着出钢口那一个地方。”

秦德贵仿佛肩上挑的重担，一下放下了似的，非常欢喜地说：“老陈，你做得真好，这给我们多大的帮助呵！以后出钢的时候，一定要好好地留意。呵，谢谢你，你还特为这个事情来找我。”

“不，我还有更重要的事情，昨天下午下班的时候，党委书记特别嘱咐我，要我同你初步总结一下你快速炼钢的经验，找出窍门，然后再找工友研究。刚才打算到休养所来找你，先打电话一问，才晓得你来公园里了。现在我们就来开始吧，我想拿你的经验做基础，再采取一些苏联的快速炼钢法，我们丙班一定能够竞赛过他们甲班的。这回党委书记亲自来打气，我们好好地干吧。”

秦德贵再看下湖边那条路上，仍然没有孙玉芬的影子，便横下心来，挥着拳头，大声说道：“好，咱们好好干吧！我说你写。”于是他再也不朝湖边那条路望了。

约到十点钟的时候，林娟骑着自行车跑来了，她的白衣业已脱下，穿着红条纹白底的西装汗衣、淡蓝布的西装裤子、白帆布鞋子走进亭子里来，欢喜地喊道：“秦同志，好容易找到你了。”一面说一面用手掠去飞到前额的短发，满脸现出愉快的鲜红。

“呵，你也来了。”秦德贵也忍不住欢喜地站起来，这个小姑娘的到来，是他意想不到的。

陈良行停下笔来，带着羡慕的眼光望着，他以为秦德贵一上午在这里等的，就是这个漂亮的小姑娘。

“秦同志，你刚走后不久，就有三起电话来找你。首先一个姓陈的。”

秦德贵立刻指着陈良行笑着说：“就是他。你坐着讲嘛。”

陈良行微微地笑了，刚才在电话里听到那个微带娇气的声音，可以想象是个活泼爱笑的人，现在看见了，原来就是这么一个小女孩子。从偶然听到那个声音起，又忽然见到那个人，他觉得这是愉快的。

林娟并不坐下，只望一下陈良行，然后继续说下去：“又一起是你们厂里的党委书记。”

秦德贵忍不住兴奋地向陈良行说：“一定是为了这个事了。”他拿手指一下陈良行拿的那本小册子。接着又催促道：“第三起是谁打来的？”

林娟笑起来了：“就是一个叫孙玉芬的，是不是这个名字？”

秦德贵激动起来，脸都红了，连忙问：“是这个名字，她讲什么？”

“她从女工宿舍打来电话，说是她临时得到通知，要到厂里开会，她不能到公园里来。我告诉她，说你已经走了。她就着急起来在电话里叫，‘哎呀，这怎么办呢？公园里又没电话！’我就告诉她，说我到公园去的时候，就可以帮她告诉一声。”林娟还笑着问，“就是你昨天晚上约的吗？”接着又郑重地说：“她还再三叮咛我，要我告诉你，要你等她，她晚上一定来看你！她是你的好朋友吗？”

秦德贵明白孙玉芬不来的原因了，心里一下畅快起来，但他不好意思回答林娟的发问，只是感激地说：“真对不起，呵，你专为我的事跑这么远来。”

“我也是来公园玩玩呵。就是上午代人值班，一直到这个时候才来告诉你。”林娟说完，就走出亭子，去骑自行车。

“林同志，到那边喝杯汽水再走嘛。”秦德贵赶到凉亭外边去邀请她。

“不，花园那边还有人等我。”林娟骑着车，顺着湖边，飞也似的跑着走了。

秦德贵走回凉亭，陈良行立刻笑着骂道：“好家伙，你真瞒得紧哪。”

秦德贵却还望望林娟飞跑去的背影，愉快地说：“这些女孩子服务的精神真了不起。”

“真该打，刚才还要抱怨。”陈良行还用手指一指秦德贵，“你看，还有哪个对你不好？”

秦德贵尽量抑制着自己的兴奋，连忙说：“我们还是抓紧时间吧，这才是咱们最要紧的事情。”

艾芜《百炼成钢》1957 年初刊于《收获》杂志第 1—2 期，
现据作家出版社 1958 年 7 月第 1 版

乘风破浪

草　明

第一章

浓烟弥漫，染黑了兴隆市的上空。忽然，西边浓烟深处冒出了一团红光，冲破了黎明前的黑夜。于是，盼望天明的小鸟儿唱起来，准备迎接太阳。但是不久，红光消逝了，太阳并没有出来，小鸟儿受骗了，这片红光不是初升的太阳，而是兴隆钢铁公司的炼铁厂在深夜里按时出铁，铁水的红流映红了半边天。

青年炼钢工人李少祥也在这时醒了，睁眼看见这片红光，知道他大哥正在出铁呢，因为大哥他们的高炉是位在顶西边的。但是他这时关心的并不是出铁，他关心的只是天亮，天亮了他好起床去会六年没见面的小时候的女朋友小兰。看看手表，才四点钟，却怎么也睡不着，只顾在炕上翻身。李大娘知道儿子就是能睡觉，不叫他不会醒，今儿个怎么直在炕上翻腾？她半闭着眼睛装作睡意正浓的模样儿，喃喃地说：“才多半夜就醒了，明天不是休班么？北京开了几天会，又坐了趟火车，身子不累？”

李少祥只装没听见，因为他脑子里装满了关于小兰的事儿，生怕别人闯了进去。自从昨天看见她以后，他才想起自己二十五岁了，还没有个对象，怪孤单的。他又想，小兰这回打乡下出来，单单为的是他。总之，他越想越美满，把脸从左边转到右边，又从右边转向左边，可是不管换个什么姿势，也驱不散心中的兴奋。忽然他想起了小兰昨天对他的冷淡的面孔，像被谁浇了一盆冷水似的，心儿都紧缩起来。是的，六年不回去看看人家，又不主动给人去封信，这怎么说得过去？往事一幕一幕在他心头重演了。

原来少祥和她是在山东海滨的一个小乡村里长大的。那儿是老解放区的边沿区，常和敌人打拉锯战。少祥父亲是地方上的村支部书记，小兰父亲是个渔民，原先家道都很穷。全国解放以后，大家的生活才安定下来，小兰父亲也加入了渔业互助组。小兰十二岁那年，有一回去赶海，被大孩子们欺负；李少祥已是十六岁，当上了民兵，那天正好值班，看见了，就把孩子们驱散，给小兰解了围。以后他俩常在一块儿玩耍。小兰长到十四五，知道害羞，不好意思找他。但是大伙儿碰到一块儿，她看见他时，总是很高兴，他也目不转睛地盯着她。一九五二年，李少祥十九岁那年，他响应扩建兴隆钢铁基地的号召，便离开了老家。少祥因为走得很急，临离开乡下的头天下晌，才悄悄地约小兰到海边一片冷静的角落来。他为什么要约她单独会面，他准备和她讲些什么？他还没有好好地想过。小兰呢，根本不知道他要走，顽皮地拉着他，让他和她一块儿捡拾贝壳。天空是很平静的，但是海面上无风三尺浪，从望不见边的海面上推到海岸边来的波澜，一个紧接一个，一个比一个高，它们像角力打滚的孩子们，在那儿欢乐地认真地嬉戏。要不是明天要走，他真想拉着小兰滚到浪花里，和海波一块儿欢腾要闹。

“于校长打城里来了几个朋友，他们稀罕这玩意儿。”小兰弯腰拾起了一个花贝壳，高高地举到李少祥的鼻尖下面。她比他显然矮一个脑袋。

“小兰，你坐会儿，五哥有话要和你好好讲。我要走啦。”这个没离开过乡土的人，还没有尝过别离的苦；眼下无论如何，小兰还在他身边哩。

“你上哪儿嘛，又跟大娘上你舅舅家吗？”这个十五岁的小姑娘漫不经心地问，眼睛还到处望，一心想搜寻贝壳。“上兴隆市，那儿净出铁；我要去当工人，和我大哥一样。”

“我不信，谁领你去？唔，你只会当民兵，抓特务；连鱼都不会打，种地瓜也种不好，还上城里去打铁呢！”她和往常一样淘气，因为她只有本事奚落一个像他这样心地忠厚和爱护她的人。

“小兰，你不要瞧不起你五哥。我不会打铁，不能学么？有两只手，愁学不会？我学会了，家来时给你妈打个铁炒瓢，好么？”小姑娘突然感到有点儿凄凉，噘着嘴说：你多咱回来？你走了，那么我呢？”那时她的想法是朦胧的，既不是想跟他走，也不是不让他走；只是想起以后没有体己的人找自己在一块儿玩，觉得很难过。少祥并不觉得她的问话突然，不慌不忙地答道：“你跟着你妈好好干活嘛。明年这个时候我回来看你。是刘叔回来领我去的，我就是跟他学的徒，他说，他明年带我一块儿回来；不回来我妈要想我的。”小兰没有听见他回答的是什么，只眯缝起眼睛呆呆地盯着海面。她做梦似的幻觉着少祥已解下一只小艇，扯起小白帆，冲着汹涌的波涛向海中心驶去。越驶远白帆就越小，驶到海中心，那儿夕阳正照得海面点点闪出金光，小白帆也就被淹没在一片金光里。她着了急，狂奔去追他，可是海水像一层松软的棉花，她在那上面简直走不快，她急得只顾掉眼泪。

“看你，像个小孩子，哭什么呢！明年这个时候五哥就要回来的。”他放下卷起的袖子，替她擦眼泪。

小兰像苏醒过来，才知道自己掉了泪。她连忙用自己粗糙的手背揉着眼睛，不好意思地强辩说：“谁哭来着？是风刮的。”少祥细细听听，哪来的风呀，分明是她哭哩。看见这姑娘的泪，他才感到心有点酸楚，一时傻了眼，不知道怎样安慰她好。“明年五哥回来，你要带点什么？”他没有等她回答，已给她打好了主意，说：“给你扯点花布做件衣裳好不好？”小兰摇摇头，过了半晌，说道：“你买两本书回来，教我认字，我好给你写信。”“书，文化馆有的是。你不是也认识那校长和那些教员吗？叫他们教你。”“不，我要你教嘛。”小兰又恢复了用淘气的声调对他说话。少祥像个哥哥似的望望她，连忙安慰她说：“哦，我教，我教。可是，我还没写过一封信呢。”

静默了一会儿，小兰又想起什么，说道："人家说，城里人——"可是她没有说下去，只低头嘻嘻笑了两声。

少祥老老实实地等她说，等了一会儿，焦急地问："人家说城里人怎么样？"

小兰害羞地偷看了他两眼，又笑了两声，看见他那副憨厚和善的笑脸，就大着胆子说："人家说城里的水和乡下的不一样，人们喝了城里的水，就不喜欢乡下，只喜欢城里，把乡下忘记啦。"

少祥一听着了急，分辩道："你五哥才不是这样的人。城里的水我喝上十担、一百担，也不会变心。你不信，你等着看。你这小姑娘，净把小心眼看待你五哥啦。"他急得直嚷嚷，简直在起誓。他的认真，倒把小兰吓了一跳，她忙安慰他说：

"我是听别人说的，人家没有说是你呀。"她心里是高兴的，从这句话里，她起码觉察出自己在他心中所产生的力量。她虽是个未成年的姑娘，还不懂得恋爱，但已具备了少女们对于爱情的敏感了。

晚风，带着海水散发出来的温暖，把渔船一群一群地送回来。海滨热闹起来了。迎着渔船的老人、儿童和妇女帮着抬筐拉网，欢笑声和海浪拍打海岸的声音混成一片。近处，海面灰暗迷蒙；远处，却映着落日的暗红色。那绚烂的金光随着波涛的起落，闪耀着夕阳的美丽色彩。少祥千百次欣赏过这美丽的景色，可是百看不厌。这个不惯幻想未来的人，一想到自己就要离开这块地方，也陷入了迷惘的沉思里了。

小兰倏地站起身来，惊恐地小声说："我爹的互助组回来了，我要去接他。"她低头咬了咬嘴唇，扭身就跑了。

晚饭后，李大娘抱怨她的小五子说："上哪儿去了？想领你看看叔叔大爷的，到处找你找不着。"

"和小兰玩去啦，明天我走了就看不到她了。"少祥把脑袋搁在母亲肩上，等着她的同情和安慰。

"找这么个小毛丫头，妈又不能帮你把她娶过来。"母亲半真半假地说。

少祥急了，霍地扭转身子坐到母亲对面，摇她臂膊说："谁要老婆？我到老也不娶。"

母亲姑息地笑了，说："你不要老婆，妈可要媳妇哩，傻孩子。"少祥抬起了头，认真地对母亲说："一定要我娶，我就娶小兰。""那小姑娘倒也勤快懂事，只是太小啦。你十九，她才十五，长得又矮小，娶过来顶啥用？唉，等你满徒再说吧。"

第二天，小兰在李家的小巷等了半天，看见李大娘提着小包袱送儿子进城。她装作什么也不知道地上前嚷着说："大娘你上哪？我跟你去。""来吧，一块儿走。"少祥的二哥体贴地招呼她。她过去一看，后面还有一大堆人。少祥那残废的父亲和一些老头子、老太太，都簇拥着老工人刘进春，李少祥跟在后面，从巷口出来。后来少祥抢前一步，搀扶着父亲，劝他不要往前走了。老人家扎撒着胡子，控制着眼泪，只是不说话。少祥忽地扑在父亲肩上，悄悄地淌了几滴眼泪，然后扭头急急地跑向前去，迅速把老人们落在后面。老太太们擦着眼泪，都劝残废的老人回去。李大爷被同伴扶着，也就毅然别过刘进春往回走，并且装得若无其事地安慰众人说："乡下人去建设祖国，工业化，这是好事，少祥他们这些孩子会好好干的。"

少祥急步走在前头，拿袖子擦干了眼泪，他脑子里展现的那片大的铁工厂代替了父亲的形象，代替了海滨的乡村。想到那未可知的高炉和平炉，这个年轻人充满了新奇的快乐，把离愁一股脑儿抛到脑后了。他到了车站才看见小兰。小兰没有捞着机会和少祥说什么，因为全区一共去了五个青年，一色青年团员，区的团委书记还对他们讲了话。小兰一直跟着李大娘，并且和她一样，眼睛从没离开过少祥。因为少祥是和集体走的，很红火，喜气洋洋，小兰并不觉得难过。火车开了，她直和少祥招手。看见大娘掉眼泪，她还劝慰她，小心地扶她回家。但是，越到下晌，她越发沉闷。一直到了傍晚，她自个儿摸到昨天和少祥玩的地方去，呆呆地坐在昨天坐过的那块岩石上。她忽然觉得自己昨天忘了对他说很多话（虽然她想对他说什么，她是不知道的），终于伤心地哭起来，边哭边呼唤“五哥”，哭够了才回家去。

整整盼了一年，少祥没有回故乡来，只捎回来过几本小人书。她想他想坏了也不敢对别人提。但是她还是常去看李大娘，并替他们一家大小纳鞋底。后来她上学了，认识了几个字，更是日夜盼他来信，——没有盼到，只是从老人嘴里，知道他一点消息。随着年龄的增长，她更思念他，以至她母亲给她提亲，她都一口拒绝了。到她十八岁那年，李大娘奔少祥去了。老人家走时，没对她说下半句什么，只顺口叫她去兴隆串门子去。她觉得自己失了依靠，已经完全绝望了。她断定少祥到了城里，当了工人之后就看不起她。她小学毕业后曾经帮助文化馆工作一个时期，看了很多小人书和画报，约略知道祖国工业建设的重要性和飞跃的发展。这个海滨姑娘的心早已飞腾到那些巨大的工厂里了。她二十岁那年春天，高兴地从画报上看见少祥的相片和他的先进事迹。“啊，怪不得，他当了模范炉长了，心中哪还有我？啊，整整五年了！”到了年底，她大着胆给他去了封信，问他兴隆市招不招收女工。少祥回信只劝她不要干这行道，叫她干轻巧的，别的什么也没有说。她为他的冷淡痛哭了一场。可是她不服气，凭一个远房叔伯兄长的帮助，决心到兴隆投考技工，要实现渔民女儿当上钢铁工人的志愿。

李少祥呢，自从奔这个城市来以后，被分配到炼钢厂去学炼钢。新的生活以巨大的魅力吸引着他，以致他连一天也不肯离开自己的岗位回去看小兰和故乡。每到农忙时，李老大娘总是回老家帮助她的二媳妇，顺便把李少祥的消息带给小兰。初冬回来时，也少不了装满一口袋一口袋的地瓜干、胶东小米，和带来了这个海滨姑娘的消息：“啊，真是个好姑娘，里里外外，什么活都拿得起来。她妈好几回劝她找婆家，她说非要把小学念完，考个师范不行。”“小兰小学毕了业，考不上师范，人家给她介绍了个小学教师做对象，她硬不肯，立志要进城当工人哩。”这些话李少祥当然听在心里。一九五六年年底，他忽然接到了小兰一封信，这曾经引起他很大的希望，但是她的信里只问兴隆市要不要招收女工，别的二话不提。这个直心肠的炼钢工人便按着自己的主观见解回信告诉她：“这儿兴钢的活都是男子汉干的，妇女走进去头也会发晕，不用说干活了。几间新建的轧钢厂有自动化设备，可是那儿的女工结了婚，怀了孩子便不能再干了。”他又说，轻巧的活儿这儿只有一家被服厂，但是名额已满，他劝她来投考护士学校，并盼她千万来兴隆玩玩。谁也没有想到这封短短的信却激怒了一个满怀壮志的打鱼姑娘。

小兰到了兴隆，曾经写过一封信给李少祥，信落到青年工人小魏的手里，他顺手放在作业服的裤袋里，随后也就把这事忘了。等他记起来时，作业服已经拿去洗了，信当然没踪没影。少祥知道这事后瞪了他两眼，但也无可奈何。他听说是本市来的信，以为一定会来第二封，所以也不大介意。

小兰等呀等呀也不见少祥来看自己，便断定他已变了心。一生气，便不再给他写信。但是兴隆市只有这点大，日子长了，熟人还有碰不着之理？昨天少祥从北京回来，一出火车站正好碰见小兰。这一见倒不要紧，只是不知道为什么，遇见小兰以后，他的情绪起了剧烈的变化，好像有人把他的魂勾走了似的，又好像有谁惹了他，心里着了恼。问良心，这几年里他虽然想她，但也没有具体想到要和她怎么样，只是昨天，真讨厌，一切都变了。她怨恨地瞪他一眼之后，他忽然觉得自己仿佛欠了她好大一笔债；她这一眼，比千言万语还有力量。

昨天是这样的，有人叫她一声，一看是少祥，小兰惊喜地和他打招呼：“啊，五哥——”她马上羞赧地改口道：“啊，你不是李少祥同志么？”她违反了自己的意志，竟柔顺地把手递过去。

这个瘦弱的小兰，变得高大多了，丰满了，短头发变成两只大辫子。过去那副怯生生的神态消失了，眼睛却增加了倔强果断的光辉。整个来说，她比过去漂亮动人，同时却增加了一种从前没有的叫人敬畏的神色。不知道为什么，他握住她的手以后，根本就没有准备放开，人也发呆了，只用短促的声音叫了一声“小兰”，便半句话也说不出来。小兰望望周围，用力把手抽回，并怨恨地瞪了他一眼，仍然站在原来的地方，眼睛可望别处去了。

我们常常看见那些没有离开过母亲的幼儿，根本不知道母亲的意义在哪里；但当他和母亲分开过一个时期又重新见面时，他就半步也不放开她了——李少祥现在的心情，仿佛就是这样。“你收到我的回信了吧？”想了半天，他才找到这样一句话。车站周围熙熙攘攘，但他的眼里除了小兰之外，什么也没有看见。一部推行李的小车挨他身旁碾过来，他根本没有注意，以至小兰一急，顾不上自己还生他的气，一把拉他躲开一步。

“什么时候的回信？”小兰生怕自己错怪了人家，赶快问。

“去年年底的呗。”

小兰看见他不提最近的信，自己也不便提，只顺着他的话，用反问的口气回答他：“不是收到你的信，我怎能进轧钢厂的技工训练班学习呢？”

“啊，你真的学了轧钢？”他惊异地叫道，两道好看的、老是挂笑的嘴角简直扯歪了。

看见他惊诧，小兰才有点高兴，但是尽量忍耐着，只点了点头。李少祥又找不出话来。过了一会儿，他拉起小兰的手说：“走，到咱们家去，我妈可想你啦。”

小兰忽地红了脸，低了头。她听了这句话心里甜滋滋的，她这时原谅了他，并且羞得没有勇气看他那双热情的、一直没有离开过她的脸面的眼睛。她觉得他比以前壮实多了，举动也稳重多了，也许是刚从北京回来的缘故吧，全身收拾得很整齐。只是脸上那股憨厚、热烈的神采，一点也没有改变。她这一红脸，倒使李少祥勇敢起来，催促她说：“跟我一块儿回去。”

“啊，不能——”她又装起平平淡淡的样子说，“我回去马上得吃晚饭，吃完晚饭要开团小组会哩。”

李少祥又束手无策，放开她的手，想了一想，问道：“明天我休班，你是星期天，咱们一块儿到公园玩好不好？真的，几年不见面，好多话要说一说。”

听到这里，小兰皱了皱眉，恢复了开头时的那种口气回答他：“有什么好谈的！好吧！万一我没工夫，就以后再说。”

“不，一定来吧，九点半我在公园假山的入口处等你……”

他借窗外的蒙蒙亮光偷看看表，才五点半钟。天啊，到九点半还有四个钟头呢！好容易盼到天大亮，他下了炕便催着母亲做饭吃。吃完了饭，他穿上了那套他最喜欢的蓝卡其布制服，梳了梳往上竖的头发，便准备出门去了。

“你要上哪？”李大娘问道。李少祥是从来不扯谎的人，而且他也万万没想到说了真话会有什么麻烦，便照实答了：“和一个朋友约好到公园玩。”李大娘高兴地一手揪着他的袖子，说道：“太好啦，你大哥今天也休息，你们兄弟俩从来也没有碰在一个白天休息过，咱们全家也上公园玩玩去。”

这个孝顺的年轻人作难了，不答应吧，母亲却是第一回兴致勃勃地要和两个儿子上公园散心；答应呢，自己和小兰已有了约会。和她八字还没有一撇，拖着这么大家子人，两个人怎好谈心呢？他靠着门，站着不动，嘴角虽然还挂着笑，眉梢却轻轻锁起来。不过他又转念想道：“今天谈不成，让妈和大哥见见小兰也好，好让她以后常上咱家。反正妈本来就喜欢她。”主意打定，便催着母亲说：“那就快点吧，连老带少，走到电车站就得一个钟头。”

“急什么呀，又不是去相亲。”母亲不知道儿子的心事，笑吟吟地说，“你招呼小妮他们穿衣服吧。”

不出少祥所料，快八点才算走出了家门，到公园大门口已八点三十分了。他不由分说，领头带路，但是在公园门口两个小孩站在卖冰糖葫芦的前面就不肯走了，少祥急忙掏钱，一人给买了一串，又催着大家往前走。

东北的春天来得迟一些，四月末，正是桃杏花还未全落、樱花盛开、柳树吐绿、嫩草发芽的时节。这儿春脖子短，人们为了珍惜难得的春光，都从家跑出来；今天又是星期天，游人就特别多了。老人家已两年没来这儿，今天领着儿子、孙子来游逛，真有说不出的高兴。她又看见不少老头子、老太太也来闲逛，便怨悔自己怎么不多来几趟。她要在路旁的椅子上坐坐，瞅瞅公园的开阔的气势；少祥却劝母亲且往里走，说那里头有个很好的去处。好容易把母亲劝起身，两个小孩走到大招贴画面前就又不肯走了。少祥连拉带扯，又把大家领着往假山走去。但经过喷水池旁时，小妮说什么也不肯走了，围着喷水池只转圆圈。李少祥看看已到九点了，急得没法，说好说歹，干脆左手抱一个，右手拖一个，毫不动摇地直向假山进发。李忠祥其实没有睡好觉，只是不肯拂母亲的意勉强跟了来。到了公园，看看风光的确不错，有开阔的草坪和花坛，有高大茂密的杨柳树，近处有逍遥湖，远处有小山环抱。游人中有一双一对的，有扶老抱幼的，还有成班的学生或成群结队的工友；有静坐钓鱼的，有吹口琴的……大家都悠闲快活。这时，他仿佛觉得自己刚离开了千度高温的高炉走进仙境似的花园里。他希望慢慢逛逛瞅瞅，不禁抱怨心情急躁的弟弟道："逛公园就是逛公园，又不是抢着出快速炼钢！"

"这儿算不了什么，前面有好地方，跟着我走没错。"少祥抱着侄子急步往前走，走到假山入口处，他把老的少的安顿下，才算安下心来。

假石山在逍遥湖东边，比较僻静。这假石山，是由铁渣和石头砌成的，有小树，有供观赏用的小木亭、木桥、木船，水里还有水草和鱼。两个小孩一见着了迷，围着假山团团转，高声叫嚷，对着那些小型的亭台楼阁指手画脚。

逍遥湖畔和假石山周围开满了花朵。

李少祥斜斜躺在草地上，用左肘支起脑袋，眼望着一棵樱桃树在出神。这棵樱桃树一点也看不见小枝丫，全给花朵缀满了。樱花本来是粉红色的，不知是因为盛开的缘故变白了呢，也不知是淡淡的粉红色在一个炼钢工人的眼里已显不出颜色来还是怎么样；李少祥觉得它们全是洁白的，洁白得简直像在隆冬时枝丫上缀满的沉甸甸的霜花一样。这几株丰盈的樱花树正栽在假山的入口处，他尽盯着那儿，已经有半个多小时了。他借着换右肘的机会，趁势看了看左腕上的手表。他的小侄女小妮儿有时在他身旁跳来跳去，有时简直骑在他大腿上当作骑牲口。他只是微笑着，任她掇弄，没有理睬她；偶尔被她长呼短唤地缠不过，只在喉咙里漫应一声，眼睛仍然一动不动地盯着假山的入口处，暗暗想道："都十点钟了，还不来。"

"五弟，你怎么把咱们领到这块人不知鬼不到的地方来？咱们好容易全家连老带少地出来逛逛公园，凑凑热闹呀。咱们又不是记者和艺术家，拣块清静地方来听听鸟儿唱歌。"李忠祥向弟弟逗趣说。但是说实在的，当他转着眼珠子瞅着这块幽静美丽的地方，花枝和嫩绿的小叶儿都仿佛对他微笑时，他也就不觉高兴起来。

李少祥几乎没有一点反应，过了一小会儿，才慢声慢气地答道："你说得又外行啦，大哥。哪儿人多，记者和作家才往哪儿钻哩。""也对，你和我都听惯钢水和铁水的咆哮，机械的叫唤；这阵赏赏花，听听鸟唱，倒也蛮省心的。"李忠祥说完，打心里笑出声来。老大这个人倒是从来没有虚情假意地笑过的。

老母亲掀开篮子盖，为儿子和孙儿们打开一包点心。她也注意到自己的小儿子今天特别不爱说话。她很清楚，少祥是个无忧无虑的小伙子，即使晚上睡着的时候，他的嘴角也是挂上笑容的；今儿个不爱说话，就说明他心中有事了。她也知道在这样的时候，谁也不要去惹他，一会儿，他心中的闷气就悄悄地过去了。刚才看见老大逗他，她有点担心；现在听见老大的口气缓和了，她便放了心，接上说："这块地方蛮好，到公园来就为给你们解解乏嘛。来，吃点东西吧。"

除了小孙女和小孙子立刻向奶奶扑过去之外，两个儿子动也不动，都在各想各的心事。老大李忠祥看见这些美丽的花朵，心里一阵高兴，禁不住想起他们的“铁牛”来。这几乎是他这几年来养成的习惯，心中一快活，就立刻想起自己的那个高炉。他核算着他们的高炉这个月大概又可以超产铁水达百分之三或者百分之三点五。但是一想到炼焦厂供给他们那样碎屑的焦炭，不觉又气得咬着嘴唇，把手中那块小石子扔得远远的，恨恨地自言自语：“要是焦炭都按规格，我们保险可以再超额百分之一。”

“还可以超额百分之百呢，反正炼出来的铁水硫有多高你们也不管，只管自己超额完成任务，别人的平炉泡坏了你们不心疼，这有啥好说！”李少祥故意给了哥哥一句，眼睛仍然望着那个地方。

“小五子呀，哥儿俩一个人一个厂，谁碍不着谁，你怎么老和老大过不去？”李大娘批评小儿子说。

“妈，你真是，”少祥无可奈何，急着解释说，“我们炼钢用的是他们的铁水，他们光顾自己增产，就不管铁水质量好不好，到头来就坑了我们，我们对他们提的意见老鼻子了，他们的本位主义可就不改。”

李忠祥只是微笑着，认为再解释，母亲也听不懂；他的意思是他们铁水硫高是合法的，刘厂长也同意的。为了换一换话题，他笑着说：

“我以为你在想哪家的大姑娘呢，谁想你还在琢磨厂里的事儿。”李忠祥断定弟弟为恋爱问题烦恼，取笑了他一句，随着一阵大笑，然后伸手过去接他母亲递给他的蛋糕。他确实知道弟弟在厂里是个著名好脾气，最能团结别人的小伙子。对同伴从不耍态度，只有在父母或哥哥姐姐面前，偶尔耍个小脾气。这都是母亲惯他的，全家人看着只觉得好玩罢了。

母亲忍住了笑，也递给小儿子一块点心，随后叹着气，试探着向儿子们说道：“我看那个小刘就不错，能干伶俐，白净俊俏，只是人家肯不肯上咱家当媳妇？唉，可是，炕头灶边的活，还得咱们乡下的大姑娘。她们城里人只会上班办公。我早就说要回乡下去，一来看看你们父亲和你们二哥他们，二来顺便去看看那小兰出门了没有；她师范也念不成，想必她妈肯把小兰给我们家小五子。”

提到父亲，少祥可真惦念他。李大爷是个连话都不爱多说的庄稼人，在地方上入了党，做过村支部书记。有一回敌人攻进村里来，他为了掩护群众撤退，来不及走避，给敌人抓走了。在敌人面前，他一句话也不说，敌人很是气恼，给了他许多苦头吃。不久，共产党的军队又解放了这个村子。敌人败退之前，曾把这个英勇不屈的人投到狼狗圈里，让狼狗咬他一顿。等到人们救出他来的时候，他已晕迷不醒，给狼狗咬得血肉模糊了。人们把他送到县里的医院医治了几个月，然后回家将养。回家后他的腿还要经常换药。当李大娘打开纱布要给他洗伤口的时候，吓得直哆嗦，只管在那儿哭。他安慰她，又是教训她，说：

“嘿，我的伤都快好了，你还哭成这样子。要是我有个三长两短，你不知道伤心到怎么样了。”他随着笑嘻嘻地把他的小儿子李少祥叫到身旁，连哄带命令地说：“好儿子，来，给爹上上药。男子汉心肠要硬一些。”

这时少祥才十五岁，他挺着胸膛走近父亲。父亲拍了拍他肩膀，问他说：“害怕么？”

“不怕！”

“好样的，我的好儿子。”

但是当少祥把蘸了药水的棉花洗那一块一块还未完全长上新肉的鲜红的伤疤的时候，手也在发颤。他咬了咬牙，把快要流出来的眼泪往肚子里咽。父亲也咬着牙忍着痛。洗好了，包扎好了，父子两个都不约而同地互相看望着，然后胜利地笑了。这样，将养了两个来月，李大爷的伤完全好了，扶着拐棍能走个三步五步。李少祥二话不说，悄悄跑到村团委去，坚决要求加入青年团，后来又坚决要求当民兵。这个原来蹦蹦跳跳成天只管玩耍的少年，忽然被父亲的伤口教育成为一个坚决勇敢懂事的少年了。十七岁那年，他用智谋抓住过一个冒充部队理发员的特务。这样，在乡下他已成为一个出色的民兵，曾经到区上去开过优秀团员的代表会议。

父亲望着少祥越来越壮实的身影，翘起短胡须就高兴地笑，在心里悄悄说："只有党才能教养出这样的好小伙子！"

有一回，李少祥在海防值班，忽然来了暴风，天空刮来了卷卷乌云，每朵乌云活像妖魔鬼怪，少祥看了有些害怕。这都不打紧，可是他再往海面一看，了不得，海浪卷起了几丈高，一个接一个，活像一群凶恶的鲸鱼扑向他来。再侧耳细听，怒吼的声音从四面八方来，仿佛都在对付着他。他沉不住气，大叫几声，但是连他自己也听不见。海三面无边，自己站在唯一的海岸上，可是目光所及，竟不见一个人，他多么渺小，又多么孤单啊！暴雨一来，连什么也看不见了，他想去找邻近岗哨的民兵一块儿壮壮胆，但是不知道为什么，当他一抬腿，他的脚就往家跑去了。母亲看见他给湿衣服裹得瘦条条的，像一根落泪的蜡烛，她赶快拿出一套干衣服来逼着他换。李大爷却盘问他谁去接他的班。他理直气壮地说：

"我自己回来的，换班还早呢。"

李大爷忍住一肚子怒气，问他说："万一敌人在这个时候偷渡过海来，你是不是误了国家大事？"

少祥一边换衣服，一边毫不在乎地说："爹，你真是，敌人哪有这样的胆子？这样大风他不怕滚到海里去？"

李大爷忍不住了，大声喝道："敌人狡猾得很，哪一回偷渡过来不是等阴天下雨的当儿？要是你坚守岗位，即使特务偷渡过来，看见你这样勇敢，不怕暴风雨，光这点就把他吓坏了。"他越说越来气，"亏你是个青年团员，是个优秀的青年团员！——国家最需要你的时候，你倒逃跑了！"

少祥又气又难过，他觉得父亲的批评是对的，但是父亲太不体谅自己了。况且，这两年只有人称赞他，哪有人这样批评他的呢？这时候，他已换好了衣服，从墙上取下蓑衣、帽子，披戴上，二话不说，便又冒着暴雨跑回自己的岗位去了。说也奇怪，这时的风吼雨打不像刚才那样压迫他，而是这样雄壮，给他助威壮胆。他在海滩上走来走去巡逻着，觉得自己又高又大，三五个人近他不得……交班后，他立刻跑到团支部去承认错误，作了检讨。

自从这一次以后，少祥更热爱他的父亲，离开他就想念他。特别在工作中遇到困难时，他就想起父亲的严峻坚定的面孔。

“妈，”李少祥沉思了半天，忽地大声叫道，“你回乡一趟好不好？把爹接来吧，他这会儿来了，我好孬不让他回去了。”

李大娘生气地瞪了儿子一眼说：“刚才我说的你全没听进耳朵？你娶上了媳妇，我好回乡照顾你爹。你到底还想小兰不？”

李忠祥用责难的口气向母亲说：“你老为什么不早提哩？你要是说回去看小兰，我们早就让你老人家动身啦。”

“你不要装好人了，妈的身子就给你们家拴住啦。你五弟已经二十五岁了，难道你还不知道？几时见你操心过弟弟的婚事！唉，这世代也真是，在早谁看见过二十五岁的小伙子还不结婚的？屎壳郎也得配个驴屎蛋。”她又转向小儿子说，“啊，多炼钢啊，我看将来国家汽车有了，拖拉机有了，你们炼钢工人连个媳妇也没捞上，这也不是个好主意吧？”李大娘讲到这儿，倒真有点动气。逍遥湖上青年们拉手风琴的声音，随着春风和花香迎面扑来。李大娘眯起眼睛，呼扇着鼻子，香气直沁润到她的心肺里去。她忽然觉得自己没有什么事值得动气的，除了最小的儿子没有结婚，做父母的没有完成责任之外，她生活里还有什么缺憾呢？

听见母亲和哥哥提起了小兰，李少祥心里很舒服，可是一想起小兰答应他今早九点半钟在假石山相会，现在过了一个多钟头还没有来，不免有点烦恼。心里胡思乱想：“难道她哄我不成？”“她一定是远远望见我妈和大哥在跟前，干脆来一个向后转？也不会，她不是很爱我妈的么？今天真凑巧……”

啊，等吧，九点等到十点半，他忽然发起烦来，对母亲说：“看你们多啰唆！妈，你怎能把我结婚的问题扯到炼钢上去哩，那不是牛头不对马嘴么？你要看小兰，那何必去乡下，人家已经上兴隆来啦！”

“你说小兰上兴隆来了么？难道她已嫁给这里的人？”

老太太又惊又喜，但脸上逐渐现出失望的颜色，可怜起她的小儿子来。

李忠祥也沉不住气，着急地问道：“她住在哪里？妈，您找她去。我看小兰比小刘强，人家小刘是女学生派头。嗯——”

少祥心烦意乱，没好气地说：“你们别瞎扯了，什么小刘小刘的！”

母亲靠近小儿子，体贴地，也急迫地下命令道：“这一回你要坦坦白白说出来，我们好给你拿主意。可是你想想看，一个大姑娘没亲没靠，就能跑到兴隆来了？”

这个炼钢工人忽然觉得不好意思，声音也有点怯生生的，就把昨天看见小兰的情形说了一下。当然，自己怎样约她到逍遥湖，她怎样点了点头，分了手之后，她又怎样悄悄回过头来望他这些情形，他都隐瞒起来了。

“这姑娘有志气。”李忠祥夸了她一句。

“现在的年轻人谁个不心高，谁肯待在家里？哼，将来到了社会主义，我们这些老太太都死光了，看谁给你们做饭和带孩子！”

李大娘只顾讲话，那边两个小孩子趁势把点心吃个精光。

“我去找她，技工训练班的宿舍还能找不到？”

“对，你去，还省得小五子腼腆。”

“别耽误你的时间啦，害得你这个八年不缺勤的模范迟到可真不合算。”李少祥对哥哥说，“我都把咱们地址告诉了她了。姜太公钓鱼，愿者上钩，她不来就算了。”

“找个人就影响上班，这还能八年不缺勤？”李忠祥笑嘻嘻地说。

李大娘自个儿在那儿嘟囔个不清，意思无非是老五该有个能干的媳妇来帮帮他忙。两个孙儿因吃光了东西已坐不住，非要奶奶领他们去看猴子和大狗熊不可。老人家站了起来，才像挑了一对水桶似的，一手牵一个活蹦乱跳的小家伙，往动物园去了。

看见母亲走了，李忠祥靠近弟弟，体己地问他道：“原来你一直都在想那个小兰么？我当你喜欢那个小刘呢！她对你不是挺近乎的么？”过了一会儿，他又添上一句：“小兰好是好，只是多年不见，谁知道她那边情况怎么样，你有把握么？”

想起厂里广播员小刘来，李少祥莫名其妙地叹了一口气。的确，那姑娘最近一两个月来经常找他，开头只是来访他的先进事迹去广播；后来没什么事儿也来找他，甚至在他面前敢开个玩笑，撒撒娇。他脑子里的确经常晃动着这个漂亮姑娘的影子。但是，他和她谈不到一块儿。两个人在一块儿时，她就只能讲讲什么电影啰、剧本啰那一类的事，李少祥一听就想走开。他发现她并不关心生产，她问到生产，只是为了要广播的材料罢了。昨天意外地看见小兰，他仍然像在海滨时一样喜欢她。不！她怨恨地瞪了他一眼，使他和她旧日的感情赋予新的意义，他多么快乐啊！可是当大哥一提起小刘来，他却一阵烦乱，没精打采地低声说：“别提那个小刘了，人家是知识分子，你怎么扯到她身上去？唉！我对大姑娘没一点儿经验，你说呢，大哥？小兰对我有意吗？她和我说话像生了八辈子气似的。说她恨我吗，她走得老远还两次回过头来看我。真不知道她心里想的是什么。”他把心事说了出来，便瞪眼望着哥哥，好像他的运气就掌握在哥哥的手里似的。

“这样嘛，她对你敢情有点意思。”李忠祥肯定地笑着说，“对矿石和焦炭的性能，我不大离一看便知道它们的好坏；至于女人，这个可难说。讲到你大嫂，打从妈把她娶过来那一天起，我就准备跟她过一辈子。她不愿意，她也是我的；我不愿意，也得把她收下。”

李少祥轻轻接过去说：“就好像你们‘铁牛’号高炉的铁水，不管硫高硫低，我们炼钢厂一概都得收下，对不对？”

李忠祥溺爱地望了望弟弟，没有责备他，反而耐心地解释说：

“提到我们的‘铁牛’，你们最好就是不要提意见——”他还没有说完，李少祥急切地问：“这是为什么？”

“为了建设社会主义嘛。”李忠祥慢吞吞地答道，“你们都知道的啦，炼铁厂的高炉多半已自动化了，就我们那一个还是个老铁牛。老铁牛不认输，月月完成任务，还超额里。问良心，这个炉子早就该大修啦，炉缸太薄，不敢泡得太久，你知道吗？这就对啦。你说，硫咋能脱得干净？为了增产节约，咱们把去年大修省下了，你不夸赞咱们也就罢了，还批评咱哩。”

“那你们炉外脱硫不就行了？”李少祥连忙指出道。

李忠祥不慌不忙地又解释说：“唔，谁说不是哩，本来可以炉外脱硫的，但是这一来就得增加成本，国家指定的成本计划指标就完不成啦。”

李少祥又建议道：“那你们干脆把炉子大修一下，趁势改成自动化，不就彻底解决问题了吗？”

“嘿，这就得厂长和经理他们来决定了，这不是我们工人的事。”他觉得这一番辩论他已赢了一大半，于是有把握地结束说：“我听他们叨咕过的，要是‘铁牛’大修，一停炉就几个月，本厂今年的任务就休想完成了。社会主义建设的速度就都耽误在我们手里了。”

李少祥倏地站起身来，像被火烧了手似的叫着说：“哦，那我明白了，原来你们怕挑耽误社会主义建设的罪名，却让我们来挑！”

李忠祥原来满脸得意，经弟弟这一戳，不禁有点扫兴，但并没有失去信心，只是淡淡地应道：“我不过是个炼铁工人，你提的都是上头的事，你对我们厂长说去吧。”

李少祥怜惜地望着哥哥，又蹲下来，赔小心地说：“大哥，咱们不用抱怨国家计划，也不用抱怨设备不好，要紧的是想办法，把这老铁牛变成个牛犊子不就好办了么？”

李忠祥仍然固执地说：“别的不敢说，说到‘铁牛’，我侍候它快将二十年，它的脾气哪一点我不知道？江山易改，本性难移，人是这样，高炉更是这样。”他说了，正低下脑袋，想办法结束这场不愉快的谈话，却听见那边一副圆润而爽朗的男子的低音叫唤道：

“老李，我正想找你呢。”

李忠祥向前一望，那是个仪态潇洒、体格魁梧的中年男子。他正牵着一个五六岁的小女孩的手，那边还有个四五岁的小男孩和一个中年女子。不用问，这是一家子出来逛公园的。再看那男子，大约有三十七八，好像见过面，但想不起来是谁了。他以为那人在叫自己，正想站起来和他打招呼，却见弟弟已迎上去，并且说：

“宋厂长，你们也来了么？”

听见弟弟的称呼，他才想起那是炼钢厂的厂长。他记起去年市工会召开全市劳模大会时，这位厂长曾经上台讲过话。他估计他们一讲就得半天，就趁势拾起竹篮子来对弟弟说：

“我到那边找妈妈和孩子去，你们多谈会儿吧。”他就往动物园去了。

“那是你哥哥么？啊，你们的兴趣挺高雅，全家来赏花呢。”宋紫峰环视了一下这儿景色，觉得这儿不比他的生长地苏州的留园差多少。但是那时候到留园游玩的人多半是穿长衫的男人和戴首饰的女人们。而今，这儿却是职工的休息胜地。想到这些，他快活地看着这儿怒放的樱花，看看湖上划船的年轻人，仿佛自己也年轻起来，不觉甩开女儿的手，在地上坐了下来。

李少祥解释说：“我和我哥哥虽然同住在一块儿有好几年，可是兄弟俩从来就没有在一起过过一个白天。他是‘铁牛’号高炉的炉前组长。我们都三班倒，白天不是他上班就是我睡觉。”

“真有意思，咱们兴隆有很多这样的家庭。有时两夫妇也碰不到一块儿过休假日呢。可是我问你，这几天，你们‘共青’前墙坏透啦，产量也下降了，是不是因为你去了北京，大家松了劲？”李少祥正想解释，他又堵着他说：“你们无论如何都要保持着成绩，不能糟蹋模范炉子的称号。听说鞍山也准备派人来参观学习哩。说来说去还是去年惹的祸，不是吗？去年十二月在上海召开的炼钢会议上，公司又叫我去替本厂吹了一通，闹得全国都注意咱厂，咱们厂垮不得，垮了那真太不像话哪。”

李少祥微笑着，有把握地说：“后天太原和重庆钢铁公司的工友也来参观哩。炉子垮是不能垮的，咱们工友怎能让它垮？这几天维护炉体，大家注意得不够是真的。”平常他看见厂长总在平炉车间，没机会和他多说几句话，现在面对面，他觉得自己应该把工友的意见反映给他听，于是开口道：

“厂长，平炉上对行政有不少意见。合理化建议没人理，大家最窝火。里头有很多有价值的建议，要是推广了，可给国家增产节约多少钱啊！”他鼓起好大的勇气，头一回向厂长直率地提意见。宋紫峰看见他讲的是这个，不免有点泄劲，于是眯缝起他的大眼睛，看着艳丽的花丛出神。他心想的是自己厂子钢的产量一年比一年多，成为中国最出色的一个厂，技术水平很多够得上先进水平。他虽然对工友们的合理化建议没有多大信心，但是他心里的那个美好的幻想却促使他注意这个青年的话。他仿佛下命令地说：

“有哪些了不得的有价值的建议？你说说吧。”

少祥一时摸不透对方究竟重视大家意见，还是不重视大家意见。不过既然问到自己，他就把工长王良信的快速精炼法、“友谊”平炉的补炉经验、刘进春的观察蓄热室地下是否被水淹的那个自动观测器都说了出来。

宋紫峰推开了女儿，连连摆手。芳芳给父亲猛力推开，急得跳着脚，马上扑去母亲那边哭闹起来。邵云端领着他们，在一丛樱花前面的长椅子上坐下，连哄带批评地说：“看你爸爸把你惯成什么样了！”

芳芳回过头去，看见父亲仍然热烈地和别人谈话，没有过来哄她，她就伤心地倒在母亲的怀里，嘴里边哭边抱怨着：“我不要爸爸，等一会儿你来哄我，我也不要你，讨厌的爸爸！”

“云端，你们先回去吧，我还有事。”宋紫峰提起他那动人的嗓子，远远地嘱咐妻子说。

听见丈夫的呼唤，邵云端露出了浅浅的笑容，对他那边望了一眼，然后缓缓地转过头去。

李少祥看见这四十来岁的女人穿得很淡素，和她那温柔安静的脸孔很相配，柔软的头发随着她的稳重的动作在耳后轻轻甩摆着，仪态竟那么大方和优雅。他心想她和宋厂长真是天生的一对。那边，邵云端哩，当她望着在她眼前活蹦乱跳的儿子和正在生气的女儿的时候，她的心尖仿佛绞痛了一下，皱着眉心想起丈夫和自己闹离婚的伤心事来了，“为了孩子们的快乐，我勉强和他一块儿出来玩，看他竟这样对待孩子们！”她忍受这股滋味已不是一次。她不住地抚摩着芳芳的头发，不禁叹气说：

“爸爸早把我们忘了！”

芳芳本来还哭着呢，听见母亲这么说，忽然抬起头来，奇怪地问道：“你说什么，妈妈？爸爸不要我们了？”

云端知道自己失言，便咬咬嘴唇，把小儿子拉过身边来，说道：“我说爸爸早把午饭忘啦，我们该回去啦。”

“妈妈，我们等不等爸爸？”弟弟把姐姐挤开，自己爬到母亲的腿上。父亲的好听的低音遗传给了儿子，因此邵云端更爱这个小儿子。

母亲一面用手绢给儿子擦汗，一面吩咐女儿说：“芳芳，你过去问问爸爸，看他现在回去不回去；要是他还没谈完，我们就先回去吃饭，给他留着好了。”

芳芳一听，早已一溜烟似的跑到父亲那里了。她哪里是征求父亲的意见，只是缠着他絮叨个不休就是了。

“好爸爸，我们一块儿回家吃午饭吧，家里有鱼呢。”她坐在父亲腿上，攀着他脖子，一个劲儿在他耳边说道：“平常你在厂里吃午饭，晚上八点才回家，老是不和我们一块儿吃饭，今天是星期天，妈妈做了鱼，你不和我一块儿回去，我要生你的气啦……”

宋紫峰不能不掉转话题，指着女儿笑着向李少祥说：“现在我有一条经验，对小孩不能太腻。我一回家，这个女儿就把我缠得什么也不能干。她是我的头生女儿，刚生下来时很稀罕，那时我还没有来兴隆呢，一下班就抱她，成了习惯了。后来我去苏联学习，她竟因此大病了一场。离开了两年，她不仅没有和我疏远，反而一步也不放松，我的全部休息时间都给了她……”

芳芳看见父亲说自己，不好意思，用手掌堵他的嘴巴；宋紫峰却笑得两道眉梢更向两边太阳穴飞展开了。他站起身，笑呵呵地问：“你几个孩子呢，老李？”

李少祥低头苦笑了一下，轻轻回答说：“连对象都还没有哩！”

“啊，对了，你看我竟忘啦。那你得积极点啊！”他爽朗地热烈地伸出手来握了握李少祥的手，又像嘱咐又像自嗟地对他说：“不过，晚点结婚也好，年纪太轻什么也不懂，结了婚后悔就晚了，尤其是生了孩子以后。”宋紫峰都回身要走了，李少祥赶前一步，问道：

“厂长，有件重要的事我还没问你呢——今年增产节约的任务多咱下来？”他赶忙又解释说：“咱们炉上的工友都着急，今年的任务怕不会轻，指标早下来，咱们好早点想措施，省得上半年松，下半年紧。还有，每年的夏季都是低产的，雨季也捣蛋，每年都淹我们的蓄热室。要不趁早预防，等到第四季度就赶不上趟啦。”

宋紫峰听了，站住脚，带点夸赞的口气说：“你们炉上工友的积极性很高呀。增产指标，这几天就要下来的，你们先加油干吧。”

“厂长，你估计咱厂要增产多少？”这个青年以为知道全厂的增产数字，便可推算本炉的数字，所以迫不及待地问。

宋紫峰微笑说：“看你这副急性儿，指标还没下来，我怎能知道呢？不过，我想，最多也不过六万到八万吨罢了。”他心里想：“听说去年计划冒进，今年哪还能多？”但是他没有说出来。

“八万吨？”李少祥瞪大了惊异的眼睛说，跟着便像个拨浪鼓一样连连摆头，“绝对不止！去年一年都增产十八万吨了，今年咋能比去年低？”他断定厂长和他开玩笑。

宋紫峰听了只觉好笑，只好无可奈何地解释说："去年什么情况，今年什么情况？今年八万不能算少。"究竟公司给的指标是多少，他很难估计，所以他不愿谈这个，举起步子就走，这儿李少祥仍然在发呆。据他的经验，每年的增产指标都比上年的指标高得多，怎能今年不长？今年不长，又怎能发展工业？可是，厂长是个老干部，他的估计当然是可靠的了。他左思右想，将信将疑。

他独个儿又待了一阵，然后才懒懒地抬起脚步去找母亲和哥哥，但是连他们的影子也没有。他被一个新的希望召唤着：小兰可能已到了湖边等他。他急忙奔向逍遥湖边，拣一条长椅子坐下来。"小兰呀，你对五哥要是有意，赶快嫁给我算啦。你看，平炉一刻都不能离开我。"他到兴钢以来，还是头一回等女孩子，但是他觉得自己已误了不少工了。等了足足四个钟头，在他跟前走过的和在湖上划船的男女，哪有小兰的踪影呢？快到上阴阳班时，他才赶忙回家去。当他迈起步来，觉得自己腿杆子没劲儿，他这才发现自己还没有吃午饭。

第二章

因为太原和重庆钢铁公司的人今天来厂参观，李少祥提早回厂。他正在更衣室准备换操作服，小魏气呼呼迎上来，说："不好了，咱炉子前墙垮了，甲班这是存心捣乱！"

像在脑顶上响了个闷雷似的，嗡的一声，少祥几乎不相信自己的耳朵，他匆忙换了操作服，跟着小魏上了平炉车间。别的平炉面前，人们都给炉火照得通红；但走到"共青"号跟前，人们脸上灰暗无光，戴柳条帽的筑炉队挤挤攘攘，拆墙的拆墙，送铬镁砖的送铬镁砖。李少祥到仪表室找记录簿查看了一下，又在炉前炉后找了半天，甲班炉长老刘才从热气腾腾的炉膛内跳了出来。少祥本来急着要问他个明白，但是看见他那副孙悟空似的满身满脸焦黄的样子，不觉把自己焦急的火焰压住，赶忙上前替他扑去衣服上烤煳了的黄灰。老刘心里面的火气，好像比炉膛里的火气还猛，虽然看见少祥过来替自己扑灰，但仍然不想开口。到底还是少祥笑着先开口问道：

“怎么啦，老哥？前墙怎的垮下来了？”

老刘说：“你问我还不如问丙班。谁来接班也非垮不成。”

少祥又笑着说：“看你说的，我上哪找丙班？人家都回家睡觉啦。”他忍不住责备地说了一句：“这样的炉子，你怎肯接过来？”

老刘听了这句话，忍不住恼怒地挖苦他说：“我当然不肯接，可是丙班老何说，‘我从乙班接过来就是这样的，你问乙班去。’你现在倒来问我啦！”

昨天李少祥休息，不知道自己班内发生什么情况，不好替自己小组辩护。他也一肚子气，但是他知道这时抱怨和发牢骚非吵起来不可，只叹了口气说：“再过两个钟头，太钢和重钢的人专门看我们炉子来啦。好吧，人家看我们修炉子来啦。”

老刘冷笑着说：“谁请他们来谁负责呗。让他们带个失败经验回去有啥不好？”这句话虽然使李少祥不痛快，但他往深一想，觉得也有道理。他不说什么，赶紧跑到支部办公室找夏支书去。老夏显然早就知道了，正被一大堆人围住要他去看看。少祥好容易才挤到前面。夏万春被大家簇拥着，三脚两步往“共青”炉赶去。在这儿走道是很费劲的，一时要躲着装料机，一时要躲小车。况且老夏一走过，不是这个炉子的炉长截住他问什么，就是他抓住工友的胳臂嘱咐一句什么。停停走走，走走停停，好容易到了“共青”炉前。

夏万春是个快活人，什么事都愁不倒他。他原是个铸锭工人，解放第二年就被吸收到厂工会搞宣传工作，五二年调到党委去，当平炉支部书记是前年的事。他爱厂爱得要命，每天下班磨蹭半天都不肯走，只要厂里有丁点事，他就彻夜不回家，下半夜在办公室打个盹，第二天照常工作，精神十足。他老婆有时少不了埋怨他，对别人说：“谁个当工人当得像他那样！”

别人笑着说："你爱人早都是个干部啦，当然比工人忙。"

她不相信，只是摇头说："干部会是他那块材料？他才不是干部呢。他没对我讲过。"

这是真的，他从未对妻儿说过厂里的事和自己的事，他每个月就是把工资送回去交给她。他在家，抱抱孩子，吃顿饭，便上工友家串门去了。所以平炉上哪一个工人家里有几口人，他差不多都清楚。和少祥走到炉前，夏支书找到了老刘，劈头就问道："是怎么搞的啊？老刘！昨天炉子不是还过得去吗？"

"昨天过得去，今天就过不去了呗！"老刘怕老夏不信，一个劲儿拖他去看记录簿。看见少祥没有跟过来，他趁势对夏万春说："咱们根本还没有巩固，就请重庆、太原的人来看，忙什么？"老夏一听，知道老刘对少祥有意见，但在真相没了解之前，他不好批评谁，只轻轻解释说：

"这倒没有什么，咱们有缺点，也应让人家看看；他们来不是我们请的，是他们在北京开完会，自己提出要来的。只是又多了一次非计划修炉，一修就三天。"

"这还不是怪他们乙班。"老刘忍不住又露了一句。

"这话怎么讲？李少祥刚从北京回来。"

"就是他去北京去的呗。这个人尽好逞英雄，有什么好结果！"他看见老夏注意听，便忍不住一股气说下去，"收留了老易，又不好好教育他。他一转身，六个人都几乎打起来了，前墙还有不垮之理？"

老夏笑着批评他一句说："怎么能这样说呀，同志，响应党的号召是党员的本分嘛，少祥不把老易接过去，总有一个炉子要接过去的。难道我们能把老易这种人送到新的钢铁基地么？"

老刘耸了耸肩膀，走掉了。老夏又继续问了甲班好几个人。

乙班的人都来上班之后，少祥领着大家一块儿去拆砖。谁也没抬起过头，老易也不高兴，因为又要少拿计件工资了。到九点半钟，太钢和重钢的人才来到了"共青"炉前。别人好容易把少祥从炉膛里叫了出来。客人们已认不得他了，因为他脸上只有牙齿和眼白是白的。有个四川老工人笑着说：“你上台演黑头不用化装呀。”李少祥看见这些在北京一块儿开会的新朋友，心里一阵难过，脸不觉一红，幸而他满脸黑灰，没人看见他脸红。他难过地低了头，摊开手往炉内一指，没有说话。

太原的一个炉长用重鼻音说话，安慰他说：“这是常有之事，炼钢嘛，谁能保证炉子不垮？”

工会的金主席向客人解释说：“前墙是今天天亮才垮的，李少祥同志不在，总差点劲。”

李少祥仿佛向客人认错似的说：“这正是我最大的弱点——不是通过群众的觉悟来维护好炉体，只是——”

客人们七嘴八舌地一致安慰他。金主席叫少祥换件衣服去和客人们开个座谈会。少祥解下毛巾，擦擦脸，并往身上一扑打，便跟客人走了……

为了这件事，少祥几天都抬不起头来。夏万春向党委汇报了这种情况，并讲出自己准备怎样处理这件事的计划。党委同意了他的做法。老夏这个人虽然只有二十九岁，外表也不活泼，可是他总是在别人不知不觉中就把事办了的。他也善于把工友们的心里话掏出来。他从三班工人的调查研究中，算是把“共青”前墙垮了的情况弄明白了。事情原来是这样的：

易大光是厂里最落后的一个炼钢工人。全厂的十个炉子他待过九个，没有一个炉子可他的心，不是嫌炉子慢就是炉长严格啦，不是炉长严格就是一、二助手不好处啦。跳来跳去，到后来没有一个炉长欢迎他。为了这件事，支部特意召开过平炉党员会议，号召党员们都来帮助易大光进步。尽管夏万春在会上说来说去，半天没有一个党员炉长吱声。李少祥这才自告奋勇把这个人揽到自己班内来。这个决定在班内一公布，老华、小魏他们俩有了意见，都埋怨炉长不是。老易刚来头几天，看见这班计件工资拿得多，干活还挺起劲。不几天，李少祥去北京开会，他就一动不动，有时竟猫起来打盹。代理炉长老华说不动他，谁的肚子里都有气，直埋怨老华。老华心里也有气，免不了有时要态度。三四天工夫，炉顶脏得要命，炉下渣也没人打，前墙也像个疮疤头。丙班接班时老提意见，老华有冤无处诉，对人说话也没好气。不两天，丙班看见乙班不肯改，闹起情绪来了，也不肯好好爱护炉子。甲班看了这情形也生了气。一向三班团结的模范平炉，仅仅一星期工夫，就把炉子糟蹋得不像样子。支部和工长王良信虽然和三个班的炉长开过两次会，但是，就在少祥回来的第三天，前墙就垮下来了。

夏万春把这些情况原原本本地告诉了李少祥。少祥听了越发难过，半天也没开口。夏万春从来未看见过李少祥那副颓丧的样子，心里很焦急，忽然灵机一动，用激将的办法叹口气说："真没想到你这个人也经不起失败！"

少祥都快掉眼泪了，急着解释说："这事不同别的，因为我一个人的错误，损害了全兴钢的名誉！"

夏万春问道："这话怎讲？垮了前墙也不是你一个人的错误，也丢不了兴钢的面子啊！"

少祥边叹气边说："我去北京讲了一阵，人家听了只当兴钢平炉维护得怎样好。现在一看'共青'垮了，还不当成是兴钢吹牛皮？唉，吹牛皮的是我，前墙垮了也是因为我领导不好，我一个人给这个钢铁城市造了多少孽！"

"也没人说你给兴钢造成损失嘛！"老夏安慰他说。

"事实明摆着呀，没人说我心里头也轻松不了。"他顿了顿，又严肃地说，"夏支书，请求党处分我吧。"

老夏了解这个工人从不说赌气话，现在他说的句句都是痛心话。老夏要想办法先叫他振作起来，因为还得要依靠他把三班团结起来，重新搞好生产。他沉默了一会儿，问他道："老李，你记得前年我刚当平炉支部书记那一阵子情形么？"他微笑起来，继续说："我当了书记，由于自己的主观的领导，平炉生产忽然低落了。”

少祥插嘴道：“那一阵也不能完全怪你，铁水供应不够，富矿石供应也不够——”

老夏抢着说：“那是次要的原因。你知道我那时难过得怎样？我向鲁书记要求党委撤我的职。你看鲁书记怎么说？他说：‘毛主席教我们要把坏事化成好事。’就是说：既然事情干坏了，就得拿它当教训，当一面镜子，以后不重犯这样的错误。那么，这件本来是坏的事情不是反倒起了好作用了吗？从那一回以后，我什么也不害怕了。我过去感谢毛主席，只知道党和他解放了我们。但是后来，我体会到老人家的好处，还在于当我们快失去信心时，他给了我们勇气；我们遇到困难时，他指给我们克服困难的道路——要走群众路线，要重视思想工作。是的，鲁书记也给了我很大的影响，他是最会走群众路线的一个人，可惜他离开我们这儿了。”

“可是人家包钢添了个好书记。”少祥显然被他的话感染了，心情略为舒畅些，脑子里立刻翻腾着如何按照毛主席的话把工作重新建立起来。他没心思再扯下去，说：“我走啦。”夏万春一把拖住他袖口，扬起眉毛问他说：“你打算怎么办呀？”

少祥低头答道：“我还没考虑好。一要帮助老易解决思想问题，再就是我自己向三班检讨，让大家给我提意见，在这基础上重新团结起来，重新搞好生产——对不对啊，夏书记？”

老夏拍拍他肩膀说：“你们乙班思想问题解决了，能起带头作用，三班团结的问题也就容易了。这回新的团结应比过去更巩固。”说完，他俩就分手了。

这十天来，少祥就利用所有空闲的时间和本班以及甲、丙两班的人交换意见，检讨，开会，忙得不行。他有这么副脾气，自己检讨得越发深刻，心里越发痛快。事实上，他勇于承担过错的精神，很容易叫人愿意和他亲近。不几天工夫，生产又逐渐好转，大家对他也消除了隔阂。但出乎意外的是，乙班的工友不饶老易，集中批评了他。少祥老过意不去，替他辩解；可是大家不让，一直批评到老易低头检讨，才肯罢休。生产恢复正常，李少祥干得更起劲了，连休息日也不肯歇班。但是，可怜的是刚刚见了他一面的小兰，又被他冷落了。

那一天交接班完毕，大家都走了，李少祥照例像管家的老太婆似的，炉前炉后地瞅一遍，和丙班的兄弟们都打个招呼，才准备离开车间。走过“长征”平炉，看见那儿的人来回奔跑吆喝，脸色很紧张。少祥寻思他们一定是出钢口没打开，在那儿焦急。他停下脚步，想过去看看，但是他已和小兰约好五点半钟去划船，假如因此耽误了，他就休想再约她出来了。他正在考虑的时候，工长和那儿炉长急得红着脸，吆喝着什么，飞跑向炉后去了。他按捺不住，不觉也拔脚跟着跑过去。到那边一瞅，才知道是因上一班堵出钢口没堵严，渗出了钢水，结成个瘤子堵塞着出钢槽。为了要出钢，工友们已用氧气把瘤子割开了。这块瘤子外表已变成灰白色，但是还有三四百度高温，人们搬不动，要用吊车来吊，而吊车又都没有空。钢已炼好，再不出就得改变钢种了，所以，工长、炉长急得吆三喝四，连忙叫卸下盛钢的大罐，让吊车来吊铁瘤子。少祥看了，灵机一动，就在近旁捡了几块草袋子，跑步到水槽去把它们浸得透湿，等到他跑回来时，吊车还正忙着卸罐，他连忙摆手喊着：“不要卸了，你们准备出钢吧。”他的语调是不慌不忙的，但是他的动作却很迅速和准确。他边说边走到铁瘤子跟前，下了个狠心，快捷地用湿草包包着铁瘤子，使尽生平的力量一抱，就把这块六七十斤的铁瘤子抱离开出钢槽，扔到一边去了。大家还来不及看清是怎么一回事时，却看见少祥的手套和胸前都已烧着了。许多人赶快扑上去，用自己的身子和戴手套的手熄灭了他身上的火，并围着他，问他受伤了没有。他不慌不忙地摘下手套，笑着放到鼻子下面闻了闻。“长征”的炉长抱着他的双肩，感激得说不出话来。少祥冒着燃烧的危险帮了他们这个忙，为的是不要耽误他们的出钢，现在看见大家来慰问自己，倒觉不好意思起来，便连忙挥手对他们说：“好伙计呀，快出钢吧！不然就要改变钢种了。”

炉长只觉得喉咙发热，但是他没有说话，只点了点头，便比任何时候都更有劲地招呼自己的工友们，指挥出钢去了。工长虽然忙得要死，也忍不住过来拉住李少祥，托起他面孔，翻着他的手，看他烧伤了没有。他夸赞地说："好样的！你真有两下子。"

李少祥知道对方说自己力气大，便高兴地答道："身体也是革命的本钱呀，没有这副体格还能炼钢！"他摆了摆手，意思是请他们不必为他操心，快出钢去吧。他自己也就悄悄奔到浴室去洗澡去了。到了那边，他的同伴们还没洗完澡，正在有说有笑地让水照头照脸往自己身上淋。这些刚离开一千多度高温的平炉跟前的人们，给温水喷洗着全身，该有多舒服呀。

"工会成天不知在干什么事，连个热水管也不给咱们想办法修理好。"老任说，"瞅，像发疟子似的，一阵冷一阵热的。"

"这就叫冷热病呗。"一助手老华舒服地让温水喷着头，乐呵呵地说。

刚走进去的李少祥好像是凑趣，又好像在讲正经的，说道："不要说热水管了，我们'共青'平炉也害冷热病。"

有人紧接着说："前墙垮了，反正不能完全怪我们乙班，甲班丙班还是那个老毛病，支部抓得紧时，他们讲讲集体主义；松了，他们就抢点，讲计件。"

"嘿，不怪我们，那么前几天的检讨都是假检讨啦。"李少祥在这一批小伙子中并不是年纪最大的一个，可是他说起话来总有点大哥哥的味道。

一助手老华不好意思，笑了，却又劝告李少祥说："老李呀，咱们老是自我检讨，那还有个头？现在原料工段、运转工段和铸锭工段的人都知道你的脾气，好料尽先给别的炉子，兑铁水和出钢也尽先让别人；吊车、大罐，就是误了你的，你准不会发火。我们班吃了哑巴亏也就不去说了，但影响了整个炉子的生产，这难道有什么好处？"

"嘿，看你把我说得像泥菩萨一样，嘴也不张，眼珠也不动的呢。”李少祥闭起眼睛让水照头喷着，快乐地说。他又伸着自己健壮的胳膊得意地一直捅到老华那边：“你瞅，我也是肉做的呀。那一回调度室误了我的百吨吊车，我不是和他争论了吗？他无缘无故误我的事，我为什么要饶他？可是假如我们让了别人，别人比我们发挥更大的作用的时候，我们又为什么不让呢？得啦，平炉车间工友都说领导上偏心咱们平炉，事实上我们有些地方也占了不少便宜。我想，我们在不好的条件下创造更多的财富才有意义；把更好的条件，让给兄弟炉子有什么不好？”他原是个爱闹的人，边说边把胳膊直往老华下巴逼去，以至老华不能不用力推开他，但是心里还是不服，说：

“反正呀，我说也说不过你。不过我总觉得你只会把他们惯坏罢了，你看老易就知道了。”

少祥记起要到逍遥湖去，他匆忙擦干身子，那边小魏趁李少祥不注意，悄悄把水管滋得他又遍身湿漉漉的。李少祥做了个生气的凶相，并准备去报复，但想起自己急着要走，便饶了他，缩回身子，重新擦着背，轻轻说：“你小心我上你丈母娘家告你一状，够你呛的。”小魏嬉皮笑脸说：“欢迎你去呀，我正要和我的未婚妻解除婚约，怕找不到理由哩。”

他已穿好衣服迈出门去，老华便嘀嘀咕咕地叹息道：“我们炉长呀，就是能吃亏。去年这个时候，我为工资问题心里不痛快，他成天来问我长问我短，他越发靠近我，我越发生他的气，骂他。谁知他一点也不在乎，我老婆生孩子时，他还上我家帮她买米买柴，还不让家属委员会小组表扬他。过了好久，我老婆才告诉我的。”

小魏抢着说道：“说到咱们炉长，事就多啦。那一回我烫伤了，他就到独身宿舍陪我住了好几天，真是连大小便都帮我的忙，比亲生哥还强，我的伤也就好得快。可是他还是人家老太太最小的一个儿子呢。他回到家里呀，嘿，简直像个三岁的小孩子，不是把脑袋搁在老太太的肩上不肯抬起来，就是缠着她要她给他做发糕吃。和他的侄儿侄女玩起来呀，那才不像个叔叔的样子哩，任他们欺负，要不就逗得他们笑破了肠肚。你瞅，像他这样一个奇奇怪怪的好人，就是找不到一个对象。我看他这个人就有点傻！”

“他傻？”王国华插嘴说，“听说他在老家当民兵时，就凭这副‘傻模样’才把特务逮住了的。”

老华听得乐了，自告奋勇地说：“赶明儿我告诉他一个窍门。咳，他不明白，老娘们生来就比男人矮五分，她们不喜欢如来佛，只喜欢有威严、能管住她们的男人。我们要给她们点颜色看，才能叫她们服服帖帖。”

小魏也穿好了衣服，和老华并排走着，不同意地拍了他一下：“你的观点我不能同意，我那个未婚妻呀，嘿，只要我说错半句话，她就给我颜色看。兴隆的大姑娘，都挂在半空中，你不搬个梯子，还能够着她们？就这么几个，娶不娶在你。”

老华接着说：“对啦，你说我们炉长怎么会拍女孩子们的马屁呢？那一天老苏看见他在火车站遇见一个大姑娘，那个大姑娘甩开他的手，转身就跑。他就张大嘴望着她，像根木桩似的栽在那里，足足半个小时也没动弹。你看，他这辈子还能娶上老婆啦？”

小魏吃吃地笑了：“谁知道呢，也许有这么个傻丫头就看中这种人也说不定。我对他真没意见，只是他这样迁就老易，早晚是个祸害，你说呢？……”他们两个说着就回家去了。

少祥出了厂门，一看只有十五分钟了。这儿徒步走到逍遥湖，至少要四十分钟，要是这回不依约去会她，他这辈子也休想再约她了。他正愁着，厂长办公室的秘书杨宝琨推着自行车走过来。他的头发梳得溜光，看样子是下班回家的哩。李少祥平常和他不太熟，不好向他借车子。他和李少祥点了点头，微微笑了一下，这一笑，倒使李少祥聪明起来，连忙迎上去，并且迫切地恳求他说：“好兄弟，我有要紧的事情，你的车子借给我一用吧！”

那个小伙子还没有弄清楚他说的是什么，只是微笑着，李少祥以为他已答应，便接过车，跨上去，飞驶着跑了，回过头来大声问道："你住什么地方？把门牌告诉我，晚上我给你把车子送回去。"

"哎呀，我今天晚上还有要紧的事哩，你——"当杨宝琨弄清楚是怎么一回事的时候，懊恼得用手掠着他的头发，但少祥已跑远了。

赶到逍遥湖畔时，正好五点钟。他挑了把长椅子坐下来，凡是远远近近的女人，他都用眼睛去认一遍，但是，哪有小兰的影子哩！不过无论如何，他现在到底安安静静地一条心坐在这儿等她了。他举手掠擦头发，发现右鬓掉下许多焦烟味的黄头发，这才想起大概是刚才抱铁瘤子的时候烧了的。他很想照照镜子看看自己是个什么模样。他照镜子总是在理发的时候照的，今天为什么想这个？真是莫名其妙。尽管他在责问自己，但心里还是想照。他抬起身子，快步走到湖边，趴下半截身子，想看看自己在水中的面影。啊，见鬼，水面老在动荡，刚刚看见自己完整的影子，一个波纹又把它冲破了，把它挤扁了，变成怪模怪样的一团。他叹了口气，在心中骂了一句："谁家姑娘会爱你这个丑八怪哩！"

他又一心一意想起六年前自己和小兰的情形来。说她是自己的爱人吧，那还差得远；但是，现在和她好孬在一个城市，不，好孬在等着她啦。

"不，她早就不相信我啦，我还配等她哩！"想起自己这几年来对小兰的不可饶恕的冷淡，他实在恼恨自己。飘落满地的花瓣，那时都变成千万只怨恼的眼睛，逼视着他，使他低下头去觉得懊悔，抬起头来又觉得烦闷。

小兰自从那一回在车站碰见李少祥之后，时刻忘不了他。她看见他还是那副憨厚的笑容，和对她的痴痴凝望，打消了多年来的怀疑。她心里又生他的气，却又怜惜他。他头一次约她在假山口相会时，她因为要开团小组会，不能去。这一回呢，她嘴里虽不说什么，心里可很快乐，早一个钟头就到逍遥湖来了。来得太早了，她和同伴们划船去了。

李少祥越等越不好受，一怕她不来，二怕她来了不爱自己。他想起小刘介绍他看过的一本小说，里面写一个小伙子等待爱人时怎样快乐和幸福，他不禁暗暗叫屈："这些作家真爱说谎。等姑娘那个滋味呀，我算尝着啦。我学炼头一炉无缝钢时，都没有今儿个操心！"不过他已养成了炼钢工人的习惯，不管心里多么紧张，他的动作总是那么平稳、镇静、准确和坚定。瞧，他伸开胳膊，搁在椅背上，嘴角挂着安闲的笑容哩；只是眼珠子两边滚动，生怕错过一个从他身边走过的人。

一个五十来岁的男人推着一部藤手车——里面坐着一个两岁左右的男孩子，旁边紧跟着一个五六岁的小女孩，他们正向李少祥这边走来。小女孩穿了一件蓝花的连衫裙子，手里捧着自己的红花夹袄，硬要给她的小弟弟披上。小弟弟被姐姐的衣服蒙着脸，乐得咯咯地笑了。看见小弟弟乐，她越发忘形，拚命捉弄他。两姐弟竟笑作一团。推着车子的男子，只知张着嘴，露出牙齿笑。欢乐的父子三人，引起了李少祥的注意。他注意到那男子笑得是那么甜蜜，但又好像生怕自己快乐过分，以至望了他们一会儿，又故意抬起头来看看别处。可是不到一会儿工夫，他又禁不住低下头来看他们，笑容从未离开过他的脸。这样的笑，李少祥从父亲和大哥的脸上看见过。那男子缓缓地推着车子，车子装满快乐，显得很沉重似的。

"好啦，别疯啦，爹累啦。在这坐会儿吧。"他向李少祥打了个招呼，便挨着他在长椅子上坐下来。李少祥为了让出地方来，抽回胳膊，并顺手拉过小女孩，问她几岁，叫什么名字。小女孩还一个劲儿笑，做父亲的一一代她回答了。

"啊，才五岁，长得这么高。"李少祥随口夸赞了她一句。

"他们赶上了时候啦。高粱、大米吃个饱，逢时过节短不了饺子。星期天还要逛公园，吃足玩够了还能不长？"

"几个孩子了？这都是小的吧？"少祥打量着对方的年纪，断然问道。

"就这么两个呗，她算是老大吧。"那男子回答说。看见李少祥疑惑的眼光，便又热心解释说："她前面还有三个，病的病死，饿的饿死，那都是解放前的事了。"

李少祥才像明白过来似的，同情地说："这两个该宝贝宝贝他们才对。"

那男子又咧嘴笑着说："早惯坏啦，花衣服好几套。我就想，将来呀，这些小东西长大了，不知道我们这辈子挨过饿，受过折磨。咳，不要说他们了。就是你老弟呀，解放时顶多不过十四五岁，也没吃过咱们的苦呀。看你穿得干干净净的，还不是挣多少花多少，下了班就往公园、俱乐部跑。你是哪个厂的？"

"平炉工人。"李少祥谦虚地回答道，"我没吃过苦，可也看见过敌人的狠毒啊。咱们村里有个老头子，就给敌人折磨得不像样。他原是个村干部，敌人来侵占时，他走不及，给抓走了。他没有在敌人跟前说半句话，敌人就打他。后来，又把他投到狼狗圈里，给咬得不像个人样。后来我们的人回来了，把敌人打走，可是那个老头子也残废啦……"李少祥越说越愤怒，两个眼睛盯着远方，好像敌人才走不远似的。那男子插嘴问道：

"那个老头子，不是模范炉长李少祥的父亲吗？"

李少祥没想到对方突然会提到自己的名字，觉得不好意思，便含糊地应道："啊，那老头儿有好几个儿子。你说得对，后一辈人，不要忘记祖辈的仇恨。敌人虽然赶走了，但是我们还不能高枕无忧呀。外头还有敌人哩。"

"你这就对了。"那人挪近李少祥一点，又热烈地说另外一件事，"我刚出差回来。是去庆阳修建一座小厂。那边的人主张新锅炉、新设备，总之，什么都要新的、大的，旧的宁可扔在那里。我们去了焊焊铆铆，就把旧锅炉修得像个新的一样。唉，凡事都要从小处着眼。像我这部手车吧，车轱辘和车底原来都坏了，我用很少钱买回来，修修补补，不也挺像个样了？何况是国家的事，咱们工人不多操点心，那推给谁？"在车子里的小孩已爬到父亲腿上，李少祥也搂着小女孩。

两个工人面对面，投机地谈着。这时，李少祥已忘记自己上这儿来是干什么的了。

“啊，你贵姓？我都忘了打听了。我叫刘全，是铆造厂的。”那铆工问李少祥。

李少祥想起刚才对方提起模范炉长的事，不好意思直提自己的名字；正在为难，却听见一个姑娘向他打招呼：

“啊，老李，你也来了么？”

铆工看见一个美丽的姑娘来找自己的新朋友，便识趣地站起身，抱起孩子，放到车上，和李少祥辞别，推着车走开。小姑娘走了老远还和他招手。

李少祥看见是广播员小刘，便招呼她坐下，问她道：

“怎么一个人出来逛公园？”

在绿松的掩映下，小刘的眼睛更亮了，两腮红得像刚跑了三千米。她本是应杨宝琨的约，前来逛公园的，但是不知为什么，她不愿意李少祥知道自己和杨宝琨接近这件事。她大方地、笑盈盈地答道：“你不也是一个人出来逛公园么？”她看了看手表，并没等他搭腔，问他说：“刚才下班时听说你又干了件动人的事，什么抱热的铁瘤子，你讲讲好不好？让我今晚编好，明天一早播一播。”

“没有的事，你别听他们瞎讲。”李少祥随口应付她说。

看见离杨宝琨相约的时间还有三十多分钟，小刘很想和少祥多谈几句，便转口道：

“谈谈你的过去也行，你告诉我，你父亲什么时候能来，我还要去访问他。因为他的事迹太感动人了。我早就想把你父亲和你的事迹串起来编一个小剧本，编成可以演、可以播的。但不知我有这个能耐没有？”

李少祥建议道：“你要编咱厂的事，最好编刘进春老师傅的，他的事真可以教育我们青年人。”

他望着这个美丽的姑娘，觉得有点儿心慌，不觉低下头来看看自己的鼻尖，想道："小兰怎么还不来？"

"唉，老李，你总是这样谦虚，真叫人没办法。刘师傅好是好，可是人家向我要的是青年工人的事迹。咱们还是谈你的吧。"

少祥分辩道："这不对吧，没有老工人，哪有年轻的工人？像我们这样的人，只有五六年工龄，要能耐没能耐，阶级觉悟的底子也不厚，写了出来又有什么作用？咱们有的只是劲儿罢了。"

"不对，你只说自己不成，可是客观上你的模范行为……"

不知为什么，少祥总是不太喜欢她讲话的那个虚夸劲儿，好像她的话讲了出来，就冲走了她的美色似的。他轻轻皱起眉头，正不知怎样应付她的时候，突然前面一阵惊叫声。原来湖上一群青年正要靠岸，其中一个姑娘，一条腿插到水中去了。李少祥一见，一个箭步抢下坡去，那个姑娘早已被两个小伙子拉起来了。他定神一看，她不正是小兰吗？

"小兰，你早来了么？好险！差点掉水里头去啦。"他一把抓着她的手臂，脸上那股惊喜的神色，把青年们都逗乐了。旁边一个姑娘瞅着小兰做了个怪样子，叫小兰羞得抬头不是，低头不是。她弯下腰去拧那蓝布裤管上的水，趁势摆脱李少祥的胳膊。那圆脸女孩子拉着那两个小伙子往前走，故意高声说："小兰，我们往音乐亭去了啊，你再玩一会儿吧。"

小兰表示同意地点点头，其中一个小伙子依依不舍地回过头来望着她。这一切李少祥全没有注意，因为他的眼睛连一秒钟也没离开过小兰哩。她这副害羞和胆怯的神情，完全不像在火车站看见的小兰，倒使他想起在海边被大孩子们欺负的赶海的小姑娘来了。看着她的湿透的裤管和鞋子，他建议道：

"找个地方坐坐，把你的鞋子晾晾吧。"他领着她往刚才自己坐过的长椅子走去。走到跟前，他发现小刘已经不在了，四下里张望，远远的林荫道上，那姑娘还回过头来望他。他对着她高高举着右手，挥摆着。

原来小兰在船上看见少祥坐在长椅上等她，便吵嚷着要靠岸。赶靠了岸，她一踏上码头就看见他和一个漂亮的姑娘在说笑，便吃了一惊，脚不觉一闪，不是别人扶着，她早就跌下水去了。她柔顺地跟着少祥走到椅子跟前坐下，脱下布鞋拼命拧着，心却凉了半截，想道："原来他已有了人，我来晚啦。"她只低着头不说话，很想问问那个女的是谁，但终于没有问。说实在，她这时还不清楚自己不敢问他，是怕听到不愉快的回答呢，还是有意避开不问，以便争取他的感情回到自己这边来？李少祥却以为她受了惊，不爱说话，便百般体贴地安慰她，掏出手巾来叫她把脚擦干。

"要是真的掉下水去，我问你怎么办？"少祥带点教训的口气。

"掉下去就顺便游他两圈再上来呗。在海边长大的人还怕水？"小兰勉强张开口说。

少祥笑了起来，接着说："对啦，在海边长大的人只怕大孩子照脑瓜敲，对吧？"

小兰知道他奚落自己，但是提起甜蜜的往事，究竟是快乐的，便趁势试探他说："哦，你还记得过去那些事么？"

"怎么记不得，难道你忘了么？"他回答得很快，很直率，以至小兰分辨不出他是否已理会自己对他的试探。她又进一步考察他，说：

"我当然没有忘记，我是个乡下人嘛！你们是城里人，忘性大，况且你又是个模范，事情一定很多，认得的人也很多，哪还有工夫去记乡下的事儿？"

少祥听出来她话里多少带点刺。他从来不喜欢听女人们讲小心眼的话，便抵塞她说："怎么你出来才几天工夫，也学了念书人的口气说话了？"他说了又后悔，本来他今天已暗地里立过誓：不管小兰说什么气话，他绝不顶撞她，因为他再不能失去她，这几天他才尝到了想一个心爱的人时的滋味。他不觉直率地喃喃地说："冶炼多么紧张，松点劲儿就完不成任务。你将来学会操作，就会知道——"

小兰虽然没有看他，但知道他的眼睛一直没离开过自己。她真猜不透他对自己抱什么态度。那边少祥看见她不说话，以为她还在生气，很是愁闷，终于大着胆子热烈地恳求她说：

“小兰，不要生五哥的气啦。”他这句话果然使她猝不及防，使她脸上泛起了羞怯的红晕。过去他和她一块儿玩时，他常用的是命令的口气：“跟五哥来，小兰。”“你不要，我妈要生气啦。”现在他的嗓音变了，语调也缓慢和稳重得多，而且是请求的口气；特别是那种隔了几年还是一样亲热的情谊、憨厚的神态，格外使她感到一阵甜蜜、一阵希望。少祥继续说：

“头两年不会炼钢，拼命学，什么也顾不上。当腰两年呢，钢炼不好，但尽试验新钢种，推广新经验，也是什么也顾不上。这两年呢，技术的要求更高，任务也更重。总之，六年来就腾不出工夫回去看看你——”他说到这个“你”字时，声音忽然变小，说完了连头也抬不起来。他真诧异自己有勇气说出这种字眼来。他很想看看她的脸有些什么反应，可是他又怕遇到的是冷淡的目光，只好低着头，不作声。小兰听见他提到自己，心儿直在乱跳，因为从这句话里她差不多可以确定对方没有忘记自己。但是，她心想：“那个漂亮的姑娘究竟是他的什么样的朋友？为什么他俩那样熟，看见我来却又悄悄跑了，跑远了她还依依不舍？”她没说什么，她连望他一眼的勇气都没有。少祥以为自己的话生了效，便住了嘴，一心只等她开口。

“啊，你去北京一共去了几天？”过了好半天，小兰才找到这样一个话题。

“你已经问过两遍啦，来回一共才六天。”李少祥听见她开口说话，才得救似的抬起头来回答说，“那一天你叫我在这儿等你，怎么又不来呢？”

“啊，那一天我们团小组开会，一直开到十二点钟，我寻思你一定走了，所以我不来了。”这时她的语调轻松了一些，“你等到什么时候？”

“等到我该上班的时候，大概有三点钟的样子。”他钟情地望着她。

“啊，那不是白饿了一顿饭么？你看你——”她又是快活又是心疼，这时她尽向好的地方想，“你这个人，脾气怎么还和头几年一样？”

“没有这副脾气，还能炼钢？”他一直在看着她，调皮地说。她没有追问，也没有反驳，只剩下轻轻的笑声了。她敢抬起头来正面看他了。但是不看还可以，一看却忍不住扑哧一声笑起来，指着他的前额问道：“看你睫毛烧了，头发烧得也发黄了。”她的口气带着怜惜。他一听，便知道刚才抱那块高温铁瘤子时烧得挺厉害，但是他不愿意花时间去说明这件事，只笑了笑，随便回答说：“不烧几根头发还算个炼钢工人？”小兰又轻轻笑了两声。于是他们就在树荫底下和假山周围转来转去。从她的口气里，他了解她还没有结婚，这回是由一个堂哥哥的帮助出来的。他完全放了心，她也知道了他并没有收到她的信，所以不知道她已来兴隆，她的怀疑算是解开了。总之，两个人融洽地谈着，天快黑下来，才往公园大门走去。走到毛主席的巨像前面，李少祥发现那位头发溜光的秘书杨宝琨正打对面走过来，和他并排儿走的还有一位漂亮的女孩子呢。他仿佛看见过她，但因天色已暗下来，她又很快闪开，没有看清楚。他抢前一步，抱歉说：“啊，原来你也是出来办要紧的事。我夺了你的车子太不对啦。”

“不要紧，明天你骑回去还我好了。”那小伙子高兴地说。

“不，车牌子就在这儿。我给你，你等一会儿去取吧。”李少祥把存车的车牌递给了他，并悄声问他，“是对象么？你们在一块是第几次？”

杨宝琨得意地扬了扬头，大大方方地说：“哦，已七八回啦。”

李少祥顿了顿脚，叹息道：“啊，我这才第一次，唉！”

两个青年人都发现自己的对象已躲得无影无踪，便立即分了手，寻自己的同伴去了。

第三章

“五一”刚过，兴隆钢铁公司的副总经理康伯和召开各厂矿的厂矿长、党委书记会议，布置今年的增产节约任务。市委书记冯棣平、工业部长钱友太都出席了这次会议。这儿的总经理钟菲被撤职以后，还没有派来总经理；康伯和一直代理总经理的职务。在抗日战争时期，他原是个专员，全国解放后，党派他接收兴钢。他为人虚心，和干部能谈到一块儿；但是组织能力差，不果断，耳朵也软，谁叫喊得凶，他未免多照顾谁，但是越照顾，问题就越多，大家不能原谅这位好心肠的代理总经理。他做地方工作是很有经验的，为人正直，忠心耿耿。他在根据地当县委书记时，老百姓叫他作“康青天”；后来当了专员，对专区的政权工作也做得顺顺当当。但是，兴钢这大型的联合企业却把他难住了，在接收和恢复阶段，他所负担的那部分的工作，应该说是出色的；但是生产扩大了，就显得跟不上生产的发展；特别在他代理总经理职务后，他不能全面地掌握头绪纷纭、关系错综的钢铁联合企业的规律性。

过去，他曾和钟菲闹独立性、想把企业拉出党的轨道之外的错误倾向作过斗争；然而钟菲毕竟是个有能力的人，他被他的魄力眩惑了。所以他对他的斗争，是不够坚决的。钟菲被批判以后，他汲取了许多教训；但是，兴钢这副担子却压得他双肩沉重。问题没解决好，他就检讨；生产没完成，他把责任都揽到自己身上，从不抱委屈。他曾要求冶金工业部迅速派一个总经理来。市委书记冯棣平有一回私下曾向他表示过他愿意在钢铁企业上施展一下自己的才能。他没敢相信：“书记怎么会来当公司总经理？”但是当冯棣平证实自己真有这决心时，他高兴得连忙向省委、向冶金工业部建议了。他心想：“这一回书记来当总经理，不会像钟菲那样，搞什么使企业脱离党的领导了。”他满心高兴地等待着。为了减轻自己的负担，他事事请示书记冯棣平。冯棣平哩，与其说他以管工业的书记身份来过问，不如说他以未来的总经理身份参与兴钢的领导来得确切些。凡是康伯和来请示，他总是有求必应。有些属于行政业务范围的事，冯棣平也兴致勃勃地插手来管，因此有一些经理对这很有意见。

康伯和也曾经认为冯棣平的包办代替不合适，但是，他又巴不得有人来替他挑担子，乐得这样办，况且早晚他是总经理嘛。他就好心好意地向几个经理解释道：“咱们干脆建议冯书记来当总经理，加强我们的工作吧。”

今年的增产指标是比往年跃进的，要说服厂矿干部，康伯和也心中没数，但看见冯棣平在场，他也就放心了。况且厂矿的领导干部个个都很能干，他们都经过抗日战争的锻炼，解放后也在各个战线上领导着群众的生产和斗争。想到这些，他有了信心，他把最大的希望寄托在大家的身上。他热烈地把公司的决定宣布了，并解释说：“党中央根据今年工农业发展的需要，对全国钢铁工业提出了要求。我们是从这个光荣的任务来定出今年的增产指标的；而各厂矿的指标又都事先经过群众的酝酿，由市委和公司研究过，并经冶金部批准了的。”跟着他又指出了今年完成增产节约计划的各种有利条件。他虽不善于演讲，但应该承认他的话是有说服力的。看看炼铁厂厂长刘明智的神色就知道了。刘明智是血性旺盛的人，很容易激动，他听着已经坐不住了，拼命用拐肘去捅挨着他坐的初轧厂厂长陆文彬。他俩过去都是太行区的。刘明智是根据地的兵工厂厂长，陆文彬是那儿的总支书记，两个性格完全不同的人，却一块儿把任务完成得很出色。陆文彬是个朴素、不好多说话的人，和工人群众像亲兄弟一般，每一次困难他都是紧紧依靠群众来克服的。刘明智精力饱满，有魄力，讲话富于煽动性，多艰巨的任务交给他他也不害怕；不，任务越重他越高兴，只是他总爱大叫大嚷，他叫嚷得厉害，表示他越发有信心完成任务。

陆文彬深知他这个脾气，总是等他叫嚷完了，便诱导他去搞措施、想办法，自己却去做细致的群众工作，任务完成后，大家高高兴兴。日子长了，刘明智觉得陆文彬不仅是他的一个很好的同志、战友，而且是不可缺少的协调的伙伴。一九五〇年以后，他们俩先后调到兴隆市来了，虽然在同一个联合企业里，但已不同厂子了。刘明智工作一不顺利时，总是深深怀念他们的过去，没事儿总到陆文彬家串串门，偶尔也向他诉诉苦。

“炼铁厂的指标太高了。”刘明智一面听，一面捅陆文彬的拐肘说，“喂，比那一回军区要我们一夜里做二百个地雷、手榴弹还困难些。你说对不对？”

陆文彬一听就知道他指的是一九四二年那一回为了紧急的战役，部队连夜派人来坐催二百个手榴弹、地雷那回事。他想起刘明智当时连哄带瞪眼地把当地的男女老少都吆喝起来去捡破罐头、废铁筒子的情形，不禁失笑；于是慢吞吞地对他说：“十几年了，你还是那副脾气。不过，现在你吹胡子瞪眼可吃不开了。”

“不瞪眼任务怎能完得成？”刘明智也笑了，“你不要笑，那回二百个各种牌子的手榴弹、地雷，可夺回来不少枪支和子弹。今年这三百三十万吨生铁，又不知该做多少重轨、机床、钢板和双铧犁啊！只是我一点也没有把握。焦炭和烧结矿石太糟糕了，太糟糕了！问题是公司不肯责成他们给我们保证。康经理好像不知焦炭灰分要是降低百分之一，我们就可以保证铁水增产百分之二。可是，有什么办法呢？连烧结厂也欺负我们，净给我们小粒粒。炼焦厂又一点不讲集体主义，我们有劲也使不上！”他诉了一阵苦，才又向老朋友道，“你们那儿潜力大，大概没问题吧？”

陆文彬稳稳重重地答道：“回去和职工们商量商量吧。只有通过他们，他们点了头就没有完不成的。”他忧虑地说：“我们初轧厂是薄弱环节，老也供应不上大型等几个轧钢厂的要求。米列金专家正在想办法改建轧钢机的混合式孔型为箱型孔型。这个技术改革要是能实现，我们可能超额呢！”

刘明智摇了摇头，执拗地说：“你们厂有苏联专家的帮助，定能成功。不过一般来说，今年增产指标无论如何太高了。我们炼铁厂算是没法完成，我相信各厂也很难完成，除非我们那位杰出的厂长。”

“谁？”陆文彬不禁奇怪地伸着脖子问。

“他老兄嘛，那还有谁？”刘明智笑着指一指对面的宋紫峰说。

陆文彬听了，想批评他一句，但结果只皱了皱眉，没有言语。坐在他右边的炼焦厂厂长柳村却笑了起来，插了一句说：“老刘，你不用客气了，你也很杰出嘛。凭良心，这一回的指标，你们炼铁、炼钢和轧钢都没有问题。只是苦了我们这些辅助厂，我们要条件没条件，连记者也很少上门来。”

刘明智半开玩笑半认真地说：“你少恭维我吧，我还没有和你算账呢。你等着吧。”

柳村耸耸肩膀，笑了笑，不再开口。康伯和正在问大家有什么意见没有，大家你看我，我看你，都不准备先开口。一阵沉默之后，刘明智终于站起来说道：“为了完成和超过第一个五年计划，满足工农业发展的需要，并为第二个五年计划打基础，今年是最后的一年。这个指标是必要的，我们都有信心完成。我们炼铁厂的职工劲头不小，他们纷纷提出，要求公司给解决‘铁牛’号高炉改造和加大容积，改成自动化。运输部不要耽误我们原料的供应，烧结厂要给我们足够的合规格的烧结矿石；特别要着重提出的是炼焦厂要保证不再给我们焦炭面粉，灰分也要合格……”

许多厂子看见刘明智提条件，便都纷纷提出自己的要求来。但是谁也不说指标高，只强调现在的设备条件不好和埋怨上手厂矿没有为自己创造有利条件。

要设备、要人员、强调困难，这是公司会议上常有的事。康伯和和钱友太听了都不觉得紧张。冯棣平却稍微有点高兴。原来在市委常委会上，他坚持今年增产指标太高，要完成是不可能的事。他列举了资本主义国家钢铁增长的速度来证明不可能之后，又列举现有的条件不够来说明这种不可能。他的意见虽然被大多数常委所否决了，可是他并未心服。在五个书记中，他认为自己是个老兴隆，他最熟悉它，只有他才有发言权。今天他出席公司这个会议，只不过为了看看情况，收集材料来证明他的意见正确还是大家的意见正确罢了。

柳村觉得自己受了屈，发言中絮絮不休地反驳刚才刘明智的意见："……刚才刘厂长说的我不能同意。要是焦炭不合规格，炼铁厂早都退回来了。"

刘明智不听犹可，一听气得脸也涨红，指责道：

"看你老兄说得多轻快。我们那儿的验收员检验时，上面那一层焦炭块块都合格，等到后来工友们发现除了上面那一层是块块，底下全是面面的时候，二十几车皮已经卸完啦，这是你们炼焦厂的好办法！"

大家哄地大笑起来，炼焦厂厂长才理亏地低下了头，红着脸承认了这个事实，但又推说什么煤的来源太复杂，除了抚顺的还有本溪的、鸡西的、峰峰和焦作的，成分都不一样，有时一部分煤开采出来的时间又过长等等理由。

会议变得活泼起来。刚才康伯和还觉得许多要东西的手都伸向他，现在转移到让干部自己去辩论、去解决这条路上去，这是最好不过的。但是由于他没有及时引导大家去解决如何协作，只停在争吵和算账上。柳村检讨一通之后，会议又僵住了。为了打破沉默，康伯和问初轧厂厂长说："你们呢，陆厂长，有什么困难没有？"因为他知道陆文彬素来不喜欢嚷叫，很难从他脸上看出他完成任务是否有把握。

残酷的斗争经过了无数次，但在众人前讲起话来陆文彬还是腼腆，他简单地答道："困难是很多的，但是依靠党委发动大家去完成，我想是完得成的。我们厂苏联专家改造孔型成功的话，情况将有好转。但为了满足各轧钢厂的需要，就不能不要求炼钢厂的钢锭要按钢种交货。还有他们交来的钢锭，往往凉了，使我们的均热炉忙不开……”他还想再多讲些，但是住嘴不说了，因为这些意见要是能解决，他就很满意了。

大家的目光又都集中到炼钢厂厂长宋紫峰身上了。在这个会议上，他始终没有说过话。不过按照惯例，大家相信他之所以始终不说话，只不过是他觉得指标不难达到罢了。康伯和和大家的看法一样，认为宋紫峰一年多来出色地超额完成任务是不声不响的，他不像刘明智那样大叫大嚷。因此，他笑着转过脸去向宋紫峰问道：“宋厂长，你们那儿大概没有什么问题了吧？”

宋紫峰也跟往常一样，总是最后才表示意见，而且多半是经理问他，他才开口。这时他不紧不慢地抬起魁梧的身子，放开他那娓娓动听的低音说道：“我不了解公司是根据什么要我们炼钢厂今年增产二十五万吨钢？难道只是为了凑足一百七十万吨这个数目？我记得我们提的方案是比去年增产八万吨。即全年产量达一百五十三万吨……”

炼钢厂党委书记唐绍周听见宋紫峰这么一说，急了，插言道：“是这样的，原来公司最初的增产方案是一百六十八万吨，宋厂长说只能达到一百五十三万吨，党委感到这两个数字相差太远，就想向群众摸摸底……根据工人的意见，可以完成一百六十六万吨，可见得再努把力，现在这个指标，完全有可能完得成。”

宋紫峰谁也不理会，热烈地坚持着自己的意见说：“根据谁的意见都可以，但是我认为必须根据科学——根据实际的情况。我们都精密地计算过，大炉平均要八小时半出一炉钢，小炉子至少也要平均七小时半出一炉。况且今年有一次大修，中修、小修也少不了。至于靠现有的设备，就更难增产。要是说盼望新添些什么，也干脆不用想。那台民主德国的装料机早就运来了，放在仓库里，就是没人给我们装。其他的困难也就不用提了。其中最大的困难是铁水供应不够，含硫量太高。大型轧钢厂他们老埋怨我们钢质量不好，也就不知道炼铁厂给的是什么样的铁水。硫越来越高啦，我们的修炉率大大地增加了，还谈增产呢！至于修炉的延期交工，碎铁、镁砂等原材料供应不及时等等就更不用说了。煤气的供应也不足，我天天和汪丽斯工程师吵架。”他奇怪为什么自己偏要提起她的名字，“她的确也有困难……总之，这个指标我是不能接受的。”

自从宋紫峰回国上兴隆钢铁公司来工作之后一年多，这是他第一次说任务高，而且那样斩钉截铁地拒绝接受任务的态度，使大家十分惊异。人们都出乎意料地望着他。会场顿时沉默了。

冯棣平却欣赏地微笑点头，可惜的是傲慢的宋紫峰并没有看见他的同情的表示。然而他的心里实在很痛快，想道：“我估计得没有错吧？连宋紫峰这样的人物也摇头，其他的人那还用提！那些人没有独立的见解，不同意也不敢作声。唔，老宋是个真人才，敢说敢做！”

一时议论纷纷，交头接耳。有评论宋紫峰的态度的，有议论计划的高低的。唐绍周看见宋紫峰刚才的口气很硬，不禁一阵愁闷。他调到这里还不满两个月，对钢铁生产还没入门。论他的岗位，他应发动全厂职工坚决完成今年生产任务，但是两个月来一谈到生产，宋紫峰就把一大堆技术问题提到他面前，好像他解决不了，就休想有发言权似的。现在在这样的会议上，老宋居然不顾职工的意见，拒绝接受任务，他实在有点按捺不住了。但是他懂得自己的岗位不允许他发火，也不允许他愁闷，他耐着性儿，用亲切的声调和他商量道：“喂，老宋，这个增产指标是党中央充分考虑过的啦，要是我们完不成，就会打乱了工农业的发展计划。这已经没什么价钱好讲的啦，咱们只有答应了，回去发动群众想办法。”

宋紫峰望了望他，冷笑了一笑，没有回答。他的笑，比沉默更使唐绍周不安。唐绍周又道：“你怎能说没有科学根据？你说大型平炉平均每炉八小时半，可人家工长王良信的快速精炼就可以每炉缩短四十分钟嘛。”

宋紫峰轻蔑地摇摇头，说：“说一说，当然容易。”

唐绍周耐心地坚持说：“工人们提出来的倡议，都是从实践中来的。我们应该支持他们，让他们去试验。只有经过实践，才能证明科学不科学。一口否定它，这态度本身就很不科学。你无论如何不能拒绝接受增产任务，我们回去可以和群众一起想办法。”

宋紫峰笑而不言。

陆文彬趁势站了起来，他以厂长的身份来说明行政上必须依靠党委发动群众搞好生产的重要性。他说党和群众是一切工作的灵魂。他的话显然获得了绝大多数人的同意，会场的空气也肃穆起来了。只有宋紫峰无动于衷，心安理得地想道：“这些都与我无关，我既没有不尊重党的领导，也没有看轻群众。”他不觉自言自语说：“政治有了，群众也发动了，但是铁水硫高，煤气不足，修炉延期交工，全都白搭了。”

刘明智一听，火了：“他拒不接受任务，还把原因推到别人身上！”在他的思想里，凡是党决定的东西，一定要坚决完成；诉诉苦，发发牢骚不是不可以的，但是不接受任务是不应该的。他和党委书记成林嘀咕了半天，就猛冲猛撞地采取了激将的办法说：“老宋，我们保证你们足够的铁水；老‘铁牛’硫高的问题，我们也豁出来了，多花点曹达，炉外脱硫就是了。你们放心超额完成增产任务吧。我们和你们挑战！不知烧结厂和炼焦厂敢不敢和我们挑战？——保证给我们合规格的焦炭和烧结矿石。”

嘿，这一来就热闹了，会场顿时生机勃勃，一切和炼铁厂、炼钢厂有上下手关系的厂矿都紧张起来了。矿山首先起来响应，烧结厂也被迫应战了，炼焦厂含糊其词地也算上了阵，各个轧钢厂更是眉飞色舞。康经理和大家一样用鼓励的眼光注视着宋紫峰。人们看见他气宇轩昂地抽出计算尺来热衷地推算着，大家抱着希望屏着呼吸等待他的满意的答复。他低头算了半天，突然抬起头，遮住半边前额的黑发往上一甩，然后用他那好听的嗓子，摇摇头说：

“没有办法，算来算去都一样，快不了也多不了。不信，请大家来算一算，计算尺不能骗人。”

管人事工作的经理提醒他说：“你不要忘记了人，忘记了人的积极性和主观能动作用。”

宋紫峰笑着答道：“科学，它并不按着人们的意志来转移的。即便是最先进的工人来炼钢，也需要时间啊。”

“你说的只对一半，老宋。先进工人炼钢固然需要时间，但是他可以缩短时间，工人的创造性的劳动可以发展科学、丰富科学啊。客观规律虽然不按人们的意志来转移，但是人可以利用客观发展的规律来改变我们的生产，改变我们的社会，改变我们的生活，同样也可以发展和丰富科学、技术。”一直没有开口的钱友太指点他说。

唐绍周紧接着证明说：“确是这样，工人提出快速精炼，每炉钢可缩短三十分钟以上，光这一项每年就可增产五六万吨钢，另外如防雨措施、改进调度、维护炉体，职工都提了些可贵的建议。他们的建议都是从实践中来的，我认为这就是最好的科学实践，虽然他们讲不出理论根据来。”

宋紫峰只微笑着，不再说话，大家这才失望地纷纷往椅子的靠背上一靠。唐绍周仍然很着急，大家的沉默比批评炼钢厂还使他难受一些。他顾不得宋紫峰同不同意，站起来就说：“要达到这个指标是有困难的，但是公司给的这个增产节约任务，对炼钢厂来说是光荣的任务；炼钢厂党委会一定要发动群众来完成它。现在得到刘厂长的保证，这对我们是很大的鼓舞。”

宋紫峰那顽固的态度，给康伯和带来了严重的不安。康伯和附在冯棣平的耳边，求援地说：“你代表市委说几句吧，否则个别人硬是思想不通。”

冯棣平大方地微微一笑说：“我不准备讲什么了。老实说，我的思想也还没有通哩。”

康伯和听了这话，很不愉快，立刻想起了市委常委会的争论；他这才意识到冯棣平还坚持自己在市委常委会上的反对意见，竟用消极的态度来对待市委的决议。于是康伯和感到失望和泄气。最后，他只好请钱友太讲讲话，鼓励大家坚决贯彻上级的决定。

开完会，冯棣平感到快乐和兴奋，好久还不能平静下来："这难道还不清楚么？管生产是多么复杂的问题，只有内行的厂长才懂得。党委书记只知道热情、潜力，你再问他，他只好当哑巴。企业中党委的摆法真是个问题。让这些能干的内行厂长来发言吧。反正二十五万吨是无论如何完不成的，一定要我完成，我就连这个总经理也不来当呢。"他认为发展生产应该慢慢来，而他又以为自己当这儿的总经理已十拿九稳，所以他大为反对今年的增产指标。他生长在资产阶级家庭中，从小娇生惯养，自以为是，只因他看不惯父亲的那种三妻四妾和抽大烟的糜烂生活，才对家庭的关系很淡薄。但是，他是家庭中的长子，父亲为了向他讨好，把北京一家小制革厂的利润给他做学费和生活费。大学二年级时，他认为自己是个左倾的青年，要对工厂来一番改革，曾兴致勃勃地到工厂慰问过工人，年终给他们分过红，又设有赏罚制度，用金钱来刺激工人多生产。他对这事感到很满意，在亲近的同学面前夸耀自己的革命性。但是进步的同学听了都讥笑他，送给他一个亲昵的绰号"改良冯"，并劝他说："你如果真革命，就应把厂子归了工人，你自己也去做工。"不久，他和许多青年学生一样，被卷进反日的怒潮里，参加学生爱国运动。他对工厂就疏懒了，不问盈亏，只按月拿些钱，慷慨地接济被捕的同学和印宣传品。由于他的家庭条件的掩护，他对革命做了一些有益的事，也就是在这种情况下他入了党的。但是，他好个人突出、爱当头子的毛病却一直没有改，党组织为了帮助他，送他去延安学习。东北解放后，他曾当过县委书记，主张"雇农坐朝廷"，使那儿的工作一度混乱。后来他的过"左"的错误的做法被纠正了，他也承认了错误，但是他念念不忘那时自己的标新立异的做法，碰见老熟人和老部下就怀念起来。"三反""五反"时，他是青年团的书记，他对青年资本家和资本家的子弟做了过高的估价，说他们有很高的革命性，以致有些资本家利用自己的子弟来钻空子。党很快就纠正了青年团这一错误的倾向。为了更好地锻炼这个不是犯“左”就是犯右的错误的人，党组织有意派他到工业城市中去锻炼。一九五三年，便叫他到兴隆市委当副书记。他来后和钟菲气味倒很相投。后来市委书记调走，他代理过一个时期第一书记，他满以为这一回自己可以当成第一书记，在这个钢铁城市和钟菲搞一番惊人的事业。但是不久，中央派伍云普来做第一书记，他才大失所望。钟菲被撤职后，他经过长久的考虑，才下决心在大的钢铁企业中显显自己的身手，曾央康伯和去冶金部建议。这一两个月来，他积极为自己当总经理做着一切准备。

回到办公室，他暗自高兴，心里想：“我只知道今年增产指标太高，可是说不出个所以然；像宋紫峰这么一算，就有说服力了。”他把秘书长隋波找了来，问他道：“老隋，二月间开的那个座谈会，扯的厂党委的摆法问题，不是说由厂长们写几篇文章讨论讨论的吗？怎么一篇也不见登？我对这问题倒挺感兴趣的。本来嘛，一个厂还不是应该厂长说了算？”

隋波像是不大快活，皱起眉头问道：“听说刚才会开得很不好，是吗？”

冯棣平应声笑了：“你真是个顺风耳，比接电话还快，你听谁说的？”

“老钱刚才说，下一次常委会议要对你提出批评，说你这个管工业的书记不支持今年的增产计划。”隋波略带忧虑地说。

冯棣平根本没在意，只敛着笑，说：“谁送给我帽子我就戴上，但是话说在前面，究竟我的路子对还是他们的路子对，还不忙作结论。将来检查检查我在分工领导工业的期间，看路线上有什么错误没有？有，我姓冯的敢对党负责。”

隋波对他的主张显然不感兴趣，只是事务主义地回答他的第一个问题说：“文章我倒是写了，老柳和老宋也交来了。其他的人都不肯写。我看有几篇算几篇，所以我交给报社了。”

冯棣平什么时候都那么自信和热衷于实现自己的计划和想法，看了隋波那可有可无的敷衍塞责的态度，实在有些看不惯，耐着性儿开他玩笑说：“老兄，你呀，快成为事务主义者啦。”

隋波发牢骚说：“哼，你还不知道，三篇文章交去，邵部长竟然觉得有问题，不主张发。后来我把我自己那篇亲自送报社去。”

“那是为什么？”冯棣平抢着问。

“她说现在有些人主张取消党委，我们自己不要在党的领导问题上提什么意见，以免引起混乱。”

冯棣平哈哈一笑，解释说：“女同志，到底是女同志，小心翼翼，这倒是应该。但是你文章里讲的是党委在厂内应起监督保证作用，而不是领导全厂的问题。这和那些人提的什么取消党委、教授治校、医生管理医院等言论有多少共同之点？要是我来写，恐怕提得还要大胆一些。你可以向她作些解释嘛。”

隋波总是佩服他有见地，有胆量，敢用人，也就默不作声。几年来自己由办公室主任升为副秘书长，由副秘书长提拔为秘书长，都是冯棣平一手促成的。

报社总编辑室头两天觉得柳村的《外行话》、宋紫峰的《企业管理问题探讨》和隋波的《论企业中党组织的作用》三篇文章送到市委宣传部审阅时，邵云端就把它们留下来了。她看了那三篇文章觉得有问题，隋波的文章，她和他本人商量过，又去请示了代理第一书记沈西苓，都劝他不要发表。但隋波不同意，把文章亲自送回报社去了。邵云端无奈，只好随他去。柳村是怎样一个人，她不太清楚，但是在她的脑子里，宋紫峰不过是不关心政治、只热衷于生产技术的一个傲慢的人物罢了。她没有想到他也谈起工厂党委的作用如何如何来。柳村那篇文章好处理，那是无论如何不能发表的，至于老宋的，就作难了。她要劝他不要发表吧，两个人的关系正是搞得很紧张的时候，怕他误会自己是一种报复手段；这样，正当的目的达不到，而他俩的关系势必要更恶化。如果不阻止他呢，这篇文章确是有毛病，发表了，对党、对宋紫峰都不利。她烦恼死了，一时在心里骂自己被个人感情牵制；一时又劝自己不要太生硬，应尽量把公私事情处理得更恰当。最后，她决定请炼钢厂党委书记唐绍周来商量。

宋紫峰曾经对唐绍周说过，他写了篇文章讲讲企业管理问题，问他要不要看一下。老唐说："讲你的个人见解和业务问题的，党委不用看了。"现在听邵云端在电话里提到这事情，便赶紧跑到市委宣传部来。邵云端除了宋紫峰要和自己闹离婚的事没说之外，把宋紫峰的情况和自己的看法都告诉了他。她等老唐看完文章后，问他道："平常老宋对厂党委的领导，提过什么意见没有？"

唐绍周想了想，摇头道："那倒没有，对具体的某项工作做法上有过意见。他对政治工作缺少兴趣，对党组织却是尊重的。"为了安慰她，他说："这篇文章总的没有什么大问题，只是第四个题目把行政与党委并列是不好的。"唐绍周虽是这么说，心里不能不佩服邵云端对政治的敏感、冷静和细心。

邵云端忧虑地说："当然没有什么大不了，但是老宋头脑里对党委不够尊重，甚至觉得有时党委的一些做法妨碍了行政工作，这是要不得的。他要是没有认识这一点，将来非犯错误不可。特别现在全国范围内有些旧政客和某些高级知识分子恨不得党委制从这个地球上消失掉，而我们党员却自己出来说党委某些做法妨碍行政，这不是给那些反对派以口实了吗？所以我觉得这篇文章无论如何不能发。"

唐绍周认为自己刚来，和老宋的关系一直不是那么协调，这几天又为他的不接受增产任务正挠头，他原觉得犯不着为一篇未发表的文章又去和他争论。但是，邵云端处处从党的整个利益出发考虑问题的严正态度和真正爱护一个同志的胸怀深深打动了他。他终于一口答应，和她分头劝阻老宋发表这篇文章。

邵云端很高兴，当天晚饭后，看见宋紫峰和儿女玩得很高兴的时候，她就直截了当向他提出了这个问题。当她最初提出时，他根本没注意，只用讽刺的口吻淡淡地问道："部长对它有什么意见呀？"邵云端凭着心中一股热劲儿，把自己的意见告诉了他。她满以为他起码能感觉出她完全是从党的原则出发，而且也是从爱护他的动机出发的，但是宋紫峰的回答却使她周身发凉。他说道："你究竟是以部长的身份不让我发表呢，还是以爱人的身份劝我不要发表？要是前一种，我没意见；要是后一种，我觉得大可不必！"

邵云端收敛住满胸的气愤，不让他感到自己有一丝一毫的个人意气，以平静耐心的口吻说："紫峰，你扯到哪去了？我是从党的利益出发，我只不过以同志的身份来劝劝你罢了。你没看见，从四月底到这个五月初，有一部分人就天天想办法骂我们党。他们不敢明目张胆骂我们整个党，只好说什么党外人士有职无权，提拔干部尽提拔党团员，什么教授治校，取消学校党委制，取消公方代表……够热闹的啦。现在我们党员也出来说有时党委的做法是妨碍企业管理的——这不是给他们添口实？当然，你不是全盘否定党委的作用，这点我们都看得出来。但是，光凭你第四个标题和内容，把党委和行政并列，也看出了你对党委在企业中的作用的认识是不恰当的……"

她一提到现在有人反对党，宋紫峰就觉得她的劝告是对的。他一想，自己本来对写这类文章并没有什么兴趣。真见鬼，座谈会都开过很久了，早都忘了这事，那天隋波打电话一问，被怂恿了一下，就写起来了。现在不发表，他才不在乎呢。不过他这个人很要强，要他在正要闹离婚的老婆面前认输，哪里办得到？他站起身来，大模大样地从她手里夺回自己的文章，边走边说："算啦，算啦，还我吧。我本来不是这样的一块材料！"便回自己房间去了。

邵云端看见已达到目的，也就不再说什么。她知道他思想还没有打通，不过要说服他，那不是她的力量办得到的事。

第二天一早，宋紫峰回厂时，唐绍周就和他谈稿子这件事。宋紫峰听他讲完后，问道："那你的意见觉得发不发？"

"暂时不发吧。有些问题将来在整风中再扯一扯，可能更明朗一些。"唐绍周表示了自己的意见。

宋紫峰趁势爽朗地答道："好吧，我服从党委的意见。"

唐绍周没意料到事情解决得那么快，这比起他对待生产技术问题上的固执来，真不可比拟。他又进一步了解到对手性格里的多面性。他还想说句什么，听见宋紫峰又笑着开口了：

“其实报社的人和我老婆都胆小。这篇文章隋秘书长都看过了，他还觉得我讲得太轻呢。他要我改，我才没这份闲心事；谁乐意怎么讲，他自己写去。”

唐绍周一听，十分吃惊，立刻追问他到底是怎么回事。老宋便一五一十地把二月间座谈会上的情形介绍了一下。最后，他气愤地补充道：“当时冯书记动员了半天，大家都答应写。结果，隔了两三个月，只有柳村和我两个人交稿。刘明智只会嚷，却一字没写出来。哼，我早知道要碰这么个钉子，就不花两个晚上去写啦。”他说着，从怀里抽出原稿，一手就扯成几片。唐绍周想阻止也来不及，只好由他扯去。

分手后，老唐给邵云端去了个电话，告诉她老宋同意不发表他那篇文章。

第四章

像热锅上的蚂蚁一样，唐绍周离开厂回家后，越来越感到不安。他从妻子怀里接过那个十个月的小女儿，任她乱拍自己的脸，任她揪扣子、拿钢笔，欣赏她得到爱抚时的那个乐劲儿，但无法排解自己心中的烦躁。“不，我已犯下错误啦，我对不起党！——是否真的无法挽回？”他难过地想。事情是这样的：今天炼钢厂党委会议上讨论如何执行和贯彻今年增产二十五万吨钢的决议时，宋紫峰不同意大多数委员的意见，仍然坚持说这个指标太高了，无论如何完不成。唐绍周和大多数委员的意见是一致的，认为根据群众的意见，完全可以完得成。到了最后，他对宋紫峰让了步，作出一种妥协的决定：“党委协助行政发动群众努力去实现公司规定的增产指标。”

他已记不起自己是用什么理由去说服其他委员的，这时他只觉得自己脸上一阵热一阵凉，好像发疟疾似的。他不觉把小孩子放在沙发椅上，用手抚摩她的柔软的头发，想道：“我没有为他们打好基础，他们长大了，只有这么一点钢铁，一定会骂我们前一辈从事钢铁生产的人的。”他一急，竟撒手放开孩子，让她一个人孤零零地坐在椅子上，自己焦急地在屋内踱来踱去。挂在墙上的毛主席的相片安闲地望着他。这张相片大概是老人家坐在庭院里照的，两臂搁在藤椅子的靠手上，安闲地慈祥地笑着。这是最善于劳动的人的笑。但是，毛主席的笑并没有减轻他的烦恼；不，相反地，他越来越不安了。本来嘛，谁也没有责备他，毛主席始终慈爱地热衷地望着他呀。但是，鼓励的眼色往往比严厉的怒视更能促醒人的内疚。他仿佛听见责备自己的声音：“你不必否认了，心里就是有个人主义。”他的步子越来越急了。“前任的党委书记因为和宋紫峰关系搞坏了，才调走的。你刚来，应先把关系搞好，你指的‘关系’是什么关系？党叫你来团结大家出更多的钢，不是叫你来和谁做朋友。”他在心里把自己狠狠地抢白了一顿。小女孩已爬到椅手上，他过去把她放到椅中心坐着，自己继续踱来踱去地想：“你能干嘛，比前任书记强，和一个能干的厂长合作得很好嘛！”但是，过了一会儿，他又犹疑地想着宋紫峰并不是块顽石，昨天劝他不要发表那篇文章，一说就听，于是他给自己下结论：“还是你自己缺乏原则性，你给大企业吓住啦……”他正在苦恼地想着，忽然嘭一声响，随着孩子受惊地哭叫起来；他来不及回转身去抱她，他妻子已经一步抢过来抱起了小女孩了。他还不知道到底发生了什么事，只发愣地望着心疼地搂着女儿的妻子。妻子来不及责备丈夫，只顾搂着女儿又是亲又是哄，孩子仍旧拼命哭，她解开衣襟将奶头塞到孩子嘴里，孩子吸着奶汁，安静下来，像风暴喧闹着的海面突然风平浪静似的，屋子里立刻沉默下来。她抬头看着丈夫，看见他像根柱子似的站着，两眼发愣。她没有勇气责备他，倒是怜惜地望着他，终于低下了头，轻轻叹了口气，什么也不想说。唐绍周忽然抓起帽子，往头上一扣，转身便往外面走。看见他出门，妻子问道："是不是厂里出了事故？怎么愁眉不展的？"

他摇了摇头，声音低抑地说："等出了事故就晚啦。"

妻子没有听清楚他说什么，但是看见他的两道眉毛拧成一个结，嘴角哭也不是笑也不是的模样，知道他准是遇到了极大的困难。她叹口气说："我看你呀，还是回去搞地方工作算了，看你到这儿才两个月，就瘦成这个样子。"

唐绍周当然没听见她说什么，出了门，径直找市委工业部部长钱友太去。钱友太，原是鄂豫皖苏区的一个老红军。不知是由于他的坦率热情呢，还是由于常常虚心倾听别人谈话，干部们有事总愿意找他谈谈。天色已黑下来，月亮还未升起，阵阵温暖的晚风吸引着孩子们在街道上玩耍，从各家各户传出来收音机的音乐声。要是在往常，唐绍周会被广大职工的幸福生活图景所陶醉；但是今晚，他心中有事，只顾低头走路。转入太平街，他踏着稀疏的树影到了钱友太的家。他到门口一打听，钱友太的儿子告诉他："冯书记把我爸爸叫去了，你上六号找他去吧。"

唐绍周随即跑到冯书记楼上，他果然在那里，邵云端、隋波也在座。钱友太看见他来到，立即问道："有事找我吗，老唐？"

唐绍周和大家打过招呼之后，不安地问道："你们在开会？"

"不是，你坐吧。"冯棣平闪着灼烁光辉的眼睛笑着让座，然后对邵云端说，"你说下去吧。"

老唐趁势看了看屋里的摆设。这间屋子不太大，摆了两套沙发和许多椅子，办公桌上摆了三部电话，看样子书记们经常在家里开小会。他再看看两个书柜里，一个书柜摆得满满的，都是马列主义和哲学；另一柜是经济管理和冶金学方面的书籍。此外，这间屋子里什么都没有了。唐绍周之所以十分注意这间屋子的特点，主要是希望这个环境能够帮助自己多了解一下这个书记。来这儿两个多月，他观察到这位领导人处理问题是有魄力的，但据宋紫峰介绍二月间座谈会的情形，他的思想却又是极错误的。不过，屋内的陈设，怎能足以帮助他了解一个人的思想观点呢？他忽然注意到邵云端归纳着自己的意见说：

“那两篇文章虽然不发，但是隋秘书长那篇可登出来了。我担忧资产阶级向我们进攻的时候，这类的文章将会引起了我们部分党员的思想的混乱。——不，本来有一部分企业行政干部，就并不那么重视党的领导的，针对这种情形，市委是不是需要抓紧进行一些教育？”

冯棣平立刻夸赞地望着邵云端说：“邵部长很敏感，善于做思想工作。不过，有些事，也不要大惊小怪，百花齐放嘛，有些具体问题谈谈也无妨，这应和资本家的‘定息不算剥削’的谬论严格区别开来。”

邵云端正想解释什么，唐绍周直爽地问隋波道：“听说老宋那篇文章你看过啦，隋秘书长？”

隋波笑嘻嘻地答道：“就是嘛，老宋这个人就是马虎，他的文章并未说出所以然来，大概他并没有改。”

冯棣平要替隋波解围，便接着问唐绍周道：“这事值不得大惊小怪。那天我在场，他们发表的意见都值得我们参考。我看文章可以发。当然，目前不登就更稳当些。唐书记，你来有什么事？”

唐绍周听见冯书记问他，他只好暂时把这问题撇开。他在冯书记跟前，开始有点拘束，随后也就坦然了，一五一十地把白天党委会议上的争论情况讲了讲，最后又附上自己的意见说：“我也弄糊涂了，为什么工厂党委中因为少数人不同意，特别是厂长不同意，就不能做决议？企业中党的工作是这样搞法的？——不，这只是我的错误罢了。是的，我没有很好地贯彻党的政策，我脱离了群众，犯了右倾保守的病。”

钱部长吃惊地问道：“昨天全公司的技术措施大会上，表决通过兴隆公司的增产指标时，你们老宋不是也举了手的？怎么他可以不接受钢锭的增产任务？”

唐绍周回答说：“我也提出了这样的问题，可是老宋说，他同意总的增产指标，但是他不同意炼钢厂的增产指标，他……”

钱部长忍耐不住了，截住说：“这是什么话嘛！你们炼钢厂完不成增产的钢锭数字，叫轧钢厂轧什么呀？”

“有许多同志也指出了这一点，但是他说他这个厂长没法子完得成，他扳着手指头计算了半天，委员中有一两人也认为他算得很精密，好像科学根据都在他那几个手指头上似的，他硬把党的原则和科学根据对立起来，把我闹糊涂了，做出那样可笑的决议来。这在我真是新问题，我在地方时没遇过这样的问题。那时解决问题只有一个原则。现在呢，也不知道是依大家的，还是依厂长一个人的？”

“他的什么科学根据？人家工人的计算就不是科学根据？缩短精炼时间，每年就可增产五万多吨，推广‘共青’炉的维护好炉体的经验，每年又可增产几万吨，疏通水路，雨季不减产，又是两三万吨——条条都有科学根据，你们老宋硬不去看；有可能做到而不去做，在那儿空谈什么科学理论，真是书呆子气十足。”钱友太气呼呼地说着。

“我看这一回怕要依厂长的了，你们老宋是金字招牌，说到哪做到哪，做不到的就不说。”隋波冲淡了钱友太的话。

“是呀，共产党员随时都会遇到新问题的，这就要看我们敏感不敏感了。有很多老干部进了城，搞了工业，还死抱着游击习气和农村作风不放！唔，唔。”冯书记舒一舒腿，上身略微向后靠，望着唐绍周说：“工业本来就有很多特殊情况，所以运用原则就得灵活。像你们老宋，他是最不怕困难、最不保守的人，请不要忘记，他是扭转炼钢厂的落后状况，一年来都超额完成任务的第一个人。他说完不成，就等于宣告没有希望。所以问题不在于集体决定还是个人决定，而在于坚持反对意见的是什么人。”

唐绍周不同意地抢着说：“问题就在这里，因人而异，那还有什么原则和标准？”

“客观真理就是标准。老宋的计算倒是既准确又客观的。”隋波又抢先答道。

“怎么没有标准？党的原则——人民的利益就是个标准。”钱友太不觉提高了声音叫道，“你们炼钢厂完不成钢锭增产计划，那就使全国整个国民经济计划也会打乱，社会主义工业化的进度可能受到影响。你知道，这个厂的钢产量几乎占全国的三分之一。”

唐绍周听了，振作了一下精神，请罪似的向钱友太说：“就是呀，今天我们厂党委做出来的那个不坚决的决议是彻底错的了！我……”他懊丧地用手扶着脑袋。

钱友太还来不及答话，冯书记笑嘻嘻地接过去说：“现在还不忙下这样的结论，还不到做年终总结的时候呢。本来市委对这个问题还有不同的意见，刚才你来以前我和隋秘书长、钱部长也谈到这个问题……”

钱友太抢白他说：“但是市委已做出来决议啦！”

唐绍周斩钉截铁地请示道：“那我该怎么办，冯书记？”

冯书记不慌不忙地鼓励他说：“当然要协助行政争取完成最高指标，不过，注意不要打击老宋的情绪才好。我认为，企业总是以行政为主；一个厂，应是厂长说了算，因为他代表国家掌握全盘生产，谁还比他更熟悉？钟菲一百个错，但是他指出来工业特殊、生产技术往往是超政治的这一点却是看出问题来的。”

唐绍周听得毛骨悚然，好像一股阴风从黑暗的屋角里吹出来，掠过他全身似的。“这是冯书记说的？”他吃惊地看着他，但是他显然毫不在意哩，再看看邵云端，也是惊得双眼溜圆。他正在惊疑不定，却听见钱友太严峻地指出说：

“可是你忘记了钟菲强调工业特殊，不过是想闹独立性，搞独立王国，反对中央罢了。”

邵云端一直插不上嘴，别人在批评她的丈夫，她觉得是应该的，但是她又为他感到难过。冯书记这样夸她的丈夫，她更觉难过。她不满意他的重才轻德。现在，忽然听见他重弹钟菲的老调，她感到诧异和恶心，不觉心也紧缩了一下。她本想立刻离开这儿，但是钱友太的驳斥使她稍微镇静下来。她听见冯棣平赶快认错说：

“对，对，你说得对，我的话有毛病，反正工业有许多特殊性倒是千真万确的。”

二万五千里的艰苦长征和残酷的抗日战争使钱友太锻炼得嗅觉灵敏，他不能容忍损害党的利益的言论。自从他到兴隆市委接手工业部工作以来，因为冯棣平是分工管工业的书记，所以他和他的接触特别多。他发现他的议论和观点常常不符合党的原则，因此两个人常常争论。钱友太是火性人，坦率而不肯妥协。往往等他争得面红耳赤，冯棣平忽然严肃地承认道：“你说得也对，只是我对工业管理，倒积累了小小一点点的经验，也可能我的经验已跟不上时代的发展了。”但是在这一次争论中，他又强调自己的意见说：“在大学念书时，我倒搞过两天工业，可惜我搞学校工作去了，对工厂管理还没摸出一套新的经验来。列宁说过，无产阶级要善于吸收资产阶级经验中可用的部分，特别是科学技术。所以，老钱，我认为我们的社会制度，仍然可以吸收资本家的经济管理的经验。像厂长的权力集中、雷厉风行、科学管理，不是比劳动纪律、思想教育有效得多？”

钱友太听他讲过去如何管理工厂已听过好多遍，所以一听他提起便阻止他说：“那一阵你不过是站在少东家的立场上施些小恩小惠来麻痹工人，减少劳资的对立情绪罢了。可惜你读那么多的马列主义的书都不用来清算清算你那段经验！”

邵云端也说：“列宁什么时候说过‘厂长权力集中比劳动纪律思想教育强’？”

冯棣平孤芳自赏地微微一笑。

钱友太觉得他这个观点是很顽强的，就是改不掉，他听了十分忧虑。

五个人都沉默了。这沉默对每个人都很不愉快。隋波暗暗觉得冯棣平也太过分了。冯棣平却一点不在乎，他认为自己见解千真万确，不必隐蔽。

唐绍周到这儿来时，只为宋紫峰的保守固执感到不安，现在，坐在这儿听了冯棣平那段话以后，却添了更大的忧虑。因为冯书记这番话和二月间的座谈会是一致的。他坐在这儿好像坐在针毡上一样，焦急地站起身说："我先走啦。"

钱友太也不愉快地站起身说："我也要回去了。"邵云端一声不响也跟着大家出来，隋波尴尬地耸了耸肩说："你们先走吧，我的事还没有完。"

出了门口，三个人都不说话，但是每个人都满肚子心事。这时晚风吹得人们很凉爽，唐绍周突然住了脚，吁口气说："钱部长——"

"怎么啦？"钱友太也停下来了。

"刚才，冯书记那句话说得真不妙！"唐绍周气愤地说。

"那你当时为什么不对他提意见？"钱友太严肃地反问他。

"我看见你已提醒了他，我就不说啦，'人微言轻'呀，可是我看他好像还满不在乎似的！"唐绍周感慨地说。

"老唐，'人微言轻'是旧社会的逻辑呀。"钱友太耐心地解释说，"我们每一个共产党员应该起一个党员的作用。我们的作用，不应因为职位高低而有区别，而倒是因为我们的党性的强弱而有区别。刚才他说那些话是很不好的，我们应该提醒他。总之，我们脑子随时清醒点，不要随风倒。"

"不，绝不是一句半句，"邵云端丝毫不掩饰自己的愤慨地说，"平常他对干部的使用和教育，一向没有按照党的原则……"她絮絮地说哪一回怎样，哪一次又怎样，一直到胡同口，才和两个人告别。

没有比五月的晚风更使人适意的了，槐花的香味沁人心脾，法国梧桐刚吐出的嫩叶在月夜里影绰依稀；可惜今晚这两个人心情沉重，都没有闲情逸致来欣赏这份景色。说实在，两个人都很不痛快。但是，他俩都多么不愿意对一个领导人心怀不满啊。走了一段路，唐绍周实在憋不住了，像是和对方商量，又像自言自语地说："这像话么？"

钱友太知道他指的是什么，但是他不搭嘴。要是照他的脾气，他能把心里话掏出来，骂冯棣平一顿才觉痛快；但是，最近资产阶级的右翼分子的猖狂挑衅，倒使他感到一场尖锐的阶级斗争就要来临。他想，冯棣平虽然和他们不一样，但他的思想是要好好清理清理的，这样下去对工作很有危害。他和唐绍周又谈了一阵如何帮助宋紫峰，才往家走。

唐绍周和他分手后没有往家走，拐过青海路。道旁两排高大的白杨树，五六丈高的树顶交接处露出了一片狭长的宁静的天空，上弦月独自缓缓漫步。唐绍周望着它，不禁叹羡地想着："你真优雅，可惜我没有你那种娴雅的心情……我们共产党员时刻都保持着战斗的清醒的意志。"他抬头看看月亮，挑战地想："你不可能了解一个战斗员的快乐，是该你羡慕我呀，不是我羡慕你！"在钱部长的支持下，他决定找宋紫峰谈谈。到得楼上，他大声喊道："老宋。"

邵云端回到家就执笔给正在庆阳养病的伍书记写信反映刚才的和最近关于冯书记的一系列的情况。她准备把自己对冯书记的意见写上去，也准备把自己对冯书记在这时期所执行的干部政策和若干宣传政策的意见写上去。现在看见唐绍周来了，便起立笑着说："他还没有回来呢，哪一天不是九点以后才回来的。"

唐绍周漫不经心地接着说："老宋真钻研呀。平常你一定给他很大的帮助吧？"他找个位子坐下来。

"唐书记，你这就算不了解老宋这个人，他怎么能接受我的帮助？莫说我的批评劝告他不放在心上，他连经理、市委书记的称赞也不摆在心上。"邵云端苦笑地说。

唐绍周敛住了笑，望着她。邵云端又接着说："你们不觉得老宋不好说话吗？党委该多帮助他，不要光看见他的长处。"

“是的，有时他太不能接受别人的意见，他主观太强。”他似乎怕伤她的心，很注意讲话的分寸。可是她却是直爽地分析道：“我觉得他主要是骄傲，样样自以为是，别人的意见就很难接受了。”

唐绍周点头道：“你这样讲也有道理，到底你了解他比我们深。”接着，又犹疑地说：“他骄傲吗？……可也看不出。平常，他并不夸耀自己，也不卖弄自己。”

“这些他倒没有。”邵云端平静地说，“可是他的骄傲比爱夸耀自己的人厉害十倍，他表现在很难佩服别人，很难看见别人的长处和成绩，这不是骄傲是什么？有时大家也太夸他，把他看成了不起的人，这也多少助长他的傲慢心理。”她认为自己能够客观地看清宋紫峰的长处和短处，主要是因为这几个月他冷淡她，使她对他的感情不是处在发热的状态，而是处在冷静的状态中，可以客观地观察他。她很想对唐绍周说一说自己目前的处境，但是一转念，她又不想说了。她知道宋紫峰是最爱面子的，要是别人发现他的私事，他会受不了的。她决心只用自己的耐心去融化他。

唐绍周很惊奇她的冷静，心想：“她的头脑像水晶一样的清澈呀。”他没有看出她被压抑着的苦恼，却忽然很想借她的力量来推动一下宋紫峰，不觉诉说着：“我对老宋没有多大的帮助，说五句不如你说一句，不发他那篇文章就是个很好的说明。”

她摇摇头，并把头俯得很低。唐绍周看见她的神色有点沮丧，正想问问她，可是就在这时宋紫峰回来了。宋紫峰看见唐绍周，脸色立刻快乐起来，叫道：

“你等我半天了么，老唐？来，到我这里来谈吧。”

唐绍周和邵云端打了个招呼，便跟他过去了。紫峰给他倒上了杯茶，和他打对面坐下，疲惫不堪地问道：“不是出了什么事吧？”

唐绍周略略抑制着心中的兴奋，轻轻摇了摇头：“什么事故也没有，只是坐不住。”他突然用手上拿着的画报拍了一下大腿，自讲自答地说：“想起我们在根据地时，守着一个小化铁炉，每天出铁统共不到半吨，像熬稀饭似的熬了又熬。今天搬山沟里，明天挪树林子里；那些日子多艰苦，人们干得却很起劲。但是现在我们有这样大的钢铁基地，又是和和平平地建设，全国支援，苏联大力帮助。为什么我们不应该抓紧时机，比过去紧张十倍地生产？想到这里我全身都发热。咳，我们现在钢的产量比帝国主义还差得很远，我们只有用社会主义气魄来生产，才可以赛过它。不，不是开玩笑的。过去一个小化铁炉可以战胜日寇，现在有这样多高炉、平炉，为什么不可以赛过强大的敌人？……我们就凭这种劲儿，而他们就没有！”他兴奋地捏起了拳头。

宋紫峰显然高兴地听着，老唐的话使他听得眉毛也扬起来，他把椅子挪近他。但是唐绍周的眉心忽然一敛，担忧地说：“因此我觉得今天我们的党委会开得很糟，那项决议很不合适……这都是我不好，过去根据地的那股劲儿在我身上减弱了……”

宋紫峰一听他提起今天决议，便泄了气，懒洋洋地接过去说：“这是你的过虑，拿我们一年以来的生产水平提高的速度来说，美国是远远赶不上的。”

唐绍周根本没有听见他说什么，打断他的话继续讲自己的意见：“趁这决议未传达下去，我想再召开个党委会，大家仔细研究一下，再做个肯定性的决议，不是什么‘协助’，不是什么‘努力争取’，而是坚决完成。我想先征得你的同意，再和其他委员商量商量。”

这时宋紫峰脸上的兴奋已全部消失了，他觉得很好笑，想道：“这位书记倒很像个诗人，心血来潮就又想再开一次党委会，改变改变决议，这又不是闹着玩的。”他冲动地说：“反正明天再开党委会表决时，我也不能举手。”

“那你是不是说增产二十五万吨绝无可能？”唐绍周严肃地反问道。

“最多也不过千分之一的可能。”

“只要有千分之一的可能性，我们就能够完成！”唐绍周嚷着说，“你知道，今天的决议是违反了大多数的同志的意愿迁就了你。我软弱，我犯了错误。”

宋紫峰不愉快地说：“原来你是怕犯错误才惴惴不安，跑来找我。但是我敢于对党负责。那好吧，如果今天的决定是错的，由我负责好了。我认为做不到的事就不要做出决定来。当然，应该尽力去争取。”

唐绍周竭力要说服他，力争说：“不是错了谁负责的问题，我是个党员，我的岗位又是党委书记，贯彻上级党委的决议就是我的职责。况且这个决议是从群众中来的，指标都切实可行。凡事有个奋斗目标才好去动员和组织群众来完成。会一定要重开。老宋，这一次也是考验我们厂的全体党员。你不能再固执了。你没有意识到自己的责任有多大，全国钢铁生产任务我们几乎要负担三分之一哩……”

宋紫峰脸上露出不屑争辩的神气，只像小学生念书似的背诵着：“大型平炉最快要八点半钟，小型平炉要七个半小时，而年产一百七十万吨，日产量平均就要五千吨以上，并且都要在铁水、瓦斯和冷料供应及时，修炉计划按时完成的情况下才能办得到。还有，雨季的威胁等条件还没有算在内，一百七十万吨又怎么可能呢？”

“老宋，你不要算你那笔账好不好？难道你没有看见党委和群众算的那笔账？况且我们还能想些窍门，从技术上改革改革。没有人限制我们非八点半、七点半不可嘛。”

宋紫峰答道：“快速炼钢不能炉炉都是，窍门更不能天天有。我讲的是可靠的平均数。”

唐绍周离开宋紫峰以后，不觉暗自叹息道：“他真是保守到了家了。”但是他觉得更值得担忧的是竟有一种比保守坏得多的力量在支持他。他抱着沉重的心情，找其他党委委员去了。

宋紫峰送唐绍周下楼时，邵云端的意见书已写好了两个问题。她很盼望宋紫峰能到她屋里走走，她将把她的忧虑告诉他，借此提起他的警惕也好。但是，老宋径直回自己的房里睡觉去了。她想去找他谈谈，又觉得窃窃议论党组织的领导人是不好的。何况自己已很久没有和他谈心，要是他听不进去或起反感，反而不好。她那已迈了一步的脚又站住了。她想起过几天要到省委去开会，便决心把自己的书面意见先寄省委，由省委给市委伍书记转去。

开完党委会回来，修理工段段长刘进春憋了一肚子气。他想起宋紫峰在会上的那股保守固执劲儿，恨得咬着牙齿。眼看二十五万吨钢就耽误在他一个人的手里，他急得在车间里直打转转。一个老伙伴知道他的脾气，看见他那样子，忍不住问道："又怎么啦，刚才开会挨批评了吗？"

刘进春瞪了他一眼，很想把心事痛快地告诉他，但是一转念，党委会的决议未经传达，不好告诉他。他只问他道："我问你，咱厂钢锭增产二十五万吨能行吗？"

那老工人回答说："头几天咱们党小组不是讨论过了吗？说的是能嘛，那还有啥问题？"

刘进春耷拉着脑袋，泄气地自言自语："瞅，可是有人硬说不行。哼，硬说不行！"

那老工人慢悠悠地笑了："我看你呀，真不会省心，人家说说，你还能堵住他的嘴？咱们干咱们的就得了呗。"

刘进春大声叫了起来："不，他不是普通的工友，他的话说了就算。这才急死人啊！"·

那位老工人故意说反话："目标定低点有什么不好？咱们省点劲儿嘛。"

听了这句话，就像挨了一拳，刘进春真想骂厂长一句，但是一想，骂他顶个什么，不如找他说说理去。他抬腿就走了。从修理工段到厂长办公室有二里来地，要经过原料工段、仓库、俱乐部、食堂和卫生所。在这宽广的地上，平炉的十个烟囱一条线儿并排着直插入烟雾中。炼钢厂左边是炼铁厂，右边便是初轧厂。那一排雄伟的高炉，豪迈地站立着。多浓的烟都掩盖不了它；多大的风吹不动它分毫；至于雨和雪，只有把它淋洗得更漂亮罢了。炼铁厂的历史比炼钢厂还长，刘进春也参加过炼铁厂的修建。光是高炉那七十公尺高的梯子，他爬上爬下不知多少回了。那时他的腿那么有劲，一口气跑上炉顶也不气喘。炼钢厂兴修，日本鬼子才把他转到这边来。每回看见炼铁厂和炼钢厂的全景，三十年来的经历便一幕一幕地浮现在老工人的脑子里了。可是这八九年间的变化却使人心花怒放，瞅，光是轧钢厂吧，你就认不得它了。那儿增加了薄板轧钢厂、中板轧钢厂、无缝钢管厂和大型轧钢厂；那些簇新的厂房又高又大，光厂房那些大玻璃反射着太阳的光亮时，就好像那儿又出现了好多个太阳似的。还有新添的初轧轧钢厂正在动工哩。刘进春左顾右盼，不觉眉开眼笑，两相比较之下，宋厂长的固执和傲慢，就降为很次要的地位了；他心中的气恼，消了一半了。再细瞅，原料工段和仓库之间，比过去干净多了。凡是材料，不管有用没用，归类顺放，不像过去那样垃圾和材料混在一堆。他心里叹息着："宋厂长这人，说了话就算话，苏联专家批评我们不讲究生产文明，他接受了就改，一点也不含糊。"他一路走，一路看见有螺丝帽、铁丝都捡起来，顺便归拢到废材料堆里。他想着，想着，不觉就微笑起来。好像有一个放映师在他脑子里放映纪录片一样，一会儿出现宋厂长和工友一块儿操起铁锹贴补前墙的情景，一会儿又出现他去年多次在生产会议上那充满信心地号召大家完成计划的面庞。他越追溯记忆，脚步前进得越慢了，不觉在心里对自己说："人家是老干部，党龄都二十来年，在延安光听毛主席报告不知听第几回了。况且又是苏联学习回来，真有两下子，过去的几个厂长谁能比得上他？我老伴说得也对，风吹掉了我的合理化建议，他连头也不抬一抬，本也不算什么大不了。我的胸怀太狭小了。唉，算了吧。这一回马虎点算了。况且人家又没有说不努力去完成今年增产指标。会上又有那么多委员，还有书记，人家也举手通过了决议。我一个人去找厂长瞎叨叨又有啥用？"他想着想着，不知不觉一个向后转，从仓库向自己工段走回去，脚步也更慢了。他边走边想道："不错，我呀，我是个手艺人，眼看这厂平地起家，是咱们手艺人一块铁一块铁地把它垒成这么高的。后来，好容易盼到鬼子滚了蛋，厂子回到咱们手里，总算盼出个头来了，为啥不盼它能多出点钢？党叫我们多出点儿钢，快点工业化，我们钢铁工人不上点劲，还要推给谁呢？”想到这里，他又振奋起来。一振奋，他就又记起刚才会议上那不痛快的场面。他在心里骂骂咧咧地骂起他老婆来：“你这个老太太懂得什么？这不是我多管闲事！我是党委委员，是工友大伙选我出来的。我有话不说，对得起大伙吗？哼，要是第一个五年计划完不成，关你老太太什么事？看我就敢向厂长提意见。我不讲才不配称老工人呢。哼，上这厂大梁有我一份，你宋厂长才来一年罢了……”说也奇怪，好像挡着他、不让他去见厂长的是他的老伴，现在他在心里把她骂倒了，他胜利了似的，忽然来个一百八十度便又从仓库倒回原料工段，直向厂长办公室奔去。他这时脚步是快捷的，姿态是勇猛的了。

上到楼来，迈进厂长室，刘进春放了心了：因为第一厂长在，第二没有碰上开会，厂长只和初轧厂陆厂长在谈问题。于是他微笑着挨着厂长旁边那排长椅子坐下来。这时他心情很好，便细细地打量了自己的厂长一番。他的面貌和身材长得体面极了，然而叫刘进春最心爱的，却是他浑身上下都充满了的那股专心和热忱的劲儿。瞅他听别人说话时，总是一丝不漏，双眼放射出朝气和果敢的光辉。这位老工人不觉悄悄赞叹道：“对他讲话不算白讲，他真动了脑瓜的。”幸而他们二人的谈话不算长，只是中间厂长接了两次电话，耽误了一些时间。陆厂长一走，刘进春忙叫了一声：“厂长。”

“又有合理化建议哪，老刘？”宋紫峰快活地面对着他。

刘进春听了忍不住欢笑了一下，接上说：“哪有那么多合理化建议，只是刚才开会我的话没有说尽，回到工段，闷得慌，想找厂长你……”说到这里，他的神色就有点拘谨起来。刚好宋紫峰赶快把话接过去说：

“啊，那你该找唐书记去，关于党委会的事，还是找他吧。”

刘进春一点也不迟疑，生怕对方走掉似的，抢着说：“不，这不关唐书记的事。我只觉得你对今年的增产节约指标不坚决。全国的钢产量，咱厂扛了三分之一，咱们不坚决执行党的指示就对不起党。你是厂长，你不坚决，底下咋能坚决？厂长，我有意见就得说，不说对不起党。”他真诧异自己有这大的勇气一股脑儿把话说完。说完了就像从肩上放下块大石头似的，留心看对方的脸色。宋紫峰面上堆上了笑容，把上身倾向他，扳起手指头就数落起来：

“刘师傅，你是这儿的老工友，什么也瞒不过你。”他那温和体己的语调使刘进春听来很舒服。他又继续说：“一九五三年咱厂完成一百一十二万吨，一九五四年完成一百一十八万吨，一九五五年完成一百二十七万吨。有目共睹，一年只长个三万四万吨。这时候刚好我到这厂来工作了，自己搬了些苏联的经验，经过大家的努力，才从一百二十七万吨，一跃跃到一百四十五万吨，一下子增长了十八万吨。老实说，这十八万吨，不算太吃力，那是因为过去的基础太差，有许多潜力都没有发挥出来。但是今年呢，本来国家计划规定增产十二万吨，我也没有意见；但是，现在公司的增产节约计划却要再增十三万吨，达到年产一百七十万吨。这我就没有办法了。许多同志只会嚷：去年一年可以提高十八万吨，今年提高二十五万吨是完全可以办到的……我觉得讲这句话的同志是缺乏常识的……”

刘进春微微笑着，不以为然地说：“为什么老要回头往后瞅？毛主席不是叫我们不要学小脚女人走道么？一百七十万吨费劲是真的，可是也不是没有可能。有困难，我们全体起来克服困难好了。”

宋紫峰又坐直了身子，从小口袋里抽出计算尺来，说：“来，我们俩算一算就知道有可能没可能。”他一面算，一面用铅笔记，嘴里还一面念叨着，大平炉平均生产多少，小平炉生产多少；又由于快速炼钢增产多少，调整调度工作，可以增加多少；保护好炉体，减少修炉次数，又可增产多少；算了半天，最多一共增产十二万吨钢。算到这里，他就坚决地说：“刘师傅，你瞧，我都算过，许多人都算过，错不了的。这是科学，不是凭热情就能喊出二十五万吨钢来的。”

听到这地方，刘进春觉得有点不是味儿，忍不住高声说：“科学？兴许我不明白，可我知道热情就是宝。你能说日本人不懂科学？可是我们现在就比伪满时多出钢。这不是因为工人有热情，大家要社会主义是干什么？我说，热情加科学就能增加二十五万吨钢。厂长，你说不凭热情凭什么呀？”他用瞧不起的眼光看看那把精致的计算尺，生气地说：“这把尺又不是万能尺，有好多东西它算不出来——工友们心里痛快不痛快它就算不出来。”

宋紫峰觉得这位老工人有点蛮不讲理，想再开导他可是自己道理已说尽，想批评他，又不敢；因为上次为那合理化建议的事，他在党委会上受了好大的批评。折服不了那老工人，他颓丧地又靠在圈椅上，失望地轻轻摇了摇头。那边刘进春呢，讲起话来更没个完，好像他不答应，他就不走似的一个劲儿说下去：

“不，第一个五年计划耽误在我们手里，这太可耻了。咱们完不成钢锭计划，叫轧钢厂轧什么呀！我们兴钢和全国各地又都有合同。”

看见老工人有些动气，宋紫峰特别谨慎，冷静地说：“刘师傅，你没有注意这一点：国家计划是无论如何完得成的，所以五年计划耽误不了。现在讲的只是增产节约计划，再增产十三万吨是没有把握的，可是我们仍然要去努力争取。”

刘进春觉得厂长那劲儿是不对头的，自己的气又像从心窝往上冒似的压不住，可是一时找不到话来驳倒他。他急得没法，只好说：“不行，你厂长觉得没把握，底下还能有把握？反正我们修理工段要保证，要维护好运转和各工段的设备，尽量叫他们不出事故。出了事故，随坏随时修好，决不耽误一分钟。我们工段金福忠、允秉常他们已提出一些很可靠的措施。我们宁愿搬到工厂来睡，也要完成这个增产的计划。”

宋紫峰好久没有作声，过了一会儿，叹了口气说：“刘师傅，我比你还急呢。将来挨骂的是我呀，可是有什么办法呢？”他很想说，这个增产计划太冒进了，但是又觉得对工人说这种话不好，便换个口气说："我们都努力去做吧。"

刘进春知道厂长的脾气不喜欢啰嗦，觉得自己话也讲尽了，便抬起身子想走，可是这样走掉是不服气的。他踌躇了一会儿，望着他那还是那么开朗的面容，忽然发现他原先那股热劲儿仿佛变成了可怕的固执，他的果断也变成了武断了。他泄了劲似的低头叹气道："十三万吨钢就耽误在你手里呀！"他又抬起头来，抑郁地、沉重地对他说："厂长，十三万吨钢等于上海的一个炼钢厂全年的产量，要是你不坚决，就等于上海那个厂子全年停工！"他也觉得自己的话说得太重，可是他这时顾不了许多。说完了，头也不回的就走了。甚至宋紫峰出乎意外地站起身来送他出办公室门口，他也不觉得了。

他出得办公室门口，才知道已下了班，他回去收拾了饭盒，并不想回家，但双脚却一步一步往回量。他一时责备自己没高没低的，把话说重了。"你又不是党委书记，也不是市委书记，用得着你来说话？"过一会儿，等他想到厂长那副固执自信的样子，又抱怨自己话说轻了。"他呀，保险听了怎么也不怎么的。哼，皮痒肉不痛呗。"他心烦意乱，没有了章程；回家呢，怕和老伴吵嘴，不如索性到李家串串门，少祥不在，忠祥总会在家的。到了那边，果然少祥不在。李大娘看见他，就一把拉住说：

"我都当你忘记咱们啦，三个月不来都足有啦。今天什么风把你刮来的？你非要在这儿吃晚饭不能走。我给你打酒去，我知道你除了这个别的不稀罕……"

刘进春心不在焉地看看她那副热烈的劲儿，要是平常会觉得很有趣，只是现在听了，反觉腻烦，心想："天下的女人，没有一个不是爱瞎啰嗦的。"

李大娘把他安置在炕上坐好，没有理会对方心里怀着烦躁，倒反向他诉起苦来："又是刮风又是下雨的，少祥他们爹腿又痛啦，来信叫我回去啦。"

“那你去一趟得啦。”提起老朋友的身体，他关心地说。

“就是嘛，去那头挂这头，少祥就是不会招呼自己呀。”她说出自己矛盾的焦点来。

刘进春笑了，说：“叫他住我那儿，保管他吃得胖胖的。”

李大娘立刻解释道：“不是为的这个，吃饭补衣服他大嫂子干得了。我愁的是他把娶媳妇这件事不放到心上。他要是结了婚，我上哪儿也放心了。”

“听说他的对象是小兰那姑娘，我听他自己讲过来的。那你下乡就找小兰她娘说说亲去不好么？”

这一提，她更愁了，跟着说：“啊，可是小五子又找了个比小兰还好的呢，长得挺俊，比小兰还来得勤。人家有文化，上的是常日班，干的活斯文利落，家里只有她娘和小弟弟。你说比小兰咋样？”

刘进春听到这儿，有些不满意，自言自语地说：“少祥怎么也学会了这玩意儿？对姑娘们不能三心二意。就说掐花戴头上吧，有相称的也有不相称的。他和小兰是打打闹闹一块儿长大的，谁的脾气谁不知道？”

李大娘已断定少祥非娶小刘不成，现在看见刘进春表示不赞成，觉得有点话不投机，自己只是叹气说：“小兰好是好，可是干的也是男工干的活，又是三班倒，他正下班回来睡觉呢，她却要上班去了。两夫妇这还像个什么样！瞅他和他大哥，有时一两个月也说不上一句话呀。”她又用赞羡的口吻称赞起小刘来：“你没有看见那姑娘，真招人喜欢……”

“她是谁，什么地方的？”

“就是你们厂里那个小刘呗。”

刘进春吃惊道：“啊，是小刘？怪不得，那姑娘是长得俊。可是她讲起话来还是学生腔，少祥和她合得来吗？”

提起那美丽的姑娘，李大娘笑嘻嘻的，正讲得得意。可是小孙女儿走进来捣乱了。李大娘对她努努嘴，挥手赶她出去。刘进春正想寻一个小孩子来散散心，便搂着了她，和她说长道短。小女孩平常看的都是母亲和奶奶的厌烦的眼色，只有五叔才和她亲热，可是他白天在家的时间总是睡大觉的多。现在这位老爷爷看重她，又塞给她一包糖果，她乐得直在他跟前蹦来跳去。奶奶看不惯，忍不住喝她一声："看你还像女孩儿的样子不？快给你弟弟送糖果去。"

"我不给，他吃糖不分给我。"小孙女鼓起了嘴巴。

老奶奶无可奈何地叹了口气说："白带她几年，她不听我说，只听她五叔的话。什么话都对她五叔说，有好吃的给她五叔留。"

小孙女越听越得意，听见提到她五叔，她一跃跳下炕去说："我给五叔送糖去。"

刘进春一把拉着她的小手说："你五叔回来了吗？"

小女孩高兴地点头道："他回来啦，我爸爸要和五叔说话，嫌我们闹得慌，才把我们撵到这边来的。老爷爷，你要找他？我去叫他来。"

刘进春一边摇手，一边下了地，对李大娘说："我到对面找他兄弟俩唠唠，难得他俩凑到一块儿。"他穿上鞋，小女孩拉着他，一蹦一跳地到对面去了。

"你们唠唠吧，我帮大媳妇做饭去。一会儿叫小五子给你打点酒来。"李大娘在后面答应着。

李忠祥身上盖了小孩子的小被子，趴在炕上，两条光膀子竖起，支持着他那仰起的头和上身。少祥坐在炕沿边上，抱着他那还不大会说话的侄儿。他因留神听他大哥讲话，以至使劲搂着他的侄儿，不让他动弹。兄弟俩发现刘叔进来，都起来热烈地招呼他。刘进春按着李忠祥，不让他起身，说："躺着吧，你熬了一夜，该好好睡睡。"

李忠祥哪里听他的，早就下炕给他倒茶。小女孩把糖悄悄塞到少祥手里，小弟弟看见了，连忙赶过来嚷着要吃。李忠祥连大带小把他们都赶将出去，并把少祥怀里那个小的也送给母亲去，才关起门来。刘进春笑呵呵地问道："忠祥，你要修道还是怎么样？怎么看见孩子就撵？”

忠祥来不及开口，少祥代他回答道：“我家大哥在谈他的消灭炉外脱硫的计划，讲得正上劲呢。消灭炉外脱硫，对增产有利，对我们炼钢厂增产也有利。”

“那你们讲下去吧，我在旁听一听。”刘进春摸着下巴，望着两个侄子微笑着。

李忠祥看见弟弟已泄露了自己的秘密计划，有些不好意思，解释着说：“消灭炉外脱硫也不是什么新鲜玩意儿，是人家‘八一’号高炉早就做到了的，有好几个高炉也推广了。他们是推行苏联提高风温和提高湿温的办法。我们炉早就该推广了的，但怪只怪我们脑子里太保守，总以为我们的‘铁牛’号是个老铁牛，炉膛太坏了，使不上劲；要是提高了风温，炉料不顺行，把炉罐泡坏了咋办？最近支部叫我们研究研究先进经验推不广是什么原因。我们的工长老龙在支部帮助下，仔细查了一下炉况记录，发现炉料不顺行时也有是炉温低的；可见炉料顺行不顺行和风温高不高是两码事。于是我们工长叫悄悄试了一下，把风温提高到八百多，炉料情况很好，现在我们全炉三班工人都有信心。”说到这儿，他耷拉着头，没精打采地说：“只是刘厂长不允许。他怕‘铁牛’抗不了，要是‘铁牛’搞垮了，要进行大修，那么炼铁厂今年全年任务就完不成了，别说增产了。他在大会上也这样说：‘你们老铁牛号，不要求你们有功，但求无过！硫高点就高点吧，不让炼钢厂饿肚皮就是了。’刘叔，你瞅怎么办？现在党支部好容易打通了我们思想，试验提高炉温，消灭炉外脱硫，可是厂长怕我们把炉子搞坏，不让我们试。你叫我们怎么办！”说完了，他又想起了什么，补充一句说：“过去我认为我们刘厂长就是十全十美了的，兴隆公司里哪一个厂长来换他我们也不会同意的。你不知道，在他底下工作多带劲，什么事他都会给我们撑腰。可是这一回却碰了钉子了。唉！要是碰见你们宋厂长，敢情好办，听说你们宋厂长最不保守，最大胆接受新的东西。”

李少祥笑嘻嘻地点破他哥哥的心事说："你当然拥护你们刘厂长嘛，他老是给你们厂的人护短呗。"

不提宋厂长便罢，一提起他，又惹起了老工人的满腹心事来了。他垂下头来，咬住了上唇，随即悄悄叹一口气说："对自己的人护短，总比不管好。咱们宋厂长能耐是不小，可是光凭他一个人，钢能出来吗？"

李忠祥满心高兴，只想着他们的新计划，刘叔和弟弟说什么都不在乎。少祥看见哥哥在沉思，怕他又在动摇，便极力怂恿他说："大哥，你们这个好办法一定要试验实行才好，这一回我们炼钢厂的人要拥护你们、感激你们哩！要是你们不把含硫量降低，我们炼钢厂平炉工友就要给你们下挑战书了！"他高兴地挥舞着胳膊，性急地催促着："快吧，你们降低了含硫量，我们今年就保证增产二十五万吨钢！对不对呀，刘叔？"

刘进春用眼瞟了瞟年轻人，满肚子牢骚说："哼，是我们工人说了算还是谁说了算！我们保证二十五万吨，人家宋厂长那把计算尺保证不了就白搭了。"

少祥一听，知道老人家又怄了气，他故意不招惹他，让他发发牢骚，过一会就好了。忠祥呢，听见刘叔怎么忽然提到厂长的尺子，不觉笑将起来，追问道："难道尺子还能说话？"

刘进春还是没好气地在抵塞谁似的说："尺子不能说话，厂长就不兴怕它？"

李忠祥听了，知道他气头挺足，只好忍住了笑。少祥想起了什么，担惊地问："刘叔，党委会开过了？难道那二十五万吨不——"他不愿意再说下去了。

刘进春看见有人捅破了这问题，心里倒觉得好过些，但气还没有消，便又用眼睛瞟瞟他说："不怎么呀？谁敢说'不'字！大家努力争取就得了呗。"他讲完，便紧闭住嘴。

少祥虽然不知道详细情形，可也听出个七分，当下心里很急，只好闷着不说话。忠祥看见他们讲厂里的具体事，看看他们的脸色，知道他们不痛快，便也不作声。一时屋里沉默下来，过了好半天，到底刘进春先开口，像哭也似的说：

“我不配作个党委委员，我不配！我怎能把党委的决议拿来发牢骚？”他烦恼极了，两手不断抓自己的头皮，狠狠地责备自己。

“到底是怎么回事呀，刘叔？你好好说说吧。”少祥紧追问一句。刘进春使劲抑制住自己暴跳焦躁的心情，放低声音说：“明天支部传达，你就会知道。不用说，我们做党员的，坚决要贯彻党给我们的任务。”他不再说什么，忠祥心里明白，趁势把话岔开。李大娘和媳妇这时也进来开饭。看见酒瓶子，刘进春二话不说，端起来就往碗里倒。他知道侄子们都不喝酒，也不勉强他们。独自喝完了四两白酒，胸中的闷气才算消得差不多，便和小孩子们玩耍起来。他没有儿子，只有个大女儿。女婿是个基本建设工人，女儿便老是天南地北地跟他跑。他总想接个外孙女儿来，可是这件事一直没有办。他始终把李家当自己的家；特别是少祥刚从乡下出来时，在他家住了一两年，他把少祥当儿子看待。忠祥兄弟知道他今天不高兴，也就强留他玩到九点钟，然后才由少祥伴送他回家。

刘进春一进屋，屋子当中突然站起一个人来，给他开门的老伴指着那个人埋怨他说：“半夜三更的上哪儿去了？人家唐书记等了你半夜了。”

“没有，我才来一刻钟。”唐书记笑着说。

他来不及责备老婆夸大其词，先叫她去烧茶水，并连声抱歉地向客人说：“那还好，你的时间耽误不得。”他怕自己口里冒出烧酒的味来，故意不靠近客人。可是唐绍周却偏偏把凳子拉近他，脸孔凑近他脸孔说：

“我来找你是有事来和你商量的。”他好像害怕自己讲得挺突然，改口问道：“你觉得今天的党委会开得怎样？决议合适吗？”

刘进春好容易把这件事忘掉，现在唐书记又给他挑起来。他闷闷不乐，低着头说："挺好呗。"他说了又觉得讲得过分简单，便补充说："集体通过的决议，那还有什么话说，大家贯彻呗。"唐绍周来东北才几个月，但是他理会到东北人讲到那个"呗"字往往是在不满意时的语助词，现在他看见老工人脸色忽然沉下来，又一连说了两个不痛不痒的"呗"字，他就单刀直入地说：

"今天开完会，我觉得自己犯了很大的错误，我对厂长太迁就了，决议做得很不坚决，也没有尊重大多数党委委员的意见，很不民主。这样的决议，会使今年的增产节约任务落空的。"

刘进春没有说话，偏着脑袋在想。过了一会儿，他痛苦地说："那还有什么办法？决议都做了，只有咱们各支部的党员起带头作用，团结大家坚决完成就是了。"

唐绍周使劲握着刘进春那只搁在桌子上的大手说："办法是有的，现在支部还没有传达，我们可以重新开党委会，修改决议。我已和几个委员谈过，也和厂长谈过了……"

刘进春望着唐绍周，叹服地想："人家老干部才真是老干部，叫我，想一辈子也想不到个转弯的办法呀。"不过当他听见唐书记说已和厂长谈过，他却冷了半截，兴奋又变成颓然了。他抽出手，低叫着说："不能跟他谈，我们说多少话他也不能信，他只相信他那把尺子。"

唐绍周见他提到什么尺子，不知指的是什么，惊愕地瞪了他老半天。不过这时他没有工夫问他，先开导他说："不要紧，他要服从集体的，个人的意见他兴许不听，组织的意见他不能不服从。"

刘进春从党委书记那里得到了力量，斩钉截铁地说："好吧，那我也赞成开会，我现在报名，明天第一个发言。"

唐绍周很高兴，问他另外两个党委委员的住址，老工人一跳站起身来，说："我和你一块儿去。"随后又嘱咐老婆："你先睡吧。"唐绍周劝他休息，不要影响明天上班，他哪里肯听，拉着他膀子就走出门去。在路上，唐书记问他刚才说的那把尺子指的是什么，他就一五一十地把今天厂长如何抽出尺子来计算的情形描述了一番。唐书记听得哈哈大笑。刘进春装成正正经经地解释说："唐书记你听，我知道这把尺子比我们工人有能耐；可是它是个死物，我们工人的心事，可惜在尺子上刻不进去，你说是不是？"

唐绍周在路灯的薄暗光线下，敬重地望着老工人，并轻轻拍着他的肩膀，连连点头。他们两个一连串了三个党委委员的家，大家都赞成重新召开党委会，他俩才高高兴兴地各自回家，这时已是深夜十二点多钟了。

第五章

快下班了，兴隆市委宣传部的一个办公室里静悄悄的，邵云端一个人正在看文件，隋波推门轻快地走了进来。他身材高大，看来有点威风凛凛，虽是年纪已过了四十，但为人很活泼机灵。他一进来就笑着问："看见今天的《兴隆日报》了么？"

邵云端做了个表示请他坐，然后缓缓地开口回答说："当然看到，哪天报纸一到手我不先翻一翻？"

隋波直截了当地解释道："我的意思是问，你看见了关于访问宋紫峰那篇文章以后，有什么意见？"

邵云端仰起了头，稳重而又略带严肃地说："隋波同志，你要是问我，我愿再说一遍，我觉得登这样的文章，只会把干部宠坏。因为这篇文章有很大的片面性，而且又不是从群众的角度出发；听说还要有计划地发表关于柳村、刘明智等人的……"

隋波呵呵笑着，阻止她道："我说你呀邵部长，你大概是出自谦虚，不愿意别人称赞自己的丈夫吧？这不是有点迂腐么？"

她要申辩，但仍然用不急不忙的口气说："不是的，我倒没有那样的美德，只是你细细分析一下，那位记者所称赞的他的优点，我看正是他的缺点。别人我不了解，紫峰我是熟悉的。他这个人就有骄傲自大的毛病，可是文章却恰好把他当英雄似的去渲染他，结果这只助长了他的缺点罢了。又比方刘明智吧，他是个著名只顾自己、不照顾上手和下手的人，他有浓厚的本位主义思想，但是记者……”

隋波性急地反问她道：“我先问问你，你承认他们完成任务一贯出色吧？”

“他们两个人工作都很努力，并且也有成绩。”邵云端回答说。

“那就是啰。他们完成任务一贯出色这是铁的事实，也是教育别的干部的好榜样；至于思想上有些不那么十全十美，就慢慢教育嘛。”隋波注意地看了她一下，发现自己一向没有了解这个女人，他不禁惋惜地想：“她主张真多，今天不发这篇，明天不发那篇。唉，不过称赞自己的丈夫嘛，嘴上反对，心里还是高兴的啰。”

“我倒认为一个干部，特别是共产党员的干部，努力工作只是本分，至于成绩的获得，原因就更多了，如党领导的正确、群众的辛勤努力、苏联专家的帮助，都是很重要的。现在文章里只强调个人的聪明能干，甚至连宋紫峰那股只看见技术、忽略政治的劲儿也歌颂起来了；群众啦、党啦、苏联帮助啦，都看不见，这给读者一种什么教育呢？”邵云端的话讲得有些快，这是她违反一向的习惯，她显然有些激动了。

隋波压抑着笑，用宽大耐心的口气说：“要是记者和作家都按你的这个规格去写文章，那还有谁愿意看？”那时下班铃已响过，他向她请求道：“我们一块儿回去吧，边走边谈。”他和她一块出了大门，汽车司机打开了车门，他让她先进去。邵云端抱歉地说：“我愿意走着上下班，因为每天的运动量太少了，走走对身体有好处。”

“今天就破例坐一回车吧。”

“不，你坐吧，我觉得还是走走路舒服。”邵云端坚持着，并且迈开步往前走。凭良心，她觉得他身上有股俗气，除了工作需要外，她不愿意接触这个人。他只得对司机做了个手势，跟着她往前走。秘书室的一个干部想截住他问什么，他对他也做了个手势，说：“明天再谈吧。”他紧跟上了她，并且继续用亲热的口吻对她说：“我真佩服你的谦虚，你把自己的丈夫看成是个很平凡的人；可是，他的实际价值呵，那是不可限量的。你知道吗？冯书记认为兴隆市的三百多老干部中只有十大干才，老宋是其中最突出的一个。这个评价是值得我们的重视的。”他告诉了她这样一个秘密的消息，以为她应该感激地对他微笑，但是他看见她轻轻皱上眉头，懊丧地摇头说：

“这会把他们宠坏的。不，已经把他们宠坏了。不说别人，老宋就比过去自大得多，不肯接受别人的意见。”她偏过头去问他道，“今年的增产计划他就不接受！我倒觉得应在报上批评批评他这种态度。你说应该吗？”

隋波快捷地制止她道：“不，你千万不要轻举妄动……”他忽然转了话题，开玩笑地问道：“你们俩是不是闹什么别扭，你怎么老和他过不去？”

邵云端一听，气得脸色煞白，停住了脚步，瞪眼望着他，竟说不出话来。过了半晌，她才苏醒过来似的说：“隋波同志，请你不要这样看待我。我受党的教育那么些年，即使和他闹别扭，但是怎能拿党报来泄私愤呢？”

“瞧，女同志真难搞，谁摸得清她是真心还是假意？”他原是来讨好她一番，但适得其反，他才觉得自己真的没有了解她。他陪着她走路，简直觉得滑稽极了。到分手的岔道上，他握了握她的手，不禁称赞说：“邵部长，你太有修养了，两口子真是难得的一对。”说完便走掉了。这边邵云端直在恶心，勉强举起脚步，往家走去。小芳在门口迎着她，一直缠她走到屋里去。她对母亲提出了一大串问题，不外是爸爸答应了今天早点回来，为什么还不回来等等。停了一会儿，她抬起头来好奇地问：“妈妈，爸爸为什么不和我们住在这个屋子里？”

这一问对邵云端仿佛是个袭击，她亲了亲女儿的前额，故意稳定住自己跳动的情绪，然后温和地解释说：“爸爸晚上常常要打电话到工厂，问问钢炼得怎么样，他怕闹着我们，所以他把床和电话都搬过去了。”小芳又问炼这么多钢做什么用，母亲便一样一样地告诉她，没有说上几样，她已睡着了。母亲抱着她呆呆地想了一会儿，才把她放到床上。邵云端坐在沙发上沉闷地想着宋紫峰近来的变化，想起他们的过去。她沉浸在甜蜜的幸福的回忆里。

宋紫峰六岁死了父亲以后，随着母亲回到外婆家里住，第二年母亲也死了，他就一直生活在外婆家。外公本是苏州书香人家，他死后，儿子经了商。紫峰娘舅是苏州一家绸缎铺的老板之一。他满脑子发财思想，他妻子死了，续娶了一个又凶恶又贪财的女人之后，和睦的家庭给弄得乌烟瘴气。后来邵老太太领着死去的媳妇遗留下的女儿邵云端和自己的外孙儿宋紫峰，三个人另外过生活。虽然生活并不富裕，但祖孙三人过得倒蛮快乐。

邵云端比宋紫峰大半岁，但是她秉性温柔、恬静，善于爱护弟妹，所以她对宋紫峰就像一个大姐姐一样。小时候，两个人一个澡盆里洗澡，紫峰照头照脸泼得她满身是水，她并不生气，眯起眼睛只是笑。让他闹够了，她的奶妈才给他俩穿衣服。邵老太太上西园烧香时，这两个小孩也跟着去，那极富中国风味的精致的雕梁画栋和亭台楼阁，把两个小孩迷住了。紫峰站在桥上用好听的嗓子招呼他的表姐：“来，两条鱼打架呢！”邵云端却在数着漪涟堂那用桃木雕刻的板幛上的小鸟儿哩。接着黄莺的一声婉转的鸣叫，又立刻把宋紫峰吸引过去，他不由分说，拉了表姐钻到丛林去寻找鸟儿去了。在外头玩够了，两个人手拉着手儿走进了大殿。老人家在菩萨跟前深深下跪，他俩却指手画脚地品评着五百罗汉，她说她爱长眉大仙，他拉着她去看那尊特别高大的济癫和尚的塑像。他俩从来不打架，但是她偶尔不依从他，他就会紧紧抓着她的短头发不放。在这样的时候，她总是不声不响，等他的脾气过去了，自动放手。有时被他抓得头皮痛，她忍耐不住，才求救地喊道：“奶奶，看表弟欺负人！”奶奶对男孩子过分溺爱，只慢声慢气安慰她说：“他是男孩子，你让他点。”或者说：“你是姐姐，不要跟他计较。”后来他俩都上了学堂念书，在一个班上课。他从来不肯做手工，要表姐代他做，他就给她抓蜻蜓、扑蝴蝶，采集桂花、野菊花，不管树有多高，只要是她喜欢的，他都会爬上去给她摘下来。

云端十一岁，高小毕业那一年害了一场肺炎，紫峰竟不愿独自去上学，日夜陪着她。她发烧晕迷不醒的时候，他吓得哭了，成天陪着外婆流眼泪。

考上中学以后，一个在女中，一个在男中，这时表姐弟就分开了。小云端是多么不习惯呀，一下课回家就盼表弟，可是表弟总是迟迟不回，到吃晚饭才回来。云端故意装起大人的样儿盘问他。他毫不在乎地一面吃着饭一面愉快地说：“你知道，短跑真不容易，我快赶上我班的冠军啦。”跟着就说他怎样掌握了起跑的规律、对方的优点在哪里，越说越高兴。云端也入神地听着，把想责备他两句的事完全忘掉了。她只发现他的饭量已比自己多一倍了。后来，他常常到吃晚饭的工夫还不回来，以至奶奶不能不给他留饭留菜。云端责备他道：

“你这一向怎么这晚才回来？”

“篮球已经玩腻了，这几天学踢足球呢。”

“这样，你小心功课赶不上呀。”云端故作正经地说。这时她比他高半截脑袋，相貌又长得端庄娴静，俨然像个大姐姐。他傲慢地不去辩白，只将课卷子小心放在她面前。她打开一看，全是九十分以上的，特别是数学和物理，都满一百分。她羡慕地瞟了他一眼，但是并不去称赞他，小心地把卷子放回他前面，两个人便在灯下用心温习功课。她的功课虽然是优等，但要花很大的努力。他呢，只要马马虎虎，功课便都在九十分以上。他看见她用功便取笑她。奶奶对外人总称赞自己外孙聪明，云端提醒她说：“奶奶，你要把表弟惯坏啦。”

邵老太太笑呵呵地说：“大树砍不倒，小草站不牢，人要是有出息，怎么宠也宠不坏。”

上了高中后不久，两个人的爱好也显出分歧来了，云端酷爱画画，画得一手好国画，水彩画也不错；紫峰却更爱数学和化学。也就在这时候，宋紫峰像杆茁壮的小冲天杨，一下长得很高，嗓子变得又低沉又圆润，性格也大变了。他不愿意和老太太、女孩们在一块儿，即使在外婆和表姐面前，也没有更多的话说。他热衷于歌咏、打网球和交朋友。星期天他把许多同学领到家里来唱歌、吹口琴和解答难题，读科学珍闻。在同学们面前，他表现了他的组织才能，大家都听他的指挥，他也深深为这感到高兴。因此在众人面前，他对云端违反了一向听从她的习惯，处处以大男子汉的风度出现，像对小妹妹似的对待她。这时十六岁的邵云端长得很雅丽，像一朵含苞待放的荷花。不，她简直就像苏州的景致那样，外表一看，平淡无奇，但是越深入细看，就越觉引人入胜。相处熟了，紫峰的同学们个个都想在她面前显示自己的聪明、机警或勇敢。紫峰看着他们都在对自己的端姐悄悄献殷勤，心里十分得意。她总是优雅地、友爱地、没有任何偏私地对待大伙，有时给自己的表弟一个会心的微笑。

他俩就这样度过了他们的童年和少年时代。

有一回，邵云端的后母提议把云端许给一个商人的子弟。奶奶反对，她在饭桌上把这件事说了出来。云端急得哭了，饭碗也撂下了。

“傻丫头，你急什么？不要哭，只要奶奶活着，就供你念大学，念完大学结婚也不迟。你奶奶就是因为没有文化，吃了一辈子亏。她贪人家有钱，想把女儿一早塞出去。哼！”邵老太太自信地坚持说。

宋紫峰也动了义愤，表示自己的意见道：“这是封建思想，不合于现时的文明时代。现在青年都主张婚姻自由，怎能由父母单独决定呢？表姐，你不要怕，勇敢点反抗舅母他们。外婆和我都给你说理去。要是舅父舅母再不听，我们可以动员你们班的老师去劝他们去……”

她听见奶奶坚决反对，已经稍稍放心，因为她知道她父亲是怕她奶奶的。她看见宋紫峰也反对，不知道为什么，心里竟涌上一股高兴。事实摆在那里，他的反对是无补于事的，远不及他外婆的一句话。可是在她听来，他的反对比奶奶强十倍。她抬起泪水模糊的眼睛望着他，忽然觉得他已不是个淘气的弟弟，而是个见义勇为的须眉男子。她长久地、感激地望着他。宋紫峰显然很高兴。他很得意自己已是一个有主见的勇敢的人。特别看见邵云端已止住了泪，他更意识到自己的话是有斤两的了。于是他抬起那年轻的、开朗的脸凝视着天空，那神气表明他随时都准备和恶势力战斗。从他勇敢的神态里，邵云端被唤起了一种年轻人的自觉，她想道："难道我就没有勇气和封建势力斗争？我虽是个女孩子，可是这是我自己的事，我的终身大事啊。"她下决心不哭了。

因为老奶奶的反对，这件婚事就作罢了。从此，这个家庭就又安安静静地过生活。不过，邵云端对宋紫峰的态度却大大地改变了。他虽然还叫她作端姐，但她已不呼唤他作表弟，而只呼唤他的名字；讲话时也不用追究和责备的态度，而只用商量或请求的口气。"啊，已是春天的天气啦，明天星期天你不打算到虎丘去玩玩么？""我们历史老师说，灵岩山上的多宝塔是晋代的，我们明天去考察考察好不好？"宋紫峰尽可能陪她去。如果她没有和女同学一块儿去，他约几个男同学做伴。他有意无意地避免和她单独游玩，因为他觉得和她单独在一块儿时，越来越没有话可说。邵云端的感觉是完全相反的，她越来越觉得有很多话要对他说，甚至她情绪的每一刻的变化，都想告诉他。但是看见他不太爱讲话，除了谈学问上的问题，他的话都很简短，这不免有点叫她不安。不过，只要和他待在一个屋子里，哪怕他不说一句话，她就能够宁静地工作。慢慢地，她也习惯和青年们在一起。一有外人，紫峰便有说有笑，成为人群之中最活跃和最欢乐的人物。她发现女同学们都喜欢他，他却很有礼貌地对待她们，从不轻狂。她幸福地望着他。

抗日的炮火冲破了这个家庭的平静的生活。一九三八年，他俩终于得到祖母的同意，离开了沦陷的家乡，奔赴武汉，考上了联合大学。但是没有多久，他俩就又跟随着一些同学，得到八路军办事处的介绍，结队奔陕北，投考陕北公学去了。

他俩被编在一个小队里，但是他俩相约好不再以表姐表弟称呼。他们一个人买了一个大挂包，里头装了很多衬衫、手绢、牙膏，还有一大包糖果。刚上路，扎起绑腿，觉得自己已是个英雄。“奶奶看见我们这般打扮，一定笑痛肚子。”邵云端说。走不到十里路，她背包里的东西就往宋紫峰那里挪了，再走十里，她的背包几乎空了。第二天呢，出发前宋紫峰就把糖果都分给大家吃了；第三天，把牙膏、香皂之类送人了；第四天，他的背上只剩一条毯子和几件衬衫了。一路上紫峰像个哥哥似的照顾邵云端，沿路给她找开水和泉水，到宿站给她打洗脸水，给她盛汤盛饭。虽然云端不愿意别人为她服务，但是她每天能够赶上了大队，就算她用尽平生本事了。啊，这个娇生惯养的女学生啊！

“端姐，”有一回休息时，他又忘了自己的约定，习惯地叫她作端姐，“在家时我劝你多运动你不听，现在知道运动的好处了吧？你看我。”他捋起袖管，露出粗壮的胳膊说。自从参加这支队伍以后，他对她已经改变了在家时的许多习惯，在体力劳动时处处显出他是男子汉的姿态，说话时，也像对朋友和同学那样，常用劝告和批判的口气了。

“现在劳动也不晚。”邵云端安详地望着他。她嘴上虽然这么说，心里可寻思道：“我虽是个女孩子，怎么就应该落在男孩子的后头呢？”以后，她更咬紧牙根锻炼自己，过了三四天，她也逐渐习惯了这种艰苦的行军生活。有一天，听了领队的人讲他从前参加二万五千里长征的故事，她曾感动得流眼泪，并悄悄对自己说：“你这次旅行算得什么苦，那是最舒服的啦。人家红军吃皮带和野菜呢。革命，就得吃苦。”等到她走到陕北时，她已变得很强壮，不仅可以完全脱离紫峰的帮助，有时还照顾生病的女同志呢。他俩在陕北公学结了业，并在那儿加入了中国共产党，以后便到党校学习。这时他俩已完全改变了往日家庭的习惯，在集体生活里已变得很快活了。他们吃着喷香的小米饭，穿起灰色的粗布衣服，用自己的两只手去打窑洞，上山开荒。紧张的学习和劳至动，使这些革命青年精神焕发，得到了不能计算的那么多的快乐，以至在星期六的跳舞晚会上，大家穿着草鞋在桃树林底下跳舞跳到半夜。自然，他俩已学会跳舞。但是紫峰不爱跳舞，只爱拉手风琴。女同学们可是不断走到他面前邀请他伴她们跳舞。云端很爱跳，但是她看见紫峰拉手风琴，她就悄悄坐在乐队的旁边。

夏天，晚饭后，延河的河套上吸引着数以百计的男女青年，他们三三五五地在那儿散步、唱歌、谈笑。延河为他们歌唱，它成天骄傲地歌唱，毛主席就住在这儿，中国共产党就在这儿孕育大批革命的种子，将把真理输送到全国各个角落。艺术家把延河的壮伟的激情与骄傲的喜悦摄取下来，创作了一支歌曲叫《延河颂》。那支又悠扬又激昂的《延河颂》使多少青年男女倾心高唱，抒诉着他们心中的崇高的革命激情，和吐露出他们生活在这自由的土地上的无限的感激啊！只要宋紫峰拉开他那特别动人的嗓子，坐在河边的石头上高唱，不久，女孩子们都会围拢起他来。有些激动地望着他，眼睛里闪出倾慕的光芒；有些人专心听着，盯着奔流的延水。他唱完一曲，女孩子们又要求他另唱一曲，他一唱开头，大家便跟着他唱，但是他的嗓音始终是最响亮和最动人的。云端和姐妹们挽着臂膊，挨宋紫峰跟前坐下，她望着他，眼里闪着幸福的光辉。不过，不管宋紫峰在娱乐活动上怎样活跃和受欢迎，但是邵云端在同学们的眼里，威信比他高得多。她是班里的支部书记。由于她热诚、恳切、任劳任怨和无限地关心人，已被选为总支的宣传委员。同学们看见他俩关系很密切，都以为他俩是爱人，但从来也没有人问起过这件事。

那一天星期天，他俩照例把衣裳和被单拿到延河边去洗。洗好了衣服，他主张回家，她主张到后山半山腰草坪上去晾，他同意了。上了山，把衣服平放在草秆子上，两个人在一棵小树下并排在草地上坐下来。这儿起伏的黄秃的山头是秦岭山脉的一部分。过去反动派怕游击队袭击，把这儿的树木都砍掉了。树木砍光以后，中国共产党的军队还是把延安夺下，归还人民的手里。现在这儿稀稀落落的小树，是这几年才栽上的。

“我们的奶奶不知道怎么样了？两年没接到我们的信，该流了不少眼泪了吧。”云端望着河对面的远远的巨人似的宝塔，怀念地叹了口气。

“可是我们无论如何不能给她去信，怕她收不到。不，即使收到，对她也不好，‘私通八路’，她受不起这些骚扰的。”宋紫峰像历次安慰她一样，重复说着这样的话。他俩都认为自己已是坚强的共产党员，不必为儿女情长去掉泪或叹息，于是讲别的事去了。他摸摸口袋，掏出了一封信，边拆边说：“人家昨天给我的信还没看哩。”

“谁给你的？”她扭头过去问，并好奇地望着信封上的字迹。

“是梁伊维给我的。”

“天天都见面，她为什么还给你写信？”她疑惑地望着他。他却全神看信，没有回答。看完了信，才吁了口气，并把信递给了她说：

“你看吧，什么也没说，真是浪费纸笔。”

她心情紧张，看完了信，不知道该怎么好。沉默了一会儿，才半抬起眼睛问他说：“你以前收到过她的信么？”

“没有。怎么啦？你好像对这封信觉得有什么不得了似的。她什么也没有说呀！”他觉察到她有点紧张，但他自己心情开朗，也就不以为意了。

她胆怯地、难为情地嗫嚅着说：“不，她说出了她的愿望啦：希望能够一辈子在你身旁听到你那打动她的心弦的声音。啊，她多么倾慕你呀！”她的声音有点发颤，不知是由于害羞还是由于害怕。

他听了觉得没有什么刺激，仍然心情开朗地说：“为什么我一点这样的感觉都没有呢？真的，我一点也感觉不到有谁在倾慕我。”

“你是傻瓜，都二十岁了，还是个傻瓜！”她低着头，轻轻地娇嗔着。跟着，她勇敢地抬起脸问他说：“你喜欢她么？”

他连想也不想，快捷地答道："你想到哪里去了。我从来没有喜欢过谁，当然也谈不上喜欢她。"

快活的光辉掠过她的脸，但是她却马上藏过自己的满意的微笑。想起了什么，她又诧异地问道："我不相信，你当真从来没有喜欢过任何女孩子么？"

"当真，我从来没往这件事想过，你当然最清楚我啦。"他坦然地、快捷地说，并且热烈地望着她的脸。当他看见她的脸由快乐而逐渐变成恐惧和失望的时候，他领悟了一件事，于是又像是做着补充，又仿佛是喃喃自语地说："不过，当然，这不过指的是我到延安以后，至于在——谁知道呢，可能我已……爱着……一个……"

她还没有听完，心已在胸膛那儿乱撞。她多么盼望听见他提到自己，可是她又害怕他真的提到自己，这多难为情呀。不，够啦，他讲不讲出来也一样呀。她的身子只想往他那边靠，但是她极力控制着自己，连眼睛也不望他，只是轻声笑着，低低地问道："你爱着谁？能不能告诉我……"

他面向着她，但是眼睛低垂着，用他最甜美的男性低音恳求她道："你猜猜看，你一定猜得着我爱的那个人。"

她虽然没有看他的脸，但是她已感到他的脸已靠近了她，以至那面庞上发出的温暖气息往她鼻子直冲，并且觉得他已逼视着她。她一阵心跳，使她很气恼，不知怎样，她没了主意，不知不觉地把头靠在他的肩上。

他的下巴事实上已触着她的柔软的头发，她的肩已靠着他的臂膊，他竟不知道该怎么办。不过他这时觉得像在做电极实验时，仿佛自己触着了电流一样，晕晕乎乎的，什么也不能思索。他只让自己的脸颊去探索她的脸颊……她感到缺乏力量支持自己的身子，不知怎么一滑，脑袋就滑到他的臂膊里。他紧紧地把她搂在自己的怀里，交着颈儿紧贴着。他只能用低到几乎听不见的又兴奋又甜美的声音呼唤道："端端，小端端……"

“啊，对不起。原来你们俩在这儿。”一个女性失望的惊呼突然出现在草坪上。

宋紫峰失惊地松开了手，睁眼一看，原来是梁伊维站在他们前面不远。他还没弄清楚是怎么一回事，幸福的笑容还挂在他的嘴上哩。云端沉醉在初次的甜蜜的爱情里，根本听不见有人说话。等她看见自己的女伴时，她才羞怯地挣扎起来，悄悄把落在地上的梁伊维给宋紫峰的信藏过。那个大眼睛的广东女孩子，控制不住自己那亚热带人的性格，顿时哭将出来，一转身就飞跑下山去了。邵云端叹了口气，皱着眉担心地说：“她会难过的！”

“可是，我俩没有过错呀！”宋紫峰坦然地说，然后又温柔地抱住了她。这时他才发现她的身体是那么苗条和富于弹性。“瞧，她的胸脯就像维纳斯的半胸塑像一样。”他暗暗地赞美着，跟着热烈地吻她，一面吻一面问她说：“我还是个傻瓜不是？”

她回答他的只是一片听不清的甜蜜的语音。

然后，他俩都坐了起来，用轻快柔和的语音畅谈起来，从他们的过去谈到现在，又谈到将来。这一带连绵不绝的山头不是开成一排排的窑洞，便是开发成葱绿的庄稼地。渺茫的顶空上罩着碧蓝的天幕，它蓝得那么柔和，以至人们虽在烈日下，只要举头一望，就觉得自己像在转个巨大无边的帐篷里似的。这个天幕连一点裂缝也没有，一点皱褶也没有。兀鹰骄傲地在上空迅速地盘旋，在碧蓝的天幕上划了许多一瞬即逝的黑线；有时它们停在上空不动，使天幕突然增加了几点菱形的小黑点。这种晴朗的开阔的境界，只有住在西北高原上的人们才能享受得到。他俩默默地看望着天空，静听着山脚下大道上传来的骡马群的清脆的铃声。邵云端说：“我又想画画了，我的手又忍不住了。我要画，画延安的天空，画这儿的羊群，画这儿的经过土地改革变富裕的老乡们。还有，这儿的女自卫队员……”

“我爱延安，让我们永远住在这儿吧！”紫峰仿佛恳求谁似的说。

邵云端快活地微笑着说：“不会，我们毕了业可能派到前方去。

将来全国解放了，就该跑得更远了。你想想，那时不是都需要我们去做政治工作了么？”

“也是，全国和平了，还要建设哩。整个中国给日本人和蒋介石破坏得太不像话了。那个时候我还没有老，我要把我的理工科捡起来。你哩，你准备做什么工作？”

“我呀，那个时候我呀，党叫我做什么工作，我都会快活得要死的。真的，叫我回苏州教书行，办党校也行，当名新闻记者也不错，这样可以知道社会上的各种新变化。当然，这一点也不妨碍我去画祖国美丽的山河啊。”她捉着他的手，把头靠在他肩上。不一会儿，她抬起脸望着他，严肃地批评他说：“不过我觉得你对马列主义理论不是那么感兴趣，玩呀、闹呀，你倒很起劲，这不太好吧？”

紫峰笑呵呵地说：“普遍真理懂得一些就行了，我不准备深入研究，因我不准备做政治工作。”

“不，你这样说是不对的，我们的工作没有一样离得开马列主义的指导的——校长不是说过吗，什么工作也离不开政治，所以我才努力钻研它。”

紫峰不在乎地摇摇手说：“你说的是大道理，抽象得很。我们谈点实际的吧——我们什么时候结婚？”

就在那一年的七月一日党生日那一天，他俩正式结了婚。党校毕业出来，便派到冀察晋边区去工作。一个在军区做研究工作，一个是做地方的妇女工作。邵云端成天和老百姓一块儿出生入死，想办法协助部队去粉碎日寇的反复“扫荡”。他在军区试验火药和武器，和她隔得很远。他俩有时三两个月才见一次面，每次分手时，总是匆匆忙忙，而且宋紫峰还隐隐地担着心：“下次还能见面才好。”几年工夫，倒把邵云端结结实实地锻炼了一番。东北一解放，他俩就被派到这儿来工作，云端参加了土地改革，紫峰留在哈尔滨。南满解放后，他俩相继在沈阳、鞍山两个城市工作。不久，宋紫峰被派到苏联的马格尼托格斯克钢铁公司实习，实习完毕被派到兴隆钢铁公司来。邵云端比他早来半年多。

“他的变化是因一年来工作有了显著的成绩，给夸坏了的。他太顺利了，冀察晋那几年虽然他多少吃了点苦头，但也是在领导机关里，没有接近群众。看，在家，奶奶娇惯他；在集体生活里，他的性格快活，还有那张讨厌的嗓子，把大家都迷住了，到哪儿都受到欢迎。到东北来，工作一直又很好……”这冗长的回忆使她的喉咙里发酸，心却是热辣辣的，桌子上放着的紫峰的相片正对她微笑呢。她忽然站起身来，走到女儿跟前，弯腰把自己的脸轻轻放在女儿的额上，默默地对女儿说：“啊，小女儿，妈妈的心多苦呀，没有一个人知道，你也不会知道，你永远也不会知道！……”两颗热泪落在那小小的脸蛋上。她轻轻替她擦了，坐在床沿呆呆不动。她想起了什么，又急急地走到隔壁房间去，也不拧开灯，她就躺在紫峰的床上。当她嗅到那股熟悉的气味时，她的心像碎了似的绞痛了一下。她翻过身去，把头伏在枕头上，两臂抱住了它，在他那枕巾上吻了个遍。她这时记起的是他的全部优美的地方，她又一次下决心，只要他回来，她一定自动地和他把关系搞好。“不，我不责备，不追究，我完全原谅他，我只吻他。”

忽然听见楼梯有脚步声，知道是宋紫峰回来了，她迅速把枕头放好，赶快跑回自己房里。宋紫峰照例走进来，没有说话，走到写字台前翻看报纸。不是小孩子在跟前，他已找不到话对她谈说了。邵云端镇静地看了看表，差十分钟就十点了，便开口问他道：“厂里生产不好么？你怎么回家越来越晚啦？”

“真没办法，每天都有不少事。”他避免看她，用略带客气的声调回答。

“是不是讨论怎样完成增产指标的问题？”

“那有什么好讨论的呢，增产二十五万吨根本是个理想，不可能实现的。”他忽然换了傲慢的口气。

“我看你呀——”云端望着他说，“增产计划是我们党的整个部署，你们一个厂子来打乱不好吧？我们党员起码要把态度放端正，不要犯错误才好。现在报上常登载某些人的怪论，我们党员要头脑清醒，万分警惕，不要受那些人的影响才好。增产的事，你们厂党委不是发动群众讨论过，他们说完得成吗？”

紫峰听见“犯错误”三个字，注意了一下，心想：“看她，拿我和这些人比！那些人是什么人——是大资本家，是国民党时代做过大官的。”他认为不屑和她争辩，只气冲冲地说：“群众，群众，群众是看不见困难的，遇到困难时他们只会伸手问我，我问谁呢？煤气不够、铁水不够、百吨吊车不够，连大罐也不够。这些，公司能给我解决吗？冶金工业部给我解决吗？这样的错误，我不犯也没有办法。”

他讲得很激动，而且理直气壮，满以为很容易获得别人的同情。她却听得有些刺耳，把自己五分钟以前下的决心倏忽摧毁了。现在在她面前好像换了一个人，这个人不是她脑子里的完美无缺的宋紫峰，而是个傲慢得蛮不讲理的人；但是她还是平静地说：“不过，你们厂有一样宝贝你还没有去动用呢。”

“什么？能用的东西我哪有看不见之理。”他略略有点惊奇，但随即又不耐烦了，心想：“看，她说的是耸人听闻的话，总想我注意听她，咳。”

“人——人的潜力你没看到！群众说办得到的，就是潜力。况且设备和原材料，也不是那么绝对，上级能解决一部分的。”

宋紫峰冷笑道：“你们做思想工作、做宣传工作的人，真会说抽象的话。我是个唯物主义者，不到手的东西不算有。好多事不是又有规章又有条文，不照办的还不是不照办。更叫人想不通的是许多设备来了，比方平炉自动化仪器，早就离开苏联到我们兴隆镇的大仓库里住下了，民主德国造的装料机也来了，可是到现在还没有完全给我们装上。你说这是潜力不是潜力？”

“你讲的只是一方面，是别人没有替你办到的一方面；但是已经存在着的人的潜力，是最不可估量的。当人的潜力没有发挥出来时，当然是个抽象的东西，但想办法把它发挥出来时，它就是物质的力量了。即使是你们厂现有的设备中，很可能还有潜力。听说你们那儿调度工作就做得不好，远远落后于平炉工段和铸锭工段。你们那儿的工人已经编了歌谣讽刺调度工作啦……”

宋紫峰觉得自己的话是无可辩驳的，邵云端的责难不过是有心挑眼罢了，于是坚决不开口。他认为该他做到的事他都已做到，剩下的只是别人该做而没有替他做的事罢了。况且，他和她在私人生活上的磨擦已经够伤脑筋的了，犯不着再和她在不相干的事情上争论。她讲了一气，知道对方已不听她的，看他的报纸去了，她也就不再讲下去。两个人沉默了有半个钟点。她手里拿着一本书只是做样子，实际看不下去。他看完了几则消息，推开了报纸，两手反扣着放在后脑勺上，望着低头看书的妻子。他想向她张口好几次，但是一看见她那公正无私和雍容大度的丰姿，就没有勇气说那话。他说什么都是理直气壮，任何时候都心地开朗，只是不敢向她提那个问题。不过他看见她今天心情好像很好，对他讲了不少话，他实在想再试一试。

“云端，上次我提的那个问题，你考虑好了没有呢？”

静默了几分钟，云端才严正地抬起头来，问他：“哪一个问题？”

又静默下来了。紫峰低了头，没有回答。他放下了两手，颓唐地让背靠在椅子上，叹气说：“我俩结婚实在是种错误。我们本来是很好的两个表姐弟，相处十几年都很好，但是结了婚之后，才知道我们的性格是合不来的。我们可以跟成百上千的人做好朋友、好同志，但是不一定能在那些成百上千的人中找个幸福的和谐的伴侣，道理就在这里。看，我们两个现在生活得多痛苦呀！”

她抬起了头，凝视着他。她的逼视，使他的傲慢的脑袋低下来了。她长久地看了他一阵，怎么也提不起走近他和他言归于好的那股劲儿。她轻轻叹了口气，控制着自己又疼他又恨他的感情，清楚地对他说：

“什么痛苦、幸福，你不要再瞎扯这些了。上一回我已把道理说清楚。我再表示一遍：我生活里不能没有你，孩子们不能没有你！”她略略顿了一下，接着说：“假如你另外爱上了一个女人的话，你就明白地告诉我，我可以考虑是否把位置让给她。当然，这对我是最残酷的。不过，假如你能下这样的决心，我也只好忍受。但是你休想得到我的两个孩子，因为我是他们的母亲，我有责任抚养他们成人。”她用力咽着唾沫，使眼泪和鼻水直往喉咙里流。这种情况比痛哭要苦痛得多，但是女人好像生来就具备了这种伟大的忍耐力似的。

“你想到哪儿去了！”他用几乎听不见的声音辩白着，声调显然缓和下来。他本来还想讲他们之间性格上有些什么矛盾，解除夫妇关系以后仍可以照过去的亲戚关系往来，可是，他怎么说得出口呢？连他自己也不相信啊。他只觉得脑子涨得发麻，他也不羞惭也不气恼，顺眼看了一下云端，觉得她像冬天屋檐下挂的冰柱一样，看着叫人感到寒冷和脑顶上受着威胁；“但是春天不来，它绝不会掉下来。那一个呢，也真没出息，只会用双臂挂在我的颈上不放。我有什么好处值得她们这样眷恋？唉，两头也甩不掉！可是她们干起工作来，从来没有把我放在眼里过。过去在支部会上，云端一批评我准比别的同志尖锐。那一个呢，说什么一听见我的嗓音就魂都掉了，可是万一我给她唱十支歌子的话，她也不会多给我们厂一些煤气。”他悄悄在心里不平地叫道：“女人，女人，这就是现代的女人！”他不知不觉气冲冲站了起来，把椅子一推，走回自己的房间，倒头就睡。

第六章

党委新决议传达下来不久，“共青”平炉的数字也下达了，少祥他们炉子全年任务摊了二十五万吨，比其他九个平炉的数字都高。党每次交给少祥艰难的任务时，不知为什么，他总有一种光荣的感觉。任务越重，越表示党信任他。但是，他们炉子垮了一回，虽然刚缓过气来，但他心灵上的隐痛还没有忘记，维护炉体达四百三十三次，十八个月一直领先的模范平炉，竟在一星期之内搞垮了。现在二十五万吨的指标，靠什么来保证？他和一个老练的炉长一样，立刻想到先进的措施和人的问题。靠现有的措施，显然不够，何况有些先进可行的措施，宋厂长又迟迟不批。讲到本班二十一个人，“啊，那两班对我还有没有意见？”怎样动员和说服全炉的工友一条心来完成任务？这件事未免使他打起怵来。很自然地，他脑子里首先闪出自己组里的六个影子：“党员没有问题。老华是积极分子，小魏是团员，也没什么问题；说服老任就得费点劲了；至于老易，真像块大铁瘤子，妨碍大伙前进。把他撇开？——你自己一口答应包下来的。帮助他？——前几天使尽了劲儿，他有点儿进步，但忽冷忽热很不巩固。不，废铁也得把他炼成钢呀！”他想到夏万春传达党委决议时那种坚决的神态，他又充满信心了。

开会讨论完成二十五万吨的具体措施时，果然很热闹。小魏第一个发言，坚决拥护党委决议，说：“我们炉子成绩一直走在头里，党委才把二十五万吨的任务给了我们。这一回好孬不能落在别人后面，不睡觉也得完成它。”

老任训斥地瞪了小魏一眼，没有说话。王国华急忙接上去说：“党给我们的光荣任务，我们一定要完成。王良信的快速精炼一定要实行。维护炉体指标还能提高，三班团结工作还要加强。”他觉得自己是个共产党员，党给的任务应无条件完成。他不愿意扯这扯那，干脆定出几条办法不就得啦。老华听到这儿，才下了个决心，但还忧虑重重地说：

“是嘛，任务一定得完成，不完成那是说不过去的。只是，现在眼看都六月了，还经过一个暑天，暑天一过又是雨季，这些对我们炼钢都是不利的。咱们要针对着关键性的问题来想措施才好办。”老华讲完，好几个人点头，小魏立刻嚷着说：

“那么，咱们赶快讨论防暑、防雨的措施吧。反正我保证今年夏天不请假不旷工，还不让自己害病。我敢向大伙挑战。”

李少祥赞许地望着他。他主持会议不太费劲，因为大家都知道他的脾气：不发火，不堵住人家说话；所以大家都随意讲出自己的意见。看起来倒是小魏好发急，讲话像打冲锋，爱下命令，一开会就像他当主席似的。但是老任、老易根本没有把他放在眼里。老易专好和他抬杠，现在听见全年任务二十五万吨，他又冒火了，便趁机找个发泄的机会，冷眼斜看着小魏说：

“防暑、防雨，还快点准备防寒呢。都六月了，冬天不远啦。”

小魏一听，气得满脸通红，瞪大眼珠子望着李少祥，好像求他把对方批评一顿似的。李少祥知道一场争论是不可避免的，晚争论不如早争论合算——只有经过争论才能说服老任和老易。说服不了老易，也起码使那五个人更有信心。于是他不仅不急，却像个弥勒佛似的笑嘻嘻地问道：“对啦，老易，你把意见讲讲好么，二十五万吨有困难吧？”

易大光知道自己讲一百句话别人顶多信三句，何必多讲，只讲一言半语，泄泄不满，也就够他们受的啦。他避开脸不去回答。老任倒是个老实人，接上说：“说实在，二十五万吨是有困难的，刚才老华说了一些理由啦。还有，就是我们炉长太老实，越让人家，人家越发欺负我们，有时真气人。”

老易一直抱着双肩，蹲在长椅子上，这一下他突然直起腰来大声质问李少祥道：“人家有摊二十万吨的，十八万吨的，还有十二万吨的，炉子差不好多，为什么就给我们二十五万吨？”

李少祥微笑着正经答道：“这不过是领导上信任我们罢了。领导上根据我们自己拟订的计划和措施，相信我们能完成二十五万吨，才给我们这么多的。”

易大光狡猾地笑了笑，低声说：“谁说完成得了，谁就去完成吧。”

老华听了这句话，心里吃不住劲儿，不客气地冲易大光说：“老易，你这句话不就外行了么？平炉炼钢哪里是一个人的事？你有意见明摆出来嘛，说那些话给谁听啊？”

少祥这边瞅了瞅老华那副耿直的劲儿，那边看看老易那蛮横样子，深叹这两个工人却有这大差别。他尽量忍耐着，笑着说：“真的，大家把有利条件和困难都摆一摆吧。讲话轻点重点，关系不大，好在都是一个炉上的。”

老易冷笑说：“一个炉子干活，人可不一样。你是模范，到处吃香，厂长训人也训不到你头上；劳动工资科的人发工资时恨不得给你多算几分；兴隆的大姑娘哪个不跟着你屁股转？哼，在你眼前，还有什么困难？只苦了我们这些人。”他说完狡猾地笑了笑，望一望大家。他认定大家都会同情他这几句话的，于是他又抱起了双肩蹲着。

李少祥越听越不是味儿，听到什么工资、大姑娘时，气得脸上一阵红一阵白，心里发狠道：“没结婚也是个缺点，过两天把小兰娶过来；结了婚，你还有什么说的？”他紧紧捏住拳头，叫怒火不要冲出来，可一时竟急得说不出来话。自从上回大家集中批评了老易之后，老易也作了检讨，干起活来也比过去卖力了。大伙儿以为他这一回可转变啦。现在他说出这种话来，惹得大家很生气。老华争先用沉着的声调说：“老易，你来得晚两天，不知老李的为人。他一年到头都辛苦地干活，你在别的炉上什么时候看见过炉长像他那样亲自吹炉顶、吹水套和下去打渣的？说到工资，他倒常去退，常和劳动工资科吵，怕少给了我们。我们有病，哪回他不是每天去看个一两遍的？问良心，这样的炉长我们还上哪儿找？特别是对我们合理化建议——”

小魏看见别人诋毁炉长，气得够呛，但是也不敢碰老易，现在看见老华先开口，他也插嘴说：“看不见咱炉长好处的人真是瞎了眼啦，干活有危险他总是一马当先……”

老易毫不着恼，挖苦地说：“瞎了眼还会炼钢，总比睁着眼不会炼钢强！”小魏听出来他奚落自己，在那边气得直想向他冲过来。

李少祥听见别人替自己分辩，却不安起来，心想：“措施一条也未订出来，这怎能成？”他一急，便堵住大家，抢先说道：“老易说得也有理。我是炉长，我工作上作风上有毛病，影响了同志们的工作积极性。现在大家对我提提意见，先帮助我去掉毛病，然后订措施，这也是个办法。大家提吧，老易，你说个痛快好了。”

老易原是怕任务重，吃累，讨厌少祥天大任务都答应下来的那种态度。他也忌妒他，认为他的成绩是由于大家都偏爱他。所以在发言中有意刺激他一下，并且有意把大家拉到自己这一边来。现在看见事情却相反，大家起来为少祥辩护，少祥也宽宏大量地不和自己计较，还叫大伙批评他。他大为意外，反而手足无措。“反正我就是个落后人物，你们能把我怎样？”他就一个劲儿不开口。

少祥看见老易不开口，别人也沉默，空气已转向，不是纠缠在无原则的个人问题上了，他又把话题转到生产上去，说：“是不是我这个人把问题都看得很容易，对困难没有足够的估计？我还——”

老华这才露出了笑容，点头道：“你的眼睛总是不去看困难的。这好倒好，只是也不全面。”

老任看见炉长戳破了病根，也就振作起来，认真地数落着：“你不瞅困难，困难倒在那儿瞅我们呢！不是我保守，大家想一想，这个时期，炼十炉钢里，有几炉等铁水，几炉不等铁水的？原材料、水、煤气供应都不够，我们快速炼钢哪能快速得起来？”

小魏也活泼起来了，勇敢地大声提意见说：“要完成二十五万吨，就得不迁就落后，不让别人。”他说时有意扫了易大光一眼。大家都又毫无顾忌地针对着本班本炉和李少祥的特点纷纷提出了意见。李少祥一面听一面高兴地记下来，嘴里还笑嘻嘻地说：“瞅，大家不提，我还不知道我自己有这许多缺点，炉上有这许多问题呢。”大家听他这样说，也就提得更热烈了，只有老易一个人不开腔。少祥引导了他好几遍，但他干脆不开口。少祥隐隐忧虑着，老易的思想不暴露，不展开争论，始终要妨碍生产。但是他现下只好把他撂了，紧紧掌握住大家的情绪，让他们充分发言。看见大家讲得差不多了，他才急起直转地转到正题上说："对呀，客观上存在很多困难，大伙提的我都记下来了。我负责向上级提上去，要是厂方面解决不了，咱们还可以找党委。现在集中谈谈咱们的事好不好？咱们的能耐究竟能解决哪几项问题？比方说，维护炉顶和前墙，我们能达到多少次？熔炼时间平均要缩短为几小时？还有我们在改进技术方面还有些什么窍门？——这儿潜力很大呀！当然加强团结互助，咱们还要努力的。"

"别提啦。"老任又摆了摆手。他想起不久以前他想改进兑铁水的方法可以节省些时间，但是他提出和工长商量时，王良信叫他问值班主任；他问值班主任时，值班主任不同意，说是这样一改进就违反操作规程，厂长是不会批准的。老任这一摆手，引起李少祥的追问，他就把事情经过对少祥说了。

少祥想起那件事来了，说道："那时我也没有很重视你的那个建议，现在要增产，非要想些新办法不行。你那个建议咱们明儿研究一下，要是好使，咱们就找支部支持咱们去，好么？"当然大家都赞成找支部。大伙七嘴八舌讲着，最后决定：加强三班团结，定期检查督促；维护前墙、炉顶要达到五百次；提前半小时接班；实行王良信的快速精炼；改进兑铁水方法；加强各工段，特别是调度的团结配合工作等几项措施。

工长王良信和三班炉长开了个会，三班提出来的问题和困难都差不好多。对于维护前墙、炉顶达五百次这一项指标，有很大的争论。因为那两个班有提四百次的，有提四百五十次的。甲班炉长老刘说："那一回你去北京，不是达到四百三十三次就垮了么？"少祥说："吃过一回亏，大家都长经验了。三班不是订了检查制度了么？"他坚决要达到五百次的目标，王良信也觉得可以达到五百次。提意见和建议补充完毕，就由王良信带到厂务会议去了。

他们的措施和保证提上去之后，如石沉大海，半个多月过去了，还是没有消息。

那一天下班出厂时，李少祥有意挨着易大光一块儿走，说："我送送你，顺便唠唠。”易大光最不愿意和少祥这样的人谈扯，因为他总是把许多过错都往自己身上拉；说是尊敬他吧，问良心易大光不喜欢他这个傻劲；不尊敬他吧，他可是个好人。他听了少祥的请求，只好推着车子，和他一块步行。一出了厂门，大道上人才厚哩——步行的人挤得本来就够呛，可是骑自行车的似乎比步行的还多，铃声响成一片；大卡车往往也在这时候挤在人群当中，可着喇叭喊。因为人太厚了，它走得好慢，活像是人群前前后后把它牵着推着走似的。有时到了铁道口，刚好火车通过，栅栏挡住了人群，像拦洪坝拦住了洪水一样，归心似箭的人就更像汹涌的波涛了。火车过去了，栅栏一打开，人群便一拥过来了。老易推着车走，更显得困难。他忽然好奇地问道：“老李，你每月拿这许多钱，为啥不买个车子？”

少祥往人群指一指说：“每天上下班，人都这么厚，有车子也没有用，我家离厂也不远，走几步也就到啦。”老易听了只点点头，往西努努嘴，少祥也跟着他往西拐过去，这儿路宽人稀，松动多了。

“老易，你上回检讨得挺不错，大家对你希望挺大的。这几天好像有点松劲啦。怎么整的，是不是家里有什么困难？”少祥也扶着车把，帮他推着车。

老易摇了摇头，说：“不困难，钱够花。”

“嫂子跟你感情也挺好吧？”

老易似乎有点不高兴，淡淡地说：“就那么回事，老夫老妻了。”

“她和老人处得好么？”少祥问他一句，他答一句，真是乏味极了。

老易一听，脸忽然阴暗下来，说：“我妈早就撂下我，死啦！”

“解放前死的还是解放后死的？”少祥关心地问。

“她能等到解放，也许死不了。”他显然不想说下去。少祥十分同情他，情不自禁地还是问下去：“是不是病了没钱治？唉，你小时候受过不少罪吧？”老易觉得过去的生活太丢人，不愿意说，只搪塞道：“哼，马尾串豆腐——提不起来。”少祥听到这儿，知道他是穷苦人出身，就更急于要了解他，恳切追问他的过去。易大光既不想诉说往事，也不习惯谈心，给少祥盘问得没法，他才粗声粗气地回答道：“妈领着我要了三年饭。她死了，我一个人东流西窜。一个小孩子饿慌了，什么坏事不干？后来辽阳城里一家铁器店的老板收留了我。解放了，我就上厂来学炼钢。”他边讲边偷偷望了望少祥，心想：“他老盘问我那些事干啥？是不是又怀疑我什么？”少祥却完全忘了他平常的懒散和落后行为，只充满了同情和爱护的心情，叹息说：

“你小时候真吃尽苦头了，像我们这些过了二十岁的人，谁个没有一肚子苦水？要都倒出来，咱们这渤海湾都装不了。要不是共产党来解放我们，老易，你说我们现在会是个什么模样？”

他听出来这倒是句心里话，但是他却在心里轻轻笑道：“你吃过什么苦？你就仗着你父亲吃过苦，是个老革命的儿子罢了。”他总不愿意和他扯下去，忽然停了步对李少祥说：“啊，我忘了，我老婆叫我给她买药呢。”他勉强笑了笑，就走掉了。谈话中断了，李少祥觉得可惜，只好拍拍他肩膀推他一把说：“好吧，等哪天有工夫，我上屯子去看你，再好好唠唠。”他自个儿低头回家。从此，一个十一二岁的衣衫褴褛的男孩子，牵着母亲的手沿路要饭的影像总离不开少祥的脑子了。他咬咬牙，下决心道：“对这样的人不能心急，要感化他。我不能和小魏一般见识。他完全可以变好的，因为他懂得仇恨旧社会。”

说也奇怪，从那天短短的谈话后，老易虽然说不上喜欢李少祥（不，他怕接近他），可是完全相信他是个坦率的、心地善良的人，心里有时不免一闪地想：“学他的样也不错，卖力、肯干、人人喜欢、有面子、钱拿得多。”但只一瞬间，他就自个儿笑起来了：“何必呢，只要饿不着、冻不了，有个钱买二两酒和老婆对着吃就知足啦。”

这几天他干活挺好，李少祥一有机会就在大伙面前表扬他。那天易大光看见原料槽里尽是碎铁皮，心里纳闷，他忍不住找李少祥说：“老李，你瞅，全给咱们碎家伙，加料时间起码增加半小时以上。

你去原料工段瞅瞅，和他们打打交道不好么？”

李少祥一看，原料槽里盛着的果然是碎料，心里也有点犯愁，当下爽利地答应道：“待我去打听打听，你和老华多瞅瞅炉顶。”他迈着灵活的步子，吹着口哨走了。易大光觉得李少祥面子大，他去一说，保险人家挑好料给他。易大光就自告奋勇地五分钟一看炉顶，变更高炉煤气和焦炉煤气来回跑得欢。一转身，他果然看见天吊衔着的六槽冷料朝他们平台上驶来；一细瞅，净是不大不碎的块头，正好合适。他得意地一笑，拼命招手命令人放下。可是那开天吊的小伙却没有听他的，直往“长征”号平炉驶去，他急得顿脚直骂。这时正好少祥气喘地跑回来，他指着远去的吊车向少祥说：“看那小子多可恶，分明是你要来的，他竟吊走！老李，你把他追回来。”

老李的嘴角还是挂着笑，拼命摇手。他匆匆地前去看了看炉顶，回过身来才向老易解释说：“这几槽不是给我们的，原料工段主任说：这一回的冷钢料太碎了，匀称的少。他把匀称的给了别的炉子。他们知道我们装料有些经验，就不照顾我们了。他的主意是合理的。算了吧，咱们就凑合使唤得啦。”

易大光一听大失所望，心里骂骂咧咧地叨念：“哼，真看不出这个炉子先进在什么地方，老李这个人有啥能耐！我霉气透啦，到哪儿哪儿倒霉！到这个模范炉来也捞不着什么好处。”他噘起嘴巴，躲在水槽后边抽烟去了。说也奇怪，他越是有情绪就越想抽烟；如果干活来了劲，他就半天也不去想它。老李早就把这一切瞅在眼里，但是他只装看不见。贴补前墙最紧张时刻到了，六个人一溜，弯弯地排成了弧形，一个相跟一个地冒着火焰把镁泥投到前墙凹凸不平处。李少祥平常也和大家一块儿补炉。现在看见易大光躲起来，他更要多投几锹。隔壁“海燕”号平炉的工友，也自动过来帮他们贴补前墙。两年来，李少祥提倡给左右邻近的平炉互助补炉以后，大家都很欢迎这个办法；即使本炉忙不过来，也尽量抽出一两个人去帮助别人。易大光抽完了一支烟，偷眼看大家那个卖力劲儿，又看见“海燕”的炉长也带领着三个人来帮忙补炉，他就有点过意不去，使劲扔了烟头，上前拣了把小锹，懒洋洋地往矿石堆里撮。小魏翻着白眼斜瞅着他；李少祥却走到他跟前小心地问道："老易，看你没点儿精神，不舒服么？你到里屋歇一会吧。"易大光的眼光避开了他，轻轻摆了摆头。小魏背过身子嘀咕道："你请他看《苏三起解》，看他有精神没有？"

老华听了，抿住上唇忍住笑，并且担心地赶忙看看老易是否听见了。幸而平炉的烈焰发出的吼声把那些闲言闲语也舔干净了。

说也奇怪，这一炉料熔化得比"长征"号的一点也不慢。易大光借口上厕所的机会，走过"长征"号时故意往门洞里瞅了又瞅，禁不住问一个老伙伴说："你们的冷料比我们的匀称，怎么还没有我们熔化得快？你们还比我们早装半小时嘛。"

"这就要向你们学习的嘛，把你们经验讲给我们听听吧。"炉长推上帽檐上的蓝镜子，笑着回答他。他一听，脸上倏地红了，这个说话谦虚的人，就是过去自己常常和他闹不团结的炉长。不过无论如何，他听了这话心里是十分惬意的。再细瞅瞅这儿的老同伴，觉得他们的劲儿比"共青"号炉上的人们的确差一点。他回到自己炉上，真想扯住李少祥问问，但一记起自己刚才躲在水槽后抽烟这件事，也就不想说话了。从熔化到纯沸腾时期是炼钢工人们歇歇手的机会。这时易大光无事可做，倒觉闲得发慌，索性跑到炉下看炉渣出得怎样。过一会儿，又跑回炉前，蹲在铁凡土堆旁边，看着炉门下淌出的渣泡沫出神。

李少祥看见大家闲着歇歇手的时候，易大光倒是炉上炉下的跑得欢，心里觉得奇怪。他撂下大家，走近他，挨着他蹲下来，问道："想起什么心事啦，老易？"

易大光没有听清他说什么，倒是反过来和他商量道："是不是黏土块下多了？你瞅，渣特别跑得欢。"

听他钻研炉子上的事情，李少祥知道他已经消了心中那股闷气了。他格外高兴地指出说："工长教过我，说莹石爱跑渣，它含的氧化铁特别高，这一炉钢是需要多放一点莹石的，所以我就这样做。”他把自己怎样控制渣，怎样从渣饼的色泽和纹路来辨认熔毕炭等逐样逐样告诉他。

易大光听得很高兴，不禁频频望他那张什么时候都挂着笑容的脸孔，心想：“跟他一块儿干活，技术能提高得快。他真肯说。”因为他心里很高兴，不觉脱口问道：“我们炉子为啥比‘长征’号熔化得快？”

李少祥笑望着他，拍一拍他肩膀说：“你炼钢的年头比我都长，还用问我？”

易大光不好意思地低下头说：“我在‘长征’号时，那边熔化得很不好。”

“其实也没有什么窍门，”老李指着平炉说，“主要是紧凑，充分让装料机手和我合作得好。人们往往不注意，装料时要铺匀，不要一堆一堆像个小山，特别东西两头不能高起来。料一堆积就厚，不仅难化，而且还挡火，叫高炉煤气和焦炉煤气交替变更时不能通畅。你没看见我装料时总是在那儿张罗吗？那些装料机司机多半都晓得我的脾气。要是我不亲自张罗，有时他们也就图方便，把料送进平炉去就算完成任务了。”

易大光恍然大悟，把他的经验默记在心，并暗暗称赞道：“他真不保密。”但却又美中不足地感叹道：“要是把匀称的冷钢要到我们炉上来，就化得更好了。”

李少祥轻轻地摇了摇头，用亲密的口气说：“那不好，照顾了我们，人家别的炉子就会有意见了。我们还是要在克服困难的基础上来快速炼钢，你说是不是？”

易大光这一回算瞅清楚了自己的炉长，但是，他并不喜欢他那股傻劲儿，心里咕咕哝哝地说：“人不为己，天诛地灭。何况咱们为的还是增产。我看他怕的是丢掉模范这顶光荣的帽子，害得咱们少拿计件。”

下了近郊的火车，一大片田野就呈现在李少祥眼前了。这儿连个车站也没有，一下车就是田间小路。到张官屯常青农业社，据说还得走七八里地，少祥立刻想道：“老易也的确够累的，每天上下班骑车子花不少时间；刮风下雨天，上夜班也真够呛。给他在集体宿舍里找了一个铺，他又安不下心。”这儿大田都已出齐，大豆已长得绿油油的一大片，使他心神清爽。他住在海滨时，认为只有宽广无边的蓝色的海面是最伟大的。只要望着神秘的海面，便像婴儿静静躺在母亲的怀里一样安谧和宁静。后来他上了兴隆市，学了炼钢，又觉得再没有别的东西比平炉里日夜奔腾的红色钢水的波浪更可爱的了。日夜和那不易驯服的火焰，与那咆哮的烈性的钢水打交道，是多么能表达年轻人的火热的建设热情和不平凡的抱负啊！他曾私自立誓，一生不离开平炉，和钢水做一辈子朋友。现在在晴朗无云的天空下，一望无际的绿色的地毯把他包围了。他陶醉在这种具有潜移默化力量的雄伟博大的田园景色里。他在田边一棵小松树下歇歇脚，找块小石头坐下来。他不是累乏，只仿佛傍着自己的爱人含情脉脉地一块儿坐着不忍走开罢了。他忽然觉得在农村安个家也挺好。地里有一群一群人在薅草，不知他们在乐什么，不时传过来“咯咯”的笑声，还有姑娘们唱歌呢。半天，有个人走过来喝水，少祥便向他打听去常青农业社的路径。他到了常青社那边，住户多半下地去，门上了锁。偶尔有些人家敞开门，也只剩下老太太和小孩子。少祥打听了好几家，才找到了易大光的住处。他轻轻吁了口气，便敲起门来，敲了半天，没人搭理，门是虚掩着的。他小心推开了一线缝，问道：“里边有人么？”

易大嫂叫易大光上镇上给她称肉去了，自己便躺在炕上懒得起来。她早就听见有人敲门，怕是生产小组长叫她下地，她只装着睡熟。后听见是外地的一个男子的声音，而且语气又那么和善、有礼貌，她就心慌起来，忙掀开蒙着脑袋的被角，拖长声音问道：“谁——呀？”

“是我，兴隆来的，我和老易一个厂子，找他串串门子来啦。”

少祥听见屋里有人，便放了心，“能见到他爱人，也可以了解一些情况。”

易大嫂爽利地应道：“请你等一等，我就来开门。”她明知门是开着的，她这么说，只是怕客人闯进来，看见她那副狼狈样子罢了。她急忙起身，穿衣，叠被子，扫炕，穿鞋，梳头和下地收拾桌上昨儿黑吃晚饭的碗筷；大约有二十分钟，才出来开门迎着客人说：

“啊，真对不起，要你等那么老半天。老易一早上街，什么也没收拾。你贵姓？怎么远道来看看咱们？”她看见李少祥满面笑容，长得又英俊，不觉十分注意自己讲话的态度，尽量不让城里来的人见笑自己。

少祥一看那情景，就知道这是个又懒又爱装面子的婆娘，心想道：“有这样一个老婆，老易还能不落后？”他不动声色地跟她进屋，拣条凳子坐下。她殷勤地要给他烧开水。他不让她烧，说坐一会儿就走，便顺嘴问起他们家庭情况，知道他们两口子，没老人也没小孩。她在农业社一个女生产队里。“可是我身板不好，经常不能下地。”易大嫂答道。她怕李少祥觉察出自己的懒，便不愿谈这个，却反问他说：“你有几个孩子了？嫂子做工作还是待在家里？”

李少祥觉得第一次上门，又不熟悉，说自己没老婆，不太方便；说有呢，也的确说不过去；只好叹口气，皱起眉心答道：“订婚都六年了，还没结婚呢！”

易大嫂急急问道：“那是怎么的啦？看你年纪也不小呀。她是城里的还是乡里的？”

少祥又随机应变地答道：“是山东咱村上的。忙生产呗，每年冬天都说要来结婚，就是腾不出时间，她是个生产队长呀。我就一年一年等她！”他也奇怪自己忽然编故事编得这么有头有尾。

她同情他，建议道：“我说呀，你就接她进城，不让她干那个倒霉的地里活得啦。反正你们炼钢工人钱都不少，养活得了她。”

少祥点点头，顺着她说：“谁说不是呢，我都写信和她商量过啦，可是人家不肯呀。人家干活得多带劲呀，对国家有贡献，她们生产队干得好，姑娘嫂子们又都拥护她。累是累一些，可是干得多热闹、多开心。她为啥进城来当家庭妇女？人家说得有理，我说不过她呀。”

她看着他那又和气又严肃认真的丰姿，不觉敬畏他，也可怜他。她也禁不住替他作难起来，摇头叹息地说：“说是这么说，可是女人终归是女人呀。你们订了婚，总得成个家，反正农村少她一个也算不了什么。”

李少祥紧接着说：“你说得又不对了，大嫂。现在的社会都提倡人人干活，人人有饭吃。不干活光吃饭的人最不光荣。她怎么会愿意当这种不光荣的人呢？再说，我也不能要这样的老婆呀。你知道吗，大嫂？我们同炉的工友，成天比干活、比节约，还比家庭，看看谁屋里的先进。要是我有个光吃饭不干活的老婆，我脸上就不光彩啦。”

易大嫂脸上忽然打起了皱，不自然地笑了一声说：“那你到老也不把她娶过来了？”

少祥认真地争辩说：“那怎么能行？今年抽个空，接她出来结婚，以后每年我回去看她一趟，她有空她来看我一趟，这就挺好。”

她听了没说什么，只点了点头。又问他道：“你是炉长还是普通工友？”

“是个普通工人呗。”

“老易说的，当个炉长拿计件也拿得多，别人也看得起，开会、照相那些出风头的事都是炉长的事。可是当个炉长不容易，要熬七八年。我们老易年头倒不短，只是他性子不好，不会溜须拍马，当了几年工人连个二助手都升不上去。这都不假吧？”她信赖他，很希望他能证实这些事。少祥听了，心里一阵一阵难过。他这才了解老易有这许多坏思想和怪念头。他的坏思想影响着老婆，老婆又反过来影响他，这一对人如果不好好改变改变，就只好窝窝囊囊地阴暗地生活一辈子罢了。“不，不能，我们的社会能让人们这样生活下去么？”他有这个坚定的信念，但是，应该采取什么办法去帮助他俩？他就没有主意了。看见她很信任他，这使他增强信心，于是他特别耐心地向她解释计件工资是怎样分配的；新社会溜须拍马根本吃不开；谁当炉长谁当助手，要看工作需要和本人的能力、人品……他看见她听得很在意，频频点头；但还看不出她是否相信他的话。他跟她谈了很多，还不见易大光回来。他就告辞要走，并答应将来结婚后一定带新媳妇来看她。她高高兴兴把他送出来。没有看着老易，少祥总觉得自己没完成任务。他心里忽然一合计，便到社里打听易大嫂的情况。社里只剩下会计，他听少祥问起易大嫂来，只摇了摇头，却又说不出个子午卯酉来，叫他去找她们的小组长陈小妹。少祥在田野里转来转去，走了很多冤枉路，才走到那个陈小妹的妇女小组的地里。陈小妹是个十八岁的姑娘，长了双又黑又大的眼睛，她从地里走到垅沟边时，大方地和李少祥握握手。李少祥告诉她自己的来意之后，她笑着说：

“你们炼钢厂把我们这儿的妇女都迷住啦，今天搬走一个，明天搬走一家。看我们小组还剩几个人？你们能不能保证你们厂的家属不搬进城里？”

李少祥回答说：“我不过是厂内的一个工人，管不了全厂的事，不过我保证把你们的意见带到厂工会去。”跟着他又问易大光夫妻的情况，也把易大光在厂里的情况告诉了她。这姑娘听了也很犯愁，一面搓着手上的泥，一面沉思不语。

“没有对她少帮助呀，只是她拔不掉懒根。易大光的工资够她一个人享福，她还劳动干什么？天天闹着要搬城里，要不是你们厂找不到房子，她早搬走啦。她怕丈夫在外头捣鬼，管他管得很严，到时候不回来就跟他闹个不休，他男人就不敢住厂里……好吧，我们小组负责帮助她，你们班负责帮助男的，我们来个互助挑战好不好？”

李少祥高兴地答应了，但是他又愁着说：“咱们怎么联系呢？能够互相通气，效果一定快得多。”他想了想道：“这样吧，我们丙班有个工友也是这个村子的，我托他来和你联系，好么？”

那姑娘似乎不高兴地说：“你自己不能常来么？”

少祥解释说：“我的杂乱事太多，还得上文化课，恐怕不能常来。”

那姑娘又像毅然丢掉什么似的，爽利地点头答应道：“好吧，那你就叫那个工友来吧。以后你有什么困难，来找我好了。”

少祥敬重地望着她，叹息说：“瞅，易大嫂比你大十来多岁，可是她还要你教导她，真是——”

那姑娘谦虚地笑一笑，抢着说：“那你呢，那易大哥不也比你大吗？”

少祥笑了，解释说：“那究竟不同，老易年纪比我大不好多，可是易大嫂至少比你大十岁以上。”

那姑娘笑笑说：“那是因为我是个团员，党和团经常教育我。”

少祥点点头。于是两个人又研究一阵今后如何帮助这对夫妇，谈说谈说又不觉快晌午了。少祥怕误了她的生产，正想走，但再一想，便向她建议说：“瞅，和你谈了半天，误了不少工啦。来，我来参加锄一阵，把落下的补上，好不好？”那姑娘没有推辞，高兴地领他到地里，并向姐妹们介绍道：

“这位是兴钢来的工友，来接洽公事的，他乐意帮我们干一气，这真是工农联盟啦。姐妹们欢迎么？”

妇女们看见小组长领一个男的走过来，以为他是新闻记者，本已停了锄在交头接耳，现听她一说，便都笑嘻嘻地鼓了几下掌。锄草，少祥是个外行，使的劲儿也太大了。大家一边干活一边斜眼看他，有人抿着嘴笑。他用心地低头使劲干，像在平炉跟前一样专心，顾不上留心别人对他的善意的批评眼色。那小组长不放心地总离他不远，看见他伤了几棵苗，便心痛地跑前去把苗扶起来。看见苗断了，她禁不住问他道：“啊，你没待过乡下吗？没种过庄稼吧？”

少祥仍然使劲锄，答道：“咱村打鱼的多，庄稼种的多半是地瓜，谷子、玉米都少。”他发现那姑娘皱起了眉心，才跑过去问是不是自己闯了祸？那姑娘耐心地告诉他什么是草，什么是苗，该怎样使锄头，怎样用劲。少祥记住了，又锄了一阵，问她道：“有点进步吧？”

那姑娘笑嘻嘻地指出道："进步很大，可是还不合要求。"她又叫他看看她是怎么锄的。他看她那灵巧的姿势和动作，心里不禁赞叹道："我以为炼钢是最难的，原来锄草也这样不容易。真是行行活儿都有学问呀。"他想着想着，不觉抬起眼睛东张西望。这里的大田很鲜绿，一群一群使大地屈服的人们就在那里辛勤地弯着腰。远远的群山像铜墙铁壁似的守卫着广阔的田野；移动的云彩正为这些手到哪儿、哪儿就长粮食的农民缓缓地起舞。过去，他认为兴隆那些树林似的烟囱和高大厂房是最美、最雄伟的。这时刻，他却发现田野有种说不尽的柔和与含蓄的美感。他正在呆呆地想着，一位大嫂子给他端来一碗水，劝他说："你累啦，歇歇吧。"她随手给他弹去裤管上的泥。少祥笑着说：

"叫我干这种活，就像叫你们绣花一样，累啥呀？"他掂了掂手中的小铁锄说："我们的钢钎，比它重多啦。平炉前后上下的东西，没一样是轻巧的。"他说到这，女孩儿们七嘴八舌地说她们知道，有说她哥哥在兴钢炼铁厂的，有说她叔叔是开吊车的，还有人说她进兴钢参观过了。少祥听了，灵机一动，立刻扭过头去对小组长悄声说："对啦，你们小组是不是也叫易大嫂进厂参观参观？"

那姑娘点头说："那敢情对她有帮助。我也想去看看你们炼钢呢。"她这么一提，一群女孩子便都朝她嚷起来："我们也去，让咱全组都去参观参观吧。"那姑娘快乐地连忙答应说："我一定把大伙的意见往大队部反映，请社里批准我们去。"

少祥看见时间不早了，便辞别了这群生龙活虎的妇女。妇女们对他招手，有两个大嫂子推了小组长一把，说："派你做代表，替咱们送送工人老大哥。"说了又对她做了个鬼脸。小组长大方地说："真的，该送送远道的客人。"她便随着少祥往田边走去，边走又边谈起刚才她已说过的帮助易大嫂的计划。直送到大路边，少祥劝她回去，她还依依不舍地站在那儿。李少祥一转身，便爽朗地迈开大步，头也不回地走掉了。那姑娘望了他的背影一阵，才转过身来，始终含着微笑，嘴里哼着歌儿，慢慢往回路上走。当她看见地里的人群的时候，她又加快脚步往姐妹那里跑去了。

第七章

一九五七年六月九日上午，李少祥从职工座谈会出来后，仍然气得嘴唇发抖；但他还必须搀扶着刘进春，因为这位老工人被激怒得快要发疯啦。出了会场，老工人还骂骂咧咧地说："写那黑信的人简直就是暗藏的特务！我们的社会能答应他干这样的事？"在这老工人的心坎中，记满了对旧社会的仇恨，谁要是称赞旧社会的黑暗制度，他是忍受不了的。要是有人挖他祖宗的坟，他还可以马虎，但是，谁要诋毁新社会，他简直要和他拼命。

少祥只咬着牙齿，没有言语。他父亲身上的通红的伤疤，仿佛又出现在他眼前了。他心里明白，像疯狗狂吠一样，那几个反动右派是动摇不了人民的政权的。但是，那几条疯狗竟敢于狂吠，这就使得他震怒和惊诧。照他的想法，在这块光明的土地上怎么会有人公开地诋毁中国共产党和社会主义哩？他捏着双拳，恨不得一步跑回车间，多炼两炉钢来糊住这些右派的嘴巴。

老人絮絮叨叨地下命令道："少祥，咱们回去，给报社去封信，抗议那个给卢郁文写黑信的反动派！哼，有理走遍天下。他们，有种的站出来，站在太阳底下让大家瞅瞅！"

少祥闷着脑袋走路，半天才搭理道："写信是可以写，但不解恨，我真想把那几个混蛋捺到大罐里，让他们在钢水里洗个澡！"这儿虽是六月初的天气，但少祥觉得闷热，没一丝儿风，槐树叶一动不动，天空一片灰白色，没云彩也没皱褶。少祥恨不得拿着钢钎把天幕捅个窟窿，好刮下来点凉风。但是，这时即使刮了大风，也吹不走他心头的愤恨啊。一回到车间，他立刻召集了炉前会议，传达了座谈会的情形，工友们听了个个都恨得咬牙切齿。易大光听了也沉不住气，用沉闷的声音发狠地说：

“我要饭的钵子还留着呢，把它寄北京去，让葛佩琦那个反动派看看我们的生活改善没改善！”

少祥看见易大光也发言了，真是意外地高兴，兴奋地趁势说：“是呀，应该叫写黑信的人在你妈坟前下跪，跪他三天三夜也不多。”

老易一听人提起母亲，心里有些酸楚，像一个在外头受欺侮的孩子忽然遇着了家里人那样，胆子壮了，觉得自己和大家的距离也突然缩短了。他一个劲儿不住口地骂右派。他骂一句，少祥觉得仿佛有人在平炉里添了一槽料似的，他满心高兴等他说个痛快。他心里又想：“谢谢右派，帮助我们教育了老易！妥啦，今后本班工作就没问题了。咱们团结得紧紧的，多炼些钢，给你们瞅瞅！”

那天少祥正躺在炕上睡觉，门外忽然有人嚷着：

“老李在家吗？”一个大脑袋从推开的门缝里探进来。李少祥看见是修理工段的金福忠，赶快招呼他进屋，并且问道：“金叔，你怎么不在家多睡会儿？”

“哪里睡得着！”坐到炕上，金福忠抱着膝盖发闷。

“是呀，今年夏天够呛，才踏进七月，就这么热。”李少祥替他找理由。

“哼，热，热，我肚子里热得都要炸开来了，只是宋厂长的胸膛为什么这样凉？”他脸上的气色，像夏天大雨之前乌云满天那样郁闷阴沉，冲口说出这句话后，才像打了一声响雷似的，脸色稍微开朗了一些。他和刘进春一个工段，又都是老伙计。在早李少祥在刘进春家寄住过两年，他对这个青年的脾气很熟悉，知道他老实忠厚，热心帮助人，有事敢出头负责。所以他有什么心事，肯对他讲讲，讲了比闷在肚子里舒服些。“人家右派要拆社会主义的台，就是想我们生产闹不好呗，只是我们宋厂长就偏偏不着急！”

“又碰了什么钉子了吗，金叔？”少祥往他那边探着身子，着急地问。

“你们平炉车间好办，快速炼钢嘛，快呀，快呀，黑板报大字儿登，要是谁配合不上，还得挨骂，受批评。可是我们修理工段为什么干瞪着眼挨骂，不想办法好好配合你们哩？”他一个劲儿说，眼光直逼李少祥，好像在责问他。那边李大娘着了慌，以为儿子闯了什么祸，瞪着两眼直盯着他俩。金福忠又继续说：“可是，谁看见调度室的人不生气？哼，他们慢声慢气地给你说，‘百吨吊车？没有办法可想’‘无论如何都得半个小时以后’。他们看见钢锭放凉了不心痛，看见改变钢种也不着急……”

少祥打断他的话，叹气道：“那倒不假，炼好了钢出不来，就跟听见妇女难产一样难过！”

老金又抢着说：“我没有料到的是宋厂长光会要求我们，光会批评我们，却不支持我们的提高运转率的合理化建议！”

“啊，是不是把百吨吊车的轴瓦换成滚珠的你那个建议？”少祥赶快问。

听他一问，老金脸上又开朗了些，谦虚地承认道：“我生平就这么点能耐啊。我想到这个办法，也算是我对社会主义建设的一点小贡献吧。我是比不上老刘大哥那么多贡献：叫原料吊车的挂钩增加三倍啦，增加了一台小修理吊车啦，还建议增设环水套啦，啊，人家那些贡献还数得完？……”

“别提啦，刘叔许多建议也没有得到重视，肚子里也有意见。”李少祥又想起那一天在公园遇到宋厂长，自己竟没有把这些具体事好好对他提提，越想越后悔。

金福忠翘起薄嘴唇苦笑着说：“你们党员有意见，还有个党听听你们的；像我们，厂长不支持，还找谁？”

少祥热烈地冲口答道：“也去找党委，找支部。党委是给全体工人办事的，不是给几个党员办事的。”

金福忠定睛看了少祥一眼，面庞现出一丝兴奋，但随即，阴云又爬上了他的脸。他是个心儿连一根针也藏不住的人，看见少祥那副老是怕对不起别人似的傻呵呵的模样，便憋不住劲儿，鼓起腮帮半真半假地说：“问良心，你们共产党员什么都好，就是有一条，不太相信咱们群众的主意，这个不好。我问你，你们党员、团员，能把全厂的活儿都包下来包不下来？”老金说出了心里话，稍微得意一点。

少祥吃了一惊，皱着眉毛问：“你讲的是哪一件事？快说说。”

金福忠憋得脸都红了，只是把话搁到喉咙里。李少祥什么闲言闲语都能咽下肚子，只是听见别人说党员不好，有点吃不住。他那年轻的脸上现出恼怒但是不敢发作的神色。不过，他忽然想起唐书记有好几回遇到有人批评党委时，总先把责任挑到自己肩上的那副模样来，于是他像吃药似的咽下了一口唾沫，耐心地问道：“我猜着了，你是不是说平炉改装闸阀式的变更瓣那个时候没有叫你来参加？”

金福忠认为少祥故意绕圈子，便连看也不想看他一眼，可是他心里实在沉不住气，只好怒气冲冲地讲出来：“别装糊涂啦，哼，公司要我们厂增产二十五万吨，那是容易的事么？各工段不想点办法，就能让你们多炼二十五万吨么？我那个建议，是我们讨论党委决议之后，漏夜把末尾的那部分赶了出来的。我熬了五六个通宵，可是宋厂长连看也不看它一眼。哼……”

李少祥听了，如梦方醒，连忙解释道：“金叔，这件事我倒知道得一清二楚。增产二十五万吨的确是要大家动动脑子才成。不过你不用着急，宋厂长这个同志你还不了解？——有意见得多给他商量几遍。我明天上班可以把你的意见反映给支部，让党委给厂长提提。”

金福忠的疑团仍然没解开，因为他认定宋厂长自傲，刘进春自私，他的合理化建议只好压一辈子，便只闭着嘴巴不说话。少祥懂得这种急性人的脾气，发牢骚比生闷气强。他很想开导他，但估计自己太年轻，说话没分量。刚才听他提到工段长，便趁势建议道：“咱们一块去找刘叔打听打听去，他是党委的委员。”

金福忠一听，抬腿就走，说：“我不去，人家忙自己的合理化建议都忙不过来，还管得着别人的建议？谁会看着奖金摆着不要，去帮助别人？哼，我不找他。”他话还没说完，人已走到门外了。

这一来，李少祥倒真的糊涂起来，下得地来欲待拉着他问个明白，但是连他的影子都抓不着了。他张大了嘴，眼睛睁得大大的，这副模样倒把母亲逗笑了。李大娘忙端出来烙饼，哄着他说：“快吃吧，少管点闲事好不好？”

“妈，这不是闲事，他对党委有意见哩。他对刘叔也有意见，你听出来么？”

“谁个背后不说人。他要说，谁也管不住他。”她边说边给儿子盛了碗汤。

少祥摆了摆手嘟囔着说：“咳，奖金，奖金，计件工资——为什么老看着这些？”母亲望着他说：“少管点闲事，你多吃点吧。”他按着母亲的指点，吃饼喝汤，但是他一点也不知道味道，心里只像平炉出钢时那么忙迫，沉重地想这想那：“金叔对刘叔有意见，刘叔对宋厂长有意见，说不定宋厂长对谁还有意见！唉，这怎么办？”他几乎半块饼一口吞下去，害得母亲直为他担忧。他忽然把筷子往小炕桌上一拍，自言自语说：“不管谁对谁有意见，咱厂一百七十万吨钢总是要炼出来！”一下地，他出门就奔刘进春家去了。

刘进春是炼钢厂最老的工人，厂房的第一根大梁是他上上去的。他家里的家具，你拿他一件两件他可以不管你，可是工厂的财产你动一动他就会鼓起眼珠子来和你拼命。解放的时候，他就是这样率领着一些老工友来保护这个厂子的。解放以后，由于苏联专家的帮助，改进了平炉，使钢的产量猛然增加，他为了配合生产，想了许多办法来改进原来日本的落后的运转的设备。比方说吧，苏联专家帮助炼钢厂把精炼预备炉改为平炉之后，钢的产量突然增加了；于是一切原有的运转、铸锭设备都跟不上平炉的需要了。那时候刘进春太阳穴上跳起两道青筋，吃不下饭、睡不着觉，在家里成天不言不语，一开口就发脾气。隔壁的小孩子们动一动他的图纸、木板和铁条他就急得直咆哮。老伴瞅着他就发愁，以为他在厂里犯下了什么错误。有一回夜已很深，老伴睡醒了一觉，看见他还在纸上写写画画，不是仰头抽烟，就是低头叹气，她忍不住劝他两句：

“有什么跟谁过不去的事情啊，都五十几了，看开点就算啦。”听不见搭腔，她就试探着说：“就算有什么对不起厂的事，找鲁党委讲讲也就拉倒了！犯不着半夜深更唉声叹气的。”

“什么，你说什么？”老工人火了，“我不想办法增加运转的能力，叫钢水泡在炉膛里？这才真对不起咱厂哩。你懂什么，炼钢厂第一根大梁是我亲手装上去的，都二十多年了，你什么时候看见过像今天那样出这多的钢水？现在钢水出不来呀，我不想办法，我对得起党和政府吗？对得起苏联专家吗？你懂得个什么！”

老伴知道他不是犯了错误，也不是和谁怄了气，略略放了心；可是看见他熬得眼眶也塌了，两腮也瘪下去了，心里只觉又怜又疼。“你光知道自己爱党爱政府，好像我就不爱党不爱政府似的。哎，我不是党员，可是我和你一样爱她。共产党给我的好处，比给你的还多呢。现在，我不大不小当个居民组的组长，在早，谁会让我在众人面前说话？现在，街道上的老公公和小伙子都听我的……”她觉得一肚子委屈。可是，她的委屈是暂时的。不久，刘进春的重大建议实现以后，他就高高兴兴地向她赔小心，她也忙着给他挂奖状，支配历次的奖品和奖金。老两口又有说有笑了。今年入春以来，刘进春的两项建议未被宋厂长所采纳，他又心中郁闷，在家时只是皱眉。

李少祥进屋时，刘进春正自个儿喝酒呢。看见他面前只有一碟豆腐干，少祥便笑着问他说：“刘叔，怎么这样节省啊，大婶不买点好吃的给刘叔下酒？”

刘进春深深喝了一口，用力咂着上唇，过了半天，慢悠悠地答道：“在厂里宋厂长准许我浪费，回到家里来你大婶不准许我花钱呀！”

刘大婶在厨房听见了，不知嘟囔句什么。李少祥知道他说气话就闷酒，于是小心地一声不吱地坐在他对面。除了对自己那位可敬的残废的父亲之外，他最尊敬的要数这位老工人。他从乡下出来就是跟的他，住也住在他家里。头几年刘进春在设计那几样重要的创造的时候，少祥一有空就给他跑腿，找材料、找人多靠的他。不管老人怎样烦躁、生气，他总是微笑着，偏着头留心看他摆弄这摆弄那。这个小伙子嘴角上永远挂着的笑容，竟融化了老人在技术探索时的烦躁和不安。

刘进春喜欢这个小伙子，是因为他很像自己的老朋友，对待公共的事从不说个“不”字；而且能沉住气，吃得下闷亏，所以能把三班工友都团结得很好。刘进春觉得自己有许多地方比不上这年轻人。他知道自己有个极坏的习惯，要是看谁不顺眼，就和谁闹翻脸。每一回和别人闹翻之后，都是因为生产上迫切需要他来想办法，别人先来向他赔不是的。不过他有个长处，只要一提到生产需要，他的气就会马上全消，立刻动手干。这几个月来遇着宋厂长，他便像碰了软钉子一样。他的许多建议书，宋紫峰连看也不看；你问得紧，他就反过来追问你的建议的科学根据在哪里。刘进春回答不出，扭身就跑，回来就喝闷酒。

少祥原想打听一下金福忠那个建议被搁起来究竟是怎么一回事，也想劝他找机会向老金解释解释。但是，现在看见这般光景，只好一概不提了。老工人已撂下了碗筷，仍然闭着嘴不说话，只顾抽烟。少祥也只好东想西想，自自然然，又想到自己最关切的事来。

“刘叔，眼看雨季快来了，煤气管道、蓄热室又该淹了。你的自动观测器眼看今年又安不上，这跟增产二十五万吨太有关系啦！”

谁知这一问，正触着了老人的心事。刘进春学着宋紫峰质问自己时的口气来质问青年人说：“观测出来又有什么用！知道地下水涨了，又怎么排水？”

少祥听了不敢肯定说这句话的是谁，尽管那人的态度消极是不对的，但是他认为这样提出问题是有道理的。不过他看见老人家正为这生气，就只好把问题放在心里，将来等他心平气和时再和他商量。

老人根本没有理会对方怎样理解自己的话，只是继续说："观测水涨不涨有个屁用，我恨不得自己能够创造一种工人力量观测器来。"

李少祥听不懂，只张大着嘴，忍不住问道："什么工人力量观测器？做什么用的？安装在哪儿？"

刘进春还是用赌气的口吻指出说："安装在宋厂长的鼻梁上，给他当眼镜使唤，省得他看不到我们的力量。"

这个青年人忍不住大笑起来。看见老工人一股脑儿正经、连牙齿也不露的神气，他越发好笑。等少祥笑个够，刘进春鼓着腮帮说："还好笑呢！你们年轻人都是乐观派。哼，在新社会干活，你们没吃过苦头，看见什么都乐。你就没尝过日本人当家那一阵的滋味啊。你们年轻人干活的劲儿是怎么来的，我可不知道；可是我呀，一想想过去的苦，就浑身来劲儿了。谁知宋厂长就会给我们泼冷水。"

为了缓和老工人的愤懑，李少祥解释说："有些重大的建议，得反复考虑，有时公司拿不定主意还得等冶金部批呢。"·

刘进春翻起眼白瞅了他一眼，教训似的说："我不说你就不相信，好，就给你说吧。啊，观测器——就是那个倒霉的观测器建议，我亲自送到他跟前，他正写字，看也不看一眼。我站了半天，就退出来了。出了厂长办公室，我不放心，回去一看，可不是，风把我那纸建议吹下地啦！"老人抹去了额上的汗，顿一顿说："我弯腰把它拾起来，又重新放在桌上，这回用厂长的蓝镜子压着，省得再吹走。你瞅，他仍然写他的字，没有看它，只说了声：'谢谢。'哼，谢谢——谢谢两个字冷冰冰的，像把刀子似的插在我心上！"

大家没有作声，各自在想这桩不愉快的事。刘大婶一面给老伴摇扇子，一面笑着插嘴说："你真是个受气包。哪来那么多气。看李家老五，成天乐呵呵的，心广体胖，人家不是一样模范？"

"你离我远点好不好？"刘进春的气消得差不多时，就喜欢用这种口吻对老伴讲话，"看你这股封建劲儿，我又不是皇帝，要你来打御扇？”

刘大婶赌气地转过身子给自己扇着扇子。但是过了一会儿，看见叔侄两人谈得起劲时，她又悄悄向他俩扇起来了。

少祥忧虑地问道：“刘叔，难道党委会上不能批评宋厂长么？”

“谁说不能？能呀。可是人家有学问，有科学；我呢，一问三不知，只有一双手。”这时他已心平气静了。

少祥趁机鼓动他的长辈说：“不呀，刘叔，你还有许多可贵的财富没有动用呢。”

刘大婶急忙插嘴说：“老五你不知道，他节约下来的工薪，我都给他买了公债啦，家属委员会还表扬过我一回。我们家里的钱，只够他买烧酒喝。”

刘进春呵斥她说：“谁叫你插嘴的。”

少祥来不及对婶娘抱歉，只热烈地对刘进春说：“刘叔，你除了一双手之外，还有一张嘴嘛。你的嘴呀，不止一张，它代表我们许多工人的嘴呢。我说，你在会上说话很有力量。你为大家说话，为社会主义说话，怕什么？”他看见老工人的脸色显然缓和下来，便趁热打铁地说：“该批评时你不批评，将来我们工人党员还得抱怨你哩！是我们选你到党委去替大家说话的呀。”

刘进春偏过脸去，抹抹下巴。老实说，这些年还没有谁批评过他，现在这个年轻的侄子那句话，倒像汤药里掺了糖，甜里带苦。他眯起那双浑浊的老眼，低声说：“我没有尽到责任，下回再别选我当党委了。”谁也没有开口，老工人觉得过意不去，叹了口气，责备自己说：“我一看见不顺眼的事就气炸了。唐书记没少帮助我，只是改不了。”

少祥这时候才站起身来，坐立不安地走来走去，自言自语道：

“一定要叫宋厂长知道，底下工友们已经急死了，二十五万吨——啊，还不趁早批准我们的措施，真急死人！”

刘进春觉得入党后的李少祥和四年前住在他家的那个李少祥已完

全不同了，他有许多地方早已超过自己。这个发现使他惊喜，但同时也给他带来一种莫名其妙的烦恼。这样的懊恼，大概是每个老年人都会遇到的吧。他很想说几句什么，但是找不出适当的话，倒看见李少祥又在兴致勃勃地讲起来：

“刘叔，我也犯过这个毛病，有时我看见宋厂长，话就没有啦。他不骂人，也没有架子，我也不是腼腆的人，可是不知为什么，他成套成套地一说，说得我心软了，觉得自己的意见就站不住脚了。我寻思人家是老干部，又去苏联学习过回来的，要政治有政治，要技术有技术；他呀，还挺关心人——”

刘进春听到这，冷笑着问道：“他关心别人？——他关心的怕是你们平炉，关心的是你们模范炉子。我们工段，他来厂后只去过一回！”

“我真摸不准，说他是个不好的厂长，那真是昧了良心。我们厂，几时看见过会炼钢的厂长？补起炉来，他比我们二助手还扔得准。经常和我们一块儿干活，笑哈哈的，没点儿架子，他那白净的脸上总是一块一块黑灰。自从他来了咱厂，月月超额完成任务。可是——”提起自己厂长的优点，李少祥简直充满了尊敬和爱慕，越说越得意。

刘进春望着年轻人，望着他那高兴的脸色，不禁轻轻摇了摇头，深沉地说：“这就是嘛，谁也知道他是个能干的厂长。头年，我看见宋厂长那股辛苦劲儿，简直打心里高兴。我对老金叨咕过：要是多几个炼钢厂，多几个像他那样的厂长，社会主义兴许来得快一点儿。可是，谁承想他光看见成绩，不肯往前迈步啦；别人举起腿，他却喊口令：立正。这就是我们厂的情况呀。你们咸盐吃得太少，只看见好的一面，这是不成的。鬼子就是这样的，十年前四十五万吨，十年后，也不过是四十五万吨；他们就心满意足呗——”

李少祥听了觉得很刺耳，抢着解释说：“那怎么能比呢，刘叔？不是鬼子不想多出钢，是工人不肯多炼钢呀。那时工人受剥削，吃不饱穿不暖，谁肯卖力气？根本两条心嘛。现在，我们新社会的工人却什么都抢在头里，给我们多重的任务从来也没说个不字呀。”

刘进春不慌不忙地指出说：“你说的只对了一半，那时工人磨洋工是事实；可是你不能说鬼子不盼望多出点钢，只是多不了，老大呗，不相信工人呗。他宋厂长是个共产党员，为什么也学人家老大的劲头？凭他一个人的技术，能完成任务？他凭什么不倚靠大家？”

李少祥被老人的认真和严厉的责问吓住了，但是他并不完全心服，他还替宋厂长抱屈。他觉得他的话对是对的，只是不应把宋厂长和鬼子相比。于是他抗议地喃喃地说：“不能，宋厂长缺点再大，也不能和鬼子相比。刘叔，你趁早别说这话了，宋厂长听了，会伤透心的！”

刘进春由于激动，也显得累乏的样子，低垂着两只瘦骨嶙峋的大手，放缓调门说：“我也没有把宋厂长比作鬼子。只是他看不见工人的力量，光看成绩不肯迈步是实实在在的，你给他安个什么名堂也行。”

少祥心头轻松了点，接着试去解释：“那顶多不过叫官僚主义，脱离群众罢了。你给他扣个骄傲老大的帽子也就成啦。”

刘进春没气没力地笑了笑，摇摇头说：“他戴着这么多帽子走道，不把他累坏么？社会主义又不是三步五步就走到的。”

少祥听到这，来了劲，紧接着鼓励了一句：“刘叔，你帮助他把帽子摘下来不好么？你是老工人呀。”他也不知想起了什么，转身就想往外跑，扭过头来说：“我得出去一趟，刘叔。”便一个箭步走掉了。刘进春看着他的背影怜惜地想：

“少吃几斤咸盐，把什么都看得很容易！人的本性，是这么好改的么？”但是他立刻又反驳自己，想道：“上回全体党委委员要改变决议，宋厂长也不能不听呀！”

钱友太从省委汇报工作完了之后，便去看望伍书记。他在松树林中愉快地走着，往那一座一座的小红房子走去了。他一来想看看他病是否好点，二来也想把自己对冯书记的意见向他讲一讲。

伍云普是西北老根据地土地革命时的干部，全国解放后在工业城市搞过市委书记，为人朴实谦虚，在老根据地时的习惯，他大部分都保留下来。善于忍让，善于等待，看准时机解决问题是他的特长。即使是很调皮的干部，在他的感化下也自觉地改进了。他到兴隆来时，遇到了很大的困难；批判了钟菲以后，市委常委中的领导核心的团结问题有很大改进。他来兴隆后这是第二次养病，每回养病市委中好多人对冯棣平都有不少意见。代理第一书记沈西苓已经来汇报过几次，前天由省委转来的邵云端的意见书也提出了许多问题；即使是那个息事宁人的康伯和，也来这儿发过牢骚，表示坚决请求调动工作。

小松林里多么静寂，偶尔一只唱得极好听的画眉婉转鸣叫，仿佛显示它是这个小天地的唯一的欣赏家。伍云普躺在藤椅上看书，太阳透过厚密的树林把松针的投影洒满雪白的桌布上，构成幽雅的图案花纹。他看的是《金陵春梦》，正看到蒋介石在军校前后那一章。那虽是本“野史”，但对这个野心勃勃、对强权却奴颜婢膝的青年时代的流氓头子却是描写得相当细致的。他有点疲倦，合上书本，闭着眼睛休息了一下，嘴上还浮着轻微的笑意。

钱友太受护士的指引走了过来，看见他面孔红润，嘴有笑意，不觉高兴地轻轻叫了他一声。伍云普听见有脚步声，立刻睁开了眼睛。他是从工作中锻炼出来的，不管睡得多熟，只要有人叫唤，他可以立刻睁开眼睛，驱散倦容，使人察觉不出他是从睡梦中醒来的。他高兴地给钱友太倒了茶，并端出了家人探望他时给他捎来的糖果，笑问他说：“我那小姑娘没有闹着跟你来？”

“我走时没有上你家去。我是到省委汇报工作，顺便来看看你的。”

伍书记问他反右情况的进展，他约略说了一下，因为反右是沈书记负责的，他只知个大概罢了。后来，他谈到兴钢的问题上来了。

“增产怎样？这两天上去了没有？”伍云普问。

钱友太摇了摇头，坚定地提出了自己的意见说：“刚才我去省委也是谈的这个。我认为要增产，就要政治挂帅。”他低头叹了口气说，“不对你说算啦，说了你又要焦急了。我本来是看望你来的嘛。”

伍云普摸摸自己的面颊，表示自己的健康情况很好，长胖了，并且笑着说："你不说我倒真的发急哩。"

钱友太沉默了半天，到底把自己蕴藏的意见直率地讲了出来："我讲的政治挂帅，不是说现在并未政治挂帅，而指的是迫切等待政治挂帅的措施。我认为要增产，就得立刻成立兴钢党委。要不然，就不要让冯棣平同志分工管工业。"他说到这儿，望了望伍云普，好像说："看，我提这点又叫你不能安心养病了。"

伍云普仿佛问自己："竟那么严重么？"

钱友太提到这就来了气："增产指标上不去，原因固然很多，但是冯书记用消极态度对待是个很重要的原因。而且他有一套想法做法，轻视政治思想工作，强调厂长说了算，党委只能起监督保证作用等等，一句话，不是党来领导企业——他这观点和我们党的路线是不对头的。我上次说过，他当然和右派两样，并不是想取消党或反对党，但是在工业上他的路线可以说是资产阶级的路线，并且应该承认他的观点在企业领导干部中散播了不好的影响，起码给那些右倾保守、忽视政治、脱离群众的人以支持。所以我……"

伍云普沉思了好一阵，说道："兴钢党委是要成立的，中央和省委都同意了，只是市委里像老冯那样个别人的思想还打不通，还需要酝酿一下。过两天北京派陈家骏同志来，局面会好转的。我也快回去了。至于老冯，将来整风大家要帮助他清理一下脑子里的思想。你现在能帮助他多少就帮助他多少；但主要把力量放在下面，对企业里的领导同志抓紧一些。市委一定要领导厂矿党委实现增产指标，这信念是不能动摇的。不要因为老冯的错误而影响大家的情绪。对不对？"

"陈家骏是不是个内行？"钱友太性急地问。

伍云普回答说："周书记说这人政治上很强。内行又怎样？人家都说老宋炼钢是内行，可是政治上很弱，不就脱离了群众，看见二十五万吨就摇头了么？"

钱友太同意地笑了笑，和他又谈了一阵，才离开这休养所。

第八章

坐通勤车上厂时，宋紫峰碰见了汪丽斯，幸亏人太挤，她没有看见他；他也有意不去挨近她，甚至眼光也不往她那边扫。在他眼里，她的目光也能给他一种压迫似的，汪丽斯先下车，他才如释重负。自从和妻子谈判失败以后，他尽量不刺激邵云端，也极力想躲过汪丽斯。这样，这个开朗快乐的人，不免要费些心思。但是只要回到工厂，到平炉车间一走，宋紫峰就满心高兴，把家庭纠纷忘得干干净净。再不然，他夺过来工人的铁锹，扔它几锹镁泥，让火焰烤得自己面孔烫热，出一身汗，也就感到全身都轻松了。平炉车间的炼钢工人都佩服他补炉补得准确，他和一个熟练的炼钢工人一样总是巧妙地把镁泥投到前墙最薄的地方；这是他在苏联实习时用心向工友学来的。有时，他也用几个小时去炼一炉钢，而且也最喜欢炼熔毕炭的要求距离最小的和炉温需要最高的难炼的钢种。他一炼钢，不仅那个平炉的工友很紧张，即使工长、值班主任、调度室、运转工段、原料工段和铸锭工段的人都首先要听他的指挥，充分为他准备一切条件。

“这样的钢谁不会炼！”“厂长炼的是特殊钢——有这种特殊条件，我可以炼出炉炉都是快速钢。”“到底是厂长，他一下平炉，全厂都要为他那个平炉服务。我们就没这份福气。”职工们背地里爱讲讲怪话，不过虽然如此，人们总还是佩服他，因为从来就没有过一个会炼钢的厂长，而且炼得这样出色。当他脸上抹上了黑灰，挥动着铁锹的时候，的确不少工人被他鼓舞了的。他也确实从大家的叹服的神色里得到满足；不过，因为这样，也确实使得他认为自己已掌握了全部炼钢经验，而不肯听取别人意见。

今天到厂，宋紫峰本想插手炼一炉镇静钢，但是，他被接连不断的事情阻住了。当他在铸锭工段一出现，工程师佟伯川直跟在他后头唠叨，要他批准他的建议。宋紫峰没有看过那个建议，合理化建议委员会什么时候将它交给他的他也想不起来，他含糊地问道："你什么时候交给我的？"

佟伯川一听就知道他根本没有看过，因为他把建议书交给合理化建议委员会才二十多天，并没有直接交给他。为了自己的建议能够早日实现，他利用厂长的弱点，顺水推舟地说："我交给你两个多月，啊，快三个月啦！"

宋紫峰抱歉地笑了笑，说："我还没有看呢，你现在就详细地对我讲讲吧。"百吨吊车吊着一罐从混铁炉出来的铁水，在他们脑顶上空隆隆地移过去。那边发出紫光的瓦斯枪吱咯吱咯地不知在焊一块什么铁板，闪射出来的火花把车间的一角照得通亮。这时火车拖着一列空锭模驶进车间来，它是迎接"解放"号平炉的重轨钢水的。快到车间出口，一只巨大的盛钢罐放在那儿等待修理。厂房是那么宽敞高大，而这儿的一切都是沉重的、巨大的；百吨吊车像一间房子，盛钢水的大罐有一间小屋子大。这儿的东西，动不动以吨作单位，人走进这样的车间，觉得自己十分渺小。不过宋紫峰的感觉有点与别人不同。他觉得自己十分高大，那十多丈高的房顶仿佛举手就可摸到。这些笨重的东西，不是样样都听他指挥么？同样的设备，同样的人员，不是他来了之后，就叫它们月月超额增产吗？他每天在车间巡视时总是快活的，同时也是严厉的。他也总觉得人人都尊敬他、佩服他。啊，他是这儿的最高指挥者、统帅。佟伯川紧紧盯着宋紫峰絮叨个不休。宋紫峰摆摆手大声说："到外面去谈吧。"走到车间门口，佟伯川指了指那列车上的几只空钢锭模，要他爬上去看看。他一步跨上台车，往钢锭模里张望。佟伯川也跟着跨上去，大声问他："看见了吧？底塞就这样不严密，每回漏不少钢，一天就不知要漏掉几根重轨啦……"

宋紫峰点点头，一面走下来一面问："那你准备怎么办？"

“我准备再做一层塞子，做严密些，两层底塞，钢水就一点不漏了。”火车头尖叫一声，列车往前移动了，他拉他躲在离路轨远一点的地方，蹲下来，用手指在地上画着图样，一面画还一面介绍这个建议的科学根据和它的功用。他的湖南口音其实已改得差不多，可是听他讲话，就知道他是个地道的湖南人。

宋紫峰仔细地听着，心里想：“别看这个人一贯爱夸夸其谈，这一回想得可算周到。”他又想到旧的技术人员还是有一套理论的，自己在这一点上没有足够的估计。想着想着，佟伯川催促他道：“你看呢，宋厂长？”宋紫峰觉得加这么一个底塞，只有好处，没有什么坏处；不过为了慎重起见，他还是小心地问他一句道：

“你要仔细考虑一下有没有别的副作用才好。”

佟伯川像受了侮辱一样，瞪着眼反问道：“这有什么副作用？我想不通，这有什么副作用？”然后他傲慢地说：“它的正作用是不漏钢，它的副作用也是不漏钢，技术上有错误我负完全责任。”

“好吧，你把那建议找出来，我批了好报公司去。”他还没说完，车间的广播器在嘈杂的声浪中呼喊宋厂长赶快回办公室。他正转身要走，迎面碰见了苏联专家和翻译员走来。往常，他一上班总愿意和苏联专家一道儿到各车间去看看，有问题就当面和巴耶夫专家商量解决，可是今天他来得太早，只好一个人先来。他向巴耶夫道了早安，告诉他办公室急于要找他，便径自回办公室去了。经过平炉车间时，有好多人想拦住他讲话，但他都摆手了。一回厂长办公室，秘书杨宝琨紧张地迎着他说道：“运输部来了几次电话，说我们不接收铁水，车皮堵住了线路，阻碍交通哩。”

宋紫峰看见他的紧张的脸色，觉得好笑，连忙安慰他道：“天塌不下来的，你害怕什么呢？究竟是怎么一回事，你好好说说。”

小杨稍稍壮了壮胆，抱怨说：“宋厂长，你不知道人家说得多难听啊。头一回电话倒还客气，后来就简直质问我们厂还有集体主义精神没有，又问我们是不是还诚心想兴隆完成五年计划。啊，好玄，别以为社会主义建设都耽误在我们手上。他们的铁水老不合格，叫我们怎么接收？”

宋紫峰听了这一番话，越发好笑，拍了拍他的肩膀说道：“好小伙子，你真是个饶舌的家伙。到底是怎么回事呀？你还没说到正题上哩。”

杨宝琨从愤懑中清醒过来，解释说：“今早六点炼铁厂就送两罐铁水来了。检验员坚决不收，因他们越来越不像话，硫高达 0.08 啦，炼铁厂硬要送，我们硬不收；运输部只怪我们不收，说‘铁牛’号高炉只能出这样的铁水，天天如此，问我们为什么今天偏偏不收。你说气人不气人！”

“不要气了，快给我挂电话吧。”宋紫峰总是那么快活，说话也很有把握，使小杨听了眉毛也立刻舒展。他脱下操作服，接过小杨递给他的耳机，大声问道：“是呀，我正想问——你们做得对，今天要是收下，明天他们就会送 0.09 的来了——对，以后照这样办吧。”他撂下厂内的电话，连忙又接公司生产处的电话，嘴里讽刺地说：“刘明智就只会说漂亮话，当着众人向我挑战，讲完了依旧把硫高的铁水送来。”他端端稳稳地靠在圈椅上，坐着等对方的声音。“喂，正是我呀——对呀——喂，白处长，你究竟要不要我们完成计划呀？你不能只让炼铁厂完成计划而叫我们完不成吧？你不信？请下来检查一下好不好？——是呀，请你对运输部讲一讲，坚决把铁水退回去吧。”他撂下电话，吁了口气，顺手擦了擦脸上的汗，手上的油污立刻在他脸上涂了两道往上翘的胡子。他叹了口气说：“这样扯皮，究竟扯到什么时候啊？”

杨宝琨抬头看了看他，噗嗤笑起来。宋紫峰瞪了他一眼，装作生气的样子问道：“你还看着乐哩。”小杨忍住了笑，用手指指自己的鼻子，并画了两撇，又指一指镜子。宋紫峰会意，连忙站起来走到洗脸架子前去洗脸。小杨想起了一件事，在他后面小声地说：“刚才汪工程师打电话来哩，叫你回来后给她去个电话。”

“她说什么了没有？”宋紫峰也不回过头来，随随便便地问。

“我这就给你接电话吧？”小杨提醒他说。

“不用——等一会儿再说吧。”

小杨看了看他的背影，怜惜地点了点头，心里说：“怪不得汪工程师爱他。要是我有他那样好的身材，又有他那样的本领和地位，我那位小刘就不至于要我花那么多时间了。”不知为什么，小杨竟判断汪工程师在追逐自己的厂长。在早，她来时总是谈工作。后来，谈完工作也不走；后来，竟当他面喝宋厂长杯子里喝剩的开水，并且亲昵地把他的帽子、手套往自己头上、手上戴，讲话的语气也拼命地撒娇。以后看见她来，小杨就躲到隔壁房子去。但是，宋厂长总是借故把小杨叫回来，或者借故下现场躲开她，有时却又借故打电话把吴工程师找来。他看见厂长有意躲避她，她败兴而去，倒又觉得有点痛快，心里想：“当然啦，人家那一位年纪虽然大一点，却是部长，宋厂长当然不肯扔下她，你不是白费劲？”刚才汪丽斯在电话中对小杨说了许多好话，他忽然又很同情她。正想着，电话铃又响了，宋紫峰紧张地回过头来嘱咐他道：

“要是汪工程师的，你叫她找吴工程师去，说我还没回来。”

小杨笑嘻嘻接过电话，问了几句，把耳机递过去，说：“是运输部的。”

宋紫峰原是烦恼的脸色忽然变得很严肃，像准备战斗似的对着话筒说：“我就是呀——知道呀——不错，是我的命令呀——我没有义务收不合格品，难道人家送几缶硫磺给我也要我收下来么？——什么？过去我们厂把不合格品收下来是一种错误，今天不收是正确的——哼，他们可以炉外脱硫的不脱，怕增加成本，让我们炼钢厂来增加成本，减短炉膛寿命，难道这也是集体主义吗？你们为什么就不能退给他们，却硬要我们收？这也不太公正吧？不——我们不仅坚决不收，而且不能负妨碍运输的罪名。”他把电话挂上了。这时检验员走进来，原是想请示厂长的，但听到宋厂长在电话里的有力的答辩，不觉立刻露出了笑容。检验员觉得已没有说话的必要，松了口气问道："那么，没有我的事了吧，宋厂长？"

"这回你们做得对，咱们拒绝一两回，他们就会老实了。"宋紫峰笑着说。

小杨眉飞色舞地加添说："就是要等你回来呀厂长，你说句话，他们当话，你不在，我们就招架不了。"

宋紫峰不觉感慨地说："这叫看人办事，不是按规章办事，是最不好的习惯。"

合理化委员会的老张走了进来，宋紫峰正想开口问他要佟伯川的建议，老张已一声不响地把那建议递给他，然后坐了下来。宋紫峰接过建议，笑着问他："怎么忽然想得起这个？"

老张摊了摊手说："我才想不起它呢，只是经不得他催，他说厂长已全部同意，非要我马上找出来送给你批不可。"

宋紫峰和婉地叮嘱他说："以后有重大的建议还是先送给我看看。我有时工作照顾不过来。"

老张不满意地扭着头说："我也不懂得什么是重大，什么是不重大。那时我把刘师傅、金师傅、允秉常他们的建议赶紧拿来，可是厂长连看也不看，现在还有几份放在你的抽屉里呢。这个底塞有什么了不起的经济价值？他就是能说会道，别人的舌头没有他的巧就是了。"

宋紫峰并不想纠正他什么，他认为，一个干部发点牢骚又有什么了不得呢？他特别不喜欢那种倔脾气的人，要说服他还得费很大的劲儿，他犯不着对这样的人使那大的劲。他看一遍建议书，完全和佟伯川讲的一样，于是提笔批写上"照准，并全面推行，报公司"几个字。老张接过建议书，看也不看，便往门口走去，出了门口，他才看了批写的几个字，便又折回来，对宋紫峰说："厂长，是不是先试验一下，好使唤然后才全面推广？一般的合理化建议都经过试验的阶段啊。"

宋紫峰不以为意地笑着说："老张，看你这个人，事前不提，我批上了你又有意见了。”他看见对方涨红了脸要解释，便挥着手笑说道：“好啦，全面推广就全面推广吧，这个措施花不了几个钱，推广了也不会有什么害处的。这些知识分子倒是有理论、有头脑的，否则人们又该说我不重视他们的建议了。”

老张心里冷笑道：“苏联专家的建议你还有搁着不实行的呢。”老张对谁都有意见，甚至对自己也有意见，他常抱怨自己搞了十多年技术工作，现在叫他管管合理化建议，同一辈的人不是工程师就是科长、处长。“我算个什么玩意儿呢？”他也知道自己有个缺点，就是从心坎里缺乏一种积极的、求上进的劲头。有时他也下决心要改变这种情况，振奋地工作一阵，但是，碰上一件不如意的事，他又冰消瓦解，成天怨天尤人了。宋紫峰既然批了，他就照送公司请批示就是了。

李少祥从刘进春家出来，趁着天没黑，快步跑回工厂来。他没有回车间，沿着蓄热室一带勘察一下地势。他留心一看，和平炉车间一样长的蓄热室外的地面，是一头高一头低；东头高，西头低，到了职工食堂下首，却显出一道沟来。他看清了西头，便从东头沿着高处往上走。不出五里地，原来那儿是伪满时倒铁渣的地方。铁渣堆积如山，由于年代久远，雨水冲洗，铁渣已变成丘陵了。李少祥发现了这个铁山，像抓到了贼子一样，脱口骂道：“原来是你作的祸害，我算把你逮住啦。”他高高兴兴地坐下来，手里不停地捡起小渣块，直往丘陵上扔。他歇够了，正想回去把结果告诉刘进春，才想起自己什么问题也没有解决，白欢喜一场罢了。“谁不知东头地势高，雨水沿着地势灌到蓄热室里去？我看你一点也不聪明，问题在于怎样把水引开；不然呢，刘叔的观测器装上了也没有用。”他耷拉着头，懒洋洋地走回来，不觉又摸到蓄热室去。在那儿，他碰到了热工工程师吴凌枫。他没精打采地问他道：“还没回家吗，吴工程师？”吴凌枫皱着浓黑的眉毛说：

“人到了家心还在这儿，不如在这里多待一会。你知道，雨季就要来了，我这里年年叫水淹，真不服气！我要想法子叫它不淹才是。”

“真的吗？平炉工人听了要高兴死啦。你说说有什么办法？”少祥兴奋得跳了起来，迫不及待地追问他。他和这位工程师接触不多，更没深谈过；可是看见他没架子，对待事情又热情又认真，心里爱慕他。吴凌枫在薄暗中摇摇头说：“我要是想到了办法，就用不着在这儿磨蹭啦。”

李少祥说：“我说，在地下挖个沟，让地上积水能排掉，不就省得水淹了吗？”因为这时输送原料的天吊在他们头上经过，他只好大声说着。一些矿石的碎屑通过安全网落在他的帽子上，一列送冷钢料的火车从旁边驶过，小火车头的尖叫声，震得耳膜也要破裂似的。吴凌枫大声回答他说：

“这个办法我也曾经想过，可是这儿地下埋的管道太多了，管道公司不同意我们这个建议。”接着他又解释说：“其实管道多是事实，但是地下沟还是可以挖，只是宋厂长不重视这件事，没有很好向公司讲清楚，让公司和管道公司交涉。”这时列车已过完，天吊也不在他们头上，喧闹的声音暂时停息了一阵，可是两个人都静默下来。吴工程师仰望着那排整齐的高耸云霄的烟囱在吐着黑烟，在电灯的照耀下，他的年轻的眼睛特别晶亮，好像他能透过重重困难而看见美丽的天边似的。的确，在他前面不远的只是高大的烟囱，发电厂的冷却塔和巨大的瓦斯罐，这些巨大的建筑物把他跟前的景色挡住了，只看见露出在它们上面的一角天空；不，天空也给浓烟弥漫了。但是，正是由于浓烟，由于那些巨大的工业建筑，使得这个青年工程师眼光远大，心胸开朗，无所畏惧。他对着这个朝气蓬勃的炼钢工人，倒觉谈得对劲，不觉冲口说道：“我看我们厂长，除了平炉之外，什么也不感兴趣。他对炼钢也算是个内行，可是孤立地看炼钢不是个办法。看，你是个平炉工人，可是你还想到水淹蓄热室这件事。”

李少祥微笑着说：“那是因为我们每天都在平炉上干活，雨季来了，我们也在平炉上干活，你们蓄热室淹了，我们有劲儿也使不上。

厂长呢，偶尔炼炼钢，水淹蓄热室时的滋味他没尝过。”

吴凌枫想了想，摇了摇头，说：“不，他是厂长，他不是一个工人，也不是一个平炉车间主任，他更应该全面地考虑问题。”

“我说，吴工程师，你们有理论的人不好时常提醒提醒厂长么？”他仿佛请求他。吴凌枫望了望这个青年伙伴的坚强目光，用同样恳切的语调回答说：

“提倒是常提，只是我自己在热工方面只知道这一点，而且我的马列主义不够，有话也说不明白。你们工人讲话比我们有力量，你向他提过吗？”

两个人又沉默下来，这时一列拖矿石的火车又驶近了，看那车皮里矿石的颜色，就知道是由海南岛来的。这些矿石，把他俩的想象带到很远的地方去。“全国各地都在支援我们。”少祥想到这，心里热辣辣的，一个劲儿想道：“宋厂长也有两只眼睛，难道他没看见全国支援我们？苏联大力帮助我们？他也有脑子，难道他看不出职工的许多倡议是有用的？刘叔性急，定是没有把话说清楚；吴工程师他们胆小，不敢好好和他说。哼，我不管这些。”他离开了原料工段，决心要去找厂长，径自往厂长办公室走去。走到办公楼，那里的灯照例亮着，他迈开了步，上了楼，一面推厂长室的门一面说：“厂长——”当他打开门一看，里面正中坐着厂长，旁边的那列椅子上坐着一个女的，她是煤气厂的汪工程师，他认得她，因为她常和苏联专家、厂长到平炉车间来研究煤气的问题。她端正地坐着，满脸泪痕，李少祥看了，大吃一惊，正想退出去，却给宋厂长叫住了：

“老李，有什么事？来，你来正好谈谈。”李少祥走了进去，宋紫峰便有点紧张地站起来对汪丽斯说：“就这样吧，汪工程师。工作总是要遇到困难的，不要难过，有事可多和我们吴工程师商量。”

汪丽斯站起身来，苗条的身体软弱地摆了几摆，为了维持身体的平衡，她振作了一下，抬起了头，并用手绢擦了擦眼泪，然后和屋里的人告别说：“好吧，那么我先走啦。”她几乎是摇摇摆摆地走出办公室的。宋紫峰看见她的腰肢像是快给狂风吹折的小柳树似的，急忙起来扶她，送她下楼。在厂门口吴凌枫正在等汽车，宋紫峰嘱咐他送她回家。吴凌枫见她精神恍惚，问她哪儿不舒服，她只说头晕。坐在汽车上，她没有说话，只把头靠在他的肩膀上。到了家，她任他扶着自己一块儿上楼去了。

宋紫峰回到办公室，直向脸盆架走去，用冷水狠狠地擦了把脸，然后回到座位上又一口气喝了一盅凉开水，像要驱走什么似的用手使劲把脸一抹。

李少祥抓紧时机开口说："厂长，我有事找你谈谈。"

宋紫峰显然恢复了高兴的心情，说："好嘛，讲些好消息听听吧。"

李少祥一听那口气，眼看自己肚子里的话又不合时宜了，但他已顾不了这许多，直往下说："厂长，咱厂今年的增产任务到底要不要完成？"

宋紫峰一愣，反问道："你这是——"

"只说我们'共青'炉吧，今年二十五万吨任务；六个多月早已过去了，只完成了十一万五千多吨！先进措施，一条也不批下来，防雨也未见布置。难道说句空话就能完成任务么？"

宋紫峰看见这个工人来头不小，不便抢先回答，反正自己胸有成竹，只提起精神听着罢了。

少祥接着说："王良信的快速精炼本来好使得很，可是厂长你就不信；刘师傅的自动观测器，你不让安装，也不疏通水路……我不明白，今年增产任务还要不要完成？"

宋紫峰轻声笑着回答说："你讲的是这个？哦，不错，你们的措施有些挺实际，但是有好多不能实行。像快速精炼，我查遍书也没有。挖地下沟吧，是人家不给我们挖……"他说了很多，无非是他都考虑周到，没有办到的，只是不可能，或是别人不给办罢了。

李少祥反驳道："疏通水道要等公司来批，啊，那么，金福忠那个把吊车大轴换成滚珠的建议难道也要公司来批？有许多事情公司已批下来并且已实行一阵子啦，好比专家建议的班组成本核算、钢铁料定量消耗等等，但是现在坚持贯彻的有哪几个炉子？宋厂长，我们是工人，有事情只懂得问你，你不给我们解决，我们问谁呢？”

宋紫峰仍然觉得自己理直气壮，答道：“你们有理由要求我嘛，只是有些事情的确是公司给拖下来了；有些事情呢，却是下面的工长保守，不肯好好贯彻专家的建议，科室检查制度又不严；像你刚才提的班组经济核算和定料炼钢，那是下面作怪，总也贯彻得不好——”

少祥听到这儿，不禁吃惊地叫喊道：“啊，那你干瞅着他们不管么，厂长？公司你管不了，咱厂的人谁能不听你的指挥？”

看见这个一向忠厚和气的年轻工人忽然变得执拗和气盛，宋紫峰觉得有点诧异，为了有力地说服他，他提出了足以为自己辩护的理由：“你以为我不急？将来完不成，挨批评的是我！”

少祥实在不明白宋紫峰为什么会首先想到完不成任务，想到挨批评？他好奇地自言自语道：“我们才不去想那个，为什么不想想超额完成任务，叫钢铁早点超过帝国主义，让他们看着生气？哼，到那时候，有人打我两拳我也甘愿，莫说批评。”他紧皱起眉头，憋了一阵子，才把刘进春的焦急、金福忠的牢骚、吴工程师的忧虑通通告诉了他；说完，心里稍稍感到轻松些。

宋紫峰仍旧轻轻锁着眉，听完了半天没说话，又过了半天，才问道：“你说我该怎么办？”

少祥松了口气，答道：“这个，厂长，你比我更明白，大家也不过要求厂长多听听大伙的意见，多让大伙去试试。”他觉得自己说得既彻底又明确，即使刘叔在场听见，也会点头嘉许的；他便住了嘴，看着自己的厂长。看见厂长脸色逐渐愉快开朗，他更相信自己的话生了效。

这边宋紫峰哩，心里不禁为这年轻人惋惜，他想：“现在的年轻人啊，就是好管闲事！他们只看见胜利，看不见困难；只看见自己的热情，看不见客观的现实……”他边想边起身脱下操作服，换上衣服，走到李少祥跟前，拍拍他肩膀，满脸热情地劝他说：“同志，你不要把精力花在与你不相干的事上了。如何维护好炉体，在不违反操作规程下如何缩短冶炼时间是你的本分。”他说罢便出门而去。

李少祥像忽然挨了一拳似的，脑子嗡的一声觉得很昏乱。他忘了自己是怎样走出厂长办公室的。他模模糊糊地自个儿叨念着：“我咸盐吃得太少了，刘叔说得对……”突然有人用力拍了他背上一下。他回头一看，原来是杨宝琨。

“对象搞妥了吧？”他的头发梳得溜光锃亮。

少祥莫名其妙地呆呆看着他，答不上来。小杨又补一句说：“你拿对待生产的劲儿对待你的心上人，就保险成功。”少祥听了苦笑一下，随即站起身，随着小杨下楼去了。

第九章

宋紫峰下了通勤车，天色已暗下来。听见后面有人招呼他的声音，他回过头去看，不久就认出他所熟悉的身影来。

“你走那么快忙什么？到我家坐坐。”煤气厂工程师汪丽斯要求他。

“你是和我坐在一部车子回来的么，怎么我没有看见你？”看见对方走近自己，他的声音不觉放低了。

“我也没看见你，只听见你在车上说话。啊，你那嗓音，只要在五里以内我就听得见。它就像磁石似的吸引着我。唉——”

看见旁边没有人，宋紫峰说：“那么，太危险了，我和我爱人讲话都被你听见了。”

汪丽斯没有开口，只是沉重地叹了一口气。两个人沉默地走了一段路，往东一折，便到了她的宿舍。到了家，她关上门，给他倒了一杯水，便又都沉默下来。屋子里已相当黑暗，但是宋紫峰仍然辨别得出来梳子、镜子等零星什物扔满一桌。两个人都矜持着等待对方先开口，后来宋紫峰为了打破这个僵局，提高嗓音说："这两天怎么样，有好转吧？要是煤气满足我们，我们情况能好一些——"

汪丽斯在薄暗里怨恨地望了他一眼，说道："怎么，你是为煤气才上我家来的么？"她看见他不动也不说话，并且把头扭向窗户亮处，他的稳重更增加他的男性的魅力。她控制不了自己，忽地哭了起来，扑倒在他的怀里。宋紫峰竭力想避免的事情，终于不可避免地到来了。他作难地皱起了眉头，慢慢抬起手来拍她的正在抽动的瘦削的肩背。

汪丽斯断断续续地说道："你折磨我要折磨到什么时候啊！我忍受不了啦。"

"忘记我吧，我不是那样一个值得你爱的男子。"宋紫峰声音沉重，他后悔不及，想摆脱又摆脱不了，苦恼透顶。

他和汪丽斯，是在苏联马格尼托格斯克钢铁工厂实习时才认识的。她是个二十八岁的老姑娘，聪明、骄傲，但是不能制约自己的热情。她几乎一看见宋紫峰便爱上了他，每天晚饭后都要和他沿着乌拉尔河散步。宋紫峰是个很活跃的人物，苏联的青年姑娘们和小伙子们经常找他玩。汪丽斯来到以后，马上加入了这支队伍；但是后来不知为什么苏联朋友们看见她来了，便都慢慢地离开他们两个。汪丽斯很感谢苏联朋友这样体贴她，因为她殷切地希望和宋紫峰有单独在一起的机会。宋紫峰这人马虎大意，没有觉察她对自己特别近乎，反正谁找他，他就热情地和谁玩。偏偏汪丽斯一点也不放松他，不久，他所有的休息时间几乎全部被她占了。当周围的人以羡慕的眼光目送这一对并不年轻的伴侣时，汪丽斯快乐得靠他靠得更紧了。三个月过去了，她疯狂地沉醉在他那洒脱的仪态和殷勤的体贴里，但是她同时也发觉他好像不懂得爱情似的，他对她的种种暗示和挑逗，只是采取了欣赏的态度，而并无反应。他对于自己的功课一点也不放松。有一个星期六的晚上，她怎么也不愿和他分手回家，他就陪着她逛，从铁桥溜达到小树林子里，又从小树林子走回铁桥。那一带处处是双双对对的情侣，夜已深了，倚着栏杆，情话绵绵的青年还是不少。宋紫峰催促她说："该回去了吧，太晚了，我怕你会着凉。"这时他们已完全用中国话说话。

"离开了你，我回去也睡不着。"在朦胧的月色下，她的眼睛闪着灼热的光辉。这时宋紫峰才发现这个女人虽然长得不算漂亮，但当她那双具有特别力量的眼睛注视着自己时，倒是很动人的。这样四只眼睛的互相注视不到一分钟，汪丽斯表示了失败，迅速地投到他怀里，两条胳膊搂着他的颈脖子，并且喃喃地说：

"宋，我一分钟都离不开你，这怎么办呢？"

宋紫峰有些惊慌失措，为了承担这个并不矮小的女人的分量，腰身紧靠着栏杆以支持全身的重量。为了酬答她的盛意，他用手抚摸着她的颈背，但不知该说什么好。汪丽斯看见他没有动弹，搂他搂得更紧。宋紫峰轻轻吁了一口气，求救地说：

"快不要这样，否则我就要对不起我的妻子了。"

她觉得她的自尊心受到了损害，一只胳膊虽然还搂着他的脖子不放，一只胳膊却推开他的左肩，仰起了脸，生气地说：

"她？——我又不认识她，这关我什么事！"

他毕竟没有预料到事情竟会如此迅速变化，因此手忙脚乱。他既没有想到这样的事情会有什么后果，也不知道应如何结束这样的场面。"啊，她不认识她，这不关她的事。那么，我——"他脑子里一阵昏乱，不能想下去，只是一截木桩似的栽在那儿不动。汪丽斯生气地抽出了自己的身子，迅速伏在栏杆上，呜呜地哭将起来。宋紫峰着了慌，赶快回过身去，弯下了腰，谨慎小心地说："不要生我的气，丽斯，不要生我的气……"

汪丽斯一面抽咽一面说："看你对我多冷酷！你既然用阳光和雨露养活了我心中的爱苗，现在它已发芽含苞，你却报给它一阵冰雹子，你这是什么意思？"

他觉得自己很抱屈，因为他既没有给人阳光和雨露，更没给人冰雹子；但是她的这几句理直气壮似的话，倒使他觉得自己真的对不起她似的。他不想解释什么，眼前为了宽慰她，止住她的哭，他舒张着他那甜蜜的男性低音，赔不是地说："原谅我吧，我从来没有存心伤害过谁。不要生我气了，丽斯。"他已听见她从埋在胳膊里的嘴中发出娇嗔的声音，知道她已缓和下来了，就拼命说些安慰的话，但是不知怎样，她的脸直往她面颊移过去！不久，两个人就亲起吻来。

此后，他离开她时很想看见她，但当见到她时，又想躲开她。因为每一次会面，他总觉得她身上有种逼人的东西，他要用很大的力量才能抵挡住了她的引诱。

他实习完毕先回国。回国后，他和妻子的关系虽然还跟往日一样，但是他发现她有许多他从前没有发觉的缺陷。邵云端显然也发现丈夫比过去淡漠多了，不是个久离又重新聚首的丈夫所应有的。但是她的秉性并没叫她去怀疑他。四个月前，汪丽斯也调到兴隆钢铁公司煤气厂来工作了。她的到来，虽然给宋紫峰家庭带来不幸，她认为，他要是爱她，就应该和她永远在一起。他虽然并没有想过要和她永远在一起，但看见她啼哭时，只觉得自己对她不住。当他回到家看见贤惠的妻子和热爱他的儿女们，他心中就激起一种莫名所以的懊恼来。烦恼起来，他竟至打他心爱的女儿的手掌，和妻子吵嘴。但是这些办法没有使他轻松半分，女儿反而更疯狂地缠着他，妻子也更大方地处处忍让他，他更苦恼了。看形势，他只能选择一头了，于是他提出和妻子离婚。离了婚，省得邵云端在自己耳边批评这批评那。她好像完全看不见他的显著的成绩，而成天提醒他不要骄傲，不要独断专行，不要……但是，他提出离婚后，她仍然那么关心他，使家庭生活过得安安稳稳。宋紫峰一气之下，便和妻子分居；对汪丽斯，也极力避免和她见面，特别是避免单独和她见面。他并不想知道这种办法能不能解决由于自己对爱情的不严肃所造下了的纠纷，他只图自己的心灵得到平静。此后，他把全部时间和精力都投到生产里，一吃过早饭就回工厂，有事没事，天黑以后才回家。当他回到家时，小孩们多半已入睡，妻子也早已吃过晚饭，伏在桌上看书了。果然，三个月来，邵云端忍受着冷淡的苦恼，汪丽斯也被迫和他疏远，他却得到了片刻宁静。他是轻易不让苦恼压住自己的人，他想：“与其爱情的后头跟着的是苦恼，那我宁愿打一辈子光棍。”

“你说呀，你究竟要折磨我到什么时候呀？”这时候汪丽斯在他面前哭得颇为伤心似的。

宋紫峰觉得光是躲开也不是个好办法，应该和她严肃地谈谈。安慰完她以后，他扶她坐在圈椅里，自己起来拧亮了灯，挨她对面坐下，用动情的、但是严肃的调子对她说：“忘记我吧，忘记我们过去一段情感吧。我确实知道，有不少同志，或者起码有同志在热烈地爱慕你，等待着你。他比我年轻、漂亮，各方面的修养也都比我好。我已是个三十七岁的人，对工业又是半路出家，况且我有妻子和儿女，他们对我——”他觉得自己已经说不下去了，因为声音已发颤了。

“这些话对我说干什么！”汪丽斯生气地扭过头去，“你在乌拉尔和我要好的时候，难道你没有想到这些情况么？既知有今日，又何必有当初呢？”她已不哭，声音里充满了愤怒。

他很想辩解一下自己当年的情况，但他觉得一个男人纵然有九十个理由，要用语言去伤害一个被自己爱过的女性，是最没出息的事；不过这一次他并不让步，用轻轻的然而很清楚的语音一个字一个字地说道：“我已是一个父亲，是个丈夫；特别我的女儿，离开我她是活不了的啊！”

汪丽斯听到最后那一句，气闷地颓然把上半截身子靠到椅背上，没半点力气，也不再说半句话。

这样，两个人沉默了足足有半点钟之久，宋紫峰的思路逐渐已回到生产上去了，不觉用愤懑的口气叫道：“我们厂分明只能挑二百斤，但是一定要我们挑三百斤，这怎么可能呢？何况百吨吊车不够用，装料机车又不给我们安装，铁水质量不好，煤气又常常不足。又要马儿跑，又要马儿不吃草，今年生产任务我反正完不成！”

汪丽斯还在生气，各种想法在她心里翻腾，一下觉得自己万万舍不得丢开这样一个理想的对象，一下又觉得要实现这个愿望是很困难的。她有时觉得他是真情实意地爱她，但有时怪他既然爱她为什么不肯和妻子离婚。现在听见他忽然转到谈生产问题，她伤心地想道："看，男人就是这个样。爱情对他，算得什么一回事呢！"但是她不敢再和他吵下去，因为他对她的感情一天淡似一天，要是他们的关系僵下去是不会给她带来什么好处的。她也就顺着他接下去说："上级已经决定的增产指标，你们怎好不执行？人家已经议论你哪。"

"议论我什么？"宋紫峰满不在乎地问。

汪丽斯出自维护他，多少为他着急，便把声调放严肃一点，说："人家说话，总是有好听的，有不好听的，那倒没有什么。可是，连我也没有想到你竟会——"从工作上这样批评他，她还是头一次，说了一半就说不出口了。她不好意思地呆呆望住宋紫峰。他却毫不在乎，冷笑一声说："你放心说好了。不合理的事，我巴不得摊开来大家谈一谈。这一回的增产计划是冒了，可是谁也不肯说。我呢，不过说了一句老实话，就显得我有角有棱。说我缺少政治头脑吧，可是人家冯书记呢，书记政治上比我高得多，他又分工管工业，他就讲了公道话，说指标高了，不是我不肯卖力气啊！"

汪丽斯充满了同情地劝说道："过去这一年，论生产成绩，哪一个厂也不如炼钢厂的成绩突出，这倒是人人看得见的。不过，你的肠肚太直，有些事儿，你怎么一早就知道办不到？——太主观了吧？即使办不到，也要好好和人家商量，要说服人家，让人家充分理解你的困难。不是么，这回群众很难同情你吧？当然，你是老干部，政治水平比我高——"

宋紫峰忍不住笑了，说道："这是办企业，科学技术问题明摆在那儿，大家都看得见，用不着政治说服，也用不着婆婆妈妈。"汪丽斯正想解释，他又向她提出了问题，质问地说："你说一说，为什么别人可以不执行规定，我就不行？上级叫你们供给我们足够的煤气，你们可以不执行。上级叫炼铁厂给我们合格的铁水，他们可以不执行。你说这是合法还是合理？”

她看见他不是在讲理，而是撒野了，觉得很有趣，边笑边大声指出他说：“同志，你真是——那是一年一度的增产计划；我们煤气啰，铁水合不合格啰，是日常的质量指标问题，怎好混在一块儿谈呢？增产指标虽然不等同于国家计划那样是法律，但也应严肃对待呀。”

“谢谢你给我又上了一课！”宋紫峰笑着说。

谈爱情时，汪丽斯可以撒娇撒痴，但是对待工作问题，她却不让人。她正搜索恰当的语句企图折服面前那个骄傲的人，但炼钢厂的热工工程师吴凌枫恰好推门进来了。

吴凌枫身材不算高，但是很壮实匀整，方脸、大眼睛、高颧骨，都显示出四川人的特点来。他不爱说话，却很能迁就别人，以致在一些重大问题和别人意见不同时，他就拿不稳主意。他和汪丽斯是同乡、同学。原来两个人很要好，但是学习回来以后，她对他变得冷淡。不过因为工作关系，二人接触特别多，厂里的人都以为他俩在恋爱。

“老吴，你是不是向汪工程师要煤气来的？”宋紫峰打趣着说。

吴凌枫摇了摇头，用双关的口气开玩笑道：“她是铁观音，连心肠也是又冷又硬，她决不多给别人一点什么。”

宋紫峰听了觉得好笑。汪丽斯更是心情舒畅，她多么愿意叫宋紫峰知道有一个漂亮的青年男子在热烈地追求自己。

“宋厂长，都已进入七月了，可是今年的防水工作还没有开始，我只愁水淹我的蓄热室和煤气管道。今年的增产节约的关键问题，这不能不算一个呀。如果今年不预防，就跟往年一样，八九月不减产也不可能，更不要说增产了。我看老刘师傅那个自动观测器应该试验，另外厂长还要积极向经理建议，让地下挖条水沟……”

宋紫峰听见他提到那自动观测器，不觉微微笑着说：“那位老工人真会做工作。看，他亲自对我说了两遍，回头又找党委；工会哩，还反映说平炉工友支持他；现在，热工工程师也支持他了。”

吴凌枫不知道他说的是什么意思，只瞪起眼望着他，猜测他是赞成这个建议呢，还是不赞成这个建议。他和宋紫峰的接触不算少，但是多半在现场和在会议上。他认为自己的厂长是精细的、严格的。那一回在检修煤气管道的时间安排上，吴凌枫和主任工程师发生了争论，他俩把各自的意见都提到宋紫峰那儿去了。宋紫峰因为不熟悉热工方面的事情，也决定不了，但是他终于花了两个下午亲自跑到蓄热室去观察和研究，才果断地决定了问题。吴凌枫和所有的工程技术人员一样，喜欢这样爱钻研、敢负责的厂长。但是他又隐约觉得他过于自信，有时自信到武断的程度。他如果决定了一个问题，或者对某一个问题有个看法，你要动摇他，就比企图摇撼这厂房的基础还要困难一些。吴凌枫深深知道自己好退缩、不敢坚持意见的弱点，因此他和厂长打交道时总是心里打怵。

宋紫峰从来不注意别人对自己的反应，他紧接着说：“我问刘师傅，你这建议有什么科学根据？他倒没多大科学的根据的。况且问题在于测出来地下水涨之后，又怎么办？挖地沟的事我已对经理讲过三遍，一次是去年雨季前，一次是雨季过后，上个月又讲了一次。你说这有什么办法？问题不在我们呀。”

吴凌枫等他说完，为难地解释道：“哎，刘进春师傅是大老粗，只凭实际经验，理论恐怕他讲不上来。”他越讲越不好意思，但为了要对方相信，只好硬着头皮讲下去：“讲到科学根据，那还是有根据的，比方观测器里头观测针的水的压力标定等，都是我给他算过，并测定过的……”

宋紫峰扬了扬他那双好看的眉毛，大概是表示他还没有想到会是这样。他随口夸赞了一声：“哦，原来你也参加了研究，这种精神很不错。”

汪丽斯插嘴道：“我警告你们，在雨季前要想办法，否则被水淹了之后，又来抱怨我们煤气送得少了，我可管不了啊。”她好像发现了什么问题，假装吃惊地说："啊，你们在工厂整整搞了一天，不嫌累，还要借我的房子来开技术会议呢。来，让我们吃点糖吧。"她跟着撒娇撒痴地用俄语讲话，叫宋紫峰给她挑一颗带核桃仁的。

宋紫峰知道吴凌枫爱她，也知道她故意在追求自己的人面前向别的男性撒撒娇。但是他很不习惯这样的举动，所以只装作没注意，没有理睬她。吴凌枫俄语已学得很不错，全听懂了；他看见宋紫峰没有动静，便亲自挑选了一把核桃糖送到她跟前。她皱起眉头看了看糖，挑剔地说：

"不，我要吃咖啡的。"吴凌枫高兴地一笑，连忙答应着，又挑了一大把咖啡的送到她手心里。

宋紫峰很体谅吴凌枫的心情，觉得自己应该走开。他站起来和他们二人告辞，转身下楼去了。汪丽斯慌忙站起身来说："我送送你，我给你开灯。"等她赶上他时，他已走到大门口。在黑暗里她一把拉着他，没有说话。宋紫峰站住，回过头来望望她，她一手搂住他的脖子。宋紫峰重重地叹了一口气，然后蜻蜓点水似的轻轻吻一吻她的头发，便迅速推开她，走掉了。很显然，这一吻并非出自他的感情的要求，但是她已感到满足，因为这表示他对刚才的不愉快的争吵已妥协了。她懒洋洋地回到楼上，没力地靠在沙发上，半闭着眼睛。吴凌枫静默地望着她好半天，但越看她越觉得自己不了解她。她对待工作，处理问题，他佩服她到五体投地的地步。只是对待生活，他有些地方简直看不惯她。他有时鼓起勇气想和她斗争一下，可是她却像站在债权人似的优越的地位，以不屑理睬的骄横态度对待他，他便退缩了，妥协了，过了几天又低心下首地走上她的小楼。今天晚上他决心不让她，质问她说：

"我邀你今天晚上和我一块儿去看电影，你为什么要骗我说你要开会？"

汪丽斯无动于衷地仍然半闭着眼睛，懒懒散散地答道："因为我对于和你去看电影这件事还没有感到兴趣。"

吴凌枫并不以为她在奚落自己，她只是用傲慢来折磨着自己罢了。于是他耐着性儿问道："你到底什么时候才有兴趣和我在一块儿玩？"

汪丽斯故意用一种哄小孩的腔调答道："等到我有兴趣那一天，我打电话通知你，请你去买票好不好？"

对于她故意刺激他的自尊心这一点，他并不想去追究，只是她那不正确的态度，他觉得应该指出，便用大哥哥劝导小妹妹的口气对她说："你不想看电影也就罢了，不过不应该撒谎说你今晚要开会。"

"啊，不撒点谎，你又来缠人家，搞到我晚上连书都不能看。"她说了老实话了。她的心境是烦躁的，但声调是撒娇的声调。事实上每次见到他，她都要撒撒娇或依赖他做点什么；也是由于这，吴凌枫才觉得自己并不绝望。他认为她对他的冷淡，只是她对他的反复考验罢了。现在，看见她向自己撒娇，他的心又是暖洋洋的，充满了朝气和温柔；他不觉感动地说："丽斯，请你原谅我，我不能控制自己的感情。你知道，我一想到你时，就要立刻跑到你身边，要是看不着你，你不知道我多难过，根本什么事都不能做啊。"他低垂着眼睛，像一个犯了错误的人坦白地吐露自己的过错似的。随着，他又自言自语地嗫嚅地说："我知道这是不好的，我以后要克制自己……"

这些话触动了汪丽斯的心事，她歇斯底里地哭起来，又像祷告又似诅咒地喃喃自语说："感情——太可恨了，不能征服它，就会被它征服！"她回忆起刚才的情形，担心要是她失去了宋紫峰，她将怎样生活下去？她哭得更伤心了："怎么办呀？生活有什么意思呀！……人没有感情多好啊……"

吴凌枫以为自己惹恼了她，吓得不知所措，呆了一阵，才跑到跟前，弯下腰来向她赔不是，生怕她不信任自己，他几乎起誓地说："我保证以后一个星期至多来两次，除了星期六和星期三两个晚上之外，我要安心在家里看书；星期天，当然例外……"

汪丽斯怕暴露自己和宋紫峰的感情关系，也止住了哭。吴凌枫趁势抽出自己那块又硬又脏的手帕来给她擦眼泪，她没有作声，任他摆弄。他看见她情绪已逐渐平静下去，就小心翼翼地坐在她旁边。过了一会儿，他轻轻扭开了无线电，首都电台正播送着贝多芬的《月光曲》。他认为自己能够坐在汪丽斯旁边，欣赏着这支表达失恋后的痛苦和混合了对艺术事业的顽强的进取的又悲怆又激烈的曲子，是幸福的。他生活在这样的时代和这样的社会，要比贝多芬幸福得多；况且他对她，还没有绝望啊。

宋紫峰的脚步很沉重，他并不想回家，就在这块遮天的洋槐的林荫道上转圈子。他认为自己在爱情上没有什么了不得的过错；但是，他的爱情生活显然是不幸的。和妻子离婚么？实在找不出什么理由。和汪丽斯结婚么？他也没有这个强烈的要求。倒霉的是这两个女人都认为没有他就生活不下去。他想自个儿离开兴隆，远离她和她，但是，有什么理由向组织提出这要求呢？他想到兴隆以外的工业基地，想到辽远的新疆、包头。不一会工夫，他的思路又回到他的炼钢厂子去了。不知不觉，他的双脚把他带回家里去。家里是静悄悄的，上得楼来，他照例到妻子的屋里去看看孩子们。奇怪，屋子里静得一点声音也没有，谁也没有在，只有小芳一个人趴在桌上专心地画画。他走到她背后，轻轻抚摸她的蝴蝶结，她才发觉，惊喜地抬起头来，说："啊，爸爸，你看我这幢房子画得好不好？"宋紫峰放下皮包，搂着女儿，和她挤在一个凳子上坐，眯起眼睛品评着那幅画说：

"这幢房子是不是前面这个人住的？"

"是他的房子，你没看见他在自己花园里浇花吗？"小芳指点着解释说。

"房子在后面，应该画小一点，人在前面，应该画大一点，懂么？"他又说，"人看东西，总是近的看来大，远的看来小，明白么？"

小芳含着笑，像对待小朋友似的说："你不对啦，爸爸，人高，房子矮，他怎么能走进去住呢？"

宋紫峰呵呵大笑起来，捧起女儿的脸，不住地亲吻，随后用最浅近的道理向她解释。芳芳不知懂没懂，只是不住点头，两只小辫子也随着摆动。过了一会儿，她又思索地提出了问题："比方吧，你站在很远的地方，我站在前面，妈妈站在后面，难道她看见我比你高大么？爸爸？"

宋紫峰赞赏地说："当然啦，孩子。那你算真的懂啦。"

"明天我们上公园试试吧，啊，我比爸爸高大！"

"妈妈上哪去了？"

"她开会去了。"

宋紫峰嘱咐女儿好好画，便回到隔壁自己的卧室，抓起电话问"解放"号平炉的炼钢情况，然后坐下来看报。不到一刻钟，芳芳跑过来，问他道：

"爸爸，要是妈妈不回来，我就和你一块儿睡，好不好？"

"好，你自己脱衣服，上床睡吧。"

芳芳没有听他的，跨上父亲的腿上坐下，小脸贴着他的胸脯，拼命地打哈欠，眼皮也抬不起来了。他搂着小女儿，仍然看报。但是，他忽然心绪很乱，看不下去。他抚摸着她的辫结子，悄悄唤她说：

"小芳，睡着了么？"

"没有哩，爸爸。我正想着哩，明天我们到公园去，你站得远远的，我站在前面，让妈妈看见我比你高大，这多有趣！"

"芳芳，爸爸要走，你离开爸爸，和妈妈一块儿过生活成不成？"他俯下头，贴着女儿的肩头，仿佛要偷听她的心灵里的声音。啊，他真不明白自己为什么向女儿提出这个问题。芳芳听了，忽然抬起了头，连撒娇带吵嚷地叫个不休：

"不嘛，我不嘛，我不让你走嘛！"她抱怨地望着他说，"你又要到苏联去么，爸爸？不，我不让你去！"

宋紫峰又试探地问她说："爸爸要调工作呢，一调就不回来啦；要不，你跟爸爸走，让妈妈带弟弟留在这里好不好？"

小芳不听犹可，一听要和妈妈弟弟分开，便举起右手乱打父亲的肩膀，边哭边说："唔，我打你，我不要爸爸，我不要爸爸，我打你……"

他的自尊心似乎受了损害，想道："她对孩子的力量，远远超过我呢！真没想到。"

芳芳当真伤心地又哭又闹。他心里很迷乱。小女儿对于他所提出的问题这样认真看待，对他是一种严重的刺激。他没有办法，只好哄她说："啊，好了，爸爸不走了，不要哭啦。"小芳将信将疑，瞪着那对朦胧带泪的眼睛，凝望着他。他装上了笑脸，给她擦眼泪，并答应明天早点回来，吃完晚饭和他们上公园玩。芳芳这才放了心，紧紧地贴着父亲，很快睡熟了。但是父亲的心绪还在翻腾，他把女儿抱得越来越紧，傻里傻气地径自吻她的头发、小脸，低声说："爸爸不走了。爸爸不能没有你。"他忽然听见滴答一声，原来是一颗好大的眼泪滴落在他手中拿着的报纸上。

第十章

那是星期天，下了一夜雨，第二天天气特别清爽凉快，小兰掐指一算，正好少祥当阴阳班，便决心到他家里去看看他。在路上买了几个早熟的伏苹果，放在自己缝的布口袋里，她一路微笑着往李家走去。到了李家门口，她整整衣裳，听见屋里李大娘的笑声。她高兴地想："他一定在家，看他娘儿俩多快乐！"她擦了把汗，整整前额上给风吹乱的头发，顺手敲门。李大娘探着半边身子往外一看，看见是小兰，笑呵呵地迎她进屋。小兰一迈脚步进屋，首先迅速地往炕上扫了一眼，可是哪有少祥的影子？再看一眼，炕沿坐了一位大姑娘。她个儿不高，可是长得很丰满，两圈又黑又长的睫毛辉映着两个黑眸子，仿佛像她们乡下里的一池盈盈欲滴的清澈的泉水。再过细一看，她皮肤白皙，一笑左脸颊就出现一个圆圆的酒窝来。小兰爱慕地看了她几眼，才在炕沿坐下来，心里蓦地一想：“啊，她不是那天在公园和五哥有说有笑的那个漂亮的大姑娘吗？”

那美丽的大姑娘笑嘻嘻地张口问道：“啊，大娘，那位是你的——”

李大娘拍了一下巴掌责备自己说：“看我老糊涂了，忘了给你们介绍哩。”于是她指着小兰说：“那是我的干女儿，和少祥一块儿长大的。”又指指小刘说：“她是你五哥的同事，在一个厂干活的。”小兰不知说什么好，那小刘带点上海口音开口说道：

“那太好了。我正想了解少祥同志在乡下的情形。你什么时候给我讲讲吧。少祥同志这个人太好了，关于他自己，什么都不讲。”她说完就仔细地打量起对方来。小兰给她一打量，更局促不安，两只手来回摆着两条大辫子，微笑着，轻轻点点头。那小刘收拾起本子和钢笔，亲热地辞别老人家，说：“大娘，我该回去啦。下午我打算回厂给工友们加播一次音乐和新闻哩。”她也和小兰握了握手，问了她的住址。老人看着她，笑得合不拢嘴，依依不舍地一直把她送到大街上去，把小兰一个人留下来。小兰是个乡下人，闲不住，一会儿工夫便把满炕的茶碗和零星食物收拾得干净利落。柜台上的几张照片一下吸引了她。别人在屋时，她不好意思老瞅它们。现在趁老人家不在，她端起镜框过细地看。一张是少祥和同班的几个工友合照的，一张是他和刘叔合照，另一张是他们李家的全家福。不管哪一张照片，少祥总是笑的两个嘴角老是倒吊着，像只倒放的菱角，可是从咧着的嘴唇里露出的牙齿，却又像一只熟透咧嘴的石榴。她总觉得自己不应该光看他，可是又管不住自己的两只眼睛，它们偏偏落到他身上。她在心里悄悄对他说：“看你这副傻呵呵的劲儿，什么事也不明白。”不知道为什么，她忽然冒出这样一种希望：要一张少祥的照片放在身边以便自己随时看。她看中了镜框角上那张他半身的小相片，于是急急忙忙打开镜框，从后面轻轻取出小相片，小心揣在口袋里，把镜框弄好。她觉得自己的脸烧得厉害，一个大姑娘悄悄藏起一个男人的相片，这多难为情呵。她双手按着胸口，生怕那颗狂跳的心蹦出来似的。等她心神稍定，抬眼一看，原来柜台上又多了一张奖状。连以前的一共三张啦。她又在心里悄悄想道："看你拿了奖状连提也没有对我提起。"不知为什么，她又悄悄加上一句："你有事都对她讲，你们天天见面。我呀，两三星期才见一次面。"她忽然忧虑地想起那漂亮的姑娘来了。

"你坐下喝水呵，小兰。"李大娘转来了。

"嗯。"小兰听见老人叫唤她，不好意思地放下奖状，从布口袋里掏出苹果让老人家吃。她忍不住急急地问道："那是谁家的闺女呵，大娘？长得真漂亮。"

"你五哥的朋友呗，她真是个能干的好姑娘。"李大娘的回答不知为什么使小兰的脑袋嗡了一声，立刻发了懵。老人情不自禁地边说边叹息道："那个小刘可关心你五哥啦，祖宗三代都问个遍，连他吃奶时的事，也都逐样逐样记在本子上。我问你五哥，她到底为的啥？他只笑笑，什么话也不说。我哪知道他们两个搞的什么名堂。"她已断定那小刘爱上自己的儿子，而儿子哩，却同时爱上了两个女孩子，都放不下手，因此她也为他心焦。她自己呢，一时倾倒小刘的美丽、温柔、能干、有文化。但一想到家务劳动，那小兰是最实惠不过的，而且她一定听自己的话。那小刘呢，将来娶过门来，究竟小刘侍候她，还是她侍候小刘还不一定呢。

听了大娘的回答，小兰脸色煞白，身上没有一点力气。过了一会儿，她鼓起勇气问道："她常来找五哥吗？"

李大娘怜惜地看了看她，说："这个月她来了几趟，全是打听他的事儿。说到在厂里，他们一个厂子，天天见面，我就看不着啦。"她虽然十分喜欢小刘的甜甜的笑貌和体贴温柔，但是她更同情小兰的失望和悲伤。看着小兰那快要哭出来似的忠厚朴实的脸蛋，她忍不住直率地劝她说："我说小兰呀，你趁早别干这一行了吧，女孩儿家总该是个女孩儿家，风里雨里，火里水里的，哪里受得住？看人家小刘，穿得干干净净，坐在凳子上对着喇叭筒说话，舒舒服服的，还不是拿它四五十元一个月？”她看见这个大姑娘眼睛上已蒙上了一层水光，便不说下去。

小兰忽然觉得自己好像掉在大海里似的，不，掉在海里她还能游几下。现在，她是掉在失望里呀。她迷惘、痛苦，她不知道自己该怎么办，只想回宿舍痛哭一场。她已是这个家庭里不需要的人了，干嘛要待在这个地方？故乡是海阔天空、自由自在，她干嘛跑到这个漂亮姑娘很多而男人们又容易忘记旧情的城市来？这个在海边长大的姑娘的倔脾气又发作了。“哼，我才不是为你来的呢！”她自己安慰自己说。忽然，门咚的一声开开了。那个小刘笑嘻嘻地走进来，少祥跟在后面。

“小兰，你来了么？”少祥在路上听小刘说有个大姑娘等他，心里猜九成是小兰，进门一看，果然是她，不觉心中一乐。

小兰看见了他，心中的忧愁给冲散了，呆呆望他一阵，却又说不上话来。李大娘趁势插嘴说：“她们两个等你等半天呢，你上哪去了？”

“我到我们班工友家去了。”少祥看见小兰只低着头，尽玩弄自己的辫子，样子怪有意思的。他眼睛一直盯着她，跟着絮絮叨叨地问她学习的情形。

小刘发觉少祥对这个土里土气的大姑娘很有兴趣，不觉有点失望，心里惋惜道：“他年轻有为，也长得漂亮，究竟文化低，看，和土里土气的人谈得来，和我就谈不大拢。”她正对着镜框，望望自己，又回过头去比比小兰，觉得对方哪一方面都不及自己。她心满意足地对着自己的影子笑了笑。但是她心中又考虑起这个问题来了：“怎么办呢？和杨宝琨结婚，情调兴趣一定合得来。和李少祥呢，他是个模范工人，对我思想意识的锻炼有帮助，可是……”

李大娘怕冷落了那位广播员，便向她问长问短：“你是半道碰见我们少祥的吗？”

小刘笑嘻嘻地答道："我刚上电车，正好他下电车，他不让我回去，硬要我跟他回来……"

少祥听那边小刘那么说，不觉好笑，心想道："瞅，这姑娘一讲话就得添油添醋。我根本没有请她回来，倒是她……"他顺眼看了小刘一阵，便又回过头去，跟小兰唠扯。小兰一方面很快乐，另一方面也很不安，深觉得少祥不应把小刘扔下不理她。她悄悄提醒他道：

"人家等你半天，想问你小时候的事，你给人家讲讲呀。"

少祥知道小刘要把自己的故事编剧本，故意躲开她不和她谈，见小兰提醒他，便笑笑说："没事，咱们谈咱们的吧，你难得来一趟；她呢，见面有的是机会。"他虽然谈不上喜欢小刘，但是又禁不住想看看她的亮晶晶的眼睛和那个讨人喜欢的酒窝。特别小刘毫无顾忌地向他飘过来媚意盈盈的浅笑时，他总是呆呆地看她一阵。小兰发觉这一点，不觉低头仔细打量自己一番，惭愧地想："我比她高半个脑袋，手粗脚笨，只知道干活。看人家能说会笑，对男同志说话像对女同志一样随便，她才配得上他。我回去算啦。"她便对李大娘说她要回去。李大娘哪肯答应，一定要两个女孩子都留下来吃中饭。小兰不再说话，卷起袖子就到厨房帮老人家做饭。小刘便趁势和李少祥坐在炕上唠扯起来了。

小兰听不清他俩讲的是什么，但是她听见小刘老是快活地笑。她又想道："瞅，她在五哥面前多快乐！人家都已有了感情啦，我为什么要夹在当中？自觉点，走开吧。你好没福气啊，小兰！"她一面切土豆丝，一面掉出泪来，一不小心，手指头割破了。她想用碗布擦掉血液就算了，没承想李大娘看见了，惊叫道：

"小兰，看你，唉，留你吃饭还害你割破手指头。"

少祥听母亲一说，连忙抢着下地，一个箭步跳到厨房来，看见小兰的手指头滴血，他心疼了，连忙抽出手巾来按着伤口，指挥母亲到窗台上去取红药水来。小刘也跑过来，敏捷地抢着给小兰包扎，一会儿工夫就包扎好了。李大娘不让小兰干活了，她闲坐着就闷得慌，想和他们一块儿谈谈，又插不上嘴，自个儿坐在炕沿上只顾胡思乱想：

“那小刘也是个好人，她多关心人。五哥娶了她也是挺合适的，比娶我强。”她再一次对自己说，仿佛恳求自己：“走开吧，不要夹在他们当中了。我不躲开，五哥下不了那份决心，我躲开一两年，他把我忘记就算啦。”她想是那么想，可是叫她立刻离开李少祥回家去，她也舍不得呢。只要坐在他旁边，看看他说话，她就觉得很幸福。

“痛不痛？”少祥虽然和小刘讲着他们平炉上准备用什么措施来响应党委坚决为增产二十五万吨钢锭而奋斗的决议的事，可是还一直注意着小兰那沉思的样子，看见她痛苦地皱着眉，寻思她一定伤口痛了，便突然问她一句。

小兰知道少祥一直在关心自己，不觉又一阵快乐，低头笑着说：“割破这一点点口子，还赶不上蚊子叮的痛呢。”少祥没有说话，只亲昵地望了望她，就像头几年在海边一块儿玩时那样。她看见他盯着自己，觉得很不好意思，便下地帮大娘准备碗筷去了。吃饭时大家有笑有说，小刘总是想出许多题目来逗大家谈，小兰呢，只是在一边听着、笑着。少祥总是亲昵地望着小兰。李大娘只觉乐得合不拢嘴。不久，小刘和少祥一块儿回工厂去了。小兰和李大娘站在门口送他们。这两个人走远了，小兰心里一阵伤心：“我配不上五哥，人家才配得上他！唉，我快上班学点本事吧。”她忍不住自言自语道：“多好的一对儿。”她想起老人家在她跟前，冲口就说：“大娘，你给五哥说她做媳妇得啦。”当然，这句话主要是试探老人家的。

李大娘吃惊地望了她一眼，随即迟疑地说：“现在不兴父母作主啦。你五哥的心呀，我也摸不透。谁知道他乐意娶什么样的大姑娘。这姑娘能耐倒有，只是家里活一点也不会干……”老人家想起了一桩心事，也趁机试着问她道：“小兰呀，不是你大娘多嘴，你年纪也不小啦，怎么还不找个婆家？听说你眼光高，人家给你说个小学教师你也不要，是么？你说说，你喜欢什么样的小伙子？等大娘给你说媒去。”

小兰脸一红，随即坦率地答道："没有的事呀大娘。我只觉得自己是个青年团员，现在祖国需要工业建设，就出来当工人。"

李大娘装作生气说："哼，就不爱听你们那一套，工人就不结婚了么？少祥也是那一套。"

小兰闷闷地低头说："五哥不会，生产好，是个模范，到哪儿哪有人欢迎他。"

老人明知小兰试探自己，但因为不知道儿子的心意，因此不好再说什么。小兰心里深怪老人家心眼死，看不出自己的心事："啊，我自己怎么提出来？"她凝望住李大娘，随即也低头不语。这一老一少，其实彼此都了解对方的心事，但好像都怕说穿了将会刺痛对方似的，因为她俩都摸不透少祥的心啊。

小刘和少祥下了电车，往厂子走去。小刘笑嘻嘻地问他说："你月月超额，怎么不买辆自行车？"

"真想买一辆。"少祥答说。

"有个自行车上下班多方便，即使去公园会爱人的时候，也用不着向杨宝琨借车子了。"小刘说完盯着他。

少祥想起了那天的事，便笑着问她说："啊，你和杨宝琨很熟么？他什么事都对你说？"他尽量回忆着那天在公园看见和杨宝琨一块儿走的女孩子是不是她。"他配她，敢情不错。"他心想。

小刘脸一红，拼命摇头否认。少祥没有注意，两个人又默默走了一段路。

"小刘，你有没有爱人？"话说出来之后又觉得自己多管闲事，他后悔得很。幸喜小刘十分大方，她望了望他，然后叹口气，回答说：

"还没有呢。"说完她就低了头，不再说什么。

少祥本想要对她说给她介绍杨宝琨，但看见小刘心事重重，以为自己闯了祸，在心里狠狠骂自己道："你少说点得啦。"

小刘看见少祥想讲不讲，越发认定少祥对自己有意，这样她倒觉害起羞来了。两个人各怀各的心事，都默默地走着路。到了厂门口，他才得救似的，快活利索地和小刘打招呼告别。小刘却站着，痴痴地望了他一阵。

自从李少祥来访以后，易大嫂成天在易大光面前念叨姓李的如何和气，如何有能耐。老易一听心里就窝火，抵塞他妻子说："人家是模范，是炉长，党委书记见了他先伸手和他拉手，厂长、专家都拍他肩膀。哼，我有这种架势也会装得笑呵呵的，还用你指点。"

易大嫂辩解说："你不要冤枉人，人家是普通工友，又不是炉长。他自个儿说的那还有假？他还说，炉长和工友拿一样的计件。你说你拿得少，你到底把钱花哪儿去了？"

易大光听了更气了，嘴硬地说："你们妇道人家就是容易受骗，人家说啥你就信啥。我的钱花哪儿去？也没背着你抽烟卷，肉是称回来两个人吃的。你的花衣裳谁给你做的？"

提到这，易大嫂往往就不说话了，一场争吵也就结束。说起来，易大光炼钢也有好几年了，他是懒得全车间都出了名的；反右斗争初期，传达了座谈会的情形以后，他扎扎实实干了几天，现在天气一热，他又懒得不爱动弹了。可是小魏、老任他们一点也不放松他，他一偷懒，小组会上就批评他。别人批评，他都不在乎，照样偷懒；但是后来李少祥也批评他了，他也就有意见了，暗地骂他道："凭你是炉长，是模范，就训人啦？我老易不是好惹的呢。"那一回他看见李少祥竟摸到自己家里去，怕他向自己的妻子揭自己的短处，他就老是不高兴，拼命在她跟前说他的坏话。易大嫂最近在生产小组上也常挨批评。姑娘们说她懒，还扯丈夫的后腿。有一回开会，竟把易大光也请了去，说厂里反映他落后，要求他夫妇俩好好互相批评和鼓励，不要互相扯后腿。在群众的批评下，夫妇俩只好潦草检讨了一下。一回到家，易大光对妻子道："你信了吧？我说那个姓李的就不是个好东西，他上回到社里告了你一状啦。"妻子信服地点了点头。

厂党委支持了"共青"炉的增产措施，宋紫峰无可奈何地批准"共青"炉由李少祥班试验王良信的快速精炼法。试验的那一天，乙班的工友高兴极了，提前一个多钟头就上了班，家什、原料都准备得很充分，大家都争着扫前台、吹炉顶。最奇怪的是老易也积极起来，脸上有了笑容，上班后还抢先干活，自告奋勇地去要铁水和下去打渣。李少祥乐得拍他肩膀，鼓励他。小魏也情不自禁地对他咧着嘴。宋紫峰没有参加试验，可是他过一两个小时便来看一趟，来的时候总是带着一副严肃认真的神气。少祥看见这情况，更不敢怠慢。幸喜试验以前王良信曾和他们开过一个会，详细和他们研究了那种快速精炼的性能和特点，所以李少祥干起活来，都得到得心应手的帮助。正是在精炼的节骨眼的时候，大家都集中在炉前，指挥加料的、试样的，连易大光也听从吩咐忙着到仪表室去加大煤气、变更煤气，忙个不停。等待化验室的结果宣布合格时候，这炉钢共炼了八个钟头零二十五分，精炼时间并没有缩短，反而延长了。全班的人都懊丧地耷拉了脑袋。

宋紫峰向唐绍周说："我说他没有科学的根据，你们都不信。李少祥他们说他私自试验过两炉，好使，那不过是偶然的罢了。"

唐绍周不同意地说："科学技术的试验常常要经过反复的实践，很难拿一两炉就判断是失败了，还是叫他们总结一下失败经验再试吧。"

平炉支部让工程师、工长和李少祥总结了经验，认为技术上和操作上没有什么错误。后来又一连炼了几炉，但是精炼时间都没有缩短。厂长下命令停止试验了。虽然唐绍周建议让别的班试验，但宋紫峰无论如何也不同意。这个失败叫王良信和李少祥班的全体人员都很懊丧，其中只有易大光一个人暗中得意。原来他和老婆在社里受了群众的批评之后，他对李少祥怀恨在心。现在看见他要试验什么快速精炼，那个快速精炼是要求工人们的动作更准确和更迅速的；要是这个试验成功了，他偷懒就更难了。他想来想去，出了个坏主意，假装积极，没人注意时，他却悄悄摸到炉下去，打开沉渣室，叫温度下降，这鬼把戏耍得神不知鬼不觉，他高兴了。再看见李少祥受到厂长的批评、工友们的埋怨，心中更是高兴。“你告你的状去吧，我不怕你，看谁的招高明吧。”他暗地里说。

少祥自从当炉长以来，不论上级交给他试验新钢种也罢，试验新操作法也罢，他总是想尽办法克服困难，完成任务的。这一次试验的连续失败，他很难过。回到家里，唉声叹气，摊开两只大手，低头瞅着，悄悄骂道：“你们还有什么用？过去很多试验，比这个难多了，你们还会炼。这一回好容易厂长批准试，你们偏偏炼不成，这不是影响了增产任务吗？”想到这他就焦急地砰一声敲了一下炕沿。李大娘看见儿子这几天精神很不对头，心里也替他着急，问道：“生产很坏么？”

少祥叹了口气说：“除了生产搞不好，再没有什么能叫我发愁的事呀，妈！”

有一天王良信埋怨李少祥说：“老李，你最近怎么整的，是不是闹恋爱了，有点昏头昏脑的？”

少祥难过地抬起头来，回答说：“恋爱倒像在恋爱，脑瓜却很清醒。我不信，为啥恋爱非迷迷糊糊不行？只是这两天手不听使唤，怎么也炼不成快速精炼来。”

王良信同情地点头说：“我相信你不是思想问题，也不是没有那份能耐；我寻思一定是大姑娘把你迷住了，到底是谁呀？你犯不着向我保密，说不定我还能帮你点忙呢。是小刘，对吧？”

少祥皱了皱眉，正经地说：“别瞎扯啦。我说，老王，两个月以前咱们偷着炼，分明炼成功呀，为什么这一阵好多人支援，反而不成？”

“问你自己呗！”王良信的口气有些不满了。过了一阵，他又说：“我想亲自炼，定要把它炼成功。就怕听见闲话，说我为了奖金。”

少祥不同意地说：“落后的话你听它做什么？快速精炼成功，对增产有贡献就成啦。”

王良信点了点头，说：“我想向支部再要求一下。”

少祥十分赞成，说他也要帮他向支部要求去。他们的要求提上去了，但是等了许久，没有得到答复。原因是厂长不同意。少祥急不过，有一天他违反了操作规程，悄悄用了王良信的快速精炼法，结果提前了二十五分钟。他秘密地把这消息告诉了王良信。王良信很高兴，两个人商量好再偷炼一炉，但是又失败了。原来少祥一个人偷着炼时，易大光没有发现。后来看见王良信和李少祥偷着炼时，他发觉了，便又使了坏手段，试验又终归失败了。

“难道是他搞的鬼？可是我跟他无冤无仇。况且，那么多人，他也不能搞什么鬼。”少祥回想了一下自从易大光来后的三个月中，虽然任务一样完成，但太费劲了。“怎么办，党交给我的任务就没有完成！”他忽然想起了过去的一件事：乡下里有个著名的二流子，没有一个人看得起他，连小孩看见他也远远走开。可是李大爷见了他和他说话，给他讲故事，有时还给他点烟抽，给他大饼吃。那时少祥和二哥曾给父亲提过意见，父亲没说话，只笑着摸了摸少祥的头。有一天，李家丢失了一把斧头，全家人断定是那二流子偷的，李大爷听了笑说，要是他偷的，那我就放心了，他一定会送回来的。果然三天以后斧头自己回到柴火堆里了。后来那个二流子在残废的老人的感化下转变了，成为合作社的积极分子。少祥曾经问过父亲用的是什么秘诀，李大爷笑着说：“人有脸，树有皮。他再坏也是穷人，有颗阶级良心。咱们要尊重他，充分信任他，经常关心他，了解他的本性，才能钻到他心里，帮助他去掉心上的灰尘。”少祥想到这儿，自个儿笑了，责备自己道：“你到乡下看老易一次，还没看着本人就回来了，把责任推给那些姑娘们。你算关心他啦？”他想了足足有一顿饭工夫，忽然脑门一亮，笑了起来，赶忙去找小魏。小魏在宿舍里还没起床呢。幸喜屋里没有别人，他直截了当地恳求他说：“我求你帮个忙，但是要保密，不知你办得到办不到？”

小魏坐起来，揉了揉那好看的双眼皮，抱起双膝缓缓地说：“那要看你要办的是什么事，如果是对国家有利的，我小魏从来没讲过价钱吧？”

少祥使劲儿推了他肩膀一下，说：“别打官腔啦，谁敢干对国家不利的事情？要是碰上那个，你还不赶快去报告派出所？”看见小魏开心地笑了笑，他就继续说：“我想悄悄试验快速精炼法，请你盯住了老易，他上哪你上哪，看他有什么动静，明白么？”

小魏有点生气，教训似的说：“既是搞增产，这我也有一份责任，怎能说是帮你的忙？你把我看扁啦！”

少祥忙笑着解释说：“得啦，得啦，别挑眼啦。你不知道我文化低，不会说话么？你这一回的任务是：第一，看住了他；第二，不必问‘为什么’。”

“一步也不要离开他，还要保密，对么？”小魏已收敛起顽皮的笑容，兴奋地重复说着自己的任务。

李少祥高兴了，按着他肩膀说：“你真是个好小子，怪不得你妈那样疼你，就这样吧。当然，万一我们这种做法受了批评，那就没你的事，天大的处分都由我一个人来承担。”

小魏甩开他的手，不同意地反驳他说：“就怕我们不成功，要是成了，谁还舍得批评咱们？”

“真有你的。去吧，就一言为定啦，试验它五炉看看。”

小魏又忧虑地说：“可是，炉前只有你一个人知道，精炼以后你会吃不消的。”

少祥摆摆手说：“你放心好了，我这就找老华去。王工长也会多帮我们忙的。”他们就此分手了。

第一炉试验，安安稳稳地过去了，精炼时间总共缩短三十分钟。小魏高兴极了，下班时走路的姿态也不同了，拼命卷起嘴唇吹口哨。少祥找个机会告诉他要沉得住气，他才又摆起若无其事的架势来。第二炉试验时，炉上也是只有三个人知道。其余的人没有注意，但是老易已发觉了。正想到炉下去打开沉渣室，但是发觉小魏已把他看住，他到哪儿小魏跟到哪儿。“要是让小魏看见我捣鬼，那我不就成了破坏分子了么？——这犯不着。”他想着，觉得自己心里很不干净。一会儿怕这，一会儿怕那，平静又平静不下来，后悔又来不及，躲在水槽后抽支烟，愁得把头耷拉下来。突然有人拍了他一下肩膀，他吃惊地抬头一看，原来是李少祥。他蹲下来，关心地问道：“是不是有病，老易？到医务所去看看好吗？”

他摇了摇头，顺水推舟地说：“心口痛，老毛病了，弯会儿腰，抽口烟就好了。”

少祥担心地说：“你身体不太好，易大嫂说她身体也不大好，真应该注意。看你两口子没老没小的牵累，本来挺消停快活，只是身板不健康；唉，真是一家不知一家难啊。”

易大光一听心里就来了气，想道：“你还有什么难？钱花不完，谁都看得起你，北京的女学生都给你写信。”可是一想到自己做了亏心事，只好哼哈地应了一声。歇了一阵，也到炉前干活去了。看样子他显然不像从前那样蛮横跋扈，干起活来也踏实了点。

试验第二炉时，缩短了二十五分钟，第三炉缩短了半小时。炼到第三炉时，连老任也发觉李少祥在悄悄试行快速精炼法，他没有问，只是默默地加劲干。第五炉是碰上老易休息，剩下的六个人干得真带劲，虽然谁也不提搞试验，但个个行动一致，王良信在调度室上去使劲，结果精炼时间缩短了一个小时。但是，最后这一炉给值班主任发现了。他一声不响去查记录，发现李少祥一连几天以来都是违反了操作规程的。他在炉长汇报会上批评了李少祥，李少祥承认了自己在试验王良信的快速精炼法。

值班主任向宋厂长汇报这件事时，宋紫峰恼怒地说：“老李最近为什么不守纪律？大概骄傲起来了。这一回得给他一点处分来教育教育他。”

值班主任迟疑地说：“可是试验了五炉，平均每炉缩短四十二分钟呢。是不是可以将功赎罪？”

宋紫峰摆摆手道：“你们都是温情主义者。他连续违反命令，违反操作规程，这就是个错误。他要试验非得到我的同意不可，可是他连你都瞒过了。”他连忙告诉小杨，叫他写通知，给李少祥扣工资和批评的处分。

少祥连饭都没吃，便跑到夏支书家里，见了他笑嘻嘻地劈头就说：“老夏，老王那法宝好使啦。我们一共试了五炉，炉炉都缩短半小时左右。”

老夏听了也忍不住高兴，但是他又犯愁道：“你不通过行政，将来非惹麻烦不可。”

李少祥沉默了一阵，把自己如何怀疑老易搞鬼，如何叫小魏监视他的详细经过都说了。老夏又说：“那你也应向支部提出来，取得党的帮助，不是进行得更顺利？好吧，反正试验成一种新方法，增了产总是个好事情。好吧，我向党委汇报。你叫老华、小魏稳住点。”老夏又鼓励了他两句，把他送出门口。

唐绍周回厂照例到车间看看。他从铸锭工段转到平炉车间，一抬头便看见黑板报上写着对李少祥的批评和处分，他吃了一惊，本想立刻去问问宋紫峰，但是他并没有这样做。他回想自从党委新决议执行后，宋紫峰和他的关系并不那么融洽。他仔细研究过，觉得宋紫峰这个人心地开朗，思想比较单纯，决不是个气量狭小、好抱成见的人，但一接触到生产上的一些具体问题，就谈不通，不是僵住了就得用会议解决问题。老宋心目中认为企业里的经营管理和技术管理，应有一套神圣不可侵犯的成规。这套成规除了他谁也不能动；不，连他自己也不敢动。唐绍周刚来时，也曾经给这套成规吓住了。但是日子长了，他发觉群众常要冲破成规；事实上，不冲破它，增产也是很困难的。这几个月他曾下功夫研究过一些规程和制度，发觉这套成规——特别是技术规程的各个环节中间紧密相连，要冲破它也是很困难的。他恼恨自己不懂技术，不能帮助工人们进行革新，不能说服以内行自居的宋紫峰，所以很长一个时期他都很苦闷。拿出解放区那套老本领——放手发动群众——来呢？冯书记已经指出过这是“游击作风，农村习气，没正规化观点，对新鲜事物失去敏感”。但是，不放手发动群众，不依靠群众哩，寸步难行。这两个月有了党委的新决议，但是群众的创造性和积极性没有发挥出来，生产不是上不去么？“为什么由人们定出来的规程，却不让人们自己去改动？”想到这，他已走回自己的办公室了。他翻开了笔记本，找着有关毛主席讲话的传达笔记。

“平衡，是暂时的，相对的；不平衡，却是永远的……”唐绍周深沉地想道：“是啊，事物发展，就是要冲破平衡。拿操作规程来说，它不过是人们用它来巩固已经取得的技术成就，但是技术是不断发展的，它一发展就必定冲破规程。这不是很浅的道理么？为什么老宋这样聪明的头脑里就没有想到这点？”他不敢断定宋紫峰究竟是不明白事物的辩证发展的规律呢，还是由于他满足于现有的水平而不敢向前迈步？他忽然自个儿笑起来了：“一个样，前者、后者都要不得。掌握生产的人看不到这一点，那真要命。可是，你呢？你能置身事外吗？你准备怎么帮助他？”他双手捧住了脑袋。

“唐书记，李少祥发现了问题了。”夏万春一进门就嚷道。看见唐绍周抬起了头，他就一五一十地把少祥快速精炼试炼成功，和如何叫小魏监视易大光等等叙述一通。唐绍周越听越高兴，忙道：“快把李少祥请来。”他看见老夏走后，自己在心里叫道：“老宋呀，老宋，这不是活例子吗？在这样活生生的事实面前，我看你还固执不固执？”老夏拉着少祥走进来，唐绍周立刻握着他的手，祝贺他说：“试成啦，今后生产比较更有保证啦！”

李少祥却皱眉摇头说：“不，还有两道难关我还不知该怎么过。一道呢是宋厂长，他知道了要生气的，他批不批准谁敢担保？二道关就是老易，我猜是他搞的鬼，可是我却不明白他为啥要搞这样的鬼？他倒不像个坏人，只是落后。怪只怪三个月来我还没帮他改正，万一宋厂长又批准试验，老易又再捣鬼怎么办？”

唐绍周连忙安慰他道：“你愁的两道关，党委都有办法解决。过去，我也有官僚主义，了解不深入，致使试验受到挫折，叫你也挨了批评和处分——”

少祥听到这儿，不好意思地急急说：“不要提啦唐书记，只要对生产有利，多出些钢，我个人受点委屈也乐意。”

唐绍周听了他这句话，看看他那憨厚恳切的模样儿，说不出地喜爱他，他觉得自己感动得喉咙里一阵热，说不出话来。后来他详细问他还有什么困难，再需要些什么帮助，并鼓励了他一番，给他打足了气，才让他回车间去。唐绍周充满信心地去找宋紫峰，用最诚恳最动听的语言将快速精炼试验成功与少祥受处分的事情对比起来和他谈，但他绝没有想到宋紫峰的回答是那么干脆和冷冰冰的。

“我知道他试验成功啦，我已叫值班主任查了查过去他们五天来的记录，可是他没有得到行政的批准，自己乱试，这就是违反操作规程了。不管那试验的经济价值多大，但在行政制度上他是错误的。要是谁都像他们那样爱怎样搞就怎样搞，那不就乱了套了吗？那还要厂长干什么？还要制度做什么？”他又继续说，“头几天他和王良信已犯了一回，我曾口头告诫过他，可是他……”他滔滔地说下去，这边唐绍周忍不住截住他说：

“他偷着试，姑且算它是个错误。可是造成他们犯错误的原因，倒是因为我们没有热情地支持他们再试验。”

宋紫峰不以为然地反驳说：“这条我不承认，因为我曾经正式批准他试验过的。”

唐绍周又耐心解释少祥班有人捣鬼，后来如何派人监视住才成了功的。他继续说：“他们失败的原因，我们领导上既没有替他们找出来，后来王良信、李少祥一再提出要再试验，你就是不理，这难道算是热情主动支持他们了吗？……”他看见宋紫峰再也不反驳，便抓紧说：“我的意见是行政上要抓紧这个先进的措施，让各个平炉试验和推广。党委必须开个会，切实检查职工的先进倡议，研究和试验情况，要大大鼓励大家提先进的措施和改革。老宋，不瞒你说，自从新决议执行以后，我都有点高枕无忧了，不了解抓措施的重要，所以有点放松了。这是我的错误，这也不是我什么缺乏搞工业的经验，而是我没有很好贯彻党的群众路线。”

宋紫峰并没有从唐绍周的话里得到启发，却是以原谅的心情轻声一笑，仿佛说：“你才知措施的重要么？”

唐绍周没有放松，马上和他一块儿订出了实行推广快速精炼的计划和步骤，才离开了他。

第十一章

这几天炼钢厂连续出了些事故，一个修理工触电晕过去十几分钟；铸锭工段有工人中暑的；事故多的还要数平炉车间，水套漏水、拱脚掉砖，单是化炉顶的就有好几起，连“共青”炉也化过炉顶。每天汇报时，宋紫峰眼前都冒着金星，一面听一面发火，严厉地要追究责任，给予处分。

“什么叫新花样呀，这叫瞎胡闹。”宋紫峰发脾气时声音虽然并不吓人，但是大家都知道，愉快和爽朗的颜色给冰冷厌烦的脸容所代替时，就是厂长盛怒的时候了。他继续申斥道：“以后谁不听行政命令，就在大黑板报上给我批评他们，给我处分他们。”

杨宝琨已习惯厂长的严厉的责备，现在连李少祥也被公开批评，他的确预料不到。每次的行政汇报会上，空气总有些紧张，都怕挨厂长的一顿剋。大家都知道厂长喜欢李少祥，处处培养“共青”号平炉；现在也批评到李少祥头上了，因此有人觉得宋紫峰办事是公道的，也有人更惧怕地想：“李少祥都不原谅，何况是我？”

当天下午，宋紫峰径自去找钱部长，到了钱友太跟前他直率地说：“钱部长，二十五万吨我说冒啦。这几天党委一号召，工友拼命干，炉顶都快开天窗啦。”于是他一五一十把厂里最近的生产事故讲了一遍。钱友太直截了当地反问他说：

“是不是今年不增产，你那儿就完全不出事故了？”

宋紫峰一听，知道对方并不赞同自己，只好硬着头皮回答道：“事故当然不能完全避免，但是要是增产指标合理，事故定会减少得多。”

钱友太又问道：“你能不能设想一下，按照你们党委根据工人们算的那笔账去增产，再加强安全措施，使得既增加了二十五万吨，又不出事故？”

宋紫峰轻轻冷笑了几声，不开口，钱友太望着他那副对待什么问题都很认真，但是又极其傲慢的脸，情不自禁地对他说道：“同志，你以为我和你开玩笑吧？不是的，一点玩笑的意思也没有。现在我们的钢铁增长的速度固然超过日本也超过帝国主义百年来增长的速度，可是现有的状况，实在离社会主义工业化还很远，要是钢铁压不倒美国，世界的持久和平就难得实现呀。你说，我们是个共产党员，又在这条钢铁战线上工作，怎能满足于现状？每年增长几万吨、几十万吨的，其他许多工业怎能发展？怎能满足农民兄弟的需要？”这几句话把宋紫峰从对立情绪中扭转过来，他稍微安静了点．缓慢地说：

“这个我也知道，可是急又有什么办法？这是中国的历史条件造成的。几千年的封建压迫，再加上百多年的帝国主义侵略，一穷二白……兴隆原先没有一个工人会炼钢的，几年工夫，把破破烂烂的兴隆搞得那么好，实在已经不容易的了。”他想到自己几年中从不懂到懂，也是很不容易的，但是他没有说出口。

钱友太却不满意他的解释，总认为社会主义制度的优越性，应该使钢铁工业搞得更好点、更大点。他斩钉截铁地说：“老宋，你要看清楚自己的责任，你站在与帝国主义搞和平建设竞赛的最前线啊！全国六亿多人，眼睛都看着我们炼了多少钢。我们要争取速度，你们厂党委的新决议是对的，你要千方百计想尽办法来实现它。”

宋紫峰原是想来诉诉苦，要求他批评批评唐绍周不要蛮干胡来。

但这一来，他开不了这个口，便闷闷地走了出来。

“算了吧，我要求回鞍山工作算了吧；调上海也不错，只是那儿的平炉太小了。”这个念头着实能安慰他，使他平静了一点。“离开这儿，还省得她俩缠磨我！”他打定了主意，便跑进冯棣平的办公室。冯棣平看见宋紫峰进来，立刻招呼他坐下，宋紫峰看见对方那热情客气的态度，不觉舒了一口气，直截了当地提出说：

“冯书记，我的能力已跟不上国家工业发展的要求了。我想——”

冯棣平和蔼地笑着说：“啊，你又有些什么大胆的建议，老宋？你快说。”

宋紫峰觉得这个上级很好说话，决定问题也果断，有魄力，可以舒畅地提出自己的意见，便照直说：“最好是让我去钢铁学院学习。”他看见冯棣平用着急的眼光安慰地望了他两眼，他就更痛快地说：“再不然就让我搞小点的厂子，如太原和上钢那样的小炼钢厂子。这儿的担子我实在挑不起来。”

冯棣平大大的不以为然，几乎生气地批评他说：“老宋，你已经是我们这儿的专家了，还用得着进钢铁学院？你去搞小厂？笑话。现在这个厂我还觉得发挥不了你的才能，我们那个最新式的、全国最大的炼钢厂不久就要投入生产。我打算叫你去搞呢。虽然现在还没有最后决定，但是不管谁反对，我一定推荐你去搞新厂。像你那样钻研的炼钢专家，全国有几个？”

宋紫峰一心想离开兴隆，听上级要调他上新厂，十分不愿意，赶快表示说：“这个厂我都挑不起了，新厂更大，我更挑不起啦。我绝对不能去。”

冯棣平看见宋紫峰并不为这个新的任命高兴，觉得很惊异，便又改口安慰他说：“看你多谦虚。可是你的消极思想是哪儿来的呢？当然，我很了解你，今年钢的增产任务是重了一些。关于这问题，我也是有意见的。我们才解放几年？我们搞工业才几年？咱们国家是一穷二白的国家，一穷二白是个慢性病，慢性病就得慢慢治。但有些同志只是好大喜功，不顾实际问题——”他的调儿越来越低沉、愤懑。忽然，他激昂地叫道：“老宋，你不要灰心，你回去还是好好干，到年底实在完不成，我自有话说。那时很多问题都得摊开来重新研究。什么保守呀、不重视政治呀、资产阶级的工业路线呀，哼，我看不一定吧？……”

宋紫峰原先觉得他的话有些地方有道理，可是听下去，发觉他像和谁吵了嘴，向他发泄怒气似的，不觉很不耐烦。自从上次唐绍周和邵云端分析厂长座谈会上冯书记的错误观点之后，宋紫峰也警惕起来，生怕自己陷进错误的旋涡里。他就截住问他道：“冯书记，你对我说这些话是什么意思？我只是要求调工作，别的我什么意见也没有。我希望市委把我调走，调的越远越好。”

冯棣平一听，醒悟到自己讲过了头；但是心中的愤懑几乎控制不住。他本能地觉得宋紫峰是能够同情他的观点的人；不过老宋这样一问，倒提醒了他。他想道：“对，一切将来再讲。现在把右派的猖狂进攻打退了，那时在党内摊开来慢慢讲，看是否我对。”于是他猛然地克制了自己，平心静气地说：“你怎能走？你走了，新钢厂谁来搞？况且你走是走一双，市委无论如何不会同意你们的。”

“她？”宋紫峰连忙解释说，“不，我只要求一个人走，因为我没有很好完成党给我的任务；至于她，她工作得很好，她留下也可以。”

冯棣平想他们可能夫妻不和，但不便点破他的心事，只笑说道：“你们俩都是国家的干材，特别邵部长很能干，她平常一定给你很多帮助吧？”

宋紫峰坚决不愿再扯别的事，准备辞出，只重复自己的要求说：“我还是请市委考虑我的请求，把我调走吧。”

冯棣平忽然变得很严肃地点点头，表示一定把他的意思提上去，嘴里却是不断地恭维他，高兴地把他送到门外。

宋紫峰十分懊恼，原来费了半天劲儿，钱部长不了解他的困难，只一味要求他完成任务；冯书记呢，也没有仔细听他意见，反倒向他诉起苦泄起愤来。不过无论如何，冯书记也认为今年增产计划是冒进了，这点使宋紫峰很高兴。他回家吃完晚饭，就把自己锁到屋里，准备向冶金部讲讲自己的意见。他准备有系统地讲讲如何搞钢铁联合企业的意见，和指出企业中的手工业作风和农村作风。意见说说容易，写起来并不是那么容易的事。他身上的自来水笔，虽然每天都放在口袋里，但他只用它签个字，或者随便记几个数字罢了。老实说，即使听中央的报告，他也不常做笔记，因为回来传达都是党委书记的事，用不着他操心。他只有听毛主席的传达报告才记笔记。今天他回来得早，小芳和小弟弟两个轮流敲他的门，他装着生气的样子，训了他们一顿之后，仍然躲起来。大概邵云端领他们下楼玩去了，他才安静地想好了几个小标题："一、高度机械化和联合企业要求互相间的高度的配合。"写到这他想起那天他们坚决退含硫高的铁水，几台车辆堵住了线路，积压了十几个盛铁水的大罐和车皮的情形，不禁自个儿苦笑了一下。决心把这例子写上去。

"二、群众路线还是手工业工作方式方法？"他可以从自己厂里随手举一百个例子来说明现代化厂子里人们形形式式地用手工业的和农村的工作方法来进行工作。他气愤地想道："这也是我和老唐的矛盾的焦点。这头要出钢，那头百吨吊车在扯皮，团委干脆把他们都找去开会，给他们打通思想。群众路线我并不反对，但在群众路线这美丽的名词下违反规程，劳动纪律松懈，破坏规章制度，那我看不惯。"不过，他深知道他这类意见钱部长绝不会同意他的，冯书记也不一定懂得；只有冶金部可以考虑这些问题。于是他鼓起勇气把意见写下去。说也奇怪，写下去倒也顺利，十二点钟，他就把意见书写好了。他从头到尾看了一遍，又从书架上翻看了两本外文书。对证了一些名词和数字，才安心地睡觉。

七月中旬的一天，天气闷热、没有风，树叶却像是蜡做似的，缀在枝丫上连动也不动。兴隆上空的云彩，就像图画上的云彩那样，固定在一定的位置上；即使是全市将近四百支大小烟囱冒出来的黑烟，也好像凝固在半天空似的，好久也不散开。邵云端是在这样的热天里参加了市委常委扩大会议的。会议将要开完时，忽然刮起了风，倾盆大雨跟着下个不止。开完了会，大家聚在会议室窗前焦急地望着给雨点弥漫了的天空。邵云端一个人跑到自己的办公室，烦恼地想着刚才自己所受的批评。“我真的错了吗？”正在苦恼地想着，外面余修英在叫唤她，随着走了进来。她是统战部的副部长，平常在生活上与邵云端接触比较多，在学习和工作上，她和她的观点常常一致。她看见邵云端在发呆地思索，便笑着说：“不要难过吧，隋波这个同志讲话，常常很偏激，冯书记一支持他，他还有不夸大其词的？”

“修英，你不知道，问题不在于我个人怎样，我受点批评和委屈，又算得什么？问题在于工作啊。某些有关工业方面的报导的文章，我认为不符合党的政策；他硬说符合，可以发。不依他，他是领导我的；依了他，我认为会损害党的利益。当然，我宁愿受批评也不依他，但是，这种局面不能长此下去呀……”

余修英用气愤来安慰她，说：“不，你要坚持原则，你的工作是为了党和人民的利益，不是为哪一个人的偏见和错误！”

邵云端仍然压着内心的激动，只用平静的声调说：“难就难在这儿，他说他的意见才是党的原则，我又受他领导。唉，我只盼望伍书记能早点回来，开个会，让我把意见痛快地讲出来……”

余修英点头道：“这些情况，但愿省委知道才好。”

“你不知道我们老宋，本来对今年增产指标很不满；同情他的只有冯书记一个人，所以他口口声声说冯书记也认为怎样怎样。你看，这对今年增产是否不利？但这是许多坏例子中的一个罢了。”

余修英赶快接着说：“我知道，我知道，康伯和同志对他也有一肚子意见，只是他不便对我说罢了。他这个人遇到什么事情都往好处想，他吃亏也吃在这地方。那时你没有来，过去他是钟菲的助手，他并不是看不出他闹独立性，他也向他斗争；可是……他就是个老好人……”她一谈起自己的丈夫，十分有兴味。

邵云端羡慕她们夫妇俩可以畅谈思想问题；而自己和丈夫呢，不仅思想上谈不通，即使感情上的交流也已堵塞住了。她真想痛快地把自己心中的烦恼向修英倾吐；但是不知道为什么，她把苦恼藏过。只是自言自语地说："也许我们两个不对，窃窃议论一个领导同志。"

余修英又低声说："他是书记，也得有原则才能服人！据康伯和同志讲，市委的常委会从来就没少批评他。伍书记养病去了，更没有谁说得服他，他就是看不见自己的错误。唉，伍书记又有病，我们市委快整风吧。整风时，我把这些意见都讲出来。"

邵云端叹了口气说："我一直都在党委机关工作，但是从没有碰到过这样的同志。这儿有一两个负责同志硬是讲不通。"

这两个女干部正沉默的时候，冯棣平挺着高大的身躯突然推门走了进来。他的风度是威严的，但威严中又要让人觉得他是可亲的。他很少主动找干部谈谈，但是遇到他认为有纠正他的脑筋的必要时，他就会微笑地走到他的跟前。他的来临，当然使这两个女干部诧异。余修英知道他来找邵云端，便找个借口就走掉了。冯书记只是有礼貌地笑着点点头，并不留她。见她走了，他微笑着对邵云端说道：

"你刚才的发言精神很好，我之所以批评你，真是不得已的事——"

邵云端纳闷地想："在会议上尖锐批评，会后赔不是，这是为什么？"她摸不清他来找她的意图，只是默不作声。

他面带笑容地说："你提倡批评，可是你把你的老宋的情绪打下去啦。你知道了吧？他要离开兴隆。"

邵云端不相信地说："老宋才不肯离开这儿呢！这儿有全国最大的炼钢厂。他这个人就是喜欢搞大的，搞现代化的。"

"人家不会要求到武钢呀？将来武钢比这儿大得多——"

邵云端开始有点相信，她更坚持地说："这就是啦，老宋这个人就得批评，批评可能叫他清醒点！越迁就他他就越发骄傲。"

"不，不，"冯棣平连忙摆手说，"你看差啦。他是个很爱面子的人，我们就得给他留面子。你想想看，厂党委批评他，工友抱怨他，上级也批评他；回到家呢，你还说他，你叫他怎样生活得下去？他不想往别处钻才怪呢！”

邵云端掩盖不了心中的不满，争辩地说：“别处也有党也有群众呀。冯书记，我还是保留我的意见，我觉得你对许多人许多事情没有坚持原则。”

冯棣平听了并不动气，他断定这对夫妇不和睦，为了留住宋紫峰不离开兴钢，他一番好意地劝她说：“我只不过是为你们夫妇和好设想，省得将来闹不好，他一个人走掉不是没有可能的。”

邵云端不知道宋紫峰到底和他讲了些什么。但是不管讲什么，她吃不住对方的这种无原则的庸俗的调解，激愤地说：“为了维护党的原则性，夫妇离了婚也没什么。但我相信老宋不至于糊涂到那地步。”她气得快掉下泪来了。

冯棣平不知道邵云端为什么这样动气，觉得再讲下去有害无益，就立刻掉转话题说：“你们那个钟情的小女儿长大了吧？听说宋紫峰同志去苏联以后，她想他想到害了场病。是吗？所以市委没等老宋回来，就把你们母女先接来。唉，为了调你们俩到这儿工作，费了好大的劲。你知道那边是轻易不把得力干部放走的。”

邵云端恼恨宋紫峰把什么事都告诉别人。她不愿说什么，随便敷衍他几句。冯棣平便又摆起他那副威严的架势，有礼貌地向邵云端告辞出来。他一走，邵云端便找修英结伴冒雨回家。

暴雨一直没有停，宋紫峰晚十点钟才回到家。他披了件厚胶布雨衣，还从头湿到脚。邵云端看他那狼狈样子，亲自在澡盆里给他准备了温水，强逼他去洗温水澡，又叫把饭开到楼上让他吃。正像在苏州念中学时，因为踢足球回家晚了那样，他一言不发，只依着她的摆布一一做了。他一撂下饭碗，便急忙给工厂里打电话。邵云端在隔壁房间里注意到他的优美的嗓子变得那么粗暴和紧迫。她体会到暴雨给工厂带来的灾害。她虽然没有到他房里去，但是她多么怜惜他、同情他，多么愿意分担他的忧虑。不，她应该帮助他，她便挺起胸膛跑到他房里。那时他正焦急地在电话里指挥着厂里的人。他撂下电话机之后，她向他建议道：

“要不要通知消防队帮你们做点什么？或者动员市委一些同志去帮忙——”

“傻瓜！消防队有什么用？难道你没看见我们工厂的蓄热室么？”他直挺挺地躺在床上，两手压在脑袋下，闭上了眼睛。他说她傻瓜，那是三年以前的时候常用的，自从分居以后就不用这样的字眼了，今天不知道为什么又这样说她了。邵云端也实在为工厂焦急，因此没有注意到他用这个亲昵的字眼。宋紫峰忽然像只青蛙那样从床上跳起来，一手抓起电话机，拨着。

“康经理吗？——正是，已经开始漫到蓄热室外头来了。我想借水泵厂那只抽水机——什么，消防车？不，它没有那抽水机马力大。好，我亲自去一趟。啊，你？你不用去了吧，我处理得了。什么？那好吧，我在门口等你。”他疲乏地放下电话，又穿上他的长筒水靴和雨衣，从抽屉里取出了电棒。

“你上哪儿去？”云端关注地紧跟着他，好像要随他去似的。宋紫峰匆促地嘱咐她说：

“回房去休息吧，拿一套干净汗衫放到我床上就行。”

“那么，你呢？”云端迟疑地说。

“我？我三夜不睡觉还可以。”他说着噔噔地下楼去，汽车喇叭已在门口叫了。这时雨下得还是很大。云端关好了大门，回到宋紫峰房里给他把干净汗衫、睡衣预备好，然后坐在他那把转椅上，锁起眉心。其实，宋紫峰经常在夜里用电话指挥出钢扰乱她睡眠的事，她已习以为常。有几回在夜里出了事故，他立刻赶到厂去，但总也不像这一回那么叫她操心，那么怜惜他。在他遇到困难的时候，特别是看见他忘我地和困难作斗争的时候，她就完全忘记了自己对他的不满，忘记了他的缺点。她想道：“隋波讲的话也有部分对的地方，他出色地完成任务是很不容易的。看他不辞辛苦的那个劲儿——说他不是好党员、好干部，也是不公平的。但是冯书记说他消极、不安心工作是没有根据的。”电话铃又响了，是厂里来的，她回复他们说宋紫峰已去要抽水机去了。她闭上灯，回自己屋里睡觉去了。

这一天夜里，李少祥是阴阳班，下班时，正下的那倾盆大雨。他决心不回家，守着平炉。他沿着暗梯，炉上炉下地跑了不下十次。每隔半小时，他就到蓄热室去看水淹的情形。刘进春从下大雨后就回蓄热室守着，组织好人员准备抽水。他老是皱着双眉指挥修理班的工友，用他们自己利用废品修成的小得可怜的抽水机在抽水。热工工程师吴凌枫像个产婆似的看守着仪表的指针，并且时常向那些紧张的人们报告着数目字。党委书记、厂长、值班主任、调度主任也经常守在那个地方出主意。后来大家好容易才把厂长和党委书记劝回家。可是不到两小时，厂长又跑回来了，而且康经理也协助把大抽水机借来。大家更是紧张和兴奋。煤气厂的汪丽斯工程师也深夜赶来，和吴凌枫两个人沿着暗梯上下跑得勤。一到了紧急关头，这位老姑娘的娇气也不知跑哪儿去了。她也不望宋紫峰一眼，好像她从来不认识他似的，穿了双长筒靴子，捋起袖子像个男子似的指挥别人。要是谁漫不经心地开句玩笑，她会把你训一顿。宋紫峰也禁不住吃惊地望住她，惭愧地想：“我还没想到这位女同志还有那么副魄力！”他顾不上想这个，忙着和工人们泡到水里去装抽水机。他穿的虽是长筒靴子，但是水已灌到靴子里去了，所以两脚变得很沉重；他全身湿淋淋的像刚从河里捞起来似的。刘进春看见厂长这副勇猛的模样，生气早已变成了怜惜，三番两次推他往地势高的地方去，并说：“厂长，你到上面指挥去，这个抽水机我们安装得了。”

宋紫峰哪里肯听，歪着嘴角用力去扳螺丝钉，并且边装边嚷着：“手脚快点呵，同志们，战胜山洪呵，我们人多，一个人吸一口就能把雨水吸干。”他那洪亮的声音，犹如战斗的号角，压住了哗哗作响的雨声。

李少祥那年轻的血液像钢水似的沸腾着，不觉抬眼望了望他的同班的伙伴们，老华、小魏同样被雨浇着，紧张地工作。除了老易和老任之外，他们班几个人都来参加了这个抢险的战斗。

抽水机很快安装好，开始抽水了。一股水流哗哗往蓄热室外淌到一条刚挖的小沟里去。有几个年轻工友瞅着，开心地笑了。不知谁在叫喊：“像这样的大水泵，有个四五个就好啦，厂长。”

“人家水泵厂生产水泵不是为咱炼钢厂预备的。我们不挖水道，不预防，为啥要依赖水泵！”刘进春大声驳斥说。他有意要让宋紫峰听见。吴凌枫听了却替厂长难为情，偷偷看了他一眼。李少祥趁势挨近宋紫峰，爽朗地问他说：“厂长，刘师傅说的有理，咱厂该想个办法治一治水，这几天平炉非减产不可。”

宋紫峰用那油污的手抹一抹前额上掉下来的头发，热情地回答李少祥说：“你没看见康经理来啦，他亲自看见这个情形，明儿公司一定要给咱们想办法了吧？”

少祥迟疑了一会，想说不说地自言自语：“求人不如求己，我看还是得自己想办法。”

宋紫峰没奈何地摇了摇头，说：“可惜我们只是个炼钢厂，不是水道公司。”

李少祥停下工具，瞪眼望着他，但是没有说话。

大小抽水机虽然起着作用，但禁不住上头不断淌下水来。蓄热室的水势已减退，但西头还被淹。宋紫峰把康经理和汪丽斯两人劝回家。他、吴凌枫还留下来和工友们继续抽水。到半夜三点钟，工人们又把宋紫峰和吴凌枫劝回家去。有些夜班的工友也各自找地方去休息，因这时水势已显著下降，雨也逐渐停了。李少祥和刘进春根本不想睡，留下来和热工工友做伴。他俩也帮着去摇抽水机。刘进春究竟年纪大，又困又累，摇了几回就连连打哈欠。李少祥一边抢过摇把，一边劝刘进春上去找个地方睡。刘进春只找了个干燥地方蹲下来，在那里拼命抽烟。他亲昵地看着那些青年小伙子在抢着抽水，心里想："要是我像他们那么年轻，我可以为党多做一些事。"他在灯光下伸出瘦骨嶙峋的大手，暗地里骂它们道："假如你们有用，也用不着让水淹这儿啦。"他脑子里忽然想起了宋紫峰，想起他刚才和水搏斗时的那副又热忱又勇敢的模样，十分爱怜。"他是个好厂长，虽然有时他那模样真叫人发恨！"他脑子里浮现了宋紫峰那副傲慢的、让风吹掉他的合理化建议时的样子；但是一会儿，他那让大雨淋得精湿，直往水里探，沉着地指挥大家的形象又浮上来，把原来的形象推开。"不，还是我不好，我只想到怎样预先观测水涨，可是我没有想防止水涨的办法。要是我早想出那办法，就能引起厂长重视我的建议，这样也就能让国家少受点损失，也能让这些年轻人少操点心。哎，我算什么老工人！党培养我，叫我负责全厂的修理工作，可是我究竟干了些什么？我真白当了全市的特等劳动模范了。"想到这里，他才感到自己的喉咙发干，胸膛却像有团火在燃烧似的。"啊，这时候跟前有瓶烧酒就好啦。"可是，工厂里怎么会有烧酒呢？他把烟头扔在水里，又伸手往口袋里掏烟盒，烟盒找不着，只有一块硬硬的东西。急忙掏出来一看，啊，原来是一个小药瓶子。不用问，他就知道里头装的是什么。他快乐地摇摇它，没有多少声音，可见里头是装得满满的。"老婆子到底是最知道我的脾气的。"他轻轻打开了小瓶塞，仰起脖子就往嘴里灌。喝了两三格，就小心地把瓶盖塞住，放回口袋里。这时李少祥也跑过来休息，和他一块儿蹲在那洋灰墩上。

"累了吧，喝点这个，驱驱寒气。"他掏出小瓶子给他。

"这是什么药水？'

"不是药水，是酒，只许你喝两格。"他下命令。

李少祥兜起衣襟擦擦脸，也不知是淌的汗水还是雨水，然后端起药瓶往鼻子下闻了闻，脱口问道："啊，刘师傅，你上班还带酒？"

"不是的。我在家已经躺下了。看见大雨下个不停，知道蓄热室非淹不成，我连忙跑回来。你大婶可能是怕我淋雨踏水容易受寒，悄悄给我装了点。不怕，喝这丁点不会误事的。"他随便叹了口气，接过药瓶，又灌了两口，咂着嘴唇说："你大婶啰嗦是真啰嗦，可是她总怕我把工厂的事搅糟。她自己也是够累的，每天我一转身，她就出门忙她的家属委员会的工作去了。可是，少祥，你明儿汇报时千万不要说我带了瓶酒。这是违反——"

李少祥心头不禁热辣辣地想着："我要汇报的，我并且向全国同胞汇报，说兴隆市有个五十多岁的老工人，长期害胃病，夜里雨下得正猛，他从睡梦里爬起来跑回工厂，半截身子泡在水里抢救煤气管道，累了一宿还不肯去休息，他老伴偷偷给他装了二百克的烧酒……"可是他并没有说出口，只是用力抱住刘进春的瘦削的双肩，脸贴着老人家的肩背，痴痴地笑起来，喃喃地说："刘叔，你真像我们爹！"

一股热劲从喉咙涌上来，刘进春想起自己的老朋友给敌人的狼狗咬得惨不忍看的样子，不觉横着袖子往脸上一擦，转过头去，背着侄子说："少祥，等这回水退了，咱俩再好好勘察勘察，想个办法把水治住。好么？"

"我去看过了，咱厂上面地势有点高，那是这么一回事，鬼子在时把铁渣往那上头扔，后来虽是停止，可是地势已经成个斜坡，积水顺着淌下来——"

刘进春摸着下巴，得意地点头打断说："说得有理，到底年轻人的脑瓜好使。"

"我也看了看咱厂的下面，你留没留心呀，刘叔？咱食堂背后有一条小沟。问题就是食堂地势比小沟高，所以坡上淌下来的水就停在蓄热室附近。我寻思在食堂地底下挖条阴沟，叫水从地下流走，这不是就妥了吗？"少祥抬头征求老工人的意见。刘进春越听越觉高兴。他伸出两手用力按着他双肩，定睛看着他，问道：

"食堂底下有很多管道，你知道吗？"

"地下管道虽多，空隙总该有吧？挖阴沟还是可以挖的。过去没有这么做，主要是厂长和经理没有重视这件事！"

老工人像是奖励对方似的狠狠拍了拍他的臂膊，坚决地说："明儿你去对厂长提去，要是厂长不接受，就干脆找经理，再不，是啊，总有一个会听见的。”

后来几个热工工人和抽水机的工人也过来休息，他们俩把这个计划和他们商量；大伙听了都说这个办法好使。水势又略比宋厂长走时高一点，可是到早晨五点钟，雨算是完全停住了。李少祥送刘进春到休息室去休息。老人倒下去就睡着了，少祥蒙眬睡了一忽儿，睡的不踏实，七点钟，给刺眼的阳光弄醒了。他悄悄起来，到修理工段找了个小洋镐，就跑炉下去了。

电话铃又响了，邵云端从梦中醒来，赶快爬起来，三脚两步摸到隔壁房间，拧着了电灯。啊，原来宋紫峰已躺在床上了。她想叫醒他，但是看见他裹着睡衣，睡得烂熟的模样，不忍心弄醒他；自己下决心接电话，小声问道：“怎么样？啊，已经退得差不多了？不用叫他了吧？——那好。”她轻轻吁了口气，不禁微笑着。“嗨，还说三天三夜不睡觉还可以哩。”看他的呼吸多匀整，眼睛和嘴唇紧闭，嘴角留下浅浅的笑容，好像他在梦里看见水已退了似的。不，他在初中念书时，踢足球踢累了睡着的时候就是这个样子的。她不知不觉弯下腰去，轻轻在他前额上亲了一下。“啊，要是他给弄醒了多难为情！”她两手紧捂着面颊，屏着呼吸。看了一会，他并没有醒，她才放了心，回过身子，把他的湿衣服拿到屋外去，闭了灯；窗外天色已发白，原来天已亮了。

早晨七点钟，宋紫峰爬起来，任何人也没惊动，也没吃早饭，就和苏联专家巴耶夫回厂里去了。苏联专家听说水淹了蓄热室，连忙和宋紫峰先到炉上去看看平炉，果然不差，煤气温度大大下降了。有两个平炉竟炼了十多小时都出不来钢，专家怕炉膛泡坏，出漏钢事故，主张立刻让这两炉出号外钢，然后保温。宋紫峰接着下了命令。工友们接到命令，都哭丧着脸低着头执行去了。巴耶夫和宋紫峰、翻译员立刻换了长筒靴，到炉下去察看。粗大的煤气管道还有水淹的痕迹，靠食堂那边的两个平炉的蓄热室，水还没退。巴耶夫立刻用俄语责备宋紫峰道：

“昨天夜里为什么不通知我？”

宋紫峰没有说话，体贴地望了望他。他也不等宋紫峰的解释，就径自往水里迈去。他看见水深处有一圈水在打转，好像有个什么东西，又好像有个漩涡，他一脚就往深处迈过去。他来不及举右脚，就已栽了一跤。翻译员眼灵手快，一手扶着他的右臂，他的左臂却给一件黑黝黝的怪物从水上给顶上来。大家定睛一看，那怪物原来是一个人，再一细看，大家才认出来这是“共青”号平炉乙班炉长李少祥。

“啊，你怎么啦，老李？”宋紫峰吃惊地问道。

李少祥一手拿着小洋镐，一手抹了抹脸上的脏水，又甩了甩头发里的水珠，睁眼一看，才看清眼前站着的这些人。他握着专家伸给他的手，然后作古正经地向巴耶夫和宋紫峰报告他的地形勘察经过，和他的在食堂下挖沟的计划。巴耶夫听清楚和问清楚以后，立刻拥抱了李少祥。两个插在水里的人抱在一块儿，摇摇晃晃，差点又摔倒了，幸而旁边有宋紫峰和翻译员扶住他们。巴耶夫对李少祥说：“你是很好的潜水员。”少祥听了之后回答道：“我是海边长大的。”巴耶夫又向厂长说：

“我建议宋厂长可以采纳李少祥的计划，并在解决水灾的问题后奖励这位工人。”

宋紫峰面对着李少祥，心中掠过一丝惭愧：“我批评了他，他一点也不闹情绪！”李少祥举起小洋镐一挥，忙着领厂长和专家去看地形去了。一路上宋紫峰向巴耶夫介绍李少祥如何年轻有为，李少祥忙向专家解释，这个办法不是他先想的，吴凌枫工程师、刘进春老师傅以及热工的一个小工友也想到过了的。翻译员悄悄抬起那年轻的纯朴的脸，对李少祥说：“你太谦虚啦，把好事都推给别人。我要向你学习。”

李少祥已经两天没有回家了，虽然家属委员会给捎了话，说他留在厂里解决积水的问题，但是李大娘究竟还是挂念儿子。她成天在大儿媳面前叨咕，大儿媳妇说：“他平安就行呗，回不回来还不一样？”她叫大儿子李忠祥去看看弟弟。李忠祥说：“我们老五哪一年到了雨季不是吃不下就是睡不着。他正要想办法挖沟通积水，你有这么个儿子还替他犯什么愁。”

李大娘略略放了心，不好意思地说：“我也不是犯愁，只是往年他——”

“他昨天下班还跑高炉上看我，掀开饭盒就拣了块肉吃。今天你老人家给我多盛点菜吧，他说不定还来——”

老人家溺爱地骂了一句：“这小子！”

小刘接到了杨宝坤的第二次信，他越来越明显地表示爱慕她。不知道为什么，他越追得急，她越想试探一下李少祥是否爱自己。可惜的是少祥老是这个劲儿，每回都是乐呵呵地看着她，温和爽朗地回答她的话；但是很少主动问她什么或主动找过她。那天少祥问她有对象没有，引起她的很大的好奇和幻想。但是从此就没有下文，在车间看见他时，他忙得连和她说句话的工夫也没有。她和许多少女没两样，对爱情充满了神秘的奇妙的想法。严格说，她对少祥与其说是发自感情深处的爱慕，还不如说是她那种小资产阶级式的对工人、对劳动模范的景仰。她只是仰慕少祥的模范事迹，但并不满意他的知识浅陋，和他那种只钻生产、不讲究生活的作风。她也不喜欢他的家庭，特别不习惯他家庭的生活方式。有一回她看见李大娘用洗脸手巾擦茶杯，擦完了李少祥接过手巾擦脸，擦完脸又顺手拿手巾抹干桌上的茶水，所以她不太愿意在他们家喝水吃饭。但这姑娘的心坎里有许多奇奇怪怪的想法，她就喜欢稳重的男子，像少祥那样只是远远地欣赏她，她仿佛更入迷；像杨宝琨那样今天送这个，明天邀看电影，倒使她觉得无足轻重、不忙解决了。“我才十九周岁，忙什么。”她打定了主意，耐心地多方面去了解李少祥的情形。星期天，她高高兴兴地找小兰去。她过南味店时买了两包牛肉干和笋豆，一面走一面轻轻地嚼着。母亲从上海寄来的夏衣，在兴隆来说是最时髦的了。这个既漂亮又时髦的大姑娘，一路上引动着过路人们的注意；可是她怀着少女的骄傲，连眼梢也不看人一眼，径直奔小兰的宿舍去。她已找过小兰一次，小兰讲少祥在乡下的情形，讲得再细腻不过。小刘发现这个打鱼姑娘虽然有些土气，文化也低，但头脑倒很清楚，并且有一颗极善良忠厚的心。她追述少祥少年时期所做过的事儿的时候，充满了深厚的友情，并夹杂了许多乡下人纯朴的见解。

小兰看见小刘的时候本来很难过，但是小刘仰慕少祥的真情实意，却又感动了她。星期天，学员们会爱人的会爱人，看电影的看电影去了。宿舍倒也很清静，只是小鸟在柳树梢头上歌唱，好像给这两个在倾谈中的女孩子助劲似的。小兰吃完了一些带甜味的牛肉干之后，喝了点水，便讲起少祥怎样替父亲洗伤口，和那一回遇到暴风，他离开了岗位，受到父亲的批评，自己思想上怎样斗争……事是这些事，但已加进了不少小兰的对他的怜惜、景仰和惊叹的感情了。小刘听的连泪水都快掉下来了。这时两个女孩子都陶醉在自己所倾慕的人的模范的行为里了。

小刘不好意思地用手绢擦了擦眼睛，泪水拭去，她的两只大眼睛又明亮起来了。她感叹地说道："啊，他真是天生的英雄人物——"

小兰不同意地抢着说："不，他可傻啦。他到如今还是傻的要命。"

小刘并没有在意，继续说："要是我和他共同生长在一个村子多好。唉，兰姐，你为什么不和这样的人物恋爱呢？难道你没有发现他的高贵的品质？哦，你们是干兄妹，可是，干兄妹究竟不同亲兄妹，怕什么？要是我呀——"

她话没说完，小兰的心一阵乱跳，两三个月来使她梦寐不安的不祥的问题，难道在这个时候揭开来了？她欢迎它，可是又害怕它。她的幸福就决定在小刘的这句话里啦。她觉得机会不能错过，鼓起最大的勇气趁机试探她说："你很喜欢他么？那你为什么不和他——"她没勇气再问下去，脸色一阵白似一阵，好像一个囚犯等待宣判似的。

小刘紧皱着乌黑的眉毛，那双黑亮的大眼睛紧张得几乎哭将出来，过了一小会，她激动地抓起小兰的手，真诚地向她倾吐起来："他太好啦，我，我觉得我配不上他。是他，他对我很好。不是我多心，真的他老看着我，他看着我总是笑眯眯的。有一回他问我啦，问我有没有爱人。啊，我摇了摇头，等他说下去。那时我心跳得像打鼓，假如他向我求婚我怎么办？但是他没有往下说，工人同志就是这样。我相信他早晚要说的，我已写信问我母亲去了。我母亲守一辈子寡就守我一个女儿和我一个小弟弟。她是老脑筋，好容易供我念完中学，去年我来支援钢铁基地，在这儿当了个广播员，她已经很不乐意，要是我嫁个工人，她恐怕更……啊，我一想起自己的婚姻问题就愁得慌！你说我该怎么办呀，兰姐？"

街头杨树上的老鸹突然呱呱地惊叫起来，天空刮了阵西北风，小兰忽然好像什么灾祸要来临似的打了个冷颤。小刘这番话使她的心顿时发麻，连十只手指尖都是冰凉冰凉的。至于小刘后来提到她母亲如何如何她根本没听进耳去。她用最大的忍耐力使自己平静下来，至少不要露出什么痕迹，让小刘起了怀疑，影响到她和少祥的关系。其实小刘根本没有觉察小兰爱少祥；而且，她这时已完全沉醉在自己的激动的幻想里，再也看不见对方情绪的变化了。她在小兰跟前说个痛快，心里倒觉好过一些。她真想把杨宝琨也在追求她，她下不了决心和谁结婚的事都告诉她。但是她没有说，她觉得说了好像就破坏了对少祥的尊敬似的。

小兰说什么好呢？她只紧紧捏着她的手，羡慕地看着她，用自己还在发抖的指尖替她抹着额上的短头发。过了许久，才鼓励她说："都新社会啦，婚姻大事干嘛要父母来作主？"

小刘感激地紧握着她的两手，两个人好久都没说话。临分手时，小刘伏在小兰的肩上恳求她说："兰姐，你虽说比我只大两岁，可是人情世故你比我懂的多，这儿我没亲人，我这个心事从来不敢对别人说过，请你替我保密，好么？"

小兰咬了咬牙，咽下自己的绝望的痛苦，把这个崇高的任务接受下来，安慰她说："好吧，我决不会向别人说，要是你对他真有感情，就得耐心点。"

小刘感激地又握了握她的手。

小刘一走，小兰就躲在被窝里痛哭。她用泪水蒙眬的眼睛看了看少祥的相片，但是李少祥分明在笑眯眯地看着她呀。不过她想一想小刘的话，心便像刀割似的作痛。她默默地在心里说："五哥，你心里爱谁，准是没错，你就一心一意爱她得啦。我不怨你，也不怨她。只怨自己命苦！"后来她又想起李少祥为什么不向小刘求婚？"不，他敢情不打算和她结婚呗！"她心中闪出一线希望，觉得少祥对自己还是很好。过一会，她又责备自己说："你别瞎高兴啦。五哥敢情怕对我不住，下不了这个决心。"她伤心地抽咽个不停，并且喃喃自语道："五哥，你下不了这个决心，等我来给你下吧！六年的老问题，得到解答也好。我也好死了这条心啦。"

蓄热室的水全退了，李少祥已经两天两夜没回家了。他很疲乏，但是他忽然很想见见小兰，一想起她便不饿，也不累，身体有劲了。下了班，他便决心直往小兰宿舍跑去，到了那边，房门锁着，他想她们大概吃饭去了。他坐在大门口耐心地等着，凡是远远有人来，他总用眼去看看，有没有自己所渴望的影子，但是青年男女一批一批的进进出出，哪有小兰的踪影？都六点钟了，才看见远远有一批女孩子往宿舍这边来，其中有一个很像是小兰，但是一会工夫，她们嘻嘻哈哈地又改道到宿舍后面去了，李少祥大失所望。又过了十分钟，两个女孩子从里面走出来，看见李少祥便停住了脚步，其中一个圆脸的女孩子正里八经地问李少祥道："同志，你找谁呀？'

李少祥看见女孩子，不好意思细看人家，现在听见她们停下来问他，便大大方方地答道："我是找三楼八号房小兰同志的。不知她回来没有？"

那圆脸女孩子侧过脸去问那瘦削的姑娘道："你看见小兰了么？"

那瘦削的姑娘显然极力忍住了笑，也装着正经的腔调答道：“刚才还看见她在七号房间唠嗑呢。”

那圆脸女孩子还是一本正经地和蔼地命令道：“走，我们领你上三楼去找她。”说完了，两个人悄悄使了个眼色，便领路上楼。李少祥觉得打扰不相熟的姑娘不太好意思，但是她们两个既是自愿帮助，那又怕什么，便低着头跟她们俩走上楼去。到得三楼八号，圆脸姑娘推开了门，里头有五六个女孩子，但是偏偏没有小兰。李少祥正想转身退出，圆脸姑娘便让门半开着把他推进屋里，安置他在门扇对面的床铺上坐下，安慰他说：“你先坐会，我给你找她去。”李少祥看见这群女孩子，本有些胆怯，但是那些女孩子却热烈地邀他坐下。一个约莫三十岁的女工大声嘱咐那圆脸女孩说：“小王，小兰到二楼秀芳屋去了，你到那儿找吧。”她听见那圆脸的小王“嗯”一声答应了她，她便侧过脸来问李少祥说：“同志，你贵姓？哪个厂子的？”

“我姓李，是炼钢厂平炉车间的。”少祥说开了话，倒觉舒畅一些。

那女工接着问道：“你和小兰是亲戚还是——”她故意不把话说完，有一两个女孩子嘻嘻笑出声来。

李少祥听见这样问，脸上一热，觉得有些局促不安，但是勉强用大方的调儿答道：“我和小兰同志是一个乡里的，是同乡。”

“哦，你常来找她么？”那女工还是一本正经地问。对面铺上坐的一个姑娘用劝告的口吻说：

“你应该多来看看她，她在这儿没有亲戚，远远离开家，怪可怜的！”

少祥听见这姑娘那半真半假的口气，觉得好笑，忍不住接上说：“她和大家住一块，不是比住在家里强得多么，成天有说有笑的。”他的怯生生的神态逐渐消失。姑娘们看见他面带笑容，大方地回答，便也活泼起来。有人插嘴说：

“说是那么说，可是我们快毕业了，都分配工作，不一定住在一块儿。她总得有个人来关照关照她呀。”

又有一个人尖声说："小兰这个人太好了，我愿意做她的一辈子的朋友，一辈子不离开她。"她的话还没落音，另一个姑娘哈哈大笑道：

"你不愿意离开人家，人家才嫌你讨厌呢！"

"怕什么，我又不妨碍她找对象。"

李少祥看见小兰还没回来，心里已在纳闷，现在又听见姑娘们净讲些含沙射影的话，只顾在那儿嬉笑他，他很后悔走进这屋子来。要是这间屋子有一个男子，他会觉得胆子壮一些，偏偏她们都是女孩子，而自己又和她们不熟，他正想借个机会辞别大家，却忽然见那扇门不住地摇动，那扇门自己怎么会动呢？他正在奇怪地想，却又看见所有的女孩子们的眼睛都集中在那扇门上，并且互相使眼色，做鬼脸；还有人忍不住哈哈大笑起来。突然，那扇门忽的一动，关上了，藏在门扇后面的两个人同时跳了出来，其中一个是小兰，很显然，她是被另一个姑娘牵制住了手和嘴巴，憋得一脸通红的。她挣开了那姑娘，谁也不看，一手拉开门就冲出去，但仅一秒钟工夫，她又给圆脸的小王挡住推回房里来了。她迅速瞥了李少祥一眼，气嘟嘟地坐在床上。脸直避开大家，只往门口瞅。原来她是受了姐妹们的骗，说那个姓白的小伙来这儿要和小李闹离婚。小陈要和她藏在门后面偷听，以便到紧急关头出面调解，她被迫藏在门后。后来听出是李少祥的声音。她知道自己受骗，正想出其不意地逃跑，躲开他，可又给小陈卡住了。那年纪大点被人叫何大姐的女工上前去赔不是道：

"小兰，别生气了，好容易客人来了，给我们留点面子吧，反正下回保证不再闹了。"

少祥看见小兰，心里像放下块石头似的，但是看见她那发寒的样子，却又替她难过，想上前去安慰她，却又怕更惹女孩子们笑话；便只装着不在乎的样子说："呃，你们姑娘们比我们小伙子们还会闹哩。"他没有想到这句话会得到姑娘们的欣赏，她们纷纷转过身来，有个人高兴地向他说：

"姑娘们的优点还多着呢。"

“我们都是菩萨心肠，就算开玩笑吧，也不过是因为太爱自己的朋友啊。”

看见大家的注意力已不再集中在自己身上，小兰觉得轻松了点，但是还带三分怒气嘟哝着：“太爱，太爱，谁受得了你们这样爱法？”

看见小兰开口，少祥面色更开朗了，趁势笑着接上说：“小兰，是不是最近很忙？我妈老叨念你呢。”

“快毕业了，你说忙不忙？要是实习时轧不出合格的钢材，就得卷起铺盖回乡啦……”

姑娘们看见他们两个已搭上话，便一个一个地走掉了。小兰听见关门响声，才注意到何大姐也在作最后的撤退。刚才喧闹的难堪局面忽然变为剩下孤零零的两个，这使李少祥很高兴，以为这回可以好好和小兰谈谈玩玩。他又怎么料到这位大姑娘已立下了誓：决心和他疏远，有心成全他和那美丽的姑娘的亲事呢？问良心，小兰真想倒在少祥的怀里痛哭一场，告诉他她心里很痛苦。但是小刘那美丽单纯的脸仿佛掠过她面前。她知道没有任何一种力量抵挡得住自己对少祥的钟爱，但是为解决他的矛盾和痛苦，她极力控制了自己，做出了矫枉过正的、不近人情的冷淡姿态说：“李少祥同志，你下了班还没有回家吧？”

少祥听她那生硬的声调有点诧异，只以为她刚给同伴们捉弄过，还有点不自然，故意装成客客气气的腔调罢了。他也就毫不介意地答道：“已经两天没回家啦。”

小兰没有听下去，抢着说：“那么你赶快回家吧，说不定那边有人等着你呢。”她没有看他，十个手指只玩弄着自己的辫子。

“我只想休息一下，咱们到外头走走好不好？”

“啊，不行，我还得开会呢，马上就要走。你还是回家吧。”

“唉，不是你开会，就是我要上课，咱们俩总是很难凑在一块儿。”少祥扫兴地说。末了恳求她道：“好吧，你送我到大路上吧。”

小兰皱起眉心说：“啊，不行，他们等着我呢。”

少祥无可奈何，伸出手来和她道别。他握着她的手，像磁石遇到了铁一样，根本不想放开。小兰轻轻抽出自己的手，挟了个小本子，就往门口走去。少祥站起身，跟着她走，看着她匆匆忙忙地拐进二楼去，头也不回，他才懒洋洋地往家走去。他一路走一路想道："她又生我的气啦？——我赔不是要赔到哪年哪月？行呀，你有能耐折磨我，我就有耐心等你。小兰，人家杨宝琨说他和他的对象磨了二三十回还决定不了呢。我？还早嘛，才七八次。可是，我是三班倒的，要谈上三四十回，不就要两三年吗？"他发恨地骂自己道："快速炼钢你很有办法，可是你搞恋爱可一点也快速不了。哼！你呀——"他一想小兰那副冷冰冰的样子，他就完全站在小兰的位置上，狠狠地责备自己说："你就不应该六年都不给人家打个招呼，活该。小兰呀小兰，只要你肯嫁给我，就再折磨我六年我也甘愿呀，我等你，等你等到三十一岁。"砰一声他的前额碰的好疼，他心想不好，碰到装料机上了。可是抬眼一看，那是人行道上的一根电线杆哩。

小兰躲开了李少祥之后，一个人奔到地下室痛痛快快地哭了一场。心里悲悲切切地想："你不用三心二意啦五哥，我替你下这份决心吧；怪只怪我没福气，我好没福气啊。"她一面哭一面想："看你拿什么面孔对待人家啊，真亏你做得出来！万一他——"她用手摸自己的脸，觉得脸发烧；她又把辫梢放到嘴里，狠狠地咬着，命令自己："去，去和他讲明白，我不恨他，只是……"她坐了起身，擦干眼泪，走出地下室。她走到清凉的树林底下，天上那残缺的月亮老是瞪着她，皎洁的光辉老是尾随着她。她抬头望着月儿，悄声问它道："你说，我回乡下打鱼好呢，还是在这轧钢好呢？"她傻里傻气地跟着月亮走，不觉已经走到李少祥的房子跟前，站在门外却听见李大娘的快乐的笑声。她的心忽然一横，赶快向后转，责备自己说："你老老实实给我回去吧。俺乡下有几个打鱼姑娘出来学轧钢的哩？你还哭哩，你有理！亏你还是个青年团员，就是经不起考验。哼！"她把自己抢白了一顿，便急步跑回宿舍去了。

第十二章

邵云端去庆阳出席省委宣传部召集的会议，会后，她去见了一趟省委书记，打听一下自己一个多月前就写给省委的关于冯棣平、隋波的意见书的下落，周书记约她十一点钟去。

省委第一书记周兴元宿舍的小花园里，葡萄架下摆了一张藤桌子，四把藤椅子，桌上一壶茶，一盒烟，周兴元和伍云普对面坐着。他沉思着，香烟快烧到指甲盖了。党中央在瑞金苏区时，周兴元是瑞金县委组织部的副部长。后来随红军长征，并在延安留守部队里做过很长时间的政治工作。他素来以沉着著称，善于发挥干部的积极性；但当别人由于思想意识不健康犯了错误，特别是由于立场不坚定而犯了错误时，他的批评也是不留情面的。

“啊，今年的增产任务，你们已落下了不少了。你这次回去怕要把局面扭转扭转才好。”他对伍云普说。

伍云普不抽烟，喝了口浓茶，说：“情况是严重的，幸喜陈家骏同志已经到了。市委呀，我看还是要大力抓政治思想工作。

周兴元点了点头，提醒他说：

“政治思想工作、群众路线，是我们党传统的工作方法和工作路线，丢不得。冯棣平同志的思想有很大的危害性，恐怕要给他整整风，你周围很多积极分子已对他提出了不少意见……你和陈家骏同志谈过了吧？”

伍云普连忙点头，高兴地说：“谈过了。他的修养好极了。对啦，我正想向省委提个建议：要是将来兴钢党委成立，是不是就让陈家骏当书记？他仍然可兼总经理。”

“你抓得真紧！”周兴元显然很欣赏对方有眼力，能够在短短的接触中鉴别人。“可是中央比我们想得更周到，早就关照下来了，说要是兴钢成立党委，可让他来搞。”

伍云普一面高兴一面有顾虑地说：“那是太理想了。只是我有点——”

他没说下去，但周兴元明白他所指的是，陈家骏和他是同一级的干部，他是市委第一书记，而他却摆在市委领导下的一级党组织的兴钢党委第一书记的位置上，会不会影响干部之间的关系。他的缜密的考虑和谦虚，使周兴元很钦佩，他安慰他说：“你放心好了，我很了解这个同志！”

他深信这两个人的合作，定能很好地团结全体干部和职工，把这个钢铁的城市搞得很有生气，很出色。因此他衷心感激中央把这样优秀的干部先后派到地方上来，对钢铁基地真是关怀备至。他多么盼望这一回经过整风，使这个钢铁基地能够顺利地完成人民交给它的任务。电话铃一响，把周兴元的思想打断。他进去讲了一会，便又出来招呼伍云普说：“陈家骏来电话，说一会儿就到兴隆去，你有没有话要跟他说？”

伍云普立刻站起来说：“有，有，有，我要再叮嘱他一番，一定得狠力抓今年的增产任务——中央电报已说清楚，今年各重点钢铁基地不完成钢铁的生产计划，就会打乱整个工农业的发展。而老冯硬是个观潮派，炼钢厂的厂长又是保守自满，强调完不成钢锭的计划！我要提醒老陈，到职后要抓紧这个环节，展开思想斗争。”他说着走进去接电话去了。正在这时候，邵云端走了进来，周兴元起身迎接她，和她握握手，上下打量她一番，笑着对她说：“啊，你越来越年轻了！”

邵云端老练地笑了笑回答说：“周书记，你真会开玩笑，在延安党校听你做报告，都快二十年啦。”她记起在延安中央党校听课时，她曾对他提出过一些问题，他曾勉励过她，夸她是优秀的学员。

周兴元哈哈大笑了一阵，然后正经地说："年岁是一回事，我说的是你的工作朝气和斗争的锐气比当年更坚定勇敢了。"

听了这句话邵云端是高兴的，那两道弯弯的眉毛不觉一扬，急忙问道："我的意见有没有偏激和过火的地方？"

"没有，很及时。"

邵云端听见另一个人在回答她，侧过头去一看，原来是伍书记。她高兴地端详他的脸面，说道："你胖多啦，伍书记。病好点了吧？"

"他早待不住了，过半个月就回兴隆啦。"周兴元代他回答道。

"怎样，这两天还有些什么情况？"伍云普问。

邵云端轻轻摇摇头，说："没有什么新的情况，全国轰轰烈烈的反右斗争展开了，我们那边右派说过的反党反社会主义的话收也收不回去啦。有些继续放毒，有些收敛了一下。斗争正进行着呢。"邵云端停了停，又说道："右派坚决站在资产阶级立场反对我们，那也不奇怪，因为他们立场不同。可是，我愁的是像冯书记、隋秘书长那样的同志，他们并不是右派，可是有些观点和右派观点相像，他们时刻影响着工作，影响着干部的思想，这才急人哩！"

周兴元倾听着这种发自内心的忧虑，这正代表许多党员的呼声。党之所以是个不可摧毁的坚固的机体，就因为它是由于这许多富于自觉的战斗力量的健康的细胞组成的。他微笑着答道："冯书记的毛病，省委是知道的。可惜的是去年清算钟菲的错误时，他没有得到启发，改正自己。他认为工业应该在党的领导之外，其实这不过是资产阶级的滥调。党必须干预这些有害的思想和观点，要在党内进行严肃的批判。你们那儿很快就整风啦。"

邵云端正在静静地体会周书记的话的时候，又听见伍书记开口道："你说冯书记对老宋他们的思想有些影响是对的，但老宋他们的毛病和冯书记却有很大的区别。老宋并不是和党的路线有不同的主张，他的错误在于轻视了群众，把技术神秘化、固定化。他的病倒是相当严重的，我们要切实地帮助他，特别是你，你和他不仅是同志的关系，也是爱人的关系，你不敢和他斗争，就是你在错误思想面前畏缩。”

邵云端一直都很快活、兴奋，但是听到这，真是哑巴吃黄连，有苦说不出，脸色阴沉了，眼神失去了光辉，思路又回到自己的痛苦的家庭生活里去了。周兴元和伍云普一看，知道那里面有问题，周兴元故意冲淡这种谈话的紧张局面，轻松地问道：“你们俩的思想斗争中，谁占上风的多？老宋有没有‘家长制’残余？”

邵云端低头回答道：“我俩谈不到思想斗争，因为感情已经搞糟啦。两个人住在一块儿已经很别扭了。”看见两个领导人都关切地问起自己的家庭生活，特别是由于伍云普倾听别人意见时的惊人的耐心，她控制不了自己的感情，便把半年来夫妻不和的事简略地告诉了他们，末尾，断然地说：“我还没有发现他对别的女同志有不正常的感情关系；他这个人在这方面是很不敏感的，所以我认为他主要是骄傲。这一年来工作还不坏，又被夸赞得昏头昏脑，背上了包袱，就越发骄傲了。他看不起我，也看不起很多人。他的脱离政治的技术观点本来很严重，再加上骄傲，哪有不脱离群众之理？”真讨厌，一提起宋紫峰，她就激动得很。

伍云普安慰她说：“夫妇之间也需要等待，你的耐心和做法是对的。你要勇敢地耐心地帮助他，他基本上是个好同志，又有许多优点，只要他认识自己的错误，他还可以为党做出许多出色的工作。”

邵云端觉得这些话既有原则性，又充满同情，那里面方式方法的指点，也是极具体的。她感动得真要涌出眼泪来，但是她怕上级笑自己的脆弱，竭力控制着，尽量做出平静的样子。

周兴元为了免除邵云端因暴露自己的私事而难过的情绪，现身说法地告诉她关于自己的经验：“有一个时期我和我爱人也闹得很不愉快，她因为养了几年病，脱离了火热的斗争生活，眼光都局限在烦琐的家庭事务中。后来，组织上帮助她参加了工作，我们夫妇之间尽量求大同，不计较小异，于是两个人都相安无事。这些日子来，她的工作比我还忙，连必要的家庭事务她都没法管；当然，我也不抱怨她——”

伍书记插嘴道：“你阻止她就是扯她后腿了！”

周兴元和邵云端听了不禁同时朗笑起来，果然，邵云端刚才的尴尬和不愉快全都消失了。但是，她沉默地想了一会之后，又提出问题来了：“伍书记，我又不明白了，冯书记既然有严重毛病，为什么还叫他当书记，还叫他分工管工业？”

伍云普还没有回答，周兴元不慌不忙地接过去说：“你提的好。这些年，省委和市委都知道老冯有些毛病，如个人突出啰，爱摆老资格啰，忽左忽右啰，等等。大家没有少帮助他，党也等待他。伍书记刚去时，特别注意团结领导核心的力量；因为老冯本来就是代理第一书记，所以伍书记第一次养病前向省委提名要他代理。伍书记去年仅是来这儿治病，原以为一个月，结果一治三个月，他代理期间，很多同志提出意见，所以这一回没有叫他代理了。冯书记并不是个没有能力的人，对兴钢一贯熟悉，叫他领导工业，也就势所必然了。可惜的是他的思想跟钟菲没有两样，市委抓得紧时，他的漏子出得少些。他的错误，屡改屡犯，可见他的思想还停顿在资产阶级民主革命阶段，他虽然反帝反封建，但对社会主义革命缺乏思想上的准备。在贯彻党的赎买政策时，他显出了严重的右倾；在执行党的工业政策时，他念念不忘他的资产阶级的改良主义，和党的路线背道而驰。本来，各个战线上无产阶级和资产阶级路线的斗争，原是个长期的工作，这个斗争自然也反映到党内来的，不过他身居领导地位，危害性就大一些，所以将来整风，市委同志要多帮助他。”

邵云端听了这番话，心里亮堂了。她就在这儿和两位书记吃了一顿午饭。然后才动身返兴隆。临走时她很不放心，转身悄声叮嘱伍书记千万不要把她和宋紫峰不和的事对任何人说。伍书记认真地答应了她，她心情畅快极了。她的观点得到上级的肯定和支持，而她私生活上的苦恼也总算有人知道了。上了火车，人很挤，她只找到个地方站着。她很喜欢坐硬席，因为这样可以随便和旅客唠扯。硬席的旅客多半是社员、工人，和他们唠扯唠扯，可以了解一些问题，可以了解他们的一些思想情况。可是今天上了火车她却顾不上看别人，只顾回忆两位书记讲过的每一段话。她正出神地想着，突然有人拉拉她的衣角，她低头一看，原来一个中年男子站起身子来让她坐。她客气一番，不肯坐，还是想着心事。半天，看见那个男的不肯再坐下去，位置空着，她只好坐下了。她抬头看看那个让座的男子，约莫四十岁，面孔瘦削，仪态很雅致，穿了一身布制服。他正弯起腰来贪婪地望着窗外的景色，生怕错过道旁的每一棵树和每一个高压电线架子；邵云端望着他那副样子觉得有点好笑，问他道："头一次来兴隆么？"

"啊，是的。太美了，数不尽的烟囱，赛过长白山的老森林。你看那迷离恍惚的烟雾，使人看不清这钢铁基地的真面目。唔，那是桥式吊车，啊，那又是什么？看那趟火车怎么在上面走的？"

邵云端对这儿的景物已是司空见惯，现在看见一个生人对这儿感到那么大的兴趣，心里实在觉得得意和有趣，便跟着他的指点看去，笑着回答说："那是电气火车，是专门接送工人上下班的。说到烟囱和烟雾，这儿还不算多，再过五分钟，景色就更雄伟好看了。"她又忍不住问他道："你是来参观的，还是来工作的？"

那个中年男人仍旧望着窗外的景物，回答说："可以说是来参观的，也可以说是来工作的。啊，这该怎么说呢？不过就算我是个来参观的人吧，参观完了我也不想回去了。人在这样雄伟的钢铁基地上生活和工作，多有意义啊……"

邵云端听了，这才定睛看看对方，发现他那近乎文弱的丰采里隐藏着一种深厚的、奔放的热情。她忽然好奇地、出其不意地问道：“你是不是一位作家，来这儿体验生活的？”

那个人这才回过脸来，也认真地友善地看着邵云端，有礼貌地愉快地回答道：“要是我是个作家就好了，我将永远生活在这儿，和几十万职工一同呼吸这迷人的烟雾，我将尽我的全力讴歌这个城市和这儿的劳动人民！”他像朗诵什么似的说着，火车已到了兴隆，一排巨人似的高炉雄伟地屹立着，烟囱在这儿已不算稀奇，巨大的煤气罐和冷却塔与高炉互相辉映比美，好像神话里的巨人在这个城市里正在下国际象棋，这些巨大的棋子就是几十公尺高的高炉，几十公尺高的烟囱，直径有十几公尺宽的煤气罐子和冷却塔……直径比一个人还长的粗大煤气管子在半空中纵横交错；火车、电车、汽车、马车运输着各种器材和原料，在各自的轨道上运行，川流不息；最有意思的是火车头拖着一列还在冒烟的焦炭罐和吐着火焰的铁水罐，尖着嗓子叫唤要人让道，汽车的尖叫和马蹄的得得声混成一片。那中年男子眼忙着看，嘴忙着问。邵云端一一给他解释。逐渐，她知道他不是样样不懂，只是亲眼看到祖国这些雄伟的工业建筑，不能抑制地惊叹和絮絮自语罢了。出了火车站，那人还紧跟着她，问她道：“同志，市委在哪里？”

邵云端用手比划了半天，指出什么地方该拐弯，什么地方该向左转，说完和他握了握手，自己便往家走去。忽然一个熟人招呼她道：“邵部长，坐车回去吧，有空车。”邵云端一看，原来是康经理和刘经理。康伯和诉苦说：“省里来电话说冶金工业部派来的总经理坐这趟车来兴隆镇，我们候了半天，软席车厢没见下来半个人，大概又来不成了。”

邵云端点了点头回转身去，想叫那位旅伴一块儿坐车，但他已走了两丈多远。她连忙赶上前去，喊他说：“同志，这儿有部空车，把你送到市委去吧？”那中年男子兴致勃勃地谢绝说：

“不啦，这儿的景色我还没有看够，我要细细看看，你请便吧。”他看着那位热心肠的女同志无可奈何地回身走了。他望着她的背影，高兴地想：“兴隆市的人多么热情啊！当然啰，这儿是出钢铁的地方，人们没有高度的热情，还能炼出钢铁来？”他留心到这个城市在白天时街道上人并不拥挤，脚踏车很多，所以人们的影子都显得像燕子似的匆忙。他不禁感叹地说：“怪不得，这儿是个生产的城市，没那么多专门消费的闲人。”走完这趟大街，到了一个漂亮的广场。这个广场里头有许多花坛，周围都是树，可以算是个小花园哩，这广场的四周却是高大的楼房。市委、市政府、银行、宾馆和壮丽的设计大楼都结成一圈，他没有想到这儿十万人口的重工业城市却是那么美丽的。他看一看手表已三点多了，他必须在下班前赶到市委，办一办手续，和有关部门接接头，于是不敢恋看，急忙向市委走去。这个人叫陈家骏，是冶金工业部新近决定派他来当这儿的总经理的。他想先来接接头，参观一下，然后回去接家眷来，才在这儿开始工作。他摸到市委二楼，找组织部，组织部的人说他们不管参观的事，叫他找工业部。他遍楼找工业部，可又看不见有工业部的办公室。转了半天，他转糊涂了，走到一个没有挂牌的套房里去了。那儿摆设很整齐干净，可是静悄悄没有一个人。他提高声音问道：“这儿有人么？”没有听见回答，只听见里屋有翻动纸页的响动，他就进去看看，原来有一个人在转椅上端端正正地坐着看文件哩。再看那人，已四十岁开外，两边额角已全秃了，不用问，这显然是个负责干部。陈家骏问道：“同志，请问工业部在哪儿？”

那人连头也没有抬，只是用客气但是有身份的声调回答说：“请你问外屋的秘书同志吧。”

“外屋没有人，组织部的同志叫我——”

那人仍然没抬头，仍然用同样的声调说：“工业部不在这儿办公，是和公司一个楼办公的，离这儿很远。”

陈家骏大为失望，迟疑了一下，不肯罢休，又问道：“那么，能见见这儿的书记最好，可是不知道冯书记在哪个办公室？”

那人才抬起头来，定睛地望着陈家骏，并且放上一点笑容，得体地略微欠了欠身子说：“我就是，你是哪一位？”

陈家骏觉得对方绕了这么大个圈子实在没有必要；但是，既然找到了需要找的人，也就放下了心，走上前去，并且边走边自我介绍说：“我叫陈家骏，是冶金工业部叫我到兴隆来工作的——”

“呃！”冯书记这才倏地站起身来，稳重地抢上前一步，热烈地握着他的手。半天，问他道：“康经理接你去了，怎么你一个人来？啊，房子都给你预备出来了，只盼你来，那么你的家眷呢？”

陈家骏原来被他的官气弄的很拘束，这一下看见他眉开眼笑，也就把刚才的尴尬情形忘记，坦率热情地一五一十把自己来的经过说了一遍。他没说完，电话铃响了。冯书记慢吞吞地去接电话，一会儿，他扬起了眉毛笑着答道：“他来啦——在我的办公室呢。”他又捂着电话机，回过脸去问陈家骏道：“康经理接你没接着，他说软席里没人下车。”听见陈家骏告诉他是坐硬席车来的，他又肃然起敬地望望他，转过头去对话机说：“他是坐硬席车来的，”并有意补充一句说，“到底是首都派来的，艰苦朴素……”接完电话，正好一个年轻人进来，他吩咐他赶快去准备车子，通知宾馆准备房子；又向陈家骏建议先送他回住处，跟康经理、钱部长他们谈谈。陈家骏却希望马上到厂里看看。冯书记呵呵大笑起来，答道：“属于公司管的厂一共有四十多个，主要的大厂也有二十来个。你先看哪一个？”陈家骏无奈，只好辞别了他，跟着秘书走了。

陈家骏一转身，冯棣平冷笑了一下，想道：“我以为派来个什么体面的人物，却原来也不过是个七八级的干部。看他讲话都怯生生的，还能抓得起这么大的企业？”他把文件推开，瘫软地靠着椅子，烦恼地想道：“我哪一方面比不上他？搞工业我比他资格老。”他越想越生气，索性起身找隋波发牢骚去。

邵云端自从省里回来，觉得伍书记交给她一个庄严的任务，要她在思想上帮助宋紫峰。她很想和他恳切地谈谈，可是一连两个晚上他都回来得很晚，一到家便到自己的屋里去了。她觉得生硬地和他谈怕效果不好，她就耐心等待。第三个晚上，宋紫峰回来吃晚饭，吃罢饭和孩子们玩得很高兴，邵云端也一块儿和他们玩。孩子们要玩抓双鸭子，硬拉父亲和母亲并排坐在一块儿，让他俩来抓。宋紫峰笑嘻嘻地说："不行，你们妈妈是市委的部长，她是领导我们的，我不能和她一块儿平坐。"

要在平日，邵云端就走开不理他，可是今儿个她特别耐心，不仅不计较，还笑起来，对紫峰说："看你对孩子们说些什么话啊。"

宋紫峰随着孩子们的摆布坐下来了，嬉皮笑脸地仍然用带讽刺的口吻说："教育他们尊敬领导嘛。"

正说着，邵云端被孩子们捉到了，她趁势掏出了两块糖来，把孩子们打发下楼去，和气地问宋紫峰说，"我觉得我们这儿党内有个把子人硬是不赞成党来领导工业，对今年的增产硬是扯后腿，你说有没有这个情况？"

孩子走后，宋紫峰的脸立刻板下来了，他冷冷地回答说："你问我做什么呢，我不是个著名不问政治的人么？"

邵云端仍然笑着说："哦，你还爱上了这顶帽子呢，你不问政治，政治却来问你的。咱们不警惕，犯错误时就晚啦。"

宋紫峰皱起了眉心，说道："哼，冯书记也不赞成增产指标，人家是书记，难道你能说他扯后腿？"

邵云端抢着回答说："那又有什么奇怪！今年的增产计划是中央根据我国工农业发展的需要提出来；而这些数字又是经过广大群众的酝酿和计算才决定下来的。他身为书记，为什么不听群众的意见，又不执行党中央的决定？扯后腿？——这个词儿对他太轻啦！"

宋紫峰不愿意谈下去，批评她说："你这个宣传部长好厉害啊，书记你都敢随便批评呐？"

邵云端善意地解释说："看见有人做了违背党的利益的事，我就不能容忍。我并不是背后乱说，我在会议上都讲啦。批评和自我批评是个很好的武器，改进工作，纠正错误，都亏得有它。你信不信？你要是好好利用自我批评，管保你们生产能够顺利地上升。"

"得啦，得啦，让工人批评我，就可以批评出钢锭来么？钢锭是铁水和矿石炼出来的，又不是存在他们的心里和嘴里，说拿就可以拿出来。你又该说我是个机械唯物论者了，可是我是看重物质基础的，我是相信科学的。"

邵云端勇敢地接着说："你说的对呀，物质基础当然是个前提；可是，拿你们那台民主德国的装料机来说吧，它早就运来，在仓库里放着，这算是个物质基础吧？但是由于机械处和有关部门的官僚主义和本位主义，不给你们安装，让它睡大觉。从这例子看，是不是政治思想可以发挥物质的力量？反过来说，如果政治思想不健全时，物质也全成废物。"

他怎能在她跟前承认自己输了？他只好解嘲地说："那么，就请你在报上批评批评机械处，让他们赶快替我们装上，我们全体职工都会感谢你哩。"

邵云端又笑起来了："你呀，你这就对人马列主义，对己自由主义啦；你要求批评别人，可也有不少人要求批评你的呢。"

他还没听完，就已厌烦不过，站起身来，不在乎地说："那你也可以叫他们在报上批评我嘛。"

小芳大声喊着，领头跑上楼来说："爸爸，有个叔叔找你，他没来过的。"小弟在后头补充说："是个新叔叔。"那位客人笑呵呵地一手领一个孩子，已走到楼上了。邵云端探出身子一看，惊奇地说：

"啊，是你，你怎么知道我住这儿？"

“我并不知道你住这儿，我原是找宋厂长来的。”那客人说。

宋紫峰连忙招呼一声说：“陈经理，你来啦。”他奇怪地望望妻子说：“你们原来认得的吗？”

邵云端想起火车上的情形，觉得很好玩，便得意地向丈夫介绍前天的情形，末了又向陈家骏说：“要是前天你答应上了那部汽车，和康经理他们坐一个车上，谁也不认得谁，他把你送市委还以为没接着你，这才有意思呢。”

陈家骏坦率地大笑，邵云端注意到这个人外表虽然有点羞涩，可是接近人时却是直率情深，她知道这是个内秀的人。她觉得宋紫峰和他恰好两样，他表面风流潇洒、热烈、开朗，但和他相处下去，觉得他情感空洞，仿佛有种天生的冷淡似的。过去他年轻时惹得许多女孩子狂热地爱他，而他却不知道。

宋紫峰对这位新来的总经理很感兴趣，昨天康经理召集的见面会上他曾讲了短短的几句话，他的讲话中很谦虚，他幽默地说：“……先别叫我经理吧，同志们都是我的老师，让我先学学再说。这个期间内决定问题，还是以康经理为主，我只不过学批条子罢了，主要靠大家多协助商量。万一有些事来不及商量就做了决定，而这决定又偏偏错了的话，同志们事后也得提意见，以免下一回重犯这样的错误。在座的绝大多数的同志们在阶级斗争中和对敌斗争中都是经过千锤百炼的，我们应该有足够的信心把这庞大的联合企业搞好。今年，定要出色地完成增产任务……”宋紫峰一面回忆着一面开朗地笑着说：“陈经理，你怎么来了两天就找到我们家呢？我们调到这儿来后，领导同志都没来过，只是钱部长来过一次罢了。”

邵云端看见丈夫对这位新来的上级那么欢迎，心中暗喜，想道：“老宋这人还是有眼力的。”但是她觉得他说那句话很不得体，正想找句话来替他解释，恰好陈家骏答上来了：

“从北京那么远都摸到兴隆市来了，到了兴隆，还愁找不到你们家么？”他把大家说得很开心，邵云端坚持着自己的揣测说：

“我到现在还怀疑你是个作家呢。要不，你便是作家改行搞企业的。”

陈家骏笑着说：“我不是作家，我爱人倒常写几行。可能我受了她的一些传染吧。”

他的话还没落音，邵云端抢着问：“啊，她来了没有？”

“她当然要来的，这儿真需要一个作家或诗人来写一写。”宋紫峰热情地代他回答说。

“我看来十个、百个作家也不嫌多。难道几十万人的劳动事迹，靠一两个人就写得完？”陈家骏微微摇着脑袋，惋惜地说，“我爱人还在海边体验生活，一半天来不了。而更可惜的是，她只愿意到农村呀、海边呀、果园呀，去收集材料，不肯到工厂去！可惜我不是作家，要是我会写作，我一定要写工人、车间主任、支部书记、厂长和党委书记，我多么爱他们，和这些生龙活虎的人们在一块儿，自己感到浑身是力量！”他这一席话，得到夫妇俩的热烈的欣赏。特别是宋紫峰，再也不把他当什么上级，只当作交了一个合心意的朋友；于是毫无顾忌地谈起来，从写作谈到技术，谈到生产，他的话多到使邵云端插不上嘴。陈家骏听得很有味道，他可以从他的谈话里得到炼钢的知识，因此他不得不抽出小本来记下一些数字和名词。宋紫峰呢，觉得过去在行政例会上、汇报会上或康经理面前，人们仿佛听他的听腻了，谁也不理他那一套了。如今在陈经理面前，他的知识和本事有了市场，于是大为高兴。

“那么，今年的钢锭任务完成有把握么？”陈家骏插问。

“按照国家的计划，十三万吨是完全没问题的，但是按公司增产计划的二十五万吨就难说了，看吧。”一提到这儿，刚才他的热烈和开朗的脸容就逐渐消失了。

看见总经理问起这件事，邵云端觉得很痛快，她真希望有人能推动宋紫峰一下。但是，看到宋紫峰那种缺乏信心的劲儿，她又着急起来，故意从旁边提醒他说：“嗯，老宋，不是你们厂党委已经做了决定，坚决要实现增产计划，职工群众也保证完成吗？”

宋紫峰一听，知道妻子借火烧他，他毫不在乎地说：“谁说不是。”

“上下都提出保证，没问题了吧？”总经理问。

“谁知道呢。”宋紫峰低了头，那缕浓黑的头发压着他的前额，眼睑也低垂了，两道睫毛形成两弯漆黑的弧线。

沉默了一会儿，他突然昂起头来，把头发往后一甩，激愤地说：“我们厂内保证有什么用？要公司来保证，要兄弟厂矿来保证，炼钢不是光凭我们厂两千职工就能炼出来！去年十一、十二月缺矿石缺得厉害，矿石解决了，十二月份缺冷料，今年二、三月份煤气供应，真叫人泄气；而铁水硫高的问题，一直都使人挠头，最近这个月才稍稍好点。装料机来了不给我们安装，百吨吊车不够用，大罐、钢锭模也不够用。这些问题此起彼落，有时还几个问题同时存在，公司不负责给我们解决，可是一切后果却推到我们厂身上。试问，这些问题，我们厂党委和工人就能解决么？”

邵云端看见他用气愤态度说话，实在有些担心，但是她看见陈家骏没有被那些抱怨话吓住，只听他从容地反问道：

“那么，你们厂能够解决的，有把握的，究竟是哪些问题？”

宋紫峰像是十分疲劳似的说：“只要在设备上、供应上满足我们的要求，那么，增产的任务再多个三万二万吨，我们也完成得了。”

陈家骏一点也不放松地追问道：“现在全国需要我们比去年增产二十五万吨，少一吨也不成，并且不增加任何设备，只把矿石煤气供应的情况改善一下，你们厂能不能发动职工完成这个增产的任务？”

不知道为什么，在这位新经理面前，宋紫峰不敢强硬地回答不能，只是低下了头。邵云端觉得总经理已抓住了他的痛处，她多么盼望他狠狠批评他一下呀。只是她听见陈家骏和和气气地叮嘱他说："对啦，你们厂党委提出很可靠的方案，你就这个方案好好考虑和解决吧，好好先和职工们商量商量，订好措施。这是党中央的指示，这有关第二个五年计划的基础，不能不完成它！"老宋一直没有说话，陈家骏本来想走，但当他听见邵云端是在市委做宣传工作的，便又坐下来，要求她多注意做些职工的思想教育工作。邵云端心里好笑，觉得这个人一来兴隆什么都要管；她发觉他很注意政治思想工作，这一点她很佩服他。宋紫峰已不像刚才那样谈笑风生，但他仍然很尊敬地把他送出门口。陈家骏离开宋紫峰后，觉得这人性格开朗，头脑也清楚，有些理论也有些实际经验；只是思想里有一股什么东西在阻碍着他前进。不，他思想里缺乏一些东西，是缺远大理想吗？缺群众观点吗？——他一时还下不了结论，反正这人缺乏政治头脑是肯定的，他只抓技术。

虽然康伯和想早点卸下代总经理的担子，但是陈家骏不肯立刻接手，他差不多把全部时间拿来听汇报、座谈和访问厂长、党委书记、车间主任、支部书记、工程技术人员上头。这两天，他开始到工人宿舍去访问。他的访问方向不用谁带引，打听好炼铁、炼钢和轧钢工人最集中的地方，他自己就去。他已一连访问了两个独身工人的集体宿舍，现在转向家属宿舍来了。启明小学校旁边，很多小孩在那儿玩，陈家骏走进小孩堆里和他们玩了一阵，便脱身走出来，其中两个小女孩尾随着他，有一个问道："你是这小学校的先生么？"

"他不是，那儿的先生我全认得。"那一个小女孩抢着说。

"你爸爸在哪个厂的？"陈家骏一手牵一个小姑娘，问那个圆眼睛的。

"在炼铁厂，你要找他么？我领你去。"

"不，先上我家吧，我大哥在耐火厂，我爸爸腿给轧坏了，不能干活了。"

陈家骏就跟着圆眼睛的小姑娘，上了她家，她开门一看，笑着说：

“我爸爸上班了。我领你去找五叔去，他是炼钢厂的。他可喜欢我啦。”她关好门，便领着客人和小朋友进了对门，大声叫道：“奶奶，有人找五叔。”

李大娘用手掌堵着嘴巴，表示叫她小声，陈家骏学着小孩的样子，踮起脚走进屋，李大娘看见那样子，不禁笑起来，小声问道：“同志，你是哪儿来的？是不是新闻记者？”

陈家骏一听，知道这儿的工人可能是个先进生产者，记者们常来的。他顺口小声问道：“你这儿常有记者来么，老太太？”

老太太抱歉地笑了，指一指柜台上的镜框子说：“我那小子得了几个奖状，记者们就来问长问短的，连我当母亲的也给问到啦。”陈家骏一面祝贺她，一面走前去看那些奖状，一看才知道那是炼钢工人李少祥的家。从那奖状看，这个工人近三四年来年年得奖状。在炕上蒙头睡觉的那个人突然推开被子，勉强睁着眼睛问道：“谁来了？妈！”

“是新闻记者。”李大娘一边说一边去厨房烧开水，并领着小孩们走了出去，给他们带上了门。

李少祥眨着眼皮，坐起身来，和陈家骏打招呼。陈家骏看见自己把他闹醒，抱歉地和他握手，再一细看，见那年轻工人忠厚里显出英俊，两个嘴角总带七分笑，不觉十分喜欢他，随即笑着说：“还是大热天，你盖得住棉被？”

李少祥已全醒了，笑着答道：“咱们冶炼工人热惯了，再加两床棉被我也睡得着，棉被比起平炉的火焰来，那算得了什么哩？”

“啊，光这句话就值得写它两首诗。”陈家骏在心里赞叹说。于是问他在哪一个平炉干活，生产情况怎样。并且告诉他他不是记者，是新来公司工作的，因为不懂炼钢，所以来了解了解情况。

李少祥笑了笑说："怪不得。"他想说句什么，但是并未说下去。他细细地打量对方，从他的谈吐和丰姿里，他断定他是个老干部，说也奇怪，要是你问他老区来的干部有啥特点，他倒答不上来，只是和他们谈上几句话，他准能感觉出来。看见他不说话，陈家骏问道："听说炼钢很困难，没有什么窍门，是么？"

李少祥意味深长地微笑着，回答说："我在平炉跟前统共才六年，谈不上懂行。炼钢这玩意儿到底有窍门没有？谁知道呢。我问了一些老工长，他们也说不出个子午卯酉，你怎么偏偏提到这个挠头的问题呢？"他简直在自言自语了，"看修理工段我们的刘叔，闭起门来想几个晚上，他又想了个窍门了，他是个老钳工，对于本厂的机械，运转设备上的困难，他都能想办法克服，他一脑子都是窍门，没有个完。要不是有个他，这几年咱们厂钢锭拼命增产，其他原有设备的效能怎能跟得上啊！我讲个例子你就明白啦，苏联专家帮助我们把三个精炼预备炉改成平炉之后，钢的产量突然增加，但是输送原料的天吊也大大不够用了。我们刘叔就想办法增加挂钩，天吊每回只能送两槽原料的，这一下可以送六槽，效力增加三倍。可是这不算是刘叔的什么大贡献，他有的是重要的贡献啊！"跟着他又举了几件关于刘进春改革设备提高效能的例子。陈家骏听得很高兴，李少祥讲完了却很发愁；沉默了一阵子，突然烦恼地叫起来："难道我们炼钢，就想不到窍门？不，窍门一定是有的，可惜我在六年中只是瞎忙一顿。"

陈家骏问道："你说说你忙的是什么？"

李少祥回答说："我忙的不光是炼钢时怎样加料加得匀，怎样贴补前墙贴得准；你补炉补得好又怎么样？——下一班的人给你捅个窟窿不就完了？你熔化得很快当又怎么样？下一班工人给你出个低温钢，你的窍门不就白费工了么？你知道啊，冶炼是连续作业，我们三班人使唤一个炉子，只要有一班人不注意，其余两班人的小心操作都会白搭工。所以我成天忙着对装料机的小伙子讲好话，说道理，求他把料铺的匀乎些。现在那些小伙子都知道我的脾气，不用吩咐，他们也知道把料怎样铺，可是他们对别人就不那样了。讲到对两班的炉长，我简直三天两头就和他们开会，征求他们对我的意见，等他们把意见讲净，我该检讨的检讨，该解释的解释；这样他们才有心思听我对他们的要求，通过他们两个去教育其他工友，做到三班一条心。可是过不几天，又会有新的问题，三班又会有意见，我又征求他们的意见。唉，心事都用到这上头了，哪有工夫想窍门？”

陈家骏连连点头，正想开口肯定他的意见，可是李少祥却抢着说下去：“同志，你先别忙点头，早啦，事情还没有了啊。好，就算我们三班团结得很好，齐心协力，钢是不是就能够出的又多又好呢？不，还得各工段的配合，比方我们炼好钢，是快速钢，但是调度有问题，百吨吊车和大罐周转不过来，钢水只好沤在炉膛里，只好改变钢种；让轧钢厂骂我们好了。装料机、送铁水小车等等也要得心应手，不这样，你就休想出快速钢。同志，你替我们想一想，我不去和调度室说好话怎能行？我不忙着去原料工段讲道理，他们就能改进工作么？唉，我哪有工夫去想窍门？厂内各工段搞好，也还没完全解决问题呢。我说说你就明白啦，比方炼铁厂吧，也要他们配合，要是他们给我高硫和高矽的铁水，那我们就费老劲啦。就说运输吧，运输配合不好，铁水送来凉了，也是费劲啊。原料的供应，对我们炼钢工人来说也是头等重要的，有时冷料太大，有时又太碎，有时冷料不够，有时富矿石不够，这都叫我们干瞪眼。至于煤气供应不足，就是生米也会变成烂饭啊。前些日子，水的质量不好，水套和拱脚老爱犯毛病，叫人有劲使不上；耐火砖质量不好，我们想延长炉体寿命也白费。修炉时筑炉工人不按期交工，也叫我们耽误生产，可是这是常有的事……难啊，难啊，这都是兄弟厂矿和我们配合协作的问题，可是，这又都是厂外的事，我们一个工人，哪有力量去管？可是他们配合不好，对我们每个炼钢工人都有影响。唔，齐心协作就那么困难么？”他愤怒地大声说道：“依我说呀，凡是兴隆公司的人，都得一条心。不是一条心，只顾自己，那他就不配！”他自个儿又笑起来，自问自答地说：“不配什么呀？——不配做企业的主人呗！”陈家骏听的却十分感动，好像有人对自己上了一课。他热烈地注视着他，又问他说：“今年的增产计划有保证么？”

李少祥回答说：“我们的保证都订在措施里了。但是，厂长还不太重视。不，他不太相信。”

陈家骏点了点头鼓舞他说：“你们还是要多督促上头，找党委，找厂长，非要完成不可，你知道，多少工厂等着这儿的钢材去修建，多少农民弟兄等着你们的钢铁去做新式农具啊。”

少祥没有说话，两只眼睛鼓得好圆，担忧地说：“党委决心也下了，只是行政上不批准我们的增产措施，这就难说了。眼前就到八月，还没有见行动呢。我们平炉实行了几条措施，却挨了厂长好大的批评。我们现在不知怎么办才好！幸好这几天唐书记也开始抓措施了。”他没好意思说自己在黑板报上挨批评的事。

这时李大娘已给客人沏好了茶，陈家骏就问起他们的家庭情况，老人家看见这个客人挺和气，又耐心听别人说话，一面听一面还有说有笑，她就不觉把自己老伴那段光荣历史也说了出来。少祥有点不好意思，劝他母亲说：“妈，看你讲了多少遍啦。”

“这是真事，又不是瞎编的，怕什么？他是北京来的，我讲过多少遍他也没听过啊。”

少祥无奈，低下了头想他的平炉去了。陈家骏却是兴致勃勃地说：“老太太，你这一讲我就更明白了。过去在《工人日报》上我看见过关于李少祥同志受他那英勇不屈的父亲的教育的事迹，我今天摸到这门上来倒是无意中摸到的，真巧的很。”他怕耽误他的睡眠，不敢再坐，答应以后和他一块儿去看刘进春和大哥。他再三和他握手，坚决不让他下炕相送。李大娘殷勤把他送到操场那边，叮嘱他以后再来。

第十三章

陈家骏来这儿后，每天大量的新鲜事物吸引着他，问题越复杂、困难越多，他就越觉得有兴味。他是这样的一个人，不喜欢事情顺顺当当地等着他，要是叫他整理麻，他宁愿整理一团乱麻；要是叫他处理工作，他宁愿处理复杂的问题。过去在对敌斗争中，战胜了敌人是最大的快乐；现在和平建设时期，找到复杂问题的规律性，然后加以解决，才是革命工作中一大快乐。过去他在地委、省委和大行政区的工业部工作时，刚好把杂乱的工作搞得顺顺当当以后，他就不安生了，出主张发动大家想办法提高工作、革新工作，于是又把顺当的局面搞乱了。他领导下的干部，有人非常喜欢他，觉得和他一块儿工作越干越有劲。也有人埋怨他，觉得后浪推前浪的，工作累的要死。他妻子总是用溺爱的口气说：“你就是爱自找苦吃！”他却开玩笑说：“要不然我的脑子闲下来闷得慌。”现在到这样巨大复杂的一个钢铁联合企业来，他觉得自己的经验和知识却大大不够用，特别当他和老工人交谈以后。他原拟先参观一下，回去接了家小转来才开始工作的，但他留下来了，他给他妻子的第一封信是这样写的：

……我留下来了，也许你觉得我这人容易改变主意；但要是当你也到这儿来待上几天，看见这只大熔炉冶炼着几十万人，把人们残余在脑子里的旧思想无情地淘汰成为渣滓，把工人阶级的优良素质升华为社会主义的先进思想的时候，你也会被迷住，会完全赞成我这个决定的。到了企业里，问题都很具体，技术性非常之大，光这些就可以把我的脑子胀痛。不过，许多问题又都和思想、政治分不开的。我举个例子你就明白了。这儿有一位老工人非常恨厂长的计算尺。其实那把尺是没有过错的；只不过因那位厂长思想保守，相信尺子的机械计算而看不到由于工人的创造性和智慧而提高了生产效率的成果，所以它才惹起老工人的反感。你也不要以为这儿纯然是政治、思想问题；不，假如纯然是政治、思想问题，事情也似乎不那么难了。就拿刚才的厂长做例子说吧，我就不懂得炼钢，那位只重技术、脱离政治的厂长，是不可能佩服我的——这一切，就是我面临的困难。我正开始寻找钢铁企业的规律。我说了半天，还没有说到“联合”两个字所包含的复杂的意义呢，今天不说了，反正我现在还没有资格说。我盼望你快点来，你到了这儿，会很快爱上它的。这儿比农村有趣多了。特别可爱的是这儿的人。假如你和这儿的地道的工人接触，你会把心也交给他们的！即使是那位厂长，也非常可爱，他的老婆孩子也极可爱。啊，假使我长了千头万臂，我将一个一个地拥抱这儿的人。啊，我的亲爱的诗人，你快来歌唱这个钢铁的城市，歌唱这些钢铁战士吧！……

严格说，他的心事还未对她说到十分之一。自从到兴隆后，开头的两星期，他什么都感到新鲜，到哪儿都很兴奋，因此充满了自信，觉得自己学上三两年，有把握成一个内行。但是当他再待上两星期，他的信心又动摇了。每天都有成十上百件事来要他解决。你要解决其中一件事，就必须解决与它有关的十件以至二十件事。好比说，炼钢厂抱怨炼铁厂铁水供应不及时，炼铁厂把责任推到烧结厂身上，烧结厂却抱怨矿山供应矿石不足。再一打听，原来是矿山开采的建设跟不上烧结的需要，开采建设之所以跟不上，却又是因地质勘探工作跟不上的缘故。他问了管矿山的经理和工程技术人员，有人说投资少了，有人说这是不可避免的事实，因为开采受自然条件的限制，所以开采永远赶不上冶炼的需要。世界各国如此，苏联也不可避免。当他问到为什么烧结厂有时候供应情况好，有时供应坏的时候，人们又回答他：炼铁厂高炉胃口坏时，烧结厂当然轻松些。也有人说运输上有问题。再追问运输部时，运输部的回答是各厂有卸的慢，积压了车皮的，也有因调度有问题的，更有因生产与基本建设单位扯皮，厂与厂之间的扯皮，使车辆停在半道，占了线路的。一个问题就和好多问题交错，千头万绪。他除了询问有关的人员之外，还必须到现场去观察，必须到基层去和老工人研究，有时还得找有关的书来看。这样，他有十个身子也是不够用的。这也不去说它了。当厂矿的干部对他提出要求时，陈家骏和康经理或有关的同志们研究一下之后，总是热情地满足他们的要求。这方面高高兴兴地回去了，但是和他有关的单位却往往不能协助他，便抱怨起自己这位慷慨的总经理来。这两个多月的生活，他感到自己是一棵被风摇撼着的小树，一点也摆脱不开被动的局面。他觉得自己应该很快成为一棵大树，并使自己的周围有很多大树，这样，才免于被风所左右，和大伙结成为防风林，左右得住大风。他相信这一天终归要到来的，因为有党，有广大的群众。他从十九岁参加革命的时候，不过是个穷学生，什么也不懂得。在党的关心和教育下，特别是在抗日战争的艰苦的锻炼下，他才逐渐懂得如何去工作，才懂得在党的领导下，如何依靠群众去完成工作。这次在他动身来之前，党中央的工业部部长找他谈过话，冶金工业部部长也找他去谈过。他们都把困难告诉了他，他翻开了日记，两手托着瘦削的双腮，对着它凝神沉思。

“这一次到兴隆钢铁公司去工作，对你也是个锻炼。那是个联合企业。我们党对这样大的联合企业怎样搞法？——虽然积累了一些经验，但还要我们继续去摸索。它原是日本帝国主义掠夺我国资源的掠夺性的企业。他们在那儿发展冶炼，拿回去加工，因此轧钢的加工工厂很少。即使冶炼方面，那儿的设备也很落后。解放以后，苏联大力帮助我们设计和扩建了许多轧钢车间，提高了开采和冶炼的效能。但是因为不是原本的成套完整的企业，那里厂房不断增加，弄的密密麻麻，所以职工想修个球场都没有地方；原有的火车运输线路也大为不够用；水、电和煤气也异常拮据。这些都是已经摆在那儿的困难，它是远比不上我们现在设计的武钢和包钢的。但这决不是困难的全部。谈到生产管理和技术管理方面，原有工程技术人员学的是英美的，或者接受的是日本的那一套。在这方面苏联曾大力帮助我们，为了适应社会主义的生产，我们也派了不少干部去实习；曾有过几百位苏联专家先后到中国来介绍了许多社会主义的先进的经验给我们。旧的工程技术人员中现已有一部分人能接受，但也有一部分不能接受，或消极地接受而不积极地去研究。这个，当然又是一个困难。但这还不是最主要的困难，最主要的还是人的思想的问题。干部中还有程度不同的官僚主义和主观主义残余，工人中又有大量从农村来的，至于工程技术人员，很多受的是资产阶级的教育，所以那里有时还残余着一些资本主义经营管理的思想，当然也还有与集体主义不相容的资产阶级的个人主义，有保守思想和骄傲自满情绪，还有本位主义思想。好啦，说下去会叫你害怕是不是？不用怕，这些错误思想不是每个人都有，某些人有这样或那样的程度不同的错误思想，而这些有非工人阶级的思想和观点的人，在历次运动中都有不少进步，但是还要在社会主义的大熔炉里，继续冶炼。先进的社会主义思想终归要完全扫净和代替那些非社会主义的思想的。党叫你去当总经理，当然是叫你多搞些钢材出来；但是你要记住，多炼钢，也要多炼人。多出钢材，也要多出人才。全国支援过兴隆，兴隆也要支援全国——现在正是在这节骨眼上了。所以你的任务是繁重的。我提醒你，要是不懂得走群众路线，不注意人的思想工作，那么，你弄得满头大汗，也不过是个辛辛苦苦的官僚主义的经理罢了……”

看到这儿，他双手掩面笑起来。因为他想象到自己这些天那副满头大汗的模样。他觉得部长讲的那么中肯、尖锐而又充满了乐观精神。他在这里所看到、接触到的一切，还没有超出他说的范围。是的，他和刘明智、宋紫峰的谈话中，一涉及矛盾，他们总喜欢把责任推到别人身上，推给客观原因。他想起像刘进春这样的老工人，特别是李少祥那样的青年工人，总是生怕自己妨碍了别人，总是责备自己，和耐心地用模范的行动去影响和团结大家，不禁心里慨叹道：“每个工人都这样，每个干部都这样就好。那一天李少祥讲他怎样做本组本班的人的思想工作，怎样去团结各工段的人；他还为自己做不了团结厂外的人而操心，这多感动人。”他想到这儿，不觉啪的把日记本子合起来，倏地站起身，独自叫道：“他说他还没有找到窍门，我看这就是窍门！共产主义大协作，就是钢铁联合企业里的最重要的窍门之一！”好在室内没有别人，他自个儿笑、自个儿说也没人笑话他。他满心高兴地踱来踱去。他根据市委的指示，和几个经理、处长商量过，要抓增产节约的计划。他同意经理们的意见，现在最薄弱的环节是炼钢和运输工作。他想起宋紫峰那张热忱于工作但又十分固执的脸，想到运输部主任那副泼辣能干却又异常骄傲的神态，很是焦急。“为什么这些同志的错误思想和作风长期得不到纠正哩？”他忧虑地想，他不由得想起最近一个时期他列席市委会议时所感到的个别领导人的一股强烈的歪风邪气，忧虑使他双眉拧成个“一”字。他周密地部署好了明天的会议，才安心去睡觉。

伍书记回兴隆不久，就着手成立兴钢党委，在市委会上遇到少数人的反对，伍云普耐心向大家解释：中央工业部和省委特别关心兴隆，认为成立了兴钢党委，使市委腾出手来，加强党的工业政策的领导，加强企业里政治思想工作的领导，免得陷入解决烦琐事务工作中。有些人听了，撤销了自己的意见，赞成中央的方案。但冯棣平仍然坚持自己的意见，说：“兴隆就是个很特别的城市，几十万人口就派来三百老干部，为的是什么呀？为的是这一摊企业嘛。兴隆市委应面向兴钢，如果成立了兴钢党委，实际是削弱了市委的领导”……他又提出这一级党委，究竟属于市委领导，还是省委领导，或是中央工业部领导？总之，他似乎比别人考虑周到，从各方面提出问题，只差没讲出自己心灵里的意见：“成立兴钢党委，就用不着分工管理工业的书记了。党委书记又轮不着我，那我将干什么？管市政？文教？——油、盐、酱、醋，啰里吧嗦的，我才不乐意管哩！”

经过充分讨论，大家通过了成立兴钢党委的决议，并叫钱友太进行筹备工作。冯棣平郁郁不乐，默不作声。

宋紫峰在公司召开的会议中挨了一顿批评。他觉得这一顿批评虽然很严厉，但结果还是很痛快的。他非常欢迎陈家骏的认真、果断和负责。陈家骏告诉他公司可以为炼钢厂解决哪些问题，其余的问题，叫他自己克服困难，不要指望别人，也不要推卸责任。他回到厂以后，便老老实实地和各车间工段的负责人研究和决定了完成一百七十万吨的一些具体措施。陈家骏答应过的事，都一一实现了。他多么喜欢这个新来的总经理。在工作上，他一点也不敢怠慢。

巴耶夫生病躺在家里，杨宝琨接到他的电话，要宋厂长立刻去一趟。宋紫峰听了不相信，心想：“我上午才去看他一次，他还关照我注意‘长征’号平炉的拱脚和催促公司对供水站迅速澄清细沙的问题，怎么不到三个钟头又叫我去？”他把事情安排了一下，正坐上汽车要走，管合理化建议的老张匆忙地走来拦住他，显然露出高兴的笑容。宋紫峰看见老张脸上有笑容，便问他道：“有什么好消息呀，老张？”

“厂长，我已经写好报告，请求公司给佟伯川奖励。他那个两层底塞实在好使，现在一点也不漏钢了。”宋紫峰表示了一个他早就料到的神态，点点头说：“那你就给他请求吧。可以把他节约的价值算出来。”老张不好意思地承认道：“还是你眼光看的远呀，厂长，幸亏一下子就推广了。这对今年增产节约计划有帮助。”宋紫峰看见人家称赞自己时，总是做出不以为意的样子，这时他摆摆手，意思是叫司机开动机器。但是老张又拦住道：“厂长，李少祥提的那个挖地下水道的建议，也赶快送公司批去吧。送晚了我们又得挨批评，况且专家已经称赞过这办法的。”宋紫峰摆摆手说：“不忙，我现在还有事呢。”老张听了耸耸肩。宋紫峰就径往专家公寓去。他进屋看见巴耶夫，担心地用俄语问道：“是不是不好过呀，亚历山大·巴耶夫同志？”

巴耶夫斜靠在枕头上，手上捧着一本杂志。一看见宋紫峰来，连忙高兴地指着椅子请他坐，并立刻指着杂志说：“这办法太好了，你瞧。咱们完全可以试一试。”宋紫峰坐在床沿，顺着他的手指看了看标题，原来是一种新的烧结炉底方法的介绍。一看这题目，宋紫峰被吸引住了，抢过杂志来就看。巴耶夫等不及他看完，便比手势解释着这种先进方法的优越的地方。老宋没有听他的，全神贯注地看。等他看了一遍，巴耶夫赶紧抓着他的手道：“太妙了，这比库兹涅茨克钢铁厂的方法又前进了一步，这样又快，还特别耐用呢……”

老宋边听边咬着上唇，好像要藏过什么秘密的快乐似的。他一时点头一时摇头，不断对巴耶夫提出许多问题。与其说他不相信这个新方法，还不如说他要求他解答自己心中的疑惑，以坚定对这新玩意儿的信心。两个人一面研究一面用手比画着；有时也大声争辩起来；一会儿却又像一对吵过嘴的朋友言归于好似的欢乐地继续讨论。巴耶夫推开被子，跳下地来，一面脱睡衣准备去穿衣服，一面招呼他的中国朋友说：“走，咱们回厂去，找护炉总技师研究一下，可挑个炉子试试。刚才我算过啦，如果推行这个新方法，每年可以为国家增产五万吨钢。我快回国了，把这新经验推广才回国，我心里将会好过些。这本杂志是刚收到的，我看了，怎能不连忙打电话给你呢？”他说完了，站在那儿不动，忽然皱起了眉，弯着腰，用手指指肚子，然后转身跑厕所去了。等他转来时，他认输地摇了摇头说：“还是不成，不能去。”

“你休息吧，过两天我自己亲自来试试。”宋紫峰安慰他说，“您什么时候得的这么个倒霉的病？”

巴耶夫又躺下了，滑稽地解释道：“革命还没有成功那一阵，我还是个捡煤核的小孩的时候，这野蛮的下等东西就跑到我身上了。”

宋紫峰听得莫名其妙，只扬了扬眉毛。巴耶夫知道他听不明白，便笑嘻嘻地解释道：“你说它是植物呢，它也算是动物；要说它是动物呀，它却是最低等的。它不是最野蛮和最下等的吗？”

宋紫峰知道他指的是阿米巴病菌，便也大笑起来。巴耶夫继续说：“自从苏维埃取得了政权，我也当了炼钢工人以后，这个病就没犯过。卫国战争时，我在明斯克犯了一回。现在年纪大了，一不小心又犯了。”

宋紫峰还不能理解“年纪大”三个字的实际含义，只是他好像这时才第一次看见专家头发已开始花白，两撇短胡子有劲地向人中两边伸开，不觉用对待兄长的神情感激地望着他，并且懊悔自己为什么平常几乎是以平辈的朋友的态度对待他呢？巴耶夫没有注意宋紫峰情感上的变化，只是热爱地望着他，怀着像普通一个远离家乡和亲人的病人所常有的心情，对他倾吐着心事。“我多么羡慕你呀，老弟。你年纪还轻，你不仅可以看到将来炼钢不用高炉来化铁水，矿石放在平炉里就可以直接炼钢；织布不用纺纱，棉花就可以直接织成布。而且，你还可以赶上到月亮去旅行！什么新鲜事儿都等待着你呢。”

宋紫峰听见提到月亮，高兴得像个天真烂漫的小孩子似的抢着说：“等到可以通向月亮的时候，咱俩一块儿去，看看那儿的矿石多不多？”

巴耶夫也笑了，摇头说：“我已经五十五岁了，赶不上了，你和你的夫人去吧。也许那时驾驶飞船的就是你的那个淘气的小儿子……”

宋紫峰看见他讲的那么具体有趣，听的眉毛也扬起来；但听见对方把自己和妻子紧紧拴到一块儿，不觉又皱起了双眉。巴耶夫话匣子打开，收不住了，滔滔地说下去道：“唉，你多幸福，你们两夫妇都那么年轻、健康，特别是你的夫人又那么能干、贤惠。她是中国女性最优美的一种类型。还有，你那一对孩子……至于我的老伴，她身体不太好，经常闹病。我的女儿呢，是个演员，经常到外地去演出，忙得个要死，很少和我们住一块儿。”

宋紫峰的双眉越皱越紧，不觉叹息说：“我并不是你想象的那么幸福，我和她相处得——很不好。”他没勇气说下去，脑袋也低下来了。巴耶夫惊诧地望着他，随后笑了，问道：

“中国同志总是很谦虚，你在这方面恐怕也是这样吧？”

宋紫峰抬起了头，求援地望着他说：“这全是真的，我承认她是个好同志、好干部，但不是我理想的妻子。”他看见巴耶夫仍然以怀疑的眼光看他，他索性讲个痛快，“也许是我们的基础不适合于做夫妻的吧？我们俩原是表姐弟，在一块儿长大的。我那时是一个淘气的小孩，她什么都管教我。可是，后来大家都长大了，一道儿走上了革命的道路，也结了婚。当然，她对我非常好，生活上处处照顾我；可是在许多问题上，她总爱教训我。你看，这难道像夫妇吗？”说到这儿，他既委屈，而且还有点气愤了。

巴耶夫愉快地笑了起来：“啊，你的最大幸福就在这里！过去我仅是从外表上理解她，假如你早对我说，我对她的评价会更高。老弟，一个人能讨到这么个妻子，既在生活上帮助自己，又能在政治思想上帮助自己，况且还这样美，你还要求什么呀？”

宋紫峰没有开口，只叹口气，避开了脸，觉得对方并不了解自己，有点惆怅。忽然听见苏联朋友问他：“新婚的那几年，你觉得她是妻子还是姐姐？”他来不及考虑，冲口答道：“那时当然是妻子，有时还觉得她小得像小妹妹一样可怜。”

巴耶夫嘻嘻地不住笑，把身子扑向前，伸着手摇撼他的臂膊说：“那就好了，过几天你就不嫌她比你大了——要是你把自己压得小一些的话。”

宋紫峰像猜语似的咀嚼着他的话，轻轻摇了摇头。巴耶夫看着他那坦率的开朗的脸，慈爱地笑着解释说："可能实际上她比你大，不过那时候你能客观看事物，就不觉得她比你大。后来你把自己膨胀得大起来，以为自己比她大；她以大姐姐姿态出现时，你就受不了啦。"

他认为自己已听懂了巴耶夫的话，但是他不以为然，不过他并不准备反驳。他认为社会上有一种偏见：凡是夫妻不和时总是责备男的，苏联人的看法也不例外呀。也许他还有别的心事想倾诉，但是他怎么说得出口呢？他甚至怀疑，假如邵云端和他离了婚，他是不是有决心和汪丽斯结婚？"不，她也不是我理想的妻子。"可是他什么话也不说，只苦笑了一下。巴耶夫看他的神情，知道他并不同意自己的说法，也就不想再扯这问题。不久，两个人又谈到生产问题上了。一谈生产，宋紫峰就会把什么烦恼也忘掉了。在回厂的道上，他已经又快快活活地考虑着怎样准备试验新烧结炉底的工作了。

宋紫峰回厂不一会儿，电话铃响了。是个女同志的声音。她的声音是那么微弱，室外传来车间的声音又那么嘈杂，他费了半天劲，才听出来是汪丽斯的嗓音。她告诉他她躺在家里已五天了，求他一定去看看她。这个时期他和她碰面的机会已大大减少了，而且他尽量利用稠人广众的场合或者吴凌枫在场的时间和她见面。问良心，他并不渴望见她；但是听说她病了，心里却也很紧张。看看表，有半个小时才下班，于是他要了个小车，往她家去。走到车子跟前，佟伯川已站在那儿，并且迎着他说："厂长，我要上公司去，你的车子把我送一送吧。"宋紫峰和他一块儿上了车，笑着说："我忘了祝贺你啦，你那底塞成功了。"佟伯川违反了一向的习惯，谦虚地笑着说："都是宋厂长英明，一下子推行全厂，否则还显不出它的节约的价值来。"他说着到了公司门口，便下车了。宋紫峰忘了告诉司机上哪儿去，心里只想着这几天所发生的一切。巴耶夫对他家庭的看法、他在公司受的严厉批评……说也奇怪，那位新来的总经理总是那么和蔼、谦虚；但是话里的分量却很重："今年抓增产计划的措施没抓紧，就好像是在第一个五年计划中犯了错误似的。”他要求太高了，宋紫峰委屈地想。很显然，这个总经理和副总经理有很大的不同。康伯和讲话很严肃，但是布置完工作，就很少检查，最多也不过问几句。假如你对他强调工作上的困难，他虽然也叫你尽量想办法去克服困难，但是他不向你要克服困难的办法。陈家骏呢，要求你做一件事，总是先征求你的意见，让你有充分的精神上和物质上的准备。但是当你答应他以后，就一定得办到。那一回烧结厂答应一个星期内搞好生产文明，陈家骏到时候就去检查，发现他们只是马马虎虎清扫一下，他便立刻留在那儿，要求厂长采取措施，他自己并且留下来帮助他们清扫了一阵。自从那件事传开以后，厂长们都谨慎小心起来，不敢轻易答应什么，更不敢答应了不去做。问良心，宋紫峰很喜欢这种严格的作风，不过那批评挨到自己身上时总觉不好受。这时他发觉司机在他家门口停车，便赶紧嘱咐她说：“喂，我上煤气厂汪工程师家，不是回家。”司机责备他说：“那你得早点告诉我呀。我寻思你不声明上哪儿，就是该回家了哩。”宋紫峰知道自己疏忽，忘了告诉地点，也就不再说什么了。幸而在家门口没有碰见自己的亲人。

汪丽斯原就身体单薄，这一病，瘦的像剩副骨头了。她没有力气撒娇，样子倒有些叫人可怜。宋紫峰坐在她床边，殷勤地摸她的手心和前额，觉得她体温正常，才放了心。急忙问道：“什么病？怎么不早点告诉我？”

“医生说是胃病。你不知你多难找啊，我打电话要跑对门，我打了两次没找着你。”她闭上眼睛，更软弱地说：“不是你亲自接电话，我怎么好嘱托别人呢，你名义上又不是我的亲人！”

宋紫峰看见她眼角挤出来一滴眼泪，不敢说别的，只是抱怨地说：“你就是不会注意身体，中饭有时一点钟吃，有时两点钟才吃，冷一顿，热一顿的；回家晚了，食堂一关门，你就吃饼干当一餐，不得胃病才怪呢。”

她没有立刻答他，过了半天，才嗟叹地说："谁像你那样幸福，有个家庭，愿意什么时候吃，就什么时候有人侍候你。"

宋紫峰又避开她的话锋，只不介意地答道："我也常常八九点钟才吃晚饭，可是我是个男人，身体又比你好。"宋紫峰拉了拉被子给她盖好，然后坐在她床前的椅子上。汪丽斯不乐意他离她远，于是不高兴地闭上眼睛。宋紫峰装着看不见，只关心地问道：

"你这两天还到食堂去么？上医院谁招呼你？"·

过了半天，汪丽斯回答说："你真是傻瓜，我还能走得动么？即使走得动，食堂里的东西没一样是病人吃的。你不知那两天我吐的多吓人啊。"她歇了歇，又有气没力地说："头两天吴凌枫请了两个半天假陪我上医院，午饭是对门陈书记的保姆给我熬的稀粥。晚饭吴凌枫下班回来做。他简直讨厌死了，头天晚上看见我病重，竟陪我坐了一夜。第二天晚上我硬赶他回家休息。"

宋紫峰点头说："这个同志又真诚又热肠，还有学问，要求自己在政治上进步的心也迫切，是个好工程师。"

有人夸吴凌枫她是愿意听的，不过她不喜欢宋紫峰经常故意在她面前夸他。她没作声，只闭上眼睛。这一个月来，吴凌枫来的更勤了，有时晚饭后陪她散完步，便一块儿读书。两个人单独相处时，她并不讨厌他。和年轻人在一块儿时，她看见许多女孩子都愿意和吴凌枫亲热，而吴凌枫却是老老实实地只向她献殷勤，她这时觉得他特别可爱。但是，只要宋紫峰在她跟前，她便觉得世界上的男人只有老宋是最可爱的；吴凌枫的体贴殷勤，立刻变成愚蠢可笑，他的老实厚道，简直是书呆子气十足，没有一点儿英雄气概了。吴凌枫却从来不计较这些，有时看见她太骄横，便叹口气说："看你母亲把你惯成这样子。"

二人沉默了片刻，吴凌枫推门进来了。看见宋紫峰在，他一面放下手中的东西，一面快活地和他打招呼说："哦，朱厂长来啦。丽斯正盼望你来看看她，我想告诉你她生病，她又不让我说，怕你忙，抽不出工夫来。”他把刚买来的虾子腐乳、榨菜等一样一样摆开给她看，问她是不是喜欢这些。

汪丽斯像呵斥小弟弟那样对他说：“你快去做饭吧，让宋厂长也在这儿吃算了。”

吴凌枫笑了笑说：“我买了些面条，下锅就得，还买了酱肉。”

宋紫峰想去帮忙，但是他什么也不会，结果又只好回去陪病人去。一会儿工夫，吴凌枫下好面，把汪丽斯的饭菜一起端了来。汪丽斯也似乎病好了似的，下地来一块儿吃，一边吃还一边说呀笑的。吴凌枫快乐地只顾看她，高兴地说：“你明天好上班啦，看你有多精神！”

宋紫峰也附和说：“你不上班，换了个生手，对我们炼钢厂很不方便。前天我在公司挨了一顿批评，说我不抓措施、不重视增产节约。人家不知道炼钢厂的难处，咱们厂站在中间，一伸手就伸到别人那儿去了。叫我抓措施，必须抓到炼铁厂、煤气厂、碎铁厂、运输部、机械处……”

汪丽斯只顾望住宋紫峰笑，吴凌枫却不同意地晃脑袋说：“厂长，说实在，要抓本厂的措施，有的是呀。光我们热工工段为了增产节约就提了不少办法。宋厂长，我不是说你偏心，你对我们热工总是懒得管。”他放心大胆地说，因为他知道他这时候绝不会发火。汪丽斯帮着吴凌枫向他夹攻道：

“他呀，各个工段对他都有意见，人家都说平炉才是他的亲生儿。”

宋紫峰一点不在乎，开玩笑地问道：“唉，你走群众路线走到我们厂来啦，真不简单。”

汪丽斯又是认真又是得意地继续说：“坐在通勤车上，就可以听满了两耳朵，还用得着上你们厂去打听？人家只是当你面不好意思提罢了；背着你，谁不讲两句，你不肯听大家意见在兴隆已经出了名了。”

宋紫峰看见他们讲的那么认真，心里有点不愉快，推开筷子说：“我又没有禁止别人当我面提意见，只是技术那东西，他说好使，我说不行，他们又不能驳倒我，这有什么办法？今年的增产任务高了，又不是我一个人说的，人家市委书记也说高了。”

吴凌枫有一肚子话说不出来，他估量自己这样的理论修养是说不动他的上级的，他就决心不再摆什么大道理，只是怯生生地解释说：“老工人就是这样，他说不出多少道理来，可是他的办法可真行。我们热工有许多问题都是老工人解决的。”

“你们增产任务究竟有把握没有？”汪丽斯关心地问。

吴凌枫望着自己的厂长，宋紫峰过了半天才用客观冷静的调子说道：“自从陈总经理抓生产以后，给了我们厂一些条件，略略好一些。可是，时间晚了一点！”他的两道倒竖的眉毛这时却拧成一个疙瘩了。这个快乐的人真的发了愁。

“那怎么办呀？”汪丽斯更是焦急，并且不安地看着吴凌枫。吴凌枫也是同样地望望她。宋紫峰忽地站起来要走，她慌忙问他道：

“你怎么不多坐一会儿？”她第一次发现他有缺点，也第一次发现这个自信的对什么事都有把握的人也有烦恼着慌的时候。

“不，我找唐书记有事。”宋紫峰一迈步就走出门去。

吴凌枫送他下楼，回来后坐在她床边，犹豫不决地向她说：“我对宋厂长这人，问良心我很爱他，可是有些时候我却有点恨他。”

汪丽斯听了有点心虚，低垂着眼睛问道：“你什么时候爱他，什么样的情况下又是恨他？”

吴凌枫率直地答道：“看见他工作时那个忘我的热劲儿，看着他那股认真负责精神的时候，我立刻想到党是怎样教育自己的党员的，过去的战争的年月又是怎样锻炼了他。比方说，那天晚上你是亲眼看见的，抢救蓄热室被淹，和水作斗争时，宋厂长是感动了我的。可是，一想到事前他不听老工人的话做各种防备的工作，我又觉得他固执得实在叫人讨厌。”

汪丽斯看见他指的是工作上的问题，并没有看出她和宋紫峰的感情关系，这才放了心，并且同意地说：“他太不听别人的话了。老工人的话他不听，工程师的话他也不听，经理的话他也未必听。真想不透他是个什么毛病。”

吴凌枫更犹豫地说：“我看他是太傲气了，总认为自己学了不少东西，谁也不如他。你说是不是？”

在汪丽斯心里，一直以为吴凌枫是个只会做实际工作，不动什么脑子，没有什么主见的人。今天晚上他居然发现了宋紫峰的弱点，并且敢提出来，这倒叫她尊敬起他来。不知道为什么，这时她想，假如吴凌枫亲一亲她的前额，她是不会拒绝他的。但是，吴凌枫显然没有敢做这样的梦想。他在大学时就一直等待着她，但一直不敢想什么时候才能碰一碰她。

第十四章

刘明智最近这个时期，被两件事苦恼着，第一件是他老婆王玉秋闹着要去考人民大学。刘明智劝她说，“你已经是四个孩子的母亲了，底子也不好，还上什么大学？”她哭哭啼啼地说：“要不是和你结了婚，我早都大学毕业了。”他虽然已劝阻住了她，但是她因此满肚子意见，跟他闹个不休。她不高兴时，吵嚷着要是考不了大学就要和他离婚；可是她高兴起来的时候呢，成天要他陪着她看电影，上百货公司买这买那。她在炼钢厂当检验员，凡是炼铁厂来的铁水，经她检验的都是合格品。后来负责人知道了她这个秘密，就不让她检验铁水，只叫她到化验室去化验渣饼。人们甚至不敢把她的错误行为反映给厂长知道，因为大家知道厂长是严厉的，万一批评了她，这会妨碍两个厂子的团结。所以宋紫峰和刘明智两个人都不知道她的工作情形。她呢，在家时尽管尽量折磨自己的丈夫，但在化验室时，她却完全站在偏狭的立场上，对于炼钢厂退回不合格的铁水表示大为不满。回到家里，在丈夫跟前说炼钢厂对炼铁厂如何不客气，谁说了些什么怪话。在这样的时候，刘明智毫不让步，训斥她说："你就是不长进，净说落后话，怪不得你连个团员都不是。"王玉秋知道他的脾气发作起来是够她受的，她让过他，不敢说话了。

她原是辽阳县的一个中学生，人长得很俊秀。刘明智是辽阳解放后的第一任县长，还没有结婚；看中了她，很快就和她结了婚。他到兴隆来搞企业以后，叫她学会了化验的技能，一直在炼钢厂工作。她认为自己既漂亮又聪明，但是成天在一个小房间里围着什么定炭装置、光谱分析器默默地打转转，实在不甘心。她喜欢热闹，化验室却静悄悄的，有时她故意把各种化学药水瓶子弄的卡啷山响。她多么盼望过许多青年男女在一块儿的活跃生活啊，游行啰、晚会啰、运动会啰等等。想当年，她还是他们学校的低栏选手呢。她是不愿意离开学校和一个比自己大十岁的人结婚的，但是结婚之后，她却觉得挺有意思。过去，县城里所有的熟人只把她当个小女孩；现在，居然都尊敬她，客客气气地对待她；连过去笑她父亲没有地的她的大爷、婶子们，远远看见她就躬着腰打招呼。最奇怪的是商店的老板们，过去谁也没有注意这个梳双辫的女学生的，现在她一走进去，他们就弓着身子迎她进去，送她出来。开头她很害臊，去买东西总喜欢牵着几个女伴一块儿去；后来，她的胆子也粗了些，认为别人对她的客气是应该的，因为她是县长的爱人。那时候她对刘明智是满意的。虽然他成天忙得要死，没工夫和她一块儿玩，但是她能原谅他。他的胡楂子没工夫剃，她也不嫌他长相老。只是他老穿一套斜纹布制服，她觉得实在不像话。有一回她跟他到庆阳去，逼他做了一套料子制服，但是拿回来后他一次也不肯穿。她气得没法，只好说：“你就长的苦命相，不会享福。”他心不在焉地笑了一笑。她穿得很漂亮，他不反对她。她生下第一个孩子，刘明智便调兴隆来了。

她一点也不喜欢兴隆市，因为这儿叫她不愉快。第一，煤烟很多，她身上的浅色的毛衣和围巾几天工夫就弄的颜色不鲜。第二呢，谁也不懂得尊敬她，她走在大街上没有一个人知道她是谁。像她丈夫那样的人物，辽阳县只有两三个；但是在这儿呢，却有二三百个。更要命的是刘明智比在县政府时更忙了，每到休息时间，不是他到干部家去，就是什么党委书记、技术员来找他。看样子，他已爱上了这行业，爱上这地方了，回辽阳显然是没有希望了。她烦闷起来就哭和闹，开头刘明智总是百般哄她，或者领她上小馆吃一顿，或者上街买一件她心爱的东西，但哭闹的次数多了，这法宝也似乎不灵了。因为刘明智一有闲工夫就和孩子们玩，好像他爱他们甚于爱她了。这在她是件没料到的事。她把孩子一个一个地生下来，生下来就交给母亲和保姆。她根本不明白在丈夫的眼睛里孩子们有些什么可爱的地方竟能超过自己？她对自己孩子也逐渐注意了。

刘明智对妻子的缺点，也是逐渐发现的。最初他只看到她的天真活跃与美丽。只以为她年纪小，她的任性与无知，过两年就会逐渐消失的。到兴隆市时，她已怀了第二个孩子，而且脾气越来越大。生下第二个孩子后，他赶快送她进化学训练班，以为这个工作能陶冶她的轻浮的性格。到了工作岗位以后，过过集体生活，她果然比过去强一些，但仍然常常吵闹。他没有过细去找吵闹的原因，每天过完紧张的生活，一回到家只想脑子松一松劲，以便晚上好看看报纸和读理论书籍。和老婆话不投机，他只好和孩子们寻开心了。她闹得太厉害时，他也想过下决心和她离婚，但是一转念自己一早就把她娶过来，没有让她很好地去锻炼和受教育，这是自己应负责的。自己又是个老党员，就没有能力帮助自己的亲人进步？——他下不了这个决心。况且过不两天，她的气消了，就会依偎着他，他的一切决定都冰消瓦解了。这是真的，他并不甘愿和她疏远。

大学考期已过，王玉秋早已打消了考大学的念头，刘明智也可以安然了。但是“铁牛”号高炉的工长龙贯球却叫他挠头。他建议他们的高炉提高风温到和那些先进炉子一样。刘明智一口就拒绝说：“这不是自找苦吃？把炉子搞垮了，完不成全年计划怪谁？”龙贯球耐心说明他们三班的工长经过仔细的研究，也参考了苏联的经验，并且实际已经试验，半年来逐渐提高风温，这个老炉子已经得起考验了，它可以赶上先进的行列。刘明智一个劲儿不同意。后来几个工长一起来找他，恳求他先召集工程技术人员开个会讨论研究，他也没有答应。

这时刻，龙贯球又来找他了。他虽然耷拉着脑袋，但是神气是坚决和刚毅的。刘明智看见他的样子，一眼就知道他的来意，便先发制人地抢先说：“怎么啦，老龙，你那套主张和理论该收起来了吧？咱们厂哪一年都完成任务，不要闹得今年垮台，从兔子变乌龟，这才真不好看啊。”

龙贯球浅浅笑了一下，那显然是勉强的，只不过表示他并没有被他的话吓住罢了。他听他说的兔子和乌龟，知道他借龟兔竞走来做比喻。他便顺着他的话接上说：“兔子赶不上乌龟是因为它骄傲。现在我们的意思要把老‘铁牛’变飞雁，比兔子还要快得多。”

刘明智赶快假意称赞说：“你们的愿望倒是不错。”

龙贯球知道厂长的特点，他并不领受他那以退为进的夸赞，紧紧地戳穿说：“我们不是什么愿望不愿望的问题，那是我们的行动计划，是加速社会主义建设的行动计划。我们炉上出的铁水，老挨退，全厂名誉都受我们炉子的拖累。再说新的炼钢厂都快开工了，眼看铁水就不够用。我们的老‘铁牛’绝不能依老样子干活啊。”

刘明智素以善于说服干部，团结干部自豪的，这回什么办法用尽也说服不了他们，十分伤脑筋。他忍不住烦躁地说："你们这办法是冒险的，知道么？我和苏联专家研究过，他说可以用，但把握不大。"

龙贯球没有理会他，不屈不挠地坚持说："有科学根据，有可能，怎么叫冒险呢！我们也都请教过苏联专家。他说完全可以，他没有说把握不大，只说要小心操作。关于操作，我们几个工长完全负责。现在，我们要求厂长召集会议来讨论，做出个技术鉴定，然后我们负责执行。"

刘明智紧锁起浓黑的双眉，默不作声。他的沉默并不是在考虑对方的意见，而是在想个什么方法来打消职工们的这个顽强的念头。龙贯球看见厂长沉默，以为他们的建议有希望，心中很高兴，悄悄地等待着。这时电话铃响了。刘明智抓起了耳机，仍旧皱着眉问道："是呀——现在？——好吧。"这是个脱身的机会。他连忙对龙贯球说："我立刻要到公司去。那个问题以后再研究吧。"快出门口时，龙贯球停了一下，望着刘明智想说话，不过仅是嘴唇动一动就停住了。要是在平时，刘明智一定耐心追问他，但是这时刻他再也不愿意谈这个问题，于是装作没有看见，便和他分手了。

据他的一贯经验，经理室总是不断的人，这个人还没把问题说透，那个人就抢着跑到经理前面。有时康经理接北京的长途电话，一谈就二十分钟。原先等他的只有几个人，可是等他接完电话，就有十几个人等着了。今天却出乎意料，康经理的房子静悄悄的，在外屋的秘书伏在桌上抄东西，看见刘明智进来，点头笑了笑。刘明智失望地问道："康经理不在吗？"

"在哩。"

刘明智听了这才放了心，暗暗想道："瞧，自从陈总经理来了之后，这个大楼的工作作风有了不少改变！大楼的人经常到现场去，现场来大楼的人就少了。"他大踏步走进里屋，看见康经理正在低头批阅文件哩。他吁了一口气，放低调子问道：

“有事么，康经理？”

康伯和抬起眼镜，看见是刘明智进来，立即招呼一声，抬起略带肥胖的身体离开写字台。两个人都习惯地在小圆桌旁的沙发上坐下了。康伯和总是像两肩刚抬过二百斤东西似的显出异常沉重的样子；但是他对待别人老是那么亲切和体贴。他掏出烟盒，递给刘明智，同时自己也抽出一支烟来，借刘明智递过来的打火机，燃着了纸烟，吸了一口，缓慢地但热忱地说：“事是没有什么事，只是你不许‘铁牛’号提高风温，消灭炉外脱硫的倡议付诸实行，底下有意见啦。”他看了看对方惊疑的眼色，便解释安慰他说：“当然，公司从来了解你和你们厂的职工是团结一致的；而且炼铁厂的职工给经理室写信对你表示不满，这倒是头一次。他们是完全站在好意方面的，他们看见硫高实在影响了一百七十万吨的任务，怕影响了第一个五年计划的全面完成。工人们这样的思想很了不起，我们做领导的应该欢迎。从这事看来，可见你们厂的政治工作还是抓的很紧——”

没有等康伯和说完，刘明智鼓起了一对大眼睛，一半恼怒一半嘲弄地说：“这九成是老宋搞的鬼！模范弟弟在他们厂，模范哥哥在我们厂嘛！嘿，真没想到他那么神通广大，做工作做到炼铁厂来了！”他一连吸了几口烟，好像要想什么对策似的。

像个劝架的母亲，康伯和用慈祥的口吻批评他说：“老刘，你是否有点急躁，有点狭隘，怎么一下会想到老宋身上去呢？”他微笑起来，说：“咱们来研究一下吧，按照职工提的办法，‘铁牛’号抗得了抗不了？……我建议你回厂后召集包括工人和工程技术人员开个会，专门来研究这个问题。如果他们的倡议是可靠的，那么就马上实行，今年你们厂的增产节约计划就更不成问题，而且炼钢也有保证了。”

刘明智抱怨地望住了康伯和。是的，公司的作风大变了。不仅陈家骏抓得紧，连康经理也一点不放松。这使刘明智大为意外。从上次会议看到陈家骏那个毫不含糊、说到做到的劲头，他深知现在扯皮已没有了市场，便斩钉截铁地对康伯和说：“那好吧，反正炼铁厂既要保证增产节约任务，还要保证质量。只是炼钢厂呀，他们超产也不算我们配合得好，他们完不成，也休想赖我们。现在我们哪一天不是挑最好的铁水给他们？”

康伯和很看重刘明智的那种有朝气、有魄力、说到做到的劲头。当然，他不喜欢他那种大吵大嚷、别人都不成，只有他和他那个单位才是最好的那种作风。他接上他的话，劝他说：“凡事总得多要求自己，少责备别人。你说，好的铁水都给了炼钢厂；那么，质量不好的铁水又给谁？难道倒到大海里去了？——还不是给我们中国的其他炼钢厂？我看，还是你们‘铁牛”号的职工提的意见好，从根本去解决问题。把落后炉变先进炉，对人对己都有利。”他站起身送刘明智走出办公室，还加添一句说：“凡事要从全面着想，现在我们从事的是社会主义的大型企业，不是根据地时的小作坊了。不替别的单位想想，就会误了大事的。党叫我们兴钢的干部挑这么重的担子，是考验我们每个人。”

刘明智听了，心里觉得好笑：“他把我当作刚刚参加革命的呢。”随着回答他说：“是呀！党看重我们，叫我们办这么大的企业。可是过去根据地办军工也是不容易的，地方如果不配合我们，我们如果不配合部队，那是延误战争，那就会多流鲜血的。现在条件好多啦，总算是和平建设呀。”

康伯和明白刘明智是夸耀自己过去在根据地时的工作成绩，他担忧他的自满思想和光看见自己看不见别的单位的危险思想，很想好好和他谈谈。但是，两人已走到楼梯口了，不便再说什么了，他只是用严肃的语调简短地提醒他说：“你说的不错，现在是和平建设。可是如果我们在和平时期不努力，或犯这样那样的大错误，那就会延误我国社会主义建设的速度；那么，我们想制止世界上千万人流血的战争的这个理想就会落空！过去如果说需要小米和手榴弹的话，今后是需要飞速地发展钢铁事业和农业合作化。”

刘明智听着，不觉望着康伯和的亲切的脸，忽然发现他脸上有一种他从来没有发现的深邃的光辉，于是紧紧握着他的手。在回厂的路上，他反复考虑他刚才在经理室谈话时已暗自决定了的那套招架扯皮的办法：每走一步，他能够为自己这套办法找出一种辩护的理由来；尽管他想出许多理由来驳倒那些假定的非难他的话，但是，他竟找不出一句话来抵住“防止世界上千万人流血的理想就会落空”这一警告。他越要维护自己的老一套的想法时，康经理脸上那深邃的光辉又在他眼前闪耀。他悚然地自忖道：“万一我这样做，真的会延误社会主义建设呢？”这个历来自信和果断的人，这时开始有点烦恼，他加快了脚步。回到厂里，他不能自制地立刻叫秘书召集工程师、炉前正副总技师、“铁牛”号的工长、炉前组长前来开会。宋秘书从未看见过他这种烦恼和近乎有点慌张的神色，心里有点害怕，胆小地问道：“发生了什么事么？”

刘明智严肃地反问道：“谁告诉你发生了什么事的？”

宋秘书马上点头，连忙拨电话号码，但又想起了什么，小心地问道：“他们会问讨论什么问题的——”

“讨论‘铁牛’号的消灭炉外脱硫问题。”他还是怒气冲冲地答。

宋秘书忍住了心中的高兴，不敢笑出声来，不过更高兴的还在于后来开会的结果。原来在这次会议的记录中，他亲手写上：厂长批准在主任工程师指导、炉前总技师的监督下，由龙贯球班试验提高风温的操作，以期逐渐达到消灭炉外脱硫现象……

这天是中秋节。晚饭后，邵云端顺着孩子们的意思，把月饼和水果、糖果都搬到阳台上，以便边吃边玩边赏月。她亲手为孩子们糊的两只花灯，也装上了蜡烛挂起来。她把小时候奶奶为她做的事，尽可能地为自己的孩子做了。孩子们无论什么时候都热烈地拥护自己的母亲。她不用给孩子们定下许多规矩，孩子们自自然然地听她话。他们只要看看母亲的眼色，就知道母亲是否赞成自己的举动。宋紫峰呢，和儿女们玩起来，任他们扯腿拉胳膊，像个大孩子似的和他们一块儿闹翻天。但是工作一忙，或心绪不好的时候，他就板起面孔，把孩子们撵走，一个人关起门来。尽管这样，孩子们总也不怕他。要是遇到在什么问题上父亲母亲的意见有分歧时，孩子们无条件地站到母亲这方面来。在这两夫妇还没有闹不和的时候，云端常取笑他说："看你怎么像个父亲呢？"他也愉快地用双关的口气承认道："我这辈子恐怕只能当别人的弟弟。"云端充满柔情地瞪他一眼，这半年来两夫妇闹不和以后，孩子们受到严重的影响。虽然母亲对孩子们仍然维持着均衡的亲热，但是父亲的欢笑显然减少了。今天难得过中秋节，孩子们欢天喜地又要父亲拉手风琴，又要他唱歌。云端也帮着孩子们要求他唱支歌子。她已半年没有听见他唱歌了。她渴望着听他的歌声，并希望借这歌声唤起她脑子里的无限美好的回忆。

"唱《延安颂》吧，唱《五月的鲜花》吧。"云端热烈地笑着和孩子们一块儿嚷道。宋紫峰一听，知道妻子有意要他唱这些歌曲来重温他们过去的旧情。他不想依她的，但是转念想道："孩子们是没有过错的，给孩子们唱个怕什么？算了吧，今天是过节。"他皱了皱眉心，按着手风琴，猛一晃头，覆盖着他的半边前额的厚发受惊地往上一甩，手风琴鸣奏起来了。顺着琴声，他张开那动人的嗓子歌唱着延安。顿时西北的初秋的凉风仿佛掠过他的心田，延河的清克唧的水声好像响彻他的耳边。他心中一阵高兴，觉得自己已回到他那光辉灿烂的青年时代似的。他唱得更起劲，更动情了。

云端倚着阳台的栏杆，心都醉了，她一眯起眼睛，仿佛看见桃树林下翩翩起舞的一双一对的男女青年，十多年前那个开朗潇洒的在乐队旁边拉手风琴的青年人，不就是今天坐在这个阳台上的中年人么？他除了体格比过去丰满，眼角多了一些中年人的褶皱之外，简直和过去没有两样。大概是手风琴好久没有练，跟不上拍子，他就停住了按键盘的手指，一个劲儿继续唱。一直望着他的邵云端也不知在什么时候和他一块儿唱起来。芳芳伏在爸爸膝上，小声哼着她在幼儿园学来的歌子；小弟弟牵着母亲的手，眼馋地盯着桌子上的糖果。唱完了一曲，孩子们都拍手欢叫，宋紫峰故意避开眼睛不望妻子，表示他即令在这个被人们当作是团圆节日的中秋节，也不愿意与她和解。他低头亲了亲女儿，然后一手搂着手风琴，一手把女儿抱在腿上坐。

“啊！老宋，原来你还有这么一手！”

远远有人招呼宋紫峰，他沿着声音抬眼一望，原来胡同南面的阳台上站着刘明智和陆文彬两个人。

“再唱一个吧，你的嗓子太好了。”陆文彬斯斯文文地请求他。他的声音传到胡同这边，就几乎听不见了。

宋紫峰和刘明智虽然隔一个胡同住，但彼此从来没有来往过，宋紫峰是从来不上别人家里玩的。刘明智呢，虽常去看他的下级，和经常到老同志家中串门，但他却不愿意去找宋紫峰玩。他和老宋在工作上常发生矛盾，可是他不愿意找他交换意见，只懂得在会上对他提出批评。陆文彬和他们俩都不一样，他觉得只应自己去看人家，不应让别人来看自己。他不仅去看厂里的工友、工段长、工程技术人员，他还去看宋紫峰和他的老伙伴刘明智。假日和晚上他经常不在家，所以他的孩子们都抱怨他。

宋紫峰看见他们，高兴地招呼道：“过来玩吧！”邵云端和两个孩子都走到栏杆边上热烈地邀请他们。陆文彬侧过脸去征求刘明智的同意，刘明智笑了笑，下决心说：“走。”他思想里还坚信宋紫峰通过李少祥去说李忠祥搞什么提高风温，所以心里总有些不愉快。况且“铁牛”号提高风温以后，时好时坏，很不稳定，使他成天提心吊胆的。不过他既然下决心让职工试验了，就毫不含糊地做下去。他是这么一个人：最好事事如意，到处顺手，但如果有困难，不管困难有多少，他绝不让困难占上风，而是他要战胜困难。说也奇怪，自从陈家骏来了以后，说到办到，办不到就不说；该批评的批评，该表扬的表扬，有意见摊开来讲，这样使得干部们心服口服。抱怨、扯皮的现象大为减少，干部之间的关系却比过去更团结了。要是过去，刘明智是绝不肯上宋紫峰家串门的。

今天宋紫峰的心情毕竟是愉快的，两个朋友来到，使他和全家人忙了一阵。特别是这个小男孩，他殷勤地把糖递给客人，也趁机拼命往自己嘴里塞。邵云端碰上这少有的热闹的场面，也高兴得忘了管教他了。陆文彬一定请宋紫峰再唱一曲《游击队之歌》和《我们在太行山上》。事实上，不是宋紫峰一个人唱，是四个人合唱。这四个中年人，都回到抗日战争时期的“青纱帐”里了。两支歌唱完，大家好像没有唱够似的，于是又合唱了一曲《国际歌》。唱完后，大家互相看望着，欢快地笑了。邵云端说：“今天好像不是过中秋节，是过‘五一节’似的。”

陆文彬也笑着说：“不，今天过的是青年节。我已经二十年没有唱过歌了。”

刘明智精神更焕发了，嚷着说：“你说，究竟打游击的时候紧张呢，还是现在搞钢铁工业紧张？过去敌人撵在我们屁股后头，我们该唱的，还是唱；现在成天忙到晚，连陪孩子看电影的工夫也腾不出来！”

“今后这四个月，我们休想睡觉了！”宋紫峰负担沉重地说。

“年龄有关系。那时我们都是不知道累不知道害怕的年轻人。”邵云端破天荒头一回听见宋紫峰为任务紧急而发愁，不觉心中得意。但是今天她希望他能够轻松愉快地玩一玩，便装作没听见，只接着刘明智的话解释着。

陆文彬也搭嘴说：“生活方式和具体情况都不一样了。那时候大家都没有家，即使是夫妻和父子，都在一个大集体里，思想行动容易一致。就说老百姓吧，也和我们共命运。敌人随时都可能来扫荡，那时候呀，我们只有一个念头：是敌人死，我们活的问题。别的什么也顾不上。只要党一个号召，大家就行动起来！现在呢，这个嫌没提拔，闹情绪；那个嫌定额高了，穷吵吵；再不然，嘿，多呐，官僚主义，主观主义，多呐……”

宋紫峰不慌不忙地补充道：“还有一个很大的原因，是我国科学技术的底子太薄，办企业常用手工业的方法，特别在管理上。这边等着出钢呐，那边还在打通思想啦，集体讨论啦，慢慢儿启发他的积极性和创造性啦……有什么办法呢，不按科学办事，不按规章办事！”这时小芳嗵地跳下地，下楼追她的弟弟，紫峰趁机把手风琴也放下，继续说：“那个工友分明违反劳动纪律，很不像话，可是我们的工会不仅不让行政开除或者处分他，还在那儿说服教育哩。调度人员和运转手扯开皮了，钢水捂在平炉里出不来，青年团干脆把他们叫去开会，打通思想去——”

刘明智听得哈哈大笑，不知他是欣赏他的话呢，抑或是觉得他的话尖酸得好笑。陆文彬微笑着，轻轻摇着脑袋说：

“我觉得我们党的传统的政治思想教育工作还是很重要的。现在企业里的思想教育工作是少了，而不是多了；迟缓了，而不够及时。”跟着，他轻轻叹了口气，说：“过去我是太行区小军火厂的党总支书记，现在的岗位是厂长，我觉得自己对于群众的思想工作已忘得差不多了。那时战争本身就替我们做了不少宣传鼓动工作；现在是和平建设，战争离我们比较远，就得靠我们自己来进行这一工作了——是不是呀，邵部长？”他向邵云端那边望过去。她一直在注意听他的，并且脸上现出了高兴的表情，不断地点头支持他的意见。她听见他问，立刻承认道：

“你简直是对我们做宣传工作的人敲了警钟。我对工业区的宣传教育工作怎么搞，还缺乏经验呢。有时自己有一定的看法，但别人一驳就把我驳倒了。我们老宋从来不在这些方面帮助我多了解些情况。”

云端当着众人抱怨朱紫峰一下。

宋紫峰毫不在乎地笑呵呵说："我在兴隆已有定评啦：脱离政治、脱离群众、技术至上，只能当厂长，不能当党委书记，钱部长就没有少批评我。"他这番话，并没有自我批评的意思，而只是卖弄一下自己罢了。云端微笑着，但心里不以为然。

刘明智听了，不觉暗笑道："得了，你不用客气啰，你做群众工作做到别人的厂子去啰。"不过，他决心忍耐着，不想对老宋提什么意见。陆文彬望着宋紫峰，意味深长地说：

"照道理，脱离政治、脱离群众的人，当厂长也当不好，你对自己未免有点儿过甚其词了吧，老宋？"

宋紫峰把对方的客气话只当正面的话听，于是笑而不语。

陆文彬又不厌其烦地正正经经地笑着说："政治是脱离不得的，老宋，你回想一下那天的座谈会，实际上不是叫企业脱离党的领导是什么？现在经过反右的教育，我们认识也提高了。冯书记二月间那回讲话太不对了。幸亏我们没有上那个当，去写文章。你看隋波那篇文章没有？"

"我才没工夫看他的文章哩。"宋紫峰说着，不觉脸有点红，想起自己的那篇没有发表的文章。

"他为什么叫厂长去开会，不叫党委书记？"刘明智问道。

"一定因为我们当厂长的思想毛病多一些，对党委工作上有些意见呗。"陆文彬虚心地说。

宋紫峰毫不掩饰地说："大概就看中我的脱离政治也说不定！"

刘明智大笑，问道："不知看中我什么缺点了？"

几个人讲了一阵，芳芳和弟弟又跑上来了，邵云端叫他俩给叔叔们表演《小白兔》。小男孩立刻站好自己的位置，可是小芳还在那儿扭头。

"怎么啦，小芳？不好意思么？"母亲侧起脑袋问她。

她又扭头撒娇说："我要爸爸拉手风琴我才跳。"紫峰听了，开心地哈哈大笑道：

"这可真将我的'军'了。我还不会拉《小白兔》的曲子呢。"

邵云端从地上抱起手风琴，试按着键盘说："让妈来拉琴，你们跳吧。"

刘明智扯扯陆文彬的袖子，悄声说："这一家子生活得多好！"陆文彬同意地点头，并说："有个好老婆，比什么都强。"刘明智羡慕地说："你也该满足啦，爱人是个大夫，又是老区来的。我老婆太年轻，啥也谈不拢，可是只许我将就她。不管我在厂子里碰到什么事情，她连听也不愿听，哪能像人家那样谈古论今。你光看她那一对孩子，就知道有个怎么样的母亲。"他又附在对方耳朵上，悄声说："我看她比他强十倍，你说呢？"陆文彬不习惯议论人家，不愿意回答他；况且他有个特点：不容易看出别人的缺点，所以他只看到老宋的优点多一些。这时小孩们已表演完了，他只装没听见，趁势给孩子们鼓掌叫好去了。他们一连看了小孩们表演了几个节目，才告辞回家。客人走后，宋紫峰想起过两天专家要回国，他很想去看看他，便起身穿衣服，直往巴耶夫寓所走去。

第十五章

小兰躲开李少祥已一个多月，他给她打电话，没人接，给她写信，没回音；到宿舍一看，大楼空了，因为技工班已结业了。少祥一急，一连给她写了两三封信，都寄到乡下去，半个多月也没下文。前天，好不容易才接到小兰的回信，信是这样写的：

五哥：我没有回乡下，我考上了厂啦，听说你找了我好多回，真是太对不住你了。可是，五哥，你不要想我了，我已找到了个男朋友，今后各奔前程吧。祝你幸福！小兰上。

这消息对少祥来说是个沉重的打击，他与其说怪她找了个男朋友，不如说他不太相信这件事。他心中掀起了一个强烈的欲望，要见见她。他好容易找到了大型轧钢厂的女宿舍，但哪有小兰这个人的名字？过了几天，他又听说这批女工中有些有家的，在住宅区分到了房子住下了。承德街有两户，八卦沟也有两户。

李少祥确信小兰除了独身宿舍不会住到别的地方的，过了一会，他冷静地想了想："难道她已结了婚？分到了房子？"他就开始盲目地找，他相信只要找到小兰同班的人，就能找到小兰的下落。他脑子里一亮，又打起精神来，赶快依别人指点的地方去找去。他饿着肚子一连找了几处地方，但是，哪有小兰同班的人呢？在街上来回跑了三个小时，弄的精疲力倦，在路灯下看看表已是晚上十点多钟了。可是，哪怕彻夜不睡，他也要找到小兰的消息。这时他的要求显然降低了，只要知道小兰的下落，哪怕她已和她的爱人住在一块儿，他也会觉得心甘情愿。他依着一家老大娘的指示，又到承德街十号去找。敲着一家门，半天才有人答应，又半天才起来开门，显然人家已睡下了。门才开了一条缝，电棒的强烈的光霎时直射他的眼睛，他什么也看不见，只听见一个女人惊叫道：

"啊，是你，快进来。"

少祥定神一看，才看出来那人是那天她们合伙儿捉弄他的那个年纪大一点的女工何大姐。他看见了小兰的熟人，几乎流出眼泪来，不觉叫了一声："何大姐，原来你住在这里。"他很想立刻问小兰，但觉得这样太过分了；反正找到了小兰的熟人，就不愁不知道她的消息。这时他才觉得自己又累又饿，把身子一窜，毫不客气地坐到炕上。他发现炕上原来还睡了个八九岁的男孩子哩。"那是我儿子。"女工解释说。随后又问道："是小兰告诉你我们住这儿的么？"

少祥控制不了自己了，恳求她说："好姐姐，你快告诉我她毕业以后住哪去了？”

那女工听了倒吃了一惊，说：“怎么，你还不知道她就和我们住在一块儿？那你怎能跑到这儿来的？”

少祥顺着她手指看看墙上，果然挂着小兰那件蓝色花布短褂。他乐的不知道怎么样好，只是用手掌使劲抹了抹脸，好像要驱走自己头脑里的愚蠢似的。他根本不想掩饰自己的感情，急急问道：“那么，她上哪去了？”

“上夜班去了，我是白班，怎么你好久没见着她了么？”

少祥吃吃地笑了：“是啊，她好久没上我们家了，我妈可想她啦，你叫她明儿一定上我们家好不好？”

那女工故作正经地问：“到底是你妈想她呢，还是你想她？”

李少祥听了十分快乐，但终归不太好意思。低头笑着说：“我妈确实叨念她，至于我呀，我不想她还能在这几条大街上找她找上三四个钟头？”他听见对方同情的笑声，便勇敢地抬起头来，诉苦说：“你不知道底细啊，何大姐，她生我的气啦。毕业前一个多月她就躲开我——哦，对啦，自从你们把她藏在门后那一回，我再没看到她了。她不愿见我，搬了家也不告诉我。”

何大姐望着他那诚实的脸，替他惋惜，问他说：“你什么地方得罪了她？她为什么生你的气？”

少祥难过地说：“还不是为小时候的老账。你知道我和她一块儿在海边长大的，我到兴隆来以后没回去看过她，也没给她写过信……”

何大姐心直口快地仿佛做着结论说：“那你也太不应该啦。”

“谁说不是呢。”少祥懊悔万分，“这都怪我恋爱没经验。不，最要命的还是炼钢没经验，硬是腾不出时间来……好了，现在小兰自己也干这种活，她会尝到滋味，知道我当初的难处了。”

“问良心，我们轧钢的活儿，比你们冶炼的还轻巧些。啊，这样吧，等我劝劝她。”

“她对你讲过还有什么地方不满意我的么？”

何大姐慎重地摇头说：“她从来没有讲过你，我们还以为你们经常见面的呢。我只觉得她好像有些心事，有时候一个人在那发呆，一问她，她什么也不说。你知道，我分到这间房子，才不过几天，她说她嫌独身宿舍闹得慌，愿意和我们母子二人住。你宽心吧，我一定想办法劝她，叫她上你那儿去。”

李少祥十分感谢她，他本想坐着到天亮等她回来，但是看见她家没有男人，怕她不方便，这才告辞回家。

好几星期过去了，李少祥去何大姐家找小兰好几遍，仍然遇不着她。有一回何大姐叫他星期三下午一定在家等她，她保证叫她上他家。到了那天，他满心高兴拿起母亲的木梳梳着头发，照了照镜子。讨厌的是头发往上竖起来，怎么也梳不成分头。他懊恼地把嘴一噘，这一噘嘴，他才发现自己即使在烦恼或生气时，两道嘴角仍然笑着。越瞅心里越着恼，他不觉想起老华说过的话：“男人没点威严，女人不尊敬自己。”他忽然扑哧笑了：“小兰不是这号子女人。”突然门响起来，他惊喜地回头一看，走进来的原来是厂里会计科的那个老蔡。这人一脸油光，遇见上级或体面人物，总是人未到笑声先到的，但对普通工友他却一脸正经公事公办。别人求他，他立刻把脸一沉；要是他求人家，他可以马上换上谄媚的笑容。他一踏进屋，少祥先注意他的面色，以便揣测一下他是干什么来的。

“你在家，那太好了。”老蔡脸上没有笑容，少祥一看犯了愁，以为一定是自己炉上的成本计划又出了什么问题，惹他批评来了。他稍稍有点紧张但仍然笑着迎着他，给他倒茶（这壶茶是特意为小兰沏的），并且笑着问道：“从厂里来？有事吗？”

他接过茶一口吃了，掏出手巾擦了擦汗，显出他是个忙人，是个重要的角色。他故意装得很严肃似的下命令说：

“刚才公司叫我们去开会，布置下来一个任务，叫我给你们传达传达。如果有人来问，你们平炉去年的小修要说是大修，懂么？……就这件事，别的没有了。”

少祥一点也听不明白，瞪大眼问道：“怎么啦，把小修说成是大修？为什么？谁来问？”

老蔡看见少祥过分惊异，便稍微露了点笑容，解释说：“是这样的，去年公司各项计划都完成，节约计划还大大超过，只就成本计划没完成。咱们已报上去说全面完成了计划。本来嘛，超过的那项完全可以把成本那项背过来的，只是有些烂舌头的偏偏爱乱告状，真气人！现在北京叫人来查这件事，领导上认为不戴‘虚报’的帽子，决定割肥补瘦，叫各厂节约下来的款项挪到成本项目去。所以你们‘共青’的小修都要改成大修了，听明白了吧？”

少祥纳闷说：“听是听明白了，只是不知谁出的糊涂主意，这怎可以对上级撒谎？”

“公司布置下来的嘛，宋厂长也只好依着做，你一个炉长有什么好说的。”老蔡的口气还是很硬。

少祥就不喜欢人蛮不讲理，他违反了一向的习惯，冷笑着说：“真的，我这个炉长起不了啥作用，即使我答应了，我们炉上的工友也不会答应的。他们好容易为国家节约四十来万元！谁肯改？”

老蔡听了忽然轻轻赔笑说：“这还不是仗着你的一句话，你要顾全大局，工友还有不听你的！”他又走近他，拍他肩膀说：“老李，这正是上级需要你的时候啊，有人来问时，你只消说一句，兴钢面子捞回来了，咱炼钢厂和宋厂长也有光彩，你不就立了大功了么？今后是双料模范啦。”他的笑里，既有谄媚，也有威严。

听到这里，李少祥气得发抖，磨着牙说：“你给我少说两句吧。要不是我知道你是咱厂科里的人，非要和你一道上派出所不可。”

老蔡看见对方盛怒，有些心慌，特别听见“派出所”三个字，感到了不祥之兆。说实在他也不过是受表弟侯成章的吩咐来活动的，实际上没捞着什么好处。头两年他找到这份职业，是侯成章介绍的，他认为这是表弟的恩典，他要为他效劳。而且，他也希望这次能为兴钢“立功”，以便上级提拔。现在李少祥对他这样不客气，他觉得委屈。但是他也很知道少祥的脾气，奉承是没有用的，他只好硬挺着说：

“哎，老李，话不能这么说，我也不过是奉上级的命令，你不听你自己负责。”

少祥毫不让步地追问道：“上级？哪个单位？谁？哪个首长？”

“我不是说的公司吗？咱厂宋厂长也同意的嘛。”他听从表弟的吩咐，绝不说出具体的单位和具体的人，但是侯成章告诉他宋厂长是同意这件事的，他知道少祥尊敬宋厂长，所以他三番两次提起他。

果然，少祥听他确凿地说宋厂长同意时，不觉沮丧地低下了头，他那年轻的单纯的脑海里，绝没有想到他所尊敬的人物也做欺骗国家的事。

老蔡见这话打动了他，便趁机说：“是啊，你考虑考虑吧，上级决定的事，咋能有错？你还是对工友们说说吧，我走啦。”他就当作完成了任务，捞着了个和气的收场。

“传达？我就给你传达，我先给党委‘传达’。”少祥愤懑地说着，当然，这时老蔡已走远了。他倚着柜台边，用手指刮着木梳子，苦恼地想着这件奇怪的事。忽然门推开了，李忠祥怒气冲冲地走了进来，跳上炕，盘腿坐下。他因自己一肚子气，根本没有注意弟弟那烦恼的样子，只自个儿唠叨起来：

“真没遇到过这样的事，科里的事，也要往我们工人身上推。超支不超支，我们工人管不了，可是我们好容易才节省下一次大修，只小修一回，现在平白无故地要我们把那次小修硬要说成大修，我们才不干呢！”

“哥哥，咱们炼钢厂的事，怎么你们也知道了？”少祥以为他讲的是刚才那件事。

“谁知道你们厂什么事，咱们炼铁厂的事就够把我搞成一脑子浆糊了。”

少祥定了定神，知道自己并不是做梦，便追问他哥哥。李忠祥一面骂一面把事情说了出来。原来他们会计科长对他们说，去年厂里成本超支了，现在要割肥补瘦，把节约那项目挪过去，所以要叫他们把“铁牛”号高炉的小修说成是大修。少祥听了，更觉惊奇，也把刚才发生的事对哥哥说了。兄弟俩，顿时你望我，我望你，又是惊又是气；说是梦吧，事实明摆在那里；说是事实，却又解放以来还未遇见过呢。少祥忽然灵醒地问忠祥道：“那你打算怎么办？”

忠祥在牙缝里冷笑一声，说：“我们有党，怕什么，我不会找支部汇报去？”

少祥点了点头，怂恿他大哥道：“咱俩一块儿去找刘叔唠唠去。”忠样看看表，估计刘进春已下班，便跳下炕，和少祥一块儿往刘进春家走去。

走到刘进春家，刚好他前脚进门，他兄弟俩后脚跟上，来不及和两夫妇打客套，忠祥抢着把厂里的事告诉了老工人，也把弟弟遇到的事，约略讲了个大概。刘进春听了，惊疑不已，只顾点头寻思。少祥补充说：“我真没想到宋厂长为什么这样糊涂，也随着人撒谎！”两兄弟左猜右猜，刘进春一言不发。两兄弟猜了半天，住了嘴，单等老工人发话。刘进春慎重地告诫说：“得警惕。这样的事倒是没碰见过，不过这也难说。”他摸了摸光溜溜的下巴，稳重地说：“我主张你们兄弟俩给公司写封揭发信，请他们查查这件事。”

少祥提出疑问说：“老蔡说的是公司的决定，还问公司干什么？”

忠祥听了也点了点头。三个人又合计了一阵，刘进春下决心说：“不，人家说是公司决定，你们就信是公司的决定？好吧，那索性给市委去信吧。要是你们胆量不够，就把我的名字也搭上。”

当场，由少祥起草给市委写信，并商量好回去后分头向自己的厂党委去汇报。少祥临出门时，忧愁地问刘进春道：

“对唐书记汇报时，讲不讲宋厂长已同意？唉，真没想到宋厂长也是这号子人——”

刘进春温和地教训他说：“我说你呀，就是咸盐吃的少了点，容易信人家的话！你没看看，宋厂长是这一号子人？他呀，绝不能出坏道道，他眼看自己的本领多到没地方搁，他还怕谁，他还用对谁撒谎？他的毛病呀，是看不见自己人的力量；可是坏人绝瞒不过他，你懂么？人家是老干部呀。”

少祥觉得刘叔的话有理，便不再说什么。家也不回，他径直找唐书记去。严肃的斗争，又使他把他的可怜的小兰忘得干干净净了。不过小兰实际上没有去李家。她之所以答应何大姐说要去，只不过是应付她罢了。

那天宋紫峰只走到办公室门口，小杨就紧张地出来迎着他说：“隋秘书长在等你。”宋紫峰看见小杨动不动就紧张的样子，很觉好笑。他进了屋，和隋波打招呼道：“什么风把你吹来的，隋秘书长？我到这厂一年多还没看见你下来过哩。”

隋波毫不掩饰地笑着说：“官僚主义作怪吧，现在要整风了，先要把官僚主义整掉。”他弄熄了烟头，用亲热的口吻继续说：“俗话说，无事不登三宝殿。你知道，去年公司办了件傻事，原因是各项国家指标都完成了，只是成本计划没有完成，当时因修炉节约了不少钱，冯书记和康经理想了个主意，把节约下来的款项填补上去，报了个全面完成计划。现在上头来检查工作，人家不一定查旧账；但是冯书记的意思，叫把原始账目改一改，省得查出后背上‘虚报成绩’的名字。今天侯科长来对你说了吧？……我相信像你这样聪明开朗的人，不会不肯改一改的。啊，这真是形式主义，羊毛还不是出在羊身上？不管哪一笔账，不都是中国人民的钱？”

宋紫峰听了很惊诧，不假思索地几乎用教训的口吻对他说：“啊，你也赞成公司会计处几个人的错误的意见？侯科长来问我，我坚决不同意，因为这是欺瞒国家的行为。谁知他闹到市委去啦。隋秘书长，市委千万不要支持错误的意见。真没想到冯书记会——”

“我倒没想到你书呆子气十足，人家刘明智就把‘铁牛’的小修改成大修了。”隋波叹了口气。

“我不能陪着别人犯错误！”

隋波看见他口气十分强硬，只好叹着气，絮絮叨叨地解释一番，还是劝老宋不动，便急忙走了。

他走后，宋紫峰越想越气愤，便找唐绍周诉说去了。唐绍周刚听完李少祥的汇报，现在听了宋紫峰的一席话，十分吃惊。对宋紫峰说：“你做的对啊，老宋。隋秘书长也太糊涂了。”唐绍周也把李少祥兄弟遇到的事对他讲了，宋紫峰开始对冯棣平大失所望。

为了实现今年的增产节约计划，中央工业部和省委都派人共同组成一个检查组，前来兴隆协助兴隆市委检查兴钢增产计划执行情况，这本是工作中常有的事，但冯棣平大为不高兴，要求康伯和涂改账目，掩盖去年虚报成绩的错误。康伯和坚决不同意；他又要隋波通过公司的会计处活动下面涂改原始账目。

从宋紫峰那儿碰钉子回来后，隋波低着头，坐在沙发椅上好久也没动。强烈的阳光从窗外射进来，他干脆闭起眼睛默默地沉思：“老冯看错了人！他也看错他自己。”他的心境很沮丧，这时他不能不回想起这几年来盲目追随冯棣平的一系列行为，越想越害怕。“我再不能跟他胡干一气了。何苦来呢？没有你姓冯的，凭我的资格我也可以当这个秘书长嘛！”他连动也没动，眼皮一阵发黑，知道乌云挡住了太阳，不如趁势打个盹，省得想那些恼人的事。但是，他哪里睡得着？

冯棣平走了进去，碰碰隋波的拐肘，问道：“事情办得怎样？没问题吧？”

隋波睁眼一看，颓丧地摇了摇头。他觉得对他提出劝告，已是时候了，便开口说：“老冯呀！这样做，小事会弄大的，老老实实向党承认虚报就算啦。”他不让老冯打断他，继续说：“没有一个同志赞成你这桩主意呀，老康自己对你说过，我就不必说。我去和夏群商量，他也不干。老宋、老刘更反对。叫小侯去厂活动，又遇到工人的反对……唉！要是夏群去揭发，那么‘欺瞒’比‘虚报’的罪名还要不好听呢。”

冯棣平摆摆手，安慰他说：“这些反正都是小意思，没什么大不了。我最讨厌的倒是给我扣大帽子，什么路线呀，嘿，夏群？啊，对啦，包钢要这儿去一个混合小组帮助工作，叫夏群去几天也好，省得他……”

隋波无可奈何地摇了摇头。

兴钢的增产节约计划完成得很不好，特别是生铁和钢锭的指标上不去。检查组以为其中最主要的原因是厂矿领导干部中有右倾保守思想，而这种右倾保守思想却是受到了冯棣平的消极对待增产节约计划的态度所致。

市委专门开了几次会研究和解决这个问题。最后决定：在兴钢党委还未筹备就绪之前，兴钢成立一个临时指挥部，专门抓增产措施，抓厂矿大协作，加强职工的共产主义思想教育。同时市委分出一部分力量来专门检查市委执行党中央的工业政策和工业路线的全面情况——市委开始整风了。整风一开始，冯棣平受到了同志们的许多指责和揭发。各方面都揭发出他对党的工业路线主张是一贯有相违背的地方。大家对他展开了严肃的批判。

整风由伍云普亲自抓，邵云端也被调到市委整风办公室去工作了。她晚上回来，经常比宋紫峰迟，以致小孩害个伤风咳嗽病，责任落到宋紫峰身上。宋紫峰很想和她谈谈最近自己所遇到的奇奇怪怪的事情。但是一则她很忙，没有机会；二来又考虑到自己已半年没和她谈思想问题，现在生硬地谈，不太好。为了揭露改账的事，宋紫峰决心找检查组去。到了那边，原来刘明智和成林早在那里，还有省委周书记等好多人也在座。宋紫峰想起刘明智已答应改账的事，心里老是不高兴。北京的王处长连忙让他坐，宋紫峰问周书记说："你有工夫么，周书记？我想和你单独谈个问题。"

刘明智估计他也是来汇报同样性质的问题，所以笑嘻嘻地问："准是和我谈的一样吧，老宋？你快说。"于是好几个人把宋紫峰围拢来。

王处长刚接唐绍周的电话，估计宋紫峰是来找他揭露隋波的事情的，所以也紧接上说："你来的好，周书记正和刘厂长他们研究这个问题呢，是座谈会和改账的事吧？"

周兴元看见宋紫峰这一回很积极热心，特别感到高兴，估计邵云端一定做了很多工作。他搬了把椅子靠老宋坐下，说："隋波活动到你那儿，是吧？"

宋紫峰看见他们已知道了，于是望望他，望望刘明智和成林，便一五一十地把隋波怎样活动他改账的事说个痛快。

刘明智听完，气愤地叫道："跟对我说的一模一样，他也说老宋已同意改账。并说你对那次座谈会很满意，真是生编乱造！"

宋紫峰一听又惊又气，眼睛也瞪大了，自言自语道："他为什么这样搞法，有什么用意？虚报了成绩就承认虚报成绩算了，何必造那么多的谣言！"

周书记说："值得研究的还不在于改账那样的欺瞒党的行为，你还可以回忆一下冯书记对工业政策、对工业路线上有没有和党的主张相违背的地方？是呀，一场严肃的党内斗争恐怕避免不了，否则今年的增产计划也完不成。"

大家正说着，唐绍周也来了。他一来也不和大家打招呼，就笑微微地使劲拍了老宋的肩膀一下，问道："老宋，你都说了吧？"他亲热地对他眨着眼睛，仿佛说："这一回你的政治热情倒蛮高的哩。"

宋紫峰答道："我只讲了我知道的一部分，你再讲讲李家兄弟的那部分吧。"

唐绍周这才回过头去，面向大家，说："我记得以前隋波同志在《兴隆日报》上登载了一篇他的什么《论企业中党组织的作用》，这篇东西实质上把企业行政放在党组织之上。我看呀，检查计划执行措施固然重要，但是企业中究竟党是领导呢？还是配合、保证？——这问题不解决，完成今年的增产计划也困难。"

成林也插嘴说："钟菲的思想残余其实并未完全肃清。"

大家正说着，邵云端推门走了进来。她穿了一身浅灰色的衣服，体态苗条，又轻盈又优雅地和全屋的人一个一个地握手。王处长看见她单独没有和宋紫峰打招呼，便热心地指着宋紫峰向她介绍说：

"这是宋厂长。"

邵云端微微笑了笑，不慌不忙地说："我认得他。"

这一来把大家逗得哄堂大笑。王处长莫名所以，只瞪大了眼睛。周书记解释说：

"人家是一家子，还用你介绍？"

王处长恍然大悟，点了点头。宋紫峰觉得这没有什么值得笑的，只扬了扬眉毛。大家看见邵云端来了，便问起隋波那篇文章的事，并讲出自己的意见。邵云端说道：

"那篇文章呀，的确起了很坏的作用，不过他硬要登，让大家来辩论辩论，搞清楚这问题也好。"

宋紫峰一听，想起了自己也写过一篇文章，不觉低了头。大家都争着问邵云端关于隋波、冯棣平的一些情况。宋紫峰注意到大家很欢迎自己的妻子，心里想："她在什么地方都是被同志们欢迎和被党信任的。她其实没有很大的学问，可就具备这个特点。”这时他心里说不出是什么滋味，妻子受众人欢迎，对他是光彩的事；但是一回家里，他就会不服气，不肯与她和解。大家都热热闹闹评论着，他却自个儿沉默不语。这时市委的伍书记、沈书记同时进来，大家知道他们要开会，便纷纷相继辞出。宋紫峰看看这情况，自己先走也不好，不走又怕她和他们谈话不方便，只好问她说：

“要不要我等你一道回家？”

邵云端看见宋紫峰这一回自动地靠近组织，靠近同志们，已满心高兴，现在又看见他体贴地问自己，不觉趁势向他撒个娇说：

“哪一天晚上开会是你陪我回家的呀？”

伍书记开玩笑地说：“你应该等一会再来接她。”

宋紫峰情不自禁地笑了一下说：“那我先走呐。”便和大家辞别走了出来。

夏万春把李少祥拒绝改账的事向唐绍周汇报后，心中有了底。唐绍周肯定老蔡的话是“假传圣旨”，并允许少祥他们可以找个适当的机会向“共青”号的工友说说这件事，借这机会从反面来教育教育大家。少祥得了这个命令，便和夏支书合计开了，他把自己的小小的秘密计划告诉了他。夏万春虽然以少年老成出名，但究竟年轻，办一件事总喜欢痛快明朗，拿他的说法是有眉有眼。他听了少祥的计划，也点头赞成。经过一天多工夫，少祥已串连好“共青”炉上的甲、丙班的人，把这事的大概说了。那天的下午，他约了十来个人来开会，并把老蔡也哄来了，老蔡将信将疑，欲待不去，又经不起少祥的一激：“你自己不去传达，我可说不清楚，将来露了马脚，我不负责。”为了他的恩人表弟，他就勇敢地答应了。到了那小小休息室，倒是没有别人，少祥也扼要地介绍说：“现在老蔡同志传达上级的一个命令，请大家注意听啦。”老蔡稳了稳神，便又把那天的话，用威严的口吻传达了一番。他一讲完，正想脱身，但是十几二十个问题立刻提出来了，最难解答的一个问题是追问那天公司是谁召集这会，谁发这个命令。问的老蔡无法过关。十几张嘴张张都那么厉害。

“蔡同志，我们可以这样回答北京来的人，只是你要找出个头儿来，究竟谁叫你来‘传达’的？”

“你也是奉人之命嘛，讲出来怕什么？你不讲出头儿来，这事就要你来负责，我谅你也负不了这个责。”甲班炉长老刘说。

对这样的事情，老易总是很有兴趣。他三句不离本性，用轻蔑的口吻质问他说：“你答应给我们炉长‘双料模范’，可是给我们一些什么好处？奖金还是升级？来，讲讲条件吧。”

要在平时，小魏最不愿听他这类话，可是现在在共同对付一个坏蛋时，他咧嘴欣赏起老易的话来了。七嘴八舌，老蔡吓得脸上一阵红一阵青，一额冷汗，心里狠狠地咒骂李少祥。这间平常不起眼的小房子，却忽然变成小小的公审法庭；这批平常不在他眼里的人，个个都成为严正的法官了。他急得直出冷汗，恨的尽瞪着大眼；但是，看见大家那股热烈和愤懑的劲头，他自知下不了台，但他没勇气告发他的“恩人”。正在这时候，夏万春安详地走了进来。有几个工友装模作样立刻把事情经过简单地告诉了他，他安详地恳切地劝老蔡说：

“老蔡，我倒很同情你。这件事，量你也不知底细，还不是别人这么一布置，你就这么一说，对吧？你把那个人说了出来，好让上级清查这件事。如果真需要我们改账，上级自会下通知，如若不然，你讲了出来，帮助上级搞清这个问题，你也算立了一功呀。我相信告诉你的那个人，也不一定知道底细，他还不是也奉人之命……”

老蔡看见支部书记出来说话了，估量不是几个工人瞎胡闹，他又觉得夏万春说的有理，便顺水推舟地说道：

“确是这样，这是我表弟侯成章教我的。他自己也弄不清是怎么一回事，只说是上级的命令。我表弟年少无知，一定受人摆弄了……”

这时，李少祥打开抽屉，把准备好的纸笔拿出来，紧张地把他的话记下来。老蔡说完，大家还追问了半天，但是再也问不出什么头绪了。夏万春估计老蔡这么个小角色不会知道的很多，于是建议让他回去，并且恳切地告诫他说："你以后不要乱听人说，听了别人的错误意见，马上找支部来谈谈。"

老蔡委屈地嘟哝着："他说是上级的命令，我知道他是正确是错误？"

"要是见得人的东西，他还用得着鬼鬼祟祟？"不知谁抵塞他一句。

老蔡一溜烟地跑了，大家也心情痛快地散了，只是小魏、老易都觉不过瘾。

夏万春高兴地立刻把情况告诉了党委。唐绍周听了不觉也笑了，回头却轻轻批评了他一句："你们这样搞法怎么不先对党委讲讲？"他又补充说："好吧，你和老李写个详细书面报告吧。"

夏万春忍耐住满心得意，答道："他们准备用全炉工友的名义写控告信呢。"他看见唐书记显然高兴地点了几点头。他总认为唐书记内心还是欣赏工人他们这个创造性的杰作的。

天刚亮，公司会计处会计科长侯成章气喘喘地跑到隋波的家里。隋波连忙赶开了孩子们，把他拉到客厅里，问他说："什么事呀，把你急成这样？"

侯成章按着快要跳出来的心儿，又怕又急地喘着粗气说："不好了，我表哥的尾巴给抓住了。"

隋波沉默不语。

侯成章发狠地说："就是那些鬼工人，什么模范的，本来答应好了我表哥的，谁知设了个圈套陷害了他！……"

隋波眼也不眨地盯着他，问道："他什么都说了吗？"

这个年轻人绝望地、有气没力地说："他说他对不起我——他有五个小孩，他坦白了。当然，他只知道我一个人干的，余下的他什么也不知道。唉，秘书长，像我这样的小干部倒霉就是了。”他掉下泪来了。

“啊，我早就说弄巧反成拙，果然不差。”隋波后悔不迭，对老冯很恼恨，但在年轻人面前，他只好装模作样地说：“隐瞒了党，是不对的。”

侯成章听了，急忙问道：“那么，我该怎么办呀，秘书长？”

隋波心里斗争了半天，只好鼓起勇气嘱咐他说：“你是个青年团员，应该对党忠诚。你的错误还是由于我的不慎重影响你的。你在市委秘书科工作了几年，原是个很单纯的青年，这回是我的不好。你什么都对党说好了，我的事我自己会检讨的。”

侯成章顺水推舟地说：“我应该向你学习，秘书长，那我走啦。”他擦着眼泪走了。

他一走，隋波便关了门，自个儿瘫软在沙发椅子上，想道：“老冯呀老冯，我随着你胡搅下去，还像个党员不像？不，不能这样搅下去！”这几天别人揭发老冯时，他矛盾极了，怕触到自己的痛处，怕受处分。他不敢无保留地揭发老冯，只是避重就轻，因此他也受到同志们的严肃的批评。现在改账的事败露，知道自己的错误也是掩盖不住的。他想道：“只有老老实实都对党讲了，党还可能从轻处理我的问题。许多反党分子就是这样，我不能走他们的路！”他站起身，抓起帽子，便前去开门。但手一按门把，他又全身颤动了一下，头脑一阵发黑，倒在靠手椅子上。

“怎么啦，是不是得病啦？怎么不出来吃早饭？”这是妻子的声音。啊，他听见了妻子的声音，稍稍清醒了点，勉强抬起头来。他起身喝了口凉水，开开门，回答妻子说：

“我有事，要去市委一趟。”

妻子将信将疑地摸摸他的前额和手指，觉得他十指是冰凉的。她不知他到底犯了什么事，但估计他一定犯了很大的错误，便劝勉他说："勇敢一点，共产党员做错了事就该有勇气向党坦白，让党好及时掌握情况，让同志们帮助你纠正错误。"

他痛苦地点了点头，踉踉跄跄地直往伍书记家里去了。

第十六章

为了严肃批判冯棣平的错误思想，市委召开了扩大会议。这个会议，除了市委全体委员外，还有市内各部门的党员负责干部、各厂矿的党员负责干部，还吸收了一部分基层的工人党员。

宋紫峰接到开会的通知，心里先犯愁，现在总经理抓生产抓得很紧，日计划一天跟不上，公司就盘问到底。他和唐绍周商量道："你去，我不去，行么？开这会要脱产两星期，可是每天少一块钢锭都不成。"

唐绍周温和地笑着说："这次会议对我们有很大的教育意义，你最好还是去吧。"

老宋听了心里暗笑："难道我们身上会有资产阶级路线的思想残余？"他没有说什么，自己打电话到市委去请假，但是接电话的偏偏是邵云端。她一本正经地对他说，请假要书记处批准。他一听知道不能讲价钱，于是一心把厂内的事情布置好，便和唐绍周一块儿去开会。

会议开始后，便由刚从包钢赶回来的夏群发言，他是会计处的处长，原来他拒绝改账之后，并向省委写了揭发信。后来冯棣平立即支使他去帮助包钢工作，以免他泄露秘密。夏群一字不漏地把全部经过都揭露了出来，跟着少祥也揭露了老蔡活动他改账的事。宋紫峰轻蔑地扫了低着头坐在第一排的冯棣平和隋波一眼。

康伯和着重批判冯棣平在工业上的资产阶级路线的思想，他说：“……他和钟菲的思想很相似，钟菲说钢铁生产是超政治的；冯棣平则说工业特殊，应有独立的一套搞法。他们实际上主张走资本主义的生产经营道路，想摆脱我们党的领导和传统的工作路线：发动群众、提高觉悟、坚持社会主义竞赛。他成天在那儿提倡什么党只能起监督保证作用和提倡什么加强严格的惩罚和单纯金钱刺激的奖励制度等等。中央派伍书记来时，他很不高兴，背地里说伍书记理论低、有农村作风。后来他在我面前透露想当兴钢总经理，搞一番‘事业’。那时我正代理总经理，觉得自己能力不胜，怕挑这副担子，便竭力向省委和冶金部推荐他。中央派了陈家骏同志来了以后，他知道自己总经理当不成，又在我和许多同志面前说陈家骏同志不是内行，工作拿不起来……”他列举的许多具体的实例，使宋紫峰触目惊心，因为他也曾经强调惩罚（特别是扣工资）的主张，不觉举眼望了望唐绍周。关于这点，唐绍周曾批评过他。但现在唐绍周专心地在听康伯和的发言，没有注意宋紫峰的内心变化。跟着，康伯和说到去年自己怎样被冯棣平说服了，虚报了成绩；最近因中央来检查，他又怎样劝他改账，他坚决拒绝，并把这事向市委汇报。冯棣平又继续威胁夏群改账，夏群拒绝后，他们在三天之内把夏群支使到包钢去了。他这一连串的揭露使大家异常震怒。康伯和还没有讲完，会场上突然有人大声叫道：

“冯书记，我想请问你，你想把我们领到哪儿去？离开了共产党，我们还有什么钢铁工业？解放前那一阵，兴钢的钢铁都运到日本去了。那些钢里面有多少中国工人的鲜血和眼泪呀！更可恨的是日本鬼子还拿这些钢铁来造成枪炮，打我们的同胞。那时就是因为咱们党没有当权，受人欺凌。有了共产党的领导，才有兴钢，才有我们！别的我不懂，我只懂得兴钢离不开共产党！不，这万万不能。离开了她，就要走回头路了。”那是愤怒的警告。他一说完，大家一阵猛烈的掌声，会场的空气更激动了。宋紫峰定睛一看，那人原来是老工人刘进春。

后来，钱友太在分析冯棣平犯错误的历史根源时说：冯棣平原是天津一个资本家的儿子，在“一二·九”学生爱国运动浪潮中，他入了党，做了一些掩护党的工作。在反帝反封建的资产阶级民主革命阶段，他的步伐是跟得上的。可惜的是在历次整风整党运动中，他没有彻底改造他的资产阶级思想，所以长期以来他对社会主义革命缺乏思想上的准备。特别是他对工业上的资本主义经营有一种牢固的改良主义的看法，屡受批评也不肯改。再加上骄傲自大、功臣思想等的作祟，他的错误越陷越深。钱友太又列举了冯棣平在工作中有违背党的工业政策的地方，而且还消极对待今年的增产节约任务，对厂长们散播党对企业只能起监督保证作用，有些厂矿党委对厂矿长的权力太限制了等的言论。

听完了这些发言，再想想座谈会的情形，宋紫峰不禁毛骨悚然，觉得自己政治上太幼稚太麻痹了。这一次自己受到深刻的教育，有两天他简直不想说话，但后来会议快结束时，他又想到自己几次都没有上冯棣平的当，还经得起风浪，便又觉得可以自慰。那天在家吃晚饭时，他热心地和自己的妻子交谈起来。

“我的发言要排到什么时候？”

“可能是明天下午第二个发言。你准备好了么？你准备讲些什么？”邵云端耐心地问他。丈夫对这次斗争显然很热情，他比以前大有进步了。

“我主要谈几次和我有关的他们的活动，一次‘封’我做新钢厂的厂长；一次要我改账；一次就是写文章。哼，我这个人才不会上这样的当哩。”

她想起周书记对宋紫峰的评语，觉得领导上有眼力；宋紫峰的立场还是坚定的，但思想上还有不少毛病，她想趁机提醒提醒他，便说道：“是啊，幸亏你站稳了立场，要是不坚定就会跟着犯错误！不过你趁这次整风的机会，整理一下自己的错误思想，想想为什么经常嗅觉失灵，别人常想利用你，也是有好处的——”

听到这，宋紫峰跳了起来，生气地说：“你这句话是什么意思？人家是想脱离党的领导，他是资产阶级道路的问题。我的毛病不过是不问政治，和他没有任何共通之点，你为什么叫我——”

邵云端不慌不忙地安慰他说：“看你，看你急成这个样，我的话还没有说完你就听不下去啦。他的问题严重，谁说你的错误和他的错误相同？我只不过是说你趁这时机检查一下自己有哪些错误的思想，因为脱离政治这事，现在看来不严重，但如果让它发展下去，也可能成为冯书记那样的大错误。现在那些人就利用你们的弱点来做掩护；反过来说，冯书记的错误，也成了脱离政治、保守、骄傲、本位主义等思想的温床。你不知道，冯棣平一直很欣赏柳村、你和刘明智几个人，什么十大干才。这你没有想到的吧？他和隋波都对我说过类似的话。”她把当时的一些情况简单地告诉了他。

宋紫峰满不在乎地说：“他们想利用我们，那怎能怪我们？他们一个许给我新厂的厂长，我拒绝了；一个要我欺骗国家，我也拒绝了。哼，我一点也没有让他们利用上。即使我曾经写了篇文章，但是和他们的主张毫无共同之处。”

邵云端听他口气，知道他还未完全认识自己的错误思想，估计自己很难一下说服他，特别很难说清楚他和冯、隋的错误有本质的区别，但他的思想要是发展下去，却又有很大的危险这个问题，于是转口道：“我也不过是随便提提就是了。当然，即使我们思想上有毛病，和他们完全不同，也不一定在这个大会上检讨，将来在整风第四阶段，我们每个人都有机会检查的。”

紫峰再也不想说什么。

市委扩大会议连续开了好多天，邵云端在这个斗争中紧张得不分昼夜，有时连饿了一顿也不觉得。为了整理这一阶段的材料，她常熬到夜里两三点，实在支持不住，便上床倒一阵。不到六点，她又爬起来干。有一天夜里，她实在太疲劳了，倒在床上正睡得很香，忽然有人摇她肩膀，她吃了一惊，猛地坐起身来，但是眼睛睁不开，她急坏了，用手揉了一阵，才睁开了眼，一看原来是紫峰披了件睡衣坐在床边。她这才放下了心，懒洋洋地问他道："有什么事吗？"

宋紫峰用抱怨的声音说："你还没有给我预备棉被，把我冻醒了，我在你这里睡好不好？"

"那你就躺下吧。"她边说边让出大半床被子来。宋紫峰柔顺地躺下，她给他盖好被。她仍然坐着，心里忽然激烈地斗争起来。只要她躺下去，他那条粗壮的胳膊会等待着她；还有那么温柔的怀抱，她不是梦想了很久的么？"躺下去吧，和他和好算啦！"好像一个声音在催促她。但是，最近的严肃紧张的斗争生活全部占据了她；况且她一转念，宋紫峰最近在斗争中虽然表现得很不错，但是他自己的思想还没有解决问题。两个人思想很不一致，和好了，不几天就又要吵起来；老是吵来吵去，倒真是伤害感情呢。现在已不是在小学一块儿念书的时代，闹翻了脸之后，采朵花、扑个蝴蝶就讲和了的。想到这，她就下了狠心，拉开被子，给紫峰一个人盖得严严的；自己穿了衣服走下床来，她顺手披了他的睡衣，拧开座灯整理起材料来。她怕灯光刺激紫峰的眼睛，用很多张报纸把亮挡住。不久，自己的感情也沉静下来了，这才一心一意钻到工作里去，严肃的斗争很快就吸引住她的全副精神。

但是，刺激宋紫峰的并不是电灯的光线，而是邵云端的不马虎的性格。他的自尊心受了伤了——他想与妻子和好，但又不肯承认自己的不是。他以为自己肯自动和她住在一起，她会受宠若惊的。第二天早上，虽然小芳醒来后发现父亲抱着自己，狂喜的欢叫弥漫了整个屋子，紫峰脸上也装上了很多欢笑，但是他的内心是很不愉快的。

一个人的思想自我斗争，常常经过很复杂曲折的过程。冯棣平开始时并没有认识自己错误的性质和它的危害性，还为自己辩护，他心里想道："我虽然资产阶级家庭出身，但是入党都二十三年了，难道我还会犯资产阶级路线的错误？"但是经不起同志们一驳，自己的一套主张，的确和钟菲的没有两样，而钟菲是已经做了结论的。这个结论里，自然也包括冯棣平的意见在内，为什么现在在自己身上出现，就不认识它了呢？他把大家揭露自己所说过和做过的事例，一件一件地想了又想，觉得自己理屈词穷，才开始感激地想道："大家是公正的，把我的错误和右派、反党分子的区别开来。我并没有主张取消党，或反对党；但是我在工业上却是想另搞一套，认为工业特殊，党委不能领导，只能起宣传教育的作用；我还醉心资产阶级经济管理的某些制度，这不是资产阶级路线是什么？你想拿那套开明的少东家的办法来改造党，这不是彻头彻尾的资产阶级改良主义是什么？"但是当他接近认识自己的错误时，却又考虑起个人的得失来了……不过这次的批判中，他受了反右斗争的教育，整个过程都比较虚心，不像过去那样傲慢。这也是他还能够接受大家的批评的一个重要原因。

在会议中，宋紫峰到底得到很大的启发，他随着同志们具体分析问题而有所提高，才深深体会到企业要是脱离党的坚强领导，就必然会走到资产阶级的道路上去。从冯棣平身上，他又体会到一个资产阶级或小资产阶级出身的人，如果在革命斗争中不按照无产阶级来改造自己，则自己还是个资产阶级的革命者罢了。这样一定会在社会主义革命阶段中掉队。

会议持续了两个星期，在这一场坚决维护党的路线的严肃斗争中，冯棣平被彻底批判了。隋波也受到严肃的批判。这一场透辟的严正的辩论，帮助冯棣平清算了他那顽强的资产阶级观点，并且教育了大家。宋紫峰仿佛照了一回透视似的，从冯棣平身上看出自己的弱点，和它们过去为什么会被冯棣平所欣赏与利用的原因……

自从参加市委扩大会议回来以后，李少祥心情爽快，浑身是劲儿，和甲班、丙班两个炉长相处得融洽极了。可惜的是生产上的问题还很多，钢锭模严重缺少，百吨吊车也老出事故，常常把出钢耽误了，一个时期矿石不够，另一个时期呢，不是冷料缺乏就是铁水供应不好。三个炉长都很着急，少祥找夏万春谈，夏万春说这是客观困难，又说唐书记和宋厂长都忙开会去了。后来会议结束，宋厂长和唐书记都回来了，但是情况仍然没有好转。那天少祥闷闷不乐，到修理工段找刘进春去了。车间里，车轮像条弧线似的飞速转动着，加工的钢板在磨床上穿来插去。这角落刚冒起一阵电火的红光，那边又飞溅着紫色的火花。李少祥正眼花缭乱，耳朵却响彻着机器的大合唱。他含着微笑细细一听，分辨出来那是小姑娘在娇嗔似的沙轮的均衡的尖叫；那是少妇在欢笑似的瓦斯枪的吱吱咯咯的噪闹；还有那时高时低或紧或慢的敲打金属的声音，使合唱起着各种变化。而那具一吨半重的汽锤的低沉的吟哦，虽然并不突出，但那浑厚的音响使很远都听得见，犹如男女混声合唱队里的男低音似的，显然起着使整个合唱达到和谐优美的重要作用。他虽然那么热爱平炉车间的浑厚、凝重的格调，喜欢听钢水的惊涛骇浪似的咆哮；然而他同样也喜欢机器修理车间的轻快和灵活。假如说一个炼钢工人在炼钢时怀着一种怀孕的母亲似的庄严的心情的话，那么现在听见金属的切削声和钢材的焊接声，就犹如母亲听见儿子在念书、在打球、在发议论那样，心情会变成快慰和感激的了。少祥忽然想道“要是我有个弟弟，一定要叫他学机器。”他半眯起眼睛寻找了一阵，才发现刘叔对着几个小伙子指手画脚。等了一阵，刘进春看见了他，对他做了个手势，刘进春边叮嘱小伙子们几句什么边走了过来。

“哎呀，这一向连你的影子也瞅不着了。想必是一下了班就躲到广播室里去了。”刘进春还是满脑子事，只顺便开了他一句玩笑。

少祥不知道他指的是什么，没心思理他，开口就问道：“刘叔，上头按的是什么章程呀，九月都要过去了，每天日产量完不成，难道唐书记他们就没看见？”

“你急什么？明天该选你去当厂长。”刘进春一说反话，少祥知道他比自己还急。

“不想要党的领导、不愿意今年增产的人垮台了，再没人拦阻咱们，咱们还不多搞点钢锭！”

刘进春仍旧不动声色说：“就是嘛，党内冯书记被批判了，党外的右派早已斗倒，咱们可以垫高枕头睡大觉呗。”

少祥看见他老说逗趣话，便装起严肃的样子说：“说正经的，党委不好开个会研究——”

刘进春这才摆了摆手，安慰年轻人说：“不用急，我现在得到一条经验。是个疮，到时候就得烂；该好了，到时候就会长出新肉来。病是这样，事情也是这样，我算看透了。”

少祥笑了笑说：“照那么说，有病就不用寻医吃药，有问题不用开会讨论解决了？”

“药得吃，会也得开，但是不到时候，干脆不用焦急。两条道路搞清楚了，可是咱们宋厂长还没——整风，你懂么？”

少祥觉得有理，点了点头，但是提出疑问说：“谁晓得哪天整风？可是今年任务只有三个月了。”

“那你找唐书记说去。”刘进春做了个无可奈何的样子，说了把他一推，呵呵笑着说，“小伙子等我下料呢，你快到广播室去吧，可是要小心点，说话时躲开喇叭筒。”

少祥已走了两步，听见这话不对头，便回身一步赶上老人家，抓住他臂膊说：“刘叔，什么广播室广播室的呀？——”

刘进春虽然笑着，但是语调显然表示了不赞同，说道：“还好来问我哩！”

少祥摸不着头脑，吃惊地闷闷地说：“难道有人说我和小刘——”

刘进春不愉快地望了他一眼说：“好呀，现在的年轻人都心高呗，讲漂亮、讲文化高，小刘有这条件嘛。谁有工夫讲你的私事，只是你自己把那女孩引的疯疯癫癫的，谁看不见？”

少祥急得直想发誓，说道：“你不要听人家瞎吵吵，小刘到过我家打听过我过去的事是真的。她，唉，真倒霉，她想编什么剧本的……”他急得嘴唇哆嗦，几乎要哭出来了。“问良心，我并不讨嫌这个上海姑娘，只是除了和她在一块儿谈谈之外，什么心事都没有过。”

刘进春看见他这样认真，倒不忍心批评他，在一堆破水套架子上坐下，叹口气说：“这件事要慎重，事关一辈子呀。咱们工人挑对象不是闹着玩的，是过日子的呀，她一不会做饭，二不会肩挑，再漂亮咱们也受用不了。”

少祥稍稍平静了点，挨刘进春坐下来：“刘叔，我老实对你老人家说出来得啦，我心里想的还是那个小兰。要是这一辈子不能和她到一块儿过，我良心上就好像欠一笔债似的。”

刘进春赞赏地说：“这句话才像句话。不念旧，还像什么共产党员？”他又加添说：“人家是个青年团员，会打鱼，能轧钢，对待你妈比你大嫂二嫂都强，你还上哪儿找？”

“可是她躲着我，她有了别人。弄得我也不好意思去找她。”

刘进春摸着胡茬子，问道：“是不是她看见你和小刘近乎，气跑了？”

少祥肯定地摇了摇头说：“不能！她俩不熟悉，只在我家见过一面。唉，那小兰呀——不，都只怪我不好。”

刘进春认真替侄儿考虑道：“那你得打听清楚。要是她给了别人，你就不用去争了；要是她没给人，你就一把缠着她，看她爱你不爱？像你这样的小伙，她才不容易找到呀。”他看见侄子低头不说话，便站起来，出其不意地把他抓起来，可是没等他站定就推他一把说：“去吧，男人大丈夫，连这点勇气也没有？可是要记住，那广播室不能再去了。”他笑望着他的背影，等他走了好远，才回车间去。

第十七章

刘叔的话，对李少祥起了积极的作用，他又鼓起勇气去找了小兰两回，但均没有遇见。他已经两个月没有看见她了。难得何大姐叫他今天去吃饺子。到了十点钟，少祥就离开了家，真想一步跨到何大姐家去和小兰会面，可是又怕妨碍她们休息。他到大街上逛了一圈，买了半斤糖果，揣到口袋里，然后一步紧一步慢地走到何大姐家。他怕她们还在睡觉，轻轻地敲门。敲了几声，没人答应，他便用手推。门一推开，他大吃了一惊。原来何大姐和小兰两个人都没有睡，相对坐在炕上，哭得眼睛通红；桌子上放了一盆肉馅，面板上搁了一团和好了的面粉。少祥看见这情景，傻了眼，站在那儿不知说什么好。想了一会儿，他寻思一定是何大姐的小儿子得了什么急病。于是问道：“小明呢？”

“上学去啦，你上炕坐吧。”何大姐招呼他上炕，又深深地叹着气。少祥心疼地望着泪眼模糊的小兰，胆怯地问道：“是不是乡下来信，你妈——”

小兰迅速用泪眼扫了扫他，摇了摇头。何大姐接上说：“我们两个前一个时期出了不少废品，七八根重轨里总有一根有个大疤的，两个人的毛病都一样，怎么注意，它非长那个疤不可，你说急死人不急死人！修铁路的工程都给咱俩耽误了，咱们李支书说，西藏、新疆那边急着要用重轨哩。刚才李支书来和我们谈了话，说行政决定调我们去精整工段，叫我们不要难过，唉……”

小兰听到这，眼泪又簌簌地扑下来。何大姐叹气继续说：“毕业考试时，女同志中就数我们两个成绩最好，领导上才叫我们两个轧重轧。谁知不到两个月，就捅那么大的篓子。明天我们就不能上操纵台了！”她咬住嘴唇，委屈噎住了她的咽喉，她说不下去了。

“我气不过，请领导上看着我操作，看看是不是操作上的毛病，结果领导上也没有发现我操作上有毛病。请苏联专家检查轧辊，也没有发现什么毛病。这叫我怎么服气呢？”小兰烦恼地说着，双眼却不住地望着他。这时候，他好比是炼铁厂那个磁铁起重机，她好比是铁，她被他吸引住了。两个月来她曾经下了好大的决心，不和他见面。为了叫他一心一意和小刘结婚，她竟然有勇气撒了个谎，说自己已有了对象，叫他好死心。这样做，开头是很痛苦的，后来好一些了；特别活儿一紧，她并不时刻想他了。可是今天一见面，她以前的决心又都摧毁了，两个月的相隔，对他不仅没有淡忘，倒反是更加强烈。她简直目不转睛地看着他，好像要补偿两个月的损失似的。何况现在她正是遇到了困难，恨不得拉着他的手，领他到轧钢车间去替她检查一下到底是什么毛病。可是，他只是个炼钢工，不懂得轧钢。他已不是六年前海边的那个万能的民兵，能够随时保护她免受委屈的人了。

李少祥呢，完全分担着她们俩的忧愁，忘了自己和小兰之间的问题。他甚至没有注意小兰热烈地望着自己，他只低头沉思说：“初轧厂检查了没有？很可能是初轧的毛病。”

何大姐听了，高兴地说：“唉，这是个门道。明儿回去咱提个意见，敢情是初轧出的毛病。”

小兰只是摇头，说：“人家领导上心中有数，他们当然会去初轧厂问过的，还用得着我们提。”

“要是他们没想到呢？咱们提就没白提啰。多个脑瓜总比少个脑瓜好啊。”何大姐热烈地说，这时她把所有希望都寄托在这一点上了。小兰觉得这没什么把握，乌云还笼罩在她的前面。她很不放心，拿了一支铅笔和一张纸，一面画，一面比，嘴里还解说着操纵和轧辊的关系，何大姐也过来热烈地插上嘴。李少祥的头不知不觉地和小兰的头挨得很近，甚至闻得到从她面颊散出来的芳香和帽子上残留的机油的气味，他注意地看着她那胡萝卜似的又红又壮实的手指的动作，心里不免羡慕地想："半年多，就有这大的进步。"海边那个又瘦又小、帮她父亲拉着缆绳的小姑娘的影子，悠悠忽忽地又在他脑子里出现了。"比比现在，那小姑娘是多么可笑啊。"少祥甜滋滋地想着，忽然听见何大姐惊叫道：

"哎唷，看我们让客人饿着肚子，还不给他包饺子呢，小兰。"她抬起身子，就往桌子走去，立刻动手包起饺子来。小兰没搭理她，仍然讲呀比呀，话多得要命。说了半天，才起身往桌子旁走去，并且回过头去依恋地看了少祥一眼。少祥顺着她的目光，也走到桌边，挨她坐下，也学着她们包饺子。他只包到第三个，两个女工都忍不住笑起来。原来他包的饺子又大又难看。小兰笑得弯下了腰身，何大姐说："这算出了废品了！"

少祥皱起眉心解释说："不，增产节约，提高炉底利用系数，我都靠这个——我们的平炉里总是尽量适当地增加装入量。弄惯了，包起饺子来也就不觉把肉馅装得满满的了。"

何大姐也开玩笑说："平炉我可不懂，饺子像你这样包就要出事故的，一下锅非咧嘴不成。"

三个人说说笑笑的，刚把愁闷的情绪赶跑，何大姐一提到"事故"两个字时，她们俩又有些不痛快了。少祥尽量想办法讲些逗笑的事安慰她俩，大家才又快快活活地去下饺子吃。吃完饺子又谈笑了一阵，何大姐催少祥去上班。少祥一看手表，已三点钟了，大吃一惊，从这儿走到工厂起码要四十分钟哩。他这才依依不舍地匆匆辞别两个女工。一包糖果，还好好的在他口袋里哩。少祥走后，她们两个人回到屋里，谁也不愿说话。何大姐一面收拾碗筷，一面叹气说："家中有个男人多好，有事能拿点主意。光凭我脑瓜想，我哪能想到初轧那上头去？咱女人就是胆小，只看见眼前的丁点东西。”

小兰低头净想着少祥出门时频频回顾的眼光和笑意盈人的嘴角，听何大姐一说，她才叹了口气说：“既然可以怀疑初轧厂有毛病，我们为什么不能大胆怀疑他们炼的钢质量不好？”

何大姐马上制止她说：“你拉倒吧，初轧能认这个账已经不错啦，还能往上再推？”

小兰是个生手，心中没有底，她只知道自己操纵时没有违反操作规程，可是钢轨为啥有疤，她就不明白。她闷不作声，心里乱作一团。何大姐寻思她九成是想少祥，趁机盘问她道：“唉，小兰呀，人家对你那么好，你怎么老是折磨人家？亏你做得出来，搬了地方也不告诉人家。你不念僧面也念佛面啊，人家老大娘都把你想坏啦。”

小兰没有说话，硬把眼泪憋住。何大姐替她惋惜说：“这样十全十美的小伙子，找遍兴隆有几个？你哩，轻易把他推开。”

小兰又怨又悔地说：“再好也是人家的了！”她再也控制不住自己，抽噎地哭将起来。何大姐着了慌，忙拿手巾替她擦眼泪。小兰软弱地倒在她怀里，十个手指头痛苦地紧紧捏着她的胳膊。何大姐眼圈也红了，边替她擦眼泪边问道：

“你先不着急，别瞎猜乱想，人家还等着你呢。”

小兰凄凉地哭了一阵，才断断续续地恳求何大姐道；“大姐你不要白费这份心了。他已经有了心上人。我好没福气，来晚了。他看见我来兴隆市，怕对不起我，不好意思和那个漂亮姑娘结婚……”她推开何大姐的胳膊，直起身子昂头说：“你不要再约他来了，我故意告诉他我已有了对象，让他一条心和那姑娘结婚。等他俩结了婚，生下孩子，我也就死心了。”说到这，她又呜咽着说不下去了。很显然，她下这个决心是忍受了无限痛苦和磨难的。“好大姐，求求你，你千万不要告诉他我的这个心事，也不要叫他来看我好不好？啊，我一看见他，心就软了，主意也拿不稳了……”

何大姐陪着她流眼泪，喃喃自语道：“他可没有对我说起那个事，我下回见他非要问问他！不过，他，他虽然心上有了人，可是对你还不错呀。唉，原来男子汉也有有良心的哩。谁像小明他爹，眼睛在额头上，良心踩在脚底下。小兰呀，我和你好命苦呀。”她也呜呜地哭起来，小兰也着了慌，忙抱着她，安慰她说：

“大姐呀，我们住一块儿一个多月，我还不知道你的底细呢。咱俩痛快哭哭、讲讲，省得闷在肚子里憋得慌。”

何大姐看见小兰替她着急，就强打精神说：“我这一辈子也不愿再提他了。人家工农速成中学毕了业，考上了人民大学，我这个大老粗、家庭妇女，怎么配当人家大学生的妻子？土改前那阵子的苦，他都忘干净啦。”她哭了一阵，擦着眼泪说，“不过我是你呀，得问少祥个明白，到底要那上海姑娘还是要你？六年的交情，轻轻就扔啦？像他这样的小伙子也真不多。”

小兰摇摇头说：“你不明白他，他这个人什么都不怕，就怕对不起人。我要是缠他，他非和那小刘吹了不成。这我反倒害了人家啦！本来嘛，人家两个人本来挺热乎的。我和他嘛，小时候好过，可也没立下个什么呀。”她觉得尽讲自己的事没多少意思，何大姐比她要痛苦得多，她不觉劝她说：“小明他爹要是没有结婚，你和他和好算啦。小孩没有爹多可怜！”

何大姐气也平了，答道：“我的好妹子，老实说，有了共产党，我什么都不怕。没有丈夫，我还不是顶天立地做人？党是妇女的大恩人，叫我像个人样生活。男人能劳动，我们也能劳动；男人建设社会主义，咱们也建设社会主义。哼，他寻思我没有解放，我说他的思想才没解放呢，还是那个封建脑瓜。”

小兰点着头，可是一会儿又愁闷地说：“别说啦，咱俩轧的重轨上面有疤，咱们给社会主义社会添了麻烦啦！”

两个人又闷不作声，屋子里静悄悄的，只有闹表的声音。

还在夏天的时候，玻璃窗已给打碎一块，易大嫂只用鞋盒子的硬纸盖来挡住，再用一块大黑布当作窗帘，一铺炕给挡得暗黑。早晨，太阳透过黑窗帘唤醒易大嫂，她自己下了炕，就觉全世界的人都应该起床似的。她胡乱热了点饭吃，便催促她丈夫说：

“还不起床，我要到地里去啦。”

“谁像你那样积极！”易大光拉拉被子把肩膀盖严，假睡地闭上眼睛。

“谁想当那积极分子？少挨批评就万幸啦。队上三查四比，查的你心里想过的话都给人查出来，你不怕？你不怕我怕。人家说，我要是再落后，社里就给你们厂里写信，让你丢人现眼。”易大嫂趁发牢骚的空儿，坐下来吸烟。烟头连手指也拿不住了，她还噘起嘴唇在吸，一直到烟火灼了她嘴唇一下，她才生气地用手指把烟头扒落在地上。

“把黑布给我扒开吧，挡的黑咕隆咚的。”易大光说了一句，易大嫂上炕把窗帘扒开。易大光望了望屋外的太阳，缩着肩膀说：“看你这懒婆娘，可把人冻死啦。”

“配块玻璃得好几毛钱啊，你又不多炼几炉快速钢。”她跳下炕，扑扑身上的灰，扭头对他笑笑说：“我走啦。你把饭做好，晌午给我送到地里去。”她亲热地对他挤挤眼睛，走掉了。

易大光自从捣了鬼，朝夕怕人发现他的错误，这一向干活倒老实了点。只是他看见谁也不顺眼，觉得处处都有人挑他的眼，甚至他下班回家碰见社干部时，也觉得他们对自己好像瞧不起似的。“唉，这都是老李捣的鬼。”他点着了一根烟，衔在嘴里，两手反垫在后脑勺下面，烦乱地想着。他觉得过去老婆跟他说一是一，说二是二；现在呢，她居然抱怨他、教训他。“给那群黄毛丫头吓住了。”他想呀想呀，这个新社会究竟好呀是不好？说不好吗，旧社会里他娘领着他去要饭，后来娘饿死了，他给人磕了好多头，才当上了个学徒，只吃三顿饭，没工资。新社会哩，他干活吃饭不用愁，还当上了炼钢工人，娶上了媳妇，自行车、皮鞋、半新的皮夹克都有了，这还有什么好埋怨的？只是这个社会不让人发财，不让人跷起腿来吃闲饭。“这个社会好是好，只是好不到家，不能随心所欲。”他想起自己的炉长，不禁愤懑地叹息：“像这样的傻小子，真是少见。你自己费力气不怕累，也就罢了，干啥不让人闲着？”他一直躺到十点钟，才算下了炕，懒洋洋地做起饭来。一面做饭他一面抱怨地想：“新社会，新社会，男人还得给女的做饭。工人老大哥，还有什么优越性？还得给农民妻子做饭！”他做好了饭，自己吃饱了，又装了饭盒带厂，剩下的拿那瓦罐通通盛了给妻子送菜园里去。他到菜地里找了半天，没找着老婆，有些人三个五个一堆儿吃饭，也有吸烟的，也有拔白菜的。老易虽是见过世面，也能耍嘴皮的人，但是看见生人多的地方，也有些胆怯。要是把饭罐提起回家呢？明儿非挨老婆一顿骂不可。两口子一干仗她就三天五天不给你好颜色看，不给你做饭。他正进退为难，一个大姑娘迎面走来，见了他立刻笑着招呼他说：“易大哥，给大嫂送饭么？”

易大光定睛一看，啊，原来她就是那天批评他老婆批评得最尖锐的那个陈小妹。他嗯了一声把头耷拉着。陈小妹已走近他，看见他不好意思的样子，立时笑着问道：“找不见大嫂子么？唉，这两天你不知道，她可努力啦。来，我领你去。”她不由分说，帮他提着饭罐，扯着他袖口，一直把他领到栅栏门口，指着一块黑板说：“请看！”

易大光顺着她手指的一看，黑板左角上有一块用黄色粉笔写着：“双喜：三大队四小队陈小妹组社员易大嫂二十天不缺勤，超额三条垅沟完成拔白菜任务。希望她巩固成绩，再接再厉。”易大光一看，不知是欢喜还是难过，把嘴一撇，对陈小妹说：“那就麻烦你把饭带给她吧，我不去啦。”

陈小妹爽朗地点头答应着，并说：“我们要谢谢你呢，易大哥，你帮助易大嫂转变啦。”

易大光扭身就跑了，好像谁惹他生气似的，他边走边烦恼地想："我就不喜欢这一套。积极、积极，弄的家不像个家，业不像个业。"他嘟嘟哝哝的，回家挟起饭盒子，骑上车子上班去了。

这头陈小妹回到自己的组上，高举起饭罐子提高嗓子问道："哎呀，这个罐子是谁的呀？"她瞥见易大嫂张着嘴站起身想上前拿的时候，装作没看见，侧过脸去说："是炼钢厂一个工友送来的，要送给他的爱人，说叫她把饭通通吃完，强壮身体，有力气干活。不知谁有这样好的丈夫呐。"

组长一说，在那儿休息的妇女们自自然然地注视着易大嫂，哄地笑起来，七嘴八舌地和她开玩笑。有人说："屋里的受表扬，掌柜的还敢不送饭？"

易大嫂给大家说得着实得意，却越发装起腼腆来。经大家这一说，她才知道自己在黑板上受了表扬，心中乐上加乐。对她来说，今天少吃顿饭也算不得什么了。只是她担心着："老易敢情没看着那块黑板。"有个大嫂子夺了饭罐，递给易大嫂。她合不拢嘴地笑着，打开罐子就吃。陈小妹靠着白菜堆坐下，唉声叹气地说："还是人家工人老大哥好啊。"好几个妇女同时嘻哈笑起来，央告易大嫂说："赶明儿你求易大哥在厂里给咱组长配个对象吧。"陈小妹听了，不知不觉想起了那个面带七分笑的炼钢工人，一阵脸红，伸手逮住人就打，几个妇女和大白菜滚在一块儿。易大嫂却故作正经地叨咕着："老易他们那个炉长，人品相貌都挺不错，只可惜……明儿我问问你们易大哥看。"

妇女们又想起了一件事，问陈小妹说："小妹，不是说让咱去厂参观参观么，怎么没有信儿？"

陈小妹也耷拉下头说："谁知道呢，人家没来通知，咱咋去法？"

"明儿我问问你们易大哥吧。"易大嫂真是精神爽快，过去一问三不知的；现下，她忽然把许多事情都揽到自己门下了。但是，当第二天，她把这些事高高兴兴地提出问老易时，老易没好气地教训她说："狗咬耗子，你就爱管闲事。你给我安分点好不好？我摊夜班那星期你就待在家给我做饭，不用下地了。"

"嘿，我不扯你后腿，你还来扯我后腿，亏你还是工人呢。"她嬉皮笑脸地说。谁知老易听了就着恼，生气地抵塞她说：

"工人咋样？我是一家之长，我是男的，你是我屋里的，你不听我的听谁的？我问你听谁的？"

易大嫂看见他真生气，避避他的锋芒，只冷冷地咧咧嘴，便上炕睡去了。

进入十月，生产继续有下降现象，陈家骏把这情况和原因迅速向市委汇报。市委常委会研究了一下，认为前一时期各厂矿的正厂长、矿长和第一书记都参加了市委扩大会议，对生产缺少妥善安排，有点儿松劲；而更重要的恐怕是各厂矿对增产措施普遍没有抓得很紧。原先决定的在公司党委成立之前组织的临时指挥部，应该抓紧工作。市委研究决定，由陈家骏担任总指挥，钱友太、康伯和担任副总指挥。这个临时指挥部，首先把各厂矿的主要领导人召集来开会，检查一下这个时期的领导思想。不少人揭露自己有"天下太平"思想——以为右派斗倒了，生产上的资本主义道路的思想也批判了，企业里从此天下太平，生产高潮会自然出现。唐绍周分析自己的思想说："增产指标下来时，党委和保守思想曾作过斗争。但因我的认识不足，那次的斗争仅仅停留在决议上，对广大职工提出的保证增产的措施，支持得不够。拿我个人来说，由于刚搞企业，对措施的重要性认识不足，以为那只是带技术性的东西，不知道它是把计划变成现实的一种重要手段，所以没有切实去抓，甚至有些工人出身的委员提醒我时，我仍未认识它的重要性。"他说到这一段时，陈家骏特别注意，并且仔细记下来，要求他讲的具体一些。他认为唐绍周这一阶段的思想给他很大警惕。宋紫峰却得意地在心里想道："这样的错误我倒不会犯。"唐绍周又说下去道："我也有太平观念，自从批判冯、隋以后，当然，党领导企业这条路线在兴钢来说是绝无问题的了。但是我错误地以为这问题解决了，官僚主义、忽视政治、脱离群众、专而不红、右倾保守等现象就会迎刃而解，不必作艰苦的斗争。企业内部的思想问题没解决，措施又抓不紧，工人的积极性当然受挫，生产也自然低落……"宋紫峰听到这儿，皱起眉心想："看样子，政治斗争，还要思想斗争，没有个完！"

今天发言的大多数是党委书记，行政负责人除陆文彬之外，几乎再没人张口。后来陈家骏又诱导大家想出了一些具体的办法。会议以后，几个总指挥分头经常深入现场，指导和解决生产问题。他们白天都在厂矿里，发现了许多问题。晚上碰头时，就把总的情况汇齐，想办法平衡、调剂、组织协作来解决。各个厂都欢迎这个指挥部，工人们特别欢迎它。临时性的突击，固然可以解决这些问题。但是，这大的钢铁联合企业，生产准备工作是极重要的一环，原材料的供应，卫星厂保证满足主要厂的需要等，都在考验一个钢铁联合企业的组织者们的预见性和组织能力。大型的钢铁企业像一条难以驯服的巨龙，陈家骏并不惧怕自己一下子拿不住这条龙的整体，他想通过十几万职工的双手捉住它。他不厌其烦地从实践中不断探索它的规律，借以解决今年的任务，并且为明年跃进准备条件。

自从临时指挥部全力抓生产以来，钢锭产量大有起色，宋紫峰看着生产日报表，不禁微笑地想："照这样下去，今年任务一百七十万吨有可能完成呀。早照这样办，今年春上我就不会叫人批评保守啦。"他不怕上头抓得紧，只怕上头不抓；越是抓得紧，给他充分的条件，他就越干得起劲。"这个指挥部真带劲，可是别临时临时的了，把这组织形式固定下来吧。"

杨宝琨双手捧着一份文件，担惊受怕地站在他面前，想说又不敢说，想递给他又不想递给他的样子。宋紫峰看他那模样，烦腻地说："什么事，鬼鬼祟祟的？"

杨宝琨低垂着眼皮讷讷地说："冶金工业部来文——"

宋紫峰看着他那胆怯的样子，不觉笑了笑，伸过手去接，"有什么了不起的事，最多也不过再增加两万吨的任务罢了。"他打开文件一看，脸色一阵红一阵白的，两眼发直，他已忘了有人站在他跟前了。不，事实上，小杨已悄悄溜走了。

"这是真的事！可是我到现在还不相信呢。"他翻来覆去地看中央检验室给冶金工业部打的报告，和那个他早已看过的详细的检验表格。原来这个检验表格，在一个多月前中央检验室已正式通知炼钢厂，说经多次检验，验明大型轧钢厂的重轨上那个疤，是由于炼钢厂钢锭模的双层底塞的里层熔化所致，所以轧出来的重轨有疤痕。宋紫峰接到报告时，曾和佟伯川一块到现场去查看，佟伯川研究了半天，不服气，回来写了个反驳的报告。宋紫峰同意把这报告送去。报告刚送出，冶金工业部立刻来电话制止双层底塞的做法。宋紫峰才不得不把双层底塞停止。全部恢复原来的一层底塞。事隔一个多月，宋紫峰认为事情已了结。

现在冶金工业部这纸通知，是说明有疤痕的重轨前后一共轧了八万吨，使国家造成了重大损失。现在冶金工业部为了避免可能发生的行车的严重事故，正在协助铁道部星夜想办法收回已发到各筑路工地去的废轨。这一工作又给铁道部造成人力和经济上的不可计算的损失。为了正视宋紫峰不经试验就全面推广的失职的错误，给了他记大过一次的处分。宋紫峰鼓起勇气用发抖的手举起了冶金工业部的那纸通知，重看一遍，倨傲的心才沉了下来。他想着万一有一根废轨查漏了，当好轨使用，将来若干年后发生了严重的行车事故，他将是个罪人。他怕得低着脑袋，双手捂住了脸。他一时觉得很害怕，一时又感到委屈，想道："重工业这玩意儿真不好搞，辛苦死了才搞出点点成绩，一不小心，却会铸成大错。"他思想情感上下翻腾，一时觉得自己仿佛犯了罪，同时也觉得上级不够体谅自己，难道过去一年多的卓越成绩就一点不能补偿这个过失么？他闭上了眼睛，想着鹰厦路、兰新路的工地上，多少人掌起了灯笼火把，在堆积的钢轨中寻找那些用白粉笔写上“兴：重。874562–432”等字样的钢轨的景象时，他又战栗起来，心里感激地想：“要不是有冶金部和铁道部，啊，那真不堪设想！”默想了半个多小时，他才抬起乏力的身子，跑去找唐绍周。

唐绍周也是刚从钱部长那儿得知了这件事，看见宋紫峰神情颓丧地来找他，他猜想大概是为了这件事来的。他从他手里接过冶金部的通知来看，宋紫峰在旁边说：“请党委讨论讨论我的错误，在党内再给我处分吧。”

唐绍周问道：“检验室第一次来通知时，你为什么不和党委说说？这样大的事情嘛。”

“我当成是纯粹行政上的事情。”他毫不思索地答道。

唐绍周摇了摇头，样子显然很沉痛，好像犯错误的不是别人，而是他。他缓慢地说：“唉，你是最相信科学的人，佟伯川的科学根据一说你就信，可是中央检验室三番五次的科学检验的结果你就不信，你说这是什么道理？至于刘师傅他们那些说不出科学理论来的科学实践，你就更不信了。你看看你自己相信谁依靠谁吧！”

宋紫峰本来抱着请罪的心情来的，但听到这，却不能不解释说：“当然，这件事情我是大错特错了。但是，也不能由此得出这样的结论；我走的是知识分子路线，而不是工人路线，因为我平常只有看不起那些英美派的工程技术人员；重视他们的建议，这也不过是头一回……”

唐绍周严肃而又忧虑地指出说：“你轻视工人的建议和挫伤他们的积极性，那就不是一次了吧？”

宋紫峰没有说话，脸孔是苍白的，眼睛里的傲慢的神气忽然消逝了。唐绍周痛苦地咬着嘴唇说："老宋呀，你的最大的毛病就是常常把行政脱离开党委的领导，像这样的例子还少么？"宋紫峰很怕人说他受冯棣平的影响，所以想张嘴辩解，但唐绍周紧接着说："可是很多事情不从政治去考虑，就要犯错误。不管谁犯了错误，结果都是党的损失，人民的损失。重轨这件事情就明白地表现出来了。你过于迷信科学的理论，而轻视实践。佟伯川能说出一套空理论，你不经实践就相信了，不用试验就全面推广。反过来说，老工人们的科学实践因为讲不出理论，你就死也不相信，你瞅你这思想捅了这大的篓子。谢天谢地，幸喜党过问这件事，现在只浪费了钱和人力，没有出别的事故，否则——"他显然不愿引申下去，转了话题说，"所以，我心里面觉得受处分的虽是你，但是，错误是我犯的。我和你共事已九个多月了，但是我没有很好帮助你克服这些缺点，使人民受了许多损失。应该说，我是失职的，我没有尽到责任！"

宋紫峰听到这，心里很难受，真想对他说："不，这不是你的错，那完全应由我自己负责。"但他没有说出来，他觉得这只是女孩们说的话；同时，他的喉咙有点发热，鼻子稍稍有点酸，他便紧闭了嘴。过了一会儿，他用低沉的音调说："自从批判冯书记以来，我对自己也不如以前那么自信了。"停了停，他又想一想，说道，"我知道我和他是两回事，但在某些地方，又好像有相似之点，我现在还闹不清。"

唐绍周安慰似的说："到了整风第四阶段，你把思想好好清理清理吧。这没什么奇怪，资产阶级思想的根子只是一个，没有两个，但姓冯的不是什么单纯思想问题，他是两条道路的问题，是政治上的问题了。而你，是思想、作风和思想方法的问题，你的毛病虽然不浅，但是你和党的政策路线并未违背，主观上还是维护党的利益，想把生产搞好的。"

宋紫峰用手挠着头发说："这么一说还差不多，我老婆那一回把我和冯棣平拉在一块儿，批评我一顿，我越听越火。"

唐绍周不同意，说："邵部长理论修养好，一定比我说的更有说服力，不过她是你的妻子，你不介意罢了。我是农村工人出身，理论书读的太少。"他嘴里这么说，其实他心里明白，宋紫峰今天之所以能够把话听进耳朵里，主要是因为受了冶金工业部的批评和处分，心里的傲慢和自满去了一截罢了。

宋紫峰虽然回到办公室，还觉得唐绍周那充满了同志友爱的声音老跟着他，以至于他半天都不爱说话。回到家，很想和云端提起这件事，但到底没有开口。这一阵他虽然和她有时说上几句话，但自从那天夜里碰了钉子以后，他轻易不敢亲近她，有话也只淡淡说几句。邵云端正在紧张地进行对冯棣平他们的处理工作，忙得很，但她对他的生活，还像个姐姐似的关心。宋紫峰第一次感到思想和情感没个诉处的苦恼。

第十八章

十一月二十二日是个晴朗的日子，是个举国欢腾、举世欢腾的日子。莫斯科强大的电波发出"社会主义国家共产党和工人党代表会议宣言"的最强音，震荡着亿万人的心弦。我国人民欢欣鼓舞，迎接这一伟大的宣言。为了迎接这个伟大的使命，中国共产党号召全国人民加速社会主义建设，将在十五年或更短的时间内在钢铁生产和主要工业生产上超过英国。这个号召一经发出，全国立刻掀起了劳动竞赛的热潮。看，海轮卷起了白浪，运输船上的快桨把江面击碎，波光闪闪。田野上，千万把锄头为明年大丰收进行着深翻土壤；多少机器轮子加速飞转，把车间里的深秋的寒气驱走，变成春天似的温暖。黄河与长江比往常吼得更欢，喜马拉雅山和长白山上的积雪也闪着亮晶晶的眼睛等待着各方面传来的喜讯。全国劳动人民纷纷集会，讨论如何用自己的忠诚的劳动来响应党的号召。站在钢铁生产最前线的兴钢职工们更是兴奋得坐卧不安，好像六亿双眼睛都投射在自己身上，这股光芒给了他们无比的力量。在工地上，在车间里，几乎人人都谈论这件事。兴隆市的职工座谈会上，炼钢厂是派了李少祥和吴凌枫去参加的。

开完座谈会回来，李少祥立刻召集了炉前会议。在这短短的小会里，他急迫地想找几句能够打动大家的话，可也奇怪，他的一肚子话这时偏偏说不出来。心里一急，不觉说："正开座题会时，报社的同志刚接完了电话，说这时正是毛主席带着中国代表团从莫斯科回到北京哩。我们一听，耳朵都好像听见了那飞机的马达声。这时几十个厂的代表都神经紧张，谁动动眼珠子，谁张开嘴巴，要讲的无非都是那句话：都嫌十五年的时间太长了，显不出中国工人的气概。谁说不是，我们这儿是兴钢，我们兴钢的钢锭几乎占全国生产的三分之一哩。同志们，十五年赶上英国，大家嫌不嫌慢呀？再快点好不好呀？"

"太慢了。"

几个人都举起了拳头，大声应和着。有人提缩短成十年的，有人提九年的，见习工人也都聚拢过来，一起举着拳头。这十几只胳膊，不是普通的胳膊，它们多么有力量呀，只要他们一挥摆，钢水便飞泻而出。炼钢工人对于自己的拳头，是有充分的估计的。王国华听了李少祥的传达后，不觉高兴地瞪眼瞅着自己捏紧的拳头说："你呀，你呀，你站在和资本主义和平竞赛的最前线，知道么？"

老华心里也激动得不行，脱了帽子，用手挠着头说："这回我算弄明白了，原来咱钢铁生产得好坏，和全体社会主义国家都有关系，真得好好干了。"

小魏紧接说："可不是怎么的，咱们钢铁早点超过帝国主义，帝国主义还有什么可神气的？"他讲话总爱老三老四的，不过这时候谁也不责怪他。

老任说：“咱们还得好好动动脑子，想些窍门，光凭力气，效果不大。”每个人都讲了几句，易大光没有说话，少祥摇晃他肩膀一下，亲热地注视着他说：“老易呀，这回好好地干吧，是咱们工人阶级和帝国主义比赛啊，我们只许胜它，大大地胜它。我们一班七个人，每个人都要起每个人的作用才好。”

“依我看，一个应顶俩。”另一个工友说。

老易点了点头，面孔严肃得发板。他这个人，不笑的时候比笑的时候强。问良心，和帝国主义拼高下，和地主、资本主义见高低他没啥不乐意的。人家提到毛主席，他总是怀着感激的心情听着。是毛主席领导得好，才叫他放下要饭的钵子，吃碗安稳的饭的，他屋子里墙上什么不挂，也要贴上毛主席的肖像呢。“日本鬼子压迫那种滋味我算尝够了。日本、英国、美国，是帝国主义都长一样心眼，让他压在头上就没个好。”

李少祥听见老易这么讲，拼命点头。后来忙着向大家建议道：“我提两个意见，看大家赞成不赞成？——今年我们炉子要提前半个月完成任务！”小魏抢着说：“赞成，提前半月完成今年任务之外，我还主张再为国家多增产一万吨钢。”

少祥一听，觉得半个月内增产一万吨是不可能的。他没有开口，老华、老王抢着说：“增产七八千吨还勉强。”“八千吨都费老劲呐。”七张嘴十多个意见，各说各的理。后来少祥好像总结大家的意见似的说：“我们每人至少想一个窍门来改进技术，增产八千吨是有把握的。”

半天不作声的老易忽然开口道：“你们炉长，一二助手都有本事，能想窍门，你们还得帮助我们普通工友才成。”大家从他这句话里领会到这个懒汉也动了感情。小魏在团内屡次受到批评，说他不能团结群众，他这时不放过机会，趁热恭维了老易一句：“啊，易大哥你不用客气了，你在平炉跟前有年头了。像我，这真叫瞎子抓鸡，连毛都没摸着呀……”

当下大家都决定最后半个月增产八千吨，并推举少祥去联系那两班的炉长。结果那两班的人都同意了，并决定用全炉的名义向兄弟炉子挑战。

在一个星期内，小魏在打渣方面想出了个较省劲的办法；老华在王良信的快速精炼的基础上使造渣又提前了十五分钟；李少祥建议扩大装入量三十吨。小魏的窍门立刻就实行了，老华也按照新办法去办，只是李少祥这个意见一提出来时就引起大家的疑问。什么门坎太矮，熔化时会跑钢，又什么出钢时三个大罐不够用，必然引起调度上的困难，等等。但是李少祥都已周密考虑过，提出了解决的办法：加高门坎，加大盛钢罐。他费了好大的劲儿，摆出了许多道理，说服了大家，才把建议提了上去。但是提了上去，就被搁起来了，因为从工程技术人员到厂长都不能同意这个大胆的建议。“增个三吨五吨还可以，一增三十吨，那不是开玩笑的事，它将引起一系列的问题也得不到解决。”有人这么说。

年终临近了，生产任务仍然很紧张；就在这时候，兴钢党委成立了。陈家骏任第一书记兼总经理，沈西苓、钱友太都当选为书记。有些经理、处长和某些厂的党委书记、厂长被选为党委委员。党对企业的领导加强了。兴钢党委经过研究，针对联合大企业的特点，决定以主要力量解决整体大协作的问题。各个书记、部长都分头负责抓十几个关键性的厂矿。陈家骏掌握全面，但他也经常深入炼铁厂、炼钢厂和初轧厂去了解情况。几个轧钢厂的胃口都很大，但是钢锭不是数量供不上就是钢种不能满足要求，炼铁厂生产也时好时坏，陈家骏这时候面临着这道难关了。莫斯科宣言发表后第二天，伍云普上陈家骏家找他，看见他锁着眉深思，不觉问道：

“爱人还不来？屋里空空洞洞的，连个小孩声音也没有。”

陈家骏如梦初醒，答道：“这一两天她就能来。他们来了也不过如此，她是经常不在家的，儿子也大了，不肯待在家里。”

伍云普点头说：“家庭，对我们这代人已失去了像过去家庭那样的作用了。只是，家庭还是需要的。我这个人，身边没有小孩就好像过得不愉快似的。”

陈家骏笑着问道：“在根据地时，难道你们也是带着孩子打游击的？我的儿子是放在老百姓家生活了几年的。”

伍云普笑了，说：“那时年纪轻点。据说年纪大了就需要孩子。”

陈家骏突然又沉默下来，跟原来那样皱起了眉头，踱来踱去。这屋子的玻璃窗很多，他随手把窗帘一个一个放下来。他有这个习惯，沉思时，双手总喜欢摆弄点什么。伍云普开口说：“群众的劲头大极了，宣言才发表，市委就收到群众的信和接到工人们的电话。铆造厂工人刘全立刻献了两项技术改革。炼焦厂一个最落后的工友听了传达也表示了态度。啊！‘东风压倒西风’这句话给工人们多大的鼓舞啊！”他顺手翻看陈家骏桌上放着的《莱蒙托夫诗选》，问道：“党委是不是准备大搞一下？”

陈家骏答道：“准备大搞一下，各厂党委都已动起来了，成天都来电话报告、请示。搞得我两三天没下厂。”他坐在伍云普对面，稍歇一会，望着他说：“反右后，歪风邪气基本肃清了，党绝对领导企业的道路也明确了；现在的国际形势对我们很有利，工人积极性很高。美中不足的是，企业里的问题——领导干部还有思想问题、作风问题。拿我来说，也存在着问题。老实说，对钢铁联合大企业的规律我还没有很好摸到。它考验着人们社会主义觉悟，社会主义生产的巨大组织力和严格的协作，也要求更高的科学技术水平。因此——我感到我的水平还不成！能不能领导下去还是个问题。”

伍云普放下了书，望住了他，稍微有点吃惊。据他所知，陈家骏这个人是从不诉苦的。他安慰他说：“你来还不到半年哩。”

“有些同志批评我求之过急，我自己倒觉得已是小脚女人走路那样慢了。”

“搞大型的钢铁企业不是那么容易。我也感到在这儿比在地方上工作时吃力。我有个很大的缺点：过分强调等待人们的觉悟。你知道我刚来时阻力很大，冯棣平他们搞名堂，造谣惑众，硬说我什么‘新官上任三把火’，‘给三百老干部下马威’，现在想起来，我当时听了是有些缩手缩脚的，我的‘等待主义’更有它实际根据了。于是我就强调团结，斗争则不力。这对工作不能不是个损失。”

陈家骏回忆起那些怪话，还觉得好笑，但是他不同意伍云普对自己的估计，说：“不，我觉得你那种‘等待’正是你的优点。现在回想起来，去年那一阵，你要是硬抓思想，看你抓得起来抓不起来？老冯还没有被批判，许多问题搞不清，那时要批评宋紫峰、刘明智，他们是会不服气的。冯、隋批判以后，干部水平提高，他们对自己的缺点，也容易认识了。”他想起了什么，又问道，“怎么样，整风放明年还是今年？”

“省委按中央指示，全国还是要乘风破浪地前进。不过各地整风时间可以根据具体情况适当安排一下：基层工矿企业整风一律放明年第一季度，因今年剩下一两个月，还是以抓生产、完成任务为中心。好好完成增产任务，过了年大干一场吧。”伍云普答道。

陈家骏频频点着头，歇一会，问道：“宋紫峰给冶金部上过一份意见书，你听说过吗？”

“什么时候的事？”伍云普愕然摇头说。

“反右以前的事，有好几个月啦。”陈家骏答道，“我本也不知道，前几天冶金部来人说的。老宋对企业的搞法有一些意见，据部里一位负责人说：他的战略思想要不得，但战术上有可取之处。过几天可能把那份材料转回来，帮助老宋整风时清理自己的思想。他就是缺乏政治头脑，这个同志思想要是闹对了，倒是个人才。”

伍云普点头道：“那就批判他那要不得的地方，发挥其可取之处吧。这半个多月来，我和主要厂矿的负责人都普遍接触过，他们的确都很能干，也存在一些毛病。老宋恐怕是其中最突出的一个，优缺点都特别显著。他最大的毛病是正像你说的脑子里没有多少政治，因之看不见群众，眼光也看得不远，因此他所掌握的技术到一定程度就发挥不出来了。可是这个人还单纯、正派、肯干、有办法。少奇同志说过，骄傲往往由于政治上的幼稚，老宋就是这种情况……”

陈家骏道：“可是老宋的毛病决不止骄傲——”此时，李玉洁的电报刚好送到，说她明天和儿子到兴隆，要陈家骏去接她。伍云普也替他高兴，并关心地谈起了她的工作安排问题，才告辞回家。

自从陈家骏亲自到底下去抓生产以来，使他了解了不少具体问题，这些问题多得使他吃惊。他先抓重要的厂，在厂子里他又只抓重要的环节，推动各个部门积极去解决。他亲自抓过的厂，觉得已有点头绪，只是炼钢厂他去了两三次，还摸不透主要问题究竟在哪里。他脑子里翻来覆去想起他接触比较多的宋紫峰、唐绍周、李少祥几个人的形象。他觉得宋紫峰这个人是需要他费点脑子的。他看看手表，该去火车站了。想起半小时后就要看见自己的妻子和儿子，不禁微笑了。她的爽朗的笑声和似火的热情又将会使他的生活喧闹欢腾起来。老实说，这半年的生疏、艰巨的工作压着他，他能一个人清静地考虑和安排生活和工作，未尝不是件好事。只是当他休息的间隙中，妻子不在身旁，他又像缺了半边天似的。还差二十分钟，到站去呢太早，不去呢，也安不下心来工作。他也觉得有点奇怪，妻子因常常去农村体验生活，和他分离是家常便饭，为什么这一回相隔半年却像分别了几年似的呢？是的，这半年的生活对他来说是多么丰富而复杂，比他过去三年内所遇到的还要生疏、复杂和艰难得多，然而也有兴趣得多。他正很有兴味地想着，忽听外屋的马秘书和别人争论不休。马秘书说：

“总经理立刻就要出去，没有工夫，我领你到办公室找人去，找他们谈谈也一样。”

那人坚持说：“不，我谁也不要，非找总经理亲自谈不可。他今天没有工夫可以约个时间以后谈。”

陈家骏知道有人找自己，而且那嗓音也好像很熟悉，便起身到外屋去。定睛一看，他连忙向他伸出手道：“啊，刘师傅你来啦，快请坐。”他请他在沙发坐下，连忙给他倒茶。马秘书为难地看看手表又看看陈家骏，想开口又不敢说，陈家骏也看了看手表，果断地笑着恳求马文志说：“这回得请你代劳代劳了。请你到站上，在软席车厢下面等一会儿就会看见她。她又高又瘦，嘴角上还有颗小黑痣。男孩子十四五岁，像一个模子刻出来似的，和我一模一样。我这儿有他们的相片。”他边说手已掏口袋里的小本去了。马秘书说道：

“不用看了，在你家我已看见过她的相片了。那我走啦。”

“请你把他们领回家去好了。”

刘进春看见这情形，瞪大了眼，抱歉地呐呐地问：“是不是上站接你的孩子和爱、爱——”他说“爱人”两个字觉得咬嘴，半天还叫不出口。陈家骏为了安慰对方，故意轻松地学着东北话说：

“我老伴和孩子今天到。没关系，老夫老妻了。咱们谈咱们的吧。”他四个月前曾去刘进春家访问过一次，但那回谈得不多，现在一见，却是熟朋友一样。

刘进春因为刚才心情紧张，不觉出了汗，他用手往脸上一抹，开门见山地说着：“那一回你上我家谈得虽说不多，可我已看出你的为人来啦。少祥也没少提你呀。不是我吹牛，一九五二年苏联专家卡捷耶夫也上过我家，也谈不几句，还要经翻译；可是我一眼就看出他的心眼和我们心眼一样。我们要建设社会主义，他也一心一意帮助咱们中国建设社会主义。那天老大哥一走，我老伴骂我不早通知她，屋里不干不净的。我就说，人家专家又不是检查卫生来的，是看我那改造吊车模型来的啊。”他觉得自己扯远了，不好意思地笑了笑，喝了口茶，继续说："陈经理，问良心，现下强多啦，一九五零年是二十四万吨，苏联专家的帮助增加了四个平炉，一九五二年以后哩，不多不少，一百零八。以后每年都长，去年一年真不坏，应该说宋厂长也有一份功劳。提到咱们宋厂长，我半拉子心爱他，半拉子心怨他。"

陈家骏看见这位老工人像一把火种，到哪就把哪烧得滚烫，心坎里每秒钟想到的都是生产。他在心里嘀咕着："要是李玉洁也在场听听该多好，照他原样摹写出来就是首好诗。"他正愁钢铁厂摸不出头绪，现在碰上老工人来找他，他想多听一些，就百般启发他讲话的劲头。刘进春哩，他就怕上头不爱听他的意见，现在他找到这个自己要好的人，还能闭着嘴吗？

"宋厂长有进步吧？支持你的建议吧？地沟修好啦？你的建议还有压着的没有？"陈家骏关心地问。

刘进春摆手说："现在不是谁压一个两个建议的问题啦，党中央叫我们工人十五年以内超过英国，老实说，我想七年半就超过它。可是哩，现在咱厂这种劲头，行么？咳！今年的一百七十万吨都有危险呀！还剩下三十多天啦，不坐飞机咋能撵上？"

"你说怎么办呢，你在炼钢厂待那么些年，你看，问题在哪儿？用什么办法解决？"陈家骏真心实意地请教说。

刘进春沉思了一小会，说道："祸害已经作下，一下改变也不易呀。刚才我说过啦，宋厂长是个能人，有胆量、有主意，把个钢厂管理得立立整整、顺顺当当，别人想插根针进去也找不到缝儿——这个，全厂工友都佩服他，只是他呀，他只相信自己，别人的他一概不听；另外他的心眼也很死！你别看他这人很聪明能干，可是他就不敢得罪书本上写着的事，他不敢得罪规程，不敢得罪他那把尺子！"他讲到这，摊开两只大手，脸色沉下来了。

"依你看，咱们该怎样帮助他呢？"陈家骏问道。

刘进春敲敲脑袋说："就数那玩意儿不好整，打不开。"

陈家骏知道他指的是宋厂长的头脑，便用双关的口气说道："你们钳工，应该有办法打开那玩意儿呀。"

刘进春皱着前额答道："这个，要依靠党，我们钳工有劲使不上。要是机器，我早就把它拆开洗洗刷刷了。"说完，两个人同时都笑了一下，刘进春跟着叹了口气："好几个车间的工友都叫我来找你呀。咳，你知道我是管修理工段的，各车间听说十五年要超英国，谁都去想新措施、想改进，谁都找到修理工段来。要是我是厂长，我只一个劲儿点头，一个劲儿叫试。把我们全车间工友累死了我们也甘愿就是了。可是，唉，李少祥那个增加三十吨铁水的建议，不用说宋厂长，连党委也决定不了……"

陈家骏把茶杯一个一个倒扣起来，然后又一个一个地翻开，翻完了又倒扣着，来回弄了几遍，才打破沉默地说：

"刘师傅，就请你讲讲扩大装入量三十吨，可能有什么毛病；铸锭工段那个直铸法，又可能有些什么毛病和困难好不好？"

刘进春看见陈家骏一开口就挑中了重要的措施来问，不觉很高兴，扬了扬眉梢想了又想，便一口气说下去。他一时从技术上着眼，一时却又尖锐地从人们的保守思想着眼，讲得又中肯又生动。一个讲得有味，一个听得入神。正在这当儿，忽听见有人叫声："爸爸！"一个十四五岁的男孩子闯进了办公室，急步走到陈家骏面前。陈家骏吃惊地看着儿子和跟在儿子后面的妻子，高兴地说道：

"啊，你们来啦。"他站起了身，搂了下儿子的肩膀，又给妻子介绍说："这位是刘师傅，是炼钢厂的老工友，兴隆市的劳动模范，外号叫'万能人'。"

李玉洁一边和老工人握手，一边笑着问丈夫道："是不是你信上说的那位——"她没有说下去，只用手势比量着一把尺子。陈家骏点头笑了。

刘进春打量着这位女同志，已是四十岁开外了，看样子比总经理能大一两岁。虽然是细高挑个子，看来很单薄，却很有精神。她那一看见人就像熟朋友似的亲热的劲儿很招人喜欢。再看那男孩子，双眼皮，和父亲的眼睛一样俊秀，只是皮肤略黑，也是细高个儿，全家人都是又高又瘦的。刘进春看见这样的家庭有意思极了。想到："怎么，他们家信里还提咱们工人？"他兴奋地想着，不觉道："看我这个老糊涂，尽讲尽讲的没个完，把你们家庭团聚都耽误啦。"

李玉洁爽朗地笑着说："我们一到兴隆就看见你老人家，这有多好，改天我还要上你家看你去呢。"她跟着问他家里的情形。陈家骏看见妻子对工人、对兴隆都很有兴趣，心中高兴极了。儿子打断母亲的话，急切地问刘进春道：

"老伯伯，我什么时候能去你那儿看你炼钢？"

刘进春笑呵呵地答道："白天黑夜都有人炼钢，我们工厂是不睡觉的，你去看吧。啊，你将来长大了学什么？"

"当个炼钢工人！"男孩子应声答道，看见老人摸着下巴微笑，他以为他不相信，便着急地解释说："真的，我可有力气啦。别看我瘦瘦的，打小足球我打的中锋哩。"他又转过头去恳求父亲说，"爸爸，你给我买顶带蓝镜子的帽子好吗？"

刘进春实在喜欢这一家子人，不觉多谈了一会儿，才告辞回厂。

这是一个新凑的家庭，很多东西都不方便，吃罢晚饭，天已漆黑了。虽然天气已冷，但是陈家骏还是把李玉洁招呼到阳台上。李玉浩把兴隆夜景扫了一眼，惊叫道："多美的夜景！"西边，一大片灯火辉煌地闪烁着，仿佛在夜间，船已驶进了黄浦滩时，看见了大上海的繁华景象似的。她高兴地夸赞说"真没想到这样一个小城市是那么阔气的，灯火赛过上海啦。"

"上海，下半夜的灯火就不成了；我们这儿灯火都是和星月比赛的。"陈家骏辩解着说，"这个城市是彻夜不眠的，二十四小时，对这儿的钢铁战士是一样的。我特别愿意晚上到厂里去看看工友们生产。那儿都给红光照亮了，你只要看看工人们的眼睛，你就会更深刻地体会到马克思、列宁和毛主席评论到工人阶级那些话的意义。他们的双手，没有克服不了的困难，他们的心，比高炉的炉膛还热。要是你看见了他们，你会立刻把心也交给他们，并且也觉着自己浑身是劲。钢铁工人，他们是建设社会主义的最可靠的支柱！”李玉洁看见他这样动感情，仰望着他，不愿打断他的话。他眼眯缝起来，仍然瞪着那片灯的海洋，赞叹地说：“我夜里从车间回来，总爱立刻跑到阳台上来看这片灯光，觉得自己刚才看到的工友们的眼睛都变成了灯。你不要笑我，我也觉得自己也已成为这些灯群中的一盏，和大家一块儿闪闪发光呢。”他歇了歇，又情不自禁地肯定地说：“你别小看这儿，这片灯光毛主席能看得见。”他看了看妻子，她并没有不相信的表情，但他却一本正经地解释着说：“真的，这儿的灯光强点弱点，他老人家马上就知道，就会马上指示我们！你想想，在这儿工作和生活的几十万职工，经常得到党中央和毛主席的关怀，谁肯不使出最大的劲儿来？啊，主席说，东风已压倒了西风——钢铁，是我们社会主义阵营里物质基础的重要构成部分，我们要紧紧抓着它！”

李玉洁一时沉醉在丈夫的热情的介绍里，她脑子里的雄伟的工厂的景象和农村的蓬勃的生产热潮都交织在一块儿了。陈家骏看见她默不作声，扶着她臂膊伸着手指头说：“现在，高大的建筑物已看不见了。但是我们从电灯的疏密和高低，仍然可以看出来那一溜是炼钢厂；这半拉是炼铁厂；那边过去点是初轧厂；挨着的是中板厂、大型轧钢厂；这边是薄板厂、无缝钢管厂；靠我们这边前面一点的是炼焦厂、烧结厂；往南是机器厂……”李玉洁只跟着他手所指的看，一下听那样多新鲜的东西，觉得耳朵和眼睛都不够用。仿佛一个乡下孩子进了城一样，什么都是新鲜的。她遥指那闪绿的东西问道：“那是什么？”陈家骏答道：“是电气火车，绿光就是电线磨擦发生的。和普通的电车的现象一样。”

她又不禁奇怪地问：“那些会蠕动的小红点子呢？”

“动得慢的是普通有轨电车的尾灯，动得快的是汽车的尾灯。”正说着，那边忽然红光冲天，掩盖了灯海的一角。她忽然捉住了他的臂膊惊叫道：

“糟啦，一定是出了事故，什么爆炸了？”

陈家骏安详地摇了摇头说：“那是炼焦厂出焦，几分钟就出一炉。”

这个兴隆的生客，觉得丈夫已是个内行了，不觉回过头去，微笑地看看他的面孔。稀疏的星光辉映下，这副白净瘦削的面孔显得那么热衷，到了可笑的地步，她悄悄在心里说：“他被钢铁迷住啦。”这一回头，她又发现东面也是一片灯光，更觉惊奇，问道：“这边又是什么地方？”

“这边是矿山、笔架山，是露天开采的。你要是来晚了七八十年，这个山你就看不见了。”

她朗声地笑了。陈家骏小声问道：“今天我没有去接你，不生气吧？”她故意不作答，只调皮地把脑袋轻轻撞了他面颊一下。他歇了一阵，解释说：“你不知道，每回和工友聊天，对我都有启发。我常想到社会主义大企业里应该采取什么样的制度、民主管理、民主和集中的关系……我来时，上级就叫我多摸索，过几天我还得整理整理几个月来的体会，提供给部里参考。”

听到这些，她兴趣显然不如刚才那样兴奋激动，打着哈欠说：“你的脑子尽是想的这样多，这个问题，那个问题，概念一大堆。可是我需要的是形象的积累。像你刚才用诗的语言介绍这儿的灯光，刘进春的生动形象，那有多好。”

陈家骏觉得有点委屈，在心里悄悄说：“可是党交给我的任务不是叫我创造形象。”但是他嘴里说：“灯光？刘师傅？哈哈，我也写了几首短诗呢。”

“快给我读读。”她拉着他的手进屋去了。儿子正在聚精会神地摆弄着父亲采集的各种炼钢的矿石。看见父亲进来，便拉着他问个不休。他一面回答儿子的问题，一面掏出小本，给李玉洁，原来他的小诗都是随手写在小本上的。

进了十一月下旬，铁水忽然很紧张，每天减产一千多吨，宋紫峰理直气壮地找了总经理两回。陈家骏曾给炼铁厂打了几次电话，刘明智一时说焦炭灰分大，一时说烧结矿石的品位低，一时又强调“铁牛”该大修。陈家骏立刻亲自到炼铁厂，找到了刘明智，挪把椅子面对面坐着。他严肃地微笑着说：

“好，咱俩坐下研究研究吧。‘铁牛’忽然减产是什么原因？”

刘明智巴不得经理下来，他趁势诉了一阵苦，搬出了炼焦厂如何闹本位，只顾完成本厂的生产任务，不管灰分如何。他甚至把柳村那一回装假，把合格焦炭放上面，把焦炭末子垫下面的事也提起来。陈家骏听了也忍不住笑。刘明智搬出了许多技术上的名词，陈家骏有些虽然听不懂，但他并未给这些吓住，只点头说：“那么，好吧，请你立即叫人给我查一查，看看究竟这十天来焦炭的灰分高了多少？”

刘明智很欢迎这位不含糊的经理，于是叫宋秘书去查。他真盼望查出炼焦厂的毛病，好让经理批评他们一顿，让他们纠正得快一些。他趁这空儿又诉苦说：“炼钢厂的两部地秤，有一部已不准了，偏高很多，误差很大，所以我们每罐铁水都吃不少亏，积累起来，每月差额就很可观了……”

宋秘书拿了一些资料回来了，在刘明智面前轻轻放下，简单地说：“十一月份上旬的焦炭的灰分是百分之十四左右，十一月份中旬和下旬也是这个数字，差不多少，只是十一月上旬稍微好一点，他们一直没有按百分之十三这个标准交货的。”

刘明智睁大眼，抬起头望向总经理，趁机说：“没错吧？要是他们按标准办事，我们当然可以多出铁，只要灰分降低百分之一，我们铁水就可增百分之二——”

陈家骏摆摆手止住他说：“炼焦厂没按规格办事这我知道，这是笔老账了。我现在要和你研究的是十一月份下旬焦炭的灰分和十一月中旬的并没增高，你说铁水忽然减产是因为灰分高这理由是不成立的。你赶快再给我另找原因吧。”

刘明智笑了笑忙解释说：“当然，这仅是原因之一罢了。烧结矿石品位低了也是一个重要因素。”他看见陈家骏对他做了一个信任的表情，便又吩咐秘书去查。他一面和陈家骏说着话一面暗忖道：“他真抓得紧！假如品位不低，这又是什么原因！”

宋秘书回来，说明烧结矿石的品位没变化，十一月中旬和下旬的差不多，比十一月上旬和十月的还好一点，达到60%。他说完了望望陈家骏，陈家骏听了望向刘明智，仿佛说：“你这个理由又站不住脚啦，究竟是什么原因？”刘明智不住地挠头，显然有点慌张，抱怨自己地想道：“为什么不早点查查？我刘明智从未对上级说过谎呀。”陈家骏的目光逼着他，他自言自语地说：“再就是地秤不准的差额问题——”他话犹未了，宋秘书在旁边更正说：

“差额也是个老账了，怎能每天差一千多吨呢？差五十吨，就了不得啦。”

刘明智正在为难，听他加上这一句，有些不高兴，但仍然面对陈家骏说：“再就是‘铁牛’最近炉况很坏，‘八一’高炉也不佳，我叫降低了冶炼强度。又有些高炉休风多了一些。”

陈家骏立刻说：“这就对啦，你早点想到这些问题就好了。你遇到困难就首先想到客观的困难和外部原因，不从主观努力去检查。这就是妨碍生铁增产的关键。”稍微歇了歇，他轻轻笑了笑说：“这是思想原因是技术原因？——我看首先是思想原因，只要求别人，放松了自己，因此许多技术上的改进都忘了去解决了。对不对？”他站起身来，嘱咐他说：“请你把有关人员召集起来，开个会认真研究一下，迅速解决减产的关键问题。话说在前面，今年只剩三十四天了，不许减产，只能增产。明天的会，定要找老工人参加。我也来。地秤的问题，我叫计量车间去校正。”

宋秘书看见厂长挨批评，照习惯好像应该走开，但是他实在喜欢这位总经理的果断和对人对待问题先礼后理的态度，想多看看、多学学。刘明智送完经理回来，看见他还在那儿呆想，装作生气地向他说：“你还等查什么吗？”

宋秘书低头笑笑说：“厂长，我也觉得你有些本位。”

刘明智瞪了他一眼，说：“你怎么不早提醒我？马后炮！”

年轻人亲昵地笑笑，抱着资料送还科里去了。

事实上，刘明智没等明天，漏夜召集了两个小会，摸减产的底，为明天的会议作准备。第二天的会，陈家骏果然来参加。大家总结出了一些问题，定了些解决的办法。刘明智这才算已摸准了陈家骏的脾胃，别看他不太懂技术，但是他会抓问题，一抓就抓到要害，抓住了就不放，非解决不行。他以后遇事都不敢马虎了。

第十九章

刘进春搂着李少祥的肩膀，边向党委办公室走，边鼓励地小声说：“你放心讲好了，总经理完全支持我们。”少祥走得很慢，并且偏过头去，几乎贴着老人的下巴说：“刘叔，真的保险么？想到万一出了事故，我就害怕，那时就会给国家……”

刘进春瞪着眼说：“事故？躺在床上不动最保险了吧？可是房顶还会塌下来呀。只要我们考虑周到，就不怕保守派扣问题！我告诉你一个窍门，搞新的改革一定要——”他故意顿住不说。

少祥看他住了嘴，急着问：“要什么，刘叔？”

"要斗争！"他严肃地说了，这才拍拍自己的胸脯说："万一出了事故，有我，我姓刘的张开嘴巴把钢水接着。"他使劲推他一把，两个人进了党委会。

今天的党委扩大会议是专门讨论扩大平炉装入量和直铸钢锭的问题。除了全体党委委员，还吸收了有关的工人、工程技术人员参加，唐书记是在公司党委批评了之后紧张起来，立刻召集了这个会议的，他强调要争取在最后的三十多天内完成今年的增产任务，就必须扩大平炉装入量和直铸钢锭的措施，如不采取两个新措施，今年一百七十万吨的任务会落空的。但是这个办法牵涉到安全生产，所以必须慎重讨论。他说完就叫李少祥介绍扩大装入量的办法。李少祥一想起那天座谈莫斯科宣言的情景，心也就不慌乱了，站起来说：

"咱炉子潜力很大，肚皮里还能再多撑点，炉门坎可以加高，假炉门坎只要把底部加宽就牢靠了，增个二三十吨没问题。我和夏支书、工长、刘叔研究了多少遍，又请教过工程师，才敢提出来……"

他简单介绍完，没人说话。唐书记问："宋厂长，你看咋样？"

宋紫峰点头道："办法倒是个好办法，但是最多只能增加五吨七吨，要是超过十吨，对安全我就不敢保证了。"厂长回头对质量工程师说："李工程师，请你把小组研究的结果说一说。"技术安全科负责人和工程师都相继讲话，谁都没有反对，只是认为是冒险，特别安全科的老李讲到可能发生的事故时，讲得有声有色，说："不要说是增加二三十吨，即使那一回大沸腾翻底，炉门也冒出了不少铁水，把渣道也焊住了……"他讲时不少人点头。宋紫峰也不觉插一句说：

"安全是重要的，要增产，也要安全。"他这一说，那些本来心里反对的人就更强调可能发生的事故。

少祥求救地望望王良信，也望望刘进春。刘进春突然站起身来，大声说道："我们要完成一百七十万吨，就一定要扩大装入量。安全措施不是一条一条摆在那儿，我不明白，为啥首先强调事故？难道咱们既要增产，又不让它出事故就不可以？事故和增产又不是死冤家——”他忽然听见背后有个人插嘴说：“是呀，增产和事故并不是对立的，况且事故是可以预防的。”他回头一看，啊，原来是他最渴望的人站在背后了——陈家骏出现了。总经理一说完，立刻有人给他让坐，少祥看见了他，高兴得闭上了眼睛，因为一滴眼泪几乎要挤出来。唐书记又叫刘进春讲了他们几人研究好的安全措施。那个措施的周到，使宋紫峰和安全科的老李也不能不点头称赞。唐绍周对李少祥说：“老李，你再补充补充吧。”

李少祥站起身说：“那玩意儿是人家上海炼钢厂早就用的，今年五月在北京开会时我就听了他们介绍，那时我脑门没开窍，寻思人家平炉小，能行；咱炉是大型平炉，假门坎挡不住铁水大翻腾。现在要搞增产，我又想起这事来了。好几个老工人和夏书记都支持我。不过人家用的是白云石做假门坎，成本高，我们几个人合计、试验，用石灰石代替，挑小粒的，一样好使、牢靠……”当下夏万春又补充了他们研究时的整个过程。经过大家讨论，最后做出了决议：以“共青”炉少祥班试验扩大装入量，先增加十二吨，稳步增加至二十吨。安全由主任工程师、值班主任刘进春负责，由宋紫峰任总指挥，即日实行。讨论直铸时，已没人反对了。

炉体内是由刘进春设计加大的，炉门坎由李少祥亲自动手率领大家和石灰石，亲自往炉门坎上垛，他一面做，技术员一面赶快用钢尺帮他量，并记录下来。渣沟下早已放好了渣罐，炉前预备好大量的白云石和石灰石，防备假炉门坎冲垮时立刻用它来堵。人也增加了，他们都穿上操作服，一步也不离开平炉。李少祥像往常一样指挥，看他外表，十分镇静，嘴角依旧挂着笑，只是他心里紧张得没法，连站也站不长。今天该老华休班，但是他跑回厂来参加这个试验，六个人全看着李少祥的动静，连他的睫毛动一动，六个人全知道他在要什么。连老易也比平常有精神，工长王良信更是提心吊胆地来照顾这个炉子，夏万春和安全科的老李也出动了，宋紫峰有时参加补炉操作，有时去调度室指挥协作。新闻记者和摄影记者早就掺杂在人群里。广播室的小刘更是得意地像只采蜜的蜂，在忙乱的人群中穿来插去，滴溜转着她的大眼睛。兑好了最后一罐铁水，等待沸腾时，李少祥的眼睛一分钟也不肯离开炉子，脸上烤得通红，他仍然不离开炉门一步，像战士们要攻克一个碉堡一样，生怕战争误在自己的手里似的。他默默想道："今年一百七十万吨的任务是否能完成，就看这一着。和老英竞赛，说什么也得把这个试验搞成功。"他正焦急的时候，陈家骏、康伯和、钱友太忽然在炉前出现了。宋紫峰迎着他们，并领他们到炉前介绍着情况。李少祥看见了这些领导人，一阵高兴和兴奋，血更往他脸上涌上来。铁水沸腾了，他和工友个个握着铁锨守着炉门。火焰像童话里恶作剧的魔鬼，从门洞和炉门缝里伸出火舌来舔着工人们的脸，工人们似乎忘了脸上被火烤得辛辣的滋味，他们透过蓝镜子看着炉膛内的红滚滚的波浪，心里也随着浪花欢腾。这红色波浪虽然奔腾翻滚，却节奏均匀。时间前进着，钢水在变化着，沸腾过去了，假炉门坎平安无事，人们的心情逐渐轻松下来了。大家正需要松口气，少祥却一点也不放松，跑炉后巡视去了。他在那儿看见刘进春，他正微笑着，低头望着铸锭工段。少祥挨着他，知道他又在揣摩直铸的问题，便愉快地对他说："刘叔，一样刚成功，你又琢磨第二样啦？脑子不累得慌？"他想起了他那句名言，便加添说，"又该斗争啦？"

刘进春笑答道："追老英，越追越有精神，累啥？"他的眼睛忽然闪着青年人的光芒，回过脸望着少祥，用知彼知己的口吻说："不瞒你说，追上了老英，我的心还不知足，我还要往前撵，撵呀撵呀，要是没人拦住我，我非要撵到太阳跟前；不，我非要把太阳拆开看看，看它里面装的是啥玩意儿，为啥这样有能耐？……"少祥傻呵呵地望着他，高兴地笑着说：

"我也跟你去，站在旁边帮你拆零件。"两个人很有味道地谈笑着，陈家骏他们一帮人朝他们俩走来，向他们握手祝贺。少祥不好意思地垂着眼睛说：“这是上海钢铁工人们的功劳，是刘叔他们的功劳。”

刘进春摸着下巴笑笑说：“说来说去，还是党的功劳。没有党的领导和支持，这十二吨白扔啦。”

宋紫峰听了低了头，唐绍周也抱歉地微笑着。康伯和问起刘进春关于直铸的问题，刘进春就热心地用手向炉下比画着，李少祥趁势溜到炉前去了。

出钢了，这个试验成功了，但是李少祥三十几个小时没有离开平炉，他一直教会了甲班和丙班，才拖着沉重的腿回家。

扩大装入量在“共青”试验成功后，党委决定立刻普遍推广，已经有五个大型平炉学会了。钢锭产量又不断上涨，特别是“共青”炉，天天稳步直升。那些没有被批准推广的炉子都想试验，向上级提出要求。工会同意了“长征”号做试验，那天派少祥去“长征”协助和表演，老华代替了他的职务。老任做了一助手，老易当了二助手。易大光兑铁水之前，看见兑铁水的小车上残铁挂得厚厚的，要凿下来，得半天，不凿呢，越来越厚，他闷着脑袋凿着残铁嘟囔着：“娘呀，什么时候铁水不挂上面，不就省事了吗？”他一面抠残铁一面拿起小鹤嘴锄在车上到处敲打，听听声音，又用手摸摸，嘴里骂着：“镁砂，镁砂，都是你作的祸害！”他使劲打了车沿一下，便懒洋洋地兑铁水去了。说也奇怪，兑完了铁水，他心神不宁，好像刚才被他骂过的镁砂不服气，钻到他脑子里来和他缠个不清似的。他一时觉得镁砂真的受委屈了，人家操作规程明明写着用镁砂垫小车的嘛；可是他一想到小车上挂着厚厚的残铁时，又不免生气了：“就是你作的祸害，看我敢得罪你不敢？——瞅你那副样子还能赶英国呢？”他又累又气，就躲到仪器室里歇一歇再说。他蹲在角落里闭上眼睛，心里还是想的那个小车：“不垫镁砂行不行，耐火砖抗得了么？”他又反驳自己说：“人家炉膛内一千五百度都抗得了，这铁水最了不起也不过一千度罢了。”他一忽儿想起他老婆在农业生产合作社又受了第二次表扬，一忽儿想起了那个陈小妹的婚事，不觉自己笑起来：“把小魏介绍给她敢情不错。咱们炉长她攀不上……他记起小魏现在在他眼前经常有说有笑。他正胡思乱想，忽然听见一声雷似的有人吆喝道：

“你是谁？在这儿干什么的？”

易大光吓了一跳，睁眼一看，宋厂长高大的身子已离他不远，扬眉怒目地瞪着他。他不觉倏地站直了身子，慌张地说：“我叫易大光，是‘共青’乙班的二助手；对咧，今天代理二助手。”

“谁叫你在这儿睡觉的？什么二助手？——睡觉的能手！你们炉长呢？他上哪儿去了？”宋紫峰一连几句问话叫易大光气也喘不上来，他偷眼望望他的脸色，没有一点缓和的意思，只好答道：“炉长李少祥上长征表演去了，老华代替他的职务。”说到这儿，又添了一句说，“谁知道老华上哪儿去了？”

“看你们炉顶像个什么样子了，快塌下来啦。快去把老华找来，把工长找来！”

易大光觉得自己已累死了，还挨一顿剋，满肚子气，鼓着腮帮转身就跑出去了。工长王良信和老华两个人其实早就看见厂长走过来，但是一个溜到炉后，一个溜到炉下蓄热室去了。他们都知道厂长在车间里是很严厉的，每天来平炉车间看两次，抽查平炉时，他总可以发现不是煤气开小啦，加料太快啦，就是炭素高啦，水套太脏啦，便毫不客气地当面剋一顿；至少他可以批评你炉前没有打扫干净。所以炉长、工长个个怕他。老华是个怕事的人，况且今天炉长不在，炉顶情况不佳，便躲到炉后去了。王良信也懒得和他碰面。宋紫峰平常最喜欢李少祥，因为只要他当班，你就休想在炉上找到任何毛病。今天他也知道是该李少祥的班，但是来到炉前没有看见他，再又发现炉顶有一块地方发白，他就来火了。到了仪器室，看见易大光在舒适地打盹，他更气得跳起来。老华走了过来，站在他跟前，低着头。宋紫峰有个毛病，看见别人服服帖帖的模样，他的怒气就消了一半。当下，他用带几分严厉的声调问道：

“炉顶是怎么搞的？”

老华仍然低着头答道：“接班时就发现炉内漏煤气。老李走时就关照过工长和我。我一直不敢开大煤气，可是那儿还是烧成这样。”

宋紫峰斩钉截铁地吩咐道：“赶快叫老李回来，说是我叫的。”老华转身就走。宋紫峰招呼着站在一边的王良信，领头走到仪表跟前，指着煤气自动记录表问道：“这样的温度，怎能炼无缝钢？你还是个老工长呢！”

王良信是个吃软不吃硬的人，他看见厂长的脸色不好看，不觉傲慢地回答说：“煤气有点漏，我和热工工程师和值班主任商量过，暂时少开点煤气，等出完钢，煤气厂派人来修理一下。快速炼钢是出不成了，钢种恐怕也得改变，但是这样比较保险。”

宋紫峰也知道王良信脾气倔，轻易不想对他发火，当下没有理他，自己前去把煤气流量加大到五千五百度。王良信几乎用手去制止他，但是手只平伸着，不敢去碰他，只抱怨地又像恐吓地说道：“厂长，这个，我负不了责任。”

“你负不了这个责任我负得了。你学学看吧。”

王良信心里很不以为然。历次证明，他下来炼钢时，要是改变了钢种或出了什么小毛病，在记录板上签名字负责的不是他本人，而是值班的工长和炉长，将来受批评或扣工资时也是他们而不是他。他说他负责任，实际不过是卖弄他的本事罢了。但是王良信没有勇气照直对他说，只是很不服气地看着这个骄傲的厂长。李少祥气喘喘地跑回来，还没有住脚，便急急地问道：“厂长，发生什么问题啊？”

宋紫峰看见李少祥回来，放下了心，觉得不必批评他，只是简短地嘱咐说：“你看着自己的炉子吧。表演也得挑个好时候嘛。”

李少祥为难地说："是搞扩大装入量，我去给他们做假门坎，并炼一炉给他们看看，是工会叫的，还有别的炉子去参观呢。我开了小差不好吧？"

"你不用管了，我去给工会说去。"宋厂长说完回身想走，李少祥赶上前一步，轻声恳求他说：

"我半路逃回来，将来党小组会上会批评我的。"

宋紫峰的怒气已全消，安慰李少祥道："到那时候，我出来替你解释。"他头也不回，径自走到工会去。他在工会办公室出现，恐怕这是第二次。有几个年轻人看见他进来，吃惊地站起身问道："啊，宋厂长，你找谁啊？"

"刘主席呢？"他谁也不看一眼，眼睛只在寻找着，后来发现那个工人出身的副主席老金，便三脚两步走到他跟前，也不把事情说个明白，只是警告地说：

"啊，老金，'长征'根本不准备扩大装入量，不在计划之内。这是怎么搞的？看你们工会不通过行政就随随便便把炉长叫走，出了事故谁负责任？"他说完就走，老金一把拉着他，和气地问道：

"厂长，你坐下说说到底是怎么回事？"问良心他看不惯宋紫峰那副大模大样的劲头，但是他很善于用不卑不亢的态度去对付一个在气头上的人，让他平静下来说话。

宋紫峰看在老工人的面上，控制住自己的傲慢的态度，不耐烦地把事情的经过说了一遍。老金微笑着说："我们已告诉了值班主任啦，怎能说没和行政商量？'长征'虽没有列入计划，但是他们炉上工友要求试验，只多加七吨的料，工会怎好推他出去，挫伤他们的积极性？谁叫'共青'想了这么个窍门，钢产量天天猛增，叫所有的落后炉子的人都眼红？推广'共青'扩大装入量的经验，不是在党委会上决定的么？你也同意的呀。"

宋紫峰站起身来，勉强笑着说："你何必扯那么远，谁说不推广他的经验呢？只是一要和行政商量好，等排入计划，有个准备；二要‘共青’风平浪静时才去协助，不要挑他们炉上出毛病的时候去表演，这就得了。”老金接着想解释什么，但是他哪有心思听这些，早已迈步走出工会办公室了。老金无奈，只好姑息地摆摆手，望着他的背影笑一笑。

宋紫峰离开平炉后，李少祥忙着看炉顶和调整煤气，调整风量。王良信制止他说：“还是减低一点煤气算了，我不敢负这个责任。”

李少祥没说什么，过了二十来分钟，他还是交代老华负责炉子，嘱咐炉顶有什么动静，立刻叫小魏去叫他，又恳求王良信多照顾这个炉子，便悄悄回到“长征”来了。“长征”的人问他厂长叫他回去做什么，他只笑一笑，没说什么，就又紧张地炉前炉后跑得更欢。心里却一直担惊受怕，一怕自己炉顶恶化；二怕这儿平炉出事故；三怕厂长要是再来，看见他并没有听他的话，偷跑回来，因而大发脾气。到了傍晚，“长征”平安地出钢了，小魏没来找他，厂长也没有再来，他才放下了心。出完钢，他一连喝了三大碗盐开水。

为了阻止李少祥去帮助“长征”这件事，唐绍周又批评了宋紫峰。宋紫峰现在也有点不大在乎了，笑着向唐绍周解释说：“老唐，谁会阻止少祥去帮助‘长征’？我反对的是没有秩序、没有计划，谁说了都算，这叫什么企业管理？好吧，职工代表大会批评我就批评吧，什么会上批评我，我都欢迎——只要批评能增加钢锭，我宁愿天天挨批评。”

唐绍周无可奈何地微笑着回答他说：“批评与自我批评当然能出钢锭，这样的情形不久一定会大量出现的。我希望你在职工代表大会上不要用消极的态度对待批评。”

宋紫峰说：“这点你放心好了，我连眉头都不会皱一皱的。”

今天是一九五七年的除夕，炼钢厂要在这最后的一天完成一百七十万吨的任务。李少祥早上打电话去问，全厂只差二千二百吨就可以完成任务，又说“共青”预计今天零时以前可以完成增产一万吨的任务；他得到这个答复以后很高兴，准备上班后大干一场。看着时间还早，他想利用这个空隙去碰碰运气，看小兰在不在家。到了那边，小兰果然在家，小明和一个小姑娘在一边温习功课，另外还有个不认识的三十多岁的男子也在。小兰收拾得很漂亮，两条大辫子在耳后对挽起来，穿了件咖啡色的白花点的布棉袄，显然是新做的。少祥细看那个男子，穿了一身哔叽制服，皮鞋闪亮，脸孔白得有点可怕。少祥心想：“原来她找了个干部。”他和那人握了握手便坐下。小兰高兴地告诉他说：“五哥，我和何大姐都恢复轧钢的工作啦，原来错的不是咱们，也不是初轧厂，是你们炼的钢有毛病。”

李少祥瞪大了眼睛，不明白是怎么回事。她看见他惊愕的样子，解释说：“详细情形咱也不知道，工长这么说，咱们就这么听，反正我们俩没错。”

那男子想插嘴，但是没有开口，只望了望少祥和小兰，低下头来不好意思地催小明说：“还没复习完么？跟我去看电影，回来再算吧。”

小明摇摇头说：“不行，妈说的，功课最要紧，没有知识，给人家瞧不起。”

小兰竭力忍住了笑，偷眼看了看少祥。那小女孩不同意地反驳小明道：“何小明，你说得不对，我妈说的，有知识也不行，还得爱党，不然要犯错误。”

少祥听两个孩子说话，连一句也没听懂，又听那男子催着去看电影，不觉多了心：“完了，她真的有了人了。”他心灰意冷，沉默了一会儿，对小兰说：“你们是不是要和客人出门？我走啦。”

小兰这才失声道：“啊，你们不认识么，这位是小明父亲，这是李少祥同志。”她介绍完，又对少祥说：“你要走？我送送你。”少祥听了正合心意，和那男子、孩子们打了个招呼，便跟小兰出来了。出了胡同，少祥冲口就说："你不给我说明，我还以为那个漂亮的客人是你的朋友哩。"

小兰轻蔑地说："我找这么个老爹干什么？"

少祥鼓起勇气趁势问道："是呀，你那位朋友，你怎么不让我们认识认识？"

给他这一提，小兰刚才的轻松快乐一下给赶得无影无踪了。她皱着眉心，有气没力地说："还不是个普通小伙子？不是英雄也不是模范！"

少祥认为小兰的恋爱观点不正确，立刻指出她说："模范又不是天生的，人人都可以争取。"

小兰知道他听不明白自己的意思，便不想再开口，两个人半天没再说话。小兰为了避免想这件事，换了话题说："我正愁得没法，你来得正好。我是夜班，可是我想找个地方躲躲，今儿个等何大姐他们团圆团圆也好。"

少祥问道："那个人不是和助产士结婚了吗？何大姐怎肯和他团圆？"

小兰低头叹口气说："团不团圆是他们的事，反正我应该躲开点，至少让他们俩谈谈。唉，人家一对儿本来好好的，那个助产士真是缺德透了……"

少祥气愤地说道："还是怪那位'白面书生'，谁叫他变了心，看不起劳动妇女？"

小兰轻轻吁口气，心里想："劳动妇女？还是有文化的城里姑娘好呀，看你那小刘！"可是她又把话岔开说："你知道那小姑娘是谁？——是过去冯书记的女儿，她父亲下放到一个工厂去当厂长了，她和她妈还没有走。"

少祥听了，才恍然大悟，回忆起了那场思想斗争，不觉深沉地点了点头。这时他们已走到工厂区了，灯光明亮，声音嘈杂。为要讲话叫对方听得见，他的头有时紧挨着她耳朵。不知道为什么，他总想挨着她，但是他又责备自己道：“你该死了这条心才好。唉，多好的姑娘，心肠好，又体贴人。不知哪家小子有这样的福气！”想到这儿他有些闷气，便闭嘴不说话。小兰的兴致却很不错，像一只画眉鸟似的尽管说，她一时问他机械总厂在哪，又问无缝钢管厂下去是什么地方，整个兴隆钢铁公司有多大。他们走到铁路边，火车把人们拦住了，栅栏放下不到一分钟，人们就挤了一大堆。小兰笑着望住他说：“五哥，你说奇怪不奇怪，过去在乡下，海那样宽，我觉得没啥；这儿兴钢呢，没有海大，可我怕它，它们俩不一样。”

少祥像个哥哥看着小妹妹似的慢声慢气地应道：“本来嘛，海和工厂，本来就是两个东西嘛。”

小兰抢着说：“不，海有点像妈，在它跟前，咱无忧无虑，只顾玩耍就是。”

少祥听得挺有趣，接着问她说：“那兴钢像个什么？”

小兰认真地说：“进了兴钢像进了学校，它好比是老师，我有点怕它。”

少祥听了大笑起来，引得旁边的人都回过头来看他们。这时那列拖焦炭的火车已走了，栅栏开放，人便像潮水似的往前涌。少祥挨着小兰，忽然问她道：“你半夜里上下班，害怕不害怕？”

小兰摇摇头道：“哪有工夫害怕？上班时总想着怎么超额；下班呢，却又想着这一班成绩不好，计划下回怎样改进，多生产。”她倚傍着他，在奔向工厂的大道上溜达，这是再快活没有了。她不觉仰头指着电灯杆说：“这些灯都是为我们安的，每天下班，我觉得它们都盯着我问我成绩咋样。”

少祥笑嘻嘻说：“电灯杆也是你的老师啦？”她知道他开自己的玩笑，便不在乎地略略偏了偏头，笑了一笑。少祥忽然对小兰说道：“小兰，今天是除夕，我要早点上班。你上我家，和我妈他们一块儿吃晚饭吧。老人家一直都惦念你。唉，难道你有了朋友就连我们家也不去了么？”

小兰一听这话，又急又伤心，眼泪都涌上来了。少祥看见她眼里有泪水，知道自己又闯了祸，在心里悄悄骂自己说：“你盼不到人家就认了吧，犯不着刺激她。”他懊丧地低了头，说：“我走啦。”

小兰愣住了，看着他越走越远的身影发呆。迎面来了一个骑自行车的鲁莽的小伙子，差一点撞到她身上。

少祥穿好操作服到车间去，甲班组长老刘闷闷地告诉他说：“刚才丙班出了点事故，耽误了两个钟头，我这炉要在你班内出钢，出完这一炉才九千七百五十吨，就得看你下一炉能不能炼一炉六小时以内的快速钢，要是能，我们炉上就创造最后半个月再增产一万吨的奇迹了。”

少祥立刻动手帮忙，争取这班出一炉快速钢，下一炉就有保证。乙班到齐后，他开了个炉前会议，大家决心在零时以前再出一炉钢，争取一万吨。

小魏批评李少祥道：“炉长，这回是你和大家保守了。看，除夕不就可以再完成一万吨了？”

少祥笑着望望大家，似乎说：“这回我真有点保守，可是谁知道扩大装入量这样好使？”

几个人根本没有歇过手，易大光自动爬上炉顶吹扫得干干净净，从炉顶下来，到少祥跟前问道：“有把握么？”少祥用力点头说：“大家有决心我就有把握。”他看见老易和小魏下去打渣去了，心里悄悄想：“老易进步真快。陈小妹来信说易大嫂已受了两次表扬，说是老易帮助了她，我看是她推动了老易也说不定。不，莫斯科宣言教育了他，况且小魏这一向起了很大作用……”

老华走了过来，对少祥指一指左邻的“解放”号平炉说：“够呛，它已经三个月没完成计划了，要是他们这炉出一炉快速钢，十二月计划能完成，我看咱们去帮他们补补炉吧。”

少祥点点头说：“你说得对，你看住点，我和老任、老易过去帮忙。”老华本来不让他去，但到底给他说服了。少祥跑炉下找老易，叫他上去帮“解放”补炉。老易一面擦汗一面反驳道：“我们自己都顾不上，还——”少祥连推带拉，把他推上去一面解释说：“你知道他们这一炉钢的意义有多重要？要是出不成快速钢，就一连三个月没完成计划；你想想，明年第一季度他们的头还能抬得起来吗？”

老易嘟嘟哝哝跟了过去。那边的人看见他们来帮忙，高兴得蹦得半天高。他们的二助手看见了易大光，更出乎意外，使劲握着他的手，连连说：“真没想到你们还能来，又是除夕，又碰上你们要赶一炉六个钟头以内的快速钢。”给他这一称赞，老易补炉补得特别卖力。

时钟的指针已指着十一点半了，再过半小时，就是一九五八年了。

在这个地球上的人类，不知已度过多少万个除夕。但在漫长的岁月中，人们是在蒙浑的状态下度过的。在这几千年的有阶级的社会的历史里，人们也总是怀着希望来迎接这个人类用来计算地球绕太阳公转一周的分界日——希望新的一年给他们消灾去难，带来幸福。近年来实现了这个愿望的，能够愉快地度过每个除夕的是社会主义国家的九亿人。作为九亿人的队伍中的一员的每个中国人，在除夕里是多么自豪呀——就在这样的一瞬间，李少祥是多么兴奋和安详。他轻轻倚着一把铁锹，微笑地望着那炉掀着微波的钢水，想着自己的年轻的生命里已度过了二十五个除夕，而最近的十次除夕，一次比一次有意义。光是在炼钢厂里他已度过了六个这样的除夕。当他年纪小时，他总是爱帮着母亲包饺子守岁；到了兴隆，不管是他值班和不是他值班，他总要上平炉和大家一块儿度过这个每年最后的一个晚上。今晚上是他自己的班，又是将由他们手上来完成再增产一万吨的计划的，他该多么高兴啊。他又想着在遥远的地方，在同样的时候工作着的，有顶着寒风守卫着祖国边防前线的哨兵；有在荒野里露宿帐篷的勘探队员；有在矿井上采煤的矿工；有开着火车、轮船的司机；有给全国以至全世界人民联结起来互通消息的电报和电话员；还有掘着上冻的土地挖水渠的成千上万的农民。想到了这些人，他快活地想："人家都在自己的岗位上欢送一九五七年，迎接一九五八年，我要是在家里，躺也躺不住。"他不觉直起身来，把手一挥，招呼大家再添一锹锰。加完锰铁，化验室传来的消息说他们已化验合格，大家都面有笑容；可巧，调度员慌忙到他跟前，喘着气说："老李，'解放'也炼成了快速钢，可是那头两个炉子正在出钢，吊车怎么也错不开，你们先报，当然让你们先出，可是他们，唉——"当时好几个人都围拢上来，一听这消息，几张嘴都对李少祥说着同一句话道："炉长，这一回说什么都不能让人家'解放'号了！"

"一万吨是件稀罕的事，三班的光荣，我们乙班没有权利破坏一万吨的计划，让人家先出。"老华警告似的说。调度员连忙说："没人叫你们让呀。"李少祥问道："值班主任呢？"他不等回答，立刻跑步上隔壁炉上看看，那儿炉长一把拉住他，说："老李，让我们一回吧，为了一九五八年，让我们一回吧。只要你不坚持，值班主任会答应的。"

"我去和值班主任研究一下。"少祥又跑步到调度室找到了值班主任，那炉长也跟了去，并且一见他就说："给我们先出吧，老李已答应啦。"值班主任望了望少祥，意思是要他表示态度。老李咬着嘴唇半天，踌躇地说："照我个人的看法，我觉得应让他们先出。让'解放'炉上的同志高高兴兴过个年，明年给社会主义多生产点钢，这不比我们炉上完成一万吨强么？可是炉上的伙计再三叮嘱，说我没权利——"

那边炉长抢着说："是呀，是呀，为了整体利益嘛，莫斯科会议以前到现在，我们就没完成过计划，把我们急得呀——"

值班主任一面拨电话一面解释说："你们炉上的人不同意倒好办，我只怕厂长不同意。"他立刻拨电话，对着耳机说："厂长吗？祝你新年好！现在有件事要请示你，‘共青’和‘解放’同时……”

这边李少祥听见自己炉上已敲钟了，他知道小伙子们一定是怕他让人，所以趁他不在时敲钟。跟着“解放”炉上也敲钟了，那炉长瞪大眼睛，顿了顿脚。两个炉长都不安地互相望了一眼。值班主任失望地在电话上向宋紫峰解释着：“‘共青’改变钢种——”

少祥悄声抢着说：“我们下一班保证补上。”

值班主任依着少祥的话接着说：“他们丙班保证补上。依我看，还是给‘解放’先出吧……”讲了半天，他垂头丧气地挂上了电话，说：“厂长说什么也不同意，理由有两个：一个是一定要让你们完成一万吨，一个是不能改变钢种。”“解放”号炉长一听，急得连眼泪都要掉下来了，看看表，只剩十分钟了，两个平炉敲出钢的信号钟敲得响满了车间。少祥显然作难了半天，忽然果断地说：“值班主任，还是让‘解放’号先出吧。明儿厂长有意见，处分我好了。”他的话还未说完，那炉长咧着大嘴紧握了他的手一下，转身飞跑出去了。值班主任没有阻止他，显然是同意了，望着他的背影笑了一下，并转过头来对少祥说：“好吧，你回炉上一定要挨骂，你就说我决定的，让工友们批评我好了。至于厂长，明天我去见他，好好和他说说。唉，宋厂长这个人呀，连改变钢种也不让我们值班主任做主……”

少祥心里觉得挺快活，轻快地走回去。迎面跑过来的是老华，他一见少祥那副安详的模样，已猜个九分，忍不住沉下了脸，抱怨他说：“又是你干的好事，吊车给他们挂罐啦！”他说了掉脸就走。少祥赶上一步，抓住老华的胳膊，老华挣扎着，这时全炉的人都围拢上来了，脸上没有一副是愉快的。李少祥硬着头皮解释道：“我觉得我们的眼睛应该看一九五八年。一九五七年我们已再增产九千七百五十吨，和增产一万吨，差别不大呀。我们炉子稍微牺牲一点，可是‘解放’号明年就可能鼓足劲儿超产了；从整个厂、整个国家来说，合算呀。我希望你们同意我，那两班有意见，我去解释。厂长批评我，我一个人去领受。”

“你个人根本就没权改变。”有人不满意地说。

“哼，值班主任也同意啦。可是一万吨是国家的利益，我们为什么要拿国家利益去送人情？”

不管少祥怎样解释，人们只用脸背着他，不愿意看他，甚至不愿争辩。只有王国华一个人搭讪着说：“往长远利益看，老李这样做还是对的。过去我在‘长征’时几个月没完成任务，大家都灰溜溜的，说什么也提不起劲来，嘿，那个滋味呀。”

少祥没想到，一年到头融洽无间的伙伴，就在新年和旧年交替的时候闹了个不痛快。他瞅着伙伴们一张一张生气的脸，心里难过的要命。小魏连看也不看他一眼，不肯和他挨近。他在炉子上突然成为孤零零的一个人了。王国华虽然同意他的意见，但是看见大家生他的气，也不敢去安慰他。少祥只好咬咬牙，使劲地干活，该指挥的还是挺着脖子指挥。但是，伙伴们的眼睛和鼻子都好像突然不灵了，他做了半天手势别人才动一下；他说话，没人答腔；哪像过去那样，几个人的动作像一个人一样整齐？时针就在“共青”的人们噘着嘴的当儿，指向了十二点。少祥难过地自言自语说：“我倒没有想到，大家为这件事生那么大的气，假如因这影响了团结，影响了明年生产，这个损失也不小呀。”

老华没好气地抵塞他说：“你放心好了，咱们又不是妇道人家，度量那么小？一九五七年的粮还留到一九五八年去吃？”

老任用和事佬的口气说：“不用提啦，追也追不回来了，现在已经是一九五八年。来，再取一次样吧。”

大家懒洋洋地去取样，钢样一送走，吊车隆隆地开过来，为“共青”挂大罐了，人们这才忙碌紧张起来。他们出完钢，已是一点钟了。

这时平炉车间突然热闹起来，原来市委书记、公司党委书记兼总经理、市长、唐书记、宋厂长等一大帮子人都来到车间和工人们拜年，祝贺他们完成全年的一百七十万吨任务。到了“共青”炉前，宋紫峰特意向伍书记介绍道：“这个平炉的工友提前半个月完成今年任务之后，还为国家再增产一万吨。这位就是模范炉长李少祥。”这时已完成了一百七十万吨，他心里多么高兴。他几乎忘记春天时自己曾极力反对这个数字。

李少祥望了望唐绍周，望了望宋紫峰，红着脸低头更正说：“没有，伍书记，我们只增产了九千七百五十吨。”

宋紫峰一听，吃惊地傻了眼，大声说：“刚才电话里——”

“解放”号炉长抢前一步，走过来向领导人解释说：“因为吊车错不开，李少祥同志决定把吊车让给我们，宁愿自己……”

伍书记听了，张开两条手臂，一手拍着少祥，一手拍着“解放”号炉长的肩膀说：“好，这是共产主义风格！”

陈家骏也接着说：“这种共产主义协作是迎接一九五八年的最好的献礼，比一万吨数字的意义还强。”他回头对唐绍周和宋紫峰说：“唐书记，宋厂长，我建议你们立刻在黑板报上表扬少祥同志这种精神。”

唐书记连忙吩咐别人写黑板报去了。宋紫峰一直没说话，发愣地站在那儿，思想硬是转不过弯来，以致伍书记他们往前走了很远，他才发觉，连忙赶过去。少祥没想到事情会是这样解决的，他虽然被称赞了，但是他不敢抬头望宋紫峰一眼。炉上的伙伴们听见市委书记表扬李少祥，也觉得有些惊异，小魏在心里骂自己眼光短，可又不好意思上前道歉，只用小孩子想与对手和解，但又不好意思先开口那副羞怯的姿态远远望住少祥。有些人上前去和少祥握手，老华搂着他肩膀说：“老李，你对，我错啦。一九五八年我彻底向你学习！”

看见大家不生自己的气，少祥高兴地笑了笑，说：“干活吧，该加第二批料啦。”他又装作没事的样子，走近小魏，碰了他一下，说：“又不是你未婚妻来了，你发什么愣？”小魏听了，低头亲昵地一笑，赶忙变更煤气去了。

第二十章

汪丽斯很久没看到宋紫峰，他对她的疏远，她也已习惯了，但是心里还是很想念。半个月前听吴凌枫说他得了重感冒以后打电话到厂里，说他半个多月没上班了。她听了大吓一跳，心想：“他一定害了重病。”虽然她很怕和邵云端碰面，但终究下决心去他家看看他。那一天，冒着严寒，她请了一个小时假，提前下班去看他。进了宋紫峰的家，保姆把她领到楼上。小芳看见生客来了，热烈地上前牵着她的手，问道：“阿姨，你是找我妈妈来的，还是找我爸爸来的？”

“你爸爸在家么？”汪丽斯一看小芳的模样，便知道是宋紫峰的女儿。她举眼一打量，屋里陈设很简单雅致，一张双人床、一张写字台、一张小圆桌和两把椅子、两个书柜。墙上挂了幅苏联列宾的“送殡”，挂了幅列宁在小草棚前写四月决议的油画复制品。另外靠窗户那边墙上挂了宋紫峰和妻子、孩子们在公园嬉戏时照的相片。在那相片里，宋紫峰一边温顺地蹲下来傍着妻子，一边让女儿搂着他肩膀。他的妻子呢，一看便知道是那温柔的江南女子，那双眼核里包含着善良，也包含着坚毅的神色；一个小男孩拽着她的手显然想拉她上哪儿去。她呢，完全浸在幸福里，笑微微地好像既舍不得离开丈夫和女儿，也不愿意拂儿子的意。像这样自然和逼真的照片，只有名摄影师才摄得出来。汪丽斯在这张相片前发了呆。她仿佛不认得他，啊，他已不是她脑子里的那个男人。她冷了半截，沉闷地想道：“人家对他妻子可会温存啦，我算得个什么？最近，他连见也不愿见我了。”要不是小芳两姐弟缠着她，她就要掉下泪来。小芳指着相片说：“你看弟弟多淘气呀，阿姨。因为他太淘气了，爸爸叫他到楼下跟阿姨睡。

爸爸气不过，就在厂里吃饭，等我们睡下了才回来，因为他太淘气了。”小弟弟出其不意地把假面具挂到姐姐脸上，便飞跑下楼去了。小芳跟母亲一样安静地笑了笑，除下面具，便跟着客人走到椅子那边，汪丽斯把她抱到膝盖上。

“你爸爸上哪去啦，是不是住医院去了？”

“爸爸到庆阳去了，回来要给我带个娃娃，给弟弟带支枪，我妈妈什么都不要，叫爸爸给她带条围巾。”

汪丽斯知道他病好了，放了心，但也抱怨地想：“他出门也不给我打个招呼，他心里早没有我啦。”她想从天真的孩子的嘴里多了解一些关于宋紫峰夫妇的感情关系，不觉和小芳谈扯起来。她从她那儿知道这对夫妇已经分居很久，心里很奇怪，引起了希望。但她一望那张相片，就不敢看那邵云端，因为她的善良和正直就是对她的最大的责备。她心里真是患得患失，有时觉得自己应该马上离开这儿，有时又觉得并没有完全绝望。

“小弟，是不是爸爸回来了？”邵云端进屋，听见楼上有人谈笑，问儿子说。儿子一面牵着妈妈的手跟上楼一面嚷道：“来了个阿姨，找你的。”

上得楼来，两个陌生的女人见了面。汪丽斯看见了邵云端，有些局促，但是邵云端的热情和正直的风度，很快就使她安静下来了。

“啊，怪不得那样面熟，我想起来啦。你和紫峰是在苏联一块儿实习的吧？我看见过你和他们一起照的相。”

汪丽斯不自然地微笑着说：“我是煤气厂的，前些时候听说宋厂长病了，所以我来看看他。最近有些问题，炼钢厂那边吴工程师又不敢做主，所以我打算顺便来问问他。谁知他病已——”

邵云端笑着说：“他这个人呀就是待不住，才躺了两天，烧还没完全退便上厂了，新的炼钢厂烧结炉底，他又去帮了两天忙，接着便去庆阳开会，一开就十天。他中午来电话，说今天六点钟回来。再等一会儿他就回来了。”邵云端趁便问她一些关于煤气厂的职工在双反运动中的思想情况。汪丽斯讲了些，但是看见对方问得这么认真，她怕自己的回答满足不了她的希望，便解释说：“我是做技术工作的，也犯脱离政治、脱离群众的病，所以工人的思想知道得不多，只看了些大字报。”

邵云端笑着略带夸赞地说：“你注意到自己这方面的问题，我相信你就不会犯这方面的毛病。我们老宋呀，连自己犯这个毛病都不知道，他的病根就深。现在厂里职工给他贴满大字报，他还没看见哩。”

汪丽斯谦虚地摇了摇头，并且宽慰对方说：“我们听他自己叨咕过，他有不太爱问政治的毛病。恐怕他还不至于不自觉吧？”

邵云端笑了，断然地说：“你不了解他，他说这个的时候，也不过是自我陶醉罢了。”两个人一谈开了宋紫峰，都觉得很有兴味。汪丽斯很注意不让自己表现得很了解他；事实上，她也算不上很了解他呀。她很惊奇邵云端能够如此爱宋紫峰，却又能对他如此冷静；不知不觉，她被她的坦率的谈吐和富有修养的风度迷住，刚才的局促不安早抛到九霄云外了。等到她一看表，都六点钟了，她告辞要走，邵云端按着她双肩，坚决不让她走，说：“都六点了，他马上就到家了。你就在我们这儿吃一顿饭吧，尝尝我亲手做的八宝鸭子，紫峰就爱吃这个。”她又问她哪省人，家里还有些谁。当她知道她一个人住在宿舍时，便对她说：“你以后常来玩好了，你愿意吃什么就请我们阿姨做一点。我知道四川人也是爱吃个什么的。老宋别的没什么嗜好，就是从前他的外祖母把他惯坏了，口味可娇惯啦！”

汪丽斯享受着她那姐姐似的关怀和体贴，简直不想离开这温暖的小屋。她在心里问自己道：“要是我处在她的位置上，我能这样对待她？”她越那么想越觉得邵云端是个了不起的女人；而自己，渺小得可怜。这时来了暖气，她觉得全身发热，便索性脱了皮夹克，只穿一件绿色的毛线衫，脖上围条藕荷色的纱巾。邵云端打量着她，看见她腰细胸高，两条大辫子高高盘在头上，显得特别雅致窈窕，不觉用赞羡的口吻和她开玩笑说："看你多漂亮，该找个怎么样的人儿才配得上！"

汪丽斯笑着说："都快三十岁了，谁要我这个丑八怪！"

楼下两个小孩忽然喧闹起来，嚷着说："妈妈，爸爸回来了。"

本已平静下来的汪丽斯，一听这消息，心儿忽然急促地怦怦跳起来。她按着胸部，脸冲着门口，倾耳听着宋紫峰上楼梯的脚步声。这声音越近，她的心越跳得厉害。幸亏邵云端忙着走向门口去接他，没有注意她。她先看见宋紫峰，他夹着两大包东西，低头笑着左顾右盼地看那两个紧紧缠着他的孩子。他絮絮叨叨地说："看，把爸爸手都揪断啦。别忙呀，我把东西交给妈妈，让妈妈分给你们。"邵云端上前去接东西，并且笑着说："紫峰，来了客人啦。"

汪丽斯看见这景象，紧紧咬着嘴唇，心里交织着各种复杂的情绪，一时很难品出是一种什么滋味。

宋紫峰看见汪丽斯，愣住了。他万万没有想到她来找邵云端，他更担忧的是不知她对她说了些什么话。他那高高兴兴的脸色忽然出现了烦恼的阴影。幸亏汪丽斯立刻笑了起来，把手伸向他说："宋厂长，你回来了。哎呀，你出门那么些天都不给我们厂打个招呼。"

宋紫峰还不能立刻转变自己的尴尬的情绪，只勉强笑了笑，说："我都交代给吴工程师啦。"

邵云端注意到宋紫峰的不愉悦的脸色，觉得有些奇怪，但是她只以为他不愿意刚下车便谈工作问题罢了。她用那什么时候都那么安详的声音问他说："紫峰，你给我到秋林公司买那小羊肠了没有？我今天留客人吃饭呢。"

"你自己打开看吧，我也不知道是大羊肠还是小羊肠。"紫峰故意装得冷冷地说。他把大衣帽子都脱了，只穿了件浅栗色长绒毛衣，低着头换拖鞋，前额那缕又黑又厚的头发盖住了他浓黑的眉毛。这时在妻子面前，他觉得自己是个罪人。他既不敢正面看邵云端，也不愿看汪丽斯一眼。为了掩饰自己这种难堪的心情，他只好不断地逗小孩们玩笑。邵云端哩，只是心情愉快，有说有笑的。汪丽斯和宋紫峰单独相处时，觉得宋紫峰欠了她一笔债似的。可是说也奇怪，今天不同，今天欠债的已不是宋紫峰，而是她自己。这种突然的改变使得她很惊异和烦恼。她的一度平静的情思又局促起来。但是这一点，除了宋紫峰外，谁也没有注意她。邵云端今天特别快乐，因为他们家是很少来客人的，特别是宋紫峰的客人。而这个客人不仅是宋紫峰的朋友，又是单身的女同志，所以她特别关心她，吃菜时问咸问淡，生怕委屈了她。她几乎把家里所有的小菜罐头之类都拿出来请她尝了。汪丽斯在她的亲切热情关怀下，不知不觉忘记了自己，终于被这个小家庭快乐的气氛熏染得高兴起来。当她辞别这个家庭时，邵云端一定分给她一些小羊肠和火腿，又殷勤地叫她常来玩。

汪丽斯出得门来，心里忽然一阵酸苦，洒了两滴泪花。这两滴泪花，与其说她伤怀，还不如说她下狠心和自己两年多来的幻想诀别。她在心里责备自己说："亏你还当过青年团员哩！"北风一吹，她觉得发热的心胸凉快了些，随即挺起胸脯直往吴凌枫宿舍走去，边走边想："他是个好人，我折磨他也折磨够了。"但是，吴凌枫偏偏没有在家，她颓然地返回自己家中。还没到家，她远远就看见自己房子的电灯是亮着的，不觉举手捂着自己的给风吹得冰冷的脸蛋。她推门进去，吴凌枫静静地在看书呢。

"人家去你家找你，你又不在！"

吴凌枫起身向她迎过来说："我在这儿等你等了三个钟头了。你找我做什么？"

"我想——找你——去买电影票——"她低了头，言不由衷地呐呐地说。

"疯子，都快九点了，还看电影！"吴凌枫一本正经地批评她。

她没有回答，忽然瘫软地把上半截身子栽倒在他怀抱中。

汪丽斯走后，欢乐仍然在这个小家庭里继续着，一直过了九点，孩子们都睡觉了，宋紫峰该对妻子说的都说了，他才回到自己的卧室里。他躺在床上好久都睡不着，心里感激地想："风浪过去了！她这个人，谁都会被她的善良、坦率和热情所感动的。"他又想，"好险，我一只脚已插进错误的泥坑里啦，幸喜……唉，过去云端批评得对，说我对女同志瞎献殷勤，容易引起对方的误会。可不，差点弄成大错……"他越想越不能入睡，脑子里忽然清醒地全部回忆起省里开会的情形。在这个会议上所宣布的一九五八年有关重工业方面的生产计划，使他兴奋极了。兴隆的新建炼钢厂第二个大型平炉将要投入生产，今年还有三座大型平炉相继投入生产。武钢也争取平炉早点投入生产。除了包头，还有几个钢铁基地已在施工或将要施工。祖国的面貌，将在十年八年之内大大地改变。对钢铁事业着了迷的他，越想越控制不住心中的欢喜。他想起自己厂今年的任务，一时觉得计划订少了。理由是，比起五百吨的大型平炉来，他这几个炉子显得太小了，应该想办法多搞点。但是过一会儿，想起去年增产二十五万吨，今年又再提高二十万吨，真是难于登天。不过再过一会儿，他又将信将疑地想："去年增二十五万，我认为几乎绝无可能，可是到底完成啦。今年二十万又怕什么？有群众嘛。何况一月份都超额完成了，二月以来，看那劲头不坏——"他躺不住，干脆给工厂拨了个电话，问问二月份的生产情况。接电话的是那个叫李起九的调度员，他报告了最近这一星期的情况以后，宋紫峰皱起了眉，声音粗糙地问道："为什么日产量逐日下降？"那边回答说："白天生产，晚上写大字报；晚上生产，白天写大字报；可热闹啦，你快回厂看看吧。"他纳闷地挂上了电话，两手扶着脑袋。在庆阳时，参加会议的人曾去参观过两个厂子，观看大字报，他知道了大字报的威力，心里试猜着："全厂的大字报，起码有一半是对我的。听刚才小李子的那语调就知道他们现在心里多痛快。烧吧，烧烧也好，我身上就是那么多玩意儿！……”

邵云端在这边也没有睡着。宋紫峰翻身的声音以致后来打电话，她全听见了。她最近正是负责整风中干部和群众的思想动态这一工作。她到一些机关和厂矿去看了职工们的大字报，她自然也看到了炼钢厂职工们对宋紫峰的意见。人们把厂长办公室那个外屋收拾起来，叫“吹扫馆”，专门张贴给宋紫峰的大字报。她都看了一遍，觉得群众对他的意见，除了极个别的，大多数都说得很中肯。这些大字报虽然分析得很少，但所列举出来的事实，特别是他那不相信群众和命令主义的严重，都使她吃惊。很多工人指出他不太关心“人”，只严格地要求工友完成任务，完成得不好时只有剋一顿，而缺乏检查自己是否给工人们以相应的工作条件；也有人说他对人冷淡，从不和人谈心，脑子里只有技术和数字……无论如何，群众的诚挚和压力，对宋紫峰来说是个改变思想和作风的机会；所以邵云端这一次以特别欢喜的心情迎接宋紫峰回来。她之所以不立刻告诉他，是怕他感到太突然。清早起床后，她准备透露给他一点消息，以免他到厂一看大吃一惊。但她没讲上几句，唐绍周就来了。唐绍周的来意，也是出自爱护他，一五一十地把最近双反运动的情况告诉他，让他思想有所准备。宋紫峰听完两个人的介绍，笑嘻嘻地说：“我在庆阳参观人家大字报时，精神就有准备了，人家‘五一’厂的厂长是有名的好厂长，还挨了不少批评，何况我呢。昨天夜里我往调度室打电话，从调度员那声音里我也听出来七分。”当下，他和唐绍周一块儿回厂。他在厂里出现，一路遇着一些干部，看见他时都很尴尬，因为大家不知道他接受批评的态度怎么样。但是今天出人意料，他主动伸出手来和职工们握手。他这种镇定的模样使唐绍周也吃惊起来，想道：“到省里开了几天会，到底不同。”唐绍周叫他先看大字报，他想先到车间转转，但到底接受他的意见，回自己的办公室看大字报了。还没进门，迎面一张大红纸写着“吹扫馆”的横匾，两边是副对联，写道：“吹三风，为社会主义扫清道路；扫五气，让祖国土壤遍地开花。”一进门，是兴钢党委书记兼总经理陈家骏勉励他的大字报，要他在群众的帮助下好好清理自己的思想。这张大字报有批评、有鼓励，原则性那么强，可又充满人情味。宋紫峰看了不禁动了动心。接着是一张漫画：有一个人背了许多包袱，向社会主义大道前进，在他后面还跟着一些轻装的、利落的人；只因为这些包裹把那人的背压得弯成九十度，走不动，把路也挡住了，两旁许多工人正在开动各色各样的吊车去替他卸包裹。宋紫峰再凑前一看，原来每一个包裹上都写有标记，它们是“命令主义”“只相信自己，不相信群众”“迷信书本，不结合实际经验”“行政高于一切”……宋紫峰心里有些反感，轻轻皱起了眉峰，再往下一看，这幅漫画还配了一首顺口溜：

宋厂长，真有能耐，
写、算、炼钢要数他快；
抗日战争经过考验，
苏联学习成个全才。

自从领导咱钢厂，
月月超额没少表扬；
从此背上了大包袱，
压得腰弯来把路挡。

行政命令赛过雷霆，
扣了工资还瞪眼批评；
炉前出现人人怕，
汇报会上胆战心惊。

技术只信自己经验，
规程、制度千年不变；
革新建议堆积如山，
群众潜力他看不见。

尺子、机械是他亲弟兄，
广大工人他看不中；
试问是谁掌握机械？
——机械的主人，工人英雄。

书本知识学得十足，
实际情况熟视无睹；
熟读工业书千万本，
开口科学根据闭口技术。

政治思想绝口不谈，
开党委会他就心烦；
马列主义只剩半个，
不要红来只要专。

亲爱的党，号召整风，
三风五气数宋厂长重；
职工齐心帮他卸包袱，
加强生产大壮东风。

别的意见宋紫峰还能接受，只是说他把社会主义大路挡住和说他开党委会就心烦这两条他受不了。他不觉生气地坐在长椅子上，心里翻来覆去地想。唐绍周看见他已看入神，知道他需要一个独自思索的机会，老早就溜走了。这时因为时间尚早，厂外来参观的还少，只有三两个刚下了夜班的工人在那儿看大字报，可是宋紫峰谁也没有看见。他低头默想了一阵，才又想起了什么似的，站起身来继续看。那些大字报多半是每张说一件事或提一个问题，说的尽是什么哪一回不该修炉他硬要修啦；哪一天工人受了重伤，工会请他去看看，他推说有事，不去看；哪一回罚谁的工资罚得不公平；还有就是说他不重视合理化建议呀，生产不好时只把原因往上推，往下卸，不检查自己；还有人批评他轻易听信知识分子的话，批准了全面推广双层底塞，以致损失了八万吨重轨……他也不知道自己看完全了没看完全，这些具体的事实一项一项都争先恐后地挤进他的脑袋里，他忽然觉得自己的脑袋胀得异常沉重，双手捧着它，回到自己办公室的圈椅上坐下。“我既然是这么一个糟糕透顶的人，还要我来当厂长干什么？”他颓然地想着，“赶快找公司党委，提出来自己已担负不起这个职务，以免耽误国家的钢铁生产，叫别人来当厂长算啦。”但过不一会儿，他又对自己说：“党还没有撤你的职，你嚷什么？这不正是暴露你自己的个人主义——赌赌气罢了？”他正胡思乱想，一个职员过来请示说：

“宋厂长，底下许多工人嚷嚷，说佟伯川既然给国家造成了那样大的损失，应该叫他把奖金退出来，还应该检讨。这该——”

宋紫峰抬起头，摆了摆手，慢慢说：“这个错误主要是我的错误，我已受了处分，也向上级检讨了。至于老佟——啊，请示一下唐书记，看这事该怎样处理吧。”他挥了挥手，生怕那人还缠着自己。他看见对方走了，自言自语地说：“看起来，非向群众来个彻底、全面检讨不成。看，我记了个大过，可是工友们还不知道。”

杨宝琨整理了一大堆公事和文件，整整齐齐地顺放在他桌上，并笑着对他说：“瞅，你走了半个月，就积压这许多东西。不过，有些王副厂长已经处理了的。”

宋紫峰苦笑了一下，叹口气问他道："这些我都来不及管了，小杨，外头那挂满墙的意见，你叫我怎么办？"

厂长这样低首下心，他还是头一回看见。他不仅一反平常的习惯，以平等姿态对待他，简直是羡慕起他的处境来呢。小杨也违反了过去顺从的习惯，觉得自己应该用大字报的精神对他说几句："人家提得对的，就接受，坚决改正呗。"

"你看看，太多啦，哪还有一丝一毫优点？"宋紫峰烦恼地自言自语说。

小杨听了很同情，他觉得这时自己是最能体贴他的人，不过他应该坚持真理，便用严肃的调子柔声细气地安慰他道："现在是火烧领导的三风五气嘛，不要紧，职工为的是厂长好，把厂子领导得更好。照我看，那些意见有百分之八十是对的。"可惜小杨这番很用心思的话宋紫峰根本没听见，他原想去见陈家骏，要求不干这个倒霉的厂长，后来又想回家冷静冷静脑子，但是最后，他还是咬了咬牙，穿起操作服，到车间去了。他照例是先到平炉车间，到了那儿，首先叫他奇怪的是他离开了半个月，平炉的生产秩序很好，炉子维护的情况也还正常。更奇怪的是当他询问工人的时候，他们回答的态度也不像过去那样"公事公办"和"战战兢兢"了。他一面检查，一面往前走，也一面想着，王良信迎上来叫他，并扯掉手套和他握手，说："宋厂长，你回来了。怎么样，省里开会劲儿都很大吧？"跟着他又请示他"延安"号平炉是否要热修一次。宋紫峰答说："你问问王厂长吧，我刚回来还没头绪哩。"王良信做了个为难的姿势说："王厂长看见你回来了叫我问你的。依我的意见，热修一次虽然是非计划的，但注意维护，可以节省一次小修，你说呢？"他说话那样自在和敢于负责，使宋紫峰不明白他那股劲儿是打哪儿来的。他不觉愉快地回答说："好，回头我和王厂长商量一下再决定吧。"他正想走开，李少祥扯下脖子上的毛巾擦着汗，向他走过来。他几乎像个孩子似的天真地向宋紫峰笑着说："厂长，咱们炉子装入量已扩大到二十吨了。"

宋紫峰略略皱起了眉头，但是他不敢像过去那样立刻阻止他们，因为从这半个月的生产和职工们对他的态度的改变来说，这个厂即使没有他，工作进行得一样好，不，是进行得更顺利了。他不能不承认这个事实。但这一事实，使他又惊诧又难过，好久不能平静。他只装作若无其事地问道："采取了什么新的措施么？"

少祥答道："还是加高炉门坎，加高盛钢罐，就数多装快炼能增产。听说今年任务还要跃进。真的，十五年赶上英国我们谁也嫌慢。"他边说边领他去看他们加高的炉门坎。宋紫峰看着那假炉门坎做得实在漂亮，不觉点头道："看来真是我保守了。"

少祥听了心里不觉一乐，问道："厂长，你半月不在家，情况大变了吧？你看见那几百份大字报了吗？"

宋紫峰看着炉内的熊熊烈火，摇摇头说："刚回来，只看了'吹扫馆'。你写得好像很少。"

"我写得不算多，可是我觉得自己说得倒不轻，刘叔这回大概写了有百多张。这个厂子古往今来的事他全知道，把我的手写酸了他还有。"小魏、老华几个人也都陆续围拢过来了，小魏咧着嘴只是笑，心里真想说："厂长，现在我们不怕你了。"老易也好奇地凑过来，凡是批评领导，他总是很有兴趣的，这回大字报他没少写，连他妻子那个合作社他也提出不少意见。这时看见大家围着厂长，他心里嘀咕着："批评批评他倒是好，可是人家该是厂长的还是厂长，将来给我穿小鞋，倒霉的还不是我们这些人？我不管，回头你给我小鞋穿我也得批评你。"

宋紫峰全厂各个车间都走了一转，特别到修理工段去看了看刘进春。回到办公室，一个上午就完了。他处理了几件事之后，便安静下来，拿了个小本子，把大字报对他提的意见逐一记录下来。

公司党委召开了会议，号召企业里党员领导干部彻底发动群众，深入揭发生产上的问题和领导上的三风五气。陈家骏有两句话是打动了宋紫峰的心的，他说："这回双反运动，也是党对我们的一个严重的考验。社会主义制度之所以优越和无坚不克，还在于我们善于发动群众掌握批评的武器，给我们整风，以解决领导与群众之间的不协调。所以，我们发动群众越彻底，挖我们思想作风上的坏东西越深，对社会主义建设将更有利，对党员素质的提高也更有利。怕痛、不敢挖，实际上是不爱护党的利益，也不爱护自己。我相信同志们都经得起这一次的考验，也请同志们严厉地监督和批评我。"宋紫峰听到这儿，庆幸地想："幸亏我没有去党委找他提辞职的要求……"不过他觉得群众起来这件事好是好，但是有许多偏激的意见却真叫人受不了。"叫他们来当当厂长，他就知道这个滋味了。"公司党委每天晚上都召开电话会议交换运动中的情况。唐绍周要党委委员都尽可能参加。宋紫峰一次也不敢缺席。电话会议上经常及时表扬各厂矿的有教育意义的展览馆，如大型轧钢厂的"废品展览馆"，薄板厂的"教条主义展览室"，炼铁厂的"本位主义之家"，笔架山矿的"保守寨"。各个厂的党委都组织了一些干部轮流去兄弟厂矿参观。在一次电话会上，钱友太问唐绍周道：

"你们厂在反三风五气中难道没有什么特色？能不能搞个把子展览馆？"

唐绍周用眼睛望住宋紫峰，没有回话。宋紫峰张了张嘴，也提不出什么好主意。问良心，他认为这个炼钢厂没什么特殊的大不了的毛病，因此他茫然地说不出什么来。却听见唐绍周回话说："咱厂只有个'吹扫馆'，这算不算是特色？"大家又听见钱书记的声音说："'吹扫馆'倒算有特色，但只偏重于对人，而且凌乱一些，最好能虚实结合，而且把思想提得更尖锐些、集中些，使人看了一目了然，知道哪一种错误思想占了支配地位时有些什么危害，具体表现是什么。"唐绍周答道："那么，待我们考虑一下吧。"最后钱友太叫大家半个小时后都到炼铁厂去，听炼铁厂厂长刘明智现身说法。电话会议一完，唐绍周利用这十几分钟的机会要求大家研究一下搞些什么展览馆。宋紫峰先开口说：

“还是拿我做对立面吧。别的同志的缺点没有我突出。”

“主要的错误思想是什么？是保守还是脱离群众？”组织部长显然同意宋紫峰的建议，问他道。

“怎样，老李？”唐绍周问宣传部长说。

“骄傲自满、脱离群众是我厂领导上的比较突出的弱点——能不能拿这做主题？”

宋紫峰一听，只皱皱眉头。唐绍周和许多人听了连忙点头。时间到了，没有做出决定，唐绍周和宋紫峰到炼铁厂去了。到了那边，小小的展览室已挤满了人，钱书记、沈书记也在那里，还有不少厂的书记和厂长。刘明智在一些图表面前讲解着由于他的本位主义思想作怪，某次怎样只顾本厂完成任务，积压了多少车皮，给钢铁运输造成了多少损失；某次因过磅问题和有关厂搞得如何不团结；而因硫高问题，使炼钢厂长期不能很好完成钢种的任务……听到他讲到和炼钢厂的关系时，宋紫峰心里很舒服；再看看刘明智，脸色开朗愉快，好像讲着自己少年时代淘气的故事那样有味。宋紫峰不禁有点吃惊，心里叨咕着：“老刘这人肯当众认输，真不简单。半个月，变化真大。”刘明智挑重要的事例，一件一件解释着。解释完了，最后他要求各厂矿给他和炼铁厂提意见，欢迎大家当场写大字报。烧结厂厂长立刻提笔给他提了意见。陆文彬也写了张大字报表扬老战友这种共产主义风格。

二月中，炼钢厂党委会进入了全面整风。宋紫峰的检查因为不够深刻，三次还没通过。他的情绪显然逐渐低落。他想道：“我全心全意忠心耿耿搞社会主义建设，我最热爱的是祖国的钢铁事业，怎能说我实际上拖住大平炉的后腿，不让钢铁飞快前进？历次的鉴定都说我组织性纪律性很强，怎能说我忽视党的领导？”他这个人既不会虚假，也不愿口是心非；有不同的意见，他就提了出来，因此在会上辩论了好多天。最后在职工代表大会上，宋紫峰的检讨已获得了绝大多数工人的满意。有人当场表示：“厂长既然批判了自己的错误，我们就一定要搞好生产。”有一个工段长登台揭露了自己几次骂工人的错误行为。大家情绪顿时高涨，没有什么顾虑，提出了不少建议，这些建议有属于技术改革的，也有属于规章制度的改革的，但也包括了一些这样的意见：如取消厂长命令簿；取消由上而下的检查制度，由群众自己来检查等。

党委研究群众的意见时，唐绍周问宋紫峰道：“老宋，你看怎样，自上而下的质量检查还要不要？厂长命令薄还需要不需要了？”

宋紫峰冲口就答道：“上头的检查取消，质量怎能保证？”他还未说完，好几个人抢着批评他说：“厂长，你又没看见群众精神面貌的变化了，现在群众的觉悟多高啊。”

宋紫峰一听，不敢再开口反对，只说：“大家商量决定吧。”唐绍周一听也没了主意。但是，事实比这更简单些，正当他们商量的时候，群众和有些基层干部早就自动拥到调度室去，把“厂长命令簿”投到平炉里烧掉了。他们也自动拒绝了检查员的质量检查。检查员去问宋紫峰，宋紫峰叫他们去请示党委。唐绍周看了那情形安慰他们说：“这两天你们先歇歇，等我们去公司请示一下再决定取不取消吧。”

命令簿已叫群众烧了，这几天宋紫峰到了现场简直无事可做，他用不着下命令，他说了话也没有人听他的。调度室很乱，有些基层干部表示自己作风民主，不肯拿主意、下命令。有些人却趁势多占点便宜，不顾别人的方便。热工制度也在几个炉子上被取消了，除了少数炉子，几乎都不按钢种生产。他问了几个车间主任，有些人表示：“是群众提出来的，我要走群众路线。”有些人说：“我有什么办法，现在是反对行政命令嘛！”他到了热工车间，吴凌枫用忧愁的眼睛望住他道：“这样行么，厂长？煤气加大到六七千也没人说个不字。这是敢想敢干还是胡想乱干？只四五天工夫，除了‘共青’号和‘长征’‘延安’号三个平炉，其余的平炉的炉体垮得差不多啦。”宋紫峰点了点头，没有说话，默默走掉了。他走到了修理工段，刘进春一把捉住他的臂膊，定睛看着他说：“厂长，你还是个厂长不是？”

宋紫峰瞪大了眼不知道他话里的意思，只好等待他说下去。刘进春看见他不作声，便急切地嚷道：“你是厂长，就得把责任负起来，四号百吨吊车坏了你知道么？就是他们只讲民主，不讲责任制，觉悟高的没事，团结工作搞不好的就垮了吊车。你是厂长，就得管；你是党员，怎能受了批评就啥事也不管？”

宋紫峰看见只三四天工夫，生产下降，吊车坏的坏，平炉垮的垮，痛在心里。现在刘进春责备他，他心上倒觉痛快，热烈地望着他说：“刘师傅，现在我该怎么个管法？我没了章程了。你叫我怎么办吧？”他随便坐在一个铁钻上。刘进春随手拿了个破棉垫，叫他站起身，把棉垫放上，又命令他坐下。他都顺从地按他指点的做了。刘进春才用充满了长辈的慈爱的调子说：

“过去你看不见工人的力量，我真生你的气。现在嘛，你该管的不管，不该听的也听，我也生你的气！对社会主义建设不利的事，你能忍心瞅着不管？取消这取消那，连厂长、车间主任都取消得啦。哼，你是个共产党员，为什么不坚持真理？”他的声音逐渐高起来了，激动地说，“我不管，该说的我就说，明天你撤我职我也得把话说完。”

宋紫峰听了，一股血液由心头涌上了脸，眼睛意外地挤出眼泪来。他伸出手紧紧地握着刘进春的手，说：“刘师傅，谢谢你！”他头也不回地直往党委办公室走去。

唐绍周这几天脑子兴奋得有点发热。企业中群众起来后的汹涌澎湃的气势激动着他，使他从来也没有如此振奋过。过去在游击战争中和土地改革中，他领导过轰轰烈烈的群众运动，和群众一块儿同生共死，他非常熟悉农民。在生死紧急关头，农民没有二话，拼死也要干。但是到了和平时期，土地有了，生活好了，农民中有些上升的，却考虑起自己的利益来了。把自己的牲口拉去入社时，就不如土改中从地主手里夺过的牛拉回家里时那么爽利愉快了。但是，城市中翻了身的产业工人，不论什么时候都听党的话，只要党说声往社会主义迈进，他们中的绝大多数便奋勇向前。去年党中央号召十五年赶上英国，工人们就订个十年赶上英国的计划；现在要反掉三风五气，他们又勇敢地举起批评与自我批评的武器。你规定他们干八小时的活，他们干了十小时还不肯回去。党提倡敢想敢干，他们的技术革新建议就接二连三提了出来。生活在这些人群中间，唐绍周觉得自己像一只打足了气的足球，只要你脚尖轻轻一碰，它就会腾空蹦起来。他也记不起自己已多少天没有回家，问良心，要是你叫他永远和工人住在炉边，他会一口答应你的。宋紫峰找到他时，他正在这种兴奋的状态中。宋紫峰头一句话就说："咱们党委得考虑考虑一些规章制度中，哪样是要破的，哪样是要保存的吧？像我过去那样把规章看作是万年不变固然不好，但是，盲目听群众的话也不对。我本来没有勇气提这个意见，但是我是党员——"他把自己考虑的一些问题都谈了出来。听他这样一说，唐绍周就拍了拍他的肩膀，随即走向窗前，望着窗外火车头冒过来的缕缕黑烟，摇了摇头，叹息着说：

"怎能说盲目听群众的话？他们要取消计件工资，公司党委就没答应，因这是全国范围的事。检查制度，公司党委说可以由上而下和由下而上双结合，过两天还要恢复公司的检查。哎呀，老宋，搞来搞去，原来你的思想还没搞通？和平建设时期，群众运动气势蓬勃，个别错误是难免的。你注意不要给群众泼冷水呀。"

宋紫峰觉得唐绍周不了解他，他竭力用平静的语调回答说："你不知道制度紊乱给生产带来的危害。这几天生产低落了，你没看见吗？设备事故多得一塌糊涂，请你去问问刘师傅。”

唐绍周微微冷静了点，解释说：“群众运动，就要大刀阔斧；千百条意见，一眼怎么知道哪条正确哪条不正确？在变革中，大家不熟悉，低落是暂时的现象。”一会儿，他又补充说：“当然，你的意见，党委不是不可以考虑。”宋紫峰显然不如来时兴奋，不再说什么就走掉了。

他走后不久，王良信和李少祥两个来找党委书记。两个人见了唐绍周后，你望望我，我望望你，都不肯先开口。王良信拗不过李少祥，便笑了笑，开口说：

“唐书记，过两天我就要调武钢，不能在这一溜平炉工作了。可是这儿是我的娘家，我是在这儿学会炼钢的。”他的情绪显然很激动，唐绍周笑眯眯地把半截身子都倾斜到他那边去，仔细听着。王良信继续说：“只是这几天平炉太乱了，真是宋厂长来了以后没有过的现象。光有运动、热情，没有制度也不成呀。我们三个炉子还是按老规矩办事，可是不少工友骂我这个工长保守。”

少祥沉不住气，插嘴说：“不按钢种生产，就打乱了轧钢厂的计划，也就是打乱了全国的计划嘛——我记得支部传达过部长这句话的。现在，厂长、值班主任、工段长讲了话都不算话，一张嘴工人就给他们扣行政命令的帽子，这也不太公平吧？我是个工人，可是我不同意。照我看呀，全按老规矩办事是不对的，过去宋厂长就是这个样。可是，没有技术的革新，没有可靠的措施的时候，就连老规矩都不要，试问在这大的平炉里，怎样炼出好钢来？”

王良信连忙点头道：“就是这个，你说吧。”实际上，两个人你讲一句，他讲一句的，把唐绍周讲得脑子里开了个缝，暗自想道：“有道理呀，光搞运动，完全不要科学和技术，也搞不成钢铁企业呀。”他高高兴兴地把他们提的意见记下来。

唐绍周把宋紫峰、王良信、李少祥几个人的话考虑了半天，自言自语说："我脑子是否有些热了？生产秩序有些乱，诚然不可避免，但总应该缩短这段时间才好！老宋说得对，应该找老工人谈谈。我要是不接受这些有生产经验的同志的意见，将会挫伤他们的积极性，我将会在这方面犯错误。"他正想去修理车间，电话铃就响了。原来是公司党委叫去开会。啊，真是及时雨，这个会正是解决唐绍周脑子里所想的问题的。

党委第一书记陈家骏简单扼要地指出了这时期内双反运动给生产、给人们的思想精神带来了无法估计的益处之后，也指出了需要及时注意的一些问题。他说道："我们仍需要深入发动群众，并引导他们自己进行研究和辩论；但领导上头脑需要冷静，心中有数，热情要与科学相结合。例如有些规章制度，在没有可靠的新的代替之前，就不能取消。现在下面群众自动取消某些制度，已使生产受到了损失。听说炼钢厂取消了热工制度，炼铁厂对降低焦比也不严格了，是不是呀，唐书记和成书记？"

唐绍周应声道："的确是这样！我正为这些事苦恼。我脑子里闹得大概相当热了。"他由衷地佩服公司党委工作的细致和及时。

陈家骏又继续道："这不能怪群众，责任在于我们，在于公司和厂的领导。群众热情一来，不是每样事情都考虑周到。这时还需要我们的冷静。如果我们错误的意见也听，因而使生产低落的话，倒是会挫伤群众的积极性的……"

唐绍周拼命点头，心想："怪不得王良信、李少祥他们那样动感情。老宋也是鼓起了很大的勇气才来找我的。"这个会议他一字不漏地都记录下来了。

和唐绍周谈话回来，宋紫峰坐在自己座位上动也不动，在心里讽刺自己说："从此你坐在这儿不用动了，等什么时候上级决定取消厂长时，你就走开吧。"他觉得自己已无事可做，便懒洋洋地翻着报纸。看了《人民日报》几段消息，看见许多地方在双反后生产扶摇直上，心里又翻腾起来，想着这儿恰好相反，生产下降，生产秩序大乱。想来想去，看报也看得不安心。小杨在旁边抄着东西，忽然停了笔，偏着头望着他说："厂长，咱厂吴工程师快要结婚了，你听说了么？"小杨心情愉快，因为小刘最近对他好像亲热得多。

"对象是谁？"宋紫峰心跳了一下，沉静地问。

"是煤气厂的汪工程师。"小杨不知为什么挤挤眼睛笑一笑。

他沉默了一会儿，说："那咱们等着吃喜酒吧。"凭良心，他很高兴，他心头上的一块石头去掉了。他脑子里正杂乱地想着，《兴隆日报》第一版上的醒目的标题惊醒了他。原来这一版完全是报导了炼钢厂和炼铁厂在双反运动中的经验。这里着重揭露炼钢厂由于厂长严重地骄傲自满、脱离群众，使职工的生产积极性和创造性受到挫折。还专门发表了社论，指出企业里某些领导干部由于专而不红、骄傲自满、脱离工人群众所带来的害处，也指出了严重的本位主义对社会主义钢铁联合企业的危害。此外也发表了炼钢厂刘进春、吴凌枫、李少祥和炼铁厂的龙贯球、李忠祥等人的批评文章。一口气看完了这些文章，他瘫软在转椅上。小杨发觉宋紫峰那副惊惶发愣的样子，起身给他倒一杯开水，小心地告诉他说："刚才报社来了两回电话，请你写一篇文章，和刘厂长的文章一块儿发表。内容是要求你说说自己在双反运动中的认识和体会。"

宋紫峰低垂着眼睑说："要写检讨文章就是了。"他心中说不上是什么滋味。在他看来，报上公开的批评，比厂内的大字报批评要严重得多。在他的生活史上，只有人称赞他。这两年，报纸上提到他时，也是表扬的字眼，自己在报上写文章，也尽是先进经验的总结。"批判冯隋之后，我以为自己受了很大的教育，思想已没问题了。谁知还不成，这几个月处分、批评、检讨，不过是我思想作风毛病的总爆发罢了。"

小杨看了报纸的批评后也很震动。原先，他以宋紫峰作为自己前进的榜样，假如在能力上、资望上、知识上都能像他那样，他就心满意足了。他甚至在动作上也模仿他。双反运动中群众给宋紫峰的批评，对他真是晴天霹雳。现在看了社论上的分析，他也醒悟了。他很想把自己这种心情对他倾吐一番，但是当他看见宋紫峰情绪很不安宁，他也就默不作声了。

今天宋紫峰很早就回家，一到家，邵云端告诉他说："伍书记请你晚饭后上他家谈谈，问你有没有时间。"

"我是闲人一个，怎么会没有时间？"

邵云端一听知道他有牢骚，估计这时劝他是没什么用的，只问他道："今天的《兴隆日报》看见了么？"

宋紫峰低着头答道："看见啦。"他还想说句什么，但没有说出来。孩子找他玩，他也不说话，只默默地摸摸他们的头，吃晚饭时他也是闷着头吃的。

他到伍书记跟前时，伍书记还未吃完饭。他一撂下饭碗，就走过来和宋紫峰打对面坐下来，微笑地问道："怎样，这两天心情有点沉重吧？"他没有等他回答，就说道，"我看刘明智那副劲儿不错，心地开朗，介绍自己的错误思想时像讲别人的事一样。这大概可以叫作能够客观地认识自己了。除非是装出来的。"

宋紫峰苦笑了一下说："这怎能装？我就不会装，这几天我就有些糊涂惶惑！"

伍书记说："也有人会装的。过去冯棣平就很会装，只是到头来装不住就是了。你怎样惶惑法呀？讲讲吧。"

"老实说，在根据地整风那一回，我没有好好整自己，所以没有受到像这一回这样深刻的教育！"宋紫峰坦率地承认道，"只是这一回有些地方我思想还闹不通……"于是他把党委会有些人对他的意见和报纸上那篇记者写的报导里过火的地方都对伍云普说了。说完后，他觉得自己轻快了些。

伍云普等他把意见倾吐个痛快，才用平易的、不着痕迹的语调解释说："一千张嘴，一万张大字报，怎能要求人家都说得丝毫不差？你自己有片面性，也应该允许别人有片面性呀。"他这一说，把宋紫峰说得不好意思地笑了。他又说："你的缺点，只有四分，别人说你有七分，也不能把你说扁的，怕什么？反过来说，人家把你的缺点少说了时，也无济于事。照我看，你的爱人对你是又客观又公平，过去冯棣平叫人大吹大捧你们'十大干材'时，她就主张应该批评你们。现在，她看见那位记者光说你的错误和缺点，把你的长处也说成短处时，她又不以为然。今天这篇稿子，大概已经经过修改的啦。"他说到这儿，顿了一顿，这正给宋紫峰一个思索的空隙。这一下子，他对自己的妻子仿佛才有了新的认识似的。他内心激动地回味着这几句话，但他外表却没什么表情。伍云普又缓慢地接着说："不过，有些问题却要弄清楚，才是整风的目的。一个人没有共产主义的远大理想，就会骄傲。你要明白，我们想尽办法多搞几吨钢铁，这是万分必要的，但这并不是我们的最终目的。我们的目的是要争取世界永久和平，为全人类造福！多搞钢铁呀，多收点麦子呀等等，不过是我们达到这个目的重要的手段。何况多搞了几吨钢铁又不是一个人就能搞得出来的，更不值得骄傲呀。毛主席不是说过吗？骄傲是我们的敌人。你就可想见，敌人多么盼望我们骄傲呀！社论上分析你由于骄傲自满才不相信群众的力量，对待科学技术也就带着很大的局限性，因此对去年增产计划抱了保守的看法，这说得很对。但除了那些原因，你的思想方法有很大的毛病。你两年来的最大的优点是利用一些先进方法和经验保持生产上的平衡；但光靠这点是不行的，我们的企业就会停滞不前了。怕生产中的矛盾——生产中的不平衡只要是生产中突破了一面而产生的不平衡，那么，这个矛盾是能推动生产前进的。我们领导人就应竭诚欢迎它、支持它，给它创造条件，使它在冲破旧的平衡基础上得到新的平衡。要记住，我们不是为永远维持旧的落后的平衡而平衡。像你不主张平炉扩大装入量就是一例。我们的平衡是为了解决不断出现的新的不平衡而平衡，为了推动生产而创造新的平衡。所以毛主席说平衡是相对的、暂时的……”伍云普这番话使宋紫峰感到透心地凉快。他又默默地回味了一番，然后愉快地向伍云普提出了些问题，不外是现场里有许多科学或合理的制度不能废除，如热工制度不能不遵守呀，炉前三个炉门不能同时出渣呀，和不能取消厂长命令簿、无人负责呀，等等。伍云普注意地听完，点头说：“你提得及时，回头我和陈家骏同志讲讲，你也找他谈谈。是的，是真理，你就该坚持；接受批评、改正错误，也是坚持真理的一个方面。一个人犯错误，往往是由于自己不能客观地认识，有人向自己提出，自己就应勇敢地和大家站在一起，迅速改正错误。颓唐、难过、消极都是要不得的。”

“不会，伍书记，起码听了你这番话之后我不会这样。”他离开伍云普家时是兴奋和爽快的。回到了家，他本想找邵云端谈谈自己的心情，但是他一转念头，自个儿躲起来写起检讨文章来了。

第二天晚上，等孩子们都睡熟了，他把自己的检讨文章拿来请邵云端提意见。邵云端非常严肃地看了半天，看完了又低头默想了一阵，才抬起头来对他说：“我已提不出什么意见了，只有几个字，我替你改了好不好？”

宋紫峰看见邵云端竟满意这篇文章，真是喜出望外，连忙说：“当然好，你快改吧，特别不深刻的地方，你使劲改吧。”他的愉快和谦虚也使她暗喜，不觉望了他两眼，笑着说：

“算了，还是你自己动手吧。”

宋紫峰着急地说：“你还对我客气？从参加革命以来，你总是和群众在一块儿经历残酷的斗争，而我总是脱离群众，老待在研究机关，所以不管哪一个阶段，在政治上都是你比我强的。”他的这句话说得那么诚恳坦率，更使她感到十分满意，心里想道：“难道太阳真的从西边出来啦？——党的力量是无敌的！”于是她嘴里却冷静地笑着问道：“紫峰，你这个人思想搞通了，改变认识倒也快呀！”

宋紫峰答道：“还快？我起码比刘明智差得远。”

云端摇摇头说：“不，昨天晚上去伍书记家以前，你的情绪还不太对头的。”

宋紫峰觉得胸膛很热，索性把毛衣扣子都解开，舒舒畅畅地说：“你说的一点不差，我和伍书记谈话以前还有这么一点情绪。其实，几千张大字报中广大工人给我摊开那样多的事实，早就把我说服了；不过，偏偏有些同志定要多说我一些，我就有了情绪了。这都是我个人主义作怪，人家称赞我时，说过头了，我不去计较；批评我时，多说一句我都感到不舒服，经伍书记一指点，我都清醒了。云端，党是多么宽大和公平啊！过去，我像个娇生惯养的孩子一样，母亲的无微不至的爱护我不去珍惜，只会撒野。现在犯了犯错误，才清醒了点，才发现组织上和同志们时刻都在关心我和教育我……”

邵云端知道他这回真的搞通了，一时反倒说不出话来。宋紫峰觉得应该向妻子表白一下，便略略压低声音说：“过去很长时期我对你也一样，你的好话我都听不进去——”

邵云端很不愿意他提起他和自己的关系，因为这样的话会掀起彼此感情上的波澜的，于是她轻轻把话岔开说：“你检查出这些问题来，今后怎么做也是个问题，比如你怎么和工人群众结合，行政和党委的关系怎样摆法等。”

宋紫峰又把自己想到的改正的具体办法给她讲了一番，他特别有兴味的是讲到他这十天来放弃了厂长的责任，使生产蒙受了损失，他心里很难过，光这个问题就讲了两个小时。他又说伍书记的话给了他很大的启发和力量。后来，他又把话引回来说：“其实你过去有些事也提醒过我，只是我——”

邵云端还是不愿意他对自己道歉，便站起身来，边笑着边给他扣上扣子，说："傻瓜，暖气都回去了，你还把衣服敞开。呀，这些废话你不要说了。"她看了看表，已经深夜一点钟了，便吃惊地催促他说："你不要过分兴奋了，今天就谈到这里吧，快休息吧。"

宋紫峰实在毫无睡意，可是他看见邵云端已站起身去铺床，他只得拿起文章，说："我本是征求你的意见来的，可是今天你偏偏什么也不提。好吧，你休息吧。"他扫兴地抬腿往门口走去。

邵云端略微有点焦急，回过头去制止他说："你上哪儿去？"

"我也回我的房间去休息。"

"这儿不是你的房间？"她一半生气一半撒娇地说。只因这位雍容大度的贤良的妻子的一句话，使宋紫峰进退两难。两年来的事情一下都涌到心头来了，她越是信任他，他越发深深地受到了良心的谴责。他又走了回来了，但是他的双脚多沉重啊，好像是铸钢似的，以致从门口到原来坐的位置上虽只有五六步，但他费了好大工夫才走回来坐到原来的椅子上。邵云端轻快地转身就走过去把房门锁起来。

第二十一章

易大光想改造兑铁水小车的心事，自从被宋紫峰一吆喝压下去之后，便没再想过。但是双反运动以来，宋紫峰的当众认真检讨，却使他大为意外。宋紫峰的一张大字报里，特别提到了自己对易大光的粗暴的态度。老易看了这张大字报，觉得很舒畅，心想："你发横，毛主席就不让！要整你的风。"他对着小车端详了半天，不觉自个儿笑起来。忽然，一只有分量的厚厚的手掌压在他肩上，并响着一个熟悉的声音："有什么喜事？讲讲让咱们高兴高兴。"他回头一望，原来是李少祥。他笑笑说："别扯啦，谁能像你天天都有喜事，连市委书记、总经理都表扬你。"少祥正张嘴要说什么，他抢着说："咱们讲正经的，我想和你研究个事。我问你，那小车上头不铺镁砂成不成？我寻思铁水温度不如炉膛内的钢水温度高，不铺镁砂一点也不碍事。你不知道，每回都要剋好几个钟头，实在折磨人。"

少祥一听，眉心一拧，默默沉思，也蹲下身子来，敲打着小车，对易大光说："老易，你想得对，我看没问题。这一来，不仅节省时间、节省力气，还节约不少镁砂呢！这真是双喜临门啦。"

易大光愁闷地说："可是砖缝怎么办？槽脖子不抹镁砂也不行！"

少祥使劲拍他一下说："这好办，回头我去找瓦匠研究，帮你解决这问题。老易，这玩意儿要是好使唤，也算你赶英国立一功。"

易大光站起身来，捺着他肩膀说："老弟，请你给我留点面子，可不敢嚷出去。要是不成，我哪有脸见人？要是成，这点小意思，也算不了什么功劳。"

李少祥一面点头答应，一面辩解说："不说出来当然可以，可是说出去，大家可以帮助你动动脑子，事成得更快一些，对么？"底下铸锭的红光映过来，使老易的脸一阵明一阵暗，少祥从他的皱眉的深思里发现一种从未在老易脸上出现过的神采，一种奇异的神采，好像一个晕厥过去的人醒转过来时的富有生机的神韵。看着他，少祥惊喜而激动，"啊，这个著名的懒汉要改革小车了！"他真想喊出声来，使整个车间都听得见；不，使全世界都听得见。少祥认为这是双反运动惊醒了这个沉睡的人，是猛烈的东风吹醒了这个懒汉。他忽然用感激的声调说道："一人想一条窍门，咱们撵帝国主义又快了一步了。老易，我心里老那么寻思，有朝一日，帝国主义趴蛋了，再也举不起武器来了，我们生产的东西都用来搞好大家的生活，提高大家的文化，那时候世界该有多美啊！"

老易笑了笑，说："亏你有这副闲心思，我才不想那个，那是哪年哪代的事！"

少祥急急地反驳说："别人能这么说，你可不能这么说，新世界旧世界你都看见过，你想想，我们的祖先，祖祖辈辈劳动，养肥了富人，自己到头来穷死饿死。他们的劳动成果，喂了豺狼了。可是共产党解放了中国之后，我们的劳动，都是开花结果的。建设不到十年，帝国主义听到‘中国’两个字就头痛，你能说不是吗？一想到这，我就打心里乐起来——建设社会主义，建设这个新的国家，是由于我们这代人的双手；比垮了帝国主义，叫全世界的人忘记了战争，忘记了千年万载的痛苦，也是由于我们这代人的忠实的劳动。我们就是这个时代的人。你的父母辛苦了一辈子，不能叫你享半点福；可是我们的劳动，却能叫世界永远和平，叫子孙万代过太平日子，我们辛苦点真值得！眼下累点，少拿两个钱，真不算什么！”

老易听得喉咙有点发热，他并没有想到将来，可是他想到现在，想到痛苦的过去，他觉得少祥的话倒是句句真的。他有意把脸避开了光亮，因他觉得自己眼睛已经有些潮湿了。两个人默默地带了一身劲儿，便都起身到炉前去了。

下班洗完澡，老易想和李少祥一块儿去找瓦匠，但找不着他，他决心到李少祥家去一趟。好容易找到他住的地方，门一推开，满屋子人，连烟雾带嚷嚷，看不清里面有些谁，只听有人叫喊什么焦比、风温，他猜大概都是炼铁工人在那儿开会。一个老太太走出来问他道：“你找谁呀？”

“找李少祥。”他被老太太领到西屋里去了。这儿干净宽敞，和对面屋两个样。那老太太给他张罗倒开水，他趁势把柜台上摆设的闹钟、奖状、相片都浏览了一遍，断定那老人家就是少祥的母亲，他就大胆问道：“大娘，你们少祥挣那么多钱，不买个收音机和自行车？哪一个炉长没有四大件啊！”

大娘笑着解释说：“他每月还得给他爹寄钱嘛。哪个工友困难，哪个朋友的孩子害病，他急急忙忙就掏口袋，他哪里剩得下钱呐！”

易大光听了，沉思起来：“怪，真是个怪人。”

李大娘絮絮叨叨，说个不休。易大光想起了少祥的父亲的事迹，便指着全家福相片问道："那是大爷吧？"李大娘走近前去，高兴地点头。易大光又问道："他真的遍身都被狼狗咬伤了么？"李大娘兜起了满腹心事，话儿更没有个完。易大光一面听一面用右手悄悄摸着自己的右小腿肚。那右腿肚上的伤疤，是他十一岁那年，随着母亲去要饭，被财主的狼狗咬的。"哼，狼狗都是听国民党和大财主的话。"他愤愤地想。脑子溜了号，大娘说的他没听进去，却想起自己娘咽气时那副留恋的痛苦的模样。"儿呀，记着这些穷日子，有朝一日逮住了他们，要狠狠地踩死他们，不要留根。"这就是他母亲留给他的话。李大娘说得掉下了眼泪，她望着他，好像他的母亲瞪着愁苦的眼在责备他似的。他也陪着洒了两滴泪。过了半天，他抬起头来安慰她道："大娘，事情早过去啦，不要难过了。你有这么个好儿子，还愁什么？"李大娘越瞅易大光越顺眼，于是把山东捎来的花生、地瓜干都拿出来招待他，他吃足了，李大娘还要他把衣兜装满带回家。他没等少祥回来，便又匆忙骑车回家去了。

已过了立春，白天又长了点，五点多钟，田野里晚冬的夕阳很好看，鱼白的云彩抹上了淡淡的红霞。有些地已犁过了，土又松软，黑油油的，老易真想在那上面痛快地打个滚。有些地还没有犁，粪堆密密麻麻堆在田埂上，他记得小时候田野上根本没什么粪，半里地一堆就算不错。他看见了那肥料就想起了老婆那得意的面孔，她第二次受表扬就是因为积肥立了功。他远远就看见自己的小草房子有亮光，便高兴地想："今晚可吃上顿热饭了，她也吃上了花生。"但当他推门进去可大吃一惊，妻子不在，炉火旁边坐了个男子汉。他既没亲戚，也没朋友来往，这时候有谁来呢？他来不及细瞅，那人站起来说："你可回来啦。"一听那嗓门，他才知道是李少祥，不觉笑了笑说："裤裆里放屁，走两岔啦。我在你家等了你半天。"他放好车子，又问道："你大嫂子呢？"

“来啦。”易大嫂端着个酒瓶，进了屋，笑着应声说，“我寻思难得李家兄弟来，打点酒让他暖暖肚子。”少祥听了，推辞说他还要回家，易大光把手一挥，从衣兜里掏出花生和地瓜干，说：“你要走，就得把这个拿回去。”少祥看见是自己家里的东西，知道他和自己的妈谈得挺热乎，又看见他很高兴，便也只好留下来了。他对老易说，他已找到瓦匠老魏，老魏觉得老易这个意见能行，只是他做不了主，后来他们两个人一块儿去找值班主任，值班主任也点头，不过他说还得问问上级，叫明天去听信。老易听了很高兴，因为现在他很相信宋厂长，他相信他会采纳他的建议。

酒菜摆开，易大嫂殷勤地劝李少祥吃喝，又问起他的未婚妻来。少祥怕老易知道自己的底细，便含糊地说：“还是等着她吧。”易大光问那姑娘是谁，易大嫂抢着代为回答了。老易笑了笑说：“看你多保密，你不说，我们都以为是那小刘哩。”

少祥摇摇头说：“那个等了六年了，应该等下去。”

易大嫂安慰他说：“不要紧，乡下那个不成，我给你介绍咱们陈小妹。人家对你有意思呀。”

少祥接到过陈小妹两封信，虽说信上说的是易大嫂的事和参观的事，但字里行间，借表达对工厂的爱慕来表达了她那微妙的感情。所以他听易大嫂这么一说，脸不觉红了。他离开易家后，冷空气叫他脑子很舒畅，但是一想起小刘、陈小妹，他就自然想起小兰来：“还等她么？——等什么呀！不，等她结了婚，我才死心。小刘？——不成。陈小妹？——唉，不要胡思乱想了。我非要看小兰结了婚，我才算认啦。”但是问良心，今天他很高兴，眼看见易大嫂已经转变过来了，并且很关心她周围的人。易大光呢，也居然动脑筋改革小车。他踏进了市区，便坐上电车。车上人很挤，他看见妇女和抱小孩的很多，便一直站着。忽然有人扯了他一下衣服，他回头一看，原来是何大姐。他高兴地握住了她的双手。何大姐却出他意外地冷淡，只嘲讽地问："快办喜事了吧？请不请我喝喜酒？"她为小兰抱不平，遏不住心中的愤懑。

少祥绷着脸诉苦道："别闹着玩啦，大姐，你不帮忙，我的事怎能成得了？"

何大姐认为少祥装糊涂，更为不满，便抵塞地说："她又不和我一个厂，我哪帮得上忙？哼，人家那上海的姑娘，还听我的？"

少祥听得莫名其妙，真是苦上加闷，只管瞪大眼睛瞅着她。那时正好有人下车，他挨何大姐坐下。他喃喃自语地说："我这辈子娶不上个老婆也没什么，只要小兰找上个对心的人，过好一辈子，我也心甘情愿！"

何大姐听见他这样说，更生气了，说："你自个找个漂亮的时髦姑娘得啦，还管她将来找得上找不上个对心的人？兴隆的大姑娘，剩不下呀。"她的声音连左右的人都听得清楚。少祥这时才听出她话里有话，便着急地放低声音问道：

"大姐，你这话是啥意思？"

"什么意思，你自己知道！"

少祥不得已地解释说："她告诉我她有了人，可我还等着她，我也管不住自己，还在等她。"

何大姐是个血性人，沉不住气，斩钉截铁地劝告说："大兄弟，大姐这个人就吃亏在这张嘴上，可是这回说完了舌头烂我也要把话说出来。我劝你呀，要是你真心爱那小刘，你就赶快和她结婚；你要是舍不得咱们小兰，你就下狠心撇开那小刘算啦，三心二意，搞得几头烦恼，犯不着呀。"

少祥急得几乎跳起来了："连你都说我和小刘要好，我向哪诉冤？我几时喜欢过小刘？我几时三心二意过？……"

"到终站啦，你两位还不下车？"售票员提高嗓子说。何大姐和少祥大吃一惊，一看原来车上一个乘客都没有了。少祥说："咱们就坐原车回去好啦，乐得多讲一会儿。”

何大姐判断少祥这个人还不至于撒谎，便迟疑地说：“你没那事，人家为啥讲你？”

少祥颓丧地说：“我是个共产党员，为啥说谎？我没这事，就不怕人讲。可是，你不知道我的苦恼，小兰已经有了心上人啦，她亲口告诉我的。”有几个乘客上来，电车已开始往市中心区驶去了。

何大姐高兴起来了，冲口说：“你真的不打算娶那小刘？”

“我根本连想都没往那儿想过，只因我们在一个厂，她又访问过我几回，人们就当一回事啦。”

何大姐笑着说：“那就妥啦，小兰还在等着你，她根本没什么朋友，那是瞎扯淡，为的叫你对她死心，和小刘结婚罢了……”

少祥一把抓着她的肩膀，摇撼着，惊喜地恳求道：“好姐姐，你说的是事实么？我的运气全在你这句话上啦。”

“我说的倒不假，”何大姐严厉地看看年轻人的眼睛说，“可是你呀，得说老实话，不能再对不起她。你不明白这姑娘的良心有多好。”

电车到了站，少祥也跟她下车，并且一点也不放松地说：“我跟你一块儿回去，我要见她，把话都说清楚……”

何大姐站着，建议说：“她已上班去了。这样吧，待她回来，我把你们的误会先说明白，赶明儿你俩都有空，在一块儿谈谈，依我看，赶快把婚订了是上策。”

少祥完全同意，感激地又握住了她的手，并约定后天中午去她们家会她。她拐进胡同里去了。他一个人溜达着，这意外的突然来临的幸福叫他多快乐啊，这条熟悉的马路忽然宽阔起来，道旁的小杨柳也像突然长大了很多似的。再抬头一看，满天星斗都对他闪着祝贺的眼睛，那个怜悯过小兰和一切失恋的人们的月亮，依然安详地走着她的道路。节令虽然是三月初，但是南来的一阵含有春意的晚风已吹进他的心里了。从何大姐那儿到他家本来很远，但他只嫌它短；后天和今天晚上的距离本不算长，但是他觉得确实难熬，要把这颗兴奋的心安静下来，他觉得已不是他能办得到的了。

昨天值班主任就通知李少祥，今天在他班里试验易大光的新小车兑铁水，叫他早点去检查小车。他今天原是休班，又约好去会小兰，天大的事情也不能错过啊。不过小兰一点半才回家，现在去还太早，到厂看看，省得在家里等得着急。主意打定后，嘱咐母亲给他预备午饭，便上厂去了。在他眼里，今天的车间多么漂亮，铸锭车间到处都飞溅着浇优质钢锭时冒起的火花，这快活的火花好像飞到他心坎里去似的。他和易大光去检查了小车，那小车很漂亮，只在缝里和槽脖子上抹了点镁砂，余下一色耐火砖，砌得溜光。看得开心，他不住夸赞地拍老易的肩膀。老易倒是提心吊胆，顾不上笑也顾不上说，只是细密地到处检查。值班主任从旁说："领导上特意请了耐火厂的工程师来研究过的，不会有问题。"

少祥感叹地说："双反后真不同了，领导上解决问题快，外厂也有求必应。"

值班主任说："你不知道，我们是用大红纸写了请诸葛亮的大字报请他们来的。咱们刘进春师傅被新炼钢厂的工友请过去好几回，我们也学人家的办法。"

检查完了小车，老易满心高兴地张罗做假炉门坎去了。做假炉门坎原是老华指挥的，可是老华现在非常信任老易，他忙别的事去了，叫老易多看照点。老易从铸锭工段爬上炉前，迎面偏偏碰见小刘，小刘一把抓住他，问道："你们炉长呢？"

"你不老老实实待在广播室里等那姓杨的，找我们炉长干什么？"老易有回看见杨宝琨和小刘一块儿在郊外散步，前天又听李少祥说他的对象不是小刘，所以这时他对她开这么个玩笑。在他心目中，陈小妹注定是李少祥的了，他多么乐意成全这件事，小刘对少祥殷勤不过是白费劲罢了。

“我找李少祥同志有急事，他在哪儿呀？”小刘一本正经地说。

“有急事可以问我。炉长的事我们不大离都知道。”问良心，他并不尊敬像小刘这样的有文化的时髦姑娘，可是他又禁不住想逗逗她，开个玩笑什么的。

小刘急于要写广播稿，便对他说：“好吧，那你给我介绍一下也成——就是李少祥同志改革兑铁水的小车成功的事，你讲详细点，我立刻就替他广播开去。”

易大光心上像响了个闷雷，犯忌地想：“怎么，我想出来的玩意儿归他身上去了？好呀，怪不得他那么热心张罗。哼，子孙万代感激的是他呗！”已经消失了的嫉妒的火焰又从他心中冒起来了，于是冷笑着慢吞吞地说：“哦，那小车的事嘛，要改革的人自己才说得清，我可讲不上来。”他一扭屁股就走掉，去和铁矾土、石灰石，抹假炉门坎去了。他觉得自己双手没有了劲，端起铁锹凿石灰石时，觉得铁锹有好重，他在人群中没精打采地草率地抹着。大家没注意，还有人问他小车的事，他听了更不愉快，闷不做声，也懒得去看那小车。假炉门坎做好后，老华过来看了下，问他道：

“老易，你现在真行，干活真快呀。”老华说完到炉门一张望，皱着眉问道：“老易，这坎根窄不窄？这可不能马虎大意呀。”

“放心好了，又不是第一回做那玩意儿。”他自己也觉得窄了点，但他正一肚子气，懒得重做。

老华点点头，走开了。老易这时期工作很好，还有发明创造，大家对他的看法也变了，老华听了当然信任他。李少祥在那边指挥试验小车挺顺利，车上挂的残铁很少，但是槽脖子上还挂得不少。试验成功了，值班主任、工长、李少祥都摇着老易的臂膊向他祝贺，老易脸上像挂了霜一样，冷冷冰冰。李少祥不去介意，因为他很理解试验一项新技术时那种紧张的心情。

调度室没有按时给“共青”第二车铁水，老华前去打听，值班主任告诉他炼铁厂“铁牛”号高炉突然休风，铁水供应不足，所以把铁水先给了别的平炉。老华听了有点犯愁，但是又觉得应该让别的炉子，于是没有说话，便退了出来，把这消息告诉了少祥。少祥也觉得让人是对的，但是心里惦念他大哥他们那个高炉又不知出了什么故障。冷料多，铁水少，熔化情况很坏。不久，调度员又来告诉他，铁水还是很紧，第二车、第三车还得多等一会儿，叫他们挺着点。老华絮叨着说：“急惊风偏偏碰着个慢郎中，气人！”

一直到十二点来钟，才连续来了两车铁水。共兑完三车铁水，小车上的耐火砖干净利索，大家都肯定这个办法不愧为“三节约”。正在这时候，广播器大声播送着：“‘共青’平炉李少祥改造的兑铁水小车已试验成功了。”少祥一听，眉心皱了。他立刻到广播室找小刘去。

小刘看见少祥进来，故意装成忙得不可开交的样子，连看也没看他，问道：“怎么样，报道及时吧？”

少祥一进屋，光线很暗，看不清屋里的情形，只见一盏台灯照着小刘那张鲜红的、略带严肃的脸。他开口就问道：“小刘，怎么双反运动没有反到你这小房间来么？”

小刘惊讶得把双眼瞪得溜圆。少祥就把她误报的事解释一通，然后用严肃的调子说：“你没有想到你的官僚主义会造成我们小组上的不团结吧？老易刚有点转变，我们应表扬他，巩固住他……”

“这都是我不对，是我说的，官僚主义的账应算到我头上。”这时杨宝琨才从黑暗的角落里插上一句。

“啊，小杨，你怎么有工夫闲串门？”少祥定睛一看，回过头去问道。

杨宝琨在小刘跟前，觉得自己幸福极了，于是心满意足地说：“你不知道吗，权力下放了，现在厂长室没有多少事。”

少祥没再说什么，他回到车间，准备告诉老华他要回家去。他真想告诉他小兰在等着他。

易大光蹲在仪器室里抽烟、擦汗，正是一肚子气，闷闷地想：“好吧，好事都是人家的，赶英国不用我老易啦。”他忽然又听见那广播器扎扎响叫道：“‘共青’平炉的小车是由那儿的工友易大光提出来的一项技术改革。那是他在双反运动后，由于觉悟提高，决心赶过英国——”以后说什么，他没听进去，他几乎滴下了眼泪，在心里说：“党不埋没好人！我又犯病啦！”他不觉站起身来，到炉门坎跟前端详了又端详，越端详便越害怕。那时老华领着少祥来求他看看翻腾得很不正常的钢水，两个人指手画脚。老易一手揪着李少祥，想问问他这假炉门坎能顶得住大沸腾不，可是他看见少祥非常信任地笑望着他，他又把话咽回去了。少祥随着老华视察了假炉门坎和钢水熔化的情形之后，的确觉得严重，说道：“冷料兑多了，铁水兑晚了，就会有这种情形，等会儿可能还翻腾得更邪乎。要是假炉门坎做得够高、底部够宽，那也不会有什么危险。”

一听炉长这么说，老易心里更害怕，试着问道：“这门坎成不成？”

两个人都默不作声，老华锁着眉心恳求李少祥道：“老李，你多待两个钟头成不成？你帮我一次忙吧，万一出了——事故，我怕自己处理不了——”老华胆怯地吞吞吐吐地说。少祥双眼监视着钢水，没有回答。真的，红色的波涛越翻越厉害了，他甚至觉得眨眨眼睛它也会趁机作祸似的。易大光也开口恳求道：“反正你已经来了，你在这儿，给我们壮壮胆。”少祥没有说话，刚才兴高采烈去会小兰的心情，现在已变成了他情感上的沉重的负担了。“我还能再失去她么？”但是仿佛另一个声音说：“这阵正是国家需要你、大家伙儿需要你的时候……”三个人的心事，也像炉内的钢水一样，翻腾得很厉害，却谁都闷不作声。正在这时候，小刘喘着气飞跑过来，抢着握着易大光的大手说：“易大光同志，我真对不起你，请你……”

李少祥一咬牙，用果断的简短的话嘱咐老华说：“赶快调两只渣罐放到渣沟下，准备出了事故时好接钢水，炉前叫装料机多准备充分的白云石和铁锹，谁也不要离开炉前，有一个人专管倾动……你布置好就在沟下照顾，炉前由我指挥好了。”老华转身走了。少祥急迫地从小刘衣兜里抽出钢笔，又抢了她手上的小本，撕下一页纸，匆匆地写道：

小兰：有急事，必须留厂里多一会儿。大概两小时后才能去看你，六七年都能等，我相信你一定能再等我两个钟点的。总之，我完全对得起你，离开乡下后我没爱过任何姑娘，见面时再细谈吧。

你五哥

即

他把信叠好写上地址，又是央告又像下命令地对小刘说：“好同志，好妹妹，快到午休了，请你无论如何骑个车子把字条送去。”小刘虽是和老易讲话，但少祥的急迫的动作她全看在眼里。她撒娇地和他开玩笑说：“要是情书，我就给你送。”

少祥没有一点笑意，绷着脸说：“无论如何求你跑这趟，你就把它当情书吧。”他把笔和纸条塞给她，招呼着老易，转身紧急地布置炉前的事情去了。工长和值班主任来了，看了炉内的情况，觉得实在不妙，便也协同着少祥他们作抢救的准备。老华喘着气跑上来报告下面渣沟已布置好。原来夏支书已听到了消息，领着党委的两个干部守着渣沟，叫老华回到炉前。工长接替王良信的工作不久，他是由炉长提拔起来的，他觉得自己资格虽比李少祥老一点儿，但是炼钢技术还不如他，所以一碰少祥在班，他就客客气气，很少前来指挥。

值班主任是个老技术人员，经过反右斗争和双反运动之后，思想更开了窍，不大离的事就问问支部，和群众商量商量。他和李少祥的关系也搞得挺好。当下他指挥调拨了大量的白云石堆在炉前，并且安慰李少祥道："准备是要准备万一，但是你放心好了，头一回试验扩大装入量的时候，大家都没有经验，可也没出过事故，现在都好几个月了，大家都熟练了，怎能出事故？"

少祥离开炉门总是不到三尺，眼睛监视着炉内，他故作安详地笑了笑，说："事故总是在人们麻痹大意时出的，早有准备，就不出事故。我几乎每次做假炉门坎都叮嘱大家，大家都笑我是老太婆。"

值班主任又匆忙地炉前炉后巡视去了。这时少祥多么想念王良信，要是和他共同守着炉前，他的胆子也会壮一些。现在不仅王良信调走了，连王国华也上马鞍山去了。两个共产党员都走了，老华已入了党，在预备期中，现在炉前的七个人里，只有两个党员和两个青年团员。他把大家叫到跟前，比说着要是钢水冲垮了假门坎，就应该怎样投白云石。他的话还未了，哗啦一声，假炉门坎已被冲开一个缺口。李少祥回头一看，脑里嗡的一声，钢的波浪咆哮得就像那一回他在海边放哨时暴风把海浪掀得半天高似的凶恶。但是，他已不是那个被大自然的威力吓住了的少年，他已是个熟练的炼钢工人，他是个共产党员。于是他沉着地下命令叫管倾动的人把炉子往后倾斜，然后又和大家迅速把白云石往炉门里送。唐绍周领着干部和隔壁平炉的工人前来抢救。大家没有想到钢水竟那样凶恶，像盛怒的猛狮似的，以它不可阻挡的力量冲击着本来就薄弱的假炉门坎，以致缺口迅速扩大，钢水顺着往沟下、往炉前淌，一时烟雾弥漫了整个炉前。大家举头睁不开眼睛，低头哩，看见地上的铁水南流北淌的，很难找块干净地方落脚，大家慌得节节后退。少祥这时倒是心头清醒，想起父亲的临危沉着，也想起了刘叔说的"有我姓刘的，铁水淌下我张口去接"那句话。他谨慎小心地眯着眼睛瞅好炉门，找没钢水的地方下脚。他知道，这时只有沉着和勇敢才是胜利的唯一关键。他冒着烟呛大声喊着："赶英国，就得快抢堵炉门！"快，白云石，是救星。"老华和老任在烟雾中听见他的叫喊，又都冒着浓烟上前送白云石。老易又急又怕，也跟着大家抢送白云石。小魏呛了满肚子烟，头有点发晕。李少祥跑在最前列，钢水溅得他满身都是，衣服也着了火了，老任前去替他扑火，他呵斥着说："别管我，快堵炉门坎。"他的声音居然压倒熊熊烈焰的咆哮。大家听了突然增加了勇气和信心，冒着火焰猛劲投白云石。宋紫峰早已出现，在仪表室亲自指挥，叫平炉向后倾斜到最大限度。但是钢浪还是翻腾起伏，蹿得半天高，钢水仍往外冒，最严重的是钢水淌满炉前，几乎没有一块插足的地方了。大家无奈往后退却了。值班主任叫装料机送白云石过来，堆往炉前，铺成一条临时的小桥，老华、小魏又领着大家踏在小桥上上前抢救。李少祥一直坚持在炉前，他觉得自己还能支持，也不管自己烧成怎样，在烟雾中仍然大声喊叫着继续指挥大家。过了一会儿，人们听不到李少祥的声音了，小魏才一马当先，在烟雾中前去找少祥。他眯着眼边找边大声喊："炉长，你在哪？怎么不说话啦？"他找了半天，到底找到了他，原来他抱着铁锹倒在一堆矿石上了。大家把他拖了出来，看见他下半截身子都着了火，像个被烧着了的棉花人一样。大家一急，把他抱起来泡到水槽里，灭了他身上的火，一面去叫汽车送他去医院。小魏也晕倒了，但是当人们抬他上救护车时，他被李少祥的叫喊惊醒。他醒后，死也不肯上救护车，扶着别人要回车间。唐书记随后赶上来，拉着他的手臂，伴送他们一道去医院。

由于宋紫峰的果断的处理，事故到底止住，但是，因刚才钢水翻腾猛烈，溢出的钢水有三十多吨，炉下大罐、渣道都焊住了，"共青"被迫停炉。工人们都连忙积极投入抢修中。老华看见自己在代理炉长的时候出了那么大的事故，难过得抬不起头来，责备自己说："人家跃进，我跃退了。在入党的预备期中我出了这个事故，这怎对得起党？"

大家看见易大光干得起劲，不说话，只挑重活干，人们默默地夸赞他，没有谁看出他心事重重。他眼看“共青”起码两天不能生产，对国家造成了好大的损失，他的心一搐缩，想道：“这都是我作的祸害，老华叫我负责领大家修假门坎，我不负责任，马虎潦草。这一回的祸害比那一回试验快速精炼时更大。”他想到这儿，怕将来查出事故的原因，自己要吃官司。他又想到少祥不死也落个残废，他怎能对得起那位曾被狼狗咬得遍体伤痕的李大爷和热情地招待过他的李大娘？他觉得自己的心肝好像放在油锅里受煎熬似的，实在烧得难忍。他一时想找支部去坦白，要求处分，一时想上医院去替李少祥受苦，一时也对自己发恨，悲观失望起来。只有做些沉重的活儿，才能使他良心上觉得好过一些，他一连两天没有回家，干累了睡一会儿，睡醒就干。他怕见自己的妻子。

正当李少祥被人抬进救护车的时候，小刘饿着肚子已骑了半小时的自行车，又找了半小时的门牌，好容易找到小兰的门口。她擦了擦鼻尖上的汗珠，看看手表，才一点过了三分钟。她一路上很想看看那条子，但又觉得不应该偷看人家的书信，心里斗争了好久。两个月来，这姑娘也心事重重，因为她越来越发现李少祥并不像在追求她。这件事给她带来了莫名其妙的不愉快。然而，她也注意到自己这几个月来接受杨宝琨的礼物越来越频繁了。从手绢到手表，几乎每月都有。想到这，她又仿佛问心有愧，一时觉得对不起那个纯洁的工人，一时又觉得对不起杨宝琨。她显然和杨宝琨越来越接近，和李少祥逐渐疏远，一想到这个事实，她却又有点儿烦恼。

“看看怕什么？他又没有封口。”她纯然出自好奇，因她并没有怀疑小兰和少祥有感情关系，况且刚才他把信交给她时他的神气是很紧张严肃的。她轻轻打开条子一看，轻快的笑容消失了，脸色有点发白。不知道为什么，她觉得她的自尊心受了损伤。“我干什么给他送这条子？小兰姐不笑话我么？我亲自对她说过他追求我的。我把这条子给她，我的脸往哪儿放？”她觉得自己一阵脸红，胸脯也气得鼓起来，头不觉靠在门扇上。过了一会儿，她又反问自己说："你答应人的事又不办，这算什么青年人？你还积极要求入团呢！况且，小兰姐又怎么知道我偷看了条子？"她回忆起和小兰的两三次交谈中，小兰处处为她设想、爱护她的情形，她真有些不理解。她想道："她爱他爱得那么厉害，可是她听我讲到他追求我时，她一点也不恨我，还鼓励我要勇敢、要耐心。"想到这，她心里又另有一番滋味，头也不愿抬起来。对门哗啦开开了，她赶忙站好，装作找门牌的样子，幸喜那人没注意她，径直往胡同走去。小刘不能不紧急作出决定来，心里又急又愧，胡思乱想，拿不稳主意。忽然，她厌弃自己地想道："她才配嫁他，你不配！人家是劳动人民，正派、憨厚，富于自我牺牲精神。哼，你只有小资产阶级的幻想，这算不了什么爱情。"她悄悄把自己抢白了一顿，虽然稍觉痛快一点，但终究下不了把信亲自交给小兰的决心。她想把信从门缝里塞进去，或者等对门再有人出来时，托他交给她。但想来想去，都觉得自己不负责任。又过了一会儿，准备好了一套勇敢的自我表白的话，她才咬着牙，举手敲门。没承想门一敲就开了。小兰看见了她，惊喜地问道："是你呀，小刘。"原来小兰等少祥早就等急了，听见门外有动静，便站在门后面听，一听见敲门，哗地开门了。

小刘把刚才准备好的话都忘了，小兰的质朴和深厚的笑容使她勇敢起来，她迫不及待地把条子举起来严肃地对她说："李少祥同志有要紧事情，叫我把这个条子在一点钟以前送到你手里，厂里情况可能不怎样好……"

小兰来不及问她，匆匆打开条子，小刘没有等她看条子，便踮高了脚尖，扳着她肩，把嘴巴凑着她耳朵说："小兰姐，祝你幸福！"她说了，轻轻放手，扭转身就飞跑出去了。小兰一面看条子，手一面发抖。等她看完条子，嘴里叫着"小刘"时，那姑娘早已上了大路了。不知为什么，小兰含了一包眼泪，有气没力地倚在门扇上。她这时忽然断定刚才小刘祝福她时的声音是发颤的，眼里有泪光。她那充满幸福的心忽然被这姑娘的发颤的声音和泪眼所扰乱了。她这样一动不动地凝视着小刘飞跑出去的这条胡同，至少有半个小时。

第二十二章

小刘觉得自己做了一件极其高尚和伟大的事情，心里充满了自豪感；但同时也觉得全身乏力，她就慢慢推着车子往回走。说也奇怪，今天工厂区的景色也很特别，不要说别的，光是马路上运送材料和钢材的马车和汽车就特别多；汽车上的司机，似乎都愿意用迅速的目光看她一眼。她们厂并排儿矗立的十个烟囱格外高大，缕缕的黑烟都显出豪迈的气派。从那儿冒出来的黑烟，就有她辛劳的份儿。想到这儿她也觉好笑，难道她天天借喇叭筒宣传，给工友们打气，不是为钢铁服务吗？为什么今天替一个守护平炉危急的工友做件事，倒值得这么高兴？她觉得自己是个做了一番自我牺牲的英雄，就是这个小小的然而了不起的事情使她更爱自己的厂和自己的工作。她想起了自己离厂时“共青”的人们那种紧张的情形，心里一急，连忙跨上车子，飞也似的赶回厂里来。她先往平炉车间走去，一个原料工段的工人刚从那儿下来，截住她，用责备的口气恳求她说：“小刘啊，我们焦急得要死，你倒一声不吱，我们希望你随时播送李少祥的受伤情况，省得我们派人去问，听说他很危险，是么？”

小刘一听，急得一身汗，连忙上厂长办公室找杨宝琨。杨宝琨从玻璃窗看见了她，急急迎出来，劈头问道：“你上哪去了？找你好几回啦。”他看见小刘惊怕得溜圆的眼睛，便把事故的情形一一告诉了她，并且加添说：“现在夏支书守在医院，刚才来电话说伤者还没有醒，有时只呼喊几声，叫抢救。各个车间的工友都很关心这件事，纷纷派人来问，公司党委陈书记也亲自来平炉车间看了，详细打听李少祥和小魏受伤的情形……”

“小魏也受伤了？还有谁？”小刘简直喘不上来气了。

“小魏伤很轻，三两天能出院。其他有个别人烫了点皮，上点药马上又干活了。你到党委去一下吧，党委有指示。”

小刘忘记了肚子饿，连忙上党委请示去了。

下了班，小刘约好杨宝琨一同去医院看望李少祥。可是他们不能进病房，只能在接待室打听打听消息。自从偷看了李少祥的条子以后，她已下决心确定和杨宝琨的关系，但是今天下午接二连三发生的事情使她心情沉重，以致她和他除工作外没有说上三句话。接待室已来了很多人，有老华他们本班的，有其他工段的代表，有党、政、工、团的负责人，有刘进春和一些小刘不认识的人。大家默默地等着消息，谁也不愿意说话。小刘在屋角里发现了小兰，飞也似的扑了上去，并且忍不住呜呜地啜泣起来。她多么同情这个刚刚走到幸福的门前又突然遇到灾难的女人。倒是小兰紧紧搂住了小刘，用坚决的声音安慰她说：“不要紧的，好妹妹。他会醒转来的，因为他还要炼钢，他没有炼够啊！”

小刘抬起模糊的泪眼，发现小兰并没有眼泪，不禁在心里悄悄骂自己说：“看你这小资产阶级的脆弱劲儿。”

小兰边替她擦眼泪边说：“刚才夏支书出来报告，大夫说他一半天醒不来，但是他的心脏很强壮，不要紧；将来他双脚很可能残废。”她又咬了咬牙说，“不要紧，我照护他一辈子，他还能做点工作，他还有双手，还有脑子。”

她俩正说着，夏万春扶着宋紫峰走进来，邵云端赶快迎上去扶着他，原来宋紫峰刚刚给李少祥输过血哩。夏万春宣布道：“李少祥同志现在仍未醒来，但脉搏呼吸都很正常。大夫说，目前输这些血已够了。以后需要，再告诉我们厂。所以，已经验了血型、排了号的同志请先回去，来探望的同志也请先回去吧，不用挂念了，党委已指定人轮流在医院值班。”

谁也不肯走，议论纷纷，有人说当时不应该把他泡在水槽里，有人说他在烟里熏得时间太长了。夏万春和邵云端都劝宋紫峰先回家，宋紫峰站起身来摇摇头，仿佛说：“抽这么点血算得个什么。”他到底依了别人的意见，准备回家。他看见人们脸上又紧张又愁闷，不觉安慰大家说道：“有个好消息，刚才陈总经理说，我们派到上海去学习抢救丘财康的有经验的大夫，星夜从上海赶回来，并要求上海派个大夫来帮助我们，并带些贵重的药来。”大家听了，马上都露出了高兴的颜色。

唐书记又添上一句说：“刚才这儿的院长已肯定地说，少祥同志没有生命的危险，现在是怎样使他不残废的问题……”这些话都很有力量，大家才陆续离开了医院。小兰躲在屋角动也不动，她坚决要等他醒来。小刘不忍离开她，认为自己有责任陪伴她，便也留下了。刘进春已走出了大门，等大家散去之后，他又折回接待室。看见了两个姑娘，他站住了。这时他才记起以前少祥对他说过关于小兰的话，他不能抑制地走上前去，挨小兰坐下。他注视小兰一会儿，又注视着小刘，这两个大姑娘的同样急迫焦灼的眼光使老人感动了。他低头没有说话。是的，他能说什么呀？这时坐在这儿的三个人的心情，好像是一条细小的钢丝似的紧紧牵绁着李少祥的生命之外，他们也不可能想到别的。不知道为什么，小兰忽然觉得自己软弱起来，扑在老人的肩头上，轻轻啜泣。

老人用粗糙的大手捏着她的大辫子，自言自语地絮叨着说：“他是党的好儿子，和他老子一样！”

三个人又沉默了一阵，天已黑下来了。护士又引了两个人进来，小兰一见，立刻扑到那个老太太身上，哽咽地叫道：“妈！”

“我儿呢？我的小儿子呢？”老太太谁也没有看见，失神地叫道，好像向小兰要人。李忠祥扶着母亲，劝她说："妈，别着忙，你安静点。"

刘进春和小刘也过来安慰她。但是老人家一刻也安静不了，一会儿要冲出接待室，一会儿死望着窗外。夏万春走进接待室，看见屋里还有这么多的人，不觉张着嘴说不出话来。过了好一会儿，才劝大家说："请大家回去休息吧，刘师傅也请回去吧。少祥一时半会儿醒不转来，就是醒来了，大夫也只许党的负责人和家里的父母、妻子见一见，旁的人是不会让进去的，大家请回吧。"

"我不走，我要见我的小儿子，烧成炭我也要看看他。"李大娘没有泪，双眼发愣。

"我是他的未婚妻，我要留在这儿侍候他。"小兰坚决地要求夏支书。

李大娘这时才注意到站在她眼前的是小兰，听她这一说，不觉惊喜地张开了两臂，小兰便投在她怀里了。李大娘抽咽着说："俺们山东人都是金子做的，小五子烧成这样的时候，你偏偏愿意嫁他！我的好媳妇，你真是雪里送炭。"

李忠祥看着那个健壮的姑娘，不住地使劲点头。刘进春，这个不爱落泪的老工人，却被这个海滨姑娘的行为打动了。他悄悄拭去眼泪，为侄儿的安全默默祝祷着。这一夜谁也没有走，大家在宁静的初春的夜里度过了紧张的每秒钟。事实上，当天夜里李少祥醒来时，只有夏万春一个人看见他。他听见他的呻吟、听见他要喝水时，他的心高兴得狂跳起来，一跃上前要抱他，但他还没走到病床前，就给医生护士拦住了。他受到了好意的、但是严厉的责备的眼色。他只好轻声柔和地叫道："老李，你好点了么？"看见李少祥翕动着嘴唇，他又说："我是老夏，听得出来么？"

"有——没有——停炉？"他显然费劲地提高嗓子问。他的眼睛给烟熏坏了，上了药，给包扎住了。许多地方给纱布缠住，像个棉花人似的。他动一根神经也觉得全身剧痛。他好像第一次发觉痛也是最凶恶的敌人。但是，他不能屈服于敌人——从感到剧痛的第一秒钟起，他就下决心不喊叫。

夏万春连想也没有想，急急答道：“没有，还出了炉快速炼钢呢。”在这样的时候撒谎，任何人都会原谅他的，所以他满脸高兴。

李少祥显然不信，摇了摇头，这一摇头，使得他全身的皮肉都感到无可忍受地疼，他又晕厥过去了。夏万春也被护士劝走。李大娘呢，足足等了三天三夜，才远远看到儿子一面。少祥听了母亲的声音，只说了两句话：“妈，你不要着急，我没事，眼睛好了就能上班，我的事千万不要告诉爹。”她是答应了医生的许多嘱咐，才被允许进去看儿子的，她进去前不肯穿那套白衣服，可是出来以后，她又不肯脱了，因为她还想进去。小兰却很能控制自己，照常上班，每天尽量抽时间来看看他，除了叫他一声，不和他多说话，只远远地守着他。她还能帮助医生和护士们了解伤者，详细地把李少祥的思想和特点介绍给他们，使他们的护理工作进行得更顺利。她是受大家欢迎的人物。

李少祥的眼睛、面部和上肢的伤都不重，半个月后，逐渐养好了。只是下肢受伤太重，膝盖以下的皮肤全烧掉了，一部分肌肉也烧焦了，所以在医疗护理时遇到了很严重的困难。虽然庆阳、天津、上海等城市支援了一些抗生素等贵重药品，但仍抵不住化脓菌的侵入，医生们最担心的败血症到底光临到伤者的腿部来了。有几天少祥的病情转重，发高烧，原来败血症正在他腿上蔓延，有些医生主张立刻截肢。但是唐绍周代表厂党委竭力请求医院另想办法。医院党委学习了上海广慈医院的经验，党委挂帅，召集了中西医会诊，研究抢救办法，结合了抢救丘财康的经验，又主要采取了吃中药、打针、护理并进的方法，这个年轻的炼钢工人的双脚终于保留下来了，只割去了右脚上的两个小脚趾。四月中，少祥除了下肢外，其余地方都已恢复健康，医生给他在腿上进行了植皮手术。

五月二号是假日，医院今天只许李少祥接见两个人。易大光天没亮就上医院登记要见李少祥。到了八点，护士婉转地劝他回去，老易急得面红耳赤地说："每个休息日我都来登记，可是老排不上号；今天，让进去得进去，不让进去也得进去。你不知道，我有句话要对他讲，不讲出来我不能继续炼钢啦。"护士为难得很，进去请示大夫，李少祥听见了，要求大夫让他进来。大夫只答应他们讲几句生产以外的话。易大光一口答应说："只讲一句也成。"这一个多月来，厂党委拿李少祥抢救钢水的忘我的共产主义精神进行教育，大家讨论深入时，易大光心里难过死了。他很想对大家承认自己做假炉门坎时马虎的那件事，但又缺乏勇气，并且怕人家说他是有意捣乱，那时他有嘴也说不清，所以一直憋在心里，很苦闷。今天他是抱着沉重的心情来见他，准备挨他一顿批评。他换上了雪白的衣服和拖鞋走进病房，心情更沉重了，药水的气味熏得他头脑有点昏晕；在他看来，这种药味远不如煤烟和铁末的气味香。他进屋看见李少祥两眼特别有精神，脸皮上有几处长上了新皮，颜色不一样，但是嘴角仍然挂着笑容。他斜躺着，左手也有一块一块的新长的皮，右手仍然缠着纱布。下肢用白被单盖着。

"老李，强点了么？"易大光胆怯地说了，但是李少祥的热烈的笑容使他振作起来。他定睛望住他，轻轻坐在凳子上。

"过几天就能和你们一块儿炼钢了。你那小车的槽脖子改进了吧？"李少祥全神贯注地问道。

他看见他并没有追问那假炉门坎的事，第一句话就关心自己的小车问题，心里更是难过，不知怎么回答好，只是低了头。

李少祥快活地笑着问道："听说易大嫂、陈小妹她们进厂参观了一趟，还看见你在墙报上受表扬，易大嫂一定很高兴吧？好好加油动动脑子吧，老易，赶英国已经不犯难了。"

他越是称赞鼓励，老易越是难过，头低得更厉害了。护士听见李少祥兴奋地谈起生产的事，便轻轻走了进来，微笑地看了看他。李少祥理也没有理会她的眼色，继续讲个不休。易大光看护士的眼光移到自己脸上了，知道她动员他走，于是迟疑地站起身来，抬头望住了李少祥。李少祥笑着安慰他说："叫大家不要来看我了，过几天我腿上的皮就能长好了。你们先加料，我就来！"

老易站了半天，不肯走，只是说："你不用操心，好好将养吧。"护士看见他不肯走，心里明白，悄悄走了出去。老易看是个机会，心一横，抢前一步说："老李，我对不起你，是我不小心害了你！那假炉门坎——"他把羞惭和眼泪往肚子里一咽，转身就往外冲出去了。

这头李少祥看见老易这副模样，倒焦急起来，大声请求护士说："同志，请你快把易同志请回来好么？"他急得大声叫了，好像老易牵走了他半根肠子似的。

护士劝他说："你要安静点，特别你想快点回去炼钢，就得好好听医生的话。"

"不，我怕他出什么岔子，你不知道他这个人——"

护士为了安慰病人，便答应说："我去追他，并且代你安慰安慰他。有问题我就当时处理得啦。"她迅速转身出去，但是等她追到医院大门时，那个姓易的早已看不见了。

植皮手术基本成功，腿部的皮已长好了，只是脚趾仍然溃烂，需要重做。少祥每天脚上仍然剧痛，但比起以前的痛苦，他觉得简直有天地之别了。护士每天给他读报，他听了兴奋得难忍，各个厂矿都搞轰轰烈烈的群众运动，搞技术革新，他只好拼命在床上做上肢运动，心里合计，左手三五天就能好，双脚换皮也不过半个多月。想到这，他高兴极了，暗地里计划着："我的脑子是百分之百健康的，叫小兰给我捎点技术书来，把冶炼知识提高点，回去就能多炼些优质钢。"主意打定，他就安心睡午觉。因为，老易是追不回来了，不知他会不会发生什么意外，小兰呢，今天要四点以后才能来看他。

睡到三点多钟，他蒙眬中觉得脸颊上痒痒的，又觉得有水点滴落在自己的额上。他还没睁开眼，想道："难道已到了四点半？小兰就爱用她的辫发拨弄我。"当他的伤已好点时，小兰喜欢在他睡熟时轻轻吻他脸上新长的皮肉。他发现了她这个秘密之后，看见小兰来了，他就老装作睡熟的样子，好让小兰悄悄亲他。现在，他故意沉着气，听听动静。不久，他耳边听见轻轻一声叹息，那声音显然不是发自小兰的。他睁开眼，偏过头来张望。啊，他惊喜得说不出话来，伸手就紧搂着这位须发花白的老人。原来李大爷是今早从乡下来到兴隆的，他来医院正好儿子已睡熟。禁不住他的请求，护士们允许他进病房先看儿子一面，静候他醒来。他足足守了他一个钟头，看见他动了一下，他忍不住低头去亲儿子的脸，没承想胡须一触碰，把儿子给弄醒了。

"我儿，你越长越出息了！"李大爷噙住了一眶激动的泪。

"爹！"少祥叫了一声，就不说话，只把头往老人怀里乱窜，像个在母亲怀里寻找奶吃的婴儿。这时，他不知道对父亲先说什么好，诉诉一年多来想念他的心情么？——都已见面了，两地牵挂的心情已不存在。告诉他工厂生产大跃进的情形么？——他又已离开岗位两个来月了。这时他唯一要对父亲说的是希望他打通打通大夫们的思想，批准他早点回到车间，因为他再也躺不住了。

"爹，国家需要我炼钢，咱们社会主义阵营需要我炼钢，我能吃能睡的，躺在这里享福做什么？"他从父亲的手臂里抬起了脸，严肃地要求他说，"求求医院让我出院，再请刘叔给我做部小车，我可以到车间，我不能干重活，也可以指挥加料，出钢和带徒弟。"他断定一提到社会主义建设，就能打动这位老人，于是期待地望着他，好像只要他一点头，他的愿望就能实现似的。

李大爷擦干了泪水，笑了，安慰他说："在厂你听工长、厂长的话，在医院，就得听护士、大夫的话。我进这个屋，也得听他们的话。工厂、医院都有党领导的，咱们不听话，好心也变成坏事啊。”他用颤抖的手指无限爱怜地抚摸他脸上新长的皮肉，他脑里忽然闪出了少祥三四岁时候的形象。那年李大爷在游击区开了一爿小酒铺，掩护八路军的联络人员的活动。有一天，八路军的人员正在里边借喝酒开会，一个狗腿子就在外头探听风声，老不肯走。少祥那时刚会说话，他看中了狗腿子烟杆上那颗玉石坠子，硬缠着父亲去解下给他。父亲连哄带吆喝，可是越吆喝他闹得越凶，一个劲儿非要不可。狗腿子被他缠得没法，只好走掉了。李大爷夸他有立场，进去要了一块羊肉，赏给了小儿子，一场风浪才算过去。这件事过了二十多年，中国已变了样，被挤在几块狭小的根据地的中国共产党，现在在全国范围内领导全国人民进行轰轰烈烈的社会主义建设；乡下的老乡们也已由获得土地到走向集体化，改变着自己的精神面貌；他的小五子，也已由三岁半的孩子长成为出色的炼钢工人，是个富于自我牺牲精神的共产党员了；但是，在小五子骨子里的那股拗劲儿，好像丝毫没改动似的。想到这儿，他忍不住笑了。少祥在父亲面前，总控制不住自己的撒野和任性，看见父亲不仅不答应，还教训他，他有点不高兴，只锁着眉，闭着嘴，不说话了。父亲看着他，觉得十分有趣，忽然两腮鼓满了气，学着他生气的样子，胡子也扎撒着。少祥看了一眼，知道父亲取笑自己，便低垂了双眼，斜靠在枕头上。忽然，噗嗤一阵妇女的笑声，使他不能不睁起眼睛向门外望去。原来小兰和护士互相搂着肩，静悄悄看着这对有趣的父子哩。李少祥看见小兰没有和自己的父亲打招呼，很觉奇怪，便顺口问道：“你大爷来啦，小兰，难道你不认得了？”

小兰笑嘻嘻地说：“我比你看见得早哩。”

李大爷看见儿子瞪大不明白的眼睛，便解释道：“你妈要小兰去和她做伴，把她接到家里去住啦，所以今天一早我到家就看见了她。”

少祥心里怪小兰没有把这个消息告诉他，责备地瞪了小兰一眼。她脸红红的只低下头来。护士看见老人家和病人缠在一块儿，觉得不合适，但是她们都很尊敬这位以精忠不屈闻名的老人，不愿阻拦他。小兰看出了这个意思，趁势搬了把椅子扶老人家坐下，开玩笑地警告他说：“爹，你要是老缠着五哥，人家明天就不让你来了。”

老人抱歉地笑了笑，说：“我再也不说话了。只要让我守着他就成。”他显然怕护士赶他走，他便以退守为进攻。

少祥为了叫护士们放心，闭上眼睛安静地休息了一会儿。他听见父亲和小兰的微弱的细语，没法听得清，无非是她讲她怎样学会了轧钢，他给她讲她家乡的情形。往后，他俩都以为他睡着了，便住了口。

“高低我也不让你回乡下了，爹。”少祥突然睁开眼，坚决地说。

李大爷看见他没有睡，对小兰做了个吃惊的表示，然后回头来回答儿子说：“要不是你受了伤，我还来不了。我们乡下准备搞了不得的事业！你懂么，了不得的事业！”

少祥望着父亲猜着说：“还不是大跃进、大增产呗——水渠、密植、追肥、打鱼……是不是？”

李大爷头一扬，飘动着那个花白的胡子，笑而不语。他心里有一个秘密，他很想都告诉了儿子；但是，这个宏伟的计划只在社里党的会议上研究，还未公布实行，因此他不应该讲。他心里痒痒的，趁势逗他儿子说：“你猜猜吧，是个了不得的事业！要是成了，将来走共产主义的道路就快了一步。”

看看父亲那严肃而又神秘的脸色，少祥感到自己家乡将要发生什么伟大的运动或改革；但是凭他的知识，他猜想不到乡下将要发生什么事情。他望着父亲，好像恳求他揭谜似的，嘴里却嘀咕起来：“闹的是什么名堂？难道还有比搞土改、搞高级社更了不得的事情？小兰，你猜得着么？”他希望小兰能透个口风。小兰也瞪着眼睛，比少祥更急切地祈求老人道："爹，你讲出来得啦。你不讲，我也猜得出来，最多不过是能把海水变成淡水，可以浇地；山上多种谷子，少种地瓜，是不是？"

李大爷想起了那个将要建立的工、农、商、学、兵合而为一的大的人民公社，便心花怒放。他的老眼一眯眼前就出现了许多小工厂、发电站，大伙儿在一个食堂吃饭，小孩们在托儿所集体玩要……只可惜眼下还不能往外说，支部上传达县委的指示时说，没有做出样子来以前，一概不往外说，何况现在只是一个还没有实施的计划。他要遵守党的决议，于是咽下了满肚子的欢喜和兴奋，轻轻摇了摇头说："等过几个月，少祥伤好了，你们俩也结了婚，你们一块儿回家乡瞅瞅就知道了。"

"你不告诉我，我更不让你回去。"少祥撒野了，但是他心里明白，不能讲时，他爹是绝不会向他讲的。

李大爷开朗地笑了，不知他在笑儿子不明白一个将要走向公社化的农民的豪迈的心情哩，还是为农民将要在消灭城乡差别的道路上迈进一步而高兴……

费了好大的劲儿，护士和小兰才算把老人劝走，让李少祥休息。事实上，李少祥再也睡不着：第一，牵挂着老易的事；第二，又猜不透家乡将要发生的变化。他双肩像挂了两个闷葫芦似的，很不好受。到了晚上，夏万春要进去看李少祥，护士们劝他不要去了，因为他今天过于兴奋了。但是夏万春怎么也不答应，说："有一件事，非告诉他不成，告诉了他，只有对他的病有好处。"

护士叹了口气说："今天是什么日子？来看他的人都说非看他不成，早上一开门就碰上个姓易的，下午就是他那个英雄父亲，晚上，你这个支部书记又非要……"

夏万春得意地说明道："我要对他讲的就是那个姓易的事，不给他讲，他今天晚上会睡不着觉的。"

护士无奈，只好让他进去了，叮嘱他简单讲几句就出来。

少祥一脑子兴奋，看见夏万春进来，意外地高兴，叫道：“是你呀老夏。是不是咱们车间超额完成‘五一’竞赛计划？”

夏万春也遏制不住心里的激动，说：“好消息，是工人阶级的喜事——”

“你快说好不好？”

“是关于一个落后工人的觉醒问题——老易转变了，彻底转变了！”

李少祥挠挠头说：“你们不是说他这两个月工作得不坏么？”

夏万春解释道：“这倒不假，不过有个时期工作好不算是他转变的标志，他这个人就有冷热病。今早他从你这儿回去之后，便到车间找支部，把他历来的肮脏事都坦白出来了。”于是他把老易怎样流着痛心的眼泪讲自己如何阻碍快速炼钢的试验，如何嫉妒李少祥，以为他串通常青农业合作社打击他，和怎样错怪他篡夺他改进小车的成果，致使自己赌了气，马虎做假门坎，闹了大事故……夏万春一口气说完，又补充道：“他准备去坐牢，要求上级处分他。今天党委召开了个特别会议，详细研究了他的情况，觉得他主要还是思想问题，现在他自动把那几次事故作了交代，决定免予处分。况且那回事故，主要是铁水供应不及时，第二第三次兑得太晚了，造成大翻腾的现象。当然，假炉门坎要是做得结实，跑钢会少一些……啊，我们支部撂下一块二百斤重的石头了……”这边夏万春讲得很兴奋，那边少祥却沉默不语。过了半天，夏万春问他说：“怎么啦？你听了这消息高兴了吧？我想起你过去对待老易的宽厚、忍耐是对的，有时候很需要这个。今早他看见你只一味关心他的小车，他感动了，才下决心向支部坦白。”

少祥摇摇头道：“宽厚、忍耐，好是好，但太慢了，不够积极。炼钢的时候，我能及时加脱氧剂，可是对于老易这样的人，我还不完全懂他的心理，因此不能及时对症下药，只等待他的自觉，不能‘快速精炼’！”

夏万春听了觉得有些道理，点了点头，并准备解释几句，但是护士进来催他回去了。

七月一日，兴隆市洒满了阳光，广场上和马路边的花坛的花朵开得特别鲜艳，只是天气特别热，医院病室里的白色窗户都撑起来了。少祥仍然躺在医院里。早晨四点钟，天蒙蒙亮他就醒了，好容易挨到五点钟庙会上的扩音筒便传出了歌曲声。连日来，护士、大夫和来探望他的人都不断告诉他关于“科学技术革命庙会”的见闻。他听了之后，思想都早飞到庙会上去了。现在听见了音乐响，知道那儿又开始活动，他焦急得几乎流眼泪。他万万没有想到自己一躺就将近四个月，而且躺在这儿度过党的生日。他脚上的皮已经长好了，只是八个脚趾有七个不能动，两膝也不好打弯，不能走路，只好蹲在医院里继续治疗。他虽然看了好几本关于炼钢的书，有时也帮助护理人员排解一些思想纠纷；他也取得一位年轻大夫的帮助，解决了自己对数学和化学上的某些问题，但是所有这些都抵不住他急于回车间炼钢的心情。他坐在床上，望着两条腿直生气，骨头没断，筋没扭，为什么就不听使唤？他学着按摩的方法自己捏膝盖腿肚半天，然后把腿搬动，终于在地上站着了。他试着走路，但脚弯不听话，他就扶着墙直着腿迈步，居然挪动了几步。他高兴极了，这也算是自己在党生日中的一个进步。“要是能迈到庙会中去看看，敢情不错。”他动了这个念头，便下决心开始行动。因为再不走，给他打洗脸水的护士就进来啦。他一着急，腿更发直，半天才迈到楼梯口，因为脚痛冒出的汗已湿透了衣衫。刚迈脚下第一级楼梯，他便摔倒了。护士闻声赶到，但她既抱不起他，也拉不动他。后来找来了两三个男同志，才把他安放在床上。他腿上的筋骨痛得很，可是他故意微笑着回答医生说：“咋也不咋的，我可以出院啦大夫。”

大夫看见他那顽皮的样子，只好哄着他说："你能走这几步是个跃进，只要你告诉我什么地方痛，我就知道病在哪儿，好给你治疗，懂吗？"

李少祥仍然忍着痛，坚持说："真的哪儿也不痛，再锻炼几回就能走啦。今天我妈来，我要她扶着我上庙会遛一趟，保险就能走路了。"

大夫忍住了笑，知道他刚才是尝试溜号去偷看庙会的，但是，他不能不被少祥的急于回去生产的顽强意志所感动。他准备昼夜研究怎样加快恢复这个年轻炼钢工人腿膝的机能。

少祥老老实实躺了一天，听任护理人员的摆布；但是他既不愿说话也不爱笑，护士们无计可施，只盼他家里人来安慰安慰他。只是他父亲早就回山东去了，今天他的母亲和小兰也没有来。到了傍晚，夕阳射进病室，随着一阵凉风，护士领了个五十来岁的男子进来。少祥看了，迟疑了一阵，随后欢喜地叫道："啊，是你，真没想到。"

"到底把你找着啦。"铆工刘全说。他拉了把椅子，和少祥面对面地坐下，亲热地笑着，"一年多没有见面了，去年五月前在公园看见你时，我就怀疑你就是李少祥，因为在报上看到过你的相片。只是你没有明说，我也不好直问。刚才看见你爱人，我一打听，才揭了这个谜底。"于是刘全说他在焊接方面发明了几样东西，因此在庙会上亲自做解说员。一谈到技术改革，听的和讲的都兴高采烈，没完没了。护士们也不来阻拦他们，他俩一直谈到入黑，刘全说他要回去了。少祥关心地问道："你的闺女也该上学了吧？怎么不带她来？"

刘全耷拉下脑袋，说："姐弟三人都回乡下跟她姨去啦。她妈——殁啦！"

少祥的笑容消失了，着急地问："啊，那，得了什么病？"

"旧社会造下的罪呗，橡子面、糠皮没少吃，年年胃痛，今年胃里说是长了个瘤，命就留不住了。"他不觉又坐下，偏过脸去只望着窗外。

沉默了好久，少祥开口说："三个孩子，得有个人照应照应啊。"

"都快五十岁啦，还续什么弦？"

"我有个主意。"少祥郑重地建议道，"我爱人有个同事，是轧钢女工，今年三十四五岁，她丈夫扔掉她好多年，她带着个男孩子……等一会儿我爱人来，待我和她商量商量。"

刚才还生龙活虎的刘全，这时却心灰意冷，摆了摆手。少祥一看知道他很怀恋他的老伴。小兰正好迟疑地站在门口，她看见个生人，没敢进屋。少祥想起刚才刘全说碰见了她，便招呼道："小兰，进来吧，这是刘大哥，刚才你们不是在庙会上碰见过吗？"

刘全没看见过小兰，也腼腆地站了起身，呐呐地说："我刚才看见是那一位，比她矮一点，上海口音的……"

少祥听了，不禁大笑道："哦，那不是我的爱人，那是我们厂的一个同事。"

小兰一听，知道他俩闹了个差错，不觉暗地里一笑。她不知道何大姐早已把她怀疑小刘的事告诉了少祥，所以她准备把这个已成过去的误会永远埋葬。她大方地走进病房，和刘全握了握手。少祥便把刚才的事说了一遍。小兰觉得挺合适，不觉说道："碰上小明得病，何大姐就怨家里没个男人。可是她寻思天下男人都喜欢年轻姑娘，特别不愿意和有孩子的寡妇结婚，所以她总是咬咬牙，不愿意谈这件事。"小兰这么说，固然是实情，另一方面，她也想试探试探那个陌生人的见解。少祥正想解释，刘全连忙接上说："人家不嫌我三个孩子，我倒嫌人家一个孩子啦？孩子嘛，越多越好。"

少祥又和小兰刘全合计一遍，约好过几天叫刘全来听信。小兰心里觉得少祥这个人真是有趣极了，对待自己的恋爱粗心大意，对待别人的婚姻却那么细致，她只笑着望住他。

"你笑什么？"他的眼睛一有空就望住她，不肯少看一会儿。

小兰回答说："看你比老太婆还好管事！"

少祥不在意地答道："唉，你不知道，'大跃进'嘛，应该把一切积极因素都发挥起来。"

第二十三章

从北戴河开出来向东北驶去的列车上，寝车第八号和第六号卧室里的几位旅客一夜没有睡。大概天快亮，他们才迷迷糊糊睡了一觉。从窗帘射进来的阳光，首先刺醒了宋紫峰。按他从苏联学习时起养成的习惯，不管在任何条件下他醒来后第一件事是赶忙起床用冷水洗澡，做早操，即便在旅途中他也遵守他的健身的锻炼。可是今早不知为什么，他老是沉溺在思索里。他拉开窗帘，抬起半截身子，忍不住微笑地向外张望，关外的大片田野上的高粱正在结着丰盛的粒实。迎着列车前进方向疾驰着向后倒退的红赭的高粱穗子，仿佛都对他闪着挑战的笑意。这一挑逗使他觉得自己年轻了许多，心里想："好啊，你们跃进，比去年翻一番。可是，你知不知道我们开了个跃进会议，也叫钢铁比去年翻一番？光我们厂就要在四个月内增产六万吨。你们搞公社，我们搞共产主义大协作。"他对着漫山遍野的大田几乎叫将起来。

"把窗帘拉上再睡会儿吧，老宋，你的卫生习惯真够呛。"刘明智在上铺咕噜着。

"喂，老刘，这儿有一排小高炉，是你们厂的小儿子吧？快起来看看。"宋紫峰逗趣说，他很想把大家弄醒，好继续夜里的兴奋的谈话。

"他对小高炉并不感兴趣，你说'八一号'休风了，他就会马上跳下地。"成林睡在下铺插嘴说，原来他早就醒来了。他也是惦念着自己厂的又沉重又光荣的任务因而睡不着的。

刘明智还想说服大家，警告地说："不趁今天多睡一会儿，回到兴隆，未来的四个月，你就休想每天有八小时的睡眠了。"听他说话的腔调，可以知道他也完全清醒了。

唐绍周这时从上边搭腔道："我都已准备好了，回去就把铺卷搬到平炉旁边，你说咋样？老宋？事关大跃进，再增产六万吨啊！"

"从干部住宅区搬到工人住宅区，现又从工人住宅区搬到炉边，彻底，这没说的啦！老刘，我们俩也这样办吧！"成林说。

"咱们答应过毛主席自愿要攻下一千零七十万吨钢，就得说到做到！睡在炉旁并不坏。"宋紫峰仍然一肚子高兴。

"这一来，还可以让咱们总经理多写两首快板诗。"成林打趣说，"喂，你们喜欢读总经理的诗，还是喜欢读他爱人的诗？"

"她写的数量多，技巧好，很华丽，但感情不如总经理的真切、深厚。"

大家评论了一阵，宋紫峰对什么诗呀小说呀没有兴趣，仍然回味这几天在北戴河度过的不平凡的生活。一年之内，钢产量增加一倍，这是人类历史未曾有过的，现在他居然参加了这个人类历史上从未出现过的伟大的战斗，和钢铁战线上的人们共同来实现这个奇迹，他的思潮怎能不激动得像海潮一样？这样的速度美国需要七年，德国需要八年，日本需要二十年，英国需要二十九年，法国需要三十二年。而我们中国，只需要一年！他又想起在会议中毛主席出现时所讲的每一句话和每一个手势。毛主席的手掌往上一抬，就好像一面红旗哗啦哗啦在迎风招展似的，千军万马立刻跟着奔赴前去。他想到这里，兴奋得只捋着自己前额上的头发。他忽然听到同伴又换了话题了，刘明智说："现在人是个很大的问题。基本上不让添人，熟练工人和工长以上的干部还得往外支援，这有啥法？共产主义风格啊！"

"发动工人多搞些技术革新，提高劳动效率吧，不要从人的体力上打转转了。”宋紫峰劝刘明智说。

刘明智听了心里暗笑：“整风到底把他脑子纠正过来啦，还劝我来啦！”

唐绍周压低嗓子宣布一则秘密消息，说：“不要发牢骚了，冶金部支援我们一个司长，做兴隆新炼钢厂的厂长，他就是全国有名的那个著名的炼钢厂厂长。伍书记还说，现在在学习中的老干部，征得他本人同意的话，可以调回来参加一千零七十万吨大战。这批力量小么？”

刘明智听了很高兴，小声和成林合计，是不是把副厂长要回来。唐绍周也对着老宋说：“总经理说，冶金部已正式批准刘进春做副厂长了。我又问了问李少祥是不是暂时不调走，他同意我们的意见。那么，等他一出院就叫他当工长。‘长征’的小何，‘共青’的老任、老易都要拿出来当炉长了。不然没办法。”

成林插问道：“少祥好了吗？调哪儿？”

唐绍周答道：“我们离开兴隆时，据大夫说他月底可出院，大概这几天可以回厂了。他受伤以前，本就决定提他做工长，锻炼一个时期调武钢——因武钢指名要他，现在我们的意见不调了，那边也没意见。”

刘明智也插嘴道：“咱们也把李忠祥他们从党校叫回来吧。”

成林不同意地摇头道：“还有一个月就结业了，让他们读完算啦！”

门推开了，省委周书记的秘书进来对大家说：“周书记、伍书记、陈总经理有请，想和你们商量一下回去传达和布置任务的问题。”

这四个中年男子听了，都天真地笑了，像群拍翅出巢的喜鹊，连忙推开毯子，穿衣下地去梳洗。

李少祥准备在九月四日出院。由于母亲的苦心安排，要他就在四号那天与小兰结婚，结了婚才准他上班，少祥都答应了。一号那天晚上，夏万春来医院告诉他党委书记和厂长都从北戴河回来了，党委已开了个会，明天唐书记一早作报告，号召全厂职工迎接一千零七十万吨的战斗。李少祥听了，沉不住气，要立即出院。夏万春和他一块儿去找大夫，大夫立刻就批准。夏万春答应明天一早要个车来接他回厂听报告。这一夜李少祥根本没有合眼，半年来党对他的挽救、群众对他的关怀，一幕一幕地在他脑里重现。“六年来我炼了多少钢？做过什么像样的事？”想到这儿，他心头一阵热似一阵，索性拧亮了电灯，瞪大两眼，有时又把手掌放在灯光下，他发现自己手掌更肥厚了，啊，他胖了。再举起手往灯泡近处一照，血液红得透亮。他心想，自己身体里有宋厂长的血液和许多同志的血。一想起宋厂长，他总觉得自己有些内疚：“我真糊涂极了，怎能怀疑他改账？”这件事虽然宋厂长始终不知道，但是由于自己的幼稚，信了坏人的话，在政治上怀疑过一个好同志，究竟是很糟糕的。他多咱想起来都觉得心里难过。这几个月躺在医院里，不少人告诉他宋厂长的作风大大地改变了，但改得怎样，在他脑子里还是很抽象。老实说，他不相信像宋厂长阻止他去帮助“长征”炉、除夕那天让“延河”先出钢这类事情不再发生。想到这些，他笑了笑，骂自己道：“你又不相信一个同志了，你不相信他能转变，就是不相信党能教育和改造人！”就这样，他自个儿想了大半夜，才模糊入睡。

第二天听完了唐书记的报告，他又跟厂的领导干部去参观了小土高炉和小转炉。这个只会在平炉里炼钢的工人，看完了转炉炼钢，觉得有意思得很，不觉着了迷，特别吹了氧气后，钢不到二十分钟就炼出来了，这使他羡慕得要死，悄悄对夏万春说：“要是平炉也像转炉那样该多好！”要不是夏万春拉他，他就要掉队了。半年来过惯医院的平静生活，冷不丁出来东奔西跑，他不觉有些疲倦。腿脚虽说已行走自如，但多走一会儿，竟也痛得有些难受。回到厂后，他躲到党委办公室，趴在桌上休息。这个时期，所有的办公室几乎都是冷冷清清的，因为所有干部都下现场去了。他立刻就睡熟了。

“啊，老李，赶快到沙发上躺一会儿。”唐绍周进来看见李少祥伏在案上，赶紧上前去扶他。李少祥一听见响动，立刻抬起头来，装着很清醒的样子笑笑说：“不累，只是享了半年的福，把身板养懒了。”他怕别人看出他的倦容，不让他上班工作，立刻对唐绍周要求道：“唐书记，明天我就回‘共青’啦。”口气好像没有商量的余地。

“再休息两天，习惯习惯健康人的生活也不迟。”唐书记好像有点言不由衷，他脑子里千头万绪，件件事都等着人来做，问良心，他希望有十个、一百个李少祥立刻投入新的战斗才好。只是他一想起五个多月前少祥两条腿烧去了皮肉的情形，他就觉得应该爱护他、体贴他。况且他知道少祥是个好七分就当十分的人，对他的话不能不打个折扣。

少祥一听，急了眼，脸都涨红了，分辩说：“唐书记，这是——你说我能——唉。”他捋起了袖子，露出了锚链似的手臂说：“瞅，我总共长了七公斤半，叫我和老虎打架我都能答应。”

唐绍周深沉地望了望那副年轻的脸，发觉他比过去胖了、白了，而两只炯炯有神的眼睛充满了热望，那是只有充满了革命激情的人才能闪烁出的光芒。他被他说服了，像解决一个难以决定的问题似的慎重地点着头，缓慢地说：“好吧，上班也可以，可是你的工作要调动一下，厂里已决定你当工长，管‘共青’‘友谊’和‘延河’三个炉子。”

少祥还没来得及欢喜，又被这新的消息愣住了，脸上的红光逐渐淡退，胆怯地恳求道：“不要照顾我，炉长的活我吃得消，少了两个脚趾还不算残废；当工长，我，不是那块材料……”

唐绍周安慰他，并告诉他这个决定是在他受伤前便已决定的。少祥一想，心里也明白国家要求他做更多的工作，便只好默不作声，心情却异常沉重。下班后他找班上的人玩了很久，又和大家一块儿上食堂吃了晚饭，回家时天已黑了。这个熟悉的家门，他已多少时候没进去过啊。屋里还没亮灯，他就悄悄站在门口，想听听母亲的声音。果然，听见母亲说话了：

“你快上炕歇歇，让我来炒菜。干这么一天，还不累坏了。”

“我不累，”小兰笑嘻嘻地不知抢夺什么，“做饭不就是休息？”

“妈！”少祥忍不住大声叫了。他的出现，使一老一少都惊喜得说不出话来。电灯亮了，李大娘一把搂住了儿子，掉下泪来。小兰给他倒开水，三个人喜得闭不上嘴。后来少祥到东屋看嫂子和侄儿去了。这头小兰闹着要回何大姐那儿睡觉，不愿和未婚夫住在一个炕上。李大娘好一顿劝，才劝住她，叫她和自己睡炕的那一头，让少祥睡炕这一头。好久没睡炕了，到了半夜，少祥觉得热得不能忍耐，不过更重要的是他心里惦念自己提前吹压缩空气的那个尝试，根本没有合眼。

“我渴得很呢，妈！”

“我起来给你沏点茶喝。”老太太一骨碌爬起来了。

小兰也没睡着，看见老人家下炕，忙说：“我去烧，妈，你睡吧。”但老太太没听她的，走没影了。小兰一想不妙，虽然差两天就和他结婚，但现在究竟还是未婚夫，和他单独留在一铺炕上，有点不太像话，便决心下地到厨房去。但是一拉门，发觉门已给锁上了。这位好心肠的老妈妈却叫她又急又恼，不知道怎么办好。没奈何，她又爬上炕睡，连粗气也不敢出。

过了一小会儿，少祥叫道：“小兰，小兰！”

她装睡，不敢吱声。少祥自言自语道：“刚才还说话来着，怎么一下就睡着啦？小兰，别装睡，我要和你合计一件事。”

小兰听见他正正经经说话，便答应一声：“明天再商量吧。”

李少祥已下地，拧着了灯说：“你怎么和妈一样的脑筋，晚上只能睡觉，就不能做别的？”他拿了纸和笔，坐在桌前说，“今天我看了小转炉，吹压缩空气能提前脱氧，我们大平炉干嘛不能提前吹压缩空气？咱们兑铁水时就该吹呀。”

小兰一听，也跳下地来站在他对面弯起腰来高兴地思索道：“啊，这个，敢情——可是——”

说也奇怪，这壶水烧了半天才烧开，等李大娘开开门，看见满屋灯光，这对青年人对坐在桌边埋头在写算什么的时候，她不禁噘着嘴装作生气的样子，嘟哝了半天，可惜的是两个人竟没有听见她说的一句话。

第二天天没亮透，他就骑了小兰的自行车回到厂里，才五点钟哩。他一迈进车间，就听见敲锣打鼓的一支小队伍走过来，他靠前一看，原来两个人抬着张大字报，上面写着铸锭工段的快速铸锭又缩短了十五分钟，现在向平炉车间来挑战，问平炉车间能不能及时供应他们钢水。少祥沉着气看完战表，正想往前走，那一头的一个小队又咚咚咚地敲鼓走过来。他忍不住抢上前一看，却是原料工段向平炉车间送“定心丸”来的。原料工段全体工友提出一切为了钢的口号，平炉要什么他们立刻供应什么，希望他们放心大胆把快速炼钢一跃再跃。少祥身上的热血比平炉内的钢水还沸腾得欢些。他真想立刻抬压缩空气直往铁水里吹。他咬着牙以便锁住满腔激情，直往前走，碰到熟人他就问厂长睡在哪儿，人家告诉他到办公室找找。他三脚两步跑到厂长办公室，可是那儿还锁着呢。他又走进办公室旁边的休息室去找，一进门一股汗味直扑他鼻子，十支光的电灯照着十几个横七竖八的汉子，都蒙头呼呼大睡。天呀，谁知道哪一个是厂长呀？他低头一双鞋一双鞋辨认，但也没有结果，那里有皮鞋、布鞋、球鞋，都很长很大，他判断不了哪一双是宋厂长的。他也不忍推醒别人来问，因为他知道这些人都是熬了夜的脱产干部。他只好退了出去。刚出门正好工会的一个宣传干事进来，他告诉他，厂长住在原先汇报室的那个小屋里。少祥便走进那小屋。屋里黑洞洞，里面有四铺床，幸亏这里他熟悉，他拧着了电灯，便看见厂长睡在靠外头的那铺床上，浓密的黑发压着他的前额，呼吸很匀整，看样子睡熟不久。少祥踌躇起来，坐在他床边，摇摇他胯骨，又把手缩回来。两只耳朵仿佛还响着铸锭车间和原料工段的锣鼓声。他想：“人家都‘将’平炉的‘军’啦。过去我们总怨人家不配合我们，现在显然我们落后啦。”一想起一千零七十万吨，他使劲摇了摇宋紫峰的肩膀。宋紫峰立刻睁开了眼，看见是李少祥，伸手过去握着他的手，眼又闭上，没说话。少祥看见他没动静，才知道他又睡着了。他怜惜地望着他困倦的脸，又下决心摇晃着他的手臂。宋紫峰又睁开了眼，懒懒地问：“老李，有事么？”眼睛半闭着。他就有这本事，过去在家时常常在半夜里打电话，那头去叫人，他这头争取机会再睡一两分钟，等那边人叫来，耳机一响，他就醒了。

“宋厂长你醒醒，人家小转炉的铁水可以吹压缩空气，我们大平炉兑铁水时，干吗不能吹压缩空气？”

宋紫峰推开被子，猛地坐起来，揉着眼睛说：“你说什么？”

“人家小转炉里的铁水可以吹压缩空气，我们大平炉干吗不能提早吹压缩空气？”

宋紫峰睁大了眼睛，推搡着他的结实的肩膀说：“你干吗不早点提出来呀？”

“现在正是时候。”原来唐绍周被他俩闹醒了，加入说。

少祥详细说他昨天参观了小转炉后怎样想起这个问题，一五一十对宋紫峰说了。宋紫峰双眼望着对面，默默地只管沉思，李少祥的解释他没听见，倒是唐绍周接过去和他唠起来了。过了半天，宋紫峰忽然摇着少祥肩膀说：“咱们能在平炉兑铁水时吹压缩空气，干吗不在铁水倒进混铁炉里时吹压缩空气？这样，不更省事，炼钢不是普遍加快了吗？”也不知是谁先扑向前的，两个人快活地扭作一团了。唐绍周下地趿鞋说：“幸亏你们俩凑在一个厂里，不然这个发明就不完满。走，马上开会讨论、研究、试验、定措施，大干一下迎接国庆！”他们三个人几乎把刚睡熟不久的干部、工程师一个一个从沉睡中拖了起来，开会去了。

经试验的结果，每炉钢缩短冶炼时间一小时零五分钟。钢的产量迅速增加。这个结果还没有公布，新炼钢厂就派了队人敲着锣鼓来老厂取经。当下两个厂子开了个小型的技术交流会，老厂还派了李少祥等几个人去协助新厂试验这项新技术措施。报纸公布后，全国各地平炉炼钢的厂子都来索取技术资料。他们专门整理了一份资料，满足兄弟厂的要求。这时候兴隆各厂矿的大小发明创造，一天不知有多少起。开始时都是有名有姓，用黑板报、报捷、送经等办法来表扬，后来实在太多了，有些小一点的发明创造，根本也不知是谁先想出来、谁后补充的。过去发明有奖金，超额有超额奖，现在大家好像都忘了这些事似的；只要完成和超过一千零七十万吨钢，大家把自己的一切搭上去也愿意。人们的心，和钢水一样只是朝夕在沸腾。

九月三十日，这是兴隆钢铁公司迎接国庆高产周竞赛的最后一天，有趣得很，现在李少祥领导下的三个炉子的乙班炉长都是他的老搭档。他们是“共青”炉长老华、“延河”炉长老易、“友谊”炉长老任。小魏是老易的二助手（这时他俩已是一对得心应手的伙伴）。李少祥结婚后只和小兰住了两天，就搬厂里来了。离接班还有四小时，李少祥已爬起来到了平炉车间。三个炉子巡视一下之后，他看见老易已鼓足了劲儿，然后迅速回到自己岗位上去。这三队人马整齐团结，补炉时又猛又快，一炉有事，两炉立刻来相助；但是彼此之间各不相让，你的炉顶水套吹扫得干净么，我比你吹扫得更干净；发现别人熔化的时间缩短，回来就赶快赶上。三队人像在一条跑道上赛跑的竞争者，你快我还要比你快，你摔跤了，我停下来扶你，等你起步后还是继续和你赛。这一周以来，李少祥班三个炉子都能完成指标，夺组的红旗很有把握。但是他们的竞赛是多种多样的，炉和炉的竞赛他们是有经验的，可是他们还有每组炉（三个炉）之间的竞赛，而更困难的还算是班与班的竞赛，这得靠全班十个大平炉都团结一致了；所以他们谁也不能闹本位主义，只有共产主义风格才能夺得全面的红旗。少祥当工长不到一个月，领导三个炉还是有困难，可是好在三个炉长他都熟悉，他们也熟悉他的作风，有什么事，大家容易取得一致。特别少祥抢救钢水后，在厂内很有威望，养好伤回来又并不骄傲，所以其他两班的工长也很容易地团结在他的周围。他的习惯总是协作第一，在协助别人的原则下努力夺取红旗。大跃进以后，大家对他这个作风倒是比过去更理解了，所以也能够主动地协助别人，易大光在这一点上有很大的进步。

刘进春自从当了副厂长以后，感到自己不论在精力上、能力上都不够用。他在唐书记面前诉过好几回苦，唐书记总是安慰他，鼓励他。宋紫峰曾经抽出几天工夫来专门帮助他。刘进春逐渐摆脱了只会亲自动手干的局面，而进行全面的领导了。宋紫峰向他开玩笑道："刘师傅，我只告诉你方法，至于走群众路线，还是按照你那套办吧，可就不能学我那一套了。"

刘进春举手挠挠脑袋，想了想，说："厂长，你和过去也不一样了，你的工作方法里现在也有了群众观点了。"

设备维护的工友，除了一部分老工匠，多半是年轻小伙。自从党中央号召钢铁翻一番以后，这些小伙子热情高得要命，成天围着要任务、出主意。高产周中小伙们日夜守护着机器设备，他们提出三个条件向各个工段挑战："事前检查为主，不停运转检修，随坏随修。"电工们只要平炉出钢，就先爬上十几丈高的百吨吊车的大梁上等着。所以高产周以来，百吨吊车还没有出过事故。

看样子高产周中钢锭的指标能够胜利地完成，要是这最后一天不出什么事故的话。宋紫峰、唐绍周两个人这一星期内根本不分白天黑夜，随睡随起，从领导全厂到带头参加劳动，大家都笑他们是多面手。宋紫峰这一天特别加小心，到各个工段去检查，有时抽查一个小组。分工时他主要管调度和平炉，但是他知道自己成天坐镇，那儿不会出什么毛病。他抽个空，到各工段去看看。他先去看电工组，那儿有两三个小伙在睡大觉哩。他看了眉心一皱，用手轻轻摇了摇靠边的那个小伙子。他猛地坐了起来，清醒地问道："是吊车出了事故，还是倾动机有问题？"他说时，已穿好了衣服。

宋紫峰安慰他说："什么事故也没有，只是你们是什么班的，怎么这个时候还——"

那小伙子明白他的意思，问心无愧地笑了笑，回答说："我们电工看见人少机械多，便已改为两班制。整整十二个小时，守吊车上的守吊车，守平炉车间的守平炉车间……宋厂长，你仔细瞅瞅，没有一个有电气设备的地方没有我们的人。"

宋紫峰听了很放心，拍拍他肩膀说："那很好，可是你们要保证八小时睡眠，电这东西要特别小心。"他已站起身来，嘱咐他说："你们守百吨吊车不要光瞅它，还要勤检查大梁上那些线头，那儿最容易坏事。"

那小伙又笑答道："每天一检查，错不了。等会儿开碰头会时我再和大家传达传达你的意见。"

宋紫峰对他做了个手势，意思叫他再睡会儿。他又跑到大罐组，那儿的工友冒着高温刷罐。他挤前去用眼睛和大家打招呼。有个工友看见他来，笑着向他报告道："你放心好了，厂长，要是误了出钢，我们便不是超英的好汉了。"宋紫峰爬上梯子朝罐里探望，热气熏得他不住地淌汗。他没来得及看第二眼，那里面冒出个人头来。他连忙爬下梯子好让那人出来。那人下了地，大家又向他喷了阵凉水。那人脱掉帽子，擦了擦像包公似的脸，宋紫峰才认出来他是老工人胡敬三。胡敬三在日本人经营时代，是给日本人管衣帽的，除了几个洋码一字不识，解放后参加了共产党，什么地方最辛苦他就抢着去，现在当了大罐组的组长。宋紫峰看见一个年过五十岁的人冒高温刷罐，觉得自己有责任，便规劝他说："胡师傅，这不是你干的活啊，那么大年纪了。"

胡敬三一本正经地开玩笑道："年纪大有年纪大的优越性，小伙子们需要五分钟的活，我只要三分钟，不就少受两分钟煎熬么？合算呀！"

旁边一个小伙子解释道："平常，咱们也等大罐凉点才进去，当然更不让他老人家趁热下去。可是唐书记传达了北戴河会议决议以后，谁劝得住他？"

另一个小伙补充道："他还说，一千零七十万吨钢里没有他几滴汗，他活着还有啥意思？"

宋紫峰又劝他道："在这一点上，你也得听听年轻人的话呀。"

胡敬三更觉得意，有恃无恐地回答道："那就请你先劝劝唐书记吧，为什么他下得我下不得？"

宋紫峰做了个无可奈何的表示，不知是向老工人认输呢，还是表示保留自己的意见。总之，这时他的心情很复杂，一时想想唐绍周，一时想想胡敬三，想想李少祥，又想想刘进春……他像第一回意识到原来自己是生活在这些人中间。说他因此骄傲吧，他的确以有这样的伙伴而自豪；说羞愧吧，他倒也真心实意觉得自己没有很早认识自己的战友们，因此他很长一个时期以为自己比别人做得多而感到惭愧。他是个不喜欢徘徊在怨悔和回忆里的人，离开了大家，把头一扬，他又兴奋愉快地往整模场走去。这个整模场是钢锭模厂的一个车间，过去归炼钢厂领导，现在脱模车间和整模场合并独立成为钢锭模厂。从这去整模场，不过一里地左右，但是他觉得很长，因为半路老是列车挡路。他到炼钢厂两年多，但到整模场最多去过两回。今天他去，也只不过是给他们打打气，免得最后一天出问题出在这儿罢了。"人家都说平炉车间才是我的亲生儿，这句话也并不过分。"他想着，又往前走，不过，问良心，他到现在为止，还是不愿到整模场那样的车间去的，况且那儿最近又不受炼钢厂领导了，刷模子既没有多少技术，工作也很单调，哪能和钢水的变化多端难以驯服相比较呢？不过为了高产周，他不能不到这些容易被人忽视的附属部门来联系联系罢了。穿过初轧厂的仓库和食堂，跨过了许多线路，他来到了整模场。远看看不见一个人，等他走到列车下面，他才看见热气腾腾和喷焦油的烟雾里，人们正在奋不顾身地抢刷锭模。虽是九月末，还是汗水满面，手上脸上净是黑焦油，一个个赛似包公。工人都认得宋厂长，看见他来了，吃惊地望住他，其中一个老工友急急地抢前问道："怎么啦，厂长，锭模还赶不上趟？"他的口气亲热得像对待自己家里人一样。

宋紫峰用客气的口吻说："还够用哩，只是你们太辛苦啦。"

老工人愉快地露出了笑容，当时有好几个人趁势歇歇气，把宋紫峰围拢起来。其中一个年轻工友在人群旁边站着，低了头，不时用眼偷看宋紫峰。好像欢迎稀客似的，大家争着告诉他怎样采用了流水作业似的分组方法抢刷锭模，提高了效率。又有人介绍乙班连续工作了十二小时，宋紫峰正想嘱咐他们一定要吃好睡好，老工人却把那小伙子招呼过来说："小王，过来，待我把你的事迹向炼钢厂长介绍介绍。"

宋紫峰定睛看着那小伙，觉得脸熟，便问道："我好像见过你。"

老工人笑答道："你当然见过他。你忘了么厂长，那时咱厂归你领导，你来这厂不久，头一次上整模场来就把他剋了一顿。他那时候又小，又刚从农村出来，劳动纪律有些松散——"

宋紫峰很不好意思，正想说句什么，老工人却抢先道：

"你这头训完他，他那头噘嘴要回乡下，团支部没少帮助他。打从那回起，工作、学习，他样样积极。九月二十五日，他娘帮他把媳妇娶了过来，可是他立誓高产周不完成不回家，新媳妇还在家等着他去成亲呢。"

另一个工友抢着说："过了国庆，我们小组打算集体送这个新郎回家，省得他挨新媳妇揪耳朵！”

老工人正经地说：“别胡扯了，他娘不明白我们高产周的意义，可能说他几句是真的。”

年轻人又不好意思又得意，鼓着嘴说：“谁叫我妈急急忙忙把她娶过来？咱俩本来说好三年以后才结婚。只是我爹去酒泉，妈过几天还要奔我爹去，这才……”

大家乐着，还不断在开他玩笑，宋紫峰却是激动地握着他的手，对老工人说：“老师傅，你们应该用黑板报表扬他，我们明天给你们写感谢信。”

大家又七嘴八舌说已经写了黑板报了，年轻人看着宋紫峰那只沾了黑焦油的手，抱歉地说：“看，把手弄脏啦。”

宋紫峰把手放鼻孔下闻了闻说：“焦油是好东西，没有它，钢锭还出不来呢。”

工人们用欣快的眼光送着他，他哩，却是情绪激动，这才理解过去为什么唐书记和党委的部长经常亲自下整模场大罐组这些又累又辛苦的工段来工作，他现在懂得了思想觉悟可以产生伟大的力量这个真理；大跃进、高产周之所以能顺利进行，就是因为“鼓足干劲，力争上游，多快好省地建设社会主义”的总路线深入人心，人们都自觉地负责地投入创造性的劳动中，再加上领导上组织得周密协调而又有预见性的话，就无坚不克了。“这儿没有多少技术，却是有高涨的革命激情。只可惜我整风还是没有整彻底！”他觉得这样去估量自己，还是比较客观的。“钢铁的事业，是千万人的事业。怪不得高产周以来，我觉得比往常还省心，原来千万个工人都把自己看成是经理，是厂长；光靠一个经理、一个厂长，又能顶什么？”

说也奇怪，宋紫峰把这个“我”的作用降低以后，反而更有信心、更有勇气，因为他并不是孤单的，他是千万人的队伍中的一员。

北戴河回来以后，陈家骏也和经理们轮流住到公司里来值夜班，处理一些调度上或临时的问题，高产周以来他一连几夜都不回家；什么地方遇到困难，他马上在那儿出现，什么地方出了较大的捷报，他就立刻赶到那向职工祝贺。他每天夜里十点钟定规给家里去一次电话，妻子和儿子经常不在家，女工不是告诉他李玉洁砌小高炉去了，就是说他儿子磨耐火砖还没有回来。

入夜十点钟，两个炼钢厂来告急，说钢锭模来不了，高产周剩最后两小时了，但是钢炼好闷在炉子里出不来。陈家骏急忙给钢锭模厂拨电话，但是根本没人接，他估计他们一定到现场去了，便坐汽车马上赶到钢锭模厂现场。夜是漆黑的，但电灯光亮照见线路上堵塞了好几列钢锭模车皮，那儿也挤着好多人。好几条手电的光亮四下闪射着。钢锭模厂长看见总经理来了，立刻上前报告说初轧厂一部吊车掉道，把线路占了，钢锭模列车过不去。陈家骏沿着线路往初轧厂走去，走不远，果然看见那台吊车出了轨。陆文彬满头大汗地指挥众人抢修，他看见陈家骏来了，连忙分开众人上前报告道：

“那个开吊车的工友事前没有做好检查，开到这儿就掉道出事故了。我们的注意力只放在重要的车间，没料到这些附属设备……”

陈家骏用又尖锐又有涵养的口气指出说：“附属设备也可以误大事，这就是联合企业的特点，也是我们社会主义生产的特点——一个螺丝钉松了，就能影响全局。”他又提高声音说，“现在有三四炉炼好的钢沤在平炉里，同志们知道么？”

陆文彬利用这时机，立刻向工友们鼓动说：“要抢出钢啊！同志们说需要多少时候才能修好？”

“一个小时。”有人试着说。

“那还了得，赶吧。”另外几个工人又嚷嚷着。其中有一个人头俯得最低，干得最卖力，他抱愧地低声叫道：

“不超过二十五分钟。”他就是出事故的吊车的司机，他这时难过得要死，有人用手电直射他的脸，他觉得大家的恼怒的眼色落到他身上，比打他还痛，在手电的青光照射下，他的脸色是羞惭、苍白的。

炼钢厂好几个炉长急得跳起来了，没想到单等钢锭模把出钢误了。易大光这炉是“钢三”，要是误了它几分钟，就得改变钢种，这就影响了他们小组的红旗争夺。到目前为止，少祥那组平炉和武占山那第一组平炉成绩是最好的，不相上下，争取组的红旗，就看他们两组了。易大光急得直瞪眼，他和少祥跑调度室不知多少趟。说也凑巧，第一组的一号平炉也要出钢，工长武占山和炉长都到调度室来要钢锭模。十分钟后，在调度室里屋的宋厂长正接电话，他一面听一面现出笑容，立刻转告值班主任。值班主任立刻到外屋告诉大家说：“那边整模场工人冒着高温刷出来一车钢锭模来啦。”易大光一听咧嘴笑了，一号平炉的老何听了也高兴地蹦高跳。

值班主任皱了眉，望望老易，也望望老何，为难地不肯张嘴。少祥看那情形，猜个七八分，抢先问道：“是不是钢锭模不够两个炉出钢用？”

值班主任不说话，显然决定不了把这有限的钢锭模先给谁。老何睁大眼睛望望老易，仿佛估量这个对手不会让他，他正考虑自己与不与他争。老易呢，拼命咽着唾沫，悄悄拉了拉李少祥的袖子，说道：“让他们先出，咱们的人能不能骂咱俩？”

李少祥一听高兴极了，双手摇着他的两肩，连声喊道：“我的好伙计，你真是好样的，应该让他们。”

老易不好意思地捅一捅自己的工长说：“别只顾嚷嚷，你对值班主任说说。”

李少祥还没说，那边老何倒推让起来，讷讷地说道：“咱俩虽然同时出钢，可是，你们先来，应该你们——”

值班主任截住说：“我也同意老何的意见，应让‘延河’先出，一来老易先报，二来他的是‘钢三’。老易，快回去准备吧。”

老易迟疑地望着少祥，少祥摇了摇头，坚决地说：“我代表我们三个炉子，让一号平炉先出。值班主任，你快下命令得啦。”

老何还要让，值班主任不同意少祥的意见，少祥还在坚持；正在这节骨眼儿，宋紫峰从里屋出来，大声说道：“不用推让了。这一车锭模出两炉不够，出一炉却有剩。我已决定叫他们开到新钢厂去了。他们是五百吨的大平炉，误了他们对国家的损失大。这样的决定你们同不同意？”

几个人同时用快活的笑声回答自己的厂长，表示同意。宋紫峰也高兴地笑了，张开两手拍着两个炉长的肩膀道：“再过一刻钟锭模就来了，回去等着吧。老易，你做不成‘钢三’改作‘平三’也行。”

宋紫峰和值班主任与电话打交道足足有三刻钟，这时真有点声嘶力竭。但宋紫峰到底还精力旺盛，不愿靠着坐，只把半边屁股坐在写字台上，另一条腿长长地垂在地面。他神采奕奕地关心地问李少祥道：“这几天够你呛吧？少两个脚趾走起道来怪不方便的。”

少祥这才坐了下来，回答说：“自从一千零七十万吨宣布之后，脚上多两个脚趾少两个脚趾也觉不出来了。人家农村里人民公社都成立起来了，农业大发展，哪样少得了钢铁？我父亲已来信要和我挑战啦！”他说完就忙着走了。

值班主任和宋紫峰都点头。不知谁加添说：“他呀，结了婚，与心里更高兴也有关系。”

值班主任发现什么似的点头晃脑道：“咱厂真是喜气临门，这两个月三对干部结婚：老李、小杨和吴工程师；吴工程师最近被批准入党，他兴奋得简直不吃饭不睡觉都不觉累。”

现在宋紫峰什么时候都很坦然和愉快，即使别人提起了汪丽斯，他也觉心安理得，这不仅因她已结了婚，还在于他已向妻子坦白承认了自己与汪丽斯的关系，并且已得到妻子的宽恕；所以，现在他和邵云端的感情正像春天的玉兰、夏天的玫瑰、秋天的桂花、冬天的蜡梅似的芬芳浓郁哩。搬到厂子来住以后，他每天至少和妻子通一次电话。

工会主席老金走了进来，抓起广播筒就嚷道："同志们，不要松劲，再过十分钟钢锭模就来了。现在还有八百吨，大家要鼓一把劲呀。"

少祥走出了调度室，看见文工团的团员化了妆在那儿敲鼓助威。有几个演员却老老实实地帮助加矿石。新闻记者和摄影记者更忙着到处找他们需要的场面和镜头。李少祥勤快地照顾三个炉子，刘进春走过来拉拉他说："吃晚饭没有？"看见少祥摇摇头，他就做个手势说，"走，到食堂去。"

少祥说道："不用去，食堂把包子饺子都送到车间来。"

刘进春摆摆手说："那你等着吧。我，我又不干活，哪好意思等人送来？现在每天饭菜我看着都觉不好意思，我不出力气，干嘛吃这么好？"

李少祥不以为然，想说什么，却远远看见有几个妇女走过来。其中一个走近了，一把抓着他臂膊说："谢天谢地，到底看着了你呀，老五，你们厂长上哪儿啦？"

少祥扶着扑向他的刘大婶，高兴地问道："大婶，你到这儿做什么？"他顺手往刘进春一指说，"这就是我们厂长。"

刘进春看见了老伴，又气又恼，说："都剩最后两个钟头了，你还来找我做什么？"

刘大婶一听，把嘴噘得老长，假装生气地说："你知道我来找你？我是来找宋厂长的。"

这对老夫妻一对一答，把那几个同来的妇女也逗笑了。少祥才注意看了一下，那些妇女也有四十来岁的，有三十来岁的，只是没一个认得的。其中一个又高又瘦的妇女，伸着手对刘进春走过来，说："刘厂长，还认得我吗？"刘进春听了，眯眼一看，慌忙握住她的手道：

“是你呀，李主任。是搜材料编快板呀还是有事？”

“我们街道妇女也搞个小高炉，看中你们厂几块不要的耐火砖，另外你们这个大厂，有什么扔下的铁片给我们几块，让我们把小高炉修起来。仗着是熟人，我们几个人就来了。”李玉洁说完，那几个妇女七嘴八舌也帮着腔说。刘进春怕犯错误，又怕人说他要私情，不敢做主，便支吾道：“对，咱们找宋厂长去。”李少祥看见刘叔和妇女们那么热乎，自己却一个也不认得，正纳闷，忽见宋厂长和陈总经理从调度室走过来，他便一指说：“宋厂长来啦。”刘大婶趁大家走向宋厂长时，悄悄把一个饭盒递给少祥道：“等会儿你给他。”她又谨慎地从衣兜里掏出一卷报纸包得仿佛像个瓶子似的东西塞给少祥，并使了个眼色。少祥会意，那显然是瓶烧酒。他故意摆手做了个为难的样子，刘大婶慌了，拼命讲好话，少祥才接过去放在口袋里。她回身赶上大家。这时妇女们都围着宋紫峰提出了好多要求，好像恨不得把整个厂子搬走似的。她们不认得陈家骏，所以把他放到一边；他呢，也乐得趁这机会和几天没见面的妻子说几句话。宋紫峰看见妇女们对小高炉那样有兴趣，直觉好笑。她们要的净是厂内不需要的东西，他满可以一口答应她们，但是他故意对她们说：“啊，这得问问总经理啊，我做不了主。”

妇女们失望了，抢着说：“哎呀，总经理听了也不能不给！我们是小土群，你们是大洋群，不能瞅着我们不管！”“我不信这丁点事还要闹到公司去？你们厂牙缝里漏出来的就够我们砌十个小高炉呀。”“咱们不认得总经理，去也白搭。”

宋紫峰往陈家骏那边走去。刘大婶趁势对妇女们说：“那就是总经理，他是李主任的爱人。”妇女们一听惊得睁大了眼，她们绝没有想到总经理的爱人竟然跑去做个小小的街道的妇女主任。她们一窝蜂似的拥到了陈家骏面前，都要求开了。陈家骏为了尊重宋紫峰起见，笑着问他道：“宋厂长，这些东西你们用得着用不着？”还没等宋紫峰开口，妇女们又讲出了好多理由。刘大婶着了急，捅一捅李玉洁道：“李主任，你说句话呀。”宋紫峰招了招手把刘进春找了来，问他道：“刘厂长，咱们仓库里那两根铁片，和那堆废矽砖还有用么？能不能给她们？”

刘进春望着宋紫峰笑道：“不给她们，咱们要挨扣大帽子：大洋群不协助小土群啦！”

大家都哄地大笑了。宋紫峰便快活地对妇女们说：“那你们把它抬走吧。我们建议你们的小高炉叫‘三八’炉。”

妇女们欢天喜地地抢着和陈家骏、宋紫峰、刘进春三个人握手。他们用微笑点头送走了这群妇女。唐绍周匆忙从调度室出来，叫老宋道：“钢锭模来了两批，立刻就到。”宋紫峰转身就往调度室走。唐绍周问陈家骏道：“吊车堵道原因调查出来了么？”

陈家骏有所感触地对他说：“这次的准备工作，我以为做得够周到，也以为发动群众到了相当深和广的程度，谁知还差得远！高产周中的几次事故，都证明这一点。原来这回初轧厂的吊车司机就是看见有人建议取消计件工资，他怕实行了对自己有损失，闹情绪……”

东头和西头出钢的钟声敲得震天响，那声音多么豪迈，社会主义的每炉钢铁的诞生，都好像向全世界的人们宣誓：“我们有力量保卫和平。”看，多少人为了迎接它的诞生而奔忙啊，好几个炉子前台的人们都有秩序地飞跑着、吆喝着。半小时以前只有两个炉子出钢，现在一共有五个平炉出钢，钢锭模已源源而来，但是，百吨吊车却大大地不够用了。几个炉长看见这情形，都急了眼，飞跑到调度室来要百吨吊车，要大罐，要渣罐，闹得调度员傻了眼，值班主任就是有八只耳朵四个嘴巴也不够用，他的上半截身子快给炉长们撕开几瓣。工长也急，但劝也劝不住自己的炉长了。外面的钟声和锣鼓声却敲得人们的心都激动得几乎要跳将出来。工会宣传干部把住了广播器做宣传鼓动工作，把人闹得更心慌，现在缺的不是干劲，却是吊车大罐错不开啊。宋紫峰的脑袋几乎给大家喧吵得震开两半。他使尽他那低沉好听的嗓子要求大家静下来。他的低沉的音调果然奏了效，调度室里忽然变得很清静。这时陈家骏和唐绍周也走了进来。宋紫峰果断地抓紧时机向大家说：

“现在开五分钟诸葛亮会议。五炉钢必须同时出，不出，高产周任务就完不成，要求大家用所有的聪明来同时出这五炉钢。”

十几张嘴没有一张翕动，只有室外的第二遍钟响和锣鼓声音一下一下地敲打在这十几个人的心坎上。沉默了一会儿，值班主任叹口气说：“现在东头只出两炉，中间出一炉，西头出两炉，问题是东头出完钢后，吊车过不去帮忙。”

宋紫峰忙问道：“除了吊车问题，大罐有什么困难？”

值班主任振奋地答道：“刚才大罐组的工友用热刷保证抢刷出来，看样子勉强够用。”

宋紫峰又用迅速的目光扫了大家一眼，意思是问他们还有什么好计谋。当时有些工长、炉长简单地讲了几个救急的办法，但是不能解决吊车不够的问题。唐绍周和陈家骏也在一旁干着急。只见宋紫峰不慌不忙地有条有理地说出自己的意见：

“百吨吊车用流水作业法，由东到西，挨炉出，挨罐出，打乱了定车定炉的老一套，就能忙开了。大罐嘛，干部连忙下去带头刷，运转维护方面，要加强注意，大家觉得怎么样？”

好几个炉长松了口气，有拔脚走的，有点头的。值班主任满意地笑了，连忙走到交换台前发布命令去了。不知什么时候走进来的刘进春搭嘴说：“小伙子早都爬大梁上等着啦。”宋紫峰仍然不放心，悄悄地安静地坐在值班主任旁边。

陈家骏捅捅唐绍周说：“他真有组织的才能，不慌不忙的。”

唐绍周说：“他心里头也是挺紧张的，只是他挺得住，能拿出办法来。”唐绍周要去指挥刷罐，陈家骏也要到别的厂去了。宋紫峰和值班主任都按照计划坐镇，调度员耳朵和嘴巴忙得要命，像七月天似的满头大汗。有些干部又进进出出地来报告情况，听取命令；调度室里没有一样是平静的，连灰尘都是翻旋飞舞的。宋紫峰一时这里一时那里，一会儿炉前一会儿炉后地指挥着吊车流水作业的新出钢法；吊车和大罐都规规矩矩地却敏捷地穿插在钢花飞舞的高大无比的铸锭车间中，刘进春却在台阶那儿监视着各种运转机械的动作，以便一发生事故立即指挥抢修。百吨吊车吊着成百吨的铁水藐视一切地岸然地飞驶着，发出压倒一切的隆隆巨响。然而运送钢锭模和渣罐的小火车头的尖叫也不让人，使这儿添了不少繁忙紧张的色彩。平炉的风管咆哮着拼命向煤气道使劲，让火焰在炉内尽情欢舞，平炉前面的装料机和送原料的天吊也在轰隆作响。这儿一切复杂的巨响形成了一支巨大的钢铁交响乐。它那雄健壮丽的旋律奏出了人们心中的欢畅和劳动的激情。

"延河号"的出钢口打起来很费劲，老易亲自打了半天也不成。李少祥走近去，拿钢钎使劲一捅，老易用榔头一打，钢水冒出头来，他这才抽出钢钎，炉体便徐徐倾斜，出钢口的浓烟一过，火星向四处飞溅着，灿烂夺目的钢水沿出钢槽倾泻到大罐里去。李少祥仍手握着钢钎，不肯丢开，好像他要把钢钎当笔，钢水当墨，写上一千零七十万吨几个大字。这几个字刚在他眼前恍惚出现，却给冲天的红光掩盖了。顿时，红流咆哮，银色的火花围绕着钢流轻盈地飞舞。五座平炉同时出钢，便使得长达一里、到处闪耀着银色火花的铸锭车间，变成条金鳞闪动的巨龙似的在红霞紫雾中翻腾耍欢一样。这样雄伟瑰丽的景象，以它不可抗拒的魅力吸引着钢铁工人们，他们只要眯上眼睛，就仿佛看见这条巨龙一直欢舞进入全人类和平幸福的极乐世界似的。

大家正沉浸在紧张快乐里，忽见"延河"的二助手小魏向下压着手掌，意思叫百吨吊车把大罐放低些；但是，吊车显然不灵了，高高在上的司机露出了慌张的神色，显然在努力扭转局面，因为钢水已装了多半罐，要是再继续不灵，钢水只好外溢了。那台阶上的刘进春已一跃起身，恨不得飞身爬到吊车上，可是没来得及爬，便看见蹲在十来丈高的吊车大梁上的年轻电工小杨，早已飞跑到主卷那儿去。这时刘进春真是又喜又急，喜的是小杨已发现事故的所在，急的是因那儿有电，小杨没有穿特制的防电服，怕抗不起电压。他不觉高声喊道：

“小杨，那儿有电！”

当然，那时小杨既听不见别人的叫喊，也看不见地面上那群人的摆手；他只知上前抢接电线。他不是没有想到危险，只是要换衣服已来不及了。地面上有的人说：“他穿了球鞋，不要紧。”刘进春估计小杨即使能修好，但也会给电打晕的，于是他果断地一个箭步直往上爬。他的熟练和快捷，叫人不相信他已经是个五十多岁的人。设备工段的工段长一转身也往上爬，三脚两步赶上了刘进春，拦腰抱了他一下，自己一闪就占了先，继续往吊车大梁上爬。等他爬到时，小杨已安全地往回走，工段长张手搂抱着他，问道：“怎样？”

“像坐海船一样，有点晕晕乎乎的，挺有意思。”小杨闭上眼睛靠在他身上，这一对紧紧搂抱的人在十来丈的高空上摇摇晃晃，火花在他们脚下飞蹿，不习惯爬高的人抬头一望，会为他俩捏一把汗的。摄影记者赶到时，他俩已退到安全地带，他惋惜自己没有把这机智勇敢的人的惊险镜头拍下来……

时针快指向十二点了，钢锭已达到指标，还有二十几分钟，他们就以高产周的胜利结束来迎接国庆。但就在这时节，“友谊”炉炉门忽然直冒水，因水套漏了，大家正准备抢换炉门。但是炉内正在熔化，火焰实在太大，炉门一掀开就飘出来好几尺的火舌，水套修好，炉门取来，梯子也搬来了，就是人们不能上去。大家束手无策，不知该怎么办好。这时候，李少祥刚好从“延河”走过来。他估量了一下情形，便坚决地一跃爬上梯子。老任看了，慌了手脚，叫道："你上去不如我上去了，你刚出医院才几天？"大家顾不上说话，使劲从各方面去协助李少祥换炉门。李少祥已走到炉顶的边沿取出了旧炉门，那时火焰凶猛地直向四周乱窜，李少祥活像过火焰山时的孙悟空，火光照得他脸面通红，脸上新长的皮肉给火光映得一块儿浅一块儿深的。他双眼射出什么也不害怕的光辉，眉头略皱，嘴巴因使劲而努歪了。不一会儿，他的衣服冒烟了，着火了。平台前的所有记者、演员都直为他操心，一个女文工团员感动得直冒泪花。但是不到三分钟，他已把炉门换好，来不及沿梯子下来，他带着着火的衣服，像个火球似的从炉顶跳下来。这一下更把同伴们吓坏了，因为大家都知道他的腿脚有点不方便。七八个人不约而同地上前接住他，大家用身体去扑灭他身上的火。虽然大家接扶住，但是他的膝盖究竟比不上过去，着着实实地扭了一下。他忍住了痛，笑嘻嘻地面不改色地忍受脸上辛辣的感觉和腿脚的痛，安慰大家道："不要紧，这副身体已给火炼出来啦，只是新皮肤还有点嫩。"

大家扶着他劝他到后面休息一会儿。这时，听见广播器又扎扎地响叫着："同志们，高产周已胜利地结束了，比预定指标还超额五百多吨……十二点一过，请下了班的职工准备列队前往市委报捷，在俱乐部集合。"

李少祥出了车间，看见繁星满天，他脑子里的那条金光闪动的巨龙，好像也走出了车间，穿过夜空向北京飘去。他的想象很具体，巨龙一路飘一路和天上的星星争辉比艳，一直到天大亮了，星星隐去了，巨龙更辉煌夺目，一直到毛主席和党与国家领导人站在天安门前检阅的时候，它才随着工农业生产的队伍盘旋舞动起来……

李少祥想着想着，几乎自个儿拍起手来。老华、小魏和老易从后面赶上他，小魏灵巧地一跃上前攀住他半边肩，笑着说："报捷完了，该回去团圆团圆啦。"

谁也没有理会他的玩笑话，老易还是神经紧张地说："下个高产周不知什么时候开始？"

少祥挽住了他的臂膊，问他说："你不觉累？"老易没回答，只笑了笑。老华接着说："下一回，我们就有经验了。"

深夜一点了，他们坐上了大卡车，打头的大卡车摆了大幅的红纸黄字的捷报，上面写着："七天完成 55000 吨"。每部卡车上都飘展着大红旗和标语。风吹着红旗哗啦哗啦响。这些刚离开了千度以上高温的钢铁战士，怀着一颗炽热的心，迎着秋天的夜风，向党汇报自己的劳动战果。由几十个厂子汇来的几十支队伍的锣鼓声、洋号声，震荡着宁静的夜空，也惊醒了安睡的孩子们，他们以为天亮了，闹着要起来看热闹。

祝捷大会开始了！

草明《乘风破浪》初载于《收获》杂志 1959 年第 5 期；
现据作家出版社 1959 年第 1 版

子　夜

（作品简介）

茅盾

《子夜》原名《夕阳》，是中国现代作家茅盾创作的长篇小说。1933年，开明书店首次出版。全书共19章，30万字。

小说以20世纪30年代的上海为背景，民族资本家吴荪甫将父亲吴老太爷接到上海，吴老太爷因受不了都市刺激而离世。在为吴老太爷办理丧事期间，买办资本家赵伯韬劝说吴荪甫投资公债，但吴荪甫却联合其他实业家成立“益中信托公司”。在经营过程中，吴荪甫既要同赵伯韬斗智斗勇，又要面临着资金不足、工人运动、公债暴跌等诸多困境，最终经营不善，致使信托公司破产，吴荪甫被迫逃离上海。

《子夜》全景式地描绘了中国民族工业在买办资本与封建专制的双重压制下艰难生存的历史命运，以丰富的思想内涵反映出旧中国民族经济艰难发展的社会现实。

《子夜》体现了中国无产阶级革命文学的实绩，在中国现代文学史上具有划时代的意义。

上海的早晨

（作品简介）

周而复

《上海的早晨》是中国现代作家周而复创作的长篇小说，共4部，170余万字。

小说以新中国成立后对资本主义工商业进行社会主义改造为核心内容，描述了解放初期上海在进行社会主义改造时不同社会阶层的内心变化：一是以沪江纱厂总经理徐义德为代表的民族资本家，深度剖析了他们在新中国成立初期进行资本主义工商业改造时的心理变化；二是以贫苦工人汤阿英一家为代表，讲述他们在旧社会悲欢离合的生存现实以及解放后在思想观念、生活方式等方面的新变化；三是以朱慕堂为代表的农村地主阶级，在社会主义改造中土崩瓦解，农民获得了土地。

小说真实地反映出20世纪50年代前期中国各阶级、各阶层的生活状态和精神面貌。

沸腾的群山（第一部）

（作品简介）

李云德

《沸腾的群山》（第一部）是当代作家李云德创作的长篇小说，1965年12月，由人民文学出版社出版。2004年，小说入选人民文学出版社编辑出版的“中国当代长篇小说藏本”丛书。

《沸腾的群山》（第一部）写的是解放战争时期东北工业战线上的斗争生活。新中国成立前夕，矿工出身的营指挥员焦昆率部解放了辽南孤鹰岭矿区，并积极开展矿山的生产恢复工作。此时，矿山已被日寇和国民党破坏，成为废墟；矿工也已离开，流离失所。小说主要描述在矿山恢复生产过程中无产阶级和资产阶级两条路线的矛盾与斗争。最终，矿山在党的领导下，工人群众齐心协力，自力更生，克服重重障碍，不到一年就恢复了生产，矿山又沸腾起来了。

小说以饱满的革命热情，鲜明的时代特色和生动的人物形象，再现了解放战争年代废弃矿山从恢复到生产的艰难历程。

图书在版编目（CIP）数据

中国百年工业文学大系：长篇小说卷Ⅰ / 孙拥军主编.
-- 北京：中国工人出版社，2025. 5.
ISBN 978-7-5008-8557-3
Ⅰ. I211
中国国家版本馆CIP数据核字第2025VE3775号

中国百年工业文学大系：长篇小说卷Ⅰ

出 版 人 董 宽
责任编辑 傅 娉
责任校对 张 彦
责任印制 黄 丽
出版发行 中国工人出版社
地　　址 北京市东城区鼓楼外大街45号　邮编：100120
网　　址 http：//www.wp-china.com
电　　话 （010）62005043（总编室）　62005039（印制管理中心）
（010）62379038（社科文艺分社）
发行热线 （010）82029051　62383056
经　　销 各地书店
印　　刷 北京印刷集团有限责任公司
开　　本 880毫米×1230毫米　1/32
印　　张 27.5
字　　数 590千字
版　　次 2025年6月第1版　2025年6月第1次印刷
定　　价 128.00元
